dtv

W0277871

Petruniza, die Witwe des alten Assen Weltschev, lebt mit ihren fünf Kindern in Widin, einer beschaulichen Kleinstadt am Unterlauf der Donau. Zu Beginn des 20. Jahrhunderts wird auch Widin in den Strom der Ereignisse gerissen. In diesen unruhigen Zeiten suchen die vier Brüder Weltschev ihr Glück auf unterschiedliche Weise: als Bankier oder Fabrikant, als Sozialist oder Visionär. Die dunklen Schatten der Zukunft aber kann nur ihre Schwester Jonka erkennen: Sie verfügt über hellseherische Fähigkeiten. In seinem großen Epos entfaltet Vladimir Zarev ein lebenspralles Panorama der bulgarischen Gesellschaft bis zum Zweiten Weltkrieg.

Vladimir Zarev, geboren 1947 in Sofia, studierte Bulgarische Philologie an der Sofioter St.-Kliment-Ohridski-Universität und zählt zu den bedeutendsten Schriftstellern Südosteuropas. Er ist Autor von insgesamt fünfzehn Romanen, Erzählbänden und Sachbüchern. Zudem gibt er die vierteljährlich erscheinende renommierte Literaturzeitschrift ›Zeitgenosse‹ heraus. ›Familienbrand‹ ist der erste Teil der »Weltschev-Trilogie«.

Vladimir Zarev

Familienbrand

Roman

Aus dem Bulgarischen
von Thomas Frahm

Deutscher Taschenbuch Verlag

Ausführliche Informationen über
unsere Autoren und Bücher
finden Sie auf unserer Website
www.dtv.de

MIX
Papier aus verantwortungsvollen Quellen
FSC® C019821

2013 Deutscher Taschenbuch Verlag GmbH & Co. KG,
München
Lizenzausgabe mit Genehmigung des Paul Zsolnay Verlags Wien
Alle Rechte vorbehalten.
© Deuticke im Paul Zsolnay Verlag Wien 2009
Die Originalausgabe erschien erstmals 1978
unter dem Titel ›Bitieto‹ im Verlag Bŭlgarski pisatel, Sofia.
Umschlagkonzept: Balk & Brumshagen
Umschlaggestaltung: Wildes Blut, Atelier für Gestaltung, Stephanie Weischer
unter Verwendung eines Fotos von Arcangel Images / Margie Hurwich
Druck und Bindung: Druckerei C. H. Beck, Nördlingen
Gedruckt auf säurefreiem, chlorfrei gebleichtem Papier
Printed in Germany · ISBN 978-3-423-14262-5

für meinen Vater

ERSTES BUCH

Erstes Kapitel

1

Das war ein Leben lang nie anders gewesen, selbst als er ihr die Kinder machte. Immer hatte er sie zum Narren gehalten. Als er nun auf dem Bett lag, mit trunkenen, schweißgebadeten Zügen und zerzaustem Schnurrbart, und sie um eine Kerze bat, wollte sie ihm einfach nicht glauben, sondern musste laut lachen. Zum Scherz steckte sie ihm eine Stange Lauch zwischen die gefalteten Hände. Doch dann sah sie, wie sich sein Gesicht verkrampfte, wie sein Mund sich plötzlich öffnete, dann, wie er die Zähne bleckte, und schließlich, wie sein schwacher letzter Seufzer die Flamme des Petroleumlichtes neben der Schlafstatt glattstrich.

»Ja, willst du denn im Ernst …?«, fragte sie mehr sich selbst – und begann zu weinen. Ihre Tränen flossen nicht so sehr aus Schmerz als vielmehr aus dem schalen Gefühl heraus, dass er es wieder einmal geschafft hatte, sich aus der Äffare zu ziehen und sie dabei an der Nase herumzuführen. Sie empfand eine bodenlose Einsamkeit und zugleich etwas Erhabenes. Durch das Dach des Hauses spürte sie die Sterne, den Frühlingshimmel, kalt und feierlich wie die Kuppel eines Doms. Das Zimmer kam ihr auf einmal furchterregend leer vor, so, als hätte eine unsichtbare Gestalt alles hinausgetragen, sogar ihr Leben. Sie biss sich auf die Lippen, schaute sich hilflos um. Seine Finger waren schon in Totenstarre um den Lauch gekrallt, so dass sie ihn mit ihrem zahnlosen Mund abknabbern musste. Der scharfe Saft mischte sich in ihrem Hals angenehm mit dem Salz der heruntergeschluckten Tränen, klärte ihren Kopf und trieb sie zur Eile an: Die Dinge der Tradition duldeten keinen Aufschub.

Mühsam entkleidete sie ihn, durchtrennte mit der Schere den groben Stoff seiner langen Wollhose und blickte verdattert auf die wächserne

Durchsichtigkeit seiner abgemagerten Beine. Nein, das war nicht der Mann, den sie kannte, sondern eine Elfenbeinpuppe, die einem toten Menschen glich. Sie wurde müde. Alles kam ihr lautlos vor, rätselhaft, wie in der Zeitlupe eines Traums.

Er war ein schuldbeladener, ein gütiger und ein grausamer Mensch zugleich gewesen, mit einer Jugend, die ein blutiges Geheimnis barg, und einem Alter voller Laster. Er ging bis zuletzt zu den Zigeunern, brachte ihnen Wein und kleine Münzen, und sie heiterten ihn dafür mit ihrem Klarinettenspiel auf. Die Zigeunerinnen setzten sich ihm auf den Schoß, zerstrubbelten seinen seidigen Schnurrbart, und wenn es heiß war, fächelten sie ihm mit ihren Röcken Luft zu und warteten, dass er sie mit einem Fünf-Lewa-Schein zwischen den Brüsten oder am Hintern streichelte. Es gab auch eine verwitwete Walachin mit weißen Schenkeln, die ihm abends das Tor ihres ärmlichen Häuschens auftat, von seiner Altersschwäche kostete und ihn mit ihrer gesalbten Haut vergiftete. Manchmal betrank er sich oder saß beim Würfelspiel in den Kneipen. Doch er versäumte es nie, in die Kirche zu gehen. Während der Liturgie liefen ihm die Tränen herunter. Und wenn er beim Abendmahl die Hostie von Vater Anissi entgegennahm, erzitterte sein weiß gewordenes Haar.

Er war ein großer Mann mit einem harten Leben und einer harten Hand gewesen. Er hatte Gott und die Menschen mehr als sich selbst geliebt, was ihn aber nicht daran gehindert hatte, nur nach eigenem Wissen und Gewissen zu handeln. In seinem Gemüt lebten ein Judas und ein barmherziger Engel brüderlich nebeneinander. Sie, Petruniza, verzieh ihm mit derselben Hartnäckigkeit, mit der er sündigte, denn sie hatte von ihm eine Glasperlenkette, fünf Kinder und ebenso viele Kattunkleider.

Er hatte sie sich gleich zu Beginn ihrer Ehe gefügig gemacht. Abends fand er sie zwischen den Webdecken, unter denen sie schliefen, und umfing sie mit Zärtlichkeit, vor allem aber mit roher Gewalt. Sie fuhr auf, wenn er im Schlaf Dinge murmelte wie: »Ich hau dich in Stücke! Auf dieser Welt gibt es keinen Platz für uns beide.« Sie erinnerte sich auch an ein besonders schlimmes jener jährlichen Hochwasser, die zur Zeit der Kirschblüte die Donau anschwellen ließen und daher in Widin »Kirschflut« genannt wurden. Die Wassermassen brausten auf die Häuser zu, als hielte Gott eine Strafpredigt. Brüllend füllte die Flut die Keller, stauchte die Zeit, stauchte das Licht, säte Angst und Schrecken und lehrte die Widiner so aufs Neue ein bisschen Demut. Da hatte sie ihn das erste Mal wehrlos erlebt. Sein kraftvoller Körper zuckte, als züngelten Flammen darin auf; seine Augen waren fassungslos und unverstellt gleichsam auf die Ewigkeit selbst gerichtet, auf eine ferne Bestimmung, die vor seiner Geburt lag. Er sah fürchterlich und erbarmungswürdig zugleich aus und wiederholte mit der suchenden Stimme eines Blinden: »Fleisch ... Ich muss Fleisch essen! Fleisch ...« Und sie, verstört und sanft, hin und her gerissen zwischen der rauschenden Naturgewalt des Wassers draußen und der geballten Naturgewalt in seiner Seele, gab ihm das letzte Stück Speck, das sie für die Kinder gehortet hatte. Sie wusste nicht, was in ihm vorging, doch es wiederholte sich alle paar Jahre. Dann füllte eine urgewaltige Wut seinen Mund mit Schaum, versetzte seinen ganzen Leib in Zuckungen. Es sah aus, als empfinge er eine Offenbarung. Der gesunde Menschenverstand trat ihm aus den Augen, er zerbiss das Fleisch, seine Kiefer kauten hastig und gierig, dann beruhigte er sich unversehens und, ohne irgendetwas zu erklären, ging er in seine eigene Kneipe, trank einen Liter vom Zweijährigen und kehrte zurück, um Liebe mit ihr zu machen, sie mit neuer Frucht zu füllen. Petruniza fragte nicht, weil sie ihn liebte. Mag es denn so sein, dachte sie, wenn der Schrecken vorüber war, wenn Gott es so gewollt hat ... Es hilft nichts, aber es schadet auch nichts. Also mag es denn so sein!

Die Kinder wuchsen heran, während er in der Düsternis seiner Kneipe in immergleicher Trance, bis unter die Haarspitzen gespannt, in unerklärlicher und schmerzlicher Ungeduld darauf lauerte, endlich etwas noch nie Dagewesenes zu vollbringen, irgendeine grandiose Helden- oder Untat. Er barst vor Verlangen, entweder zu ihr zurückzukehren oder sie einfach zu verlassen, sich auf und davon zu machen, frei und ungezügelt wie das Leben selbst. Die alte Petruniza wusste nicht, wofür er gelebt hatte, doch sie fühlte, dass sein Leben im Guten wie im Bösen einen Sinn gehabt hatte.

Nun lag er da, nackt, kalt und vor allem verlassen, mit dem abgenagten Stück Lauch zwischen seinen zusammengekrallten Fingern. Seine Kraft war von ihm gewichen, zusammen mit seinem Atem und jener ewigen Zeit, die er sechsundsechzig Jahre lang um sich her geschaffen hatte. Sie wusch ihn mit den gleichmäßigen, gedehnten Bögen einer Volksliedmelodie und fühlte, dass sie ihm bald schon nachfolgen musste. In der Sorgfalt ihrer Trauer sah es aus, als sei sie untrennbar mit ihm verbunden.

Sie holte ein Stück Holzkohle aus dem Feuer, blies darauf und hielt die Glut an das Ende seiner weißen Schnurrbartspitzen. »Zur Reinigung«, stieß sie beklommen hervor und erschnupperte den Geruch verbrannter Wolle. Sie warf die Kohle in den kleinen Kupferkessel, der daraufhin dreimal Blasen warf, und ihr schien, dass das ein gutes Omen war. Dann löste sie mit leichter Hand ihre Zöpfe und begann, wie es sich gehörte, zu wehklagen, denn die Nachbarn mussten von seinem Tod hören, bevor die Kirchenglocken ihn dem Himmel verkündeten.

2

Gleich nach der Beerdigung seines Vaters ging Jordan – so wie er war, in seinem neuen Anzug – los, um den Schlaffen Kosta zu verprügeln. Er fühlte sich hin und her gerissen zwischen Trauer und Groll. Die Tränen waren noch nicht getrocknet auf seinem Gesicht, da waren seine Fäuste schon steinhart geballt. Der Wind von der Donau roch nach geschmolzenem Eis und Frühlingsahnung. Achtlos überquerte er Widins Hauptgeschäftsstraße. Vor den Läden standen Bottiche, die penetrant nach gesäuertem Kohl stanken, rollten Fässer mit dem Geruch ranzigen Weißkäses. Hier konnte man alles Erdenkliche finden, von geschmiedeten Gefäßen bis zu Lagen feinsten Seidengarns, von Hämorrhoidensalbe bis zu Galoschen und luxuriösen Gummi-Überschuhen mit Verschluss. Die sonntäglichen Blicke der Leute waren träge und freundlich, doch Jordan grüßte niemanden; breit und ungeschlacht wie ein Schubschiff schlenkerte er in der Mitte der dreckigen, ungepflasterten Straße dahin. Er umrundete den Torturm der Festung am Fluss. Frauen entlausten sich über Dampf, beugten sich über das in Kupferkesseln brodelnde Wasser, als wollten sie den Teufel bei den Hörnern packen. Ihre Brüste schmiegten sich schaukelnd aneinander, ihre Waden glänzten verlockend.

Ihm war grausig und wild zumute. Er hatte noch die getragene Stimme von Vater Anissi im Ohr, sah, wie der Weihrauch verstohlen aus seinem Fässchen stieg und Himmel und Erde verband. Sein jüngerer Bruder

Christo, eingelullt vom betäubenden Geruch welkender Chrysanthemen, war während der Trauerprozession zum Grab ausgerutscht und in den Matsch gefallen. Jetzt kletterte eine Katze auf den Ochsenkarren, mit dem sie seinen Vater zum Friedhof gefahren hatten. Ein schwarzer Vogel flog vorüber. Auf der Donau bullerte der Dieselmotor eines Schleppkahns. Mit seiner Dampfpfeife grüßte er kurz, dann war er schon wieder flussaufwärts verschwunden. Etwas ging zu Ende und etwas begann. Sein Vater lag mit gutsherrenhaft gespreizten Beinen im Tannensarg, eingewickelt in die neueste Webdecke und das herzzerreißende Geheul der Klageweiber. Eine von ihnen zerriss ihre Bluse, und man sah ihre ausgetrockneten Brüste bis zum Bauchnabel herabhängen, eine andere raufte sich die Haare. Es sah aus, als ob sie einander schlugen. Jordan empfand Einsamkeit und eine alte Qual, die wie ein verrostetes Hufeisen gegen sein Herz schlug. Eine so übermäßige Aufmerksamkeit brauchte noch nicht einmal der Tote. Beim Hinablassen ins frisch ausgehobene Grab verkeilte sich der Sarg. Einer aus der Menge der Trauergäste rief: »Der Alte will nicht in die Grube fahren, Gott möge mir verzeihen …«

Im Zigeunerviertel sah Jordan abgeschirrte Wagen. Die am Kutschbock aufgepflanzten Peitschen waren feierlich mit Blumen umflochten. Gestärkte Unterröcke knatterten an Leinen strahlend weiß im Wind. Er seufzte. Dann betrat er das kleine, aus Stroh und Mörtel gebaute Haus. Drinnen, im einzigen Zimmer der baufälligen, quadratischen Bleibe, drängten sich dicht an dicht etwa fünfzig Menschen. Zigarettenrauch mischte sich mit dem betäubenden Duft nach Kiefernholz. Ein Flügelhorn quietschte, auf sein Ohr prallten Tamburinschläge. Jemand lachte. Eine alte Zigeunerin rauchte Pfeife und weinte. Die Braut hatte sich auf den Schoß ihres Schwiegervaters gesetzt und streichelte mit einer roten Nelke dessen Schnurrbart. Der Bräutigam war betrunken vor der Feuerstelle umgefallen, mit schönen, aber vollkommen leeren Gesichtszügen.

Jemand reichte dem Gast ein kleines Kupfergefäß mit Wein. Jordan trank es in einem Zug aus. In der Mitte des Raumes tanzte eine Zigeunerin. Ihr nackter Bauchnabel blieb unbewegt; nur Brüste und Hinterteil zitterten in knapper, strammer Bewegung. Ihre silberne Kette klimperte. Ihr Rock duftete nach Lavendel und bedeckte wie ein Augenlid das krause Haar über ihren Schenkeln. Sie näherte sich ihm. Gut sah sie aus. Sie war vielleicht vor ihrem Mann davongelaufen oder vor einem großen Unglück. Sie lächelte ihm zu, brachte sein Blut in Wallung. Nein, sie wollte keine Münzen von ihm, sie wollte seine Kraft. Doch Jordan war besessen von etwas anderem: etwas Fürchterliches zu tun. Vor so viel seelischem Drang schmerzten seine Fäuste. Sie waren schwer und beunruhigend wie der Wein, den er eben getrunken hatte.

Allmählich gewöhnten sich seine Augen an die Dunkelheit. Er konnte die einzelnen Gesichter jetzt gut unterscheiden, sah den Frohsinn, das Kurzlebige in ihnen. Alle trugen den Geruch von übermäßigem Knoblauchgenuss durch den Raum, von zu viel Obstbrand. Diese Gesichter glichen den Augen von Neugeborenen.

Er erblickte den Schlaffen Kosta und baute sich vor ihm auf. Der erzitterte so, dass ihm die Glut seiner Zigarette in den Weinbecher fiel. Seine Wollhosen schienen ihm auf die Knie zu rutschen.

»Warum?«, fragte der Schlaffe Kosta nur.

»Komm raus!«

Der Schlaffe Kosta gehorchte wie ein Rotarsch in der Kaserne beim ersten Appell. Er schneuzte sich, um seine Tränen zu verbergen, und drückte sich unbeholfen an der Wand entlang. Die frische Luft draußen machte sie beide schwindlig.

»Dein Vater ist gestorben«, sagte der Schlaffe Kosta leise. »Das geht mir nahe. War ein guter Mensch.«

»Wann gibst du meinem Bruder das Geld zurück, das du dir für den Ladenkauf geliehen hast, mit Zins und Zinseszins, he, wann?«

»Dein Bruder Panto hat eine Bank, viel Land hat er. Und ich? Den halben Laden hab ich versoffen, Herrgott!«, versuchte Kosta sich herauszuwinden. Jordans Augen zogen sich zu Schlitzen zusammen. »Straft mich nur, aber … Was hab ich denn dir angetan, Jordan?«

In der Ferne zeichnete sich, erstarrt und schroff, der Torturm der alten türkischen Festung ab wie ein riesiger Findling. Die Luft des frühen Aprilabends war noch immer von winterlicher Bläue. Aus den umstehenden Häuschen stieg der Rauch auf wie von Kinderhand gemalt. Die Pferde hatten ihre Köpfe in die umgehängten Säcke getaucht und klaubten sich Gerstenkörner heraus. Ihren aufgelegten Decken entströmte schwerer, warmer Stallgeruch. Etwas Geheimnisvolles und Wehmütiges hing in der Luft.

»Bringt mich vor Gericht«, sagte der Schlaffe Kosta mit Hoffnung in der Stimme und reckte sein mageres Gesicht vor, um es Jordan leichter zu machen. Der aber dachte verwirrt: Wenn ich ihn verklage, werden sie ihm den *ganzen* Laden wegnehmen mitsamt Glocke und Hufeisen über der Tür. Böser könnte es selbst der Satan nicht anstellen! Wenn ich ihm aber eins auf die Rübe gebe, kommt er vielleicht zur Vernunft. Also versetzte er ihm einen kräftigen Hieb unters Kinn. Sofort füllte sich sein Handteller mit Blut. Der Schlaffe Kosta kroch zu einem der Karren, auf deren Seitenbretter Engel gemalt waren. Jordan setzte ihm nach und prügelte auf ihn ein, wie es die Frauen mit der Wäsche am Ufer der Donau tun. Tiefes Mitleid spannte sich in seiner Brust, doch weil er nicht wusste, wie man mit einem solchen Gefühl umging, es gar ausdrückte, verwandelte es sich übergangslos in nackten Zorn. Er ist eine Menschenseele, dachte er, er wird's überstehen. Er hat ein Rückgrat, auch wenn es vom Leben gebeugt ist. Was leiht er sich auch Geld gegen Zinsen bei der Bank meines Bruders und verprasst es dann?

Dann wandte er sich zum Gehen, stapfte mit breitem Schritt durch Pfützen und Hundehaufen davon. Er roch am Ärmel seines Anzugs: Er stank nach Mottenpulver, verkohltem Feuerholz und Blut. Er drehte sich noch einmal um und sah weit hinten, wie der Schlaffe Kosta aufstand, sich wie ein nasser Spatz schüttelte und schwankenden Schritts wieder zu den Zigeunern und zum Dämon des Weines ging. *Was für eine hoffnungslose Dummheit!* Jordan wischte sich das Gesicht ab.

3

Zur selben Zeit schloss Vater Anissi den Wandschrank auf, in dem er die Gottesdienstkerzen, das Schweinefleisch aus der Weihnachtsschlachtung, den Wollschal gegen Hexenschuss, die heiligen Bücher und seine eigenen Notizen aufbewahrte. Es war still, ja, irgendwie feierlich. Auf dem Dachboden hörte man die Mäuse tanzen, aus der Wanne mit der Sonntagswäsche stieg Dampf auf. Draußen schoss der Saft in die Äste und Zweige der Bäume, die sich im Schmerz des werdenden Lebens reckten und streckten. Vater Anissi setzte sich unter die Hängelampe, die ihm ein gottgefälliger Kaufmann geschenkt hatte, zupfte den Ärmel seines zerschlissenen Talars zurecht und blätterte in seinem Büchlein, bis er auf eine leere Seite gelangte.

Nach dem Tod des ebenso genialen wie tyrannischen Staatsmannes Stefan Stambolov, dem – weniger aus Hass als aus menschlicher Beschränktheit – auf offener Straße der Schädel gespalten worden war, kam Konstantin Stoilov an die Macht. Zu dieser Zeit grassierte die bulgarische Auswanderungswelle auch in Widin, und viele Männer gingen als Fremdarbeiter nach Amerika. Einige hatten ihre Weinberge verloren, andere ihre Läden oder ihr Geld, wieder andere ihren guten Namen und ihre Ehre. Zweimal im Jahr bekamen ihre Frauen hoffnungslos heimwehkranke Briefe voller Rechtschreibfehler und Flunkereien. Ja, da behaupteten doch einige glatt, in Amerika gäbe es Gebäude, die über dreißig Stockwerke hoch seien, und Brücken, die sogar die Donau überspannen könnten!

Und was war hier in seinem Kirchenkreis geschehen? Vor einer Woche hatten Angler einen einhundertundzwanzig Kilogramm schweren Wels gefangen. In Kula war ein grausamer Mord geschehen wegen fünf in der Erde verscharrter Goldmünzen. Der Schlaffe Kosta hatte in der Donau eine Nixe gesehen, die die Männer anlockte; ihre Brüste seien verderbt und warm gewesen, ihr Fischschwanz aber kalt und von Schuppen bedeckt. Weiß wie eine Erscheinung und im Nebel leuchtend war auch das österreichische Dampfschiff »Prinz Eugen« vorübergetuckert. Aus seinen Salons drang Musik ans Ufer, an der Reling stand eine sündhaft schöne Frau und tupfte sich mit dem Spitzentaschentuch in der Hand Tränen von der Wange.

Das aber waren für Vater Anissi nur bedeutungslose Ereignisse, kaum würdig, ins menschliche Gedächtnis einzugehen. Also seufzte er einmal wissend und schrieb dann:

Auch dieses Jahr des Herrn 1895 verlief gottgefällig. Die Donau ist noch gnädig mit uns und wird, gebe Gott, uns nicht zur Zeit der Kirschblüte überfluten. Menschen werden geboren, und Menschen sterben. Eine neue Post wurde erbaut, und – Gott sei gelobt! – unser Fürst Ferdinand ist gesund und munter.

Amen.

4

Jeden Sonntag versammelte der alte Assen seine Kinder. Doch weil er selbst schon in der Erde ruhte, übernahm es Petruniza, die Kinder ein letztes Mal zusammenzurufen, um das Sechs-Wochen-Amt zu begehen. Noch war sie es, die die Schlüssel der Sippe in der Hand hielt, auch wenn sie sich langsam dem Altersleiden ergab, die Gegenwart zu vergessen, so dass die Vergangenheit in ihrer Unumkehrbarkeit und Vollendung immer mehr Besitz von ihr ergriff. Die schwarze Trauerkleidung ließ ihr Gesicht leuchten. Der weiße Zopf lag um ihr Haupt wie eine zusammengerollte Katze. Immer und immer war ihr so kalt. Nun war nur das tiefe Atmen vieler Menschen zu hören. Ein paar Nachbarinnen hockten in der Nähe und aßen, teils, weil es der Brauch, teils, weil es der Hunger so wollte, vom gequollenen Weizen, der, mit gehackten Walnüssen, Zitrone und Honig vermischt und mit Zimt und Puderzucker bestreut, bei Trauer- und Gedenkfeiern gereicht wurde. In dem rotglühenden Eisenofen in der Ecke knackten die Scheite, verwoben sich die Düfte von Harz, Winterstube und Filzboden.

Das Haus war groß. Es hatte zwei Etagen und war erbaut nach dem Muster jener Gebäude der reichen Rumänen in Calafat am anderen Ufer der Donau, die nur der alte Assen jemals gesehen hatte. Es war ockerfarben gestrichen und hatte einen Anbau, der als Kneipe diente. Darin roch es ewig nach Wein, Tabak und geraspeltem Rettich – mit einem Wort: nach Männerbekenntnissen und Besoffenengelaber.

Sie hatten sich in der großen Stube versammelt, die fast das ganze Erdgeschoss einnahm. Die alte Petruniza saß auf dem Wandsofa, während ihre Kinder aufrecht und unbeholfen dastanden wie auf rohen Eiern: die vier Brüder mit ihren neuen Anzügen und die Schwester mit ihrer Bedachtsamkeit und Schönheit und der Intuition, die kinderlosen Frauen nachgesagt wird.

Ganz vorn hatte sich Jordan aufgebaut. Er war einen ganzen Kopf größer als die anderen, hatte einen Stiernacken und durchdringende Augen. Neben ihm stand mit stillem Lächeln Panto, hübsch wie ein Engelchen, gutmütig und verschämt. Sein gutes Aussehen hatte ihn zum Bankier gemacht, hatte ihn doch die Tochter des reichsten Großgrundbesitzers der

Gegend geheiratet. Dieser einzigen Tochter, hässlich und trocken wie Schilfrohr, war die Gesellschaft der anderen Leute einfach langweilig, einfach zu dumm; die ihres Mannes hingegen entzückte sie. Ach, wie er allein schon gekleidet war in seinen Gehrock! Diese längsgestreiften Hosen und dieses Silberkettchen der Taschenuhr! Ihr Name war Gina, aber alle nannten sie nur »Tante Allwissend«, weil sie ein paar Wörter Französisch konnte und die *Encyclopédie Larousse* besaß. Auf ihrem Bücherschrank lagen außerdem mehrere Schnittmusterbögen und einige Mode-Zeitschriften, dazu fünf sentimentale Romane. Hinter ihr standen Christo und Ilija. Christo hatte das Abitur gemacht. Er las ununterbrochen Bücher, hatte sich mit Leidenschaft der Bildung ergeben, so wie andere dem Spiel. Ilija hatte einen gefährlichen, lauernden Blick, der dadurch, dass sein Kopf halslos in seinen Rumpf gerammt zu sein schien, noch bedrohlicher wirkte.

In der Stube war es halbdunkel. Unter den beiden Ikonen, die aussahen wie ein Augenpaar, dessen Blick ins Nirgendwo ging, brannte ein Petroleumlicht. Jordan fühlte die Anwesenheit der anderen wie den Geschmack eines überwürzten Essens. Ganz vorn hatten sich die beiden Gänschen zusammengekuschelt, die beiden debilen Söhne des Schlaffen Kosta, und schnieften ihren Rotz hoch. Sie hatten lange Eierköpfe und einen gütigen, alles sehenden Blick. Der alte Assen hatte jedem von ihnen zwei Goldmünzen vermacht, weil er es so geliebt hatte, ihnen über ihre riesigen Rüben zu streicheln, ihnen Zuckerwatte zu schenken und ihren nach bodenständigem Irrsinn duftenden Geschichten zuzuhören.

Alles sah merkwürdig, aber würdig aus.

»Wir haben uns versammelt und sind zusammengekommen«, begann die alte Petruniza mit gebrochener Stimme, »weil … so ist das eben unter Menschen.« Sie schwieg und schaute schmerzerfüllt vor sich hin. Sie sah etwas, das den anderen verborgen war; etwas Flüchtiges, das in der aufgeheizten Zimmerluft verdampfte. »Ich bin eure Mutter. Aber ich kann euch nicht auch Vater sein. Darum muss ich euch nun den letzten Willen jenes kundtun, an den ihr euch nur noch erinnern könnt. – Das Haus und die Gaststube bekommt Jordan, denn er ist der Erstgeborene. Der Weinberg und der Garten an der Festung sind für Christo gedacht. Auf Jonka und ihren Mann Todor entfallen der Karren und die beiden Pferde …« Jordan bemerkte, wie die großen, von keiner Kinderlippe berührten Brüste seiner Schwester zu zittern begannen. Sie weinte. »Panto ist reich und möge sich seines Vaters im Guten erinnern. Ilija als der Kleinste wird im Haus helfen. – So viel von Gottes und eures Vaters Gnaden. Und jetzt geht!«

Alle verbeugten sich tief, doch Jordan spürte, dass es nicht mehr dasselbe war. Vor ihnen saß nicht ihr Vater, sondern nur noch das Andenken an ihn. Und so verbeugten sie sich vor ihrer Mutter mit Liebe, aber ohne Respekt, und gingen hinaus.

Im Treppenhaus roch es nach Lindenblüten und muffigen Webmatten. Sie stiegen die Stufen hinauf und betraten das große Zimmer im ersten Stock, an dessen Wänden die Porträts des berühmten Heiduckenführers Filip Totju und des Nationalrevolutionärs Wassil Lewski hingen. Auf dem groben Tisch, der von einem Zimmermannslehrling im ersten Lehrjahr zusammengenagelt zu sein schien, standen einige Krüge Wein und eine große Platte mit süßem Kirchenweizen. Sie setzten sich, spürten die klamme Frühlingskälte, die – geschmeidig und elektrostatisch geladen wie das Rückenfell einer Katze – durch die Ritzen und Fugen des Hauses drang. Beklommen, wagten sie nicht, einander anzuschauen.

»Wie, sind wir nicht hochzufrieden?«, fragte Panto und schaute sich mit seinem melancholischen Engelslächeln um. Er selbst hatte seinen Vater gebeten, ihn vom Erbe auszunehmen, damit mehr für seine Brüder blieb, und fühlte sich daher berechtigt, diese empfindliche Frage zu stellen. Alle schwiegen, fühlten sich verraten und verkauft, weil auseinandergebrochen war, was zusammengehörte: eine Ganzheit. Was blieb, waren die Bruchstücke eines Mosaiks, aneinandergeklebt und doch unwiderruflich zerbrochen. Jordan unterdrückte die aufkeimende Angst vor dem Geld und vor der dämonischen Sturheit in seinem Blut, die *wollte,* aber *nicht wusste, was,* und die zu beherrschen nun niemandem anders mehr aufgegeben war als ihm selbst.

»Vater ist nicht mehr da«, warf er finster ein, und alle fühlten die Unsicherheit in seiner Stimme.

Sie tranken Wein, kosteten von dem Weizen, um der Bitte um Gottes Vergebung traditionsgerecht Ausdruck zu verleihen, dann begann Jonka erneut zu weinen, als habe der Tod des Vaters sie an ihre Kinderlosigkeit erinnert. Sie verdeckte die Lampe, zog einen roten Faden hervor und band an ihm eine blaue Perle von der Art fest, mit denen man die Stirnen der Pferde verzierte. Die Perle schaukelte im Halbdunkel, färbte ab auf die Luft, lud sie mit Spannung auf, begann in weiten und verheißungsvollen Kreisen zu schwingen. Jonka war bald vorgedrungen in Fernen, in Weiten, schien etwas Furchtbares zu erblicken, mühte sich, ihm das enge Kleid der Bedeutung überzuwerfen, doch vergeblich. Sie fiel in Trance, murmelte Beschwörungsformeln, ihre Worte brachen von ihren Lippen, zerstörerisch und haltlos, ihre Augen stierten im Wahn, als stürze vor ihren Augen das Haus, in dem sie doch saßen, in sich zusammen. Jordan dachte, wo ist sie? In dieser Welt ist sie nicht mehr. Sie, Jonka, war in die jenseitige umgesiedelt. »Und weiter, und wieder, und weiter«, ertönte ihre klagende Stimme im Rausch der Beschwörungen.

Alle schauten sie an wie hypnotisiert. Vor Schreck drückte Gina ihren Oberschenkel an den ihres schönen Mannes. Der hatte, fassungslos, seinen Spazierstock fallen gelassen, den kostbarsten Teil seines formvollendeten Auftritts. Christo grinste ironisch. Die beiden Gänschen feixten hilflos, schleckten mit den Zungen den Rotz von ihren Oberlippen, und ihre vorzeitig gealterten Gesichter drückten archaische Furcht aus. Ich werde sie windelweich schlagen, wenn sie zu den Zigeunern geht!, dachte Jordan bei sich; doch auch er konnte den Blick nicht von ihr wenden, weil dies alles seiner angeborenen Kompromisslosigkeit, der Einhalt zu gebieten nun niemand mehr da war, im Grunde ungemein gefiel.

Etwas Ewiges zerfiel hier vor ihrer aller Augen. Es war, als hätte der alte Assen mit seinem Tod, seiner Rückkehr ins Nichtsein, ihrer ungewöhnlichen Individualität zur Geburt verholfen und damit – ihrer Einsamkeit. Ein wilder Drang hatte sich ihrer bemächtigt, der gärendem Wein glich und jeden Moment die Kufen um das Fass sprengen konnte. Die Zeit war vorbei, in der die Angst vor dem Vater sie gezwungen hatte, einander zu gleichen. Nun war die Zeit ihrer Andersartigkeit gekommen. Sie hatten ihre Mutter völlig vergessen und dachten nur an sich selbst. Befleckt von eigenen Sünden, eigener Unschuld, eigenem Ungenügen, befanden sie sich unwiderruflich jenseits jener machtvollen Einheit, die einst so unverletzlich war, dass sie ihnen allen bereits unwirklich und wie nie dagewesen schien.

5

Niemand bemerkte, wie Ilija, bartlos und kleingewachsen, vom Tisch aufstand, die Gänschen zur Seite schubste und sich zwischen ihrem kindischen Gekicher hinaus ins Treppenhaus stahl. Sein Kopf war benommen vom Wein und vom wimmernden Gestammel seiner Schwester. Er hegte keinerlei Absichten, nur etwas übermächtig Schwarzes und etwas unerträglich Weißes stießen in seinen Schläfen zusammen und erzeugten einen peinigenden Schmerz.

»Ha, *der Kleinste*«, grummelte er und stieg treppab mit den geschmeidigen Schritten eines Raubtiers.

In der Diele blieb er vor dem Spiegel stehen. Seine bartlosen Wangen waren von wächsernem Gelb, seine krank aussehende Stirn ebenfalls. Die Zähne schimmerten bläulich, als hätte er sie regelmäßig mit frischer Walnuss eingerieben. Er streckte die Zunge heraus. Den anderen. Nein, den anderen *wollte* er sie herausstrecken, aber in Wirklichkeit streckte er sie sich selbst heraus. *Er erkannte, dass er hässlich war.* Er war nicht eigentlich bucklig, doch sein zwischen die Schultern gerammter Kopf erweckte den Eindruck, als habe sich etwas nicht so entwickelt, wie es sollte. Er versuchte ein nachsichtiges Lächeln, so weit dies angesichts der Trauer über sein Eingeständnis möglich war, doch die Bosheit überwältigte seine Seele ohne Vorwarnung und erbrach sich gleichsam in sein Spiegelbild.

»*... und der Hässlichste!*«, vollendete er seinen Satz und beschloss zu gehen und es seiner Mutter zu sagen. Etwas noch Kindliches trieb ihn, um ihre Verzeihung und ihre Barmherzigkeit zu betteln: Warum sollte gerade er, der am meisten Geschädigte, so gar nichts Eigenes besitzen? Warum hatte sein Vater, getäuscht von seiner – Ilijas – angeblichen Unscheinbarkeit, ihn wieder übergangen? Ja, hässlich war er, gedrungen und ungeliebt, doch eben darum wäre er doch bestens dazu geeignet, etwas zu schaffen, neue Äcker zu bestellen, zu säen oder den Kneipenbetrieb in Schwung zu bringen – *etwas Wesentliches zu tun!* Auch für sich und gegen seine Unfertigkeit.

Die Frauen auf der Straße gingen an ihm vorüber; selbst Kinder bemerkten ihn nicht. Die Hunde hoben, wenn sie ihn sahen, das Hinterbein. Hätte ich wenigstens einen Schnurrbart, irgendeinen bemerkenswerten

Schmuck, oder trüge eine nicht wiedergutzumachende Schuld gegenüber den anderen … Seine Kehle zog sich zusammen vor Schmerz. Er warf sein Sakko ab und stürzte durch die Haustür in die bläuliche Dämmerung. Er überquerte den Hof. Im Heuschober übergab er sich. Der Wein sprudelte aus seiner Kehle, sauer und mit der Farbe schmutzigen Blutes. Die Pferde schnaubten in ihren Boxen. Sie verströmten Stallwärme, die mit leisem Zittern verging wie der verlöschende Tag. Erst da erblickte Ilija die Axt, die mit spöttisch blitzender Schneide im Hackklotz steckte. Ein unbändiger, schwindlig machender Heißhunger auf Fleisch durchschnitt seine Organe. *Es aß ihn Fleisch, es trank ihn Fleisch.* Sein rechter Augapfel drohte, aus der Höhle zu platzen, doch der Schmerz wollte einfach nicht weichen. Er riss die Axt aus dem Holzstumpf und warf sich mit namenloser Bosheit auf die Holzspäne; er spaltete sogar das Laub im Komposthaufen und die Strohhalme, die über den Stallboden verstreut waren.

6

Panto überquerte den Platz, gestützt auf das Ausrufezeichen seiner würdigen Erscheinung: den Spazierstock mit graviertem Silberknauf. Sein grauer Anzug war von bestechender Eleganz, die Einlagen in seinen Angeberschuhen knarzten und lenkten die Aufmerksamkeit der schlecht beschuhten Hungerleider auf das, was ein wahrer Herr an den Füßen trug. Im Glanze seiner Schönheit glich er einem Menschen, der seiner eigenen Unsterblichkeit entgegenschritt. Er hatte Bier in Romanzeros Restaurant getrunken. Romanzero war ein Wirt mit poetischen Neigungen, der seinen Spitznamen bekommen hatte, weil er ständig Gedichte rezitierte, in denen der Mond in zaubrischen Silbernächten aufging. Niemand wusste, ob es eigene oder angelesene Verse waren. Das späte Frühjahr tat sein Übriges – Panto war nach einem Nickerchen zumute. Die Frauen drehten sich nach ihm um; ihre wissenden, von anderen Anblicken gepeinigten Augen ergötzten sich an seiner feinen Gestalt. Aus der Bezirksverwaltung, einem barocken Gebäude, dessen Fassade mit Pilastern, Kapitellen und geflochtenen Kränzen verziert war, trat der Bezirksvorsteher; schneidig rasselnd traf die Spitze seines Säbels auf die Treppenstufen; doch auch er machte, bevor er in seine Droschke stieg, eine tiefe Verbeugung vor ihm. Zum Zeichen seiner Verehrung lächelte auch Panto ihm freundlich zu und zog seine schwarze Melone. Er hatte scharf gewürzte Frikadellen zum Bier gegessen. In der Trägheit des frühen Nachmittags fühlte er sich schlicht glücklich; er liebte die ganze Welt, ja sogar seine ebenso hässliche wie kleinliche Frau Gina.

Als er bekanntgegeben hatte, dass er sie, die Tochter des Großgrundbesitzers Jotzo, heiraten wolle, verstummte sein Vater Assen, klapperte mit seiner Zählkette, als wolle er die Mitgift nachrechnen, die dreihundert Hektar saftig grüner Ländereien, und wurde bald von Heiterkeit ergriffen, weil er sich an die drahtige Figur Jotzos erinnerte, nach deren Anblick einem die klapperdürren und krummen Beine seiner Tochter direkt einleuchteten. Dann bekreuzigte er sich und sagte: »Hässlich ist sie … flach wie ein Barbierriemen!«, fügte aber gleich hinzu: »Schön, dass du so gutmütig bist; du wirst sie schon ertragen.«

Panto gähnte – ach, jetzt ein Schläfchen! – und zog seine Uhr auf. Dieses Maschinchen mit der Form und dem Rhythmus eines menschlichen Herzens, auf dessen Silberdeckel ein Engel mit Feder in der Hand eingraviert war, gefiel ihm. Am unterhaltsamsten fand er ihr Innenleben, dieses komplizierte Gefüge aus vergoldeten, auf Rubinen gelagerten Rädchen, die von einer winzigen Kette angetrieben wurden und dafür sorgten, dass er auf dem Zifferblatt außer den Stunden und Minuten auch die Mondphasen ablesen konnte. Zwei Uhr, zwei Uhr nachmittags und Vollmond. Genau die richtige Zeit zum Schlafen. Panto warf einen kritischen Blick auf die geschliffene Granittafel über dem Eingang, auf der mit goldenen Buchstaben »Bank Lukanov, Weltschev & Cie.« geschrieben war, und überschritt mit einem tiefen Seufzer die Schwelle.

Der Mosaikboden strömte Kühle aus und jenen Geruch, der dem Eintretenden eine Vorahnung von viel Geld, von *unsichtbarem* Geld gab. Das Treppenhaus in den zweiten Stock strahlte Glanz und Festlichkeit aus. Die eiserne Tür im Hintergrund war für seinen Blick so undurchdringlich wie der Vater seiner Frau. Hinter den Schaltern aus Eichenholz dösten die Schreiber. Ihre Finger, in denen noch das leise Geräusch von Geldscheinen nachklang, waren voller Tintenkleckse. Panto nickte ihnen zu und bog ab zum Büro des Direktors.

Bai Trifon, der Prokurist der Bank und seine rechte Hand, kochte auf dem gusseisernen Ofen gerade Kaffee, als er eintrat; zu seinem Schrecken jedoch saß seine Frau Gina im Ledersessel und häkelte Istanbuler Spitzen.

»Oooh, wie ich mich freue«, tat Panto liebenswürdig, ohne seiner eigenen Stimme zu glauben, »… und ich habe dich zu Hause gesucht.«

Sie sah ihn mit ihren schielenden Augen eindringlich an und rückte das Garnknäuel in ihrem Schoß zurecht.

»Wenn gewisse Herren nicht in der Bank sind, dann muss wohl ihre Gemahlin sie dort vertreten.«

Ihre Antwort war ihm eine Spur zu platt und tadelnd, doch er hatte zu gut gespeist, um jetzt darüber nachdenken zu wollen. Er kratzte sich mit dem Silberknauf seines Stöckchens im Nacken und antwortete schuldbewusst:

»Das erhöht meine Freude noch, und zu einem Tässchen Kaffee würde ich auch nicht nein sagen.«

Bai Trifon sprang zum Ofen, weil er spürte, dass von ihm die Rede war. Redlichkeit und Einfältigkeit hielten sich bei ihm die Waage; folglich erreichte seine Redlichkeit unverzeihliche, schmerzliche Ausmaße. Er war athletisch, trug einen gezwirbelten Schnurrbart und hatte einen geröteten Hals. Er war, zusammen mit den vertrackten Abrechnungen und Notizheften, ein Erbstück von »Väterchen« Jotzo. Bai Trifon hatte sich mit der gesamten Finanzgesetzgebung befasst und konnte mit der Rechenmaschine umgehen. Jetzt teilte sich sein Blick, der treue Blick einer glücklichen und wohlgenährten Promenadenmischung, zwischen dem Kaffee, der jeden Moment aufkochen musste, und der matten Güte seines Herrn. Er sah aber nur das modische Schuhwerk Pantos und den Griff des Kaffeetöpfchens, und das machte ihn nervös und brachte ihn so durcheinander, dass der Kaffee überkochte.

Die drei schlürften aus ihren Tässchen kleine, wohlerzogene Schlucke.

»Und, wie laufen die Geschäfte?«, fragte Panto besänftigt und schlug die Beine übereinander.

»Na, wie schon …« Bai Trifon lief rot an vor Anstrengung und hustete forciert, bevor es ihm gelang, seine Gedanken in Worte zu fassen. »Gar nicht laufen sie. Diese einen da, die sich Geld auf acht Prozent Zinsen geliehen haben, zahlen einfach ihre Raten nicht, noch nicht einmal die Zinsen.«

»Ich werde Papa herrufen, dass du's nur weißt, ja, das werde ich!« Seine Frau redete nie einfach nur so daher, und Panto fühlte, wie ihm der Schweiß ausbrach. Beflissen wandte er sich an Bai Trifon:

»Lass sehen!«

»Bitte sehr, Herr … ähhh …«

Jeden Herrgottsabend legte Panto sich zu Bett mit dem inbrünstigen Wunsch, von *morgen,* oder sagen wir: *spätestens von nächster Woche an* ein richtiger Bankier zu werden. Dann stellte er sich vor den Spiegel, machte – nein, so ging es nicht weiter! – ein strenges Gesicht und stampfte mit seinem Stock auf den Boden. Am nächsten Morgen, beschloss er, wurde *früh aufgestanden,* wurden *kalte Güsse* gemacht … Doch immer gab es irgendetwas außerordentlich Wichtiges, das ihn daran hinderte, sich mit den Obliegenheiten der Bank zu befassen. Und dabei passte das Bankwesen so wunderbar zu seinem äußeren Erscheinungsbild, seinen vornehmen, gepflegten Händen.

Er beugte sich über die dicken Bücher und wendete hastig ihre bekleckssten Seiten um. Er nahm seinen ganzen Willen zusammen, um sich zu konzentrieren, doch sein Blick schweifte wie von selbst durchs Fenster nach draußen auf den Platz, wo so hochinteressante Dinge geschahen. Ein Bauer hieb mit einem Knüppel auf seinen Esel ein, der, mit gekämmter Wolle beladen, seine Hufe vor dem Gerichtsgebäude in die Erde gerammt hatte; Frau Zozolanova überquerte die Straße mit ihrem modischen, früchtebeladenen breitkrempigen Hut; irgendein Streuner verkaufte Stockfisch … ach, und die Luft leuchtete, hatte die Frühjahrssonne aufgesogen wie ein Schwamm.

»Übel … Da müssen wir sie wohl verklagen.«

»Du kannst sie verklagen, du kannst ihnen Honig um den Bart schmieren – ich rufe trotzdem meinen Vater!«

Die schielenden Äugelchen seiner Frau nagelten ihn am Stuhl fest. Er fragte sich, wie lange er nicht mehr mit ihr geschlafen hatte. Panto war nicht auf den Kopf gefallen und verstand etwas von derlei Dingen: Das weitläufige Schlafzimmer im rumänischen Hauptstadtstil, vollgestopft mit Federkissen, mit dem Geruch von Wanzenpulver und ihrem Weidenparfüm; ihre mageren Schenkel unter dem Nachthemd und ihr faltiger Bauch wirkten in letzter Zeit einschläfernd auf ihn wie ein Krug Bier.

Ja, rief er sich zur Ordnung, von morgen an nehme ich die Bankgeschäfte in die Hand! Er schaute sie an, diese Hand: Sie war sauber, weiß, irgendwie übertrieben fein, und daraus schloss er, dass sie wie geschaffen dazu war, erbarmungslos zu sein, ja, geradezu grausam. Herrgott nochmal, wie schwer es doch war, reich zu sein!

7

Der Sommer kam mit seiner Hitze und seinen grünen Fliegen. Die Kneipe der Weltschevs füllte sich mit Zigarettenqualm, guter Laune und schreienden Farben. Dem Tageslicht gelang es nur mühsam, durch die ungewaschenen Fenster zu dringen. Innen roch es nach geraspeltem Rettich und Essig, nach verschüttetem Wein und Männerschweiß. Seit er die Gaststube übernommen hatte, trank Jordan übermäßig und schimpfte auf die Kundschaft – Lastenträger vom Hafen, Kutscher, Zigeuner und vereinzelte Bauern, die mit ihren muffigen Fellen zum Markttag nach Widin kamen. Er hatte etwas Wölfisches angenommen. In seinen Augen glühte rote Wut. Er saß hinter dem feuchten Tresen und starrte, ohne irgendjemanden eines Blickes zu würdigen, immer in dieselbe dunkle Ecke. Ilija lief zwischen den Tischen hin und her und nahm die Bestellungen auf:

»Einen Moment – kommt sofort«, sagte er mit servilem Lächeln. Dann näherte er sich seinem Bruder und sagte kalt-geschäftlich: »Gib vom Verdünnten … der da ist auch schon hinüber.«

Die Gespräche drehten sich immer wieder um einen möglichen Krieg gegen die Türkei oder Serbien. Einer sang:

»Am Bosporus erhebt sich Geklirr,
es glänzen Säbel und Schilde,
da wirft unser Zar sich ins Geschirr
und ruft seine Rittergilde!«

Ein anderer, entflammt von diesen patriotischen Knittelversen, sprang exaltiert hoch, schlug sich auf den entblößten Bauch und krakeelte: »Ach, ihr heidnischen Muttersöhnchen!« Am Nachbartisch stritten sich die Anhänger der beiden bulgarischen Parlamentsfraktionen, der Konservativen und der Liberalen. Das mündete nicht selten in eine Schlägerei. Von Ohr zu Ohr wurde auch die Kunde vom fleißigen Hintern der Stadthure Pena weitergetragen, die wegen ihres zarten, rosigen Fleisches von allen, die auf den Geschmack gekommen waren, Filet-Pena genannt wurde. Am meisten aber sprachen die Leute von der Armut. Sie schlugen das Kreuz und hauten mit Fäusten auf die Tische, die davon, obwohl mit Knochenleim geklebt, schon ganz wackelig geworden waren.

Kurzum, die Kneipe lief irgendwie, mal recht, mal schlecht. Der Gewinn war spärlich, weil alle Bürger mit Geld, Kaufleute, Juristen, Beamten und andere, sich in Romanzeros Restaurant trafen oder in den Espero-Klub gingen, um Schach, Tricktrack und Würfel zu spielen oder über den Mesmerismus zu fachsimpeln, mit dem angeblich alle Krankheiten zu heilen waren, einschließlich der menschlichen Dummheit. Die Kundschaft der Weltschev-Brüder hingegen musste den Pfennig zweimal umdrehen. Sie zog Kraft und Vergessen aus dem Wein, Wut und Bewusstlosigkeit aus dem Schnaps. Vor dem Oberhaupt des Fürstentums Bulgarien, Ferdinand von Sachsen-Coburg-Gotha, zeigte diese Kundschaft keinerlei Respekt. Sein Porträt hing, von Federn, Orden und Fliegenkot gesprenkelt, unbeachtet an der Wand.

Gegen neun Uhr abends machten die beiden Brüder die Läden dicht. Dann schwärmten die Zigeunerinnen wie Wespen aus, um ihre Männer an den Ohren nach Hause zu ziehen und ihnen unterwegs den Marsch zu blasen. Mit dem Bezahlen war es immer so eine Sache. Lange Händel gingen ihm voraus. Manchmal blitzten Messer auf. Ilija schrieb im Gegenzug überhöhte Rechnungen, meckerte und log, bat wieder und wieder, sie sollten doch zahlen, doch es nützte alles nichts. Wenn aber Jordan anrückte, dann gingen die Kutscher in die Knie. Sie knöpften ihre abgerissenen Hemden auf und zogen gleichsam direkt aus dem Herzen Bündel mit Banknoten heraus.

Nach dem Tod seines Vaters sehnte sich Jordan nach etwas, das mit Worten nicht auszudrücken, aber so lebendig und anwesend war wie die Donau. Mit verschleiertem Blick folgte er dem Gewimmel in der Kneipe, und ein süßer Schmerz zog ihm die Brust zusammen. Die Leute fürchteten sich vor ihm. Seine Mutter erkannte ihn als Familienoberhaupt an und empfing ihn zu jeder Zeit in ihrem Zimmer. Todor, der Mann seiner Schwester, küsste ihm die Hand, als hätte nicht der alte Assen, sondern Jordan ihm die Karre mit den zwei Pferden vermacht. Er hielt die zehn Stunden hinter dem Tresen kaum aus und überließ es Ilija, die Einnahmen zu zählen. Er sah, wie sein Bruder zitterte, wie ihm der Speichel aus den Mundwinkeln lief, und zündete sich, angewidert von so viel Habgier, von der Unvollkommenheit der Welt überhaupt, eine Zigarette an.

»Gut sieht's aus«, sagte Ilija und überwand sich, ihm den Tagesumsatz in der kleinen, angestoßenen Holztruhe zu reichen.

»Und dir, geht's dir auch gut?«

»Bin einfach müde, Bruder.«

Ilija log. Wenn es nach ihm gegangen wäre, hätte die Kneipe bis in die frühen Morgenstunden geöffnet bleiben können, auch wenn das gegen den Willen seines Vaters, ja sogar gegen die Gesetze verstieß.

»Wenn sich einer zu sehr betrinkt, schmeißt du ihn raus, hörst du! Diese Leute haben Frauen und Kinder, Pferde und Wagen haben sie.«

»Ich werd' sie rausschmeißen«, antwortete Ilija in kindlichem Gehorsam und zog sich zum Schlafen zurück, weil er zu nichts anderem Lust hatte. Ach, wie gern wollte er Vergessen ausschenken und dafür Geld einnehmen. Er wollte Geld haben, Geld sehen, Geld berühren; alles andere war ihm langweilig.

Jordan brachte das schwere Vorhängeschloss an der Kneipentür an. Seine Schritte hallten herrenhaft wider im Halbdunkel des Treppenhauses, in der seltsamen Verlassenheit des Hauses. Er betrat das kleinste Zimmer, das seines Bruders Christo, den er sehr liebte, ohne zu wissen, warum. Er ruhte in dessen Augen aus wie in einem Daunenbett, nachdem er den ganzen Tag nichts als zerrissene und zerlumpte Hemden, behaarte Brustkörbe und schiefe Visagen gesehen hatte.

»Liest du?«, fragte er. Die Flamme der Talgkerze knackte und hob das Profil seines Bruders hervor.

»Setz dich.« Christo schloss sein Buch und räkelte sich.

»Will nicht stören. Du liest und liest … Und was? Komm mal in die Gaststube runter, damit du siehst, wie Verkommenheit aussieht, wie sie riecht, und wie es ist, wenn dir einer eins hinter die Ohren gibt!«

»Die Leute trinken sich einen …«

»Wie die Kesselflicker. Nimm nur mal den Schlaffen Kosta: Seine halbe Schlachterei ist schon an Panto verpfändet, und was tut er? Sich tagaus, tagein einen hinter die Binde gießen und große Reden schwingen.«

»Lesen ist auch eine Art Sauferei – dabei stellt sich so ein angenehmes Gefühl ein.«

»Und mir wird schon vom Zusehen schlecht.« Jordans Stimme erstickte fast vor geballter Selbstverachtung. »Ich bin nicht Fisch und nicht Fleisch. Mir ist das alles einfach ...«

Christo lächelte. Er gehörte in der Stadt zu den Gründern des Klubs »Saitenklänge«, konnte Noten lesen, spielte virtuos auf der Gitarre und hatte Stimme. Manchmal gab der Klub Konzerte im Saal der Bücherei. Dann kamen viele Leute zusammen, um russische und spanische Romanzen zu hören und mit jenen fernen Welten in Berührung zu kommen, die gleichsam aus Tönen geschaffen waren.

Jordan nahm die Gitarre vom Haken, und Christo ging hinter ihm her. Sie fühlten sich wohl miteinander und mochten sich nicht so sehr als Brüder, sondern eher wie Freunde. Sie hielten erst an, als sie das Donauufer in der Nähe der alten Festung erreicht hatten. Sie setzten sich unter irgendein Gebüsch, und die Stille schien sie für einen Moment zu trennen, einen Moment, in dem das Geheimnis des Lebens selbst über sie hereinbrach. Das Mondlicht hatte die Donau mit einem Metallüberzug versehen. Sie schleppte den Geruch von Sumpf und von fernen, märchenhaften Städten mit sich, ließ auch bereits das Meer in all seiner Gefährlichkeit und unvorstellbaren Weite erahnen, jenes traumhafte Element, das ebenso unerkannt wie ungebeten in Jordans Brust brandete.

Er lag auf dem Rücken, versenkte seinen Blick in die Sterne, groß und zitternd wie Flaum, und glaubte, dass sie das Reich der Kinderträume und der menschlichen Seele waren. Christo spielte auf seiner Gitarre Zigeunerlieder voller Liebesdrang und Trennungsschmerz. In diesen Momenten kam etwas über ihn, von dem Jordan nicht wusste, ob es Leid oder brachliegende Kraft war. Er wollte etwas ergründen, mit Haut und Haaren für etwas leben und dabei Stolz und Erniedrigung auskosten. Gott, wie viel Müdigkeit und Ungeduld sammelt sich an nur einem einzigen Tag im Menschen an!, dachte er, versteckt in duftenden Gräsern liegend, deren Spitzen trocken über seinen Augen im Wind zitterten.

»Du liest wohl Märchen?«, fragte Jordan, als seine Melancholie unerträglich zu werden drohte. »So von Prinzessinnen und edlen Rittern?«

»Nei-hein«, lachte sein Bruder und schlug einen Akkord auf seiner Gitarre. »Dieses Leben, großer Bruder, ist nicht so einfach, wie wir uns das denken ... sondern noch viel einfacher ... Soll ich dir davon mal was erzählen?«

»Spricht man da, wo du immer hingehst, auch von *solchen* Menschen, die unter nichts und wieder nichts leiden?«

»Auch um die geht es, wirst sehen.«

Jordan atmete schwer aus, und die Zweige des Strauches über ihm raschelten heftig.

8

Am Markt bogen sie ab. Es roch nach Fisch, nach gegorenem Saft und nach Dorf. Die Silhouetten der still dastehenden Ponys und die Halden mit den ersten Wassermelonen gaben ein malerisches Bild ab. Sie näherten sich dem Esperanto-Klub »Espero«. Christo pfiff vor sich hin, Jordan aber fraß sich schon auf vor Angst. Das war nicht die Furcht vor dem Ungewissen, sondern das begründete Unbehagen, dass es bei ihm mit der Bildung so schlecht stand, dass er überhaupt nicht verstehen würde, was die gelehrten Köpfe dort von sich gaben. Die mit grobem Kopfstein gepflasterte Straße wirkte blind in der Dunkelheit und schien nirgendwo hinzuführen.

Auf einmal waren sie drinnen. In dem von Gaslampen erhellten Raum sahen sie Männer, die sich um Spielbretter drängten, hörten sie das Klappern von Spielsteinen und Worte in einer unbekannten Sprache. Würfel blitzten auf. Jordan fühlte sich in dem schmalen Salon wie ein ungeladener Gast. Alle trugen Bart und Hemden mit hochgeschlossenen Stehkragen. Rechtsanwalt Kamenov saß neben dem Französischlehrer, weiter hinten erkannte er einige Handwerksmeister und Herrn Proitschev, den Büchereileiter. Er schämte sich.

»Das ist mein Bruder«, sagte Christo schlicht und gab den meisten der Anwesenden die Hand. Jordan wusste nicht, was er tun sollte, und brach vor Betretenheit in Schweiß aus. Die Nacht war aber auch wirklich sehr heiß. Die Mücken umkreisten die Gaslampen, und ihr blutrünstiges Gesumme schien die Luft zu verdichten. Er bekreuzigte sich gedankenverloren und setzte sich.

Hinter dem Tisch mit der roten Decke erhob sich Rechtsanwalt Kamenov und sprach feurig über jemanden namens Plechanov, der sein Lehrer gewesen sei. Er benutzte schwierige, unbekannte Wörter und redete wie in der Kirche, mit so einer komisch übertriebenen Glut in der Stimme. Er schüttelte die Faust, sein Zeigefinger wies ins Dunkle, sein Bart zitterte. Hatten diese Leute einen neuen Glauben geschaffen? War ein neuer Christus aufgetaucht? Sein Bruder tat so, als verstünde er den Redner, und schüttelte nachdenklich den Kopf. Jordan aber, so sehr er auch lauschte, gewann keine Klarheit, sondern wurde nur immer verwirrter. Er hörte auch nichts über sich und sein rätselhaftes Leiden. Von was für einer Gleichheit redet er da, dachte er mürrisch, und von was für Arbeitern? Meinte er jetzt die Kutscher, die Lastenträger, oder vielleicht die Zigeuner? Und warum muss ich den ganzen Tag lang hinter dem Tresen hocken, wenn alle gleich sind? Vater Anissi jagt uns wenigstens mit der Hölle Angst ein, *jener* Welt, die noch niemand gesehen hat … *diese* Welt hier jedoch, die kennen wir doch nur allzu gut, Brüder … Und warum redet er bloß so laut? Es sah aus, als müsse Kamenov gleich platzen vor lauter angestauter Energie; doch der Respekt vor einem Mann, der Jura studiert hatte, der so viele verschiedene Wörter wusste und dazu noch eine Brille trug, sagte Jordan, dass er zu schweigen hatte.

Von irgendwoher roch es nach Donau, nach Reisen. Die Sichel des Mondes schnitt sich ihren Weg durch den Himmel über den niedrigen Häuschen in der Nachbarschaft. Ein Schwein quiekte. Ein Hahn mit Schlafstörungen krähte. Ihm tat das Herz weh vor – was für einer Liebe? was für einem Hass? Die Muskeln unter seinem Hemd spannten sich. Er erinnerte sich an seinen Vater. Auch als der schon ein magerer Greis war: Sein bloßer Blick genügte, um Jordans Willen zu brechen oder ihn vor Schlimmem zu bewahren. Mit einem Lächeln seiner zitternden Lippen konnte er seine aufbrausende Seele besänftigen. »Wisch du dir erstmal den Milchbart ab«, lachte sein Vater. »Ich weiß Dinge, von denen du dir in die Hosen machst, selbst wenn du sie nur im Traum siehst. Aber du bist wie ich. Ich liebe dich und verzeihe dir.«

Rechtsanwalt Kamenov war am Ende seiner flammenden Rede angelangt, zog ein Taschentuch aus seiner Hose und wischte sich die Bitterkeit aus den Mundwinkeln. Er trank ein Glas Wasser, als sei er krank; erst danach standen die anderen auf, um Beifall zu klatschen. Das Leben kehrte in sie zurück, sie redeten durcheinander, und aus unerfindlichen Gründen lächelten sie feierlich. Jetzt wurde Jordan wohler, weil es mehr so zuging wie in seiner Kneipe. Der Wind draußen versetzte die tintenschwarze Dunkelheit in Bewegung und brachte Abkühlung.

»Schön war's«, sagte Jordan, drückte die Hand von Anwalt Kamenov und blickte ihm in die schmerzerfüllten Augen. »Sehr zu danken ...«

Schwerfällig ging er hinaus, ohne auf seinen Bruder zu warten, und setzte fortan nie wieder einen Fuß in diesen Klub.

9

Den ganzen heißen Tag lang verbrachte Todor, Jonkas Mann, auf dem Markt, auf dem es nur so brodelte vor Bauern in Trachtenhosen, geleckten Dämchen, Gaffern und Gaunern. Es wurde Gemüse verkauft, an Haken hingen Rinderkutteln, ausgewaschene Lammdärme, Bratenstücke vom Schwein. Der Trubel war gewaltig. Die Sonne gleißte und brachte die Luft zum Flimmern. Ein Artist schluckte Feuer und Säbel. Hausmädchen mit dicken Waden standen um ihn herum und stießen sich an. Die Kinder drängten sich am Stand mit den bunten Lutschern in Hähnchenform und den Zuckerflöten. Ein Ochse mit müden, menschlichen Augen käute wieder. Und ein stämmiger Walache schrie: »Honigmelonen, heilkräftige Honigmelonen. Wer die isst, den verschonen die bösen Geister der Krankheit.«

Die Uhr über der Bank schlug zwölf. Der Schatten der Linde, in dem Todor seine beiden Pferde ausgespannt hatte, kroch weiter und weiter. Das Marineorchester begann im Stadtpark sein Nachmittagskonzert. Gegen Abend wurde seine Müdigkeit unerträglich. Den ganzen Tag hatte er, bis ihm die Stimme wegblieb, gegen das Stimmengewirr und den Staub angeschrien: »Tausche Pferde, tausche Rassepferde gegen Ackergäule und ein Schwein«, doch ohne Erfolg. Er drehte sich eine Zigarette, befeuchtete das Papier mit der Zunge, klopfte das Endstück auf seinem Fingernagel platt und zündete sie an. Er schwieg betroffen. Die beiden ererbten Hengste, schwarz und glänzend, klapperten nervös mit den Hufen und sahen ihn treuergeben an. Todor liebte diese prachtvollen Tiere wie Kinder. Den ganzen Sommer verbrachte er mit ihnen bis in die Abendstunden auf den Weiden, wie betäubt von dem Duft nach Kräutern und dem zitternden Atem der Erde, und erzählte ihnen von sich. Er beklagte sich nicht, verurteilte weder seine Mitmenschen noch den lieben Gott, sondern erzählte einfach. Er überließ sich dem Rauschen der Worte, wie das Gras sich dem Wind überließ. »Das Dach ist undicht, aber bis es mit dem Regen losgeht, ist noch Zeit … Im Stall ist der Holzwurm drin, aber gut, der Wagen ist noch intakt. Der Wein ist sauer geworden, schade, aber Teer zum Verpichen ist da. Eurer Tante Jonka geht's auch gut so weit … nur dass sie einfach keine Frucht trägt! Besser, sie wäre eine Hexe als kinderlos. Der Mensch fragt sich, warum? Aber er bekommt einfach keine Antwort.« Besänftigt von seinem stillen Leid, kamen die Pferde zu ihm und stubsten ihm ihre feuchten Nüstern vor die Brust. Wenn eine Sternschnuppe fiel, wünschte er sich immer nur das Eine … Die Hengste schnaubten verständnisvoll. Was für graziöse und empfindsame Tiere.

Der Grund, warum Todor sie gegen zwei Ackergäule und ein fettes Schwein eintauschen wollte, war, dass er in letzter Zeit überall vom Krieg reden hörte. Wie man weiß, werden blinde Pferde im Krieg nicht eingesetzt, weil sie alt sind und weil sie scheuen, vor Schreien, Gewehrfeuer, von Kanonendonner ganz zu schweigen. Er musste seine Rassetiere eintauschen, obwohl er ihnen alles über sich erzählt hatte. In ihren klugen und treuergebenen Augen trugen sie sein Geheimnis. Trauer verschleierte seinen Blick, sein vorzeitig gealtertes Gesicht verfinsterte sich. Ein Zigeuner näherte sich. Er war barfuß, hatte aber einen Goldzahn. Er griff einem der Hengste ins Maul und besah sich dessen Zähne.

»Marsch, hau ab, du Heidensohn, oder ich zieh dir eins mit der Peitsche über.«

Der Zigeuner schaute ihn erschrocken an, sah den Kummer in Todors Augen, beruhigte sich wieder: Wer hat schon Angst vor fremdem Kummer? Würdevoll glättete er seinen schwarzen Schnauzbart und sagte: »Wie ich sie mir auch anschaue, diese Mähre, es ist einfach nix dran, Meister.«

10

Als er mit der Schnapsflasche hereinkam, hatte Jonka die Polenta bereits zum zweiten Mal aufgewärmt. Es roch nach Schweineschmalz, Maismehl und dem Pferdemist, mit dem sie den Boden einrieben, um allerlei Ungeziefer vorzubeugen. Die Sonne hielt sich noch gerade eben über dem Festungsgraben, der mit seinem grünen Wasser, aus dem Froschquaken ertönte, eine Brutstätte für jene Fiebermücken war, die der Stadt immer wieder Malaria-Epidemien bescherten. Todor hob die Flasche, warf einen durstigen Blick darauf und sagte: »Hab ich von Jordan zum halben Preis bekommen.«

Jonka drehte ihr Gesicht von dem heißen Topf weg. Sie lauschte auf die Geräusche im Hof, weil sie erwartete, dort das Grunzen des eingetauschten Schweins zu hören. Doch die Stille blieb leer.

»Du hast doch nicht den ganzen Tag nur getrunken?«, fragte sie unwirsch.

»Hab ich nicht.«

»Oder bist zu den Zigeunern gegangen? Na?«

»Bin ich nicht.«

»Warum bist du dann die beiden Prachtgäule, die nichts als fressen können, nicht losgeworden? Soll der Krieg das für dich erledigen?«

Sie heftete ihren Blick auf sein Gesicht. Seine grauen Augen hatten sich mit Blei gefüllt. Sein linker Arm zitterte, und sie begriff, dass es besser war, mit dem Sticheln aufzuhören. Wenn seine Augen dunkel wurden und, vor allem, wenn sein linker Arm »tanzte«, dann war klar, dass das Fass seiner Güte überlief und nichts ihn mehr halten konnte. Alles, was den Männern zu viel wurde, mündete bei ihnen in Prügeln. Sie erinnerte sich, wie Assen, ihr Vater, ihn bei der Verlobung angeschaut und ihr nachher gesagt hatte: »Ein armer Schlucker ist er, aber gutherzig wie unser Panto. Schön ist er nicht, aber dafür besser als unser Panto. Wird dich hüten wie ein Blümchen im Übertopf. Schlagen wird er dich selten, aber wenn, dann heftig.«

Todor trank einen Schluck, wälzte ihn im Mund herum, und seine Züge entspannten sich.

»Ich krieg sie einfach nicht getauscht, basta! Und der Krieg ist weit. Das hat Jordan auch gesagt.«

»Gut denn«, antwortete sie ängstlich, »es waren ja Vaters Pferde, darum sind sie mir auch lieb und teuer.«

Sie ging in den Garten, spuckte aus gegen Unheil und pflückte einige reife Tomaten. Sie rieb sie in ihrer trockenen Hand ab und schaute hasserfüllt zum Stall. Diese Viecher! Was für stechende Augen und was für eine penetrante Ausdünstung, und dann so eine Affenliebe! Sie wusste, Todor und sie würden jetzt schweigen und trinken, während es draußen dunkel wurde und der Mond den Himmel mit seinem unwirklichen Licht bestäubte. Sie hatten sich daran gewöhnt, am Abend ins still gewordene Zimmer zu gehen. Er setzte sich auf die Truhe, sie auf den wackligen Stuhl. Der Branntwein hüllte ihren Leib in wohligwarme Flammen, und Todors Augen wurden weich.

»Worüber soll ich bloß mit dir reden«, sagte er voller Mitleid und schaute sie mit kaum erträglicher Liebe an, »wenn du kein Kind bekommen kannst. Wenn ein Rad bricht – mit diesen meinen Händen kann ich es reparieren. Wenn ein Pferd sich an Luzerne überfressen hat, kann ich ihm in den Bauch stechen, damit die Gase entweichen. Aber hier … Die Natur hat uns mit Unfruchtbarkeit bestraft. Der Mensch fragt sich, warum, aber er bekommt und bekommt einfach keine Antwort.«

Diese quengelnde Stimme erfüllte sie mit geduldiger und irgendwie warmer Bosheit. Sie hatte zwei Wochen nur trockenen Wermut gegessen, bis ihr Magen durchzubrechen schien vor Schmerzen; sie hatte ihre Brüste mit frischer Brennnessel eingewickelt; sie war zu Fuß zum Rakovski-Kloster gegangen, um vor der wundertätigen Ikone der Heiligen Muttergottes zu beten; sie hatte wie eine Wölfin vor ihrer Mutter geheult, dass ihre Brüder in Unterhosen mit verschlafenen und erschreckten Gesichtern aus den oberen Zimmern herbeigeflogen kamen. Was denn noch?

Jonka seufzte auf. Im Halbdunkel sah ihr schönes Gesicht entsetzlich aus. Sie goss in die Gläser nach, sie stießen an und fühlten sich unzertrennlich – sie, die Frau, und Todor, der Mann; dazwischen – nichts.

»Oh, Herrgott nochmal«, begann Jonka und ahmte – süß ist die Rache – die Stimme der Klageweiber nach, »wollte der Blinde Koljo mich nicht heiraten? Er wollte, Jonka, er wollte, und du hast drauf geschissen. Blind war er, aber sein Vater hatte zwei Läden und eine Barbierstube, eiserne Betten, ein aus Ziegeln gemauertes Klosetthäuschen und ein Haus mit zwei Stockwerken und Weingarten dazu. Jonka, was bist du doch dumm gewesen …«

Jetzt hörte Todor zu. Ihre Stimme wirkte wie ein anregender kleiner Happen. Ihm wurde wohl, und sein Herz erwärmte sich. Jonka war aufgestanden und tanzte – wie alle begabten Schamaninnen – nur mit den Armen und den Hüften. Ihr weißer Unterrock raschelte, ihre Glasketten klimperten. Ihre Brüste schaukelten, groß und weich wie Brotteig. Todor fühlte sich zu weich, zu taub – wie sollte er da noch an den Krieg denken? Sein Herz zog sich schmerzhaft zusammen vor Liebe, und wie von Sinnen stand er auf und ging auf sie zu, sein Glück herauszufordern.

11

So wie ein herbstliches Feld auf den ersten Schnee wartet, so war Petruniza – halb über den Sparherd mit den runden Platten für die Töpfe gebeugt – in Träumerei versunken. Das ewige Licht unter der Ikone verbreitete ein weiches, bizarres Licht. Das Herdfeuer wummerte, der Bohneneintopf brodelte einschläfernd auf der Flamme. Sie hatte Ilija vergessen, der auf dem Wandsofa gegenüber saß und seinen Blick unverwandt in die Dunkelheit bohrte; sie dachte auch nicht an ihre anderen Söhne oder an Jonka. Sie hörte das Trappeln der Fuhrwerke unter ihrem Fenster nicht. Etwas mehr als ein Jahr war nun vergangen, seit ihr Mann Assen unter der Erde lag, für immer eingeschlafen. Sie ging jeden Tag zum Friedhof. Sie trauerte nicht, und sie lebte nicht auf, wenn sie das Grab von Unkraut reinigte, von achtlosen Fußabdrücken und Moos. Sie lauschte dem leisen Wind, der die Zweige der Trauerweide kämmte, und mühte sich, seine Stimme zu hören – nicht um sich zu erinnern, sondern um zu erfahren, was die Zukunft brachte. Petruniza hatte auf dieser Welt genug erlitten, doch das hieß nicht, dass sie auf das Jenseits hoffte. Gelegentlich dachte sie mit unerklärlicher Ruhe an die Sünden ihres Mannes. Sie war die Einzige, die sein schlimmes Geheimnis kannte, jene zufällige kleine Schleife in seinem Schicksal, die unter seinen toten Augenlidern begraben lag. Ihr war schwer und zugleich hoffnungslos öde ums Herz. Und weil der einsame Mensch nach Heiligkeit strebt, lenkte sie ihre Schritte zur Kirche. Sie zündete der Muttergottes Kerzen an, kniete sich auf die kalten Fliesen und knetete mit ihren Lippen lange jene Worte, die sie sonst selbst im Schlaf nicht zu sagen wagte.

»Sprich, Tochter«, lud Vater Anissi sie ein, zu beichten, und ihr schien, dass sein demütiger Flüsterton durch die Kirche kroch wie eine Schlange.

»Ich habe Angst davor!«, antwortete Petruniza, stand entschlossen auf und ging würdevollen Schrittes über die Hauptgeschäftsstraße wieder nach Hause. Sie hütete das Geheimnis nicht, sondern vergaß es. *Es* wachte abends auf und schlief während des Tages. Dort, in der fernen und unendlichen Vergangenheit, hatte der Alte die starken Wurzeln der Familiensippe verankert und genug getan, damit *es* noch ins Blut seiner Urenkel gelangte.

»Er trinkt, sag ich dir«, sagte Ilija mit einer seltsam tiefen Leichenbitterstimme.

Das holte sie in die Wirklichkeit zurück. An die Fenster prasselte der Herbstregen.

»Wer trinkt?«

»Der Älteste. Wir reden doch von Jordan, oder nicht?«

»Ah, ja.« Petruniza schaute auf ihre durchgelaufenen Pantoffeln und bemerkte, dass sie ihr auf einmal zu groß geworden waren, viel zu groß.

»Er fängt an, die Leute anschreiben zu lassen, und zählt das Geld nicht nach. Er steckt voller Wut und ist nur auf Prügeleien aus. Und Christo tut nichts als lesen, lesen …«

Sie hörte einen gefährlichen Eifer in seiner Stimme. Sie drehte sich um, doch sein noch kindliches Gesicht beruhigte sie. Er drehte eine Scheibe Schmalzbrot in seinen Händen, biss aber nicht hinein.

»Dann hilf du ihm, und verplempert nicht alles. Euer Vater hat seine Seele in dieser Gaststube gelassen.«

Petruniza hasste die Kneipe. Es ist Sünde, hatte sie schon früh gedacht, mit den Lastern der Menschen sein Brot zu verdienen, das Böse im Menschen anzulocken und es zu begießen. Sie rührte den Bohneneintopf mit dem Holzlöffel um, leckte ihn ab und wiederholte, bevor sie Ilija wieder vergaß: »Ich werd' ihn mal zur Ordnung rufen, den Jordan. Und du, du hilf ihm …«

12

Erst als er seinen Bruder zu hassen begann, begriff Ilija, wie sehr er an ihm hing. Jordan setzte sich majestätisch hinter den Tresen, versetzte ihm gelegentlich einen brüderlichen Karnickelfangschlag in den Nacken, und da Ilija keinen Nacken hatte, landete der Treffer auf seinem Hinterkopf. Draußen fiel Eisregen. Die Antwort darauf drinnen, im Halbdunkel der Gaststube, war das Klingen der Justscheta – jener Schnapsgläschen, die einer winzigen Glasflasche mit überlangem Hals glichen. Er wischte die Tische mit einem schmierigen Handtuch ab und warf es sich danach wieder über die linke Elle. Von all den Stimmen der Bauern, die mit ihren Pelzjacken zu atmen schienen, wurde ihm kotzübel. Die Kutscher ließen ihre Gerten knallen. Einige verbreiteten die Nachricht, dass ein ehemaliger Minister unter der Regierung Radoslavov, die an der Wende zum 20. Jahrhundert an der Macht gewesen war, mit einer Frau aus Widin verheiratet sei.

»Ich sag euch, das ist ein Hiesiger!«

»Von wegen hiesig! Seine Frau kommt aus Kula, und alles, was er in seiner Amtszeit auf die Seite geschafft hat, geht dorthin!«

Andere waren verärgert über Großbritannien – ein fernes und mächtiges, geheimnisvoll in Meer und Nebel gehülltes Reich, das aus Angst vor zu viel russischem Einfluss auf dem Balkan die Interessen des osmanischen Imperiums verteidigte. Auf dem Berliner Kongress im Juni 1878 hatte England erreicht, dass das nach dem Befreiungskrieg zwischen Russland und der Hohen Pforte im Vertrag von San Stefano festgeschriebene Territorium auf weniger als die Hälfte reduziert worden war. Sie wunderten sich, dass es keinen Krieg zwischen Russland und England gab. Nachdem sie genug politisiert hatten, wurde gesungen, geweint oder ein Nickerchen gehalten – alles ganz natürlich, ja sogar angenehm! Es war doch Samstag, da konnte man ein bisschen sündigen, denn schon am Tag darauf ging es ja zur Kirche …

Während des ganzen Tages hielt Jordan sein Weinglas umklammert. Ilija fühlte seine vom Wein geröteten Augen im Nacken. Das Schweigen zwischen ihnen wurde unerträglich. Die Trauer lag auf Ilijas Bewusstsein wie ein Schmiedehammer. Was hab ich denn getan? Woran bin ich schuld? Abends warf Jordan, betrunken, müde von seiner eigenen, nicht verausgabten Kraft, die kleine Geldtruhe auf den Tresen und sagte finster: »Komm, zähl. Du liebst doch das Zählen.«

Das Geld, kühl und zu wenig, brachte Ilija ins Schwitzen. Die in alten Taschen abgewetzten und von vielen Berührungen angelaufenen Münzen bargen eine geheime Kraft in sich und beschäftigten seine jugendliche Fantasie. Er konnte sich nicht vorstellen, was er mit all diesen Geldstücken machen würde; er hatte keinerlei Bedürfnisse, war auch nicht hochmütig oder eitel; nein, was ihn magisch anzog, war die Aura des Ewigen und Unveränderlichen, die der Klang und der matte Glanz des Silbers schufen. Wenn sein Bruder die Silbermünzen nach dem Zählen mit einer groben Bewegung wie einen Strom aus erneut eingefrorenem Schmelzwasser wieder in die Truhe kehrte, empfand er eine unerklärliche Einsamkeit. Er war auch zu Panto und Jonka gegangen und hatte dort mit seltsamer Betonung verbreitet: »Er säuft wie eine Natter.« Doch dann machte ihn die Liebe zu Jordan, zu seinem eigenen aufbrausenden und gefährlichen Blut, schwindlig.

Einmal, der erste Schnee war gefallen und hatte das Trappeln der Hufe erstickt und die Unterschiede der menschlichen Stimmen ausgelöscht, fiel eine Münze unter den Tresen. Sie klimperte verräterisch, doch sein Bruder schien nichts bemerkt zu haben. Die dunkle Silhouette Jordans vor dem bläulich schimmernden Grund des Schnees zog die Läden zu, als sei nichts geschehen. Sofort entbrannte ein heftiger innerer Kampf in Ilija. Das Geldstück schaute ihn mit einäugigem Spott an, lebendig und doch tot, hochmütig und doch verwaist. Der Speichel begann ihm zu fließen. Seine Beine zitterten. Sein Herz blieb für einen Augenblick stehen. Doch er hob es nicht gleich auf, das Fünf-Lewa-Stück.

Er begann nun, jeden Abend hie und da eine Münze fallen zu lassen. Den ganzen Tag lang dachte er sich Pläne aus, wie er das unbemerkt bewerkstelligen könnte. Mitternachts schlich er wie ein Bösewicht in die Gaststube, klaubte sie vom Boden auf und verstaute sie in seiner tiefen Hosentasche. Er sammelte das Geld in einem schmutzigen Lappen. Den versteckte er im Stall, in dem noch vor gar nicht langer Zeit die Pferde gestanden hatten. Es roch dort noch immer nach ihnen. Er zählte das Geld voller Spannung, berauscht von dem neuen Gefühl, etwas zu besitzen. Er zermarterte sich das Hirn, um sich *daran zu erinnern,* was man damit machte.

Es erschien ihm kleinmütig, davon *irgendetwas* zu kaufen, sie beim Würfelspiel in einem der zahllosen Kaffeehäuser zu verlieren, oder gar sie zu verschenken. Er hatte keinen Freund. Vor der Reinheit seiner Mutter fürchtete er sich. Und erst recht vor der grausigen, unerklärlichen Melancholie Jordans. Er versteckte sich weiterhin in seinem hässlich aussehenden Lächeln, so wie das Geld schweigend im verlassenen Stall vergraben lag.

Er kehrte zurück in sein kaltes Zimmer, auf dessen Fenster der Frost wundersame Eisblumen gemalt hatte. Er rieb seine Nase an einem Fenster und gab seiner jugendlichen Einbildungskraft Zucker. Er stellte sich eine schöne Frau vor, die europäisch gekleidet war, grazil, mit blauen, verwunderten Augen, die aus Wien kam, ach Wien! Das hatte er einmal auf einer Weihnachtskarte gesehen … Am häufigsten aber stellte er sich vor, wie er seinen Bruder Jordan vor dem sicheren Tod errettete, selbst aber dabei sein Leben ließ. Er sah vor sich, wie die ganze Familiensippe seinen hässlichen und toten, doch von seinem edelmütigen Opfer erleuchteten Körper umstellte. Jordan beugte sich über ihn, um seine erkaltete Stirn zu küssen, und sagte immer wieder: »Und das nur meinetwegen …« Ilija schluchzte leise im Dunkeln, fiel auf die Knie, senkte den Kopf zu Boden und betete lange, betete um das Glück seiner Brüder.

13

Die Gaslaternen auf der Hauptstraße brannten schon. Flackernd warfen sie ihr gelbliches Licht auf den Schnee. Die Straße war menschenleer, der Wind spielte Fangen mit der Stille. Die Menschen hatten sich verkrochen und bereiteten sich auf das Weihnachtsfest vor. Am hellsten erleuchtet waren die Fenster der neobarocken Häuser im Stadtzentrum. In einigen von ihnen sah man sogar Tannenbäume, die mit Kerzen, Baumschmuck und Watte dekoriert waren – ein Luxus, den sich in Widin nur die Reichsten leisten konnten. In unüberwindlich scheinender Entfernung huschten drinnen Gesichter, schattenhafte Gestalten und spitzenbesetzte Stoffe vorüber, die der Fantasie Nahrung gaben. Selbst die eisige Luft schien sich an diesem Anblick zu wärmen und begann gleichsam, nach Parfüm zu duften.

Ilija fühlte sich wie krank. Er brannte vor Ungeduld, *dort anzukommen,* und vor Widerwillen, *dort hinzugehen,* wohin er sich aufgemacht hatte. In seinem zur Faust geballten Herzen barg er Angst, in seinem zu klein gewordenen Mantel den Lappen mit dem Geld. Mittags, angeekelt von sich selbst und wie betäubt von seinem Entschluss, hatte er gebadet. Er verströmte noch immer den Duft hausgemachter Seife. Als er die kleine Schlachterei des Schlaffen Kosta erreichte, bog er links ab und sah die Donau vor sich, erhaben, unbewegt, erstarrt unter silbrig schimmerndem Eis. Die Hunde bellten los. Er seufzte. Besorgt schaute er sich um, bevor er an die Tür klopfte. Er wartete lange, betete, dass ihm nicht aufgetan würde. Seine Seele wand sich unter widersprüchlichen Gefühlen, die sich faltig in sein hässliches Gesicht eingruben. Auf einmal ein geheimnisvolles Knarren. Licht schlug ihm mitten ins Gesicht. Er erkannte Pena, das »Filetstück«. Sie war größer und zweimal so breit wie er, trug ein altmodisches, gefranstes Kleid und hatte ein Dekolletee, dessen Stützpunkt irgendwo in der Gegend ihres Bauchnabels liegen musste.

»Oh, halli-hallo«, grinste sie und fragte sich, ob sie diese siebzehnjährige Vogelscheuche überhaupt hereinlassen sollte. Man hatte sie schon einmal verprügelt wegen Verführung Minderjähriger, und die Kreisverwaltung hatte ihr eine Strafe aufgebrummt.

»Ich … na ja … es ist saukalt draußen.«

Ilija überschritt die Schwelle und drückte sich an dem üppigen Leib Penas vorbei geradewegs ins überheizte, nach Kampher, Schimmel und Quitten duftende Zimmer. Im Kanonenofen züngelten muntere Flammen. In der Mitte des Raumes stand ein breites Bett, auf dessen Kopfseite ein See mit zwei Schwänen gemalt war, die sich küssten. Die Fenster waren verhüllt mit ausgeblichenen Vorhängen, über dem Paravent in der Ecke hingen Unterröcke zum Trocknen. Von der Wand her war das Ticken einer richtigen Uhr zu hören.

»Gib mir Wein zu trinken.« Ilija zog den Lappen aus seiner Tasche, knüpfte ihn auf, und über die schimmernde Bettdecke purzelten Silbermünzen wie neu eingefrorenes Schmelzwasser. In diesem Moment der Trennung empfand er weder Bedauern noch Liebe; er war noch nicht einmal verzweifelt.

Mit erfahrenem Blick schätzte Filet-Pena den Wert des Münzergusses ab. Der Junge begann ihr zu gefallen! Sie fand, er sah zwar noch etwas grün, aber schon durchaus männlich aus, beinahe schön – auch wenn in seinen gespannten Gesichtszügen etwas Verquältes lag. Sie ging in das untere Zimmer mit dem kühlen Lehmboden und zapfte eine Kanne voll von dem billigen Wein. Sie besprengte ihren Busen mit Rasierwasser und kehrte gutgelaunt und wohlriechend zurück.

»Ich hocke hier alleine, immer allein ... Wer schenkt schon einer armen Witwe Aufmerksamkeit?« Sie reichte ihm die Kanne und sah zu, wie er sie durstig bis zur Hälfte leerte. Sie setzte sich neben ihn, zog ihre Unterröcke übers Knie hoch und kratzte sich verführerisch die Oberschenkel.

Ilija wurde flau. Er war drauf und dran, loszuheulen. Er spürte, wie dicht neben ihm ein Kleid zu Boden fiel, wie riesige Brüste daraus hervorquollen, und wie unter einem Frauenbauch ein lockiges Lämmchen hervorkrabbelte. Es roch nach Schweiß, Barbierstube und Todsünde. Eine erfahrene Hand machte sich an seinen Hosen zu schaffen. In Gedanken schickte er Stoßgebete gen Himmel.

»Nun komm, mein Herzchen, erzähl mir was«, flüsterte Filet-Pena. Sie zog ihn aus wie eine Mutter ihren kleinen Jungen, nahm ihn unter ihre Fittiche, umfing ihn mit ihrem ganzen Körper, deckte ihn bis zum Kinn mit sich zu. Das fühlte sich angenehm und erschreckend zugleich an. Der Wein kollerte in seinem Magen, ihre überbordenden Fleischmassen nahmen ihm den Atem.

»Ich glaube, ich geh besser ... Ich muss gehen ...«, stöhnte Ilija wie von Sinnen. Sie missverstand ihn und wiederholte mit heiserer Märchenerzählerstimme:

»Oooch, wie schön ... Mir war noch nie sooo schöön.«

Etwas stach ihn in die Weichteile. Ein wollüstiger Schauer durchfuhr ihn. Dann schien irgendjemand in der Gegend seiner Lenden ihn von innen nach außen zu stülpen wie einen Handschuh. Danach fühlte er sich trunken und leer. Er zog sich rasch an und bemühte sich, Pena dabei nicht anzuschauen.

Die kalte Luft draußen traf ihn wie ein Schlag. Ilija rannte ohne Sinn und ohne Ziel los, geriet außer Atem, fühlte, wie fremder Schweiß an seinem Körper herablief. Erst am Ufer der Donau hielt er an und ließ sich auf den nächstbesten schneebedeckten Stein fallen. In diesem Moment erschien ihm alles so starr und sinnentleert, als sei es tot. Das Ufergrau sah fremd aus, namenlos und unbekannt. Auch der Fluss wollte nichts von ihm wissen. In seiner Verzweiflung begann Ilija zu weinen. Niemand interessierte sich für ihn, nichts gehörte ihm. Wirklich nah war ihm nur jene Handvoll Geld gewesen, die er soeben verplempert hatte, um in den kurzen Genuss von Penas Filetstücken zu kommen. Nun schämte er sich nicht mehr für seinen Körper, sondern für etwas Übermenschliches, Kosmisches, in das er hineingestellt war, und er beschloss, radikal damit aufzuhören, Geld für zweifelhafte Vergnügen hinauszuwerfen, die nicht nur wenig gottgefällig waren, sondern ihn auch seine hoffnungslose Einsamkeit nur noch stärker empfinden ließen.

14

Zur Mittagszeit – Jordan hatte erst ein einziges Glas Wein getrunken – betrat Hauptwachtmeister Bobozov, ein bärenstarker Polizist mit dem Schnauzbart eines Seelöwen, die Gaststube, rasselte mit seinem Säbel, und alle verstummten.

»Der Bezirksvorsteher ruft dich zu sich. Wenn möglich, bitte sofort vorstellig zu werden.«

Jordan ließ einen Fluch vom Stapel, zog seine Lederschürze aus und bedachte Bobozov mit einem Blick, bei dem dieser vorsichtshalber an seinen Säbel griff. Er zog seinen Mantel an und ging hinter dem Polizisten hinaus. Ohne die Wärme des Weins in seinem Blut sah er noch finsterer und furchterregender aus. Er mühte sich ab, sich an irgendein Vergehen zu erinnern. Er zahlte regelmäßig seine Verbrauchssteuern, hatte weder gestohlen noch jemandem Gewalt angetan, folglich, so dachte er bei sich, können sie mir alles anhängen.

Der Winter ging zu Ende. Es hatte schon lange nicht mehr geschneit. Der festgetrampelte Schnee auf der Provinz-Hauptstraße war gelbbraun gesprenkelt von Viehkot und -urin. Die Sonne, noch immer tiefstehend und kalt, versilberte die Eiszapfen an den Traufen und Giebeln der Dächer. Er fluchte noch einmal. In der Ferne hörte er die Donau rauschen, mit der er sich seelisch zutiefst verbunden fühlte.

Sie betraten das Gebäude der Bezirksverwaltung. Auf den Stufen der

Freitreppe knallten die Stiefel Bobozovs wie die Trommel eines Tambourmajors. Vor der Tür mit der gut lesbaren Aufschrift »Bezirksvorsteher« blieb Jordan stehen, seufzte einmal und öffnete sie unwirsch. In dem großen Dienstzimmer erblickte er zuerst die beiden Ledersessel, dann den Schreibtisch mit den darauf verstreuten Abschriften. Von der Wand lächelte ihm streng und aufmunternd zugleich das Antlitz Ferdinands von Sachsen-Coburg-Gotha zu. Pope Iliev, der Bezirksvorsteher, saß hinter dem Schreibtisch und schlürfte Kaffee. Er hatte seine blitzblank gewienerten Stiefel ausgezogen; seine groben Wollstrümpfe verunzierten die Eichenpolitur des Dienstmöbels.

»Grüß dich, Pope«, sagte Jordan ohne Aufregung. Der Bezirksvorsteher war bis zur dritten Klasse sein Mitschüler gewesen. Gemeinsam hatten sie die Melonenfelder unsicher gemacht, hatten die Donau bis zur Stadt Calafat am rumänischen Ufer durchschwommen, der edlen Wissenschaft hingegen mit ihren trägen Gehirnen nicht viel abgewinnen können.

»Nehmen Sie doch Platz, Herr Weltschev«, erwiderte Pope Iliev, ganz Amtsperson, um Jordans unerwünschter Vertraulichkeit gleich einen Riegel vorzuschieben. »Wie ist das werte Befinden?«

»Wir schlagen uns so durch, Herr Vorsteher – mit einer Gaststätte. Ansonsten … Vater ist gestorben …«

»Ist mir zu Ohren gekommen. Und Panto hat eine Bank eröffnet, große Sache das.« Seine Zehen bewegten sich nervös. Mit einer schwungvollen Bewegung kippte er sich den Rest des Kaffees in den Rachen, schnalzte behaglich und wischte sich mit einem Stofftaschentuch das schnauzbärtige Gesicht ab.

»Wohin man auch blickt in diesem Heiduckenstaat, Herr Weltschev, wird die Ordnung mit Füßen getreten, das hat sogar Ihro Hoheit gesagt.« Er schaute mit mildem Gesichtsausdruck auf das Porträt an der Wand und vertiefte sich erneut in seine Gedanken. »Und wer ist schuld an diesem Chaos, dieser Anarchie, Herr Weltschev? Ja, das frage ich mich. Und je mehr ich mich frage, desto mehr sage ich mir: die Leute …«

Jordan fing an, sich zu langweilen. Die Hitze des Kamins schläferte ihn ein. Der Provinzialismus der Macht bedrückte ihn. Unter den aristokratischen Zügen des bulgarischen Fürsten wirkte Pope wie ein Feldhüter aus der hintersten Walachei.

»Die Leute also … Aber was für Leute? Nehmen wir deinen Bruder Panto, der eine Bank eröffnet hat. Ist das ein böser Mensch, Herr Weltschev, hm? Nein … nein, das *ist er nicht!*«, brüllte er auf einmal los und stand von seinem Stuhl auf. Er begann, auf Strümpfen hinter seinem Schreibtisch auf und ab zu gehen. Seine Uniformjacke öffnete sich und gab den Blick frei auf ein zerknittertes Hemd. »Will sagen, *andere* sind schuld an den Unruhen, aber wer? Das frage ich mich, und ich sage mir mehr und mehr …«

»Mein Bruder Panto ist kein böser Mensch«, unterbrach ihn Jordan ruhig, den die schneidige Aggressivität Pope Ilievs nicht im Geringsten beeindruckt hatte.

»So wie ich mir *antworte,* so werden diese Unruhestifter sich eines Tages *verantworten*, wie bereits unser alter Premier Stefan Stambolov so schön sagte. Ja, das werden sie …«, fuhr der Bezirksvorsteher unvermindert drohend fort und setzte sich wieder hinter seinen Schreibtisch. »Sollten wir ihnen nicht aber helfen und sie auf humanem Wege eines Besseren belehren? Ja, das sollten wir … Kurz: Ich rede von deinem Bruder Christo. Was treibt sich der bei diesen bärtigen Kerlen, diesen Sozialisten rum, Herr Weltschev? Keine verbotene Partei, Herr Weltschev, gewiss, aber schädlich! Das ist es, was ich sagen will …«

Jordan erinnerte sich mit Unbehagen an die Stunden, die er in der lähmenden und unwirklichen Atmosphäre dieses komischen Klubs verbracht hatte, an die Betretenheit, die er dort empfunden hatte; aber er konnte weder an den Worten von Rechtsanwalt Kamenov noch an dem Verhalten der anderen etwas Staatsfeindliches finden. Die anderen, das waren allesamt Lehrer oder Leute aus dem Kleinbürgertum mit unklaren, aber gutgemeinten Absichten. Jordan sagte nichts von alledem. Er kannte den Charakter Pope Ilievs nur zu gut! Schon als Kind war er jähzornig und rachsüchtig gewesen.

»Um ein Beispiel zu nehmen: Die Wahlen stehen bevor.« Der Herr Bezirksvorsteher kratzte sich voller Weisheit über den Scheitel. »… und was machen diese Subjekte da, diese Sozialisten? Legen uns Staatsdienern Steine in den Weg, diese verdammten Rabauken!, und nennen sich ›Opposition‹ … Wie auch immer: Du bist gewarnt!«

Die beiden standen fast gleichzeitig auf. Der Herr Bezirksvorsteher lugte in einen seiner beiden Stiefel, schnupperte daran, und zog ihn ächzend an.

Uff! Endlich Mittagszeit …

Am Abend stahl Jordan sich in das Zimmer seines Bruders. Er fühlte sich hilflos. Was sollte er ihm sagen? Der Wein brauste in seinem Blut, seine Pranken fühlten sich so schwer an, dass sie über den Boden zu schleifen schienen. Christo drückte an den Akne-Pickeln auf seiner Stirn herum und las. Der flüchtige Duft von Eau de Cologne und alten Webteppichen voller Spelzen und Maisstroh hing im Raum. Der Ofen verströmte starke, aber wenig dauerhafte Wärme.

»Sollen wir was singen?«, fragte Christo und nahm die Gitarre von der Wand. Jordan legte sich aufs Bett. Düstere, leidenschaftliche Klänge stießen in seinem getrübten Bewusstsein zusammen. Seine Händflächen kitzelte die Sehnsucht, sich in Schutzschilde zu verwandeln. Seine Augen zogen sich zusammen, bis nur noch ein feindseliges, glashartes Blau zu sehen war. Jordan musste an das Gespräch mit Pope Iliev denken, vertiefte sich in das kluge Gesicht seines Bruders und … sagte ihm nichts.

15

Sie aßen schweigend zu Mittag. Mit gemessenen Bewegungen, die sie vom alten Assen übernommen hatten, tauchten sie ihre Holzlöffel in die gemeinsame Schüssel in der Mitte des Tisches. Das noch dampfende Brot brachen sie in große Stücke. Der Frühling kam durchs geöffnete Fenster herein mit dem Tschilpen der Spatzen und dem Geruch aufgetauter Erde. Die Sonne ergoß sich über die Bretter des mit Ziegeln gescheuerten Bodens.

Christo imitierte Babaschov, einen einflussreichen Kaufmann, der Weizen in alle Anrainerstaaten der Donau verkaufte, aber geizig war wie ein zusammengekniffener Hühnerpopo. Er rollte wild mit den Augen und klopfte sich auf die nicht vorhandene Weste, aber nur Ilija lachte säuerlich. Die alte Petruniza saß da wie eine Heilige – still und in Gedanken versunken. Jordan schwieg finster.

Wie immer standen sie nur halb gesättigt vom Tisch auf; auch das kam vom alten Assen. »Der hungrige Mensch«, hatte der immer und immer wieder gesagt, während er seinen Löffel ableckte, »ist gespannt wie ein Flitzebogen und daher arbeitsam, während der Satte nur an sich denkt und seine Kraft im Schlaf verplempert.«

Während er sich flüchtig bekreuzigte, bemerkte Jordan den beharrlichen Blick seiner Mutter und blieb. Er drehte sich eine Zigarette, leckte gierig ihr Ende an, entzündete sie aber nicht.

»Bist du sehr wütend?« Ihre Frage kam wie eine schallende Ohrfeige aus heiterem Himmel.

»Worüber sollte ich wütend sein?«

»Ich bin an der Reihe mit Fragen«, unterbrach sie ihn und begann, ihren langen Silberzopf aufzuflechten.

»Ja, sehr.« Er spürte, wie sie zusammenschrak und ihr ein Schauer über den Rücken lief.

»Dann ist es also noch zu früh für mich?«

»Wofür?«

»Zu früh, zu früh ...« Sie ließ leise den Namen seines Vaters fallen, worauf ein langes, betretenes Schweigen folgte. Über ihnen knarrten Christos und Ilijas Schritte, in der Ferne bellte ein Hund die ganze Stadt an.

»Soll ich morgen ein Huhn braten? Ich hab auch noch ein Glas Schweinefleisch vom Winter ...« Sein ungläubiges Staunen schien sie zu beruhigen. »Du hast doch sicher Hunger auf Fleisch?«

Unter ihrem Blick spürte er, wie er allmählich ruhiger wurde. Petruniza versuchte sogar ein Lächeln, obwohl ihr vermutlich eher nach Weinen war. Doch davon wurde ihr Wesen nicht berührt, in dem Vergangenheit und Zukunft sich in dem schlichten Gedanken verbanden, dass sie ihre egoistische Sehnsucht, diese Welt zu verlassen, noch einmal aufschieben musste.

»Na gut, eine Weile bleibe ich noch, aber was ist dann? Du, du trinkst die ganze Zeit. Es wird Zeit, dass du dir eine Frau nimmst. Das Haus wird langsam zu groß für mich. Eine junge Frau braucht es. Und Enkelkinder.«

Sie schwieg, und sofort begannen ihre Augen, ihn zu vergessen. Jordan stand auf, küsste seiner Mutter die Hand, und die ganze Zärtlichkeit eines Kindes erfüllte sein Wesen. Er zog die Tür hinter sich zu und trat auf die Straße hinaus. Sie war vollkommen aufgeweicht und von den tiefen Spurrillen der Fuhrwerke durchschnitten. Frauen kehrten von der Frühjahrswäsche an der Donau zurück und schleppten Bündel mit Webteppichen, Kleidern und Zierstreifen. Ihre Gesichter wirkten aufgeblüht, ihre Bewegungen verlangsamt von der in ihnen angesammelten Müdigkeit, und dadurch sündhaft erotisch.

Jordan sprang über die Pfützen und musste sich bremsen, um nicht zu eilen. Die Worte der alten Petruniza glimmten in seinem Kopf, aber sie kamen ihm sinnlos vor. Heiraten, phhh …! Was hatte er denn schon geleistet? Unternehmer konnte er mit drei Klassen Volksschule nicht werden, und Kaufmann? Er hasste den Handel! Von Politik verstand er nichts. Die Kneipe beruhigte ihn, war ihm aber zu klein und zu muffig. Ja, Soldat werden, in den Krieg ziehen, das wäre etwas; aber wie es aussah, war der Krieg noch fern, irgendwo in der Gebärmutter der Zeiten.

In ihm begehrte etwas auf, das ihm keine Ruhe ließ. Mit siebzehn Jahren war er einmal auf einem Pferd ausgerissen, nach Lom, das knapp einen Tagesritt von Widin entfernt lag und genauso eine Kleinstadt war: dieselben Lädchen, dieselbe Hauptstraße, in der es nur langsam voranging, dazu Leute von auswärts. Zwei Tage lang war er über die Straßen und Wege gelaufen wie ein Verbrecher, dann kehrte er heim, ausgehungert, tief enttäuscht von sich selbst, auf geheimnisvolle Weise zu Verstand gekommen. Sein Vater erwartete ihn, breitbeinig im Hof stehend. Ohne Eile zog er seinen Ledergürtel heraus, und mit knotigen Händen beugte er Jordans Nacken nach unten. »Wo warst du?« »Ich wollte sehen …« »Gut«, sagte sein Vater. Statt seinen Sohn zu schlagen, legte er sich den Riemen wieder um und gab ihm Wein zu trinken.

Er ging Richtung Festungsgraben. Das grüngelbe Wasser schlug an Baumwurzeln, die Boote hatten sich im Weidengestrüpp verfangen. Angler machten mit ihren Klopfbrettern im anschwellenden Frühjahrshochwasser der Donau plack!, plack!, um die Welse zu täuschen, die sich an ruhige Stellen zurückgezogen hatten, um ihren Rogen abzulegen. Aus dem Zigeunerviertel drang der Lärm eines Festes.

Jordan durchquerte den Hof mit dem von der Pergola herabhängenden Wein und trat ein, ohne zu klopfen. Es roch nach Schimmel, nach Kartoffelgemüse und trägem Witwer. Auf dem Herd klapperte ein Topf. Die beiden Gänschen grinsten breit. Sie saßen am Tisch und hackten Kutteln. Der

Schlaffe Kosta war in Unterwäsche und schnitt Zwiebeln. Seine Augen tränten.

»Oh, Jordan, großer Bruder«, begrüßte er den Gast, obwohl er fünf Jahre älter war als dieser. Bevor er mit der Schlachterei anfing, hatte er den Weinberg des alten Assen umgegraben, und es war, als betrachte er Jordan als dessen Fortsetzung. Er setzte sich auf das große Bett, während die beiden Gänschen sich schwerfällig irgendeine Geschichte erzählten. Über die Wand kroch eine Spinne.

»Seit die Frau von uns gegangen ist, ist alles schwerer geworden«, sagte der Schlaffe Kosta auf der Suche nach Gründen entschuldigend. »Aber ich bin dabei zu sparen, nicht wahr, du verstehst doch?«

»Ja«, erwiderte Jordan kühl. »Erinnerst du dich noch daran, wie ich krank war, und du hast mir diese Taube da mit dem gebrochenen Flügel gebracht?«

»Das ist lange her.« Der Schlaffe Kosta hatte seine Augen auf die Fäuste Jordans geheftet. Er wollte nicht, dass man ihn vor den Augen seiner Söhne schlug. »Die Frau hat sie mir gegeben und gesagt: ›Bring dem Jordan dieses Tierchen, krank ist der Kleine …‹«

»Gut, gut«, unterbrach ihn Jordan. »Dieses Tierchen ist gestorben.«

Der Schlaffe Kosta hob sein Kinn, damit Jordan bequemer zuschlagen konnte. Die beiden Gänschen leckten die Schlachtermesser ab und schauten mit unglaublicher Ruhe auf die Unterwäsche ihres Vaters. Der frühe Nachmittag versank in Gedanken, der Weinberg wiegte seine knospenden Zweige und sammelte noch etwas Wärme, bevor er sie platzen ließ … Dunkel war es in Jordans Seele, in ihr schossen ebenfalls die Säfte, und auch sie konnte jeden Moment platzen. Er zog die Geldscheine aus der Tasche, klopfte sie in seiner Handfläche zurecht, glättete sie und legte sie neben das verrauchte Glas der Gaslampe. Der Schlaffe Kosta erblickte die Banknoten und begann zu zittern. Ach, diese Zwiebeln!, tränten seine Augen. An sich hätte der scharfe Zwiebeldunst schnell verfliegen müssen, doch wie sollte er aufhören zu weinen vor so viel fremder und unverlangter Güte, der furchtbarsten Güte überhaupt?

»Und dass du meinem Bruder das geliehene Geld zurückgibst, hörst du? Wenn du das hier versäufst, dann dreh ich dir den Hals um, damit du's weißt.«

»Dreh ich dir den Hals um, Hals um«, freuten sich die Gänschen, und ihre kindlich-ovalen Gesichter leuchteten.

»Ach, Elend …«, jammerte Kosta und zog seine Hosen an.

Er strich sich mit den Fingern über die Wangen, die vom ständigen Hunger aufgedunsen waren, seine spärlichen Bartstoppeln knisterten. Diese Geste Jordans war so fürchterlich belastend und vieldeutig, dass er außerstande war, sich zu freuen. Jordan drehte sich um und ging schnell hinaus, trat in den tiefen Matsch und bespritzte seine Hosenbeine. Jetzt habe ich also etwas Gutes getan, dachte er grollend, und wem nützt das? Natürlich wird er alles versaufen! Entweder in meiner Kneipe oder bei den Zigeunern wird er alles auf den Kopf hauen.

Nein, das war es nicht. Zum Teufel, nicht *das!* Der Tag erschien ihm sinnlos, und er hatte noch so viele Tage vor sich.

16

Morgens ging Gina im Nachthemd und mit Strickmütze auf dem Kopf durch sämtliche Zimmer, um in jedem einzelnen von ihnen mit tiefen Zügen den kostspieligen Großbürgerprunk ihres villenartigen Wohnhauses, in dem sie mit Panto lebte, einzusaugen. Das Wohnzimmer war aufs Erlesenste mit handgefertigten Möbeln aus Wien eingerichtet. Von der Decke hing ein Kristalllüster. Der schwere Eichenschrank stand majestätisch auf seinen Löwenfüßen. Das Pendel der Standuhr glänzte golden. Der Tisch war umgeben von Stühlen mit lederbezogenen Polstern. Auf den Brüsseler Spitzendeckchen der Beistelltische waren barocke Kerzenleuchter und Phosphorlampen postiert, daneben Porzellanfigürchen, von denen ihr am allerbesten die mit den Jagdszenen gefielen. An den Wänden hingen zwei Gobelins mit kitschigen Motiven, gleich neben dem mürrischen Porträt ihres Vaters, der die althergebrachte Tracht der Gegend trug. Die Orientteppiche verschluckten die Schritte und rundeten die Würde des Ganzen mit ihren weichen Ornamenten ab.

Gina liebte es, sich den Preis jedes einzelnen dieser Gegenstände in Erinnerung zu rufen. Das erfüllte sie mit rührender Befriedigung. Ja, sie lebte in einem der teuersten Häuser von Widin. Sie konnte sich nicht vorstellen, dass dies alles einfach geschmacklos war, überladen und provinziell, und dass es einfach nur ihren Vater viel Geld gekostet hatte. Die Stimme der alten Zigeunerin kam ihr in den Sinn, die ihr vor sieben Jahren im Stall des heimischen Gehöftes prophezeit hatte: »Du wirst wie eine Königin leben, Töchterchen, alles nur Seide und teuer.« Gina erblickte in ihrem Schicksal eine Folgerichtigkeit, mit der die anderen Leute sich abzufinden hatten. Sie schätzte die Schönheit ihres Mannes und die rurale Härte ihres Vaters; der Rest war für sie schlicht Langeweile, Unansehnlichkeit oder gar ihre Sinne beleidigende Armut. Im tiefsten Inneren verachtete sie die Sippe, der ihr Mann entstammte, und träumte vom aristokratischen Glanz der Wiener Kärntner Straße, von der sie in der *Abendpost* gelesen hatte. Morgens saß sie im Bett, räkelte sich und rief – erschüttert davon, wie bedeutend sie war – mit spitzer Stimme:

»Zwetana, Zwetanamädchen! …«

Das Hausmädchen, ein fülliges dümmliches Geschöpf mit fettigem und strähnigem Haar, trat mit verschlafenem Gesicht ein. Tante Allwissend schaute sie strafend an. Gelegentlich blieb es auch nicht bei einem Blick, sondern endete mit einer Ohrfeige, weil Zwetana zwar auch ein teurer Einrichtungsgegenstand war, aber nicht so zerbrechlich wie die anderen.

»Hab ich dir nicht gestern gesagt«, keifte sie das erschreckte Mädchen mit feuchter Aussprache an, »du sollst *un kilo* Zucker und *deux litres* Öl kaufen? Und was tust du? Du alte Eselin kaufst *deux kilos* Zucker und *un litre* Öl.« Die heutige Ohrfeige traf Zwetanas aufgerissenen Mund und erstickte laut klatschend ihren stummen Schreck.

»Aber wenn ich doch nicht Französisch kann wie Sie, gnä' Frau …«

»Ist der Kaffee fertig?«

Gina trank ihn in ihrem Zimmer, in kleinen, genüsslichen Schlucken, denn auch der Kaffee war teurer geworden. Währenddessen dachte sie an den Landbesitz ihres Vaters, dreihundert Hektar fruchtbarer Schwarzerde, die er den ehemaligen türkischen Landbesitzern nach der nationalen Befreiung von 1878 zu einem Spottpreis abgekauft hatte. Sie schämte sich ein bisschen für ihn, fand ihn ungehobelt und primitiv. Er stank nach unbehandeltem Pelz, nach hochprozentigem Schnaps und nach billigem Tabak. »Kauf dir doch mal die *Abendpost*«, riet sie ihm. Ihren Mann schätzte sie insoweit, als er sich von seiner Sippe unterschied, und war stolz auf seine weithin sichtbare Schönheit. Panto hatte zwei Jahre im Dorf Gol Tupan südwestlich von Widin als Lehrer gearbeitet, Zeit genug, damit sich die Kunde von seinem engelhaften Lächeln verbreitete. Ihre Ehe war ein bizarres Tauschgeschäft, das nicht aufhörte, ihren Vater zu ärgern und Panto zu piesacken.

Als sie das Wohnzimmer betrat, fand sie ihn im Sessel sitzend und mit hoheitsvollem Gehabe seinen Kaffee schlürfend vor. Er trug kein Sakko. Das bauchige Gehäuse seiner Taschenuhr wölbte das Täschchen der Weste.

»Guten Morgen, meine Teuerste«, sagte Panto galant und schaute sie mit verschleiertem Morgenblick an. »Wie hast du geschlafen?«

»Ich habe von Vampiren geträumt, huh …«

»Warum schlägst du die Kleine so?«, fragte Panto, der alle Formen von Gewalt hasste, verschlafen.

»Kleine, sagst du? Schau dir mal den Paradearsch von deiner Kleinen an, der ist ja wie Hefeteig aufgegangen.«

Als die Beschriebene das Wohnzimmer betrat, stützte Panto sich auf die Ellenbogen und betrachtete mit unverhülltem Interesse das gerundete Profil Zwetanas. Er behielt seine Eindrücke aber für sich, um seine Frau nicht noch mehr zu erzürnen. Manchmal verblüffte ihn ihr Jähzorn, der wie aus heiterem Himmel kam, war *er* doch immer in bester Stimmung – vor allem an diesem »perfekten« Morgen! Er war erwacht voller Verlangen, den Tag mit kalten Güssen zu beginnen, sich dann zu rasieren und den ganzen Vormittag in der Bank zu verbringen. Doch schon als er sein Hemd anzog, fiel ihm ein, dass heute im Esperanto-Klub »Espero«, dessen Ehrenvorsitzender er war, wichtige Beschlüsse gefasst wurden. Zur Erörterung stand die Frage, ob in dem kleinen gemütlichen Salon nur Brettspiele gespielt werden durften, oder ob auch das Würfeln gestattet werden solle. Er prüfte sein Gesicht im Spiegel (der bläuliche Schimmer seines Bartes passte hervorragend zu seinen hohlen Wangen) und entschied, morgen zur Tat zu schreiten! … Ach nein, morgen war ja Samstag! Er schwor seinem Spiegelbild, ab kommendem Montag erstens jeden Morgen kalte Waschungen vorzunehmen und zweitens endlich die Bankgeschäfte in die eigenen Hände zu nehmen. Er schaute sich so kalt-berechnend und hochmütig aus dem Spiegel entgegen, dass er zufrieden seufzte. Am Mittag erwartete ihn das Restaurant Romanzeros, wo er eine Portion Schaschlik à l'anglais verspeisen und ein Glas echten Bieres trinken würde … Nein, er konnte sich wirklich nicht im Geringsten vorstellen, warum seine Frau so schrecklich gereizt war.

Sie trank laut schlürfend ihren Kaffee, und ihre Seele teilte sich. Die eine Hälfte begeisterte sich an Pantos teurer Prior-Taschenuhr, die andere Hälfte ärgerte sich über den Morgen, der so gar nicht in Gang kommen wollte. Sie hatte keine Freundinnen, weil sie den überwiegenden Teil der Menschheit verachtete. Sie hatte auch keine Arbeit, weil Zwetana stark und flink war. Ihre Schneiderin war donauabwärts nach Rustschuk gefahren, die Frau des Bezirksvorstehers nach Swischtov zu ihrer Mutter. Überdies war sie verärgert über die Titelheldin des französischen Romans, den sie gerade gelesen hatte, vor allem wegen deren Charme, dem Charme einer reichen Kurtisane, und deren Erfolg bei Männern.

Im tiefsten Inneren spürte Tante Allwissend nicht nur die Langeweile des heutigen Tages, sondern das stille Leid ihres Lebens insgesamt. Panto ertrug sie im Grunde nur, das war alles. Seine geschmeidige Gutmütigkeit war ihr unangenehmer als die Randale, die die meisten anderen Frauen wegen der Sauferei ihrer Männer zu ertragen hatten. Er war in ihrem Haus nur physisch anwesend, und manchmal dachte sie, dass sie ihr Geld einfach zum Fenster hinausgeworfen hatte. Gina wollte ihn wirklich lieben, aber sie sah nur seinen Rücken und das phlegmatische Lächeln eines provinziellen Müßiggängers. Sie zahlte und musste dafür eigentlich etwas bekommen; stattdessen war sie im satten Leben ihres Mannes eine vollkommen vernachlässigte Größe.

Manchmal öffnete sie in einem Anfall von Sentimentalität den Kleiderschrank und küsste seine darin hängenden eleganten Anzüge, oder sie setzte sich auf seinen Schoß und rieb ihren knochigen Nacken an seinem buschigen Schnurrbart. Das lehnte er auch nie ab. Er ertrug es … Diese Duldsamkeit machte sie rasend. Gina fühlte sich belogen, betrogen und zutiefst unglücklich. Sie lebte in einem Zustand permanenter Verärgerung, was ihren ohnehin schwierigen Charakter noch schwerer genießbar machte. Sie bekam hysterische Anfälle, drohte mit ihrem Vater, rief ohne Grund nach Zwetana oder kaute an ihren Nägeln, verschämt über irgendetwas Eigenes nachdenkend, über weibliches Glück, über Dinge, die ihr zustanden …

»Gehst du aus?«, fragte sie gereizt und bemerkte, wie sein schönes Gesicht zuckte.

»Wir müssen eine Entscheidung im Klub treffen. Danach esse ich zu Mittag. Warum?«

»Darum!«

Und Gina, gefoltert von ihrer gekränkten Eitelkeit, ihren Verdächtigungen, sagte ihm nichts von der größten Entdeckung ihres Lebens, zu der auch er sein Scherflein beigetragen hatte: Sie war schwanger. Ihr magerer Bauch verstrahlte Schmerz und Ungewissheit. Doch in diesem Moment verachtete sie ihren Mann, diese so kostspielige Drohne. Sie verachtete auch alles seinige, das nicht in ihrer Macht lag: seine Vergangenheit, seine einfache und gefährliche Sippe. Sonst wäre sie zu Jonka gegangen, um ihr zu beichten. Jonka hätte ihren goldenen Ehering an einen roten Faden gebunden, hätte mit der anderen Hand ihren Puls gefühlt und ihr mit freudigem Lächeln verkündet: »Es ist männlich … ein Junge!«

Doch Gina schaute nur finster ihren Mann an, Zärtlichkeit empfindend und Macht.

17

Das finstere Halbdunkel mischte sich mit der beseelten Stimme Vater Anissis und erhob die Seelen der Gottesdienstbesucher zur Kuppel der kleinen orthodoxen Kirche »Zur heiligen Petka«. Der Duft nach Weihrauch und brennenden Kerzen gab seinen von Herzen kommenden Worten einen Beigeschmack von Beerdigung. Die Ikonen schauten, wenn nicht vorwurfsvoll, so doch misstrauisch auf die Anwesenden.

Sonntags war es meist voll in der Kirche, die, zur Zeit der osmanischen Herrschaft errichtet, in einem ausgehobenen Erdloch stand, damit ihr Glockenturm nicht höher aufragte als die Minarette der Moscheen. Die Weltschevs versammelten sich immer seitlich des Altars, unter dem Bogen der Apsis. Sie wirkten zusammengehörig wie eine Skulpturengruppe. Ganz vorn stand die alte Petruniza und flüsterte etwas vor sich hin. Hinter ihr, in der steinernen Dämmerung, vermischten sich die aufgestaute Aggressivität Jordans, das nachdenkliche Profil Ilijas, das ironische Lächeln Christos und die engelhafte Schönheit Pantos. Neben ihm bekreuzigte sich Gina in ihrem Samtkleid. Der kleine Kirchenraum drängte sie aneinander, löschte ihre gegenseitige Unverträglichkeit aus, drückte ihre Seelen wie in einer Hand zusammen.

Jonka beobachtete sie, unfähig, sich auf die feierliche Erzählung Vater Anissis zu konzentrieren: »Und dann gab dieser Johannes dem Aussätzigen zu essen und sah das Licht, das sich aus dem grauen Himmel ergoss. Und alle versammelten sich, um sich zu erkennen und den neuen Heiligen bei seinem Namen zu rufen …« Seine angenehme Stimme füllte ihre Augen mit Milde, doch im Moment dachte sie an etwas anderes. Ihr inneres Auge, das Auge einer geborenen Seherin, blickte weit in die Zukunft, mühte sich, den Sinn des Bevorstehenden und seine Schicksalhaftigkeit zu erhaschen. Sie hatte längst begriffen, dass zwar der Mann die Sippe fortzusetzen vermag, die Frau aber sie versorgt und zusammenhält. Und da sie selbst auf ewig unfruchtbar bleiben würde, erkannte sie, dass sie sich den Geheimnissen des Lebens und der Natur – und ihren Brüdern weihen musste. Sie war dazu verurteilt, ihre Geheimnisse auf sich zu nehmen, um sie zu behalten, zu verbergen und zu vergessen. Sie stellte sie sich alle nacheinander vor, alle blauäugig, mit hohen, kantigen Stirnen, gierigen Lippen und Seelen, die hungrig auf die Welt waren. Jetzt, wo die Leidenschaften sich entfesselten, wo Egoismus, Gewalt und Schwäche auffuhren und Raum zur Entfaltung suchten, war sie, Jonka, für sie mehr als nötig. »Herr, hilf mir, an ihrer Seite zu sein und zu bleiben und sie zu hüten wie eigene Kinder!« Sie flüsterte, wie betäubt von ihrer Berufung. Hoch über ihr, von der Kirchenkuppel, schaute Gott mit kühler Trauer auf sie herab. Durch das Fensterchen flackerte der Tag, eine brennende Kerze, die *er* jeden Moment ausblasen konnte.

Zweites Kapitel

1

Der Winter des Jahres 1901 war schwer und lang. Den ganzen Februar lag Widin unter einer meterhohen Schneedecke. Die Post, die entweder mit der Kutsche oder per Schiff vom donauaufwärts gelegenen Lom kam, hatte seit einem Monat vor Schnee und Eis kapituliert. Die Kaufleute mussten herbe Verluste hinnehmen. Die Hafenarbeiter und Fuhrleute, für die es keine Arbeit gab, soffen wie die Kesselflicker und füllten die Arrestzellen im Keller der Bezirksverwaltung, wo die schlagfertigen Polizisten Pope Ilievs ihnen Unterrichtsstunden in sittlichem Verhalten und politischem Denken erteilten. Aus Rumänien kamen Wolfsrudel über die zugefrorene Donau und terrorisierten die Stadt mit ihrem anhaltenden Geheul. Dies war ein schlechtes Vorzeichen, das Zweifel aufkommen ließ, ob das neue Jahrhundert glücklicher werden würde als das alte. Unter den Hühnern grassierte eine unbekannte Krankheit. In dem Zirkuszelt mit den goldenen Sternen zeigte man die dickste Frau der Welt. Und es gingen Gerüchte um, dass in Kula ein Kalb mit zwei Köpfen, aber nur einem Schwanz auf die Welt gekommen sei.

»Wir verwahrlosen …«, kommentierte Tante Allwissend gespreizt, »wir verwahrlosen *de plus en plus!*«, denn sie musste ihre geliebte *Abendpost* entbehren. In den Zeitungen wurde viel gegen Russland und den russischen Zaren geschrieben, was die Leute in Erstaunen versetzte. Die oppositionelle *Arbeiterzeitung* machte Stimmung für ehrliche Wahlen ohne Stimmenbetrug und ohne Terror von oben, ohne Schlägereien und berittene Polizisten. Fürst Ferdinand beschloss, endlich standesgemäß zu wohnen, und baute das alte türkische Verwaltungsgebäude in Sofia aus dem 16. Jahrhundert zu einem richtigen Schloss aus. Doch dies alles nährte die

Hoffnungen der Widiner nicht besonders. Das Einzige, was ihre Fantasie entzündete und heftig erörtert wurde, war, ob das Kalb aus Kula mit den zwei Köpfen von einer oder von zwei Kühen gesäugt werden würde. Auch einige pikante Details aus dem Leben des Widiner Metropoliten waren ein lohnendes Gesprächsthema.

Das wichtigste Ereignis für die Weltschevs in diesem bemerkenswerten Jahr war jedoch der delikate und höchst riskante Entschluss Jordans. Jonka hatte sich die Zähne an dem Schweigen ihrer Mutter ausgebissen, das immer feierlicher und immer leerer wurde; an den ängstlichen Seufzern Ilijas, der in den letzten Monaten merkwürdig still geworden war, und an dem abschätzigen Lachen Christos. Die Leute hatten sich Hohlwege durch den Schnee gegraben, der inzwischen Mannshöhe erreicht hatte. Durch einen dieser Kanäle mühte sich Jonka bis zu Panto. In seinen karierten Hosen sah er tatsächlich wie ein Bankier aus. Als sie eintrat, duellierte er sich gerade mit seinem zweijährigen Sohn, einem Bübchen mit kobaltblauen Augen, der typischen Weltschev-Stirn und einem kapriziösen Mündchen. Der überladene Prunk im Salon und die notorische Art, mit der Gina sie überging, lösten bei Jonka Beklemmungen aus und verbitterten ihr den Kaffee. Sie hätte sich lieber etwas von dem aromatischen Gebäck genommen, das mit erlesenem Geschmack in einer Porzellanschale angerichtet war.

»Aber das ist ja furchtbar. Hat sich Jordan denn vollkommen vergessen?«

»Wie er zu diesem Entschluss gekommen ist, und was ihn dazu bewogen hat, das weiß nur der liebe Herrgott«, stimmte sie ihrem Bruder zu.

»Puh, was für eine Hitze hier! Öffne doch bitte mal jemand diese Fenster«, stöhnte Panto und schloss die Türchen des prachtvollen Kachelofens bis auf einen Spalt.

»Du bist nach ihm der Älteste, darum bin ich zu dir gekommen. Mama ist einfach zu nichts mehr in der Lage, und Ilija arbeitet bei ihm in der Kneipe.«

»Soll er sich den Kopf einrennen! Ich mische mich nicht in fremde Angelegenheiten ein.«

Nach diesem kurzen und angespannten Gespräch gelangte Jonka zu der Überzeugung, dass die ganze Familie Jordans Vorhaben missbilligte; alle fanden seine Pläne allzu kühn und riskant, hatten aber weder den Willen noch den Mut, sich ihm entgegenzustellen. Jordan hatte einen schwierigen Charakter. Er war leicht aufbrausend und strahlte jene natürliche Autorität aus, die sie vom alten Assen kannten. Jonka hatte den Eindruck, dass er naiv wie ein Kind und deshalb so kompromisslos war; und längst wusste sie, dass etwas Unergründliches ihn peinigte, gegen das niemand ankam, am wenigsten er selbst. Die Leute in der Stadt waren zusammen aufgewachsen und kannten einander bis zum letzten Milchzahn. Eines ihrer wenigen Vergnügen war, über die anderen zu klatschen, sie in Gedanken zu rupfen und zu erniedrigen, um auf diese Weise sich selbst zu erhöhen. Das Sahnehäubchen obendrauf waren dann die beim Durchhecheln gewonnenen Lehren – so bedeutend und weltbewegend, dass sie sie schon bald wieder vergaßen. Das Städtchen glich einem überdimensionalen Schauspielhaus, in dem Mimen und Publikum sich mischten und inszenierte und wirkliche Schicksale sich verflochten. Jonka wusste, dass auch die Weltschevs ständiger Gesprächsgegenstand waren. Die Reicheren und Klügeren runzelten die Augenbrauen; Filet-Pena behauptete, der alte Assen spuke herum und sei kurz vor Tagesanbruch zu einem Schäferstündchen bei ihr gewesen; die Zigeunerin Teofana aber, die als Wahrsagerin und Helferin gegen bösen Zauber allgemein anerkannt war, sagte im Dampfbad: »Alle Weltschevs stecken bis zur Halskrause voller Wut und luziferischem Licht. So wahr eins eins ist und der Apfel ein Apfel – sie sind vom Bösen geküsst und haben Gift auf ihre Tage gepinkelt.«

Jonka hatte Kugeln aus Wachs gegossen in dem mit Brunnenwasser gefüllten Kupferkesselchen; sie hatte bunte Bohnen geworfen; sie hatte bei Sonnenaufgang ein Entenei über einem ungegerbten Lammfell geköpft … Doch was auch immer sie tat: alle Vorzeichen verhießen nur Schlechtes. Sie weinte lautlos mit verschlossenem Herzen und weit aufgerissenen Augen, lauschte auf das donnernde Schnarchen ihres Mannes Todor und fühlte sich zum ersten Mal im Leben vollkommen machtlos. Jordan war der Erstgeborene, Jordan war naiv. Und die nahenden Tage verhedderten sich im Ungewissen …

2

Als Jordan das Haus Gold-Petkos betrat, roch er nach Frühlingswind und Mottenpulver. Er klopfte sich die Ärmel seines Sakkos ab, neigte leicht den Kopf, machte aber keine Anstalten, sich vor dem reichen Kaufmann zu verbeugen. Sein Herz schlug wild in der Brust, sein Mund war voller Speichel. Die Einrichtung war ihm bekannt: ein quadratischer Ofen mit den Metallringen für die Töpfe obenauf; eine beweihräucherte Ikone; mit Webteppichen bedeckte Wandsofas; an den Wänden vergilbte Porträts; der Tisch bedeckt mit selbstgehäkelten Spitzendeckchen. Es war ganz so, als beträte er sein eigenes Zuhause. Das erhöhte seine Anspannung noch, weil es ihn zwang, etwas Althergebrachtes zu überwinden, von dem auch er ein Teil war, etwas, das sich in Wiederholung und Weitergabe in ihrer aller Leben eingesenkt hatte.

Als er Gold-Petkos längliches Gesicht mit dem listigen Ausdruck erblickte, spürte er, wie eine Gewalt sein Inneres aufs Streckbett spannte. Sie begrüßten sich knapp, ihrem Schicksal untertan, aber auch ihrem eigenen Wahnwitz. Sie waren einander oft begegnet, aber nun belauerten sie sich angespannt, denn zwischen Vertrauen und versteckter Feindseligkeit stand störend der Wunsch, einander auf die Schliche zu kommen.

Seine Lippen verzogen sich zu einem wenig geselligen Lächeln, das von seiner bekannt unnachgiebigen Art zeugte und überdies von schlechter Zahnpflege.

»Bitte, setz dich doch!«

»Frühling …«, sagte Jordan. Der Stuhl knarrte unter dem Gewicht seines athletischen Körpers. »Zeit zum Pflügen. Auch zum Bauen gut. Für aller Art Anfang …«

»Der Winter war lang und kalt, der Sommer wird also heiß werden«, erwiderte Gold-Petko und maß die Einheiten ihres Schweigens mit den Bernsteinen seiner Zählkette. Die Stille trennte sie. Sie schienen einander völlig zu vergessen.

»He, Mariechen«, rief Petko in Richtung des Zimmers seiner Tochter. Maria hatte das Gymnasium in Rustschuk absolviert und war nun endgültig in ihr Vaterhaus zurückgekehrt. »Mach uns einen Kaffee und bring auch von den Äpfeln!«

Die Stille trennte sie erneut. Erneut vergaßen sie einander. Seit dreißig Jahren waren Assen, Jordans Vater, und Gold-Petko Nachbarn. Sie waren nicht gerade befreundet gewesen, hatten aber eine gewisse Wertschätzung füreinander gehabt. Was mag sich dieser junge Kläffer in den Kopf gesetzt haben?, dachte Petko. Sie schauten hinaus zu dem halb verfallenen Holzzaun, der die beiden Höfe trennte. Ein aufgeblühter Kirschbaum schlug mit Zweigen ans Fenster und schien Jordan zu hypnotisieren.

»Na, dann lass uns zur Sache kommen«, sagte er schließlich und steckte sich eine Zigarette an.

»Dreißig Jahre lang waren dein Vater und ich Nachbarn und Vertrauensleute zum Vorzeigen«, holte Gold-Petko weit aus. »Deine Mutter kommt, um sich Mehl zu borgen, die Unsrigen fragen bei euch nach Salz oder Öl. Im Leben ist nichts ausgeglichen, umso wichtiger, dass die Menschen einander respektieren und im Guten aneinander denken.«

»So ist es«, bekräftigte Jordan.

»Du willst eine Herberge bauen – deine Sache, ganz wie du willst. Aber dir die Hälfte meines Hofes verkaufen? Da werde ich ja zum Gespött der Leute. ›Hehe, dem Petko haben sie den halben Hof abgeluchst!‹ Das ist unmenschlich, ja, abscheulich!« Er war so erzürnt, dass er selbst überrascht war. Seine Hände juckten. Seine Stimme sträubte sich wie der Rücken einer in die Enge getriebenen Katze.

»Nun, das …«, erwiderte Jordan schwerfällig und drückte seine Zigarette in der Hand aus.

»Was willst du in diesen unruhigen Zeiten mit einer Herberge? Alle reden von Krieg. Sogar das Baumaterial ist teuer, und die Leute reisen nicht viel. Wer wird da seinen Fuß in deinen Gasthof setzen? Was soll das, deine Kneipe zu schließen, nur um stattdessen den ganzen Tag durch leere Zimmer zu laufen?«

Gold-Petko spürte, wie die Augen Jordans sich zusammenzogen und grau wurden wie eine Messerklinge, wie seine Schultern sich verhärteten. Er hatte seine Worte wohl abgewogen, hatte diesem Sturkopf die Wahrheit gesagt. Eine Herberge zu bauen … etwas Unsinnigeres, Aberwitzigeres, ja geradezu Dummes hätte ihm wirklich nicht einfallen können. In dieser fixen Idee konnte er nichts als kommenden Ruin erblicken. Schön, dass – Schadenfreude ist auch eine Freude – es nicht der seine war! … Aber nicht um den Preis einer Hälfte seines Hofes! Ihm konnte man nur schwer etwas vormachen. Gold-Petko war ein querköpfiger und harter Mann, der mit allen Wassern gewaschen war. Dieser Wadenbeißer da sollte sich erstmal die Milch vom Maul wischen.

»Egal …«, erwiderte Jordan mit heiserer Stimme. Auf seiner Stirn zeigten sich feine Schweißperlen. »Ich habe die Entscheidung schon getroffen!«

In diesem Moment kam Maria mit dem Kaffee und den Äpfeln herein.

»Willkommen bei uns, Onkel Jordan«, sagte sie freundlich. Der Wohlklang ihrer Stimme gab ihm einen heftigen Stich. Er wandte sich um. Er hatte sie in Erinnerung als Mädchen mit korngelbem Zopf, das barfuß mit einem Hündchen über den Hof lief. Die Frau, die nun vor ihm höflich einen Knicks machte, trug ein cremefarbenes Kleid, das die Rundungen ihrer Figur unterstrich. Sie war schlank, biegsam und strahlte eine gefährliche Wärme aus. Über ihren Nacken lugten vorwitzige Locken, und wie fremde und ungezähmte Wesen füllten ihre Brüste ihr Dekolletee und verliehen ihm etwas Lebendiges. Ein Geruch nach Sauberkeit und Weidenparfüm wehte ihn an.

Sie war so unerwartet aufgetaucht, dass er noch nicht einmal beurteilen konnte, ob sie schön war. Er vergaß sich in ihrem Anblick, schaute sie so offen und unverhohlen an, dass es beinahe ungezogen war, und doch gelang es ihm nicht, sie wirklich zu erfassen. Er reagierte verlegener und beunruhigter, als es der gute Ton gestattete. In seiner einen Hand glimmte eine halb niedergebrannte Zigarette, in der anderen lag die abgeklopfte Asche. Aber der Mensch empfindet die Stärke eines anderen am intensivsten in dem Moment, in dem er seiner eigenen Schwäche gewahr wird. Und genau dieses Bewusstwerden seiner eigenen Schwäche machte Jordan so fix und fertig. Maria beendete ihren Knicks, stellte das Tablett auf dem Tisch ab; über ihr intelligentes Gesicht huschte ein Lächeln.

»Sie ist also schon da«, sagte Jordan mit urplötzlich ausgetrockneten Lippen, während seine Ohren das Rascheln ihres gestärkten Unterrocks auffingen.

Das Gesicht Petkos schien seine festen Umrisse zu verlieren. Sowohl das Gespräch als auch das darin Verschwiegene verloren ihren Sinn. Jordan spürte, dass er errötet war. Er verbrannte sich die Zunge am Kaffee, hörte aber nicht auf mit dem Trinken, sondern stellte das türkische Tässchen erst wieder auf den Tisch, als es leer war. Dann stand er schroff auf.

»Wir werden noch einmal darüber reden!«, stieß er zwischen den Zähnen hervor und warf die Tür hinter sich ins Schloss.

3

Die Luft in der Gaststube war stickig. Es roch nach frischem Frühlingsschweiß. Hinter den schmutzigen Fenstern wälzte sich wie jeden Nachmittag eine Karawane beladener Fuhrwerke, die aus Lom und dem Städtchen Ferdinand zurückkehrten.

Shdrigo, der Anarchist, hatte sich zum Gehen erhoben. Er hatte langes, glänzendes Haar und trug ein schwarzes Hemd. Ja, so stellte man sich den Judas vor. In seinem faltigen Gesicht waren noch Spuren einstiger Schönheit zu erkennen. Aus Mitleid hatte er die hinkende Tochter des Schneiders Temelko geheiratet, doch sie hatten ärmlich und nur kurze Zeit zusammengelebt. Eines Tages schnappte er sich seine Bücher und zwei Garnituren Unterwäsche und verließ sein Zuhause, ohne sich auch nur die Namen seiner Kinder zu merken. Er hatte sich »befreit«. Shdrigo war mit dem Anarchismus bis in die Feinheiten vertraut. Neben Nietzsche hatte er Bakunin, Kropotkin und Stirner gelesen und hasste bis auf den Grund seiner Seele alles Institutionelle, von der Familie bis zum Staat und seinen Einrichtungen. Er sehnte sich nach der Weltrevolution und malte sich aus, wie die absolute Freiheit aus Flammen und Zerstörung aufstieg. Die Freiheit selbst stellte er sich als nicht enden wollende Lust vor, und die Weltrevolution wie eine üppige Nutte, die jeden echten Kerl ranließ, aber nie schwanger wurde.

Er arbeitete als Laternenanzünder. Abends umrundete er mit einem langen Stab in der Hand die Hauptstraße und den Marktplatz Widins, und man hatte den Eindruck, dass er die Gaslaternen weniger mit dem dafür vorgesehenen Gerät als mit seinen gepfefferten Verwünschungen anzündete. Die Stadtverwaltung hatte ihn mehr aus Angst als aus Mitleid mit dieser ehrenhaften Tätigkeit betraut, und ebenfalls mehr aus Angst als aus Mitleid schloss ihm der Wächter des Holzlagers hinter dem Kreuzbau der

Kaserne das Tor auf, damit er im Geruch von Harz und frisch gesägten Bohlen übernachten konnte.

»Bleib noch«, sagte Jordan leise hinter dem Tresen, »einen Schnaps spendiere ich dir.«

»Eh, Onkel Jordan gibt einen aus, Shdrigo«, unterstrich der Schlaffe Kosta, der Angst hatte, nüchtern zu bleiben, mit hoher Stimme. »Komm und lass uns einander frei heraus sagen, was wir denken!«

»Scheiß auf diese Lumpen-Lampen!« Shdrigo ergänzte noch etwas, von dem das Antlitz des Fürsten im Bilderrahmen an der Wand errötete. Die Fuhrleute in der Ecke wurden still.

»Was ist der Mensch?«, begann Shdrigo in hohem Ton. »Eine Null ist er, ein vergängliches Nichts, ein Kümmerling ohne Beispiel! Wir sind auf die Welt gekommen, um zu sterben. Darum, Brüder, solange wir leben, macht nur die Freiheit Sinn. Die Freiheit und der Ungehorsam gegen alle, die sie uns nehmen wollen.«

Seine Stimme senkte sich, bohrte sich aber dennoch durchdringend in die Gespräche an den Tischen. Jordan hörte aufmerksam zu. Ihm schien, Shdrigo sagte die halbe Wahrheit; aber aus Erfahrung wusste er, dass die halbe Wahrheit die subtilste und gefährlichste Lüge ist. Er brauchte keine Philosophie, er wollte den Sinn des Lebens *fühlen* und nicht ihn ergründen oder gar definieren.

»Seht mal … Wir werden frei und ohne Sprache geboren. Aber dann? … Ja, Brüder, dann sind wir für die einen plötzlich Söhne, für die anderen Väter, für Dritte Sklaven oder Gebieter. Wir versklaven uns buchstäblich selbst: Zu Gott wird gebetet, vor dem Bezirksvorsteher wird gebuckelt, und mit der Tochter des Reichen wird nicht angebandelt! Ich aber schicke alles und jeden zum Teufel, ich gehöre nur mir allein! Und wo ein Vergnügen winkt, da sag ich nicht nein. Alles ist vergänglich, ewig ist nur die Freiheit!«

Er trank sein Glas in einem Zug leer und schmatzte genießerisch. Seine rebellischen Augen loderten. Alle hatten sich auf ihren Plätzen kleingemacht. Jordan spürte, wie sie verstohlen ihre Blicke auf ihn geheftet hatten und warteten, dass er geringschätzig auflachte oder mit der Faust auf den Tresen haute, kurz: dass er den Worten dieses tief gesunkenen Menschen energisch jede Bedeutung abstritt oder … ihnen zustimmte.

»Noch einen, für auf den Weg!« Jordan kannte seine eigene Stimme nicht wieder. Sie klang fremd, und es war, als höre er von außen jemandem zu, der vorgab, er zu sein.

»Du kannst mich nicht kaufen mit deiner Großmut, du Dreckskerl. Einen Shdrigo kauft man nicht mit Schnaps.« Er richtete sich auf, zerzaust, schwächlich und teuflisch in seinem schwarzen Hemd. »Ich zünde den Leuten das Licht an, merkt euch das, ihr Dumpfbacken! Und das Licht ist in jedem Menschen, der anders zu sein wagt.« Er schaukelte zur Tür und zog los, um die Gaslaternen anzuzünden.

»Ich bin ein Liberaler«, sagte unerwartet Joto, der Schuster, und spuckte, wie er es gewöhnt war, auf seinen geschwärzten Daumen. »Die Konservativen reißen uns auch noch den letzten Fetzen vom Leib. Und die Läusefresser von der Bauernpartei … Oder hat schon mal jemand Bauern regieren sehen?«

»Ganz genau«, unterstützte ihn der Schlaffe Kosta und zog unauffällig das volle Glas mit dem von Shdrigo verschmähten Schnaps zu sich heran, »recht hast du.«

»Wisst ihr, die Leute schreien: ›Joto, Joto, machst du deine Schuhsohlen aus Scheiße, oder warum sind sie so labberig?‹ Na, lass uns Liberale erstmal die Macht ergreifen, dann sollt ihr mal sehen, was für Sohlenleder ich euch unter die Nase reibe, und überhaupt: was richtiges Leder ist!«

In der Kneipe brummte es wieder wie in einem Bienenstock. Ein Zigeuner weinte scheinbar ohne Anlass, doch ihm war weh ums Herz, weil er kein Flügelhorn spielen konnte. Das Halbdunkel strich die Straße draußen wie mit schwarzer Wachsmalkreide durch und machte den Raum kleiner. Sie mussten die Petroleumlampen anzünden, und, im Laster vereint, fühlten sie sich wieder wie ein Ganzes.

»Was hast du, großer Bruder?« Die blauen Augen Ilijas sahen kindlich aus, doch verdunkelt von etwas Unnennbarem.

»Komme gleich zurück …« Jordan klopfte ihm auf die Schulter und band seine Lederschürze ab. Er ging die Hauptstraße hinunter, zwischen den von Shdrigo entzündeten Laternen, bog Richtung Hafen ab und spürte, wie die Donau ihn berührte. Zwei Schleppkähne schürften am Kai entlang, in der Ferne war eben noch die tausend Jahre alte Burgfestung Baba Wida zu erkennen, nach der die Stadt benannt war. Die tiefblaue

Dämmerung unterstrich das Gewaltige, das Bebende an ihr, und von ferne gemahnte ihr Haupttor an einen aufragenden Phallus.

Es roch nach Schlamm und verfaultem Wasser. Die feuchtkühle Luft beruhigte ihn. Er begriff auf einmal, wie sinnlos es war, diese Herberge zu bauen, und genau darum konnte er nicht abwarten, mit dem Bau zu beginnen, die Hacke in die harte Erde zu schlagen und bis zum Umfallen zu graben. Er träumte von dieser Plackerei, sie erschien ihm süß. Schweiß und Staub klebten an ihm. Er arbeitete unter Anspannung aller Kräfte, und in dieser Anspannung ruhte er endlich ... bis ihn das Lächeln Marias weckte. Ja, dieses Mädchen hatte seine Nächte im Sturm eingenommen und gab ihm keine Ruhe. Er sehnte sich danach, sie zu treffen, wartete auf der Straße; doch wenn er sie kommen sah mit ihrem breitkrempigen Florentinerhut, wechselte er die Straßenseite. Stundenlang trieb er sich auf dem Innenhof herum, um ihr Gesicht in einem der Fenster ihres Vaterhauses zu erspähen, oder vielmehr: die Silhouette ihres Gesichtes, betörend schön und schnippisch wie sie selbst.

»Guten Tag auch, Onkel Jordan«, lächelte sie ihm zu, und man sah ihr an, was für ein Vergnügen es ihr bereitete, ihn so aufzuziehen, nur um sich schließlich wie ein märchenhaftes Parfüm im Nachmittag zu verflüchtigen, oder besser gesagt: sich vom Gedächtnis des Nachmittag aufnehmen zu lassen. Jordan wusste nicht, dass er glücklich war, weil Glück, dieses bedrohliche Gefühl, in seiner Sippe untersagt war. »Je mehr die Bedürfnisse eines Menschen befriedigt sind«, liebte sein Vater zu sagen, »desto mehr will er, und umso unglücklicher fühlt er sich.« Jordan hatte große Mühe, das Gefühl seelischer Erfülltheit zu ertragen; daher konnte er unmöglich darauf kommen, dass er in diesem Moment nicht nur Shdrigo liebte, sondern auch die Fuhrleute, ja sogar sich selbst. Er musste einfach diese kraftvoll strömende Wärme in sich irgendwie verausgaben, sich im Anblick der tosenden Fluten der Donau wieder entspannen, spüren, wie sie sich hoben und das rumänische Ufer überfluteten.

Auf dem Rückweg (er hatte seinen Weg verlängert, indem er an der alten Moschee des Osman Paswantoğlu vorbeiging) bemerkte er eine Gestalt, die ihm bekannt vorkam. Sofort drückte ihn sein tierischer Instinkt wie Verputz an die Mauer und verbarg ihn so vor den herannahenden Schritten. Mit Überraschung erkannte er seinen Bruder Panto, der mit den verräterisch knarzenden Schuhen und seinem Angeberstöckchen den Weg hinunterging. Er blieb stehen, schaute sich in der Stille der Nacht verstohlen um und schritt dann durch die offene Pforte jenes Hauses, in dem schon sein Vater sich bei der großbusigen Walachin ausgetobt hatte.

Schau an, wie sich alles wiederholt, sagte sich Jordan beunruhigt und versuchte augenblicks, das Gesehene zu vergessen.

4

Ende August, als die Hitze unerträglich wurde, die Wiesen nach frisch gemähtem Gras dufteten und auch die dritte Frau des Bürgermeisters, des Herrn Hadschipentschev, unerwartet verschied, tat Jordan etwas, wovon die ganze Stadt noch lange und mit verblüffter Begeisterung, aber auch Abscheu redete.

Er saß gerade hinter dem Tresen und dachte an Maria, verscheuchte die fetten Fliegen und rauchte eine »Tomasjan«-Zigarette, deren Rauch sich träge vor seinem Gesicht verwirbelte. Hinter einem noch nicht ausgetrunkenen Glas saß ein Bauer, den er nicht kannte; er wartete darauf, dass ein Lädchen öffnete, in dem er Steinsalz kaufen konnte. In der Ecke spielten ein paar betrunkene, aber friedliche Männer Sechsundsechzig.

»Ich bin bereit«, fing der eine mit dem kasernenkurz geschorenen Haar auf einmal mit dröhnender Stimme an, »mit jedem zu wetten, der Lust hat. Na ... Wer schlägt ein?«

Jordan schaute sich den Mann aufmerksam an; offensichtlich war das ein vermögender Zwischenhändler. Er schaute durch seinen Bruder Ilija hindurch und fragte durch den Raum:

»Worum geht die Wette?«

»Um ein Fässchen Wein.«

»Worum geht die Wette?«, wiederholte Jordan hartnäckig und umrundete den Tresen. Sie sagten es ihm. Ohne weiter nachzudenken, spuckte er auf seinen Daumen und drückte ihn auf den des Herausforderers. Er hatte noch keine Ahnung, wozu ihm diese Heldentat dienlich sein sollte, denn aus der Gaststube waren die freundlichen Fensterchen des Nachbarhauses mit den von zarter Frauenhand genähten Gardinen nicht zu sehen. Er spürte einfach, wie etwas von innen ihn drängte und »Aaaah« rief, bevor es sich in einem kurzen Seufzer brach.

Zuerst gingen sie in den Keller, füllten zwanzig Liter Wein in ein Fässchen ab und trugen es vors Haus; dann ging der Händler los, um sein überladenes Fuhrwerk herbeizuschaffen. Irgendwer rannte los, um Zigeunermusik zu organisieren. Und wie auf Bestellung tauchte der Schlaffe Kosta auf und grinste zahnlos. In kürzester Zeit war das Gedränge groß. Die Leute sahen Leute, die auf Leute starrten, und so blieben sie stehen, erkundigten sich und schauten dann misstrauisch Richtung Jordan. Feiner Staub erhob sich, vergoldet von der Sonne. Er schmeckte nach Stein.

Der Pferdewagen schlingerte um die Ecke. Er war so hoch mit riesigen Wassermelonen beladen, dass jede weitere Frucht sofort über die Seitenbretter wieder hinuntergerollt wäre. Jordan sollte die gesamte Ladung binnen einer halben Stunde über den Telegrafendraht werfen, der sich in vier Metern Höhe über die Straße spannte. Die über und über mit Pferdefliegen bedeckten Tiere brachten den Wagen mit Mühe zum Stehen. Aus der Menschenmenge ertönten begeisterte Flüche, einer schnalzte »Ts, ts«, und die Zigeunermusikanten spielten, als bliesen sie zum Angriff. Die Hitze schlug Wellen. Die Menschen wurden nervös.

Jordan empfand keine Angst, sondern nur eine Art Verärgerung. Er entblößte seinen Oberkörper. Seine helle Haut blendete die Sonne. Er war schmal in den Hüften und breit in den Schultern. In seinen großen Muskeln zuckte rohe Kraft.

»Ich setze ein Fässchen Wein dagegen!« Babaschov hatte sich in der ersten Reihe aufgebaut und zog seinen Bauch ein. »Wie willst du diesen ganzen Berg über die Telegrafenleitung werfen? Selbst zwei Seelen würden dir nicht reichen …«

Die Wette wurde auch mit ihm per Daumendruck abgeschlossen. Jordan bekreuzigte sich und schaute voller Hoffnung zu den Fenstern Gold-Petkos. War da nicht schemenhaft das Leuchten eines Gesichtes zu erkennen? Endlich wusste er, warum er sich auf diese dumme Wette eingelassen hatte, und verwünschte sich.

Es ging los …

Seine Hände legten sich um die glänzende Schale der ersten Melone. Zwischen seinen Beinen holte er aus und schleuderte sie, während seiner

Kehle ein knurrendes Geräusch entfuhr, Richtung Himmel. Über dem Telegrafendraht beschrieb sie eine Parabel und sauste dann herab, um vor den Füßen der aufstöhnenden Herren aus der ersten Reihe zu zerplatzen. Ein klebriger Duft stieg ihnen süß in die Nase. Und während sich die Straße langsam rot färbte wie ein Schlachthaus, kamen die Fliegen in Scharen daher. Je mehr Jordan die Kräfte verließen, desto ingrimmiger wurde er. Alle fünf Minuten klatschte der Schlaffe Kosta in die Hände, und die Zigeuner wechselten die Melodie. Außer sich vor Angst, dass sie den ganzen Wein verlieren könnten, begoss Ilija den Körper seines Bruders mit Wasser.

Anfangs schaute Jordan noch zu dem unzugänglichen Nachbarhaus hinüber, aber dann vergaß er alles. Seine Wut erlosch, sein Kopf leerte sich, und seine Bewegungen glichen dem mechanischen Spiel eines auf eine Sprungfeder montierten Kasperles. Wenn er noch Kraft gehabt hätte hinzuschauen, hätte er jetzt das freudig erstaunte Gesicht Marias sehen können, hätte er den erschrockenen Blick ihres Vaters spüren können, der, immer gereizter und nervöser von dem unfassbaren Anblick und dem Quäken der Klarinette, seine geliebte Zählkette zerriss.

Als zwanzig Minuten vergangen waren, ging Jordans Erschöpfung in Verzweiflung über. Der Wagen war zu vier Fünfteln leer, doch seine Bewegungen wurden immer langsamer und plumper. Die Telegrafendrähte schienen immer höher zu werden, die Melonen flogen immer knapper über sie hinweg und landeten immer näher bei Jordan und bespritzten mit ihrem unschuldigen Blut seine Hosenbeine. Er hatte sich auf die Zunge gebissen, fühlte aber keinen Schmerz. Das Lächeln auf den Gesichtern der Gaffer erstarb zusehends. Einige bekreuzigten sich vor Entsetzen, andere machten unwillentliche Bewegungen, als wären sie es, die die Melonen warfen. Der Zwischenhändler und Babaschov schluckten ihren Speichel hinunter. Bobozov, der Polizeiwachtmeister, und einer seiner Untergebenen schauten sich gelangweilt um; sie warteten, dass das Spektakel endete, um den Beteiligten eine Strafe von je zwei Lewa wegen Störung der öffentlichen Ordnung aufzubrummen. Sie hatten sich lässig an die Einfassungsmauer der Kneipe gelehnt, in der Hitze alle möglichen Knöpfe geöffnet, Ärmel hochgekrempelt und Mützen in den Nacken geschoben.

Fünf Minuten vor dem Ablauf der vereinbarten halben Stunde waren nur noch zehn Melonen übrig, doch Jordan hockte fix und fertig da. Als die Leute ihn so unbeweglich dahocken sahen, als wäre es eine halbe Ewigkeit, ein Berg unförmiger Muskeln und menschlicher Verdammnis, atmeten sie erleichtert auf. Doch ein schlichter Gedanke formierte sich klopfend hinter Jordans Schläfen, ein Gedanke, von dem er in diesem Moment noch nicht einmal wusste, auf wen er sich bezog: Wer ist sie, mich zu übertrumpfen, wer ist sie, dass sie von oben auf mich herabschaut. Er wusste nicht, wo er sich befand, doch etwas Quälendes zwang ihn machtvoll, sich zu erheben. Der Schrecken, der noch immer auf den Gesichtern der Menge zitterte, verwandelte sich in blankes Entsetzen. Unwillkürlich traten sie einen Schritt zurück, als hätten sie bei helllichtem Tag ein Gespenst erblickt. Mit gemessenen, zitternden Bewegungen versetzte Jordan die letzten Melonen in Bewegung. Hoch flogen auch sie über die Leitung hinweg.

Die letzte tiefgrüne Kugel platzte in die Gluthitze des Nachmittags, als wäre dieser selbst ein roter Sumpf. Der Schlaffe Kosta schrie laut »Hurraaa! …«, irgendein Idiot ergänzte: »Anderthalb Minuten vor der Zeit!« Der Melonenhändler wurde bleich, Babaschov stieß verärgert hervor: »Das kann einfach nicht sein … unverschämter Frechling!« So auf einem Haufen glichen die zerplatzten Melonen eingeschlagenen Schädeln. Jordan sackte zu Boden, Ilija brach in Tränen aus.

Am nächsten Tag begegnete er zufällig Maria, doch diesmal wechselte er nicht die Straßenseite, sondern wartete auf sie unter dem Schatten des Maulbeerbaums. Sie kam keck herbeischarwenzelt in einem eleganten Kleid und – ja, tatsächlich! – einem Sonnenschirmchen.

»Onkel Jordan«, lächelte das Mädchen und schloss ihren Bukarester Schirm, »gestern komme ich von einer Aufführung im Lesesaal *Bunte Welt* zurück, und das ganze Viertel riecht nach Melone. Was sind denn das bloß für Verrücktheiten?«

»Und? Hast du gesehen?«, fragte Jordan.

Sie lächelte auf besondere Art, antwortete aber nicht. So hinterließ sie ihre vielversprechende Erscheinung in seinem Bewusstsein.

5

Nach Mariä Himmelfahrt nahm Jonka sich zusammen und hörte auf, von dem sauren Schnaps zu trinken, den Todor Abend für Abend mit nach Hause brachte. Sie versuchte ansonsten, es ihm in allem recht zu machen, mengte in seinen Anteil von der Polenta mehr Fett und weißen Käse, ließ ihn sich bei den Pferden, seinen »sprachlosen Kindern«, so viel er wollte, ausweinen und klagen, »was für eine Dirne ist doch die Natur, wie grausam und rachsüchtig …«

Sie erinnerte sich an das gerötete Gesicht Jordans und an seine wirren Worte, an die stille Freude, die aus seinen Augen leuchtete, an die überraschende Bügelfalte auf seinen Hosenbeinen, und an das frisch geschnittene Haar, dem der süßliche Geruch des Duftwassers entströmte, das der Friseur verwendete.

»Mir ist furchtbar zumute, ich kann es nicht mehr aushalten …« Sein schlichtes und unpoetisches Liebesbekenntnis strahlte keinen Schmerz aus, sondern nur Müdigkeit. Gottlob sagte er nichts von der Herberge, so dass Jonka das selige Gefühl übermannte, dass dieser bittere Kelch vielleicht an ihr vorüberginge: Da hätte er etwas, um sich auszutoben, und Gold-Petko könnte er auch wieder ins Gesicht schauen. In diesem Moment erschien Jordan ihr schön. Von ihren vier Brüdern liebte sie ihn am meisten. Er trug die rohesten, aber auch die verletzlichsten Erbanlagen der Sippe in sich; er sah kindlich, sündhaft und gütig aus wie ihr Vater.

»Na, schau sich mal einer diesen Struwwelbären an! Und was für Pranken er hat … Oh, die Glückliche, die von diesen Händen geknetet wird.« Sie kuschelte seinen Kopf auf ihre Brüste und koste ihn, als wäre sie seine Mutter. Sie wollte ihn trösten. Ihre Augen schwammen in Tränen. So traf Todor sie beim Hereinkommen an. An diesem Abend betranken Jordan und er sich wie die Kosaken.

Das Bekenntnis ihres Bruders brachte Jonka aus dem Gleichgewicht. Sie schaute in sich hinein, aber sie sah nichts. Da ging sie zu Teofana, der Zigeunerin. Sie war als Hellseherin unübertroffen und blickte ohne jede Anstrengung in die Zukunft, als schaue sie in einen Brunnen. Ihr Häuschen war niedrig, aber die Wände waren frisch gekalkt. Der Herd brannte, in einem Kessel kochten ihr unbekannte Kräuter. Die ganze Stube roch eigentümlich nach einer eigenen Kultur, nach Feld und nach Magie. In der Ecke döste ein riesiger Kater.

»Bist du gekommen, um zu lernen, Schwester?«, fragte die Zigeunerin und warf eine Prise Schwefel ins Feuer.

»Bin gekommen, dass du mir was beibringst – und mir darlegst, was meinen großen Bruder Jordan so quält.« Jonka zog ein silbernes Fünf-Lewa-Stück hervor, legte es neben die getrockneten Kräuter und holte mit ihren Fragen weit aus.

»Du gehst ja wie auf Zehenspitzen durchs Zimmer, Schwester«, unterbrach sie Teofana. »Du willst von mir alles wissen, aber über dich sagst du mir nichts!«

Der Schwefel leuchtete im Feuer magisch auf, aber Jonka spürte, dass Teofana keinen blassen Schimmer von Maria sah und dass es ihr nicht gelungen war, in die Zukunft ihres Bruders zu blicken. Sie seufzte einmal tief und ging wieder. Die ganze Nacht konnte sie nicht schlafen. Am Morgen kaufte sie beim Krämer ein Kilogramm weißen Ton, schnürte ein Bündel mit Brot und einem Stück Käse darin und bestellte eine Kutsche, die mit ihrem Messingglöckchen an den sonnigen Tag schlug. Es roch nach getrocknetem Schlamm und verbranntem Gras. Der Herbstwind jagte die Blätter vor den Hufen der Pferde her, die Störche stiegen über den stillen Weingärten auf. In den Höfen lagen Butten und gereinigte Fässer für die bevorstehende Weinlese. Jonka bat den Kutscher, langsam zu fahren, damit man sie auch sah.

»Geht's zum Dampfbad, Jonka?«, riefen die Nachbarinnen neidisch.

»Zum Dampfbad!«, antwortete sie majestätisch.

»Glückspilz.«

Im türkischen Bad waren alle Frauen schön. Sie hatten jene vollkommene Ausstrahlung, die nur ein Gefüge aus unvollkommenen Formen erzeugen kann. Die Bademeisterin übergoss die heißen Steine mit Wasser. Der Dampf erhob sich zischend zum niedrigen Gewölbe und hüllte die nackten Körper in die milchweiße Unschuld verborgener Sinnlichkeit. Der aufgeschäumte weiße Ton lief über die Leiber, rosige Brüste und Schenkel tauchten auf und verschwanden wieder, Stimmen hallten, edel ertönte der feine Glockenklang aneinanderschlagender Kupfergefäße. Die Frauen lösten sich, wurden trunken von Hitze und plötzlicher Freiheit, dem ungehinderten Gehenlassen des Fleisches, das sie ihr ganzes Leben lang zu verhüllen hatten. Sie blieben den ganzen Tag, aßen und klatschten, redeten immer lauter und unüberlegter drauflos, ganz so, wie es unter Männern in der Kneipe war.

»Nedas Tante ist ins Rakovski-Kloster gegangen, um beim Metropoliten die Beichte abzulegen …«

»Und?«

»Sie hat wohl nicht nur die Beichte, sondern auch die Kleider abgelegt, und der Metropolit hat ihr so meisterhaft die Absolution erteilt, dass sie die Englein singen hörte. Nur leider hat ihr Mann sie in flagranti erwischt und den Diener Gottes himmelblau geschlagen.«

»Ach, da schau einer an, der Ärmste!«

»Ärmster oder nicht … Sie drängt auf weitere Reinigung, aber er will nicht mehr.«

Großes Gelächter. Eine Frau mit üppigem Busen platschte einen Eimer Wasser über die heißen Steine. Von der Decke tropfte der kondensierte Dampf kühl zurück, als wäre das Dampfbad selbst auch ins Schwitzen gekommen. Seufzen.

»Und der Jordan von den Weltschevs hat letzten Sonntag hundert Melonen zerdeppert, eine ganze Fuhre, aber zwei Lewa Strafe wollte er nicht bezahlen«, warf die Frau des Polizeiwachtmeisters Bobozov in die Runde.

»Ungeheuerlich …« Sie bemerkten Jonka und schwiegen betreten. Im hintersten Winkel plätscherte Filet-Pena – üppig, rosig, wie geschaffen, um Lust zu spenden, aber einsam wie eine weiße Krähe.

Jonka ging zu dem Becken mit warmem Wasser und übergoss ihren Körper. Der heiße Hauch von Schimmel in der Luft hatte sie ermüdet und schwindlig gemacht, aber schließlich auch ihr angespanntes Gemüt beruhigt. Sie atmete besorgt aus, konnte die glücklichen Augen ihres Bruders nicht vergessen. Sie schwieg, wartete, dass Neugier und Geschwätz der Frauen sich erschöpften. Ihr war es leid um das silberne Fünf-Lewa-Stück, das sie bei Teofana gelassen hatte. Sie hatte nichts gekocht, auch das Körnerfutter für die Pferde hatte sie nicht gemischt. Todor würde böse sein. Mittag war vorüber, ein paar der Frauen gingen in den Vorraum, um etwas zu essen.

»Die Tochter von Gold-Petko ist aus Rustschuk zurück, wusstet ihr schon?«, warf Jonka unschuldig ein und bedeckte ihr Gesicht mit einem Tuch.

»Ist das die, die sich ohne Einwilligung ihres Vaters mit diesem reichen Rumänen verlobt hatte? Ich hab mir schon gedacht, dass sie die nicht lange ertragen, ich hab's einfach gewusst ...«

»Nee, nicht die! Das ist die von den Iltschevs, denen mit der Druckerei ...«

Einige Minuten später waren alle Unklarheiten beseitigt. Es folgte eine Stille, die so weich war, dass sie nach jeder Seite umgebogen werden konnte. Durch das ganze Bad war das Klingen, Dingen und Gongen der kupfernen Kannen und Kessel zu hören. Sie war erst seit kurzem in Widin, diese Maria, und leider konnte man über sie bisher weder Gutes noch Schlechtes sagen. »Europäische« Kleider trug sie, ja, und einen halb durchsichtigen Regenschirm hatte sie – oder war es ein Sonnenschirm? Auf der Straße grüßte sie höflich. Ansonsten war von ihrer Stimme nicht viel zu hören, und ihr Name fiel überhaupt nicht.

»Man munkelt, sie wäre mit dem ältesten Sohn von Babaschov verlobt, na, ihr wisst schon, diesem Traitscho.« Bobozovs Frau schaute sich besserwisserisch um; dabei gerieten ihre Fleischmassen in Bewegung. »Ihre Tante hat's mir unter dem Siegel der Verschwiegenheit gesteckt.«

Jonkas Herz krampfte sich zusammen. Sie stand rasch auf, wickelte sich in das grobe, regelrecht kratzige Tuch und ging in den Vorraum, in dessen Kühle es nach feuchter Wäsche und vegetarischem Essen roch. Sie erschauerte. Langsam, ohne große Lust, brach sie Stücke von ihrem Käse ab, kaute langsam. Trübe Vorahnungen verscheuchten ihre Gedanken. Sie musste an das entschlossen vorgereckte Kinn ihres Vaters denken, an seine blauen, in der Wut gläsern glänzenden Augen, als er sagte: »Ich werde es tun, und es wird mein sein, selbst wenn die Donau umkippt, ja, selbst wenn es mich kalt erwischt und ich dabei draufgehe!« Die Menschen fürchteten sich vor ihm und schlugen ihm nichts ab. Doch Jonka wusste auch, dass ihr Vater im Gegensatz zu Jordan sich immer nur Dinge vornahm, die auch erreichbar waren. Er hätte sich nie in den Kopf gesetzt, Bürgermeister zu werden, einen Steinbruch zu eröffnen oder eine Herberge zu bauen.

Der Klatsch und die Aufregung der Frauen interessierten sie schon nicht mehr. Sie stellte sich den versteinerten Blick ihres Bruders vor, die Aggressivität, die er bis in die Haarspitzen ausstrahlte, und erzitterte. Was konnte eine kinderlose und schwache Frau tun? Wie sollte sie das Böse stoppen und dem Guten aufhelfen? Am Ende beschloss sie, zu schweigen und das Geheimnis um Maria wenigstens bis zum Frühjahr für sich zu behalten.

»Vor Zeiten, was gab es da für Weintrauben«, bekreuzigte sich eine alte Frau neben ihr und schnalzte mit ihrem zahnlosen Mund. »Vor Zeiten, da waren auch die Menschen anders. Sie gingen in die Kirche und waren gottesfürchtig. Sie lebten auf eigene Kappe, doch vor Gott nahmen sie den Hut ab.«

6

Ilija verbrachte seine freie Zeit zu Hause zwischen den gekalkten Wänden der großen Stube, in der Nähe seiner Mutter und ihrer hilflosen Träumereien. Die beiden wirkten wie zwei Unbekannte, zwei Einzelgänger, die das Schicksal zufällig zusammengeführt hatte und die nichts anderes zu tun wussten, als die Stille mit ihrem verhaltenen Atem noch lastender zu machen. Die alte Petruniza schreckte zusammen, kam zu sich und schaute ohne jede Ungeduld auf ihren Sohn. Er war noch ein Kind, aber auf seinen Wangen sprießte bereits ein harter, widerspenstiger Bart. Je mehr er um sie herumlungerte, desto gleichgültiger wurde er ihr, obwohl sie in ihm jene finstere Hartnäckigkeit zu erblicken begann, die sie schon bei ihrem Mann, dem alten Assen, das Fürchten gelehrt hatte. Ilija war einfach da. Er sprach wenig, aß lautlos und hegte keine größenwahnsinnigen Pläne; er sah unschuldig aus wie ein verlassenes Vogelnest, und genau das erschreckte sie, weil sie spürte, dass das eine Täuschung war.

Sie erwachte in den Geheimnissen irgendeines Gesichtes, und auf einmal entdeckte sie ihn in genau diesem Moment, so unausweichlich und schicksalhaft, als sei sie die vergehende Zeit selbst.

»Herr, vergib mir! Statt einer Kerze hab ich ihm eine Stange Lauch zwischen die Finger gesteckt«, sagte sie, als spräche sie mit Ilija. Sie rührte die Bohnen auf dem Herd um.

»Wo ist Jordan?«, fragte sie, um sich zu versichern, dass sie nicht träumte.

»Mit Kosta zum Angeln.« Seine Stimme überraschte sie immer wieder von neuem. Sie kam so aus der Nähe und klang gefährlich unerschütterlich.

»Und du, warum schnüffelst du hier rum. Hast du keine Freunde?«

»Ich lese die Bibel … Ich möchte das Gutsein lernen.«

Wer kann uns das schon lehren?, dachte sie und rührte wieder in dem großen Topf mit den Bohnen. Die Menschen sind doch verschieden, und für jeden sind das Gute und das Böse etwas ganz anderes.

Seit Jahren spürte sie weder Wärme noch Kälte. Der blaue Schatten des Winters zehrte an ihren Kräften, und sie kehrte in die Vergangenheit zurück, als wäre das ihr eigentliches Zuhause. Silbern beschwerte der Zopf ihren Nacken.

Ilija blätterte die von der Zeit und von menschlichen Fingern abgewetzte Seite um und formte im Geist die Silben. Er stellte sich Gott mal als milden Greis vor, der vor der Scheune auf einem Baumstumpf saß und nach einer Wiese roch, während Ameisen über ihn krabbelten und Vögel auf ihm landeten, mal als angriffslustigen Jung-Siegfried mit silberblondem Haar, das wie Sturmwolken um sein Haupt wallte. Doch wie war es möglich, dass er so unterschiedlich und alles auf einmal war: alt, fröhlich und rachsüchtig, barmherzig, unsichtbar und aufdringlich, endlos wie das Licht, allverzeihend und strafend? Ilija wollte das wissen, weil er sich vor ihm voller Ehrfurcht verneigen wollte; stattdessen zerfiel Gott in seine eigenen Unterschiede. Also gab es ihn gar nicht?

»Keiner hat Gott je erblickt außer Mose«, sprach Vater Anissi geduldig und zog die weiten Ärmel seines längst nicht mehr schwarzen Talars an sich. »Er hat sich den Menschen gezeigt als Gesicht und als Trost, doch herabgestiegen zu uns ist er als Glanz und als Licht … denn durch ihn erst sind wir sehend geworden!«

»Aber warum zeigt sich Gott nicht einfach ganz, so wie er ist, vom Scheitel bis zur Sohle?«

»Unerforschlich sind seine Wege, mein Sohn, und das menschliche Herz ist unfähig, sie zu erkennen.«

Vor dem Einschlafen schickte Ilija heiße Stoßgebete zum Himmel und wartete, dass ihm leichter wurde. Er sehnte sich danach, Gottes Allmacht über Verstand und Seele zugleich zu spüren und sich ihm zu unterwerfen. Den Schrei des Fleisches, das nach seinem Recht verlangte, erstickte er ebenso wie das Aufwallen jugendlicher Kraft; er wartete auf die Offenbarung mit dem schlichten Gemüt eines vollkommen Verrückten. Er begriff, dass nur irgendein großer Glaube sein Bewusstsein unterwerfen, ihn vor dem unaufhaltsam ablaufenden Leben und dem Bösen darin bewahren konnte. Er hatte bereits erfahren, dass das Böse der leichteste Teil des Lebens war! Er erinnerte sich noch gut, wie sein Vater von den Zigeunern zurückkam: Seine Kleider waren regelrecht getränkt mit dem Geruch nach Pomade und Laster, sein Gesicht leuchtete bläulich vor Erschöpfung, und er strahlte vom Kopf bis zu den Füßen Schuldgefühl und Selbstverachtung aus. Doch so sehr sein Gewissen ihn auch plagte, er ging wieder hin. Was für eine Ungeduld, und wofür diese Ungeduld?

Ilija unterdrückte seine Wut auf Jordan und betete umständlich und mit gespaltener Seele: »Bewahre ihn vor sich selbst, Herr, lass ihn endlich diese unmögliche Herberge bauen und schenke ihm Glück und Hoffnung!« Er konnte es dennoch nicht verhindern, dass seine Finger sich selbstständig machten und hie und da fünf Lewa hinter dem Tresen versteckten. Er wurde ihrer satanischen Geschicklichkeit einfach nicht Herr.

7

Das Zimmerchen befand sich im Souterrain und lag zu zwei Dritteln unter der Erde. Auf den feuchten Wänden waren Flecken zu sehen, die die Donau immer dann hinterlassen hatte, wenn die Kirschflut kam und die niedrig gelegenen Teile der Stadt mit ihren schlammigen Wassern überspülte. Das Fenster war klein, und jetzt, im Winter, kam das ohnehin schwache Licht noch trüber durch die schmutzigen Scheiben. Ohne das Spiel von Licht und Schatten glich der Raum einem Aquarium.

Die Kälte schnappte mit scharfen Zähnen nach ihm. Sie roch nach trocknender Schafwolle. Christo machte Feuer im Kanonenofen. Die Flammen belebten die Wände mitsamt der ganzen Armseligkeit, die nur von einem abgewetzten Wandteppich unterbrochen wurde, auf dem ein

Hirte mit der Kaval-Flöte seine verstreute Herde zusammenrief. Christo fühlte sich klein, unreif und schuldig noch dazu. Er hatte Angst, Marko auch nur anzuschauen. Was würde er denn anderes zu sehen bekommen als einen einsamen, verglühenden Tuberkulosekranken mit eingefallener Brust und fiebrigem Blick? Außer Christo kamen höchstens noch Anwalt Kamenov und der Bibliothekar Nedeltscho Proitschev auf einen Sprung vorbei, und gelegentlich einige Anarchisten mit zerzausten Bärten, die ansonsten das große Wort führten; aber bei Marko verstummten sie alle, bedrückt von der Ahnung des mit Sicherheit Bevorstehenden. Als dennoch so etwas wie eine Unterhaltung begann, wurde sie schon bald unterbrochen von dem trockenen Husten Markos. Er versuchte, über sich selbst zu lachen; da spuckte er Blut.

Marko war Christos bester Freund seit Kindertagen. Er arbeitete in der Druckerei der Iltschevs. Seine Hände, die so viele Worte, so viel menschliches Wissen berührt hatten, schienen sich in Blei verwandelt zu haben. Auch sein Gesicht hatte die Farbe von Bleiglanz angenommen. Er atmete nur mit großer Anstrengung unter seinen alten Webdecken. Die Arzneien, die Doktor Neikov ihm unentgeltlich gab, verschafften ihm keine Erleichterung mehr, sondern erfüllten ihn nur noch mit Abscheu. Christo brachte ihm Brot, Käse, manchmal auch eine Flasche Wein und die *Arbeiterzeitung*. Darin konnte Marko dann mit rasselndem Brustkorb seine eigene Kolumne lesen, die über die Reinheit der Partei wachte und dabei voller Rechtschreibfehler war. Naiv und kämpferisch zugleich geißelte er Verräter und Abtrünnige.

»Es brennt … und qualmt nicht ins Zimmer … Komm her zu mir«, brachte Marko mühsam heraus. Christo schloss das Ofentürchen. Jetzt *musste* er sich umdrehen. Sein Schuldgefühl wurde unerträglich. Die Welt drehte sich ihm vor Markos Blicken, seine Augen leuchteten. Er befand sich nur noch in diesen Augen, halb Mensch, halb Erinnerung, zur Hälfte noch hier und zur Hälfte schon fort.

Sie tranken Tee aus Kräutern, die Jonka gesammelt hatte. Das Zimmer begann nach Pfefferminze und menschlicher Anteilnahme zu duften. Markos Augen wurden immer härter, füllten sich mit Spott, Hass und unverhülltem Ressentiment gegen alle Gesunden. Eine merkwürdige Stille, bei der die Tuberkulose wie eine dritte Person anwesend war, trat ein. Es war, als flöge ein weißer Schmetterling vorbei. Marko hustete wieder, als wolle er seine Lungen auswerfen; das war ein beklemmendes Geräusch, als hobele einer mit der Feile über den Rand einer Glasscheibe.

»Sing mir was vor«, bat Marko. Christo griff nach seiner Gitarre und begann, zaghaft zu singen. Seine Finger trafen kaum die Saiten. Die klangen auch noch irgendwie falsch, so, als wären sie die zweite Stimme des Winterwindes. Was für ein Trug ist doch die Revolution!, dachte Christo betrübt. Wer soll sie denn anzetteln? Die Fuhrleute in Jordans Kneipe? Die Lastenträger vom Hafen? Die Kellner und Dienstmädchen? Wo sind sie denn, diese Proletarier, die zur Waffe greifen, auf die Straße gehen und die rote Fahne schwingen könnten? Die Leute hatten sich ebenso an den Mangel und die Mühsal gewöhnt wie die Anarchisten an den Staat. Und die Sozialisten waren die Schlimmsten: Sie hatten sich ständig untereinander in den Haaren, im Parteiklub entspannen sich endlose Streitereien um den richtigen und den falschen Sozialismus.

»Verräter! Du bist ein Verräter!«, sagte Marko plötzlich, als hätte er Christos Gedanken gelesen. Seine Lippen verkrampften sich, seine Brust röchelte wie ein Blasebalg. »Du willst nicht der Hammer sein, Genosse, also werden sie dich zum Amboss machen! In deinem Herzen ist kein Funken Glaube, du faules Solei!«

Christo packte das nackte Grausen. Er stopfte die Decke wieder um den Nacken seines Freundes fest und gab ihm einen Löffel vom heißen Tee. Alles tat ihm weh, aber am meisten schmerzte ihn die Seele; als stürbe nicht Marko, sondern er …

8

Nach diesem Winter ist keine große Ernte zu erwarten, auch wenn der Schnee hoch lag und die Winde ihn noch immer tauen. Wir haben die Ikonostase repariert und das Kirchendach. Es war undicht, und die Feuchtigkeit hat die Wandmalereien ausgewaschen. Die Leute erzählen üble Geschichten von Geschlechtskrankheiten, die in Sofia umgehen sollen; doch bei uns, gottlob, ist derlei noch nicht zu beobachten. Die Menschen haben notgedrungen gelernt, sich Pelze aus Katzenfellen zu nähen. Viele gehen so buntscheckig durch die

Stadt mit dieser nützlichen Errungenschaft von einer ansonsten so nutzlosen Tiergattung. Der bulgarische Fürst, Ferdinand, ist gesund und munter.

Amen.

Vater Anissi seufzte und schloss seine Chronik. Seine Frau putzte Reis. Ihr breites Gesicht war verschwitzt. Ilija saß still und unübersehbar auf dem Wandsofa. Eine halbe Stunde hatte er den blutroten, vom Minarett der Moschee durchstochenen Sonnenuntergangshimmel und die Spatzen auf dem Maulbeerbaum vor dem Fenster beobachtet. Der Junge wirkte bedrückt. Vermutlich suchten ihn helles Gefühl und dunkler Drang heim, zusammengehörig wie der Wechsel von Tag und Nacht.

Vater Anissi hustete. Das perlmuttfarbene Kreuz schaukelte auf seiner Brust. Er war hungrig und müde.

»Dann sag mal, was du auf dem Herzen hast, mein Sohn, und wir werden sehen.«

Ilija errötete, was sein Gesicht noch kindlicher machte. Sein ganzer Körper roch noch vom Vortag nach Kneipe. Vor seinen Schuhen hatte sich eine kleine Pfütze gebildet.

»Warum haben die Menschen Jesus gekreuzigt?«, fragte er schnell und zog seine Stirn unschön kraus.

»Im Evangelium wird verkündet, Judas Ischarioth habe ihn an die menschliche Bosheit und Ignoranz verraten.«

»Aber er … Warum hat er es zugelassen, dass sie ihn kreuzigen, wo er doch Gottes Sohn ist?«

»Um das Wunder zu bewerkstelligen. Nicht wahr, er ist ja auferstanden.«

»Ich weiß, dass er auferstanden ist, aber trotzdem: Warum hat er zugelassen, dass sie ihn kreuzigen und die Macht des Bösen, also ihre menschliche Macht spüren können?«

Die Brauen Anissis erzitterten. Der Pope schaute in Ilijas so naive wie unerbittliche Augen. Die Hängelampe beleuchtete nur die eine Hälfte seines Gesichtes, die andere blieb im Schatten. Sein Gesicht gleicht einer gespaltenen Seele, dachte er beunruhigt, und er ist weder auf der einen noch auf der anderen Seite.

»Du jagst allzu ehrgeizig der Heiligkeit nach, mein Sohn … Das wahre

Gute ist ewig, nur das kleine Gut und Böse kann man verbessern. Und das will ich dir sagen: Gott erreicht man nicht mit Verstandesfragen, sondern nur mit Liebe im Herzen.«

»Liebe?«, fragte Ilija verwundert und stand auf. Er küsste die Hand der Popenfrau, bekreuzigte sich demütig und ging hinaus.

Vater Anissi erhob sich schwerfällig, gähnte, doch der Schlaf war ihm vergangen. Er näherte sich dem Fenster und schaute in die Dunkelheit hinaus.

»Wenn Ilija wieder herkommen sollte«, sagte er nachdrücklich, »dann richte ihm aus, ich sei nicht da.«

9

Ein Blick auf die Marmoruhr mit dem pausbackigen Putto sagte ihm, dass es bis zur Ankunft der Gäste noch zehn Minuten waren. Seine Gedanken aber gingen immer zielloser in alle möglichen Richtungen. Panto liebte ganz und gar nicht Momente, in denen etwas von ihm abhing; er zog es vor, sich nicht in die Ereignisse und sein Schicksal einzumischen, denn er glaubte blind daran, dass er zum Müßiggang bestimmt sei. Seine größte Stärke bestand in der Fähigkeit, abzuwarten, genauer gesagt: einfach nichts zu tun. So hatte er es vor Jahren Gina überlassen, ihn zu erwählen, ihn mit ihrem Kichern zu umwerben, einem schrillen Ton, der der Kehle eines Raubvogels zu entstammen schien, und ihn zu heiraten. Dann zwang seine wohlerzogene Teilnahmslosigkeit seinen geizigen Schwiegervater, die Bank »Lukanov, Weltschev & Cie.« zu eröffnen, ein solides Unternehmen, das aber aus denselben Gründen weder wuchs noch pleiteging. Wenn jemand ihm gesagt hätte, dass er nur deshalb ein so angenehmes Leben führe, weil er so gut aussehe und so sanftmütig sei, hätte er verständnisvoll gelacht.

Panto war aber nicht dumm und spürte intuitiv die Gefährlichkeit von Babaschovs Vorschlag. Das Angebot war derart verlockend, dass er sofort Zweifel bekam. Er hätte auch schon längst mit freundlichem Lächeln abgesagt, wenn der verfluchte Brief seines Schwiegervaters Jotzo Lukanov nicht gewesen wäre. Dieser Einfaltspinsel und Dorftrottel sah anscheinend seine einzige Berufung darin, wie ein Steinzeitmensch auf dem Land zu leben und Reichtümer anzuhäufen. Panto hatte weder die Energie noch den Wunsch oder gar die Zeit, Geld zu scheffeln; dafür besaß er die wunderbare Gabe, es nicht nur mit beiden Händen, sondern auch mit Liebe auszugeben, und zwar zu seinem eigenen Vergnügen.

Mit großen, unbeholfenen Buchstaben hatte sein Schwiegervater es geschafft, folgende großartige Epistel zu verfassen:

Bist du wirklich so unbeleckt und von allen guten Geistern verlassen, du Hänfling? Dir hat wohl eine Krähe das Hirn aus dem Kopf gepickt! Du unterschreibst mir keinerlei Kontrakte oder sonstige Wische, weil sonst erwischt es dich dermaßen, dass dir die Nägel aus deinen Angeberschuhen fahren!

Was macht mein Enkelchen Georgi, wächst und gedeiht er?

Man sah förmlich den dicken, mit dem Messer gespitzten Zimmermannsbleistift vor sich, mit dem Jotzo diese Zeilen hingekrakelt hatte. Die Breite der Striche deutete darauf hin, dass er vorher auf die Grafitmine gespuckt hatte. Das Datum war verwischt und kaum leserlich. Aber er hatte es nicht verabsäumt, herrenhaft seinen vollen Namenszug darunterzusetzen. Mit seinem nüchternen und praktischen Verstand hatte Jotzo die Bedrohung schnell erfasst, die ganze Abstrusität der vorgeschlagenen Handelsvereinbarung, doch er hatte einen gravierenden strategischen Fehler begangen: Er hatte es nicht für nötig gehalten, sich mit dem Stolz seines Schwiegersohnes ins Einvernehmen zu setzen, und ihn mit diesem Brief tief gekränkt. Panto war eigentlich fest entschlossen gewesen, Babaschov abzusagen; doch genau der proletenhafte Befehlston seines Schwiegervaters hatte ihn wieder ins Ungewisse gestürzt und ihn bewogen, dieses »Lotterie-Treffen« mit dem alten Kaufmann und Schlitzohr Babaschov zu organisieren.

Gina sah in ihrem Plissee-Kleid, dessen tiefes Dekolletee durch keinerlei Inhalte gerechtfertigt war, einfach glücklich aus. Mit männlich-entschlossener Stimme gab sie Zwetana und dem Prokuristen Bai Trifon die letzten Anweisungen. Letzterer sollte bedienen und sich gleichzeitig mit juristischen Ratschlägen nützlich machen. Sie steckte neue Kerzen in den Leuchter, den Korb mit dem Strickzeug beförderte sie hinauf ins obere

Stockwerk. Das Porträt Jotzos, ihres Vaters, tauschte sie mit einer Zeichnung des Eiffelturms, die zerschlissenen Pantoffeln im Entree mit Pantos Lackschuhen. Ja, sie würde endlich einmal Gäste aus der *beau monde* der Stadt empfangen. Der geschäftliche Teil des Treffens interessierte sie nicht; was sie genoss, war einzig und allein das erregende Gefühl ihrer eigenen Exklusivität. Zwetana hatte ihr die Haare mit der über dem Kohlebecken erhitzten Brennschere gewellt. Und das grelle Rosa ihres Kleides sah derart affektiert aus, dass es ihrer Hässlichkeit eine weitere Nuance verlieh.

Um Punkt sechs Uhr, gerade als Gina sich des Eindrucks nicht erwehren konnte, dass noch rein gar nichts vorbereitet war, ertönte das Bimmeln der Türglocke, als wäre ein Feuer ausgebrochen. Man hatte Babaschov bereits ins Vorhaus geführt, und da stand er nun – breitschultrig, verfettet, aber erstaunlich flink und mit einem länglichen Schlaumeiergesicht. Sein Sohn Traitscho, der Anwalt geworden war, hatte sich auf Immobilienhandel spezialisiert und glich mit seiner bronzenen Haut und seinem tiefschwarzen, bläulich schimmernden Haar einem Zigeuner. Hinter ihnen trat Jordan nervös von einem Bein auf das andere. Zu Ginas Entsetzen war auch er eingeladen worden, weil er der Älteste aus Pantos Sippe war.

»Oh, gnädige Frau«, lächelte Traitscho fein, »in diesem Kleid sehen Sie so charmant aus, als wären Sie einem Journal entstiegen.«

»*Six* Tassen *café*«, rief Tante Allwissend und schickte einen eisigen Blick zu Zwetana, der es die Sprache verschlagen hatte. Sie setzten sich um den Tisch. Das Kaffeeservice war selbstredend aus Wien. Die silbernen Löffelchen für den Zucker kamen aus Budapest, die Etagere für die leichten Süßigkeiten hatte zwei übereinander liegende Schalen in Form von Kamm-Muscheln. Draußen bekläfften die Hunde den Lenz. Durch die angelehnten Fensterflügel drang der Geruch aufgetauter Erde und der Rauch von Kaminholz. Panto schloss sie. Sie begannen zu rauchen, reichten einander höflich die Streichhölzer und lächelten einander liebenswürdig, ja beinahe feierlich an. Nur Jordan machte eine finstere Miene. Ihn störten die überflüssigerweise entzündeten Kerzen; der Prunk des Salons bedrückte ihn.

»Graues Einerlei … kein Schwung, nirgends! Der reinste Orient-Basar«, begann Traitscho und blies elegant den Rauch in die Kerzenflamme. »Alle haben sich in ihre Lädchen eingegraben und bosseln da herum. Der

Fleischer kauft günstig eine Herde ein und denkt: ›Jetzt hab ich aber ein Geschäft gemacht!‹ Aber nei-hein … Habe ich nicht recht, Frau Weltscheva?«

»Voll und ganz«, erwiderte Gina überascht und verbrühte sich am Kaffee, »Sie haben *tout-à-fait* recht.«

Der alte Babaschov begann, mit seinen dicken Fingern auf den Tisch zu trommeln, Bai Trifon brachte die Weinflaschen, und Panto wurde rege. Jordan hingegen fragte sich: Was ist denn das für ein Schnösel, dieser Rechtsverdreher? Und Gina war offensichtlich enttäuscht, dass das »Entree« dieses so lang erwarteten Abends bereits vorüber war. Die Gläser klangen, um die Gedanken zu übertönen und den Seelen süße Nahrung zu geben. Jedes Wort wäre in diesem Moment dumm und überflüssig erschienen. Sie schauten einander nur an, um zu überprüfen, ob sie auch vornehm genug schwiegen.

»Wir müssen auch an Bulgarien denken«, beschloss der junge Anwalt ein wenig verunsichert sein Plädoyer für die gute eigene Sache, »nicht wahr, Frau Weltscheva, so ist es doch?«

Bai Trifon brachte nun die mit Rosinen dekorierte Torte aus geschlagener Creme und echter geraspelter Schokoladenkuvertüre herein; er war zufrieden über den Umstand, dass bis jetzt niemand von ihm eine juristische Belehrung haben wollte. Von diesem Augenblick an empfand Tante Allwissend nur noch Langeweile und Verärgerung über ihr unbequemes Kleid.

Zurückhaltend und in beruhigendem Tonfall begann nun der alte Babaschov zu sprechen. Jordan mühte sich, den Sinn seiner Worte zu verstehen, doch sie enthielten eine versteckte Gefahr, die er nicht benennen konnte. Es wäre doch wunderbar, wenn sich das Bankhaus »Lukanov, Weltschev & Cie.« mit dem soeben eröffneten Kontor der Babaschovs verbünden und einen gemeinsamen Weizenhandel in großem Maßstab mit Österreich, Tschechien und Ungarn beginnen würde. Die Bank müsse nur – der alte Babaschov betonte das »nur« – das ganze Unternehmen finanzieren, um dann am Ende des Geschäftsjahres ihre zwanzig Prozent Gewinn einzustreichen.

»Wir sprechen hier von einigen hunderttausend Lewa, Herr Weltschev, Sie verstehen?«, fügte Traitscho hinzu und schneuzte sich geräuschvoll in sein Seidentaschentuch. »Wir sind schließlich kein Kramladen, sondern ein Handelshaus.«

Dieser ganze Vorschlag schien nicht nur mit den Familientraditionen der Weltschevs unvereinbar, sondern auch mit ihrer Moral. Jedes Vorhaben wurde in der Familie dann als sinnvoll eingestuft, wenn es durch eine finanzielle oder seelische Notwendigkeit erzwungen war. Oft war damit auch ein Fluch oder ein unter Einsatz aller persönlichen Kräfte geführter Kampf verbunden. Vater hätte diesen Fettwanst nicht mal bis zu Ende angehört, dachte Jordan nüchtern, sondern hätte ihm gleich die Tür gewiesen. Ihn hatte das Wort »nur« erschreckt, die unglaubliche Leichtigkeit, mit der es ausgesprochen worden war und die so zwingend wirkte, aber so unverzeihlich war. Und was war dann mit Panto? Er würde in keiner Weise an den geschäftlichen Aktivitäten beteiligt sein, sondern alle Dämonen von der Leine lassen und sich jeder persönlichen Einmischung, wie vernünftig oder unvernünftig auch immer, berauben. Er würde abhängen vom Können und Geschick fremder Leute, die ihrerseits gewitzt genug waren, um sich aus allen erdenklichen Unannehmlichkeiten herauszuwinden. Babaschov glich etwas Unreinem, aber Bekanntem, sein Sohn Traitscho hingegen war ein beispielloser Aufschneider. Jordan ruckte unruhig auf seinem Stuhl, straffte seinen muskulösen Körper und brachte den ganzen Tisch ins Wanken.

»Wenn du mich fragst«, wandte er sich direkt an seinen Bruder, und seine blauen Augen leuchteten kalt, »lass dich auf diesen Schwindel nicht ein. Basta!«

Erschüttert von seiner Taktlosigkeit, warf Gina ihm einen geringschätzigen und vorwurfsvollen Blick zu. Der alte Babaschov konnte seinen Tisch-Trommler-Tick kaum beherrschen. Traitscho lächelte säuerlich.

»Wir werden darüber nachdenken und dann weitersehen.« In der plötzlichen allgemeinen Betretenheit hatte Panto seinen Anzug mit Wein bekleckert. »Nehmen Sie doch etwas von dem Gebäck!«

Mitten hinein in das bedrückende Schweigen zischten die Kerzen auf dem Leuchter und begannen zu tropfen. Der alte Babaschov hörte nicht auf zu trommeln, der gekaufte Flaschenwein schmeckte irgendwie nach unreifer Gerbsäure, und Jordan dachte, ohne es zu wollen, auf einmal an Maria. Panto hatte die Stirn gerunzelt und tat so, als denke er nach.

»Nun, also gut … Am Sonntag geben wir bei uns eine Soiree«, erinnerte sich seltsam übereilt der Junganwalt und drückte seine Zigarette im Aschenbecher aus. »Sie werden doch kommen, nicht wahr?«

10

Die Soiree bei den Babaschovs war auf ihrem Höhepunkt angelangt. Der Salon verschwand in Zigarettenrauch, der um die schweren Vorhänge waberte. Aus dem Lautsprecher des Grammofons drangen die aufgekratzten, wie verschlissenen Klänge Strauß'scher Walzer und modischer Tangos. In den Porzellanleuchtern flackerten feierlich die Kerzen und erhellten zitternd das mit Perlmutt-Intarsien verzierte Mobiliar.

Die Crème de la Crème der Widiner Gesellschaft hatte sich versammelt. In ihren »europäischen« Kleidern standen die höheren Töchter vor der Qual der Wahl, ob sie ihrer Schamhaftigkeit oder ihrem Drang zu glänzen nachgeben sollten. Die Junggesellen rechneten im Kopf die zu erwartenden Aussteuern durch und sprachen über Politik oder »Die Leiden des jungen Werthers«, andere über den Mehltau in den Weinbergen. Der vom Lärm völlig verschreckte Kater konnte kein ruhiges Plätzchen finden und kratzte jeden, der ihn zu streicheln versuchte. Hoffnungen und Eitelkeiten verflochten sich in verschleierten Blicken und künstlichen Seufzern. Geschraubte Phrasen, verborgene Ambitionen und süßliche Parfüms flossen ineinander zu einer drückenden und angespannten Schwüle.

Hoffnungslos in eine Ecke des Salons abgedrängt, hatte Tante Allwissend die Arme über der Brust verschränkt wie eine Dorftrine, schaute erbost auf den Rücken ihres Mannes Panto und führte ein gebildetes Gespräch mit der Frau des alten Babaschov.

»Ja, selbstverständlich gibt es Poltergeister, gnädige Frau … was denn sonst?«

»Aber ich habe in dem Büchlein dieses Prager Professors … wie hieß er doch gleich … gelesen …«

»Na, dann soll dieser Wiehießerdochgleich mal herkommen und bei uns leben, dann reden wir weiter. Gestern ist mein Sohn Goscho – Georgi – rausgegangen, um beim Buchsbaum Wasser zu lassen, da hat er so *un grand* Etwas gesehen … Es habe seinem Vater geglichen, nur dass dieses Etwas einen Pferdehintern hatte«, endete Gina bissig.

Glücklich, trunken von Wein und weltlichem Treiben, hatte Panto sich an die Fersen Boshuras, der Tochter des alten Babaschov, geheftet und las ihr gerade aus der Hand. Er drückte ihr Handgelenk ein wenig stärker als nötig. Sie tat so, als verstünde sie seinen dezenten Wink nicht, zog ihre Hand aber auch nicht zurück. Ihr Parfüm duftete nach Maiglöckchen und senkte sich zwischen sie wie Frühnebel. Und wie zufällig berührte sein Knie die Wärme ihres Oberschenkels.

»Sie werden ihm des Abends begegnen, verehrtes Fräulein … und, wie ich sehe, inmitten großen Trubels und dicken Qualms. Er ist gekleidet« – Panto schaute einen Moment an sich herab – »in grauschwarz gestreifte Hosen.«

»Solche, wie Sie sie tragen?«

»Genau solche.« Er verstummte vielsagend und nickte dem Bezirksvorsteher zu, der einsam an seinem Glas nippte.

Boshura lachte kokett auf, drohte ihm mit dem Zeigefinger und rieb ihren Schenkel kaum merklich an ihm. Panto zog sie mit Blicken aus. Oh, wie jung sie war, wie gefährlich jung, aber …

»Wie geheimnisvoll Sie sind, Herr Weltschev. Ist es wahr, dass Sie eine große Handelsgesellschaft mit Papa gründen?«

»Selbstredend, mein Fräulein, was glauben Sie denn?« Er war schon nicht mehr in der Lage, sich zu kontrollieren.

»Versprechen Sie es mir … Ach, wie ich mich freue!«

»Ehrenwort, mein Fräulein, das Wort der Weltschevs ist Gesetz. Wollen Sie mit mir tanzen?«

Der Trichter des Grammofons glich einem tiefen Blütenkelch. Zwischen dem ausziehbaren Tisch und dem Eichenbüfett tanzten einige Paare. Panto führte sicher und drückte seine Dame an sich. Er hatte der ganzen Welt den Rücken gekehrt, sogar den wütenden Blicken Ginas.

In der Mitte des Salons, irgendwie eleganter und ätherischer als die Übrigen, hielten sich Maria und Traitscho Babaschov auf. Maria trug ihr volles Haar offen. Das sinnlose Treiben im Raum brachte die beiden einander näher. Nur sie beide erkannten, dass dies alles hier zutiefst provinziell war, zweitklassig, ein bisschen lächerlich und ein bisschen traurig. Traitscho hatte sein Jura-Studium in Wien absolviert. Er hatte dort höchst bescheiden in einer Dachmansarde hinter dem Bahnhof gelebt, hatte aber das Flair der Hauptstadt der Donaumonarchie in sich aufgesogen, hatte sich die Arroganz der Luxusrestaurants ebenso eingeprägt wie den Glanz der Jugendstilhäuser. Jeden Sonntag hatte er der Orgel im Stephansdom gelauscht, hatte das Wunder ihres dröhnenden Widerhalls im aufstrebenden Stein empfunden, war im Schönbrunner Schlosspark gewesen, hatte die Oper und das Burgtheater besucht und sich in der Mariahilfer Straße Krawatten und Wäsche gekauft. Maria wiederum war vier Jahre in Rustschuk gewesen, wo sie mit ihrer Schönheit das barocke Halbdunkel des Mädchengymnasiums geziert hatte, aber auch die berühmten Soireen in den Häusern der Reichen.

Die beiden kannten sich erst seit kurzem, mochten sich ganz gern und wussten, dass es ebenso vernünftig wie bequem war, zu heiraten. Doch selbst durch das Kratzen des Grammofons verspürte Maria die kaum merkliche Gegenwart Jordans. Sogar hier und jetzt fühlte sie sich fragil und ungeschützt. Etwas zutiefst Männliches in ihm zog sie an, die geheimnisvolle Nähe von Schwäche und Stärke ließen sie erschauern. Sie stellte sich seine Umarmung vor wie einen tiefen Brunnen, seine glühenden Augen versprachen Aufregung und lange, unkeusche Nächte. Wenn er doch nur nicht so roh und ungehobelt wäre.

»Sie sind wundervoll, mein Fräulein ...«

»Auch Sie sehen gut aus.«

Der Anwalt seufzte geziert und zog die Augenbrauen zusammen.

Mitternacht rückte näher, die Stunde, in der Geister, Sünden und Schattenwesen erwachen. Halb eingeschlafen vor Langeweile, glättete Tante Allwissend ihr Plissee-Kleid und wiederholte hartnäckig:

»Die Welt ist voller Geister, Verehrteste, denn alle wollen leben, sogar die Toten.«

Langsam besänftigte die Müdigkeit die Eitelkeiten. Die teuren Toiletten der Damen und Herren sahen zerknittert aus. Auf den Gesichtern der Geladenen malte sich Langeweile. Das Hausmädchen hörte auf, das Grammofon aufzuziehen. Babaschov lächelte kaum wahrnehmbar und sehr zweideutig in sich hinein. Draußen lastete schwer eine zauberhafte Nacht; doch keiner hatte Sinn dafür. Keiner bemerkte auch die breitschultrige

Männergestalt, die voller Wut die Straßenlaterne rüttelte und drauf und dran war, sie ganz aus dem Boden zu reißen.

11

Christo erwachte von einem röchelnden, stockenden Atmen. Er erhob sich auf die Ellenbogen und tastete nach der Petroleumlampe. Jordan hatte sich auf den gegenüberliegenden Stuhl fallen gelassen und presste seine Stirn mit den Fäusten. Über den Bretterboden des Zimmers rann Wasser. Seine Hosenbeine waren so nass, als wäre er damit in die Donau gestiegen.

»Was ist los, großer Bruder?«

»Hab was rausgekriegt ...« Jordans Stimme brach, es kam nur noch heiße Luft.

Über der Donau wurde es hell. Der Himmel schwoll majestätisch an wie der Bauch einer Schwangeren. Hähne krähten.

»Nimm dir 'ne Zigarette.«

Jordan reagierte nicht. Seine Brust hob und senkte sich wie ein Blasebalg.

»Soll ich Wein holen?« Christo setzte sich im Bett auf und begann, sich anzuziehen. Jemand muss ihn beleidigt haben, gekränkt, gedemütigt ... Vor Mitleid und frischer Morgenluft erschauerte er.

»He, ist ja gut«, schüttelte er Jordans Schultern. »Wenn du willst, gehen wir zu den Zigeunern.«

»Nein, will ich nicht«, erwiderte sein Bruder, und erst jetzt bekam Christo richtig Angst.

12

Der Tag war staubig und heiß, und auch der Abend versprach keine Abkühlung. In der Ferne goss der Sonnenuntergang sein Rot in den Fluss. Aus dem Stadtpark drangen die martialischen Klänge der Militärkapelle. Vor den bereits draußen stehenden Tischen des Restaurants »Neptun« begann der Nachmittagskorso. Schüler durchquerten den Park in Gruppen und schütteten sich aus vor Lachen über irgendeinen Blödsinn. Auf den Bänken saßen Dienstmädchen, die mit Soldaten in Ausgehuniform schäkerten. Beide Seiten hofften, dass es diesen Samstag doch etwas früher dunkel werden möge. Paare, die als solche bekannt waren, ergingen sich in der Gegend der Schule für Weinbau. Die Damen zeigten ihre neuen Kleider und ihre eleganten Hüte; ihre Kavaliere stützten sich unnötigerweise auf feine Spazierstöcke. Alle trugen ein Lächeln zur Schau, sahen wie benommen aus von der Hitze und dem Duft geschnittener Buchsbaumhecken.

»Ich habe mich die ganze Zeit bemüht, ihn davon abzubringen«, sagte Gold-Petko und schwang nachdenklich seine bernsteinfarbene Zählkette, »aber er schaute mich nur an wie ein Kind, das bei offenen Augen eingeschlafen ist.«

»Und was ist dabei rausgekommen?«, fragte Romanzero mit geschäftstüchtigem Mitgefühl und schlug eine Mücke in seinem Nacken tot.

»Krämerseele … schmierige Krämerseele«, unterbrach ihn Traitscho Babaschov, der sich aus unerfindlichen Gründen angesprochen fühlte. Die übrigen Teilnehmer der Tischrunde spitzten die Ohren, nippten an ihrem Bier und taten äußerlich unbeteiligt, um nichts zu verpassen, was das Weitertratschen lohnte. Gold-Petko überlegte.

»Ich muss diese Herberge einfach bauen«, begann Jordan mit ruhiger Stimme, als fürchte er, jemanden ungerechtfertigt zu beleidigen. »Zwei Jahre trag ich das jetzt schon mit mir rum … Ich brauch diesen Gasthof einfach.«

Er empfand etwas zwischen Mitleid und Bedauern gegenüber dem Alter Gold-Petkos. Seine Fäuste bargen keine Gewalt, seine Seele keinen Zorn. Warum schweig' ich nicht einfach?, fragte er sich. Was macht es für einen Sinn, ihm zu erklären, was ich bereits beschlossen habe? Er wurde blass, als Maria mit dem dampfenden Kaffee hereinkam, schaute sie aber nicht an. Sie ging hinaus. In der Stube blieb nur ihr Parfüm zurück, wie eine verblichene und sinnlose Erinnerung.

»Ich geb dir meinen Hof nicht, begreifst du das denn nicht?«

»Gut«, erwiderte Jordan beinahe flüsternd. »Wir werden sehen.« Seine Stimme klang auch jetzt nicht drohend, seine Fäuste hingen herab, seinen Augen entströmte nichts als Zärtlichkeit und Träumerei.

»Da ist der Mann aufgestanden«, stotterte Gold-Petko betreten, »und einfach rausgegangen, so, als würden wir uns gar nicht kennen.«

Die Männer um den Tisch lüfteten ihre Strohhüte, denn am »Neptun« fuhr gerade die Kutsche des Bezirksvorstehers vorbei. Traitscho Babaschov bestellte noch ein Bier, vom Park wehte die beschwingte Melodie eines Wiener Walzers herüber, Gold-Petko wollte oder konnte mit seinem Bericht nicht fortfahren.

»Auch hier gibt's irgendwo eine Schwachstelle«, zischte Traitscho und starrte auf seinen beschlagenen Bierkrug. »Dieser kleinkarierte Kerl kriegt auch noch die Rechnung präsentiert.«

Gold-Petko erschauerte fröstelnd. Er schloss die Augen und sah aus, als wäre er eingeschlafen. Vor einer Woche hatte ein Unbekannter drei seiner Fuhrwerke mit Getreide in den Widiner Sümpfen ausgekippt. Er hatte auf seine Ware an der Zollstelle gewartet, wo er im kühlen Schatten des Gebäudes Zuflucht vor der prallen Sonne suchte, als die Fuhrleute angelaufen kamen, schockiert und in der Hitze ausgenüchtert. Sie redeten wirr durcheinander, wiederholten immer wieder, das müsse von Geisterhand geschehen sein, um schließlich irgendwohin zu verschwinden und sich zu betrinken. An jenem Tag verschwanden noch zwei weitere Ladungen, als wolle dieser *Jemand* die Sümpfe in Kornfelder verwandeln. Gold-Petko meldete den Vorfall nicht der Bezirkspolizei, sondern verschwieg ihn. Er wollte nicht, dass der Vorfall verfolgt wurde, sondern ging nur hin, um sich die Bescherung anzuschauen. Im dichten Schilfrohr quakten Frösche, Mücken summten ausgehungert. Das Wasser sah grün und still aus wie ein totes Gesicht. Ja, es war bedeckt mit Korn. Es roch nach gekochtem Weizen, fast so wie der, der den Trauergästen am offenen Grab gereicht wurde. Petko wischte sich die Tränen ab und schleppte sich mit Müh und Not zu Jordans Kneipe. Er setzte sich allein an einen Tisch und bestellte Wein vom Fass.

Jordan zapfte ihm ein Glas; er schaute verträumt und still vor sich hin. Im hintersten Winkel der Kneipe spielte der Schlaffe Kosta Sechsundsechzig, blätterte die Karten vor sich um und lachte dümmlich. Seit einer Woche trank er verdächtigerweise nur Wasser. Seit genau einer Woche war er nüchtern, und das war so ungewöhnlich, als würde die Donau flussaufwärts strömen.

Als Jordan ihm den Wein brachte, sagte Gold-Petko: »Also gut, wir haben unser Spielchen gespielt, ich denke, es ist genug.«

Jordans Augen füllten sich mit Ergebenheit und Güte. Petko war an diesem Tag nach Kula gegangen zu seinem Getreide-Aufkäufer, einem zuverlässigen Gewährsmann, der fixer im Kopf war, als er aussah. Sein Gesicht war blaugeprügelt, sein Mund glich einer klaffenden Schusswunde, zwei Schneidezähne waren ausgeschlagen. Er konnte gerade noch lispeln: »Würde dir ja gerne geben, aber ich kann nicht. Lass mich in Frieden, ich hab Kinder zu ernähren!«

Immer mehr Backstuben in der Stadt blieben leer. Unter dem Druck der Bäcker zog Gold-Petko über die Dörfer. Die Walachen empfingen ihn mit Türkischem Honig und Schweigen, verscheuchten ihre Frauen und sprachen: »Du bietest gutes Geld, treibst ehrlichen Handel, aber was sollen wir tun, wenn einfach kein Korn da ist?« Dabei barsten ihre Scheunen vor Getreide.

Die Dämmerung brach herein. Von der Donau trug ein kühler Hauch Schlammgeruch herüber. Die Militärkapelle war verstummt, ein onduliertes Hausmädchen kicherte und berührte den Säbel eines feschen Wachtmeisters. Traitscho schlug mit der Faust auf den Tisch und rief zum Nachbartisch, an dem der Bürgermeister saß: »Wissen Sie, was dieser Ladenschwengel zu meinem Schwiegervater gesagt hat?«

13

Er lauerte ihr auf wie ein Raubtier, das der Hunger gelehrt hat, geduldig zu warten. Er hatte sich gegen einen geschlossenen Laden gelehnt und rauchte eine Fabrikzigarette. Gleichgültig gegenüber der schlummernden Welt, hatte sich der Herbsthimmel von den Dächern der Nachbarhäuser zerbröseln lassen. Fern noch und verwaschen drangen die Sterne durch den Lichtvorhang der Straßenlaternen. Im Hintergrund glänzte, heller als die Nacht, gespenstisch die Donau.

Schließlich erlosch das Licht hinter dem Fenster des Hauses vor ihm, langsam, als sei über der Straße eine Sternschnuppe verglüht. Jordan fühlte sich einsam und verlassen, unfähig, mit sich ins Reine zu kommen. Christo mochte etwas von Büchern verstehen, aber die menschliche Seele war ihm fremd. Und Ilija schwieg beharrlich. Mit Panto hatten sie sich in die Wolle gekriegt und sich harte Worte gesagt, nachdem dieser tatsächlich den Vertrag mit dem alten Babaschov unterschrieben hatte.

»Wie willst du denn Gewinn machen, ohne auch nur den Finger zu krümmen? Das wird nicht gut enden!«

»Und du, hast du mich etwa wegen deiner Absteige gefragt?« Panto schlug mit seinem Stock auf den Tisch. In der Wut hatte auch er Ähnlichkeit mit dem alten Assen. Jordan verlor den Faden; es fiel ihm schwer, sich zu erklären … Die »Absteige«, wie Panto seine Herberge für das fahrende Volk nannte, war in seinen Augen etwas ganz anderes. Ja, es war ein Risiko, das mit völligem Bankrott enden konnte; doch seine Person würde auch von einer totalen Pleite völlig unberührt bleiben, während Panto für etwas bürgte, das im Falle des Scheiterns seine Glaubwürdigkeit für immer ruinieren würde.

Er war zu Jonka gegangen. Die hatte sich erschreckt, als sie ihn sah, und ihm Holundertee gekocht. »Warum?«, hatte er nur gefragt. Jonka hatte geweint und dann gesagt: »Dich wird noch deine eigene Kraft brechen, Jordan! Die Welt bleibt unbegreiflich, wenn du dich selbst nicht begreifst!«

Die Tür des Hauses gegenüber öffnete sich knarrend, und Marias weißes Kleid hellte das Dunkel auf. Jordan löste sich von dem nächtlichen Schatten vor dem Ladentor und hörte ihren Aufschrei:

»Haah, was machst du denn hier, Onkel Jordan. Ich wäre beinahe in Ohnmacht gefallen …«

Er antwortete nicht. Irgendwo tief in sich drin spürte er, dass es ihr angenehm sein würde, neben ihm herzugehen, und das umso mehr, als sie allein in der Nacht waren. Aus den Vorgärten drang der süßliche Duft reifer Weintrauben, der junge Mond blitzte wie ein Krummsäbel.

»Ich war bei einer Freundin, Kleiderschnitte stecken. Auf einmal sehe ich, wie spät es schon ist …«

Sie sprach leise und mit jener Intimität, zu der nur eine erschrockene, über sich selbst entsetzte Frau fähig ist. Ihr Körper schien in der dichten Luft seine Masse eingebüßt zu haben. Jordan atmete verhalten.

Intuitiv umgingen sie die Hauptgeschäftsstraße mit dem barocken

Haus der Babaschovs. Sie betraten den Park und gingen am Telegrafenamt vorbei. Der Fluss wirkte ungreifbar, so, als sei er im Schlaf stehen geblieben; weit hinten ein dunkler Streifen: das rumänische Ufer. Der Hafen sah verlassen aus und strahlte Abschiedsschmerz aus. Irgendwo war das verspätete Trappeln eines zweirädrigen Karrens zu hören.

»Papa haben sie schon wieder zwei Wagen mit Korn umgeworfen, die Leute haben kein Brot mehr. Was für Zeiten, Heiducken-Zeiten ...« Ihre hell klingende Stimme zerriss ihm Herz und Hirn. »Kann ich mich bei dir einhaken, Onkel Jordan?«

Er spürte ihre Wärme, so stark, so furchtbar stark. Es roch nach Seife. Ihm wurde flau. Er stolperte. Er dachte voll Panik an den Moment, in dem der Weg zu Ende sein würde, in dem sie ankamen.

»Heiducken, Freischärler, ja ...«, begann er und unterbrach seinen Satz sofort, weil alles Reden die Magie dieses Momentes zerstören konnte.

Sie blieben neben dem Hoftor ihres Zuhauses stehen. Es gab nichts mehr, was sie sich noch hätten sagen können. Es war so vollkommen finster, dass man genauso erblindete wie bei zu grellem Licht. Die Krone des Nussbaums über ihnen verstellte den Sternen den Blick. Der Seufzer Marias berührte ihn. Sie war erleichtert, doch auch insgeheim betrübt, dass sie schon angekommen und alles zu Ende war. Jordan packte wieder jene dämonische Gespaltenheit: Er war hin und her gerissen, entweder etwas zu tun, das großartig und wundervoll war, oder etwas Böses und Zerstörerisches. Sein mächtiger Körper erzitterte. Maria spürte, wie sein Geschlechtsteil anschwoll, und stöhnte auf. Die Straße wurde eng, die Welt verschwand. Seine Lippen wühlten sich durch die Locken in ihrem Nacken. Mit dem einen Arm umfasste er ihre Taille, der andere verschwand in ihren Unterröcken.

»Aber was tust du da?« Ihre Stimme, drohend und zärtlich zugleich, erreichte ihn wie von ganz ferne, die darauf folgende schallende Ohrfeige war ihm süßer Schmerz. Maria riss sich los, taumelte, schleppte sich zum still daliegenden Haus, war mehr leuchtender Schein als Frau.

»So soll es sein«, sagte Jordan zu sich. Er wusste nicht, wie er zu der nächstgelegenen Laterne gekommen war. Er schüttelte sie, das Flämmchen in ihr erlosch, der Pfahl gab nach. Jordan riss ihn heraus und warf ihn auf das hallende Pflaster. Seine Augen trübten sich in unerklärlicher Wehmut.

14

Zwetana hatte zwei Eimer mit Brunnenwasser auf den Hof hinausgetragen. Panto, mit nacktem Oberkörper, tauchte einen Finger hinein und erstarrte: Es war eiskalt. Unschlüssig sah er sich um, als sei er im Begriff, etwas Unanständiges zu tun – und zog rasch sein Hemd über. Für heute wollte er es noch einmal bleiben lassen, doch morgen, spätestens übermorgen würde er die Bankgeschäfte in die Hand nehmen, ohne Erbarmen die Bücher prüfen und seine ganze Unerbittlichkeit zeigen. Heute jedoch hatte er Wichtigeres vor. Um zwölf Uhr hatte er ein Treffen mit Babaschov. Sie wollten erst in den Espero-Klub gehen und Karten spielen, danach bei den Babaschovs zu Mittag speisen und dort, zwischen zwei galanten Komplimenten, zwischen Suppe und Kartoffeln, würde er wie zufällig das Knie der schönen Tochter berühren. Bei diesem Gedanken musste er lächeln. Die Gutmütigkeit, die sein Gesicht erleuchtete, bekam einen rosigen Schimmer.

Der Herbst wurde regnerisch. Der kalte Nebel von der Donau nahm dem Morgen den Atem. Goscho, sein Sohn, rannte um den Brunnen und spielte Krieg; der Junge war schön wie sein Vater und launisch wie seine Mutter.

»Ah, du hast mich erwischt!«, rief Panto und ließ sich ins nasse Laub fallen. »Komm, ich geb dir einen Fünfer für einen Hähnchenlutscher!«

In der *Abendpost* hatte er von einem großen französischen Bankier gelesen, der eine einzige Schwäche eingestand: Kinder. Seine Laune stieg. Im Unterschied zu diesem erbärmlichen Pflichtsklaven hatte er viele und äußerst bezaubernde Schwächen.

Er trat ein. Im Flur roch es penetrant nach Wollhosen und Schafsfell. Als Erstes sah er Zwetana, die sich vorgebeugt hatte. Das sah aus, als würde sie ihn mit dem Hintern anschauen. Vor ihr reckte sich herrenhaft Ginas Vater, der alte Jotzo Lukanov, und ließ sich von ihr die Stiefel wienern. Der Tag verlor augenblicklich seinen Glanz, und Pantos Laune sank auf den Nullpunkt.

»Guten Morgen, Vater«, lispelte er scheinheilig.

Jotzo schaute ihn mit halbem Auge an. Mager und altersstarr, ähnelte er einem Ziesel. Ihm war einfach zu eng in diesem Entree – ihm fehlten die

Felder um Kula und am meisten seine Peitsche. Er baute eine zweite Mühle. Er war vielleicht ungebildet wie die Natur, aber auch genauso reich. Das engelhafte Lächeln Pantos erfüllte ihn mit Widerwillen, und er fuhr ihn an:

»Na, auch schon wach geworden, du Faulpelz?«

Sie gingen in den Salon. Dort tranken sie ihren Kaffee, als wäre jeder für sich allein im Raum. Schweigen. Ach, wie gut, dass Panto so gut warten konnte … Gina hatte ihm von dem Tongefäß erzählt, das irgendwo in ihrem Garten vergraben war und voller Napoleondors und goldener türkischer Lira war. Und Jotzo hatte in der Gegend von Kula einen Hof mit großem Herrenhaus, steinerner Hofmauer, schwerfälligen Knechten und bösen Hunden. Den ganzen Tag lang jagte Jotzo kreuz und quer über die Gemeindewiesen, fluchte wie ein Kutscher, schlug mit der Peitsche, und abends aß er weißen Bohneneintopf mit Brot und Lauch. Sonntags ging er in die Kirche, und der Pope von Kula, gewöhnt an Angst und Grausamkeit, sang mit Falsettstimme, und dazu noch falsch. Dieser verwitwete und hartherzige Alte hatte keinerlei Laster, nur – ganz wie der französische Bankier – eine Schwäche: Er liebte seine Tochter hingebungsvoll. Für sie war er bereit, alles zu geben, sogar einen Teil seines Geldes. Panto musste lächeln. Dann gähnte er. Ja, er konnte warten, sehr gut konnte er warten …

Gina kam herein mit einem Strohhut auf dem Kopf. Sie zupfte ihren Vater zärtlich an seinen buschigen Koteletten und hätte sich um ein Haar auf seinen Schoß gesetzt.

»Warum habt ihr euch denn dieses Büfett gekauft, habt ihr nicht schon eins?«

»Es war einfach notwendig«, schnurrte Gina. »Schau doch mal, wie schön es ist mit diesen Löwenfüßen.«

Sie hatte gerade die Schlagzeilen in der *Abendpost* überflogen. »Tragödie in Jantra – junger Offiziersschüler ertrunken« – »Kaiser Wilhelm äußert sich zum Brand von Istanbul« und so weiter. Sie hatte auch die Anzeigen gelesen für den neuen Sekt der Marke »Mercier«, für eine edle Schaumseife und eine salzige Speziallösung namens »Florika«, die das Korn vor Getreidebrand schützen sollte, und schlussendlich für den »fantastischen« Roman »Rocambole« von Herrn Ponson du Terrail. Sie fühlte sich glücklich, weil jetzt sie Herrin der Lage war; Panto hingegen, den sie keines Blickes würdigte, war in Abhängigkeit geraten, musste sich ihrem Vater beugen. Ihre Stimme nahm einen herrischen Befehlston an, während sie von ihrer Schneiderin, Dora, erzählte, die einen Liebhaber in Ungarn gehabt haben sollte – den Sohn des Neffen eines waschechten Grafen! Sie trank ihren Kaffee in vornehmen Schlückchen und nannte die Frau des Bezirksvorstehers »Schlampe«. Der Rechtsanwalt Piperkov, fuhr sie fort, habe nach langem Eheleben endlich Nachwuchs bekommen, doch das Kind sei so dunkelhäutig und musikalisch, dass die ganze Stadt sich fragte, welcher Zigeuner ihm wohl bei der Zeugung geholfen haben mochte. Jotzo hörte ihr selig und mit einem Gesichtsausdruck zu, als sei er in der Kirche.

»Die Welt ist groß …« Er heftete seinen Blick verächtlich auf seinen frisch rasierten Schwiegersohn. »Hast du meine briefliche Nachricht wegen dieser geschäftlichen Sache bekommen?«

»Ja, Vater«, erwiderte Panto und zündete sich eine Zigarette an, »nur dass ich das Angebot angenommen und Babaschov und ich den Vertrag bereits unterschrieben haben.«

Jotzo schoss augenblicklich das Blut zu Kopf.

»Waaas?«

»Ein äußerst günstiges Geschäft: Wir bekommen zwanzig Prozent vom Gewinn.«

»Zieh dich an, Rotzlöffel!«

Im Salon wurde es gleichsam dunkel. Gina grinste gehässig, zufrieden, ihren Mann so erniedrigt zu sehen. Der hingegen war alles andere als das und dachte: Ach, wie schön, dass ich nicht mit Babaschov Karten spielen muss, und wie gut, dass das Mittagessen bei ihnen ausfällt. (Beim Gedanken an die Tochter des Hausherrn überlief Panto ein Schauer.) Ich hasse dich nicht, Väterchen, nein, das tue ich nicht. Stopf du dich nur schön mit Knoblauch voll, atme frische Luft, prügle deine Knechte, und es passt mir auch gut in den Kram, dass sich bald das nächste Mühlrad dreht. Nur dass du mir neuerdings alt zu werden scheinst! Dein Haar ist so grau geworden, deine Augen tränen, und dein Rücken, wie ich sehe, wird krumm. Panto aber kann warten. Die Donau fließt dahin, und Panto – Panto wartet …

15

Die Kaufleute hatten allerlei Kupferkännchen und -kessel hinaus auf die Geschäftsstraße gestellt, glasierte Tongefäße, Fässer und Bottiche verschiedenster Größe, bemalte Wägelchen; es wehten Decken und bunte Webteppiche. Von irgendwo war das Klingklang eines Ambosses zu hören; der Hufschmied hinter dem Hafen richtete offenbar die Eisen, um die Pferde neu zu beschlagen. Der Schlaffe Kosta war im Hemd vor seinen Laden getreten und hängte Leber, Milz und Rinderkutteln an die Haken.

Jotzo Lukanov ging voran, wort- und kompromisslos; hinter ihm schritt Panto. Der eine grüßte nach eigenem Ermessen mit der Peitsche, der andere mit seinem silbergravierten Spazierstock. Sie kamen auf den Marktplatz. Jotzo hielt vor der Granittafel mit der Aufschrift »Bank Lukanov, Weltschev & Cie.« und schaute die Lettern an, als wolle er sie einatmen. Drinnen roch es trügerisch nach Bohnerwachs und Geldscheinen, an denen der Schweiß und die Hautschuppen menschlicher Finger hafteten. Jotzo ging durch die Tür mit der Aufschrift »Direktor«, als existierte sie gar nicht. Hinter dem wackligen Schreibtisch trank Bai Trifon seinen Kaffee. In der Ecke, auf scharfzackigen Walnussschalen kniend und mit erhobenen Händen, schniefte ein junger Schreiber. Bai Trifon hatte ihn zu dieser Strafe verurteilt, damit er wieder zu Verstand kam, denn der Unglückliche hatte einen Rechenfehler von einem Lev und fünfzig gemacht. Beim Eintreten Jotzos vergoss Bai Trifon vor Schreck seinen Kaffee, aber nicht weil er beim Kaffeetrinken ertappt wurde, sondern wegen des Schreibers. Eilfertig küsste er Lukanov die Hand.

»Marsch, mir aus den Augen, du Unseliger!« Jotzo war außer Atem vor Zorn. Die Löschwiege schaukelte auf dem Schreibtisch. »Wozu habe ich dich hierhergeschickt, he? Damit du die Papiere mit den Babaschovs unterschreibst oder was? Willst du, dass ich dich in den Stall zurückschicke? Ich hab dich was gefragt!«

»Aber … aber Herr Panto hat doch angeordnet … nicht wahr … weil …«, jammerte Bai Trifon und war drauf und dran, zu weinen.

»Und wer ist das, dieser Herr Panto, he?« Jotzo stieß ihm den Peitschenstiel in die Magengrube. Der Schreiber nutzte den Trubel, um sich durch die Tür davonzumachen. »Können wir den Vertrag rückgängig machen?«

»Ähm, leider nicht. Die Unterschrift von Herrn Panto ist ja nun gewissermaßen schon juristisch gültig, nicht wahr?«

»Juristisch, sagst du ... Ich mach Kleinholz aus dir, du unnützer Fresser. Wirft man so das Geld – hopp! – in die Donau?«

Jotzo setzte sich hinter den Schreibtisch und bemerkte erst in diesem Moment seinen Schwiegersohn. Meine Tochter hätte sich besser irgendeinen Knecht ausgesucht, der zupacken kann, als diese weiche Zierleiste da!, dachte er. Vor Verachtung wollte ihm das Herz stehenbleiben.

»Zieh mir die Stiefel aus«, befahl er Trifon. Seine Peitsche pfiff durch die Luft. Panto spürte einen gefährlichen Kitzel in den Handflächen. Sie ballten sich zu Fäusten, doch er beherrschte sich. Die Wollsocken Jotzos rochen ungewaschen, nach Kaserne. Bai Trifon verwischte das Blut in seinem Gesicht beim Versuch, es zu entfernen, schniefte einmal und begann, die Buchführungshefte auf dem Tisch gegenüber bereitzulegen.

16

Christo kam vom Klub mit zum Nachdenken gelöster Seele zurück. Er hatte sein Referat über »Die Rolle der Persönlichkeit in der Geschichte« vorgetragen, auf der Grundlage der Bücher Plechanovs und Kautskys, doch statt Befriedigung über die boshaften Einwürfe der Anarchisten und die Umarmung von Anwalt Kamenov empfand er nur eine schmerzhafte Leere. Er kam sich dumm vor, so, als hätte er anderthalb Stunden sich selbst etwas vorgelesen.

Er schritt schnell aus. Der Hafen war verwaist. Am Ponton lagen einige Schleppkähne vertäut, die noch nicht entladen waren und sich aneinander rieben. Die an Bord flatternde Wäsche gab ihnen etwas Unwirkliches, weil kein Mensch zu sehen war. Der Mond warf seinen Silberstreifen über den Fluss. Vor dem Restaurant »Neptun« nahm Romanzero die Decken von den Tischen. Der ganze Abend hatte etwas Wundervolles, als wäre die Zeit stehengeblieben.

Christo bog ab zum Zigeunerviertel. Er ging zu Marko, und wieder bedrückte es ihn, dass er selbst so gesund war. In der lärmenden Anwesenheit der Bücher und unter den schlurfenden Schritten der Vermieterin von oben würden sie sicher wieder über irgendetwas in Streit geraten. Marko würde ihn des kleinbürgerlichen Demokratismus bezichtigen. Von der Krankheit gezeichnet, voll Husten und Wut, sah er immer vollkommener aus (von der Warte des Opfers und der Mystik aus betrachtet). Als Kinder hatten sie gemeinsam die Donau bis zum rumänischen Ufer durchschwommen, hatten dem Nachbarn Eier aus den Nestern und Melonen von den Feldern gestohlen. Christo erinnerte sich auch, wie sie sich in der Kirche aus Jux und Hunger dreimal beim Abendmahl angestellt hatten, bis Vater Anissi sie mit einem Klaps in den Nacken wieder zurückgeschickt hatte. Vermutlich konnte Marko wegen all dieser gemeinsamen Erlebnisse am besten den Zwiespalt in Christo erkennen.

»Du denkst nur an dich selbst«, sagte er. »Für dich ist der Sozialismus keine Rettung, sondern ein intellektuelles Spiel.«

Christo schwieg. Die Wunder in den Büchern und der Glaube an die Zukunft waren das einzige Fenster, durch das er der Enge Widins entkommen konnte, den penetranten Gerüchen der Geschäfte auf der Hauptstraße ebenso wie der Kleinbürgerlichkeit, den verblödenden provinziellen Gewohnheiten und dem ewig gleichen Ablauf der Tage. Er fühlte sich eingesperrt, immer wieder dieselben Straßen, über die immer wieder dieselben Leute gingen; das war eine bis zum Überdruss bekannte Welt. Sie lag nicht in der Nähe von Sümpfen, sie war für ihn ein Teil dieser Sümpfe. Die Malaria; die Jahrmärkte mit ihren Jongleuren und Schwertschluckern; die Feuer, Kupferärmbänder und das Zinngießen im Zigeunerviertel; die nach Schimmel und Sauerkohl riechenden Keller – dies alles erfüllte ihn mit Widerwillen und Protest. Er wollte auch nicht Wirt werden wie Ilija. Die Hafenarbeiter und die Fuhrleute, die in die Kneipe kamen, ekelten ihn an. Und genau in diesen Momenten des Hasses, in denen er alles überdachte, überkamen ihn heftige Zweifel am Sozialismus. Er fühlte sich außerstande, Panto allein deswegen zu hassen, weil er Bankier war; ebenso wenig Jordan, der »vom Unglück und den menschlichen Schwächen der Elenden« lebte, wie Marko meinte. Er war unfähig, sich von diesem anderen und diesen anderen loszureißen, sein Bewusstsein von seiner Herkunft abzuspalten, seine Vorstellungen vom Dasein von jener Daseinsform, die er in seinem Herzen trug. Er dürstete nach Wissen, doch »Wer Wissen sagt, sagt Melancholie!« Abends konnte er nicht einschlafen, knautschte die harten Laken, schaute nach draußen in den Himmel, die ewige Klamm zwischen den Welten und der Finsternis. »Gleichheit, Freiheit, Brüderlichkeit« – schön und gut; aber selbst Gott hatte es nicht geschafft, uns die Sittengesetze einzubleuen, sondern uns nur gezwungen, die Naturgesetze einzuhalten.

»Die ganze Stadt ähnelt einem eingeschlafenen Menschen«, würde Christo bissig scherzen, »na komm schon, weck ihn auf!«

»Mach dir darum mal keine Sorgen«, würde Marko finster erwidern.

»Und wie stellst du das an?«

»Mit meinem Husten. Ich huste, bis sie mich alle hören. Sie müssen mich einfach hören …«

Die Vorgärten in diesem Stadtrandviertel rochen nach geknicktem Unkraut und erloschenen Lagerfeuern. Der Schatten einer Eule flog vorbei. Die Gaslampe erhellte kaum das Zimmer, das merkwürdig reinlich, schmerzlich weiß war. Christo unterdrückte sein Verlangen, sich einfach umzudrehen und abzuhauen, nach Hause zu gehen. Er nahm die Stufen hinunter und trat ein.

Der Luftzug, der durch die Tür ins Zimmer strömte, brachte die Flamme des Petroleumlichtes zum Flackern, so dass die gegenüberliegende Wand zu wanken schien. Statt eines Willkommensgrußes hörte er nur Stille, eine abgestandene Stille. Es roch nach Kampher und Arzneien. Christo erschrak. *Mit meinem Husten. Ich huste, bis sie mich alle hören. Sie müssen mich einfach hören …* Der Schweiß war auf seinem Gesicht eingetrocknet. Marko lag da mit seinem über der Brust aufgerissenen Hemd. Er war eingeschlafen. Aber er schlief nicht.

17

Der Herbstregen trommelte mit unsichtbaren Fingern an die Scheiben der Gaststube. Sie war halbleer. In der Ecke, von einigen ausgegebenen Runden sichtlich mitgenommen, beugte sich Joto, der Schuster, zum Landvermesser Krestanov. Joto hatte einen Brief von seinem Sohn, der Soldat in Sofia war, bekommen. Dem Brief hatte auch ein Foto beigelegen. Er rieb sich die Feuchtigkeit aus den Augen und wiederholte:

»Schau dir nur mal an, was für einen Löwen er da auf seiner Kappe hat – und hier: was für Schulterstücke, na? Und erst das Mannlicher-Gewehr … ›Papa‹, schreibt er mir, ›wenn der Sultan uns krumm kommt, werden wir ihm den Fes da unten in Istanbul runterschlagen.‹ Ja, siehst du, so sind wir Liberale: echte Patrioten!«

Das Foto ging von Hand zu Hand, man pfiff anerkennend durch die Zähne. Der walachische Zigeuner spielte auf der Geige, einer seufzte tief, weil seine Frau nacheinander vier Töchter bekommen hatte, was ihm den Ruf eintrug, ein weibischer Vater zu sein, einer, dessen Same verflucht war. Ilija stellte schon die Stühle auf die Tische und schickte sich an, die Stube auszufegen, als die Tür sich öffnete und krachend gegen die Wand schlug. Traitscho Babaschov stürzte in die Kneipe, durchnässt, mit an den Knien ausgebeulten Hosen und Regenschirm. Die Gespräche stockten. Die Männer schauten sich betreten an und rückten zusammen, denn Traitscho war einer aus der Hautevolee; nur der Zigeuner fiedelte weiter. Ilija sah aus dem Augenwinkel, wie Jordan merkwürdig, ja, irgendwie freundlich lächelte, so, als hätte er den jungen Babaschov schon erwartet. Er wusste natürlich, dass Traitscho allerlei gehässiges Zeug über seinen Bruder erzählte und ihn öffentlich »Ladenschwengel« nannte, aber er kannte auch seinen großen Bruder.

»Treten Sie ein, Herr Advokat. Wir haben fassgereiften Wein, doppelt Gebrannten und allerlei kleine Vor- und Zuspeisen.«

Traitscho sah furchtbar aus. Über sein finsteres Gesicht rannen Wasserströme. Bei Ilija gingen die Warnlichter an. Er hatte das Gefühl, dass dieser Abend nicht so enden würde, wie er begonnen hatte. Der Besen entglitt seiner Hand.

»Ich trinke keine Pisse, Herr Weltschev.«

Ilija bemerkte, wie die Schultern seines Bruders zuckten; sein Lächeln jedoch blieb unverändert einladend und freundlich.

»Was für'n langer Uniformmantel«, stammelte Joto, als hätte er nichts mitbekommen, »und was für Stiefel … Pferdeleder, echtes!«

»Das Bier, das Sie im Restaurant ›Neptun‹ trinken, Herr Babaschov, hat das nicht sogar die Farbe von Urin?«, entgegnete Jordan höflich.

»Ladenschwengel …« Totenstille trat ein. Außer nach Wein und nach Männerschweiß roch es nun auch nach Gewalt. Ilija fröstelte.

»Lass gefälligst meinen zukünftigen Schwiegervater in Frieden«, schrie Traitscho und wies in Richtung von Gold-Petkos Haus, »sonst mach ich dich fix und fertig, ist das klar?«

»Voll und ganz«, erwiderte Jordan.

Der junge Babaschov verließ ohne jedes weitere Wort das Lokal. Jordan blieb im Schatten hinter dem Tresen zurück, als ruhe er sich dort aus; dabei war er keineswegs müde. Er schwang ein Kettchen um seinen Zeigefinger und wickelte es wieder ab, wickelte es auf, wickelte es wieder ab, bis allen verbliebenen Gästen schwindelte. Ilija fegte und wischte den Boden. Die Zeit zum Schließen war gekommen.

»Wollen wir den Laden nicht dichtmachen?«, fragte Ilija.

»Gut«, sagte Jordan. »Zähl du das Geld, ich geh schon raus. Ich bin hungrig. Ich muss unbedingt Fleisch essen!«

18

Am folgenden Tag weckte Traitschos Mutter das ganze Viertel mit ihrem Geschrei. Sie verfluchte Gott, die Welt und das Leben, dabei die feine Grenze zwischen Leid und Wut verwischend. Das neugierige Volk vor und hinter den Gardinen sah sie mit wirrem Haar in einer Pfütze auf der Straße liegen und mit der Faust auf den Dreck einschlagen. Ihre Tochter Boshura stand fassungslos daneben und bekam die Spritzer ab. Man hatte Traitscho, von einem Messer durchbohrt, unter den Mauern von Baba Wida gefunden. Er sah toter aus als die mittelalterliche Burgfestung und genauso geheimnisumwittert wie sie. Seine Augen waren geöffnet, doch irgendwie nach innen gekehrt. Sein Mund verriet noch den Entsetzensschrei dessen, der wusste, was ihm bevorstand. Der Rubinring an seiner Hand fehlte nicht; auch die goldene Uhr in seiner Westentasche tickte weiter. Das Wasser klatschte zaghaft an seine Beine.

An diesem Tag waren die Kaffeehäuser, Klubs und Kneipen der Stadt proppenvoll. Polizeiwachtmeister betraten und verließen mit einem Gesichtsausdruck der Marke »Wir haben etwas Wichtiges geheimzuhalten« das Gebäude der Bezirksverwaltung, die Hausmädchen steckten verschreckt tuschelnd die Köpfe zusammen, und die Kinder in den Höfen spielten »Onkel Traitscho und der Mörder«. Für das Bestattungsunternehmen »Ewiger Schlaf« hingegen war es ein schöner Tag.

Die Umstände waren so unklar und verworren, dass Bezirksvorsteher Pope Iliev vor lauter Nachdenken Schatten unter den Augen bekam. Niemand hatte den Sohn Babaschovs besonders geliebt, das wusste er; aber war das ein Grund, ihn so zu hassen, dass man ihn umbrachte? Aufgedunsen vor Trauer, gab der Vater des Ermordeten zu Protokoll, dass sein Sohn an diesem Abend kein Geld bei sich getragen habe, und die kostbare Uhr sei ja nicht sichtbar gewesen. Um drei Uhr traf ein armenischer Goldmacher in der Bezirksverwaltung ein, der bezeugen konnte, dass er am Vorabend um neun Uhr Traitscho gesehen habe, wie er zusammen mit Shdrigo am Restaurant »Neptun« abbog. Shdrigo, der Anarchist, wurde sofort verhaftet. Pope Iliev wohnte dem Verhör bei und verabreichte ihm höchstpersönlich fünfzig Hiebe mit dem Putzstock seines Gewehrs auf den mageren Hintern, bis dem Anarchisten der Freigeist aus den Augen trat.

Shdrigo stritt nicht ab, dass er eine Zigarette von Herrn Traitscho erbeten hatte und ihm nach dessen Absage einen saftigen Fluch hinterherschickte, doch daraufhin habe er sich gleich zurück in sein Holzlager begeben und sich schlafen gelegt.

»Das stimmt«, bestätigte der Lagerwart, »ich hab ihm aufgemacht. Es muss so halb zehn abends gewesen sein, der Hahn des Hufschmieds krähte. Und der Hahn von Sheitan ist ein vollkommen durchgeknalltes Viech, Herr Vorsteher, der kräht immer nur nach Einbruch der Dunkelheit.«

Der Probleme waren es nun zweie: Der Lageraufseher war, wie alle Wärter, so gut wie taub, und zweitens konnte der Hahn, wenn er wirklich so verrückt war, seine Gewohnheiten ja auch wieder geändert haben.

»Den Hahn können wir als Zeugen leider nicht aufrufen«, schnitt Pope Iliev ihm säuerlich das Wort ab.

Die Wahlen rückten näher, und dieser Mord versetzte die ganze Stadt in Aufruhr und ließ die Pläne Pope Ilievs am ausgestreckten Arm verhungern. »Jede Störung der öffentlichen Ordnung, aus welchem Grund auch immer«, hieß es in einer Anweisung des Ministeriums, »ist als politische Aktion gegen die konservative Regierung einzustufen und zu behandeln.« Pope Iliev dachte mit entsprechender Besorgnis: Die werden mir noch Attentate verüben, diese größenwahnsinnigen Verbrecher. Dieser Mörder soll mir nur in die Hände fallen, dem reiß ich die Mandeln aus dem Rachen. Ja, es gefiel ihm ausgezeichnet, Bezirksvorsteher zu sein. Eigene Kutsche, Macht und Machtbefugnisse; die feine Gesellschaft zieht den Hut vor dir; sogar der Pope schwingt sein Weihrauchfass von der Kanzel in deine Richtung. Und die einfachen Wachtmeister graben dir während der Arbeitszeit den Weingarten um.

Er hatte für die Regierung drei Wahlen im Bezirk Widin gewonnen, mal, indem er für Ruhe sorgte, mal mit Prügelterror und Zigeunermusik. Jetzt plärrten sie ihm was von Bildungsmangel vor, und dass das Gymnasium der Stadt nicht ausgelastet sei. Der Minister sollte ihm nur unterkommen! Dem würde er was erzählen! Sah er denn nicht an den Sozialisten, wohin das führte, wenn die Leute Bücher lesen konnten? Er war außer sich, und der erwähnte bedeutungsvolle Gesichtsausdruck seiner Untergebenen war genau diesem Umstand geschuldet. Die Leute in den Kaffeehäusern und Kneipen aber dachten, im Bezirksamt gingen wer weiß was für wichtige Dinge vor sich.

Gegen fünf Uhr, als der graue Himmel die Farbe von Blei angenommen hatte und die Silhouetten der Weiden am Ufer ihre Zweige in den Fluss tunkten wie Schwanenhälse, schlachtete die Wahrsagerin Teofana die Gans, die Traitschos Schwester Boshura ihr gebracht hatte, nahm sie aus, vertiefte sich mit ihren vom grauen Star getrübten Augen in die Innereien des Tieres, begoss sie mit ungelöschtem Kalk und begann, in die Tiefen der Zeit und des Raumes einzudringen. »Das kann nicht sein … Ich sehe … sehe, dass nicht Shdrigo der Täter ist! Ich berühre ihn, berühre … Es ist jemand anderes!« Sie wurde totenbleich, krümmte sich zusammen, um den Namen jenes zu verbergen, der seine eigene Untröstlichkeit in Gewalt umgewandelt hatte, ja, fiel buchstäblich zu Boden und bewahrte auf diese Weise das Geheimnis. Boshura begriff, dass sie mehr nicht erfahren würde, ließ den silbernen Hunderter auf dem Herd liegen und schickte aus, Doktor Neikov herbeizuholen.

Um halb acht wurde ein zweites, längeres, schmerzhafteres und politisch belehrendes Verhör mit Shdrigo durchgeführt, das von ganzen drei Petroleumlampen beleuchtet wurde. Der Keller war so feucht und schimmlig, dass Pope Ilievs Rücken sich verspannte.

»Das ist Sünde, Herr Bezirksvorsteher«, stöhnte Shdrigo verzweifelt,

»die Stadt wird den Anarchismus hassen. Sie quälen hier nicht Shdrigo, sondern die Freiheit!«

»Wir können keinen Hahn als Zeugen anerkennen«, erwiderte Pope mitfühlend, »für ein derartiges Denken haben wir einfach keine juristische Handhabe.«

Niemand schenkte den Worten von Doktor Neikov Beachtung: »Es muss ein sehr starker Mann gewesen sein, der den tödlichen Stich ausgeführt hat!« Der ausgemergelte Shdrigo hingegen konnte sich ja kaum auf den Beinen halten. Auch ohne dieses feine analytische Detail war nur allzu augenfällig, dass er einfach nichts wusste.

Als der Bezirksvorsteher um halb neun ins Restaurant »Neptun« ging, um seine Arbeitsfähigkeit mit einem Glas heißem Schnaps wiederherzustellen, war er schon bald von der gesamten männlichen Kundschaft des Lokals umgeben. Die einen fragten ihn aus, andere versuchten, mitzudenken wie bei einem Schachturnier. Man machte ihm Vorschläge, wie er die Ermittlungen eventuell führen könnte. Pope Iliev aber antwortete nur mit Schweigen, lächelte still in sich hinein und benahm sich wie ein Mensch, der das Wissen gepachtet hatte. Vom Leuchter tropfte Wachs in den Bierkrug von Herrn Zozolanov, dem Postamtsleiter, doch das bemerkte der gar nicht. Romanzero zupfte seine Fliege zurecht und verschluckte seinen Satz: »Was für ein Unglück …«

Nur ein Mensch rührte sich nicht von seinem Platz, suchte weder für seine Neugier noch für seinen Hass Halt bei den anderen. Sein Blick irrte in die belebte Dunkelheit da draußen. Zwischen seinen verkrampften Fingern tropfte eine Zählkette. Gold-Petko schien ebenfalls alles zu wissen, doch er sah aus, als sei er eingeschlafen.

19

Es war ein goldener Herbsttag. Die Sonne hatte sich auf den Torturm der Festungsmauer gesetzt und entzündete die Weiden am Donauufer wie Kerzen. Aus den Häusern im Zigeunerviertel stieg Rauch auf. Die Zigeuner schmolzen Zinn für ihre Messinggefäße, in allen Farben schillernd wie der Herbst; ihre Frauen hockten um die Feuer und kochten Seife, rauchten aus langen Zigarettenspitzen oder stritten sich. Jonka stopfte ihrem Todor gerade die Strümpfe, als die Tür wie von selbst aufging. Es war ihr Bruder Jordan. Sie sprang unwillkürlich auf und blieb stehen, als stünde sie vor ihrem Vater.

»Gib mir zu essen«, sagte Jordan und fläzte sich neben dem rotglühenden Kanonenofen hin.

Er war vor zwei Wochen überraschend mit dem Schlaffen Kosta und einer großen Bastflasche Schnaps fortgefahren, angeblich, um den Markt von Lom zu sehen. Er wirkte abgemagert und irgendwie introvertiert. Unter seinen Augen lagen tiefe Schatten. Während Jonka die Polenta aufwärmte, wickelte er sich unablässig das Kettchen um den Finger, wickelte es ab und wieder auf, bis sich auch seiner Schwester die Welt vor Augen drehte. Dennoch stand sie weiterhin vor ihm wie ... wie eine unterwürfige Frau. Wie jede Kinderlose hatte sie ein unglaubliches Gedächtnis und erinnerte sich an buchstäblich alles, was einmal geschehen war, darunter auch Dinge, die in die Zukunft wiesen. Sie erinnerte sich, wie Jordan sich ihretwegen einmal mit zwei Türken geschlagen hatte, wie Christo das Gymnasium mit Auszeichnung beendete, und wie Panto ausgerechnet am Tag seiner Hochzeit mit Tante Allwissend von Montezumas Rache heimgesucht wurde. Oder an den Tag, an dem Ilija die Leiter auf den Kopf fiel. Das war lange her, ein Markttag ... Ilija, statt aufzuschreien vor Schmerz, fing an, mit Fäusten auf sich einzuschlagen, als wolle er seinen Kopf vollends zwischen seinen Schultern zum Verschwinden bringen. Eine der wichtigsten Erinnerungen aber war, dass und warum ihre Mutter in der Speisekammer immer ein Glas Pökelfleisch für den alten Assen vorrätig hielt. Alles hing miteinander zusammen. Jonka zum Beispiel büßte mit ihrer Unfruchtbarkeit für die Sünden und größenwahnsinnigen Ideen ihrer Brüder ... In ihrer unendlichen Wiederholung glich die menschliche Schwäche der Zeit, sie war mächtiger als alle Stärke und löschte sie am Ende aus.

Ihr Bruder verschlang gierig die Brocken Polenta, doch sie war sich sicher, dass sein Hunger etwas anderem galt, dass er zu ihr gekommen war, um sie wieder einmal mit sich selbst zu belasten, um ihr irgendein Geheimnis anzuvertrauen, das ihn zusammenstauchte, ihn zerbrach. Er weiß etwas, aber um es in eine Erinnerung zu verwandeln, muss auch ich davon erfahren! Langsam wurde die Last so groß, dass sie sich selbst leid tat.

Jonka schaute durchs Fenster auf den Weg. Sie hatte Angst vor der Neugier der Nachbarn, vor der Gleichgültigkeit der Unbekannten, sogar vor dem Idiotenlächeln der beiden Gänschen und der Gutmütigkeit Todors.

»Märkte, so weit das Auge reicht«, holte sie weit aus, »in Widin, in Kula, in Belogradtschik. Auf dem in Lom bin ich noch nicht gewesen. Papa hat immer euch Jungs mitgeschleift; für mich hat er höchstens mal ein Kettchen oder ein Zuckerflötchen mitgebracht. Ein einziges Mal jedoch«, besann sich Jonka plötzlich und biss sich auf die Lippen, »ist auch er allein auf den Markt in Lom gegangen – genau wie du jetzt.«

Die Erinnerungen ereilten sie wie eine Vorsehung. Entsetzen erstickte ihre Rede. Sie wollte ja nicht vergleichen. Aber sie konnte auch nicht darüber schweigen.

»Ja …«, murmelte sie und vertiefte sich in das schmaler gewordene Gesicht ihres Bruders, »… und vor zehn Tagen wurde Traitscho Babaschov begraben.«

Sie merkte, wie Jordan die Bissen in der Kehle stecken blieben, wie er sich verschluckte, wie ihm die Luft wegblieb. Er stand auf.

»Setz dich«, sagte Jonka ruhig, »ich weine wegen etwas anderem!«

»An dem Abend … Ich war so hungrig, so ein wilder Hunger auf Fleisch …«

»Warte!«, unterbrach sie seine Verwunderung. »An dem Abend warst du zu Hause. Auch Todor wird das bestätigen, Teofana ebenfalls. Ihr habt euch betrunken wie die Kosaken.«

»Ja«, erwiderte ihr Bruder gehorsam und setzte sich wieder.

Sie goss ihm Wein nach. Aus einem seiner Nasenlöcher floss Blut. Im Halbdunkel erschien es ihr blau.

»Leg dich hin«, sagte sie, »der Weg hat dich überanstrengt. Mein Gott, wer geht zu Fuß von Lom nach Widin?«

Die Gesichte flogen ihr zu wie Gespenster. Liebe und eine Spur Abscheu trübten ihr Bewusstsein oder besser: erweiterten ihre Wahrnehmung, bis sie das aufgekratzte Lachen Marias vernahm. Sie erblickte ihr goldenes Haar, bereit, aus allen Kopfbedeckungen hervorzuquellen, ihre weiße Hand, die das seidene Sonnenschirmchen hielt, ihren rosafarbenen Fingernagel, wie er auf Traitscho zeigte … Der aber hielt ihr, schon erkaltet, einen Brautstrauß hin unter den steinernen Kränzen seines Vaterhauses.

Jonka warf eine Webdecke über den ruhig gewordenen Körper ihres Bruders. Ihr schien, dass er eingeschlafen war. Sie bekreuzigte ihn.

»Ich will mir eine Frau nehmen«, sagte er auf einmal.

»Du musst dir sogar eine Frau nehmen!«

»Kümmere dich darum«, befahl er leise.

Bevor sie sich für den ganzen Sonntag ins Dampfbad begab, um scheinbar zufällig ein Auge auf die unverheirateten Mädchen zu werfen, zu hören, was für eine Mitgift sie einbrachten, und nicht zuletzt, um durch Dampfschwaden ihre nackte Wahrheit zu sehen, zog Jonka ihr schwarzes Kleid an und ging zur Kirche. Sie kniete auf den kalten Boden nieder, entzündete eine dicke Kerze und ertränkte all ihre Gefühle in einem heißen und erschöpfenden Flüstern. Ein Lichtstrahl hatte die Kirche in zwei Teile geschnitten, hatte die Wandgemälde von der Hölle erleuchtet: Die entzündeten Feuer mit den über ihnen kochenden Sündern sahen aus wie lebendig. »Ich bin schuldig, Vater, weil ich nichts gespürt habe … Strafe mich!« So nahm Jonka ihrem Bruder die Untat von den Schultern und nahm sie auf sich.

»Warum weinst du, Schwester«, beugte sich Vater Anissi zu ihr. »Beruhige dich doch, bekenne deine Seelenpein.«

Jonka richtete sich auf, schaute ihn mit kalter Verachtung an und verließ – ganz wie ihre Mutter – die Kirche mit gesenkten Augen und erhobener Stirn.

20

Im März, als die Eisdecke der Donau Risse bekam, die Traufen unter den Vordächern zu weinen begannen und Pope Iliev für die Konservative Partei einen glänzenden Wahlsieg errang, indem er eintausendfünfhundert Bulletins austauschen ließ, da fasste Boshura, die Tochter Babaschovs, den schwerwiegenden Entschluss, ihre Toilette zu erneuern. Die schwarzen Spitzen ihrer Unterwäsche gaben ihrer Trauer um Traitscho einen neckisch-pikanten Akzent, der es ihr ersparte, sagen zu müssen, dass das Leben, die Liebe und die Lust weitergingen. Und so dachte sie, während sie befriedigt ihre festen Brüste in Doras Spiegel betrachtete, mit noch unbefriedigtem Vergnügen an die Unverschämtheiten des Herrn Panto Weltschev.

Um elf Uhr versammelten sich die Frauen von Rang (oder wenigstens von Namen) im *Atelier* Frau Doras zum Kaffee. Dieses hochtrabende Fremdwort, »Atelier«, hatte sich Tante Allwissend einfallen lassen. »Ja, meine Teuerste, so nennt man *en France* die guten Schneidereien«, hatte sie ihrer überlegenen Kultiviertheit Ausdruck verliehen. Der türkische Kaffee brodelte auf dem Herd, Frau Zozolanova wetterte gegen die Sitten und die Allmacht der Männer im Orient, Tante Allwissend konstatierte mürrisch, dass nicht eines der vorgeschlagenen Modelle ihre natürlichen Vorzüge unterstriche. Die Frau des Bezirksvorstehers, Miza Ilieva, kam als Letzte und walzte würdig ihr ungeheures Gesäß in Doras Schneiderstube. »Mir fehlt es an nichts!«, liebte sie auszuführen und machte einen der Stühle unglücklich, indem sie sich daraufsetzte. Sie verstand am meisten von Rebenkrankheiten und von Politik, nannte die Sozialisten »diese rundum gebildeten Ausgeburten« und die Vertreter der Bauernpartei »diese nach Knoblauch stinkenden Landpomeranzen«. Sie informierte die anwesenden Damen über Diebstähle und Tätlichkeiten in der Stadt, und wenn die Arrestkeller der Verwaltung leer waren, fühlte sie sich unglücklich. Bis jetzt hatte sich auch Maria Petkova, die Tochter Gold-Petkos, gelegentlich bei diesen Kaffeekränzchen sehen lassen, doch nach dem unheilvollen Tod ihres Verlobten Traitscho Babaschov schien sie von heute auf morgen gealtert zu sein. Nur wer genauer hinsah, erkannte, dass sie eher gekränkt war als traurig, eine Frau, die nicht so sehr unglücklich als um etwas betrogen war.

Im Empfangsraum gab es einen Wandschirm, lackiert und mit aufgemalten Königsfasanen, einige Stühle, bezogen mit bereits abgewetztem Samt, ein Plüschsofa und ein adrettes Couch-Tischchen mit gewundenen Beinchen. Die ganze Einrichtung strahlte feminine Behaglichkeit aus, reichlich besprenkelt mit dem Veilchen-Duftwasser *Soirée de Violette*. Frau Dora, eine für ihre Jahre gut erhaltene Dame, hatte einen praktischen Verstand und sorgte dafür, dass die unscheinbaren Fäden der Gerüchte und anderer Neuigkeiten bei ihr zusammenliefen. Das war ihr Geschäft. Über jede ihrer Kundinnen wusste sie irgendetwas Kompromittierendes. Frau Gina zum Beispiel war flach wie ein Brett. Die Bezirksvorstehersgattin

Miza Ilieva erwies sich als uneheliche Tochter eines in Konkurs gegangenen rumänischen Großkaufmanns. Und Boshura? Die hatte sich nicht zurückhalten können, ihr prickelnde Details über den »unmöglichen Herrn Panto« zu flüstern. Frau Dora merkte sich nicht nur die Gebrechen und Laster ihrer Klientinnen, sondern kannte auch ihre materielle Lage oft besser als diese selbst. Und nicht zuletzt verstand sie es, ihnen zur rechten Zeit ein kleines Kompliment zuzuwerfen. »Aber Gnädigste, Sie haben ja zugenommen – muss ich schimpfen?«, sagte sie der klapperdürren Gina, und: »Was für eine unglaubliche Taille, Frau Miza, Sie haben wieder abgenommen. Oh, hab ich Sie gestochen? … Na, das bringt Glück!«

Verehrt und in Frauenfragen von ausschlaggebender Meinungsführerschaft, mit ungewisser Vergangenheit und einem Stapel Modezeitschriften, verwandelte Dora das Sinnen der Frauen in Trachten und sicherte ihnen nebenbei einen mit allem Nötigen ausgestatteten Ort zum Klatsch. Wenn das Bezirksamt, die reichen Kaufmannshäuser, die Klubs und die teuren Restaurants die Gipfel waren, auf denen sich die Gewitter entluden, so stellte ihr Salon ein stilles Tal dar, in dem die Echos widerhallten.

»Das Plissee haben Sie wunderbar hinbekommen«, lachte Boshura voll freudiger Begeisterung und kam im Negligee hinter dem Wandschirm hervor. Sie wollte Tante Allwissend unbedingt ihre neunzehn Jahre jungen Vorzüge präsentieren, genießen, wie diese sie mit ihren bösen Blickblitzen selbst ins Licht setzte, und so ihre erotische Überlegenheit doppelt auskosten. Die zweite Siegerin konterte sofort:

»Und Panto wird eine zweirädrige Kutsche kaufen. *Mon père* schickt uns zwei Hengste dafür.«

»Ach, da werden wir ja schöne Ausfahrten machen …«

»*Ich* werde schöne Ausfahrten machen«, erwiderte Gina brüsk und hieb ihren Blick förmlich in den Kaffee.

Vom Fenster aus war die Verlängerung der Hauptstraße zu sehen, der matschige Schnee, die schmalen Läden der Goldmacher-Werkstatt und die ferne Biegung des Flusses, versilbert vom Nachmittagslicht.

»… dass Miza Ilieva heute nicht gekommen ist«, unterbrach Dora die beiden Streithennen. »Sie näht sich zwei Lamees nach europäischer Art. Die haben aber weder Saison, noch passen sie zu ihr. Na, sie will wohl *diesen Mangel da* kaschieren …« Sie malte ein großes Hinterteil in die Luft.

»Ich würde ihn ja kaschieren, wenn der Mangel nur nicht so rasch wachsen würde.«

Boshura lachte glücklich und zeigte ihre ebenmäßigen weißen Zähne. Gina seufzte. Sie stellte sich den zweirädrigen Wagen vor. In ihrem Bewusstsein stiegen ferne Erinnerungen hoch. Der Duft des heimischen Hofes auf dem Dorf, säuerlich, aber angenehm; der Frühlingshauch des Flusses; das rauhe nächtliche Hundegebell, das die Sterne polierte, und das voll auflodernde Kaminfeuer in der großen Stube. Ein stämmiger Knecht lief immer und überall hinter ihr her, bereit, ihr in allem zu Diensten zu sein oder jemanden für sie zu verprügeln. Sie würden das zweirädrige Gespann anschirren und kilometerweit über die Anhöhen von Kula traben. All diese Ländereien gehörten ihr! Ihr gehörte der Duft der Frühlingsblumen, ihr gehörten die Hasen, die aus den Stoppelfeldern aufsprangen und mit rasendem Lauf das Feld gleichsam zu vernähen schienen. Gina war nicht bewusst, dass sie hässlich war. Wie auch? Die Leute im Dorf zogen den Hut vor ihr, beim Reigentanz traten ihr die Mädchen ihren Platz ab – ja, sie war die Herrin über eine in sich abgeschlossene Welt, so alt wie der Weingarten in ihrem großen Hof. Und wofür hatte sie all das eingetauscht? Wofür?

Die Glocke der Außentür erklang, unmusikalisch begleitet von der schrillen Stimme des Hausmädchens. Die Tür öffnete sich, und Panto flog herein, gleichermaßen glücklich und beschwipst. Auf seinen Lippen flatterte der Schmetterling seines unvergleichlich charmanten Lächelns.

»Zwetana hat mir gesagt, du seist hier«, wandte er sich an seine Frau, nachdem er galant Dora und Boshura begrüßt hatte. Sofort schien es heller, schwatzbereiter und unterhaltsamer im Zimmer zu werden. »Meine Damen, vor genau einer halben Stunde hat der erste Schleppkahn des Kontors ›Babaschov, Weltschev & Cie.‹ abgelegt und ist auf dem Weg nach München.«

Oh, du kleiner Nummernclown!, dachte Gina erbost und trank mit steigendem Missvergnügen den Rest ihres Kaffees. Niemand bemerkte, wie Panto Boshura ein goldenes Medaillon in die Hand drückte. Darin befand sich eine schwarze Locke aus Panto Weltschevs Wuschelhaar.

21

Zwei Monate lang bearbeitete Gold-Petko den alten Babaschov. Er wartete, bis der Schnee blau in der Nacht glänzte, und bis jene Stille eingetreten war, in der das Spiel der Flammen im Ofen am besten zu hören war.

»Denk darüber nach … Du bist doch ein alter Luchs, Babaschov, hast du das denn vollkommen vergessen?«

Abgemagert vor Kummer, zog Babaschov ein Taschentuch, rieb sich die geröteten Augen und betete in Gedanken für die Seele seines Sohnes. Er konnte Traitscho nicht zurückholen – Gott und der Mensch werden nur einmal geschaffen –, wollte auf der anderen Seite aber auch seine Beziehungen zu Panto nicht verderben.

»Es gibt keine Beweise dafür, dass es Jordan war, Petko«, erhitzte er sich, »geh deiner Wege und lass uns in Frieden um unseren Traitscho weinen.«

Als Babaschov im Mai seinen jüngsten Sohn Dimo zum Jurastudium nach Wien schickte, betrank sich Gold-Petko zusammen mit Romanzero im Restaurant »Neptun« und betrat Babaschovs Haus hinfort nicht mehr. Wann immer er über die Hauptgeschäftsstraße ging, spuckte er aus, wenn er an einem der Läden vorbeikam, die Babaschov gehörten, und dachte mit grenzenloser Wut: Da hast du deinen Pfennig, du abgehalfterte Vogelscheuche … Seinen eigenen Sohn zu vergessen! Hoffentlich platzen dir deine vollgestopften Taschen … Dann schlurfte er weiter wie ein Schlafwandler.

Für Maria und ihre Tränen der Enttäuschung hatte er kein Mitleid. Richtige Tränen, das waren andere, die sah man nicht. Er verstand nicht, dass Maria durch Traitschos Tod das für eine Frau Wichtigste genommen worden war: die Sicherheit.

Als die Kirschbäume weiß erblühten und der Geruch des herannahenden Hochwassers sich verbreitete, setzte Petko sich in seinen Hof. Er füllte seine Seele mit Donau, mit dem Zorn und der Abgeklärtheit des Flusses, die ihren zu Wundern befähigten Leib aufblähte, um die Ufer zu sprengen. Das Summen der Bienen schläferte ihn ein, Ratschos Schmiede brachte ihn wieder zur Besinnung. Er blickte zur Kneipe Jordans hinüber. Wie furchtbar ist doch die Gewalt, dachte er verstört, die die menschliche Liebe gebiert! Er nickte wieder ein, verabschiedete, trennte sich innerlich von einem Teil seiner selbst. Er zog in Gedanken einen Strich: Auf seiner Seite würde der Brunnen bleiben, der Buchsbaum auf der anderen; auf seiner Seite der plattierte Gehweg, auf der anderen das Beet mit den Pfingstrosen. Das Unteilbare sollte geteilt werden …

Eines Tages erblickte er die klobige Figur Jordans in Lederschürze vor seiner Kneipe und rief ihn zu sich.

»Jordan, komm mal her, ich hab dir was zu sagen …« Dann löste er seinen Blick und fuhr fort, als spräche er zu der aufgeblühten Kirsche: »Ich hab in letzter Zeit nachgedacht. Ich werd' dir meinen Hof verkaufen, sogar zum halben Preis.«

»Ganz wie du willst«, antwortete Jordan.

Drittes Kapitel

1

Das Schrillen der Zigeunermusik, die das Blut aufwühlte und begehrlich machte, die Glut der Sommersonne und die Gutwilligkeit der Gäste mit ihren traditionell anzüglichen Sticheleien angesichts der bevorstehenden Hochzeitsnacht ermüdeten die alte Petruniza. Ihr Erstgeborener heiratete. Sie erinnerte sich, dass Jordan in ihrer eigenen Hochzeitsnacht gezeugt worden war.

Gekleidet in Samt und Seide ihrer Wichtigkeit, hatte Tante Allwissend verächtlich die Arme verschränkt. Panto lächelte grundlos. Eine barfüßige Zigeunerin kitzelte den Schlaffen Kosta mit einer Entenfeder auf der Brust. Und Christo hatte die Jungen in der Tiefe des Hofes versammelt und spielte ihnen auf der Gitarre vor. Von der Weinlaube fielen Schattenriemchen über die Köpfe des Hochzeitspaares. Worte, Bienen und Ausrufe summten umher. Der Hahn führte die Hennen unter dem langen Tisch spazieren, wobei seine Federn wichtigtuerisch glänzten. Irgendjemand schoss in die Luft. Gelächter und Wein flossen.

»Wir werden alt, alt werden wir …«, erwiderte Petruniza einem der Gäste, schwindlig von den skandierenden Rufen der Gäste, die mit ihrem: »Noch einmal, noch einmal, noch …« das Brautpaar aufforderten, ihren Brautkuss, der ihnen doch sehr verschämt und unerfahren vorkam, so oft zu wiederholen, bis er an Leidenschaft nichts mehr zu wünschen übrigließ. Petruniza vertiefte sich in den Anblick ihrer Schwiegertochter Jana – ein schönes und biegsames Mädchen mit einem Gesicht, das für das lange Leiden der Ehe wie geschaffen schien. Jordan schwieg. Das turbulente Treiben berührte ihn nicht. Seine blauen Augen hatten sich verhärtet und den bleiernen Glanz der Teilnahmslosigkeit angenommen. Jonka hörte mit dem Weinen auf und bekreuzigte ihn von ferne. Ihr Mann Todor bemühte sich, mit einem der Gänschen zu sprechen, doch seine vom Schnaps schwerfällig gewordene Zunge wollte sich in der drückenden Luft einfach nicht mehr von der Stelle rühren. Es roch nach Kurban, dem Festtagsgeschlachteten, aus dem Suppe und Braten gemacht wurden, nach ausgelassenen Männern und vergessenen Frauen. Die über den Tisch verstreuten Pfingstrosen dunkelten wie vergossenes Blut.

Gott, gib ihnen Glück und männliche Erben, dachte die alte Petruniza vor der kirchlichen Trauung. Sie vermengte ihre Hochzeit und die ihres Sohnes: Was war Vergangenheit und was geschah jetzt? Die Kirche verströmte die Kühle einer Gruft. Vater Anissi entzündete den Weihrauch in seinem Fässchen, sprach die liturgischen Trauungsverse, tauschte die Kronenreife auf den Häuptern der Vermählten zum Zeichen, dass sie jetzt eine unlösbare Einheit in Gott waren, steckte ihnen die Ringe auf und vollzog die Trauung rasch wie bei ihr und dem alten Assen. Sie war noch ein halbes Kind gewesen, er hatte nach Lavendel gerochen, und schon bald lernte sie auch die Kraft seiner Lenden kennen. Sie hatte Mühe, Jana und sich auseinanderzuhalten. Auch damals hatten die Hochzeitsgäste vor der Kirche Gebäck und kleine Münzen geworfen, aber der Pope war ein anderer gewesen … Was war noch anders? Ja, sie hatte keine Tränen vergossen wie Jana!

Wieder knallte ein Pistolenschuss, und der Hahn krähte erbost los. Das Weinen der Klarinette betrübte den Sonnenuntergang. Vom Festungsgraben her roch es nach Brackwasser. Die Mücken kamen in Schwärmen herbei und waren durstig nach Blut. Schön, dass Jordan heiratet, wo ich doch bald gehe … Einsam und untröstlich, erblickte Petruniza ihren Mann. Er war so jung wie Jordan. Diabolisch lächelte er sie an und forderte sie auf, ihm ins Dunkle zu folgen. »Noch nicht«, verjagte sie seine Erscheinung. »Du hast dich Gott und der ewigen Ruhe überantwortet, aber ich muss noch hier auf Erden verweilen, um deine Sünden zu verbüßen. Also warte noch!« Und das sagte sie, obwohl sie schon längst die Fäden aus der Hand gegeben hatte, die die Sippe zusammenhielten. Sie sah ihre Kinder oft ganze Tage nicht, aber das bedeutete nichts, denn sie war da! Mochte ihr alles zu schwer sein, mochte sie sogar der Zopf in ihrem Nacken drücken: Sie war da! Sie saß nicht nur am Herd, sie war der Herd, um den sie sich versammelten.

»Oh gesegneter Schnaps«, brüllte der Schlaffe Kosta, »gesegneter Schnaps. Jordan ist sein Meister, er muss dem Fass den Boden ausschlagen!«

Die Hochzeitsgäste, die wussten, worauf er anspielte, lachten zweideutig. Ja, was für eine undankbare Aufgabe, eine reine Maid zu beschmutzen. Einer fluchte, dass seine Frau bei der Heirat keine Jungfrau gewesen sei. Reihenweise knallten die Schüsse, dehnte die Musik der Zigeuner die Nacht, war … ach, diese Mutter Natur so wild!

Das arme Ding, dachte Petruniza zärtlich, und der schreckliche Schmerz von vor so vielen Jahren zerriss ihr die Scham.

2

Die Gäste wollten einfach nicht gehen. Sie waren entschlossen, zu warten, bis Jordan sich am Fenster zeigte, um seine männliche Oberherrschaft und das blutige Zeugnis von Janas Unschuld hochzuhalten. Drinnen schnitt nur der Docht des kleinen Lichtes Löcher in die Schatten an der Wand. Seine Mutter hatte die Luft mit beruhigenden Kräutern und Lavendel aromatisiert; das war ein süßlicher Duft, der den männlichen Drang besänftigte und den Schweiß der Frau trocknen half.

Es war noch immer heiß. Er betrachtete ihre schmale Silhouette. Ein wirklich schönes Mädchen. Jonka hatte sie ihm vor einem Monat gezeigt. »Ein Waisenkind, arm und ordentlich; sie ist an wenig gewöhnt, und an viel Arbeit. Sie wird euch jeden Wunsch von den Augen ablesen – dir … und Mama.« Das hatte ihm genügt. Danach wollte er sie nicht unbedingt noch einmal sehen. »Na gut«, sagte er nur, »näht ihr ein schönes Brautkleid. Der Ring soll aus Gold sein, und der Brautschleier mit Spitze.«

Jana stand aufrecht, ergeben und starr vor Schrecken in der Ecke. Jordan empfand nichts für sie. Er hatte viel Wein getrunken und wollte einfach nur schlafen. Doch ohne sein Zutun ballte sich etwas in seinen Lenden zusammen, das ihn in Besitz nahm.

»Warum weinst du?«

»Weiß nicht …« Ihre Stimme lag furchtsam in der Luft. Jordan begriff, dass sie noch unschuldig war, und dass er ihr erster Mann sein würde. Da schwor er sich, sie nie zu schlagen. So viel konnte er versprechen; der Rest war Gottes Werk. Er hörte, wie sie betete. Wie ihre Röcke aufraschelten und zu Boden glitten. Seine Hände streckten sich nach ihren Brüsten aus. Jana wich nicht zurück. Das Zeichen seiner Männlichkeit zuckte, es war hart und groß. Sie tat ihm leid. Was suchte sie bloß in diesem Zimmer mit den zugezogenen Vorhängen, in das sie geführt worden war, ohne um ihr Einverständnis gefragt worden zu sein?

»Ich werde dich nicht antasten«, sprach Jordan, »und du – frag nicht. Aber zieh dein Hemd nicht aus.«

Man hatte Jana in Kräutern gebadet, so dass sie den intensiven Duft frisch gemähter Wiese verströmte. Draußen schrie einer »Hurra!«, und über der still gewordenen Stadt knallten wieder Pistolenschüsse. Jordan sah ihre runde Schulter, den bewachsenen Hügel unter ihrem Bauch und die verzehrenden, schüchtern von ihren Armen bedeckten Rundungen ihrer Brüste. Etwas geschah mit ihm. Er hatte auf einmal das Verlangen, ihr Schmerz zuzufügen, sie zu erobern. Der schneidende, durch nichts begründete Hass floss in eins mit ihrem Aufschrei. Er begann, in sie hineinzustoßen, bis wie von Sinnen die Stimme einer anderen Frau in ihm gellte. »Geh, Maria, geh«, stöhnte Jordan und bedeckte Jana mit dem Geschmack nach Meer und Unendlichkeit. Er stützte sich auf die Ellenbogen, küsste sie aber nicht, sondern zog ihr das lange Hemd aus, denn draußen wartete eine wild gewordene Gästehorde schon darauf, das Blutsiegel zu sehen.

3

Die Hälfte des Lehrpersonals am Gymnasium waren Sozialisten; daher bekam Christo mit der Protektion von Anwalt Kamenov ohne Probleme eine Anstellung. Damit ging einer seiner heiligsten Träume in Erfüllung. Am ersten September rasierte er seinen rötlichen Bart, zog seinen neuen Anzug an und setzte einen weichkrempigen Hut auf. Aus dem Spiegel im Korridor schaute ihn auf einmal ein solider Herr mit intelligentem Gesicht und spitzbübischen Augen an.

Der erste Herbstregen war gefallen. Es roch üppig nach Gartenblumen und Ozon; die Sonne trocknete die Ziegel auf den Dächern und Mauern der Häuser. Als sie ihn vorbeigehen sah, klatschte seine neue Schwägerin vor Überraschung in die Hände. Dann verbeugte sie sich und fragte mit gespielter Höflichkeit: »Trinken Sie vielleicht einen Tee, Herr Lehrer?« Seine Mutter erwachte für einen Moment aus ihrem Dösen, erkannte ihn und musste weinen. Ilija stolperte, als er ihn sah, verdutzt über den Kater. Die Veränderung war so beeindruckend, dass, als er am Kreuzbau der Kaserne vorbeikam, ein paar Leute die Hüte zogen. Der Weg zur Schule kam ihm länger vor, interessanter und farbiger als gedacht.

Das Schulgebäude, dessen Bau aus Spenden der Bevölkerung finanziert worden war, glich einem Kloster. Sein Dach war gedeckt mit türkischen Ziegeln, die wie längs halbierte Rohre aussahen. Die kleinen Fenster im Erdgeschoss waren vergittert und blickten verwundert auf den Hof. Die Klassenzimmer lagen entlang des Korridors, an dessen Ende sich das Lehrerzimmer befand. Landkarten hingen darin, eine Leibniz'sche Röhre stand da, Reagenzgläser und Kolben für chemische Versuche fehlten nicht, und auch einige ausgestopfte Vögel waren vorhanden. Die fünf Lehrer saßen auf den Stühlen unter dem Fenster, Direktor Naidenov, lang und dürr wie eine Bohnenstange, hatte sich an die Kreidekiste gelehnt und spielte mit dem Ring an seinem kleinen Finger. In der Ecke wienerte der Schuldiener die Messingglocke.

»Oh, Herr Weltschev«, begann Naidenov klangvoll, »was für eine Freude, Sie unter uns zu sehen. Machen Sie sich doch bitte mit Ihren Kollegen bekannt.«

Man schüttelte sich kameradschaftlich die Hand. Jordanov, Lehrer für Musik und Leibeserziehung, zwinkerte ihm zu; der füllige Glatzkopf Hadschipetrovs erwähnte etwas von seinem Vater, dem alten Assen, der Christo schon als Kind gesagt hatte, dass er eines Tages entweder Schreiber oder »Pauker« werden würde; schließlich blieb er vor Elena stehen, der Tochter von Rechtsanwalt Kamenov. Über ihr schönes, aber klassischstrenges Gesicht huschte ein Lächeln, und Christo kam es so vor, als würde er sie schon lange kennen. Wo hatte er diese dunklen, verträumten Augen nur gesehen? Oder hatte er in einem Buch von solchen Augen gelesen?

»Vater hat mir viel von Ihnen erzählt. Mit Ihrem früheren Bart hätten Sie unserem Befreiungsdichter Christo Botev geähnelt ...«

Von draußen waren Kinderstimmen zu hören und das Trappeln beschlagener Schuhe. Der Schuldiener läutete die Glocke, und ihr festlicher

Klang hallte im langen Korridor wider. Christo fühlte sich unsicher und mühte sich, seine Aufgewühltheit zu verbergen.

»Na, worauf wartet ihr noch«, hustete Jordanov mit seiner Bassstimme und verteilte die Klassenbücher.

Die Kinder drängten sich vor dem Eingang der Schule, strömten in den Korridor, rempelten einander an und machten einen Lärm wie die Donau bei Hochwasser. Alle Jungen trugen ausgefranste Uniformjacken, hatten kurz geschorene Haare und beobachteten ihn heimlich, aber mit unverhüllter Neugier. Sie verströmten den Geruch von Mottenpulver und endendem Sommer. Die grünen Schulbänke waren frisch gestrichen. Die Sitzenbleiber traten in den hinteren Reihen von einem Bein auf das andere. Er erinnerte sich, wie Marko und er sich an einem ebenso kühlen und vom Sonnengold bestrahlten Tag nebeneinandergesetzt hatten. Ihre erste Unterrichtsstunde war Naturkunde gewesen, aber sein Freund schob ihm einen Zettel hin, auf den er mit seiner schönen Handschrift geschrieben hatte: »Wer Wissen sagt, sagt Melancholie!«

»Ich bin euer neuer Bulgarisch-Lehrer«, sagte Christo, »schreibt …«

4

Der Stadtpark verströmte nach dem Regenguss den Duft von Buchsbaum. Die mondbeschienene Donau sah unbeweglich aus in ihrem magischen Schein. Ein Dampfboot mühte sich flussaufwärts. Umringt von Kindern, Gersten- und Salepschleim-Verkäufern und von pomadisierten Hausmädchen, dröhnte das Blech des Marineblasorchesters. Der Nachmittagskorso war in vollem Gange. Die Militärs, die Ausgang hatten, prahlten mit den blitzenden Messern ihrer Paradeuniform. Gymnasiasten eilten im Pulk zu den mächtigen Festungsmauern von Baba Wida, wo sie sich verstecken und Karten spielen – oder aber eine heimliche Zigarette rauchen konnten. Die Gecken schritten fesch auf ihren Lackschuhen daher und zogen den Hut vor den höheren Töchtern. Die Kaufleute füllten die Tische vor dem Restaurant »Neptun« und tranken Bier. Lachen, Sticheleien, Wortfetzen platzten in die hereinbrechende Dämmerung und lösten sich rasch auf in der feuchten Luft.

Christo ging einen halben Meter neben Elena Kamenova her, so, wie es der Anstand gebot. Von Zeit zu Zeit schaute er verstohlen auf ihr blasses Profil. Noch immer konnte er sich des Gefühls nicht erwehren, dass er sie seit Jahren kannte. Ihre dunkelbraunen Locken fielen auf ihre Schultern, ihr strenges Gesicht sah geistvoll aus. Geringschätzung für alles Umgebende strahlte selbst ihr Gang aus: Sie schien vor jedem Schritt gewissermaßen einen inneren Widerstand zu überwinden, kaum wahrnehmbar für fremde Augen. Sie zog das Dreieckstuch fester um ihre Schultern.

»Die Kinderseele ist wie ein Schreibheft«, sagte sie, »was wir dort hineinschreiben, das wird auch darin stehen bleiben. Heute habe ich ihnen Auszüge aus den ›Räubern‹ von Schiller vorgelesen.«

»Ja, böse Kinder gibt es nicht«, bestätigte Christo unsicher.

»Oh, die gibt es schon«, lächelte Elena bitter. Christo hörte, wie etwas Ironisches in ihrer Stimme mitschwang. »Sie werden sich noch selbst davon überzeugen, Herr Weltschev!«

»Alle Menschen werden frei und gleich geboren, unbefleckt von der Niedertracht des Lebens und der Melancholie des Wissens. Alles hängt von den sozialen Bedingungen ab, mein Fräulein. Erst später kommt die Bosheit und erweist sich entweder als Vorteil oder als Mangel.«

»Sind Sie sich darin so sicher?« Sie schaute ihn neugierig an. Er schwieg, verwirrt darüber, dass sie Einwände hatte. Die Blasmusik dröhnte wieder los. Eine unbekannte Wehmut zog ihm die Brust zusammen. Sie verließen den Park und bogen Richtung Bezirksverwaltung ab. Die Pferde des Vorstehers schnaubten im Dunkeln, das Geschirr rasselte.

»Ich hatte einen Freund, der Schillers ›Räuber‹ schrecklich liebte, mein Fräulein. Er war ein Träumer, ein wirklich guter Mensch, aber er ist schon nicht mehr«, Christo seufzte auf.

»Und Sie, Herr Weltschev, sind Sie ein guter Mensch?«, fragte Elena plötzlich und lachte merkwürdig. Christo antwortete nicht, weil er den Eindruck hatte, dass sie die Frage eher sich selbst gestellt hatte. Die Stille in der Gasse erhöhte die Entfernung zwischen ihnen, einsam hallten ihre Schritte auf dem Kopfsteinpflaster wider. Sie erreichten das Haus der Kamenovs, und Elena lehnte sich an die hölzerne Umzäunung. Der Mond beschien ihr Gesicht, das eine rätselhafte Trauer ausstrahlte.

»Ich habe das Gefühl, ich würde Sie schon lange kennen«, sagte Christo zaghaft und zog eine Zigarette aus der zerknautschten Packung. »Ich wollte Sie einladen: Am Montag gibt unser Gitarren-Verein ein Konzert im Lesesaal der Bibliothek.«

»Wir kennen uns seit genau einem Monat, Herr Weltschev! Aber ich werde am Montag da sein. Ich danke Ihnen sehr, und gute Nacht.« Sie schaute ihn an, als wolle sie ihm irgendetwas verzeihen. Christo sah ihre biegsame Gestalt zwischen den Ästen des Kirschbaums verschwinden, der Himmel blendete ihn mit dem Glanz der Sterne, von irgendwo war das Weinen eines Kleinkindes zu vernehmen.

5

Jana gewöhnte sich an das neue Haus schneller als an ihren Mann. Anfangs kam sie mit den Zimmern durcheinander, die ungewohnten Schritte von Männern ließen sie oft zusammenfahren. Erst um neun Uhr beruhigte sich alles, und sie blieb allein mit ihrer Schwiegermutter oder genauer: mit deren träumerischer Versunkenheit. Jana nahm die ganze Hausarbeit in die Hand, und das war sofort zu spüren: Die Zimmer schienen weiter und heller zu werden, die Webdecken und Teppiche rochen nach selbstgekochter Seife, die ewigen Lichter brannten nun wirklich Tag und Nacht und schützten vor Sünde und bösen Geistern. Im Hof legte sie Beete mit Pfingstrosen an und band die Triebe der verwilderten Weinreben fest. Sie eilte, sparte nicht mit Arbeit, nicht mit Gesang, als wolle sie vor dem Schicksal für etwas Buße tun. Sonntags ging sie regelmäßig zur Kirche, entzündete eine Kerze vor der Ikone der Heiligen Muttergottes und lauschte mit vor Rührung zusammengezogenem Herzen der Predigt von Vater Anissi. Dann ging sie ihre Mutter besuchen, schenkte – arm waren die Zeiten – ihrem Brüderchen eine in Goldpapier eingewickelte Walnuss oder einen Apfel, ihrer Mutter ihre Niedergeschlagenheit. Sie bekam Kopfschmerzen von der Ausdünstung des Filzbodens, doch dann wurde ihr rein und leicht zumute wie im Märchen.

»Er ist sehr gut zu mir … Überhaupt sagt man mir nur gute Worte. Zum St. Georgstag am sechsten Mai hat Christo mir einen bestickten Schal geschenkt.«

»Warum weinst du dann?« Die Worte ihrer Mutter waren hart wie eine knochige Hand, immer zum Schlagen bereit, um Gehorsam zu erzwingen.

»Ich weiß nicht ...« Sie wischte sich die Tränen ab und ging. Ihre Schönheit war so natürlich, dass die Männer, die ihr auf der Hauptgeschäftsstraße entgegenkamen, ihren Augen nicht trauen wollten.

Zu Abend aßen sie gemeinsam. Alle warteten, bis sich Jordan an den Tisch gesetzt hatte; erst dann wurde aufgetragen. Die Petroleumlampen erhellten die silbrige Unbeweglichkeit ihrer Schwiegermutter. Jordan schaute niemanden an, kaute, als bewege er sich auf einem scharfen und gefährlichen Grat. Sie mühte sich, ihren Bauch zu verbergen, in dem neues Leben heranwuchs. Am Ende hob Jordan die Tischrunde auf, indem er sagte: »Wir danken Gott für diese Gabe!«

Jana und er stiegen gemeinsam in das Obergeschoss hinauf, doch er ging nicht in ihrer beider Zimmer, sondern in das Christos. Von dort hörte sie Stunde um Stunde den herzerweichenden Klang der Gitarre. Jana verlor sich in dem großen Ehebett, in ihrer Erwartung, allein einzuschlafen. Der Mond im Fenster überstrahlte die Wolken und verlieh ihnen eine Goldkante. Die weißen Laken gaben ihr keine Geborgenheit. Sie lag mit offenen Augen da und fühlte sich nicht einfach nur vernachlässigt und allein gelassen, sondern vor allem *nicht wahrgenommen*. Er ist doch mein Mann, und ich warte auf ihn, Herrgott ... Muss das denn so wehtun? Vor Einsamkeit nickte sie ein.

Das Knarren der Tür weckte sie. Jordan zog sich leise aus. Sie hörte seinen Atem. Um zu zeigen, dass sie nicht schlief, sagte sie:

»Heute hat Todor nach dir gefragt, ihr hättet etwas wegen der Herberge gesprochen.«

»Mir ist ein Knopf abgegangen.«

Sie wagte nicht, sich zu erheben, ihren Kopf auf seine harte Schulter zu legen.

Jetzt atmete Jordan neben ihr. Da fasste sie sich ein Herz:

»Wir bekommen ein Kind!«

Er wich überrascht und irgendwie erschrocken zurück. Seine Kraft erschütterte sie, und endlich flossen die erlösenden Tränen.

»Gut«, erwiderte er, weich geworden, und küsste sie auf ihre Tränen, »möge es ein Sohn sein.«

Er zog sie zu sich heran. Seine Hände kneteten ihre Brüste, bis die Milchdrüsen schmerzten. Er warf sie aufs Bett, schob ihre Schenkel auseinander, drang in sie ein, schmerzhaft und verletzend wie ein wahres Wort.

6

Er rotierte durchs Zimmer mit blinden Augen; er glich einem Verrückten. Ringsum liefen seine Schwester Jonka und die Zigeunerin Teofana hin und her, brachten abgekochtes Wasser und frisch gewaschene Laken, seine Mutter schien den Herd vollends umarmt zu haben und glich mit ihrem rätselhaften Lächeln einer Zauberin. Draußen fiel Schneeregen, auf der Donau tutete ein Schleppkahn.

Die schrillen Schreie Janas ließen seine Haare am ganzen Körper zu Berge stehen. Diese tierischen Schmerzen zogen ihn ebenso an, wie sie ihn abstießen. Er wollte einen Blick ins Zimmer werfen, aber er wurde verjagt. Zwischen den Wehen ertönte die beschwörerische Stimme Teofanas. Jordan fühlte weder Milde noch Hoffnung, sondern einzig Erwartung; so hilflos hatte er sich sein Lebtag nicht gefühlt. »Dies ist ein guter Tag«, sagte seine Mutter, »wir müssen ihn in gutem Andenken halten.«

Die Geburt zog sich schrecklich lang hin, schon den ganzen Tag. Jordan begann unwillkürlich, die ersterbende Stimme seiner Frau mit dem letzten Röcheln Traitscho Babaschovs zu vergleichen. So wenig diese beiden Ereignisse auch miteinander zu tun hatten, so warfen doch beide ein Licht auf ein und dasselbe Geheimnis. Beide erschienen ihm wie ein Vorwurf an seine Adresse. Ende und Anfang – gleichermaßen schwer, schmerzhaft und sinnlos. Er widerte sich selbst an, ihm war, als müsse er sich gleich erbrechen.

»Nur noch ein Weilchen«, verscheuchte ihn seine Schwester, deren Hände vom heißen Wasser aufgedunsen waren. »Nun verschwinde schon!«

Die folgenden Schreie, mit denen Jana die Nacht zerriss, markierten seinen Sieg. Nicht die endliche Befreiung Janas, sondern seinen Sieg über Leben und Tod. Wie soll ich je anders sein, als ich bin, fragte er sich verwundert, und will ich das überhaupt? Nein.

»Bin sofort zurück«, sagte er, als wäre da jemand, der ihn hören könnte, und ging hinaus auf den Hof. In der Scheune griff er nach der Kreuzhacke, lief zur Grundstücksgrenze und hieb mit wenigen heftigen Schlägen den maroden Zaun um, der sein Anwesen von dem Gold-Petkos trennte. In Dunkelheit und Schneetreiben sah niemand, wie er – blass und mit offenem Hemd – den Nachbarhof betrat. Die Hacke drang leicht in die Erde ein, Bodenkrumen spritzten hoch. Grub er sich jetzt sein eigenes Grab – oder sein eigenes Leben? Er vergaß sich. Die Kamine der umgebenden Häuschen qualmten, es roch nach Holzfeuerung und tauender Welt. Jordan fühlte, wie sich sein Inneres reinigte, wie sein Drang, in die Erde zu versinken, sie zu erobern, das Bild der in Trauer gekleideten Maria aus ihm vertrieb. Es gab nun nur noch ein einziges Ziel: einen Meter tief den Boden auszuheben. Alles andere erschien ihm irreal und fremd.

»Aaa-a-a-hhh!« Jana, verbrüht, hatte genug. Sie hörte Frauenlachen und Babygeschrei. Ihr Bauch war plötzlich leer wie der einer Kirche. »Was ist es?«

»Ein Mädchen, wie schön …«, erwiderte Teofana, die von Wasser, Schweiß und Blut bedeckt war, und warf mit einer rituellen Bewegung eine Fingerspitze Salmiak ins Feuer.

Jana wollte das Lächeln nicht gelingen, zu erschöpft war sie, zu enttäuscht: ein Mädchen.

Viertes Kapitel

1

Fünf Monate später öffnete Vater Anissi seine Chronik, nachdem er von dem guten, abgelagerten Gamza-Wein aus dem nordwestlich von Widin gelegenen Novo Selo getrunken hatte, überlegte, stieß dezent auf, und schrieb dann mit seiner ebenmäßigen Schrift:

Wie wir auch immer dazu stehen mögen, die Zeit verrinnt. So ist es Gottes Wille und menschliches Los … Unvergänglich sind nur das Licht und unsere Liebe zu IHM!

Der Schnee war zäh in diesem Winter, das Frühjahr trocken; die Ernte wird nicht groß sein in diesem Jahre des Herrn. Auf dem Markt werden nur Kartoffeln vom letzten Jahr angeboten. Die Bauern betrinken sich regelmäßig in den Kneipen und lästern Gott.

Von irgendwoher hat man eine in Spiritus eingelegte Missgeburt herbeigeschafft. Wir haben sie uns in einer Baracke auf der Hauptstraße angeschaut. Sündig ist der Schoß, dem dieses Ungeheuer entsprungen ist. Zwei Groschen habe ich für den Eintritt bezahlt. Und das Wichtigste: Viele Fliegen sind in diesem Jahr geschlüpft, ganze Fliegenschwärme – das, so sage ich, ist ein schlechtes Vorzeichen, es wird Krieg geben, o Herr!

2

Der Balkankrieg kam unerwartet, gerade weil pausenlos über ihn gesprochen wurde. Die Leute traktierten ihn regelrecht mit Worten, diesen Krieg, vor einem Glas Schnaps in der Kneipe, oder wenn sie sich unterwegs begegneten – denn insgeheim glaubten sie, dass sie ihn auf diese Weise bannen, ihn beschwichtigen und hinausschieben könnten. Während des ganzen Jahres publizierte die *Abendpost* neben hübschen Reklämchen für Cremes, Nähmaschinen, Mädchenpensionate und »Vichy«-Mineralwasser, neben Schlagzeilen wie »Triumph im großen Luftschiff-Wettbewerb«, »Geburt im Grab« oder »Ende des Skandals um den rumänischen Bischof« auch ernsthafte Beiträge über die Lage der bulgarischen Bevölkerung in Makedonien, beschrieb die pausenlosen Zwischenfälle an der bulgarisch-türkischen Grenze, zitierte den damaligen englischen Außenminister Edward Grey und verfolgte mit unverhohlener Sympathie den italienisch-türkischen Krieg, der sich irgendwo in den Weiten des Mittelmeerraums abspielte.

Die Mobilmachung bereicherte das rauschende Farbenfest des Herbstes mit Anspannung und grauen Militärmänteln. Die Sonnenuntergänge waren lang und rot, als atme der Himmel Blut. Die Kirchen füllten sich mit stillen Fürbitten und gequälten Seufzern. Die Widiner Kaufleute und Handwerker trafen sich nachdenklich im Restaurant »Neptun«. Und die Offiziere ließen stolz ihre Pelerinen wehen, wobei ihre Augen sich mit Todesmut füllten. Die Läden schlossen früh. Zucker, Lampengas und Öl wurden teurer. Die aus den umliegenden Dörfern kommenden Burschen vertranken ihre letzten Hoffnungen in den Widiner Schänken, bevor sie zur Musterung bei der Einberufungskommission vorstellig wurden, denn nach einigen lebensspendenden Regenfällen seufzte das Ackerland gerade jetzt nach dem Pflug. Erfüllt von der Begeisterung jedes echten Leides, sangen die Männer wieder »Am Bosporus erhebt sich Geklirr, es glänzen Säbel und Schilde, da wirft unser Zar sich ins Geschirr und ruft seine Rittergilde!« Die Frauen beeilten sich instinktiv, schwanger zu werden. Die Kinder sahen mit Erstaunen, dass auch Erwachsene weinen konnten. Ja, unheilvoll war dieses Warten – quälender und grauenvoller als das herannahende Unglück selbst. Zusammen mit dem Herbstnebel legte sich Ungewissheit über die Stadt, durch deren Straßen statt des munteren Liedchens der Wagenräder das Dröhnen beschlagener Soldatenstiefel hallte.

»Mussten sie denn ausgerechnet jetzt mit diesem Krieg anfangen«, überlegte Miza Ilieva in Doras Schneider-Atelier laut, »wo meinen Mann der Ischias gepackt hat? Schau sich das nur einer an.«

»Gut, dass mein Bruder nach Wien reist«, meldete sich Boshura kokett und wendete ihre Tasse, um aus dem Kaffeesatz lesen zu können. »Seit einer Woche hat sich dieser Fasan nicht im Café sehen lassen. Nicht wahr, Frau Dora?«

»Panto wird wohl auch um den Kriegsdienst herumkommen.« Gina maß die junge Babaschova mit bösem Blick und fügte drohend hinzu: »Wie der Herr es so fügt.«

»Das wird einen ordentlichen Frauenüberschuss geben, meine Verehrtesten – seeehr interessant!«, sagte Frau Dora betont. Sie allein wusste, was sich in dem goldenen, herzförmigen Medaillon verbarg, das zwischen den üppigen Brüsten Boshuras baumelte. Miza Ilieva arbeitete offenbar fleißig weiter an der Vergrößerung ihres kleinen Mangels, während Gina weiter trocknete wie eine Weinbeere – was ausgezeichnet fürs Geschäft war, brauchten sie doch beide neue Garderoben. Und nun diese dumme Mobilmachung. »Wenig Männer, viele Frauen und große Teuerung … Der Krieg ist der schlimmste Feind von Eleganz und Mode, meine geschätzten Damen, ihr werdet sehen!«

Der Markt war überfüllt. Die Luft brodelte vor Flüchen und zügellosen Verwünschungen, denn zum Wohle des Staates wurde nach den jungen Männern nun auch kriegswichtige Ausrüstung wie Pferde und Wagen beschlagnahmt, das Letzte, was die Leute besaßen. Es roch beinahe gemütlich nach Pferdeschweiß, der dampfend aus den Pferdedecken aufstieg, und nach Teer. Die Tiere kauten gemächlich, weil sie nicht ahnten, dass sie sich nun auf immer von ihren bisherigen Herren trennen würden. Todor hatte den Kopf zwischen den glänzenden Mähnen seiner Hengste vergraben und wiederholte mit erstickter Stimme: »Ihr wart mir wie Kinder … Jetzt nehmen sie mir auch euch noch!« Bis zum Ende der Musterung trank er keinen Tropfen, um sich später an alles bis zum Ende erinnern zu können. In den Mägen der Tiere grummelte frische Körnermischung. Sie schnaubten und klapperten mit den Hufen, während sie mit gespitzten

Ohren seinen Abschiedsworten lauschten. Seiner haltlosen Hilflosigkeit. Seiner menschlichen Trauer.

»Unterschreib hier, und du kannst gehen«, fuhr ihn der Feldwebel grob an und steckte ihm eine Feder zwischen die Finger. Todor hörte, wie in seiner Nähe ein Mann darum bettelte, sein Tier möge vollwertig ernährt werden. Seine Stimme klang rauh, wie kurz vor dem Durchdrehen. Todor verschluckte die salzigen Tropfen in seiner Kehle und machte sich auf den Weg zum Fluss. Dessen Oberfläche spiegelte im Herbst auf melancholische Weise das Spiel aus Wolken und hellem Himmelsblau. Am Hafen schaukelten Fischerboote. Pappeln warfen ihr buntblättriges Netz über die Mondsichel. Todor ging an sämtlichen Kneipen vorbei, ohne einzutreten. Das war sehr unvernünftig von ihm, denn sein untröstlicher, stiller Trennungsschmerz war drauf und dran, in Aggression umzuschlagen. Wen sollte er denn beschimpfen, wen hassen, bei wem sich mit geballter Faust abreagieren? Arme Jonka …

3

Als Polizeihauptwachtmeister Bobozov in Begleitung eines jungen Untergebenen das Haus der Weltschevs betrat, trafen sie nur die alte Petruniza und ihre Schwiegertochter Jana an. Auf dem Herd köchelte der Bohneneintopf. Jana schnitt Zwiebeln, von deren beißendem Saft ihre Augen tränten. Bobozov war daran gewöhnt, dass er mit Wut oder Wehgeschrei empfangen wurde; deshalb verblüffte ihn der abwesende Blick der Alten. Sie hatte sich über die Flamme gebeugt, silbern und gebieterisch wie das Schicksal selbst. Er hüstelte und trat respektvoll einen Schritt zurück zur Tür.

»Für wen kommst du?«, fragte Petruniza nur.

»Für Jordan.«

Jana fiel das Messer aus der Hand. Aus einem der oberen Zimmer war das Weinen eines Säuglings zu hören.

»Leg das da drüben hin!« Die alte Petruniza nickte hinüber zum Tisch. Sie warf nicht einmal einen flüchtigen Blick auf den mit kleiner Schrift ausgefüllten Einberufungsbescheid, ein gelbliches Stück Papier mit dem

Wappen des Zaren darauf. Die beiden Polizisten taten, wie ihnen geheißen, und machten, dass sie weiterkamen.

4

Alle fühlten sich schuldig vor Jordan, und das störte ihn dabei, sich zu konzentrieren. Er schaute nur mürrisch vor sich hin. Es war warm. Vom Herd stieg der Duft von Einbrenn aus Zwiebeln, Öl und süßem Paprika auf. Jordan hatte das ganze Untergeschoss seiner Herberge bereits fertig. Plump und hässlich stand das Ungetüm im Hof. Die Fenster gähnten. Das Gerüst hatte sich so sehr geneigt, dass es jeden Moment umfallen konnte. Der Verputz bröckelte schon jetzt. Und dafür hatten sie den Maurern monatelang ein Huhn nach dem anderen geschlachtet; ein Weinfass war leer. Von den schweren Steinen tat ihm das Kreuz weh. Er mauerte mit derselben männlichen Besessenheit, mit der er auch seine Frau bearbeitete. Nur dass Jordan eines schönen Augenblicks spürte, dass er von dieser Herberge, noch bevor sie fertig war, schon genug hatte. Das ganze unförmige Gebilde war ihm regelrecht zuwider. Wenn er sich fragte, warum er überhaupt damit angefangen hatte, kam er zu keiner Antwort. Alles kam ihm einfach nur sinnlos vor.

Manchmal kam er herein, wenn Jana gerade die kleine Petruna säugte. Das Baby sah rund und glitschig wie Seife aus. Seine Lippen drückten sich gierig gegen die weiße Brust der Mutter. Da begann das kleine Gesichtchen zu leuchten, als tränke es nicht Milch, sondern Licht. Jordan war bezaubert. Ein Anflug von Stolz regte sich in ihm. Doch wie sehr er sich auch einredete, dass das Kind den Bau einer neuen Einkommensquelle rechtfertigte – es änderte nichts an seiner Unlust. Vier Wagen mit Mörtelblöcken fürs Fachwerk schickte er zurück, zahlte die Zimmerleute aus, entließ die Maurer und betrank sich bis zur Besinnungslosigkeit in seiner Kneipe. Ja, jetzt sah er es auch: In dieser Kneipe war es gemütlicher, »echter« und – das Wichtigste – fröhlicher und lebendiger als in dem riesigen Schuppen, der ungedeckt und leer wie ein Schwimmbecken im Winter seinen und die Hälfte von Gold-Petkos Hof verschandelte.

Die Baustelle verwaiste. Es tat sich nichts mehr. Er ging zu den Zigeunern, um sich von ihnen vorsingen zu lassen, und um in den Augen der Männer das Böse und in den Rundungen der Frauen das Verführerische zu sehen. Er ging mit einer grünäugigen Zigeunerin ins Heu. Sie war noch fast ein Kind. Danach träumte er von seinem Vater. Der lächelte ihn unter seinem Schnurrbart an. Manchmal warf er einen Blick auf das Haus Gold-Petkos und erspähte im Schatten der Spitzengardinen die Gestalt Marias. Sein Herz stockte, in seinem Kopf brauste es. Man kann durch böse Taten nicht zum Glück gelangen, dachte er verstört, denn das Böse zerstört und berauscht nur für kurze Zeit.

Die Herberge? Nein, das war es auch nicht, nicht die Herberge ...

5

Das Essen wurde aufgetan, sie rissen mit den Zähnen am zäh gewordenen Brot und wagten es nicht, einander in die Augen zu schauen.

»Mit Babaschov schiffen wir all diesen Weizen donauaufwärts«, begann Panto zaghaft, »aber ich unterschreibe nur Quittungen, und es kommt kein Gewinn dabei heraus. Und jetzt auch noch dieser Krieg ...«

Er wollte sich mit Jordan versöhnen und sein Gewissen beruhigen, doch das hinderte ihn nicht im Geringsten daran, in der Schüssel, aus der alle gemeinsam aßen, herumzustochern, um sich die schönsten Fleischstücke zu sichern. Seine Frau gähnte unüberhörbar. Jordan musste lächeln und leckte seinen Holzlöffel ab. Eine schwere Nacht erwartete ihn – die letzte Nacht, bevor er ins Feld zog. Zwischen dem Körbchen der kleinen Petruna und Jana, in der weichen Stille des schlafenden Hauses träumte er in letzter Zeit neben den gewöhnlichen Alpträumen oft, dass der Rohbau einstürzen würde. Und wenn ich nie wieder hierher zurückkehre? Wenn das das Ende ist?, dachte er.

Er schlüpfte ins Bett und döste ein, während er auf seine Frau wartete. Der Duft reifer Quitten versuchte ihm ein Obdach zu geben; das Flämmchen des ewigen Lichtes zischte auf, als wäre es lebendig. Etwas zwischen Schmerz und Erleichterung blitzte in seinem Hirn auf, sein Herz machte Sprünge. Er hatte es restlos satt, morgens mit schwerem Kopf aufzustehen und nur den einen Gedanken zu haben: wie er an der Baustelle vorbeigehen könnte, ohne sie zu sehen. Dauernd stolperte er über irgendeinen Balken oder einen Haufen Ziegel; dazu kam, dass die Stimme Marias einfach nicht aufhören wollte, sich in ihm zu melden. Er sah sich mit nacktem Oberkörper auf dem Gerüst stehen. Es regnete, doch ihm war heiß beim Mauern. Die Müdigkeit machte ihn gereizt und ungeduldig, so dass er überhastet arbeitete. Er rührte mit der Kelle den Mörtel im Eimer um und mauerte verbissen weiter. Jetzt fehlte nur noch das Dach, musste nur noch der Himmel ausgeschlossen werden.

Auf einmal hörte er den ganzen Rohbau aufstöhnen: Die Mauern fielen ein. Das passierte nicht zum ersten Mal, und nicht zum ersten Mal begann er wieder von vorn. Er konnte nicht aufhören, von vorn zu beginnen, obwohl ihn das fix und fertig machte. Die einzige Lösung war: weg von hier! Ja, während alle ihn mitfühlend dafür bedauerten, dass er eingezogen worden war, konnte er es kaum abwarten, endlich zu verschwinden!

Jana betrat voller Angst das Zimmer. Ihre Brüste schmerzten vor lauter einschießender Milch, so dass sie die kleine Petruna aufwecken musste, damit sie ihr saugend Erleichterung verschaffte. Das Kind war schläfrig, aber gutmütig. Sie konnte es widerstandslos lieben, so viel ihr Herz begehrte. Sie umarmte und kuschelte es, und bevor sie es zum Stillen anlegte, hörte sie mit dem Weinen auf, damit die Milch nicht bitter wurde.

»Machen wir dir sehr zu schaffen, das Kleine und ich?«, fragte Jana. Sie hatte schon herausgefunden, dass ein Mann wie Jordan eine schwache, unterwürfige Frau brauchte.

6

Schon am folgenden Tag ging Jonka mit einer Ente zu Teofana ins Zigeunerviertel, um zu erfahren, was das Schicksal für Jordan vorgesehen hatte. Als sie an der türkischen Festung mit ihren wuchtigen Tortürmen vorbeikam, sah sie, wie sich eine lange Menschenschlange auf der Straße nach Lom wand: das Widiner Regiment. Der Herbst war noch warm, und die Rekruten wurden verabschiedet von dem Duft reifen, frisch gedroschenen Getreides.

Als sie den Hof der Wahrsagerin betrat, empfingen sie die schweren

Trauben reifen Weins, die von der Laube herabhingen. Teofana stellte sich breitbeinig über die Ente und begann, sie bei lebendigem Leib zu rupfen. Der Wasservogel schlug wild mit den Flügeln, schnappte mit seinem starken Schnabel nach ihr, doch Teofanas Wille war stärker als ihr Selbsterhaltungstrieb. Der Kampf war ausgeglichen: Mal gewann die Ente, mal die Alte die Oberhand.

»Warte nur, ich krieg deine Federn ja doch!«, rief sie. Jonka wartete respektvoll und nippte Schnaps aus einem Keramikbecher. Sie, die Kinderlose, hatte sich angewöhnt, es unter ihrem Rock hin und her zu rollen, weil alles Erträumte auf dieser Welt nach Rausch verlangt, wie dann erst die Magie?

»Ah, ich seh schon«, rief Teofana und sprang auf die Beine, »ist es dein Mann oder einer deiner Brüder?«

»Einer meiner Brüder ...«

»Ich sehe Pulverdampf, Feuer und Löcher, Löcher in der Erde, und Löcher in Augen und Herzen ... Und irgendjemand singt.«

»Ich höre nichts«, erwiderte Jonka und verbarg den Keramikbecher zwischen Rock und Unterrock. Vor Anspannung war das Gesicht Teofanas völlig verkrampft; ein feines Bächlein Schweiß rann zwischen ihren Augenbrauen herab.

»Ich sehe es«, wiederholte sie, »komm her, die Vorzeichen werden es zeigen.«

Sie betraten das nach Pfeife und Übersinnlichkeit riechende Zimmer. Über dem Kamin hingen eine getrocknete Fledermaus, ein Talisman, Säckchen mit Kräutern für Kinderlose und solche mit berauschenden Ingredienzen zur Herbeiführung unsterblicher Liebe. Teofana fachte mit dem ledernen Blasebalg drei unterschiedlich große Stücke Kohle an und hockte sich wie eine Glucke darüber. Als sie rot aufglühten, streute sie Asche darüber.

»Es ist Jordan! Nur das größte ist nicht ausgegangen.«

»Ja, er ist es ...«

Teofana stopfte ihre Pfeife mit Tabak, zündete sie an und kniff die Augen zusammen. Jonkas Ungeduld wuchs. In ihrem Kopf rumorte der Schnaps und stieß sich an dem dunklen Bild Jordans. Ihr Vater tauchte aus dem Unsichtbaren auf und fragte: »Was quälst du dich so? Was auch immer Männer tun, sie bleiben unbefleckt … Denk daran!« Aus dem Haar der Zigeunerin roch es nach weißem, mit Essig getränktem Ton.

»Aber das Stück ist ja völlig verbrannt«, rief Jonka erschrocken aus.

»Du täuschst dich, Schwester«, erwiderte Teofana unsicher und zeigte mit ihrem krummen Finger darauf. »Siehst du, die Kohle hat die Asche aufgesogen.«

»Es ist verbrannt!«, widersprach Jonka, holte ohne Scham ihren Becher unter dem Rock hervor und nahm einen kräftigen Schluck.

7

Nachdem sie ganz Bulgarien in südöstlicher Richtung durchquert hatten, zogen sie nun über die Hügel des osmanischen Vilaets Lozengrad, dem heutigen Kirklareli. Die Landschaft war weit wie die um Widin, aber es fehlten der Fluss und die Sümpfe. Sie wurden noch in der Reserve gehalten. Irgendwo weit vor ihnen stöhnten und dröhnten die Geschütze, die Luft roch nach Pulverdampf und Rost. Der Horizont wuchs. Doch sie gewöhnten sich an die Kanonaden, wie man sich an das lang erwartete Böse gewöhnt oder die aufgeschobene Angst. Während sie Schützengräben aushoben, trieb sie Feldwebel Welitschkov mit saftigen Verwünschungen an: »Bei eurer verfickten Tante von der Donau! Ich will Schwielen sehen, Männer, hört ihr? Solang ich keine Schwielen sehe, wird nicht mit dem Graben aufgehört, verstanden? Sonst muss ich es nachher wieder ausbaden.«

Also gruben sie … vor ihnen Weite und Tod, hinter ihnen Mutter Bulgarien. Sie waren hier, um die strittigen Gebiete, in denen viele Bulgaren lebten, zu erobern. Es ging das Gerücht, dass über der Stadt Edirne bulgarische Flugzeuge kreisten, halb Vögel, halb Metall, und die würfen Bomben auf die uneinnehmbare Festung ab. Die Siege über die Türken erfüllten die Augen des Kommandanten ihrer Kompanie, Oberleutnant Peter Dimkov, mit einem besonderen Glanz. Der Offiziersbursche wienerte ihm die Stiefel, als verzögere jedes Staubkörnchen den Weg in die Schlacht und hindere ihn somit, seine Tapferkeit zu beweisen. Das Warten machte sie wahnsinnig, trieb sie zur Verzweiflung, denn was machten sie mit ihrer ganzen Kraft und Energie? Sie gruben sie in die Erde.

Jordan rauchte und schwieg. Eine unerklärliche Wehmut erstickte ihn. Shdrigo, der Anarchist, suchte ständig Streit und Prügeleien, der Schlaffe Kosta stopfte ihre ungewaschenen Hemden und gerissenen Uniformjacken. Landvermesser Krestanov maß die Felder mit Blicken, und abends, wenn aus der Finsternis die Trosse mit den Verwundeten ankamen, versammelten sie sich um Bai Joto, den Schuster. Er schlug ihnen Hufnägel in die verrutschten Sohlen und dämpfte damit die Schmerzenslaute aus dem Lazarett. Die Wachskerze brannte nieder, Joto hielt inne und sagte:

»Es macht keinen Sinn, viele Nägel einzuschlagen. Schuhe, wenn sie kriegstüchtig sein sollen, müssen leicht und beweglich sein.«

Der Kanonenofen glühte rot, die angenehme, nach Männern riechende Wärme tat ihren Seelen gut. Joto, der liberale Joto schwang große Reden darüber, wie groß Bulgarien erst sein würde, wenn es befreit war, und dass der Boden, auf dem sie sich befänden, bulgarisch wäre. Kosta und Shdrigo sangen, Jordans Brust erfüllte die Sehnsucht nach einer unerhörten Heldentat. Immer wieder suchte er in seiner Erinnerung das Lächeln Marias, das so müde und voller Früchte war wie der Herbst. Doch was ihn quälte, war die Gleichgültigkeit, die er gegenüber seinem eigenen Leben empfand. Er hatte einen Brief von Jana bekommen, der voller Tränenflecken war, voller Liebe und verbindlicher Worte:

Mein Lieber,
wie geht es dir, was machst du? Wir denken an dich und beten für dich mit all unserer Kraft. Petruna bekommt die ersten zwei Zähnchen, da haben wir viel geweint. Ich bin wieder guter Hoffnung, und das ist mir das teuerste Andenken an unsere letzte gemeinsame Nacht. Gott ist wohlgefällig, es wird ein Junge werden, das hat Jonka auch gesagt. Um die Kneipe mach dir keine Sorgen, Ilija hat sich gut eingearbeitet. Das Lampengas ist wieder teurer geworden.

Jordan aber dachte: Und was ist, wenn ich zurückkehre und merke, ich kann nicht mit ihnen leben? Wenn ich mir fehl am Platze vorkomme in diesem Haus und einfach abhaue in die Walachei? Im Traum sah er immer wieder Traitscho, Traitscho Babaschov und Maria, immer Maria, überall Maria …

Die Feuchtigkeit in den Gräben zehrte an den Männern, die Suppe und das Brot sättigten sie nicht, sie waren dauernd hungrig. Die Läuse peinigten sie und brachten sie um den Verstand. Der ganze Körper juckte sie bis aufs Blut, sie kratzten sich nachts bis zur Erschöpfung und konnten an nichts anderes mehr denken. Da besann sich schließlich Oberleutnant Dimkov, der nicht nur die Kriegskunst erlernt hatte, sondern auch die geheime Sprache der Natur, und befahl ihnen, hinter den Schützengräben eine flache Grube auszuheben. Dann ordnete er an, sie sollten sich nackt ausziehen, so wie Mutter Natur sie geschaffen hatte, und ihre Kleider in die Grube werfen und sie zuschütten. Er erklärte ihnen, dass die fleißigen Ameisen ihre kriegswichtigen Kleidungsstücke von allen Nissen, Läusen und sonstigen Parasiten leerfressen würden. Einhundertundzwanzig Männer gingen voller Scham und Unbehagen an die Ausführung des Befehls. Bald lachte die Herbstsonne über ihre weiße, wehrlose Nacktheit und hüllte sie in ihre Wärme, der Wind blies weich und flüsternd, Wachteln meldeten sich.

Auf einmal ging ein Warnschuss los, es wurde Alarm geblasen. Verschlafen torkelten die Soldaten aus ihren Kojen, rannten hin und her, suchten ihre Gewehre und Patronentaschen, die Pferde wieherten. Vorgebeugt und seltsam grau, näherte sich die türkische Einheit. Da sah Oberleutnant Dimkov keinen anderen Ausweg mehr, zog seinen Säbel, zerschnitt damit die allgemeine Kopflosigkeit und brüllte blass und abgemagert inmitten pfeifender Kugeln: »Mir nach, Männer, Bajonette bereit, es geht aufs Messer!« Einhundertundzwanzig Mann sprangen splitternackt auf und stürzten den Türken über die rauchende Erde entgegen. Die hielten an, glaubten, Gespenster zu sehen, stutzten verwirrt. Was war denn das? Eine unbekannte Kriegslist? Eine Horde Barbaren? Naturgeister? Sie waren so vollkommen verwirrt, dass die Angst leichtes Spiel hatte mit ihnen, und so wendeten sie scharf und gaben Fersengeld …

In der Nacht spannte sich der Himmel, als wäre er aus feinstem Linon. Es regnete Sternschnuppen. Die Ameisen waren satt, ihre Kleider vollkommen gereinigt. Sie schliefen wie gebadete Babys. Am Morgen kam der Kommandant zu ihnen, überschüttete sie mit seinem Lachen und nannte sie »nackte Kompanie«. Als solche gingen sie in die Geschichte ein, die gerade begonnen hatte. Es ging los, Herr im Himmel …

8

Die verlassene Bauruine der Herberge drückte Ilija so sehr aufs Gemüt wie den Soldatenfrauen der Krieg und die Ungewissheit. Diese eingefallene Rohbauruine verunstaltete den Hof einfach. Regen prasselte zischend in die Kalkgrube. In dem Haufen mit den ausgebackenen Mörtelblöcken hatte sich ein blutrünstiger Iltis eingenistet, der die Hühner erwürgte – flink wie ein Wiesel und bissfreudig wie eine Giftschlange. Ob zu Hause, in der Kirche oder in der Kneipe – Ilija dachte ununterbrochen darüber nach, was mit diesem Bau zu machen sei. Er schaute erwartungsvoll bald auf Jana, bald auf seine Mutter – doch die beiden schienen eins geworden zu sein in ihrer Schlaflosigkeit und ihren fruchtlosen Gebeten. Jetzt saß er, Ilija, der Hausikone gegenüber am Kopfende des Tisches; jetzt wurde ihm zuerst aufgetan – und niemand begann mit dem Essen, bevor er nicht von der Arbeit in der Kneipe zurück war. An diese Respektsbezeugungen gewöhnte er sich rasch und gern.

»Wie geht's der Kleinen?«, fragte er mit schwerer Zunge.

»Gut geht's ihr, nur die Zähnchen tun ihr weh. Ansonsten plappern wir schön miteinander.«

»Ich habe eine Ladung Kartoffeln gekauft. Todor wird sie am Nachmittag herankarren. Bei dieser Teuerung …«

»Mama und ich werden zu Hause sein, wenn er kommt«, erwiderte Jana und richtete verlegen ihren Rock. Über Jordan wurde nicht gesprochen, so, als gäbe es ihn überhaupt nicht oder als hätten sie ihn vergessen. Sein Bild hing neben dem ewigen Licht, und jedes Mal, wenn Ilija seinem Blick begegnete, der schwer war wie eine Faust, wendete er die Augen ab. Jordan war irgendwie weder lebendig noch tot. Der letzte Brief von ihm lag schon lange zurück. Jana hatte danach zwei Tage lang geweint. Die alte Petruniza hatte sich nur bekreuzigt und still gesagt: »Dem Herrn sind alle unsere Wege anbefohlen, er weiß, was er tut.«

Die Läden aus Eichenholz knarrten, wenn Ilija wie gewohnt um neun Uhr die Kneipe öffnete. Er rückte die Stühle zurecht und zündete sich hinter der Theke eine Zigarette an. Die Kundschaft tröpfelte zäh. Es gab einfach so gut wie keine Männer in der Stadt, die beim sauren Wein ihre Zeit mit etwas Kneipentheater vergeudeten, und die Alten und die Kleinbürger schauten höchstens mal für eine Stunde vorbei, um sich kurz zu treffen und über den Krieg zu debattieren. Ilija hörte eine Weile zu, dann versank er wieder in Gedanken. Er hatte schon längst aufgehört, mit Gott zu ringen. Politik interessierte ihn nicht. Und das Geld – floss spärlich und war rasch gezählt. Er war auf gewisse Weise glücklich, denn seit Jordans Fortgang betrieb er endlich etwas auf eigene Verantwortung und konnte sich darin verwirklichen. Er fühlte, wie ihn das stärkte, und wie sein Kopf gleichsam größer zu werden schien.

Die späte Herbstsonne durchbrach den Zigarettenrauch; die Gaststube glich einem Aquarium, in dem Gedanken und Erinnerungen schwammen wie transparente Fische. Als Kind hatte er es geliebt, von der Mauer der alten Burg Baba Wida in die ruhigen Wasser der Donau zu springen. Dort tauchte er auf den Grund, hielt sich an irgendeiner Wurzel fest und schaute nach oben. Der Himmel über ihm sah trübe und flach aus. Er blieb so lange unter Wasser, bis ihm die Luft ausging und seine Lungen zu platzen drohten. Er erlebte diesen Moment voller Erregung, zugleich erschrocken und begeistert. Dort auf dem Grund fühlte er Einsamkeit, und mit wachsendem Schwindel wurde ihm bewusst, dass er nur hier, wo er sich aus freiem Entschluss ersäufen konnte oder auch nicht, wirklich frei war. Nun aber, erstarrt hinter dem Tresen, verspürte er die Einsamkeit als wütenden Dämon. Überall lasteten hier das Wort und die Hand seines Bruders, hier hatte Jordan ihn mit einem Blick zerquetscht, und nun? Nun war er allein hier. Er geriet ins Träumen, der Tag verlor seine Konturen und füllte sich mit Gesichten; seltsame Ahnungen hingen in der verräucherten Luft. Ilija konnte den genauen Sinn dessen, was er da sah, nicht deuten, doch eines verstand er sehr wohl: Es gab niemanden mehr, der ihn aufhalten konnte. Seine Augen füllten sich im Augenblick dieser Erkenntnis mit derselben Art von Tränen, mit denen sich Jordans Augen gefüllt hatten, als er sich bewusstgeworden war, dass der alte Assen nicht mehr da war, um ihn in die Schranken zu weisen. Bruder, hörte Ilija sich in Gedanken sagen, während er einen Kilometer mit Jordans Kompanie mitmarschierte, wer bin ich nur ohne dich, was werde ich jetzt machen ohne dich? Jordan hatte keine Zeit, um sich damit zu befassen, und gebot Ilija mit finsterem Ausdruck, ihn allein weitermarschieren zu lassen. Die Luft brodelte vor Stimmen, Blumenduft und dem Trappeln und Knarren der Pferdewagen.

Rechts dehnten sich die Widiner Weinberge, und links kroch, blendend in ihrer Herrlichkeit, die Donau. »Kümmere dich um alle«, sagte Jordan noch und schaute ihm zum letzten Mal ins Gesicht. Ilija blieb zurück, setzte sich auf einen Stein und versuchte, sich den Kopf von den Schultern zu reißen. Ihm war fürchterlich ums Herz, alles tat ihm weh, seine Finger krampften sich zusammen. Nicht einmal als Soldat hatten sie ihn haben wollen.

»Ich war gerade in Gedanken woanders«, sagte er dem fragenden Blick eines Gastes, der auf seinen Wein wartete, und schenkte nach.

9

Zum ersten Mal betrat er das Haus seines Bruders Panto. Der festliche Kronleuchter schaukelte über seinem Kopf, die Wiener Möbel schienen verstohlen über ihn zu lachen. Das Licht hatte Mühe, sich seinen Weg durch die schweren Plüschvorhänge zu bahnen, und nahm die Farbe von Sauerkirschkompott an. Ilija hatte sich hingesetzt, fühlte sich aber so, als stünde er noch immer, wie ein Angeklagter, dem das Urteil verkündet wurde.

»Ich weiß, dass es so gut wie unmöglich ist, und ich habe auch nicht vergessen, dass Krieg herrscht«, begann er untertänig, »aber wenn ich sehe, wie der Bau verfällt ... Ich möchte mit Panto sprechen und mir Rat holen.«

»Panto?«, unterbrach ihn Gina bissig. »Von dem findest du hier nur die Wäsche und das Deckbett. Der Rest von ihm weilt bei den Babaschovs.«

»Ich rede von dem Gasthof.«

»Morgens traktieren sie die Karten, mittags wird zusammen gespeist. Er hat sein eigenes Kind schon eine Woche nicht gesehen. Immer ist er beschäftigt, immer rechnet er irgendetwas mit Babaschov nach – nur kommt am Ende nichts dabei heraus! Und von dem willst du Rat? Der braucht selber Rat.«

Gina lachte nervös auf. Es sah aus, als verscheuche sie den dünnen Lichtstrahl aus dem Salon. Sie strickte mit zwei Nadeln, dennoch gelang es ihr nicht, ihre Verärgerung mit dem Faden in die Maschen einzustricken. Sie hatte ihr Haar gerade aufgedreht; im Kohlebecken lag noch der eiserne Lockenstab und kühlte aus. Sie schaute Ilija ins Gesicht. Ihr fiel auf, dass er anders aussah; seine Züge waren männlicher geworden. Seine Augen verströmten eine unerschöpfliche Kraft. Das lange und beredte Schweigen erhöhte noch das plötzlich zwischen ihnen entstandene Vertrauen. Gina hüstelte. Überraschend für sich selbst überwand sie ihre Verachtung für Ilijas einfache Herkunft und begann zu reden. Sie sagte Dinge, die sie ihrem Vater nie gebeichtet hätte, weil dieser fähig war, Panto zu verjagen. Richtige Freundinnen hatte sie auch nicht, und Panto selbst lächelte nur wohlwollend, war mit allem einverstanden und – änderte nichts.

»Ich habe ihm Geld verschafft, viel Geld – schau nur mal in seine Garderobe, da hängen die Anzüge wie die Edelsalamis, dann versorge und erziehe ich seinen Sohn ... Und was habe ich davon?«

Auf einmal wurde ihr bewusst, dass sie mit diesem Bekenntnis ihre Würde verloren hatte, auf dieselbe Weise, wie man einen Besitz verliert. Sie machte sich Vorwürfe wegen dieser momentanen Schwäche, doch als sie Ilija ansah, erblickte sie in dessen Augen nur Respekt; auch er wusste einige Dinge zu würdigen. Er trommelte mit den Fingern auf den lackierten Tisch. Er war so groß wie sein Anzug und genauso linkisch und unbeholfen, wie er darin aussah. Gina bemerkte, dass Ilija zwar im Ganzen missgebildet, die Züge seines Gesichtes selbst jedoch schön und ebenmäßig waren. Der Gedanke, dass sie einander glichen, ließ sie zusammenzucken. Sie wendete den Kopf und rief zur Küche:

»Zwetana! *Deux cafés* mit Biskuit.«

»Panto tut nicht recht an dem, was er tut!«, ermunterte Ilija sie versonnen.

Der Krieg verlangte einen ganzen Mann – oder Zynismus. Panto sah weichlicher und begeisterter aus denn je. Es gefiel ihm, über die Belagerung von Edirne zu fachsimpeln. Die Überschriften in der Zeitung *Der Morgen* füllten seine Augen mit Tränen – und schon musste er wieder zu den Babaschovs eilen, um ihnen diese Ungeheuerlichkeiten nicht vorzuenthalten. Bai Trifon versuchte, durch sinnlose Bestrafung der Schreiber die wacklige Ordnung in der Bank aufrechtzuerhalten. Was brachte der Krieg, fragte sich Gina. Reichtum oder Ruin? Ihr Vater zum Beispiel hatte seine zweite Mühle fertig gebaut und weitere zwanzig Hektar fruchtbares Ackerland dazugekauft; Panto hingegen wurde immer zerstreuter und immer hübscher.

»Nein, er tut nicht recht!«, erwiderte sie Ilija wie ein Echo.

Zwetana kam mit dem Kaffee herein. Von der Straße war die Stimme Zotschos zu hören: »Saaalep, Saaalepschleim, Leute, das reiiiinste Elixier für die Seele!«

»Jetzt zum Beispiel«, begann Ilija unsicher, »schaue ich zu, wie der Regen die Stützstreben auswäscht. Die Kalkgrube hat sich in einen Froschteich verwandelt. Die Baustelle sieht wie eine offene Gruft aus. Das ist Sünde, Sünde ist das!«

»Dein Bruder ist ein gesichtsloser Mensch. Papa hat mich rechtzeitig gewarnt, aber ich …«

»Jordan hat etwas begonnen, jemand muss das fertig machen.«

»Sein Sohn kommt schon aufs Gymnasium, aber er zeigt keinerlei Veränderung.«

Zwei beinahe identische Seufzer bekräftigten ihr wortloses Einverständnis. Und als wäre dies nicht genug, krähte der Hahn des Nachbarn.

Ilija reckte sich in seinem Sessel. Die verblüffende Nähe zwischen Gina und ihm kitzelte sein Ego. Er hatte nicht die geringste Lust, zu gehen, aber er konnte auch nicht bleiben. Gina nahm die Papierchen aus ihren aufgewickelten Locken. Sie wollte *nicht* hierbleiben, aber wohin sollte sie gehen? Sie erinnerte sich, wie der starke Knecht ihres Vaters, der sie auf ihren Ausgängen begleitete, seinen Stock schwang und damit den Blumen die Köpfe abschlug. Dann ließen sie die Zügel schießen, die Bauern nahmen ihre Fellmützen ab vor der vorüberschießenden Kutsche, die Frauen bekreuzigten und verbeugten sich – sogar der Wind senkte sich und umschmeichelte ihre Beine. Worüber herrschte sie denn jetzt? Unbewusst fasste sie Ilija genauer ins Auge. Ja, wie sie sich nur ähnelten! Beide hässlich, einsam und ausgehungert nach Veränderung. Der Gedanke, der ihr plötzlich durch den Kopf schoss, war erschreckend. In ihrem Unterleib zog sich etwas zusammen.

Zwetana schrie laut auf, bald darauf stürzte sie, bleich und erschreckt, in den Salon.

»Gnädige Frau«, stotterte sie atemlos, »Goscho will sehen, was bei mir unter dem Rock ist …«

10

Die Stimmen der Sanitäter kamen von links. Er ächzte. Sein Röcheln klang so unheilvoll wie der Ruf eines Nachtvogels. Sie kamen näher. Arme griffen nach ihm, knöpften seinen Uniformmantel auf.

»Der ist ja gar nicht verwundet.«

»Aber blau angelaufen.«

»Vorsicht, das ist Cholera!«

Angeekelt sprangen sie zurück, wollten weglaufen, aber dann ... Sie mussten doch ihre Pflicht tun.

Im Lazarett flößten sie ihm eine Flüssigkeit mit unangenehmem Geschmack ein. Seine Kiefer waren wie versteinert. Er hatte seinen eigenen Schrei verschluckt. Er roch penetrant nach Karbol und nach Chlorkalk. Das Gesicht des Arztes wurde so groß wie das ganze Zimmer; der Ärmel seines weißen Kittels war voller Blut.

»Hörst du mich?« Seine Stimme hallte wider wie ein Gong. »Kannst du meine Finger sehen?«

Jordan war vollkommen ausgetrocknet, alles war ihm gleich. Von überall strömte gleichmäßiges Licht, ja er selbst spürte, wie er ein totes gelbes Licht ausstrahlte, ähnlich den Heiligen, wie sie in der Widiner Kirche gemalt waren. In seinem Bauch lag eine schwere schleimige Dunkelheit.

»Der andere ist gestorben ...«

»Tragt ihn raus, und den hier ... zu den hoffnungslosen Fällen!«

Durch das Fenster lugte der Morgen. Ein aufgeplusterter Spatz trippelte auf seinen dünnen Beinchen übers Fensterbrett, stöhnte mit menschlicher Stimme. Jordan holte aus und trieb das Messer in Traitschos Brust, Maria schrie auf, blutüberströmt, Jana zog ihr Hemd aus, damit er die Flagge ihrer Jungfräulichkeit hissen konnte, ja, zu Hause, ja, gebeugt über die alte Petruniza, die, ja, starb in seinen Armen. Ich werde sie errichten, diese Herberge, stöhnte Jordan, wie eine Kirche werd' ich ... Die Wände wurden kalkweiß, dann rieselte es, bröckelte, dann stürzte alles zusammen zu Schutt und Asche.

»Mann, was für ein Nacken! Wie ein Schraubstock hält der seine Kiefer zusammen.« Sie schütteten die Arznei in einen leeren Eimer. »Schau mal, der weint.«

»Puh, das hält ja kein Mensch für möglich, diesen Gestank! Das sollte seine Mutter mal riechen!«

Jordan hatte sich in der Zeit verloren, und die Zeit hatte sich in ihm versteckt. Jetzt konnte er das Fenster deutlich erkennen, das staubige Fensterglas war trüb wie das Auge eines uralten Menschen und stöhnte mit menschlicher Stimme. Er spannte sich an und erhob sich – es waren viele, er wollte sie nicht »Menschen« nennen, so zusammengekrampft und gesichtslos auf dem nassen Heu. Sanitäter trugen die Leichen hinaus oder vielmehr: zogen sie hinter sich her wie gefällte Bäume. Jemand sprach über den Krieg, oder über seine Frau? – einerlei!

»Herrgott, wo bin ich?« Jordan erkannte kaum seine Stimme. Er begriff, dass er lebte, weil er spürte, wie hungrig er war.

11

Der Wind kam vom Fluss und strich durch die umliegenden Weinberge. Vor dem gekalkten Häuschen standen Stühle, der Schatten der Walnuss war kühl wie eine Quellmulde. Bienen summten, Schmetterlinge verbreiteten Sorglosigkeit. Es roch nach jungem Grün und geknickter Brennnessel.

Christo horchte in diese Ruhe hinein, die seiner Seele wohltat. Elena schwieg unter der breiten Krempe ihres Hutes. Anwalt Kamenov, ihr Vater, tauchte mit offenem Hemd und aufgekrempelten Ärmeln ab und zu zwischen den Weinstöcken auf. Elena sah wundervoll aus. Eine unerklärliche Melancholie lag in ihren Mandelaugen. Sie hatten über Turgenjev gesprochen. Christo begeisterte sich über dessen Helden Insarov, ja, er beneidete ihn; er wollte auch dergleichen erleben – voll wehmütiger Tragik und schmerzlicher Einmaligkeit.

»Haben Sie noch keinen Brief von Ihrem Bruder bekommen? Der Krieg ist doch längst vorbei, nicht wahr?«

»Sie warten auf die Demobilisierung, mein Fräulein, aber sie sind schon außerhalb von Edirne.«

»Na, Gott sei Dank!« Sie hatte den Blick in die Ferne geheftet und sah durchsichtig wie die Luft aus, als gehöre sie zu einem unvollendeten Gemälde. In solchen Momenten fühlte er sich überflüssig, und da er nicht wusste, was er dagegen tun sollte, ereiferte er sich über die schlechte Politik des ehemaligen Fürsten Ferdinand, der sich 1908, in dem Jahr, in dem Bulgarien endgültig unabhängig vom Osmanischen Reich geworden war, zum Zaren hatte ernennen lassen. Ohne es zu wollen, begann er zu langweilen.

»Ich sehe die Menschen in Farben«, hatte ihm Elena gesagt. »Ihr Bruder Jordan ist tiefrot, Sie sind orange, ich bin blassgelb … Manchmal treffe ich auch schwarze Menschen. Alle Kinder sind grün.« Ihre Stimme wurde seltsam leise. Christo lachte:

»Und was bedeutet das, orange zu sein?«

»Ich weiß nicht. Es ist so einfach, dass man es unmöglich erklären kann.« Bei diesen Worten drehte sie sich unmerklich von ihm weg, aber es genügte, um für ihn unberührbar zu werden. Ihre Fähigkeit, unbewusst zu verletzen, machte ihn sprachlos. Er hatte sich einen gestreiften englischen Anzug mit Weste gekauft und einen flämischen Malerhut; darin fühlte er sich ungezwungen, fast wie ein Bohemien. Elena lachte über seine Eitelkeit und bemerkte, er sähe schon fast wie sein Bruder Panto aus. In ihrer Gegenwart barst Christo vor fürsorglicher Zärtlichkeit. Auf einmal spürte er, dass für den Liebenden zurückgehaltene Zärtlichkeit schwerer wiegt als Hass oder bittere Armut. Wenn er nicht mit ihr zusammen war, konnte er kaum einschlafen und wachte morgens zerschlagen auf. Ist denn das Glück nur Schmerz?, fragte er sich gequält. Nur Jana merkte, was mit ihm los war, und wusch seine Hemden mit Minze, bügelte seine Hosen jeden Tag und brühte ihm bitteren Tee auf.

»Man gewöhnt sich daran«, sagte sie ihm einmal, »mit der Zeit wird es leichter.«

Christo war auch ein Weltschev, und so machte ihm die Ungeduld schwer zu schaffen. Solange er mit Elena zusammen war, raste die Zeit, nur um danach stehenzubleiben. Andauernd war jemand um sie herum. Im Lehrerzimmer erzählten die Kollegen geschmacklose Anekdoten, im Stadtpark waren durch das Marineorchester immer Schaulustige zur Stelle. Auf der Straße folgten ihnen die Leute mit schweigender Neugier im Blick. Und so fand er für sein Geständnis nie einen Ruhepunkt, weil alles in ihm schwankte wie das Pendel einer Uhr.

Schließlich gab er sich einen Ruck, sagte leise: »Sie sind schöner als Helena!«, und war verblüfft über seine eigene Einfalt.

»Als welche Helena?«, fragte sie errötend.

»Als die von … Insarov.« Er hätte heulen können. Die Blätter der Walnuss raschelten. Gott sei Dank näherte sich ihnen Anwalt Kamenov, lächelnd. Sein langer Bart verlieh ihm eine unnatürliche Heiligkeit.

»Da haben Sie aber nicht recht, Herr Weltschev«, begann er rhetorisch. »Wir haben Süd-Thrakien eingenommen, Nord-Bulgarien, sind bis Edirne vorgedrungen. Leider hat Ferdinand dann zu feilschen begonnen, und das bedeutet: Der Krieg wird wieder losgehen, das wird uns von der ganzen Freude bleiben.«

»Ferdinand wird klein beigeben, die Bündnispartner werden ihn schon zwingen.« Christo schluckte seine bittere Spucke herunter.

»Bündnispartner?« Kamenov lachte spöttisch auf. »Da sind Sie aber entweder sehr naiv oder sehr jung – oder beides. Drei Hunde haben sich gegen den größten Köter zusammengetan und den Knochen erbeutet. Meinen Sie, der wird jetzt brüderlich und in Frieden geteilt?«

Elena stand auf, entfernte sich langsam, und der tiefe Schatten der Walnuss wurde noch länger. Sie lachte irgendwie seltsam, als ihre schlanke Gestalt zwischen den Rebenzeilen verschwand.

12

Das Trappeln der Hufe verstärkte die Ungeduld bei allen dreien. Der Fluss strömte still dahin, das Unkraut schlug gegen die Räder der neuen Kutsche. Saurer Schweißgeruch stieg ihnen vom glänzenden Hinterteil des Pferdes in die Nasen. Ja, kurz ist das Leben, doch ewig ist der Genuss, dachte Panto begeistert.

»Ach, was für ein angenehmes Lüftchen entsteht, wenn Sie ihm so die Zügel geben«, plapperte Frau Dora und hielt mit der Hand den Rand ihres Hutes fest. Boshura saß neben ihr und hielt die Peitsche. Sie glich einer aufreizenden Dompteuse mit ihren vollen Lippen und üppigen Brüsten. Das Pferd spürte wohl die Größe des Augenblicks, spannte die Führleine und trabte hangabwärts.

Sie erreichten das kleine Fachwerkhaus in den Weinbergen gegen halb elf, trugen Tisch und Stühle hinaus und merkten sofort, dass sie hier eigentlich gar nichts zu tun hatten. Boshura schaute träge ins Dickicht, als sähe sie dort ein Zeichen, Panto zielte auf die Krähen, und Frau Dora überschlug den Wert dieser zwei Hektar Wein und lächelte kokett.

»In Ungarn, wo ich fünf Jahre gelebt habe, schneiden sie den Wein später als hier.« Die Worte kamen ihr zögernd über die Lippen, als wären es Kinder, denen sie ein Märchen erzählte. »Ihre Sprache ist schwer. Wenn sie redeten, hatte ich den Eindruck, ich höre die Mühle meines Onkels.«

»Das stimmt wohl«, gähnte Panto.

»Und ihr beiden«, zwinkerte Frau Dora Panto und Boshura zu und räkelte sich der besseren Anschaulichkeit halber, »warum geht ihr nicht ein bisschen spazieren bei dieser Luft?«

»Äh, nun ...«, stotterte Panto und verschluckte seine Spucke. Der Hengst weidete vor dem Häuschen, schwarz wie die Hölle.

Boshura erhob sich aus ihrem Stuhl, als hätte sie nur auf dieses Signal gewartet. Sie wirkte nervös, pflückte Gräser und kaute darauf; Panto atmete schwer. Die Worte wollten ihm nicht kommen, die Anzugjacke kratzte ihn im Nacken, als wäre sie aus ungehobeltem Holz. Und während er über die platonische Liebe schwadronierte, schlugen ihre Körper bereits den Weg ins Gebüsch ein.

»Der Mensch muss Geduld haben, mein Fräulein«, sagte er unsicher, »diese Philosophie ist mir immer sehr zupass gekommen.« Zärtlichkeit und eine angenehme Melancholie stiegen in ihm auf; eine Erinnerung aus der Kindheit flog ihn an: Sein Vater hatte einmal eine Ansichtskarte bekommen, auf der Othello zu sehen war, wie er – dunkel und mächtig – Desdemona erwürgte, die so weit entblößt war, wie es der Anstand gerade eben noch zuließ, und in opernhaftem Entsetzen ihre dicken Arme ausstreckte.

»Dürfte ich mal ins Medaillon schauen?«, flüsterte Panto, was ihm die Gelegenheit gab, in ihr Dekolletee zu greifen und scheinbar zufällig über ihre Brüste zu streicheln. Sie fühlten sich märchenhaft an, so stramm und fest. Er fürchtete, sie könne ihn mit einer Ohrfeige stoppen, doch Fehlanzeige. Boshura lachte nur nervös auf und umarmte ihn sofort.

»Geduld soll man schon haben, Herr Weltschev, aber man soll es damit auch nicht übertreiben ...«

Seine andere Hand glitt unter ihr Kleid und verfing sich in ihren Strapsen. Er warf sie rüde ins Gras. Ihre Röcke raschelten, als er sie ihr über die Brüste warf. Nun keuchte sie. Ihm reichte die Luft nicht, um sie zu küssen; so tastete er nach der feuchten Stelle zwischen ihren Schenkeln und drang in sie ein. Zu seinem großen Erstaunen war Boshura keine Jungfrau mehr … Um sie her summten die Bienen. Vertrocknete Halme stachen Boshura ins Haar. Träge Wolken säumten den Himmel. Der Wind warf Samen über die Erde. Wie lange und wie oft Panto auch in sie eindrang – es empfing ihn nur Unendlichkeit. Boshura glich einem leeren Brunnen, und Panto empfand Eifersucht. Sie taten einander weh. Keuchten. Empfanden keine Zärtlichkeit mehr, keine Liebe, nur fleischliche Gier und Lust. Kurz vor dem Höhepunkt zog Panto sich aus ihr zurück, und jeder ergoss sich in seine eigene Befriedigung. Irgendwann, es musste schon weit nach Mittag sein, küsste Boshura ihn in all ihrer Unfassbarkeit und befriedigten Zerstreuung aufs Ohr und flüsterte: »Genug jetzt!« Die Lust hatte sie besänftigt.

Sie standen auf. Panto mit einer diffusen Angst im Herzen und bedrückend sentimental; Boshura derangiert, aber sehr zufrieden. Schweigend klopften sie sich die Kleider ab. Es roch nach Sumpf.

»Was für eine Schwäche ist doch die Liebe, was für Hoffnungen sie schürt …«, sagte Panto benommen.

»Oh, ja …«, erwiderte Boshura unbestimmt. Dann machten sie sich auf den Rückweg. Als sie fast angekommen waren, zeigte der Schatten des Häuschens genau auf Pantos Herz. Dora schlief. Sie schlief irgendwie übertrieben tief und lächelte dabei verschlagen.

13

Von der alten Petruniza schienen nur noch die Augen übrig geblieben zu sein, so war sie zusammengeschrumpft; doch mit diesen Augen verfolgte sie wie die Unsterblichkeit selbst alles: den schleppenden Verlauf des Krieges, die wachsende Selbstsicherheit Ilijas und die Sünde ihres Mannes, die – wie es im Alten Testament der Bibel hieß – offenbar weiterwirkte bis ins dritte und vierte Glied.

»Mama«, ermahnte Jana sie, »wann ruhst du dich denn mal aus?«

Sie selbst war nach der Geburt ihres Sohnes noch schöner geworden. Diese beschwingte Leichtigkeit in ihrem Gang war betörend. Ihre Sehnsucht nach Jordan hob ihre Weiblichkeit derart hervor, als würde sie hier und jetzt Nacht für Nacht mit ihm Liebe machen und dann müde in seinen Armen einschlafen.

»Wohin gehst du?«

»Ausklopfen.« Mit dem Teppichklopfer vertrieb sie nebenbei auch die Tauben aus dem Hof, und die Alte dachte argwöhnisch: Sie geht wirklich in den Hof und klopft tatsächlich die Teppiche aus. Hilflos in ihrem Misstrauen nickte Petruniza ein. Die Töpfe und Kupferkessel blitzten, die Schüsselchen waren immer gespült, die Bodenbretter hatten vom vielen Scheuern schon einen wächsernen Glanz angenommen, und der kleine Assen schnalzte im Schlaf mit den Lippen. Die Stube verblödete regelrecht vor Sauberkeit und Ordnung.

»Genug jetzt mit dem Teppich- und Deckenwaschen, heute ist Sonntag.«

»Bis zur Kirche ist noch Zeit«, erwiderte Jana und wiegte die Milch in ihrem Busen. Nicht nur Assen, auch die kleine Petruna trank noch. Jana spritzte ihr die Milch auf eine Scheibe Brot.

Es ist Sünde, Herr, mich so mit Misstrauen zu füllen, dachte Petruniza verwirrt, Jordan kommt doch wieder, oder?

Jana spürte natürlich, wie sie von der Alten beäugt wurde. Sie zog nur alte Kleider an, kämmte ihr Haar so unweiblich wie möglich und verbarg ihre Augen, indem sie nur zu Boden schaute. Alles vergeblich! Die Männer auf der Geschäftsstraße drehten sich nach ihr um, seufzten oder lächelten einladend in ihrem Verlangen, dies Blümchen zu brechen, das so scheu seine Brüste verdeckte. Wie sollte der Mensch so etwas auch begreifen, so eine Insichgekehrtheit bei solcher Schönheit?

Jana bewahrte die kurzen Briefe Jordans in der Wiege Assens auf, der vergnügt an dem blauen Schleifenband saugte, mit dem sie sie zusammengebunden hatte. Als Jordan eingezogen wurde, hatten sie erst wenig mehr als ein Jahr zusammengelebt; nun existierte er irgendwo, weiterhin niemandem zugehörig. Sie wusste nicht, ob dieser süße Schmerz in ihrer Brust Liebe war, doch er war unerträglicher als das Warten und qualvoller als die Ungewissheit. Sie entkleidete sich furchtsam und immer im Dunkeln, hörte das Trippeln der Mäuse auf dem Dachboden. Bevor sie sich schlafen legte, zog sie die Wiege Assens zu sich, ein Glas Wasser, die kleine Petruna und die Gottesmutter. So sehr sie die Wiederkehr ihres Mannes ersehnte, so sehr fürchtete sie sich auch davor. Jordan wuchs in die Dunkelheit hinein, drückte sie mit seinem Blick an die Wand, schwieg. Ja, sie war eine Soldatenfrau, ein Allesundnichts, ein Pferd ohne Sattel, auf dem zu reiten die Männer reizte. Um sich zu schützen, schnitt Jana ihren langen Zopf ab, wickelte ihn in Packpapier und ging los, um ihn in den Fluss zu werfen. Vor dem Restaurant »Neptun« traf sie Gold-Petkos Tochter Maria, die ihr zulächelte. Zwischen ihnen entstand jenes weibliche Einverständnis, das sich nicht verliert.

»So steht es dir besser, Frau Weltscheva«, sagte sie und streute den Schatten ihres Sonnenschirms über sie. »Komm mich doch mal besuchen, ich zeig dir ein neues Spitzenmuster.« Das war natürlich ein völlig an den Haaren herbeigezogener Grund, aber das spielte auch keine Rolle für das, was sie Jana damit andeutete. Nun lächelten beide, denn etwas Gemeinsames verband sie. Der Tag war sonnig und lau, weit hinter ihnen gähnte die Bauruine der Herberge.

»Wohin gehst du?«, fragte die alte Petruniza.

»Zu Gold-Petko, Öl holen, Mutter.«

Maria und sie setzten sich ins Empfangszimmer und tranken Tee. Dabei sprachen sie nicht; es sah aber auch nicht so aus, als ob sie schwiegen. Sie waren einander nah und doch merkwürdig fremd – eine seltsame Verbindung. Gold-Petko duldete sie mit zusammengebissenen Zähnen. Was haben die beiden da miteinander zu tun? Weder ein gemeinsames Zuhause noch gemeinsame Freuden verbinden sie … Oder vielleicht der Krieg?

14

Nach drei Monaten war Jordan aus dem Dämmer seiner Krankheit erwacht, doch die Cholera hatte ihn verändert. Er war jetzt ein anderer geworden, zahmer, so, als hätte ein Allmächtiger ihn noch einmal geboren. Seine Rückkehr ins Leben wurde mit großem Hallo aufgenommen. Der Schlaffe Kosta fing einen Wildhasen in einer Schlinge, Shdrigo organisierte von irgendwoher eine Flasche Anisschnaps, Bai Joto beschlug ihm die Schuhe neu, um der Schnelligkeit seiner Schritte und seiner Courage aufzuhelfen. Jordan erzählte nichts. Er hatte Zärtlichkeiten mit jener Hure namens Tod ausgetauscht, und die hatte ihm seine Kraft geraubt.

Der Krieg wollte nicht enden, und das Heer, das siegreiche Heer, schleppte sich nach Westen. Die Sommerlandschaft zog sich weit hin wie ein Erntelied. Wachteln und Rebhühner flogen aus den Stoppelfeldern auf, und das Heer zog weiter, immer weiter nach Westen. Der Schmerz, am Leben zu sein, wollte nicht enden; er wurde durch die kleinste Kleinigkeit geweckt, durch irgendein hingeworfenes Wort, von der Pelerine des Kommandanten, der dünnen Kommisssuppe oder dem Zirpen der Grillen. Vom Himmel fiel eine Sternschnuppe und hinterließ eine Spur, als hätte jemand mit dem Fingernagel übers Firmament gekratzt. Jemandes Weinen über seine untreue Frau stieg ihnen ins Ohr, aber dieser Jemand war schon tot. Die Wachtposten riefen einander in der Dunkelheit Worte zu wie Nachtvögel.

Jordan setzte sich in die Sonne und lachte übers ganze Gesicht. Er berührte mit den Fingern irgendein Blümchen und freute sich daran wie wild – die anderen wollten ihren Augen nicht trauen. Feldwebel Welitschkov versuchte ihn zu provozieren, indem er ihn anhielt, ihm die Stiefel zu wienern; dann erlegte er ihm als Strafe auf, mit seiner gesamten Ausrüstung in der Sonne zu stehen, kurz, erniedrigte ihn auf jede nur denkbare Weise, aber Jordan erwiderte nur: »Verstanden, Herr Feldwebel … Zu Befehl, Herr Feldwebel!«

Diese Versöhnlichkeit alarmierte die Soldaten, gibt es doch nichts Wilderes und Hinterhältigeres als einen abgemagerten Wolf. Er gebärdet sich äußerlich wie ein braver Hund, doch in seinem Inneren wütet der Hunger wie ein Waldbrand. Die Männer fingen an, einen Bogen um Jordan zu machen oder ihm ganz auszuweichen, und grüßten ihn nur aus sicherer Entfernung. Jordan aber konnte den abgestandenen Geruch im Lazarett nicht vergessen, diese Mischung aus Erbrochenem, Karbol und Amputationssäge, nach Äther, eiternder Wunde und Schmerzenslauten. Er war zugleich dort – einsam, abgetrennt, eingelullt in die fiebernde Geschwätzigkeit der Cholera – und hier im Feld. Und der Tod hatte ihn so lange in seiner Umklammerung gehabt, dass er alles vergessen hatte: das Lachen Marias, das herunterhängende Hosenbein von Traitscho Babaschov, die dicken Finger von Gold-Petko, die wie geschaffen dazu waren, sich mit Zählketten abzugeben. Danach überraschte ihn, dass dem soeben beendeten Krieg mit der Türkei offenbar ein neuer Krieg im Westen, gegen Griechenland oder Serbien, bevorstand. Oder gegen die Rumänen? Aus den Verlautbarungen des Zaren wurde keiner so recht schlau. Alle sehnten sich nach Frieden, aber die bulgarischen Regimenter wurden unbarmherzig nach Westen abgezogen …

Gestern hatte er in der Sonne gesessen, geweint und sich anschließend die Tränen mit dem letzten Brief Janas abgewischt:

Mein Lieber,
jetzt sind wir schon zu viert. Dein Sohn Assen lässt dich grüßen! Er saugt kräftig, beißt ebenso kräftig und ist ein sehr rundes Baby. Du hast auch liebe Grüße von unserer Nachbarin Maria. Sie ist so schön und so gut! Sie betet für dich und hat für Assen ein Körbchen gekauft.

Ihm genügte es vollkommen, in der Sonne zu sitzen. Gott, verzeihe mir die Dummheit, von dir etwas zu wollen! Ist es unverschämt, wenn ich dich frage, wo der Sinn des Ganzen ist, dich mit der verfluchten Frage zu drangsalieren: WOZU? Ja, er würde nach Widin zurückkehren als ein gereifter, geduldiger und gemächlicher Mann, fähig zum Glück und unfähig, jedes Leid wie unter Zwang sofort mit einer Bosheit abreagieren zu müssen. *Warum? – Um zu leben.* Er würde die Herberge bis aufs Fundament einreißen, sich mit schlechtem Wein betrinken und einfach nur noch leben. Endlich – nach dieser furchtbaren Krankheit – hatte er sein Ziel gefunden: eine tiefe Beschaulichkeit. Nach der samstäglichen Wasserweihe, mit der sie rituell Gott und die Geister der Natur um gutes Gelingen baten, sangen sie heroische Soldatenlieder über die später sprichwörtlich gewordene Tapferkeit der »Bdinzi«, des Regimentes aus Widin. Die Felder senkten sich, der Wind erstarb, und der fremde Himmel über ihnen erzitterte.

Der Schlaffe Kosta wühlte in seinem Tornister nach einem Blatt und sagte: »Du hast noch Schatten vor den Augen.« Und bei sich dachte er: Das ist nur die Ruhe vor dem nächsten Sturm. Eines Tages wird er wieder durchdrehen! Jordan setzte sich in die Sonne, um einen Brief zu schreiben; er seufzte mit einem edlen Gefühl in der Brust, spuckte auf die Spitze des Stiftes und schrieb.

15

Gerade hatten sie ihre barbarische Angriffslust nebst der sie begleitenden Angst gebändigt, da … Aber noch wussten sie von nichts. Sie hatten die einzige Batterie, über die sie verfügten, hinter sich aufgebaut, man hatte ihnen befohlen, Position zu beziehen und Schützengräben auszuheben. Der Morgen erschien noch frisch und unschuldig im Bad des Vogelgesangs, die Feldflaschen tanzten gelassen unter den Gürteln, die Bajonette stachen in die Oktoberluft … Aber noch wussten sie von nichts. Im Westen sollte in Kürze die furchtbare Schlachterei mit den Serben und Griechen beginnen, von Süden würden die Türken vorstoßen, und von Norden die Rumänen die Dobrudscha, die nordbulgarische Ebene, überrennen; nur das Meer im Osten würde weiter in seiner wogenden Gleichmut rauschen.

Zweiter Balkankrieg, Krieg unter den kurz zuvor noch Verbündeten …

Die Zigeunerin Teofana goss Kugeln im wassergefüllten und mit Basilikum aromatisierten Kupferkesselchen und schaute mit erfahrenem Blick auf das erkaltende Blei. »Er lebt«, sagte sie zu Jonka, »er hat den Tod schon geküsst, darum flieht er jetzt den Schatten und sitzt viel in der Sonne.«

Die Erde dampfte magisch. Die Luft erzitterte unter dem Dröhnen der Geschütze. Der Himmel war nahe und tief wie der Tod. Dem Auge gelang es nur schwer, Kimme und Korn auf Linie zu bringen. Dann der komische Kitzel, bevor man auf den Abzug drückte. Die Feinde waren in erschreckender Überzahl. Gebeugt, als seien sie beim Pflügen, kamen sie voran. Jordan musste an die Mütter und Kinder seiner Feinde denken, und das hinderte ihn am Schießen. Hinter den vertrockneten Weiden krächzte das Maschinengewehr der Kompanie, dann explodierte eine Granate. Auf der rechten Flanke hatten die Serben bereits die Schützengräben erreicht.

Geschütze krachten, gefolgt von wilden Schreien. Der Schlaffe Kosta bekam einen Weinkrampf und machte sich in die Hose, Shdrigo ließ seine wüstesten Flüche los.

Je näher die gegnerischen Truppen kamen, desto mehr blendete der blanke Hass seinen Verstand. Er starb vor Ungeduld, sie endlich Auge in Auge bekämpfen zu können. In sich fühlte er wieder jenen täuschenden Größenwahn aufsteigen, gottgleich zu sein, denn wie Gott konnte er überlegen, welches Menschenleben er nun aufs Korn nahm. Wenn er überleben wollte, musste er töten, den Wunsch haben, zu töten.

Derweil leckte Jana ihren Teelöffel ab und sagte dankbar: »Schmeckt sehr gut, Ihre Konfitüre!«

Maria setzte sich in den bunten Schatten der Weinlaube. »Quitten muss man in feine Stifte reiben, damit das Bittere weggeht.« Gemächlich füllte sie Janas Tellerchen, während ihr Vater versunken mit seiner Zählkette klapperte und auf die gähnende Ruine der unvollendeten Herberge der Weltschevs starrte.

»Kompanie vorwärts … aufs Messer!«, brüllte der Kommandant und fiel gleich darauf mit durchstochener Kehle zu Boden. Jordan zwängte sich aus dem Dreck des Grabens und stürzte sich ins Unvermeidliche. Ein paar Dutzend Meter lief er allein, die anderen folgten ihm. Mit dem Gewehrkolben zertrümmerte er ein Gesicht, das keinen Namen hatte, dann stürmte er in furchtloser Schicksalsgewissheit weiter voran und hielt erst, als er das Bajonett in seiner Brust stecken sah. Es war bestialisch scharf, fast lebendig. Die Klinge brach ab, und er stürzte zwischen sich entfernenden Schritten zu Boden.

Das Blei floss noch einen kurzen Moment, dann erstarrte es. Teofana, die Zigeunerin, erfasste sofort die Form, die das Metall angenommen hatte, und schwor, dass die Kugel nie lüge. »Jetzt …«, sagte sie, »jetzt … in meinem Töpfchen … in meinen Händen … Jetzt ist er gestorben.«

Jonka stöhnte auf.

Wie ein Fluss sammelt die menschliche Seele Gestalten, Gesichte und Gedanken. Sie lebt – einfach nur, weil es sie gibt – durch die anderen Menschen, füllt sich mit ihnen und eint so das Chaos des Lebens. Wenn ein

Nahestehender stirbt, so sterben wir ein Stück weit mit ihm. Darin liegt die Kraft des Todes; das andere ist die Kraft des Lebens. Jonka wollte, aber sie konnte nicht weinen. Sie war betrunken.

»Die Leere, die Jordan hinterlässt, ist schrecklich«, sagte Teofana nur, bekreuzigte sich und entzündete ein ewiges Licht.

Zu Anfang fühlte er noch, wie das Blut aus ihm herauslief und ihn klebrig nässte; dadurch konnte er die Zeit fühlen. Danach kam es ihm so vor, als sei er unsterblich, so unbeweglich war die Stille. Die Stille wollte ihn erdrücken, sie war schwarz und mächtig, nicht so wie die Cholera mit ihrer nervend-fiebrigen Geschwätzigkeit. Der Schmerz war eher schwer als stechend.

»›Die Leiden des jungen Werthers‹ – was für ein Roman«, sagte Christo und vergaß sofort seine Worte, weil er spürte, wie er Elenas Hand hielt. Als er nach Hause kam, empfing ihn Jana. Sie war schöner als je zuvor, und er erkannte auf einmal, dass sie geboren war, um zu leiden. Die alte Petruniza starrte ins Feuer …

Das Feld vor ihm wurde allmählich immer dünner und schmaler, bis es sich ganz auf die Kornblume zusammengezogen hatte, die vor seinen Augen schaukelte. Jordan gelang es noch, sich auf den Rücken zu drehen, mit dem Gesicht zum Himmel. Im selben Augenblick begann er, in diesen Himmel hineinzufallen. Es gab nichts, weswegen er sich hätte an der Erde festhalten sollen. Er stöhnte einmal. Er bewegte sein Bein. Ließ es fallen. Dann überkam ihn ein fürchterlicher Durst, und er ließ los.

Fünftes Kapitel

1

Den ganzen Winter über tobte der Nordwind und riss das Blechdach des Glockenturms fort. Die Gewölbe des Gotteshauses hingen herab, als hätte der Teufel höchstpersönlich gedonnert. Das Frühjahr kam still und voller Knospen, die Leiden der Kriege waren vorbei, und aus diesem freudigen Grunde fanden sich gute Menschen, die Gott und seinem Hirten, dem Popen Anissi, zu helfen bereit waren. Außerdem waren die Serben im zweiten Balkankrieg bis nach Kula gekommen, und nur der selbstvergessene Todesmut des bulgarischen Freiwilligenheeres hatte die Widiner vor der Eroberung bewahrt. Es waren grausame Zeiten, und wer Soldaten an der Front hatte, der jätete demütig seine Familiengruft; wer reich war, bemühte sich, seinen Reichtum zu verbergen; wer ein Fernglas hatte, ging hin, um zu schauen.

Vater Anissi tauchte zum dritten Mal die Feder ins Tintenfass, doch auch diesmal trocknete die Tinte, bevor sie auf das Papier gelangte. Ihm kamen die Worte nur noch langsam, sowohl vor seiner aufgeschlagenen Chronik wie auch auf der Kanzel. Die Groschen, die er von untröstlichen Müttern und vergrämten Witwen bekam, lagen ihm quer; selbst die Kerzen vor dem Altar wollten nicht abbrennen, ohne zu tropfen. Es hatte sich herumgesprochen, dass in Russland der letzte Heilige erschienen war, Johann von Kronstadt, der Wunder verrichtete, Kirchen für die Armen errichtete, Meeresstürme bändigte, Dürren verhinderte und das Licht dorthin lenkte, wo Finsternis herrschte. Es hieß, dass dieser Kronstadt höchstpersönlich den bulgarischen Thronfolger Boris von einer schweren Melancholie geheilt habe, ebenso wie einen Novizen aus den Klöstern von Athos. Nur in Widin geschahen keine Wunder … An einem frischen Maimorgen postierte sich ein fürchterlich aussehender Mensch mit langer Mähne und nachdenklichem Blick auf dem Widiner Markt, in dessen ausgeblichenem Jahrmarktszelt fünf billige Kerzen brannten. Seine »Tante«, deutlich zu jung und zu schön für diesen würdigen Verwandtschaftsgrad, behauptete, er lebe nur von seiner Einbildungskraft, so wie die Leute aus Kula von Raub und Diebstahl lebten. Er esse rein gar nichts, sondern stelle sich nur vor, er äße, und kleide sich nicht, sondern stelle sich nur vor, er hätte sich beispielsweise einen Anzug übergeworfen, kurz, er wolle nichts und wieder nichts, stelle sich aber vor, er habe alles. Bedeckt von einem violetten Seidenschal, auf dem weiße Kartonsternchen klebten, trug er stets ein trauriges Lächeln zur Schau.

»Er ist der glücklichste Mensch auf Erden«, sagte seine junge Tante, unter deren Achseln notdürftig mit Talkumpuder bedeckte blaue Flecken sichtbar waren, feierlich, »weil er niemals auch nur das Geringste braucht.«

Vater Anissi dachte hingegen, dass so ein Sonderling vor dem Krieg nicht hätte auftauchen können. Lange, o Herr, habe ich gegen die Sünden der Menschen gepredigt, nun lehre mich, mein Vater, wessen soll ich sie jetzt beschuldigen? Seine Schreibfeder war wieder getrocknet. Er seufzte auf und legte sie einfach zur Seite.

2

Sie lehnten am Steingeländer. Das Mondlicht glitt über die harten Blätter des Buchsbaums und ließ sein Gesicht noch bleicher erscheinen. Etwas zwischen Schüchternheit und Ingrimm sprach daraus, das sie ebenso erschreckte wie das penetrante, unbegründete Lachen zuvor. So kannte sie ihn gar nicht. Hatte er zu viel Wein getrunken? War das wirklich Christo Weltschev, der romantische blauäugige Kavalier, der brillante Ibsen-Deuter und Sozialist, die rechte Hand ihres Vaters? Eine unbändige Angst ging von ihm aus und verstärkte ihr weibliches Mitleid. Elena wollte ihm irgendwie helfen. Sie streckte die Finger aus, um ihn zu streicheln.

»Fräulein«, brach es endlich aus ihm hervor, »man hat Sie verschiedentlich mit Direktor Naidenov gesehen!«

»Aber ja, natürlich«, lächelte Elena gewinnend, »ich leihe mir doch Bücher bei ihm aus.«

»In der Stadt gibt es eine Bibliothek, mein Fräulein, und ich hoffe, Sie setzen diesem libertinären Verhalten unverzüglich ein Ende.«

Elena zuckte in einem Schutzreflex zusammen, so, als stünde plötzlich ein dritter Mensch zwischen ihnen. Durch die umliegenden Schatten spazierten andere Paare. Sanft leuchtete der Fluss unter dem spöttischen Zwinkern der Sterne.

»Also das war es!« Die Verwunderung in ihrer Stimme schwand. »Sie haben sich unanständig verhalten und hatten unzüchtige Wünsche, Herr Weltschev, und behandeln mich deshalb wie einen Gegenstand aus Ihrem persönlichen Besitz!«

Sie wandte sich brüsk ab, hörte aber nicht, ob seine Schritte ihr folgten. Im ersten Moment erschien seine Eifersucht ihr lächerlich, doch dann erinnerte sie sich an den dämonischen Ausdruck seiner Augen, aus dem eine völlige Missachtung ihrer Gefühle und ihres Stolzes sprach. Ihr wurde auf einmal überraschend klar, dass er in dieser Beziehung seinem Bruder Jordan glich, und dass er fähig war, in einem solchen Zustand etwas Böses zu tun. Elena konnte sich nicht beruhigen. Sie fühlte sich verletzt und beleidigt. Mit welchem Recht, dachte sie, mit welchem Recht – ausgerechnet Christo! War er nicht geradezu verpflichtet, *anders* zu sein als die anderen, nicht so kleingeistig, autoritär und patriarchalisch?

Im Arbeitszimmer ihres Vaters brannte noch Licht. Sie wusste, dass er an einer seiner Proklamationen gegen den Krieg für die *Arbeiterzeitung* schrieb. In seinen Pamphleten nannte Kamenov den Zaren Ferdinand »Ritter von der traurigen Gestalt«. Sie stellte ihn sich vor mit der Schreibfeder zwischen den Zähnen, mit aufgeknöpftem Hemd und nackten Füßen – ein leuchtendes Vorbild für etwas, das ihr unerreichbar vorkam, doch auf seine eigene beschränkte Art glücklich und daher zur Ausweglosigkeit verdammt. Im Flur hatte sich schon ein Duft nach Sommer eingenistet. Die Petroleumlampe im Salon warf ihr trübes Licht auf die Bibliothek, die Spitzendeckchen, die ihre Mutter geklöppelt hatte, den Strauß dunkelroter Pfingstrosen, den Christo ihr geschenkt hatte. Eine romantische Schwäche überkam sie … doch auf dem runden Tisch warteten bereits die Hefte mit den Klassenarbeiten ihrer Schüler auf sie.

Sie erinnerte sich an Christos augenzwinkernde Worte: »Jedem Menschen, mein Fräulein, ist irgendetwas zu viel und irgendetwas zu wenig! Dem Intelligenten fehlt ein bisschen Dummheit, dem Reichen etwas Armut, dem Normalen ein wenig charmante Verrücktheit. Nehmen Sie mich zum Beispiel: Mich widert die Kneipe meines Bruders an, aber ich komme auch nicht davon los. Meine Brüder bedrücken mich schrecklich, aber gleichzeitig liebe ich sie mehr als mich selbst. Ihr Stolz versetzt mich in Begeisterung, doch gleichzeitig wünschte ich mir, Sie wären ein bisschen so wie die anderen, vielleicht so wie meine Schwägerin Jana. Ja, woran glaube ich eigentlich? Wohin geht es mit mir? Alles in mir ist der reinste Widerspruch, ein ständiges Schwanken; weiß der Teufel, was mit mir los ist.«

Jemand klopfte hartnäckig an die Eingangstür. Elena zögerte einen Augenblick, aber dann ging sie doch, um zu öffnen. Da stand er – ein trauriger Tropf, ein Hund ohne Heim. Er musste wohl lange ziellos umhergerannt sein, weil er heftig atmete.

»Mein Fräulein, ich … ich kann nicht, ich kann einfach nicht …« Seine stammelnden Worte schafften es nicht bis über die Türschwelle. In diesem Moment spürte sie wieder jene fast unwirkliche Nähe zu ihm, die zwischen ihnen offenbar umso wichtiger war, als sie nur einer gemeinsamen Einbildung entsprang, für die es in der Wirklichkeit keine Entsprechung gab. Elena erzitterte schmerzlich, zog sich in sich selbst zurück; dann ließ sie es zu, dass Christo sie ins Dunkle zog und küsste.

3

Die Arbeit an der Herberge ging mit jener Zähigkeit voran, die nach den Worten Teofanas Erwerb, Stabilität und kommende Erfolge verhieß. Das hässliche Ungetüm glich einem selbstzufriedenen Proleten, der schnell und unerwartet reich geworden war. Das Dach wurde gedeckt mit halbrunden türkischen Dachziegeln; ein gewaschenes weißes Hemd wehte am Kamin zum Zeichen des Richtfestes. Die Außenwände waren blassgrün in der Farbe welkenden Grases gestrichen, das Behaglichkeit ausstrahlen sollte, aber nur Müdigkeit erzeugte. Der Schlaffe Kosta legte eine Schlinge, fing darin den Iltis und spannte sein Fell zum Trocknen auf. Warum nur,

Herrgott, lebt Jordan nicht mehr, fragte er sich verzweifelt. Ich hätte ihm so gern einen Fellkragen für seinen Mantel gemacht.

Ilija stolzierte gutsherrenhaft über die Baustelle, stauchte die Faulpelze zusammen, belehrte die Poliere, feilschte mit den Fuhrleuten; dabei füllten sich seine Augen mit Blut, und er schien ständig kurz davor, völlig die Beherrschung zu verlieren. Er hatte noch nicht einmal sich selbst gegenüber Mitleid, darum wurde allmählich allen klar, dass er kein festes Ziel hatte. Jordan hatte sich verwirklichen wollen, hatte das Leben fühlen wollen, dieser Hänfling hier aber … der wollte einfach nur bauen und etwas darstellen. Zu Hause, nachdem er sich vor der alten Petruniza verbeugt hatte, befahl er Jana, nicht mehr mit Fleisch zu kochen: »Der Krieg hat uns ausgezehrt, der Bau will kein Ende nehmen. Gekochte Kartoffeln müssen reichen!«

Überfließend vor schmerzlicher Sehnsucht nach Jordan, brach Jana einfach nur in Tränen aus vor so viel Knauserei. Nie sah sie schöner aus als jetzt, das Haus wirkte wie aus dem Ei gepellt. Selbst die alte Petruniza dachte besorgt: So viel Sauberkeit – das nimmt kein gutes Ende! Assen und Petruna spielten auf dem Hof, fütterten eine räudige Katze und brachten ihr bei, mit menschlicher Stimme zu miauen. Das Kätzchen fraß und – wenn es ihm gelang, sich loszureißen – schlief; der Rest seines Lebens war erbitterter Widerstand. Die Störche wechselten den Himmel und flogen in einem gleichmäßigen Keil nach Süden.

4

Als Todor die letzte Fuhre mit den Mörtelblöcken herangekarrt hatte, war nicht mehr zu übersehen, dass für den geplanten Stall überhaupt kein Platz war; er würde unweigerlich seinen dicken Bauch weit in das verbliebene Grundstück Gold-Petkos strecken. Wie Ilija auch immer die Striche über seine Planskizzen zog, es wollte einfach nicht passen. Er fluchte, dann starrte er auf seine neue silberne Uhr, als könne die Messung der genauen Zeit die Abmessungen des Raumes vor ihm beeinflussen. Auch der Landvermesser Krestanov zuckte ratlos die Schultern, der Polier neben ihm machte »Ts, ts« und schüttelte den Kopf.

»Das haut einfach nicht hin«, bilanzierte Ilija schließlich trocken.

»Nein, das haut nicht hin«, erwiderte Krestanov betreten, »ein Stall ist ein Stall. Der Fehler ist schon beim Fundament gemacht worden, das ist einfach schief ausgehoben worden.«

Ilija verzichtete auf einen zweiten Blick zur Uhr. Ihm reichte auch die Länge der Schatten, um zu wissen, wie spät es war. Im Garten blühten fröhlich die von Jana gesetzten Blumen. Der alte Kneipenanbau dunkelte vor sich hin. Über den Weg vor dem Haus trappelten die zweirädrigen Pferdekarren. Ihn juckte es in den Handflächen. Er brannte vor Ungeduld, mit dem Bau des Stalles zu beginnen, doch wie sollte er das Platzproblem lösen? Er fühlte, wie die eigene angestaute Kraft ihn zu ersticken begann. Er streckte sich, hob das Gerüst – an dem sonst drei Mann sich abmühten – hoch, als wäre das gar nichts. Der Polier schluckte heftig. Krestanov ging in die Knie.

»Gut denn«, sagte Ilija vage und ging, um sich seinen Anzug anzuziehen. Er nahm sogar den schweren Stock seines Vaters, und mit diesem schlug er auch an Gold-Petkos Pforte.

Als dieser öffnete, erschrak er. Petko war so weiß geworden, dass die Bernstein-Zählkette in seinen Händen noch intensiver leuchtete. Er hatte gerade das *Tageblatt* zu Ende gelesen, in dem berichtet wurde, dass der Zar noch schwankte, ob er der Entente cordiale oder dem Dreibund beitreten sollte, den kriegerischen Mächten Deutschland, Österreich und Ungarn. Man schrieb das Jahr 1914. Schon wieder tauchte etwas Schreckliches am Horizont auf, die Preise für Getreide würden erneut steigen. Er erblickte den Stock in Ilijas Händen und begriff augenblicklich, was es geschlagen hatte. Die zum Gruß hingehaltene Hand schlug er aus und dachte nur: Schon wieder dieser Dorftrampel?

»Setz dich!« Gold-Petko seufzte. Die Wanduhr schlug schwer, und ihr tiefer Klang blieb zwischen ihnen stehen. Er bemerkte, dass der Anzug Ilijas aus gutem Stoff war, aber irgendwie an ihm schlecht geschnitten wirkte. Etwas an diesem Ilija war schlimmer als bei seinem Bruder, weil der Schwerpunkt seiner unerträglichen Präsenz nicht darauf lag, was er wollte, sondern darauf, wie er es unter allen Umständen bekam.

»Was führt dich zu mir?«

»Ich baue die Herberge zu Ende«, begann Ilija freundlich und zündete sich eine Zigarette an. »Habe das Baumaterial besorgt, die Handwerker verpflichtet … Eh, es wird!«

»Ja, man sieht's!«

»Jetzt ist der Stall an der Reihe.«

»Aaah, ja …« Ilija gemahnte ihn an etwas, dessen Konturen sich erst fern am Horizont andeuteten.

»Aber der braucht 'ne Menge Platz. Wie wir es auch drehen und wenden, der Stall ragt immer in deinen Hof hinein. Da hab ich mir gedacht, klopf doch mal beim Goldenen an – wir sind schließlich Nachbarn, und er wird sicher verstehen und begreifen, der gute Mann!«

»Ich hab deinem Bruder schon den halben Vorgarten verkauft. Schluss jetzt!«

»Hm … Bei Jordan hättest du sicher nicht nein gesagt.«

»Nein, sage ich!«

»Wie dein Wille, so dein Gesetz!«

Sie standen wortlos auf. Nicht, dass sie einander hassten; sie waren nur unfähig zu begreifen, dass es schon zu spät war, um noch getrennter Wege zu gehen.

5

Petko traf Vorkehrungen wie ein Burgherr, der sich auf eine lange Belagerung einstellte. Als Erstes lud er die Fuhrleute in eine der Kneipen an der Donaupromenade ein. Doch er mochte weder Fuhrleute noch Zigeuner. Er hatte und er bekam keinen Draht zu ihnen, und das merkten sie. Was sie an diesem Abend verband, war nur die Runde, die der alte Händler ihnen ausgab, und die gegenseitige Antipathie. Die Messerchen blitzten auf und verschwanden wieder in der Brusttasche, doch was tat Petko? Statt einfach den Lederbeutel mit den Goldtalern hervorzuholen und ihnen klar zu sagen, wer ihm das Leben und die Seele vergiftete, lächelte er nur gequält und ging hinaus, um sich mit dem Finger im Hals von seinem Widerwillen zu befreien. Ähnlich wie ein verarmter Aristokrat war er unfähig, mit seinem Schicksal fertigzuwerden; schon deshalb waren »seine Leute« ihm nicht bis zum Letzten ergeben. Zudem hatte er sich völlig aus der Öffentlichkeit zurückgezogen, seit das Handelskontor der Babaschovs und Panto Weltschevs ihm den Getreidemarkt streitig machte. Das Einzige, was ihm jetzt noch blieb, war Maria. Seine Tochter aber verhielt sich immer seltsamer, wurde immer abwesender – sie verblasste regelrecht. Den Tod ihres Verlobten Traitscho hatte sie, obwohl er sie tief in der Ehre getroffen hatte, noch irgendwie überstanden; doch als sie von Jordan Weltschevs Tod im Krieg erfahren hatte, veränderte sich ihre Trauer. Sie schnitt sich das Haar ab und begann auf einmal zu altern. Sie sah entrückt aus, regelrecht krank, so, als habe sie sich, nachdem Jordan seine letzte Gewalttat vollbracht und ihr Ehre und Unschuld geraubt hatte, schon auf den Weg ins Jenseits begeben.

Gold-Petko ging wieder nach Hause, setzte sich ans Fenster, innerlich erstarrt, und sah zu, während der Regen an die Scheibe trommelte, wie Ilija durch den Garten stolzierte. Ja, die Zukunft war wie der da unten: unklar und abartig.

Nach einem Monat der Weigerung – es war inzwischen Oktober geworden – kamen seine Fuhrleute angelaufen, um ihm zuzutragen, dass drei Wagen mit Getreide in die Widiner Sümpfe gekippt worden waren. Am folgenden Tag verschwanden zwei kleine Karren spurlos. Gold-Petko raffte sich zusammen und ging wieder hin, um das Unglück mit eigenen Augen zu sehen. Das Licht war reif, fast rostig, durch das Schilf zischelte der Wind. Das Korn hatte Fische geködert, die nicht mehr zurück ins offene Gewässer fanden. Sie hatten das flache, trübe Nass aufgepeitscht und lagen nun, verendet, mit ihren weißen Bäuchen nach oben, regungslos da. Gold-Petko seufzte tief; dann musste er an Maria denken und beschloss, klein beizugeben.

6

Der Sohn Pantos, Georgi, den alle noch immer Goscho riefen, knickte in der siebenten Klasse ein. In seiner gärenden, längst nicht mehr nur kindlichen Seele verfestigten sich der Hass auf alle Ordnung und Obrigkeit. Er hatte längst erkannt, dass es nichts Langweiligeres gibt als totes Wissen, und nichts Unterhaltsameres als Fantasieträume. Zur Erlangung von Wissen war überdies Anstrengung nötig, für Chimären und Wunschträume hingegen nur willenlose Hingabe. Nach den bedrückend langweiligen Schulstunden und dem nachfolgenden Krach mit seiner Mutter zog er sich in sein Zimmer zurück, verwandelte sich in einen Indianerhäuptling und ging auf Bisonjagd, entdeckte einen neuen Kontinent oder aber trieb seinen Scherz mit den Leidenschaften irgendeiner wunderschönen Gräfin. Alles war ihm unerträglich eng. Der Kleiderschrank roch nach Mottenpulver, und das ungemachte Bett weckte seltsame Begierden. Nicht Mann, nicht Kind, besaß er die Vorzüge und Unzulänglichkeiten beider. Tante Allwissend brüstete sich mit ihrem Sohn, Panto verwöhnte ihn, und der Reichtum seines Großvaters Jotzo gab ihm das Selbstbewusstsein eines Konquistadoren.

Eines nasskalten Abends erfuhr Georgi endlich, was dieses gewisse Etwas war, das Zwetana zwischen den Schenkeln hatte. Übermüdet von der Hausarbeit und den oberlehrerhaften Backpfeifen Ginas, hatte das Dienstmädchen einfach keine Kraft, sich den stürmischen Annäherungsversuchen des der schulischen Langeweile überdrüssig gewordenen Goscho zu widersetzen. Er drang in ihr Zimmerchen ein, sprang in ihr Bett und fand dank ihrer tiefen Atemzüge ohne Umschweife den direkten Weg zu ihren Hängebrüsten. Sie waren so groß, dass sie ihn damit hätte ersticken können. Zwetana kämpfte mit dem Schlaf und mit Georgi zugleich, dieser hingegen nur mit ihrer beinah männlichen Kraft, und so eroberte er nur zentimeterweise ihr rosiges Geschlecht. Es war für beide eine arge Liebesmüh.

»He, du Unheilstifter, verflixter!«, stieß sie hervor. Das verschwitzte Laken zischelte zwischen ihren Körpern, das Bett knarzte rhythmisch. Dann ging der Kanonenofen langsam aus, und das Haus versank in gesegneter Nachtruhe.

Allmählich gewöhnte sich das Mädchen an die nächtlichen Heimsuchungen des Jungen, und während sie Schnarchgeräusche von sich gab, ließ sie ihn einfach werkeln. Von Zeit zu Zeit, wenn sie sich umdrehte, quetschte sie Georgi gegen die Wand – dann ging es wieder los: er ebenso unersättlich wie unermüdlich, Zwetana mit Daumen im Mund und geschlossenen Augenlidern.

Den intensivsten Genuss bereiteten Georgi jedoch die Stunden, die er in Trentschos Barbiersalon verbrachte. Er hatte zwar selbst noch nichts, was rasiert werden konnte, durfte aber die Rasiermesser am Riemen schärfen. Den Geruch nach ranzig gewordener Pomade, Rasierwasser und Alaun für die Schnittwunden fand er aufregend. Und das Ambiente erst: Die von Fliegenschissen gesprenkelten Spiegel, die Perücken, und nicht zuletzt die halbnackte Cleopatra aus Porzellan, die sich majestätisch zwischen all diesen rasierten und unrasierten Männer räkelte, schufen eine theatralische Atmosphäre, die sogar das eindringende Tageslicht in eine Art Bühnenbeleuchtung verwandelte. Trentscho war Barbier, was damals so viel hieß wie Friseur, Rasiermeister, Zahnarzt und Hämorrhoidendoktor in einer Person. Das Dentistenwerkzeug baumelte grausig wie ein Utensil aus dem Folterkeller herab, der bloße Anblick der Zangen weckte Angst und den Wunsch, schmerzfrei zu lächeln. Auf dieser Barbierbühne wurde garantiert jedes Schauspiel, das sich in Widin abspielte, verbal nachgespielt, von den Kriegserinnerungen und den Vorzeichen eines weiteren Krieges nicht zu reden. Unter den gelblichen Fingern Trentschos tropfte es mal bedrohlich, mal voll patriotischem Eifer. Viel geredet wurde auch von den Preisen für Salz, Lampengas und Essig; von der Maul- und Klauenseuche, die aus Rumänien herübergekommen war; von den geheimen Reichtümern Filet-Penas und von der sitzengelassenen Todorka.

Georgi hörte, während er für Trentscho den Rasierschaum schlug, den fremden Stimmen zu, und diese riefen in seiner unausgegorenen Fantasie eigentümliche Bilder hervor – Erinnerungen an Erlebnisse, die er gar nicht gehabt hatte, und die aus mindestens zwanzig verschiedenen Leben stammen mussten. Nach und nach betäubten ihn die Schwaden des Duftwassers, die in der Luft hingen. Sein Kopf hing schlaftrunken herab, und er sah verschwommene Traumbilder. In Trentschos Wunderland wurde auch sein erster Plan geboren, erhaben und grazil wie das Haupt eines Weisen, doch von – wie immer – schicksalhafter Bedeutung. Ja, Goscho konnte noch nicht ahnen, dass sein Gehirn gerade erst damit begonnen hatte, die unmöglichsten Fantastereien und Absonderlichkeiten auszubrüten, und dass das sein ganzes Leben lang so bleiben sollte.

7

Bis zum Frühjahr gelang es ihm, die Taschen seines Vaters gleich mehrfach zu leeren – mit geübten Fingern und klarem Ziel. Er lebte sich derart in seine Träume hinein, dass er zeitweilig sogar Zwetana vergaß. Das arme Mädchen! Sie war es schon so gewöhnt, im Schlaf von ihm malträtiert zu werden, dass sie nun durch sein Fehlen aufschreckte und nicht mehr einschlafen konnte.

Der Mai kam, erfrischend und voll fruchtbarer Versprechen. Die Kirschbäume blühten, die Wasser der Donau schwollen Tag um Tag bedrohlicher an, bereit, die Stadt und das Bangen ihrer Bürger zu überfluten. Goscho hatte am dreizehnten Mai gelesen, dass das Schicksal den Starken beisteht; also rief er »seine Leute« zusammen und geleitete sie zur Donau. Die armen, nie satt werdenden Zigeunerkinder schleppten zwei Spitzhacken mit in der Hoffnung, zwei Groschen zu verdienen – ach, und ein Huhn hatte er ihnen auch versprochen. Mit der Klarsicht des wahren Anführers zog er seine Schülerjacke aus und bezeichnete den genauen Platz, den er sich ausgesucht hatte. Auf dem Fluss kämpfte ein Motorschubschiff gegen die Strömung. Die Zigeuner spuckten in die Hände und legten los. Die Grabung sollte anderthalb Meter tief gehen, hufeisenförmig sein und zehn Schritt weit ins Ufer hinein ragen. Das aufgeblühte Buschwerk verströmte seine herben Düfte. Die nackten Oberkörper der Zigeuner glänzten in der Sonne, als wären sie frisch lackiert. Zu Goschos Füßen entbrannte eine wilde Schufterei, während er selbst in erwartungsvoller Unschuld aufrecht dastand und – wie ein Feldherr, der von einer Anhöhe aus eine Schlacht leitete – den Kitzel der Macht und die Qualen des Wartens fühlte. Er sprang um die Grabungsstelle herum, und die plötzliche *Gewissheit, zu sein*, traf ihn wie ein Fausthieb und versetzte ihn in Begeisterung.

Um die Mittagszeit saugten die Arbeiter Blut und Wasser aus den Blasen an den Händen und fingen an, sowohl auf das Huhn als auch auf die scheinbare Freigebigkeit Goschos zu fluchen. Das war für Goscho der absolute Höhepunkt seiner selbstherrlichen Gefühle! Das war besser als die weichen Brüste Zwetanas und sogar intensiver als der Barbiersalon von Trentscho mitsamt aller darin erzählten Histörchen.

Erst gegen sieben Uhr abends, als »der Bau« fertig war, zog Georgi seine Schüleruniformjacke wieder an. Wie konnte er uns nur so übers Ohr hauen, dachte einer der Zigeuner, als er ihm die versprochenen zwei Groschen in die Hand drückte. Der wird entweder mal ein bedeutender Mann oder ein Volltrottel, was am Ende aufs selbe hinausläuft! Als er endlich nach Hause kam, holte ihn seine Mutter in Windeseile aus seinem Wolkenkuckucksheim wieder auf den Erdboden zurück:

»Jetzt schau sich einer nur mal diesen Schmutzfink an! Wie willst du je auf einen grünen Zweig kommen, wenn du wieder nicht in der Schule warst? Das kostet uns bis spätestens zum Herbst schon wieder einen Acker!« Um sich bei ihr wieder ein bisschen beliebt zu machen, versetzte Panto ihm zur Belehrung eine leichte Ohrfeige, und Zwetana stierte ihn aus übernächtigten Augen erwartungsvoll an. Der ganze Salon war erfüllt von Goschos wortlos begeistertem: »Ich habe Ideen, also bin ich!«

Seine Idee aber war so einfach gewesen, dass sie fast schon zwangsläufig genial sein musste: In den zur Donau hin offenen Graben hatte er drei alte Brotkanten geworfen. Viele Fische würden in seinen Kanal schwimmen und sich um den Köder sammeln. Morgen aber würde er die Öffnung zum Fluss mit Ästen und Steinen verschließen und die gefangenen Karpfen mit dem Käscher herausfischen. Wenn er das jeden Tag machte … Ungeheurer Reichtum zeichnete sich am Horizont ab! Wieso war vor ihm noch niemand darauf gekommen?

8

Als Tante Allwissend erfuhr, dass der Bau der Herberge vollendet war, wurde sie blass; doch zugleich empfand sie eine ihr unbekannte, beinahe körperliche Erregung. In der Kalkgrube hatte man einen ersoffenen Hund gefunden. Seine herausgestreckte Zunge war weiß und belegt, seine Augen grausig verbrannt. Einer der Handwerksgesellen war vom Dach gefallen und hatte sich die Wirbelsäule gebrochen. Das Flämmchen des ewigen Lichtes zischelte auf wie ein gestärkter Frauenunterrock und erlosch – eine verlorene Seele war entflogen, eine Frau Witwe geworden. All diese ungewöhnlichen Zeichen zogen die geistergläubige Gina ungeheuer an;

doch sie hätte sie sicher wieder vergessen, wenn ihr im Traum nicht überraschend Jordan erschienen wäre. »In der Hölle ist es nicht gar so schlimm«, grinste der, »wenn gerade kein Wein da ist, trinken wir Feuer. Du aber säume nicht, sondern geh und schau dir den Bau an!«

»*Grande chose,* diese Herberge«, parlierte Gina am nächsten Morgen bei Frau Dora, und diese wunderte sich, wie kokett sie lachte.

Der Sommer bescherte Widin ganze Wolken von Mücken und den penetranten Geruch nach Sumpf. Pantos beinahe neue Zweirädrige entlockte dem Kopfsteinpflaster der Geschäftsstraße stolze Klappertöne. Unter den beschlagenen Hufen des Pferdes sprühten Funken. Wie eine Königin entstieg Tante Allwissend dem Gefährt. Ilija wartete vor der alten Kneipe auf sie. Als sie ihn so im Halbdunkel dastehen sah mit seinem gedrungenen Nacken, kam er ihr zunächst wie ein Krüppel vor; doch als sie dann den gewaltigen Bau erblickte, wuchs er in ihren Augen deutlich, kam ihr männlicher vor. Etwas Bauernschlaues blitzte in seinen Augen, eine aufregende Spannkraft, wie sie wohl jede Frau zugleich anzieht und erschreckt. Die Zimmer waren groß und leer, die Betten hatten an ihren Kopf- und Fußenden Holztafeln, auf denen Schwäne gemalt waren. An den Wänden hingen Spiegel und Petroleumlampen. Die Fenster mit den Gardinen aus Baumwollstoff gingen auf den Garten.

»*Un petit Schloss*«, kam es ihr schwer und gefühlvoll über die Lippen, und gleichsam aus Erschöpfung ließ sie sich auf eines der Betten fallen. »Und was macht dein Bruder unterdessen? Trinkt Bier bei Romanzero!«

Ihre Aufmerksamkeit wurde von der Hässlichkeit Ilijas immer mehr gefesselt, und sie spürte, dass sie einfach nicht aufstehen wollte. Ilija rührte sich nicht von der Stelle. Er sah hinaus. Ihr Schweigen währte übernatürlich lange, gefährlich lange, und instinktiv raffte sie ihren Rock zusammen. Sie stellte sich die betrunkenen Fuhrleute vor, verschwitzte Männer in weichen Sommernächten mit harten Geschlechtsteilen. Ihr schien, dieser Taubenstall für fahrendes Volk sei wie gemacht für Lust und Laster. Nachtfalter prallten gegen das Glas der Lampe und versengten sich die Flügel. Ja, dachte Gina, für Lust und Laster, aber … warum bin *ich* dann hier?

»Da steckt viel Arbeit drin.«

»Mmh-hmmm …«, antwortete Ilija und zündete sich eine Zigarette an.

Lächelnd dachte er daran zurück, wie er einst die Wahrheit in Gott gesucht hatte. Dabei war der Glaube so naiv wie die Kindheit ... Der Tag draußen war zu Ende. Er drehte sich um. Die Hässlichkeit Ginas war so überwältigend, dass sie ihn augenblicklich in ihren Bann zog. Ohne zu wollen, stieß er mit der Schulter an den Spiegel – ihre Einsamkeit zersprang in tausend Stücke. Der Boden bedeckte sich mit kleinen, unregelmäßigen Splittern, die Missgeburten glichen. Gina hatte es offenbar nicht eilig; sie wollte und konnte jetzt nicht gehen. Sie brauchten einander, hatten beide Hunger nach Besitz.

»Was für ein Prachtbau«, lockte sie. »Und *der da* säuft Bier im ›Neptun‹!«

Gina strich sich über die Schenkel, Ilija senkte schamhaft den Kopf. Sie wandelten auf des Messers Schneide, ja, und dieser Kitzel, der noch gesteigert wurde durch den gegenseitigen Widerwillen, gefiel ihnen so sehr, dass sie erzitterten. Die Hitze umschloss sie und näherte sie einander an, ihr Schweiß, unrein und obszön, war das passende Fluidum, um gemeinsam darin zu baden.

Die Welt ist doch voller fahrendem Volk, voller Müdigkeiten und Sünde, dachte sie, ja, er wird mit dieser Herberge einen Haufen Geld verdienen! Ungewollt verglich sie ihn mit seinem Vater: Ilija war jünger, ehrgeiziger und härter als dieser!

Langsam, erschöpfend langsam für beide näherte er sich. Es sah aus, als käme er von ferne. Er schien Kratzspuren in die Luft zu machen. Er schob das Bett quer gegen die Tür, hob ihr Kleid an, raffte ihren Unterrock zusammen und begann, sie anzufassen. Sie schlang ihren Arm um seinen Nacken, weil sie dort seine Kraft wusste. Seine Leidenschaft war so unerfahren und so schmerzhaft, dass sie anfangs nur nach Luft rang, doch dann packte sie die Lust, und sie heulte auf vor Seligkeit und Sehnsucht, am Leben zu bleiben. Dann ergoss er sich in ihr.

Gina fühlte sich betrogen, unter Wert verkauft. Das konnte es doch nicht gewesen sein? Sie zog sich ganz aus, spürte, dass sie ihm gegenüber keinerlei Scham empfand. Ihre Brüste hingen herab wie die einer Hündin; nackt und bloß in ihrer ganzen hässlichen Pracht, empfing sie ihn ein zweites Mal. Beide mussten an Panto denken; wie sie ihn zwischen sich zerquetschten. Doch auch der Tod Jordans, die Versunkenheit der alten

Petruniza und das Bewusstsein, zu sündigen, waren Kontrastmittel, die ihre Lust nur vergrößerten. Einen Moment lang dachte sie mit Schrecken: Und wenn ich von ihm schwanger werde? Dann beschwichtigte sie sich mit dem Gedanken, dass sie gemeinsam nur diesen Neubau würden zeugen können – der aber stand schon fix und fertig da.

9

Als sie vom Tod ihres Mann erfuhr, wurde Jana bewusst, dass sie Jordan über alles geliebt hatte. Er hatte jene Eigenschaft besessen, die jedem wahren Mann eignet – vollkommene Unabhängigkeit. Sie erinnerte sich an seine Berührungen, daran, wie er sie mied, wie seine Stimme sie abwehrte, und daran, wie die in ihm angestaute Kraft sie kleiner machte, bis sie sich danach sehnte, Schmerz zu empfinden. Das Porträtbild, das von Jordan geblieben war, hatte die bräunliche Farbe von Rauch angenommen und wirkte genauso flüchtig und vergänglich, doch vielleicht genau deshalb hatte sie sein Aussehen so vollkommen klar und deutlich in sich bewahrt, dass es weder durch das Tageslicht noch durch menschliche Blicke ausbleichen konnte.

Manchmal schien Jordan im Dunkeln leibhaftig um sie herumzustreichen, um ihre Weiblichkeit zu prüfen. Dann drückte er sich an ihre gespreizten Beine – doch wenn sie aufstöhnte vor Verlangen, war er plötzlich verschwunden, und sie hörte nur noch die Stille der Nacht. Der weiche Schein um das Bettchen mit den Kindern erleuchtete sie, und sie weinte bis zur Erschöpfung. Ihre Mutter wich ihr aus, denn sie hatte auch ohne ihre Tochter genug Sorgen. Die alte Petruniza hörte nicht auf, sie mit Blicken zu verfolgen, die alles zu sehen schienen. Ilija redete mit ihr, als sei sie eine Sklavin. In gewisser Weise hielt er sich an Jana unbewusst schadlos dafür, dass er selbst jahrelang von Jordan herumkommandiert worden war.

Jana war vollkommen allein in ihrer Duldsamkeit und vollkommen rein in ihren Gedanken. Doch eine Frau, die niemandem angehörte, war Freiwild für alle. Trentscho, der Barbier, zum Beispiel hatte den Tod seiner Frau rasch verwunden und ließ seine vier Kinder Kinder sein. Abends legte er sich ein Kissen auf den Schoß und stellte sich vor, es sei Jana. Erregt dachte er: Jordan wird nicht wiederkommen, ich aber habe noch ein ganzes Stück Leben vor mir auf dieser sündigen Erde. Manchmal hielt er sie auf der Straße an und redete mit ihr in einer Art, die an der Grenze zwischen Alberei und Anzüglichkeit war. Sein Drängen stieß ihr bitter auf, aber auch das machte sie nur immer noch schöner. Rettung oder Milde fand Jana nirgendwo; schwarzes Witwentum voller Plackerei und einzelnen Versuchen, sich mit Gott zu versöhnen – das war ihr Leben.

Einzig ihre Nachbarin Maria empfing sie voller Liebe und lehrte sie, mit der Einsamkeit zu leben. Irgendwann bekannte sie ihr auch ihre Liebe zu Jordan. Da saßen sie dann beide unter der Weinlaube und ließen die Tränen fließen. So kam es, dass sich neben dem Mitleid füreinander auch die Eifersucht aufeinander einschlich. Ja, eine gemeinsame Erinnerung zu teilen, das war nicht leichter, als ein Grundstück zu teilen.

Ihre Gespräche waren im Grunde schlichter Natur. »Manchmal«, sagte Maria zum Beispiel, »wenn ich so die Dampfschiffe donauauf und donauab tuckern sehe, muss ich an Rustschuk denken, an das Haus meiner Tante, an die Schule, an … Ach ja …« Und Jana antwortete, um auch etwas beizutragen: »Ilija war gestern wieder so biestig, einmal hätte er dem kleinen Assen fast das Ohr abgerissen!« Die Tauben nahmen ein Luftbad, und der Duft der Blumen schien den ganzen Hof zu betäuben.

Gold-Petko sah diese Freundschaft mit ebensolchem Missfallen wie die freiwillige Witwenschaft, an der Maria offenbar nichts zu ändern gewillt war. Manchmal, wenn er es nicht mehr mitansehen konnte, scheuchte er sie aus der Weinlaube fort, sie sollten spazieren gehen. Dann gingen die beiden über die Hauptstraße, machten allerdings einen kleinen Umweg, um nicht an Trentschos Barbiersalon vorbeizukommen. Jana handelte mit den Bauern, bevor sie auch nur ein Kilogramm Tomaten kaufte. Die Luft war getränkt vom durchdringenden Geruch ungewaschener Schafwolle. Rufe und Räderknarren mischten sich im Marktgewühl, immer wachsam beaugt von Bobozov, der freundlich zu den reichen Damen und grob zu den kleinen Leuten war. Ansonsten spuckte er selbstzufrieden in den Staub und rückte, als gehöre er höchstpersönlich zur Leibgarde des Zaren, seine Dienstkappe zurecht, dieses Symbol seiner Amtlichkeit und – seiner persönlichen Macht. Wenn sich genug Einkäufe in der Stofftasche angesammelt hatten, fühlten sich die beiden Frauen erschöpft. Die gemeinsame Zeit war abgelaufen, die intime Nähe war vorbei. Am Burggraben hielten sie an und setzten sich zum Ausruhen auf eine Bank. Maria schloss ihren Sonnenschirm, der im Apfelsinengold des späten Nachmittags überflüssig geworden war.

In der Klatschzentrale Doras jedoch kommentierten die beiden »Busenfreundinnen« Boshura und Gina die Entwicklung Marias mit einer etwas anderen Akzentsetzung.

»Sie sieht neuerdings beinahe aus wie eine Nonne«, seufzte Tante Allwissend mit gespieltem Mitgefühl. »Was für eine unglaubliche Treue zum Bruder meines Mannes!«

»Maria wird sich schon wieder hochrappeln«, erwiderte Boshura und nippte an ihrem kalt gewordenen Kaffee, »sie hat doch schließlich in der bedeutenden europäischen Stadt Rustschuk Altgriechisch gelernt, oder nicht? Und das lernt man doch nicht für die Schule, sondern fürs Leben, nicht wahr?«

10

Nachdem es während des ganzen Dezember und Januar geschneit hatte, glich Widin einer belagerten Festung. Die Eisenbahn fuhr nicht. Die Donau hatte sich in eine starre Eiswüste verwandelt. Die Wege nach Lom und den umliegenden Dörfern waren sogar für die Kufen der Schlitten schwer zu bewältigen, und erste Nachrichten über erfrorene Reisende verbreiteten sich. Die kleineren Häuser Widins waren metertief in Schneewehen versunken. Die Menschen konnten einander wieder nur über schmale, durch den Schnee geschaufelte Hohlwege erreichen. Die Vorratslager in den Läden schrumpften zusammen. Der kleine Assen fuhr zum ersten Mal mit den Schlittschuhen, die sein Onkel Christo ihm gemacht hatte. Tagsüber war er draußen, bis er vollkommen blaugefroren war, und abends wartete er darauf, dass sein Vater nach Hause kam. Er drückte die Nasenspitze ans Fenster, auf dem der Frost Eisblumen und unbewohnte Schneepaläste gemalt hatte, und dachte sich Geschichten über seinen Vater Jordan aus, der – zusammen mit zwei rotwangigen Zwergen und der zauberhaften Prinzessin Jana – in einem Schloss aus Eis am Ende der Welt wohnte. Die alte Petruniza sagte ihm, das sei alles dummes Zeug. Dann weinte er in Mamas Schoß, zum Leiden geschaffen wie sie … Im selben Winter las Christo ihm »Onkel Toms Hütte« vor, und Halbwaise Assen entschied in seinem Kummer, dass auch er ein Schwarzer sei.

Abends nahm der Schnee einen magischen Blauton an. Die besorgniserregenden Gerüchte, dass der europäische Krieg sich über den Balkan ausdehne, erhöhten den Weindurst der Männer. So herrschte wenigstens in den Kneipen reges Treiben. Die Welt schien unrettbar gespalten zwischen der Entente und den Mittelmächten, und das konnte die Leute unmöglich unberührt lassen. Schuster Joto war leidenschaftlicher Anhänger der wachsenden Bauernpartei Stambolijskis geworden, weil, wie er sagte, die Bulgaren von einem Krieg am allerwenigsten profitierten. Er schimpfte auf die anderen Parteien inklusive seine eigenen früheren politischen Ansichten und sagte einen Jahrhundert-Umsturz voraus. Den Schlaffen Kosta versuchte er dadurch zu werben, dass er ihm Schnitttabak und Zigarettenpapier spendierte. Trentscho, der Barbier, sah dem Krieg ebenfalls mit unguten Gefühlen entgegen. Bekanntlich blieben während der Zeit der Kämpfe nur Frauen im Hinterland; Frauen aber rasieren sich nicht und haben auch kaum Hämorrhoiden. Angesichts dieser Lage hatten die langweiligen Proklamationen Christos und Kamenovs unter den kleinen Leuten einigen Erfolg, und sie organisierten einige Male kostenlose Vorträge im Lesesaal der Bibliothek »Bunte Welt«.

In den reichen Häusern, bei Babaschov, Tante Allwissend und den Beamten, häuften sich die Soireen. Dies gab den Damen Gelegenheit, ihre neuen Roben vorzuführen, und den Männern, ihren Scharfsinn zu erproben. Boshura begann, germanophile Neigungen zu entwickeln, und zwar nicht nur deshalb, weil ihr Vater mit Deutschland Handel trieb und ihr Bruder in Wien Jura studierte, sondern auch aus dem schlagenden Grund, dass die Franzosen ihren Ruf als Liebhaber verspielt hatten und die Italiener ihre antiken Kulturschätze, während den Engländern ihr Imperium unter den Händen zerrann. Sie verstand nichts von Politik, hatte aber ein Gespür für die perfide Rachsucht des Schicksals und wurde darin kundig bestärkt von Frau Dora. Die Zeitung *Tageblatt* verstieg sich sogar zu der Schlagzeile: »Die Welt – das ist Deutschland«.

Der verliebte Panto war natürlich in allem mit ihr einer Meinung und –

da seine Frau sich auf einmal mit seiner Nichtbeachtung vollkommen abgefunden zu haben schien – lauschte ihr ungestört und mit ruhigem, engelsgleichem Lächeln. Pope Iliev, der Bezirksvorsteher, der schon auf der Schulbank zum Panslawismus und zur Russophilie erzogen worden war, änderte seine Überzeugungen schlagartig und ließ seine neue Uniform beim einzigen Deutschen in der ganzen Stadt schneidern. Wegen der drastischen Schneefälle musste auch er zu Fuß gehen. Da merkten die Leute auf einmal, wie klein er war, und wie lustig seine Fettpölsterchen schwabbelten.

Anwalt Kamenov und Christo hingegen verloren jedes Gespür für die Realität. In ihren apokalyptischen Verlautbarungen gegen den Krieg offenbarten sie einen dogmatischen Idealismus, der den Widinern in seiner Kompromisslosigkeit wesensfremd war. Auf den Abendversammlungen hatten sie schon längst aufgehört, ihre Mitbürger überzeugen zu wollen; stattdessen wurde, wer ihren Anschauungen nicht folgte, lautstark niedergemacht, und das ging oft bis zu persönlichen Beleidigungen. In gewisser Weise waren sie zynisch, ohne es zu wissen, denn insgeheim hofften sie auf diesen Krieg! Wenn der die Klassengegensätze nur genügend schürte und den Leuten nur genügend klarwurde, dass die einen ins Elend rutschten und die anderen dafür umso mehr profitierten, kam es vielleicht doch noch zur ersehnten Weltrevolution, die theoretisch schon längst in den am meisten entwickelten kapitalistischen Ländern – England, Deutschland und Amerika – hätte ausbrechen müssen. Sie aber verfügten noch nicht einmal über ein richtiges Proletariat in Widin und verachteten die Fuhrleute, Kleinbürger und unaufgeklärten Bauern wegen ihrer sozialen Beschränktheit, die so groß war, dass sie noch nicht einmal die Auflage der *Arbeiterzeitung* nennenswert steigern konnten.

Abends schneite es wieder. Der Nordwind ließ die Wäsche gefrieren. Die Zigeuner wurden streitsüchtig. Durch den anhaltenden Hunger genügte schon ein Tropfen Alkohol, damit sie aus der Haut fuhren. Über die Donau kamen Wölfe. Die Hunde witterten sie und begannen zu bellen; die Pferde schnaubten nervös in ihren Ställen. Fremd all diesem profanen Treiben, und in Gedanken schon auf dem Weg ins Himmelreich, das gerade sehr niedrig über der Stadt hing, rührte sich Vater Anissi kaum noch vom Kaminfeuer weg und konzentrierte sich ganz auf den roten Gamza aus Novo Selo. Wie gern wollte er die Menschen mit Gott versöhnen, aber ach!, wie schwierig war das, weil man menschliches Leid einfach nicht über einen Kamm scheren konnte. Seine Frau kam ins kritische Alter. Seine Weinreben waren von der Blattlaus befallen. Gott holte seine einzige Tante zu sich, die unverheiratet geblieben war. Doch all diese misslichen Ereignisse klärten seinen Geist nur noch mehr, und er begegnete all dem mit stoischem Gleichmut. Er sang weiterhin so wohlklingend, als wäre nichts gewesen, reichte das Abendmahl und hielt die Kirche in Ordnung. Er vollzog mit unverminderter Freude Taufen und ließ sich zu den Feiern einladen, und mit aufrichtiger Betroffenheit und würdigem Zeremoniell geleitete er die Verstorbenen zur ewigen Ruhe. Seine Chronik gedieh ebenfalls und würde wohl erst mit seinem Tod abgeschlossen sein. Wenn er so über seinen Federkiel gebeugt dasaß, glich er einem Alchimisten, der den Stein der Weisen entdeckt hatte. Der Hauskater schnurrte zahm, die Kerze gab platzende und zischende Laute von sich und beleuchtete mit ihrem schwachen Schein die tränenden Augen des Alten. Und so deutete er den Lauf der Dinge:

Es bleibt im Ungewissen, wo die Wahrheit liegt. Die einen sagen so, die anderen so, doch das Gute wird schwächer, und die Kinder werden mager geboren. Man schimpft auf den Zaren. Lampengas und Brot sind wieder teurer geworden; sogar ich musste die Preise für eine Kerze um einen Groschen anheben. Am Uferpark wurde ein neues Badehaus gebaut, und über Dimo, den jüngsten Sohn Babaschovs, wird gesagt, er sei in Wien katholisch geworden. Die Leute verarmen, Herr … Ich wundere mich, dass ich immer nur über so schlechte Dinge berichten muss – immer nur Klagen und Leid füllen diese Seiten, dabei dürste ich danach, dass diese Welt ein gemeinsames Fest werden möge, und wir Menschen Lieder in der Stille. Aber wie soll das gehen, wo wir doch schon zwei Wochen lang im Dunkeln stecken, weil Shdrigo in seinem Suff sich weigert, die Straßenlaternen zu entzünden?

Amen.

Sechstes Kapitel

1

Die Leute hatten so lange auf Christo Weltschevs Hochzeit gewartet, dass sie es gar nicht recht glauben wollten, als er sie endlich bekanntgab. Die alte Petruniza verdrückte zwei Tränchen, die still ihr Kinn entlangliefen, sich unten vereinigten und von dort in den Topf mit den Kartoffeln plitschten. Jonka lud die Zigeunermusikanten ein. Panto trug in seiner Zweirädrigen die Einladungen aus. Und Ilija hockte sich in seine Herberge und betrank sich sinnlos, plötzlich wie vor den Kopf geschlagen von der Erinnerung an Ginas Nacktheit. Am verzweifeltsten jedoch sah der Brautvater, Anwalt Kamenov, aus, der eine ganze Schachtel Zigaretten rauchte, stolz und voller Inbrunst die Weltrevolution und das Glück seiner Tochter ersehnend. In diesen schicksalsschwangeren Tagen vor der Hochzeit holte Elena all ihre Kleider aus der Versenkung und führte sie unter den nicht müde werdenden Blicken der Leute im Sonnenlicht vor. Sie ertrug alle Fragen und beantwortete sie einsilbig, las im Schatten der alten Walnuss noch einmal die »Ilias« von Homer und errötete jedes Mal voller Scham, wenn von der schönen Helena die Rede war.

Die Hochzeit begann unkonventionell, da beide Brautleute nicht kirchlich heiraten wollten. Ohne die damit verbundene Zeremonie und den feierlichen Singsang Vater Anissis fühlten sich die Leute aber irgendwie um ein Schauspiel betrogen, auf das sie ein Gewohnheitsrecht zu haben glaubten. Christo strahlte, Elena wirkte einfach nur gefasst, und die Gäste, überwiegend aus den gebildeten Kreisen der Stadt, blieben nüchtern und mit artig zugeknöpften Anzugjacken stehen. Keiner der »wichtigeren« Männer Widins konnte sich dazu entschließen, zu einer *Sozialisten*-Hochzeit zu gehen. Babaschovs sagten taktvoll ab, Gina schützte eine Erkrankung vor, und Ilija musste überraschend nach Ferdinand reisen, um günstig Wein einzukaufen.

Jonka war dementsprechend gehörig böse auf einige ihrer Verwandten und ließ es an deutlichen Worten gegen sie nicht fehlen. Sie stritt sich mit Todor und gab den Zigeunern fünf Lewa aus ihrer eigenen Tasche zusätzlich, damit sie so laut spielten, dass man die Musik in der ganzen Stadt hörte. »Damit niemand auf die Idee kommt, jemand könnte gefehlt haben«, sagte sie, und da drehten die Musikanten so übertrieben laut auf, als legten sie es darauf an, verhaftet zu werden. Doch das war nicht der einzige Grund für ihren plötzlichen Enthusiasmus. Nach und nach füllte sich der Hof auch mit Bauern, Fuhrleuten und kleinen Leuten, die Anwalt Kamenov kostenlos vor Gericht vertreten hatte. Die Männer wollten ihrem Wohltäter dafür danken und brachten hier eine lebende Poularde, dort eine Ente als Geschenk mit, so dass die Hochzeit nach und nach einer Geflügelvollversammlung glich. Obwohl ideologischer Opponent Christos, kam auch der Anarchist Shdrigo mit einem Geschenk – einem bunten Specht in einem Bauer aus Weidenzweigen. Um den Festtisch blubberten die Worte, und die rote Flagge, die Kamenov über der Weinlaube wehen ließ, wetteiferte mit dem Sonnenuntergang.

»So viele unverheiratete Männer auf einem Fleck, das ist nicht gut«, warf Todor kritisch ein; dann betrank er sich mit jener Sorgsamkeit, mit der er auch zu seinen Pferden redete. Jonka wagte es nicht, offen ihrer Freude Ausdruck zu geben, und Jana hielt den kleinen Assen an ihre Brust wie einen Schutzwall gegen schlechte Gedanken und sündige Wünsche.

»Wo ist denn Ilija, warum verspätet er sich?«, fragte Christo verwundert.

Die alte Petruniza saß so gesammelt im Gasthaus, als säße sie vor dem Feuer. Sie hatte begonnen, hier und jetzt, inmitten von Lärm und Festtrubel, den Sinn der Veränderungen zu verstehen, und zwar mit derselben Klarheit, mit der sie die Verödung des alten Hauses hatte kommen sehen. Da war ihr Mann gestorben, aufbrausend und sündig, aber die Weltschevs waren und blieben die Weltschevs. Da starb Jordan, und die Zerstörung hinterließ ihre Spur durch all das, was den Bau dieser Herberge begleitete und was kommenden Reichtum versprach – und war durch diese an der Oberfläche täuschend konstruktiven Dinge kaum wahrnehmbar. Petruniza aber wusste: Vorher, die Kneipe, das war ein Teil von ihnen gewesen; nun aber, in der düsteren Kriegszeit, war es umgekehrt, waren sie ein Teil dieses überdimensionierten Gasthauses. Diese Erkenntnis erschütterte sie derart, dass sie Jonka zu sich rief; die allein würde die schicksalsträchtige Dimension ihrer Vorahnungen erfassen können.

Mutter und Tochter saßen still im weichen Halbdunkel. Ein größerer Kontrast zu den immer wilder aufspielenden Zigeunermusikanten hätte sich nicht denken lassen. Der Himmel vollführte eines seiner Kunststücke und ließ Mond und Sonne gleichzeitig scheinen – den einen im Aufgang, die andere im Untergang. Jonka griff nach dem silbernen Zopf ihrer Mutter und hob ihn leicht an, damit er sie nicht so drückte.

Umständlich und verrätselt begann die alte Petruniza: »So ist dieses Leben: Das Gute ist unsichtbar und schwer erreichbar … So viele Menschen, und keiner hat je Gott gesehen …«

»M-hmm«, sagte Jonka, ohne zu wissen, was genau es war, dem sie zustimmte.

»Ich will es dir jetzt sagen, aber du – erschrick nicht – jemand muss es ja doch wissen!« Und sie erzählte von der großen Sünde des alten Assen. Die Worte kamen ihr zäh und langsam über die Lippen wie harte Bissen, die sie wieder ausspuckte, weil sie sie nicht kauen konnte. Jonka sah ihren Vater in all seiner Freiheit, jenseits der Grenzen der menschlichen Sinne, Urteile und Begriffe. Er hatte dasselbe begangen, was sie auch von ihrem Bruder Jordan wusste. Die fremde, ungesühnte Schuld und der fremd wirkende Frohsinn waren zu viel für sie, und sie begann, wortlos zu schluchzen. Sie brauchte Zeit, um sich diesen Fluch klarzumachen, der in ihrer aller Fleisch und Blut fortlebte.

»Und ich habe ihm eine Stange Lauch zwischen die gefalteten Hände gesteckt … Er ist von uns gegangen ohne Reue, ohne Beichte und Absolution.«

Jonka hörte in sich plötzlich das schwere Aufstöhnen ihres Bruders Jordan, als das Bajonett ihn durchbohrte. »Ohne Absolution …«

»Ja, so war es«, erwiderte die alte Petruniza. »Aber weißt du, ich frage mich, wo Ilija ist. Wo ist er gerade?«

2

Die Flitterwochen der Jungvermählten waren regnerisch und wolkenverhangen. Die Donau wurde bleich, der Stadtpark verödete, die Schwalben lehrten ihre Jungen das Fliegen. Shdrigo weigerte sich erneut, die Straßenlaternen anzuzünden, und so versank Widin nächtlich wieder im leisen Druck von Katzenpfoten. Kamenov und Christo verbrachten die Abende gemeinsam. Sie lasen Karl Marx und den Roman »Was tun?« von Nikolai Tschernischewsky, in dem das Bild des Revolutionärs ganz nach ihren Vorstellungen gezeichnet wurde: edelmütig, asketisch und von höheren Zielen beseelt. Die Wiener *Arbeiterzeitung* schrieb: »Lenin ist zweifellos einer der bedeutendsten Köpfe in der russischen Sozialdemokratie. Mehr als ein Jahrzehnt lang ist er bereits der unumstrittene Führer der sogenannten Bolschewiken, während an der Spitze der Menschewiken Julius Martov und Pavel Axelrod zu nennen sind.« Sie hatten noch kein Bild dieses Menschen gesehen, doch einige sagten, er habe eine magisch leuchtende Stirn. Sie stritten, weil Kamenov behauptete, dass Kautsky in der *Neuen Internationalen* die Interessen der Arbeiter nicht verteidigt hätte; im Übrigen lernten sie neue Kartenspiele wie Tablanet oder Brettspiele wie Tricktrack.

»Valet nimmt alles«, hörte Elena dann, wenn sie die Kohle im Bügeleisen entzündete. Auf ihrem Gesicht malte sich jener seltsame weibliche Dreiklang aus Stolz, Weisheit und Mitgefühl, an den Männer einfach nicht tippen können. Alle ihre Schüler waren in sie verliebt und nahmen an den Unterrichtsstunden für Sprache und Literatur mit auffälligem Interesse teil. Christo ging behutsam mit ihr um. Nur manchmal spürte sie jene Gespaltenheit in seinem Wesen, dessen eine Hälfte ihn an sein Elternhaus zurückband, und dessen andere Hälfte ihn her zu ihnen, zu ihr geführt hatte. Ihr war diese Gespaltenheit umso unerklärlicher, als sie beobachtet hatte, wie er ausgerechnet in Momenten der Euphorie entmutigt und allem entfremdet wirkte. Seine angeborene Güte ließ ihn sich schuldig fühlen am Tode seines Genossen Marko und seines Bruders Jordan; seine archaischen Leidenschaften aber brachen so überraschend aus, dass sie sie immer auf dem falschen Fuß erwischten. Elena kam er manchmal wie ein ungebärdiger Junge vor, der nicht nur eine Frau brauchte, sondern auch eine Mutter. Meist gelang es ihr mit einem Lächeln, Christos Amok laufende Fantasie zu stoppen, ihn zur Ordnung zu rufen und seiner wohltätigen Seite wieder zum Durchbruch zu verhelfen. Dann bat sie ihn, ihr aus den Erzählungen Turgenjevs vorzulesen.

Am Ende des Monats spürte sie bereits, dass sie nicht mehr allein war. In der Tiefe ihrer Gebärmutter war ein Licht aufgegangen.

»Vielleicht waren wir etwas überstürzt?«, fragte Christo. »Wir hatten doch so viel Zeit vor uns.«

Elenas Schweigen frustrierte und beleidigte ihn. Der Kerzenschein stahl sich unter ihr Nachthemd und ließ die Konturen einer antiken griechischen Kore-Statue erahnen. Er stürzte sich in ihre Nacktheit, als wäre sie die Nacht selbst – ihr Geheimnis, ihre Verruchtheit und ihre Gnade … Nachtfalter kreisten in der Luft. Aus dem Arbeitszimmer drang der Husten Kamenovs. Ein verspäteter Schleppkahn ließ seine Sirene ertönen. Elena erduldete seine Krämpfe wie versteinert und mit zerwühltem Haar. Wenn es vorbei war, die Wellen der Begierde abklangen, kamen die Schamgefühle. Ihre Hand grub sich in seinen Schopf und stellte die Harmonie zwischen ihnen und der verstörenden Unwirtlichkeit der übrigen Welt wieder her. Ihr Körper strahlte ein milchiges Leuchten aus, und Christo dachte, sie müsse verzaubert sein. Elena schlug dann die Erzählungen Turgenjevs auf, um etwas von sich darin zu finden; Christo dachte an die Abende mit Marko oder seinem Bruder Jordan. Der Wind bauschte die Gardinen wie einen menschlichen Seufzer.

»Bist du glücklich?«, fragte Christo aus Schuldgefühl.

»Ich werde dir treu sein«, erwiderte sie.

»Und … bist du denn auch zur Liebe fähig?«

»Ja.«

Christo hatte das Gefühl, dass Liebe für sie etwas mit Behutsamkeit zu tun hatte, mit dem langsamen Wechsel der Jahreszeiten, mit der Fähigkeit der Schwalben, ihre Jungen das Fliegen zu lehren. Elena besänftigte seine Leidenschaftlichkeit. Sie trug das Wissen um die Ordnung des Lebens in sich. Ihr graziles Profil sprach von rascher Auffassungsgabe. Ihre pure Anwesenheit genügte, um den Gegenständen im Raum ihren Platz in einer geistigen Ordnung zuzuweisen.

»Ich bin glücklich«, sagte Christo, um sich selbst davon zu überzeugen;

dabei verdurstete er vor Verlangen nach der Verrücktheit seines Bruders Jordan und der Lust, jemandem auf der Gitarre etwas vorzuspielen.

Durch die Wand hörte man, wie Anwalt Kamenov mit seinem Husten die Stille quälte.

3

Ende September kam Dimo, der jüngste Sohn der Babaschovs, mit einem Diplom in Jura und Leidenschaft in den Augen aus Wien zurück. Er trug den gleichen gestreiften Anzug wie sein Bruder Traitscho, das gleiche Seidenhemd mit Brustblatt und die gleiche goldene Uhr, die in der gleichen Westentasche die Zeit in den gleichen kleinen tickenden Einheiten maß. Er sprach kehlig und schwer, kniff dabei seine Augen zusammen, als blicke er gegen die Sonne auf die unermesslichen Latifundien seiner großen Zukunft – ein Mann von Welt eben. Boshura war begeistert von den textilen Geschenken, die er ihr mitgebracht hatte, und blieb lange damit vor dem Spiegel stehen. Ihre Mutter bereitete gefüllte Weinblätter vor, und der alte Babaschov verschluckte seine Tränen.

Noch für den selben Abend wurde jener denkwürdige Jour anberaumt, an dem sogar Bezirksvorsteher Pope Iliev zugegen war, schon allein deshalb, um seine neue Uniform und mit ihr seine Anhängerschaft zum deutschen Dreibund vorzuführen. Der Wein floss in Strömen, Boshura wirbelte mit ihrem Taftrock herum. Die beschwingten Walzer entzündeten die Fantasie, die Tangos aber die Leidenschaft. Dabei drehte die Hausangestellte die Kurbel des Grammofons weder mit leidenschaftlichen noch mit fantasievollen, sondern eher mit schlaftrunkenen Augen. Tante Allwissend saß hinter dem Tischchen in der Ecke und löste eine Napoleon-Patience. Dimo rauchte eine wohlriechende Zigarre und unterhielt sich leutselig mit Panto und seinem Vater über den Mord am österreichischen Thronfolger Ferdinand in Bosnien.

»Dies ist ein unerhörter Skandal, und ich bin sicher, dass der Krieg nun ausbrechen wird«, erklärte er sachkundig. »Doch bei ihnen ist das klug eingeteilt: Die Ungarn sind gute Soldaten, die Tschechen gute Händler und Kapitalisten, und die Österreicher geben die Marschrichtung vor.«

»Wenn sich auch noch die Deutschen einmischen …«

»Deutschland wird sich unter allen Umständen einmischen«, schaltete sich Pope Iliev erbost ein, als habe er etwas Beleidigendes gegen die Deutschen gehört.

»*Un moment*«, meldete sich nun Tante Allwissend, um die alles entscheidende Frage zu stellen: »Welche Stadt ist schöner: Wien, Budapest oder Prag?«

Boshura walzte, eng an den Bezirksvorsteher gedrückt, der nach Rasierwasser und Kutsche roch, ihr oft auf den Fuß trat und sehr bedeutend aussah mit seinem gezwirbelten Schnurrbart. Ihr gefielen sowohl die scharfen Blicke, mit denen Panto ihr Tun verfolgte, als auch der männliche Ernst Pope Ilievs; sie wickelte beide um den Finger und unterwarf sie sich mit ihrem Duft nach sinnlicher, stattlicher Männlichkeit als aufgeschlossene Frau.

»Ich sehe Sie so gar nicht bei uns, Herr Iliev! Sie weichen uns doch nicht etwa aus?«

»Meine zahlreichen Pflichten lassen mir keine andere Wahl, gnä' Fräulein«, erwiderte Pope galant und legte ihr den Arm um die Taille, die in etwa den Umfang der Wade seiner eigenen Frau hatte. Ihren bemerkenswerten Brüsten entströmte Veilchenduft. Panto räusperte sich einmal warnend. Die Kronleuchter versprühten ihren goldglänzenden Schein, festlich wie bei einer Ostermesse in der Kirche.

»Gestern hat es eine Schlägerei unter Zigeunern gegeben, Gnädigste. Sie haben ja keine Ahnung, was für einen Tumult es in meinen Räumlichkeiten gegeben hat! Das Volk ist erzürnt und aufgewiegelt, alle politisieren, stoßen den anderen Bescheid und fluchen wie die Kesselflicker – aber arbeiten? Ja, woher denn? Tja, so sind wir Bulgaren – arrogant und faul!«

»Ja, Ihre Verpflichtungen sind ganz besonderer Art.«

»Nicht besonderer Art, sondern außerordentlicher. Es ist kein Jahr mehr hin, dann sind schon wieder W-a-h-l-e-n.« Dieses Wort hatte für Pope eine magische Bedeutung angenommen. Er sprach es langsam und feierlich aus, als ritte er ein reinrassiges Pferd. Der Bezirksvorsteher hatte nur nebelhafte Vorstellungen von der großen Politik. Er las vorwiegend die *schwarzen Chroniken* in den Zeitungen, herrschte über Zigeuner und kleine Leute, hasste die Sozialisten und dachte in der verbleibenden Zeit darüber nach, wie er die Wahlen gewinnen konnte. »Schaffen wir die Wahlen«, keuchte er, während seine Frau ihm die Schröpfköpfe auf dem fetten Rücken plazierte, »dann gehört uns auch der Bezirk. Und krieg ich erstmal wieder das Bezirksamt in die Finger dieser beiden Hände, dann kann, wenn er will, von mir aus der Zar zum Islam übertreten!«

»Ach, herrje«, seufzte Boshura zum Zeichen ihrer Anteilnahme.

»Wie auch immer, mein Fräulein«, bestätigte Pope die diskrete Abmachung, während er die Dame galant an ihren Platz zurückführte, »wenn Sie Ihr Weg einmal an meinen Arbeitsräumen vorbeiführt, klopfen Sie ruhig an ... Zu einem kleinen Austausch, einem Plauderstündchen wird sich wohl Zeit finden ...« Sein Säbel schlug rasselnd an das Tischbein. Das klang so schneidig, als gäbe er das Signal zur Attacke. Zerrissen vor Eifersucht, zündete Panto sich eine Zigarette an. Sein Gesicht war grau geworden. Alles sinnlos, alles eitel und leer, dachte er müde, ... und bitter. Wie kann sie nur diese Bulldogge mit diesen krummen Beinen ertragen?

»Ja«, fuhr Dimo Babaschov fort und blies einige wohlgeformte Rauchringe in die Luft, »der Krieg ist nicht aufzuhalten. Ich frage mich sogar manchmal, Herr Weltschev, ob er nicht eine große Chance für uns ist?«

»*Je ne comprends pas*«, mischte sich Gina ein, »der Krieg ist doch der größte Feind von Mode und Eleganz!«

Panto dachte unterdessen, dass Boshura in ihrem Taftkleid wie ein Riesenschmetterling aussah, dass aber leider auch ihr Charakter der eines Schmetterlings war: Sie flog von Blüte zu Blüte.

Dimo hatte das Gebaren eines Deutschen angenommen. Während sein Mund lachte, blieben seine Augen und seine Zigarre kühl und ernst; sein freier Arm hing herab. Tante Allwissend hüstelte in ihr Spitzentaschentuch.

»Die Getreidepreise werden pausenlos steigen, Herr Weltschev.« Dimos Stimme klang samten, als poliere er jemandes Schuhe. »Denn Krieg, das bedeutet auch Hunger.«

»Ja, nur dass unser Unternehmen leider seit Jahren keinen Gewinn abwirft.«

»Es macht aber auch keinen Verlust«, wandte Dimo ein. Panto sah unterdessen, wie sich das Kleid Boshuras um den Säbel Pope Ilievs schlang. »Es ist richtig, Sie haben gewisse Zinsverluste, doch das wird vollauf wieder wettgemacht werden, wenn das große Geschäft vor der Tür steht. Wenn Sie zu diesem Zweck beispielsweise eine Erhöhung Ihres Kapitalanteils um fünfzig Prozent vornehmen würden …«

»Ich muss darüber nachdenken«, erwiderte Panto brüsk. Er antwortete schroffer als nötig und fühlte, dass niemand ihn ernst nahm. Sie spielen ja mit mir, wie es ihnen passt, wurde ihm plötzlich klar, und behandeln mich, als wäre ich bloß die Tür zum Geldschrank, und sie hätten alle Schlüssel. Das Bedrohliche der Situation machte jedes klare Nachdenken unmöglich. Der Alkohol rauschte ihm in den Ohren. Seine Hand krampfte sich um den Griff seines Spazierstocks, er lächelte schief. Panto stand auf und hatte das Gefühl, dass er nicht Dimo, sondern dessen erkalteter Zigarre die Hand gab. Der alte Babaschov strich sich über den runden Bauch. Boshura begleitete ihn nicht zur Tür, um ihn zu verabschieden …

Der kühle Wind fuhr unter Ginas Kleid, und sie nieste sofort in ihr Spitzentaschentuch. Das Kopfsteinpflaster auf der Hauptstraße glänzte, reingewaschen vom Licht der Sterne. Ein verspäteter Karren goss das verklingende Lied der Müdigkeit darüber. Panto aber ging wie ein Blinder, und er fühlte sich auch wie ein Blinder.

»Wie geht es dir, liebe Freundin?«, fragte er sanft, als sie sich ihrem Haus näherten, traf aber bei seiner Frau nicht auf das geringste Mitgefühl. »Mir ist irgendwie die Stimmung verhagelt … Werde mal nach dem Pferd schauen.«

Er blieb lange im Hof auf dem ausgeleierten Baststuhl sitzen. Seine Augen gewöhnten sich langsam an die Dunkelheit. In seiner Seele hatte sich der brennend scharfe Geschmack der Verzweiflung eingenistet. An diesem Abend hatte Boshura ihn demonstrativ links liegengelassen und seine Gefühle regelrecht mit ihren modischen Wiener Schuhen getreten. Und Dimo, ihrem Bruder, gelang es nur mit Mühe, zu verbergen, wie er ihn – von keiner Wertschätzung behindert – übers Ohr haute. Plötzlich fielen ihm Jordans wutrot angelaufene Augen ein, und ein heftiger Schmerz stach ihn in die Weichen. Er beschloss, noch am folgenden Tag früh aufzustehen, seine Haut mit eiskaltem Wasser aus dem Ziehbrunnen zu besprengen und schließlich – »Herr, steh mir bei!« – alles in die eigenen Hände zu nehmen. Die Bank, sein Geld, vor allem aber sein von den bevorstehenden Ereignissen ernstlich bedrohtes Leben. Die Beruhigung, die von diesen Gedanken ausging, floss in eins mit der Süße der Nacht, und in der Stille reiften alle Möglichkeiten heran, von denen er nur eine auszuwählen und zu pflücken brauchte. Und da es ihm schon wieder besser ging, beschloss er, nicht ganz so hart zu sich zu sein und nicht morgen, sondern übermorgen zu beginnen, seinen Entschluss umzusetzen. Morgen hatte er im Klub zu tun.

Er stand auf, räkelte sich. Es wäre nicht schlecht, Jana mal ein paar Lewa zuzustecken, dachte er. Man sah sie ja immer nur in ein und demselben Kleid.

4

In der einbrechenden Dunkelheit blieb von der Festungsmauer nur noch eine markante Silhouette übrig. Vom Markt her drang das Stimmengewirr der ausgehobenen Rekruten durch das geöffnete Fenster zu Panto herein. Die Männer waren von ihren Feldwebeln in Listen eingetragen, dann in Reih und Glied aufgestellt worden, und nun wies Befehlsgebell ihnen den Weg zur Kreuzkaserne. In Pantos Kopf tauchte ohne Voranmeldung eine Stelle aus der Bibel auf: »Und er versammelte seine Herde um sich …« Panto hatte sich in den Sessel zwischen Tür und Fenster gesetzt, als bereite er sich auf die Flucht vor. Er hatte kein Vertrauen zum Kerzenlicht. Er hörte Jonkas Wimmern und Flennen aus der Küche, wo sie mit aufgelöstem Haar seit einer Stunde hockte. In seinem Inneren kämpften Schmerz und Gleichgültigkeit um die Vorherrschaft. Jonka hatte ihn überrascht. Sie war schluchzend eingetreten und hatte gesagt, dass Todor einen Einberufungsbefehl bekommen habe. Dann war sie weiter in die Küche gegangen, hatte Schnaps von ihm verlangt und hatte ihn, bevor sie davon trank, gefragt: »Werden ihm fünf Paar Strümpfe wohl reichen?«

Panto beeilte sich, seinen Kaffee auszutrinken, so, als könne er dann einfach aufstehen, hinausgehen und sich davonmachen. Er wollte einem alten Mann gleichen, um sich durch seine Schutzlosigkeit zu schützen, doch sie lauerten ihm auf mit verstohlenen Bemerkungen und leeren Lobhudeleien. Dimo und der alte Babaschov beobachteten ihn mit jener gespielten Gram, mit der mittellose Erben vor einem hoffnungslos kranken Krösus stehen. Ihre Geduld mischte sich Tropfen für Tropfen in seine rotierenden Gedanken. Er hatte gehört, dass außer Todor, Jonkas Mann, auch sein Bruder Christo eingezogen worden war – aber das waren Vermutungen, die auf eine »Verwandlung des europäischen in einen heimischen Krieg« hinausliefen, und jede Bemühung, diese Vorgänge im Einzelnen zu verstehen, lösten nur Schmerz und Bedrückung aus.

Er hörte Jonka in der Küche schluchzen. Ihren Atem konnte man vermutlich bereits mit einem Streichholz in Brand stecken. Seine Frau Gina bediente unterdessen mit übertriebener Aufmerksamkeit und von ihr nicht gekannter Unterwürfigkeit Ilija, lächelte Babaschov und seinem Sohn Dimo galant zu. Ja, diesem Schlaukopf Dimo, der einer unglücklichen Verbindung zwischen einem Deutschen und einem Zigeuner glich und der sich präsentierte wie ein Messer, bei dem mal der Glanz der Klinge, mal ihre Schärfe hervorstachen.

»Was heult die uns denn da die Bude voll?«, fragte Tante Allwissend und wies mit ihrem frisch ondulierten Kopf Richtung Küche.

»Sie singt …«, erwiderte Panto. »Nein, Scherz beiseite – man hat Todor eingezogen.«

»Dies ist der Beginn großer Taten«, sagte Dimo nun schon zum dritten Mal und besiegelte seine prätenziöse Rede mit einigen weiteren Rauchringen. Panto erschienen sie, als sie sich auflösten, wie brechende Herzen. Ilija saß wie eingelötet in seinen schlecht sitzenden Anzug da, rauchte seine Filterzigarette und war so ruhig und unschön wie jede potenzielle Gewalttat. Seine Augen waren halb geschlossen, eine Tür, die nach außen aufging und durch die man hinaus-, aber unmöglich hineingehen konnte.

»Aber Christo hat doch vor kurzem geheiratet, in Gottes Namen«, warf Panto unwillkürlich ein.

»*Très importante*, diese Elena!«, gab Gina ihm Kontra, »mit der kann man ja kein Wort reden …« Sie goss Ilija Kaffee nach. »Meine Herren, nehmen Sie doch vom Gebäck.«

»Jordan hatte auch gerade geheiratet, als sie ihn holten«, hörte Panto seine Stimme von weither, verwirrt von der Plastizität seiner Erinnerungsbilder. Denn bei der letzten Besprechung dieser Größenordnung hatte Jordan an Ilijas Platz gesessen, mit gespannten Sehnen und direktem Blick –

kurz: seinem Nicht-Einverständnis, und statt Dimo war Traitscho Babaschov zugegen gewesen. Traitscho … Wie er lächelnd seine blitzende Taschenuhr aufgezogen hatte … Es war ebenfalls Herbst gewesen, es hatte ebenfalls dieses reiche und warme Halbdunkel geherrscht, in dem man Unglück so gut wie Gold finden konnte. Mein Gott, wie sich alles wiederholt! Panto fühlte sich verlassen, wieder einmal. In der Küche hieb seine Schwester mit Fäusten auf die Arbeitsplatte. Sie schien völlig mit den Nerven am Ende zu sein, als hätte der Krieg sie vergewaltigt. Da sagte er:

»Wie sich alles wiederholt …« Doch hatte er keine Kraft, fortzufahren, da Dimo Babaschov begann, seine blitzende Taschenuhr aufzuziehen. Jordan hätte diese Scheißkerle nicht einmal bis zu Ende angehört. Wer nicht auf den Acker geht, der friert zwar auch nicht, aber er kann auch niemandem die Leviten lesen und gibt alles aus der Hand. Die da aber sind gewitzt genug, um gefährlich zu werden. Er bekam Angst, schämte sich über sich selbst – und auch Ginas frisch gebrannte Locken kündeten von kommendem Krach. Jetzt goss sie schon zum dritten Mal Ilija Kaffee nach und – weiß der Himmel, warum? – schaute ihn an mit dem Blick eines verscheuchten Hundes.

»Sie müssen einfach unterschreiben, Herr Weltschev«, sagte Dimo Babaschov müde und breitete vor ihm Dokumente aus, die reich mit Wappenmarken und dem Löwenstempel des Zaren verziert waren.

»Aber jetzt, wo auch Bulgarien in diesen europäischen Krieg eintritt – es ist riskant!«, versuchte er sich herauszuwinden.

»Deutschland und Österreich-Ungarn sind unbesiegbar.« Der alte Babaschov sprach wie zu einem Kind und glättete liebevoll seinen Wanst. »Aber sie brauchen Getreide. Und unser Getreide wird teuer sein und immer teurer werden.«

Panto wandte sich – seine letzte Hoffnung – an Ilija: »Und was denkst du?«

Ilija schaute starren Blicks durchs Fenster. Die Dunkelheit hatte Widin besänftigt. Das Gesicht Ilijas sah verquält, aber undurchdringlich aus. Gina winkte mit der Hand und drehte das Tablett mit den Plätzchen.

»Mir scheint, die Sache hat Hand und Fuß«, sagte Ilija gedehnt, »und der Gewinn erscheint mir sicher und von beachtlichem Umfang.«

War er nicht verpflichtet, seinen Bruder beim Wort zu nehmen? Die

Wanduhr schlug achtmal, und Panto fühlte Erleichterung. Er lächelte, rückte seinen Krawattenknoten zurecht und spürte endlich die Behaglichkeit seines Platzes zwischen Fenster und Tür – eines Platzes, der Hunderte von Möglichkeiten offenhielt. In seinem zur Ruhe gekommenen Bewusstsein tauchte das Bild seines Schwiegervaters, Jotzo Lukanov, auf; doch dieser hatte keine Zeit gehabt, ihn erneut einzuschüchtern. Er unterschrieb mit seiner hübschen, verspielten Handschrift, als hätte ein Dressurhengst Buchstabenfiguren auf die Blätter getanzt. Dann nahm er sich ein Gebäckstück mit der Form einer Muschel, blies darauf, erhob sich abrupt und verließ nach einer höflichen Verbeugung den Salon.

Im Korridor roch es nach Schimmel und abgestandener Herbstluft. Er stolperte über Zwetanas ausgelatschte Schuhe, fluchte laut. Als er in die Küche kam, erblickte er Jonka, völlig aufgelöst, wie sie außer sich wiederholte: »Fünf Paar Wollstrümpfe … und farbige noch dazu.«

»Halt den Mund!«, schnauzte Panto sie mit einem Zorn an, der für sein heiteres Naturell sehr ungewöhnlich war. »Was soll das, dich hier aufzuführen wie eine durchgedrehte Hexe!«

Ihr nasses und gerötetes Gesicht brannte sich in sein Gedächtnis ein, wie um jene kaum wahrnehmbare Scheidegrenze zwischen menschlichem Leid und Chaos erfassen zu können. Ist doch alles egal, dachte er dann, zog seine Geldbörse aus der Tasche, holte fünfzig Lewa heraus und gab sie ihr mit den Worten: »Bring dieses Geld meiner Schwägerin Jana und sag ihr, sie soll sich ein Kleid davon kaufen.«

5

Als er den Einberufungsbefehl erhalten hatte, bekreuzigte sich Todor vor der billigen Papierreproduktion der Muttergottes und zog die Flasche mit dem sauren Mirabellenschnaps hervor. Golden zitterte der Herbst hinter dem verstaubten Fensterchen und trocknete die Widiner Sümpfe, die das leichte Blau des Himmels schimmernd widerspiegelten. Jonka saß hinter ihm und stöhnte auf, aber sie weinte nicht. Er hörte, wie sie die große Truhe öffnete, die von der Zeit und vom Holzwurm zerfressen war. Auf ihren Deckel waren Himmel und Hölle gemalt, die Engel zerzaust und bedrohlich, die Teufel hingegen wiesen mit ihren Dreizacken mitleidsvoll lächelnd auf ihr Herz. Jonka bewahrte in dieser Truhe die prachtvollen silbernen Gürtelschnallen und Spangen ihrer Großmutter auf, dazu eine Stoffpuppe, ihr Hochzeitskleid, den letzten Brief ihres Bruders Jordan und eine Haarlocke von Todor, kurz, jenen Krimskrams, der an vergangene Glücksmomente erinnerte. Der geöffneten Truhe entströmte ein staubig-muffiger Geruch.

Beide schwiegen. Jeder war zu sehr mit sich selbst beschäftigt. Es machte keinen Sinn, zu hetzen. Noch hatten sie Zeit zu vertrödeln. Jonka setzte daher den großen Kessel mit Wasser auf, um zu baden, um rein vor den Krieg zu treten; Todor ging zu den Pferden. Er bürstete sie und legte ihnen das Sonntagsgeschirr an, das mit Perlen und Schleifen verziert war. Ihre roten Mähnen brannten wie Feuer. Die Sonne drang nur mit Mühe durch die Spinnweben über seinem Haupt. Vom Querbalken hing ein Seil, als sei er gekommen, um sich aufzuhängen.

»Ganz ruhig«, tätschelte er sie, »ich komme ja bald wieder. Mir liegt kein heimlicher Stein auf der Seele, ich bin nicht von irgendeiner Wut getrieben, ich brauche auch nicht irgendetwas zu hüten wie Jordan, und darum hüte ich mich eben selbst.« Sein Flüstern klang naiv und beschwörend. »Ich habe keine Reichtümer, keinen Sohn, nicht einmal eine Tochter. Nur meine Tage und ein bisschen Liebe!«

Den ganzen Nachmittag verbrachten Jonka und Todor damit, sich zu liebkosen. Sie hatten die Fensterchen ihres Hauses mit Jonkas bestickten Unterröcken vor neugierigen Blicken geschützt, denn die Liebe war jetzt das Einzige, was ihnen gehörte, als Erinnerung ebenso wie als Zukunft. Todor hatte das Gefühl, er schmelze süß und sanft dahin wie eine Kerze, weil sein Atem und seine Arme schlaff wurden, während Jonka anschwoll, immer größer wurde und mit ihrer geballten Faust im Mund stöhnte, als mache sie Liebe mit dem Krieg höchstpersönlich. Ihrer beider schweißnasse Nacktheit erhellte das Zimmer. Todor stützte sich auf die Ellenbogen.

»Eh, wenn ich schon nichts zu hüten habe wie Jordan, dann hüte ich mich eben selbst.«

»Schweig!« Jonka verschloss ihm den Mund mit ihren Brüsten. »*Er* weiß, *er* bestimmt, *er* hütet, wen er hüten will!«

Ihr Leiden war von schlichter, einförmiger Natur und eben darum so unerträglich. Ihre Unterröcke mit den farbigen Zierstreifen trübten das Licht der Sonne, als befänden sie sich unter Wasser. Wie von Sinnen angesichts der Möglichkeit, dass ihre Trennung von langer Dauer sein könnte, hilflos dem Schicksal ausgeliefert, ohne die Chance, sich zu widersetzen und den Einberufungsbefehl einfach zu ignorieren – oder zusammen in den Krieg zu ziehen, begannen sie erneut, mit ihren Körpern die Luft umzuwälzen.

»Kümmer dich um deine Mutter, um Jana und den kleinen Assen, schau hin und wieder bei deinen Brüdern vorbei, und vergiss die Pferde nicht. Du bist gütig, meine Hexe, gütig und schuldig.« Todor entzündete eine Zigarette. So war es nicht die Trauer allein, sondern auch der beißende Qualm, der seine Augen trübte. Was er verließ, und das vielleicht für immer, war vielleicht eine sehr einfache Welt, doch es war die seine.

Jonka zog sich hastig an. Ihr blieb nichts außer geduldigem Warten, Angst und weiblicher Treue. Wenn auch das nicht wäre, wäre sie sich regelrecht nutzlos vorgekommen. Sie band die lange Kette von der Wand und ging auf Zehenspitzen hinaus. Sie ließ Todor allein, damit er sich, nackt, wie er war, richtig betrinken konnte, wie es sich gehörte, um eine unvergängliche Erinnerung zu bewahren.

6

Draußen am Hoftor wartete der Schlaffe Kosta mit einem der beiden Gänschen auf sie; daneben zitterte der kleine Assen. Die Kette klimperte in ihrer Hand. Von dem mächtigen Zustrom an Hellsichtigkeit, den sie nach dem Tode Teofanas erlebt hatte, war sie wie vor den Kopf geschlagen. In der Einsamkeit, die bereits von ihr Besitz ergriffen hatte, stammelte sie einige unverständliche Worte, so dass Kostas debiler Junge seine Augen aufriss, seine auf immer kindlichen Augen, und der kleine Assen vor Angst seine Schleuder fest umklammert hielt.

»Ehhh, er hat sich schon wieder angepinkelt«, sagte der Schlaffe Kosta, »dreiundzwanzig Jahre alt und macht sich noch in die Hosen.«

»Wovor hat er Angst?« Jonka rasselte mit der Kette, um ihre Stimme noch mehr zu heben. »Vor dem Blick menschlicher Augen oder vor Menschenseelen?«

»Weiß man's?«, erwiderte der Schlaffe Kosta mürrisch. »Wissen wir Menschen überhaupt, wovor wir Angst haben?«

»Wohl wahr …« Jonka fühlte das Pulsieren ihrer eigenen Angst im Blut, das nach den Zärtlichkeiten Todors aufgewühlt und unersättlich war. Ein Wind kam auf und schien den überlangen Kopf des Gänschens noch mehr zu strecken. Der Duft von gemähtem Heu und brackigem Wasser stieg ihr in die Nase.

»Sie haben mich so oder so zu den Fahnen gerufen, da dachte ich mir, es jetzt zu erledigen. Der Mensch weiß ja gar nicht mehr, was er zuerst erledigen soll.«

Assen zielte mit seiner Schleuder ins Nichts, dann begann er zu weinen, und Jonka grub ihre Finger in sein wuscheliges Haar.

»Du, da ist nichts, wovor du Angst haben müsstest. Und wenn du doch Angst hast, rufst du einfach: ›Weiche, Satan!‹, ja?«

»Gmmaania … Mmmbär«, rief das Gänschen hysterisch und mit Rotz auf der Lippe.

»Er hat Angst vor Germania und vor dem Bären«, erläuterte der Schlaffe Kosta, und in seinen Augen leuchtete die Liebe einer Mutter von vielen Kindern. Dann wandte er sich an seinen Sohn: »Warum denn? Ich hab dir doch gesagt, Germania und die Deutschen sind auf unserer Seite.«

»Gmmaania … Mmmbäär …«

»Guck dir mal seinen Schnurrbart an, er rasiert sich seit sechs Jahren.«

Sie gingen langsam los. Jonka hatte sich die kalte Kette über die Schultern gelegt, auf die noch heißen Umarmungen Todors, über ihnen zitterten wie eine Dose ausgeschütteter Stecknadeln die Sterne am Himmel. Sie gingen durch das Tor der Festungsruine hinaus, das einem von Karies befallenen Milchzahn glich. Die Grillen häckselten die Luft über den Wiesen, die in der Dunkelheit saftig nach rotem Johanniskraut und Kamille roch.

»Schau sich nur mal einer an, was für ein Holzkopf ich bin«, sagte der Schlaffe Kosta mit hängenden Schultern, »da musst du wegen mir deinen Mann allein lassen, und morgen marschieren wir ab … Ende, aus!«

»Was würde es Todor denn nützen, wenn ich weine?«, erwiderte Jonka.

»Da lasse ich ihn lieber alles mit sich selbst ausmachen.« Sie zog ihre Schuhe aus und fühlte die verbrannte Erde unter ihren Sohlen. »Sie werden sie begießen, ja, sie haben angekündigt, sie zu begießen …«

»Wen?«, fragte der Schlaffe Kosta und wischte sich den klebrigen Schweiß ab.

»Die Erde …«

Sie betraten den Friedhof. Die jäh aufkommende Angst wirkte wie ein Katalysator für ihre Eingebungen. Die Gräber sahen bleich aus wie Totengebein. Das fette Unkraut schluckte jeden Laut. Sie spürte, wie ihr die Worte auf der Zunge kribbelten. Ja, Tränen waren nutzlos für Todor. Sie war hier, um sich selbst zu helfen, um das Entsetzen aus sich selbst zu vertreiben. Im grünlichen Halbdunkel fand sie ein frisches Grab und hielt an.

»Binde ihn fest! Ich werde ihn mit Zauberformeln besprechen, um ihn vor bösem Zauber zu schützen, und das Gute wird wieder sichtbar werden.«

Die Ketten erklangen rasselnd. Der Schlaffe Kosta kämpfte mit Jugend, Rotz und Wasser seines Jungen, warf ihn auf die Erde; der aber strampelte, rollte sich zusammen und stieß immer wieder hervor: »Gmmaania … Mmmbäär …«

Der kleine Assen hielt sich an seiner Schleuder fest, während Jonka sich in ihren Rausch hineinsteigerte und aufhörte, körperlich zu empfinden – sie sah nur etwas Zusammengekrampftes, das sie mit aller Kraft ihres Glaubens verjagte: »Wenn es von einem Menschen ist, wenn es von rabenschwarzen Augen kommt, möge es durch seine Finger entweichen, unter den Nägeln entweichen, und klar werden wie Quellwasser, so rein wie geputztes Silber.« Sie wälzte sich neben dem Gänschen, quetschte den Jungen, ihre Schenkel leuchteten unzüchtig unter dem Mond, als wären sie aus Zinn. Sie murmelte ohne Überlegung, und eine geheime Freude feuchtete ihre Augen. Die Erde trank die Angst auf, als sei diese ein ganz gewöhnlicher Todesfall. Der Friedhof belebte sich, und Kosta hielt sich am kleinen Assen fest. »Wenn es von jenseits kommt, möge es sich in unbewohnte Wälder verziehen, in unbewohnte Bergeshöhen, dorthin, wo keine Menschen sind, gute nicht und auch nicht böse, dorthin soll es sich verziehen, dort soll es bleiben.« – Die Ketten klirrten, doch das Gänschen hatte noch nicht genug Entsetzen in sich, um sie sprengen zu können.

Speichelfetzen flogen umher. Sein junges Männerherz, das konnte wohl zerspringen, und der Krieg war erst an seinem Beginn.

»Weiche, Satan …«, weinte Assen. Der wilde Aufschrei von Kostas großem Sohn hallte in der Dunkelheit. Mit übermenschlicher Kraft hatte das Gänschen nun doch die Ketten gesprengt. Dann sahen sie den Jungen wie einen Geist über die Gräber springen, mit den Armen gestikulieren und laufen, als liefe er vor sich selbst davon.

Jonka saß entkräftet auf der trockenen Erde und seufzte:

»Nun sind wir voller Mut. Nun sind wir alle mutig.«

Sie ging nach Hause, taumelnd vor Müdigkeit und mit schmerzendem Unterleib, als hätte sie soeben ein Kind zur Welt gebracht. Sie öffnete die Tür, und der saure Dunst nach Schnaps und menschlicher Trauer wehte sie an. Der Docht der Lampe knisterte, als hätte jemand die Stille gestärkt wie Wäsche. Todor riss die Augen auf. Jonka sah so grazil und verletzlich aus, dass sie sogar in sein alkoholgetrübtes Bewusstsein drang. Sie glich der Heiligen Muttergottes, die rein und ohne Sünde Gott geboren hatte.

»Leg dich schlafen, vermaledeite Hexe«, lallte er und ließ sich ins Bett fallen. Er fühlte ihre Hand wie eine kalte Kompresse auf seiner Stirn.

»Und du quäle dich nicht unnötig«, beschwichtigte sie ihn, beruhigend nach Friedhofserde riechend. »Quäle dich nicht und stelle dem Schicksal keine Bedingungen! Um die Pferde werde ich mich schon kümmern. Ich werde sie baden und zudecken wie Kinderlein. Unsere Kinderlein, mein Liebster …«

7

In den ersten Kriegsmonaten dachte Todor nicht an zu Hause, weil er genug damit zu tun hatte, sich an den Hunger zu gewöhnen, an die klamme Feuchtigkeit und an die Erschöpfung. Er lernte nur langsam, in der Nähe von Leichen, die herumlagen wie unbearbeitete Holzbohlen, die talgige Kommisssuppe zu essen. In den Augen der Toten war von Würde nicht mehr viel zu sehen. Nur die Ruhe des Himmels spiegelte sich darin. Er sah felsige Anhöhen und munter sprudelnde Bäche, ein regnerisches Frühjahr und einen trockenen Herbst hoch über der Ägäis, glutheiß wie die

Widiner Sommer, verlassene und blendend weiße Dörfer. Der Krieg brachte auch seine makabren Besonderheiten mit sich: Jede erfolgreiche Attacke gegen Franzosen oder Engländer brachte ihnen einige Konserven mit Pökelfleisch. Der Landvermesser Krestanov bekam Milzbrand, der sich als blauer Pickel auf der Lippe zeigte. Im Tornister ihres getöteten Feldwebels fanden sie ein Kilogramm Gold in Münzen, türkischen Lira und Medaillons, alles eingewickelt in seine dreckigen Unterhosen. Und ein Walache behauptete, er habe einen Hund gesehen, der mit menschlicher Stimme gesungen habe.

Für Todor folgte eine Kette der Enttäuschungen. Im Tross wollten sie ihn nicht nehmen. Die Pferde hatten sie bereits dem berühmten Pferdedieb Totju Nenov aus Kula anvertraut. Vom Meer drang ein schwerer Geruch nach Befruchtung und aufgebrochenen Muscheln zu ihnen. Trotz erfolgreicher Gefechte steckten sie an einem Platz fest und wurden mit vorbildlicher Pedanterie von der französischen und englischen Artillerie beschossen.

»Da habt ihr euren europäischen Krieg«, sagte Bai Joto, der Schuster, mit so einem gewissen Akzent in der Stimme, als wäre es Todor, der dieses gegenseitige fröhliche Völkerschlachtfest ausgerufen hätte. Ein Geschütz erdröhnte. In der nachfolgenden Stille hörte man, wie der Schusterhammer in aller Seelenruhe seine Hufnägel einschlug: »Mir ist nicht schad' um die Nägelchen. Sollt wenigstens bequem sterben.«

Im Herbst tauchten gezwirbelte Offizierchen in den Stäben auf, die Englisch sprachen, besser noch Französisch, und lange Pelerinen über ihre verdächtig auf Hochglanz gewichsten Stiefel wehen ließen. Die Jahreszeiten wechselten, doch die Zeit selbst war stehengeblieben. Die Mählichkeit dieser Umbringerei wurde mit dem Etikett »Stellungskrieg« versehen, doch auch das brachte Todor ihren Sinn nicht näher. Die Unverhülltheit, mit der alles geschah, blendete und betäubte ihn, und je mehr er sich daran gewöhnte, desto mehr verwandelte sich seine anfängliche Angst in blankes Entsetzen. Im Schützengraben, eingehüllt in seinen abgerissenen Uniformmantel, hatte er bizarre Alpträume. Er träumte, wie Jonka ihn mit Totju Nenov, dem Pferdedieb aus Kula, betrog; doch am meisten suchten ihn Träume heim, in denen verkrüppelte Pferde auftauchten oder Pferde mit Menschenköpfen. Irgendwo entlang der Frontlinie erhob sich ein

Schusswechsel. Todor zuckte zusammen und kaute die Luft in seinem ausgetrockneten Mund. Kugeln pfiffen durch die Nacht, die Geschütze überschatteten für einen Moment die Schreie der Verwundeten. Da ging etwas mit ihm durch, und Todor begann, ohne Sinn und Ziel loszuballern, weil er es einfach nicht mehr aushielt, unbeteiligt das alles mitanzuhören, das durch die Gegend geisterte wie ein entlaufener Irrer.

In den kurzen Gefechtspausen erinnerte sich Shdrigo an seine Straßenlaternen. Er stellte sich das kalte, unbeleuchtete Widin vor und stöberte immer irgendwo und irgendwie eine Flasche Hochprozentigen auf, um seine Freiheit für eine Weile aus der Schreckstarre zu erlösen.

Auf das Eintreffen der Post warteten sie mit unerschütterlicher Geduld. Selbst liebten sie das Briefeschreiben nicht besonders, denn – so merkwürdig dies auch klingen mochte – *sie hatten nichts zu erzählen*, es passierte einfach nichts Berichtenswertes. Todor etwa schrieb mit seiner Krakelschrift auf das karierte Blatt: »Ich lebe noch. Gestern gab es wieder trockenes Brot. Ich hätte mir fast einen Zahn daran ausgebissen …« Die unsicheren Buchstaben erweckten den Eindruck, dass etwas ungesagt blieb, etwas, mit dem er nicht im Reinen war. Er schaute hoch: Eine Wachtel ließ von irgendwoher ihren Ruf ertönen. Sofort begann sein Magen zu knurren, sein ewig leerer Magen. Und die Erde stieß ihm mit ihrer durchdringend fruchtbaren Ausdünstung in die Nase und nahm ihm den Verstand.

Eines Tages ging das Gerücht um, es werde bald Waffenstillstand geben. Russland sei aus dem Krieg ausgetreten, da dort irgendwelche ebenso grausigen wie schicksalsträchtigen Umwälzungen vor sich gingen. Es war nicht gerade leicht für den Kompanieführer, Hauptmann Pantschev, die Truppendisziplin aufrechtzuerhalten und die Zeit zum Nachdenken mit gedankenloser Schaufelei in den Schützengräben zu verkürzen. Das hatte keinen Anfang und kein Ende! Auf Hacken und Schaufeln klebte das Blut aus aufgeplatzten Schwielen, und die braunroten Flecken nahmen in der Fantasie der Soldaten die Gestalt von Frau und Kindern an. Shdrigo, der Anarchist, sorgte sich ersatzweise um seinen »Herbergsvater«, den Wärter des Holzlagers, in dem er immer genächtigt hatte. Er sah ihn, abgemagert und bleich wie einen gramverzehrten Engel, vor den unbearbeiteten Rümpfen gefällter Nadelhölzer knien.

Viel Abwechslung gab es nicht. Hin und wieder trafen Pakete mit schimmligen Plätzchen ein, gesandt mit teilnahmsvollen Grüßen von der Widiner Frauenvereinigung; das Rote Kreuz schickte das ein oder andere Paar Gamaschen; in der übrigen Zeit schlugen sie sich oder machten sarkastische Witze über ihre letzten Heldentaten. »Da«, zeigte Bai Joto auf die Mündung seines Mannlicher-Gewehrs, »sind sie entlang, die Schlucht entlang, zwei Franzosen, der eine humpelte, ihm fehlte der linke Schuh.« Die Zigaretten glimmten im Samt der Nacht, der Himmel gebar Sterne wie flockige Küken, aus der Etappenküche kam der spärliche Duft fleischloser Suppen. »Da hab ich sie aufs Korn genommen, wie die Rebhühner, erst den einen, dann den anderen, hab ich sie abgeknallt, nur dass dem einen der linke Schuh fehlte, und dass er humpelte.«

»Ich glaub dir kein Wort«, erwiderte Shdrigo melancholisch und trank einen Schluck von seinem geliebten Branntwein. »Als dein Schwager deinen Laden versoffen hat, selbst da hast du dich ja nicht getraut, ihm 'ne Abreibung zu geben, und jetzt willst du hier ... Nee, ich glaub dir kein Wort.«

»Abgeknallt hab ich sie, alle beide, auch den mit dem fehlenden Schuh.« Und alle spürten, dass er die Wahrheit sagte, denn er schaffte es nicht einmal, in der Dunkelheit das Kreuz zu schlagen, da beugte er sich auch schon zur Seite und erbrach sich. Zwei Tote, dachte Todor mit seinem einfachen Gemüt. Wenn sie Totju Nenov auch erschießen, dann nehmen sie mich vielleicht für die Pferde.

8

Das Artilleriegefecht an diesem Herbstnachmittag an der griechisch-makedonischen Grenze verhieß nichts Ungewöhnliches. Die Erde bebte wie unruhige See, der Staub verschluckte die Sonne. Die ganze Ebene glich einem ungelüfteten Zimmer, durch dessen schmales Fensterchen der Tod hereingrinste. In der Ferne erhob sich ein Gipfel. Ein Geschoss traf den Glockenturm der nahe gelegenen Kirche hinter ihnen. Sie antworteten, bis die Läufe ihrer Gewehre vor Hitze ihren Metallglanz verloren.

»Bei ihrer verfickten englischen Mutter«, kicherte Shdrigo, als ob ihn ein unsichtbarer Riese an den Fußsohlen kitzelte ... Todor hingegen verlor in solchen Momenten völlig den Verstand und folgte nur noch seinem tierischen Instinkt. Er lag mit dem Gesicht nach unten im Schützengraben, um nicht aus der Zeit zu fallen, um mitten in der beißend nach Pulver riechenden Zerstörung heil zu bleiben in seinem Kleid aus Schweiß. Er passte so auf sich auf, wie man auf eine zerbrechliche Statuette aufpasst: mit großer Aufmerksamkeit und einem von allen anderen Gedanken befreiten Bewusstsein. Neben ihm, am Boden des Grabens, kullerte ein heruntergefallener Helm, der Verschluss einer Feldflasche, Zeitungsschnipsel und Stofffetzen; ein Käfer eilte vorüber, der bei jeder Explosion zitternd verharrte. Regenwürmer und Maulwürfe zogen es vor, in Deckung zu bleiben. Gerade hatte er glücklich das Denken eingestellt und sich mit Erde überhäuft, als Shdrigo plötzlich brüllte:

»Guckt mal … Guckt euch das an, Leute!«, und begann, ihn am Hosenbein zu ziehen.

Diese simple Handlung, mit der Shdrigo in den völligen Stillstand seiner Wahrnehmungen eindrang, brachte Todor aus der Fassung.

»Was willst du denn, du verdammter Idiot, ha?«

Er drehte sich um, schüttelte sich wie ein Spatz die Erdkrume vom Leib, und Angst und Ehrgefühl kämpften in ihm miteinander. Er wühlte in seiner Tasche, holte eine Zigarette heraus, entzündete sie, zog. Und wieder ertönte Shdrigos Kichern inmitten des Donners der Geschütze in der aufgeheizten Luft.

»Guckt doch nur mal … ha, ha, ha.« Todor erhob sich vorsichtig. Seine Beine waren eingeschlafen. Er blieb eine gewisse Zeit in der Hocke, dann richtete er sich mühsam auf. Er schaute über den Rand des Schützengrabens und musste blöde grinsen. Vor seinen Augen breitete sich hinter dem rostigen Drahtnetz eine erleuchtete Ebene aus, auf der Geysire aus Erde hochspritzten, Kugeln pfiffen und ein paar verstreute Eichen standen, die dumpf das Ende des Tages und mit ihm auch des menschlichen Wahnsinns abwarteten. Erst dann sah er es.

»Aber das kann doch nicht …«, sagte Todor leise, »aber das ist ja ein Pferd!«

Das Pferd war offensichtlich blind und lahmte. Sein Fell war gesträubt, der Schwanz halb ausgerissen. Es hatte die Ohren eingezogen und drehte sich wie betrunken im Kreis, als dresche es Korn. Die Geschütze machten es wahnsinnig, doch es wusste nicht, wohin. Erntezeit, dachte Todor und wurde langsam wieder locker, späte Ernte. Er hörte sich rufen. Ein ferner Schmerz verwüstete sein Herz. Er begann, das Tier zu rufen. In seinem ganzen Leben hatte er noch nicht etwas so Furchtbares gesehen. Links und rechts von ihm waren auch andere Soldaten aufgestanden. Das verschwitzte Gesicht Bai Jotos drückte die ewige Verwunderung aller Schuster dieser Welt über die Menschheit und das Leben an und für sich aus. Shdrigo hatte sein Kichern mit der Feldflasche verstopft und trank gierig Wasser.

»Aber … das ist ja kein Mensch, das ist ja ein Pferd!«, rief Todor wieder. Dann spürte er, wie Shdrigo versuchte, ihn von unten zurückzuhalten. Er musste ihn ins Gesicht treten, damit er ihn aus dem Graben klettern ließ. Er ging leicht vorgebeugt, ohne Hoffnung, ohne Hass, während es um ihn her tobte und brauste. Der Himmel hob und senkte sich über dem Hügel, der Wind schaukelte Disteln und Dornen. Er spürte, wie Jonka ihr Haar löste und sich barfuß um ihn herumdrehte, wie ihre Röcke sich weiß und zischend aufbauschten – ja, das war diese Bewegung.

Mit Müh und Not erreichte er das Tier. »Ja, ist ja gut … mein unschuldiges Kindchen, oh, die böse Hexe …«

Als das Dröhnen des Kanonenschusses verhallt war, öffnete Todor die Augen. Er lag neben dem Pferd auf dem Boden, nur sein Arm war noch da oben und hielt das Halfter des Tieres. Ja, dachte er noch, gut, ich halte dich fest … Dann übermannte ihn der Schmerz, jäh und zerreißend wie bei einer schwierigen Geburt, und nahm ihm das Bewusstsein.

9

Schon zu Beginn des Krieges, nachdem er vergeblich gegen die Gefühle von Apathie und Unentschlossenheit angekämpft hatte, war Panto auf die Idee gekommen, sich akademischen Beschäftigungen hinzugeben. Er traf sich auch weiterhin mit Boshura, doch dem Zauber ihres Parfüms war nun der bittere Tropfen seines Misstrauens beigemengt. Ihr trügerisches Lächeln entglitt ihm und verhieß eine langwierige Trennung voller Sentimentalitäten.

»Ich bin in Eile, mein Teuerster, Frau Dora und deine getreue Gemahlin harren meiner. Nicht wahr, du weißt doch, dass die Frauenvereinigung dazu aufgerufen ist, sich um die armen Frontsoldaten zu kümmern?« Es folgten einige papierene Phrasen über die sogenannte patriotische Pflicht, wie sie Tag für Tag den Zeitungen – oder den hohlen Phrasen von Ministerpräsident Wassil Radoslavov zu entnehmen waren. Sie ließ ihn seinen Kaffee allein zu Ende trinken, allein mit seinen Gedanken und Zweifeln. Ihr Kleid raschelte durch den Korridor, wo er noch einmal einen kurzen Blick in ihre dunklen Augen warf, die von so süßer Wonne und frühherbstlicher Reife erfüllt waren. Gelegentlich sahen sie sich unter vier Augen, und dann liebten sie sich mit demselben Ungestüm, mit dem sie nach dem Genuss in die Einsamkeit geschleudert wurden – Panto verliebt und unbefriedigt, Boshura prachtvoll wie eine Obstschale, glänzend in ihrem eigenen Saft und mit verklebten Haaren. Sie trafen sich auf Pantos Weingut oder im Sägewerk am Stadtrand, wo der Duft nach verletztem Baum und ausgetropftem Harz ihre Leidenschaft entfesselte. Panto wollte sich ihr erklären, doch seine Worte waren wie weggeblasen, wenn er ihr leichtes, katzenhaftes Lachen hörte. Der himmlische Glöckner kühlte die Luft mit bleichen Sternen, die Stadt verlor sich ferne, der Fluss schien durch Boshuras Augen zu fließen und hinterließ in seinen Armen feinen Schwemmsand.

»Was ist das nur für eine Ungeduld, und woher kommt sie bloß?«, entzog sie sich ihm, lachte und blitzte auf wie ein teures Schmuckstück. Egal, ob in Wollust oder Sägespänen gewälzt, sie schien unbesitzbar.

»Ich möchte dir einfach sagen«, fuhr Panto fort, »du musst einfach verstehen …«

»Jetzt ist Krieg«, erwiderte Boshura und klopfte ihre Unterröcke vor seinem Gesicht ab. »Das ist das Wichtigste.«

Sein starker Wunsch, bezwingend auszusehen, machte ihn nur zu einer Jammergestalt, die einsam und allein vor sich hin sagte: »Ich werde alt … Sicher werde ich langsam alt.«

Er zog einen Anzug an, setzte sich mit dem Rücken zu seiner klapprigen Frau und seinem unersättlich spielehungrigen Sohn Georgi in den Hof, trank Kaffee mit einem Stück Türkischem Honig dazu und ging dann in die Bank, wo er über den speckigen Büchern, die ihn mit nichts als Widerwillen erfüllten, vor sich hin döste. Er versuchte, seiner Liebe in Versen Ausdruck zu verleihen, dann bestellte er sich doch lieber einen seidenen Hausmantel. Frustriert von sich selbst, ging er um sechs Uhr auf ein Bier zu Romanzero, setzte sich an einen abseits stehenden Tisch und versenkte sich in die aschefarbenen Wasser der Donau, die man ebenso wenig festhalten konnte wie das Glück. Wenn der Sonnenuntergang die Stadt verkleinerte, sah sie bedauernswert aus. Wegen des Krieges gingen die meisten Frauen in dunklen Kleidern. Die Teuerung machte den Alten schwer zu schaffen. Die Kneipen und Klublokale gähnten vor Leere – es gab kaum noch Männer am Ort. So gähnten die Hausmädchen, abgestumpft vor Eintönigkeit, auf den Bänken des leergefegten Stadtparks und knabberten geröstete Sonnenblumenkerne. Frau Dora las ihm aus den Tarot-Karten. Diese versprachen ihm ein hohes Alter bei guter Finanzlage – nur dass Frau Dora bei der Schicksalsschneiderei lieber auf die Wünsche des Kunden setzte und mehr ihrer Intuition folgte als dem, was die Kartenbilder zeigten.

Einmal sagte sie bei einer Versammlung der Frauenvereinigung mitten hinein in die Stille seufzend: »Herr Panto … tja, über ihn kann ich wirklich nichts Schlechtes sagen. Reich, schön, solide …«

Erst als die Quitten überreif von den Bäumen fielen und der Landregen die Höfe mit seinem Flüstern erfüllte, kam Panto wieder zu sich. Er hatte den Beschluss gefasst, dass die am besten zu ihm passende akademische Betätigung das Sammeln von Briefmarken sei. Das war nicht nur ein kostspieliges Hobby, sondern besaß auch besondere Vorzüge während der Kriegszeit, da es mit interessanten Schwierigkeiten und unterhaltsamen Hürden verbunden war. Bei einem sephardischen Juden kaufte er einige Alben, silberne Pinzetten und eine Lupe, rauschte mit seinem seidenen Morgenmantel durchs Haus und diktierte im Klub »Espero« lange Briefe nach Frankreich, Deutschland und Lateinamerika. In der verbleibenden Zeit war er mit seiner Verliebtheit beschäftigt. Dennoch lenkte ihn sein neues Hobby genug ab, um den Babaschovs zweimal eine weitere Finanzierung zu verweigern. Von irgendwoher hatten sie einen dicken Deutschen aufgegabelt, der Kunststückchen mit Karten und Eisenkugeln vollführen konnte, Boshura ungeniert den Hof machte, seine pockennarbige Nase in ein Seidentaschentuch schneuzte und sich bemühte, den ungeneigten Panto geneigt zu machen. Doch seine karierten Hosen und weibischen Schuhe mochten Tante Allwissend begeistern – ihn widerten sie an. Er hatte aber auch nicht die Kraft, ihn fortzujagen, ließ ihn ungestört seine angezündeten Streichhölzer und Rasierklingen schlucken, in der Nase bohren und immer wieder ausrufen: »Oh, mein Gott!« Dieser aufgedunsene Kerl, der einen Hut mit einer Hühnerfeder trug, konnte zehn Bier trinken, ohne auch nur einmal für kleine Mädchen zu müssen, und schwamm mit Leichtigkeit auf den Wellen der orientalischen Gastfreundschaft. Wenn Panto die dauernde Anquatsche des Deutschen und die auffällige Ruhe Ginas zu viel wurde, streifte er seinen seidenen Hausmantel über und vertiefte sich mit der Lupe in seine Marken. Ja, was gab es da nicht für Wunder in seinen Alben: wilde Tiere, seltsame Vögel und bunte Schmetterlinge, Köpfe antiker Philosophen und anderer großer Männer, gotische Kathedralen und barocke Schlösser, deutsche Stadtansichten und französische Weinberge, ablegende Schiffe und einfahrende Züge, kurz: die ganze unendliche Exotik dieser Welt. Zwischen den einzelnen Seiten, die mit Transparentpapier geschützt waren, begegneten sich die brasilianische Sonne und die Fjorde Norwegens, der französische Hahn und die türkische Flotte; und der martialisch dreinschauende deutsche Kaiser Wilhelm II. fand sich direkt konfrontiert mit dem inspiriert lächelnden russischen Imperator Nikolaus II. Ja, so war ihm der Krieg wirklich unterhaltsamer, und ganz nebenbei verbesserten sich durch die Philatelie auch seine geografischen Kenntnisse. Er stellte zum Beispiel außer sich vor Verwunderung fest, dass Kolumbien gar nicht in Afrika lag, sondern in Südamerika, und dass die Stotinki in Nordamerika Cents hießen. Doch die Marken schafften es nicht, Boshura aus seinem Herzen zu verdrängen. Der arme Panto begann, seltene Blümchen zu trocknen und sentimentale Romane zu lesen, und fühlte auch sonst seine Wehrlosigkeit in seinem panischen Bestreben, nur ja jeden Moment dieses Herbstes mit irgendeiner Ablenkung auszufüllen.

»Der Krieg ist eine erhabene Melancholie«, liebte er zu wiederholen, halb erstickt von seinem hohen und festen Stehkragen.

»Der Krieg verlangt Vertrauen, Herr Weltschev«, erwiderte Dimo Babaschov gedehnt, und seine kalten Katzenaugen verengten sich wie ein Münzschlitz.

10

Die vor gar nicht langer Zeit gegründete Frauenvereinigung verschlang Tante Allwissend mit Haut und Haaren. Der Anbau, in dem die Damen sich versammelten, war der Gemeinde vom Widiner Bischof übereignet worden, einem über jeden Zweifel erhabenen Philanthropen, Kenner des Schönen und Erhabenen, insbesondere im Bereich des schwachen Geschlechts, und versehen mit außerordentlichen Mannesqualitäten. Durch die Eingangstür gelangte man in einen kleinen Salon, der mit zwei klassizistischen Säulen verziert war, mit Lorbeerkränzen und dem Bildnis der heiligen Petka, die aus unerfindlichen Gründen große Ähnlichkeit mit Filet-Pena hatte.

Tante Allwissend und Boshura waren stellvertretende Vorsitzende der Vereinigung und entfalteten in kurzer Zeit eine verblüffende Tätigkeit. Man versammelte sich nachmittags zum Kaffee, dazu gab es Törtchen und Pralinen mit Veilchenduft. Dabei wurden schnelle Entschlüsse getroffen und die Ereignisse des andauernden Krieges erörtert. Sie hatten sich darauf eingeschworen, jedem noch lebenden Soldaten mindestens ein Paar Unterhosen zukommen zu lassen, und jedem Verwundeten eine kleine Ikone, auf deren Rücken die optimistische Losung stand: »Gott ist mit uns«.

»Die Ärmsten, sie sollen allesamt völlig verlaust sein in diesen Gräben«, nahm Frau Dora das Thema auf und verlieh der Trägheit ihrer Freundinnen den Anstrich von Gram.

»Läuse, Sozialisten … nichts als widerliches Zeug«, ergänzte Frau Bezirksvorsteherin Ilieva, die gerade um jeden Preis einen Fasan in ihrem Kaffeesatz erkennen wollte.

Eine peinliche Pause trat ein, in der das Rascheln edlen Kleiderstoffes zu hören war. Gina vertiefte sich in Boshuras Dekolletee und begutachtete die zwei quellenden Knödel darin wie ein männlicher Interessent. Auf welchen Teller sollten die denn passen? Aber gut, heute war sie voll edler Gesinnung. Panto blättert jetzt in seinen dämlichen Briefmarken!, schoss es ihr durch den Kopf. Ihre Verachtung für ihn stieg. Im Nachbarhof begann eine Frau zu weinen.

Es war genau bei dieser Versammlung, bei der Dora den verträumten

Blick Boshuras erforschte und mit besonderem Unterton ihre Bemerkung fallenließ: »Herr Panto … tja, über ihn kann ich wirklich nichts Schlechtes sagen. Reich, schön, solide …«

Gina packte ihren Schirm und trat auf die Geschäftsstraße hinaus. Keine Menschenseele war zu sehen. Der Krieg war allgegenwärtig. Selbst die geschlossenen Läden strahlten Verlassenheit und Leere aus. Im Norden stauten sich schwarze Wolken, die die Schwüle mit Elektrizität aufluden und ein Unwetter verhießen. Es roch unangenehm ätherisch nach giftiger Bifora. Die Alten vor Trentschos Barbierstube musterten Gina mit ihren verklebten Augen. Sie aber schritt mit hocherhobener Nase die Hauptstraße entlang, machte einen Bogen um den Hafen und die dortigen aufgeblühten Höfe und betrat Ilijas Herberge.

Innen roch es stickig nach feuchten Laken und nass geschrubbten Bodenbrettern. Ilija hatte sich im Flur verkrochen wie ein Ganove. Er wartete auf sie. Empfing sie mit offenem Hemd. Hastig, aber ohne Furcht schauten sie sich um. Aus der Richtung von Gold-Petkos Hof war das Klappern von Spielsteinen zu hören, jemand schien dort Tricktrack zu spielen.

»Ich wollte dich sehen«, sagte Ilija leise. Auch diesmal hatte seine Hässlichkeit diese anziehende Wirkung auf sie. Sie wirkte wie ein aufdringlicher Gegenstand, und ihr schien, sie habe davon geträumt.

»Da bin ich«, erwiderte Gina still und setzte sich aufs Bett. »Unsere Frauenvereinigung hatte eine Sitzung.«

Sie schwiegen. Die Langeweile über ihre gegenseitige Präsenz machte sie munter. Diese Treffen wiederholten sich mit gespenstischer Hartnäckigkeit. Gina kannte schließlich jedes kleinste Detail. Durch das Gebäude patschten irgendjemandes nackte Füße. Durch das Fenster drang die Stimme des kleinen Assen. Der kurze Nacken Ilijas lief langsam rot an, als wäre er drauf und dran, sich zu prügeln. Das Kleid begann sie zu behindern. Auch ihn behinderte es. Hinderte ihn daran, in ihrer Hässlichkeit bis auf den Grund zu versinken. Er steckte sich eine Zigarette an, verschränkte die Arme vor der Brust und wiederholte: »Ich wollte dich sehen.«

»Aber ich bin ja da«, erwiderte Gina und setzte ihren breitkrempigen Hut ab, »unsere Frauenvereinigung hatte eine Sitzung.«

»Ich muss etwas tun …« Dieselben schicksalsschweren Worte hatte auch sein Bruder Jordan schon gesagt, mehrfach gesagt. Was willst du denn tun, dachte Gina, sie haben dich ja noch nicht mal für den Krieg genommen. Ihr magerer Leib erzitterte. So viele Jahre hatte sich ihre weibliche Hingabebereitschaft darin angestaut, dass sie ihr jetzt regelrecht die Sinne benahm. Wie erregend es nach *Unsauber* riecht, dachte sie. Die Sehnen an seinen Händen sprangen im Halbdunkel hervor; er sah jetzt furchterregend und unberechenbar aus. Gott, wie wunderbar es nach *Ungewaschen* riecht …

»Leider habe ich nicht Pantos Geld.« Sie verstand seinen Vorwurf sofort, und er kam ihr notwendig und logisch vor. »Dieser verflixte Hotelschuppen hier, verdammt nochmal. Ich komme einfach nicht weiter.«

»Nicht wahr, du wolltest doch die Lagerhallen von Totju kaufen?«

»Totjus Lager … noch so eine tote Immobilie wie die hier, diese … diese Scheune.«

»Und Panto sammelt Briefmarken.« Sie fügte nicht hinzu, »auch so eine tote Immobilie«, weil sie befürchtete, Ilija zu verletzen – immerhin waren sie Brüder. In ihr wuchs das Verlangen, sich um Ilija zu kümmern, ihm den losen Knopf an seinem Hemd festzunähen. Sie stellte ihn sich vor, wie er sich mit von der Dunkelheit durchbrochenem Körper und unruhigen Gedanken im Schlaf herumwälzte. Wir schämen uns ja nicht einmal … Und schließlich, mit bereits wachsendem Mitgefühl: Er ist doch der Bruder meines Mannes …

»Warum versuchst du es nicht bei den Babaschovs. Das sind erfahrene und gewitzte Leute. Im Moment füttern sie so einen Deutschen durch, der angeblich mit Dimo befreundet gewesen sein soll.«

»Mit den Babaschovs?« Er trat seine Zigarette auf dem Boden aus und kehrte ihr den Rücken zu. Das Fensterchen wurde dunkel und verschluckte die Umrisse der gegenüberliegenden Häuser. Eine schwarz gekleidete Frau überquerte die Straße, die Gina mithilfe ihrer Einbildungskraft als Jana erkannte. Das Laken unter ihr wurde spürbar klamm, die Welt erfüllte sich mit Langsamkeit und Doppeldeutigkeit. In diesen kurzen Augenblicken vor Ilijas letzten Worten fühlte Gina sich verliebt. Ja, sie war verliebt, weil sie verwundet und unglücklich war. Durch Panto hatte sie von der Schönheit und der Zerstörung im Leben gekostet, durch Ilija würde sie die Größe der Hässlichkeit und des Aufbauens kennenlernen. Etwas um sie beide begann, sich zu sammeln, anzuschwellen und der

Ewigkeit entgegenzustreben. So stand es mir wohl geschrieben: alles zu haben und nichts zu haben. Das Verlangen, er möge sie quälen, überkam sie, das Verlangen, er möge sie kneten und pressen, ihr die Weichteile auseinanderreißen und ihr Schmerz zufügen. Ilija drehte sich um, und sie sah förmlich, wie sein Widerwille gegen sie stieg.

»Mit dir wollte ich reden«, sagte er und schob grob ihr Kleid hoch.

»Aber ich bin doch hier …«, erwiderte sie demütig und empfing seinen Arm wie ein Kopfkissen. »Unsere Frauenvereinigung hatte eine Sitzung.«

11

Noch immer wachte die alte Petruniza über etwas, aber was war es nur? Mit einem Fuß schon in der Ewigkeit, trafen sie die aktuellen Ereignisse unvorbereitet und füllten ihr Herz mit Trauer und der Sehnsucht nach Frieden. Sie vergaß sogar die Donau, ihre träge Schleife drüben bei Calafat, die weichen Umrisse des Flusslaufs unterhalb der Burg Baba Wida, denn sie hatte all das seit Jahren nicht mehr gesehen. Bekannt waren ihr der Herd und das Feuer darin, die Stimmen der kleinen Petruna und ihres Bruders Assen, der einschüchternde Blick Ilijas und der Krieg … Die Abwesenheit ihrer Söhne, dieses Warten, das allmähliche Einnisten des Unglücks, der Verlust im Krieg! Jana wirbelte als ihr schöner Schatten um sie herum und holte sie in die Wirklichkeit zurück. Sie kämmte ihr das Haar aus, damit ihr leichter wurde. Adel und Einsamkeit ausstrahlend, glitten ihr die Silberfäden durch die Finger. Es war, als berührte Jana die Textur des Schweigens selbst.

»Wir haben einen Brief von Christo«, sagte sie liebevoll. »Es geht ihm gut. Drei Blätter hat er vollgeschrieben.«

Doch Petruniza dachte: Und was ist mit Jordan? Und als Jonka nach ihrer Austreibung auf dem Friedhof einmal mit den beiden Gänschen vorbeikam, da konnte sie auch die trotz Rotz an der Nase und dem sanften Grinsen debiler Kinder unter ihren gewaltigen Schnurrbärten nicht erkennen. Das waren doch nicht diese beiden kleinen Stöpsel mit den großen und länglichen Eierköpfen, denen ihr Mann – Gott hab ihn selig – zwei Goldtaler vererbt hatte? Ja, der alte Assen hatte gern in ihrer Gegenwart getrunken und immer gesagt: »Mit ihnen kann ich am allerbesten reden, weil die mir keinen Bären aufbinden können.«

Das Leben ist wie ein Gartenbeet. In der Jugend sprießt alles hervor, drängt nach Anwesenheit und Bedeutung, später, im reifen Alter, verabschiedet sich der Mensch von seinen Wünschen und Sehnsüchten und beginnt, für die anderen zu leben und Erinnerungen zu sammeln. Die Blumen ringsumher verblühen und verschwinden schließlich, die Sonne wird langsam und reif, am Morgen werden nur noch bescheidene Pläne gemacht, und des Abends ist man müde. Im Alter dann kommen Einsamkeit und Leere; jener letzte Strahl, der das Nichts erhellt. In den Tagen zwischen Sommer und Winter, zwischen Winter und Sommer konnte Petruniza sich einfach nicht mehr finden; darum begann sie, in der alten Truhe zu wühlen. Sie beugte sich tief hinein wie in einen Brunnen, gelangte zum Grund, wendete den Blick nach oben ... Aber da war nur ein Stückchen vom Himmel.

»Diese Ikone«, murmelte sie und griff nach einer auf reinem Perlmutt gravierten Abbildung, die ihr der Großvater aus Stambul Istanbul mitgebracht hatte, »ja, sie ist es ...« Haufen von Wollsocken tauchten auf, zwischen ihnen das Blitzen kostbar geschmiedeter Gürtelschnallen, der Ring ihres Mannes, und die Düfte von Mottenpulver, Erde und Weihrauch, in denen der Tag ruhte. Ihre Augen und ihre Lippen blieben trocken, denn sie hatte schon keine Erinnerungen mehr, sondern nur noch Anmutungen. Sie legte langsam alles wieder in die Truhe zurück. Es war wie ein ritueller Singsang. Sie wollte begreifen, aber alles entglitt ihr. Sie war ein Fremdling im eigenen Haus geworden, ja, sogar im Haus des eigenen Lebens. Das einzige Versprechen, an das sie sich noch erinnern konnte, war jenes, das sie bei der Testamentseröffnung nach dem Tod des alten Assen gegeben hatte: dass sie noch leben bleiben wollte, solange ihre Kinder sie brauchten.

Die Nachbarn hatten aufgehört, ihr Dinge mitzuteilen. Es war auf Dauer ärgerlich, mit jemandem über Dinge zu reden, der alles sofort vergaß. So verdorrte selbst ihre mechanische weibliche Neugier, weil sie keine Nahrung erhielt. Nur die Schwester von Gold-Petko war ab und zu noch gekommen; doch nachdem sie sich einmal in die Hosen gemacht hatte, als sie beide vor sich hindösten, hatte auch sie aufgehört zu kommen, peinlich berührt von ihrer Inkontinenz.

Sie stand auf und wiederholte – wer hatte es ihr bloß gesagt? –: »Wir haben einen Brief von Christo. Drei Blätter hat er vollgeschrieben …« Jana erschrak und ließ Petrunizas fertig geflochtene lange Silberfäden fallen. Die Sonne betrat das Zimmer, erleuchtete es warm, und die Welt schloss sich um die alte Petruniza. Sie blieb wieder allein – mit der Zeit, mit der Stimme der Enkelchen und mit einem langen Brief von Christo.

12

Erst im jungen Schnee des beginnenden Winters empfand Jana so recht, wie verlassen und allein sie war. Vielleicht hatte sie deshalb so ehrliches Mitgefühl für alle Kriegsgeschädigten – weil sie ihr Schicksal teilten. Ilija tat so, als bemerke er sie gar nicht, sagte weder danke noch bitte, noch lobte er sie, und das, obwohl sie nicht nur im Haus, sondern auch in seinem Gasthof erfolgreich gegen Spinnweben und Staub focht; sie wiederum wich seiner mürrischen Gegenwart aus in die Ecken, wo das Halbdunkel gleichmäßige Ruhe verbreitete. Sie hatte zwar einerseits längst – ohne dass ihr dies bewusst war – das Kommando über die Hauswirtschaft übernommen, andererseits machte ihr permanentes Schuldgefühl sie zu einer willigen Befehlsempfängerin und verwandelte sie in eine Sklavin. »Tu mir auf«, befahl Ilija ohne jede Verbindlichkeit in der Stimme, wenn er sich – alle warteten auf ihn – zu Tisch setzte, und vertiefte sich mit beleidigender Ungeduld in das leere Rechteck des Fensters. Durch seine Hässlichkeit und Gedrungenheit flößte er sogar mehr Furcht ein als Jordan.

Tagsüber kochte und wusch sie, abends fegte sie Haus und Herberge. Dabei kam es schon mal vor, dass ein betrunkener Fuhrmann ihr auf den Hintern klatschte, um zu sehen, wie sie reagierte. Janas Drang, nützlich zu sein, sich um jemanden zu kümmern, sich ihres und das Brot ihrer Kinder zu verdienen, lag ihr schwer auf der Seele, aber sie konnte es nicht ändern. Vielleicht deshalb begann sie, als der Krieg ausgebrochen war, Kontakt zu Jonka und Elena zu suchen, deren Männer beide an der Front waren. Jeden Tag fand sie etwas Zeit, über die leergefegte Geschäftsstraße zu eilen und bei einer der beiden vorbeizuschauen – bei Jonka vertrauensvoll, bei Elena mit einer gehörigen Portion Respekt. Üblicherweise traf sie Jonka dabei an, wie sie dem Schnaps zusprach. Das zerwühlte Haar fiel ihrer Schwägerin über die Schultern. Im Stall schnaubten die Pferde, ungefüttert und ungetränkt, auf dem Herd klapperte das Kesselchen mit einem von Jonkas Zaubertränken.

»Wie man's auch dreht und wendet, was auch immer wir tun – es gibt keinen Ausweg«, sagte Jonka. »Mein Todor ist friedlich wie ein Lämmchen, ist doch klar, dass sie so einen zerbrechen.« Jana griff nach Jonkas Händen und zog sie in ihren Schoß. »Gut denn … Aber er ist das Einzige, was ich habe. Was bleibt ohne ihn von mir übrig? Was ist mit seinen Pferden, diesen bockigen Mähren? Wenn er nicht wiederkommt, kann ich mein ganzes Leben begraben!«

Jana liefen zwar die Tränen herunter, aber sie biss sich auf die Schürze, um keine Klagelaute auszustoßen. Sie wusste sehr gut, wenn sie Jonka helfen wollte, musste sie aushalten, schweigen und zuhören. Die Stille umgab sie gleichförmig und heilsam. Die Kürbisflasche für den Schnaps schaukelte leer auf dem Boden. Wenn sie das Gefühl hatte, dass es genug war, stand sie auf, machte Wasser heiß, badete Jonka, spülte auch das sich auf dem Brunnenrand stapelnde Geschirr, versorgte die Pferde mit Hafer und Streu, klopfte die Betten aus, kurz: verhielt sich so, als wäre sie bei sich zu Hause.

Montags, mittwochs und freitags besuchte sie Elena. Anwalt Kamenov öffnete ihr mit seinem Raucherhusten und mit vom vielen Lesen, Schreiben und Nachdenken müden Augen und zog sich dann wieder zu seinen Proklamationen für die *Arbeiterzeitung* zurück. Er war alt geworden. Elena las eigentlich immer, wenn sie kam. Obwohl sie schwanger war, wirkte sie auf geheimnisvolle Art doch unberührt, unberührbar. Einer ihrer Arme hing leicht von der Lehne des Sessels herab und verlängerte ihre ohnehin grazile Gestalt. Sie lächelte freundlich, aber Jana sah, dass sie von etwas Eigenem in Beschlag genommen war, das sie entrückte und unzugänglich machte. Ihr Ohr schimmerte durchsichtig, als wäre es aus feinem Porzellan. Jana wusste sehr gut, wenn sie helfen wollte, musste sie reden – und schon überfluteten unerwartet die Worte ihren Verstand. Sie beugte sich vor, verschränkte die Hände und erzählte von Christo und davon, wie er Jordan geliebt hatte; von seiner unersättlichen Leidenschaft, zur Gitarre zu singen; von ihren einsamen Abenden, an denen die Harmonien, die

Christo den Saiten entlockt hatte, ihr das Fehlen der Umarmungen ihres Mannes ersetzt hatten. »Und dann sehe ich, in was für einem Aufzug dieser Barde an seinem ersten Arbeitstag zur Schule geht!«, fuhr sie fröhlich fort. »Oi-oi-oi, das sah vielleicht zum Schießen komisch aus! Frisiert, parfümiert … und auf dem Kopf die Melone … Mein lieber Schwan! Da hab ich mir schon gesagt: Der hat bestimmt ein Auge auf eine Schöne geworfen … Und so war's dann ja auch.«

Gegen Abend besann sich Jana, dass nun Eile geboten war, und wiederholte mit sturer Beständigkeit, dass der Krieg sicher bald zu Ende sein werde, und dass Christo, ausgewachsen und männlicher geworden, mit noch blaueren Augen und heißen Worten wiederkehren werde. Elena unterbrach sie: »Wir erwarten ein Baby …« Das brachte Jana aus der Fassung, weil es Elenas zarte und erlesene Vollkommenheit plump entzauberte. Dann starrte sie verwirrt auf den Kugelbauch der Schwangeren und schien erst jetzt dessen grobe Unförmigkeit, seine Lebendigkeit wahrzunehmen. Er stellte sich dann mit der Cremefarbe von Elenas Kleid wie ein dritter Mensch zwischen sie in den Raum. Jana, enttäuscht, kam sich irgendwie betrogen vor. Sie schluchzte auf, kitzelnd liefen die Tränen ihre Wangen herab. Doch auch damit half sie ihr noch, denn Elena konnte selbst nicht weinen. Dazu war sie zu melancholisch. Dann begann Jana, gegen den Wunsch Elenas und die nach Tabak stinkenden Proteste Kamenovs, aufzuräumen, Staub zu wischen, seine Hosen und das ein oder andere von Elenas luftigen Kleidern zu bügeln. Wieder fühlte sie sich, als sie erst einmal die Einzelheiten kennengelernt und sich an den allgegenwärtigen Geruch nach Büchern gewöhnt hatte, die diesen Haushalt so ungewöhnlich machten, wie zu Hause.

13

Der November war regnerisch und warm. Die Donau wollte nicht gefrieren und ließ die Stadt gleichsam allein zwischen dem verwaisten Hafen und den Sümpfen. Widin glich einem Menschen ohne Gesicht, einem Esstisch ohne Brot und Salz. Wegen der anhaltend feuchten Wärme brach die nächste Malaria-Epidemie aus. Die Stadt lag darnieder. In den tiefen Pfützen vor der Post und dem Bezirksamt spiegelte sich einzig der Himmel. Die Geschäfte auf der Hauptstraße öffneten ihre Läden gar nicht erst, mit Ausnahme des chemischen Privatlabors von Kotscho, dem Dankbaren, der mit höchster Kunstfertigkeit allerlei Duftwässer und wohlriechende Parfüms herstellte.

An einem solchen Niemandstag hatte Jonka beschlossen, ihre Kochwäsche zu machen. Geübt unterhielt sie das Feuer unter dem rußigen Kessel. Angetrunken, wie sie war, stützte sie sich auf den dicken Weidenzweig, mit dem sie die Wäsche ins kochende Wasser drückte, und dachte traurig an ihre Kinderlosigkeit. Es war Freitag, da würde Jana nicht kommen …

Sie sah den Mann praktisch nur aus dem Augenwinkel. Das musste irgend so ein Bettler sein. Es war aber auch nichts an ihm dran. Er trug Soldatenkluft, sah hungrig, abgerissen und dreckig aus wie der verlorene Krieg selbst; ein Fremder offenbar. Er kam zaghaft näher, so, als wäre er sich in etwas nicht sicher und könne sich nur mit Mühe erinnern. Er überquerte die Straße, ohne auf die Pfützen zu achten. Er humpelte. Ah ja, eines seiner Beine war angeschwollen, und statt eines Schuhs trug er daran nur einen Fußlappen. Der Sonderling drehte sich mit einer Hand eine Zigarette, zündete sie an, dann lehnte er sich an die halb vermoderte Umzäunung. Erst jetzt bemerkte sie, dass ihm ein Arm fehlte; der leere Ärmel schlackerte hin und her, als wolle er ihr zum Abschied winken, aber er ging nicht fort. Ungestutzt und lang, verdeckte sein Bart, wie blass er war. Er stand da wie ein Denkmal der Verkrüppelten … Jonka wurde es gruselig. Sie ließ den großen Kessel mit ihren Kleidern auf dem Feuer zurück und ging von der Veranda ins Haus.

Sie schnitt Zwiebeln und Kartoffeln für die Suppe, kochte sie, aß aber nicht. Sie trank den letzten Schnaps aus der Kürbisflasche, drehte sich nervös in der Stube, schaute beiläufig wieder aus dem Fenster. Er stand immer noch da, an den Zaun gelehnt, als wolle er eins werden mit dem rauschenden Regen! Langsam geriet sie in Panik. Sie war an diesem und am folgenden Tag allein, ihre Brüder waren weit weg, und die Nachbarn hörten bei diesem Regen nicht, was nebenan passierte. Jonka verriegelte die Tür und scheuerte den Boden mit einem Ziegel. Dann versuchte sie einen Zauber, doch ihr Kopf war wie leergefegt, die Worte hatten sie vollkommen verlassen. Sie schob das Töpfchen mit der Suppe zum Aufwärmen auf den

Herd, kostete aber nicht davon, sondern goss sich den nächsten Schnaps ein. Sie griff nach dem Küchenmesser, prüfte die Klinge, und weil es nichts mehr gab, was sie jetzt noch hätte tun können, schaute sie nach draußen. Sie wollte schon erleichtert aufatmen, da sah sie ihn, wie er noch immer am Zaun lehnte und mit scheinbar wachsender Unbeweglichkeit sich vom Regen aufweichen ließ. Er schaute nicht ein einziges Mal in Richtung Haus. Der Wind griff unter seinen leeren Ärmel und bauschte ihn auf. Winkte er sie damit herbei, verscheuchte er sie damit? Der Mann war derart normal, dass man das unmöglich erraten konnte. Wenn er da weiter so steht, holt er sich ja den Tod, dachte sie. In diesem Moment hatte sie die Empfindung, dass der ganze nicht enden wollende Krieg sie anschaute.

Sie hörte, wie die Regentropfen auf die Äste der alten Walnuss prasselten. Ohne weiter nachzudenken, zog sie sich um und zwängte sich in ihr neues ärmelloses Überkleid, kämmte sich, verrieb einen Tropfen Minze in ihrem Busen, entzündete die Gaslampe sowie ein paar Krümel Weihrauch. Dann ging sie hinaus und rief ihn. Die Entfernung bis zum Hoftor, das sich nun knarrend öffnete, kam ihr unendlich vor.

»Wen suchst du, guter Mann? Komm rein und wärm' dich ein bisschen auf!«

Sie hörte seine Stimme, wollte es aber immer noch nicht wahrhaben. Der Krieg hatte sie so übel belogen und betrogen, dass ihr die Zeit nicht reichte, um ihn zu erkennen. Über sein Gesicht huschte ein verstohlenes Lächeln. Doch wenn sie ihn jetzt verjagt hätte, so wäre er wohl bereit gewesen, zu gehen.

»Wen suchst du, guter Mann?«

»Dich!«, sagte Todor schlicht.

»Bist du es?«, fragte Jonka. Beiden hatte es in beinahe kränkender Weise die Sprache verschlagen. Dann besann sie sich, dass es Zeit war, ins Haus zu gehen.

Todor saß am Herdfeuer mit gesenktem Kopf wie ein ertappter Sünder, während die Nässe aus seinen Kleidern verdampfte. Die Ausdünstung von Wolle verbreitete sich im Haus. Es roch nach Dreck, nach ausgeheilter Wunde und nach Betäubungsmittel. Sie schauten einander forschend an, um den Sinn und die Bedeutung der Veränderungen zu entdecken. Gott, ist er zusammengeschrumpft, dachte sie. Und er: Sie hat schon getrunken.

Das Zimmer wirkte riesig und leer, der Regen, der an das Fenster trommelte, hallte wider. Endlich waren sie wieder vereint. Aber *waren sie es* auch? Und waren sie wirklich wieder *zusammen?*

»Wie kann denn bloß ...«, schluchzte Jonka.

»Hab ... einem Pferd ans ... Halfter gegriffen«, murmelte er, und sie begriff, wie schwer es ihm fiel, sich zu erinnern. »War 'n blindes Tier, völlig außer sich, das Arme. Als das Geschütz losging, hielt die hier« – er griff mit Widerwillen nach seinem leeren Ärmel – »noch immer fest ... das Halfter ... Irgendwas hat mich getroffen. Ich hingefallen. Bumm! Und die hält immer schön fest.«

»Wer – *die?*«

»Wie *wer?* Na, meine Hand ...«

»Ach ja«, nickte Jonka. Dann fiel ihr ein: Ich muss mich ja freuen ... Wie ich mich freue!

Todor aß drei Portionen Kartoffelsuppe. Er hielt die Schale zwischen die Knie geklemmt, der leere Ärmel hing dabei zwischen dem sorglosen Flackern des Feuers und seinem unversehrten linken Arm. Endlich seufzte er, und sie sah die Scham in seinen Augen, einen schmalen Streifen über der Pupille, fern und verschwommen wie der Horizont. Verkrüppelt und verschämt. Aber einmal muss er sich doch ausziehen ... Jonka spürte, wie ihm der Schweiß ausbrach. Seine eigene Angst ärgerte ihn.

»Komm, ich will es jetzt sehen«, sagte sie mit fester Stimme. Beugte sich vor, zog ihm den verdreckten Schuh aus, zerschnitt mit dem Messer den Fußlappen an seinem anderen Bein, knöpfte seinen Uniformmantel und seine zerrissene Jacke auf. Über seiner Brust baumelte die kleine Ikone, die sie ihm mit auf den Weg gegeben hatte. Nun zog sie ihn ganz aus. Sie hieß ihn aufstehen und wich erst dann zurück. Sein rechter Arm glich einem Mörserstößel. Er war am Ende blau angelaufen und sah fest aus. Er zeigte weg von seinem Bartgesicht wie ein Umleitungsschild.

»Ich hab keinen Schnaps mehr. Musst dich an mir betrinken«, sagte sie gequält. Erst jetzt konnte sie das ganze Entsetzen, die ganze Freude über seine Wiederkehr empfinden, und ihr Klageruf füllte das Zimmer und füllte die Nacht.

14

Am leichtesten fiel Todor bei der Wiedereingewöhnung in sein altes Leben die Begegnung mit dem Haus, den Pferden und der Donau. Der frische Duft nach Holzfeuer, das vergilbte, aber immer noch wunderbare Hochzeitsfoto von ihm und Jonka, das in einem großzügigen Rahmen über ihrem Bett hing, der säuerliche Geruch nach Stallmist und Tieren, die feuchten Lederriemen des Geschirrs, der Flaschenkürbis voller Schnaps – alles das war ihm so nahe und vertraut, als hätte er sein Heim nie verlassen. In diesen Monaten dachte Todor in klaren, einfachen und schönen Sätzen. Er wusch sich jeden Tag, weil er sich vorher nicht waschen konnte, und weil er das vergessen wollte. Er besuchte der Reihe nach alle Verwandten. Alle taten so, als bemerkten sie gar nicht, dass der rechte Ärmel seines Hemdes leer war. Darum beliebte er zu sagen: »So ohne Arm sehe ich bisschen schief aus, was?«

»Als hättest du dich nach rechts gebeugt, um eine Zigarette vom Boden aufzuheben«, antwortete wenigstens Jana ihm in ihrer natürlichen Art. »Schön, dass du wieder da bist, Onkel Todor.«

Die Leute stellten sich immer zu seiner Linken. Wenn er Ilijas Kneipe betrat, trat schlagartig Stille ein. Durch diese übertriebene Aufmerksamkeit fühlte er sich isoliert. Wenn er nicht ein so gesegnetes Gemüt gehabt hätte, wäre er sicher ein bösartiger Tunichtgut geworden und hätte sich für all diese Verletzungen gerächt. Die Kinder lauerten ihm auf der Straße auf, sprangen um ihn herum und schrien mit ihren spitzen Stimmen: »Todor-Modor ohne Arm, tirili zum Gotterbarm'!« Jonka betrank sich einen ganzen Monat lang.

Dank Pantos und Tante Allwissends Fürsprache stellte man Todor bei der Gemeinde als Kutscher ein. Er fuhr den Krankenwagen, eine lange und schmale Karosse, die schwarz gestrichen war, und der man – um Verwechslungen vorzubeugen – ein feierliches rotes Kreuz auf weißem Grund aufgemalt hatte. Trotzdem ging von dem Gefährt etwas Gruseliges aus, so als röche es nach Verwesung und Tod. Seine Räder knarrten notorisch, egal, wie viel man die Achsen schmierte, und der einarmige Kutscher auf dem Bock vervollständigte nur den beklemmenden Allgemeineindruck.

In diesem Spätherbst, in dem die Sümpfe Keime trieben wie Geschwüre und die Malaria wütete wie schon lange nicht mehr, hatte Todor mehr als genug zu tun. Er fuhr täglich ein gutes Dutzend Menschen zu den Krankenhaus-Baracken, wo sie von den Krankenpflegern mit Verwünschungen und von Doktor Neikov mit vornehm weißem Medizinerseufzen in Empfang genommen wurden. Das Chinin war ihm ausgegangen, darum gab er den Kranken als Placebo gemahlene Kreide »zur seelischen Beruhigung«, wie der Doktor sich auszudrücken beliebte. Die Kranken wurden in zerschlissene Armeedecken eingeschlagen, aber ihnen war trotzdem schrecklich kalt. Das Fieber ergriff ihre gelb angelaufenen Leiber, und sie zitterten wie Espenlaub. Die Luft in den Baracken war erfüllt von diesem Bibbern. Wenn man eintrat, hatte man das Gefühl, man beträte einen Bienenkorb. Es starben vorwiegend die alten Leute; die Übrigen genasen langsam und trugen eine kaputte Leber davon. Die Toilette wurde pausenlos mit ungelöschtem Kalk desinfiziert, Doktor Neikov magerte ab und erweiterte sein Repertoire an Flüchen.

All das war geeignet, einen Menschen nachdenklich zu stimmen. Doch Todor war überzeugt, dass er sein Scherflein schon entrichtet hatte, und so lief er mit furchtlosem Lächeln zwischen den weißen Betten hin und her und brachte denen, die die Kraft hatten, nach ihm zu rufen, einen Schluck Wasser. Wenn er so in Aktion war, hatte er den Eindruck, dass sein rechter Arm gar nicht fehlte. Er spürte, wie er die Finger spreizen und zur Faust ballen konnte, wie er den ganzen Arm vorstrecken und jemandem mit der Hand tröstend über die Stirn streichen konnte. Dann gewahrte er mit Verwunderung, dass der rechte Ärmel leer und mit Sicherheitsnadeln an seinem Hemd festgesteckt war. Seine linke Hand wurde mit der Zeit so flink und geschickt wie die einer Spitzenklöpplerin. Er lernte, allein Brot zu schneiden, Ofenholz zu sägen und kleinzuhacken, sich allein anzuziehen, alle Arten von Flaschen zu öffnen und den Pferden das Kummet abzunehmen, so dass Jonka zu scherzen begann: »Du hast ja zwei Arme und einen Stumpf!« Jonka liebte ihn mehr als je zuvor, und das sah man ihr an. Die Männer auf der Hauptstraße begannen, sich nach ihr umzudrehen. Sie hatte alle Hühner geschlachtet, um ihn aufzupäppeln, bis er seine Kleider wieder ausfüllte, und nun mussten sie sich mit Bohnen- und Kartoffeleintopf begnügen.

15

Während das Grammofon seine kratzigen Töne von sich gab, versuchte Ilija, der in einer Ecke des Salons saß, dem tieferen Sinn der Parfüms auf die Schliche zu kommen, die der Dankbare Kotscho in seinem Labor mit Sachverstand und Intuition komponiert hatte. Die einen waren so leicht und luftig wie ein Wimpernschlag, andere schwer und geballt wie ein üppiger, aber eingeschnürter Frauenleib. Hier klang eine Note von goldenem Oktober mit, dort die bezaubernde Frühlingsfrische von Maiglöckchen. Und dann gab es natürlich noch jene, die dem Blick einer heimlich verliebten Frau glichen. Er wandte sich leicht um, musterte die Anwesenden mit prüfendem Blick und kam zu demselben Schluss, zu dem schon der Prediger, der Sohn Davids, in der Bibel gekommen war: »Es ist alles eitel.« Seine Verachtung für die Umstehenden wuchs. Unbewusst fühlte er seine körperliche Überlegenheit, diesen Zustrom an Kraft und Gesundheit, fühlte, wie die Muskeln die Ärmel seines gestreiften Anzugs spannten. Er trank einen Schluck aus seinem Glas und dachte das Bibelzitat zu Ende: »Alles ist eitel und Haschen nach dem Wind.«

Die Kristallluster fleckten die Wände mit Licht- und Schattenspielen, Frau Dora gähnte verstohlen, Gina warf ihm zärtliche Blicke zu, in denen noch immer ihr »Aber ich bin doch hier ...« mitschwang. Man trank deutschen Likör mit dem Geschmack von Hustensaft. Nach jedem Schluck betätigte Miza Ilieva ihren Fächer und tupfte sich die Lippen mit dem Spitzentaschentuch ab.

Panto war so elegant, dass er im Halbdunkel silbrig schimmerte. Er erzählte gerade, wie er ins Jungengymnasium gegangen sei, um den Erdkundelehrer zu fragen, wie viele Länder auf der Welt es gebe, die eigene Briefmarken herausbrachten. »Ja, die Philatelie ist ein Fach für sich ... Sie erfordert viel Gelehrsamkeit, detaillierte Kenntnisse, genaues Hinsehen – fast wie die Uhrmacherei.«

»Gelehrsamkeit?«, unterbrach Gina ihn bissig. »Warum hast du dann nicht deine Briefmarken geheiratet?«

»Die Marke verlangt auch Behutsamkeit«, fuhr Panto fort, durch den Einwurf seiner Gemahlin nicht im mindesten irritiert. »Und unversehens wird der Mensch zum Entdecker!«

Ilija begann, Mitleid für Panto zu empfinden. Der alte Babaschov hingegen seufzte. Dimo, sein Sohn, hatte keine Nerven mehr für die Gestaltung von Rauchringen, blies Panto gereizt eine graue Wolke aufs Revers und gab seiner Schwester zwinkernd ein Zeichen. Gelangweilt zupfte Boshura ihr Dekolletee zurecht.

Dann kam die Rede auf Russland. Bizarre Dinge sollten sich dort abspielen. Sogenannte Bolschewiken wüteten in Petersburg, erschlugen und hängten unbescholtene Leute und redeten davon, dass alles allen gehören solle – die Äcker, die Geschäfte, die Frauen, die Kinder … und das Leid.

»Was die Frauen angeht, nun ja«, grinste Panto, »aber was die anderen Dinge betrifft – da bin ich nicht einverstanden.«

»Lausbuben.«

»Das sollten wir General Denikin und den Großmächten überlassen«, sagte Dimo Babaschov ruhig und stieß die nächste Rauchwolke aus.

Ilijas Verachtung wuchs nur noch mehr. Was sollte dieses Gequatsche von den Großmächten? Niemand würde diese Muschiks in Petersburg stoppen, denn an jedem Aufruhr wurde gut verdient. Nein, diese selbstzufriedenen Leute, die er betrachtete, als wären sie von einem anderen Stern, wirkten auf ihn eher dumm als delikat. *Da* lachte jemand, *dort* raschelte ein Seidenkleid, und auf die kokette Selbstbezichtigung der Frau des Bezirksvorstehers antwortete Gina mit entrüsteter Höflichkeit: »Aber was heißt hier dick, Frau Ilieva, Sie sind einfach nur üppig.«

Für andere Widiner waren die Zeiten weniger üppig, denn in der Stadt grassierte der Hunger. Die Zigeuner hatten bereits alle streunenden Hunde und Katzen gefangen und aufgegessen, und der Krieg war immer noch nicht zu Ende. Ein Kilogramm Kartoffeln kostete so viel wie vorher ein Kilogramm mageres Filet.

Ilija hatte von dem deutschen Likör Kopfschmerzen bekommen. Der knapp sitzende Anzug spannte in den Schultern. Wenn er das alles hier so sah, bekam er einen unbändigen Hunger auf Bohnen mit gesäuertem Kohl.

»Die Italiener sollen ja Katzenfleisch mögen«, trug Tante Allwissend zur Konversation bei, »aber Hundefleisch – nein, nur über meine Leiche!«

Ihre Hässlichkeit erschien ihm nun wirklich überkandidelt. Panto sah neben ihr aus wie ein in die Jahre kommender Engel. Boshura schien mit ihren üppigen Brüsten zu lachen. Diese Boshura hatte ihn, Ilija, im Korridor empfangen, sich mit unverhüllter Ironie vor ihm verbeugt und ihm die Melone abgenommen. »Ohne Melone«, hatte Gina ihm stöhnend eingetrichtert, »ohne Melone wirst du bei den Babaschovs nicht vorgelassen.«

Beim Eintreten steckte Ilija noch voller Erwartung und Selbstverachtung. Er schaute sich im Salon um, sah diese Mischung aus Prunk, Aufgeputztheit und Biederkeit, und blies den Rauch seiner billigen Zigarette mitten hinein in das gezierte Lächeln der Anwesenden. Niemand schenkte ihm Beachtung. Er hingegen übersah nichts – weder den Teppich mit den Paradiesvögeln noch den mit Unmengen Stoff verpackten Hintern der Miza Ilieva; weder die träge Willenlosigkeit Pantos noch die Art, wie der alte Babaschov in seinem Sessel thronte und schlicht und einfach dort war, wo er hingehörte: an seinem Platz. Auch der lüsterne Blick Boshuras blieb ihm nicht verborgen. Ihre Augäpfel schienen gleichsam in einem feinen Spitzen-Büstenhalter zu stecken, der nur notdürftig die vollkomene Entblößung verhinderte. Nur diese beiden sind was wert, dachte Ilija, weil sie die Nervosität, Kraft und Verwöhntheit von Rassepferden ausstrahlten.

Der Körper Ilijas machte dem eleganten, von so vielen Frauenhänden berührten Sessel ordentlich zu schaffen. Er stand ausgerechnet unter dem mächtigen, an der Wand hängenden Hirschgeweih. Die größte Aufmerksamkeit, die Ilija an diesem Abend geschenkt wurde, bestand in einer höflichen Bemerkung des alten Babaschov, der ihm im Vorübergehen sagte: »Der Aschenbecher steht gleich neben Ihnen auf dem Tischchen, mein Herr.«

16

Als Elena endlich gebar, wurde das Herz ihres Vaters zerrissen zwischen der ihn begeisternden Revolution in Russland und dem unaufhörlichen Weinen seines Enkelchens. Jana kehrte von der Geburt über und über mit Blut bespritzt nach Hause zurück und erzählte von dem Neugeborenen mit dem Namen des letzten russischen Zaren, Alexander, der das Licht der Welt mit lockigem Haar und sechs Zehen am rechten Fuß erblickt hatte.

Dies war nach Jonkas Einschätzung ein gutes Zeichen, denn alles Zuviel bedeute Gutes, während ein Zuwenig immer weiteren Verlust oder gar den sicheren Ruin verheiße. Das Zuviel nämlich könne man notfalls abschneiden, während man das Zuwenig nur verbergen könne.

Eine Woche später traf eine Nachricht von Christo ein: Man hatte ihn wegen sozialistischer Propaganda von der Front weg verhaftet und in irgendeinen Weinkeller um das makedonische Dobro Pole gesteckt, dem Ort, an dem am 15. September 1917 jene Schlacht zwischen Bulgaren und einem Verbund aus Engländern, Franzosen und Serben stattgefunden hatte, die den Krieg zuungunsten Bulgariens entschied. Drinnen roch es nach Schimmel und Essig. Ratten huschten über den Boden und knabberten ihm, wenn er schlief, die Stiefel an.

Zu dieser Zeit hatte sich – als wäre der Hunger noch nicht genug der Prüfung – auch noch die Maul- und Klauenseuche breitgemacht, die das ohnehin knapp gewordene Vieh in den Dörfern von den Beinen holte. Die Straßen waren stiller als je zuvor. Sie schienen gleichsam ihre Richtung verloren zu haben, einen wichtigen Teil ihrer Bestimmung …

Auch Ilijas Herberge verwaiste vollends, und ihr Besitzer stampfte schnaubend wie ein Minotaurus durch die Flure. Er war bei Kotscho gewesen, wo über dem Feuer in diversen Kupferschalen getrocknete Kräuter und Blüten brodelten. Kolben und Phiolen mit gelber, blauer und roter Flüssigkeit hingen angeklemmt an Stäben da, und das Duftgemisch glich einer babylonischen Geruchsverwirrung. Auf einer Seite standen die fertigen Parfüms in hübschen Fläschchen, auf der anderen dräuten in Reagenzgläsern, die mit Korken verstopft waren, die Gifte. Kotscho, der Dankbare, glich einem Alchimisten, der den Stein der Weisen und die Unsterblichkeit gefunden hatte. Er putzte sich die Brille am Ärmel seines Kittels ab und fragte wenig liebenswürdig:

»Sie sind verliebt, mein Herr, hm?«

Er verkaufte ihm einen Liter silbrigen Wassers, mit dem er sich waschen sollte, sowie ein Parfüm aus Weidenzweigen mit dem Duft in Rauch aufgehender Verrücktheit. Bis um fünf Uhr tigerte Ilija durch seine leere Herberge, dann zerrieb er einen Tropfen der in Rauch aufgehenden Verrücktheit auf seinem gedrungenen Nacken und machte sich auf zu den Babaschovs. Dort hatte ihn zwar keiner eingeladen; es wagte aber auch niemand, ihn einfach so fortzujagen. Er nahm seine Melone im Korridor diesmal selbst ab, betrat plumpen Schrittes den Salon, fand seine Ecke und füllte sie mit seiner Mischung aus Männlichkeit und Selbstverachtung. Er schwieg drückend, atmete heftig, und es war Dimo, der ihm mit Nachdruck zu verstehen gab: »Schauen Sie, Herr Weltschev, heute Abend erwarten wir keine Gäste ...«

»Wirklich?«, erwiderte Ilija höflich. »Nun ja, dann bleibe ich eben ein wenig und gehe wieder.«

Normalerweise spielten Dimo und Panto abends Karten, Boshura stickte an ihrem Wandteppich mit dem Motiv »Die Erschaffung der Welt«, auf dem ein breitschultriger Adam von einer krummbeinigen Eva zum Zeichen des Sündenfalls den Apfel entgegennahm. Die Feigenblätter verhüllten kaum ihre Leidenschaft füreinander. Oben flog ein Adler – oder war es ein Engel? – vorbei; aus den Ästen des Baumes baumelte feixend die Schlange herab. Im Hintergrund war unter dräuenden Wolken eine Bergkette zu erkennen. Sehr unwirtlich, dieses Paradies.

Die Gegenwart Ilijas störte Boshura so, dass sie sich schließlich mit einem Stich vertat. Sie ließ die Nadel fallen, und man hörte sie förmlich denken: Dieser Dorftrampel ... Wie er sich schon in den Sessel gefläzt hat! Was will er bloß hier? Sie spürte sehr wohl seinen unverwandten, starr auf sie gerichteten Blick; doch statt der Freude einer begehrten Frau fühlte sie nur Widerwillen und vielleicht sogar ein wenig Angst. Sie kehrte ihm den Rücken zu. Die Petroleumlampe übergoss sie mit dem unwirklichen Licht gemalter Heiligenscheine. Dimo und Panto stritten sich ungerührt wegen irgendwelcher Pfennigeinsätze. Der alte Babaschov machte sich so seine Gedanken, während er an seinem türkischen Kaffee nippte.

Ilija quälte unterdessen der Gedanke, dass er irgendetwas tun musste. Er stand sonst in Gefahr, immer mehr so auszusehen, als wäre er in diesem Sessel zur Welt gekommen, zwischen einem ausziehbaren Wiener Jugendstil-Tisch und einem gedrechselten Büfettschrank. Die Uhr tat neun Schläge gegen den Kupfergong, und alle gingen. Ilija durchquerte als Erster das Entree, stülpte sich seine noch nicht trockene Melone auf den Kopf und hinterließ den penetranten Duft nach Weidenzweig-Extrakt, der Bilder aufplatzender Knospen aus Wollust und Gier aufsteigen ließ. Er verabschiedete sich lange und umständlich, voller Ehrerbietung; Boshura schmiss unterdessen die Wollknäuel in den Korb, knüllte das Jabot über ihrem Dekolletee und hätte am liebsten vor Wut geheult, weil bisher noch nie jemand, aber absolut und wirklich noch nie jemand sich so ihr gegenüber verhalten hatte.

Die Bestimmung des Menschen

Ein Zwischenspiel

Als käme der Mann aus dem Nichts. Elend und abgerissen, von unbestimmbarer Herkunft, strahlte er jene Einsamkeit aus, wie sie den Schleppkähnen eignete, die hinter dem Flussbogen von Calafat auftauchten, majestätisch die Fahrrinne des Flusses querten, nur um sich schon bald wieder im aschfarbenen Strom zu verlieren, weder Erinnerungen noch sonst eine bleibende Spur hinterlassend – nichts als die Anmutung, dass die Welt endlos und unüberschaubar sei, nichts als die nostalgische Sehnsucht nach etwas Fernem und Unerreichbarem.

Genau genommen kam er mit einem Wanderzirkus in die Stadt. Dessen leinerne Kuppel überragte das Zentrum Widins an der Stelle, wo der Marktplatz mit den Lädchen der Handwerker und dem Lärm der Kneipen endete und das bereits welke, vom majestätischen Schatten des Offizierskasinos zerdrückte Grün des Stadtparks begann, in dem die Militärmusik sonntags Bewegung in das steife Ensemble brachte. Sandige Alleen führten von dort hinab zum Fluss, dessen ewiges Strömen die Menschen auf das Zeitmaß ihrer eigenen Lebensjahre reduziert hatten.

Das verblichene Leinen des Zirkuszeltes überspannte den Platz groß wie eine orthodoxe Kirche und vergänglich wie jedes Vergnügen. Außen umkränzten es bunte Wimpel und menschliches Staunen, innen war es geschmückt mit Girlanden und erfüllt von dem Geruch des Sägemehls auf dem Boden der Manege.

Die Vorstellung war berauschend. Es gab echte chinesische Jongleure, deren Augen vor lauter angestrengtem Starren zu Schlitzen geworden waren. Ein Mordskerl mit dem Schnurrbart eines russischen Soldaten verbog Eisenstangen, sprengte Ketten und war bereit, mit jedem Furchtlosen zu ringen, der unvernünftig genug dazu war. Man zeigte die dickste Frau der Welt und eine Missgeburt in einer großen Glasflasche. Da waren Trapezkünstler und andere Akrobaten. Ein dressierter Bär. Ein Pferd, das zählen konnte. Ein sprechender Papagei. Ein Schwert- und Feuerschlucker.

Unser Mann aber stand vor dem Eingang herum und verkaufte in brütender Hitze die Eintrittskarten, eigenhändig von ihm beschriebene Zettel, die er von einem dicken Block abriss. Bezahlt werden konnte mit Geld, aber auch mit fünf Eiern, mit einem lebenden Huhn, einem Glas Honig oder frisch gefangenem Sterlet. Diese demokratische Eintrittsregelung begeisterte die Kinder; den Mann mit dem gefälteten Jabotkragen, der sein vergilbtes Hemd kaschierte, brachte sie hingegen gehörig durcheinander.

Im Zirkusprogramm selbst trat er als Clown auf. Seine Nummer war lang und langweilig. Er watschelte mit seinen riesigen Schuhen in die Manege, stolperte, weckte damit aber kein Gelächter, sondern nur Mitleid. Dann zog er an den Hosenträgern seiner gewaltigen Pluderhosen und begann, auf allem zu spielen, was sich der Mensch nur vorstellen konnte: einer Geige, einem Akkordeon und einer Okarina; einer Posaune, einer Gitarre und einer Drehorgel; vor allem aber auf einer Flöte, die schimmerte, als wäre sie aus dem goldenen Oktober selbst gegossen.

Keiner klatschte. Sein kreidebeschmiertes Gesicht machte die Leute traurig. Sein skurriler Hut erzeugte Trübsal. Seine zerbeulten Hosen erfüllten die Leute mit Unbehagen, da sie bei ihrem Anblick an die eigene Armut denken mussten. Der Schlaffe Kosta traf den Nagel auf den Kopf, als er es eine Woche später offen aussprach: Nicht der Mann habe es vorgezogen, in Widin zu bleiben mit seinem mittelalterlichen Burggraben und der vorbeifließenden Donau, sondern der Zirkus habe es vorgezogen, ohne ihn weiterzureisen. Keine Rede könne davon sein, der Mann sei in die Stadt seiner Geburt zurückgekehrt, um dort den Rest seines elenden Lebens zu verbringen – nein, vielmehr habe der Zirkus seine Zeltbahnen eingerollt und sei mitsamt Feuerschlucker und dicker Dame von dannen gezogen und habe den Mann wie einen nutzlosen Gegenstand einfach vergessen. Und wirklich: Dieser war nur deshalb geblieben, weil er sich vergeblich den Kopf darüber zerbrochen hatte, wohin er gehen sollte. Er hatte in Ilija Weltschevs Herberge am Rande der Stadt übernachtet und zwischen dem Schnarchen der Fuhrleute geträumt von Kindern, die über seine Nummer lachten und »Da capo!« schrien, und einer Mutter, die ihm anschließend ihr Taschentuch mit eingesticktem Monogramm schenkte.

Als die tiefe Stimme der Behaarten Stefania, die auf dem Marktplatz ihren dicken, süßen Salepschleim anpries, ihn weckte, wurde ihm auf einmal bewusst, dass er nun endgültig verwaist war. Das Schicksal hatte den traurigen Clown in ein Rätsel verwandelt, in ein kniffliges Problem, das der Stadt zur Lösung aufgegeben war, und dies umso mehr, als er nun, der bunten Pracht der Zirkusatmosphäre entkleidet, in all seiner peinlichen Nacktheit der fremden Neugier ausgesetzt war. Der menschlichen Neugier in all ihrer Unbarmherzigkeit. Aus einer gnädigen Anonymität war eine geworden, die ins Auge stach, eine, die – wie alle sehr wohl verstanden – geheimnisvolle Deutungen zuließ. Konnte es nicht sein, dass er ein Geist war, der sich auf einer der spiritistischen Sitzungen von Tante Allwissend ungebetenerweise materialisiert hatte? Wie brachte dieser Mann ansonsten die Unverschämtheit auf, in der Stadt zu bleiben, einfach so, ohne hier geboren oder aufgewachsen zu sein? Selbst sein Fernbleiben von den Treffpunkten der Männer, dem Kaffeehaus und den Stammkneipen, Trentschos Barbiersalon und dem Restaurant »Neptun«, wirkte so sonderbar, dass es sich in eine geradezu gewalttätige Form der Anwesenheit verwandelte, die noch mehr Anlass zum Kopfzerbrechen gab.

Der Mensch war provozierend ärmlich gekleidet in seinen gestreiften Hosen, die am linken Knie gestopft waren, dem Sakko mit den abgewetzten Ärmeln, dem ausgewaschenen Hemd und dem Plusterkragen um den Hals, der mehr schlecht als recht das fortdauernde Unbehagen des Mannes an seiner Existenz zu verbergen suchte. Später im Jahr fiel der Blick auf seinen langen Wintermantel, der eher einem Umhang glich, und auf seine Lackschuhe mit den funkelnagelneuen Metallbeschlägen, die die Richtung seiner Schritte auf dem Kopfsteinpflaster der Hauptstraße so deutlich vernehmbar machten, als klappere er mit einer Zählkette. So meldete er seine Ankunft, lange bevor er da war, und ging noch fort, als er längst verschwunden war. Ohne Kreide war sein Gesicht noch trauriger und ausdrucksloser, und die Flöte, die er immer bei sich trug, hatte den Herbst auf so poetische Weise in ihren Messingglanz aufgenommen, dass ihr Anblick allein genügte, um den Betrachter melancholisch zu stimmen.

Obwohl die Leute ihn beim Verlassen der Herberge eingehend musterten, hatten sie ihm noch keinen Namen gegeben; vielleicht eilte er ja doch dem Zirkus hinterher, der sich noch ganz in der Nähe der Stadt befand. Doch er machte sich nicht zur Festung auf, von der aus man die Achsen der lange nicht mehr geschmierten Zirkuswagen unter dem Gewicht des Zeltstoffs und der dicksten Frau der Welt ächzen hören konnte, nein – er ging Richtung Markt, passierte die Lädchen ohne jedes Anzeichen von Neugier und hielt vor dem »Neptun«. Das Restaurant war gerade frisch gefegt und mit Wasser besprengt worden. Von seinem Filzboden stieg Kühle auf. Ein paar Männer tranken Bier und politisierten dabei über den Krieg. Sie registrierten den Mann sofort. Wenn er eingetreten wäre, hätten sie ihn zweifellos mit aller Herzlichkeit empfangen, ihn angesprochen und ihm mitfühlend zugehört, um ihm dann nötigenfalls mit Rat und Tat beizustehen, aber … der Mann trat nicht ein. Er blieb für sich, still, seltsam geschrumpft vor dem Hintergrund des Uferparks, und schaute verträumt zum Wasser hinunter, so, als hätten sich seine Augen noch nicht an das grelle Frühlicht gewöhnt, oder als suche er in der Ewigkeit des Flusses Trost über den gerade verlorenen Augenblick. Wenn er jetzt wenigstens hineingesprungen wäre, hätten die Männer noch eine letzte Möglichkeit gehabt, ihn zu retten; aber auch diese Chance, ihn zu einem der Ihren zu machen, einem, den sie verstehen konnten und der ihnen nahe war, ließ er ungenutzt verstreichen. Er entschied sich gegen den Selbstmordversuch und damit für den Egoismus!

Um sich vor diesem Affront irgendwie schützen zu können, gaben sie ihm nun doch einen Namen: Pfeifer. Er war ein dicklicher Mann unbestimmten Alters mit dem Eierkopf eines Genies oder eines Debilen, mit Augen, die im Laufe der Jahre ausgebleicht zu sein schienen, Augen, die von einem ganz speziellen Leid erfüllt waren, einem besonderen, einem grundlosen und daher ansteckenden Leid, das um etwas Wichtiges, Schicksalhaftes zu wissen schien, das *ihm* anvertraut worden war, aber *alle* anging. Es war schwer, seinem schmerzerfüllten Blick standzuhalten. Er ging ihnen so durch Mark und Bein, dass sie sich beeilten, ihm ein Almosen hinzuwerfen, weniger, um sich in ihren eigenen Augen zu erhöhen als vielmehr, um den seinen zu entkommen.

Er hatte nichts gelernt. Also versuchte er sich als Lastenträger am Hafen. Doch die Säcke mit dem Weizen und dem ungelöschten Kalk rissen derart an seinem schlaffen Fleisch, dass er rasch aufgab. Der Dankbare Kotscho bot ihm Arbeit in seiner Parfümdestillerie an, doch sein Ungeschick und seine Tölpelhaftigkeit waren auch dort derart augenfällig, dass man sie fast für seine beste Clownsnummer zu halten gewillt war. Nachdem er einige auf dem Feuer köchelnde, geheimnisvoll duftende Phiolen zerschlagen hatte, war klar, dass er wirklich nur eines konnte: Musikinstrumente spielen, ganz gleich, ob Klavier oder Akkordeon, Geige oder Okarina. Sein Lieblingsinstrument jedoch war und blieb die herbstliche Flöte, der er Klänge von so schmerzlicher Schönheit und erhabener Harmonie entlockte, dass die Musik gleichsam ins Nachdenken über sich selbst geriet und – das war das Erschreckendste – diesen Ausnahmezustand zur Normalität erhob.

Am häufigsten wurde er für Beerdigungen engagiert. Sein Ruf aber, genauer gesagt: das bis in die letzte Pore dringende Bedauern ihm gegenüber, verbreitete sich so weit, dass sogar die Crème de la Crème der Widiner Gesellschaft ihn in ihre Salons einlud, damit er dort zwischen Kristallglasspiegeln und Seidentapeten den Herzen Panto Weltschevs und seiner klapperdürren Gemahlin, der Tante Allwissend, sowie Babaschov und seiner Tochter Boshura melancholische Seufzer entlocken konnte. Abstoßend dick und aufgedunsen, vertieft in sich selbst, mit anderen Worten: ins Nichts, vollkommen einsam inmitten des Glanzes der aristokratischen Restauration, umgeben von menschlicher Plattheit und unüberwindlicher Unbegabtheit, die den Ausgleich zur gesellschaftlichen Machtstellung dieser Leute bildeten, nahm der Pfeifer zögerlich eine Melodie auf, als komponiere er sie im Moment der Intonation gerade selbst, fasste sie ins Auge, aber nicht in Form von nackten Noten, sondern als ob er sie ablese aus dem schweren, verschwenderischen Faltenwurf der Vorhänge und aus Zeichen des Wissens zurückverwandelte in die Magie des Klangs.

»*O, mon dieu*«, seufzte Tante Allwissend und wusste nicht, ob sie diese Trauer erhaben oder ärgerlich finden sollte.

Trotz dieser öffentlichen Auftritte blieb der Pfeifer ein Nichts und Niemand. Ob auf den Beerdigungen oder im Männertrubel der Kneipen, ja sogar im ehrwürdigen Ambiente des Restaurants »Neptun« ertrugen ihn die Leute nie sehr lang. Sie hatten die zwischen seinen Fingern sich ergießende Trübsal rasch satt, unterbrachen sein Spiel und geleiteten ihn entschlossen hinaus; zu sehr bedrängte sie seine Fähigkeit, ihre Herzen zu ertränken in Klängen von überirdischer Schönheit, in der Größe der Vollendung. Etwas in ihnen schien mit Beklemmung zu spüren, dass es Vollendung nur in Leiden und Tod gab – und das wollten sie so genau nicht wissen. Sie langten nach ihren Gläsern, in denen das rohe Feuer des Weines funkelte, um wenigstens diesen einen Augenblick lang glauben zu können, dass sie glücklich waren. Nach und nach verlor der bittere Vorwurf seiner Flötentöne den Reiz des Besonderen, und die Leute begannen, sie zu hassen. Auf hinterhältige Weise mischten sie sich in ihre Worte und entführten sie gegen ihren Willen aus der provinziellen Verschlafenheit dieser Kleinstadtszenerie mit der Burg Baba Wida, der Festungsruine, den alten Frauen, die schon frühmorgens Spitzendeckchen häkelten, mit dem Trubel des freitäglichen Wochenmarktes und dem Hafen, der erwartungsvoll den Atem anhielt, den ständig hungrigen Kindern und der Grabesstille des Friedhofes, der Gier der Mücken und der Furcht vor Malaria und Krieg. Ja, der Pfeifer bedachte sie mit Schönheit; aber er tröstete sie nicht. Er war und blieb ein Fremdling; blieb auf ewig jener traurige Clown mit dem kreideweißen, ausdruckslosen Gesicht. Ein notorischer Klangzauberer, der – statt sie aufzuheitern – alles daransetzte, sie mit der Unvergänglichkeit der Kunst in Berührung zu bringen; nur dass sein Zirkus jetzt die ganze Stadt war, und sein Zelt die bleiche Kuppel des Himmels. Die Fertigkeit des Flötenspielers brachte sie in gefährliche verwandtschaftliche Nähe zum Fluss – und wer brauchte schon diese komische Schönheit da im staubigen Alltag der Jahre, die einem nichts als Schmerzen eintrug und – was die Sache noch verschlimmerte – offenbar ein Interesse daran hatte, den Schmerz zu einer Notwendigkeit zu machen.

Mit seinem Talent ähnelte der Flötenspieler jeder bedeutsamen Täuschung. In sich gekehrt, zurückhaltend, regelrecht übermannt von seiner eigenen Begabung, die sich mit so gar nichts Vernünftigem und Nützlichem vergleichen ließ, war er der Mensch ohne Bestimmung schlechthin, ohne Sinn und Zweck, so vollkommen überflüssig, dass es ohne ihn schon nicht mehr ging. Ganz wie der Dankbare Kotscho es prophezeit hatte: Der Pfeifer hatte jenen unbarmherzig-romantischen Geist in ihnen geweckt, vor dem sie sich fürchteten und schämten. Im »Neptun« stand zuverlässig ein Teller weißer Bohnen für ihn bereit, und die Frauen gaben ihm, nachdem sie ihre Frühjahrswäsche unten an der Donau beendet hatten, immer irgendetwas Abgetragenes zum Anziehen. Tante Allwissend schenkte ihm eine Fliege zum Umbinden; Panto ehrte ihn mit einer wertvollen brasilianischen Briefmarke aus seiner Sammlung sowie einem in Wien präparierten Schmetterling; Babaschov schenkte ihm Sporen und eine Reitpeitsche. Schließlich zeigte sich sogar Shdrigo, der Anarchist, geneigt, mit ihm zusammen im Holzlager zu übernachten und den Geruch frischen Harzes mit ihm zu teilen; doch auch er, der mit seinem schwarzen Hemd und verfilzten Bart dem Leibhaftigen glich, fürchtete sich vor dem Pfeifer. In seiner Neigung zur Weltrevolution war Freiheit für Shdrigo so etwas wie Wut und Zerstörung; er sah die Welt übersät von Flammenherden und reinigenden Gewaltakten, an deren Ende das Freisein ein verlockendes und nicht enden wollendes Vergnügen war. Die Klänge der Flöte hingegen weckten bei ihm jenes so ungeliebte Gefühl eigener Schwäche und Ohnmacht.

Sogar der nachgiebig-weiche Pfarrer Anissi, der unbestechliche Herr über das Reich des Guten, vermochte es nicht, in Augenblicken theologischen Brütens zu entscheiden, ob der Pfeifer mit seiner beständigen und penetranten Melancholie nun eine nützliche und Gott wohlgefällige Person sei, die mit ihrer Begabung die Seelen seiner Schäfchen reinige, oder ob eine satanische Kraft ihn benutze, um den Leuten das Schöne vorzuhalten als Einladung zum Bösen.

Wann er nach Bulgarien gekommen und die Landessprache erlernt hatte, wusste niemand so recht zu sagen. Aber das war es ja gerade: Der vom Zirkus Vergessene war eben nicht einfach Ausländer, sondern er war verschieden, er war von Grund auf und für immer *anders* als sie! Genau diese aufdringliche Andersheit ärgerte die Männer; es stellte die Selbstverständlichkeit ihres Soseins in Frage.

Frei von Tugenden, das heißt aber auch: frei von Lastern, besaß der Pfeifer nur eine skurrile Neigung. Im Juni, wenn die Hochwassergefahr vorüber war, ging er hinunter zu den wieder beruhigten Fluten der Donau, ließ sich auf dem Rücken auf der Strömung treiben und begann, vertieft in den klaren Frühsommerhimmel, auf seiner Flöte zu spielen. Punkt fünf Uhr nachmittags konnte man sein Spiel zunächst von Baba Wida aus hören. Die Strömung trieb seine Töne am Steilufer entlang weiter zum Uferpark, wo sie die Singvögel derart betrübten, dass sie verstummten, und die Alten, die dort Sonne suchten, seltsam müde machten. Am Offizierskasino hörten sie sich an wie ein Vorwurf. Im Stimmengewirr des »Neptun« vernahm man es wie leises Kesselpfeifen. Schließlich wehten sie an den vertrauensseligen Lädchen am Markt vorbei, um endlich mit ihrer reinen Trauer das Zigeunerviertel zu erreichen, wo auf rauchenden Holzfeuern Talg zu Seife gesiedet wurde und in kleinen Töpfchen das Zinn schmolz. Irgendwo ganz in der Ferne, wie entkräftet von der menschlichen Gleichgültigkeit, verstummte die Melodie, löste sich auf in der feuchten, nach Schlamm riechenden Luft der schilfbestandenen Sümpfe und wurde begraben von der starken Hand des Windes.

Dieses seltsame Ritual erweckte, da der Mensch an keiner der Stellen, die seine Töne erreichten, selbst zu sehen war, den Eindruck, als sänge der Fluss! Und die Pünktlichkeit, mit der der Pfeifer sein Ritual ausübte, brachte den Glöckner dazu, sein Fünf-Uhr-Läuten danach zu richten. Im Bankhaus von Panto Weltschev beendeten die Angestellten das Geldzählen. Tante Allwissend schlug die schweren Ledereinbände ihrer *Encyclopédie Larousse* zu, aus der sie ihre Kenntnis der Weltgeschichte und ihrer großen Männer schöpfte. Die armen Leute krochen zu Trentschos Barbierstube oder zu einem kühlen Bierchen in die Kneipen. Im Esperanto-Klub »Espero« wurde die erste Schachpartie eröffnet. In der Kreuzkaserne blies das Kornett zum abendlichen Appell. Und Pope Iliev, der Bezirksvorsteher, bestieg seine Droschke, um auf dem Heimweg in Form tadellos geputzter Epauletten Glanz und Unvergänglichkeit der obrigkeitlichen Macht zu demonstrieren.

Jahrein, jahraus gewöhnten sich die Bürger Widins daran, vier Monate lang, ausgelöst von der zaghaften Gewaltsamkeit einer qequälten Seele ohne Bestimmung, den Gesang des Flusses zu hören, nur um sich anschließend wieder zu entwöhnen. Aber auch das, die Entwöhnung, verwandelte sich mit der Zeit in eine Gewohnheit.

Wie der Mensch sich über Wasser hielt, wenn er auf dem Rücken darin lag, auf welche Weise es ihm gelang, die Flöte anzublasen, ohne dass sie nass wurde, blieb ein Geheimnis. Die Leute stellten sich seinen fetten, aufgedunsenen Körper vor, seine dicken, weichen Finger – einen Talgkloß, dem weder die Kälte noch ihre Verachtung etwas anhaben konnte. Sogar die zauberkundige Jonka, Kennerin der halluzinogenen Wirkung von Kräutern, vertraut mit dem Unsichtbaren, den verborgenen Bedeutungen der Dinge, war ohnmächtig angesichts der schlagenden Einfalt dieses menschlichen Verhaltens. »Alles wahrhaft Geheimnisvolle und Unerklärliche, sogar der Tod, haben Sinn und folgen einer Vorbestimmung«, sagte sie dunkel.

Wenn die Leute an die Existenz des Pfeifers glaubten, so nicht etwa, weil sie ihn, gebeugt und gedemütigt, leibhaftig sahen; und wenn sie an das Lied des Flusses glaubten, so nicht etwa, weil dies der Widerhall einer Legende, eines vom Schicksal geschlagenen Menschen war; nein, sie glaubten daran, weil das Leben selbst unerklärliche Größe besaß. Es war ihnen anvertraut mit der Aufgabe, es in ein Mysterium zu verwandeln, in einem Bestreben, das manchmal schleierhaft war und nur schwach aufblitzte, doch selbst von der allgegenwärtigen Gleichgültigkeit nicht besiegt werden konnte.

Als der Weizen in die Scheunen eingebracht war, rötete sich im Westen abends drohend der Himmel, durchstochen von den Lanzen der nach Süden wandernden Vogelscharen. Grausam und unübersichtlich, träge, ja mit fast schläfriger Gleichmut breitete sich der Krieg aus, wie jede Landplage. Die Donau schien zu versteinern, sie verstummte regelrecht angesichts dieser Stadt ohne Männer in demütiger Erwartung eines Endes, das keinerlei Erlösung bringen würde. Dieser leere Raum der Tage, Monate, Jahre, erleuchtet nur vom ewigen Licht vor dem Bildnis der Muttergottes, erfüllt von Elend und Hunger, von den lautstarken Reden im Wohltätigkeitsverein und von dem furchtsamen Geflüster der Frauen, die glaubten, dass sie, wenn sie nur ihre Ehre nicht verlören, auch ihre Männer nicht verlören. Doch was konnte ein Städtchen wie Widin der Weltordnung schon geben außer ein paar hundert ins Unglück gestürzter Mütter, ein halbes Regiment zu Waisen gemachter Kinder und einer Hundertschaft ermatteter Witwen, von denen ganze sechs Bastarde zur Welt brachten, drei ganz unverblümt käuflich wurden und die Hinterzimmer der Schänken mit den Gerüchen von Lavendelseife und Pheromonen füllten. Jeden Tag wurden in der Stadt Menschen zu Grabe getragen, doch der Friedhof strahlte trotzdem Stille und Verlassenheit aus.

Von diesem allgemeinen Erstarrungsrausch blieb nur ein sich wiederholendes Wunder ausgenommen – das Lied des Flusses. Es war, als ob der Wind in den Schilfrohren Orgel spielte. Der Klang selbst schien mit der Umgebung eins geworden zu sein, selbst eine Naturerscheinung, ohne die Trost und Vergessen der Nacht nicht anbrechen konnten. Doch so sehr die Leute auch die aufmunternde Wohltat seines Spiels annahmen, so empfanden sie doch eine unerklärliche Wut dem Pfeifer gegenüber, als der Krieg ausbrach. Denn ob jung oder alt, alle wurden mobilgemacht. Sie nahmen sogar den Schlaffen Kosta, der nach dem Tod seiner Frau nur noch ein halber Mann war. Shdrigo, dem Anarchisten, wurden Gesetz und Uniform übergestreift; sein schwarzes Hemd wurde zerrissen; seine Sehnsucht nach der Weltrevolution wurde ihm zusammen mit seinem verfilzten Bart abrasiert. Nur der Pfeifer, ob absichtlich oder nicht, wurde übergangen; er tauchte in keiner Aushebungsliste auf, so, als wolle sogar der Krieg mit so einem wie ihm nichts zu tun haben. »Wie kommt es«, fragten sich die Leute, »dass an ihm, dem Kinderlosen, das Kreuz des Krieges vorübergegangen ist, während Väter und Söhne erbarmungslos auf fernen Schlachtfeldern fallen sollen?« Jonka, die Hellseherin, wusste eine Antwort: »Ohne eigenes Heim, nur mit der Flöte, zieht man nicht in den Krieg. Tote müssen ein Heim haben, von dem aus ihre Seelen aufbrechen können auf die lange Reise ins Jenseits.« Der Pfeifer wurde während des Krieges noch dicker, so als nähre er sich von den Schuldgefühlen gegenüber den anderen. Er traute sich nun gar nicht mehr, ihnen in die Augen zu schauen, den anderen, die ihn nun sogar des Rechtes beraubt hatten, Opfer zu werden.

Als wollten sie die Ängste schüren und den Krieg näher heranholen, kamen die Rumänen auf die Idee, ein kleines Dampfschiff von der Farbe einer Taube in der Mitte der Fahrrinne der Donau zu verankern und von dort mit der einzigen Kanone an Bord die Stadt Widin zu beschießen. Das nannten sie »Bombardierung«. Die Kirchenglocken begannen von der Erschütterung zu läuten und die herbe Luft des Spätherbstes in Schwingungen zu versetzen. Die Menschen flüchteten. Die Sonne bekam einen metallenen Abglanz. Die Keller füllten sich mit Schweigen, die Augen der Kinder mit Unschuld. Die meisten versteckten sich in den alten Festungsgemäuern aus türkischer Zeit. In feinen Strahlen rieselte der Mörtel aus den Mauerfugen herab. Den Müttern stellten sich die Haare auf. Bei den

Alten riss die Verkalkung wie ein Wolkenvorhang auf und gab den Blick auf ihre Jugenderinnerungen frei. In diesen Momenten hütete jeder das, was ihm am teuersten war. Vater Anissi umklammerte eine Ausgabe der Evangelien, die ihm sein Großvater direkt vom Grab des Herrn mitgebracht hatte; Frau Dora, die Schneiderin, drückte ein echt wienerisches Schnittmuster in ihren Schoß; Panto Weltschev presste die schweren Alben mit seiner kostbaren Briefmarkenkollektion an sich, und seine Frau – ihre allwissende Enzyklopädie. Der Bezirksvorsteher aber, in Ermangelung seiner Droschke, klapperte unablässig mit seinem Paradesäbel, um die Demütigung seiner Macht zu übertönen. Es knisterten Seidenkleider und einfache Röcke, Sekunden wurden zu Ewigkeiten, und das Krachen des einsamen Geschützes hörte sich irgendwie so an, als stöhnte die Erde jenseits der Weingärten auf.

Wenige Minuten aber, nachdem das »Bombardement« begonnen hatte, erschallte leise und beinahe verschämt vom Ufer der Donau die dünne Stimme der Flöte. Langsam und geheimnisvoll füllte sie die Stille mit Klang, erhob sich ihre Melodie über die Stadt, über den Krieg. Wie eingeschüchtert schwieg das rumänische Geschütz; es wäre Sünde gewesen, ein Geschoss auf einen nackten, nur in die zarten Klänge seines Flötenspiels gekleideten Mann abzufeuern. Wie hätte das ausgesehen, auf ein Lied zu schießen: Hätte man es denn treffen können? Getrieben von der Strömung, kroch die Melodie über die Festung, berührte das farblos gewordene Grün des Ufergartens, beleuchtete die aufschießenden Feuer, ging die Marktstraße mit den verwaisten Lädchen entlang, wusch die Fenster des unfreundlichen Gebäudes der Zigarettenfabrik »Zagorka«, um sich in den Sümpfen vor der Stadt aufzulösen. Ein qualvolles und zugleich wonnevolles Seufzen war das, gedämpft bei Regen, gedankenversunken, wenn sich über der Donau der Nebel ausbreitete, klar und volltönend in den letzten heißen Tagen des Zigeunersommers. Ja, es sah so aus, als könne weder die Regierung in Sofia noch die irgendeiner der Großmächte den Krieg für eine Weile stoppen, sondern einzig und allein das Träumen der Flöte.

Zusammengepfercht, verschwitzt und mit zerbissenen Lippen, unendlich dankbar für die vorübergehende Rettung, wurde ihr Hass auf den Mann mit der Flöte nun unwandelbar und endgültig. Mit welchem Recht hatte sich dieser Bastard erdreistet, die Stadt zu retten? Auf gewissenlose Weise hatte er dem Krieg die Schönheit erklärt! Und – was noch schlimmer war – hatte sie alle der Lächerlichkeit preisgegeben, indem er selbst sich der Gefahr in Taubengrau naiv oder furchtlos, wer wusste das schon, im Schutz seiner Musik gestellt hatte. Was war daran so schlimm? »Solange alle ohne Ausnahme Angst haben«, orakelte Jonka später, »bleibt die menschliche Angst unsichtbar; aber es genügt ein Furchtloser …«

Nach einer Woche voller Brand und Zerstörung gelang es den Widinern, zwei Geschütze hinter den alten Festungsmauern in Stellung zu bringen, und – das rumänische Behelfs-Kriegsschiff verschwand. Die Kirchenglocken läuteten lange und schwer, wie zu Ostern, und für kurze Zeit wurde es lebendig auf dem Friedhof, bis die Grabesruhe des Krieges wiederkehrte.

An einem stillen Oktobernachmittag saß Vater Anissi am geöffneten Fenster seiner Schlafkammer, verscheuchte die Fliegen und die schlechten Vorzeichen, die er im Schlaf gesehen hatte, und hatte sich in feierliche theologische Räsonnements eingesponnen. Der Moment war gekommen, in dem Lebensweisheit und streng eingehaltene Fastenzeiten ihn hingeführt hatten zu seiner größten Sehnsucht: der Offenbarung eines neuen Beweises für die Existenz Gottes. Barfüßig und mit großer Verspätung tollte der Zigeunersommer durch die Stadt. Es war so heiß, dass die vergilbten Blätter an ihren Zweigen aufzulodern schienen. Vater Anissi gähnte herzhaft, versank erneut in Nachdenken … Doch etwas störte seine Konzentration. Etwas allzu Bekanntes fehlte seinen Sinnen und weckte seine Besorgnis. Ihm war, als seien der Glockenstuhl, der Kirchhof mit seinem Buchsbaumduft, das ganze gedämpfte Gelände, ja die ganze Stadt wie von einem bösen Zauber zur Bewegungslosigkeit verdammt worden. Er schaute zur Wanduhr. Es war fünf Minuten nach fünf, dann zehn Minuten nach fünf, doch über den Uferpark wollte sich nichts anderes ergießen als eine unerträgliche Stille.

»Eine Seele hat sich Gott ergeben«, wandte er sich um zu seiner Frau. »Morgen wird es ein Begräbnis geben, doch diesmal singe ich keinem Soldaten zum letzten Geleit.«

Die Pfarrersfrau lauschte in die dröhnende Stille hinaus und verstand ihn augenblicklich.

Der Fluss aber, träge, mit der Farbe unraffinierten Öls, unberührbar in seiner Ewigkeit, seltsam verlassen auf einmal, seltsam tot und entfremdet, hatte der Stadt den Rücken gekehrt. Dies war er, der wahrhafte Beweis für die Existenz Gottes.

17

Die Zeit verging auch weiterhin langsam. Die Feste des heiligen Iwan Rilski, der Demetriostag und der Tag der heiligen Erzengel gingen vorüber. Vater Anissi half seiner Frau dabei, die Reste des Schweins aus der Weihnachtsschlachtung zu pökeln, dann bekreuzigte er sich und trank ein Glas Wein. Der Schnee knirschte unter seinen Schuhen, als er zurück ins Haus ging. In der großen Stube bullerte der Ofen. Er trank weiter, dann schaute er nach seiner Chronik. Das Heft war schon voller Staub und Spinnweben, die Seiten waren brüchig geworden, im Kerzenhalter daneben lag eine vor langer Zeit gestorbene Fliege.

Er überlegte. Die kriegerischen Auseinandersetzungen waren zu Ende, die Hauptstadt und der Zar gerettet vor den verlumpt, verroht und erbittert aus dem verlorenen Ersten Weltkrieg heimkehrenden Soldaten, doch die schweren Zeiten waren damit noch längst nicht vorbei. Pope Iliev verlor vollends die Selbstbeherrschung und ließ in seiner Paranoia die Polizeiwachtmeister in den Räumen der Bezirksverwaltung übernachten und jeden verprügeln, der nach zehn Uhr noch auf der Straße angetroffen wurde. Bei so viel Staatsgewalt und ausgeschlagenen Zähnen tat ein Zahnarzt not; aber Trentscho war noch immer nicht aus dem Krieg zurückgekehrt. Ja, wo sollten die Männer für all die Witwen herkommen, wo die Väter für die Kinder, und menschliche Dankbarkeit an den kirchlichen Festtagen?

Anissi seufzte und entzündete die Kerze. Die Siegermächte hatten nicht nur Deutschland, sondern auch seinen Verbündeten Reparationszahlungen aufgebürdet, so, als reiche der Hunger des Volkes noch nicht. Was waren das nur für Zeiten, in denen mangels anderer Männer dreißigjährige Frauen sich mit vierzehnjährigen Grünschnäbeln ins Bett legten? Vater Anissi seufzte wieder, holte seine Kladde heraus, um über das seltsame

Schicksal jenes Mannes zu berichten, den alle den Pfeifer nannten. Doch schon bald verlor er den Antrieb und endete:

… Doch dank dir, Gott, ist der furchtbaren Niederlage ein bitterarmer Frieden gefolgt. Der große Krieg ist zu Ende, nun beschäftigt nur noch die natürliche Sterblichkeit deine Engel.

Amen.

Siebentes Kapitel

1

Panto hatte die aufgeblätterten Sammelmappen über das ganze Bett verstreut und schlich mit der Lupe in der Hand um sie herum. Aus Sofia hatte man ihm einen Satz ägyptischer Marken geschickt. Eine Marke zeigte die gewaltigen Pyramiden von Gizeh, eine andere einen englischen Archäologen mit Kneifer, eine dritte ein Kamel in der uferlosen Weite der Sanddünen. Draußen zog sich der Nachmittag nicht weniger uferlos hin. Er verhieß nichts außer abendlicher Kühle für die Kaffeehäuser und Mücken für die Gaslampen. Die Goldschmiede auf der Hauptstraße schlossen ihre Läden. Ein Wachtmeister kaute vor der Bezirksverwaltung an einem Schmalzbrot. In der Ferne schien irgendjemand die Donau angehalten zu haben. Panto war vollkommen in sein Hobby vertieft, als die Tür krachend aufging und auf der Schwelle das dümmliche Lächeln Zwetanas erschien.

»Mensch, was hast du mich erschreckt … Jetzt hab ich die Lupe fallen gelassen.«

»Herr Babaschov ruft Sie eilig zu sich; es sei sehr, nein, außerordentlich wichtig.«

Das Wort »eilig« und dieses kommandierende Crescendo »sehr, nein, außerordentlich« mochte er ja nun ganz und gar nicht leiden; doch sie machten ihm starken Eindruck, weil Zwetana sich solche Worte unmöglich hatte ausdenken können. Er seufzte voller Enttäuschung, raffte seine Alben zusammen und rasierte sich, bis seine Wangen blau schimmerten. Au, nun hatte er sich auch noch geschnitten und musste Alaun auftragen!

Die Eingangshalle der Babaschovs empfing ihn mit einem Hauch von Baldachin und edlem Halbdunkel. Drei unberührte Tassen Kaffee dampften auf dem Tisch. Babaschov zog gerade seine Uhr auf, Dimo, sein Sohn, lehnte am Büfett und rauchte Zigarre.

»Seien Sie von Herzen begrüßt«, sagte Panto – noch – lächelnd, um dann auf einmal die Gefahr zu spüren. Es war, als hätte der alte Babaschov ihn ohne eine Berührung an den Rand des Abgrunds geführt, während Dimo sich ihm von hinten näherte ... Betretenes Schweigen. Die Eingangshalle verlor ihre Tiefe, Babaschov steckte seine Uhr wieder in die kleine Westentasche zurück, und Panto wurde übel. Er musste etwas tun, jetzt, sofort, in diesem Augenblick, und das, wo er doch so lange Jahre nichts anderes getan hatte als warten, warten, warten.

»Schwere Zeiten sind das«, sagte Dimo kalt. »Wohin das alles wohl führt ...«

»Der Kaffee ist sehr gut«, erwiderte Panto und presste seine Hand um den Silberknauf seines Spazierstöckchens, der in Form des Kopfes einer Afrikanerin mit krausem Haar gegossen war.

»Jetzt braucht es Festigkeit und ruhige Nerven.« Babaschov wies zum Fenster, wo sich das Ende des Tages mit der Nacht traf.

»... und mit genau der richtigen Menge Zucker.«

»Nun gut, Herr Weltschev, irgendwann müssen Sie es ja einmal erfahren ...«

»Aber ich möchte doch gar nichts erfahren.«

Das Hausmädchen kam mit einer Flasche Anisschnaps und einer geviertelten Honigmelone herein. Das Lachen Boshuras war von irgendwoher zu hören. Dimo drückte seine Zigarre im Aschenbecher aus und wedelte mit der Hand ihren dicken, bläulichen Rauch fort.

»Im ›Neptun‹ haben sie einen drei Zentner schweren Hausen, einen echten Belugastör, angeschleppt«, begann Panto vage. »Ich hab Romanzero getroffen, er hat uns eingeladen, zum Essen vorbeizukommen.«

Dimo begann, nervös zwischen den Falten der Vorhänge und dem Kartenspieltisch hin und her zu wandern. So weit, so gut also.

»Er sagt, sie hätten sogar schwarzen Kaviar herausgeholt.«

Babaschov strich sich den Trommelbauch und dachte: Ist er nun gefährlich oder wirklich nur faul und unbedarft? Panto atmete beschleunigt, seine Augen hatten sich zusammengezogen, es blitzte daraus der Blick der Weltschevs, ein Blick wie eine Messerklinge ...

Das Hausmädchen kam noch einmal herein, um die nicht angerührte Melone wieder hinauszutragen. Der alte Babaschov verscheuchte sie mit Blicken. Sie senkte den Kopf und begann ungeschickt, die Porzellantellerchen zusammenzustellen.

»Nein, was habe ich mich da bekleckert«, sagte Panto gedehnt. »Ja, kräftig reiben, Mädchen, reib es gut ab.«

Bei der Beobachtung ihres verschwitzten Nackens schienen Jahre zu vergehen. Panto sah die durchsichtig-matte Muschel ihres Ohrs, ihr verfilztes dünnes Haar, das erschöpft auf ihrer Schulter lag. Er empfand immer noch keine Angst, weder Widerwillen noch ein Gefühl bedrückender Ausweglosigkeit. Er war einfach nervös, suchte etwas, an dem er verweilen, sich festhalten konnte. Sein Stöckchen mit dem Krauskopf der Afrikanerin … Da begann das rechte Auge des alten Babaschov zu zucken, ein irrer Schmerz schien seine rechte Gesichtshälfte ergriffen zu haben. Er hielt es nicht mehr aus und sagte:

»Wir wollten Sie davon in Kenntnis setzen, Herr Weltschev, dass das Weizenhandelskontor ›Babaschov, Weltschev & Cie.‹ Konkurs gemacht hat.« Er sprach übertrieben laut, fast schrie er es heraus. Seine Worte hingen in der Luft wie Wasser in einem rasch umgestürzten Glas. Die drei Männer verharrten in ihrer Unbeweglichkeit. Es war ein Bild täuschender Nähe und gegenseitigen Wohlwollens.

Ganz nüchtern konstatierte Panto für sich: Das heißt, ich bin ebenfalls bankrott! Aber laut sagte er nur: »Es kann auch sein, dass ich mich verhört habe, und der Kaviar nicht schwarz ist, sondern rot.«

2

Am nächsten Morgen erwachte Panto um sechs Uhr in der Frühe. Ginas Schlafhaube zitterte unter ihren erstickten Schnarchlauten. Die Spatzen draußen tschilpten in den Ästen der wilden Mirabelle. Was war das nur für eine Nostalgie, die von ferne nach ihm griff? Er schleppte sich ins Freie und benetzte sich mit dem eisigen Wasser aus dem Brunnen. Er spürte die Schwere seiner Nieren. Sein Magen zog sich zusammen vor Hunger und Durst. Die Welt drehte sich ihm leicht vor Augen. Er unterwarf sein Bewusstsein einer vor langer Zeit vergessenen Konsequenz. Er hatte das Bedürfnis, gegen den Morgen anzuschreien.

Bereits um sieben Uhr dreißig schwang er die Tür zur Bank auf und blickte geradewegs auf den Hintern Bai Trifons, der den Boden wischte. Ein junger Sonnenstrahl schnitt sein Büro in zwei Hälften. Es roch nach Bohnerwachs. Bai Trifon schlug die Bücher auf und stand friedlich, aber kampfbereit da. Die Spalten mit den Zahlen brannten Panto in den Augen. Die Namen der Kunden, der Zinsprozentpunkte, die niemand zahlte, das gelbliche Papier – all das war ihm zuwider, nein, die ganze Welt war ihm zuwider. Doch wo sollte er nur anfangen? Nun war er einmal frisch und ausgeruht, und ein Blick hatte genügt, damit die eigene Kraft ihn niederdrückte wie ein tonnenschweres Gewicht. Er spürte, wie es ihn von innen her zerriss; ein Hunger nach Fleisch quälte ihn plötzlich; er packte den Schreibtisch und rüttelte erst ihn, dann die gewaltige stählerne Kasse, die ihre plötzliche Leere ungerührt hinnahm.

»Mit wie viel Prozent waren wir am Stammkapital des Handelskontors mit den Babaschovs beteiligt?«

Endlich hatte Bai Trifon einen Anhaltspunkt, der dem Schrecken in seinen geweiteten Augen einen Rahmen gab.

»Warten Sie mal, warten Sie …«, wiederholte Trifon nervös, »ah ja, mit siebzig Prozent, Herr Weltschev.«

Der einzige Grund, warum Panto nicht mit der Faust in dies unterwürfige Lächeln hineindrosch, war, dass Bai Trifon schon dastand wie ein Angeklagter nach der Urteilsverkündung. Und er konnte es auch nicht verhehlen, dass er selbst die Verträge unterschrieben hatte. Er sah ihn vor sich, den verträumten Blick des alten Babaschov, die Ungeduld Dimos, und er hörte noch den Gesang der neu ausgehobenen Rekruten, das Gewimmer Jonkas in der Küche. Ihm kam der Gedanke, dass das Unheil vielleicht noch aufzuhalten war, doch er wusste nicht, ob die Zeit reichen würde. Wieder erfüllte ihn ein wilder Hunger: Es aß ihn Fleisch, es trank ihn Fleisch … Die Wanduhr schlug mit schweren nachhallenden Schlägen, die aus dem Nichts zu kommen schienen, und kehrten schwingend dorthin zurück.

Mit seiner makellosen Schönschrift setzte Panto die folgenden Worte aufs Papier: »Ich werde morgen Abend um halb sieben am Sägewerk auf dich warten. Du musst unbedingt kommen. Es ist wichtig!« Dann reichte er das Blatt seinem sprachlosen Gehilfen mit den liebenswürdigen Worten: »Das übergibst du Fräulein Boshura, du Hornochse, und zwar ihr persönlich!«

3

Die Mittagshitze drückte auf das Hafengelände, die Luft über den Lagerhallen zitterte wie langsames Feuer. Mit jedem Schritt, den sie durch das Unkraut machten, störten sie ein paar angriffslustige Wespen auf. Um sie herum faulten Fässer, ein Haufen reifer Wassermelonen glänzte ihnen zur Seite. Träge schwemmte der Fluss den Himmel ostwärts; ein einsamer Fischer stach im Wasser nach Welsen.

»Und?«, fragte Panto und knöpfte sein verstaubtes Sakko auf.

»Es muss der Kahn dort sein«, erwiderte der Schlaffe Kosta gedrückt, »mein Erkennungsdienst täuscht sich nicht.«

»Gut, gut«, erwiderte Panto, »ich glaube dir ja.«

Sie betraten das schwarze Schubschiff, das träge von den Fluten geschaukelt wurde. Sie versuchten, das Gleichgewicht nicht zu verlieren. Das Deck war so glühend heiß, dass es durch die Schuhsohlen zu spüren war. Die Zigeuner gähnten und warteten auf ihren Einsatz. Da sahen sie ihn. Wie alle Seeleute hatte dieser Typ kein Alter, dafür aber ausgeschlagene Schneidezähne. Er hatte sich im Schatten der Kabine ausgestreckt. Sein Haar war kraus wie das eines Afrikaners. Er kaute auf einer Pfeife, die gar nicht brannte. Seine Augen waren voller Spott, Draufgängertum und einer unverfrorenen Kenntnis dessen, was auf der Welt wirklich vor sich ging. Er sprang ihnen entgegen, griff nach seinem Messer, doch die Zigeuner warfen ihn rasch zu Boden. Der Ofen in der Kabine brannte, es roch nach gebratenem Fisch und nach Knoblauch.

Babaschov hatte gesagt, neun Kähne seien zwischen Rumänien und Serbien im Durchbruchstal des Eisernen Tores auf Grund gelaufen. Panto verstand nicht recht: Wie konnten neun Schleppkähne, hoch beladen mit Weizen, selbst zu Kriegszeiten, selbst bei stürmischem Wetter, selbst am Eisernen Tor, kentern – neun Schiffe! Bei so viel quellendem Weizen wäre ja der ganze Fluss ins Schäumen geraten, er hätte sich geradezu in einen feuchten Acker verwandeln müssen.

»Grüß dich, Iwantscho«, begann Panto schmeichlerisch und gab dem Schlaffen Kosta ein Zeichen, abzuwarten.

»Wohl zu wünschen«, antwortete der Schiffer reserviert. Die Pfeife eines fernen Dampfschiffes ertönte.

»Was hältst du davon, dass ich dir fünfzig Lewa gebe, und du erzählst mir was dafür?«

»Ja, wenn ich was zu erzählen hätte«, wehrte Iwan ab und kratzte sich unter seinem abgerissenen Flanellhemd.

»Wie sieht es denn mit dem Erzählen aus, wenn ich dir zweihundert Lewa gebe?«, verbesserte Panto sein freundliches Angebot. Das war ein Vermögen. Die Zigeuner versuchten vergeblich, sich zweihundert Lewa auf einem Haufen vorzustellen. Ihre Augen wollten platzen vor Anspannung, in ihren Handflächen kitzelte es gefährlich. Zweihundert Lewa!?

»Worum geht es denn überhaupt?« Iwantscho wuchs sich langsam zu einem richtigen Iwan aus. Seine verbliebenen Schneidezähne ragten hervor.

»Das weißt du sehr genau, Iwan … Dreihundert Lewa gehören dir, damit du im Guten an mich denkst.«

In der Stille spürten sie auf einmal die aufgewühlten Fluten der Donau, die an den Schiffsrumpf schlugen, eine längliche Pfanne, in der die Sonne sie briet wie Fische. Sie bekamen kaum Luft, so heiß und schwül war es.

»Gut, wenn du nicht willst, dann gehen wir zu der Baracke da«, seufzte Panto müde und nahm seine Fliege mit dem Pepitamuster ab.

»Ich rühr mich hier nicht weg … ihr Hundesöhne.«

Die Pfeife flog ihm in hohem Bogen aus dem Mund, als sie ihn zu Boden warfen und grün und blau schlugen. Rötlich lief ihm der blutige Speichel aus dem Mund. Der Schlaffe Kosta trat aus der Kabine ins Freie, seine Leute waren geschickt und aufgestachelt dazu. Sie kamen ins Schwitzen. Der Körper dieses Iwan gab gluckernde Geräusche von sich, als sei er voller Schlamm. Eine Träne stand Panto im Auge, doch sie verdunstete sofort. Wie eng diese Kajüte gewesen war, und wie weit sie jetzt wirkte, wo die Bewegungen der Zigeuner ihr Weite gaben, dachte er. Endlich hörten sie auf und übergossen den Mann mit ein paar Eimern Wasser, damit er wieder zu sich kam. Iwan öffnete nur ein Auge, das andere schwieg verklebt und geschwollen.

»Na komm schon, Iwan, dreihundert Lewa und ein großes Fass Wein für dein Geständnis.«

Panto wartete, bis die Zigeuner wieder zu Atem gekommen waren. Warum wollte dieser Iwan nicht reden? Schließlich, um die Zigeuner vollends rasend zu machen, sagte er:

»Sicher hat der alte Babaschov ihm tausend Lewa hingeblättert, vielleicht sogar mehr.«

»Tau-u-usend Lewa … Mamma mia, ich schlag ihn tot«, riefen sie wie aus einem Mund und prügelten aus ihm Ächzen und Stöhnen heraus, bis er vollends zusammensackte.

»So ist das also!«, beendete Panto seinen Auftritt und klopfte, verwundert über sich selbst, die Ärmel seiner Anzugjacke ab. »Wir werden ja sehen, Iwantscho, wir kommen wieder!«

4

Er verteilte eine ganze Handvoll Eau de Cologne in seinem Haar. Ihm war noch immer irgendwie froh zumute. Diese Aufregung … Endlich geschah einmal etwas Schicksalhaftes in seinem Leben, und das gab ihm keine Ruhe. Er fühlte sich wie ein Bräutigam vor der Hochzeit, verbeugte sich vor dem Lächeln im Spiegel und ging achtlos an Gina vorbei, als sei sie ein Stück alten Hausrats.

Er nahm nicht die Hauptgeschäftsstraße, sondern die staubigen Seitengassen. Hinter sich ließ er eine Wolke lieblichen Veilchenduftes, vor sich erblickte er die Richtung, die seine Dinge nahmen, klar und doch noch unbestimmt, vielleicht unerreichbar. Er zog seine silberne Taschenuhr – er war zu früh. Er umrundete Baba Wida, die mittelalterliche Festung, und ging schnurstracks weiter durch die Wiesen, die vom Zirpen der Grillen regelrecht geraspelt zu werden schienen. Er hielt erst an, als er im Schatten des Sägewerks angekommen war. Der Himmel war aschfarben und trüb. Er erschrak, als er für einen Moment seiner Einsamkeit innewurde, und die Kampfeslust begann, sich aus seiner Brust hinauszustehlen. Wolken der Sentimentalität schoben sich ihm vor die Augen, denn auf einmal lugte zwischen dem Zynismus der männlichen Babaschovs, der Verachtung Ginas, den redseligen Stunden im Restaurant »Neptun« und den von der Lupe vergrößerten Marken Boshura hervor. Ach, er hatte sie besessen, ihre glänzenden Lippen, die Endlosigkeit ihres Fleisches; nun wollte er auch ihre Anteilnahme, ihre Trauer. Sie liebt mich, fantasierte er, sie kann nicht ohne mich! Ein beinahe despotisches Lächeln trat auf sein Gesicht. Ja, sie wird die Meine sein wollen! Er stellte sich den schuldbewussten und bitteren Gesichtsausdruck des alten Babaschov vor, die Ohnmacht in den Augen seines Sohnes Dimo – und seine eigene Sühne: Der Mensch konnte ja nicht so viele Jahre einfach nur gut aussehen, nichts tun, die Sünde selbst sein ... und dann einfach so allein an der Sünde zugrunde gehen.

Die Schatten verblichen, der Wind raschelte im Blattwerk der Zitterpappel. Es wurde halb acht, dann acht Uhr. Da fühlte er sich auf einmal unwiderruflich und beklemmend allein gelassen, lebendig begraben von den Händen ihres Verrats. Baba Wida glich in der Ferne einer skizzenhaft auf den Himmel gemalten Tulpe; Panto hatte den Eindruck, etwas Fatales mache sich provozierend in den Kulissen des Halbdunkels zu schaffen. Das einzige lebende Wesen außer ihm war ein unten im Tal angebundener Esel.

Endlich konnte er weinen. Voller Wut sprangen ihm die salzigen Tropfen aus den Augen. Doch Boshura kam und kam einfach nicht.

5

Eine ganze Woche verlor Panto mit Nachforschungen. Iwan, der Schiffer mit der leeren Pfeife und den fehlenden Schneidezähnen, hatte sich in Luft aufgelöst. Der Schlaffe Kosta zog durch die Kneipen und fragte sich den Mund fusselig, aber am Ende legte der Schnaps ihm einfach die Zunge lahm, und er kam zu dem Schluss, dass der Gauner seinen Kahn wohl fünfzig Kilometer flussabwärts in Lom vor Anker hatte gehen lassen, sich selbst aber bei seiner Mutter in einem Flecken namens Sinjagowzi verbarg. Sie trabten mit der Zweirädrigen hin. Der schwarze Hengst bedeckte sich mit Schaum, wirbelte in der Dorfmitte Staub auf. Sie kehrten das Unterste zuoberst in Sinjagowzi – nichts. Sie suchten Iwan auch in den Hütten und Unterständen für die Vogeljagd am Fluss. Die Enten flatterten verängstigt auf in den zum Zerreißen gespannten Sommerhimmel; klagend riefen die Wachteln. Schließlich, fix und fertig mit der Welt, eingehüllt in eine Wolke aus saurem Pferdeschweiß, bog Panto zur Donau ab und ließ abschirren. Die Zigeuner dösten dort mit offenem Hemd, aufgekrempelten Hosenbeinen und angespannten Fäusten.

»Weißt du«, sagte der Schlaffe Kosta nachdenklich, »vor Jahren hat dein Bruder Jordan an derselben Stelle gehalten und sich auf genau denselben Stein gesetzt wie du jetzt. Und Stöckchen ins Wasser geworfen …«

6

Unberührt davon fuhr Ilija stoisch fort, den Babaschovs unangemeldet seine Aufwartung zu machen. Mit einer geradezu schockierenden Regelmäßigkeit betätigte er den schweren Klopfer an der Außentür, rieb sich die Schuhsohlen auf der Fußmatte ab und zwängte sich mit dem Lächeln eines Nierenkranken in den Salon. Dimo liefen, wenn er ihm in die schmalen, blauglänzenden Augen schaute, Schauer über den Rücken – vor Wut, aber auch vor blankem Entsetzen. Boshura hingegen beachtete ihn gar nicht. Sie empfing ihn mit bemühter Liebenswürdigkeit.

»Und? Macht der Stickteppich Fortschritte?«, fragte Ilija sie notorisch, bevor er sich in den Sessel sowie in sein provozierendes Schweigen zurückzog. Er saß so eine oder zwei Stunden da und ging danach wieder, als sei nichts gewesen. Doch etwas von ihm blieb in den Gardinenfalten hängen und kündete von Gewalt und Gewissenlosigkeit. Manchmal spielte er Preferance mit Dimo Babaschov; doch obwohl Ilija jede Partie verlor, empfand Dimo keine Befriedigung darüber, sondern nur Erniedrigung. Der Einzige, der in Ilijas Gegenwart ruhig blieb wie Buddha und nichts von seiner Würde verlor, war der alte Babaschov. Was hatte der in seinem Leben nicht schon alles für Leute getroffen! Aufbrausende, zu allem bereite. Er hatte den Mord an seinem Sohn Traitscho verwunden, und er hatte mit fein ausgetüftelter Strategie den einzigen Bankier der Stadt übers Ohr gehauen. Ihm war klar, dass Ilija von dem Vorfall mit seinem Bruder Kenntnis haben musste; doch dieser sah nicht so aus, als sei er gekommen, um eine Erklärung dafür zu verlangen, zu drohen oder eine Entschädigung herauszuschlagen. Wenn dann Boshura sich mit ihrer Handarbeit ins eigene Zimmer verzogen hatte und Dimo nach der Einnahme eines Kopfschmerzmittels in Richtung eines Kaffeehauses, brachte das Schweigen zwischen dem alten Babaschov und Ilija eine Nähe hervor, wie sie nur unter Menschen möglich ist, die völlig verschieden sind und sich daher vollkommen ergänzen. Im Flackern der still abbrennenden Kerzen spielte Babaschov mit dem Kettchen seiner englischen Taschenuhr, Ilija hüstelte gelegentlich und verströmte Langeweile, der schwarze Kater schnurrte dazwischen. »Manchmal«, sagte Babaschov einmal auf den fragenden Blick seiner Frau, nachdem Ilija gegangen war, »könnte ich einen Herzanfall kriegen; aber ich habe ständig das Gefühl, dass, wenn ich auch nur für einen Augenblick das Zimmer verlasse, etwas Fatales passiert.« Doch langsam, aber sicher füllte sich ihr Miteinander mit noch verborgenem Sinn, und das Kerzenlicht glich dem Vorschein von etwas Kommendem.

Es dunkelte. Durch das offene Fenster drang betäubend der Geruch des breiten Flusses. Die Zahl der Stimmen auf dem Marktplatz nahm ab, und Stille breitete sich aus. Schließlich kam das Hausmädchen mit einer Flasche Wein herein. Dieses einfache Geschehen brachte Bewegung in ihr Miteinander, einfach dadurch, dass der Wein in die Gläser gluckerte, diese an die Lippen gehoben wurden, die Schatten im hohen und weiten Salon in Bewegung gerieten ... Beim Zuprosten trat sogar ein feines Lächeln auf ihre Gesichter, verhalten und mit einer gewissen Beimischung von Melancholie, aber dennoch.

Da auf einmal begann Ilija, von seinen Erkundungs-Streifzügen durch das Umland von Widin zu erzählen. Seit Monaten fuhr er mit dem gesteigerten Interesse eines Naturforschers über die Dörfer, durch Feld, Wald und Wiesen, durch Sümpfe und Moor auf der Suche nach *etwas.*

Babaschov befürchtete ständig, dass er irgendwann die Rede auf den Ruin seines Bruders Panto bringen würde, doch stattdessen überschüttete ihn Ilija mit den Beschreibungen seiner Erkundungsfahrten und einer Fülle unbedeutender Einzelheiten. Babaschov sah darin nichts als die widernatürlichen Bestrebungen eines Mannes mit absonderlichen Neigungen.

»Zum Wohl, Herr Weltschev«, versuchte er, den Ernst auszuhebeln. »Der Ritter trinkt Wein, der Tölpel schenkt ein.« Doch Ilija ließ sich nicht beirren.

»... und von Tarnjane – was soll ich Ihnen da sagen? Auf den ersten Blick gibt es dort nichts als dornige Äcker, aber« – er zog an seiner stinkenden Zigarette – »wie ich sah, gibt es dort Kaolin.«

»Wie bitte?«, rief Babaschov gelangweilt aus, nur um das Gespräch nicht abreißen zu lassen.

»*Kaolin!*«, wiederholte Ilija schlicht. »Ton ... Ton ist billig, aber Porzellan ist teuer ... Du beutest die Erde aus, formst Geschirr draus und steckst es in den Brennofen!«

An Babaschovs Schläfen schwoll eine Ader, der schwarze Kater zeigte der Dunkelheit die Krallen und machte kratzende Bewegungen mit den Vorderpfoten. Ilija hingegen war so in Fahrt, dass seine Lippen trotz des Weines trocken blieben. Er kam ins Räsonnieren über das Für und Wider einer Porzellanmanufaktur, schließlich war er zufrieden und stimmte ein:

»Zum Wohl, Herr Babaschov. Der Ritter trinkt Wein, der Tölpel schenkt ein.«

Am nächsten Tag kippte Babaschov vier große Biere bei Romanzero, aß dazu fein geschnittene Trockenwurst und wirkte wie ausgezehrt vom zu Ende gehenden Tag. Er war so zerstreut, dass er es sogar den Damen gegenüber, die mit rosigem Fleisch vom türkischen Dampfbad zurückkehrten, an Aufmerksamkeit und Höflichkeit fehlen ließ. Nicht einmal dem Militärorchester hörte er so recht zu, das den Menschen im überfüllten Stadtgarten den nächsten Walzer bot. Noch nie hatte Romanzero seinen Stammkunden so durcheinander und zugleich nachdenklich gesehen.

»Weißt du«, brach Babaschov schließlich sein Schweigen, »die Weltschevs, die sind alle verrückt.«

7

Als Romanzero hinter dem Tresen beim Trocknen der bauchigen Bierkrüge Panto so allein am Tisch sitzen sah, dachte er: Der Ärmste! Erst glich er dem jungen Werther, und nun … In der Tat drang Panto das Selbstmitleid aus allen Knopflöchern. Er sah gealtert aus und trug zu den Dreivierteltelsalven des Militärorchesters das leidende Gesicht eines Märtyrers zur Schau. Er war bereits bei der zweiten Flasche Wein angelangt, doch statt des erwarteten Taumels spürte er nur Schlappheit und Unmut. Er war zu Anwalt Kamenov gegangen, der einen tadellosen Ruf genoss; überdies war er über Christo ja mit ihm verschwägert. Er hatte dem kleinen Alexander ein Geschenk mitgebracht, Elena fomvollendet die Hand gereicht und die ärmlich eingerichtete Kanzlei betreten. Doch seine schlechten Vorahnungen wurden auch hier bestätigt.

»Damit wir vor Gericht gehen können, brauchen wir Zeugen. Wir brauchen Menschen, die gesehen haben, dass die Schubschiffe wirklich nicht am Eisernen Tor gesunken sind.«

»Aber …«

»Ohne Zeugen ist ein Prozess zum Scheitern verurteilt«, unterbrach Kamenov ihn mürrisch. »Kurz: Ich verstehe Sie, aber ich bedaure Sie nicht im Geringsten. Wenn Sie nicht der Bruder meines Schwiegersohnes wären« – er hustete, bis er sich daran verschluckte –, »hätte ich Ihnen, verzeihen Sie, unverzüglich die Tür gewiesen.«

Nun, nachdem er durch die stehende Hitze zu Fuß von Kamenov gekommen war, war er im »Neptun« eingekehrt, um seiner Verärgerung durch den Wein zusätzliche Nahrung zu geben. Ja, der alte Babaschov hatte alles Wichtige vorausgesehen: dass Iwan, der Schiffer, sich Richtung Serbien aus dem Staub machen würde, und dass alle namhaften Widiner Anwälte es ablehnen würden, ihn zu vertreten, sei es aus moralischen Gründen wie Kamenov, sei es, weil Babaschov nicht vergessen hatte, auch sie mit einer kleinen Aufmerksamkeit zu bedenken. Selbst die Zigeuner wollten nichts mehr mit ihm zu tun haben. Was war das bloß für ein Wein, den er da trank? Der war doch viel zu warm, und viel zu sauer war er auch!

Da begann in seinem Kopf der bizarre Gedanke zu kreisen, dass er, Panto Weltschev, doch niemandem etwas Böses angetan habe, sondern –

im Gegenteil – in seiner Funktion als Bankier immer mit einem Lächeln und niedrigen Zinsen mit Geld ausgeholfen hatte. Dazu war er gegenüber jedermann immer nur freundlich, grüßte auf der Hauptstraße sogar die Walachen zurück, und wenn er auch seine Frau betrog, so ertrug er dafür doch immerhin ihren mageren Hintern, ihren Bildungsdünkel und nicht zuletzt ihren unerträglichen Vater. Nein, Gina verdiente einen Mann wie ihn einfach nicht. Eine Stadt wie Widin verdiente ihn einfach nicht. Eine Welt wie diese verdiente ihn nicht. Eine unwürdige und dreiste Welt war das, voller Verrat und primitivem Pöbel.

Als jemand ihm zum Spaß seinen Hut auf dem Kopf verdrehte, dachte er: Wie gut, dass noch keiner etwas weiß! Und dann kam ihm die Erleuchtung: Die Briefmarken waren schuld! Ja, die selbstlose Hingabe an die Wissenschaft hatte ihn ruiniert. Oder war es, dachte er selbstquälerisch, vielleicht umgekehrt?

Als ihn auch noch eine Mücke stach, schwieg das Orchester, als hätte das Insekt auf den Aus-Knopf gedrückt, und machte eine lange Pause. Da fühlte Panto, während er Romanzero dabei zusah, wie er das Porträt des Zaren an der Wand hinter dem Tresen wieder befestigte, und der Fluss einen feuchten Stoßseufzer herüberhauchte, dass er seinen Kleinmut endlich jemandem mitteilen, sich einen guten Rat holen und dann endlich etwas tun musste, das Hand und Fuß hatte, und zwar ohne Wenn und Aber. Er verließ das »Neptun« schwankenden Fußes. Auf dem Weg kam ihm schließlich die Idee: Ich muss mit Ilija reden! Er ist doch mein Bruder, wir sind aus einem Brunnen geschöpft.

Die alte Kneipe war mit einem Vorhängeschloss verriegelt. Hinter ihr ragte die Herberge auf, riesig und pompös wie ein Reitstall. Zwei weiße Tauben zierten die dunklen Fenstersimse. Panto trat ein. Der schwere Geruch schlafender Männer kam ihm entgegen. Er schlich die Treppe empor wie ein Dieb. In der Ecke des Treppenabsatzes lagen schmutzige Laken auf einem Haufen. Er tastete sich den Korridor entlang, bis er das irritierende Atmen eines Mannes hörte, begleitet von den sündigen Stöhnlauten einer Frau. Hm, etwas daran kam ihm bekannt vor, aber was? Er drückte sich an die Tür, als sei er der Lackanstrich selbst, und hörte, wie das Stöhnen schneller und heftiger wurde. Ja, es war kein Zweifel möglich, was da drinnen vor sich ging. Panto beugte sich vor, legte sein Auge ans Schlüsselloch, und da sah er, wie seine Frau ins Kopfkissen biss und mit ihren Fingernägeln den gedrungenen Nacken seines Bruders Ilija zerkratzte.

8

Jonka hörte, wie er hereinkam. Er ließ sich aufs Bett fallen, genau unter dem Bild der Heiligen Muttergottes, die es fertigbrachte, ihr Gesicht demütig zu senken und doch mit den Augen gen Himmel zu starren. Sie entzündete die Petroleumlampe, um Zeit zu gewinnen. Ihre Lippen wurden schon trocken, ihre Augen hingegen feucht. Sie erinnerte sich noch gut, wie Jordan sich auf genau dieselbe Art aufs Bett hatte fallen lassen. Aber war das wirklich Panto, der stille und harmlose Panto? Sie goss Milch in eine Schüssel und stellte sie in den Vorraum auf die gestampfte Erde: Bald würden die Sterne aufgehen; der Himmel würde Durst haben …

Sie kehrte ins Zimmer zurück. Sie wollte um keinen Preis weinen. Das Ende kannte sie ja schon; was sie brauchte, war der Anfang. Er drehte sich um und stieß kraftlos hervor:

»Ich musste zu dir kommen.«

»Ja, ich weiß«, erwiderte Jonka stimmlos. »Du hast getrunken, aber ich habe keinen Schnaps mehr da.«

Seine Worte brachen hervor mit unverhülltem Hass, es roch sogar ein wenig nach Erbrochenem. Während sie ihm zuhörte und draußen der Tag starb, dachte sie: Bei Jordan war es leichter. Jordan wusste nicht, was er wollte.

Als er zu Ende geredet hatte, trat eine weiche Stille ein, die nur von ihrer beider Atem erfüllt war. Nachtfalter begannen, um die Gaslampe zu kreisen und sich auf dem Weg ins Licht am Schutzglas Flügel und Fühler zu verbrennen. Und trotzdem konnten sie nicht anders, versuchten immer wieder, mit dem Licht zu verschmelzen. Panto war wie sie, dachte Jonka. Vom Scheitel bis zur Sohle nichts als Schatten und Finsternis, strebte er einem fernen Licht zu, in dem er, wenn er es je erreichte, umkommen würde. Sie hatte Mitleid mit ihm, befürchtete, dass ihm etwas widerfahren könnte, wusste aber nicht, wie sie ihn trösten sollte.

»Du wirst diesen Bankrott schon überleben«, sagte sie, »auch wenn du jetzt am Boden zerstört bist. Das Geld und die Tage kommen und gehen nun einmal ...«

»Das Geld ist nicht das Problem. Das Problem ist, dass ich nun zum Gespött der Leute geworden bin.«

»Ich weiß«, antwortete sie ergeben. Sie ging in den Vorraum und sah, dass der Himmel die Milchschüssel schon mit seiner Endlosigkeit und Ruhe erfüllt hatte. Da hörte sie im Gebüsch das Rascheln der Katze, die von der Milch genascht und die Magie zerstört hatte. Jonka seufzte auf und kehrte mit leeren Händen ins Zimmer zurück. Im Dunkeln spürte sie, dass er das Eigentliche noch gar nicht gesagt, seine Seele noch nicht zu Ende gehäutet hatte. Seine Pepita-Fliege hing schwarzgrau unter seinem Kinn, sein Goldring blitzte auf. Das irritierte und hinderte sie, lockerzulassen, das leicht zu erhaschende Sichtbare zu überschreiten, mit dem Herzen zu sehen und die richtigen Worte zu finden. Etwas von ihm ist ganz weit weg, und etwas ist ganz nah bei mir, in der Mitte aber – nichts. Gott, gib mir Kraft, vorzudringen ins Unsichtbare. Das Getrappel eines kleinen Einspänners war zu hören. Sie erschrak, weil sie für einen Moment glaubte, es könne Todor sein, der unerwartet zurückkehrte.

»Hast du Hunger auf Fleisch?«, fragte sie voller Hoffnung. »Ich habe keinen Schnaps, aber ein Huhn könnte ich schlachten.«

»Es ist nicht nur das ...« Panto erhob sich. Im Zimmer hatte sich so viel Elektrizität angesammelt, dass ihr Unterrock bei jeder Bewegung Funken sprühte. »Es ist ganz und gar nicht das. Ich war im Gasthof, bei Ilija. Ich habe ihn und Gina im selben Bett ...«

Ein heißer Schauer durchfuhr Jonka. Sie taumelte, überwand die riesige Entfernung zwischen dem dreibeinigen Hocker und dem Bett, stieß sich am Ofen, rammte die Kommode, dann beugte sie sich über seinen Gram und sagte: »Der Unglückselige, der Blinde ... Was fantasiert er da? Was er vorhat, ist unmöglich – ebenso gut könnte die Donau stromaufwärts fließen.«

»Es ist wahr! Sie haben mich bedenkenlos zwischen sich zerdrückt. Ihren Spott getrieben haben sie mit mir.«

»Ich glaube dir ja«, erwiderte Jonka leise, »aber du hast Fieber. Ich werde jetzt das Huhn schlachten. Ein fettes Huhn ist es. Du musst unbedingt Fleisch essen.«

Wie er so dasaß und einsam die Faust auf den Tisch schlug, und wieder, und noch einmal, glich er für einen Moment ihrem Vater, dem alten Assen. Dann sah er sie an, ohne jeden Ausdruck von Leid, mit einer schrecklichen Leere in den Augen, sprang auf und knallte die Tür hinter sich zu. Erst als sein Anzug und seine Lackschuhe schon weit fort waren, kam Jonka die Erleuchtung. Sie sank aufs Bett und kreischte:

»O Gott, was hab ich getan? Warum habe ich ihn nur gehen lassen!«

9

Nachdem er bei Jonka aus der Tür war, zog es Panto instinktiv zum Ufer der Donau. Der Fluss silberte totengleich dahin. Er ging den steinernen Deich entlang und gelangte zum Hafen. Der Mond, scharf wie eine Stanze, lochte die Wolken. Sein Licht reichte aus, um den Schleppkahn zu erleuchten, der schwarz und rostig dalag. Er erkannte ihn sofort und schickte ein Stoßgebet zum Himmel. Durch hohes Unkraut arbeitete er sich aufs Deck vor, doch der Schiffsbauch war leer. Keine Spur von einem rettenden Strohhalm namens Iwan; ihm kam es fast so vor, als hätte der nie existiert. Nur sein blutverschmiertes Hemd und der Gummischlauch, mit dem die Zigeuner auf ihn eingedroschen hatten, lagen verlassen da und sahen aus wie eine Allegorie auf seine Zukunft. Er verdrückte ein Tränchen und ging.

Der klebrig-süße Duft reifer Maulbeeren begrüßte ihn, als er sich seinem Haus näherte. Obwohl drinnen Festbeleuchtung herrschte, wirkte es auf ihn so melancholisch und traumverloren wie ein Baldachin, unter dem längst keine Schläfer mehr ruhten. Er überquerte die Schwelle. In seinen Ohren hallten noch immer die gurrenden Laute aus der Kehle seiner Frau wider, die irgendwie keinen Zusammenhang mit dem Schnaufen Ilijas – *seines Bruders Ilija* – hatten.

Nun gehörte ihm gar nichts mehr. Er hatte einzig und allein noch den Weg zum Stall. Er erblickte den Einsitzer seines Schwiegervaters, der den penetranten Geruch von Schaffell, Dünger und Gutsherrenarroganz verströmte, und auf einmal wurde seine Müdigkeit unüberwindlich. Warum, dachte Panto, musste ihr Vater ausgerechnet jetzt kommen? Auf einmal flog der weiße Engel vorbei und raschelte im Blattwerk der Birne. Panto fluchte wie ein Landsknecht. Er ertappte sich dabei, wie er sogar Gott verfluchte. Er hatte sich vollkommen vergessen …

Vater Anissi hatte ein solches Begräbnis in seiner ganzen Dienstzeit noch nicht erlebt. Die ganze Hautevolee von Widin defilierte in der drückenden Hitze am offenen Grab vorbei. Es roch süßlich nach welkenden Blumen. Fleißige Bienen summten über die umliegenden Gräber. Der Bezirksvorsteher trug seine Dienstmütze, Vater und Sohn Babaschov hielten einen gewaltigen Kranz mit zwei schwarzen Schleifen, auf denen in goldenen Buchstaben Name und Trauerspruch gedruckt waren. Gina heulte schrill und haltlos wie ein Kind, das sein Lieblingsspielzeug verloren hatte, Boshura begnügte sich mit einem Aufschluchzen. Am eindrucksvollsten aber waren Jonka und die alte Petruniza. Petruniza, schweigsam, in Gedanken versunken, wirkte wie aus der Bronze der Zeit selbst gegossen; Jonka stand mit offenem Haar da, und ihre schweigend gefalteten Hände fragten: Warum? Inmitten der Schleifchen sah Panto in seinem noch offenen Sarg wie lebendig aus. Die Fliegen kannten keine Ehrfurcht und landeten auf ihm, so dass Vater Anissi sie mit dem Weihrauchfass verscheuchen musste.

»Was ist's, das geschehen ist?«, singsangte Anissi die Worte des Predigers. »Eben das hernach geschehen wird. Was ist's, das man getan hat? Eben das man hernach tun wird; und geschieht nichts Neues unter der Sonne. Geschieht auch etwas, davon man sagen möchte: Siehe, das ist neu! Es ist zuvor auch geschehen in den langen Zeiten, die vor uns gewesen sind. Man gedenkt nicht derer, die zuvor gewesen sind; also auch derer, so hernach kommen, wird man nicht gedenken bei denen, die darnach sein werden.«

Mit ihrem rotzverschmierten Kindergesicht glich Gina einer verkommenen, eben verprügelten Frau; die alte Petruniza wirkte wie der Wahnsinn selbst. »Jetzt sind es schon zwei …«, sagte sie mit hoher Fistelstimme.

Anissi nutzte die Zeit, um seine Gedanken zu sammeln. »Das Gute macht den Menschen ewig, das Böse wirft ihn in die Vergänglichkeit zurück. Doch der Sieg des Bösen ist nur kurz und aus diesem Leben, das Gute aber liegt jenseits der engen Wände unseres Leibes in der Umarmung Gottes, seinem göttlichen Segen. Wir sprechen mit Liebe von dem, was dort Liebe sein wird …«

Auf einmal begann der Kinderchor hinter ihm, ein Halleluja zu singen. Die Stimmen der Kleinen erfüllten mit erstaunlicher Harmonie das sonnengetränkte Gräberfeld.

Vor Kränkung war er wie benommen. Blut lief ihm aus der Nase. Er sah, wie die Haustür sich öffnete und Jotzo in seinen vergilbten langen Unterhosen auf ihn zukam. In der einen Hand hielt er eine Laterne, um ihn in all seiner menschlichen Unfähigkeit anzuleuchten, in der anderen die Peitsche, um ihn zu bestrafen. Sie war so beweglich, dass ihr Pfeifen klang, als käme es von Menschenlippen. Sie gingen in den Pferdestall, als wollten sie die Tiere tränken. Der schwarze Hintern des Hengstes glänzte samten; neben ihm wirkte Jotzos Gaul wie ein Esel.

»Verstehe«, sagte Panto müde und zog die Stalltür zu.

»Bist mir sehr an die Nieren gegangen. Jahre über Jahre hast du mich gepiesackt«, sagte Jotzo und sah in diesem Moment aus, als wolle er Panto helfen. Seine Bartstoppeln schimmerten silbern, aus Ohren und Hemd quollen ihm graue Haarbüschel. Er hängte die Laterne über ihren Köpfen auf, und das schuf erst recht so etwas wie eine Gemeinsamkeit zwischen ihnen.

»Ich kann einfach nicht aus meiner Haut«, erwiderte Panto näselnd. »Meine Bestimmung war es, zu warten, und ich habe gewartet, aus reiner Liebe zur Arbeit habe ich gelernt, zu warten. Es ist Zeit, etwas zu tun. Auch jetzt war ich wieder auf dem Schubschiff, aber dieser Iwan ist verschwunden. Die Babaschovs haben ihn versteckt.«

»Ich weiß«, bekräftigte Jotzo ruhig, »aber deshalb verwünscht man doch Gott nicht.«

»Und wenn Krieg wäre oder Steine vom Himmel fielen – neun Schiffe auf einmal können einfach nicht sinken.«

»Ich weiß, ich weiß, darum habe ich dich ja auch gewarnt. Warum hast du nicht auf mich gehört, he, Sohn?«, unterbrach Jotzo ihn nachdenklich und stellte sich breitbeinig hin. »Sohn? Wirklich *Sohn?*«

Die Peitsche pfiff und rückte Pantos schiefe Fliege gerade. Das geschmeidige Leder klebte auf seinem Gesicht und seinen Kleidern und verwandelte ihn langsam, aber sicher in einen Fetzen. Seltsam nur, dass es ihm nicht wehtat. Auch als Jotzo den Stall verließ, tat es nicht weh. Er war ja nicht allein gewesen. Da war die Laterne mit ihrem Licht, da war die Peitsche … Erst jetzt war er auf einmal allein, vollkommen allein, unerträglich allein. Die Pferde legten die Ohren an und schnaubten.

Als der Kirchenchor sang, zog es Ilija gewaltig zwischen den Beinen, und er empfand ein heftiges Verlangen nach Gina. Gleichzeitig fragte er sich: Warum hat er das nur getan? Die Kirchenglocke versetzte den Himmel in Schwingungen und hob ihn hoch über den Fluss. Vater Anissi schwieg, und die alte Petruniza sagte: »Mit zweien habe ich für seine Sünde bezahlt!« Ilija aber erinnerte sich an jene Wildtaube, die vor vielen Jahren aus der Kälte in sein Zimmer geflogen und von innen gegen die Fensterscheibe geprallt war. In ihrem Erschrecken hätte sie sich unter dem Bett verstecken können oder durch die Tür hinausspazieren, doch das durchsichtige Fenster mit seinem Blick auf den Garten, auf die Freiheit, täuschte und verlockte sie. Sie prallte noch ein letztes Mal gegen die Scheibe, aus ihrem Schnabel lief Blut – und dann war ihr Leben beendet. So ähnlich stellte er sich Pantos Fall vor. Der alte Babaschov gab sich keine Blöße. Mit ernsthaft-nachdenklichem Blick fragte er sich vor allen anderen, wie es nur so weit hatte kommen können? Boshura zog die weiße Nelke aus ihrem Haar und legte sie Panto aufs Herz, war sie doch sicher, dass sein Herz ihretwegen stehengeblieben war. Sie fühlte sich irgendwie erhaben und großartig dabei, so etwas bewirkt zu haben, und schaute zum Fluss, als wolle sie sich mit ihm messen.

Nein, nichts war mehr in der Lage, Schmerz bei ihm auszulösen. Die Pferde schauten ihn nachdenklich an. Es roch angenehm und einschläfernd nach Heu. Er fragte sich, warum er ohne Ergebnis einen Mann so schlimm hatte verprügeln lassen. Dann dachte er, um auch dies nicht zu vergessen: Nun werden sie mir auch meine Briefmarken noch wegnehmen! Doch diese betrübliche Feststellung eines bevorstehenden Verlustes beruhigte ihn, weil sie stimmte. Er seufzte. Begann, sich die Strohhalme abzuklopfen. Er lag noch immer auf dem Pferdemist, und es kam ihm so vor, als hätte er unendlich viel Zeit vor sich. Doch im Moment des Loslassens und der schließlichen Beruhigung kam er doch noch, der Hunger nach Fleisch; erst wie ein leises Jucken, dann wie ein gewaltiger Sog. Es aß ihn Fleisch, es trank ihn Fleisch, aber er kam nicht aus diesem schwülen, muffigen Stall heraus. Was für ein mächtiger Hunger war das, ein Hunger, der nun nie mehr aufhören würde. Hunger bis unter die Haarspitzen zog, kitzelte, kratzte, rieb, sog und biss an ihm. Er fühlte, dass er durchdrehte. Nein, nicht wegen des Schmerzes! Er musste sich einfach retten. Er streckte seine Finger nach dem Geschirr aus, das an einem großen rostigen Nagel hing, und flocht die Schlinge mit einer Gleichgültigkeit, als sähe er jemand anderem dabei zu. Er prüfte, ob sie fest war, und warf sie über den Balken. Ein Zustrom von Kraft, Wachheit und wilder Begeisterung brachte ihn zum Niesen. Er lachte kurz auf. Dann stieg er mit seinem hübschesten Lächeln auf eine Heukrippe und sprang in die Finsternis. Zuerst sah er die ganze Welt auf einmal, dann zersprang sie wie ein Feuerwerk in abertausend Briefmarkenmotive. Es begann zu gluckern, das Wasser stieg … Das war die Donau, er kannte sie genau, er tauchte ein und fand sein letztes Asyl in ihren gastfreundlichen Fluten.

Als Jotzo am nächsten Morgen das Tor zum Pferdestall öffnete, schaute ihn jemand mit spöttischem Gesichtsausdruck und herausgestreckter Zunge von oben herab an. Der Mann baumelte an einem Ledergeschirr, das über den Querbalken hing. Er war unrasiert und sah gespenstisch aus. Zum ersten Mal sah Jotzo seinen Schwiegersohn so hässlich und mit einem Ausdruck, der an das heftige, schicksalsträchtige Temperament seines Vaters erinnerte. In dieser Nacht ist er endlich zu Verstand gekommen, murmelte Jotzo vor sich hin, bedauerlicherweise zu spät. Die Peitsche klatschte in seiner Hand und schlang sich um den entleerten Körper seines Schwiegersohnes. Doch er konnte Panto damit nicht mehr verletzen. Jotzo wiederum war selbst in seinem Zorn besonnen genug, um diesen Selbstmord vor der Welt zu verbergen. Er hatte Angst vor Klatsch und üblen Gerüchten und zog es vor, ihn als guten Christenmenschen begraben und besingen zu lassen. Ohnehin hätte in dieser Stadt, in der das Leben seit Jahrhunderten ruhig und unaufgeregt verlief, niemand einen so ungeheuerlichen Tod geglaubt. Und was blieb, um nicht ganz andere Spekulationen aufkommen zu lassen? Jotzo beschloss, dass er Doktor Neikov gegenüber wohl ein wenig großzügig sein musste, damit dieser zu der Diagnose kam, dass Panto nicht nur ein weiches und edles, sondern eben auch ein krankes Herz gehabt hatte.

Beim Verabschieden von den anderen Trauergästen schnaufte der alte Babaschov mit todernster Miene in die Hitze: »Wir standen Herrn Weltschev sehr nah, müssen Sie wissen, und unsere Trauer um ihn wird kein Ende nehmen.« Dann stieg er auf den Kutschbock, wartete, bis Dimo und Boshura zugestiegen waren, und kutschierte zu seinem mit Gipsengelchen verzierten Haus, wo Iwan, der Schiffer, schon mit zahnlosem Lächeln in der Küche auf ihn wartete, um seinen wohlverdienten Lohn entgegenzunehmen.

10

Draußen fiel ein feiner Nieselregen, der sich als Nebel in der Luft hielt, die entblätterte Walnuss und die verträumten Weingärten der Nachbarn einhüllte. Gina hatte angeordnet, dass nur die Kerzen auf dem kleinen Leuchter entzündet werden sollten. Zwetana hatte gelernt, leise aufzutreten nach dem Tode Pantos, und so hörte keiner, als sie hereinkam, auf dem Tisch die beiden Tellerchen mit Quittensirup abstellte und wieder ging.

Ilija rauchte, Gina hingegen, wie festgenagelt angesichts der Bedeutsamkeit dieses Stelldicheins, drehte die Troddel der Plüschdecke und betrachtete hoffnungsvoll ihren frisch ondulierten Kopf im Wandspiegel. Sie hatte sich eine Extraladung Parfüm aus dem Zauberlabor Kotschos, des Dankbaren, aufgelegt, und der Duft wilder Minze umstrahlte sie wie eine Aureole. Sie war nicht länger gewillt, die Einsamkeit zu ertragen und jenes leise, aber permanente Bedauern, das immer und immer nur dem Verstorbenen galt. Manchmal weinte sie vor Selbstmitleid oder ganz einfach vor Wut über die Langeweile. Ihren Sohn Georgi nannte sie »das arme Waisenkind«, und sie war überzeugt, dass die Änderung in ihrem Leben unwiderruflich war. Was ihr fehlte, war nicht die Bank selbst, sondern das Gefühl, eine Bankiersfrau zu sein; ebenso fehlte ihr nicht so sehr Panto selbst, sondern vielmehr seine Schönheit. Ohne ihn war sie nichts als eine ganz gewöhnliche Witwe, die ein klein wenig Mitgefühl und viel Gerede bei den anderen Frauen hervorrief. Und so gelangte sie immer mehr zu der Überzeugung, dass Panto sie gehörig belogen und betrogen hatte.

»Ja«, seufzte Gina hoffnungsvoll.

»So ist es«, erwiderte Ilija ohne Zusammenhang und zündete sich eine weitere Zigarette an.

Nun waren sie wirklich allein mit sich, und Gina spürte, dass dies einer Nähe im Wege stand, die ihren Sinn aus jener Gewaltsamkeit bezogen hatte, mit der sie hergestellt worden war, jener Monstrosität und Gemeinheit, die ihre fatale Leidenschaft füreinander nährte – und umgekehrt. Nun, befreit vom Reiz des Verbotenen, war ihrer beider Hässlichkeit einfach nur noch eine langweilige äußere Tatsache. Er wird alt, dachte sie, als sie ihn ansah; oder hatte er gestern einfach nur zu viel getrunken? Ihr Blick blieb an seinen ruhigen Bewegungen hängen, mit denen er die Quittenstückchen im Saft umrührte, und sie korrigierte sich: Nein, er rührt einfach nur den Quittensirup um. Zwetana hatte vergessen, Wasser mitzubringen.

»So ist es«, sagte sie mit gespielter Wehmut.

»Jaaa ...«, seufzte Ilija mit der gedehnten Stimme eines Beichtvaters.

Doch so schnell gab sie nicht auf. Noch vertraute sie auf ihre ondulierten Haare, glaubte sie an das mystische, von den Kerzen rhythmisierte Halbdunkel im Raum. Sie hatte schon vermutet, dass dieses schicksalhafte Treffen so lang, mühselig und beladen ausfallen würde, wie es ihre frevelhafte Lust zuvor gewesen war. Es war ihr durchaus bewusst, dass es langweiliger als so wohl kaum ging, aber sie wollte auch nicht ohne Umschweife geradeheraus sagen: »Das hier könnte dein Zuhause sein ...«, um dann vielleicht, während er ungläubig lächelte, über ihre diffuse Trauer und das unvermeidliche Zerreißen der Mäuler in der Stadt hinwegzusteigen und den großen Leuchter über seinem Haupt anzuzünden. Nein, das, was sie da vor ihm geheim hielt, ging ihn und sie zu gleichen Teilen an. Das, was zwischen ihnen geschehen war, war ja nicht so einfach vom Tisch zu wischen, und es war auch alles andere als einfach. Es war also nur rechtens, wenn sie von ihm erwartete, ihr ein wenig zu helfen. Sie stand auf und näherte sich ihm, doch statt Niedrigkeit und Verlangen erblickte sie nur Angst und Überdruss in seinen Augen. Ja, jetzt, wo sie es ganz offen tun konnten, wo es keine Gefahr mehr gab, jetzt brauchte er sie nicht mehr? Sie spürte, wie ihr speiübel wurde.

»Ja, die Toten … Aber wir sind nicht tot, wir leben«, begann sie mit trockener Stimme. Ihre Worte fielen wie Brotkrumen auf den Tisch. Ilija sagte etwas Unverbindliches. Es war erbarmungswürdig. Er fing von seiner Herberge an, dann erzählte er plötzlich von der Hochzeit des Schlaffen Kosta mit Stefania, der Behaarten, einer Frau, üppig und breit wie ein gut aufgegangener Krapfen und mit verschiedenfarbigen Augen, einem blauen und einem braunen. »Sie schielt so stark«, endete Ilija seine Erzählung, »dass sie praktisch die ganze Welt auf einmal sieht. Vielleicht hat sie deshalb den Kosta schon zweimal verprügelt, weil sie alles sieht. Die beiden arbeiten jetzt bei mir, in der Küche.«

»Wie *eeeengteeressang*«, reagierte Gina und erkannte ihre eigene Stimme nicht mehr wieder. Das Pendel unter dem Uhrkasten an der Wand blitzte wie eine Guillotine über ihnen. Neun Schläge drängten in die Stille. Ilija erhob sich, undurchdringlich und mit männlicher Entschlossenheit. *Er geht ganz einfach!*, konstatierte sie. Erst Panto. Jetzt Ilija. Sie gehen einfach. Es tat schrecklich weh. In diesem Moment zwang sie das Geheimnis, das sie in ihrer Gebärmutter barg, sich zu setzen. Sie löste ihre verspielten Locken, wie man einen schlecht gestrickten Pullover aufribbelt, und begann leise zu weinen.

11

Gleich am darauffolgenden Tag, nach einer verzweifelten und schlaflosen Nacht in ihrem Daunenbettzeug, packte Gina ihre Siebensachen, gab ihrem Sohn Georgi letzte Anweisungen und dem Hausmädchen Zwetana eine letzte Ohrfeige – und machte sich auf den Weg zum Gutshof ihres Vaters. Der Knecht, der ihre Koffer und Truhen auf das Gespann wuchtete, war derselbe, der ihr in der Kindheit jeden Wunsch von den Augen abgelesen hatte. Jetzt war er eingefallen, beinahe ein alter Mann.

Das Hungergebell der Nachbarköter sagte ihr auf Wiedersehen, Schneewehen und Kälte leisteten ihr Gesellschaft, als sie sich auf dem freien Feld ihren Weg über den gewundenen Pfad bahnten. Hinter dem

Hügelsaum am Horizont meldeten sich Wölfe. Und dieses alte Männchen soll mich vor ihnen schützen?, schoss es ihr durch den Kopf.

»Wie war dein Name nochmal?«, fragte Gina laut, doch der Mann war versunken in seiner stoischen Ruhe. Mit derselben Ruhe des Dörflers steckte er sich eine Zigarette an. Er zog tief und sagte dann mit vom Wind zerzauster Stimme:

»Ihr Leid, verehrte Frau, ist groß, weil Sie es nicht gewöhnt sind. Meine Frau zum Beispiel wurde von der Schwindsucht hinweggerafft. Das Bein von meinem Sohn – ein Mühlstein hat es zerquetscht. Gestern ist meine Kuh eingegangen. Aber wir hier draußen sind gewöhnt an so was. Darum leiden wir nicht so.«

»Wie war dein Name?«

»Wer weiß, woran das arme Tier gestorben ist. Trächtig war es, ein Kalb haben wir erwartet …« Er schwieg, als sei er ohne Namen auf die Welt gekommen, wie das Pferd, und das war schlimm, weil er ohne Namen keine Seele und kein Schicksal hatte.

In der Ferne waren bereits die klobigen Umrisse des Gehöftes zu erkennen. Es sah beinahe wie eine Festung aus. Die Luft trug Hundegebell und ein Vorgefühl von wärmendem Kaminfeuer herbei.

»Warum bist du gekommen?«, fragte ihr Vater ohne höfliches Vorgeplänkel, während er seine groben Stiefel auszog, aus denen Dampf aufstieg.

»Ich weiß nicht«, erwiderte Gina und heftete ihren leeren Blick auf das flackernde Feuer.

»Bist du sicher, dass du es nicht weißt?«

Sie hatte ihm bereits den Rücken zugekehrt, ging hinaus und begann, sich gleich neben dem wild gewordenen Schäferhund auf dem leeren Hof zu erbrechen. Über ihr waren zwei Fuchsfelle zum Trocknen aufgespannt.

Befreit von einer Umgebung, in der alles sie an etwas erinnerte, befreit von Gefühlen und Gedanken, lebte Gina auf in der Nähe ihres Vaters. Sie begann, kleine Absonderlichkeiten zu entwickeln. Manchmal ging sie ohne erkennbaren Anlass auf die Knechte los. Abends füllte sie einen Eimer mit heißem und einen mit eiskaltem Wasser und tauchte abwechselnd ihre behaarten Beine hinein. Sie trank allerlei Kräuteraufgüsse und sprang danach unter dem verdutzten Blick aus Oma Praschporizas verbliebenem Auge mit aufgelöstem Haar vom Tisch. Stumm von Geburt an und mit einem mädchenhaften Gesicht, konnte diese heulen wie ein Wolf, krähen wie ein Hahn und plärren wie ein Dudelsack. In Momenten, in denen Gina diese unerklärlichen Dinge tat, ließ sie alle Tierstimmen, die ihr zu Gebote standen, Revue passieren, und sogar ihr blindes Auge öffnete sich, um diese tollen Nichtigkeiten bezeugen zu können. Nachmittags schrieb Gina ihrem Sohn Georgi lange Briefe voller Ratschläge – wie dem, sich nachts auch gut zuzudecken oder das Aufziehen der Wiener Wanduhr nicht zu vergessen; vor allem sollte er nicht immer Haselnüsse mit den Zähnen knacken.

Die Ruhe machte sie träumerisch. Manchmal sah sie das Bankgebäude vor sich, von innen erleuchtet, dann das zweideutige Kichern der Schneiderin Dora oder die aufgeblühte Schönheit Boshuras; manchmal auch den von seiner Hässlichkeit zu ewigem Misstrauen und Hass verdammten Ilija.

Die Sonntagabende waren am interessantesten. Da besuchten sie der Dorflehrer und der Pope Arichonti – Persönlichkeiten von regionalem Rang und Namen. Der Lehrer war spindeldürr, andauernd platonisch verliebt und ein großer Verehrer Lord Byrons. Pope Arichonti wiederum, nachdem er Jahre hindurch mit bedingungslosem Gehorsam bemüht gewesen war, Gottes Gebote zu erfüllen und ihm nahezukommen, hatte von einem Tag auf den anderen damit aufgehört und seine Seele dem Teufel verkauft. Nun sah jedes dritte Kind im Dorf nach ihm aus. Doch er hatte denselben Quadratschädel wie der Lehrer und dasselbe Feuer in den Augen. Sie redeten über Politik, schlürften heißen Schnaps und schmückten ihre Rede mit altkirchenslawischen Ausdrücken und stehenden Redewendungen, um auf Jotzos Tochter einen guten Eindruck zu machen, die kokett dazu lachte, während sie ihrem Vater Wollsocken strickte.

»Alles ist nur Schall und Rauch …«, endete Pope Arichonti mit seiner Bassstimme, und seine geistlichen Tränen kullerten sein Kinn herab, wo sie sich mit seinem fleischlichen Schweiß vermählten.

Der Lehrer fügte mit Falsettstimme hinzu: »… und Natur!«

Der Winter war lang und hart, das Frühjahr ungewöhnlich. Der Flieder erhellte den Hof mit seinem sanften Licht. Der Duft von Goldlack und

Gräsern erfüllte die Luft mit Unruhe. Die Raben schienen zu erbleichen. Der Falke schloss Freundschaft mit den Hühnern. Die Knechte kratzten sich die wolligen Haare. Oma Praschporiza aber verzauberte die Abendstille, indem sie Stunde um Stunde wie ein Dudelsack sang. Das Feld lag da wie eine Handfläche: zerschnitten von Lebens- und Liebeslinien, von schmalen Fuhrwegen, und gesäumt von Stimmen, Schafsblöken und knarrenden Radachsen. Die Bronzekuppel des Kirchturms ragte gen Himmel. Ja, es war eine Zeit für Geburten, Aussaat und heroische Tode.

Nur Gina wollte nicht so recht ins Bild passen. Sie lief mit irrem Blick und nackten Beinen kreuz und quer über den Hof, schluchzte stoßweise und trank weiter Aufgüsse aus allerlei Giften. Doch gegen ihren Willen begann sich ihr Bauch zu wölben und ebenso reich und fruchtbar auszusehen wie die umgebende Landschaft, die sich selbst neu gebar. Sie hatte Schmerzen unter den Schulterblättern und schüttelte sich vor Hass gegen das, was sie mit Liebe hätte hegen sollen.

Eines taufrischen Morgens, Oma Praschporiza hatte Jotzo eine halbe Stunde lang vorgemuht, rief ihr Vater sie zu sich, verscheuchte den Kater, befühlte ihren Bauch, schlug sie aber nicht. Er ließ sich einfach aufs Bett fallen, erschöpft von harter Feldarbeit und tiefer Scham vor der sichtbaren Sünde. Schließlich gelang es ihm, zu fragen:

»Von wem ist es?«

»Es ist nicht von Panto«, erwiderte sie.

Er sperrte sie mit einem rostigen Emailletopf und fünf Knäueln feiner Wolle in ihr Zimmer. Dem Lehrer und dem Popen sagte er, seine Tochter sei in die Walachei verreist. Gina blieb allein in ihrer eigenen Ewigkeit zurück; manchmal knirschte es im Schloss, dann kam Oma Praschporiza herein und brachte ihr Hühnersuppe und Weißkäse.

Gott, wie sie das werdende Leben in sich hasste … Sie stellte sich das Kind hässlich und verwachsen vor wie Ilija, oder knochig und sehnig wie sich selbst, ein Balg, gezeugt von Hass und Unzucht. Doch im unerträglichen Wehenschmerz und ohnmächtigen Schreien der Gebärenden, begleitet vom Muhen Oma Praschporizas, kam ein wahres Engelchen zur Welt, das gleich nach dem ersten Schrei auf den Leuchter pinkelte und danach sofort begann, alles Helle aufzusaugen: Licht und Muttermilch. Ein schöneres Kind hatte Oma Praschporiza ihr Lebtag noch nicht gesehen.

Sie wickelten es in ein rotes Tuch und gaben es zusammen mit einem Hektar fruchtbarsten Landes in die Hände der kinderlosen Marijka, die sich eigens eine Milchziege für das Kind kaufte und ihm den Namen eines alten bulgarischen Khans gab: Krum.

Jotzo würdigte das Neugeborene nicht eines Blickes, und Gina fuhr, als sie noch gar nicht ganz heil war zwischen den Schenkeln, wieder zurück nach Widin. Frau Dora las ihr während eines Treffens der Frauenvereinigung aus den Karten und warf Boshura ein wenig gehässig hin: »Da hat sie aber in ehrbarer Einsamkeit eine gehörige Leidenszeit hinter sich. Ja, es gibt auch Leute, die zunehmen, wenn sie leiden …«

12

Ein Jahr nach der mühevollen Demobilisierung traten in Widin tiefgreifende Veränderungen ein. Sie blieben anfangs unbemerkt, weil die Leute erst einmal ihre Siebensachen in Ordnung bringen, sich an ihr Lächeln gewöhnen und lernen mussten, wieder Zukunftspläne zu schmieden. Erst dann konnten sie an andere und anderes denken.

Die Überraschung des Herbstes 1919 war der Wahlsieg der Bauernpartei. Ihre Mitglieder und Anhänger zogen in Pulks durch die Straßen und schwenkten die orangefarbene Parteifahne, heißhungrig und dürstend nach Vergeltung. Als Erstes setzten sie Pope Iliev ab. Seinen Platz als Bezirksvorsteher nahm ein junger Rechtsanwalt aus Plovdiv ein, der an Universitäten in Europa studiert hatte und einen mit seinem hypnotischen Blick einschüchterte. Er feilte sich ununterbrochen die Fingernägel. Im Gegensatz zu seinem Amtsvorgänger war er bei den hochnotpeinlichen Verhören im Keller der Bezirksverwaltung nie anwesend. Sein erster Erlass bestand in der Aufforderung an alle Bürger, ihre Plumpsklos zu kalken. Er liebte es, Nietzsche zu zitieren, sammelte kleine Glasfigürchen, hatte so seine eigenen Theorien, verfügte aber ansonsten über einen eminent praktischen Verstand. Sein zurückhaltend-schüchternes Lächeln sah weitaus gefährlicher aus als die provinzielle Rauflust Pope Ilievs, der dieser insbesondere im Parlamentswahlkampf gern freien Lauf ließ. Herr Petkov war Junggeselle, und man munkelte, dass er als blutjunger Mann in seiner

Leipziger Studentenzeit sogar sozialistische Neigungen gehabt habe. Außerdem meinten einige, er habe Schulterpolster in seine Uniformjacken gestopft, um darin markanter auszusehen. Boshura fand ihn ausgesprochen charmant, weil er der Einzige war, der sich von ihrer aufblühenden Schönheit nicht die Sprache verschlagen ließ. Er hatte sanfte Gesichtszüge, doch sein kaltgrüner Schlangenblick hypnotisierte die Leute. Selbst Pfarrer Anissi verwechselte, wenn er bei einer Predigt in der Kirche zur heiligen Paraskewa in diese Augen schaute, oft das »Erlösen« mit dem »Bösen«.

Etwa zur selben Zeit tauchte auch der Tscheche Wodetschka auf, beleibt und geschmeidig wie ein fetter Kater. Mit gewinnendem Lächeln erzählte er, dass er mit Konstantin Jiretschek verwandt sei, einem tschechischen Landsmann, der um 1880 die bedeutendste Reisebeschreibung über Bulgarien verfasst hatte und dafür sogar, obwohl Ausländer, eine Weile Bildungsminister gewesen war. Ein besseres Eintrittsbillett hätte er sich nicht verschaffen können. Er küsste den Damen galant die Hand und eröffnete binnen kürzester Zeit die zwei in der Folge tonangebenden Lokale Widins: das Luxusrestaurant »Royal« und die Gaststätte »Hasenblut«. Im »Royal« wurde tschechisches Bier ausgeschenkt, deutscher Wein vom Mittelrhein und französischer Benediktiner-Likör. Über den breiten Schaufenstern zur Straße flackerten verschiedenfarbige Laternen, drinnen im Saal spielte ein klassisches Kammerorchester. Die Kellner waren ausnahmslos blond und »europäisch« gekleidet. Das »Hasenblut« hingegen war eine Schänke für die kleinen Leute, deren Tapeten rasch von Schlägerblut- und Rotweinflecken übersät waren. Die Mücken kreisten um die Gaslampen, das mechanische Klavier spielte »O, der Liebe rasche Flügel!« und »Schneesturm über meinem Lenze!«

Der Donauuferpark ertrank unter der lärmenden Menschenmenge, Kinder zupften und leckten an ihrer Zuckerwatte, und trotzdem herrschte in Romanzeros Restaurant »Neptun« auf einmal gähnende Leere. Die einzige Reaktion des Besitzers war, die alten Toiletten zu kalken; ansonsten nahm die Poesie ihn nun endgültig gefangen: Er schrieb überlange Lieder, die er Goethe widmete; sein Leiden an der übermächtigen Konkurrenz schlug sich nieder in schweigender Trinkerei. Manchmal machten ihm der alte Babaschov, Pope Iliev, Herr Zozolanov und ein Teil des Kleinbürgertums noch ihre Aufwartung, um ein Glas roten Gamza aus Novo Selo zu trinken; die jungen oder jüngeren Leute jedoch, allen voran Boshura, Dimo Babaschov, Tante Allwissend und Bürgermeistersgattin Hadschipentscheva, siedelten unwiderruflich ins »Royal« über. Dies war das letzte Aufbäumen einer Epoche, die, auf dem Boden von Elend, Hunger und immer wieder Krieg, noch einmal ihren Traum von Pracht und aristokratischer Erlesenheit leben wollte.

Bevor er sich jedoch endgültig dem Trunk ergab, machte der abgesetzte König der Gastwirte noch einen Versuch, seinem Widersacher das Siegerlächeln aus dem Gesicht zu schießen. Er rasierte sich, zog seinen Hochzeitsanzug an und kaufte von dem Sepharden David einen alten Trommelrevolver. Dann betrat er zum ersten und letzten Mal in majestätischer Haltung das »Royal«, begrüßte Wodetschka mit hinterhältiger Freundlichkeit und drückte aus nächster Nähe den Abzug. Bedauerlicher- oder glücklicherweise ging das Schießeisen nicht los; dafür explodierte am nächsten Tag der Klatsch in allen Kaffeehäusern und Barbierstuben nur umso heftiger. Alles endete damit, dass Romanzero sein Restaurant aufgab und auf dem Marktplatz begann, Kichererbsen zu verkaufen.

Der Winter stand im Zeichen der Vorträge, die der Sozialdemokrat Proikov im Lesesaal der Bücherei »Bunte Welt« hielt. Organisiert wurden diese Vorträge vom Schulvorstand sowie einer dubiosen »Philosophischen Vereinigung denkender Menschen«. Auf den handgeschriebenen Einladungen stand neben dem Programm immer auch Programmatisches wie »Nein zum Krieg«. In dem schmalen Saal der »Bunten Welt«, der in einem nicht besonders glücklichen Blau gestrichen war, mühte sich Herr Proikov ab, die städtische Hautevolee von der Gültigkeit der Einstein'schen Relativitätstheorie zu überzeugen. Der beste Gymnasialschüler putzte mit einem Schwamm die eigens für diesen Vortrag herbeigeschaffte schwarze Schultafel, und Proikov brach der Schweiß aus vor Anstrengung, die Relativitätsgesetze irgendwie begreiflich zu machen, doch wenn er ins Publikum schaute, sah er die kauenden Gesichter von Menschen, die in aller Seelenruhe ihr Abendbrot ausgepackt hatten. Bewegung kam erst dann in seine Zuhörer, als seine schrille Stimme erklärte, dass der Raum in Wirklichkeit gekrümmt sei und dass, wenn ein Körper sich mit Lichtgeschwindigkeit bewege, er den Äquator der Erde in einer Sekunde im Prinzip siebeneinhalbmal umrunde, dies aber dann doch nicht könne, weil seine Masse so grenzenlos ansteige, dass er infolge der Gravitation schon nach weniger als einer Sekunde mit dem Erdtrabanten, sprich: dem Mond kollidiere. Der Musterschüler schrieb mit rosafarbener Kreide an die Tafel: »300 000 : 40 000 = 7,5«; doch diese simple mathematische Operation war allzu weit hergeholt, um die Leute wirklich überzeugen zu können. Niemand war bereit, derlei abstrusen Zusammenhängen seine Zustimmung zu schenken, und so erlitt die Relativitätstheorie in Widin ihre definitive Niederlage.

Erstens einmal, kommentierten die Frauen im Dampfbad bei der »Nachbesprechung«, ist der Raum vollkommen gerade, und das kann selbst eine Frau wie die Behaarte Stefania bestätigen, die nun wirklich schrecklich schielt. Außerdem – da kannst du jeden beliebigen Körper nehmen! – ist es doch ein Witz, zu glauben, man könne den Äquator der Erde in einer Sekunde siebeneinhalbmal umrunden, wo doch schon die Reise von Widin nach Sofia drei Tage dauert.

Herr Proikov, der selbst seine Zweifel an den Relativitätsgesetzen hatte, aber ein hartnäckiger und leicht zu kränkender Mann war, stürzte sich nun erst recht in die Sache und begann sogar, Versuche anzustellen. Er kaufte sich eine Leydener Flasche mit »elektrischen Kugeln«, stellte in seinem Weingarten eine Kupferstange auf, um Blitze anzuziehen, und ruhte nicht eher, als bis er einen Lichtstrahl aus seiner Gaslampe durch ein ganzes Spiegelkabinett schicken konnte.

Die Donau schwoll im folgenden Frühsommer über Gebühr an und behinderte die Schifffahrt beträchtlich. Über den Sümpfen lag Tag und Nacht Dunst, und fette Welse verirrten sich in sie hinein. Die Zeit der Kirschen war schon vorüber, doch die Keller der Unterstadt standen noch immer voll Wasser, auf dem tote Mäuse schwammen. Es war, als wolle der Krieg so ganz doch nicht gehen, oder als habe es der Frieden nicht eilig damit, seine guten Gaben zu verteilen. Der Besuch des neuen Zaren Boris III. wurde erneut auf unbestimmte Zeit verschoben; in dieser »unbestimmten Zeit« tauchten mindestens drei Männer auf, die behaupteten, seine ungesetzlichen Brüder zu sein. Es waren allesamt üble Gesellen aus Kula, die den Leuten in der Dämmerung auflauerten und für fünfzig Lewa Auftragsmorde begingen oder Pferde stahlen. Sie verschwanden danach für eine Weile in Serbien, kehrten irgendwann zurück und ließen dann in den Kneipen die Gläser tanzen. Wenn sie genug intus hatten, fragten sie mit finsteren Mienen: »Schau mal meine Fresse, vor allem den Zinken mittendrin – is das nich original 'n Bastard vom alten Ferdinand?« »Ja, ja, irgendwie …«, antworteten die alten Männer eingeschüchtert und vergaßen für einen Moment, wer beim Spiel mit den Würfeln an der Reihe war. »… als hättste dem die Haut abgezogen!«

Schließlich segnete auch Gawrail, der Bibliothekar, das Zeitliche, ein Mensch, der vollkommen unscheinbar war, ein leicht lahmender Stubenhocker, der aber sicherlich einer der belesensten Menschen in ganz Europa war und nur den wissbegierigen jungen Assen Weltschev um sich ertragen konnte, seine Katze und eine kränkliche alte Frau, die er »Mama« nannte. Er beherrschte fünfzehn Sprachen, las bis zum Umfallen und sammelte unermüdlich Bücher. Er starb schweigsam und unbeweint, doch bis zum Schluss ungläubig staunend vor der Niedertracht des Menschen, wie sie in den Büchern immer wieder beschrieben wurde, von der Permanenz und Größe des Leidens in diesem Leben. Da war es wirklich eine Heldentat, dass er so leise ging und nicht etwa am Ende die von ihm zusammengetragene Bibliothek in Brand steckte, um auf diese Weise wenigstens den ihm greifbaren Teil der Schönheit, Bosheit und Unvollkommenheit dieser sündigen Welt zu vernichten.

Achtes Kapitel

1

Im kleinen Separee des »Royal«, das mit golden schimmernden Stofftapeten ausgekleidet war, erzählte Herr Petkov mit gequälter Ironie vom Besuch des regionalen Führers der Bauernpartei, eines gewissen Herrn Trendafilov, in der Bezirksverwaltung. Seine grünen Glaskugelaugen starrten ausdruckslos in eine Ecke, seine feingliedrigen Finger kneteten ein Stück Brot. Die Damen am Tisch spielten mit ihren Stoffservietten und tupften sich damit bald die Mundwinkel, bald die Schläfen ab. Sie lächelten affektiert, klimperten mit getuschten Wimpern und tranken tschechischen Likör von giftgrüner Farbe.

»Dieser Trendafilov roch nach Stall und nach Lauch«, warf Petkov hin, »aber seine Tochter soll Klavier spielen.« Und dann ging das los: Woher ein Klavier nehmen und nicht stehlen, und wer hütet ihm sein Vieh, wenn das Balg vor den Tasten sitzt.

Das klassische Quartett unterstrich seine Worte pastoral, der alte Babaschov lachte süffisant auf, und Ilija gähnte demonstrativ und löste seinen Blick endlich von Boshura, die die ganze Zeit versunken auf den neuen Bezirksvorsteher gestarrt hatte. Ihre Brüste lagen herausfordernd auf der Tischkante – eine wie zufällige und ganz und gar unschuldige Berührung. Ilija kam es so vor, als sähe er ein Fotopostkärtchen vom Place Pigalle, und es wirkte auf ihn wie eine Ohrfeige. Sie ist unbesiegbar, dachte er nervös. Babaschov, der neben ihm saß, blies den Rauch seiner Zigarette von sich und kommentierte bissig:

»Ach, diese Bauernpolitiker …«

Auch Frau Dora richtete die Rose an ihrem Dekolletee und bekräftigte: »Ach, diese Bauernpolitiker …«

Dimo Babaschov wollte auch nicht zurückstehen und sagte mit Nachdruck: »Ja, diese Bauernpolitiker …«

Die Sonne verschattete Boshuras Augen, die ebenso wie das neckische Grübchen in ihrem Kinn ein Leben voller Lustbarkeiten verhießen. Da hielt Ilija es nicht mehr aus. Wie an Fäden gezogen stand er abrupt auf, kippte Dimo Babaschovs Wein um und forderte sie mit einer Verbeugung zum Tanz auf. Inmitten des plötzlich eintretenden Schweigens prangte ein karminroter Fleck auf der Tischdecke.

»Aber ich bitte Sie«, widersetzte sich Boshura.

»Ich bitte Sie ebenfalls!«

Ilija hatte das Gefühl, er würde in Ohnmacht fallen, wenn sie jetzt ablehnte. Doch sie lächelte nur sauer und machte sich – ohne die Hand des ungeliebten Kavaliers zu nehmen – auf den Weg zur Tanzfläche. Ihr Unbehagen angesichts der Situation, in die sie so grob hineingezogen wurde, machte die Sache auf gewisse Weise auch sehr einfach. Sie war voller Wut über diesen … diesen … diesen grottenhässlichen Möchtegern-Kavalier, und so nahm sie mit der Entschlossenheit, mit der der Kranke Lebertran schluckt, den Takt auf. Aus der Ferne betrachtet, sahen die beiden überraschend harmonisch aus, da ihre erregende Biegsamkeit seine Plumpheit ausglich, und seine Hässlichkeit balancierte ihre alle Grenzen des Anstandes sprengende Schönheit aus. Ilija versuchte noch immer, den Grund für sein eigenes Verhalten zu finden; Boshura versuchte, auf dem rutschigen Parkett beim Anblick der sich drehenden konzentrischen Kreise des Tapetenmusters nicht auszugleiten. Dafür schien sich das Quartett zuständig zu fühlen, das, nachdem es aus seiner Verblüffung erwacht war, ein und dieselbe Phrase geschlagene fünfmal wiederholte, erst rasch und neckisch, dann langsam und gedehnt. Nicht nur Boshura, auch der erste Geiger hatte bald den Eindruck, dass dieser Walzer nie enden, sondern den ganzen Tag weiterleiern und erst in der Abenddämmerung langsam und unwirklich wie der Glanz auf dem Wasser der Donau verklingen würde.

Boshura geriet außer Atem. Das Parkett unter ihren Füßen schien immer glatter zu werden. Dimo Babaschov versuchte, diesen gespenstischen Tanz mit einem Sarkasmus zu beenden, und paraphrasierte so laut, dass es das ganze Restaurant hörte: »Ja, diese Bauerntrampel!« Sein Vater zog zum dritten Mal seine Taschenuhr auf. Doch Ilija verfügte nicht über den Willen, aufzuhören. Er sah die Gesichter der Musikanten, die schon nicht mehr zu spielen, sondern ihre Instrumente zu malträtieren schienen. Die Kellner waren auf ihren Plätzen festgewachsen. Die fahrenden Händler aus Lom im benachbarten Separee vergaßen, an ihrem Bier zu nippen. Der Widerwille Boshuras war nicht zu übersehen. Jeden Schritt schien sie sich abzuringen. Erst verlagerte sie mit Ingrimm ihr ganzes Gewicht aufs rechte Bein; dann – beinahe schamhaft – ließ sie es zurückwiegen auf das linke. Frau Dora trank ihren Kaffee aus und verkündete prophetisch: »Ja, so etwas ist kaum aus der Welt zu schaffen …«

Die Rettung kam von draußen: Ein schmetternder Fanfarenstoß versetzte die Luft in Schwingungen und übertönte den Walzer, so dass der Geiger endlich einen Grund hatte, sein Instrument sinken zu lassen. Petkov drehte sich zum Fenster, rieb sich die Stirn und rief mit Erleichterung: »Eine Theatertruppe!«

Auf dem Platz fuhren mit Gepränge hübsche Wägelchen auf. Die Schauspieler, gekleidet in mittelalterliche Kostüme, tanzten um sie herum. Der »Henker« hatte seine schwarze Kapuze übers Gesicht gezogen und schwang eine Pappmaschee-Axt; neben ihm humpelte unter ihrer gewaltigen Perücke »die Schöne«, schminkbleich und wie geschaffen zu schmachtender Pein. »Der Liebhaber« hatte »das Dienstmädchen« untergehakt und stapfte selbstbewusst vor »dem Gehörnten« her, dem standesgemäß hutzeligen und nörgeligen, doch zur Strafe wenigstens betrogenen Ehemann. Das Kleid der Schönen war am Dekolletee zerrissen, so dass daraus verlockend ihre Spitzenkorsage herauslugte. Der erste Wagen transportierte die Garderobe der Schauspieler, auf dem letzten war eine Burg nachgebildet.

»Theater, ja wirklich«, bekräftigte der alte Babaschov und musste sich – ohne es zu wollen – an den Pfeifer erinnern.

»Was für eine schöne Truppe«, fügte Frau Dora naiv hinzu.

»Mein Fräulein«, wandte sich der neue Bezirksvorsteher zu Boshura um, die auf der Tanzfläche festgefroren zu sein schien, »darf ich Sie zur Vorstellung einladen?«

»Ja«, schaltete sich Ilija unversöhnlich und mit verträumten Augen ein, »gehen wir zur Vorstellung. Ich werde die Eintrittskarten kaufen.«

2

Die Vorstellung sollte im Saal der Lesehalle »Bunte Welt« stattfinden, die aus diesem Anlass mit Papiergirlanden und gefärbter Watte geschmückt war. Die Bühne wurde von zehn Gaslampen erhellt, die so aufgestellt waren, dass die Zugluft sie nicht ausblasen konnte. Auf dem Vorhang war mit bereits durchgescheuertem Silberlamee der Vogel Phoenix aufgenäht. An diesem Abend stand die Komödie »Tartuffe« von Molière auf dem Programm, in der hinterhältige Intrigen, Scheinheiligkeit und Falschheit sich am Ende der kathartischen Kraft des Lachens geschlagen geben mussten; am Abend darauf war dann Shakespeares schreckliche Eifersuchtstragödie »Othello« an der Reihe.

Ilija lehnte am Eingang des Gebäudes der Lesehalle und hielt seine Melone mit beiden Händen vor sich, als hätte er schamhaft etwas zu verbergen; aber er wartete einfach nur. Er wirkte vollkommen unabhängig, als hätte er mit dem Gedrängel, der Ungeduld seiner Mitbürger um ihn herum nicht das Mindeste zu tun. Er wartete mit der herben, doch unausbleiblichen Gewissheit, dass sie kommen würden – verspätet, aber dennoch. Er zündete sich eine Zigarette an, schaute aber nicht auf die Uhr. Genau da rappelte der Fiaker des Bezirksvorstehers über den Platz, und die Pferde hielten genau zwischen der Lesehalle »Bunte Welt« und der Bezirksverwaltung.

Wenn er uns jetzt so sieht, dann wird er vor Überraschung umfallen, dachte Boshura. Doch Ilija fiel keineswegs um, sondern nahm bloß seine Melone in die linke Hand, um ihr mit der Rechten aus der Kutsche helfen zu können. Zu ihrem Entsetzen klopfte er ihr auch noch das Kleid von hinten ab. Beinahe wäre nicht er, sondern Boshura umgefallen.

»Ihr Kleid war dort voller Staub«, entschuldigte sich Ilija, um dann mit jungenhaftem Stolz hinzuzufügen: »Die Eintrittskarten habe ich bei mir.«

Sie nahmen ihre Plätze in einer Loge in der Mitte des Saales ein, aus dem der Duft von Bohnerwachs und menschlicher Neugier aufstieg. Das Publikum rumorte ungeduldig. Manche, die am einen Ende der Stuhlreihe saßen, erkannten Freunde am anderen Ende und unterhielten sich mit ihnen über die ganze Saalbreite hinweg. Boshura tat alles, um Ilija nicht zu bemerken. Dankbar wandte sie sich ihrem Begleiter, Herrn Petkov, zu, als dieser, auf seinen Paradesäbel gestützt, verkündete:

»Die Lehrer haben die Schauspieler ins ›Hasenblut‹ eingeladen, aber ich habe mit ihrem Impresario gesprochen und vereinbart, dass wir morgen nach der Vorstellung die Ehre haben, sie im Restaurant ›Royal‹ zu empfangen.«

»Sie sind wirklich großartig«, begeisterte sich Boshura. »Ich bin ja so aufgeregt, endlich ›Othello‹ zu sehen!«

»Ich werde mich um die Karten kümmern«, mischte sich Ilija sofort ein.

In diesem Augenblick ertönte der Gong. Grabesstille trat ein. Der Vorhang öffnete sich, und der erste Vers des Stückes drang zu ihnen: »Wir gehen, Flipote! Ich mag mich nicht mehr streiten.«

Die Zuschauer begannen, erst zu murmeln, dann den Schauspielern zuzurufen, als sie sahen, wie sich in den prachtvollen Bühnendekors die ganze Niedertracht Tartuffes entfaltete. Diejenigen, die sich etwas zu essen von zu Hause mitgebracht hatten, hörten auf zu kauen. Sie versuchten, dem armen Orgon zu stecken, dass seine Gattin Elmire keine Ehebrecherin sei, sondern der nichtswürdige Tartuffe bloß versuche, sie zu verführen. In ihrem Bestreben, ihrer Unschuld Ausdruck zu verleihen, fasste sie sich ans Herz, stolperte, und im Verrutschen des Kleides sahen alle, was für unglaublich dicke Beine sie hatte. Ilija musste laut lachen, Tante Allwissend hingegen verdrückte ein Tränchen. Die Luft im Raum begann, nach verbranntem Lampengas und den Ausdünstungen menschlicher Leidenschaften zu riechen. In einem Moment vollkommener Stille sprang eines der Gänschen vom Schlaffen Kosta von seinem Flechtstuhl auf, zeigte auf den heuchlerischen Tartuffe und rief laut: »Gmmaania … Mmmbäär!« Vater Anissi wiederum bekreuzigte sich und dachte: So darf man sich die Gottgefälligkeit aber nicht vorstellen. Boshura identifizierte sich immer mehr mit Marianne und berührte unwillkürlich mit Schulter und Schenkel Herrn Petkov. Ilija entging nicht, wie sie sich immer mehr auf Petkovs Seite neigte, sich schließlich ganz gegen die verführerisch glänzenden Epauletten des Bezirksvorstehers lehnte. Er konnte seine Augen nicht von ihr wenden. Wenn er sich nicht leicht erhoben hätte, hätte er mit seiner Spannung den Stuhl unter sich zerfetzt. Schließlich tröstete er sich mit dem Gedanken, dass sie immerhin einer Vorstellung beiwohnte, für die er die Karten gekauft hatte. Er lernte Besitzdrang und Eifersucht kennen, noch bevor die Liebe ihn berührt hatte. Boshura hingegen fand, dass dieser Tartuffe große Ähnlichkeiten mit Ilija hatte.

»Die Vorstellung war grandios«, sagte sie, als sie am Arm Petkovs auf den Platz hinaustrat. »Gott, was habe ich gelacht!«

»Das Vergnügen war ganz auf meiner Seite«, erwiderte der Bezirksvorsteher liebenswürdig. »Ich werde Sie noch heimgeleiten.«

»Ich bringe Fräulein Babaschova schon nach Hause«, durchkreuzte Ilija frech seine Pläne.

Er wählte den weitesten und gewundensten Weg. Anfangs hielt Boshura noch einen Schritt Abstand von ihm, doch als es vollends dunkel wurde und sie feierlichen Schrittes den Schlaf der Bürger abmaßen, hakte sie sich gegen ihren Willen doch bei ihm unter, um in der Dunkelheit nicht zu stürzen. Er hatte in etwa dasselbe Gewicht wie Panto, und auch sein Geruch erinnerte sie an ihn. Sie hatte das Gefühl, dass an diesem Abend nichts von ihrem Willen abhinge. Sie streckte eine Hand aus und betastete das goldene Medaillon auf ihrer Brust. Ein aufgescheuchter Engel raschelte in den Bäumen. Eine Röte überlief ihr Gesicht, die sie wie eine Rose vor sich her trug. Schutzlos, wie sie war, empfand sie die nächtliche Stille als heimtückisch und begann vorsichtshalber zu reden. Sie erinnerte sich an ihre Gymnasialzeit donauabwärts in Swischtov, ihren altmodischen Geometrielehrer und seinen jugendlichen Drang nach dem Unerreichbaren im Leben, nach Veränderung, nach – sie zögerte, bevor sie dieses Wort aussprach – *Liebe*. Vorsehen musste sie sich auch vor diesem Herrn Weltschev, gerade weil der ihr nichts Böses wollte. Er ist lächerlich – wie seine billige Melone, dachte sie, doch dann durchflutete sie wieder diese eisige Angst. Sie achtete schon gar nicht mehr darauf, was sie redete, sondern folgte nur noch dem Auf und Ab ihrer eigenen Stimme, ihren ironischen Seufzern, mit denen sie sich bemühte, ihren Schrecken und ihre Verärgerung zu kaschieren. Sie wusste, wenn er sie jetzt in das amoralische Dunkel des Stadtgartens zerren und an sich ziehen würde, würde sie nicht standhalten können. Erst dachte sie: Ich bin eine ebenso schwache wie attraktive Frau, aber kurz darauf, als sie sich schon der Pforte ihres Elternhauses näherten: Ich bin so attraktiv, weil er meine Schwäche nicht missbraucht! Und während sie beim Abschied darauf wartete, dass er ihr mit heißem Atem die Hand küsste, ließ er es bei einem groben Händedruck bewenden und fragte zu ihrer Überraschung:

»Ihr Vater, war er diese Woche in Tarnjane?«

»Wie bitte?«, fragte sie gekränkt.

»Ob Herr Babaschov diese Woche in Tarnjane war?«

»Wieso in Tarnjane? Was denn in Tarnjane?«

»Dort gibt es Kaolin«, erwiderte Ilija nüchtern, und schon hörte sie, wie sein Schritt sich ins Dunkel hinein entfernte.

3

Erst als er den Hafen erreicht hatte und die Fässer im Widerschein der Donau erblickte, dämmerte ihm, dass er mit den Babaschovs noch zu tun haben würde. Er ging durch den dicken Staub der Uferstraße, vorbei an Trentschos Barbiersalon, und weil er sich eigentlich hätte schämen müssen, das Gefühl der Scham den Weltschevs aber unbekannt war, kitzelte ihn eine unerklärliche Wut. Er fragte sich: Warum? Doch nur die regelmäßigen Atemzüge einer schlafenden Stadt antworteten ihm. Er drückte sich an den nächsten Bretterzaun und wartete. Er hatte es nicht eilig. Keinerlei Ungeduld setzte ihm zu. Er hätte so stehen bleiben können bis zum nächsten Morgen. Da auf einmal wurde es hell hinter ihrem Fenster, und im Schein der Gaslampe nahm dieses Rechteck in seinen Augen bald den ganzen Himmel ein. Die Vorhänge wurden geschlossen. Dann setzte Boshuras Schatten den Hut ab, löste das Haar, und jetzt begann das mühsame Herausschälen aus dem Kleid, das auf dem dünnen Stoff aussah wie ein Schattenspiel über die Schlange, die sich im Paradies vom Baum der Erkenntnis herabringelte. Ilija bekam einen ganz trockenen Mund, und er fasste für sich den Entschluss, dass es höchste Zeit war, mit den Vorbereitungen zu beginnen.

Ohne weiter nachzudenken, kehrte er um und machte sich auf den Weg zum Zigeunerviertel, kam wieder an der Lesehalle vorbei und dachte, dass ihm Tartuffe im Grunde gefallen hatte: Der mochte zwar krank vor Niedertracht sein, aber er war auch krank vor Liebe. Er tastete sich zu jener

Pforte vor, die er sogar am Geruch erkannt hätte. Es war schon spät, doch Ilija hielt nicht inne, klopfte nicht einmal an, sondern ließ die Tür hinter sich wie eine abgeworfene Jacke und stand in der Diele – genau zwischen der Ikonennische mit dem ewigen Licht und dem zerwühlten Bett Filet-Penas. Ja, ich muss mich vorbereiten, dachte er und sah wieder dieses Bild vor sich, wie Boshura den Bezirksvorsteher berührte, eine Geste, von der er sich wie beraubt vorkam.

Er sah das erschrockene Gesicht Penas mit dem die Wangen herablaufenden weißen Puder, ihr verrutschtes Nachthemd, unter dem ihr rosiges Fleisch glimmte.

»Es ist spät«, sagte sie, »wer bist du?« … und streckte sich hin unter seinem glühenden Körper. Sie erkannte ihn am Herzschlag. Damals war er noch bartlos und schüchtern gewesen, nun kam er ihr mächtig vor, berstend vor sündigem Verlangen. Das ist kein Mann, das ist ein rasender Roland, dachte sie, schwach und gierig wie ein Kälbchen.

»Das war sehr schön«, murmelte sie verschlafen und ging hinter den Paravent, um sich zu waschen. Sie brachte eine Kanne Wein mit heraus. Sie sah ihn zerstrubbelt zwischen ihren Röcken liegen. Das Geld hatte er neben das Kopfkissen geworfen. Er hielt sich den Magen, als müsse er sich gleich übergeben, doch er blieb. Der ist entweder krank im Kopf oder am Herzen, sagte sich die erfahrene Frau.

»Soll ich dir die Kerze nochmal ausblasen?«, fragte Filet-Pena diskret und hob zur Veranschaulichung ihr Nachthemd hoch. Ilija drehte sich erneut die Welt vor Augen. Das Tulpenmuster auf Penas Hemd verblasste.

»Nein«, antwortete er. Sie saßen lange schweigend da. Es sah aus, als lege er eine stumme Beichte ab. Sie harrte seiner Worte mit der Geduld einer Heiligen. Schließlich drehte sich Ilija zu ihr und sagte gedehnt: »Ich möchte … Erfahrung bekommen …«

»Na gut«, sagte Filet-Pena und heftete ihren Blick auf die geschwollene Vene auf seiner Stirn. »Komm zwanzigmal zu mir, und gib mir zweihundert Lewa dafür.«

»Hundertfünfzig«, handelte er sie postwendend herunter und spuckte in die Ecke.

4

Christo kehrte an einem Herbsttag zurück. Der Fluss schwamm in seinem eigenen Dunst, die Stadt in ihrem eigenen Staub und im Geruch reifer Trauben. Jeder Winkel dieser Straßen war ihm so vertraut, als hätte er schon am alten Stadttor sein Elternhaus betreten. Als er wirklich zu Hause angekommen war, fand er Elena über ihren Sohn Alexander gebeugt. Der Junge machte Anstrengungen, laufen zu lernen; sie versuchte, ihn nur mit Blicken zu führen. Wie viele unvereinbare Dinge kamen in diesem langen Moment des Gleichgewichtes zusammen! Die Wanduhr tickte, das Kind zwinkerte verwirrt, Elena sah kühl und fern aus in ihrem orangefarbenen Kleid. In Christo kämpften die Neugier auf den Kleinen mit der Weiße der Wand, sein geduldiges Warten auf die Rückkehr mit dem Moment, in dem sie auf einmal Tatsache war, so dass er nicht wusste, wie er beginnen sollte, zu reden, zu erzählen. Er hatte ein Gefühl der Leere, das ihm wie eine Strafe vorkam, die ihn an den Abgrund führte. Manchmal sind ein übervolles und ein leeres Gefäß das Gleiche. Durch sein Schweigen half er wenigstens dem Kind, sein Gleichgewicht nicht zu verlieren. Es kam ihm sogar so vor, dass, wenn er sich jetzt bewegen würde, nicht das Kind, sondern Elena hinfallen würde. Da erinnerte er sich, wie die Gegenstände sich in ihrer Gegenwart auf merkwürdige Weise ordneten. Sie schien sie mit dem Mandelschein ihrer Augen in ihre Gewalt zu bringen und dann nach Belieben zu beherrschen.

Er schaute sich um. Im Ehebett war noch der Abdruck ihrer Körperbiegung zu erkennen, und aus der Einsamkeit dieses Abdrucks las er, dass sie ihm treu geblieben war. Neben der Petroleumlampe lag ein aufgeschlagenes Buch; auf dem Toilettetischchen stand ein Bild, auf dem er lächelte. Diese ganze scheinbar nachlässige Ordnung vermittelte ihm den Eindruck, dass er nicht zu sich nach Hause gekommen war, sondern zu *ihnen*. Das Kind hatte nicht die Kraft, gleichzeitig zu gehen und über den Fremdling zu weinen.

Elena spürte die leichte Luftbewegung. Es schien ihr sogar, jemand habe geseufzt, und so drehte sie sich um. Sein ausgemergeltes Gesicht kam ihr so fremd vor, dass sie erschrak. Ja, in dem bemitleidenswerten Uniformmantel steckte ein ihr unbekannter Mensch. Wie oft hatte sie sich seine

Rückkehr vorgestellt, die Art, wie er seinen kleinen Sohn hochheben und an die Brust drücken würde, ein Moment, an dem nur sie drei beteiligt waren. Unsere Familie, dachte sie, *meine* Familie. Doch als sie sein nervöses und verunsichertes Atmen hörte, spürte sie, dass sie so, schweigend einander gegenüberstehend, etwas Wichtiges versäumten, etwas, das so hell war wie der Tag da draußen. Ihre herabhängenden Arme drückten nicht die Wahrheit aus über die langen Tage der Erwartung, die über seinen rasch hingekritzelten Briefen verbrachten Stunden, die Einsamkeit der Winternächte, in denen sie die Kälte gepackt hatte und brutal in sie eindrang wie ein fremder Mann. Wie oft hatte sie dagelegen, das Kissen umklammert, und trotz ihres Unglaubens wie eine Beschwörungsformel wiederholt: »Ich bezahle mit allem, was du von mir verlangst, Herr, nur gib, dass er zurückkehrt!« Christo knetete seine Hände, Elena ließ ihr Taschentuch zu Boden fallen. Mein Gott, nur zwei Meter trennten sie. Da fiel der kleine Alex hin, und sein untröstliches Geschrei füllte den Raum zwischen ihnen.

Elena wollten die Tränen einfach nicht kommen. So fragte sie nur: »Hast du Hunger?«

»Ich weiß nicht«, erwiderte er matt, »aber ich werde mich daran gewöhnen.«

»Natürlich«, sagte Elena und eilte, aber nicht in die Küche, sondern zum Kessel, in dem das Wasser für die Badewanne heiß gemacht wurde.

Der Sonnenuntergang saugte sich voll mit der Farbe reifer, aufgeschnittener Wassermelonen. Die Kirchenglocke schlug ihren Takt dazu. Aus dem Bad der Kamenovs roch es nach Seife, nach lebendigem Mann und nach überstandenem Krieg.

»Ich bin wirklich zurück«, sagte er.

»Aber nicht hungrig«, unterbrach ihn Elena. »Ich habe auf dich gewartet. Ach, wie ich gewartet habe!«

Zerfahren und ohne Anteilnahme in der Stimme erzählte sie von der Geburt des kleinen Alexander, vom Tod seines Bruders Panto, vom bösen Husten ihres Vaters, von den an die Macht gekommenen Bauernparteilern, die ihre Basis enttäuscht hätten. Dann griff sie nach seinem zerschlissenen Uniformmantel, um einen Knopf anzunähen.

»Mir geht es schon besser«, sagte Christo, zog die Stirn kraus und fragte: »Wer ist schuld am Tod meines Bruders?«

Der kleine Alex krabbelte wackelig auf seinen Vater zu, hielt sich am Stuhlbein fest, zeigte mit dem Fingerchen auf ihn und sagte: »On-kel.«

Da konnten sie sich nicht länger halten und lachten aus vollem Hals los. Elena spürte seine Hand auf ihrer Taille. Endlich kamen ihr die Tränen. In der Tür stand Elenas Vater, Anwalt Kamenov, mit einer riesigen Wassermelone in seinen müden Armen.

5

Christo ging als Erstes zu seiner Mutter, um ihr die Ehre zu erweisen. Er freute sich insgeheim, dass Ilija nicht zu Hause war. In der Stube hing die Stille einer leeren Kirche. Das Feuer bullerte im Herd und spiegelte sich auf seltsame Weise in den Augen seiner Mutter, die wie Fenster ins Jenseits aussahen. Sie stand nicht auf im verräucherten Halbdunkel, sondern sprach nur: »Wusste es …« Sie wünschte weder, mehr zu hören, noch, selber etwas zu sagen. Sie war einfach müde von den endlos sich reihenden Tagen und empfand nichts als das reine, von allen Beimischungen menschlichen Leidens befreite Glück darüber, dass er lebte. Vielleicht hätte wenigstens Christo geweint; aber er schämte sich vor ihrer geistlichen Aura, knüpfte das Tüchlein auf, das er durch alle Schützengräben mit sich geschleppt und selbst da bewahrt hatte, als der Feldwebel ihm mit dem rotglühenden Putzstock seines Gewehrs Hiebe auf den Rücken versetzte.

»Da«, sagte er und gab ihr die kleine Ikone zurück, die sie ihm mitgegeben hatte, »hast du sie wieder.«

»Wusste es …«

So blieben sie, eine Pause von allem für sie beide. Sie nickte ein. Christo hob die Hand, um sie zu streicheln, und erblickte die feine Träne, die über ihre ledrig gewordene Haut rann.

»Ich geh dann wieder, Mama.« Er erwartete und bekam keine Antwort von ihr.

Mit behutsamen Schritten ging er hinaus auf den Hof. Die Mondsichel stand bleich am Abendhimmel. Er rief sich die Jahre, die er in diesem Haus verlebt hatte, ins Gedächtnis zurück; sie waren gleichbedeutend mit seinen Brüdern Jordan und Panto gewesen – beide bereits tot.

Er ging in Richtung seiner Schule, bog aber unbewusst zum Festungstor um. Die Zigeuner kochten im Freien Sirup; der Schein der Feuerstellen erhellte ihre faltigen Gesichter, ihre gläsernen Gehänge und Ketten. Er betrat den Friedhof und roch den Duft frischer, von Vergänglichkeit gedüngter Erde, Muttererde. Der Mond hatte sich in den Zweigen einer einsamen Birne niedergelassen. Die Grabkreuze teilten die Welt in vier Himmelsrichtungen. Er fand den weißen Marmor-Grabstein, der ein mattes, geheimnisvolles Licht abstrahlte, und hockte sich zu Pantos Füßen nieder. Er vergegenwärtigte ihn sich so, wie er ihn kannte: als ungewöhnlich gut aussehenden Mann mit warmen, lebendigen und ständig über die Schönheit der Welt verwunderten Augen.

Als es dunkel wurde, zündete Shdrigo die Straßenlaternen an. Aus der Ferne glich die Stadt einem glimmenden Kohlenhaufen. Schmerzhafte Gedanken gingen Christo durch den Kopf und stachen ihm ins Herz. *Woran soll man sich bloß festhalten, Herrgott nochmal?* Das konnte einen vollkommen aus der Fassung bringen. Der Krieg hatte in seinem Leben den bitteren Beigeschmack von Verzweiflung und zäher, permanenter Angst hinterlassen. Er war in Schützengräben gefault, hatte die Tyrannei der Läuse kennen- und ertragen gelernt und hatte bei Geschützdonner geschlafen; er hatte, umgeben von Toten, gegessen. Sein Bewusstsein hatte sich langsam mit Zerstörung und nichts als Zerstörung gefüllt; dazwischen Fetzen aus seinem früheren Leben. Dass das allgemeine Leid möglich war, wusste er also. Doch ob das auch für Freiheit, Gleichheit und Brüderlichkeit unter den Menschen galt? Es erschien ihm, als gäbe es nur zwei uralte Konstanten des Lebens: die menschliche Sehnsucht nach Glück und die vernichtende Komplexität und Kompliziertheit des Seins. Dieses Schwierigsein stellte sich dem Glück entgegen, hinderte es daran, aufzukeimen, und tötete das Gute im Keim ab. Ich zum Beispiel, räsonnierte er melancholisch, dürste nach Freiheit und Gleichheit der Leute, doch wie soll ich dafür eintreten und kämpfen, wenn der eine meiner Brüder ein Bankier gewesen ist und der andere eine Herberge errichtet hat? Mein Glauben mag von mir abhängen, aber ich selbst hänge ab von so vielen verschiedenen anderen Dingen …

Als man Christo an der Front verhaftet und in den schimmligen Weinkeller gesperrt hatte, hatte er dieselben Zweifel an seinen Überzeugungen empfunden wie in den Disputen mit Marko. Gleich am Abend nach der Verhaftung war er verprügelt worden, obwohl es eigentlich nichts gab, was sie auf diese Weise aus ihm herausquetschen konnten; sie übergossen ihn nach getaner Untat mit Wasser, bedachten ihn mit ein paar Flüchen, und er fühlte, wie ihn die Furcht packte – nicht um sein Leben, sondern um seinen Glauben. Denn würde die Revolution nicht auch ein Krieg werden, voller Schmach und Gewalt, blinder Begeisterung und Hass, wilden Abschlachtereien und Tod? Alles, wovon er geträumt hatte, verlor auf einmal seinen Sinn, weil es nur die Wiederholung und die Fortsetzung derselben Hölle sein würde, die er im Krieg erlebt hatte.

»Na, sagst du dich von dieser Sozialismus-Scheiße los, du Bastard?«, hatte der Hauptmann ihn unter Tritten in den Magen und in die Weichteile eher genötigt als gefragt und ihn dabei angespuckt. Damals hatte Christo geschwiegen; doch er *hatte* sich losgesagt …

Anwalt Kamenov hatte ihm mit der Stimme eines überzeugten Christenmenschen eingebleut: »Der Sozialismus, mein Sohn, ist nicht wie Gott. Wenn du an ihn glaubst, heißt das nicht zwangsläufig, dass es dir leichter wird …«

Der Marmorstein sog sein Licht wieder auf; dafür traten die Sterne am Himmel hervor. Christo stand auf und fühlte sich hoffnungslos verrannt in eine Situation, die aus so vielen Möglichkeiten, Wegen und Bedeutungen zusammengesetzt war, dass er nicht wusste, wofür er sich entscheiden sollte.

Elena ließ ihn erst einmal in Ruhe, damit er sich an das Kind gewöhnen konnte, daran, dass es wieder Bücher gab, dass die Treppen keine Fallgruben waren, sondern ihn einfach in sein eigenes Haus trugen, und spät in der Nacht empfing sie ihn in der ehelichen Liebesumarmung. Er weiß gar nicht, dass *er* sich verändert hat, dachte sie, er ist davon überzeugt, dass *wir* anders geworden sind. Ihre Hände streichelten seinen Rücken, beinahe ohne ihn zu berühren, denn dort waren die breiten, unauslöschlichen Narben, Striemen und Verbrennungsspuren der ihm angetanen Gewalt. Sie wusste auch, dass es ihr nicht gelingen würde, mit zarten Fingern seine Seele zu streicheln.

6

Elena Weltscheva zog ihr orangefarbenes Kleid mit dem Spitzenkragen an, küsste den kleinen Alex und schloss ihn im Zimmer ein. Vor dem Eingang zur Bezirksverwaltung spürte sie, dass es bald regnen würde. In der Luft mischten sich der betäubende Geruch nach Ozon, der süßliche nach Queckengras und der herbe nach Unkraut. Sie sah sich sorgfältig um und trat hocherhobenen Hauptes ein. Sie nahm ohne Zögern die Treppe, als ginge sie hier täglich ein und aus, durchquerte entschlossen den Korridor, vorbei an der Toilette, durch deren angelehnte Tür es nach Aceton roch, warf einen letzten Blick auf die Vorladung mit dem Zarenwappen oben und der Unterschrift des Bezirksvorstehers am Fuß der Seite, dann klopfte sie und trat ein.

Als Erstes fielen ihr die beigen Ledersessel und die stilvolle Petroleumlampe mit dem seidenen Schirm auf, erst dann sah sie Petkov, der hinter seinem Schreibtisch sitzend zugleich respekteinflößend und doch auch unverhältnismäßig klein aussah. Er hob die Augen und erkannte sie, ohne sie je zuvor schon einmal gesehen zu haben. Aus unerfindlichen Gründen errötete er und dachte bei sich: Wie schön, dass alle Sozialisten ihre Frauen so abgöttisch lieben. Dann machte er eine einladende Bewegung Richtung Kanapee und sagte:

»Bitteschön, Verehrteste!« Er sah demonstrativ auf die Uhr und fügte hinzu: »Und danke Ihnen für Ihre Pünktlichkeit.«

Herr Petkov war ein ausgezeichneter Psychologe und Kenner des menschlichen Herzens – mit all seinen Abgründen, verborgenen Sehsüchten und dunklen Drängen. Eines seiner Machtmittel war es, zu schweigen. In der mit Leder und Tierfellen ausstaffierten Stille wurden die einen blass, auf die Lippen anderer trat ein unterwürfiges Lächeln, Dritte schauten dreist aus der Wäsche, um ihre Angst zu verbergen. Diese pulsierende Angst war die magische Quelle, aus der sich Rang und Macht des Bezirksvorstehers konstituierten und reproduzierten. Doch heute bereitete dieses erprobte Szenario Herrn Petkov nicht das gewohnte, leicht perverse Vergnügen; das taillierte Kleid Elena Weltschevas veränderte die Dinge und gab ihnen eine andere Färbung. Zwar fuhr er aus Gewohnheit auch jetzt mit der Feile über den Nagel seines kleinen Fingers, doch auch dies half ihm nicht gegen das Unglücksgefühl, das ihn aus heiterem Himmel überfallen hatte.

»Gnädige Frau«, begann er und zeigte auf die Akte, die er vor sich ausgebreitet hatte, »all das sind Berichte über Ihren Mann. Ich habe diese Unterlagen vor einer Woche vom Kommandostab des Neunten Heeresregiments erhalten und daraufhin beschlossen, mit Ihnen zu sprechen. Sie sind eine intelligente Frau; darum habe ich nicht vor, Ihnen weiszumachen, dass dies eine edelmütige Geste von meiner Seite sei. Nein, meine Gutwilligkeit ist ganz im beiderseitigen Interesse ...«

Elenas Schweigen war beklemmend. Sie hörte zu, aber ohne jede Anteilnahme, so, als würde Herr Petkov zusammenhangloses Zeug reden, lispeln oder so sehr stottern, dass man nichts verstand. Sie legte ihre Hände im Schoß zusammen; dabei zitterten, leise wie Schmetterlingsflügel im Sommerwind, die Falten ihres Kleides. Wie sie das macht, das ist wirklich hübsch, beobachtete der Bezirksvorsteher Petkov schmerzlich, vor allem, weil es unabsichtlich geschieht.

»Diese Akte kann auch verschwinden«, fuhr er in der üblichen Weise fort. »Ich bin von Berufs wegen Anwalt, und die Tatsache, dass ich jetzt der Polizei vorstehe, ist nichts als ein Riesenzufall. Ich kenne die menschlichen Schwächen und Prüfungen, gnädige Frau.«

Da regnet es schon, sagte sich Elena ungerührt, als die ersten Tropfen die Fensterscheibe belebten. Sie spürte, dass der Bezirksvorsteher mit etwas zu kämpfen hatte, das eher ihn selbst als die Sache betraf. Er wirkte auf sie wie ein gescheiterter Dichter, einer, den die Muse verlassen hatte, und der nun auf der Straße stand. Petkovs Finger raschelten nervös mit den Blättern. Ja, wie unscheinbar er wirkte hinter diesem Riesenschreibtisch. Seine Augen folgten ihr unablässig, bemüht, ihr Inneres zu entschlüsseln; doch selbst deren stechend grünes Licht, das andere so bannte, bewegte nichts in ihr.

Aber wovon will ich sie denn da überzeugen?, fragte er sich, sie hat ja gar keine Angst, empfindet noch nicht einmal Widerwillen gegen meine falsche Liebenswürdigkeit.

Durch das Fenster strömte die Dämmerung, die das Knallen der Hufe auf dem Platz lauter erscheinen ließ, und auch die Schritte des diensthabenden Wachtmeisters auf dem Flur.

»Ich hege großen Respekt vor menschlichen Überzeugungen, wenn sie aufrichtig und zwingend genug sind. Doch für gewöhnlich bedienen wir uns in unserem Bestreben, irgendein wohltätiges Ziel zu erreichen, der widerwärtigsten Mittel.« Petkov hob die Augen empor zum Himmel; aber dort war nur die Decke. »Glauben Sie denn, dass wir harmonischere und erhabenere Wesen sind als die alten Griechen? Und glauben Sie, wir wüssten mehr über dieses Ziel als sie, geschweige denn über Gott oder die *conditio humana*? Wir streben zum Unerklärlichen, Verehrteste, und um es uns einfacher zu machen, belegen wir es mit Namen wie Freiheit, Glück oder Wohlfahrt. Doch wie sollen wir die Freiheit erkennen, wenn sie nicht von Zwang kontrastiert wird? Und gibt es etwas Absurderes als die Wohlfahrt, wenn kein Elend da ist, und etwas Langweiligeres als das Glück, wenn der Kummer fehlt?«

Langsam vergaß sie, wie sie die Vorladung als hellen rechteckigen Fleck auf der Tischdecke gefunden hatte; ihre Angst, dass Christo sie sehen könnte, bevor sie sie unter dem Nähzeug in ihrem Kleiderschrank versteckt hatte. Und langsam vergaß sie auch das Gefühl besorgter Leere, das sie ergriffen hatte, als sie vor einer Stunde den kleinen Alex in ihrem Schlafzimmer eingeschlossen hatte.

Herr Petkov barst vor Ungeduld, endlich das Seine zu sagen; dabei bemühte er sich noch nicht einmal, sie zu überzeugen, da er ja wusste, dass er recht hatte. Er glich auch keinem Prediger, weil er keine Proselyten brauchte. Sein heftiger Zynismus war zu sehen vor dem Hintergrund seiner hohen Intelligenz – und dem Schmerz, den seine eigenen Worte ihm offenbar zufügten. Der Ärmste!, dachte Elena zuerst bei sich, dann aber: Er will meinen Mann vernichten! Der Bezirksvorsteher feilte seinen Nagel, als spitze er einen Bleistift.

»Die Geschichte hat gezeigt, dass nur ein einziges Ideal vonnöten ist: das des starken Staates. Die Stärke, meine Verehrteste, ist aufrichtig; sie ist die Gefährtin der Wahrheit und weiser als das Glück. Ich hasse die Anarchie; ein Staat braucht Ordnung, und Ordnung und Veränderung vertragen sich schlecht. Sehen Sie, ich bin fähig, jede beliebige Auffassung zu akzeptieren – aber ich kann deshalb noch lange nicht Veränderungen zulassen. Verstehen Sie mich? Darum bin ich einerseits geduldig und verständnisvoll, auf der anderen Seite gnadenlos …«

Petkov hob den Arm, als wolle er sich vor etwas schützen. Diese Frau hatte ihn in totale Verwirrung gestürzt, und so hatte er, nur um sie zu beeindrucken, mehr von sich preisgegeben, als gut war. Jedes weitere Wort würde ihn nur lächerlich machen. Er hatte ohnehin schon mit maßloser Anteilnahme geredet, sein persönliches Credo bekannt und ein Schlaglicht sogar auf die dunkelsten Leidenschaften seiner Vernunft geworfen, und all das – wie ihm nicht verborgen blieb – zum Zwecke der Unterwerfung unter diese Frau, die ihm ausnehmend gut gefiel. So tief war er schon lange nicht mehr gesunken: sich in die Abhängigkeit eines anderen Menschen zu begeben.

Wie sie so im Halbdunkel dasaß auf dem lederbezogenen Kanapee, sah sie zugleich gereizt aus und gleichgültig, und zu alledem seltsam entrückt. Ja, sie gefiel ihm außerordentlich! Doch wenn das so war, warum war er dann nicht galant gewesen, unterhaltsam? Von nun an, so wurde ihm klar, würde diese Frau ihm fehlen, würde er ihre Nähe, ihre beiläufige Gegenwart suchen, und dafür hasste er sie.

»Retten Sie Ihren Mann«, kam er kurz und böse auf den Punkt. Und stand auf.

7

Panto Weltschevs Tod war für seinen Sohn Georgi so überraschend gekommen, dass dieser ihn erst gar nicht wahrhaben wollte. Er bereitete sich auf das Abitur vor, sollte es zumindest tun, doch sein Hirn brodelte vor grandiosen Ideen. Er versuchte gerade, einen neuen, originellen Beweis für den Satz des Pythagoras zu finden. Zu diesem Zweck hatte er die ganze sichtbare Welt in rechtwinklige Dreiecke eingeteilt. An diesem Morgen hatte er eine Eingebung, eine geradezu göttliche Eingebung, als seine Zimmertür sich knarrend öffnete und Zwetana eintrat. Noch bevor er sie in den Po gezwickt hatte, weinte sie schon los. Sie strahlte etwas Ergreifendes aus, als hätte sie mit ihrer weiten Seele und ihrem üppig-runden Körper die ganze Unvollkommenheit des menschlichen Lebens begriffen. Das brachte ihn von seinen Gedanken ab, auch wenn ihr gespannter Rücken ein lebendes rechtwinkliges Dreieck zu bilden schien, das heißt: Das Quadrat der Länge der gekalkten Wand minus dem Quadrat des Fensterbrettes war gleich dem Quadrat ihres klassischen Hinterteils.

»Du störst mich«, sagte Georgi verunsichert.

»Herr Georgi Weltschev«, sagte sie, was sie sagen musste, »dein Vater ist tot!«

Er lachte nervös auf, dann ließ er sich aufs Bett fallen. Gegen Abend wurde seine Trauer unerträglich. Klar wie ein sommerlicher Sternenhimmel wurde ihm bewusst, was geschehen war. Er konnte das tränenüberströmte Gesicht seiner Mutter nicht ertragen, und nicht das ungerührte Schnarchen seines Großvaters Jotzo. Mehr als er je seine Anwesenheit gespürt hatte, registrierte er jetzt die Leere, die sein Vater hinterließ. Panto war ja immer mit irgendetwas beschäftigt gewesen. Selbst wenn es »nur« seine Briefmarken, das Kartenspiel bei den Babaschovs, das Biertrinken bei Romanzero oder das Basteln an seiner zweirädrigen Kutsche war – immer wirkte er wie eine unversiegbare Quelle des Charmes, und das hatte in ihm und nicht nur in ihm den Eindruck erweckt, sein Vater sei unsterblich. Nie hatte er Zeit für ihn gehabt. So war er für Goscho eher ein älterer Bruder als ein Vater gewesen, infantil und zerstreut. Der wahre *pater familias*, Träger von Macht und Sicherheit, war immer Großvater Jotzo gewesen.

So war der Tod Pantos für Goscho in keiner Weise ein Einschnitt in seinem Leben, bei dem er etwas von seinem bisherigen Leben einbüßte. Zwetana und seine unglaublichen Ideen würden seine Tage auch weiterhin mit Spannung und Behaglichkeit ausfüllen. Doch was er nicht verdrängen konnte, das war die Erinnerung an den Adel seines Vaters, der den Eindruck erweckte, dass alles Schöne und Ungewöhnliche nur für ihn geschaffen worden war. Und so fühlte sich Georgi von seinem Vater nicht bloß verlassen, sondern geradezu verraten.

Als der erste Monat nach seinem tragischen Verscheiden um war, verwandelte sich diese tief sitzende Kränkung in eine regelrechte Krankheit. Er hörte auf zu essen, schlief nur am Nachmittag, wenn das trügerische Herbstlicht, kühl und rostig, ihn müde machte. Das Einzige, was ihn beflügelte, war das Wissen, dass sein Vater auf eine außerordentliche Weise aus dem Leben geschieden war: Er hatte den Mut und die Größe gehabt, selbst Hand an sich zu legen. In dieser egoistischen Geste erblickte Goscho etwas Mystisches und Heroisches zugleich, des Nachdenkens und der Nachahmung wert.

Vor seinem von welkenden Blumen und Vogelgezwitscher überquellenden Grab schwor er, ebenfalls immer mysteriös und unergründlich zu sein, und das erschien ihm weder unausführbar noch allzu schwer. Zu seinen ersten Vorhaben gehörte, nach Amerika auszuwandern – oder zur Fremdenlegion zu gehen, in die wilden Wüsteneien Französisch-Algeriens. Bei David, dem sephardischen Krämer, kaufte er ein Paar Stiefel, die von einem in der Ägäis gefallenen englischen Armeehauptmann stammten, und schaute jeden Tag bei Kotscho, dem Dankbaren, herein, um orientalische Wohlgerüche zu tanken: Moschus, Patschuli … Nachts aber, während er die schlafende Zwetana bearbeitete, stellte er sich vor, ein Säbelstreich hätte ihn an der Stirn verletzt; dann weinte er vor Rührung über sein eigenes Heldentum. Zu seinem Unglück scheiterte sein Ausreißversuch. Der Schiffer, der ihm versprochen hatte, ihn auf seinem Schleppkahn mit nach Wien zu nehmen, verpfiff ihn bei Großvater Jotzo.

Das Wetter wusste nicht, ob es sich für den Herbst oder für den Winter entscheiden sollte, und so kochte es aus Regen, Matsch und Kühle eine Suppe voller Erkältungskrankheiten, Grippe und Fieber. Sogar der Wein bekam einen melancholischen Abglanz, und die Männer, die ihn tranken, begannen ihre Frauen zu hassen, die wiederum seufzend an ihre erste Liebe zurückdachten. Der Donauwind führte einen Hauch von Chiningeruch mit sich, und der feine Nieselregen machte es schwer, zu unterscheiden, ob es Morgen oder Abend war. An einem solchen gesichtslosen Nachmittag kam sein Onkel Ilija zu Besuch und verbreitete im Salon den Gestank billiger Zigaretten und den penetranten Duft von Moschus und Patschuli. Trotz ihrer Trauer war seiner Mutter die innere Aufregung mühelos anzusehen; sie wirkte wie ein Backfisch vor dem ersten Rendezvous. Georgi fuhr zusammen und versteckte sich hinter der Tür, um zu lauschen. Na, die beiden redeten bloß dummes Zeug. Dem Klang ihrer Stimmen entnahm er so etwas wie gegenseitige Verbitterung, eine plötzliche Leere, die nichts mit dem Tod seines Vaters zu tun hatte. Irgendwann schlief er in seinem Unterschlupf an der Treppe einfach ein. Das Rascheln eines Kleides weckte ihn. Es hörte sich an, als zerrisse feiner Stoff in der Dunkelheit. Es war seine Mutter, die über ihn stolperte.

»Ach, herrje … *Mon dieu!*«, rief sie aus, hockte sich zu ihm hin und begann zu weinen. Goscho begriff, dass irgendwer sie tief gekränkt haben musste, und dass dies nicht sein Vater war. »Mein Waisenkind …«, schluchzte sie untröstlich, und dann: »Morgen fahre ich weg.«

»Wohin?«, fragte Georgi erschreckt.

»Ich komme bald zurück. Ich muss etwas regeln wegen deiner Reifeprüfung.«

»Wohin fährst du?«

»Ich fahre deinetwegen, mein Waisenkind. Und wenn wir in Sack und Asche laufen – irgendetwas muss doch aus dir werden.«

8

Die Einsamkeit verfehlte ihre Wirkung auf ihn nicht. Von der Trauer noch gesteigert, nahm sie die Dimensionen ihres ganzen imposanten Hauses an. Manchmal stattete Goscho noch Trentschos Barbierstube einen Besuch ab. Dort erfuhr er zum Beispiel, wie Vater Anissi einmal seine Predigt unterbrechen musste, weil er zu viele und zu unreife blaue Pflaumen gegessen hatte; wie die Zigeunerin Silvia sich mit Frau Jowtscheva wegen einer alten Spindel geprügelt hatte, oder auch wie die ersten industriell gefertigten Gummischuhe die umliegenden Dörfer überfluteten. Doch das Zuhören ermüdete ihn. Die von Düften übersättigte Luft war stickig. Und als er sich die Zeichnung der liegenden Cleopatra einmal genauer ansah, bemerkte er, dass sie verblüffende Ähnlichkeit mit Zwetana in jüngeren Jahren hatte.

Mittags ging er zu seinem Onkel Ilija hinüber. In der Küche der Herberge stand die Behaarte Stefania inmitten des schweren Geruchs nach Kuttelsuppe und Güwetsch und suchte ihn mit ihrem Silberblick, indem sie zum Abfalleimer schaute. Es war warm und unpersönlich. Der Schlaffe Kosta servierte den angetrunkenen Fuhrleuten; von Zeit zu Zeit rief er: »Kungschaff …«, was so viel hieß, dass die Zahl der Gäste sich erhöht hatte. Stefania goss dann noch mehr kalkiges Wasser in die ohnehin dünne Suppe. Gegen Mittag tauchte Ilija wie aus dem Nichts auf. Er kam immer überraschend herein, so still und unbemerkt wie ein geübter Dieb. Er tippte Georgi auf die Schulter und fragte: »Na, wie geht's, wie steht's?« Der Duft nach gedünsteten Zwiebeln wurde unerträglich.

»Ich muss etwas tun!«, erwiderte Georgi angespannt.

Sein Onkel stellte eine Kiste mit Kartoffeln ab, vielleicht nur, um sich vor dem Silberblick Stefanias hinter dem Tisch in Sicherheit zu bringen.

»Ich muss etwas Unerhörtes tun«, wiederholte der Junge.

»Na, gut denn«, erwiderte Ilija nur, »dann leg mal los!«

Es war ein kalter Abend. Der Februarschnee, der die Stadt anderthalb Meter dick einhüllte, glich mit seinem gesegneten Weiß einer Kinderseele. Von den Menschen, die sich durch die geschaufelten Hohlwege voranbewegten, war bestenfalls der Kopf zu sehen. Zwetana hatte die Tür zum Pferdestall geöffnet, der Dampf, den ihr Körper abstrahlte, roch nach Heu und Pferdeschweiß. Georgi sah die Wölbung des Vordachs, hinter deren dunklem Oval sich das Minarett der alten Moschee des Osman Paswantoğlu in den Himmel bohrte – und all das sah ewig und unerschütterlich aus. Doch wie war es möglich, dass all dies unverändert blieb, während es seinen Vater nicht mehr gab? Nun, da sich außen nichts veränderte, erfolgte die Veränderung eben drinnen in Goscho, indem sich Leere und Trauer in ihm einnisteten.

Da sah er die beiden Vögel: einen Raben und eine Taube, die gemeinsam und doch extrem gegensätzlich vor der Haustür nach Krumen pickten. Und in seiner Fantasie stieg ein grandioses Bild auf: Wie wäre es, wenn er das Schwarze und das Weiße, das Hässliche und das Schöne, das Grausame und das Gütige zusammentun und sich durch Befruchtung gegenseitig verneinen lassen würde? Schon am nächsten Tag brachte der Schlaffe Kosta eine zerzauste Taube und einen majestätischen Raben herbei. Die beiden Vögel steckten voller Angst vor den Menschen und voller Misstrauen gegeneinander. Bei jedem Versuch Goschos, sie zur Begattung zu zwingen, schlugen sie verzweifelt mit den Flügeln. Doch er hatte auf einmal eine Aufgabe, über die er nachsinnen konnte, und schlief wieder tief und fest.

Der Schnee schmolz dahin, die Weingärten trieben Knospen, Zwetana kämpfte gegen Schmutz, Schmer und Gestank, die sich über den Winter in der Küche angesammelt hatten, denn Goschos Rabe litt an dauerndem

Durchfall. Er pickte jeden Tag ein halbes Brot und verteilte es dann über Decken und Draperien, auf Tellern und Türklinken. Doch Goscho blieb hartnäckig. In seinen Augen loderte ein kleines Flämmchen. Wenn er den Raben gegen die Taube presste und in der einen Hand ihren Herzschlag, in der anderen seine Ausscheidungen spürte, fragte er sich, warum sein Vater *es* getan hatte ... Eines feierlichen Morgens aber, ohne dass sie wussten, was sie taten, paarten sie sich doch, die beiden verschreckten Tiere, widerwillig, aber sie taten es. In diesem Moment war Goscho wie erlöst, und er konnte die quälende Erinnerung an seinen Vater endlich fallen, endlich versinken lassen in die Tiefen der Zeit. Aus den Stiefeln, die er beim Krämer David gekauft hatte, bastelte er ein Nest und strich von da an den ganzen Tag in der Küche herum, stopfte den Herd mit Holzscheiten und störte die Taube dabei, ihr einziges graues Ei auszubrüten.

Das Küken schlüpfte und wuchs mit jedem Tag. Goscho taufte es nach dem Gedicht »The Raven« von Edgar Allan Poe auf den Namen »Nevermore«. Nevermore hatte den Schnabel eines Raben, einen langen Hals, Beine mit langen Krallen und die Flügel eines Engels, fein und durchscheinend, als seien sie aus der Luft selbst gemacht. Dieses Wesen, das Georgi mit dem Flämmchen in seinen Augen und seinen eigenen Händen geschaffen hatte, entwickelte eine große Anhänglichkeit ihm gegenüber. Jahrelang hielt es sich in der Nähe des Hauses auf und erfüllte mit seinem gurrenden Krächzen die Zweige des Maulbeerbaums im Hof. Weder die Tauben noch die Raben nahmen das Tier als ihresgleichen an. Doch das Seltsamste war – so wehrlos dieser Bastard auch aussehen mochte: Kein anderes Tier traute sich, ihn anzugreifen. Die Katzen übergingen Nevermore; die kleinen Falken, die hungrig und mit scharfen Augen über den Höfen kreisten, übersahen ihn. So gewann Goscho den Eindruck, dass die Natur alles Abnorme schützt; sei es aus Abneigung, sei es aus Verblüffung. Georgi spürte, dass sein Vater zwar faul genug gewesen war, um sorglos und glücklich zu leben, aber er war nicht anormal genug gewesen, um zu überleben. Sein Weltschev'sches Blut brodelte stolz angesichts dieser grandiosen Erkenntnis. Anschließend rasierte er sich zum ersten Mal, und zum ersten Mal stellte er sich die hinterhältige Frage: »Warum?« Vermutlich, weil sein Vater keine Zeit für Versuche gehabt hatte, dachte er mit einem Gefühl der Überlegenheit.

Als Gina nach sechs Monaten vom Hof ihres Vaters zurückkehrte, fand sie ihren Sohn vor beim Zeichnen rechtwinkliger Dreiecke. Das sanfte Licht des Sonnenuntergangs beschien seinen ruhig gewordenen Blick; sein Bett war wie immer ungemacht und zeigte den Abdruck von Zwetanas Hintern. Gina war fülliger geworden. Ihre Wangen hatten die Farbe reifer Pfirsiche angenommen, doch im Kontrast zu dieser blühenden Weichheit standen ihr strenger, autoritärer Gesichtsausdruck und eine unübersehbare Hartherzigkeit. Dennoch empfanden sie Sympathie für den anderen und hatten Vertrauen zueinander. Bei einer Tasse Kräutertee sprachen sie mit dem angemessenen Ernst über seinen Schulabschluss. Auf dem Fensterbrett war der unmögliche Vogel Nevermore gelandet und beobachtete sie durch den offenen Fensterflügel mit geheimnisvollen, halb geschlossenen Augen.

9

Dieser Ton war wirklich nicht schlecht – geschmeidig und durchscheinend wie ein Frauenohr. Während der alte Babaschov sich beugte und nachdenklich einen Klumpen davon zwischen den Fingern zerrieb, waren Ilijas Gedanken bei Boshura.

»Das ist der reine Wahnsinn, dieses Kaolin«, meldete sich der Schlaffe Kosta von der Grabungsstelle mit müder Stimme, nachdem er drei Stunden lang in der Erde gegraben hatte und schon selbst nach einem Tonkrug stank.

Dimo Babaschov war in den Matsch getreten. Mit gelangweiltem Gesichtsausdruck schaute er an sich herab und sah, dass seine Schuhe von außen und von innen nass und verdreckt waren. Vom ganzen Feld stieg Dampf gen Himmel. In der Ferne spannte ein einsamer Bauer einen Ochsen vor den Pflug. Ilija und Babaschov schritten nebeneinander her.

»Ich weiß nicht«, gelang es dem alten Babaschov kaum, seine Unzufriedenheit zu verbergen.

»Ein Porzellanservice ist teuer«, erwiderte Ilija.

»Wenn es aus Meißen kommt, ja!«

»Die tschechischen sind etwas billiger.«

»Ja, aber es sind immer noch tschechische«, blockte Babaschov ab. »Es macht keinen Sinn, uns weiter zu unterhalten, Herr Weltschev!«

Dimo, sein Sohn, nickte in Richtung des Bauern.

»Was pflügt der denn da mit dieser Schindmähre?«

Sie sahen, wie der Bauer hinter seinem Tier herging und die Pflugschar in den Boden drückte, als wolle er die Erde in zwei Hälften teilen.

»Na, seinen Acker«, meldete sich der Schlaffe Kosta ungefragt. Er wollte langsam aus seinem Loch heraus. Der Spaten klebte am zähen Boden der Grube fest und ließ sich kaum noch herausziehen. Er fluchte. Sah, wie die drei Männer Richtung Weingarten gingen und sich immer wieder umdrehten, so, als hätten sie etwas Wertvolles in diesem Morast vergessen.

Die Kutsche wartete in der Mitte von Tarnjane auf sie. Umgeben von den geduckten Häuschen und der dörflichen Armut, sah sie aus wie eine königliche Kalesche aus dem Märchen. Die Pferde sausten in gebremstem Trab voran, unter ihren Hufen sprühten Funken. Dimo flötete gelangweilt einen Strauß-Walzer, sein Vater döste. Ilija spann seine Pläne weiter, seine Augen glänzten. Er erinnerte sich an den Bau der Herberge, die teuflische Anspannung, daran, wie jede gute Tat durch das Tal des Bösen hindurchmusste. Ja, diese Herberge … Nachdem einmal das Richtfest vorbei und das Dach gedeckt war, konnte nichts mehr vergrößert werden; und als der letzte Kamin verputzt war, konnte auch nichts mehr verändert werden. Der Bau hatte seine Bestimmung erreicht. Mit einer Fabrik war das etwas ganz anderes! Mochte sie baulich auch noch so abgeschlossen wirken und reibungslos funktionieren – sie war immer nur ein Zwischenstadium auf dem unendlichen Weg zu Ausbau und Ausdehnung.

Beim Anblick der umliegenden Hügel musste er an Boshuras Brüste denken. Ach, wie leicht war es, sie mit Blicken zu umfangen. Mochte Boshura noch so sehr über ihn lachen, er antwortete ihr in vollem Ernst: Warum machen Sie sich über mich lustig, mein Fräulein, es steht uns doch so geschrieben … Was er brauchte, waren das Geld und die Erfahrung des alten Babaschov; ohne die stand er auf verlorenem Posten.

»Es wird bald wieder regnen«, nörgelte Dimo.

»Der Mensch denkt«, erwiderte sein Vater, »Gott lenkt.«

»Der Weizen ist mager dies Jahr«, warf Ilija beiläufig ein, »der Handel wird nicht besonders gut laufen.«

»Gott wird schon wissen, was er tut.«

»Und neuerdings sinken auch die Schleppkähne so häufig!« Ilija fasste den alten Babaschov scharf ins Auge; dieser spürte einen dumpfen Schmerz in den Nieren. »Sie kommen bis zum Eisernen Tor, und dann versinken sie einfach. Beim Kaolin gibt es weder eine schlechte Ernte noch sinkende Frachtschiffe.«

Babaschov war irgendwie beeindruckt von solcher Aggressivität. Gegen diesen Ilija Weltschev ist mein Sohn ein richtiger Jammerlappen, dachte er. Vor einer Stunde waren sie in die Bürgermeisterei des Dorfes gegangen, wo es nach Mäusekot und muffigen Akten roch. Das Telefon klingelte, und der Bürgermeister drehte aufgeregt an der Kurbel; dann eilte er, um ihnen Stühle hinzustellen und das Wasser im Krug zu wechseln. Ilija nagelte ihn mit einem Blick am Fensterkreuz fest. Ja, diese Leute waren mit der Kutsche hier, das waren Herrschaften. Der Bürgermeister erschrak.

»Ich, ja, also …«, begann das Gemeindeoberhaupt mit schlotterndem Selbstbewusstsein. Er hatte ganz vergessen, dass ja nun die Bauern an der Regierung waren.

»Gehört das Land hinter den wilden Mirabellen Ihnen?«, fragte Ilija schließlich. »Oder der Gemeinde?«

»Wem auch immer es gehört … Es ist ein Staunässeboden voller Steine, da weidet noch nicht mal das Vieh.«

»Wir sind entschlossen, den Boden zu kaufen«, unterbrach ihn Ilija, »wir wollen dort Wein pflanzen.«

»Ich, ja, also, viel Glück damit. Was für Wein?«

»Eine spezielle Sorte.«

Am Ende seufzte Babaschov einmal tief, und zwar nicht deshalb, weil der Kaufpreis lächerlich gering war, sondern weil Ilija nicht aufhörte, zu feilschen. Nun, wo alles vorbei war und die Räder ihres Gefährtes über das grobe Kopfsteinpflaster nach Hause ratterten, fühlte er, wie ihm wieder flau wurde.

»Ob die Kähne versinken, hängt ganz vom einzelnen Schiff ab«, versuchte Dimo, Ilijas Anspielung zu parieren.

»Vom Schiff und vom Schiffer«, sagte Ilija darauf mit ruhiger Stimme.

»Aber verstehen Sie denn nicht, Herr Weltschev, dass man für so eine Unternehmung Geld braucht?«, mischte sich der Alte wieder ein.

»Ich habe Geld«, unterbrach ihn Ilija.

»Ich meine: nicht einfach Geld, sondern *viel* Geld.«

»Ich werde es auftreiben«, erwiderte Ilija mit besonderer Sanftheit, und in diesem Moment stieg Babaschovs Angst so, als säße eine vierte Person in der Kutsche. Sie wurden entsetzlich durchgeschüttelt. Babaschov hatte das Gefühl, es würde ihm die Nieren herausreißen. Ich hätte ihn nach Hause einladen sollen, dachte er, ihn mit französischem Kognak bewirten und ihm eine gute Zigarre anbieten sollen, statt hier in diesem Rüttelkasten ins Blaue zu reden.

In der Ferne war in der flimmernden Luft der Turm der alten Festung von Widin zu sehen.

10

Die Treppenstufen knarrten unter dem Gewicht seines stämmigen Körpers; auf dem Treppenabsatz schaute er sich um wie ein Einbrecher. In der Stube roch es nach abgestandener Luft und unterdrückter Gewalt, nach einem Mann, dessen Kopf wie zwischen die Schultern gerammt wirkte. Ilija zog die Vorhänge zu, obwohl von draußen gar niemand hereinschauen konnte, entzündete die Gaslampe und hob das Bett hoch. Unter ein paar losen Bodenbrettern zog er eine kleine eiserne Truhe hervor. Zuerst holte er das Papiergeld heraus – die Zehn- und Zwanzig-Lewa-Scheine – und schichtete sie zu gleichmäßigen Häufchen auf. Dann kippte er die Truhe um, und die Münzen rauschten heraus wie ein Sturzbach, der silberne Funken in die muffige Zimmerluft sprühte. Er schaute wie hypnotisiert, so, als hätte er im Jenseits sein eigenes Schicksal erblickt. Er atmete heftig. Seine Beine zitterten. Er atmete tiefer. Die Luft reichte ihm trotzdem nicht. Er spürte, wie die Erregung ihn packte. Draußen rief Jana die Hühner, wahrscheinlich streute sie ihnen Körner; das lenkte ihn ab.

»Damit wir diesem Kaolin die Zähne zeigen können«, hatte ihm der alte Babaschov gesagt, »muss jeder von uns fünfzigtausend Lewa investieren. Du hast deine Herberge, ich meine Lastkähne – möge es uns weiter gutgehen damit.« Ilija hatte seine Lippen mit der Zunge befeuchtet und geantwortet: »Wir werden sehen!«

Er befeuchtete seinen Daumen und begann mit jener Langsamkeit zu zählen, mit der die Frauen die Sonne in ihre Läufer einweben. Als er sah, dass die noch zu zählenden Haufen viel zu schnell abnahmen, wurden seine Handflächen schweißnass vor Beklemmung. Nach anderthalb Stunden, als er in vollkommener Stille auch das letzte Fünf-Lewa-Stück gezählt hatte, steigerte sich seine Beklemmung zu einem Überdruss an der ganzen Welt. »Das war es also«, pustete er laut, »achtzehntausendfünfhundert Lewa, nicht mehr und nicht weniger.« Das war Geld, aber es war nicht *viel* Geld …

Ihm war, als habe ihm jemand die Kraft abgesaugt. Er schaffte es gerade, das Bettgestell anzuheben, um die kleine Geldtruhe wieder an ihrem Platz zu verstauen. So wie er war, ließ er sich in Kleidern aufs Bett fallen und schlief vor Erschöpfung sofort ein. In der Nacht quälte ihn der Durst. In der Morgendämmerung schüttelte es ihn geradezu vor Durst. Der Schüttelfrost packte ihn so heftig und war so erschöpfend, dass er am Morgen nicht aufstehen konnte. Gegen Mittag überwand Jana ihre Angst, hereinzuschauen, sah ihn unbeweglich und mit irrem, an die Decke geheftetem Blick daliegen, und schrie auf. Am Zittern seiner Lippen erkannte sie, dass er noch lebte, und stürzte sofort los, um Doktor Neikov zu rufen.

11

Zwei Wochen lang lief Ilija mit verschleiertem Blick durch die Gegend. Er räkelte sich bis spät in den Laken, begann, viel zu trinken – und immer Weinbrand, den starken Erstabzug aus Kula, der einem das Blut in die Augen trieb und einen aufstachelte zu Diebstahl und Mord. Seine Herberge würdigte er keines Blickes mehr. Stefania wusste nicht mehr, was sie außer Wasser noch in die Suppe tun sollte, und der Schlaffe Kosta jammerte: »Ach, ganz wie Jordan, ganz wie … Der ist auch sanft wie ein Lämmchen gewesen, bevor er …« Der Unterschied bestand nur darin, dass der Schlaffe Kosta Jordan abgöttisch geliebt hatte und für ihn mit Freuden zu jeder Schandtat bereit gewesen war.

Jana bekam Angst um ihre Kinder und schickte sie zum Spielen weiter fort, zum Torturm oder in anderer Leute Höfe. Sie machte einen weiten

Bogen um ihren Trauzeugen, mit beklommenem Herzen und gesenktem Blick stand sie aufrecht dabei, während er aß, denn auch sie fühlte, dass ein großes Unglück bevorstand. Und so sehr sie es sich auch wünschte, es gelang ihr nicht, hässlicher zu werden. Nach wie vor erwartete sie Jordan nachts in ihren Träumen, um sich in seine Umarmung zu retten; tags aber lauerte schon Trentscho, der Barbier, auf dem Marktplatz, um sie mit Neckereien aufzuhalten und sie dabei mit Blicken auszuziehen.

»Du«, stieß die alte Petruniza sie einmal an, »hab keine Angst! Tu Ilija nur tüchtig auf. Wenn sie nicht aus Genusssucht essen, sondern weil sie es wirklich brauchen, dann bringt das Fleisch die Männer wieder zu Verstand.«

Nachdem die ersten Regengüsse des Frühjahrs vorüber waren, ging Jana zu Jonka, um sich bei ihr auszuweinen. Ihre Schwägerin war betrunken und färbte auf dem Hof ihre Röcke mit Walnusslaub. Ihre Augen verschwanden im jodgetränkten Dampf. Ihr Weingarten war übersät von Knospen und konnte jeden Moment grün explodieren.

»Ich selbst bin lebendig tot«, klagte sie, »ich schlafe auf einem Grabhügel. Aber was ist mit den Kindern?«

»Also schweigen tut er?«, fragte Jonka. »Hat nun also auch er zu schweigen begonnen?«

Todor wagte es nicht, zu den Frauen hineinzugehen. Er warf mit dem gesunden Arm neuen Lehmverputz in die Fächer mit dem Weidengeflecht. Der kleine Hengst wieherte im Stall, ein Falke zog seine Bögen über dem Festungsturm.

»Ist es denn so schlimm?«, fragte Jonka und wischte sich die verfärbten Hände ab. Sie war ganz bleich geworden.

»Ach, ich weiß nicht, Schwägerin, wenn ich je mit ihm darüber gesprochen hätte …«

»Bestell mir eine Kutsche«, beendete Jonka die Beratung, »morgen gehe ich ins türkische Bad.«

Den ganzen folgenden Tag verbrachte sie in den Baderäumen, begoss sich mit weißem Nährschlamm und den Worten der Frauen; dreimal ging sie hinaus in den Vorraum, um Kaffee zu trinken und etwas zu erfahren. Sie hatte die Erfahrung gemacht, dass die Frauen mit ihrer Kleidung auch ihre Heimtücke und Geltungssucht ablegten und offen und ehrlich wurden – buchstäblich die nackte Wahrheit sagten. Dort, im Vorraum, glühte das Kohlebecken. Dana, die Badegehilfin, kochte darauf den Kaffee, der mangels echter Kaffeebohnen aus gerösteten und gemahlenen Kichererbsen aufgebrüht wurde. Jonka legte sich mächtig ins Zeug, um etwas über ihren Bruder zu erfahren – vergeblich. Die Gespräche kreisten vorwiegend um den neuen Bezirksvorsteher. Dieser Herr Petkov lebe allein und sei gefährlich nachdenklich. Eine Nachricht wert war auch das Hausmädchen der Babaschovs, das unter Schmerzen und Qualen drei Kinder zur Welt gebracht hatte, die jeweils einem der drei Feldwebel glichen, die man oft im Stadtpark flanieren sah.

Jonka machte einen Strich und rechnete das Gehörte zusammen: Wenn selbst die Frauen, jene Wesen, die allein begabt waren, das Kommende vorauszufühlen und manchmal auch zu deuten, wenn selbst sie nichts wussten, dann wusste wirklich niemand etwas, nicht einmal Gott. Und so ging sie gereinigt, aber verbittert nach Hause; denn Janas Tränen verhießen künftige Ereignisse, und das waren, wie immer, wenn einer ihrer Brüder schwieg, keine, auf die man sich freuen durfte.

12

Eines Morgens erschien Ilija in seinem englischen gestreiften Anzug unten in der großen Stube; in der Hand hielt er seine Melone, in seinen Augen lag ein Frieden von verdächtiger Unscheinbarkeit. Das Feuer im Ofen war noch nicht entzündet. Die alte Petruniza sah seine ganze, leicht gebeugte Gestalt. Ilija war abgemagert, war nur noch Muskeln und Sehnen und wirkte dadurch wie ein junges Raubtier auf dem Sprung. Er küsste ihr die Hand, doch sie strich ihm nicht über den Kopf. Sie sah, wie gierig er seine Milch austrank, sich auf den Käse stürzte. Dann, als der Ofen seine Wärme verbreitete, döste sie weg.

Ilija wartete, bis Jana die Teller in die Küche getragen hatte, dann winkte er sie mit dem Zeigefinger herbei. Die Stille im Zimmer nahm die Gestalt eines Herdes an, neben dem dösend eine alte Frau saß. Er zog fünfzig Lewa aus der Tasche. Trocken raschelten die Scheine. Blauviolett waren sie. Dann sagte er zu ihr:

»Geh mit den Kindern zur Hauptstraße, kauf ihnen was zum Anziehen und etwas Süßes.«

Er stand auf und verstopfte mit seinem Rücken die ganze gähnende Türöffnung. Dann ging er langsamen Schrittes los. Die gelbgrünen jungen Blättchen der Pappeln hauchten Schwäche in die Luft. Er erreichte die Hauptstraße, kam am Haus der Babaschovs vorbei, würdigte es aber keines Blickes. Auch sonst grüßte er niemanden.

Als er sich in Trentschos Barbierstube zwängte, verstummten die Männer auf einen Schlag; er aber setzte sich einfach hin, ohne sie zu bemerken, und wartete, bis er an der Reihe war. Cleopatra lächelte ihm hochnäsig von der Wand zu. Der goldene Rahmen, in dem die Zeichnung eingefasst war, wirkte wie ein Brautkleid. Und Cleopatra selbst hatte verblüffende Ähnlichkeit mit Boshura. Die Männer duldeten ihn mit nachlässigen Blicken. Bai Joto, der Schuster, warf die Würfel aufs Spielbrett, klappte das Spiel zu und verschränkte unschuldig die Arme.

Ilija bestellte einen Haarschnitt und eine Feinrasur mit abschließendem Auftragen eines guten Rasierwassers. Er stand auf, klopfte sich ab, setzte seine Melone auf, gab Trentscho einen Groschen Trinkgeld, und erst als er schon an der Tür war, drehte er sich um und sagte: »Na denn, Tag auch, alle zusammen!«

Auch sonst war ihm der Furor so vergangen, dass er schon auf dem Marktplatz am liebsten umgekehrt wäre; aber das ging nicht mehr. Er wählte den längsten Weg entlang des Festungsgrabens. Die Frösche schienen die Elektrizität zu spüren, die sich vor dem Fußgänger staute, sprangen vom Schilf zurück ins Wasser und bildeten so mit ihrer schreckhaften Vorsicht ein halbseitiges Spalier. Um zehn Minuten vor elf hielt Ilija vor dem Kontor der Sofioter Versicherungsgesellschaft »Beltschev, Nikov & Cie.«, deren Eingangsportal gekrönt war von einem Dreiecksgiebel im Renaissance-Stil und einem lachenden Satyr darin. Er zog seine Uhr auf und trat ein.

Ihn empfingen der muffige Geruch alter Bücher und das müde Gähnen Miko Toschkovs, eines Mannes, der noch stärker untersetzt war als seine Gemahlin Flora, die immer eine Vierteldrehung machen musste, um durch die Tür zu kommen. An der Wand tickte eine türkische Uhr; das Bild daneben zeigte den Freiheitsdichter Christo Botev, wie er mit gezogenem Säbel vor seiner Freischar stand; er sah darauf aus wie ein Pirat aus der Karibik. Der Schreibtisch war bespannt mit grünem Tuch; die Löschpapierwiege darauf war aus massivem Kristallglas. Miko Toschkov verzichtete darauf, aufzustehen, denn gleich nach dem Frühstück oder dem Mittagessen überstieg dies einfach den Rahmen seiner Möglichkeiten. So strich er sich nur seinen Trommelbauch glatt und rieb freundlich die Hände. Mit leuchtendem Gesicht angesichts der unerwarteten Kundschaft sagte er:

»Ich sitze hier und warte, dass sie mich entweder entlassen oder in Pension schicken – in Widin schließt einfach keiner eine Versicherung ab! Nur ich selbst und der Mann meiner Schwester – wir haben unser Haus versichert, na, eben das Geld zum Fenster hinausgeworfen. Was für eine Dummheit. Das bedeutendste Ereignis ist, dass Shdrigo, unser Anarchist, mich abends bei seinem Rundgang anpinkelt – na, nicht mich direkt, die Hausfassade unseres Kontors natürlich.«

»*Ich* würde gern eine Versicherung abschließen«, unterbrach ihn Ilija, ohne eine Reaktion zu erwarten. Miko Toschkov erhob sich vor Verblüffung. »Ja, Sie haben richtig gehört!«

»Und worüber, Herr Weltschev?«

»Mutter«, erwiderte Ilija und spürte, wie ihm die Kehle trocken wurde, »eine Lebensversicherung.«

»Bedaure, aber das ist unmöglich. Ihre verehrte Frau Mutter ist einfach zu betagt. Wie soll ich es Ihnen sagen …«

»Gut«, lenkte Ilija müde ein, »ich möchte die Kneipe und die Herberge versichern. Die Kneipe und die halbe Herberge gehörten meinem Bruder Jordan …«

»Ja, die Menschen segnen das Zeitliche, vergib Gott …«

»Erläutern Sie mir die Bedingungen.« Ilija musste einmal heftig schlucken, um sich nicht vor Aufregung zu übergeben.

»Die Bedingungen sind exzellent und sehr günstig«, begann Miko geduldig. »Sie zahlen einhundert Lewa ein, und im Falle einer Katastrophe erhalten Sie fünfhundert Lewa von uns: ›Weitsichtig – Klug – Verlässlich‹ ist unsere Devise.«

Eine fette Fliege brummte durch den Raum, lenkte Ilija ab. Sie kreiste um die verstaubten Regalbretter an der Wand und landete schließlich auf der Kasse mit dem Messinglöwen und einem Schlüssel, der fast die Größe eines Schmiedehammers hatte. Da ist sie gelandet, stellte Ilija für sich fest.

»Ich hatte für beide Häuser an eine Versicherungssumme von fünfzigtausend Lewa gedacht.«

Ein bedrücktes Schweigen folgte, in dem das Lächeln Mikos in reichlich Schweiß gebadet wurde. Dann tauchte er die Feder ins Tintenfass, kritzelte etwas auf das leere Blatt vor sich und löschte mit der Kristallwiege. Die Fliege nahm ihre Rundflüge durchs Büro wieder auf. Die Luft schien auf einmal stickiger geworden zu sein. Da ist sie weggeflogen, stellte Ilija für sich fest.

»Wenn Sie vielleicht die Freundlichkeit besäßen, morgen noch einmal vorbeizuschauen. Nicht wahr, Sie verstehen, wir müssen das abwägen.«

»Nein!«, erwiderte Ilija. »Ich möchte die Kneipe und die Herberge heute versichern. Morgen verreise ich.«

Das Gesicht Miko Toschkovs verriet Anspannung und höchsten Widerwillen. Sein Bauch tat ihm weh, weil die Tischkante darauf drückte. Dann zog er eine Linie, löschte auch sie, und versuchte anschließend, eins nach dem anderen zu denken: Damit dieser Hornochse fünfzigtausend Lewa ausgezahlt bekommen kann, muss er zehntausend Lewa einzahlen! Das war genau die Summe, die die Zentrale in Sofia von Miko als Vorgabe für ein halbes Jahr an eingezahlten Beiträgen erwartete. Zehntausend Lewa … Was steckt bloß dahinter, hinter dieser übertriebenen Sorge? Das ist doch ein Wahnsinnsgeld? Wenn Ilija unrasiert gewesen wäre oder nicht so einen Duft nach gutem Rasierwasser verbreitet hätte, wäre Miko vielleicht argwöhnisch geworden. Aber dieser Ilija Weltschev kam wie aus dem Ei gepellt, glitschiger als eine Flunder, und man kriegte ihn einfach nirgendwo zu fassen.

»Gut, einverstanden, Herr Weltschev. Dann setzen wir jetzt die Dokumente auf.« Ilija blieb ungerührt. Er half dem Versicherungsbeamten auch nicht, den Schreibtisch zu verrücken. Er ließ ihn sich allein mit seinen einhundertundfünfzig Kilogramm Lebendgewicht zwischen dem Mittagslicht des Fensters und dem Schattenhauch der Bücher abarbeiten.

13

Die alte Petruniza hatte einen letzten Gedanken, der so schlicht war, dass er für die anderen unentschlüsselbar war. Seit Christo heil aus dem Krieg zurückgekommen war, fühlte sie, dass es für sie nichts mehr gab, auf das sie warten konnte, und so sehnte sie sich danach, endlich zu sterben. Da gab es nur eines, was sie daran hinderte, sofort ihr Leben auszuhauchen: Pokladi, auch Proschka genannt, war noch nicht gekommen, jener Sonntag vor Beginn der Osterfastenzeit, an dem die Jüngeren die Älteren um Verzeihung für ihre Verfehlungen im abgelaufenen Jahr bitten. »… und ich habe ihnen noch nicht verziehen«, murmelte Petruniza, schaute Jonka an, die zu Besuch gekommen war, und sagte: »Ich bin so müde … Lass sehen, was es in der Truhe gibt …«

Nein, erstaunlicherweise fiel die uralte Truhe beim Öffnen nicht gleich auseinander. Sie falteten ihr Brautkleid auseinander, holten die silbernen und perlmuttenen Gürtelschnallen heraus, die geviertelte Kette aus türkischen Lirastücken, die Taufurkunden ihrer Kinder. Langsam wie eine brennende Kerze hob die alte Petruniza das einzige Foto ihres Mannes hoch. Assen war jung auf diesem Bild, das die gelbliche Farbe der Widiner Erde angenommen hatte. Petruniza errötete.

»Ostern, zu Ostern werde ich gehen«, sagte sie, so, als hätte sie sich vorgenommen, Ostern das Rakowski-Kloster zu besuchen. »Ostern ist Christo auf die Welt gekommen, darum. Jetzt ist er zurückgekommen, und ich stehe in Gottes Schuld.« Sie hatte keine Kraft, alles noch einmal zu sagen, darum beschränkte sie sich auf das Wichtigste. »Ich vertraue sie dir an, Jonka. Du sei immer um sie. *Halte sie zusammen!*«

Jonka brach in Tränen aus, weil sie an das schreckliche Geheimnis Jordans denken musste.

»Wenn es da etwas gibt«, fuhr die alte Petruniza fort und flocht ihr Haar auf, »vergib ihnen. Das einzig Gute auf dieser Erde ist die Vergebung. Die Menschen sind geborene Sünder, und wenn alles Böse verschwindet, verschwindet auch alles Gute!«

Jonka dachte: Ach, bis Ostern ist es ja noch lang.

An Pokladi fiel ein feiner Regen; doch als die Kirchenglocken ertönten, zerstoben die Wolken, und die alte Petruniza sah noch einmal den grenzenlosen Himmel.

Nacheinander versammelte sich die ganze Sippe um sie. Als Erste kamen Assen und Petruna, Jordans Kinder, mit Jana herein, dann Goscho; Tante Allwissend betrat die Stube mit ihrem abgenutzten Hochmut und ihrem vorzeitigen Alter, Ilija mit seinem gedrungenen Nacken. Christo und Elena stützten mit Blicken die noch unsicheren Schritte ihres Sohnes Alex. Schließlich kam auch Jonka an und überbrachte ihrer Mutter die letzte gute Neuigkeit:

»Heute ist Pokladi, Mama – vergib uns!«

»Ich vergebe euch«, sprach die Alte und ließ ihren Blick über einen nach dem anderen wandern, »doch ihr müsst mir auf den Tod schwören, dass bis Ostern niemand von euch sündigen wird. Bis Ostern nur seid ohne Fehl, für mich …«

Alle verbeugten sich, dann vergaßen Petruniza und die Zeit einander.

Nur einmal, das Feuer im Ofen war noch nicht entzündet (sie war also noch bei sich), sah sie Ilija, wie er mit irrendem Blick vorüberging, und erinnerte ihn:

»Bis Ostern, das habt ihr versprochen …«

»Ja«, antwortete Ilija mürrisch, aß sein Stück Käse auf und ging zu Miko Toschkov.

In der Osternacht schlief die alte Petruniza glücklich bis Tagesanbruch, erwachte frisch und munter, als sei ihr eine zweite Jugend zugewachsen. Sie sah auf ihr ganzes Leben zurück und sagte sich: Mir ist so gram um die Meinen … Fast war sie bereit, noch einmal weiterzumachen, da klopfte es an die Tür. Sie ging langsam auf, und herein trat ein außergewöhnlich schöner Junge, der in Schwarz gekleidet war. *Er* sah so bezaubernd und zart aus wie ein Mädchen. In seinen Augen flammte Liebe. Mit bitterem Lächeln setzte *er* sich zu ihr.

»Bist du es?«, fragte sie wie zu sich selbst. »Ich bin so müde …«

»Ich weiß«, erwiderte er.

Sie erblickte die ganze Unendlichkeit des Lebens, das weder mit ihr begonnen hatte, noch mit ihr enden würde. Dann schaute sie zum Herd, doch der war erloschen.

»Ich bin so weit«, sprach sie und floss über vor Vertrauen.

»Ich weiß«, antwortete er mitfühlend. Dann wischte er ihr die Tränen ab und strich ihr einmal sanft übers Herz.

Neuntes Kapitel

1

An diesem Abend, übersättigt von seiner Liebe zu Gott und einem fleischlosen Abendessen, packte Vater Anissi noch einmal die Inspiration. Er schickte seine Frau zum Aufribbeln der alten Strickjacke zur Nachbarin und stellte die Flamme der Petroleumlampe höher; dann fühlte er sich bereit. Doch am Ende fand er wieder nur wenige Sätze für seine Gedanken.

Im Jahre des Herrn eintausendneunhundertundneunzehn haben sie eine Eisenbahn durch Widin gelegt, dröhnend laut und schnell … Jetzt kann jeder kreuz und quer durch die Welt fahren – zu Wasser oder auf Rädern. Die Lokomotive ist eine hässliche, aber nützliche Maschine. Von Widin nach Sofia gelangt man in vierzehn Stunden, man fährt bequem in einem Kupee. Und schließlich haben sie auf der Hauptstraße und in den Häusern der Reichen auch elektrisches Licht gelegt. Diese Glühlampen leuchten heller als die alten Gaslampen; dafür ist aber auch das Dunkel um sie herum dichter. Sie leuchten gleichmäßig; dafür verlöschen sie aber auch im Nu. Ich fürchte, Herr, dass diese künstliche Helligkeit mehr das Böse erleuchten wird, und dass ich immer weniger in sein Wesen werde schauen können. Auf dass wenigstens die Menschen ein und dieselben bleiben …

Amen.

Vater Anissi starrte unzufrieden aufs Fenster. Sowohl er selbst als auch dieser Abend waren voll seltsamer Dinge, die nicht würdig waren, in seiner Chronik erwähnt zu werden. Er befürchtete, dass Shdrigo, der Anarchist, der nun ohne Arbeit dastand, vollends rasend werden und sich mit Haut und Haaren der von Russland ausgehenden Weltrevolution hingeben werde. Der Schlaffe Kosta wiederum war unverhofft zu Geld gekommen. Er trank maßlos und glich mehr einer Kneipe auf zwei Beinen als einem Menschen. Anissi konnte das beurteilen, denn Kosta kam jeden Tag einmal kurz in die Kirche. Ihm lief der Speichel herunter vor dem heiligen Antlitz des Gekreuzigten. Angeblich wollte er sich Anissi anvertrauen, doch ein Geheimnis trübte seinen Blick, das ihn so in seinem Bann hielt, dass er es nicht aussprechen konnte. Die Kerzen, die er für einen ganzen Lev kaufte, erloschen in den großen Kerzenhaltern, und während die Abendsonne sich auf dem Westfensterchen niederließ, wiederholte der Schlaffe Kosta bedrückt:

»Was soll ich nur tun? Lehre mich, Herr, was ich tun soll!«

»Tue Gutes«, sagte Vater Anissi gereizt.

Der Schlaffe Kosta setzte sich wie ein Idiot direkt auf den kalten Steinboden, verbarg seinen Kopf in den Händen und erwiderte: »Großer und barmherziger Gott, das ist doch übermenschlich!«

2

In der Nacht des achtundzwanzigsten Juli ging die Herberge in Flammen auf. Sie loderte gen Himmel wie eine Riesenfackel. Neben ihr fing auch die Kneipe Feuer. Der schwere Geruch nach Rauch, alten Mörtelblöcken und verschmorten Matratzen mischte sich mit dem Aroma von Schnaps und verdampfendem Wein. Alles begann so überwältigend und unerwartet, dass sich anfangs niemand darauf besann, zu löschen. Stattdessen kam es nur zu einem gewaltigen Menschenauflauf, wie immer, wenn eine Zerstörung von der Größe eines Naturschauspiels sich ereignet. Der Himmel über Widin öffnete sich; doch die Flut fallender Sternschnuppen blieb vollkommen unbemerkt angesichts dieses Abendrots um Mitternacht. Die Hähne begannen zu krähen, die Hunde bellten wild. Katzen und Mäuse gingen aneinander vorbei wie gute Freunde. Auf dem Feld riss ein Fuchs Gräser aus. In dem allgemeinen Tumult fiel den Leuten gar nicht auf, wer fehlte. Das Flammenschauspiel nahm ihre Aufmerksamkeit derart in Anspruch, dass es nur zu kurzen Kommentaren reichte: »Ilijas Herberge brennt!« – »Gleich fällt der Kamin …«

Die Leute waren kunterbunt gekleidet. Es gab Frauen, die im Nachthemd herausgelaufen waren, und Männer, die eben schnell zwei Hemden übergestreift hatten. Der Einzige, der nicht wie gebannt auf den Brand starrte, war Petkov, der Bezirksvorsteher; er beobachtete Ilija. Hm, er trägt einen schwarzen Anzug, sagte er sich, seine Manschetten sind ordentlich zugeknöpft, und sein Krawattenknoten sitzt tadellos. Als hätte er sich für eine Beerdigung feingemacht!

Eine alte Frau kam mit einem halben Krug Wasser angelaufen und spritzte es gegen die Feuerwand; auf diese Weise demonstrierte sie die Sinnlosigkeit der Löschaktion schon, bevor sie begonnen hatte.

Das Dach der Herberge stürzte krachend ein, und dichte Funken stoben umher. Da ertönte die Stimme Janas. In Jonkas Augen blitzte es sofort auf. Sie riss sich aus Todors Umarmung los, so heftig, dass ihr Mann statt eines ruhig auch drei Arme hätte gehabt haben können. Wie von Sinnen begann sie – ohne Musik und ohne Scham –, einen wilden Volkstanz zu tanzen; dabei sprang sie hoch wie eine Schamanin. Die Erde unter ihr schüttelte sich, als hätten hunderte Menschen ihr die Hand zum Reigen gereicht. Polizeihauptwachtmeister Bobozov hüpfte sogar im Takt der Feuerzungen und hielt darin erst inne, als er Petkov, seinen Chef, bemerkte.

Da haben wir den Beweis, dachte der Bezirksvorsteher zufrieden, die Stärke steht wirklich über der Faszination der Zerstörung!

Jonka konnte mit dem Tanzen nicht aufhören, den anderen fiel es nicht schwer, damit zu beginnen; nur dass in diesem Moment der alte Babaschov rief:

»Gott, und wenn jemand da drinnen ist?«

Ilija antwortete sofort mit Leichenbitterstimme: »Da ist niemand …«

Woher weiß er das denn schon wieder so genau?, fragte sich Petkov. Und wenn er so ein Prophet ist, warum ist er dann nicht mit zwei Eimern Wasser an der Hand gekommen statt dieser Trauerkleidung?

Jonka versuchte, mit kurzen Trippelschritten die Flamme niederzutanzen. Die Leute kamen durcheinander und wussten nicht, wo sie zuerst hinschauen sollten.

Als Allerletzter schleppte Miko Toschkov sich mit seiner Frau Flora herbei, die noch beleibter war als er. Zwinkernd versuchte er, sich den Schlaf aus den Augen zu reiben. Als er die Gluthitze in ihrer ganzen Größenordnung nicht nur spürte, sondern auch sah, begann er, still zu weinen. Ja, dicke Menschen sind gutmütig und empfindsam, sagte sich Gold-Petko. Ich weine dieser Baracke keine Träne nach! Doch er kam vollends durcheinander, als Miko ihn am Revers packte und bedrückt fragte:

»Und was mache ich jetzt?«

»Was weiß ich denn!«, schnitt ihm jemand das Wort ab, der sich durch Miko in der reinen Anschauung gestört fühlte, umso mehr, als gerade eindrucksvoll das erste Geschoss einstürzte, gefolgt von der Kneipe, die regelrecht entzweibrach und die klaffende Öffnung wie ein durstiges Maul gegen die Straße hin aufriss. Die mit seherischen Fähigkeiten begabten Frauen vermeinten in diesem Moment Jordan zu erkennen, wie er betrunken, mit schwarz rauchenden Augen und geballten Fäusten, Feuerwein in den Himmel goss.

Was da in sich zusammenstürzte, war eine ganze Ära, und die meisten dachten wohl: Wie gut, dass die alte Petruniza schon tot ist. Was für eine grauenvolle Zeit war das, die da – in den Flammen tanzend – verkohlte und dem Erdboden gleichgemacht wurde. Einige erinnerten sich des alten Weltschev sogar im Guten: Wie er ging, wie er den Wein servierte, und wie er selbst diesen Wein trank. Die Kneipe und die Herberge, *die durch* und *durch die* so viele Leidenschaften, so viel Gewalt gegangen waren, sollten also nun verschwinden; das bedeutete, dass von nun an auch die Stadt eine andere sein würde, ein bisschen anders, ein wenig unvertraut, offen für Überraschungen aller Art, gute wie böse. Doch so weit wollten die Gaffer jetzt noch nicht denken; sie warteten darauf, dass Jana sich endlich zu Gehör meldete, und dass Jonka müde wurde und mit der Tanzerei aufhörte.

Nun zersprangen auch die Fenster im Erdgeschoss. Die Leute hatten das Gefühl, sie hörten die Musik, zu der Jonka tanzte. Endlich kamen einige Männer auf die Idee, den verzogenen Walnussbaum und die dicht an den Gebäuden stehenden Maulbeerbäume zu fällen. Fünfzehn Leute machten sich gleichzeitig mit ihren Äxten ans Werk. Die reifen Früchte fielen ihnen in den Nacken. Es war ein Wunder, dass sie sich nicht gegenseitig zu Krüppeln schlugen. Sie wurden gerade noch rechtzeitig fertig, bevor die Kronen Feuer fangen konnten.

Dora, die Schneiderin der guten Gesellschaft, machte in ihrem Originalitätsdrang die wohl dümmste und deplazierteste Bemerkung ihres Lebens: »Was für eine Schleppe könnte man aus diesem Feuerschein für ein Brautkleid zaubern …« Einen Moment, bevor Boshura ihr einen tadelnden Blick zuwarf, tauchte der Schlaffe Kosta auf. Er trug geckenhafte Streifenhosen und ein schneeweißes Hemd. Er zwängte sich durch die Menge, als hätte er etwas Wertvolles in der Herberge vergessen, oder als wolle er umgekehrt etwas Wertvolles darin unterbringen. Er war von der Trinkerei schon ganz abgemagert. Sein Blick aber war nüchtern, und solange er noch keines Menschen Gesicht erkannte, starrte er ins Nichts. Stefania, seine Frau, ergriff die Rührung angesichts ihres so schönen Mannes, und sie seufzte: »Wie gut, dass ich ihn geheiratet habe.« Dann leckte sie sich über ihre Bartstoppeln und fragte ihn:

»Warst du nicht für fünf Tage in Sofia?«

»Naja, war ich …«

»Wie bist du denn so schnell hergekommen, der Zug ist doch erst vor drei Stunden in Sofia eingetroffen.«

»Ich bin mit einem anderen Zug gekommen.«

»Und wieso überhaupt?«

»Ich wollte gucken!«, antwortete er einfältig, und sein Auge zitterte.

»Gmmaanina«, schrie das wildere der beiden Gänschen und zeigte auf Ilija. »Gmmaanina – Mmmbär.«

Die Behaarte Stefania wurde erst drei Monate später an diesen Wortwechsel erinnert. Sie hatte wieder begonnen, Böreks und Salepschleim zu verkaufen, doch nicht mehr am Markt, sondern am Bahnhof. Der Zug aus Sofia hatte Verspätung; es war kalt. Aber wie denn das?, fiel es ihr wie Schuppen von den Augen, wie konnte Kosta zurückgekommen sein, um das Schauspiel nicht zu verpassen, wenn er doch gar nicht wusste, was es zu sehen geben würde? Und überhaupt: Woher hatte er das Geld für diese höchst feine Hose? Wie gut, dass das Verhör bei Herrn Petkov in der Bezirksverwaltung schon hinter ihr lag. Er hatte sie ordentlich gepiesackt mit Fragen: Ob sie nicht vergessen hätte, das Feuer im Herd auszumachen? Ob sie auch die Gaslampe ausgeblasen habe, bevor sie die Küche verließ? »Sogar die Augen der Katze waren aus, als ich abgeschlossen habe«, erwiderte sie ihm und ließ ihn nachdenklich und nägelfeilend zurück.

Es ging gegen drei Uhr früh. Nur zwei tragende Wände der Herberge, die Jordan gemauert hatte, ragten noch in die Höhe, alles andere war verbrannt, verkohlt, verschwunden; darüber der Rauch der Erinnerung. Die Leute gingen in Grüppchen nach Hause, schnalzten noch ein paarmal durch die Zähne, so als könnten sie's einfach nicht glauben, oder spuckten Ruß. Sie hatten jetzt Angst, allein zu bleiben, und so verabschiedeten sie sich wortreich und umständlich, wenn sie vor ihren Hoftoren und Türen angekommen waren. Von der Donau kam endlich ein kühlender Nachthauch. Der Himmel wurde wieder klar. Der Fuchs würgte das unverdaute Gras wieder aus. Und die Katzen jagten wieder den Mäusen hinterher bis in die geheimsten Ecken der Vorratskeller. Der alte Babaschov erlaubte sich erst jetzt einen Seufzer und näherte sich festen Schrittes Ilija. So weit, seine eine Hälfte zu opfern, um die andere zu erhalten, so weit wäre er nie gegangen. Er konnte nicht feststellen, ob Ilija ihn erkannte. Er beugte sich zu seinem Ohr nieder und sagte:

»Meine herzliche Anteilnahme!«

3

Der Tag kam mit wenig Tau und kräftiger Morgenröte, begleitet von einem heftigen Altmännerhusten und dem Klappern eines Einspänners. Der Morgengruß der Hunde mischte sich mit dem Lied der Vögel. So begierig die Widiner sich in der Nacht um den Ort der Feuersbrunst gedrängt hatten, so dezidiert wichen sie ihm nun aus. Wenn sie die Unglücksstelle umrundeten, bekreuzigten sie sich. In den noch immer rauchenden Mörtelplatten waren nur Jonka, Jana und Ilija stehen geblieben; aber auch sie schauten mehr in sich hinein. Ilija wurde sich bewusst, dass es jetzt kein Zurück mehr gab. Alles, was auch immer er sich vorstellen mochte, war Zukunft, oder es war nicht. Assen und die kleine Petruna, die ebenfalls vor den Trümmern standen, mussten sich an diesem Morgen mit dem für Kinder am schwersten zu verdauenden Gefühl vertraut machen: dem Sich-Abfinden.

Jonka machte sich schließlich auf den Heimweg. Ilija leckte sich über die Lippen, weil Blut von ihnen tropfte, und Jana wiederholte unermüdlich:

»Ich weiß nicht, was hier abgebrannt ist … Aber *er* hat seine Seele in diesen Ziegeln gelassen!«

4

Im Restaurant »Royal« ließ sich Herr Petkov mit Genuss den gedünsteten Stör auf der Zunge zergehen; dazu nippte er an einem außergewöhnlichen Rheinwein, den Herr Wodetschka nur für Kenner bereithielt. Er aß mit den beiden Babaschovs zu Mittag und hatte gerade den Kaffee bestellt, als Dimo glaubte, es sei an der Zeit, das Gespräch auf das Ereignis der letzten Nacht zu bringen.

»Was war das denn für eine Tragödie gestern Nacht? Ich mag ihn ja nun gar nicht, diesen Waldschrat Ilija Weltschev, aber irgendwie tut er mir leid.«

Dem Bezirksvorsteher blieb die Verachtung nicht verborgen, mit dem der alte Babaschov seinen Sohn bei diesen Worten anschaute, und die Art, wie er sich den Mund abwischte, verriet, dass er sehr aufgebracht war.

»Dummkopf!«

»Ich?«

»Ja, du!«

»Wieso das denn plötzlich?«

»Die Weltschevs gehören nicht zu den Leuten, denen die Gasthöfe so mir nichts, dir nichts in Flammen aufgehen.«

»So etwas kann bei jedem derartigen Gebäude mit Feuerung passieren«, tastete sich Petkov behutsam vor.

»Natürlich *kann* so etwas immer passieren. Aber doch nicht den Weltschevs!«

»Ich verstehe nicht«, warf der Bezirksvorsteher zwischen zwei Schlucken ein.

»Diese Sippe ist einfach anders«, versuchte Babaschov, es auf den Punkt zu bringen, »die pokern nicht am Kartentisch, die pokern direkt mit dem Schicksal – das ist es, was ich sagen wollte.«

Der Tag war träge und schwül. Das Kupferdach des Bankgebäudes flimmerte in der Hitze. Dennoch begann Petkov schon um drei Uhr nachmittags mit den Verhören. Er saß bequem hinter seinem handgeschreinerten Schreibtisch, mit feinem Lächeln und wachem Geist. Die Behaarte Stefania benetzte mit der Zunge ihren sprießenden Schnurrbart und neigte im Bemühen, Petkov anzuschauen, ihren Kopf in Richtung Fenster.

»Es gibt noch einen Herd«, warf sie ungefragt und mit überflüssiger Offenheit ein, »in der Kneipe. Nur dass der seit letztem Winter nicht mehr angemacht worden ist.«

»Wo warst du zwischen sieben und acht Uhr abends?«

»Na, zu Hause war ich. Hab Krauseminze aufgekocht für das kleinere Gänschen. Es hat Würmer.«

»Und zwischen acht und neun Uhr? Nicht wahr, du hast doch gesagt, dass ihr um neun Uhr ins Bett gegangen seid?«

»Da hab ich Krauseminze für das größere Gänschen gekocht. Es hat auch Würmer.«

Gereizt begann der Bezirksvorsteher, sich wieder die Nägel zu feilen, und dachte: Wie gut, dass sie sich nicht um zehn Uhr hingelegt hat, sicher wären in der Zeit bei ihr selbst auch noch Würmer aufgetaucht.

»Ich wollte auch dem Kosta noch Krauseminze aufkochen«, setzte Stefania ihre Aussage mit ermüdender Umständlichkeit fort, »aber der war seit fünf Tagen in Sofia. Herr Weltschev hat ihn hingeschickt, damit er Wein in Flaschen kauft, so richtig wachsversiegelt und mit Etikett. Na, edle Tropfen eben!«

Der Bezirksvorsteher bedeutete ihr mit einem Blick, sie könne verschwinden; dann öffnete er erst einmal das Fenster, damit der ranzige Fettgeruch nach Böreks, Salepschleim und abfahrenden Dampflokomotiven sein Dienstzimmer möglichst rasch verließ. Er hatte bereits fünfzehn Zeugen verhört. Am interessantesten erschienen ihm die Aussagen Marias, der Tochter Gold-Petkos, die aus ihm unerfindlichen Gründen in Tränen ausgebrochen war. Sie hatte die Pocken durchgemacht, und nun sah ihr Gesicht aus wie eine Mondlandschaft. Sie benahm sich wie eine alte Jungfer, der nichts geblieben war als ihre Ehre und Verbitterung gegen die Männer. Die Aufrichtigkeit ihres Bekenntnisses jedoch trug alle Anzeichen eines gebrochenen Herzens.

»Diese Herberge, ach …«, seufzte sie, drehte ihr Schirmchen mit unaussprechlicher Unschuld und errötete zu Herrn Petkovs Überraschung.

»Jeden Abend habe ich mein Fenster geöffnet, mich in die Nacht gelehnt und mich an den Schatten ergötzt, die der Mond warf, und das waren natürlich die Schatten der Herberge.«

»Warum haben Sie denn ausgerechnet dorthin geschaut?« Petkov bedauerte seine Frage im selben Augenblick, in dem er sie ausgesprochen hatte, denn Marias Wangenröte wurde unerträglich. Sie sah aus, als hätte sie erst einen Verlobungsantrag bekommen und gleich darauf einen Korb. Er schneuzte sich vor Unbehagen und sah dabei, wie Tränen das Krägelchen ihres Seidenkleides netzten.

»Diese Herberge, ach, das wissen Sie ja nicht, mein Herr«, setzte sie schluchzend an, um dann erst einmal ihre Augen abzuwischen und ihr Batisttüchlein danach wieder sorgfältig im Ärmel zu verstauen. »Gestern Abend schien der Mond so übernatürlich klar, fast blau durch die Zweige. Ich habe einfach die Zeit vergessen und gedankenverloren geschaut, da merkte ich auf einmal, dass jemand da draußen war. Da habe ich *ihn* gesehen, wie er sich mit behutsamen Schritten zur Herberge schlich. Ach, wie lange habe ich auf seine Rückkehr gewartet! Ich war irgendwie gar nicht überrascht, sondern innerlich so vorbereitet auf diese Begegnung, dass ich noch nicht einmal draufgekommen bin, ihn einfach zu rufen. Ich hab mich hinter dem Vorhang versteckt und mir gesagt: Er ist zurück ... Als der Mann die Tür abgetastet hat, habe ich mich noch nicht gewundert, doch als er dabei einen Seufzer ausstieß, habe ich plötzlich bemerkt, dass ich mich geirrt hatte.«

»Warum?«

»Das war ein so schwächliches Seufzen«, antwortete Maria. »... und dann hätte Jordan auch nie im Leben so geckenhafte Streifenhosen angezogen.«

»Wie bitte, ich habe nicht richtig gehört?«

»Ich wollte sagen, fünf Minuten später brannte der Gasthof schon.«

»Mmm-jaaa, gut. Und von wo erwarteten Sie, dass der Mann, dieser Jordan, den Sie da erwähnt haben, zurückkehren sollte?«

»Na, aus dem Jenseits«, sprach Maria, ohne zu zögern, und dies gab dem Bezirksvorsteher Veranlassung, an ihrer geistigen Verfassung zu zweifeln. Die alte Jungfer besaß wohl mehr Unschuld als Menschenverstand.

»Und ... Sie sind sicher, dass Sie sich das nicht eingebildet haben?«

»Der Mann, auf den ich gewartet habe, hätte nie solche Streifenhosen getragen, das müssen Sie mir einfach glauben.«

»Meine Frage galt etwas anderem«, unterbrach sie Petkov und küsste ihr beim Hinausgehen die Hand.

Die Aussage Maria Petkovas war wichtig, doch unzureichend oder – genauer gesagt – allzu rätselhaft. Als Letzter betrat Miko Toschkov das Dienstzimmer. Das Lederkanapee brach unter seinem Gewicht fast zusammen. Petkov musste einen dezenten Widerwillen unterdrücken.

»Ich bin in dieser einen Nacht sicher um drei Kilo leichter geworden«, begann er sofort. Petkov dachte: Man sieht es ihm gar nicht an.

»Die Herberge des Herrn Weltschev«, sagte Petkov mit monotoner Stimme, »war bei Ihrer Firma versichert – und gestern ist sie lichterloh abgebrannt. Kommt Ihnen das nicht seltsam vor?«

»Darum habe ich ja so viel Gewicht verloren ... Kein Auge habe ich zugetan, bei Gott!«

»Die Baulichkeiten waren, wie mir bereits bekannt ist, versichert mit der gewaltigen Summe von fünfzigtausend Lewa. Man stelle sich das vor: fünfzigtausend Lewa!«

Miko Toschkov sprach nicht, nein, er schleuderte seine Worte mitsamt Schweiß und Speichel in Richtung Schreibtisch:

»Ich war auch zuerst erschrocken, als ich diesen Betrag hörte, Herr Bezirksvorsteher, ich wäre beinahe in die Knie gegangen, wenn das in meinem engen Büro möglich gewesen wäre ... Und dann wurde mir klar, dass dieser Mann mich rettete. Man hätte mich sonst entlassen! Der ganze Vorgang ist einwandfrei, Herr Bezirksvorsteher, ein kristallklarer und sauberer Abschluss.« Petkov fragte sich, ob es überhaupt möglich war, hinter diesen Fleischmassen zu erkennen, ob der Mann log oder nicht. »Ilija Weltschev hat gemäß unseren Versicherungsbedingungen die verlangten zehntausend Lewa eingezahlt. Nun, nachdem das Unglück geschehen ist, wird er fünfzigtausend Lewa ausbezahlt bekommen, so dass ich also ...«

»Sie können gehen«, hörte Petkov seine eigene Stimme und seufzte erleichtert.

Er blieb mit verworrenen Gedanken und undeutlichen Vermutungen in seinem Arbeitszimmer zurück, doch hatte er weder die Kraft noch die Nerven, sie aufzuklären. Wenn die Gebäude durch Selbstentzündung in

Flammen aufgegangen sind, sind meine ganzen Nachforschungen umsonst. Wenn Ilija Weltschev die ganze Sache meisterhaft eingefädelt hat, dann ist er wirklich ein Mensch von besonderem Kaliber ... und dann sind meine Nachforschungen sinnlos, weil nichts zu beweisen sein wird.

Der Abend war schwül, die Luft stand. Bleierne Wolken hüllten die Stadt ein, der ganze Himmel hatte die grünlichgraue Farbe der Widiner Sümpfe angenommen. Petkov und der alte Babaschov bearbeiteten ihre Koteletts im »Royal«, das Orchester spielte einen Strauß-Walzer, die Kellner lugten immer mal wieder in den halbleeren Saal. Als sie beim Nachtisch angekommen waren, meldete sich der Bezirksvorsteher:

»Den ganzen Nachmittag habe ich die Leute ausgefragt, mir platzt der Kopf.«

»Ich habe immer Aspirin bei mir«, bot Babaschov an, wühlte in seiner Westentasche und stellte das Döschen auf den Tisch.

»Es war nichts Verdächtiges festzustellen, absolut und rein gar nichts!«

»Da freue ich mich aber ... sehr!«, erwiderte der alte Babaschov enttäuscht in einem Tonfall, als hätte er eigentlich sagen wollen: Gleich wird ein sturzbachartiger Gewitterregen niedergehen, mir tun die Nieren weh, und Sie behelligen mich mit so einem Zeug!

5

Eine ganze Woche nach dem Brand der Herberge lag der Schlaffe Kosta krank, mit hohem Fieber und Schüttelfrost, zu Bett. Seine Lippen waren gesprungen, und sein bläuliches Blut mischte sich mit dem Chininwasser, das die Behaarte Stefania ihm, ohne zu fragen, in den Rachen goss, weil sie der festen Überzeugung war, dass er Malaria hatte. Er wälzte sich auf dem Lager, stöhnte leise, und ununterbrochen rief er nach Jordan Weltschev, um ihm seine Reverenz zu erweisen und ihm die Hand zu küssen. Doktor Neikov nannte seine Symptome »Schockzustand«, Jonka sah sie als Folge eines unreinen Gewissens, und für Vater Anissi waren sie Ausdruck völliger Gottlosigkeit.

Die Augen des Schlaffen Kosta traten hervor, er roch nach Brackwasser und Opferbereitschaft. Die beiden Gänschen vergaßen, sich zu rasieren, und sahen bald aus wie Achtjährige, die Räuber Hotzenplotz spielen. Stefania dachte, dass sie ihn alle aufgegeben hatten, und bereitete sich schon auf die Totenmesse vor, da wich das Fieber auf einmal von ihm, sein Gesicht spannte sich, gewann einen lange nicht gesehenen Glanz, und auf seine Lippen trat das Lächeln eines, der heil aus der Hölle herausgefunden hatte. Er war abgemagert, aber voller Spannkraft. Und dann sagte er:

»Onkel Jordan hat mich gerettet. Er ist mir erschienen und hat mir verziehen!«

Nun war niemand mehr in der Lage, ihn im Bett zu halten, denn nun, nachdem er dem Tod von der Schippe gesprungen war, fand er es nur rechtens, sich des Lebens zu erfreuen. Zu Mittag erschien er in Trentschos Barbierstube mit seiner feschen Streifenhose an den Beinen und seinen fein gelochten Lackschuhen an den Füßen, die genauso edel waren wie die, die Dimo Babaschov trug. Sogar das Brettchen in der Sohle fehlte nicht, das die Aufmerksamkeit gleichgültiger Zeitgenossen auf dieses Gipfelerzeugnis menschlicher Handwerkskunst lenkte. Die Leute wunderten sich nur, woher er plötzlich so viel Geld hatte. Ein alter Mann wollte bemerkt haben, dass das Pferd seines Schwiegersohnes verschwunden sei. Doch die ganze Barbierstube stand wie ein Mann hinter Kosta, als der Dankbare Kotscho mit Überzeugung feststellte: »So etwas würde der Schlaffe niemals tun.«

Am Nachmittag schlenderte Kosta, der Neugeborene, über die Hauptgeschäftsstraße und genoss die Buntheit und das Treiben. Nur als er vor seinem ehemaligen Lädchen stand, vor dem jetzt nicht mehr Rinderkutteln hingen, sondern glasierte Schmortöpfe, entfuhr ihm ein Seufzer. Schließlich landete er – »mehr so zufällig«, wie er Ilija später beteuerte – im »Hasenblut«. Die elektrische Straßenbeleuchtung verlängerte den Tag und ließ ihn nicht ruhen. Die Donau war gesprenkelt mit Fischerbooten. Im Ufergarten war der Korso, das nachmittägliche »Schaulaufen« der Spaziergänger, auf seinem Höhepunkt angelangt. Das Fieber schien Kostas Eingeweide gleichsam alle organische Hitze ausgesogen zu haben, und so fiel das Feuer des Obstbrandes an genau die richtige Stelle, um ihm Herz und Seele zu wärmen.

Er hatte schon das vierte Gläschen geleert, als sich Shdrigo, der Anarchist, zu seinem Tisch vorarbeitete. Neben ihm ein Kleiderschrank von

Mann, der über und über mit Tätowierungen bedeckt war, zum Ausgleich dafür aber keine Schneidezähne hatte. In seinen Augen lohte das streitlustige Feuer der Männer aus Kula.

»Der da, das ist der Schlaffe Kosta«, nickte Shdrigo mit der Geste eines Geheimagenten, und sein Begleiter orderte erstmal eine Runde vom doppelt Gebrannten. Eine Walachin mit prächtigem Hintern und gepuderten Wangen überquerte die Straße vor der Bierstube. Shdrigo fluchte wie immer auf die Damen mitsamt ihren Sommerhüten; bei den Offizieren in ihren schwarzen Pelerinen und den erfahrenen Raufbolden Widins war er deutlich vorsichtiger. Er sah irgendwie bleich aus in seinem farblos gewordenen Hemd; sein Begleiter war dafür umso finsterer. Sie tranken, zufrieden mit sich selbst.

»Diese ganze Elektrik werde ich ihnen kaputtschlagen«, plärrte Shdrigo lauthals. »Denen werde ich schon zeigen, was Freiheit ist, und was Licht.«

Der andere Mann fasste den Schlaffen Kosta am Arm, drückte ihn, als wolle er ihn gleich zerquetschen, und sagte mit der gütigsten Stimme der Welt, die nichts als Schmerz und Gewalt verhieß:

»Da ist die Herberge der Weltschevs also abgebrannt, hm ... Ja, schau her, was nicht so alles passiert.«

»In Schutt und Asche liegt sie«, presste Kosta hervor.

»Ja, wer hat da wohl nachgeholfen?«

»Der Wind ...«

»Ob er ein Windbeutel ist, interessiert mich nicht, ich will den Namen!«

»Es zog vom rumänischen Ufer her an dem Abend«, widersprach Kosta schroff und warf sich ihm gegen die Brust. Es hatte keinen Sinn, sich betrunken zu stellen; doch die Kraft, um nüchtern zu wirken, fehlte ihm ebenfalls. Sein ganzer Körper gehorchte ihm nicht mehr so, wie er wollte; das Einzige, was noch tadellos funktionierte, waren sein Verstand und das Brettchen in seinen Schuhsohlen.

Als er Ilija später erzählte, wie sich das Weitere abgespielt hatte, wurde Ilija bleich wie die Wand.

»Dieser Koloss hat versucht, mich von sich zu klauben wie eine Klette, aber ich hab ihn umarmt wie 'ne Frau, ihm den Schnurrbart geküsst, bis er voller Speichel war; dann hab ich seine Wangen bearbeitet – das war meine letzte Chance. Als dieses Ungeheuer sich aufrichtete, kam er mir noch schrecklicher vor als mein Fieber letzte Woche. Er zischte mir ins Ohr: ›Der Herr Babaschov teilt deine Meinung mit dem Wind aber ganz und gar nicht.‹ Er hätte mich, ohne mit der Wimper zu zucken, zerdrückt wie eine Wanze, wenn nicht genau in dem Moment der Wachtmeister Bobozov hereingeschaut hätte!«

»Also Babaschov?«, flüsterte Ilija, der kein Licht gemacht hatte und fast wie ein Teil der Wand wirkte. Er atmete einmal heftig, die Luft um ihn brodelte. Er hob das schwere Eisengestellbett einen Meter hoch in die Luft und ließ es wieder sinken, ohne dass die Dielen knarrten.

»Ja, Babaschov«, erwiderte Kosta und brach erschöpft in Tränen aus.

6

Boshura saß im Nachmittagsschatten der Weinlaube, kraulte den Kater und trank englischen Tee, als er den Hof überquerte und die träge Stille mit dem Ächzen des Steinpflasters füllte. Er näherte sich mit dem idiotischen Bemühen, zugleich kummervoll und galant auszusehen. Um seine Lippen spielte ein leidvolles Lächeln, seine Stirn jedoch war ein Wetterbericht, der voraussagte, dass dies nur der Moment der Ruhe vor dem Sturm sei. Der Kater auf Boshuras Schoß zuckte zusammen, sein Rücken buckelte sich, sein Fell lud sich im Nu elektrostatisch auf und sträubte sich, sein Schnurren verendete auf ihrem Arm, um Platz zu machen für fauchende Kampfbereitschaft.

»Guten Tag«, erwiderte Boshura so freundlich wie möglich Ilijas Gruß; doch augenblicklich empfand sie den bekannten Abscheu. Sie fühlte, dass sie einfach hätte aufstehen, laut herauslachen und gehen sollen, und das versuchte sie auch; doch ihre Beine waren so butterweich, ihr Herz so matt und ihr Kopf so verzweifelt, dass das einfach nicht gelingen wollte. Die Luft stand, als wolle sie nur ja nichts verpassen; der Garten verströmte seine Herbstdüfte.

Ilija blieb wie angewurzelt stehen. Sein Schweigen sagte mehr als tausend Worte. Er hätte sich niemals dazu verstiegen, ihr Komplimente zu machen, ihr ein aufmunterndes Wort zu sagen oder ihr mit einer zaghaften Bewegung Schwäche zu zeigen. Auf Boshura wirkte er wie ein Dompteur, gekommen, um die Widerspenstige zu zähmen.

Das Fell des Katers wurde heiß und bereitete ihr Schmerzen. Von Aufstehen konnte auch weiterhin keine Rede sein. Vor sich selbst jedoch suchte sie nach gewundenen Rechtfertigungen. War sie für die kleinbürgerlichen Widiner Verhältnisse, in denen die wichtigsten Stationen einer jeden Biografie einem starren Traditionsschema zu folgen hatten, nicht schon fast eine alte Jungfer? Es kam ihr plötzlich vor wie eine Erinnerung aus Kindertagen: dass er eines Tages vor ihr stehen würde, leicht verschwitzt, unscheinbar und frustrierend bedeutungslos. Boshura konnte ihm nicht über die Schulter blicken, und es war, als hätte er ihr mit seinem vierschrötigen Nacken nicht nur die Sicht auf den Gartenweg verbaut, sondern auf ihre ganze Zukunft. Und auf einmal kam ihr zu Bewusstsein, dass sie in ihrem heftigen Begehren, in Berührung mit etwas Großartigem und Prächtigem zu kommen, nur Plattheiten begegnet war, *der penetranten Hartnäckigkeit des Gewöhnlichen …* Dieser Basso continuo des Lebens, dieser gesetzmäßige Lauf der Dinge, war stärker als die Blütenträume der Jugend und überwältigte sie schließlich alle.

Erst jetzt bemerkte sie seine Melone, und wie ihr schlecht wurde. Ach, diese niederschmetternde Farbe *billigen Porzellans! – Billigen Porzellans!!!* Noch ein letztes Mal begehrte ein Gedanke in ihr auf: Ja, war sie denn daran schuld, dass das Haus der Weltschevs so leer geworden war?

»Ist Ihr Haus denn so schrecklich leer geworden?«, fragte sie laut und errötete.

Ilija lehnte sich gegen den Stuhl, gab ihr aber keine Antwort. Er zog seine silberne Taschenuhr, obwohl es ihm vollkommen gleichgültig war, welche Stunde sie anzeigte. Von der Straße waren Hufgetrappel und das Brausen des Donauwindes zu hören. Und immer noch schwieg er. Ihm war klar, dass Boshura zu Mitleid unfähig war, dass sie seinen Bruder Panto keineswegs geliebt hatte, und dass sie ihn, Ilija, schlicht und einfach hasste. Doch er spürte auch noch etwas anderes. Ohne zu wissen, warum, ja, ohne dass es ihr überhaupt bewusst war und trotz ihrer unüberwindlichen Verachtung konnte sie schon nicht mehr ohne ihn, Ilija, leben. War die Tatsache, dass er sich noch heute mit ihr verheiraten konnte, nicht hinreichender Beweis dafür?

Das waren seine Gedanken; laut aber sagte er: »Ich wollte eigentlich mit Ihrem Herrn Vater sprechen.«

»Aber bitte sehr.« Vor Überraschung stand sie nun doch auf, mit der Teetasse in der Hand. Der Kater sprang fort.

»*Morgen* würde ich jedoch *Sie* gern sehen, Fräulein Babaschova.«

»Und wo?«

»Es wäre mir sehr angenehm, Sie bei uns begrüßen zu dürfen.«

Boshura fiel wieder auf ihren Korbstuhl zurück; ihre Tasse war und blieb leer. Da drehte Ilija sich auf dem Absatz um und verschwand ungestümen Schritts im Paradeeingang, so, als sei das Treppenhaus auf dem Weg ins Halbdunkel des Wohnzimmers für ihn überhaupt nicht vorhanden. Seine eine Hand war zur Faust geballt, die andere steckte in seiner Hosentasche, damit niemand sah, dass auch sie geballt war. So ging er – offen und versteckt zugleich – geradewegs auf sein Ziel los. Im Flur empfing ihn das Hausmädchen der Babaschovs und stieß in ihrem Bestreben, ihm Platz zu machen, dreimal mit ihm zusammen. Am Ende gelang es ihr, sich in die bronzene Leere des Spiegels zu drücken und sich mit ihrem Abbild zu vereinen.

Ilija lächelte der Bediensteten zu, reichte ihr aber nicht seine Melone. Der dicke Teppich schluckte das Geräusch seiner Schritte und seiner Bewegungen rechtzeitig, bevor er den alten Babaschov erreichte, der – um seiner Seele vermittels fremden Leides Erbauung zu verschaffen – in der Bibel las. Er sinnierte gerade über das Los des Pontius Pilatus nach, der eine Entscheidung zu treffen hatte zwischen zwei extremen Gegensätzen des Leides – dem Jesu Christi und dem des Judas.

Die Nachmittagssonne stahl sich wie Kerzenlicht durch die zugezogenen Vorhänge und verlieh dem einsamen Leser eine besondere Aura. Der Rauch seiner türkischen Zigarette wand sich in langen Fäden zur Decke, sein Kaffee und sein Kopf aber waren kalt wie die Füße eines Greises. Da nichts zu hören war, spürte Babaschov am Luftzug, dass jemand eingetreten war. Er war so in Gedanken, dass er im ersten Moment erschreckt dachte: Das ist Pontius Pilatus! Dann, als er Ilija sah, hielt er an sich, um sich nicht auf »Judas!« zu korrigieren. Kann er sich nicht etwas Schlichteres ausdenken als diese unmögliche, schmierig-porzellanfarbene Melone? Das Wort »Porzellan« schepperte ihm in den Ohren.

Ilija neigte ergeben den Kopf zum Gruß, setzte sich aber nicht hin. So war Babaschov gezwungen, aufzustehen, und fühlte sofort, dass das ein Fehler gewesen war, weil er jetzt Ilija in voller Gänze sah, den offenen wie den verborgenen. Das Seufzen eines alten Mannes drang in die Stille.

»Ich bin glücklich, Sie zu sehen, Herr Weltschev«, sagte er mit Unbehagen.

»Ganz meinerseits«, erwiderte Ilija wohlerzogen. »Ich bin gekommen, um mit Ihnen zu sprechen.«

»Worüber hätten wir denn zu sprechen?«, fragte der Alte, als fiele er aus allen Wolken.

»Über die Fabrik und über Kosta«, zählte Ilija mit besorgter Stimme auf.

»Der Schlaffe Kosta ... Jaaa, ja, ja – setzen Sie sich doch!«

»Ich habe es nicht eilig«, erwiderte Ilija, als befürchte er, wenn er sich in den Sessel fallen lasse, müsse er auch bald wieder aufstehen und gehen.

»Ein Kaffee gefällig?«

»Fräulein Boshura und ich haben bereits Tee getrunken, unter der Weinlaube – danke!« Als er den Namen seiner Tochter erwähnte, begann das Augenlid Babaschovs vor Schwäche zu zittern, genauer: als der Alte in Ilijas Pupillen die brennende Herberge erblickte, dieses Höllenfeuer mit der Farbe schmutzigen Blutes. Die Bibel rutschte von der Sessellehne langsam über den Samtbezug zu Boden und klappte dort wie in Zeitlupe zu. Und gerade als er das Krachen des einstürzenden Gebäudes sah und sein ermordeter Sohn Traitscho ihm vor Augen trat, kniff Ilija die Augen zusammen. Ja, Babaschov war der versöhnenden Wirkung der Bibel dankbar, die ihn lehrte, dass jede aus Wut begangene Tat nur Vergeltung hervorruft, und dass auf dem bitteren Weg des Sich-Abfindens die Versöhnung beginnt.

Und wenn dies alles einfach so geschrieben steht im Buch des Schicksals?, fragte er sich. Und wiederum: Wenn Gold-Petko recht hat, und Jordan Weltschev wirklich meinen Sohn Traitscho erstochen hat?

Er tat so, als rauche er seine Zigarette zu Ende. Schließlich hatte er nur noch Glut zwischen den Fingern, und es sah so aus, als würde er auch die noch inhalieren. Dabei verglich er die beiden Brüder – Jordan und Ilija. Jordan hätte schon beim Eintreten sein halbes Haus umgerissen, während

Ilija wie ein Luftzug hineingelangte. Er hielt auch Ilija eines Mordes für fähig, doch während dies bei Jordan mit seelischem Aufruhr verbunden war, würde Ilija es vollkommen kaltblütig tun. Schauer liefen ihm über den altersgebeugten Rücken, seine Handflächen begannen zu schwitzen. Da gelangte er mit fast kindlicher Verwunderung zu dem Schluss, dass er es einfach nicht riskieren konnte und wollte, auch seinen letzten Sohn noch zu verlieren!

Er nahm das zerknautschte Paket an, das Ilija ihm hinhielt, öffnete es und – begann, die Banknoten zu zählen, obwohl er wusste, es würden exakt fünfzigtausend Lewa sein. Er verstaute sie nach dem Zählen wieder in dem von einigen Fettflecken verzierten Einschlagpapier und gab Ilija den Karton zurück, mit einer Gelassenheit, als hätte Ilija bloß ein paar Böreks für einen gemeinsamen Imbiss mitgebracht.

»Wir werden eine fantastische Fabrik aufbauen«, sprach Babaschov und fühlte, wie er bei jedem dieser Worte ein Stück alterte.

»Ja, die Schleppkähne sinken; aber mit dem Kaolin, das ist eine ganz andere Geschichte«, unterbrach ihn Ilija mit gefährlicher Milde in der Stimme.

»Sie beleidigen mich, Herr Weltschev!« Babaschov wühlte in seiner Hosentasche und zog einen neuen Zehn-Lewa-Schein heraus. »Hier – geben Sie das diesem … diesem Schlaffen Kosta, für den erlittenen Schrecken!«

Ilija verstummte, als habe er einen Blick ins Jenseits getan – dabei war es nur der sich in den Abend auflösende Nachmittag. Von irgendwoher drang die Stimme Boshuras herein, und sein Herz spie Blut.

7

Im Leben der Society-Schneiderin und Frauenklub-Zentraldame Dora war die Hochzeit Boshuras sicher das seltsamste und leidvollste Ereignis ihres Lebens. Sie fühlte sich verletzt, betrogen um die Würde ihrer ahnungsvollen Prophezeiungen. Ihre Einbildungskraft mochte von frappierender Naivität sein, doch sie wies oft auf etwas Richtiges. Und so leer ihr Herz auch war, schlecht war es nicht. Ganze zwei Wochen fand sie keinen Schlaf, gefoltert vom Gebrüll des Winterwindes; ihr war pausenlos schrecklich kalt. Der wegen seiner gesundheitlichen Wirkungen vielgepriesene Saft aus dem Fass mit dem eingelegten Weißkohl bescherte ihr nichts als einen elenden Durchfall. Die Karten deuteten auf Veränderungen zur Abendstunde, magische Neuigkeiten und Chaos. Es war vertrackt, den Sinn des Mannes mit den gesprenkelten Augen zu deuten, dem das Los zufiel, dass ihm ein Sohn geboren werden sollte, oder den Sinn jenes Glücks, das aus einem verschleuderten Besitz und mysteriösen Sorgen erwuchs.

Sie wanderte auf und ab zwischen ihrer ruhenden Singer-Nähmaschine und dem mit Samt bezogenen Paravent, einem seltsamen Raumteiler, den sie aus Budapest herbeigeschafft hatte, und hinter dem die Frauen nachlässig ihre Vorzüge und sehr bedachtsam ihre körperlichen Mängel verbargen. Widin am Abend glich einem alten, mit einem Radiergummi bearbeiteten Kaltnadel-Tiefdruck; die Stimmen vom Markt wurden immer weniger, und ihre Einsamkeit tat so weh, dass sie mit Erleichterung Pope Iliev die Hintertür öffnete, um ihre Nacht wenigstens mit seinem behaarten Schnaufen und seinem dummen Geprahle zu dekorieren.

Er fläzte sich gegenüber dem Spiegel hin, in derselben Haltung, in der er im Fiaker des Bezirksvorstehers gesessen hatte. Natürlich schmähte er seinen Nachfolger im Amte, Herrn Petkov, fluchte über seine Frau und den Ischias und erweckte den Anschein, dass er lebte, um sich zu beklagen – oder war es umgekehrt? Einmal im Monat gewährte sie ihm die Freude ihrer Umarmungen, die den Geschmack spät gelesener Trauben hatten: ein wenig faltig und trocken, doch dafür umso süßer. Wenn sie danach ihren Kopf auf dem Kissen bequem zurechtlegte, erinnerte sie sich ihrer Jugend und der Sorglosigkeit Boshuras; dabei klangen ihr die Melodien ungarischer Geigen im Ohr. In den Momenten höchster Zärtlichkeit bestückte sie den Rücken Pope Ilievs mit Saugnäpfen, bis er einer verglasten Nacktschnecke glich und voller Behagen mit der Stimme eines Idioten die feinsten Komplimente von sich gab. In den verbleibenden neunundzwanzig Tagen aßen sie zusammen Kirschkonfitüre und tranken Kaffee mit der bewährten Rollenverteilung: Iliev jammerte, Dora gab sich kokett. Ja, das war eine Freundschaft, die nach französischem Wein und einem englischen Schloss geradezu schrie. Wenn der Sonnenuntergang über der Kreuzkaserne seinen Inhalt wie aus einer Karaffe in die offene Nacht kippte, zog Dora die Vorhänge zu und entzündete die Lampe. Dann bekam ihrer beider Intimität etwas Melancholisches, und Pope Iliev gewann Züge eines Aristokraten. Der räudige alte Kater – glich er nicht ein wenig einer Siamkatze? Und der alte Kanonen- einem schmucken Kachelofen?

Beinahe zufällig begannen die beiden, sich über Boshura zu unterhalten. Dabei lag das Interesse Ilievs mehr darauf, was diese hinter dem samtbezogenen Paravent, das Interesse Doras hingegen darauf, was die Frau in ihrer Seele verbarg. Während sie von Boshuras Treffen mit dem »armen Panto« erzählte, beschrieb Dora unwillkürlich auch die Üppigkeit ihrer Brüste und den verführerischen aschfarbenen Kranz, der das Vorgebirge ihrer Bauchrundung schmückte. Boshura war für sie die Rettung, Balsam für ihre einsame Fantasie, Verheißung von Freuden und Bosheiten. Durch sie und ihre Plapperfreudigkeit kamen sie überallhin, selbst in den Saal des Restaurants »Royal«; sie verfolgten die Schicksale des Herrn Wodetschka, Doktor Neikovs und des Kommandanten der Kreuzkaserne; sie bekamen Wind von den politischen und diplomatischen Schachzügen des Zaren, denn Boshura war nicht nur das Aushängeschild einer aus den Fugen geratenen und korrupten Epoche, sondern sie verhalf ihnen, Pope und Dora, auch zu immer neuen Themen, zu einer gewissen Schönheit in ihrer Beziehung.

»Verstehst du«, sagte Dora und entfernte mit eleganter Bewegung eine Sauerkirschblüte von ihren Lippen, »jeder will sie besitzen, aber sie – sie gehört niemandem!«

»Ja, niemandem …«, seufzte Pope Iliev mit eigentümlicher Wonne, und der blöde Schmerz in seinem Rücken hörte auch schon fast auf.

Vielleicht deswegen erlebten sie Boshuras Hochzeit als einen solch tragischen Vorfall, der in diesen kalten Tagen auch noch dick und eisig unterstrichen wurde von der gefrorenen Donau, die aussah wie ein Marmorbrocken. Der Kanonenofen glühte schon rot, doch Frau Dora fröstelte noch immer. Sie nannte Ilija Weltschev »diesen da«, und Pope Iliev empfand zum ersten Mal Eifersucht und sprach sich hart und kategorisch über ihn aus: »Ein Graf Rotz ist das …«

»Eine kleine Schachfigur«, ergänzte Dora, musste aber unwillkürlich an ihre eigenen mysteriösen Worte denken, die sie ausgesprochen hatte, als die Fackel der brennenden Herberge den Himmel über Widin in hellrote

Farbe getaucht hatte: »Was für eine Schleppe könnte man aus diesem Feuerschein für ein Brautkleid zaubern.«

»Ein Graf Rotz …«, warnte Pope Iliev sie noch einmal.

Frau Dora aber war nicht geneigt, sich einen Fehler zu erlauben. Ende Februar hatte sie sich nach etlichen Seelenmagenschmerzen endlich bereit erklärt, Boshuras Brautkleid zu nähen; Pope Iliev blieb das Vergnügen, Stunde um Stunde über die Ballen weißer Atlasseide, die sie in Bukarest bestellt hatte, zu streichen, über die Wiener Spitzen und jenes durchsichtige Gewebe, das ihr Nachthemd an entscheidender Stelle zierte.

Boshura kam jeden Nachmittag gegen halb fünf ins Schneideratelier. Dora empfing sie wie eine Kranke, kochte ihr Hagebuttentee und sah geduldig zu, wie sie ihn austrank und wie ihre Wangen sich dabei röteten. Sie duftete nach Weidenzweigen und Winterwind. In ihren Haaren funkelten wie Tränende Herzen tauende Schneeflocken. Sie besprachen Stoff und Schnitt des Hochzeitskleides im Flüsterton, als befürchteten sie, »dieser da« stehe – mehr bucklig als hässlich – ganz in der Nähe an einen Stuhl gelehnt. Das Feuer im Ofen weckte Assoziationen an die brennende Herberge; in jedem ihrer Seufzer schienen seine groben, plebejischen Züge auf.

»Vater freut sich so sehr«, sagte Boshura, nahm das zusammengesteckte Modell, verschwand als Frau hinter dem Paravent und kam als Göttin wieder hervor. Dora verpackte sie, indem sie den Atlasstoff überall mit Stecknadeln raffte, streckte oder einfach nur zusammenhielt; doch dabei wollte sie immer noch nicht das Gefühl verlassen, als baue sie ihr einen täuschend sanften, in Wirklichkeit aber ausbruchssicheren Seidenkäfig.

Manchmal musste Boshura weinen, aber nicht aus Gram, sondern aus Vergeltungsdrang. In ihren Augen blitzte schon künftige Untreue oder besser: unzerstörbarer Zukunftsglaube auf. Pantos goldenes Medaillon, das sie im Körbchen mit der Brüsseler Spitze gefunden hatte, zitterte auf ihrem Busen, als wäre dies ihr Herz: teuer, kalt und metallen. Sie ballte die Fäuste. Dora wagte es nur einmal, sie zu fragen: »Haben sie dich zu Hause unter Druck gesetzt?«

»Nein!«, antwortete Boshura entschieden.

»Und warum hast du *diesem da* dann dein Jawort gegeben?«

»Weil ich es so wollte.«

Derart verstrickte Gefühlswelten hatte die mit allen Stoffen vertraute Dora noch nie erlebt, doch sie beschäftigten ihre Fantasie schwer. Pope Iliev nannte sie, nachdem er eine halbe Karaffe Kognak geleert hatte, »Schwachsinn«, und seine Eifersucht gegenüber Ilija mündete in einem heftigen Ischiasanfall. Im ersten Moment erschrak Dora sehr darüber; doch dann bestückte sie seinen Rücken wieder mit den gläsernen Saugnäpfen und vergaß ihn im Bett, um einen wichtigen Gedanken in Stoff zu verwandeln. Ein Kleid, so lautete dieser Gedanke, muss das unterstreichen, was einer Frau fehlt. Boshura aber ist bedrückt. Und so schneiderte sie ihr das fröhlichste Brautkleid, das man je in Widin gesehen hatte.

8

Das Haus bekam einen neuen Anstrich in hellem Ocker, die Decken wurden mit Stuckornamenten verziert. Aus Wien kamen in Fichtenholzkisten die Möbel. Die Lastenträger, die diese Ungetüme vom Hafen in zweirädrigen Karren heranschafften, kamen auf dem Weg durchs enge Treppenhaus in die beiden oberen Zimmer gehörig außer Atem. Ilija selbst hatte an ihnen gar kein Interesse. Er war mit seinen hellen Gedanken und dunklen Plänen genug beschäftigt. Eines schönen Maimorgens kam Boshura zu Jana in die Küche, setzte sich aber nicht hin. Sie drehte eine Troddel ihrer rosafarbenen Robe zwischen den Fingern und schaute irgendwo nach draußen, wo außer dem schlammigen Fuhrweg aber nichts zu sehen war.

»Es wird eng«, sagte sie mit ruhiger Stimme, »du wirst wohl in die Außenküche umziehen müssen.«

»Aber …«, stotterte Jana verwirrt, doch es hatte keinen Sinn, fortzufahren, denn sie war schon wieder allein.

Die Kirschen waren noch nicht reif, da verlangte Boshura, dass die Spuren der Brandruine beseitigt würden. Ilija knirschte mit den Zähnen, fügte sich aber. Und wieder kamen die Träger vom Hafen mit ihren unausgeschlafenen Gesichtern und Spitzhacken angetrabt und begossen den ganzen sonnigen Tag mit ihrem Schweiß, beschmutzten ihn mit Ruß- und Staubwolken. Sie brachen das heraus, was verkohlt war, und rissen die beiden Wände ab, die nicht eingestürzt waren. Jana spürte Schmerzen in ihren Zähnen. Das Fundament der Kneipe wurde eingeebnet, dann wurde Mutterboden über die Vergangenheit geschüttet. Anschließend wurden Pfingstrosen auf dieses frische Grab gepflanzt – wohl zu Ehren Boshuras, deren Name Pfingstrose bedeutete –, aber die Blumen wollten nicht gedeihen und verdorrten. Jana atmete erleichtert auf: Im Herzen Jordans sollten sie wurzeln – was für ein Frevel!

Ilija speiste mit Boshura entweder im »Royal« oder bei den Babaschovs zu Mittag. Dann liefen Janas Kinder durch das Haus, spielten »Burg« unter den neuen Stuckdecken oder Verstecken. Ende Mai begann die Hitzeperiode, und mit ihr kam auch Dora mit ihrer Singer-Nähmaschine, dem Duft eines ganzen Harems und unverständlichen ungarischen Worten, die sie immer dann benutzte, wenn sie böse oder hungrig war. So waren Assen und Petruna gezwungen, sich in die Außenküche zu ihrer Mutter zu verdrücken, die dort auch schlief. Assen war aber schon zu groß, um Jana so im Nachthemd unter dem immer beleuchteten Bild seines Vaters zu sehen.

Dora füllte das Haus mit dem feinen Geklapper ihrer »Singer Special« und verbrauchte ganze Ballen Stoff für die Vorhänge und Gardinen. Ilija gegenüber verhielt sie sich bescheiden, Boshura gegenüber lieb, allen anderen gegenüber arrogant. Allein dreimal hätte sie beinahe Assen das Ohr abgerissen; danach zog er es vor, nicht mehr durch das Zimmer zu laufen, in dem sie ihre zeitweilige Schneiderei aufgeschlagen hatte. Petruna hingegen strich ununterbrochen um »Tante Dora« herum, betört von ihrem intensiven Parfüm und jenem leichten Faltenwurf, mit dem ihre Finger dem toten Plüsch Leben schenkten.

Jana hatte sich nicht nur auf solche Unbilden des Lebens eingestellt; denn nur die waren sicher. Nach dem Tode Jordans hatte sie – was blieb ihr auch anderes übrig – den Sinn ihres Lebens darin erblickt, ihre Kinder zu lieben und ansonsten auf fremdes Missgeschick zu warten, um zu Hilfe eilen zu können. Vielleicht war sie darum ihrem eigenen Unglück gegenüber so hilflos. Zweimal beklagte sie sich bei Jonka, deren Mann Todor so tat, als höre er ihr Schluchzen nicht.

»Ach, wenn nur Mama noch lebte …«, erwiderte Jonka.

»Es ist ja nicht wegen mir … aber die Kinder!«

»Wenn sie empfängt und von innen heraus anschwillt, nimmt eine Frau äußerlich ab«, tröstete sie Jonka. »Komm morgen wieder vorbei, dann gebe ich dir etwas.«

Am folgenden Tag trieb sich Jonka zwischen Melonenfeldern und Weingärten herum, zwischen der Hochwasser führenden Donau und den überfluteten Sümpfen, bückte sich und stand wieder auf, und das alles, um jenes namenlose Kraut zu suchen, das weder Geruch noch Geschmack hatte und vielleicht noch nicht einmal grün war; jene Pflanze, die etwas von allem in der Natur enthielt, die man aber nur im Zustand der Inspiration entdeckte. Sie kochte daraus über einem Feuer aus Tannenzweigen und unter dem feurigen Blick ihrer Augen einen Aufguss – so lange, bis nur noch sechs Tropfen übrig waren, von denen drei Ilija und drei Boshura nehmen sollten. Sie hatte sich so überanstrengt, dass sie vergaß, Todor zu baden. Als Jana gegen Abend ins Zimmer kam, gab sie ihr das Fläschchen mit dem verlängerten Konzentrat und trug ihr geheimnisvoll auf:

»Davon gib ihnen in die Milch; doch sieh zu, dass beide gleich viel bekommen, sonst wird einer den anderen auf immer hassen.«

Drei Tage und drei Nächte kamen Ilija und Boshura nicht aus ihrem Zimmer. Die Stöhnlaute, mit denen sie die Nächte füllten, wetteiferten an Zahl mit den Sternen, und im Versuch, nicht draußen gehört zu werden, mit der Dunkelheit. Tagsüber holten sie sich Kraft im Schlaf. Erst am vierten Morgen kamen sie mit dunklen Ringen unter den Augen heraus – Ilija abgemagert, hungrig und voller Ingrimm, Boshura hingegen schweigend und erfüllt von noch größerer Bewunderung und Verachtung für den Samen der Weltschevs. Da traute sich auch Dora wieder, die Nähmaschine in Betrieb zu nehmen und Boshura zuzuhören, die ihr bekannte, dass sie irgendwo tief in sich drinnen *ein Licht fühle …*

Das erste Erbrechen kam einen Monat nach der Hochzeit. Sie hatte sich, befruchtet mit Ilijas dämonischer Wut, über ein Tischchen im Empire-Stil gebeugt und versuchte, es loszuwerden. Der einzige Mensch, der ihr half, sich aufzurichten, war Jana. Mit ihrem rechten Arm fasste sie sie um die Taille, und mit der Linken zerschlug sie den hellen Spiegel, auf den Boshura ihren Blick gerichtet hatte.

9

Die Polizei, angeführt von Hauptwachtmeister Bobozov, kam zu spät. Als sie den Klub der Kommunisten stürmten, war er schon leer. Nur Patronenhülsen-Totjo war noch da und wischte den Boden mit einem Lappen. Das war das Zweite, was die Wachtmeister in Rage brachte. Das Erste, was sie ärgerte, war die Voraussicht ihres Chefs Petkov. Dieser hatte Bobozov überraschend zu sich gerufen und ihn in vollem Schweigen und mit den Händen an der Hosennaht strammstehen lassen, dieweil sein Säbel leise klirrend zitterte, als er den Boden berührte. Dann hatte Petkov mit einem eigenartigen Lächeln auf seinem Gesicht, das aussah, als sei er aus einem märchenhaften Traum erwacht, milde gefragt:

»Sind Sie mit den Einzelheiten der Aktion vertraut?«

»Ja-woll, Herr Bezirks…«, brüllte Bobozov zur Antwort das ganze Treppenhaus zusammen, »alles, was an Kommunist oder Bauernparteiler im Klub rumlungert, abklatschen!«

»Nicht abklatschen«, unterbrach ihn Herr Petkov, »sondern säubern. Aber finden Sie nicht, dass es in unserem kleinen Traditionsstädtchen ziemlich ruhig zugeht?«

»Hmpf … wie Sie sagen«, erwiderte Bobozov verständnislos.

»Ich will versuchen, es Ihnen zu erklären.« Petkov gab sich bewusst phlegmatisch und feilte an seinen Nägeln. »Sie verstehen doch sicher, dass so ein … hm … so eine Säuberung – wie soll ich sagen – ein gewisses Durchgreifen, genauer gesagt: bedingungslose Härte verlangt. Aber die Leute hier kennen sich untereinander, vom Markt, aus der Kneipe, vom Belote- oder Tricktrack-Spielen. Es wird ihnen schwerfallen …«

»Ja-woll, Herr Bezirks…«, traten Bobozov die Augen aus den Höhlen.

»Da müssen wir ihnen ein wenig helfen, verstehen Sie, sie von dieser menschlichen Schwäche, dieser angeborenen Güte befreien.«

»Wird sofort geholfen, Herr Bezirks…«

»Halt den Mund, du Rindvieh!«, schrie Petkov, drehte sich zum Porträt des Zaren Boris um und fragte ironisch: »Wie, Euer Hoheit, soll ich Ihren Thron mit solchen Idioten schützen?«

Er versank in Nachdenken. Der Säbel Bobozovs rasselte erneut, als er mit der Spitze das Parkett berührte.

»Sie gehen«, meldete sich Petkov schließlich, »zu Tabaschki. Ich habe angeordnet, dass er Ihnen Geld gibt. Davon wird Schnaps gekauft. Eine halbe Stunde vor Beginn der Aktion möchte ich, dass alle Ihre Männer betrunken sind, hören Sie? Das ist ein Befehl! Betrunkene wissen nicht, wohin sie hauen, erinnern sich nicht, wen und wie sie schlagen.«

Diesen eindeutigen Befehl führten Bobozov und seine Untergebenen gewissenhaft aus, und dies gleich so gründlich, dass sie mit der eigentlichen Aktion zwanzig Minuten zu spät begannen. In ihren Augen zitterten schwarze Kreise und blutige Adern, ihre Fäuste juckten schrecklich, und ihre Flüche zielten immer aufs Spätödipale, wo es die Mutter vom Sohne besorgt bekommt. Die Dunkelheit brachte Kühle, in die das Klingen des Schmiedehammers von der Hauptstraße eine metallene Komponente einfügte. Die Nachbarhäuser, vom Vollmond beleuchtet, sahen verwunschen aus. Bevor sie das »Klübchen« enterten, wurden sie nur von Barbier Trentscho gesehen, der sich sagte: »Wenn die Polizei so lustig und besoffen ist, dann brechen wohl bessere Zeiten an.« Er sagte den aufgeräumten Burschen aber lieber nicht »guten Abend«, denn er fürchtete sich angesichts der Polizeistunde, dass sie auch bei ihm aufräumen könnten.

Als die Tür zum Klub sich öffnete, wollte Patronenhülsen-Totjo gerade seinen Lappen auswringen, aber dazu kam es nicht mehr. Zwei Gewehrläufe schlugen ihn nieder. Das Letzte, woran er sich erinnern konnte, war der Geruch gewaschener Dielenbretter und der Gestank von Stiefeln, in denen Schweißfüße ihr Unwesen trieben. Er wurde mit peinlicher Sorgfalt und großem Genuss verprügelt. Manchmal standen sich die Männer gegenseitig im Weg, und vermutlich deshalb starb Totjo erst drei Tage später. Bobozov begriff den Sinn der Worte seines Vorgesetzten erst in dem Moment, als er sah, wie der ruhigste seiner Wachtmeister, Schmuddel-Dantscho, auf seinen blutüberströmten Nachbarn pinkelte, während ihm der Sabber aus dem Mund lief.

Während Bobozov und seine Mannen die »bedingungslose Härte« ihres Einsatzes dadurch untermauerten, dass sie das Mobiliar des Klubs zertrümmerten, hatte in der Kanzlei des Bezirksvorstehers schon Babaschov Platz genommen und hob sein bauchiges Kognakglas, um Herrn Petkov, dem edlen Spender, zuzuprosten. Sie hatten im »Royal« zu Abend gegessen, wo Madame Yvonne, eine anziehende Dame von sehr ungewisser französischer Herkunft, ihre Chansons zum Besten gegeben hatte, und öffneten erst einmal das Fenster, damit die Abendkühle in den Raum strömen konnte.

»Herr Babaschov«, sagte der Bezirksvorsteher nachdenklich und brachte die Tabakdose, »wir haben jetzt Mitte Juli. Seit dem neunten Juni schlafe ich hier im Amtsgebäude. Ich finde keine Erklärung für diesen meinen Schritt, doch ich kann Ihnen keinen anderen Ort anbieten als diese Kanzlei.«

»Der Kognak ist phänomenal«, erwiderte der alte Babaschov und klopfte mit der Spitze seiner Zigarette auf die bleiche Politur des Schreibtisches. Zu dieser späten Stunde wirkte der Alte nicht fettleibig, sondern imposant und lebenssatt. Vom städtischen Uhrturm verkündeten elf Schläge die Stunde, und während das gedämpfte Geräusch sich langsam den Weg in seinen Kopf bahnte, dachte der Alte an sein breites Bett, das mit Gänsefedern gefüllte Kopfkissen und den seidenen Bezug seiner Bettdecke.

»Herr Petkov«, hörte er seine Stimme sagen und kam wieder zur Besinnung, »ich möchte Sie nicht langweilen, darum gehe ich ohne Umwege auf mein Ziel los. Am neunten Juni fand, wie Sie wissen, ein Umsturz statt. Ein gerechter Umsturz …«

Ein ironisch-melancholisches Lächeln huschte über das Gesicht des Bezirksvorstehers.

»Ja, so ist es wohl«, erwiderte er ruhig, »doch jede brüske Veränderung hat neben Vorzügen auch einen entscheidenden Nachteil. Sie provoziert Widerspruch!«

»Und Sie glauben, das wäre etwas von Bedeutung?«

»Ich glaube, dass man es ins Kalkül nehmen muss. Nur dass Sie mir nachher nicht sagen, ich hätte Sie nicht gewarnt.«

Er will mir wohl sagen, dass die Intelligenz sich nicht darauf verlässt, »dass schon nichts passiert«, sondern nur auf ihre eigene Weitsicht. Eine trügerische Nähe war zwischen ihnen entstanden, die Babaschov sowohl schmeichelte als auch gegen den Strich ging. In dieser Stunde schleichender Schritte und geflüsterter Liebesworte, der Stunde der Fledermäuse und weltenferner Sterne, war ihre erstaunliche Einigkeit so unglaublich wie notwendig.

»Sie wissen vielleicht nicht«, fuhr Petkov mit demselben melancholischen Spott in der Stimme fort, »dass ich in meiner schwärmerischen Jugend auch Sozialist war. Das hilft mir, mich auf beide Seiten der Barrikaden zu begeben, auf die Seite des Gesetzes und auf die der Rebellen – ein Geschenk von unschätzbarem Wert angesichts der zukünftigen Entwicklungen!«

»Und was sehen Sie da, Herr Petkov? In der Zukunft, meine ich!«

»Bulgarien ist ein Agrarland, Herr Babaschov. Als die Bauernpartei gestürzt wurde, haben wir uns selbst den Ast abgesägt. Nun gibt es auf dieser öden Welt zwei Formen der Toleranz: die rationale und die humane. Ich persönlich ziehe die rationale vor. Das heißt: Gib dem Menschen die Möglichkeit, zu protestieren und seiner Unzufriedenheit Ausdruck zu verleihen, seiner abweichenden Meinung, und er wird wieder für dich stimmen, eben weil du ihm die Wahl lässt. Haben Sie einmal ein Tier gesehen, das in die Enge getrieben wurde? Ja, mit der Ermordung Stambolijskis am neunten Juni haben wir nicht einfach nur dieses faule Ei gestürzt, sondern das ganze mit elenden Schweineschwarten beschuhte Volk. Jetzt bleibt uns nur noch der Terror – das grausame Durchgreifen. Und ständiges Auf-der-Hut-Sein.«

»Und das bereitet Ihnen Angst?«

»Ich würde nicht sagen, dass mich das besonders hinterm Ofen hervorlockt, denn – auch wenn sie eine gewisse Zeit durchgehalten werden muss – Gewalt ist immer für einen konkreten Moment gedacht. Und Gewalt gebiert immer Gegengewalt!«

»Sie versetzen mich in Erstaunen, Herr Petkov. Ich dachte, gerade jetzt ist die Macht doch wieder in unseren Händen? Einen wirklich wunderbaren Kognak haben Sie da …«

»Ich spreche nicht von den Institutionen, die die Macht konstituieren, sondern von den Kräften, die sie angreifen. Jedenfalls lassen Sie sich von mir gesagt sein: Es ist immer leichter, Argumente für etwas Neues zu finden, als etwas Altes zu verteidigen!«

»Ja, dann bleibt wohl wirklich nichts andres übrig, als auf der Hut zu sein!«, kommentierte Babaschov und beobachtete, wie das sarkastische Lächeln seines Gegenübers in ein tonlos-irres Lachen überging. Er erhob sich vom Ledersofa und fühlte sein Alter: Die Prostata schmerzte ihn und die Vergangenheit. In seinem Bewusstsein tauchte der drangvolle Blick aus Ilijas zusammengekniffenen Augen auf, und er sagte sich: Wie soll ich ihm nur erklären, dass wir mit diesem Kaolin noch warten sollten?

Petkov rührte sich nicht von seinem Bürosessel und begleitete seinen Gast auch nicht hinaus, der gleichzeitig ein Freund und ein vollkommen Unbekannter war. Babaschov erreichte die Tür, drehte sich um in der Hoffnung, nicht lächerlich auszusehen, und sagte mit einer Stimme, in der nichts Prophetisches lag:

»Ja, wir sind verpflichtet, auf der Hut zu sein …« Dann trat er hinaus in den säuerlichen Toilettengeruch des Korridors. Auf der Treppe stieß er mit Bobozov zusammen. Der Hauptwachtmeister schien betrunken zu sein, denn er umarmte ihn, rülpste, und machte ihm dann mit einer Demut Platz, die so gar nicht zu seiner verwegen schief sitzenden Dienstmütze passen wollte, dem Geruch ausgeschlagener Zähne und den Blutflecken auf den Messingknöpfen seiner Uniform.

Zehntes Kapitel

1

Nach dem Umsturz des neunten Juni 1923 kursierten in Widin Gerüchte, die so ungreifbar waren wie der Wind, aber genauso hartnäckig. Die Leute ereiferten sich darüber, wie Herr Petkov zugleich für und gegen die Bauernpartei sein konnte. Das konnte nur damit zusammenhängen, dass er der willige Vollstrecker irgendeines hochmögenden Verräters war. Ein Porträt über ihn erschien in der *Abendpost* zwischen einer Anzeige für Zahnspüllösung nach dem altbewährten Rezept der Benediktinermönche des Klosters Soulac-sur-Mer und dem nützlichen Werbe-Hinweis »Zeit ist Geld – nur die berühmten *Longines*-Uhren vermögen sie genau genug zu messen«. Überall, in den Kneipen, im Dampfbad, ja sogar in der blattgoldenen Stille der Kirche sprachen die Leute verunsichert und verängstigt. Die Alten, die sich auf das Bänkchen vor der Tür in die Sonne setzten, wiegten den Kopf und sagten: »Vielleicht ist ja gar nichts dran. Aber wenn doch?« Die Frauen suchten nach Zeichen. Aus der Sackgasse neben der Flaniermeile, wo die Tinkturen des Dankbaren Kotscho entstanden und vergingen, roch es apokalyptisch. Die Maul- und Klauenseuche grassierte in der Widiner Ebene, und die Katzen waren rollig und schrien wie Babys, bis sie einen Liebespartner gefunden hatten.

»Herr im Himmel«, rief Vater Anissi von der Kanzel und rang die Hände wie ein Provinzschauspieler, »gib uns stille Demut!, denn aufbrausend sind wir zur Genüge. Schenke uns Liebe, denn wir sind von oben bis unten voller Hass.«

Während sich samtene Septembernächte über das Land legten, gingen Anwalt Kamenov und Christo Weltschev über die Dörfer, um Propaganda zu machen. Sie zwängten sich mit ihrem Stadtgeruch zwischen die bellenden Dorfköter und den disharmonischen Geruch nach Herbstblumen und Stall, Holzfeuer und menschlichem Schweiß. Doch das störte Kamenov nicht im mindesten. Mit einer vor Begeisterung sich überschlagenden Stimme lautete die Quintessenz seiner Reden, die am Schluss nie fehlte: »Die Bourgeoisie hat uns überrumpeln können, weil ihr, die Bauern, und wir, die Kommunisten, nicht einig waren. Wir sind verschiedene Wege gegangen, und als diese sich im Dunkel der Nacht wieder gekreuzt haben, haben wir uns gegenseitig umgestoßen!« Später fragte er die ins Grübeln gekommenen Landleute: »Können Sie mit einem Gewehr umgehen?«

»Wozu denn das?«, erwiderten diese und kratzten sich durch ihre gestopften Hemden hindurch auf der Brust. Christo und Kamenov bekamen schimmliges Brot vorgesetzt, das klumpte wie Ziegelmörtel, dazu Mirabellensirup. Die Kerzen beleuchteten die Ungewissheit, manchmal lugten die Kinder mit ihren kurz geschorenen Köpfen herein, wenn die Wanzen sie wachgebissen hatten. Doch Kamenov seufzte nur: »Es wird schrecklich werden, Brüder!«

»Daran sind wir ja gewöhnt«, antworteten sie, und diese Naivität erfrischte Christo auf der einen Seite mit ihrem natürlichen Charme, auf der anderen Seite nährte sie neue Zweifel in ihm, die aber nicht aus Angst oder Bedrücktheit geboren wurden, sondern weil Christo mit diesen einfachen und bärtigen Leuten nichts gemein hatte. Er konnte sich nicht vorstellen, dass sie ein Leben voller Plackerei führten, abwechslungsreich nur in den leidvollen Prüfungen, die über sie kamen, und von ständiger Müdigkeit begleitet, die gekrönt war von Ausweglosigkeit. Er hatte sich ein Bild von der Revolution geschaffen, das eher in einen romantischen Schmöker passte als in die Wirklichkeit: wie sie aufstand inmitten weiß strahlender Hemden, blutiger Sonnenuntergänge und klaffender Wunden und eingehüllt wurde von stickigem Pulverdampf – und nicht in den Gestank nach Mist und Schweißfüßen. Seine Melancholie wurde immer stärker. Hoffnung hatte er geschöpft, als er in Iwan Wasovs Roman-Klassiker »Unter dem Joch« von 1881 noch einmal das Kapitel über »die Trunkenheit eines Volkes« gelesen hatte; Kamenov war unterdessen mit den irdischeren Dingen beschäftigt: Kampfeinheiten zusammenzustellen, Jod, Verbandsmaterial und abgekochte Laken zu suchen. »Denn«, erklärte er Doktor Neikov, »es wird Aufruhr und Leid zugleich geben.«

Zwei Monate, nachdem die Eingreiftruppe der Polizei den Klub der Kommunisten verwüstet hatte, besuchte Christo seine Schwester Jonka. Seine Augen waren von einer eigentümlichen Schuld erfüllt, deshalb beeilte er sich, ein Lächeln aufzusetzen. Er sprach ununterbrochen von seinem Sohn Alexander und von irgendeiner traurigen Zukunft. Aus seinem Gürtel lugte eine alte Waffe, ein Trommelrevolver, der – abgesehen von den Perlmutt-Intarsien – nichts Besonderes gewesen wäre, wenn er nicht den alten Assen in dessen mysteriöser Jugend treu begleitet hätte. Den letzten Schuss daraus hatte der alte Weltschev auf einen Pferdedieb aus Kula abgegeben. Er hatte ihm fünfzig Schritt Vorsprung gegeben. Als die gewaltige Kugel den Dieb erreichte, fiel der zwar in den Staub, doch anstelle eines Loches im Kopf war dort nur eine große Delle zu sehen. Da spuckte der alte Weltschev in die weite Mündung des Schießeisens und fluchte verärgert: »Ein Räuberschädel mag dick sein wie er will, aber eine richtige Pistole muss ihn doch durchschlagen können! Stattdessen schubst ihn dieses Ding bloß zwischen die Pferdeäpfel!«

»Dafür«, sagte Christo und streichelte über den Perlmuttgriff der Waffe, »wird mir David seinen neuen Nagant-Revolver geben. Haben uns schon abgesprochen. Nimm du ihn so lange, Schwester, aber versteck ihn gut!«

Christos Lächeln, gottlos und hell, wäre vielleicht in ihrem Gedächtnis versunken, wenn sie nicht zufällig den Nachbarjungen Entscho Proikov gesehen hätte, wie er einen Karabiner mit abgesägtem Lauf ölte. Sie traf ihn in Unterwäsche in der Stube sitzend an, umgeben vom Geruch nach Bohnenkraut und Hunger.

»Was hast du denn mit dieser mörderischen Flinte vor?«, fragte sie ihn verblüfft, doch Entscho hob nur die Waffe hoch, richtete die Mündung auf sie und schien sie mit seinem Blick zu durchbohren:

»Ein falsches Wort draußen …«

»Keine Angst, ich sag schon nichts, du Rotzlöffel! Ich wollte mir nur etwas Salz borgen.«

Die Stadt schien auf das bevorstehende Leid zu warten, doch die Leute wollten es hören im Ruf der Kirchenglocken, die immer Verkünder allen Anfangs und allen Endes gewesen waren. Shdrigo dürstete danach, endlich die elektrischen Lampen zerstören zu können, und Romanzero danach, mit ranzig gewordener Mayonnaise die Spiegel des »Royal« zu beschmieren. Joto, der Schuster, träumte von echtem Kalbsleder für gute Schuhsohlen, der Schlaffe Kosta von Vergeltung, und die Kinder davon, sich endlich einmal nach Herzenslust satt essen zu können. Doktor Neikov, der keine politischen Überzeugungen vertrat, aber jeden Tag mit dem menschlichen Leid konfrontiert war, ob es nun Malaria, Typhus, Diphtherie, Scharlach oder Tuberkulose war, überließ Anwalt Kamenov kostenlos einen Eimer Jod und Verbandszeug.

Da begriff Jonka, dass auch das verborgenste Geheimnis sich irgendwie mit der Luft ausbreitet und sehr leicht zu erhaschen und zu entschlüsseln ist, wenn die Leute es brauchen. Sie hatte nicht bei Wasov von der »Trunkenheit eines Volkes« gelesen; doch sie las die Zeichen der Natur und vertraute nicht zuletzt ihrer Erfahrung und ihrem gesunden Menschenverstand. Arme Jonka! Wie sollte sie allein dem bevorstehenden Elend so vieler Menschen mit einem Zauber Einhalt gebieten? Ihr standen doch nur ein Kupferkesselchen und die Sturheit der Weltschevs zur Verfügung! Ihre Augen füllten sich mit der Müdigkeit einer Frau, die die Mutter aller war, denn sie fühlte in ihrem Herzen genau, was der Herr Bezirksvorsteher in seinem zynischen Hirn ausgebrütet hatte.

Vater Anissi wiederum, zerrissen zwischen seinem Glauben an Gott und seinem Unglauben an die Menschen, tat mit seiner vollen Stimme das Seine von der Kanzel herab: »Alle Zauberei und alle Revolution ist schädlich«, predigte er, »weil sie die stille Größe und edle Einfalt des Natürlichen zerstören, die Gott uns mitgegeben hat, und uns in die Vertracktheit des menschlichen Denkens wirft. Der Magie aber gehören die Wunder und Wandel unseres Lebens an; unser ganzes Leben ist ein Wunder, und unsere Seele ist es, die uns mit Gott verbindet, und sie ist unveränderlich. Bannfluch über euch, Aufrührer!«

Bei Jonka brodelten Kräuter auf dem Herd, die den Blutfluss stoppen sollten, Wundsalbe wurde angerührt, und Zauberworte huschten durchs Haus.

2

Am Abend des einundzwanzigsten September erwachte Herr Petkov durch heftigen Zahnschmerz, der irgendwie nicht zu dieser weichen Nacht passen wollte, die über Widin lag. In seinem Kopf pochte es wie verrückt. Er entzündete die Lampe und sah sein ganzes Kabinett in Feuerwirbeln, die vom Porträt des Zaren herabflossen, über die Bücher mit den Vernehmungsprotokollen züngelten, in denen so viel Bosheit, Verzweiflung und Unanständigkeit verzeichnet war. Petkov wälzte sich in den Laken, schlug sich mit der Faust gegen die Stirn – es hallte wider wie dumpfer Glockenklang. Der diensthabende Wachtmeister hörte ihn und trat ein. Sein oberster Vorgesetzter habe einem Vergifteten geglichen, berichtete der Mann später, seine Augen hätten in die Ecke gestarrt, als sähe er dort etwas Ungeheuerliches, das ihn sowohl magisch anzog mit seiner Zerstörungskraft als auch zu Tode erschreckte. Da habe er erst einmal das Fenster geschlossen.

Der Zahnarzt Iwantschev wurde gerufen – ein Mann, der selbst seit langem keine eigenen Zähne mehr hatte, sondern eine Vollprothese. Er trug sein Instrumentenköfferchen in der Hand und seine Angst vor der Macht im Herzen, beugte sich über den Leidenden und schaute lange in seinen aufgesperrten Rachen – einen Abgrund, der mit einem violetten Zäpfchen endete.

»Mein Herr«, lispelte Iwantschev, »es gibt Momente im Leben eines jeden von uns, wo wir uns von etwas trennen müssen, wenn wir etwas anderes erhalten wollen. Ich sehe da einen Weisheitszahn, der vollkommen verfault ist. Wenn Sie mir gestatten, würde ich Ihnen den jetzt gern ziehen.«

Die Wachtmeister standen schweigend Spalier, sahen, wie dem Bezirksvorsteher bläuliches Blut übers Kinn lief, und hörten das Knirschen des Zahns, das Ächzen des Patienten, eine Szenerie, die wie ein Modell in Spielzeugformat baldiges Blutvergießen im Großen verkündete.

Irgendwann gab es ein großes Loch und große Erleichterung; der übermenschliche Schmerz klang ab, und sein Büro, das eben noch im Wirbel apokalyptischer Feuerzungen getanzt hatte, lag nun ruhig da. Im angenehmen Licht der elektrischen Lampe wirkten die Ledersessel und das Holz des Schreibtisches einfach nur noch beruhigend und gemütlich. Doch Petrov konnte nicht mehr schlafen, wollte nicht mehr schlafen; denn in seinem Bewusstsein erschien wie eine Erleuchtung das Szenario der Gefahr, die über der Stadt lag, und seine schmalen Lippen saugten sich voll mit einer schrecklichen Trauer. »Ja, um etwas zu erhalten, muss man sich von etwas anderem trennen!«, wiederholte er wie besessen und tupfte sich mit einem Taschentuch den rosafarbenen Speichel ab.

Er rief die höheren Ränge seiner Polizei und die Zivilbeamten zu sich. Er sah aus, als sei er gerade von einer Wallfahrt zurückgekommen: geschunden, aber erlöst. Er hatte sich rasiert und seine Uniformjacke bis zur Stehleiste zugeknöpft; zusammen mit dem Patschuli-Duft war das eine abartige Kombination. Seine Untergebenen sahen schweigend zu, wie er das Amtszimmer mit Schritten abmaß. Dann schlug der Säbel Bobozovs auf mit einem Ton, als sei eine Münze zu Boden gefallen, und das brachte Petkov wieder zu sich. Er wischte sich noch einmal den rosafarbenen Schaum von den Lippen und übergab den Beamten eine lange Liste, die mit A wie Anwalt Kamenov begann und mit W wie Weltschev, Christo, endete.

»Das sind die Leute, die verhaftet werden müssen«, sagte er müde, »aber tun Sie es still und leise, ohne Trara und Tschingderassabum, ohne Aufsehen …« Es fehlte nur noch, dass er gesagt hätte: »liebevoll«.

Er erinnerte sich an einen im Gestrüpp festsitzenden Schleppkahn, dessen Schiffsbauch bis auf halbe Höhe mit ungelöschtem Kalk beladen war. Er befand sich einen Kilometer vor der Stadt. Darin konnte er die Leute einsperren.

Petkov musste lachen wie ein hyperaktives Kind, das wusste, dass der Schmerz endgültig vorbei war. Der Säbel Bobozovs wagte es nicht, diese spannungsgeladene Stille noch einmal zu stören.

3

Anwalt Kamenov öffnete die Tür nur einen Spalt, doch bevor er ihre grünlich gekleideten Gestalten erkannt hatte, stießen sie ihn schon in die Ecke. Jemand versetzte ihm einen Hieb, die anderen drangen in sein Arbeitszimmer und in das Schlafzimmer Elenas ein. Er hörte das Schreien Alexanders, der mit dem Ahnungsvermögen des Kleinkindes spürte, dass er ohne Vater bleiben würde. Sie führten Christo mit erhobenen Händen ab. Elena hatte ein Spitzentuch übergeworfen und versuchte, damit notdürftig ihre Brüste zu verdecken.

»Wir verhaften Sie jetzt – ohne Aufsehen«, brüllte Bobozov, so leise er konnte, und spuckte durch eine Zahnlücke. »'ne kleine Hausdurchsuchung haben wir auch auf'm Einkaufszettel, nix Großes.«

»Haben Sie einen Hausdurchsuchungsbefehl vom Staatsanwalt?«, fragte Kamenov, und Christo ließ die Arme sinken.

»Der Staatsanwalt bin ich!«, war Bobozovs Antwort. »Die gnä' Frau darf sich verkrümeln.«

Sie stellten das Arbeitszimmer des Anwalts im Nu auf den Kopf, das Haus gähnte bald wie ein zahnloser Mund. Nichts und niemand stellte sich ihnen in den Weg. Sie rissen die Kuckucksuhr von der Wand und putzten sich die Stiefel am Bettzeug ab. Das Erschrecken kam erst, als sie die Bibliothek durchforsteten. Das wollte kein Ende nehmen.

»Sooo viele Bücher«, schnaufte einer. »Na komm, gehen wir runter und nehmen uns den Keller vor.«

Jonka träumte, während Petkovs Schergen bei Kamenov die Ordnung wiederherstellten, indem sie alles entweder verwüsteten, verhafteten oder verlegten, von ihrer Jugend. Sie sah das resedafarbene Elternhaus, so wie es unter dem alten Assen ausgesehen hatte, und die von den Ausdünstungen und Rauchwaren der Gäste vernebelte Kneipe. Todor öffnete die Tür. Er wollte um ihre Hand anhalten und kam ihr mit drei Armen, zwei linken und einem rechten, entgegen. Sie lächelte gerade über dieses Naturwunder, als im Nachbarhof die Schreie ertönten. Ihren Gedanken fiel es schwer, aus der Kneipe hinauszugelangen; sie stießen ständig gegen die Wände; sie kam einfach nicht hinaus. Als sie ihren Traum endlich abgeschüttelt hatte und aufgestanden war, um nach dem Grund für ihr Erwachen zu forschen, war es bereits zu spät. Aus dem Nachbarhaus kamen fünf Polizeibeamte, die Entscho Proikov mit gebundenen Händen abführten. Er war blutüberströmt, aber ganz in Weiß gekleidet wie ein Engel.

»Entscho?«, murmelte Todor erstaunt und trat furchtsam von einem Bein auf das andere. Als Jonka ihn ansah, hatte er doch keine drei, sondern nur einen Arm, und so kam er ihr hilflos vor und irgendwie gealtert. Das heisere Krähen des Hahns verkündete den Morgen. Da ließ sich Jonka auf den Boden fallen und sagte teils seufzend, teils entrüstet:

»Ich habe doch alles getan, was ich konnte! Was soll das denn für eine Welt werden, wenn auch Zauberei nicht mehr hilft, was, wenn sie sich vor dem Geheimnis nicht mehr fürchtet?« Sie löste ihr Haar, dann kam ihr plötzlich der Gedanke: »Wenn sie Entscho holen – was ist dann mit Christo?«

Bei den Kamenovs machten sich die Polizisten über den Keller her, als wäre ein Preis für den glücklichen Finder ausgeschrieben worden. Sie wühlten in den Kompott- und Einmachgläsern vom letzten Jahr, nahmen einen Kinderwagen auseinander, warfen mit altem Krempel und traten ein altes, ungewaschenes Fass zu Bruch. Der muffige Geruch nach Mäusen und gesäuertem Weißkohl kam ihnen vertraut vor, und so fühlten sie sich wie zu Hause zwischen Kohlen und Spinnweben.

»Jetzt sieh doch mal einer an«, rief einer verächtlich und schob seine staubig gewordene Dienstmütze zurück, »angeblich sind das ’telligente Leute, aber was für eine verdreckte Rumpelkammer hier!«

Als sie endlich wieder im Vorhaus standen, hatten sie alles konfisziert, was sie tragen konnten. Bobozov räusperte sich viril, sein Quadratschädel lief rot an. Die Bestimmung des blankgeputzten Karabiners war ihm sofort klar, auch die des in eine Babywindel eingewickelten Nagant-Revolvers. Mit dem allergrößten Erstaunen aber fiel sein Blick auf die zähe Flüssigkeit im Eimer. Ungläubig atmete er den beißenden Geruch ein, dann tauchte er einen Finger hinein, leckte ihn ab und stellte zweifelsfrei fest: »Jod! Wenn es beißt, dann ist es Jod. Wir konfiszieren auch das zu Beweiszwecken.«

»Ich bin im Nachthemd«, ließ sich Christo unerwartet vernehmen. Elena rutschte das Dreieckstuch von den Schultern, und ihre Brüste leuchteten hell auf. »Kann ich mir nicht wenigstens eine Jacke überwerfen?«

Bobozov wollte nicht kleinlich sein und ließ ihn gehen. Er hatte nicht bedacht, dass das Haus niedrig war und bis zur Hälfte bedeckt von dichten Weinranken; auch nicht, dass genauso gut Elena hätte gehen und ihm seine Jacke holen können; oder dass zumindest einer seiner Leute ihn hätte begleiten sollen. Der verächtliche Blick Kamenovs und die Stille dämpften seine Wachsamkeit, die er bis jetzt zur Genüge bewiesen hatte. Aus dem Arbeitszimmer zog der Geruch nach muffigen Akten, gebrochenem Willen und Greisenschlaf die Treppe herab. Bobozov war erfüllt von der Stärke seiner Umsicht – er hatte die Lage vollkommen unter Kontrolle.

Wie lange sie auf Christo eigentlich im Korridor warteten, merkte er erst, als das Licht der Petroleumlampe schwächer und ihr Docht dünner und dünner wurde.

Als sie endlich Verdacht schöpften und ins Schlafzimmer eindrangen, sahen sie nichts als das, was sie selbst angerichtet hatten: Kahlschlag und Verwüstung …

Elena wollte das Bett machen, nachdem die Polizei mit ihrem Vater endlich gegangen war; aber dann sah sie die Delle auf der Matratze, an der Christos Gedanken an ihrem Herzen zur Ruhe gekommen waren – und zog nur das Überbett darüber. »Weine nicht«, sagte sie zu ihrem Sohn. »Der Opa und der Papa kommen bald wieder. Sie sind nur ein bisschen hinausgegangen – der eine durch die Tür, der andere durchs Fenster.«

4

Wie der einsame Geist des Zweifels durchstreifte Christo das Feld bei Sintjagowo, auf dem sich sonst nur Fuchs und Hase gute Nacht sagten. Er betrat das Dorf von Osten, verließ es im Westen, kehrte zurück, schlich mit übertriebener Vorsicht über den Friedhof, um ungesehen an der Kneipe vorbeizukommen, ohne sich verstecken zu müssen. Er duckte sich in seinen eigenen Schatten, obwohl die Nacht grenzenlos war. Die Häuser standen dünnlippig da vor Erwartung, mit den Füßen im Stallmist. Die Leute warteten auf das Signal!

Anwalt Kamenov hatte alles auf die denkbar einfachste Weise vorbereitet. Es gab kein Wenn und Aber. Genau das aber ließ ihn zögern, denn die heimtückische Frage: Warum?, auf die es keine Antwort gab, ließ ihn nicht los. Obwohl es ihn im Gefühl des eigenen Mutes schauerte, wollte es ihm einfach nicht gelingen, die Tür des Glockenturms zu berühren. Am dreiundzwanzigsten September sollten dessen Glocken läuten, um den Beginn des Aufstandes auszurufen. Mit dem Herzen hatte Christo diesen Aufstand bis zu einem gewissen Grad akzeptiert, doch mit dem Verstand hatte er längst dessen Vergeblichkeit eingesehen. Wie oft hatte er mit Anwalt Kamenov darüber gestritten, ihm sein sicheres Scheitern mit allen nur denkbaren Argumenten bewiesen.

Wie er sich nun zwischen dem Gähnen der Hunde hindurchschlich, war ihm klar, dass ihn nicht etwa der Glaube an den Sieg leitete, sondern das inspirierende Gefühl, dass er zwar den Entrechteten und Hungernden nicht helfen, doch immerhin für sie – und für sich – sterben würde. In seine Zweifel mischten sich das vage Lächeln Elenas, das ihn kränkte, der verächtliche Spott seines großen Bruders Jordan, das schweigende Misstrauen Ilijas und der fanatische Glaube Kamenovs. Jeder von ihnen wollte ihm etwas ganz Bestimmtes, Einzelnes sagen; aber immer betraf es nur einen Teil von ihm, und es war ihm ein Leichtes, darüber hinaus zu einem anderen Teil seiner selbst zu gelangen.

Der Mond beschien das messingglänzende Kuppeldach des Glockenturms, um den herum es nach Geranien und Buchsbaum roch. Das Schnarchen des Glöckners drang heraus. Nach Mitternacht begann es ihn zu schütteln. Von innen wuchs die Stärke, von außen die Schwäche. Er schleppte sich zur Scheune des Bürgermeistergehilfen Stratiev, einem erfahrenen Landwirt und guten Freund Kamenovs. Er kroch zwischen der Wärme des Schobers und dem verschlafenen Gähnen des Hundes hindurch und klopfte an die Tür. Eine Maus flitschte ihm durch die Beine; eine Eule flatterte vorbei. Endlich näherten sich Schritte. Stratiev. Er war in langen Unterhosen, hob die Kerze hoch, um den späten Gast anzuleuchten, und sah, wie dunkles Blut langsam aus Christos Nase tropfte.

»Nee«, sagte Stratiev und schubste ihn zurück.

»Was – nein?«, fragte Christo mit dem süßen Schmerz der Erleichterung; denn wenn *Stratiev* sich schon vor ihm erschreckte, dann würden sich auch die anderen erschrecken, wenn die Glocke am Dreiundzwanzigsten zu läuten begann. Wenn aber schon jetzt die Angst die Begeisterung überholt hatte, was konnte dann seine Kampfmoral noch ausrichten?

»Die haben hier Leute verhaftet, hau ab«, röchelte der Bürgermeistergehilfe, und das war auch so ziemlich das Letzte, was er heilen Fußes von sich gab. Zwei Tage später konnte er sich schon kaum auf den Beinen halten, als er mit ausgepeitschten Fußsohlen vor dem Bezirksvorsteher stand.

»Er hat noch nicht einmal die Hand gehoben, um mich zu schlagen, Herr Präsident. Er sah bloß furchterregend aus, war aber gar nicht gefährlich. *Der*, dachte ich, der zieht *nicht* am Glockenseil! Seien Sie doch gnädig mit mir. Ich hatte das Messer schon bereit, hab's ihm vor den Latz gehalten; aber das hat er gar nicht gemerkt, sondern ist abgehauen. Mehr weiß ich nicht.«

»Aber ich«, erwiderte der »Präsident« und gab ihm mit gnädigem Lächeln Wasser zu trinken.

Christo versteckte sich in den Weinbergen Widins. Er erinnerte sich an die niedrigen Baracken, die eine würdige Armut ausstrahlten, an die über die Weinstöcke gebeugten Alten, an die Frauen, deren Röcke vom Rebensaft fleckig waren. Er hatte sich eingegraben in diese Stille wie ein krankes Tier; er fühlte sich lebendig begraben – im Nichts, in sich selbst, in der endlosen Zeit. Im Gebüsch, einen Meter vor ihm, hielt ein Hase mit hängenden Ohren. Der Hase sah ihn, erschrak aber nicht einmal. Nun träumte er von Elena, deren Brüste nackt und deren Blick voller Liebeshonig war; dann von seiner Mutter vor dem erlöschenden Herdfeuer; von Alex, der um seinen Vater weinte; auch der Krieg, der große Lehrmeister, erschien vor seinem geistigen Auge, und er sagte: Du hast nur ein Leben, und das brauchst du – geh weise damit um! Nur ein einziges Mal besuchte ihn auch Anwalt Kamenov in Gedanken. Da erbrach Christo die noch sauren Trauben ins Laub, von dem ein fauler Geruch aufstieg.

»Nein, das war keine Angst«, rechtfertigte er sich laut, »kein Verrat, nein, ich habe einfach nur viele Leute vor dem endgültigen Verderben gerettet!«

In Christos Denken und Verhalten lag eine fatale Unfähigkeit, seine Träume zu vollenden, da in seinem Leben das Ende immer vor dem Anfang gekommen war. Und so war er bereit, zu sterben, ohne einen Grund dafür geliefert zu haben. Ohne seinen Mentor Kamenov wagte er es einfach nicht, die Verantwortung für die Folgen eines Aufstandes zu übernehmen; und so hielt er wie paralysiert inne vor dem grandiosen Ausmaß der kommenden Abschlachterei. Was hätten seine Brüder getan? Jordan wäre sicher, einmal entschlossen, ohne mit der Wimper zu zucken, zur Tat geschritten und hätte ein wildes Sturmläuten veranstaltet. Und Ilija? Der hätte den Glockenturm keines Blickes gewürdigt. Melancholisch kam er zu dem Schluss: »Mich gibt es schon nicht mehr, weil ich mich herausgemogelt habe ...« Und er fühlte, dass er das sein Lebtag mit sich würde herumzuschleppen haben.

Eines Tages tauchte das klügere der beiden Gänschen in Jonkas Hof auf, schniefte seinen Rotz hoch, packte Jonka an den Schultern und schüttelte sie lange mit männlicher Kraft in den Armen und kindlicher Freude in den Augen. Im Topf köchelte Schweinetalg für Seife vor sich hin. Der Qualm des nicht ganz trockenen Holzes biss in den Augen.

»Haam gesehen … Haam gesehen … Ich haaam gesehen!«

»Ja, was hast du denn gesehen, mein großes Kind?«, fragte Jonka und packte ihn.

»Ongkel Rrristo, Mmwwweinbeerg!« Vor Vergnügen hüpfte er auf einem Bein. Jonka, alarmiert, warf sich ihm sofort auf den Rücken und riss ihn um. Er fiel ins Beet mit den Geranien.

»Sei doch still!!«, stöhnte sie und versuchte, ihn niederzuhalten. »Sonst hört das noch der böse *Manina – Mmmbär*. Nicht weinen, mein Herzchen!«

5

Kamenov betrat das Sprechzimmer stolzen Schritts und erhobenen, eine Woche lang unrasierten Hauptes. Er schaute sich den Dienstraum des Bezirksvorstehers sorgfältig an: den Schreibtisch mit der grünen Auflage, die marmorne Standuhr mit dem goldenen Putto-Engelchen darauf, und das grelle Licht der elektrischen Lampe. Herrn Petkov schaute er nicht an, so, als wäre er allein im Raum, gekommen, um eine kleine Ruhepause einzulegen. Er konnte sich noch nicht entscheiden, ob das wirklich der geeignete Platz für Unterredungen war, oder ob Möbelstücke wie das Ledersofa nicht eher zu langem, schweigendem Nachdenken einluden.

Petkov war sichtlich gehobener Stimmung. Er hatte die Sonntagsmesse besucht. Die Stimmchen des Kinderchores – entzückend – hatten die Psalmen zur Kuppel aufsteigen lassen, wo das Bild eines gestrengen Gottes sie erschreckte. Ja, bei diesem Anblick waren sie zu allem bereit, sogar zu singen und so auf althergebrachte Weise den Himmel mit der Erde zu verbinden. Besonders zufrieden war er mit Vater Anissi, der zitternd das Kreuz Gottes schwang und wie trunken über die Köpfe der Gemeinde rief: »Und verflucht sind die Ungläubigen und die, die das Gute mit Gewalt suchen!«

Er glaubte zwar nicht so recht an seine Worte, aber vielleicht gab ihnen das ja die nötige Durchschlagskraft …

Das Lächeln des Bezirksvorstehers versprach nichts als Güte und Wohlgesonnenheit. Er freute sich, dass Anwalt Kamenov so voller Kalk und Geringschätzung eintrat. Der ungelöschte Kalkstaub hatte seinem Haar ein seltsames Leuchten verliehen. Sein Schweigen war unerschütterlich. Petkov dachte: So sieht einer aus, der aus dem Reich der Toten zurückkommt … oder – er ärgerte sich ein bisschen, dass er auch darauf kam – *ein Denkmal.* Er suchte nach möglichst umständlicher Wortwahl und möglichst festlicher Deklamation:

»Ich wollte Ihnen mitteilen, dass der Aufstand, der zum Glück in unserem Bezirk gar nicht erst entstanden ist, in ganz Bulgarien niedergeschlagen wurde. Eine Leiche, gefolgt von einem feierlichen Begräbnis – das wollten Sie doch?« Er holte Luft. Die Uniformjacke spannte sich über seiner Brust. »Die Zahl der Opfer geht gegen zwanzigtausend. Das klingt wie eine grobe Schätzung, ist aber genau. Zwanzigtausend, merken Sie sich das – Bauern, Kommunisten, darunter viele Unschuldige, haben Leute wie Sie ihrer Ehre und ihres Lebens beraubt. Ich habe das kommen sehen! Ihr Beitrag zur Geschichte ist, dass Kinder ohne Väter bleiben, Frauen allein mit ihrem Wehklagen. Und was haben Sie damit erreicht?«

Kamenov setzte sich auf das Sofa und schaute aufs Fensterkreuz, als käme die Stimme von dort. Er unterdrückte seinen Seufzer nicht, aber er blieb so kalkweiß, undurchsichtig und unnachgiebig wie zuvor. Der Bezirksvorsteher gewann langsam den Eindruck, er rede mit sich selbst. Das erstaunte ihn nicht, betrübte ihn aber. Ja, ist er denn so schwer von Begriff, dachte er, um nicht zu merken, dass ich ihn hergerufen habe, weil ich ihn sehr schätze, und weil ich von ihm kein Gejammer, sondern Vernunft erwarte? Ich will ihn doch gar nicht erniedrigen, sondern seinen inneren Reichtum kennenlernen, so wie ich meinen eigenen kenne.

Vom Platz drang das harte, abgehackte Geräusch einer im Gleichschritt marschierenden Kompanie zu ihnen herauf. Das legte wieder Distanz zwischen ihn und diesen alten Mann mit der unangenehmen Ausstrahlung eines Heiligen. Pah, Denkmal!, dachte Petkov, so ein Altar verlorener Illusionen ist doch die fragwürdigste Form, in die Ewigkeit einzugehen. Eine feierliche und anmaßende Dummheit … Er wiederholte seine Frage:

»Was haben Sie erreicht, Herr Kamenov?« Dabei breitete er trocken-theatralisch seine Arme aus, als wolle er den Angesprochenen umarmen. Dieser nahm Haltung an, holte Luft und sagte voller Hass auf den Raum, in dem er sich befand:

»Die Mütter, deren Wehklagen ich – wie Sie sagen – zur Geschichte beigetragen habe, werden Kinder gebären. Und Sie können sich ohne besondere Voraussicht wohl denken, was die fühlen und denken werden, wenn sie erfahren, wer ihnen die Väter geraubt hat.«

»Gut, und wenn sich mit ihnen dasselbe wiederholt? Oder sich die Veränderung als große Illusion erweist? Glauben Sie, wenn Sie an meinem Platz wären, dass ich nicht Ihren einnehmen würde? Glauben Sie denn wirklich, dass eine neue Macht ohne Verlierer auskommt? So wie sich jetzt einige auf Kosten vieler bereichern, so wird der Führungsanspruch einiger irgendwann die Unzufriedenheit der vielen verursachen. Sie wollen einfach nur die Münze herumdrehen. Sie spielen mit dem Schicksal von Millionen, wenn Sie sie hochwerfen, mein Wertester. Und diese Gerechtigkeit – was ist sie denn anderes als die Rechtfertigung einiger für die verbrecherische Art, mit der sie zu dem gekommen sind, was sie haben? Ja, *brauchen* tun sie alle; aber Realität kann sie immer nur für wenige sein.«

»Herr Bezirksvorsteher, wir wollen keine Gerechtigkeit für alle …«

In der plötzlich eingetretenen Stille war das stete Ticken der Uhr zu hören. Das vergoldete Engelchen darauf hielt in seiner Hand einen Strauß vergoldeter Rosen. Mit ergreifender Wärme kam Petkov hinter seinem Schreibtisch hervor. Er strahlte die Gesammeltheit eines Fatalisten aus, als er sich neben Kamenovs weißen Anzug setzte. Was für eine melodramatische Nähe.

»Ich diene der Staatsgewalt und der Ordnung«, begann er von neuem, zündete sich eine Zigarette an und blies den Rauch gegen das Porträt des Zaren an der Wand, »doch ich habe mir nie die Mühe gemacht, sie zu rechtfertigen. Das können Sie Bescheidenheit nennen oder Zynismus. Doch auch Sie, wenn Sie eine Ideologie begründen oder durchsetzen wollen, müssen vollkommen gewissenlos vorgehen, ohne jede Moral. Das Einzige, was Sie brauchen, sind gute Nerven.«

»Und stabile Knochen«, zeigte Kamenov nach unten auf den Keller des Regierungsgebäudes.

»Werden Sie nicht sarkastisch. Wir unterscheiden uns nur in einem Punkt: Sie hatten die Ziele, ich die Mittel. Trinken Sie doch Ihren Kaffee, er wird ja schon ganz kalt.«

»Herr Bezirksvorsteher, in dem, was Sie sagen, liegt eine Naivität, die den üblen Nachteil hat, auch noch weise zu wirken. Ich glaube an meine Ziele, Sie aber nicht an die Wirksamkeit Ihrer Mittel. Wollen Sie denn nicht einsehen, dass Grausamkeit die primitivste und hoffnungsloseste Form der Machterhaltung ist?«

»Grausamkeit – ja, da gebe ich Ihnen recht. Aber wie steht es mit Vernichtung? Sie wollten diesen Aufstand in ein Fanal der Opferbereitschaft verwandeln, und ich hatte keine andere Wahl, als dieses Opfer anzunehmen.«

»Ja, ein Opfer«, unterbrach ihn Kamenov, »aber nicht für Sie, sondern für die, die hungern und im Elend leben. Wir hatten *auch* keine andere Wahl. Wir mussten die *Demokratie* zurückerobern, wenn Sie den Sinn dieses Wortes zufällig kennen sollten, die Teilhabe aller an der Macht, am Land und am Brot. Das ist so einfach ...«

»Ganz so einfach nun auch wieder nicht. – Warum lachen Sie so?«

Kamenov hob den Arm und stieß den Kaffee von sich weg. Ein weißes Kalkwölkchen stob auf. Er hatte offenbar keine große Lust, länger zu bleiben. Bobozov steckte den Kopf zur Tür herein mit dem finsteren Gesicht eines Ganoven. Der Lärm der vorbeimarschierenden Kompanie war jetzt noch deutlicher zu hören. Petkov ging der perverse Gedanke durch den Kopf, dass es auch ein bisschen in seiner Hand lag, ob Kamenov ein Denkmal wurde oder nicht. Wer war eigentlich hier der Bedauernswerte? *Er, Petkov,* hatte die Drecksarbeit gemacht, die Stadt vor dem Schlimmsten bewahrt, indem er die Aktionen der Aufrührer frühzeitig vereitelt hatte – und *Kamenov* sollte dafür Ruhm und Ehre davontragen als heiliger Märtyrer? Es gab ihm einen heftigen Stich, und er drückte seine Zigarette im Aschenbecher aus.

»Haben Sie noch eine Frage?«, sagte er kalt.

»Ja ... Was wird mit den Leuten im Kahn?«

Kamenov hatte sich aufgerichtet. Mit seinem staubigen Anzug sah er so aus, als sei er gerade durch die weißgekalkte Wand gekommen, ein undeutliches Bild auf einer Traumleinwand.

»Soeben habe ich mich in dieser Frage entschieden. Ich habe Ihnen gut zugehört und nehme Sie ernst, Herr Kamenov. Darum wird der Schleppkahn morgen versenkt.«

6

Die Sonne ging bereits unter, doch noch hielt sie sich am Horizont. Die Donau floss dahin, von den Pappeln mit einem Schattengitter versehen, als sei sie im Gefängnis. Der Wagen holperte an einem Pulk Soldaten vorbei, die mit ihren Bajonetten im Gras saßen. Einer schnitt sich mit der aufgesetzten Stichwaffe die Haare. Im Zwielicht der Ferne waren schon die Festungstürme zu sehen.

»Was schaust du mich so auffällig an?«, zischte Jonka.

»Ich schau dich doch gar nicht an! Ich schau nur auf die Pferde«, erwiderte Todor und nahm die Gerte wieder zwischen die Zähne.

Sie sahen lustig aus mit ihrem Karren, der hoch mit unreifem Lesegut beladen war.

»Wieso habt ihr denn jetzt schon gelesen«, fragte ein Gefreiter mit großen Schweißflecken unter den Achseln, »seht ihr denn nicht, dass die Trauben noch ganz grün sind?«

»Grün, aber groß! Wenn du willst, nimm dir, Junge, siehst ja ganz blass aus.«

Währenddessen gab Entscho Proikov die Suche nach einem Leck nicht auf. Aber wo sollte das herkommen, wenn so ein Schiff doch gerade so gebaut war, um keines zu haben? Nun wurde auch von oben das Licht, das durch die Ritzen der Klappe ins Unterdeck drang, immer schwächer. Es war stickig da unten, und Entschos Hände waren vom Wühlen in den Kalkklumpen schon ganz verbrannt. »Bei ihrer volksfeindlichen Mutter«, fluchte Entscho, der pausenlos von seinem Karabiner mit dem abgesägten Lauf erzählte, »die kalken uns aus- und inwendig!«

»Fluchst ein bisschen viel«, kommentierte Anwalt Kamenov und strich ihm kameradschaftlich übers steinhart gewordene Haar, »aber sonst ist deine Sprache stark und saftig – könntest Artikel schreiben!«

Und so suchte Entscho weiter nach einer Öffnung, weil er der Jüngste war und nicht wusste, was die Stunde geschlagen hatte. Er hatte noch keine Sorgen, und so sprudelte er nur so über vor Mut und Tatendrang in dieser bedrückenden, weißgekalkten Finsternis. Manchmal strich er dem Lehrer Iwantschev ein Streichholz an, wenn der das Bild seiner Tochter sehen wollte.

»Wir haben ihr die Zöpfe abgeschnitten«, seufzte Iwantschev, »und warum?«

Sie waren jetzt seit Tagen hier gemeinsam eingesperrt, und der Einzige, der wusste, was bevorstand, und der an den nächsten Tag dachte, war Kamenov. Er hielt sich an das Bildchen des kleinen Alexander, dessen helles Gesichtchen weder seiner Tochter Elena noch seinem Schwiegersohn Christo glich. Das tat ihm am meisten weh: dass er seinen Enkel verlieren würde. Der einzige Trost war, dass seine Mitgefangenen von nichts wussten.

»Morgen lassen Sie uns hier raus«, wiederholte er mit warm klingender Stimme, »dann müssen wir das Begonnene zu Ende führen!«

Etwas später sagte jemand in die Stille: »Sie wird sterben.«

»Wer wird sterben?«

»Na, meine Kuh, sie ist trächtig. Aber mein Nachbar hat zittrige Hände, der bringt das Kalb nie und nimmer heraus.«

»Warte doch erst mal ab, bis ich das Loch finde, Mann«, fuhr Entscho auf. Draußen kratzte das Geäst an der Bordwand, das Wasser klatschte gegen den Rumpf und wartete geduldig darauf, den Hohlraum in eine Kalkgrube zu verwandeln. Jemand zündete sich eine Zigarette an; das aufzischende Flämmchen weckte Erinnerungen an Sternschnuppen. Dann war sogar der Kalk nicht mehr weiß. Nur Entscho wühlte unbeirrt weiter. War ihm doch egal, ob der Kalk weiß oder schwarz war!

Todor und Jonka fuhren – grün wie die Hoffnung – über die Hauptstraße, kreuzten den verlassenen Markt, auf dem es nach faulen Wassermelonen stank, und hielten erst vor dem Tor der Villa von Tante Allwissend an.

»Gott sei's gelobt!«, stöhnte Jonka erleichtert und ließ ihren Blick in die Ferne schweifen, dorthin, wo der Himmel und die Donau sich schnitten.

»Ich hab nur auf die Pferde geschaut«, verteidigte sich Todor wieder.

7

Gina trug ein Ballkleid, als sie ihnen öffnete. Darin glich sie einem alt und welk gewordenen Schmetterling. Sie legte keine übertriebene Neugier an den Tag, sondern passte nur auf, dass sie sich nicht schmutzig machte. Sie luden die Trauben ab, rafften das Maisstroh zusammen – und darunter erhob sich mühsam Christo Weltschev. Er sah so gar nicht wie ein Held aus, sondern einfach nur wie jemand, der tagelang im Laub gelegen hatte. Das, was Jonka regelrecht verblüffte, war die Bereitschaft Ginas, Christo zu verstecken. Die unvermeidliche Frage nach dem Warum konnte sie sich zwar dennoch nicht verkneifen, aber in diesem Zusammenhang nahm sie den Charakter eines ungewissen Vorzeichens an. Ansonsten nahm sie ein nicht geringes Risiko auf sich. Sie überließ Christo zwar nur den Stall mit seinem Geruch nach Pferd, altem Heu, sowie eine alte Decke von Zwetana, die nur zwei Mottenlöcher hatte; doch übernahm sie als die, die ihm Unterschlupf gewährte, die Verantwortung für ihn mit allen Gefahren und möglichen Folgen, die diese Insubordination gegenüber der Macht mit sich brachte, geschützt nur von einer gewissen gesellschaftlichen Stellung in der Stadt. Sogar sie hatte begriffen, dass der September-Aufstand nicht nur ein Schauspiel war oder eine Art ansteckender Krankheit, sondern ein Phänomen, in dem sich Schuld, Güte und Grausamkeit zur Tragik des menschlichen Seins verbanden.

Gina konnte ihren Schritt nicht weiter erklären. Es durchzuckte sie einfach nur eine heftige Freude bei der Nachricht, dass Christo lebte, und da entschied sie sich spontan dafür, eine Zuflucht auszuwählen, die in ihrer Nähe war. Ihr kam auch nicht die Idee, sich für den Egoismus Pantos zu rächen, was eigentlich nahelag, da sie sich nach wie vor schämte für die niedere Verwandtschaft mit den Weltschevs. Selbst Elena, Christos Frau, die ja keine geborene Weltschev und dazu die Tochter eines Akademikers war, fand sie in ihrer Modeauffassung ein wenig allzu schlicht. Und nicht zuletzt war da noch Ilija, der allein sie so verletzt hatte, dass sie schon von daher allen Grund gehabt hätte, voller Bosheit auf den *dritten* Weltschev zu reagieren, der im Begriff war, ihr das Leben schwerzumachen.

Unterm Strich war sie nur ein bisschen enttäuscht, Christo so zu sehen, wie sie ihn eben sah. Er war zwar etwas abgemagert, hatte aber nicht einen einzigen Kratzer abbekommen. Seine Wangen waren von der frischen und sauberen Luft im Weinberg gerötet, kein Haar war ihm gekrümmt. Dadurch verlor ihre Tat etwas von ihrer Größe, und das kränkte sie. Mein Gott, wie wäre das gewesen, wenn Christo abgerissen, schwerverwundet, geschunden und blutend angekommen wäre, mit letzter Kraft, unfähig, selbst zu gehen, gestützt auf die Schultern Todors und Jonkas wie sein Namensvetter nach der Abnahme vom Kreuz ... Und dann ... Sie stellte sich diesen Blick de profundis vor, mit einem Ausdruck zwischen fanatischem Glauben und flehentlicher Bitte um Rettung – an sie, Gina!

Am Ende sagte sie bloß: »Herzlich willkommen!« Um diesem Willkommen Nachdruck zu verleihen, begleitete sie ihn höchstpersönlich in den Stall. Dort bereitete sie ihm ein Strohlager und vertrieb die wild gewordenen Fliegen. Sie fühlte sich ein wenig versöhnt durch den Gedanken, dass sie ihm als Erste verziehen hatte! Doch gerade als sie ihm im Geiste der Wohltätigkeit Palatschinken mit Quittenkonfitüre angeboten hatte, brach sich ein Anfall von Irrsinn in Christos Augen Bahn, und er stöhnte bewusstlos: »Fleisch! ... Ich muss Fleisch essen! Fleisch ...« Hilflos drehte Tante Allwissend sich zu Jonka um. Deren entsetzter Gesichtsausdruck sagte ihr, dass es hier nicht um einfachen Hunger, körperliche Schmerzen oder Wundfieber ging, sondern um einen Stachel, der nicht im Fleisch, sondern in der Seele steckte. Da zog Gina es vor, aus ihrer Küche alle nicht mehr ganz frischen Koteletts zu holen. Christo verschlang sie, ohne zu kauen. Das dauerte von Sonnenuntergang bis kurz vor Einbruch der Nacht. Todor stand wie festgewachsen im Hintergrund.

Gina wollte von Jonka weder das Stück Käse und die Honigmelone annehmen, noch von Elena die Handvoll zerknitterter Lewa-Scheine und den darauf liegenden goldenen Ehering. Sie hatte es auf sich genommen, diesen verhinderten Aufständler zu verstecken, und dazu gehörten auch »Kost und Logis«. Es bereitete ihr ein diebisches Vergnügen, auf ihren Mitternachts-Empfängen mit Herrn Petkov zu tanzen, mit ihm die Existenz von Geistern in der Natur zu erörtern, mit ihm spöttische Bemerkungen an die Adresse der Kommunisten zu machen und dann mit mystisch flammendem Revolutionärsblick, dass es ja auch alle sahen, und mit der Bemerkung »*un moment, s'il vous plaît*« das Blech mit den selbstgebackenen Plätzchen zu nehmen und damit über den Hof in den Stall zu laufen. Das war ein herrlich prickelndes Gefühl … Der Bezirksvorsteher aber dachte sich längst, dass Tante Allwissend mit den Plätzchen wohl kaum auf die Toilette gehen würde, und der alte Babaschov wusste nur zu gut, dass ihr Sohn Georgi keine Plätzchen mochte. Gesellschaftsschneiderin Dora wiederum wartete, bis sie zurückkam. Dann entdeckte ihr geschultes Auge neben tausend kleinen Mängeln auf ihrem Kleid auch Stücke von Strohhalmen, Gartendistel und andere Dinge, die dort nicht hingehörten.

Als das Jahr, das so reich an Blutvergießen und menschlichem Wahnwitz war, zu Ende ging, wussten eigentlich alle Bescheid. Trentscho wurde ganz offen gerufen, um Christo einen entzündeten Zahn zu ziehen. Von da an ging er ebenfalls das Risiko ein, zum »Kollaborateur« zu werden, indem er Christo täglich rasierte. Lange hielt er dicht; aber einmal, an einem feuchtkalten Wintertag mit Schneematsch, einem Tag, an dem ihm die gezeichnete Cleopatra allzu erotisch vorkam, vielleicht, weil kaum Kunden ihn ablenkten, da machte er Kotscho, dem Dankbaren, gegenüber, als der gerade allein in seiner Barbierstube döste, eine Andeutung: Es gäbe da einen Bart, der laut polizeilicher Fahndungsliste etliche tausend Lewa wert sei – er aber rasiere ihn kostenlos ab. Dieses unauflösbare Paradox kündete entweder von Trentschos seelischer Reinheit oder von seiner manifesten Dummheit.

Zu Ostern wollte Kotscho einen Duft kreieren, der sozusagen synästhetisch dem Schein des Sterns von Bethlehem entsprach; dabei zersprang ihm die Phiole in der Hand, und der Vor-Schein des Erlöser-Duftes hauchte sein biochemisches Leben in die Nacht aus. Nach dieser Tragödie betrank sich der Parfümeur im »Hasenblut«, und als er sich so flach gesoffen hatte wie einen Mess-Spatel, zog er mit Trentscho gleich und teilte dem Schlaffen Kosta, Shdrigo, dem Anarchisten, und Joto, dem Schuster, mit, dass im Pferdestall von Tante Allwissend statt der Erinnerung an ein Rassepferd ein Moschusduft umgehe, der, wenn man an ihm schnuppere, an das Mündungsfeuer eines Nagant-Revolvers erinnere. Als er gegangen war, fand jeder tausend Gründe, über Ginas Pferdestall zu reden, der eine aus Freude, der andere aus Kummer, der Dritte aus Volltrunkenheit. So flammte das Gerücht um den Mann im leeren Pferdestall auf wie Ilijas Fuhrmannsgasthof und verbreitete sich in immer entstellterer, immer heldenhafterer und strahlenderer Weise über ganz Widin. Das Entscheidende aber war, dass niemand von Ginas Pferdestall dort sprach, wo es nicht am Platze war. So verwandelten die Widiner den vereitelten Aufstand in ihrer Einigkeit in ein lebendiges Geheimnis, das sie hüteten wie den Heiligen Gral. Gina bekam auf einmal hier ein lebendes Huhn zugesteckt, da eine Gans; mal waren es Spalierbirnen oder Walnüsse; auch Stricksachen oder Kurzwaren, Gummizüge, Hosenknöpfe. Und während sie ihr ihre Gaben in die Hand drückten, sprachen sie so betont »unauffällig«, dass sich auf der Hauptstraße alle Passanten umdrehten. »Nun nimm schon! Es kann ja sein, dass sie mal einem gewissen Menschen eventuell rein zufällig von Nutzen sein könnten!« Doktor Neikov bedachte sie mit einem alten Mikroskop. Und in seiner Funktion als Mensch schenkte sogar der Bezirksvorsteher ihr ein Paar Herren-Lederhandschuhe …

Gina war manchmal den Tränen nah, taumelte zwischen Leid und Rührung hin und her. Ja, wenn alle sich um Christo kümmerten, was blieb denn dann ihr noch? Aber nein! Es war schließlich leicht, irgend so einen bunten Knopf zu verschenken; sie aber hatte immerwährend ein Auge auf ihn und auf den Pferdestall, das war etwas ganz anderes.

Nein, niemand verriet ihn; selbst Gina beging nur einmal einen schweren Fauxpas. An einem ihrer Jours drehte sie das Grammofon bis zum Anschlag auf, so dass die Musik alle Flüsterrunden übertönte, und forderte Ilija zum Tanz auf.

»Weißt du«, sagte sie vertraulich, »dass sich in meinem Stall ein Wunder ereignet?«

»Was für ein Wunder?«

»In meinem Stall gibt es einen Geist … genauer gesagt: einen auferstandenen Menschen!«

»Doch nicht etwa Panto?«, lächelte er gelangweilt.

»Nein, Christo. Christo lebt. Und *maintenant* bringe ich ihm ein bisschen Gebäck.«

Ilija hustete derart laut, dass er sogar die Musik übertönte. Danach sagte er mit geschlossenen Lippen:

»Ich weiß von nichts … Ich habe nichts gehört!«

8

Der September rollte fort wie ein abgeschlagener Kopf. Um Belogradtschik, südlich von Widin, streunten längere Zeit herrenlose Hunde, die nicht tollwütig waren, sondern nur verwildert. In ihren Augen lag der Abglanz menschlicher Trauer. Sie hatten ihre eigenen Herrchen aufgefressen, die Erschlagenen des Aufstandes. Der Dankbare Kotscho, der nach Ferdinand fuhr, um Gebirgskräuter-Essenzen zu kaufen, erzählte, dass das Größte, was er dort gesehen habe, der Friedhof gewesen sei. Die halbe Stadt sei noch über der Erde, die andere Hälfte unter der Erde. Sogar Filet-Pena, die keine Angst vor Gott und Geschlechtskrankheiten hatte, und die um keinen Preis eine Sünde oder ein Vergnügen in Reichweite ausgeschlagen hätte, sofern es lebendig und männlich war, sogar sie weigerte sich, den Polizeihauptwachtmeister Bobozov ranzulassen. Sie schwamm in Schweiß, ihre Brüste baumelten auf ihrer Brust. »Weiche von mir, Judas!«, schrie sie, griff nach ihrem neuesten Rock und schlug ihm damit quer übers Gesicht. Und das tat sie nicht, weil sie Angst davor hatte, dass die Leute von Bobozovs Besuch erfahren könnten, sondern weil viele Männer, die sie an ihren leeren Schoß gelassen hatte, nun tot waren. So spürte sie das Verhängnis bis in die Gebärmutter hinein. »Beflecke mich nicht, Judas!«, schrie sie mit der Stimme der ganzen Stadt. Die Frauen, als sie davon hörten, waren verblüfft von ihrem Mut und verjagten sie fortan nicht mehr, wenn sie neben ihnen im Dampfbad saß, sondern reichten ihr den Kupferkessel mit dem kochenden Wasser, bedienten sie mit Tonerde, spendierten ihr Kaffee und Türkischen Honig und flüsterten sich auf der Straße zu: »Beflecke mich nicht, Judas!«, wenn sie einen Wachtmeister oder einen feschen Offizier vorbeistolzieren sahen, vor allem dann, wenn die Kutsche des Bezirksvorstehers vorüberrollte.

Bereits Mitte Oktober begann in Widin das Gerücht zu kursieren, dass zur Abendzeit, wenn es still wurde auf der Donau, der versenkte Kahn auftauche, umgeben von einem weißen Schein. Manche wollten ein leises Zischen wie von ungelöschtem Kalk gehört haben, wenn das Geisterschiff sich auf den Weg flussabwärts begebe. Es sei so unglaublich weiß, dass sogar das auftreffende Mondlicht dunkel auf dem Bootskörper wirke. Und trotz seiner Größe schwimme es leicht wie eine Walnussschale; sein Bug pflüge das Wasser mit der Lautlosigkeit eines Liedes, das man nur in Gedanken höre.

Als sie mitbekam, wie es in der Gerüchteküche brodelte, beschloss Jonka, sich von diesem Wunder mit eigenen Augen zu überzeugen. Den ganzen Samstag verbrachte sie im türkischen Dampfbad, danach trank sie heißen Schnaps mit Todor und bat ihn anschließend, die Pferde anzuspannen. Sie nahmen auch Assen mit, weil das Kind starke, hellsichtige Augen hatte. Jonka dachte, wenn es überhaupt etwas zu sehen gebe, werde es der Junge noch am ehesten erblicken, und wenn es etwas zu hören gab, würde er es am leichtesten aus dem Plätschern der Wellen herausfiltern. Es war ein traumhafter Abend. Die Stadt zitterte kaum merklich in der Ferne. Todor spannte die Tiere aus, und sie setzten sich zu dritt ans Ufer, eingehüllt in Pferdedecken und Stille. Ach, wie wohlig warm war es doch, so eingemummelt in die Decke …

Auf einmal stand Assen auf und versuchte, auf etwas in der Ferne zu zeigen, nur dass sie endlos war, so dass sein Finger kreisende Bewegungen um etwas Nebelhaftes beschrieb.

Jonka wollte sich noch Jahre später erinnern, dass die ganze Donau gebrodelt habe, als das Schiff im Nebel aufgetaucht sei. Sie könne nicht sagen, ob er auf der Stelle gestanden oder sich bewegt habe, und wenn Assen nicht gewesen wäre, hätte sie sich auch gefragt, ob sie nicht nur ein Erinnerungsbild vor sich gehabt habe, da wir doch uns selbst immer nur durch das andere, das Fremdartige sehen, und im Erinnern an das Fremde erinnern wir uns selbst. Um zu sein, müsse man gewesen sein, und das, was werde, stehe schon irgendwo geschrieben, damit es sein könne.

»Wohin sind sie gefahren?«, fragte Assen.

»Ich weiß es nicht«, erwiderte Todor und legte sich den Armstumpf aufs Herz.

Und dann, als der weiße Schleppkahn wieder im Nebel verschwand, fragte Assen weiter: »Ob sie wohl ankommen werden?«

Jonka schaute den Jungen an, legte ihm die Hand in den Nacken, blieb aber stumm. Sie fand, diese Frage sei Antwort genug.

Elftes Kapitel

1

Ilija konnte sich an die neue Aufteilung des Hauses noch nicht so recht gewöhnen. Es war kleiner geworden, da konnte er noch so viele Spinnweben im Keller beseitigen, bis die Luft vor lauter Sauberkeit selbst zu einem transparenten Einrichtungsgegenstand der Luxusklasse wurde. Im Salon hing anstelle der vergilbten Fotografie seines Vaters Assen nun ein Bild, auf dem Schwäne ihr Haupt in einen See tauchten. Erleuchtet wurde dieses Motiv von einem Sonnenuntergang, wie er rosafarbener nicht sein hätte können. Der Herd der alten Petruniza war ausrangiert und in den Hinterhof verbannt worden; an seiner Stelle prangte jetzt ein gemauerter Kamin, der sogar dann Wärme abstrahlte, wenn gar kein Feuer darin brannte. Kurz, jetzt war *Boshura* zufrieden, und *er* fühlte sich fremd in seinen eigenen vier Wänden, in denen es nicht mehr nach Lindenblüten und Bohnenkraut roch, sondern nach Düften, die aus einem unerschöpflichen Damen-Dekolletee aufstiegen. Alle Geräusche klangen nun künstlich, da sie gedämpft waren; der einzig verbliebene menschliche Laut drang aus der Wiege des kleinen Boshidar, ihres Sohnes.

Boshidar war ein seltsames Kind. Hilflos auf der einen Seite, aber dämonisch auf der anderen. Er hatte Boshuras misstrauische Augen geerbt; dazu die Sturheit der Weltschevs. Sie aßen gemeinsam zu Mittag und zu Abend; in der übrigen Zeit war Boshura verschwunden. Wenn sie sich nicht vor dem Spiegel drehte, trank sie englischen Tee mit Maria, der Tochter Gold-Petkos, mit Tante Allwissend oder mit Dora. Sie nahm an allen Aktionen der Frauenvereinigung teil. Und sonntags war sie meist bei ihrer Mutter.

Oft hatten sie Gäste – hier junge Taugenichtse aus dem gediegenen

Kleinbürgertum, da fesche Offiziere, deren ganze Haltung vermuten ließ, dass sie kein Rückgrat, sondern einen Stock im Kreuz hatten. Einmal schleppte diese Bande einen flinken Jongleur an, einen Koreaner, der ihnen den Atem verschlug, als er zwölf Teller – ihr ganzes kostbares Hochzeitsgeschirr – in der Luft herumwirbelte, jedenfalls so lange, bis er selbst außer Atem war und zwei davon zerdepperte. All diese Schnösel erschienen mit ihren Bräuten, waren heimlich aber in Boshura verliebt und sprachen entweder mit ihr oder über sie. Ihr geschraubtes und konfuses Gefasel blieb in den Gardinen hängen; es überzog die Stofftapeten wie Zigarettenrauch und drang in die Teppiche ein wie Schimmel.

Dieses ganze Stegreiftheater aus unterdrückten Seufzern, Blicken, Augenaufschlägen und vorgeblich versehentlichen Berührungen brachte Ilija in Rage, und er fühlte sich, als peitsche jemand ihn mit frischer Brennnessel aus. Er war einfach nicht dazu geschaffen, Komplimente zu machen, leeres Konversationsstroh zu dreschen, und wirkte so im eigenen Hause wie ein langweiliger, aufdringlicher Gast, von dem niemand wusste, wie man ihn loswerden sollte. Und dann rauchte er auch noch diese billigen Zigaretten und löste mit seiner Körperkraft, die an Jack Londons Seewolf denken ließ, allgemeines Unbehagen aus. Nur zu gern überließ man ihn Dora, der Gesellschaftsschneiderin, die ihm mit unverhüllter Verachtung ihre Verehrung bezeugte, oder in seltenen Fällen auch Gina, die eine Napoleon-Patience legte und ihn mit bereits friedlichen, versöhnten Augen betrachtete.

Boshura war attraktiver als je zuvor. Die Mutterschaft hatte ihrer Haut einen Glanz verliehen, der sie unnahbar erscheinen ließ. Sie schämte sich vor den Gästen für ihren Mann. Nur nachts ließ sie seine grobe Männlichkeit gewähren. In diesen kurzen Momenten des Miteinanders, wenn ihr Stöhnen von den schweißnassen Laken aufgetrunken wurde, war er glücklich, weil er dann Boshuras Leidenschaft als seinen Besitz erleben konnte. Er, Ilija Weltschev, war Herr der Seufzer und des Feuers in ihren Augen. Tagsüber hingegen kam er sich seltsam gealtert vor. Die ständig tickende Treuebombe, die Möglichkeit, dass er sie mit anderen teilte, rief einen kaum erträglichen Schmerz in ihm hervor. Er hatte sie geheiratet, um sie zu besitzen, und nun musste er schmerzvoll begreifen lernen, dass dies bei einer Frau, die in ihrer verschwenderischen Fülle der Natur selbst glich, einfach nicht möglich war. Analysen halfen auch nichts. Denn kaum glaubte er, ihr Wesen erfasst zu haben, war sie schon eine andere, ohne dass er hätte sagen können, wie das geschehen war. Jede Bewegung in der Außenwelt befruchtete etwas in ihr. Es war unmöglich, all das unter Kontrolle zu halten. Packte er sie an den Schultern, entglitten ihm ihre Augen. Bannte er ihren Blick, zuckte es erwartungsvoll in ihren Brüsten, weil sie die Eingangstür gehen hörte. Selbst seine nächtlichen Versuche, diese offene Festung gewaltsam und ein für alle Mal einzunehmen, scheiterten kläglich. Am nächsten Morgen entstieg Boshura den Laken mit dem Unschuldslächeln einer Jungfrau am Brunnen und konnte einfach nicht widerstehen, den schmucken Säbel irgendeines pickeligen Leutnants zu berühren, wenn der nur genug funkelte. Selbst Filet-Pena hatte nach einem genaueren Blick auf Boshura Ilija den Lehrauftrag und die hundertfünfzig Lewa zurückgegeben und seufzend gesagt: »Bei dieser Frau kann ich dir leider nicht helfen. Gegen so eine Naturkatastrophe gibt es kein Mittel, da helfen nur Geduld und Beherztheit.«

Was Ilija ebenfalls gehörig zu schaffen machte, war die Untätigkeit. Sie war wie ein Landregen. In der ersten Zeit wirkte sie beruhigend und behaglich, aber dann ging sie ihm immer mehr auf die Nerven. Die Zeit verlor ihre Konturen, die Farben verschwammen. Nur auf Rot reagierte er unvermindert stark, wie ein Stier, der davon einerseits mächtig geärgert wurde, auf der anderen Seite aber nach der Ödnis der Stallbox endlich so etwas wie Lebendigkeit in sich spürte. Das konnte der regionale Rotwein der Sorte Gamza aus Novo Selo sein, aber auch die Morgen- oder Abendröte; am meisten natürlich Boshuras Lippen. Mit der Zeit drang diese gleichmäßig niederprasselnde Untätigkeit klamm und kühl in seine Knochen ein. Sein Kopf leerte sich wie ein gesprungener Krug. Das Bier im »Royal« schmeckte schal. Freunde hatte er ja nie gehabt; nun aber hatte er noch nicht einmal mehr Feinde! Er erwachte des Morgens mit Kopfschmerzen, und sein erster Blick fiel sogleich auf die halbnackte Boshura, die ihm den Rest der Welt verstellte, so dass sich in ihm Begehren und Wut unselig mischten.

Nur ein einziges Mal gelang es ihm, seinen Schwiegervater auf dem linken Fuß zu erwischen. Der alte Babaschov war in seinem Sessel eingedöst und hob seine Augenlider erst, als er schon Ilijas Atem an seinem Ohr spürte. Immerhin besaß er genug Geistesgegenwart, um die Bibel nicht wieder von seinen Knien auf den Boden sinken zu lassen. Zusammen mit dem dicken Buch und dem Sessel bildete er ein Ensemble, das wie für die Ewigkeit geschaffen schien. Ilija sah wieder einmal unscheinbar aus wie eine fleißige Biene nach Feierabend, doch gerade das war ja das Gefährliche an ihm. Drei Jahre waren seit dem Septemberaufstand 1923 vergangen, und sein Geld schlummerte wohlverschlossen in irgendeiner Schublade bei den Babaschovs, so dass er es weder berühren noch gelegentlich nachzählen konnte. Er sagte nur ein einziges Wort: »Wann?«

»Du bist mein Schwiegersohn, mein Teurer«, erwiderte Babaschov mit einer so schwachen Stimme, dass sich sogar der übelste Verbrecher erschreckt hätte, »und musst endlich begreifen, dass ich, wenn ich nicht an *dein* Bestes denke, dann an das meiner Tochter.«

»Aber ... Was soll ich denn machen?«

»Ruh dich aus«, schlug Babaschov milde vor. »Schau, ich zum Beispiel lese die Bibel.«

»Und wovon soll ich mich, bitteschön, ausruhen?«

»Nun ... von allem! Ruh von allem aus ...«

Babaschov befeuchtete seinen dicken Daumen, blätterte die vergilbte Seite aber nicht um. Wie er so dasaß, alt und weise, erinnerte er an eine verschlossene Tür.

2

Jana zog gerade mit einem mütterlichen Lächeln und mehlbestäubten Augenbrauen ölige Teigblätter für Baniza auseinander, bis sie hauchdünn waren, als Ilija sie zu sich rief. Petruna war zu Dora in die Schneiderei gegangen, um ihr bei den Heftnähten zu helfen und das Nähen an der fußbetriebenen »Singer«-Nähmaschine zu erlernen, und Assen trödelte wie immer auf dem Heimweg von der Schule, so dass Jana ein bisschen Zeit hatte, ihren eigenen Gedanken nachzugehen. Es war ein seidiger Frühlingstag, und sie sah durchs Fenster, wie Bai Joto, der Schuster, fluchend seinem knochigen Schwein hinterherrannte; man sah deutlich, dass dieses Haschenspielen beiden Seiten Vergnügen bereitete. Da kam Ilija mit brennender Zigarette herein, heftete seinen Blick auf die Teigblätter, als wären es Landkarten, und sagte:

»Schwägerin, komm rüber, ich habe dir etwas zu sagen.«

Er ließ ihr noch nicht einmal Zeit, sich die Hände zu waschen, sondern ging voraus in den Salon, gewohnt, dass seinem Wort unverzüglich Folge geleistet wurde. Der zähe Teig klebte ihr an den Fingern, als wolle er sie in der Küche zurückhalten. »Ich komme schon«, sagte sie, aber zuerst folgte sie Ilija nur mit Blicken. Die ganze Nacht hatte sie neben dem kleinen Boshidar verbracht. Das Kind war krank, Boshura, die leibliche Mutter, wollte aber deswegen auf ihren Schönheitsschlaf nicht verzichten, und es war wieder einmal an Jana hängen geblieben, die ganze Nacht sein Greinen zu ertragen. Es lag ihr noch immer in den Ohren.

Soweit das in dem kleinen Haus möglich war, wählte sie stets den denkbar längsten Weg in den Salon. Dort roch alles nach Boshura. Dort war ihr alles fremd, von den Bronzeleuchtern bis hin zu den Spiegeln, in denen sich ihre Angst reflektierte, nur ja nicht aus Versehen etwas umzustoßen. Sie schrubbte dort zwar den Boden, fasste aber die ganzen teuren Nippes nicht an. Sie sah Ilijas Rücken, der sein weißes Hemd ordentlich spannte. In der Hand hielt er einen Bleistift. Damit klopfte er im Takt des Uhrpendels auf eine Reihe weißer Blätter. In diesem langen Augenblick begriff sie die Folgen, noch bevor sie sich der Ursachen wirklich bewusstgeworden war.

»Ich habe dich gerufen«, sagte Ilija und reckte sich, »damit wir reinen Tisch machen, was unser Vermögen angeht.« Er hielt ihr die vollgeschriebenen Blätter unter die Nase, und Jana wurde ganz schwindlig angesichts der ungeheuren Arbeit, die Ilija sich gemacht hatte. Für sie kamen all diese Zahlen aus dem Nichts, und ihr schien es so, als habe er sie sich ausgedacht. »Die Herberge war fertig bis zum ersten Stockwerk, den Rest habe ich zu Ende gebaut. Die Kneipe hat zuletzt keinen Gewinn abgeworfen, weil der Wein im Einkauf teurer geworden ist. Beide sind – möge dem Täter die Hand verdorren – abgebrannt.«

Sie folgte seiner Stimme schleppend wie ein Netz dem Fischerboot. Wegen ihrer teigverklebten Hände wagte sie es weder, sich an der Stuhllehne festzuhalten, noch an der Spitzentischdecke, die karoförmig über den Tisch gebreitet war.

»Also … Die Nachfeier für Jordan hat einhundert Lewa gekostet. Da habe ich Assen neue Schuhe gekauft, deshalb stehen hier noch einmal sechs Lewa. Aus Boxkalf-Leder waren die, du erinnerst dich sicher.«

Sie war sprachlos über die Detailliertheit seiner Aufstellung, dachte aber immer noch mehr an das, was daraus folgen mochte, als an das, was sie vor Augen hatte. Sie nickte zustimmend, was sie später oft bedauern sollte. Die Trauerfeier für Jordan war ja keine Einkaufstour ihrerseits, sondern eine heilige Familienangelegenheit, deren Ausrichtung ihr von der alten Petruniza mit genauen Anweisungen aufgetragen worden war. Da bleibt ja nichts mehr übrig, zog sie am Ende mit verwunderlicher Ruhe für sich Bilanz. Das war ja, als hätte Jordan seinen Kindern und ihr nichts als das Unkraut im Garten, die Spinnweben im Keller und den Brandgeruch der Herberge hinterlassen. Als Ilija mit seinen Ausführungen endete, sah er erschöpft aus, erschöpft, aber hochzufrieden:

»Ich schulde dir also noch eintausend Lewa.« Er betonte das Wort »eintausend«. Jana dachte mit Blick auf all die Jahre, die sie noch für ihre Kinder sorgen musste: Nur tausend Lewa!, doch dann fügte sie in geübter Demut hinzu: *Immerhin* tausend Lewa!, denn auch das konnte Ilija sich ja noch anders überlegen, vielleicht gar zu dem Schluss kommen, dass sie ihm noch Geld schuldete, sie, die ihn fünfzehn Jahre lang wie eine Haushälterin versorgt und bedient hatte und nicht nur seine schwarzen Launen und gelben Unterhosen ertragen hatte, sondern nun auch noch sein verwöhntes Balg aufzog, dessen Name »Boshi dar – Gabe Gottes« eher wie ein schlechter Scherz wirkte als wie eine freudige Begrüßung im Leben.

»Also tausend Lewa«, erwiderte Jana wie ein Echo, doch dann verließen sie auch schon wieder die Kräfte, und statt Empörung angesichts des Gewichtes ihrer Stellung im Haus empfand sie nur Schwäche und das Gewicht der Teigklumpen zwischen ihren Fingern. Sie war sich klar darüber, dass Ilija sie und ihre Kinder im Handstreich beraubt hatte; doch wenn er das wollte, warum dann so viel Umstände? Er hätte doch genauso gut mit der Faust auf den Tisch schlagen und sagen können: »Das ist mein Haus! Hier hast du tausend Lewa, nimm deine Kinder, Sack und Pack und verschwinde!« Ihr aber diese Kleinkrämerliste vorzulegen und auch noch Punkt für Punkt vorzulesen – was sollte sie denn davon halten? Gar nichts hielt sie davon, sondern dachte nur: In der Zeit, in der er über diesen

Blättern gesessen hat, hätte er auch das Unkraut im Weingarten jäten und ihn umgraben können; oder er hätte Hühnerställe im Hinterhof bauen können.

»Unterschreib«, befahl Ilija. Sie fügte sich. Und unterschrieb.

Ilija sah nicht sehr dankbar aus, nicht einmal zufrieden. Er wirkte eher wie ein Mann mit starken Zahnschmerzen, als er das Tuch aufband und ihr die zerknitterten Geldscheine hinzählte.

3

Als es aufkochte, nahm Jonka das Kaffeetöpfchen rasch von der Flamme. Der Kaffee aus schlecht geröstetem Kichererbsenmehl hatte ordentlich geschäumt. Der Sud selbst glich einem Aufguss gegen Erkältungen und roch irgendwie nach schlechtem Tabak und verbranntem Getreide. Alle kommen sie zu mir, dachte Jonka, weil mir das Schicksal aufgetragen hat, die Familie zusammenzuhalten; aber wie soll ich das Grab Jordans mit dem aggressiven Charakter Ilijas zusammenbringen, die tote Vergangenheit mit der lebendigen Zukunft? Ja, alle kommen sie zu mir – aber das Einzige, was ich machen kann, ist, nichts zu vergessen.

Sie goss den Kornkaffee in die beiden türkischen Tässchen und setzte sich Jana gegenüber aufs Bett. Aus dem Pferdestall drang der Schluckauf des angetrunkenen Todor, der seinen Pferden wieder einmal vom Fluch der Unfruchtbarkeit erzählte, und vom großen Krieg, bei dem er seinen Arm verloren hatte. Jana erwartete offenbar keine Hilfe, nicht einmal Mitleid; sie musste sich einfach nur alles von der Seele reden und hatte zu diesem Zweck das Schweigen Jonkas dem Schweigen Elenas vorgezogen. Sie fühlte sich sicherer in diesem einfachen, gekalkten Zimmer als in dem mit Büchern vollgestopften Arbeitszimmer des grausam ertränkten Anwaltes Kamenov.

Jonka fragte sich, warum Ilija nun das getan hatte, was Jana ihr da brühwarm erzählte. Sicher wollte er wieder einmal einen Schlussstrich unter etwas ziehen, und war dann gezwungen gewesen, sich von allem zu trennen, um endlich aus dem Schatten Jordans heraustreten zu können.

Jana nippte an ihrem Kaffee und schüttelte den Kopf wie ein Kind, das

das Alphabet lernt. Sie sah gealtert aus an diesem frühen Nachmittag, denn jetzt musste sie nicht nur Frau und Mutter sein, sondern auch Mann und Vater ihrer beiden Kinder.

»Jetzt habe ich gar nichts mehr«, sagte sie.

»Du hast tausend Lewa«, antwortete Jonka, doch in ihren Worten lagen weder Freude noch Trost; sie klangen noch nicht mal wie: »Damit musst du dich halt abfinden«, sondern wie ein Fluch. Jonka wusste schon, was sie tun wollte. Damit es die Männer erfuhren, mussten es zuerst die Frauen wissen; so würde sich die Kunde in der Stadt verbreiten wie eine Malaria-Epidemie, gewaltig und unaufhaltsam hochlodern wie die brennende Herberge und Ilija vielleicht auf diese Weise stoppen. Denn das Gute lässt sich nicht immer mit Magie herbeizaubern, sondern manchmal auch nur, indem jemand durch Schamgefühle gehindert wird, Schlechtes zu tun. Jonka fühlte eine merkwürdige Leere in ihrem Herzen. Sie hatte ihre zwei ältesten Brüder verloren. Der dritte hatte jeden Kontakt zur Welt verloren und schrieb mal agitatorische, mal Liebesgedichte im Pferdestall Ginas. Und der vierte? Den konnte sie eigentlich nur noch hassen! Furchtbar.

Und wie immer in den Stunden schweren Herzeleides öffnete sie die alte Truhe, wühlte in dem ganzen Kram herum und fischte Babywindeln und Kindersöckchen heraus, die die alte Petruniza ihr zur Hochzeit geschenkt hatte. Sie hatten noch den seidigen Glanz echter Wolle bewahrt, sahen unvorstellbar winzig aus in ihren Händen und rochen bitter nach Kinderlosigkeit und inwärts geweinten Tränen.

4

Die Veränderung im Verhalten der Leute war sofort spürbar, obwohl die Worte dieselben blieben. Wenn sie Jana und ihren Kindern begegneten, schlugen sie vor Betretenheit die Augen nieder. Die Luft zwischen Jana und ihnen war gleichsam elektrisch geladen, und ihr Kattunkleid wie von Schuppen bedeckt: eine arme kleine Meerjungfrau. Diese Veränderung hatte zur Folge, dass sie nicht einen Augenblick in Ruhe etwas denken konnte, was die Leute sich nicht auch schon gedacht hatten. Der Schlaffe Kosta war überzeugt davon, dass Jana sich einen Weingarten kaufen würde, aber der Dankbare Kotscho schnalzte nur verneinend mit der Zunge und antwortete, dass so ein Weingarten, wenn er tragen sollte, von einem Mann bearbeitet werden musste. Im dekorativ ausgemalten Salon des Frauenwohltätigkeitsvereins häkelten die Frauen Spitzen für Nachthauben und bemühten ihre Fantasie, um eine Antwort auf die Frage zu finden, was sie wohl mit tausend Lewa anfangen würden. Miza Ilieva, der Frau des ehemaligen Bezirksvorstehers, fiel ein bescheidenes Häuschen in Ocker ein, mit hängender Weinlaube und Petunienbeeten, während die Vertreterinnen des ehrbaren Kleinbürgertums auf einem Lädchen mit langer Theke und Messingglocke vor der Tür bestanden.

»Es ist doch furchtbar, tausend Lewa zu haben«, meldete sich Dora nachdenklich, »denn am Ende des Geldes siehst du, dass es wirklich nur tausend waren.«

Jana hatte nichts von ihrer Schönheit verloren, aber sie hatte ihr Zuhause verloren. Für die Leute war sie zum Problem geworden, einem Problem, das sie über Gebühr beschäftigte und so lange beschäftigen würde, bis es auf einigermaßen akzeptable Art und Weise gelöst war und die Dinge wieder an ihrem althergebrachten Platz standen. Niemand wagte es, Ilija öffentlich zu verurteilen, vielleicht auch deshalb, weil niemand ihn je wirklich gemocht hatte. Selbst die Frauen im Dampfbad, die sich ansonsten keinen Zwang antaten und frei heraus sagten, was sie dachten, verteufelten ihn nicht; sie hatten ihn ja auch vorher nicht gerade für einen Engel gehalten.

Und so ging sie, Jana, durch die Menge auf dem Markt wie eine Kranke. Mitfühlend machte man ihr Platz, aber wenn sie vorüber war, wurde getuschelt. Dontscho, der Metzger, machte bei ihr einmal eine Ausnahme und legte nicht den Daumen mit auf die Waage, wenn er das Fleisch für sie abwog; doch auf Pump gab er ihr nicht einmal Schweinerippchen, denn zahlungsunfähig war sie ja wohl mit ihren tausend Lewa auch nicht gerade, he? Jana fühlte sich noch nicht einsam, doch dass sie sich in einen für diese Stadt unerträglichen Sonderfall verwandelt hatte, das entging ihr keineswegs. Dieses Wissen quälte sie denn auch weit mehr als die dauerhaft schlechten Leistungen ihrer Tochter in der Landwirtschaftsschule.

Der einzige Mensch, der es wagte, sie auf der Hauptstraße anzuhalten, war Trentscho, der Barbier. Er segelte auf Eau-de-Toilette-Duftwolken heran mit Augen, deren Blicke wie mit dem Rasiermesser geschärft waren. Sie standen einander gegenüber und schwiegen. Jana musste auf einmal an Jordan denken, und ihr Herz krampfte sich zusammen. Seine Grobheit und Achtlosigkeit wehten sie jetzt an wie eine Liebkosung; sein dunkles und ewig mürrisch dreinblickendes Gesicht kam ihr vor wie das Babylächeln Assens. Er war und blieb in ihr, war und blieb ihr Herr und Gebieter – doch er war eben nicht mehr da. Jana kam zu sich, bemerkte, wie Trentscho rot anlief, bevor er mit seiner öligen Stimme fragte:

»Und, wann heiraten wir?« Als keine Antwort kam, fuhr er fort: »Schau mal, meine Kinder sind schon groß, und deine haben auch längst ihre Milchzähne verloren. Du bist allein wie eine Nachteule, und ich? Ich kann mich umschauen, wie ich will – ich seh auch immer nur meine eigene Visage.« Er trat zur Seite, um ein paar Leute vorbeizulassen, und lugte dabei in ihre Einkaufstasche. »Ah, Schweinerippchen hast du gekauft. Schön, schön …«

Diese einfachen Worte enthielten mehr Bitte als Liebe und kamen aus jenem fortdauernden Leiden, bei dem man sich irgendwann gar nicht mehr an den Grund erinnern kann und das seinen Sinn nur aus seiner ewigen Wiederholung bezieht. Und wenn so etwas an einem heißen Julitag passierte, konnte wirklich niemandem die Schuld daran gegeben werden. Jana sah, wie Trentscho der Schweiß über das schmale Gesicht lief, wie das Rasiermesser in seiner Hand Halbkreise in die Luft schnitt. Alles um sie herum schien den Atem angehalten zu haben und nur auf sie zu schauen: Die aufgeheizte Mauer des Hauses der Babaschovs; die alte Frau, die im fleckigen Schatten des Maulbeerbaums saß; Bobozov, der am anderen Ende des Platzes mit wichtiger Miene Sonnenblumenkerne zwischen den Schneidezähnen aufknackte, und die Taube, die sich mit behutsamen Schritten einen Platz auf dem Vordach der Bezirksverwaltung suchte, um es dann zielstrebig zu bescheißen.

So viel Stillstand hatte Jana noch nie erlebt. Ihr war, als sei ihr ganzes ins Stocken geratene Leben Bild geworden, ein Bild, dem das erbarmungswürdige Lächeln Trentschos seinen flauen Stempel aufdrückte. Würde dieser staubigheiße Nachmittag nun nie mehr enden? Jana schwieg, doch auch Trentscho machte keine Anstalten, zu gehen. Aus seiner Barbierstube sprang Pope Iliev heraus, zur Hälfte eingeseift, erstarrte aber auf der

Schwelle. Da spürte sie, dass sie jetzt irgendetwas sagen musste, damit die Welt vor ihren Augen sich wieder bewegen konnte, und so sprach sie, während der Schmerz über Jordan sie wie eine Stichflamme durchfuhr: »Gut, gut dann …«

5

Die Hochzeit war still und bescheiden, geschmückt nur von den vier frisch gebadeten Kindern Trentschos, von Assen und der pubertierenden Petruna, die die vierte Klasse auf der Landwirtschaftsschule wiederholen musste, aber bereits größere Brüste und kokettere Augen hatte als ihre Französisch-Lehrerin. In der allgemeinen Beklommenheit hüstelte Vater Anissi während des Traugottesdienstes in der Quellkühle der Kirche mehr, als dass er sang. Jana sah versöhnt aus in ihrem Brautkleid, das schwarz war wie für eine Trauerfeier. Trentscho roch nach Pomade und hielt die dicke Wachskerze wie einen Dolch in der Hand. Nur wenige hatten sich eingefunden, um diesen Neuanfang der beiden zu begleiten; doch als sie aus der Kirche heraustraten, fühlte Jana Hunderte von Augenpaaren auf sich gerichtet, die versteckt hinter Hofmauern ihren Weg säumten wie Spießruten. Das Neugier zu nennen, wäre nicht angemessen. Für die Leute war es der Abschluss eines akrobatischen Aktes, der sich monatelang auf einem über der Stadt gespannten Seil abgespielt hatte und nun glücklich mit dem Sturz des Akrobaten geendet hatte. Jana schritt denn auch mit einem Gefühl glücklicher Erleichterung aus; sie hatte die Stadt von sich befreit und ganz nebenbei auch noch ihrem Bräutigam die Existenz gerettet. Dieser nämlich schuldete der Gemeinde zweihundert Lewa und Dimo Babaschov noch einmal doppelt so viel. Wenn Jana nicht gewesen wäre, hätte er seinen Laden dichtmachen müssen.

Noch am selben Tag, als er das Geld zurückzahlte, gingen sowohl Herr Petkov als auch der alte Babaschov, um sich von Trentscho rasieren zu lassen, und dies war nur der Beginn einer langen Phalanx von Bärten und Haarsträhnen, die in dieser Woche unter seinen Messern und Scheren fielen; manche kamen sogar mehrfach. Die Einzigen, die sich nicht blicken ließen, waren Ilija und Janas Sohn Assen.

Abends kam Trentscho glücklich ermüdet heim. In seiner Tasche klimperte es wundervoll nach kleinen Geldstücken. Er zählte die Tageseinnahme unter dem Licht der Petroleumlampe und den Augen aller sechs Kinder. Dann brach er das Brot, schaute mit verschleierten Augen zu Jana und sagte mit der Stimme eines unangefochtenen Familienoberhauptes:

»Krautwickel ... mmmh, wunderbar. Hab lange keine Krautwickel mehr gegessen!«

6

Das Wetter im Frühjahr 1926 war fast so heimtückisch wie die Politik; hier gab es viel Schneematsch und unerwartete Frosteinbrüche, dort hatte die Regierung Liaptschev eine Teilamnestie verkündet. Christo aber lag noch immer in Ginas verwaistem Pferdestall. Alles, Kälte, Sonnenlicht, Wolkenschatten und Feuchtigkeit, drang durch ein kleines, verstaubtes Fensterchen herein. Der Stallrevolutionär las gerade mit Begeisterung Charles Darwins »Die Abstammung des Menschen« von 1871. Er öffnete das Buch wie eine Bibel, machte sich viele Notizen und noch mehr Gedanken. Hatte er sich in den ersten Jahren seiner freiwilligen Schutzhaft noch mit allen Einzelheiten des Stallinneren beschäftigt, so folgte er jetzt mit ähnlicher Aufmerksamkeit fürs Detail den Ausführungen Darwins über die Herkunft des Menschen. Die Theorie bildete ein ähnliches Schutzgehäuse wie dieser Stall. Daneben lagen auf seinem Schlafplatz einige Bände Turgenjev, »Viktoria« von Knut Hamsun und »Alaun« von Hanns Heinz Ewers. Doch im Gegensatz zum Schutzraum der Darwin'schen Theorie weckten diese Bücher in ihm den Wunsch, aus dem Stall hinauszurennen und sich zu einem Bad ins noch eisige Wasser der Donau zu stürzen oder sonst irgendetwas jungenhaft Unbesonnenes zu tun, das mit rationalen Begründungen nicht aus der Welt zu schaffen war. Er hörte auch nicht auf, über die Rolle der Arbeit nachzudenken, über die Umstände, die den Affen zum Menschen gemacht hatten, diesen geheimen Mutationsmechanismus in der Natur, der Affe und Mensch gleichermaßen von Schuld befreite.

Tante Allwissend kümmerte sich um ihn, wie man sich eben um einen armen Verwandten kümmert: sehr wortreich und sehr tatenarm. Sie verließ, wenn sie zum Stall ging, ihr Haus mit einer so übertriebenen, in die Augen stechenden Unauffälligkeit, dass die Nachbarn sofort Bescheid wussten, dass Gina wieder unterwegs war zur nächsten Heldentat im Bereich selbstloser Menschlichkeit. Ein paarmal ließ sie vor Christo die Tränen laufen, verfluchte die Weltschev'sche Sippe unter besonderer Berücksichtigung der Hässlichkeit Ilijas und des sündigen Selbstmordes von Panto. Sie klagte unbeholfen, Christo hörte unbeholfen zu, ohne ihr Lamento mit auch nur einem Wort zu erwidern. Dies wiederum gab Gina Anlass, vor Elena beiläufig zu erwähnen: »Nach meinem Dafürhalten hat Christo so viele Worte in sich angehäuft, dass nicht mal eines davon wieder herausfindet. Der Ärmste …«

Trentscho rasierte ihn jeden zweiten Abend und erzählte ihm, während er neben dem Petroleumlicht den Rasierschaum anrührte, den neuesten Klatsch aus der Stadt, unterrichtete ihn über politische Ereignisse und die nicht sehr kollegiale Konkurrenz der neuen Barbierstube »Sirene« – eine übelriechende Spelunke, in der die Kunden sich bloß Furunkel und Flechten einhandelten. Christo wischte sich den Rest Schaum aus dem Gesicht, mit dem Gefühl, dass er sich in einem großen und formlosen Ozean verloren hatte, und das erfüllte ihn mit Verzweiflung. Über alles unterrichtet, war es ihm, als wäre er zugleich im Stall und draußen bei den Leuten – aber in Wirklichkeit war er nirgendwo. Nur vor Trentscho wagte er es, einige seiner pathetisch-geschwätzigen Gedichte vorzulesen, in denen immer mindestens einmal entweder das Wort »Liebe« oder das Wort »Revolution« vorkam. Das lyrische Ich trat in diesen Versen so pompös in ein Bad aus derart gleißendem Licht, dass der Kontrast zum düsteren Pferdestall von Tante Allwissend nicht größer sein konnte. Wenn er die Gedichte vorlas, senkte er bedeutungsvoll die Stimme, doch damit wollte er nur vertuschen, dass er ebensowenig verstand, was er da fabriziert hatte, wie Trentscho. Seltsam war nur, dass Christo nicht ein einziges Mal den Septemberaufstand und Anwalt Kamenov erwähnte, so wie akademisch gebildete Söhne nur ungern von ihren Vätern erzählten, die noch nach Scholle und Mist rochen. Am befremdlichsten war sein Benehmen jedoch, als der Schlaffe Kosta ihm eine Ausgabe der Zeitung brachte, in der die Teilamnestie gemeldet wurde. Christo las sie einige Male, und sein Gesicht verfinsterte sich, als sei ihm etwas zuwider; dann seufzte er, so, als hätte er plötzlich verstanden, dass ihn das nicht betraf, und dass er niemals aus diesem Pferdeschuppen herauskommen würde.

Was den Schlaffen Kosta irritierte, als er später von seinem Besuch erzählte, war, dass er auf die Frage, ob Christo sich gefreut habe, keine Antwort geben konnte. »Weder Freude noch Angst«, sagte er unsicher und trank von seinem sauren Wein, »sondern einfach nur Gleichgültigkeit, totale Gleichgültigkeit.«

7

Da saß sie also wieder auf dem Ledersofa, zerbrechlich wie eine teure chinesische Porzellanfigur, und strahlte Ergebenheit und Unruhe zugleich aus. Sie war noch immer in Trauer. Petkov registrierte, dass ihr schwarzes Kleid hochgeschlossen war. Er musste an einen Theatervorhang denken, gefallen nach dem letzten Akt einer Tragödie. Da fiel ihm der Kontrast auf: Sie so ganz in Schwarz … und ihr Vater damals kreideweiß! Doch seltsamerweise beruhigte ihn dieser Gedanke. Je größer die Distanz zwischen ihnen war, desto mehr Platz hatten ihre Gefühle, sich auszubreiten. War das nun Hass oder Liebe? Wenn man bedachte, wie gut sie sich voreinander hüteten, konnten sie sich eigentlich auch freimütig lieben.

Der Bezirksvorsteher war in einer besonderen Verfassung. Seit Jahren machte ihm seine Überlegenheit über die anderen zu schaffen, die Verachtung für seine Umgebung, insbesondere für die provinzielle Trägheit dieses Städtchens, das sich zwischen Festungsgraben und Fluss hingekauert hatte wie ein Schaf. Das Schicksal hatte ihm ein Los als Schmierenkomödiant zugeteilt, und das, wo er doch das Zeug hatte, selber Stücke zu schreiben und sie zur Aufführung zu bringen. Er musste eine Hundertschaft stumpfsinniger und verpennter Polizisten kommandieren, dabei hatte er das Zeug zum Innenminister; und statt Heldentaten zu vollbringen, sammelte er Glasfigürchen. Sein Verstand war seinen Machtbefugnissen weit überlegen, und das brachte seine Position ins Wanken und zog seinen Intellekt ins Lächerliche. Er hatte sich in sein Schweigen, sein schmerzliches Sich-Abfinden zurückgezogen, eben in die Gegenwart Elenas und ihre nicht enden wollende Trauer. Er fühlte sich wie ein Gymnasiast, der zu seiner ersten Verabredung geht, ohne jede Hoffnung, dass die Angebetete am vereinbarten Treffpunkt tatsächlich auf ihn warten könnte. Ja hoppla, was war denn das? Er hatte sogar Angst, sich eine Zigarette anzuzünden! Und in der hereinbrechenden Dämmerung war er unsicher, ob er schon den Schalter der elektrischen Stehlampe mit dem Seidenschirm betätigen – oder doch noch etwas warten sollte. Es wurde kühl draußen, oder? Jedenfalls fröstelte ihn. Als er schlucken wollte, war seine Kehle trocken.

Das Telefon klingelte und zerriss etwas in der Luft. Im massiven Spiegel schimmerte ihm der Glanz seiner Epauletten entgegen. Der Zauber war zerstört. Nun konnte er nicht mehr schweigen, so wie Elena nicht mehr zu reden beginnen konnte.

»Sie haben sicher von der Amnestie gehört, gnädige Frau, dieser unerhörten Geste der Milde vonseiten der Regierung, die ich persönlich nicht gutheiße. Denn wenn *sie*« – das letzte Wort schrie er heraus, und seine geballte Faust war bereit, auf den Schreibtisch zu donnern – »... wenn *sie* uns bezahlen, um ihnen den Rücken freizuhalten, dann können *sie* uns danach nicht selbst in den Rücken fallen!«

Petkov verlor plötzlich den Faden. Einen Augenblick lang stand er da wie ein Blinder, der sich übers Gehör Orientierung zu verschaffen versucht. Dann griffelte er an seinen Akten herum, krakelte etwas mit seiner Schreibfeder auf ein Blatt und zerdrückte entschlossen den Rest seiner Zigarette. Er war zur Konfrontation bereit wie ein frisch beschlagener Pferdehuf.

»Gut denn«, fuhr er mit bereits gefährlich schmeichelndem Unterton in der Stimme fort, »fügen wir uns also ... Wir, die niederen Beamtenränge, fügen uns immer, egal, *was für ein* Schwachsinn kommt und *von wem*. Wir fügen uns vorbehaltlos genau deshalb, weil wir die Macht haben, zu fremdem Wohl mit der Macht zu wedeln und die Macht auszuüben. Wir, die wir den Mut haben, dem Schwachsinn Einhalt zu gebieten, wenn nötig, auch mit Gewalt – wir fügen uns! Da haben Sie mal eine kleine Einführung in die Paradoxien unseres Berufes.« Bei sich aber dachte er verwundert: Was ist das denn? Ich beklage mich ja vor ihr, zeige Selbstmitleid. Kann ich ihr mehr entgegenkommen? Ist das wirklich das Einzige, was ich für sie und mich tun kann?

Er betätigte den Kippschalter der Tischlampe. Das aufflutende Licht legte sofort gnadenlos Distanz zwischen ihn und sie. Die Einrichtung wirkte auf einmal ärmlich; der Spiegel füllte sich dafür umso mehr.

»Richten Sie bitte Ihrem Herrn Gemahl aus …«

»Ich habe meinen Mann seit zweieinhalb Jahren nicht mehr gesehen«, unterbrach Elena ihn mit künstlichem Lächeln.

»Über zwei Jahre …«, nahm der Bezirksvorsteher mit gespielter Trauer ihre Worte auf, sah aber aus wie ein Mann, der sich im Aufbruch befindet. »Wie die Zeit vergeht … Und was ist, wenn er sich nur irgendwo versteckt hält, in irgendeinem Heuschober oder Pferdestall zum Beispiel?«

»Wie bitte?«

»Sie haben mich schon richtig verstanden.«

Mit ihrem Gesicht verriet Elena nichts, doch auf der schwarzen Unbeweglichkeit der Trauer, die sie trug, blieb nicht die kleinste Regung verborgen. Während Elena sich bemühte, das gestrickte Dreieckstuch nicht aus den Händen zu verlieren, dachte Petkov mit diabolischem Vergnügen: Ich werde ihn fertigmachen, diesen kleinen Revoluzzer, ich werde ihn richtig schön kleinkriegen … Wenn es anders nicht geht, dann werde ich mich eben so bei ihr rächen!

»Betrachten Sie Ihren Mann als vollkommen frei«, sagte er in die eingetretene Stille, »so schwer das auch ist.«

»So schwer das auch ist«, echote Elena matt, und Petkov blieb nicht verborgen, dass sie seinen Worten einen vollkommen anderen Sinn beilegte.

8

Der Brief kam Christo vor wie eine trübe Quelle. Er war einfach nicht klar formuliert, und wie zum Ausgleich dafür übersät mit Achs und Ohs und bekräftigenden Satzzeichen. Anfangs hegte er Zweifel, ob er überhaupt von Elena geschrieben worden war, doch er kannte ihr »O« viel zu gut – es war rund und klar wie ein Kratersee –, ganz zu schweigen von ihrem »W«, das dem Flügelpaar einer Taube glich … überhaupt ihre ganze Handschrift, großzügig und beherrscht zugleich wie ein deutliches Flüstern. Ihre Mitteilungen waren überdies immer lakonisch gewesen und hielten sich in der Aussage ans Praktische, fast so, wie er es aus der Armee während des Krieges kannte. Es musste etwas geschehen sein, und Christo musste bis um fünf Uhr warten, jenem Moment, in dem die Sonne endlich jenen Spalt zwischen dem Geäst der Sauerkirsche fand, durch den Licht auf seine Lagerstatt unterhalb des abgenutzten Pferdegeschirrs fiel.

Sich in Geduld zu üben, das hatte er nun weiß Gott gelernt. All diese Tage, Wochen, Monate und wechselnden Jahreszeiten, die er im Pferdestall verbracht hatte, zwischen der lautlosen Arbeit der Spinnen und den kaum hörbaren Kopulationen der Mäuse; der tumben Schläfrigkeit tags und der unerträglichen Schlaflosigkeit nachts waren eine ganze Ewigkeit, ein Zeitgebirge, gegliedert nur durch den ebenso seltenen wie kurzen Gang zwischen Plumpsklo und Maulbeerbaum, bei dem er sich die Beine vertreten konnte und berauscht wurde vom Duft nach wildem Holunder, nach Ozon und den Wassermassen der Donau, die die Erinnerung an zweitausend Flusskilometer in feinen Partikeln und Schwemmgut mit sich führten. Er hatte die Welt nicht vergessen, nein, doch er selbst hatte sich in eine Erinnerung verwandelt, und wenn er noch etwas Neues lernen konnte, so war es die Geduld der Wurzel, die sich urlangsam in die Erde bohrte.

Morgens erwachte er wie zerschlagen. Was ihn rettete, war ein kleiner Selbstbetrug – der Gedanke: Heute habe ich schrecklich viel zu tun! Er kaute auf dem alten, bröckeligen Brot herum, fütterte die Ameisen, die von irgendwoher kamen, wie ein Güterzug auf Beinen den Stützbalken entlangkrabbelten, und wieder irgendwohin verschwanden. »Meine Freunde, die Ameisen«, nannte er sie. Und um etwas festzustellen, stellte er fest: »Meine Freunde, die Ameisen, kommen von irgendwoher und kehren wieder irgendwohin zurück.« Irgendwann, unmerklich fast, und trotz des erbitterten Widerstands seines Bewusstseins, stellte sich die Bilanz ein, in Form ungeordneter Bilder: Da war der lange Schützengraben in einer endlosen Ebene, wo Pferd und Mensch gleichermaßen untheatralisch starben; er sah den kleinen Saal des Klubs »Saitenklänge«; die Mondnächte, die er mit Jordan am Ufer der Donau verbracht hatte, diesem Fluss, der so ohne Anfang und ohne Ende war wie die Ungeduld seines großen Bruders. »Oder nehmen wir«, redete er laut mit sich selbst, »die Hauptgeschäftsstraße im Sommer und im Winter, die Hauptgeschäftsstraße ganz früh am

Morgen …« Doch ganz gleich, ob nur die Hauptgeschäftsstraße oder die ganze Stadt: Alles war so eintönig! Es wiederholte sich so endlos … Und dann diese Leute, die sich hin und her bewegten, um zu leben, um ihre Kinder durchzubringen. All das erschien ihm viel enger, viel leerer als dieser Stall, in dem er lag! Und wenn er sich nun den Klub der Sozialisten betreten oder in unwillkürlicher Begeisterung mit beiden Händen die Hand des feurigen Redners Kamenov schütteln sah, dann – so wurde ihm nun klar – war dies nichts anderes als der Versuch, dieser bedrückenden Enge und seelischen Eintönigkeit zu entkommen in Richtung von etwas Großem, in dem er sein Leben ansiedeln konnte.

Und so gelangte Christo in seiner Bilanz langsam *zum Aufstand,* so wie manche mit fatalistischer Tapferkeit unbeirrt ihren Weg in den Untergang bis zu Ende beschreiten. Er, Christo, hatte unterwegs Elena kennengelernt, und nun fragte er sich, wie lange er mit ihr eigentlich zusammengelebt hatte? Er hatte doch ununterbrochen fortgemusst, und sie war immer dieselbe geblieben. *Das andere* aber hatte ihn nie verlassen. Dieses andere war größer als seine Heimatstadt, ja größer als alle Städte, die er je gesehen hatte! Es veredelte seinen Geist, beschenkte ihn mit dem Gefühl, ein höheres Dasein zu führen, und konnte in seiner Größe bestenfalls noch mit dem Fluss, der Donau, verglichen werden. »Die Revolution – das ist die Vollendung!« Doch je näher der Aufstand gerückt war, desto mehr war Christo sich darüber klargeworden, dass er ihn als Idee brauchte, nicht aber als reales Ziel. Die Stunden, die er in den Hütten und Häuschen der Dörfer verbracht hatte, hatten nicht seinen revolutionären Willen gestärkt, sondern ihn nur gepeinigt. Der Geruch nach Lehmboden und Holzfeuer, die bärtigen Gesichter der Männer und der ölige Glanz des Revolvers, der mit dem Gewicht eines schweren Kieselsteins in seiner Tasche steckte …

Nun kam der bedrückendste Moment seiner Bilanz – das erbärmliche Ende, als Polizeihauptwachtmeister Bobozov mit seinen Mannen unangemeldet zur Hausdurchsuchung mit anschließender Verhaftung gekommen war. Was hatte er denn getan, als Bobozov den unbeugsamen Kamenov brutal mit dem Handrücken über den Mund geschlagen hatte, dass der Eimer mit dem Jod wankte, überschwappte und der Geruch nach Krankenhaus und Wunde sich im schwach erleuchteten Hausflur ausbreitete? Er war weggelaufen! Was, als Elena in ihrem Entsetzen versucht hatte, ihre Brüste mit dem Dreieckstuch zu bedecken, und sie dabei vor Aufregung noch mehr entblößt hatte – hatte er da schützend seinen Arm um sie gelegt? Nein und wieder nein! Weggelaufen war er, einfach weggelaufen – geflüchtet vor allen Folgen für sich selbst, und geflüchtet davor, mitansehen zu müssen, was den Seinen widerfuhr. Er hatte die Tür zum Schlafzimmer hinter sich zugezogen, einen flüchtigen Blick auf das Drunter und Drüber im Schlafzimmer geworfen, dann seinem kleinen Sohn Alexander ins bitter weinende Gesicht geschaut, ganz und gar von der Panik erfüllt, sein Vater könne ihn verlassen – und dann hatte Christo genau das getan. Er war um das Bett herumgegangen, hatte das Fenster weit geöffnet (oder besser gesagt: hastig aufgerissen!), die vom Mondlicht angestrahlten Weinranken taxiert, die fest, wie angeschraubt an die Hausmauer wirkten – und war ins Freie gestiegen. Er fiel ungeschickt auf den Boden und schlug sich die Knie blutig. Die Stille beschattete ihn wie die Schwingen eines Raubvogels. Die Leere der Straße erschien ihm wie eine offene Einladung. Worauf wartete er noch? Und da rannte er auch schon, rannte wie ein gehetztes Wild, lief, bis ihm der Speichel aus den Mundwinkeln tropfte. Rannte fort.

Mit dieser Selbsterkenntnis war das Ende gekommen, und Christo kehrte wieder dorthin zurück, wo er sich befand: in den Pferdestall, in dem auch sein Bruder Panto das Ende gefunden hatte. Er wusste nun ein für alle Mal, dass er vor sich selbst weggelaufen war, vor *dem großen anderen.* Indem er seine nackte Haut gerettet hatte, hatte er sich für immer verloren.

Nach wie vor weigerte er sich, den Tod Kamenovs, des Anwalts der Entrechteten, seines geistigen Vaters und Schwiegervaters, zu akzeptieren oder besser sich einzugestehen, ebenso wenig, wie er über all den trickreichen Ablenkungsmanövern seine Einsamkeit in diesem Stall zugeben wollte. Und was bleibt mir nun?, fragte er sich und wusste die Antwort nur zu gut: die Hauptgeschäftsstraße im Sommer und im Winter, die Hauptgeschäftsstraße ganz früh am Morgen.

Gegen Mittag wurde die breite Ameisenprozession schmaler, so dass auch der Stützbalken schmaler wirkte, und langsamer schienen die Tierchen den Weg hinauf zu den moosbedeckten Ziegeln auf dem Dach zu finden. Die Sonne hatte sich inzwischen den Weg durchs Geäst der Sauerkirsche gebahnt, und ihre Strahlen schienen durchs Fenster auf sein Lager. Da las er den Brief noch einmal, und bei der Lektüre spürte er, dass wirklich etwas Unwiderrufliches geschehen war. Er beschloss, zu warten, bis es genau siebzehn Uhr war, so, als hätte er die große Wahl. »Ja, ich werde warten, bis es fünf Uhr ist«, sagte er zu niemandem, fläzte sich auf die zerschlissene Decke, griff nach Darwins »Abstammung des Menschen« und las sich fest.

9

Tante Allwissend hatte den Teller mit den frühen Trauben auf ihrem Rock abgestellt. Sie war bester Laune. »Dieses Kleid ist *très joli*«, sagte sie und lachte ohne sichtbaren Grund. »Hast du es bei Parlapanov gekauft?«

»Ich habe es zur Beerdigung gekauft«, erwiderte Elena, doch sie wussten alle drei, dass Anwalt Kamenov sein unfreiwilliges Grab in der Donau gefunden hatte. Ginas Absicht, liebenswürdig zu sein, wurde durch diese Antwort durchkreuzt; im Stall kehrte bedrücktes Schweigen ein. Christo hatte keinen Platz, an dem er sich setzen konnte, und so lehnte er an der in die Ecke geworfenen Kiepe. Es ist sicher gegen halb sechs, dachte er gewohnheitsmäßig.

»Mir steht schwarz einfach nicht«, nahm Gina ihren Faden wieder auf, »schwarz lässt mich übertrieben jung aussehen, und in meinem Alter …«

»Jaaa«, sagte Elena leise und wirkte immer mehr wie eine Witwe, eine Frau, die ihren Vater und ihren Mann verloren hatte und allein in einem leeren Haus zurückgeblieben war. Christo fühlte sich von dieser Traumverlorenheit Elenas gekränkt. Immerhin lebte er ja noch! Sicher, dass sie so anhaltend Trauer trug, mochte sie vor all den anderen geschützt haben und noch schützen – das hatte sie selbst mal gesagt; doch irgendwie schützte es sie auch vor ihm! Er war überzeugt davon, dass Elena irgendetwas getan hatte, um ihrem Vater das letzte Geleit zu geben; doch er wusste ebenso gewiss, dass sie dieses Witwenkleid seinetwegen trug. Es lag etwas Zwiespältiges in dieser Trauergebärde; da war neben ihrer Freude, dass er lebte, auch ein stiller, aber starker Vorwurf, dass er noch lebte – Verachtung dafür, dass er gekniffen hatte. Dann besann er sich, dass ihre untröstliche Trauer eigentlich schon weit vor dem Tag begonnen hatte, an dem Petkov den Schleppkahn hatte versenken lassen, und zwar genau in dem Moment, als er ihren Vater, ihren Sohn und sie mit ihren hilflos entblößten Brüsten allein im Hausflur zurückgelassen hatte, mit den scheinheiligen Worten: »Kann ich mir nicht wenigstens eine Jacke überwerfen …«

»Ja, ja, wirklich *très, très joli*«, presste Tante Allwissend enttäuscht zwischen den Zähnen hervor, bevor sie den Stall zusammen mit ihrem Geruch nach vollem Kleiderschrank und Wohlstand verließ.

Wer blieb, waren zwei, die einmal Mann und Frau gewesen waren. Christo rauchte eine Zigarette. Es ist jetzt sicher sechs Uhr, dachte er voller Unruhe. Hadschipetkov müsste jetzt nüchtern aus der Bank nach Hause kommen und mit seiner Frau Krach anfangen. Und da hörte man ihn auch schon, den berühmt-berüchtigten Bass von Hadschipetkov. Es gab also noch Dinge, auf die man sich verlassen konnte. Christo beruhigte sich. Die Kiepe unter seinem Gesäß knarzte, als er sich abstieß, um die acht Schritte zu seiner Lagerstatt zu machen. Er wusste, dass es genau acht Schritte sein würden. Er machte den Versuch, Elena zu umarmen. Sein Herzschlag hämmerte auf ihren Leib ein, sein Atem blies ihr in die Augen. Elena tat gar nichts. Weder vollendete sie seine Umarmung, noch stieß sie ihn zurück.

»Alex geht es gut«, sagte sie leise, »ich habe ihn schon für die erste Klasse angemeldet.«

Sie riss den losen Knopf an seinem Hemd ganz ab und begann, ihn zwischen ihren Fingern zu rollen wie einen Ring.

»Du musst zurückkommen, Christo«, sagte Elena flüsterleise. »Da die Amnestie offiziell verkündet worden ist, musst du nach Hause kommen.«

Er spürte kalten Schweiß in seinem Nacken. Von irgendwo zog es. Offenbar tat der Abend seinen ersten kühlen Seufzer, bevor er hinter dem Fensterchen verschwand. Da fiel ihm wieder ein: Meine Freunde, die Ameisen, kommen von irgendwoher und kehren wieder irgendwohin zurück.

»Ich habe die Bibliothek und Vaters Schreibtisch verkauft«, fuhr Elena still fort, »aber Alex geht es wirklich gut, und er geht bald in die erste Klasse.«

»Diese Drecksbullen werden mich sofort wieder verhaften … – Kann er denn schon lesen?«

»Er kann sogar schon schreiben. Gestern hat er geschrieben: ›Papa ist nicht daheim‹ – ›daheim‹ hat er mit ›a-i‹ geschrieben.«

»Ich komme sicher«, sagte er unbestimmt, »dieser elende Schuppen hier … Sogar Vieh wird manchmal auf die Weide gebracht!«

Elena gestattete ihm, sie mit der zerschlissenen Decke zu umhüllen. Sie hatte die Augen geschlossen und schien ganz eingesunken zu sein in den Geruch nach fauligem Heu. Sie hatte ihm gestattet, sie mit seinem Schmerz zu bedecken, hielt seinen Drang aber noch auf Distanz. Herr Petkov weiß, dass Christo sich hier versteckt, fiel ihr erschauernd ein, folglich zieht er es vor, dass Christo am Leben bleibt – besser lebend im Stallgeruch als tot im Bad der Menge. Elena hatte schon geahnt, dass *der weiße Schleppkahn* den Sieg des Aufstandes im Gedächtnis der Leute markierte, während das Überleben Christos eher dessen Scheitern unterstrich. Ihre Tränen waren salzig und schmeckten Christos Küssen gut.

»Du musst nach Hause kommen, Christo«, wiederholte sie erschrocken und zuckte zurück, als erwartete sie, dass er sie schlagen würde. »Wir werden ein zweites Kind haben …«

10

Die Nachricht, dass Christo Weltschev zu trinken begonnen habe, überschwemmte die Stadt nicht weniger als die Kirschflut. Trentschos Barbierstube, die Kleine-Leute-Kneipe »Hasenblut« und das türkische Dampfbad standen vor lauter Rätselraten um die Gründe verbal unter Hochwasser. Die Männer schlugen sich in der Regel auf seine Seite. Jonkas Mann Todor mit seinem schlichten Gemüt meinte zum Beispiel: »Was soll der Mensch denn in einem Pferdestall anfangen, in dem es noch nicht mal mehr ein Pferd gibt?« – »Je edler und vornehmer sein Parfüm ist, desto einsamer fühlt sich der wahre Mann in so einem Pferdeschuppen«, bekräftigte der Dankbare Kotscho. Und Barbier Trentscho fügte, bevor er seinen allerliebreizendsten Fluch vom Stapel ließ, hinzu: »Einen Mann, der vom Staat als Verbrecher gesucht wird, den kannst du rasieren, so oft und so viel du willst; sämtliche Neuigkeiten kannst du ihm lang und breit erzählen, die Welt bleibt einfach klein für so einen, klein wie ein Pferdestall eben, Herrgottverdammichnochmal!«

Doch so sehr die Männer Christos Trinkerei auch mit Respekt und Verständnis bedachten, so fühlten sich die Frauen dennoch gekränkt und um irgendetwas betrogen. Christos langjährige Herbergsmutter Gina zum Beispiel wusste im Frauenwohltätigkeitsverein zu berichten, dass just die Unmengen dunklen Bieres, die Panto – Gott hab ihn selig! – konsumiert hatte, ihn am Ende an den Strick gebracht, ja ihm geradezu die Schlinge um den Hals gelegt hätten. Kein Schutzengel sei hell genug, um solchen dunklen Malzfluten auf Dauer standhalten zu können. Die Behaarte Stefania wiederum erinnerte an den sinnlosen Tod Shdrigos, des Anarchisten. Der habe volltrunken und ohne etwas in seinem Leben erreicht zu haben, im Park am Flussufer sein Leben ausgehaucht, zwischen einem blühenden Rosenstrauch und seinen eigenen Ausscheidungen. Die besorgniserregende und vermutlich leider unbeantwortbare Frage jedoch war: Welcher gewissenlose Kretin versorgte Christo mit dem Teufelszeug? Der Schlaffe Kosta schwor beim unschuldigen Schwachsinn seiner beiden Gänschen, dass er nie mit einer Flasche zu ihm gegangen sei; Gina versicherte, dass sie gelegentlich Alkoholproben genommen und an Trentschos »Rasierwässern« genippt habe, Elena konnte man als Alkoholquelle von vornherein ausschließen. Das Rätsel war gewaltig, denn auch Christos Konsum war gewaltig. Morgens bekam er kaum die Augen auf, mittags greinte er vor sich hin, und abends sang er nuschelnd Passagen aus der »Abstammung des Menschen«, als handele es sich um den Psalter. Und so an jedem Tag des Herrn, bis schließlich Stallnachbar Hadschipetkov direkt zu Todor ging und ihm mit dem leisesten Dröhnen, dessen sein mächtiger Bass fähig war, ins Ohr brummte:

»Sagt Christo, dass er schon bis auf die Straße stinkt.«

Da wurde Jonka hellhörig. Sie blieb bis spät wach, den Blick hypnotisch auf das Gaslämpchen und das feine Schattenschnitzwerk, das es gegen die Wände warf, gerichtet. Sie und Todor holten Wasser von der Donau, das sie durch ein Kiesbett filterten. So konnte sie an den Tropfen die Zeit ablesen. Sie wusste also, dass es Mitternacht war, eine stille, menschenleere Mitternacht. Im größten Unglück, sagte sie verwirrt, ist ein bisschen

Freude vonnöten, damit man sich dran gewöhnen kann. Ja, wenn Christo sich weiter Vergessen antrinkt, dann kann er auch gleich im Pferdestall bleiben! Es muss ein nahestehender Mensch sein, der so heilig ist, dass seine Menschenliebe und Güte am Ende nichts als Verwüstung und Leid bescheren.

Und schon am nächsten Morgen, lang vor Pokladi, dem Tag des Verzeihens, ging sie zu Jana, um sie um Vergebung zu bitten. Im Hof kam sie kaum durch, so viel Wäsche stand dort. Die Kleider der sechs Kinder hingen auf den Leinen, als seien sie lebendig. Jana selbst hockte vor dem Feuer mit Augen, die brannten und feucht waren von dem scharfen Rauch. Der Dampf des erhitzten Wassers im Trog hatte ihr Haar verfilzt. Es roch nach Seife und heiliger Reinheit.

Ich hab recht, sagte sich Jonka, wischte Jana die krebsroten Hände ab, schleppte vom Bretterzaun das rostige Blech herbei und begann, es fächelnd als Blasebalg zu benutzen. Dann rührte sie mit dem großen Holzlöffel das eingeweichte Bettzeug um; es sah aus, als rühre sie in einer Gulaschkanone.

»Ja, jaah«, ging Jonka mit erhobener Stimme auf ihr Ziel los, »wie doch das Gute oft das Böse im Schlepptau hat … Schau dir nur Christo an, wie er sich kaputtsäuft …«

Jana schaute sie nur aus ruhigen und tiefen Augen an. Der fuchsrote Hauskater kam angeschlichen und begann, ihr um die Beine zu streichen.

»Ich will nicht sagen, dass du ihm den Schnaps bringst, das würde mir im Traum nicht einfallen«, fuhr Jonka fort, »aber Schnaps trinkt man nicht im Verborgenen, sondern offen, da, wo man auch mal auf den Tisch hauen kann oder auf das nächste Kinn. Gehauen wird immer, aber wenn kein Tisch und kein Männerkinn da sind, dann geht der Schlag nach innen, verstehst du? So wenig, wie man sich vor dem Gesetz in einer Kneipe verstecken kann, so wenig kann man in einem Stall trinken. Alles auf Gottes lieber Erde hat seinen Platz und seine Bestimmung.«

Zwei Wochen später fiel der erste Herbstregen, der den Staub auf den Straßen siebte, die Sümpfe um Widin mit frischem Wasser klärte und den Duft reifer Quitten durch die Luft trug. Vater Anissi hielt eine Herzenspredigt über Gottes Barmherzigkeit. Und weil Sonntag war und keiner wusste, was er bei diesem Regen in diesem Matsch draußen machen sollte, schlugen viele Männer ihre Frauen oder Kinder. An diesem Sonntag sickerte auch durch, dass Christo endlich nach Hause gegangen sei, zu seiner Elena.

11

Nachdem er das erste Schachturnier Widins organisiert hatte und für kurze Zeit ehrenamtlicher Manager des Fußballklubs »Viktoria« gewesen war, packte Georgi Pantov Weltschev eine große Leere. Nicht genug damit, dass Viktoria seinem Namen so gar keine Ehre machte und jedes Spiel verlor; ihn verbitterte auch das bucklige Spielfeld, auf dem es mehr Schlamm als Rasen gab, und die Feilscherei mit der Walachin Ionia um den Preis, für den sie bereit war, seinen Jungs die Schande aus den Hosen zu waschen, hatte er vollends über. Geschlagene drei Monate lungerte er in der Holzbaracke am Spielfeldrand herum, pumpte die aus den Nähten gegangenen Lederbälle auf, vertrat einmal sogar den Torwart, damit der an seiner eigenen Hochzeit teilnehmen konnte, und kümmerte sich um die materiellen Dinge, die binnen kürzester Zeit jedoch nicht mehr viel hergaben. Es wurde nicht ganz klar, ob Georgi von allein ging, oder ob er gehen musste, doch die Besitzer des Fußballklubs kamen eines Tages zu dem Schluss, dass ein gut bezahlter Manager sie billiger komme als ein ehrenamtlicher Fan und ergebener Anhänger. Eines regnerischen Märztages wechselten sie einfach das Vorhängeschloss der Baracke aus, und so löste sich das Problem ganz von selbst.

Für Goscho kamen nun freie Tage, an denen er zu sich kommen und über sein weiteres Leben nachdenken konnte. Er setzte sich gegenüber dem Telegrafenamt hin, hörte gerührt dem Militärorchester zu, knabberte Sonnenblumenkerne aus ihrer schwarzen Schale und schaute, ohne sich die geringste Mühe zu geben, ihnen so etwas wie Wertschätzung zu zeigen, den Damen nach, die mit weitkrempigen Hüten und glänzenden Augen an ihm vorbeidefilierten. Der Sonnenuntergang über der Donau machte ihn traurig. Der Duft gestutzter Zypressen mischte sich mit dem schlammigen Geruch des Flusses, dessen Wasser langsam die Farbe von Rohöl annahm. Die gelegentlich vorbeituckernden Dampfer aber mit den romantisch schimmernden Laternen entzündeten seine Fantasie. Woher kamen sie? Wohin fuhren sie? Waren sie überhaupt wirklich? Oder bloß Chimären? Was auch immer, sie weckten die Trauer alles Abschiednehmens und die Bitterkeit aller Wiederkehr. In der Ferne, eingeschläfert vom Frühlingshauch, zitterten gelblich die Lichter von Calafat.

So in den Anblick der Donau versunken, spürte Goscho, dass er nun wirklich etwas Grandioses vollbringen musste, etwas derart Beeindruckendes, dass es seinen Verstand ebenso in den Bann schlug wie sein Herz. Eine Bank eröffnen wie sein Vater, das ging nicht mehr; zum Briefmarkensammeln war er zu ungeduldig; sinnlos war es auch, zu heiraten, da die von ihm malträtierte Zwetana regelrecht aufgeblüht war, und er auf die famose Idee gekommen war, ihre Verschlafenheit mit schwarzen Seidenstrümpfen, Strumpfhaltern und roten Strapsen aufzupeppen. Am späten Nachmittag ging er in den Esperanto-Klub »Espero«, um eine Partie Schach zu spielen und dabei Fetzen dieser exotischen Patchwork-Sprache aufzufangen, die ihm mal arabisch, mal französisch und italienisch klang und ganze sieben bulgarische Wörter aufgenommen hatte, die er allesamt aufzählen konnte.

Dieses unbefriedigende Flanieren durchs eigene Leben wäre wohl den ganzen Sommer hindurch so weitergegangen, wenn Goscho nicht zufällig gehört hätte, dass die Tochter des angesehenen Kaufmanns Zozolanov, der einen Eisenwarenhandel für die Landwirtschaft betrieb, nach Wien gehen sollte. Und das war noch nicht alles! Sie würde nicht nur mit einem dieser Schiffe der Donaudampfschifffahrtsgesellschaft, deren Pfeifen schrillten wie die leidenschaftlichen Klarinetten aus dem Zigeunerviertel in warmen Vollmondnächten, flussaufwärts fahren, sondern sie würde dort auch ein *Studium der feinen Künste* absolvieren. Diese Bezeichnung ätzte sich in sein Bewusstsein ein wie der Duft eines Parfüms, bei dem man sich sofort irritiert nach der Frau umdrehte, deren Bild dieser Duft hervorrief. Vor seinem geistigen Auge erstand das Bild eines Ateliers mit aufgestellter Staffelei, in dem überall Gipsabgüsse herumstanden. In der Mitte natürlich auf einem kleinen Podest ein nacktes Modell mit strammen Brüsten, über die ihr Blick melancholisch hinwegstrich. Draußen läuteten Kirchenglocken ihr herbes *memento mori* dazu. Ein gefährliches Fantasiebild! Noch am selben Abend drängte er Zwetana, sich nackt auszuziehen und sich eine Blume ins Haar zu stecken. Er zeichnete sie mit einem Stück Holzkohle, das er aus dem Ofen gefischt hatte, auf einen Karton, den er sich im Lesesaal »Bunte Welt« gekauft hatte. Am nächsten Morgen ging er mit seinem Werk zu Wolodja Mischterski, dem Zeichenlehrer, und lud ihn auf seine Rechnung ins »Hasenblut« ein. Herr Mischterski war Weißgardist und ein allgemein anerkannter Ästhet, verschwenderischer Windbeutel und verschworener Junggeselle, der um das Jahr 1920 in Widin aufgetaucht war. Ohne sich im Geringsten zu schämen, aber auch ohne jede Hast, bestellte der Ästhet sich vier große Hackfleischröllchen vom Grill, dazu trank er wegen der Proportion vier große Biere. Dann vertiefte er sich in Goschos Meisterwerk und kommentierte schließlich mit russischem Akzent:

»Haltung ganz wie die nackte Maya, aber es ist nicht die nackte Maya … ein beeindruckender Akt. Ich frage mich nur, warum Sie als Modell die Behaarte Stefania ausgewählt und warum Sie ihr eine Sonnenblume ins Haar gesteckt haben.«

Minuten später stürzte Georgi in die heimische Küche, wo seine Mutter gerade gebratene Frikadellen in mit Rosenpaprika gewürzter Tomatensauce wälzte, und sagte: »Mimi Zozolanova … Wer ist diese Mimi Zozolanova, dass nur sie ein Studium der feinen Künste absolvieren darf?«

»*Des beaux-arts*?«, unterbrach ihn Gina mit einer gewissen Sanftheit. »Oh, für die feinen Künste braucht man eine ganze Reihe von Fähigkeiten!«

»Aber ich hatte doch immer ein Sehr Gut im Zeichnen!«

»Sicher hat Herr Mischterski dir immer ein Sehr Gut im Zeichnen gegeben; dafür habe ich ihm aber auch während des ganzen Schuljahres die Miete bezahlt. In all den anderen Fächern hattest du doch lauter Vierer, und auch die waren nicht billig, mein Gott!«

Gina seufzte und schlug das Kreuz. Im Haus wurden gerade elektrische Leitungen gelegt. Wände, Decken, alles war aufgemeißelt, und überall hingen Leitungen herunter. Im Licht der Petroleumlampe sahen sie aus wie die Fühler eines mythischen, alles verschlingenden Lebewesens. Das Eichenbüfett war in die Mitte des Salons gerückt, die Stühle lagen mit den lackierten Beinen nach oben auf dem Tisch. In diesem kunterbunten Durcheinander kamen ihr die Worte Goschos nur allzu bekannt vor. Als hörte ich Panto reden, dachte sie resigniert, Panto, der Weine sammelte und Briefmarken und so rührend schön aussah mit seinem rückhaltlosen Kinderlächeln. Der hier neben ihr aber, der war Panto – und noch etwas anderes dazu … Wenn der nach Wien ging, kam er garantiert nicht wieder zurück. Der wird irgendeine Sängerin heiraten und mal gegen Geld Karten spielen, mal bei der Feuerwehr arbeiten, oder vor lauter Begeisterung sich der Fliegerei verschreiben und Pilot werden; am Ende aber wird er sich dann genau wie sein Vater in irgendeinem Pferdestall das Geschirr um den Hals legen und sich aufhängen.

Es roch scharf, und das erinnerte Gina an den Brandgeruch der Zerstörung. Sie erinnerte sich, dass immer dann, wenn Panto vor ihr etwas so voller Überzeugung ausgebreitet hatte, die nächste Katastrophe schon ins Haus stand.

»Neihhhhn«, sagte Gina gedehnt und richtete sich ihre Papierlockenwickler, »keinerlei Wien, *mon petit,* kein Wien – dafür ist einfach kein Geld da!«

»Wie, wir haben kein Geld?« Goscho traute sich nicht, ihr die Aktzeichnung zu zeigen, was sehr weitsichtig war. Doch die Unnachgiebigkeit seiner Mutter erschütterte ihn. Er fühlte sich, als hätte man ihn vergiftet. Sein Herz stockte, sein Gesicht lief gelb an. Gina sah, wie er sich zwischen dem Sofa und den Gewichten der Wanduhr auf den Boden fallen ließ wie ein trotziges Vorschulkind, kurz darauf hörte sie, wie die Haustür donnernd ins Schloss fiel.

12

Der Krach mit seiner Mutter setzte sich den ganzen Juli über fort. Zwischendurch versuchte er es immer wieder auf die liebe Tour, fand ihr eine Arznei gegen Pickel – eine eiterfarbene Flüssigkeit mit dem Geruch von Blaubeeren –, zum Geburtstag schenkte er ihr einen französischen Kalender, und als alles nichts half, nannte er sie »Giftschlange« und »Kindsmörderin«. Gina aber blieb uneinnehmbar wie eine Festung und lief wie zur Illustration dessen mit versteinertem Gesicht herum. Nach dem, was sie als Frau eingesteckt hatte, konnte sie dieses Halbstarkentheater nicht mehr aus der Fassung bringen. Von außen wirkte sie wie eine alte englische Gouvernante, die nur zwei Dinge konnte: streng sein und faden Tee trinken. Das schicksalsträchtige Datum aber rückte unaufhaltsam näher.

Am dreizehnten August war es so weit: Mimi Zozolanova brach mit ihrem Vater nach Wien auf. Goscho trank gerade Bier im »Hasenblut«, als er vom Hafen den Lärm zusammenströmender Menschen vernahm. Ein kleines weißes Schiff mit polierten Messingbeschlägen an Deck und einer Aufschrift in fremder Sprache näherte sich der Anlegestelle, als käme es aus einem Märchen. Der Kapitän sog standesgemäß an einer Pfeife, die Sirene drang wie ein Weckruf in den schläfrigen Nachmittag, und die Spiegelung des Schiffs auf dem Wasser belebte den Fluss. Mimi zeigte sich mit einem rosafarbenen Sonnenschirmchen und hatte sich bei ihrem Vater untergehakt. Herr Zozolanov selbst schritt wichtig und gezwirbelt wie ein Schnurrbartweltmeister heran, flüsterte seiner Tochter etwas ins Ohr oder schrie zum Ausgleich die verschwitzten Lastenträger an, die die verschnürten Holzkisten an Bord schleppten.

Georgi spürte, wie seine Augen feucht wurden. Es schüttelte ihn. Der Anblick war geradezu unerträglich. Die schmutzige Farbe der Donau hellte in der Ferne auf, dort, wo die Pappeln rauschten und die sandige Flussinsel den Horizont anschnitt. Als alles verladen war, begann der herzzerreißende Abschied. Frauen winkten mit ihren Taschentüchlein. Die Dampfpfeife heulte, als seufze ein Mensch schwer auf, und Goscho stand wie angewurzelt da und sah zu, wie das Traumschiff wieder in sein Märchen zurückfuhr – ohne ihn.

Er bezahlte sein Bier, das schal geworden war und einen Wermutgeschmack in seinem Mund zurückließ. Die Schatten waren noch dunkel, als er den Staub auf der Hauptstraße vor sich hertrieb und vor dem frisch gestrichenen Haus seines Onkels Ilija stehen blieb. Er fand ihn ausgestreckt in der Außenküche liegend. Er glich einem Knecht in seiner dreckigen Wollhose. Unter seinem gestopften Unterhemd lauerten seine Muskeln, bereit, sich jeden Moment zu ballen und zu verletzen. Ilija öffnete nur ein Auge, blinzelte Goscho an wie ein Kater, und die Hoffnung des jungen Mannes begann dahinzuschmelzen, diese klitzekleine Hoffnung.

»Na, Onkel …«, begrüßte ihn Georgi und steckte sich eine Zigarette an.

»Leise«, entgegnete Ilija, »deine Tante Boshura und das Kind schlafen.«

»Na, Onkel«, wiederholte Georgi flüsternd. »Wenn Papa noch leben würde …«

Er bemerkte, wie Ilija bei diesen Worten sofort in Habtachtstellung ging. Seine Augen wurden zu Schlitzen, mit denen er zweifellos schneiden konnte. Ach, meine kleine Hoffnung, bedauerte Georgi, als sei diese Hoffnung ein armes Menschenkind, für das er milde Gaben sammelte. Und so fuhr er im liebenswürdigsten Ton fort:

»Leih mir fünftausend Lewa. In einem Jahr gebe ich sie dir zurück.«

Ilija gähnte. Seine Augen waren nun vollends verschwunden. Es roch nach gebackenen Auberginen, nach Güwetsch und Paste mit Knoblauch. Auf dem Hof badeten struppige Spatzen im Staub. Ilija erhob sich langsam, sehr langsam, wie ein Mensch, der eine noch unsichtbare, aber furchtbare Gefahr herannahen fühlt. Er räkelte sich, goss sich mit der Achtsamkeit eines Geizhalses ein Glas Wasser ein, trank es aber nicht, sondern wühlte in seiner Tasche, um daraus etwas Zerknittertes ohne Form und Farbe herauszuholen.

»Da hast du fünf Lewa«, sagte er, »brauchst du mir nicht zurückzugeben.«

Und schon wieder schlich Georgi nach Hause wie ein geprügelter Hund. Er schleppte sich in sein Zimmer, in dem die Tageshitze stand, und legte sich sofort krank zu Bett. Schwerkrank! Krankheitsursache: der weiße Wiener Donaudampfschiffsvirus. Er kroch unter zwei Decken, und als Zwetana kam, um ihm das Abendessen zu bringen, sah sie einen bleichen und abgeschlafften Goscho, der in Schweiß badete und den Gesichtsausdruck eines Malariakranken hatte, für den jede Hilfe zu spät kam. Das Weiße seines Augapfels war gelb geworden, sein Arm hing aus dem Bett zu Boden wie in einer kitschig inszenierten Puccini-Oper.

»Ich sterbe«, hauchte Goscho auch stimmlich sein Leben aus. »Was macht die Giftschlange?«

»Ui-ui-ui-ui«, erschrak sich Zwetana.

»Ich verbrenne, ich fiebere, Eis, Eis …«

Zwetana stürzte die Treppe eher vor Schreck als vor Sorge um den Bettlägrigen hinunter. Die Zeit kroch klebrig und zäh wie eine Schnecke dahin. Draußen dunkelte es schon. Der Fluss tat einen kühlen Seufzer. Doch Gina tat ihrem Sohn nicht den Gefallen, seinen Zustand in Augenschein zu nehmen. Georgi redete sich ein, dass seine Mutter wohl sehr mit etwas beschäftigt sein musste, wenn sie sich so gar nicht schockieren ließ.

Nach etwas mehr als einer Stunde zwängte sich Zwetana ins Krankenzimmer mit zwei Eimern gelblichen Eises in den Händen. Einige Leute in Widin hatten »Eisbrunnen«, das waren tiefe Löcher in der Erde, die sie im Winter mit Eis aus den Sümpfen füllten und mit Maisstroh und Pferdedecken isolierten – und im Sommer verkauften sie das unschätzbare Kühlmittel an Fischer, an Geschäfte und an das Restaurant »Royal«. Zwetana klatschte ihm ein Handtuch auf die Stirn und schüttete die Eisstückchen darauf. Schweiß und Kälte, der Geruch nach Daunen und Fauligem mischten sich mit dem Fantasiebild eines weißen Dampfschiffes.

»Was macht die Giftschlange da unten?«, fragte er gequält.

»Liest in der Bibel«, stöhnte Zwetana, als hätte sie gesagt: Brät Frikadellen.

Und Goscho blieb liegen mit jener Hartnäckigkeit, zu der nur die ganz Großen der Weltgeschichte fähig sind, die vom Schicksal mit der Last einer schweren Aufgabe oder einer großen Idee befrachtet sind. Tagsüber stellte er sich *die Reise* auf dem Fluss vor, nachts erschaute er mit offenen Augen *die Ankunft* an einem strahlenden Kai in Wien, von kühler nördlicher Sonne und Strauß-Walzern überstrahlt. Es wimmelte nur so vor charmanten Damen, Blumenverkäufern und Herren mit Stehkragen, die sich auf ihre Stöckchen stützten. Unterdessen rann ihm der Schweiß aus allen Poren, das schmutzige Eis schmolz und tränkte zuerst das Kissen, dann die ganze Matratze und tropfte schließlich in einem dünnen Rinnsal auf den Boden. Das ganze Zimmer begann, nach Sumpf zu stinken, nach Froschtümpel und Schilf. Die Luft wurde zum Schneiden dick.

»Der Eisbrunnen Hadschipetkovs geht zur Neige«, sagte Zwetana nach einer Woche. »Er ist neun Meter tief, wir sind bereits bei Meter acht angekommen.«

»Was macht Giftschlange?«, fragte Goscho mit ersterbender Stimme, übermüdet von seiner eigenen schwülen Fantasie, in der er Dispute mit dem gealterten *Professor für die feinen Künste* ausfocht, von den Stunden, die er vor dem nackten Modell verbracht hatte, einer Wiener Dirne mit rasierter Scham, und anschließend dem Treffen mit Mimi Zozolanova und Agnès, einer erblühten Rose, die von einem ungarischen Vater und einer spanischen Mutter abstammte, in irgendeinem kühlen Wiener Kaffeehaus.

Nach zehn Tagen war Goscho wirklich krank. Als Doktor Neikov eintraf, musste er sich die Nase zuhalten, bis er mit ein paar heldenhaften Sprüngen über die gelblichen Pfützen auf dem Boden das Fenster erreicht und aufgerissen hatte. Mit der Sachkunde des erfahrenen Arztes, der zwanzig Jahre in ein und derselben Stadt mit ein und denselben Leuten und Fiebermücken verbracht hatte, konnte er sofort den Anfang von Malaria diagnostizieren. Er verschrieb ihm eine doppelte Dosis Chinin und Glaubersalz gegen die Verstopfung. Das Eis schmiss er einfach hinaus und befahl Zwetana, die Reste des Fiebersumpfes doch bitteschön aufzuwischen. Goschos Lippen sprangen auf, seine Brust fiel ein. Es kann doch nicht sein, räsonnierte er erschüttert, dass ein Traum solche Pein bringt. Und so beschloss er, wenn es mit der Krankheit nicht ging, es mal mit seiner Jungmännergesundheit zu versuchen.

Fast alle Verwandten kamen ihn besuchen, nur seine eigene Mutter, die über ihrer Verbissenheit vollends hässlich geworden war, wiederholte der düpierten Zwetana notorisch: »Die Malaria ist die reinste Freude gegen *das andere …* Ich hab's erlebt, ich weiß, wovon ich rede. Besser, der Junge liegt drei Monate im Bett, als dass er ein haltloses Leben führt. Es ist doch vollkommen gleichgültig, ob du dich an einem Pferdehalfter aufhängst oder an den Seidenstrümpfen irgendeiner aufgedonnerten Sängerin.«

13

Als der Nordwind einsetzte, meldete sich der furchtbare Rheumatismus wieder bei Vater Anissi und holte ihn fast von den Beinen. Er hatte Mühe mit dem Sehen, weil seine Augen beschlagene Fenster wurden. Da hatte es einfach keinen Zweck: Er schloss die Kirche früh, humpelte heim, wo seine Frau ihm etwas Fleischhaltiges kochte und den Ziegel heizte, gegen die kalten Beine. Der Nordwind wirbelte einen eitrigen Nebel über den Sümpfen auf, füllte die Schornsteine mit der näselnden Wut des nahenden Frostes und kratzte über die Dächer, als hätte er Krallen. Er fegte die Straßen leer und ließ die Frauen alt aussehen. Die Männer eröffneten die Saison für den heißen Rakija-Schnaps und bedachten das Leben mit Verwünschungen und Flüchen; der Himmel antwortete mit einem bleiernen Abglanz. Der Nordwind von Widin war ein feuchter Wind, der die Luft schwer machte, und so bereitete Vater Anissi das Atmen Mühe. Er wachte des Nachts oft auf, in kaltem Schweiß gebadet, und lauschte dieser uralten Prosodie des Elementes; ihm war, als hätte der Wind die Donau vermittels eines schwarzen Zaubers mit einem Ausschlag bedeckt und auf diese Art und Weise ihre schlimmsten weiblichen Eigenschaften provoziert.

Auch an diesem Abend wollte der Schlaf einfach nicht kommen. Der heiße Ziegel war zwischen seinen Waden abgekühlt, nun war das Laken feucht. Anissi erhob sich, ließ das Schnarchen seiner Frau zurück, ging in die Küche, entzündete die Petroleumlampe und zog sein abgenutztes Heft heraus. Dessen Seiten hatten die gelbliche Farbe von Gottesdienstkerzen angenommen. Anissi schmatzte einmal über dem geleerten Topf auf dem Herd und begann zu grübeln. Doch wenn der Nordwind blies, konnte er noch nicht einmal seine Fragen richtig formulieren; dabei hatten sich so viele Dinge ereignet.

Im Labor des Dankbaren Kotscho hatte wieder mal eine Explosion stattgefunden, und die ganze Hauptgeschäftsstraße roch nach Untreue und weggelaufener Ehefrau. In Kula war ein Mann ohne Schweißdrüsen aufgetaucht. Aus diesem Grunde konnte Elektrizität ihm nichts anhaben, und die Leute erzählten, wie er mit nackten Händen Hochspannungsleitungen anfasste, als wären es Schnürsenkel. In der Gebärmutter der Zeit war auch die Weltwirtschaftskrise herangereift. In den Zeitungen wurde geschrieben, dass in Amerika Dampfboote und Züge mit Kaffee als Brennstoff fuhren, und dass tonnenweise Milch in die unersättliche Kehle des Ozeans gegossen worden war. Erbost von dieser empörenden Nachricht, kippte der Schlaffe Kosta auf Pump seinen nächsten Schnaps im »Hasenblut« und schimpfte: »Warum schütten diese vermaledeiten Tramps ihre Milch nicht in die Donau, in Gottes Namen, da solltest du mal sehen, was hier für eine Schlürferei losginge … Stattdessen füttern diese gottlosen Gesellen Algen und Seeigel damit!«

Im Übrigen schlug sich diese weltweite Krise nicht besonders auf Widin nieder, weder im guten noch im schlechten Sinne; vom flachen Hungerrelief der hiesigen Topografie war nicht mehr viel abzutragen. Teurer, und zwar gleich doppelt so teuer, wurde das Kupfervitriol, weil die Leute erwarteten, dass Phyloxera, die Gemeine Reblaus, ihre Weinstöcke befallen und der diesjährigen Ernte den Garaus machen würde. Die Überschuhe besserer Qualität wurden ebenfalls teurer, so dass Vater Anissi sich gezwungen sah, noch ein weiteres Jahr mit seinen alten Galoschen auszukommen, obwohl die schon längst undicht waren. Eine Katastrophe für den Kirchenmann aber war, dass auch die Preise für Metall anzogen, denn er brauchte achtunddreißig Blatt verzinktes Blech für das Dach seines Gotteshauses. In Trentschos Barbierstube sorgte diese betrübliche Tatsache eher für Witzeleien der Art: »Wenn Gott uns diese Weltwirtschaftskrise nicht erspart, dann muss er sich auch damit abfinden, dass die Heiligen an den Wänden seiner irdischen Behausungen nass werden.« Ansonsten waren keine gravierenden Auswirkungen der Inflation zu spüren. Die Leute wurden nicht gottesfürchtiger als zuvor, sagten ihrem schwachen Glauben aber auch nicht ganz ade. Mit dem Nordwind und seinen Folgen konnte sie sich jedenfalls nicht messen, und das, obwohl über ihn nichts in den Zeitungen stand. Die Tatsache, dass er mit schöner Regelmäßigkeit jedes Jahr wiederkehrte, half überhaupt nicht, um mit ihm fertigzuwerden.

Das kratzende Geräusch der krummen Feder auf dem Papier tröstete den Popen, und so wurde ihm weich ums Herz:

Und wieder Hunger und Elend! Wie soll man von solchen armen Seelen Geld für die Renovierung des Daches erwarten? Ab und zu fällt mal ein Fünfer in den Sammelkasten, hie und da werden Kerzen gespendet, aber viele kommen nicht zusammen, um ihre Seele durch Frömmigkeit zu erfrischen. Sicher muss es so sauer sein, das Leben, damit die Ruhe im Jenseits anschließend umso süßer ist.

Geboren wurden: den Subevs – eine Ivanka, den Radkovs – ein Krastjo, zur Welt kamen auch die Zwillinge Pantelej und Theodora. Von uns gegangen sind in diesem Monat die Mutter Gold-Petkos und der scheele Tinko. Tot zur Welt kam der zweite Sohn Christo Weltschevs, der jahrelang wie vom Erdboden verschluckt gewesen war …

Vater Anissi schloss die Augen, weil es ihm gotteslästerlich vorkam, über einen Verstorbenen zu schreiben, der noch gar nicht das Licht der Welt erblickt oder an den Brustwarzen seiner Mutter gesaugt hatte. In der Stadt war des Langen und Breiten über die markerschütternden Schreie Elena Weltschevas getratscht worden, einer Atheistin, gewiss, aber doch einer zarten Seele, die sich unter Höllenqualen von dem toten Baby befreit hatte, nachdem sie es neun Monate lang ausgetragen hatte. Sie soll dabei viel Blut verloren und sich die Lippen blutig gebissen haben; Christo aber soll nur sein eigenes Gesicht mit Fäusten bearbeitet und irre geredet haben. Er, Anissi, hatte sie in ihrer Trauer gesehen – ein neues Kleid, und wieder war es schwarz. Das war selbst ihm ein bisschen zu viel des Guten: Trauern mit einer Frucht im Leib! Wie willst du etwas Lebendiges zur Welt bringen, wenn du es andauernd in Schwarz hüllst? Du kannst nicht in völligem Widerspruch zur Natur leben. Wenn Himmel und Erde unfruchtbar sind, wozu dann der Same? Die Ärmste …

Vater Anissi gähnte verzeihend und lauschte wieder dem Sausen des Nordwindes. Er brach ein Stück Brot ab und putzte damit die Essensreste aus dem ungespülten Topf. Dann blies er die Lampe aus und kehrte zurück zu den Pust- und Schnarchlauten seiner Frau.

Zwölftes Kapitel

1

Mitte Februar, als die Donau vereiste und wieder einmal einem kahlen Schneefeld glich; als das Brennholz in der Stadt knapp wurde; als die Alten vermehrt »plötzlich und unerwartet« vor den Schöpfer traten; als Kotschos, des Dankbaren, Labor für Zauberdüfte wiedereröffnet wurde und Trentscho endlich die Spiegel in seiner Barbierstube auswechselte; als alles dies geschah, kehrten Ilija, Boshura und Dora von einer dreiwöchigen Badereise aus Bankja zurück. Dieses Bankja mit seiner Nähe zur Hauptstadt Sofia und seinem Heilwasser hörte sich nach etwas so Elitärem an, dass die Frauen sich sofort in den Räumen des Wohltätigkeitsvereins versammelten, um zu erfahren, was das gesellschaftliche Leben in der Hauptstadt so zu bieten hatte, und um Dora und Boshura gehörig zu beneiden.

Boshura hatte Gesellschaftsschneiderin Dora zu ihrer Begleitung ausgewählt, weil sie ihre Freundin war, und außerdem weder jung noch schön noch reich genug, um sie in den Schatten zu stellen. Zwanzig Tage also hatten sie in den Schwefelquellen gebadet und ihren Morgentee im Café des »Grandhotel Bulgaria« getrunken, waren nachmittags durch die Villenviertel mit ihren gründerzeitlichen Fassaden voller antiker Architekturzitate spaziert und hatten sich ansonsten gepflegt im Foyer ihres zweitklassigen Hotels gelangweilt, wo das aufregendste Ereignis eine Eichhörnchenfamilie war, die sich im nahen Nadelwäldchen häuslich niedergelassen hatte. Ilija schlief viel. Die aufgezwungene Sorglosigkeit und Sorgenfreiheit machte ihm mächtig zu schaffen. Die beiden Frauen hingegen wurden mit der Sorglosigkeit und Langeweile fertig, indem sie sich täglich vorstellten, was am nächsten Tag alles an Außergewöhnlichem passieren könnte. Sie trugen stets ihre neuesten Kleider und hatten alle

Augenpaare voll damit zu tun, auf den Sandwegen des Kurparks irgendeinen Minister oder Großindustriellen zu erkennen.

»Und jetzt stellt euch vor«, breitete Dora mit Rührung in der Stimme vor den Frauen aus, »am zweiundzwanzigsten Februar, nein, am dreiundzwanzigsten Februar ... Wer kommt da auf einmal ins ›Grandhotel Bulgaria‹? Zar Boris! Er sah umwerfend aus. Seine Epauletten waren golden, und seine Nase war gar nicht so lang und gebogen, wie es die Karikaturen einem immer weismachen wollen. Da geht er also kaum einen Meter entfernt an mir vorbei und sagt zum Kellner: ›Bitte, zwei Stück Karamelltorte, guter Mann.‹ Er redete *bulgarisch*« – hier musste Frau Dora doch das neckische Lächeln der wissenden Schlaumeierin lächeln –, »aber mit französischem Akzent, so wie unsere Frau Gina!«

Die so Angesprochene überliefen Schauer. Sie fühlte sich derart geschmeichelt, dass sie es einfach nicht verabsäumen konnte, wie üblich nachzufragen: »Was hat Ihro Hoheit genau gesagt?«, aber mit einem Unterton, als meinte sie in Wirklichkeit: Wie hat er es gesagt – wie ich?

Ilija fand diese ganzen Beruhigungsbäder einfach nur ärgerlich. Schon am zweiten Tag hatte er den Eindruck, dass sie ein Heidengeld für nichts und wieder nichts zum Fenster hinauswarfen. Und dann war da auch noch dieser dubiose Typ, der nach Frisiersalon und Kampher roch und zweifellos Boshura den Hof zu machen versuchte. Er behauptete, er sei Stoffhändler. Naja, er meinte wohl Erzählstoff ... Eher schon war Ilija bereit, ihm zu glauben, dass er seine komplette mütterliche Erbschaft im Kasino von Monte Carlo beim Roulette verspielt habe. Der Mann sprach das »Monte« nasal aus, das »Carlo« dafür guttural. Wie dem auch sei, Tatsache war, dass er andauernd Ilija die Rechnungen für die überteuerten Mittag- und Abendessen begleichen ließ, zu denen er sich einlud. Dieser Herr grüßte Hinz und Kunz und war offenbar ein richtiger Gesellschaftslöwe, von dem nicht herauszubringen war, womit er sein Geld verdiente. Dennoch beglückte er Boshura häufig mit einem Rosenstrauß, was er benutzte, um seinen ganzen Charme in die begleitende Verbeugung legen zu können. »Ach, ich hab's wieder nicht passend. Lieber Freund, wären Sie vielleicht so freundlich, mir die Summe für diese Kleinigkeit auszulegen?« Gut, dass sich Freitag, der Dreizehnte, für ihn wirklich als fatal erwies, wie er Boshura zuvor ins Ohr geflüstert hatte. Die Polizei hatte nämlich die

Ehre, ihn an diesem Tag sehr uncharmant zu verhaften. Die Enttäuschung Boshuras war heftig, aber kurz. Im Unterschied zu den Damen aus der Sofioter Gesellschaft hatte sie nicht die sentimentalen Romane von Eugène Sue oder Pearl S. Buck gelesen und wusste nicht, dass Nervenzusammenbrüche in Mode waren. Ilija dachte nüchtern: Jeder Händler ist ein Betrüger; dieser aber ist nur Betrüger, ohne Händler zu sein!

Die Verachtung Ilijas für die ihn umgebende Eitelkeit, die tiefen Rückenausschnitte der Damen und die Goldketten und -kettchen der Männer trug auch nicht gerade dazu bei, dass ihn dieser Aufenthalt begeisterte, und gelegentlich nahm er kein Blatt vor den Mund und sagte frei heraus, welcher Art seine Eindrücke über die »Führer der Nation« seien, einer Nation, die es mit unfassbarer Geduld hinnahm, sich von Witzfiguren regieren zu lassen. Gut nur, dass der Bankangestellte, dem er seine Erwägungen mitteilte, schlecht hörte und unbeirrt fortfuhr, ihm von seinen Verdauungsproblemen zu erzählen, insbesondere der permanenten Verstopfung, die auch das Heilwasser von Bankja nicht kurierte.

Müde und entnervt kehrte Ilija von seinem Badeurlaub zurück. Eine weiße Strähne war an seinen Schläfen aufgetaucht. Es war nicht mehr zu übersehen, dass er auf die fünfzig zuging. Seine Schritte waren schwerer geworden, seine Stimme langsamer. »Ja«, musste sich da ganz ohne Ironie selbst der alte Babaschov eingestehen, »jetzt sieht er wirklich aus wie ein Fabrikant!« Der Mittag war schon in das frühe Dunkel des Februarnachmittages gekippt, die alte Frau Babaschova döste in ihrem Sessel, neben ihr auf dem Tischchen eine Tasse Tee, die vergeblich auf den letzten Schluck ihrer Besitzerin wartete, Ilija aber kaute immer noch gierig auf einer Kohlroulade, als hätte es in Bankja nichts zu essen gegeben.

Das ist jetzt seine zehnte Roulade!, verbuchte der alte Kaufmann, bevor er sich besann und seiner Haushälterin anordnete, ihm ein Stück Fleisch zu braten. Wie hielten sie beide, aufgestützt auf die Kante des Eichentisches, der eine in Gedanken verloren, der andere in seine unnennbare Gier, es eigentlich so lange miteinander aus, ohne etwas zu sagen? Ilija trank einen Krug Wein aus, fragte aber nichts und klagte auch nichts ein! Er war einfach nur da, tat sich einen Krautwickel nach dem anderen auf den Teller und wirkte so, als hätte er das Kaolin vollkommen vergessen, und nicht nur das: als hätte er sich von allem jugendlichen Stürmen und

Drängen, Sinnen und Trachten verabschiedet. Als sie gegen fünfzehn Uhr beide begannen, Brotkügelchen zu kneten, hielt es der Alte nicht mehr aus.

»Meißener Porzellan«, sagte er ohne Ironie und Schadenfreude und hob seine feinwandige Tasse vor die Augen. Sie hatte die Farbe eines Kranken und die feine Transparenz eines Frauenohrs. Babaschov drehte und wendete sie, schaute auf ihre Unterseite mit den beiden kobaltblauen gekreuzten sächsischen Kurschwertern und fuhr fort: »Glänzend und hart wie eine gesunde Eierschale!« Das war als Mahnung an Ilija gedacht, bei dem er sich fragte, wie ein Wirt ohne jede ästhetische Kultur etwas anderes als grobe Essnäpfe und dicke kleine Kaffeetässchen zustande bringen sollte. Doch er war alt und kraftlos und hatte höllische Schmerzen im Kreuz; dazu schritt die Geldentwertung fort, und das Schweigen Ilijas, das anwuchs wie ein Bergrutsch, enthielt weitaus mehr Tatendrang und Drohung als sein vorheriges ununterbrochenes Nachhaken. Wenn er zum Schweigen gereift ist, dachte Babaschov, dann muss ich wohl reden.

Babaschov erhob sich, legte den Arm seiner eingeschlummerten Frau wieder auf die Sessellehne zurück und nahm ohne jedes weitere Zögern das süßliche Stillleben von der Wand, steckte den Messingschlüssel in den Mund des Löwen, der als Schloss der Geldtruhe diente, und drehte ihn um. Als er die Planzeichnungen auf dem Tisch ausbreitete, griff Ilija gerade nach der letzten Roulade.

»Eine Tasse ist eine Tasse«, antwortete Ilija erst jetzt auf Babaschovs mahnende Worte. »Ob mit gekreuzten Schwertern oder ohne – jede Tasse wird irgendwann hergestellt, und irgendwann geht sie in Scherben.«

Die Bauzeichnungen waren auf bläulichem Papier aufgetragen. An manchen Stellen waren Radiergummispuren zu sehen, ansonsten nur Linien, dunkel und fein, gezogen für geschulte Augen. Rechts oben war eine stilisierte Windrose mit den vier Himmelsrichtungen eingezeichnet.

»Das hier wird also einmal die Fabrik sein«, sagte Babaschov beklommen, als wolle er sich für eine begangene Dummheit entschuldigen. »Gar nicht so klein!«

»Aber groß wirkt sie auch nicht gerade …«

Ilija schluckte, dann holte er seine Uhr heraus und zog sie auf. Babaschov dachte: Gleich überdreht er die Feder! Dann versteckten sich beide wieder in ihrem Schweigen, taten so, als vertieften sie sich in die Zeichnung und ihr gegenseitiges Unbehagen. In ihrer Hässlichkeit und Gesichtslosigkeit glich die Fabrikhalle der ehemaligen Herberge Ilijas; nur würde sie um das Zwanzigfache größer sein und die schmutzige Farbe unverputzter Ziegel haben. Schon aus diesen Plänen stieg Ilija der Geruch von Koks und frischer Glasur entgegen.

»Ein wahres Krankenhaus«, seufzte Babaschov, »du kannst schon morgen anfangen.«

»Nein«, widersprach Ilija und gähnte unziehmlich, »den ersten Spatenstich machen wir im April.«

»Anfang April kannst du mit dem Bau beginnen, mein Sohn«, betonte der Alte in plötzlicher Ungeduld.

»Nein, Vater, den ersten Spatenstich machen wir Ende April. Wozu die Dinge übereilen?«

2

Unmittelbar neben den Aushubarbeiten auf dem brachliegenden Gemeindefeld von Tarnjane verlief der Festungsgraben, so dass gewaltige Mückenschwärme sich über grüngelb blubberndem, faulig stinkendem Wasser tummelten, die Bauarbeiter plagten und mit der nächsten Malaria-Erkrankung bedrohten. Ilija war immer der Erste auf der Baustelle und ging als Letzter. Er stand die ganze Zeit ohne Kopfbedeckung in der prallen Sonne, warf stattdessen selber Schatten auf die Disteln und sah bis zum Platzen gespannt aus. Er war sich nicht zu schade, gemeinsam mit den Zigeunern den Lehm für die Ziegel anzurühren. Es bekam ihm blendend, endlich zur Tat schreiten zu können; er sah jünger aus und hatte den bösen Blick eines Soldaten vor dem Angriff. So zogen die Leute es vor, ihn aus der Entfernung zu grüßen. Sie kamen auch nicht näher, um zu sehen, was er genau machte, oder um ihm Ratschläge zu erteilen.

Im Juli erreichte das Fieber Ilija. Seine Augen wurden gelb wie altes Porzellan, seine Zähne klapperten, sein Mund war trocken; doch er schluckte Unmengen Chinin und ließ den Bau nicht einen einzigen Tag unbeaufsichtigt. Er stand auch weiterhin in der prallen Sonne, und während der Schüttelfrost ihn packte, stieß er Flüche und Verwünschungen aus oder musterte Männer, die um Arbeit ansuchten. Als Kraftprobe ließ er sie einen Findling bis zu fünfmal anheben, und da sie größtenteils Hafenarbeiter waren, bewegten sich die auftätowierten Sirenen beim Heben so lebendig, als sei die Haut der Männer ein schweißnasses Bettlaken. Über Ilijas Unerbittlichkeit ging sogar das Gerücht, dass er einmal, als ein Mann unter der Todeslast des Steines verstorben war, nicht etwa Mitgefühl gezeigt, sondern seinen Vorarbeiter wütend angeschnauzt habe: »Was bringst du mir denn da für alte Klepper an, verdammt nochmal!«

Der Bau der Fabrik ging mit einer Langsamkeit vor sich und hatte Dimensionen, die für Widin unerhört waren. Monate waren schon ins Land gegangen, aber es schien kaum voranzugehen: Da war ein riesiges, längliches Loch auf der mageren Weide, nicht Tümpel, nicht Teich; ein Vieleck, das im Schlamm begann und nur ungewisse Spekulationen über die Zukunft zuließ. So etwas lag außerhalb aller gewohnten Erfahrungen der Menschen. Sogar die Hafenarbeiter, die an einiges gewöhnt waren, begannen zu verzweifeln. In der Bierstube schimpften sie: »Der feilscht um jeden Pfennig Lohn, als würde er keine Reiche-Leute-Fabrik bauen, sondern ein Waisenhaus! Die Erde wäre ja weich … Pah! Klebrig isse, und stinken tut se! Das ist ja, als wären wir Totengräber!«

Als die Hafenarbeiter genug hatten und zum Hafen zurückkehrten, kamen die Burschen aus den umliegenden Dörfern. Sie hatten vielleicht nicht so viel Körperkraft wie die Lastenträger; aber dafür waren sie zäh wie die Teufel. Tagsüber dachten sie an ihre verbrannten Felder und abends an ihre Frauen. Sie behauten Steine für das Fundament, und vor lauter sprühenden Funken lud sich der Bauplatz auf mit dem Geruch eines nahenden Gewitters. Nachdem das Fundament fertig war, entzündeten sie die Füllmörtelblöcke, und schwarze Rauchsäulen bohrten sich in den Himmel. Es sah aus wie ein gigantischer Schwelbrand, unter dem die Erde ächzte im Fieberwahn.

Der Schlaffe Kosta, der bekannt war als einer der wenigen, vielleicht der einzige Getreue Ilijas, des kleinen Bruders seines verehrten Jordan, wusste von einem Vorfall zu berichten, bei dem sich ihm noch beim Erzählen die Haare aufstellten.

»Seht ihr diese Jacke hier? Die hab ich an besagtem Abend vergessen, sozusagen dem Winde zum Geschenk gemacht. Hing an einem Nagel, das gute Stück. Ich dachte eigentlich: Scheiß der Hund drauf, aber ihr kennt ja meine teure Stefania. Die hat mir derart den Marsch geblasen, dass ich gleich wieder los bin …«

»Hör sich das einer an«, ermunterten ihn die umsitzenden Männer im Chor.

Und der Schlaffe Kosta ging zur Baustelle, um die herum die ganze Welt in ein Grillenkonzert verwandelt zu sein schien. Der Himmel bebte unter ihrem Flügelschlag, und es war, als könnten sich die toten und die lebenden Seelen berühren.

»Es stimmt schon«, fuhr Kosta fort, »dass ich besoffen war, aber darum war ich ja auch so übervorsichtig und achtsam. Und ich wusste auch genau, wo ich mein gutes Stück hingehängt hatte, an einen rostigen Nagel.«

Er habe sich leise angeschlichen, um die Nacht nicht mit irgendeinem gotteslästerlichen Wort zu behelligen; sogar das Aufstoßen nach all dem sauren Schnaps habe er unterdrückt. Der Rohbau der Fabrik habe ausgesehen wie eine Kirchenruine, alles gähnte weit und offen. Wenn man nach oben schaute, habe man den Eindruck gehabt, er wolle sich ein Stück vom Himmel abbeißen. Am schlimmsten aber seien die Fenster- und Türöffnungen gewesen, die unheimlich aussahen wie ausgestochene Augen und gähnende Mäuler. Und genau in diesem Moment, in dem ihm – nun ja, zugegeben – ein bisschen beklommen ums Herz geworden war, habe er ihn gesehen.

»Das ging rein und raus. Kaum sah ich, wie er sich durch ein Fenster hinauszwängte, kam er auch schon durch das nächste wieder herein. Er ging gebeugt und in Eile irgendwohin, als hätte er eine Verabredung mit allen gähnenden Öffnungen gleichzeitig getroffen.«

Da habe er erst gedacht, das sei ein in Mondlicht gekleidetes Gespenst, und zwar ein böses.

»Woher wolltest du das denn so genau wissen?«, fragte der Dankbare Kotscho.

»Na, weil die guten Gespenster, wie man weiß, nicht Menschengestalt annehmen können, sondern immer Luftgeister mit Engelsgesichtern sind. Dieses Gespenst aber«, betonte der Schlaffe Kosta mit wichtiger Miene, »war vollkommen materiell. Ich meine sogar gesehen zu haben, dass er außer dem Mondlicht auch noch ein graues Sakko anhatte.«

Dank des soliden Schnapsfundamentes sei er nicht aus den Latschen gekippt und in Ohnmacht gefallen. Er habe sich aber vorsichtshalber hingesetzt und sich die Ohren zugehalten, schwachsinnig eigentlich, da ja nichts zu hören gewesen sei; dafür aber sei alles überdeutlich zu sehen gewesen. Viel zu spät sei er draufgekommen, dass er sich besser die Augen zugehalten hätte.

»Später hab ich dann eingesehen, dass das ein Mensch sein musste, denn der Schotter rutschte unter seinen Schritten weg. Ich denke: Mamma mia, das ist ein Dieb von der ausgefuchsten Sorte – wenn der mich am Schlafittchen kriegt ... Ich dachte vor lauter Aufregung, gleich kommt mir der verdammte Schnaps hoch!«

Kosta schaute vor sich hin, als stünde ihm das alles direkt vor Augen. Er habe dann aber doch Mut gefasst und genauer hingeschaut, um den mutmaßlichen Dieb zu erkennen. Zum Ausgleich kriegte er die Finger nicht mehr aus den Ohren, als seien die in den Gehörgängen am Ohrenschmalz festgeklebt. Dann habe er sich in die Abflussrinne geschmiegt, als sei er selbst Kaolin. Und habe ihn endlich erkannt ...

»Es war doch kein Gespenst, und auch kein Verbrecher, sondern Bai Ilija. Geistert mir zwischen den Wänden umher, schimpft herum und schüttelt dabei die Faust. ›Was ist das schon, so ein Fuhrmannsgasthof, verdammt nochmal! So was kann man ruhig anstecken ...‹«

»Das ist doch völliger Schwachsinn«, unterbrach ihn Trentscho. »Du willst mir doch nicht erzählen, dass du genau das gehört hast, oder? Und bist du dir sicher, dass Ilija Weltschev es ausgesprochen hat?«

Der Schlaffe Kosta kratzte sich, obwohl es ihn nicht juckte, über den kahlen Scheitel, spülte sein Zäpfchen einmal mit Rotwein aus, um Zeit zum Überlegen zu gewinnen, und schloss dann ohne großes Vergnügen:

»Ja, wie soll ich denn sicher sein, Freunde, wenn du in so einer Grabesstille auf einmal eine so donnernde Stimme hörst? Wenn es ein Flüstern gewesen wäre, das hätte gepasst, dann hätte ich gesagt: Ja, alles klar, so und so, aber hier ...«

Vor der Kneipe waren Paare zu sehen, die im Park nach Büschen suchten, hinter denen sie sich unbeobachtet küssen konnten, aber das Militärorchester drang mit seinen schneidigen Walzerklängen überall durch. Und unter dem finster werdenden Himmel, gen Süden, schraubten sich unvermindert die Rauchsäulen über den Mörtelblöcken in die Luft, als hätte ein Blitzkrieg mit seinen Geschützen die Umgebung von Widin überzogen. Das Licht der Gaslaternen im »Hasenblut« war in der einbrechenden Dunkelheit schon ganz dicht geworden, als Todor unbestimmt sagte:

»Schau sich einer nur diese Fabrik an!«

»Und diesen Ilija«, warf ein anderer betont ein. Die Männer ließen ihre vom Schnaps weich gewordenen Augen schweifen; alle waren zufrieden, dass der Schlaffe Kosta seine Jacke wiedergefunden hatte, die er so gedankenlos an einem rostigen Nagel vergessen hatte. Und irgendjemand drehte an der Kurbel des längst kaputten mechanischen Klaviers.

3

Das ganze Elend begann kaum drei Monate nach ihrer Hochzeit, an jenem frostklirrenden Abend, als Trentscho betrunken nach Hause kam. Beim Lächeln lief ihm der Speichel aus den Mundwinkeln. Er roch nach Fass und hickste gute Worte hervor, die getränkt waren von weltumspannender Liebe. Die Kinder saßen aufgereiht um den niedrigen Tisch wie Orgelpfeifen und schwiegen. Petruna klapperte mit ihrer dreifachen Kette. Trentscho hatte sein Hemd bis zum Bauchnabel aufgeknöpft. Er blies in den fleischlosen Eintopf auf seinem Teller, damit er schneller abkühlte. Aus der Ecke schaute ihm die Heilige Muttergottes dabei zu, mit Augen, die vom Flämmchen des ewigen Lichtes erhellt waren. Der zerzauste Kater, der einem alten Plüschtier glich, tat es ihr gleich.

»Warum sagst du eigentlich nicht Vater zu mir«, wandte er sich überraschend an Assen und stieß den dampfenden Teller von sich. »Nicht wahr, ich bin schließlich der Mann deiner Mutter? Schau mal, Petruna hat damit keine Probleme.«

»Nein, Papa, hab ich nicht«, sagte Petruna mit dem kehligem Lachen eines frühreifen Mädchens, das im Grunde schon Frau war. Eine weiche Stille lag über der Küchenstube. Jana rutschte unruhig auf ihrem Stuhl hin und her, doch das rettende Wort wollte ihr nicht einfallen. Die Gebrauchsgegenstände schienen zurückzuweichen und sich hinter ihrer Bedeutungslosigkeit zu verstecken: das Sieb, die drei alten Töpfe mit dem Eingebrannten, die Keramikschale voller Kochsalz, das klumpig geworden war, weil es sich mit Armut vollgesogen hatte. Sie hörte plötzlich den Geburtsschrei Assens, sah vor sich, wie jemand ihr das Neugeborene reichte, damit sie es mit ihren Augen auf der Welt begrüßen konnte, und dabei verlegen hüstelte: »Und Jordan ist im Garten, graben …«

»Esst«, sagte Jana nervös, »es wird sonst kalt.«

»Wenn du Vater zu mir sagst, kaufe ich dir für den Winter auch einen Uniformmantel.« Trentscho zog das »a« in Vater so in die Länge, dass es wie ein Echo durchs ganze Zimmer hallte.

»Mir ist nicht kalt, Onkel Trentscho«, erwiderte Assen leise, als hätte er gehört, wie jemand sich erinnerte an den Satz, der seine Geburt begleitet hatte: »Und Jordan ist im Garten, graben …«

Von diesem Tag an reifte *es* langsam in Assen heran. *Es* hatte keine Konturen, war aber sichtbar und flog ihn sowohl an sonnigen Tagen als auch an gewitterschwangeren Abenden an. Assen begann, bis spät nicht nach Hause zu kommen. Seine Schulaufgaben machte er in den Gebüschen am Ufer der Donau. Trentscho kam mürrisch nach Hause und brach das Brot ohne jede Ehrfurcht vor der Gottesgabe. Jana war nicht aufzufinden. Bis spät blieb sie wach liegen, lauschte auf das junge Atmen der sechs Kinder, suchte im Bild des Mondes die Züge Jordans und flüsterte sinnlose Fürbitten: »Ich bitte dich, Lieber, lehre unseren Sohn, nicht so zu werden wie du … Nicht wahr, beide haben wir ihn gezeugt und getauft auf den erhabenen alten Zarennamen Assen!« Jordan aber brach sein Schweigen auch im monotonen Geflüster des Weingartens nicht. Trentscho schnarchte dafür umso lauter. Er versuchte offenbar gerade, im Traum jemanden zu rasieren. Ihr wurde es zu stickig unter der zerschlissenen Webdecke.

»Ich schmeiß ihm die Bücher weg!«, schrie Trentscho mit schiefem Lächeln. »Will mir wohl Rechtsverdreher werden, dieses hochgestochene Hätschelkind, was, oder vielleicht Pauker?«

»Wieso hochgestochen? Er hat doch den ganzen Sommer über beim Ziegelbrennen für die Fabrik geholfen?«, verteidigte Jana ihren Sohn.

»Dreitausend Bärte Kundschaft hab ich … von wegen studieren! Er wird bei mir Lehrling und soll erstmal Messer schleifen lernen und Rasierseife anschäumen. Damit er sich sein Brot selber verdienen kann, wenn er seinen Gesellenbrief hat!« Jana erwiderte nichts darauf. Sie tauchte ihre geröteten Hände in den großen Waschtrog, in dem sie für ein paar kümmerliche Lewa die schmutzige Unterwäsche fremder Leute schrubbte, und da kam ihr ganz langsam ein Gedanke: Du kannst doch nicht die schmutzige Wäsche der ganzen Welt reinwaschen! Das geht doch gar nicht, wenn Gott selbst den Menschen aus Dreck gemacht hat …

Jana widersetzte sich dem Ingrimm Trentschos nicht; doch morgens erwartete sie Assen im Garten, hörte sich nach den anderen Kindern um, und wenn sie sicher war, dass keiner es sah, zog sie einen Becher Milch unter ihrem Trägerrock hervor. Und während die Schwalben den Himmel mit Schleifen banden, bettelte sie linkisch: »Hab ich für dich gekauft, trink. Siehst du, sie ist noch ganz warm!«

Die Augen Assens wurden finster, der herbe Wind wühlte in seinem Haar. Eine Innigkeit überkam sie, wenn sie sah, wie Röte seine Ohren überlief und sich über die kräftigen Sehnen seines Halses ausbreitete.

Ende Dezember schließlich, als die beiden Fässer mit rubinrotem Weintreber gefüllt waren und der Nordwind die Stadt wieder in seiner Faust hielt, ertrug es Jana nicht länger und ging zu Jonka, um sich bei ihr auszusprechen. Es war ein freier Sonntag, an dem auch Vater Anissi keinen Gottesdienst hielt. Die Straßen waren wie leergefegt, wenn man von dem feinen Nieselregen einmal absah, der schräg in die Hauptstraße fiel. Jana traf Jonka betrunken vor einer Schüssel bunter Bohnen an, die sie auszulesen und zu säubern versuchte; doch ihre Hände gehorchten ihr gerade eben so viel, wie sie mussten, um die Kürbisflasche mit dem Schnaps an den Mund zu heben.

»Und was nun?«, fragte Jonka, nachdem Jana ihr Leid geklagt hatte. In ihren Augen war von Mitleid nichts zu sehen; ihr ganzes Gesicht hatte die Härte eines Männergesichtes.

»Weiß nicht …«

»Eben«, sagte Jonka, ohne ihr Hoffnung zu machen. »Wenn die wilden Pflaumen heftig blühen, gibt es nachher nur wenig Früchte. Das hab ich dir schon ein paarmal gesagt, weil es mit der Güte im Übermaß genau dasselbe ist. Wenn du wirklich gut sein willst, dann musst du dir *aussuchen, zu wem!* Die Liebe zu allen taugt nichts!« Sie stand auf, schwankte, während sie das alte Büfett öffnete, aus dem der Geruch getrockneter Kräuter drang. Das Klappern eines zweirädrigen Einspänners war auf dem Kopfsteinpflaster zu hören. Dann drehte Jonka sich um und hielt ihr den Stengel eines getrockneten Doldenblütlers hin.

»Siehst du«, sagte Jonka, »als ich aufwuchs, hatte diese heilige Pflanze, die die einfachen Leute *Schamliebchen* nennen, einen *großen* schwarzen Fleck in der Mitte – hier, siehst du? Wenn du jetzt über die Wiesen gehst, siehst du nur noch ganz *kleine* Flecken … Dahin ist es gekommen: Die Leute haben einfach keine Scham mehr. Wie soll ich dir da helfen?«

Jana ging nach Hause, wo Stille sie empfing, und suchte selbst nach einer Lösung. Sie hatte immer größere Mühe mit dem Einschlafen, schaute durchs Fensterchen, das vom Frost mit Eisblumen bemalt war. Jonka hat recht, dachte sie. Sie stellte sich vor, wie sie Trentscho in der Tür zwischen den beiden Zimmern mit leuchtenden Augen und firnisdunkler Ikone in den Händen entgegentrat. Sie würde ihren Kopf auf seine Brust fallen lassen und sagen: »Lass das Kind in Frieden, bin ich dir denn zu wenig? Assen ist nun einmal nicht dein Sohn, aber ich bin deine Frau!« Sie erschauerte vor Ungeduld, früh aufzustehen, überlegte, ob sie ihr neues Kleid anziehen sollte, das er ihr zur Hochzeit geschenkt hatte …

Doch der Schnee schmolz schon in den Höfen, und das Eis auf der Donau brach in der Mitte auf, da hatte Jana immer noch nichts gesagt.

4

Seit einigen Wochen ging Assen zu seinem Mitschüler Ziko, um für die Reifeprüfung zu lernen. Sie breiteten sich und ihre Schulsachen im weiten Wohnzimmer aus, in dem es von Häkelspitzen und Stickdeckchen nur so wimmelte. Selbst an den Vorhängen, durch die das Licht milchig ins Zimmer floss, waren Spitzen. Assen atmete gierig den Duft frisch geschrubbter Dielenbretter ein, nach Kirschblüte und nach Kaffee. Es bereitete ihm Vergnügen, den schweren Bronzeaschenbecher mit dem aufsitzenden Adler auf die Seite zu stellen, nach dem Knauf der marmornen Löschwiege zu greifen und mit ihr irgendeinen Tintenfleck aufzusaugen, kurz, all diese kleinen, aber teuren Gegenstände zu berühren. Manchmal waren die leichten Schritte des Dienstmädchens zu hören oder der Bass von Herrn Jantschev, wenn er hustete.

Ziko war von breiter Statur, hatte Akne, sammelte leidenschaftlich die Piratenromane von Emilio Salgari und hatte an einigen nebligen Abenden heimlich schon bei Filet-Pena vorbeigeschaut; danach ließ seine Akne etwas nach. Er fläzte sich mit gelangweilter Physiognomie aufs Sofa, las ein, zwei Seiten aus dem Schulbuch, dann klebte er sich einen feuchten Waschlappen auf die Stirn oder nahm Tabletten gegen Übermüdung des Gehirns.

»Mir platzt gleich der Kopf«, beklagte er sich, »ich hab einen derartigen Druck auf der Birne, das macht mich einfach fertig. Ich bin verzweifelt!«

Ein herber Essiggeruch im Raum machte Assen zu schaffen. Er musste Ziko Stunde um Stunde den Lehrstoff in den Fächern Geschichte und Botanik wiederkäuen. Was ihn aber noch mehr ärgerte, war, dass Ziko ihn dauernd unterbrach:

»Hannibal …«, stöhnte er und tränkte seinen Waschlappen wieder in der Kupferschüssel, »puh, wer soll sich denn so einen türkischen Namen merken?«

Assen bekam eine trockene Kehle, aber er nahm alles hin, weil er jedes Mal zu einem reichhaltigen Mittagessen gebeten wurde und ein paar Lewa dazubekam, die ihm die Möglichkeit gaben, sich an der Donau herumzutreiben und das magische Licht der Bücher zu entdecken, die der verstorbene Bibliothekar zu verbrennen gedroht hatte. Er liebte die starken, ohne Sentimentalität geschilderten Helden von Jack London, mochte Romain Rolland und Erich Maria Remarque, war erschüttert von Dostojewski, kurz: von Größe und Niedertracht des Menschen. Der Roman »Le feu – Das Feuer« von Henri Barbusse aber blieb ihm so unvergesslich wie jede Reise durch ein unbekanntes Land.

Während der Turm der Festung in der Hitze zitterte wie eine Fata Morgana, blätterte er die Seiten um, über die seine Träume flossen, machtvoll wie das Wasser der Donau über den sandigen Grund. Das Gefühl einer feierlichen Trauer ergriff ihn, so, als stünde er am Hafen zwischen wucherndem Unkraut und Fässern mit Fruchtfleisch und sähe einem weißen Dampfschiff zu, das sich einsam gen Sonnenuntergang entfernte. Da ging etwas fort, und es bestand keine Hoffnung, dass es wiederkäme. Ihm war eng in der an den Ellenbogen gestopften Jacke der Schuluniform, eng war es ihm im Ufergarten zwischen den Neckereien der Dienstmädchen, eng auch auf dem Marktplatz mit den neobarocken Fassaden, die eine überbordende Fülle vortäuschten, dabei aber nur provinziellen Geltungsdrang bewiesen; ja, es war ihm eng, aber er wusste nicht, wohin er gehen sollte. Das Leben um die Lagerfeuer im Zigeunerviertel lockte ihn nicht, auch nicht die Geschwätzigkeit im »Hasenblut«. Die wundersamen Versuche seines Vetters Goscho, einen Hund und eine Katze zu paaren, widerten ihn an. Die Poesiealben seiner Mitschülerinnen mit ihren schlecht gezeichneten Blümchen, pompösen Sentenzen und banalen Versen interessierten ihn nicht. Er wusste genau, welche Perspektiven er hatte: Entweder wurde er ein kleiner Beamter oder Verkäufer auf der Geschäftsstraße. Er sah sie schon vor sich, die an den Ellenbogen durchgewetzten Ärmelschoner und die plumpe Ironie des Bankdirektors, die Akten, die fleißig den Modergeruch einer Müllkippe aufgesogen hatten, und die behagliche kleinbürgerliche Deformation, mit der ihn die Jahre segnen würden. Was für eine Chronik eines vorbestimmten Todes! Ihm brach der Schweiß aus, und die Frage: Warum? spannte sein Hirn aufs Streckbett. »Weil ich keinen Vater habe«, gab er sich selbst Antwort. Er musste an Trentscho denken, seinen süßlichen Geruch und seine Gewohnheit, sich die Ohren mit dem absichtlich lang gelassenen Nagel des kleinen Fingers zu reinigen; an seine von ihrer eigenen Güte verbrauchte und in die Sinnlosigkeit gestürzte Mutter und ihr allverzeihendes Lächeln; oder an seinen Lehrer im Gymnasium, Karaiwanov, der ihnen als Aufsatzthema gegeben hatte: »Was ist Herrlichkeit?« Im Ufergarten schienen statt der Herbstblumen die Blüten der Trauer aufzugehen. Damals, während sein Onkel Ilija mit seiner Mutter schimpfte und Petruna ihr Top aus glänzender Baumwolle umschneiderte, schrieb er drei Seiten mit lauter Blödsinn voll. Ein Satz, an den er sich noch erinnern konnte, lautete: »Herrlich ist, wenn du einen Vater hast, der dich verprügeln kann!« Nach dem Vorlesen hatte ihm Karaiwanov, während ein notorisches Zucken seine Oberlippe verzerrte, gesagt: »Sie, Weltschev, sind der beste Schüler in der Klasse; aber Sie haben keine Fantasie.« Und er hatte geantwortet: »Ich habe keinen Vater.« Nun dachte er gequält: Und wenn es das gar nicht ist, sondern etwas ganz anderes?

Aus der Dämmerung tauchten die letzten Fischerboote auf, die Sterne spannten den Horizont auf über dem rumänischen Flussufer, und in die Stille hinein ergossen sich die Laute der Natur. Assen vermied die dunklen

Alleen; er fürchtete, Petruna dort zu treffen, in leidenschaftlichen Umarmungen mit irgendeinem Feldwebel …

5

»Bleibt das Kind bei uns?«, fragte Todor so erschrocken, dass sein Armstumpf sich heftig drehte. Noch immer taten ihm, wenn ihn etwas innerlich stark aufwühlte, die Finger der fehlenden Hand weh. In der Stube roch es nach Engeln. Aus dem Kesselchen quollen dichte Dampfwolken, und Jonka gab hier etwas dazu, nahm dort etwas weg: Weißdorn gegen zu viel Grübelei, junge Brennnessel wegen des Eisens, eine Fingerspitze Thymian und Oregano gegen den Jähzorn, Johanniskraut für die Seelenruhe. Die Heilige Muttergottes schaute sie mit einem halb abgeblätterten und einem blauen Auge vom Ikonenbildchen an, die frischen Holzscheite krachten und knackten in der Brennkammer des Herdes, und im Vorhaus sickerte das Donauwasser durch die Steine. Jetzt musste Todor die Filteranlage wohl vergrößern, wenn sie Wasser für drei brauchten.

Assen hockte heftig zitternd, mit trockenem Blick und feuchter Stirn im Vorhaus, aber er war nicht krank. Er sah eher aus wie Jordan, bevor dieser aufbrach, um Traitscho Babaschov zu erstechen. Er roch sogar nach seinem Vater.

»Also, jetzt mal eins nach dem anderen, Söhnchen! Worum geht's? Hat Trentscho dich etwa fortgejagt?«

»Nein, er hat mich nicht verjagt.« Oh, wie gut kannte sie diese täuschende Friedfertigkeit in seiner Stimme. Schlimm! Zumal wenn sie an Jordans Hass auf etwas Unbestimmtes, aber Gewaltiges dachte, das »böse« zu nennen, klein gedacht wäre, »kosmisch« aber deutlich übertrieben. Und auf einmal kam ihr in den Sinn: Assen ist einfach erwachsen geworden.

»Oder hast etwa du ihn geschlagen?«

»Niemanden hab ich geschlagen.«

»Wenn du dich mit deiner Mutter gestritten hast, dann sollst du wissen, dass sie eine Heilige ist.«

»Nei-hein, nichts von alledem«, sagte Assen gedehnt, »ich will einfach nur bei euch leben.«

Jonka erschrak. Der Docht der Lampe versprühte zischend seine Lichtbälle, im Fenster tauchte das Auge eines Uhus auf. Wenn *Assen* keinen Grund dafür nennen wollte, warum er weggelaufen war, dann musste der Grund schon ein ganz ernster sein, und wenn so rein gar nichts passiert war, dann musste das Schlimmste eingetreten sein, etwas, das nicht mehr zu reparieren war. Ihr Herz pumpte Salz hoch zu ihrem Hirn, ihr Blick blieb an seinen gesprungenen Lippen hängen, über die süßer und schäumender Speichel gelaufen war. Assen ließ sich auf das grobe Bettgestell fallen und schlug die Beine übereinander. Verstört flogen die Nachtfalter auf. Jonka sah, wie er seinen Blick an die Decke heftete, doch die Decke rührte sich nicht. Wenn Jordan hier gewesen wäre, hätte er das ganze Haus zum Zittern gebracht, ja, die große weite Welt hätte einen Juckreiz verspürt. Bist doch noch kleiner, als ich dachte, Söhnchen …

Draußen waren die ersten Hähne zu hören, die Nacht hob ihre dunklen Tücher langsam gen Himmel. Aus dem Kessel Jonkas roch es nach Magie und dem Heu der letzten Mahd. Sie nahm den Sud vom Feuer und kostete davon; er schmeckte weder süßlich, noch verursachte er Schwindel. Nur Schlaffheit und tiefe Ruhe ergossen sich über ihren Körper, so, als habe sie gerade eine Malaria überstanden.

»Wenn das Kind hierbleibt, müssen wir die Wände neu kalken«, meldete sich Todor. Seine Augen tränten. Sie leuchteten gelblich im Widerschein des Petroleumlichtes, und er bedeckte sie mit seinem gesunden Arm.

Das kommt vom Schnaps, diese feuchten Augen, sagte sich Jonka; aber sie wusste, dass es die Rührung eines guten Herzens war.

6

Im Juni wurde die Donau wieder so wild, dass sich die Keller mit schlammigem Wasser füllten. Danach aber brach eine große Hitzewelle aus, und ihr Pegelstand fiel so tief, dass sogar die Sümpfe um Widin vollkommen austrockneten. Die Leute holten die Karpfen körbeweise heraus. Tag und Nacht, von der Geschäftsstraße bis draußen zum Zigeunerviertel, roch es nach gebratenem Fisch. Die Hunde hoben die Schnauzen und schnüffelten, bis sie durchdrehten; die Katzen lernten, über den Hunger auf Vorrat zu fressen. Das war eine solche Bratweltmeisterschaft vor dem Herrn, dass der Krämer Stefan zweimal nach Ferdinand fahren musste, um Öl nachzukaufen. Vater Anissi wurde wieder einmal von Montezumas Rache ereilt, so dass seine Predigten sehr kurz und sehr fahrig ausfielen. Die Frauen wurden von so viel gutem Eiweiß einladend bis zur Unanständigkeit, und die Männer im »Hasenblut« wurden und wurden einfach nicht betrunken. »Herrschaftszeiten«, beschwerte sich der Dankbare Kotscho, »dieser Karpfen schlägt mir derart aufs Olfaktorium, dass ich Klogeruch von Lavendelspiritus nicht mehr unterscheiden kann.«

Auf das Hochwasser der Donau folgte eine Flut Vortragsreisender, die aus der modernen Welt kamen und mit ihren Köfferchen voller Bücher reisenden Kaufleuten glichen, die Wissensware anboten, die niemand haben wollte. Bärtige Emigranten aus Weißrussland sprachen im Lesesaal »Bunte Welt« über »Das Christentum und die Bestimmung der russischen Seele«, ein glatzköpfiger Doktor hielt eine Reihe von Vorträgen über die Psychoanalyse Sigmund Freuds, erklärte des Langen und des Breiten den Mechanismus des »Ödipus-Komplexes«, so dass Tante Allwissend begann, über die seltsamen Experimente ihres Sohnes Goscho nachzudenken; ansonsten aber wurden die Ideen dieses verkehrten Wiener Arztes vom Winde der Donau verweht, da die Libido der Leute an ihrem Platze war und sie keinen Bedarf hatten, darüber belehrt zu werden, wie sie zu Hause ihre alltägliche kleine Heldentat für die Familie zu vollbringen hatten.

Das Gerede über den Fabrikneubau, der so unmerklich Gestalt gewann wie der Käse aus der gerinnenden Milch, schlief langsam ein; was blieb für die einfachen Männer, die sich im »Hasenblut« trafen, war das Politisieren. Zeitungen aber waren in diesen Jahren teuer, zu teuer, und so war der Gradmesser für den Stand der politischen Dinge das, was Christo Weltschev tat oder unterließ. Drei Jahre lang hatte man sich daran gewöhnt, alles, was geschah, vor dem Hintergrund der Tatsache zu deuten, dass er sich verstecken musste, und wie gefährlich es für Trentscho war, ihn rasieren zu gehen. Drei Jahre lang hatten sie gewusst, wo er sich aufhielt, und trotz des beträchtlichen Kopfgeldes und der eigenen drückenden Geldnot hatte keiner ihn verraten. Diese Männer waren alles andere als Heilige, doch sie wollten schon, dass es so einen gab, so einen Heiligen. Das sollte ein Mensch sein, der anders war als sie, aber doch einer von ihnen. Ein Mensch, vor dem man den Hut ziehen konnte, ohne sich selbst zu erniedrigen, und den man vergöttern konnte, ohne dadurch Gotteslästerung zu begehen. Anwalt Kamenov hatte ja nun längst wie ein Engel in der Tiefe der Donau sein Leben gelassen; sogar die Fantastereien über den *weißen Kahn* waren erloschen. Doch da die Stadt weiterexistierte, und die Leute weiter hungrig blieben, mussten sie irgendeine Hoffnung haben. Und Christo symbolisierte die Seite der »Linken«, zumal er sich mit dem Lehrer Tichanov angefreundet hatte und mit diesem unbekannte, fremd aussehende Leute empfing und verabschiedete und Artikel schrieb über den Streit zwischen Bulgarien und Makedonien, wo viele Menschen lebten, die Bulgarisch sprachen. Deshalb kursierte der Witz: »Was kommt dabei heraus, wenn du einen schmutzigen Makedonier badest? – Ein reiner Bulgare!« Die Spannungen in der Region setzten sich den ganzen Sommer über fort. Trentscho hängte in seinem Laden das Bild eines bärtigen Räubers auf, in dem alle bereitwillig einen makedonischen Freischärler sahen; der Dankbare Kotscho kreierte einen neuen Duft, der bei nachlassender Manneskraft gute Wirkung tun sollte, und nannte ihn voller Pathos: »Neues Makedonien«. Wenn er das Fläschchen verkaufte, vertat er sich jedoch absichtlich und sagte mit singender Stimme: »Gern, gnädige Frau – einen Flakon ›Linkes Makedonien‹ …« Und Elena wurde nun mit noch größerer Ehrerbietung, begleitet von einem Anteil nehmenden Lächeln, gegrüßt, wenn sie mit ihrem schwarzen Trauerkleid über den lärmenden Markt ging.

Herr Hadschipetkov und Dimo, der Republikaner, spielten Tricktrack, die anderen tranken Bier. Im Uferpark wimmelte es nur so vor Taftröcken und Dienstmädchengekicher.

»Ich kann die Position der Linken vollkommen nachvollziehen und gutheißen«, sagte Herr Hadschipetkov in das allgemeine Politisieren hinein und rieb die beiden Würfelchen zwischen seinen dicken Fingern, um sein Glück herauszufordern.

7

Die Frauen im Dampfbad waren geneigt, der Behaarten Stefania zu glauben, die behauptete, das furchtbare Geschehen habe sich vor ihren Augen abgespielt, und sie habe alles gehört und gesehen. Sie schlug zum Zeichen der Wahrhaftigkeit das Kreuz und spuckte dazu bekräftigend über die Schulter; dennoch erschien ihre Behauptung doch sehr unwahrscheinlich, da sie schlecht hörte, an einem Auge den Grauen Star hatte, und das andere schielte ja …

Die Männer im »Hasenblut« hielten sich aus diesem Grunde an die glaubwürdigere Erzählung von Herrn Hadschipetkov, der an diesem Tag mit dem Wels, den er gefangen hatte, auf dem Weg nach Hause gewesen war. »Aber was für ein Wels«, dröhnte sein Bass, »bei dem haben wir im Magen eine Schraubenmutter, einen Sandalenriemen und ein Schneckenhaus gefunden.« Er sei also die Straße entlanggegangen mit seinem Riesenfang, die Glocken läuteten das abendliche Angelus, und da habe er so etwa zehn Meter vor sich Christo und den Lehrer Tichanov gesehen. Sie hätten gelacht wie die Schuljungen und seien auf dem Weg zum Café »Dontschov« gewesen, da habe sich plötzlich ein Typ von der Wand des Hauses von Tante Allwissend gelöst. Er sei zwar ärmlich gekleidet gewesen, habe aber ein beeindruckendes Schießeisen in der Hand gehalten. An seinem wilden Bart und seinen vielen fehlenden Zähnen habe man sehen können, dass er ein makedonischer Extremist gewesen sein musste. Der Moment vor dem Schuss sei ihm so endlos lang vorgekommen, dass Christo und Tichanov Zeit gehabt hätten, sich voneinander zu trennen. Folglich, führte Hadschipetkov aus, habe der Mann entscheiden müssen, wen er liquidieren wolle. »Wenn er Christo hätte umlegen wollen, hätte er das kinderleicht tun können mit seiner riesigen Kanone.« Im selben Moment habe er auch schon den Schuss gehört, oder besser gesagt: habe er gesehen, wie die Tauben von den Traufen und Dachvorsprüngen aufflatterten, denn der Knall sei so laut gar nicht gewesen. »Und was sehen meine entzündeten Augen: Der Lehrer Tichanov wälzt sich im Staub. Vor Schreck hab ich meinen Karpfen fallen gelassen.«

»Eben war es doch noch ein Wels?«, wunderte sich der Schlaffe Kosta. Aber für solche Bagatellen hatte Hadschipetkov jetzt keine Zeit.

»Ich höre nur, wie Christo ausruft: ›Verdammter Bastard von einem Volksfeind!‹ Aber seine Stimme klang merkwürdig still und weinerlich, von wegen Barrikadenstürmer und furchtloser Revoluzzer. Er packt sich mit beiden Händen an den Kopf und schüttelt ihn wie 'ne Glocke, so eine wie die im Kirchturm von Sitnjakowo, die er September dreiundzwanzig hätte läuten sollen. Auch diesmal war nichts mit klaren Glockenschlägen. Da war nur das Schluchzen eines verschreckten Schuljungen und das Gurren der Tauben. Ja, die Tauben. Die haben erstmal ein paar Runden über den Schauplatz gedreht, und dann sind sie gelandet, wie die Geier, und haben sich um den Tichanov versammelt, als wär der ein Riesenbrocken Brot.«

Endlich ging die Hitzeperiode zu Ende. Ein lebenspendender Regen fiel. Die Männer kamen wieder in die Gänge und hatten keine Mühe mehr, sich sonntagnachmittags in der Kneipe vollaufen zu lassen, bis sie unter den Tisch sanken. Es ist ja bekannt, dass, wenn einer flüstert oder in Andeutungen redet, der Schnaps ihn schnell an den Hammelbeinen kriegt. Trentscho tauschte die Fotografie des bärtigen Freischärlers aus gegen die eines Dampfschiffes, das ganz aus Muschelschalen gemacht war; der Dankbare Kotscho taufte seinen Duft »Neues Makedonien« um und nannte ihn jetzt »Bezaubernder Traum«, und der Schlaffe Kosta verbot seiner besseren Hälfte Stefania für zwei Monate, das türkische Dampfbad zu besuchen. So kamen die Männer in der Folgezeit ohne große Lust zusammen. Fast ärgerten sie sich gegenseitig mit ihrer Anwesenheit. Aber in jedem von ihnen formte sich nach und nach eine Frage, die laut auszusprechen niemand wagte: »Warum muss es immer so kommen, dass alle Mitstreiter Christo Weltschevs ihr Leben lassen, er aber kommt immer ungeschoren davon? Erst entkommt er der Verhaftung, dann hält er sich an einem Platz versteckt, von dem auch die Ordnungskräfte wussten, und schließlich schießt der bärtige Attentäter auf den armen Tichanov!«

Ihnen war zu Ohren gekommen, dass Christo als Buchhalter in die Bank eingetreten sei. Manchmal sahen sie ihn im Café »Noche Brazil« mit glänzenden Satin-Ärmelschonern über dem Hemd. Er hatte abgenommen und schaute apathisch vor sich hin, als säße er noch immer im Stallgeruch neben der Prunkvilla von Tante Allwissend, oder als glühe die

Malaria ihn von innen aus. Sie war nicht zum Guten ausgeschlagen, diese Heiligenlegende, und die ganze menschliche Wärme, die sie in ihren Herzen gehegt hatten, lief nun ins Leere der Ratlosigkeit.

»Was willst du da machen«, kommentierte Trentscho, der ihm drei Jahre lang das Haar geschnitten, den Bart abrasiert und ihm von den Leuten – von seinen Leuten! – erzählt hatte, »es gibt eben Menschen, die kommen auf die Welt, um den Karren voranzuziehen, und es gibt andere, die zum Müßiggang geboren sind. Der eine wird schon lachend geboren und wird ein Lustikus, der andere ist mit oder ohne Grund finster und mürrisch sein Lebtag. Es gibt normale Leute, ängstliche Leute und ... andersartige ...«

»Weise Worte, und gleich so viele«, sagte der Schlaffe Kosta darauf, »aber der Christo, der hat einfach aufgegeben. Aufgegeben hat er, nichts anderes, untergekrochen ist er ...«

8

Christo arbeitete im unansehnlichsten Zimmer der neu gegründeten Volksbank, zusammen mit Herrn Hadschipetkov. Um acht Uhr früh saßen sie hinter ihren Schreibtischen und vertonten den Tag mit dem weichen Klang ihrer Rechenmaschinen. Während er seine Rechnungen machte, bewegte Hadschipetkov seine Lippen mit. Sein kahler Schädel nahm die Farbe einer umgedrehten Kupferschüssel an. Der gemauerte Ofen verströmte Kohlendioxid, und die unzähligen Mappen und Ordner – den Geruch nach Sonderangeboten.

Am ödesten waren die Herbstnachmittage. Durch das mit Eisenstäben vergitterte Fenster sah Christo einen Teil des Marktplatzes. Der Wandspiegel ihm gegenüber verdoppelte den Raum (und damit auch seine Einsamkeit). Er fühlte sich niedergeschlagen, leer und von einer permanenten inneren Unrast erfüllt, ganz so wie zuvor in Ginas Stall. In solchen Momenten erinnerte er sich an die durchschossene Brust seines Genossen Tichanov, die mit grauen Haaren und geronnenem Blut bedeckt war. Oder an das blasse Gesicht seines Sohnes Alexander, der »Andersens Märchen« las. Oder an die verblichenen Vorhänge im Wohnzimmer, die Elena mit weißen Fäden gestopft hatte. Diese Bilder traten ihm so lebendig und detailliert vors geistige Auge, dass Christo fühlte, wie die Angst seine Wangen rötete.

»Ist Ihnen nicht gut?«, fragte Hadschipetkov kollegial und reichte ihm ein Glas Wasser.

Einige Monate nach der Ermordung Tichanovs bemerkte Christo eine seltsame Belebung um sich herum. Sie hauchte ihn an wie ein Flüstern und war so unsichtbar wie *die* große Wende; sie war stetig und zu gleicher Zeit unaufdringlich. Ilija, der seit Jahren keinen Gedanken an ihn verschwendet hatte, lud ihn mit herzlicher Gleichgültigkeit zu seinem Geburtstag ein. Der alte Babaschov schickte ihm eine luxuriöse Grußkarte zu Weihnachten. Und sein Direktor bei der Volksbank zahlte ihm eine Gratifikation aus, obwohl er mit Christos Arbeit nicht zufrieden war.

»Irgendetwas wollen die Leute von mir …«, überlegte Christo und suchte Elenas trockene Lippen.

»Du wirst schon das Richtige tun«, erwiderte sie.

»Ja, wenn ich kann!« Die anschließende Stille trennte sie. Die Falten der extrabreiten Bettdecke teilten sich. Er wusste, dass Elena nicht schlief, weil ihre geschlossenen Lider bebten. Als er sie ansah, fand er, dass sie in ihrem weißen Nachthemd genauso irreal und frierend wirkte wie in ihrer unveränderlichen Trauer, dem schwarzen Kleid, das sie tagsüber trug.

9

In seinem gestreiften Zivilanzug glich Herr Petkov einem Berufsillusionisten, nur dass er statt des Satzes Zauberkarten in seiner Hand ein silbernes Kettchen spielen ließ. Ein Zephir aus Güte hatte sein Gesicht überweht, aber das machte es nur noch einsamer und böser. Er hat beschlossen, mir den Rest zu geben, dachte Christo, und genau jetzt wird er es tun! Ja, das wird er … aber wie?

Petkov spazierte zwischen seinem Dienstschreibtisch und dem mattierten Tischchen hin und her; der dicke Teppich verschluckte seine Schritte. Ja, es sah aus, als ob er bei jedem Schritt in dessen persischen Ornamenten hängen blieb. Bei dem Gedanken, dass es höchstwahrscheinlich Petkov gewesen war, der die Ermordung Tichanovs angeordnet hatte, verschluckte Christo sich an seiner Spucke.

»In jeder Wahrheit«, begann Petkov gleich wieder zu dozieren, »liegen unzählige Lügen verborgen. Und je idiotischer diese sind, desto glaubwürdiger und erhabener erscheint die Wahrheit. Wir, die Exekutivgewalt der Polizei, bedienen uns der entgegengesetzten Methode: Wir gehen davon aus, dass jede Lüge aus unzähligen kleinen Wahrheiten zusammengesetzt ist …« Petkov unterbrach seinen Vortrag und schaute aus dem Fenster.

»Ich weiß nicht, warum Sie mir all das erzählen«, wandte Christo beunruhigt ein.

»Damit Sie keinen Fehler machen.«

»Einen Fehler machen? Wobei?«

»Beim Antworten«, erwiderte der Bezirksvorsteher schlicht und setzte sich endlich auf seinen Ledersessel. »Die lange Erfahrung hat mich gelehrt, dass es nur zwei Arten gibt, unsere Feinde zu besiegen: Entweder wir vernichten sie … Oder wir machen sie zu unseren Freunden!«

Christo begann, einen physischen Widerwillen gegen Petkov zu empfinden, der den strengen Geruch nach Apotheke verströmte, nach durchlittenem Schmerz. Sein Lächeln war einladend, doch seine Augen blitzten mit keramischer Glätte. Er hat sich sicher die Hände gewaschen, bevor er hereingekommen ist, dachte Christo.

»Sie kennen sicher den Bürgermeister unserer Stadt, Herrn Iliev«, fuhr Petkov mit einer überraschenden Wendung fort, »ein unerschütterlicher Konservativer und guter Winzer, aber – der Mensch hat ja nicht mal die dritte Schulklasse beendet! Ich persönlich halte fehlende Schulbildung nicht für ein Laster; im Gegenteil, für das vollkommene Glück ist dies sicher eine notwendige Voraussetzung. Intelligente Menschen sind irgendwie … anfälliger, finden Sie nicht?«

Christo schwieg. Ihn bedrückte neben der Vorahnung von etwas Unerwartetem auch die teure Erlesenheit dieses Dienstzimmers. Er wurde das Gefühl nicht los, Petkov habe ihn nur zu sich gerufen, um ihm ein neues Stück seiner ebenso erlesenen wie absurden Glasfigurensammlung zu zeigen. Und den Schweiß konnte er auch nicht mehr im Zaum halten. Er spürte, wie sein Hemd am Rücken klebte, wie sein Krawattenknoten feucht wurde und sich Salzränder auf seinen Lippen bildeten. Dieser

Sadist spielte einfach Katz und Maus mit ihm. Im Korridor hallten die Schritte und die bittende Stimme irgendeines armen Sünders wider.

»Herr Iliev ist ein ausgezeichneter Organisator der herbstlichen Jahrmärkte«, fuhr der Bezirkschef mit betrübter Stimme fort, »aber jede andere Arbeit will ihm einfach nicht von der Hand gehen. So denke ich mir, wir bedienen uns seiner hochpatriotischen Qualitäten, unterfüttern sie jedoch mit den Kompetenzen jemandes, der, wie soll ich sagen ...«

»... anfälliger ist?«

»Ganz genau, mit jemandem, der anfälliger ist. Davon würde die ganze Stadt profitieren. Mit einem Wort: Ich biete Ihnen an, Stadtkämmerer zu werden. Denken Sie darüber nach!« Er streckte den Arm vor, als wolle er sich vor einem Schlag schützen. »Die schnelle Entscheidung ist nicht immer die gute Entscheidung.«

Christo hörte sein eigenes Lachen. Er konnte den Ton einfach nicht unterdrücken, der ohne seinen Willen plötzlich in seiner Kehle war; er hielt sich den Bauch und krümmte sich, doch er konnte einfach nicht aufhören. Im Grunde schämte er sich, und wie alle Weltschevs wurde er mit diesem Gefühl nicht fertig. Ich grinse ja wie der letzte Blödmann, tadelte er sich selbst – und verschluckte sich. Nun rann ihm der Schweiß schon in die Augen. Da, da hast du es, Christo, genau so gibt er dir den Rest! Das ... das ist einfach unglaublich!

In den folgenden Minuten war er dem Angriff der Einzelheiten schutzlos ausgeliefert. Da waren die Wandtapeten mit der Farbe eines Schlafanzuges, die halb vertrockneten Schnittblumen in der Vase, die bronzene Apollo-Statuette. All das prägte sich ohne Gegenwehr in sein Bewusstsein. Jetzt wurde Christo auch klar, woher die erniedrigende und irgendwie ermüdende Aufmerksamkeit seiner »Freunde« kam – die unbegründete Großzügigkeit seines Direktors, die teure Grußkarte Babaschovs, und nicht zuletzt die Aufmerksamkeit seines Bruders. Und er hatte gedacht ... Dann besann er sich, dass er gar nichts gedacht hatte, und seufzte.

»Ich danke Ihnen sehr für Ihr Vertrauen«, sagte Christo schließlich mit hilfloser Feierlichkeit, »doch ich fürchte, dass meine Anfälligkeit die von Ihnen für zulässig erachteten Grenzen überschreiten dürfte.«

»Da machen Sie sich mal keine Sorgen. Wir werden uns schon um Sie kümmern, wenn es erforderlich ist. Sehen Sie, die Leute schätzen, ja vergöttern Sie, und ... sehen Sie, darauf zählen wir.« Das bescheiden-menschliche Lächeln des Bezirksvorstehers wollte so gar nicht zu der Kälte in seiner Stimme passen. »Herr Weltschev, vor Jahren war ich mir todsicher, dass Sie sich im Pferdestall der verehrten Frau Gina Jotzova versteckt hielten, habe Sie aber dennoch nicht verhaftet. Ich weiß nicht, warum ich so entschieden habe, doch sehen Sie, ich war mir sicher, dass Sie nicht weglaufen würden, so wie ich auch jetzt sicher bin, dass Sie meinen Vorschlag annehmen werden.« Er wühlte in seiner Innentasche und holte ein blütenweißes Taschentüchlein heraus, auf dem seine Initialen zu erkennen waren. »Ich bitte Sie, wischen Sie sich doch das Gesicht ab ...«

Eine verlegene Stille trat ein, und Christo fühlte, wie müde er war. Seltsam, doch genau in diesem Augenblick ergriff ihn vollkommene Gleichgültigkeit. Er konnte sich in diesem Moment nichts ins Gedächtnis rufen außer den Augen Elenas, ihrem eingefrorenen Lächeln und der silbern gewordenen Strähne über ihrem Ohr. Oberflächlich betrachtet, tadelte sie ihn in keiner Weise. Doch ihm wurde auf einmal klar, woher diese statische Trauer bei ihr kam: So äußerte sich der Widerstand einer wehrlosen Frau, die die Dinge nicht ändern konnte und daher einfach nur heroisch durchhielt, wie es der Selbsterhaltungstrieb ihr eingab. Elena hatte sich nach dem Tod ihres Vaters nicht ergeben, sondern die wirksamste weibliche Anklage gegen die Ungerechtigkeit auf der Welt gefunden – die Trauer. Und so wurde ihm klar, dass es gleichgültig war, ob er Petkovs Angebot annahm oder ablehnte: Elena würde ihr Trauerkleid nicht ausziehen. Diese Chance hatte er verspielt, und nun war es zu spät, für immer zu spät.

»Möglicherweise nehme ich Ihr Angebot an«, sagte Christo leise. Und stand auf.

10

Mitte August traf mit einem kleinen österreichischen Dampfschiff, das auf den originellen Namen »Donau« getauft war, ein Herr Karol Iwanov ein, ein alter Freund Dimo Babaschovs aus Wiener Zeiten, der als Sohn bulgarischer Eltern in der Nähe von Prag aufgewachsen war. Einige Monate zuvor war er als Ingenieur in der Porzellanfabrik eingestellt worden.

»Das ist ein ausgesprochen seriöser und respektabler Mann«, behauptete Dimo Babaschov, »und, was das Wichtigste ist: er spricht Bulgarisch.«

»Das ist keineswegs das Wichtigste«, schnitt Ilija ihm das Wort ab. Der alte Babaschov trank von seinem Bier und warf in versöhnender Absicht ein: »Unwichtig ist es nicht ...«

Und so wurde auf leichtfertige Weise die Bewerbung zweier hochqualifizierter und ausgewiesener Ingenieure aus Russe mit reicher Erfahrung in der Keramikherstellung und ohne besondere Prätentionen abgelehnt, Fachleuten, die nicht nur Bulgarisch konnten, sondern auch die Brennöfen entworfen hatten. Ilijas Verärgerung war so groß, dass sich dunkle Gewitterwolken über den schönen Nachmittag legten. Sogar die alte Frau Babaschova, die unter dem bunten Schatten der Weinlaube döste, schreckte beim schneidenden Ton seiner Stimme auf. Aber nicht nur deshalb machte er eine Faust in der Tasche: Dimo Babaschov war ganze zweimal auf der Baustelle erschienen. Und dabei hatte er ihm auch noch verächtlich hingeworfen: »Kümmer du dich hier ums Mauerwerk; ich werde mich dann mit dem *Placement* der Ware und den kaufmännischen Aspekten befassen!«

In der Tat reiste er wochenlang durch ganz Bulgarien, schickte kurze Briefe, in denen zwischen den Zeilen durchkam, wie gelangweilt er war, wie schlecht das Hotel in Orjachowo war, nur die Limonade aus Tarnowo verdiene Lob. In seiner freien Zeit läse er das Buch Salomo, von dem er bewundernd konstatierte: »Ein wahrer Mann!«

Sein Vater war an sich immer ein strenger Vater gewesen, aber seit der Ermordung seines ältesten Sohnes hatte er eine chronische Nachgiebigkeit gegenüber seinem Jüngsten entwickelt. Selbst Boshura profitierte davon. Sie vergötterte ihren Vater geradezu, weil er ihr modische Schuhe und französische Parfüms mit dem feinen Duft gezügelter Wollust schenkte. Ilija fror sich unterdessen den Hintern auf dem Bau ab, mischte zusammen mit den Arbeitern Mörtel an und hatte gelernt, im Minutentakt zu fluchen, ohne sich in der Wahl des Schimpfwortes zu wiederholen. Er war abgemagert. Sein Gesicht hatte einen bleiernen Abglanz bekommen. Seine Verärgerung aber rührte nicht von der unglaublichen Faulheit Dimos her. Jeder reiche Nichtstuer, fand er, war ein idealer Teilhaber. Panto war so eine Pappfigur gewesen, und dieser hier – auch nicht viel schwerer zu handhaben! Nein, was Ilija so aufbrachte, war, dass die Fabrik mit all ihrer Unförmigkeit auf dem besten Wege war, sich in sein Schicksal zu verwandeln, und er war nicht bereit, irgendjemandem zu gestatten, mit seinem Schicksal Schindluder zu treiben.

So also geschah es, dass am achtzehnten August der Herr Karol Iwanov seine feinen, zweifarbigen Lederschuhe in den Staub des Hafens von Widin setzte, ein paar achtlos weggeworfene Melonenschalen umrundete und dem nächstbesten Träger ein Zeichen gab, sich seiner Gepäcktruhe und seines Lederkoffers anzunehmen. Ringsum war außer der dösenden Kichererbsenverkäuferin keine lebende Seele zu sehen. Die Luft zitterte vor Hitze über den Lagerhallen. Selbst der Fluss war von einer orientalischen Trägheit, zu der die Minarette der Moscheen das Ausrufezeichen bildeten.

Herr Karol Iwanov wurde beim Betreten seines Vaterlandes von keinerlei patriotischen Gefühlen überwältigt; stattdessen gähnte er geräuschvoll. Er hatte mit Interesse die Briefe Dimos gelesen, in denen dieser ihm nicht nur ein beträchtliches Gehalt versprochen hatte, sondern auch den Eintritt in eine provinzielle Gesellschaft, in der er, Karol Iwanov, der Hahn im Korb sein konnte. Er spannte die Bügelfalten seiner extravaganten Hose, öffnete diskret den obersten Knopf seines Hemdes und bestellte eine Kutsche.

»Zur Porzellanfabrik«, ordnete er wohlwollend an. »Wenn wir in fünfzehn Minuten dort ankommen, gebe ich dir das Doppelte.«

Trotz der kurzen Distanz und dem Fehlen jedweden Verkehrs kamen sie erst nach über einer halben Stunde dort an. Als sie am gottverlassenen Markt vorbeigefahren waren, hatte er einen Jungen mit kurz geschorenem Kopf beobachtet, der einem Hund ein Stück Kutteln an den Schwanz gebunden hatte und nun mit wissenschaftlichem Interesse verfolgte, was passierte.

»Warte hier auf mich«, sagte Herr Iwanov und bahnte sich einen Weg durchs hohe Unkraut. Die Fabrik wirkte unfertig, doch von respektabler Größe. Ihre Raumaufteilung zeugte von erstaunlicher Sachkenntnis, und der Schlot ragte sogar höher auf, als es der Richtwert empfahl. Der Schatten hinter dem fast quadratischen Bau war tief und kühl wie eine Vertiefung im Fluss unterhalb einer Stromschnelle, und er dachte, dass der Bauherr eine Persönlichkeit mit Charakter sein musste.

»Ich möchte bitte zu Herrn Weltschev, dem Fabrikanten!«, wandte er sich an einen alten Mann, der sich gerade die Strümpfe anzog.

»Hä?«

Da konnte er sich einer feinen Ironie nicht enthalten und beliebte zu präzisieren: »Ich würde gern von Ihnen erfahren, bei welchem Herrn es sich um den Fabrikanten Weltschev handelt?«

»Aaah so …«

Herr Karol Iwanov entzündete eine türkische Zigarette und wartete. Nach einigen Minuten sah er, wie sich ihm ein breitschultriger Mann mit nacktem Oberkörper näherte. Er hatte den Körper eines griechischen Ringkämpfers. Der Kopf schien ihm halslos direkt auf die Schultern gesetzt worden zu sein. Seine Hände waren grobschlächtig und seine Hosen über und über mit Dreck bespritzt. Er trug einen Eimer Kalk. Ungeheuerlich!, dachte Karol Iwanov gerade eben noch, bevor Ilija sich in umgekehrter Richtung Rechenschaft gab: Genau wie ich es mir gedacht habe. Ein Fatzke à la Dimo Babaschov!

»Schießen Sie los.« Ilija reichte ihm nicht die Hand. Sein Blick konzentrierte sich auf die Fliege dieses Ausländers und auf den hervorstehenden Adamsapfel.

»Sind Sie der Herr Fabrikant?«

»So ist es. Ich höre …«

Das ironische Lächeln Karol Iwanovs vibrierte leise im Einklang mit der Hitze. Seine Worte kamen gesetzt und mit unüberhörbar spöttischem Unterton. Er sprach absichtlich mit übertriebenem deutschen Akzent. Dabei jonglierte er regelrecht mit dem Buchstaben »r«. So setzte er dem »Herrn Fabrikanten« die Gründe seiner zweitägigen Verspätung auseinander.

»Meine liebe Tante ist im letzten Moment erkrankt, und Sie machen sich keine Vorstellung davon, was für eine Nachlässigkeit unser Dienstmädchen sich herausnimmt …«

»Mir wurde gesagt, Sie können Bulgarisch«, schnitt ihm Ilija das Wort ab. »Und manche hielten das für Ihren größten Vorzug.«

Was für ein geborener Grobian, dachte Karol. In seiner Empörung, die ihm zusammen mit dem Schweiß aus allen Poren seines feinen Gesichtes brach, setzte er Ilija sogar mit den Parvenüs gleich, die er in Wien kennen- und geringzuschätzen gelernt hatte. Er öffnete den Mund mit saurem

Lächeln, um einen schönen tschechischen Sarkasmus zu plazieren, aber Ilija war schneller:

»Bringen Sie diesen Eimer den Bauarbeitern, und dann kommen Sie in mein Büro!«

Das war keine Bitte, ja noch nicht einmal eine erniedrigend gemeinte unziemliche Bemerkung, sondern einfach eine Anordnung, bei der er sich überlegen konnte, ob er ihr Folge leisten wollte oder nicht. Karol wiegte sich auf dem Absatz und fixierte den »Herrn Fabrikanten« mit bösem Blick; doch da hätte er genauso gut eine Wand anstarren können. Er reichte Ilija sein Diplom. Der nahm es in Empfang wie eine alte Zeitung. Was den Neuankömmling bei Ilija Weltschev aus der Fassung brachte, waren aber nicht die proletenhaften Manieren und Äußerlichkeiten, sondern etwas, das in seinen schmalen, stechend blauen Augen verborgen lag. Der wäre auch in der Lage, mich zu verprügeln, dachte Iwanov und griff nach dem Kalkeimer.

11

Seinen fünfundfünfzigsten Geburtstag beging Ilija festlich im großen Saal des Restaurants »Royal«. Die Luft war vom Rauch teurer Zigaretten und dem verruchten Flair der in Mode gekommenen Tangos, die das Saalorchester spielte, zum Schneiden dick. Anfangs widerstrebte Ilija die ganze Veranstaltung; diese »Vergnügerei« kam ihm nicht minder sinnlos vor als der Badeurlaub in Bankja. Er überschlug, dass dieses gesellschaftliche Ereignis den Gegenwert ganzer sechzig Tageslöhne für seine Arbeiter hatte. Boshura aber fand natürlich einen magischen Sinn in der Ziffer 55, und mittels einer berauschenden Liebesnacht machte sie ihren Ehemann geneigt, standesgemäß zu feiern und sich feiern zu lassen. Sie beschloss für ihren Mann, nur wenige Gäste einzuladen; gut situiert sollten sie sein und von erlesenem Geschmack. Die Folge der Gänge des Menüs war die schwierigste und widerstrebendste, mit der sich der schwer geprüfte Koch des Herrn Wodetschka je konfrontiert gesehen hatte. So sollten vor dem Kaffee Champagner, schwarzer Kaviar und in Bier gedünstete Flusskrebse aufgetragen werden. An diesem denkwürdigen Abend sollte natürlich auch der neue Leitende Ingenieur der Porzellanwerke »Weltschev, Babaschov & Cie.«, Herr Karol Iwanov, der aus dem Herzen des die Fantasie der Menschen entflammenden Europa – aus Wien – kam, der Widiner Gesellschaft vorgestellt werden.

Selbiger erschien mit so viel Verspätung, wie er es sich schuldig zu sein glaubte, einem unschuldigen Lächeln und einem schwarzen Smoking, der die Damen in helle Aufregung versetzte. Wer kam schon darauf, dass Iwanov dieses Schmuckstück inklusive des Stecktuches in der Reverstasche in der Konfektionsabteilung eines Beerdigungsunternehmens in Wien gekauft hatte, das kurz vor der Pleite stand.

»In Gottes Namen, welche Finesse!«, schwärmte Dora, die Fachfrau für textile Stilfragen, und hätte vor lauter Begeisterung fast ihr eng geschnürtes Korsett zum Platzen gebracht.

»Und was für einen Akzent er hat«, ergänzte Tante Allwissend, die das Französische sehr wohl vom Nicht-Französischen zu scheiden wusste: »Bürgerliches Wienerisch in Reinform!«

»Meine sehr verehrten Damen, geschätzte Kavaliere«, sagte Herr Iwanov, »ich darf Sie bitten, mich von nun an einfach Karol zu nennen. Die Betonung liegt auf der *ersten* Silbe, doch ich werde selbstverständlich jenen Damen, die ihn dennoch auf der zweiten betonen, nicht zürnen!« Das Orchester spielte einen Tusch, gefolgt von Mendelssohn Bartholdys »Hochzeitsmarsch« aus seiner Musik zum »Sommernachtstraum«. Es dirigierte höchstpersönlich und höchst unbeholfen Herr Wodetschka.

Im Saal wurde es stickig. Sämtliche Kellner waren in Bewegung. Sie umrundeten die Tische mit ihren gestärkten weißen Tüchern über der Elle, gingen von Grüppchen zu Grüppchen. Die ausgelassene Stimmung war drauf und dran, in Hysterie umzuschlagen.

»Wer ist denn dieser Kretin?«, fragte der Bezirksvorsteher leise und mit scheinheiligem Lächeln, doch Ilija zuckte nur missgelaunt die Schultern.

Sie waren noch nicht mit den Hors d'œuvres fertig, da wurde auch schon die Tanzfläche freigegeben. Dimo und Karol Iwanov forderten die verschwitzten Damen der Reihe nach auf. Der gute Geschmack des Ausländers stach sofort in die Augen. Er drehte einen prosaischen Walzer mit Gina; mit Boshura hingegen legte er einige Tangos aufs Parkett. Und Boshura strahlte. Sie wird überhaupt nicht älter, stellte Ilija bitter fest, für ihre vierzig Jahre ist sie geradezu widerwärtig schön! Der parketterfahrene Iwanov bekam natürlich in kürzester Zeit spitz, dass er alle Chancen hatte, dem »Herrn Fabrikanten« die Sache mit dem Kalkeimer gehörig heimzuzahlen.

»Mein Gemüt ist untröstlich, Gnädigste«, flüsterte er ihr zu, wobei er sich dezent vorbeugte und seinen Arm fester um ihre Taille legte. Boshuras weißer Busen glich einem melancholisch schäumenden Meer, in dem jeder Tod erwartet und willkommen war. Karol spürte, wie er darin ertrank.

»Warum? Hat Sie mein Mann etwa beleidigt?«

Beide erröteten. Der Korken einer Champagnerflasche ploppte.

»Oh, Sie haben mich nicht recht verstanden ... Ich bin untröstlich, weil ich mich zwei Tage verspätet habe, zwei Tage, die ich mit Ihnen hätte verbringen können, Verehrteste.« Er wusste, dass er zu weit ging, doch Boshura zuckte mit einer so lasziven Langsamkeit zurück, dass daraus alles abzuleiten war. Über ihr Gesicht glitt ein Lächeln.

»Wissen Sie«, erwiderte sie, und in ihrer Stimme blitzte eine gefährliche Ironie auf, »unsere Stadt ist klein, doch vollgepfropft mit Menschen, die mich enttäuschen.«

»Wie darf ich das verstehen?«

»Sie sind für gewöhnlich stark im Reden und schwach im Handeln.«

»He, Karol«, rief Dimo Babaschov deutlich angetrunken seinen Freund zu sich, »komm doch mal her und erzähl, wie euer Hausmädchen dem Thronfolger Ferdinand in den Nachttopf gepinkelt hat ...«

Gegen elf Uhr abends hatte das Gesicht des Kontrabassisten einen violetten Schimmer angenommen. Petkov und der alte Babaschov verabschiedeten sich. Dora ging auf die Toilette, um endlich ihr Korsett zu richten. Und Ilija spürte, dass er einen Schwips hatte vom Wein. Am Morgen aber sollten die Brennöfen in Betrieb genommen werden. Endlich würde Leben in die Fabrik einziehen, und darüber war er innerlich nicht weniger aufgewühlt als in dem Moment, in dem seine Herberge abbrannte. Er hatte ein Gefühl der Schwäche. Die Welt drehte sich ihm vor Augen. Sein Blick fiel auf einen angebissenen Krebs, der ihn mit toter Wut anstarrte. Warum nur, fragte sich Ilija, warum nur habe ich so viele Jahre vergeudet ... Wegen des Geldes? Oder wegen dieses Gesindels hier? Er spuckte in seinen Teller und stand auf.

Boshura machte einen miesepetrigen Eindruck, als er mit ihr die Stätte seiner Geburtstagsfeier verließ, und warf sich ihr Dreieckstuch mit regelrechtem Widerwillen um. Die Straßen waren leer. Der Geruch abkühlenden Kopfsteinpflasters stieg ihnen in die Nase, die elektrischen Straßenlaternen warfen Schatten über die Hauptstraße. In der Ferne war der Fluss zu spüren, eine zum Stillstand gebrachte Ewigkeit.

»Du musst dich bei Herrn Iwanov entschuldigen«, sagte Boshura leise.

»Weswegen soll ich mich denn bei ihm entschuldigen? Wegen seiner Tante? Wenn der noch einmal zu spät zur Arbeit kommt, dann kriegt er einen Tritt, und sonst gar nichts!«

»Du kannst immer nur Tritte versetzen, immer nur Tritte ...«

Ilija trat die Tür zum Garten auf, und sie stöhnte auf. Von der Mauer bröckelte Verputz und rieselte leise prasselnd auf die Blätter der japanischen Rose herab. Boshura musste plötzlich lachen, doch wegen des Baumschattens konnte er ihr Gesicht nicht sehen.

»Warum lachst du?«

»Weil das Leben so schön ist«, erwiderte sie scheinbar zusammenhanglos und blieb stehen, damit er sie umarmen konnte.

Diese verzehrende Gier nach Fleisch war ihm nicht neu. Seine Zähne klapperten in der Finsternis – er musste unbedingt Fleisch haben, Fleisch essen, Fleisch trinken. Seine Augen wurden feucht. Er musste ihr unbedingt sagen, dass er sie liebte, so sehr er sich damit auch preisgab, so sehr er sich auch für dieses Bedürfnis schämte. Ja, das Leben, aus welchem Stoff ist es gemacht, wann beginnt es und wann endet es? Ist es gemacht für das menschliche Gewissen oder für die Schönheit des Bösen?

»Das Leben ist schön«, wiederholte Boshura und wurde erregt, als sie seine Augen sah. Ilija verdrehte ihr die Arme, bis sie gleich neben der Abfalltonne zu Boden sank. Dann vereinigten sie sich mit der Erde.

12

Zu Herbstanfang, als die Donau ruhig und verträumt dahinfloss und für die Träger am Hafen Tage des Hungers und der verzweifelten Sauferei anbrachen, als Gaukler, Fotografen, mit Olivenöl eingeriebene Ringkämpfer, fahrbare Kebabgrills und Sängerinnen mit Rüschendekolletee dem Widiner Jahrmarkt Farbe und Flair verliehen, da kaufte Ginas Sohn Georgi bei dem sephardischen Altwarenhändler David eine Kaminuhr mit einer Ballerina. Sie war vergoldet, halbnackt und hatte formvollendete lange Beine. Zu jeder vollen Stunde tauchte sie aus der Versenkung auf und tanzte stockend und scheu, weil irgendetwas mit dem Uhrwerk nicht stimmte. Georgi nahm es auseinander und reinigte es mit einer Entenfeder. Bei der Arbeit kam ihm *die* Idee. Mithilfe von Zahnrädern wollte er einen vollkommenen Mechanismus bauen, der die kosmische Zeit und den Gang der Sterne zeigen sollte. Er spürte ein altes Lehrbuch der Astronomie auf, mit dem er bis mittags im Bett lag; danach stritt er mit Gina, der »Rabenmutter und Giftschlange, Mörderin ihres einzigen Sohnes« und so weiter. Beide wussten schon gar nicht mehr, warum und worüber sie sich eigentlich stritten, denn Georgi war das Interesse an den feinen Künsten vergangen, und Gina war sich nicht mehr sicher, ob es wirklich Wien war, das sie so fürchtete. So fühlten sie sich verpflichtet, wenigstens zu allen erdenklichen Fragen unterschiedlicher Meinung zu sein. Was sie dabei einte, war, dass beide, wenn der Streit einmal ausblieb, eine seltsame Leere empfanden, die sie gleichgültig machte gegenüber dem Leben. Es sah ganz so aus, als sei das endlose Sticheln, Brüllen und Türenknallen, bei dem der Verputz von den Wänden fiel, der einzig verbliebene Weg der Erfüllung geworden. Selbst die Liebe zwischen Mutter und Sohn, ihre Anhänglichkeit konnten sie nur noch in negativer Form zum Ausdruck bringen. Die Leidtragende war wie immer Zwetana. Sie musste tagsüber die Nörgeleien und sinnlosen Anordnungen Ginas ertragen, und nachts das Ungestüm Georgis, der seine angestaute Wut und Energie zwischen ihren Schenkeln abreagierte.

Die Dampfschiffe auf der Donau erschienen Georgi nun ganz gewöhnlich. Er wusste gar nicht mehr, was ihn daran in solche Fieberträume versetzt hatte. Den Kai am Donauhafen bei Wien stellte er sich nun bevölkert vor von finsteren, freudlosen Preußen und unansehnlichen Damen, die eigentlich irgendwo hinreisen mussten, aber weder die Kraft noch die Lust hatten, es zu tun. Das prachtvolle Atelier war geschrumpft zu einer niedrigen Dachmansarde, das Nacktmodell hatte Hängebrüste, und der Professor war ein frömmelnder Katholik geworden, der sein Kunstwollen unter einem gewaltigen Schmerbauch zu Grabe getragen hatte.

13

Widin lag unter dichtem Nebel, dazu regnete es Graupeln. Gina hätte ihre Reise denn auch beinahe abgeblasen, wenn sie die Kutsche nicht schon im Voraus bezahlt hätte. Sie verpasste Zwetana zum Abschied noch eine schallende Ohrfeige, dann schulterte sie das runde Kleiderbündel und patschte durch die Pfützen zur schwarz lackierten Kalesche, die verdächtige Ähnlichkeit mit einem Leichenwagen aufwies. Schon als das Gefährt auf der Landstraße nach Kula angekommen war, hatte sie der Nordwind in den Fängen.

Die Welt hatte sich im Nebel und im monotonen Getrappel der Hufe aufgelöst. Es roch nach untergepflügten Stoppelfeldern und sterbender Natur. Gina war in ihrer Einsamkeit voller Sehnsucht, bei der unbeugsamen Liebe ihres Vaters unterzuschlüpfen. Sie war voller Selbstmitleid und wollte sich einfach gehenlassen, weinen, sich beklagen und sich dann bei ihrem Vater Rat holen. Sie wünschte sich, dass der Pope und der Bürgermeister wieder zu Besuch kamen, dass die Knechte um sie herumstrichen und auf Anordnungen warteten. Der Kutscher lud ihr Gepäck ab, strich sein Trinkgeld ein, knallte mit der Peitsche und verschwand wieder im Weiß.

»He«, rief Gina, und als sich nichts rührte, wiederholte sie noch einmal kreischend: »Heee, hallooo!«

Da stand sie nun allein in dem riesigen Hof. Etwas schien auf sie zuzukommen und sich wieder zu entfernen. Der Hund, der wegen der Wölfe ein breites Metallhalsband trug, stellte sich auf die Hinterbeine, als wäre sie eine Erscheinung, eine Vision, ein Geist aus der Vergangenheit. Ihre Kleider waren klamm, und ihr wurde kalt. Der Wind teilte für einen Moment den Nebel, so dass sie ein winziges Stück des Stalles sehen konnte, die Haltegriffe einer abgenutzten Pflugschar, die rostige Dreschmaschine und ein Stück Fenster. Gina begriff, dass sie einfach so hineingehen musste.

Der Boden des Vorraums war mit Quitten bedeckt, die mattgelb leuchteten. Es war ungewöhnlich still. Viel zu still. In der großen Stube dann sah sie ihn. Er hatte sich mit dem Ellenbogen auf die Kaminbank aufgestützt, seine andere Hand hielt noch die orientalische Zählkette. Er musste bis zuletzt über etwas Wichtiges nachgedacht haben. Seine Zähne waren gebleckt, doch er sah noch immer mächtig und furchteinflößend aus; nur dass er jetzt in der Leichenstarre zusammengeschrumpft war. Und noch bevor ihr der süßliche Duft nach Vergänglichkeit und Zersetzung in die Nase stieg, stellte sie fest, dass alle weggelaufen waren, alle ohne Ausnahme. Diese Entdeckung machte sie sprachlos. Ohne es gewollt zu haben, hatte sie eine Ahnung vom Sinn und von der Macht menschlicher Rache bekommen. Sie begann zu weinen wie ein Kind. Doch sie weinte nicht über den Tod ihres Vaters, sondern aus Protest darüber, dass er ihr zusammen mit der ganzen Verlassenheit des Hofes diese menschliche Einsamkeit vermacht hatte, an der er bis zum Schluss unbeugsam festgehalten hatte. Sie heulte über ihr verpfuschtes Leben wie ein Klageweib. Wer war es, der den Bannfluch über sie ausgesprochen hatte? Ihr kam es so vor, als wohne sie ihrem eigenen Tod bei. Doch die Leere der Stube war einfach grauenvoll. Was war geblieben? Der Hund – der Hund an der Kette!, wiederholte Gina bis zum Umfallen. Doch ihre starrende Angst kam nicht daher, dass sie sich von Gott verlassen fühlte, sondern von den Menschen. Sie waren fort und hatten nur Stille und das Knacken der Holzwürmer zurückgelassen. Dann für einen Moment die flinken Trippelschritte einer Maus. Sie griff nach der Kerze, die jemand auf dem Tisch liegengelassen hatte, und zündete sie an.

Nach der Beerdigung ihres Vaters veranstaltete Gina eine Trauerfeier in der Widiner Kirche mit drei Popen und einem Diakon, der die Beigesänge während der Messe ausführte. Sie spendete fünfzig Lewa für die Anschaffung von Kerzen und eine Seidendecke für die Kanzel. Sie sah nicht nur gealtert aus, sondern insgesamt vollkommen verändert. Wenn sie nun sprach, dann ruhig und friedfertig. Zwetana, die aus Gewohnheit schon in Deckung ging, wenn Gina sich nur rührte, wollte an so viel unerwartete

Güte einfach nicht glauben. Die Nachbarn atmeten zunächst auf, dann aber wurde ihnen langweilig. Warum hörten sie denn so gar keine Schreiereien mehr zwischen Mutter und Sohn?

Ende des Winters verkaufte Gina mit verrückter Sturheit zehn Hektar fruchtbarer Erde vom Gut ihres Vaters und stopfte einen Holzkoffer mit abgewetzten Banknoten voll, die nach Schweiß rochen. Sie verfrachtete den Koffer auf den Dachboden, und am ersten Frühlingstag eröffnete sie Goscho: »Jetzt haben wir Geld!«

Sie kaufte einem alten Aromunen einen hässlichen Riesenköter ab, dessen Bellen dröhnte wie das eines Höllenhundes.

14

Mehr als ein Jahr überhäuften Jonka und Todor Assen mit ihrer Liebe. Todor ging mit ihm über die Wiesen, wo sie die Pferde weiden ließen und der Stille der Sterne lauschten. Er lehrte ihn, die Vögel an ihrem Gesang zu erkennen, eine harmlose von einer gefährlichen Wolke zu unterscheiden, gab ihm Stutenmilch zu trinken und ließ ihn Sauerampfer probieren. Jonka verkaufte ohne Bedauern das Schwein, kaufte Stoff und schneiderte ihm einen braunen Anzug mit Weste. »Süß« war ihnen die Zeit mit »dem Kind«, so süß, dass sogar ihr unseliger Schnapsdurst aufhörte. Im Hochsommer aber trat Assen in die Dienste der Zollstation und begann, sich nach der Arbeit zu verspäten. Sein Blick wurde feuriger, die Sehnen an seinem Hals traten hervor. Todor fragte seine Freunde, ob sie vielleicht wüssten, was mit ihm los war, Jonka die Nachbarn; aber keiner hatte ihn im »Hasenblut« oder in einem der Kaffeehäuser sitzen sehen. Der Lesesaal der Bibliothek schloss um sechs Uhr abends, und im Esperanto-Klub wussten sie noch nicht einmal, wer er überhaupt war.

Im August führten Bobozov und seine Mannen die zweite Hausdurchsuchung durch. Sie wirbelten die Asche im Schuppen auf, machten sich unter dem Dach des Schweinestalls zu schaffen, durchpflügten mit ihren sohlenverstärkten Spezialstiefeln den Garten und hielten es weder für nötig, sich zu entschuldigen, noch ließen sie sich von Jonka ein Glas Quittenkonfitüre schenken. Noch am selben Abend ertränkte Todor seinen Hass in Alkohol, und Jonka setzte sich mit Socke und Stopfpilz zu Assen ins Zimmer und fragte:

»Mein Junge, warum fühlen diese Männer uns so auf den Zahn?«

»Na, ich arbeite doch beim Zoll«, antwortete Assen ihr lachend, »da wird viel geklaut, und sie wollen wissen, ob ich das auch schon gelernt habe.«

Jaja, mein Junge, du glaubst wohl, deine Tante Jonka sei von gestern. Dass alle beim Zoll stiebitzten – schön und gut!, aber deswegen schickte die Polizei doch nicht gleich den Hauptwachtmeister Bobozov? Und dann diese Gründlichkeit! Eine ganze Woche lang dauerte die Durchsuchung. Die Polizisten schauten in jeden Winkel, in alle Ritzen und Fugen. Dutzende von Kreuzspinnen mussten ihr Leben lassen, bis sie fanden, was sie suchten: Bücher, in schwarzes Wachstuch eingeschlagen. Dass es gefährliche Bücher waren, sah man ihnen auf den ersten Blick an. Es waren zerlesene Broschüren mit abgewetzten Umschlägen und überlangen, unverständlichen Titeln. Jonka wusste nicht, welches Gefühl ihr mehr zusetzte: der Stolz oder das Leid. »Da ist es fort, unser Kind ...«, stöhnte sie auf und brach in Tränen aus. Sie löste ihr Haar, als hätte es einen Todesfall gegeben, stritt sich mit der Behaarten Stefania, und abends – stellte sie ihren Zauberkessel gar nicht erst auf die Platte: Naturzauber haben Einfluss auf die menschliche Seele, nicht aber auf den menschlichen Verstand. Wie sie auch hin und her überlegte, es ging immer böse aus. Und obwohl Jonka selbst die Tränen nur mit Mühe zurückhielt, schnauzte sie Todor an: »Weine nicht, Tränen ermutigen das Böse nur!«

So verging der Monat in schrecklicher Unruhe und Angst, bis Jonka schließlich eine Lösung fand. »Wir müssen ihn verheiraten«, sagte sie euphorisch. »Ein Junggeselle mag Lust haben, den Staat zu zerschlagen, aber wer eine Familie hat, hat für so etwas keine Zeit mehr ...« Sie besorgte sich Briefmarken auf Pump, tauschte frische Eier gegen eine Feder und begann, Briefe an ihre Base in Lom zu schreiben. So ganz ohne Satzzeichen und Großbuchstaben rauschten ihre Briefe aus der Tiefe wie Grundwasser und erinnerten an Frauengetuschel am Gartenzaun. In der Nacht aber, wenn sie im Halbschlaf neben dem Armstumpf Todors lag, setzte sich ihre Mutter zu ihr ans Bett. Die alte Petruniza hatte sie schon so lange nicht mehr besucht, dass sie zuerst ihre Stimme gar nicht erkannte. Wie lange hatte sie ihre hellen Augen nicht mehr gesehen, die gedankenverloren ins Feuer blickten? Sie hatte sich gekämmt. In ihren Armen hielt sie das weiße, frisch gewaschene Hemd ihres Mannes, des *alten* Assen Weltschev. »Ich höre dich, Mutter, ich höre auf dich, Mutter. Ja, Mutter, ich will sie beisammenhalten, Mutter. Ich will ihnen helfen, so gut ich kann, Mutter. Den einen mit Liebe und Mut, den anderen mit Zauberkraft.«

15

Der heiße Nachmittag drückte auf die Stadt. Außer Spatzen, die sich im Staub badeten, war niemand auf den Straßen. Einzig seine Schritte hallten auf dem glühenden Kopfsteinpflaster. Er fühlte, dass er zu spät kam. Jede Sekunde brachte ihn etwas Unabänderlichem näher. Wo war er eigentlich? Er war weder hier noch dort richtig – wie sollte er ihm da helfen?

Das Haus hatte zwei Geschosse und eine mit Stuckkränzen verzierte Fassade. Im Erdgeschoss befand sich die Apotheke. In ihren Schaufenstern waren um eine Gipsbüste des Hippokrates Petrischalen und Gläser aufgestellt mit Pomade gegen Krätze, Hühneraugen und Ekzeme; zu sehen war auch eine von der Lichteinwirkung bereits vollkommen ausgebleichte Perücke und ein Irrigator für Einläufe. Ja, wie sollte er ihm nur helfen, dachte er, während er die Stufen im kühlen Treppenhaus erklomm.

Eine knochige Hausangestellte mit Basedow-Augen öffnete ihm. In der Diele roch es respekteinflößend nach Lackfarbe und Stiefelwichse. Irgendwo hörte er Wasser fließen. Das war das einzige Geräusch, das er bewusst wahrnahm. Christo regulierte seinen Atem so weit, dass er in der Lage war, mit normaler Stimme zu erwidern: »Guten Tag, Herr Bezirksvorsteher.« Dann blendete ihn das Licht im Salon.

Herr Petkov war im Hausmantel. Auf seinen Kopf hatte er einen Seidenstrumpf gestülpt, damit das Haar gut anlag. Statt Überraschung trat nur ein flüchtiges Lächeln auf sein Gesicht. Auf dem Beistelltischchen dampften zwei Tassen mit gutem, starkem Kaffee. Das brachte Christo völlig aus der Fassung. Petkov hatte ihn also erwartet!

»Ah, Weltschev, schön, Sie zu sehen! Sie kommen wegen der Pflasterung der Hauptstraße?«

»Nein«, erwiderte Christo müde, »ich komme wegen meines Neffen. Ich habe gehört, dass Assen verhaftet worden ist.«

»So ist es«, bestätigte Petkov vorsichtig. »Setzen Sie sich doch!«

»Was hat er angestellt?«

»Er hat den Nachtzug angehalten, mit einer roten Bahnlaterne – als politische Demonstration. Eine Panik ist ausgebrochen.« Petkov nahm den gläsernen Uhu vom Wandbrett und betrachtete ihn gegen das Licht. »Durch den abrupten Halt sind den Reisenden die Gepäckstücke auf den Kopf gefallen, und der Maschinist hat sich den Arm gebrochen.«

»Kindereien!«, seufzte Christo.

»Meinen Sie wirklich?«

»Und jetzt wird er im Keller durchgeprügelt?«

»Dazu wird es wohl kommen. Er will kein Geständnis ablegen. Auf solche ›Kindereien‹, wie Sie es nennen, steht bis zu zehn Jahre Gefängnis! Ach, wie geht es übrigens Ihrer werten Gemahlin?«

»Ich bin nicht wegen der Hauptstraße gekommen.«

Der Bezirksvorsteher nippte an seinem Kaffee. Mit seinem Seidenstrumpf auf dem Kopf sah er aus, als wäre er ein vom Provinzialismus und vom langweiligen Nachmittag verwundeter Lazarettinsasse. Er runzelte die Stirn.

»Ich höre.«

»Nehmen wir an, Sie werfen Assen ins Gefängnis ...« – Christo konnte sich des penetranten Gefühls nicht erwehren, dass er sich beeilen musste – »Das wird ihn vollends auf die schiefe Bahn bringen. Er wird sich noch mehr gegen die herrschenden Verhältnisse einstimmen« – er suchte das richtige Wort – »und dann wirklich zum Verbrecher werden! Lassen Sie mich doch noch einmal mit ihm reden. Immerhin bin ich sein Onkel, und er ist Waise.«

Betretenes Schweigen. Christo vernahm zu seiner Erleichterung wieder das Fließen von Wasser aus einem Hahn. Schließlich lachte Petrov sarkastisch. Eine gefährliche Bitterkeit lag dabei in seiner Stimme.

»Ihr Vorschlag ist derart naiv, dass er schon aus diesem Grund Aufmerksamkeit verdient. Sie wären in der Tat der Mann, der ihm helfen könnte. Ich frage mich nur, ob Sie nicht das Gegenteil bewirken.«

»Ich bitte Sie ...«, stotterte Christo und wurde rot.

»Gut. Da ich weiß, wer *die anderen* sind, können wir es so versuchen. Aber! Wenn sich diese *Kinderei* wiederholen sollte, dann werde ich auch Sie zur Verantwortung ziehen, trotz unserer … hm, Freundschaft.« Ein kühles Lächeln leuchtete in seinen Augen. Nervös zerdrückte er seine Zigarette, ging zum Telefontischchen, rückte das Spitzendeckchen darauf zurecht und hob schließlich den Hörer.

Christo bemühte sich, jedes Atemgeräusch zu unterdrücken. Der Wohnraum, in dem sie sich befanden, war schlicht eingerichtet, doch auf den Kommoden, auf dem Tischchen und dem Büfett waren lauter kleine Glasfigürchen und -gegenstände aufgestellt: kleine Glückselefanten, Miniaturhasen, Bären, fein ziselierte Rosen und Statuetten trauriger Göttinnen. Der gläserne Schmied hatte den Hammer erhoben und drohte, damit den neben ihm plazierten Akkordeonisten zu erschlagen. Außerdem sah sich Christo von Dutzenden von kleinen Vasen und Fläschchen aus Buntglas, Miniaturpyramiden und Rauchglas-Tintenfässern umgeben. Ihm war fast so, als sei er in das Laboratorium von Kotscho, dem Dankbaren, geraten. Wie zerbrechlich das alles ist, dachte er staunend, hier kann ja alles so kinderleicht zu Bruch gehen …

Herr Petkov legte den Hörer auf, blieb ein paar Sekunden mit dem Rücken zu Christo stehen, und als er sich umdrehte, war sein Gesicht voller Falten.

»Ich wusste, dass Sie kommen würden, Herr Weltschev«, sagte er nachdenklich. »Und selbstverständlich glaube ich Ihnen kein Wort! Wenn ich Ihnen je geglaubt hätte, hätte ich Ihren Neffen nicht freigelassen! Ich bitte Sie, dies in Zukunft zu berücksichtigen …«

16

»Bist du wirklich Kommunist?«, fragte Christo.

»Warum haben sie mich freigelassen?«, erwiderte Assen und wich vor dem hellen Lichtschein der Gaslampe zurück. Eines seiner Augen war vollkommen zugeschwollen und von einem tiefvioletten Hof umgeben. Über sein Kinn lief Speichel, da er seinen grün und blau geprügelten Mund nicht mehr richtig schließen konnte. Im Halbdunkel glich er einem Harlekin, ja er erinnerte an den Pfeifer, diesen Flöte spielenden Zirkusclown, über den niemand lachen konnte, weil er nichts als Mitleid und Besorgnis geweckt hatte. Selbst mein eigener Neffe glaubt mir nicht mehr, dachte Christo. Seit sie sich ins alte Arbeitszimmer Kamenovs gesetzt hatten, hatte Assen nicht einen Schmerzenslaut von sich gegeben, sondern hielt seinen leeren Blick auf das Bronzependel der Wanduhr gerichtet. Doch als Elena die Lampe hereinbrachte, sagte er: »Geh hinaus, Tante, bitte!«, und drehte den Kopf gegen die Wand.

Christo ging nervös zwischen dem Schreibtisch und dem Fenster auf und ab. Er wollte sich lautlos bewegen, doch immer kam ihm etwas dazwischen. Mal stolperte er über die Teppichkante, mal stieß er sich am Bibliotheksschrank. Er erzählte betont langsam, wie er mit Jordan die Nächte an der Donau verbracht hatte, wenn der Mond schien und das Ufer mit einem Saum silberner Schatten einfasste. Jordan hatte gesungen, er die Begleitung dazu auf der Gitarre gespielt.

»Nicht wahr, ich bin doch dein Onkel?«, fragte Christo rhetorisch und ärgerte sich gleich darauf: Warum dieser entschuldigende Ton? Woher dieser Drang, ihm zu gefallen?

»Klar, du bist mein Onkel.«

Die Wanduhr schlug achtmal so bedächtig, dass die Luft im Zimmer abzukühlen schien. Christo trank ein Glas Wasser und fragte sich, was er noch machen sollte. Schließlich setzte er sich Assen gegenüber, um wenigstens irgendetwas zu verstehen.

»Ihr habt einen Zug angehalten«, begann er, »gut. Aber meinst du denn wirklich, dass auf diese Weise *die Sache* werden wird?«

»Sie wird werden!«

»Das habe ich in deinem Alter auch geglaubt. Ich weiß gar nicht mehr, warum ich mir so sicher war; aber ich habe jeden Moment damit gerechnet.«

»Ich weiß«, antwortete Assen und wischte sich das Kinn ab.

»Nur dass wir nicht mit der roten Laterne … Wir haben einen ganzen Aufstand auf die Beine gestellt, und es hat trotzdem nicht geklappt. Anwalt Kamenov hat gesagt …« Christo seufzte. »Lassen wir das. Anwalt Kamenov hat viel gesagt.«

»Ich habe auch Störche rot angemalt.«

»Und was ist dabei herausgekommen?«

»Die Farbe ist abgegangen, war bloß Leimfarbe.«

»Habt ihr nicht richtig überlegt, kommt vor. Und … seid ihr viele?«

»Einige.«

»Wir waren bedeutend mehr als nur einige, aber nach dem Aufstand haben wir uns zerstreut.«

»Ja, aber was wäre gewesen, wenn Anwalt Kamenov überlebt hätte?« Assen hob seinen Arm, als wolle er im Dunkeln auf etwas zeigen, doch der Schmerz bremste ihn.

»Kamenov haben sie ertränkt. Jetzt leite ich die Pflasterung der Hauptstraße. Macht es deiner Meinung nach Sinn« – Christo hüstelte –, »dass die Leute nicht mehr durch den Matsch waten müssen?«

»Weiß nicht.«

»Jeder muss *etwas* tun. So gut er kann.«

»Schön, dass du eine Aufgabe gefunden hast.«

»So ersticke ich wenigstens nicht völlig in dieser Enge. Hast du das nicht auch manchmal, dass dir die Enge zu schaffen macht? Das Gefühl, wohin du dich auch wendest, überall immer nur dasselbe? Dieselben Leute, dieselben Läden, der Fluss, die Malaria … und der Dreck – wie im Gefängnis.«

»Ist schon vorgekommen.«

»Und in so einem Moment hast du beschlossen, sagen wir … die Störche anzustreichen?«

»Nein, nicht nur … Onkel!!«

Auf der Straße vor ihrem Fenster trappelte ein zweirädriger Karren vorbei. Der Kutscher trällerte dieses Lied von den schwarzen Augen und dem hellen Messer, dann trat wieder Stille ein, und Christo fuhr der Schreck in die Glieder. »Weißt du, was das Allerschlimmste ist?«, sagte er. »Solange der Mensch jung ist, glaubt er, er sei frei; aber dann fängt die ganze Welt an, sich an ihn ranzuschmeißen. Einem ist er Sohn, dem anderen wird er Vater, der Dritten Ehemann, dem Vierten Trauzeuge, dem Fünften Freund oder Feind. Du verstrickst dich in ein ganzes Netz, in Abhängigkeiten aller Art, bis du … bis du den Knoten aus der Hand verlierst. Und dann … dann ergibst du dich! Vor Jahren, da gab es mal einen Tunichtgut in der Stadt, Shdrigo. War erklärter Anarchist; aber auch er ist unfrei gestorben.«

Christo stieß das Bett weg, drückte sich in die staubige Ecke, hob ein loses Bodenbrett an und zog das Bündel heraus. Er stellte es auf den Tisch, löste den Knoten und breitete die vergilbten Bücher auf dem Tisch aus, starrte sie verwundert an und erschrak wie ein Kind. Er wusste noch immer ganze Passagen auswendig.

»Hier, das ist alles, was von meinem Schwiegervater übrig geblieben ist«, sagte er still. »Nimm es.«

Er begleitete Assen zur Tür. Stolperte erneut. Assen bewegte sich, als sei sein ganzer Körper verrenkt. Ein Arm hing herab wie ein Stück Holz. Zwischen Haustür und Hoftor blieb Christo langsam zurück und sah, wie Assen sich langsam im Schatten der Maulbeerbäume verlor, ein menschenähnliches Wesen, ein Homunkulus. Er lauschte auf die sich entfernenden Schritte, setzte sich auf das Bänkchen vor dem Haus. Der Himmel war ausgebrannt, die Sterne standen schon am Firmament. Er entdeckte den Großen Bären, dann den Polarstern, der immer die richtige Richtung wies. In Gedanken fand er einfache und gute Worte für Assen, für seine Frau Elena und ihrer beider Sohn Alexander; es war, als zähle er kleine Münzen. So blieb er vielleicht eine Stunde im Flüstern der Weinlaube sitzen, bis die Kühle ihn ins Haus jagte.

Als er ins Schlafzimmer kam, brannte dort nur noch eine Wachskerze. Er wagte es nicht, sie auszublasen. Ein Geruch nach Mottenpulver und Spätsommer lag im Raum. Unter der Weiße der Decke zeichneten sich die Rundungen von Elenas Körper ab, und Christo sah, dass sie seinem Kopfkissen den Rücken zugewandt hatte. Lautlos zog er sich aus, behutsam glitt er unter die Decke, als könne er ihr wehtun. Dann lag er eine Weile still auf dem Rücken, bevor er seine Frau fragte:

»Warum weinst du?«

Dreizehntes Kapitel

1

Der Kirchenmaler kam direkt aus der Heiligen Synode der orthodoxen Kirche in Sofia. Dieser Judas hatte zwei große Gepäckkisten mit seinem Malerwerkzeug und eine Blondine dabei. Jeden Tag, während er in der Kirche saß und die von Feuchtigkeit und Regen arg in Mitleidenschaft gezogenen Wände vollkommen neu bemalte, trank er mindestens einen Liter Schnaps und rauchte massenweise Tomasjan-Zigaretten. Am Ende war Vater Anissi enttäuscht, die alten Frauen entsetzt. Der Künstler hatte die heiligen Slawenapostel Kyrill und Method dargestellt wie grazile Frauen, mit kurzen Kleidchen und entsagungsvollem Lächeln. Das Paradies schwebte haltlos in der Luft, die Hölle hingegen wirkte allzu verlockend.

»Haltet ein, ihr Schuldbeladenen«, hielt ihnen Anissi entgegen und spürte einen höllischen Weindurst, »lasst euch nicht täuschen vom Sichtbaren, denn es ist nur eine vergängliche Chimäre von kurzer Dauer. Ja, der alte Christus war schon recht; dieser hier ... ist halt etwas jünger geraten.«

Er kam so erledigt, erschöpft und niedergeschlagen nach Hause, dass er eine ganze Woche lang kein Wort mit seiner Frau redete. Er wanderte durch den Hühnerhof, um die Eier einzusammeln; dabei kam es ihm so vor, als müsse aus einer der Schalen jeden Augenblick ein Drache schlüpfen und sich im Namen Gottes auf die Kirche stürzen. Dabei war der Herbst so wunderschön mit seinem zärtlichen Farbenspiel. Der Wein gärte und schäumte in den Fässern. Die Donau schluckte Sand von der Kahlen Insel im Fluss. Doch ob alte, ob neue, ob kitschige oder kunstvolle Wandgemälde: die Leute dösten wie gehabt während der Predigt vor sich hin und warteten nur darauf, dass der Glockenklang ihnen wieder zu ihren kleinen weltlichen Freuden heimläutete. Schwerhörig, wie er inzwischen war, schalt Anissi sie von der mit Ginas Seidentuch verschönerten Kanzel herab und führte den Apostel Paulus ins Feld, der gesagt hatte, dass der Mensch mit leeren Händen, ohne Geld und Gut auf die Welt komme, und sie mit leeren Händen auch wieder verlasse.

Gegen Ende Oktober, am Tag des heiligen Demetrios, dem Dimitrovden, holte er noch einmal seine Chronik heraus, blätterte durch die beschriebenen Seiten und sagte sich: Ich komme ans Ende! Wenigstens jetzt wollte er einmal etwas vollkommen Frommes hineinschreiben, etwas, das Gott gefiel, aber was er sah, das war immer nur das Leben. Nein, sie waren nicht gewissenhaft, die Christen, ihr Glaube war nicht erleuchtet. Man nehme nur den Schlaffen Kosta, der sich einmal im Monat so heftig mit seiner Stefania stritt, dass er sich eine Kutsche bestellte, den Wandspiegel und ein frisch gewaschenes Hemd einlud und sich aus dem Zigeunerviertel davonmachte. Einmal hatte er Stefania ermahnt: »Das ist keine gottgefällige Handlungsweise. Übe doch Nachsicht mit deinem Mann und suche, ihn zu Hause zu halten.« Doch diese, statt ihm Dank zu wissen, hatte nur geantwortet: »Er kommt schon zurück! Er liebt mich ja, aber er möchte eben auch manchmal Kutsche fahren!«

Vater Anissi öffnete die Haustür einen Spalt weit, um zu hören, wann seine Frau vom Markt wiederkam. Er schrieb einen Teil seiner Gedanken nieder und blätterte um zur letzten Seite. Wozu soll ich ein neues Buch anfangen, sagte er sich voller Sorge, auch dieses würde sich ja doch nur mit menschlichem Leid und menschlicher Sünde füllen!

Die Weltwirtschaftskrise war zwar schon längst Vergangenheit, die Armut und der Hunger aber waren geblieben, und aus Deutschland war schon das Getrampel von Springerstiefeln zu hören. Die Porzellanfabrik Ilijas schickte Rauch zum Himmel. In kaum mehr als einem Jahr waren dort einige Beschäftigte gestorben, über zwanzig an Tuberkulose erkrankt. Den Frauen, die die fertigen Porzellangefäße mit Paradiesvögeln bemalten, fielen von den Chemikalien die Zahne aus. Atze Milev verbrannte sich ein Bein an den Öfen und blies nun unten am Hafen die Mundharmonika. »Viel schwarzer Rauch, Herr, ist nötig für dieses weiße Porzellan!« Dabei hatte Anissi die Fabrik selbst geweiht, damit sie würdig und wohltätig vor Gott sei. Er hatte Weihwasser in die Ecken der Lagerräume gespritzt, der ganze dornige Hof hatte sich mit dem Duft von Weihrauch gefüllt, während Ilija sich beugte, um das Kreuz zu küssen. Die Kinder des Kirchenchors mit ihren weißen Kirchenfahnen erhoben ihre klaren Stimmen und sahen aus wie rosige Engel.

Vater Anissi seufzte, wühlte in seinem Bart und bekam einen Floh in die Finger. Er zerdrückte ihn und schnippte ihn mit dem Nagel weg, was ihm anschließend leid tat. Er rechtfertigte sich damit, dass das Tierchen ja keine Seele hätte, aber frech wie Oskar dennoch Blut saugte. Er hatte das tiefe Bedürfnis, wenigstens am Ende in ein paar Sätzen etwas Erfreuliches mitzuteilen; doch als er die Feder ins Tintenfass tauchte, spürte er einen Krampf in den Schläfen, der ihn schwindlig machte. »Du bist allwissend, du bist allgegenwärtig im Lichte und in der Finsternis. Gut hast du das Leben eingerichtet und noch besser den Tod. Doch frage ich dich, Herr, warum hast du die Menschen so geschaffen? Sie sind ja noch nicht einmal würdig, dich zu verlieren!«

Als seine Frau zurückkam, außer Atem von der schweren Wassermelone, fand sie ihn mit gestreckten Beinen unter dem Tisch. Sein Bart starrte gen Himmel, seine offenen Augen aber schauten nach unten, zu den niedrigen Dingen, und anstatt um das silberne Kreuz war seine Hand um eine zerbrochene Schreibfeder gekrallt.

2

Gegen Ende August verbreiteten sich in Widin Gerüchte über Streiks in den Städten Sliven, Gabrovo, Plovdiv und Sofia. Die Leute ließen sich mit mürrischen Gesichtern davon erzählen. In der Porzellanfabrik herrschte dicke Luft. Der alte Babaschov entzündete in der Kirche sicherheitshalber doppelt so große Kerzen wie sonst, und Dimo, sein Sohn, kaufte sich einen Revolver mit todsicherer Mechanik. Der Bezirksvorsteher bestellte Ilija zu sich und bewirtete ihn mit Kaffee und Pralinen. Seine neue weiße Sommeruniform strahlte im Licht. Doch während er heftig gestikulierte, blieb Ilija so undurchdringlich wie immer und rauchte, ohne auch nur einmal mit der Wimper zu zucken, wie gewohnt seine stinkenden Billigzigaretten.

»Also Streik?«, fragte er in einem Ton, als hätte er »guten Tag« gesagt. »Das wollen wir doch mal sehen!«

Er strolchte von nun an den ganzen Tag durch die Fabrik, blieb hier bei den Mischtrommeln stehen, inspizierte da die Brennöfen von allen Seiten, um seine »Proletarier« vorzuwarnen und zur Arbeit anzuspornen. Zum wiederholten Male staunte er über die fertige Kaolinmischung, die in ihrer Formlosigkeit voller Weisheit zu stecken schien, voller Leben, wie jeder Keim, aus dem noch etwas werden konnte. Die Modelle für die Service kauften sie billig bei Bukarester Handwerkern; daraus stellten dann, unter Hinzufügung einiger dekorativer Elemente, ein paar schwindsüchtig aussehende Zigeuner die Gussformen her. Markenzeichen der Firma waren die aufgemalten Paradiesvögel. Den Frauen, die sie malten, wurde schon schwarz vor Augen vor lauter bunten Federn.

Herr Karol Iwanov fühlte sich bereits gegen Mittag erschöpft von der Hitze und dem Gestank im Werk. Er ging ins Freie, um seine Lungen wenigstens mit dem frischen Modergeruch der nahen Sümpfe zu füllen und mit dem Aufseher zu reden, der kein anderer war als der Schlaffe Kosta. Er schaute mit Bangen auf seine Uhr, und nach fünfzehn Minuten schleppte er sich hinter Ilija wieder ins Gebäude. Dieses Ablaufen der gesamten Produktionspalette von den feinsten Servicen bis zur billigen Stapelware aus Essschalen und Töpfen raubte allen den Verstand. Ilija schaute drein wie ein tollwütiger Wolf, Karol Iwanov musste ihm fünfzigmal ein und dasselbe erklären, bis ihm die Spucke wegblieb.

»Diese Brenntemperatur ist völlig ausreichend«, flüsterte er schmeichlerisch, »es ist ja eine tschechische Technologie.«

»Ah, verstehe«, schrie Ilija zurück, als sei er allein im Raum, »aber ich frage mich, ob die Temperatur hoch genug ist?!«

Um halb sechs Uhr nachmittags schloss er sich im Büro ein, öffnete die mit feuerfesten Wänden ummauerte Kasse und prüfte die Bücher. Nach einer Weile begannen die Spalten mit den Zahlen in seinem Kopf zu wirbeln; sie begannen zu blubbern wie Blasen auf einer Thermalquelle. Dann packten ihn neuralgische Schmerzen vor Einsamkeit. Der Festungsgraben schmolz weg im Samt der Dämmerung, die Grillen schredderten die Luft, und der Fabrikhof wurde vom Mond in ein bläuliches Licht getaucht, das ihn unheimlich wirken ließ. Er fasste sich mit beiden Händen an den Kopf. »So viel und doch so wenig …«, wiederholte er müde, »so viel und doch …« Da war etwas in seinem Leben, das er nicht hatte zu Ende bringen können; er stand sozusagen im Mittag seines Lebens auf einem freien Feld ohne Hut und ohne Schatten. Ihm fehlte jenes geheimnisvolle Bindeglied, das man nicht kaufen konnte, und das sogar er mit seiner diabolischen Hartnäckigkeit nicht einfach so fabrizieren konnte, weil man es nur zulassen, *sein* lassen konnte als etwas, das sich im Inneren schöpferisch bildete. Dieses Bindeglied, das in seiner Seele eine Brücke wäre zwischen Boshura und der Fabrik, zwischen seinem angeborenen Tatendrang und ihrer verzehrenden Nacktheit, zwischen seinen Träumen und der Wirklichkeit, dieses Bindeglied fehlte. Er weigerte sich, es Drang nach Schönheit zu nennen oder – noch philosophischer – Bedürfnis nach interesseloser Anschauung, denn er konnte sich einfach nicht überwinden, an etwas anderes als die materielle, die praktische Seite der Dinge zu glauben, und das nötigte ihn, es wider alle Natur mit Zwang und Gewalt zu versuchen.

Er kam erst spät nach Hause, mit vor Leere geschrumpftem Magen und übermüdeten Augen. Für gewöhnlich traf er nach der Arbeit seine Frau in Gesellschaft Dimo Babaschovs und Karol Iwanovs an. In Boshuras Gegenwart wirkten sie wie preziöse Nippes: teuer und nutzlos. Ein Fingerschnippen würde ihm genügen, um diese beiden Möchtegern-Dandys aus seinem Leben zu verbannen; doch er tat es nicht, weil er befürchtete, dann Boshura zu verlieren. Sie war keine Nippfigur, sondern etwas Echtes, das ihn sättigte wie das tägliche Brot. »Das Leben ist schön«, hatte sie ihn gewarnt. Und nun stellte sie lachend ein einfaches Glas vor ihn hin mit den Worten: »Damit du mir das teure englische Service nicht zerdepperst!«

Später im Schlafzimmer stellte er sie zur Rede: »Was treiben die denn hier?«

Boshura zog sich vor ihm aus, ohne – wie es Sitte war – vorher die Lampe zu löschen. Das Seidenkleid rutschte ihr von den Schultern wie Drachenhaut, ihre schweren Brüste hingen erleichtert herab, dunkel glänzte das krause Dreieck unter ihrem Bäuchlein. Dann verschwand dies alles unter ihrem Nachthemd, und zu seiner Beruhigung erwiderte sie auf seine Frage:

»Dieser Karol Iwanov ist eine recht unangenehme Persönlichkeit.«

3

Nach Mariä Darbringung setzte eine Dürreperiode ein, wie sie die Stadt noch nicht gesehen hatte. Die Kahle Insel in der Donau wurde immer länger, das Wasser des Flusses gelb. Einige schwangere Frauen erlitten Fehlgeburten. Vom Himmel fielen statt rettender Regentropfen tote Vögel mit herausgestreckter Zunge und gebrochenem Blick. Genau in dieser Zeit schlossen sich Ilija und Trajan, sein bester Facharbeiter, abends in der Fabrik ein, um etwas Außergewöhnliches herzustellen. Trajan, der sonst schwieg wie ein Grab, entfuhr eines Abends auf der Straße ein ganzer Satz: »Eh, tagsüber ist Brennofen, nachts ist Brennofen, bald könn' se auch mich anmalen und glasieren, Freunde!« Er spuckte in den Staub, gab aber keine weiteren Erklärungen ab. So wurde das Geheimnis vollkommen und sog genug Kraft auf, um sich über die ganze Stadt verbreiten zu können. Daran, dass jemand Überstunden in einer Fabrik machte, war zwar eigentlich nichts Bemerkenswertes; bemerkenswert war aber, dass dieser Jemand Ilija Weltschev hieß. Morgens, wenn die Arbeiter zur Schicht kamen, fanden sie unter dem Arbeitstisch Trajans zerbrochene Porzellanstücke. Nach ausgiebigen Beratungen kamen sie zu dem Schluss, dass diese Scherben weder von Tellern noch von dem Fuß oder den Griffen einer Suppenterrine stammen konnten.

Ilija magerte unterdessen vollends ab. Er glich immer mehr einem Alchimisten, der in der Unbeständigkeit des Feuers und der Beständigkeit des Wechsels den Stein der Weisen erblickt hatte. Er strafte seine Belegschaft auch jetzt beim geringsten Vergehen streng, doch sein Blick füllte sich mehr und mehr mit Melancholie und einer ungekannten Leidenschaft, so, als befände er sich in einem alttestamentarischen Zweikampf mit Gott um die eigene Zukunft. Selbst der Schlaffe Kosta, der, obwohl er Ilija am nächsten stand, nicht wusste, was da vor sich ging, sagte eines Abends im »Hasenblut«: »Ich weiß auch nicht, was er macht, aber wenn ich mir so ansehe, wie gequält und mit was für einem bösen Blick er neuerdings herumläuft, da würde es mich nicht wundern, wenn er sein ganzes Leben neu macht.«

»Sein Leben? Wie soll das denn gehen – aus Porzellan«, meldete Herr Hadschipetkov seine Bedenken an.

Die Geschichte setzte sich während des gesamten Monats September fort. In dieser Zeit wurde Trajan einige Male ohnmächtig vor der Höllenglut des Ofens. Ilija brachte ihn mal mit einem Eimer Wasser, mal mit gutem Zureden und Wangetätscheln wieder zu sich – und weiter ging's. Sie erprobten Mischungen, modellierten sie und konnten es kaum abwarten, bis sie trocken genug waren, um in den Ofen geschoben zu werden. Wenn es nicht dem entsprach, was er sich vorgestellt hatte, zerschmetterte Ilija das Ergebnis ohne Bedauern auf dem Boden. Und wenn Trajan fragte, was denn nun diesmal nicht gut genug gewesen sei, antwortete er: »Verstehst du nicht, es muss makellos sein, es muss ALLES sein können!«

Der im Ausprobieren auch nicht eben unerfahrene Dankbare Kotscho vermutete, dass sie ein vollkommen neues Service entwarfen, »so was mit viereckigen Tellern und sechseckigen Suppenschüsseln zum Beispiel«. Doch der Umsatz von Ilijas Firma brummte auch ohne derlei Innovationen. Wenn er seine Produktpalette hätte ausweiten wollen, hätten in seiner konservativen Heimat auch geringfügigere Änderungen genügt; dazu musste er sich nicht wochen- und monatelang bei den Öfen dörren lassen wie eine Makrele oder Trajan heftige Ohrfeigen verpassen, wenn der vor Müdigkeit wieder mal seine Großmutter in den Flammen erscheinen sah.

»So knauserig, wie Ilija ist«, meinte Trentscho, »der noch nicht mal ein einzelnes Stück Kohle einfach so wegkicken würde, wird der auf keinen Fall einen ganzen Monat lang Rauch für nix und wieder nix aufsteigen lassen.«

Der Stimmung in der Kneipe tat das Spekulieren gut. Die Hackfleischröllchen schmeckten besonders saftig, und wenn eine Fliege auf dem Tisch landete, fing der Schlaffe Kosta sie geschickt ein, genoss eine Weile das Kribbeln in seiner Handfläche und beugte sich dann nieder, um sie heimlich im Hosenbein von Herrn Hadschipetkov freizulassen. Dieser kommentierte missmutig:

»Das Wetter ändert sich bald, scheint's. Diese verdammten Fliegen beißen nämlich ganz gehörig ...«

Als es draußen schon dunkel geworden war und die Blasmusik des Militärorchesters aus dem Park ertönte und das Stimmengewirr der Spaziergänger umso lauter klang, tauchte völlig überraschend Trajan im »Hasenblut« auf. Er gab eine Runde vom diesjährigen Schnaps aus, runzelte die Stirn, schwieg erstmal vor Erschöpfung und tat dann mit schlichten Worten kund:

»Wir haben's! Jetzt muss das Ding erstmal fünf Tage im Dunkeln auskühlen.«

4

Als die fünf Tage vorbei waren, schlug Ilija es in alte Zeitungen ein. Der Ofen atmete noch immer. In den hohen und weiten Raum hatte sich eine Schwalbe verirrt. Sie flog gegen die verstaubten Scheiben und landete schließlich, halb erstickt, auf dem Arbeitstisch ganz hinten, dort, wo die Haufen toter Kaolinbrocken lagen.

»Nicht da«, sprach Ilija sie an und öffnete die in den Angeln quietschende Tür. Seine Wangen waren aufgeplatzt und rauh von der Heftigkeit des Feuers, doch das spürte er gar nicht. Zum ersten Mal seit so vielen Jahren, seit er den Plan zu dieser Fabrik gefasst hatte, seit er geheiratet hatte, war er von einer so vollkommenen Güte erfüllt. Ungeduldig hob er das Paket an, in dem sich *das Geschenk für Boshura* befand, jenes Etwas, von dem er glaubte, dass darin ihre Zukunft lag, weil es alles symbolisierte, was zwischen ihnen fehlte. Sie sollte die Erste sein, die es zu Gesicht bekam, die Erste, die seinen Sinn erkannte.

Auf dem mittelalterlichen Festungsturm hatte sich die Sonne niedergelassen, rotglühend wie einer seiner Öfen. Er ging schnell. Trotzdem erschien ihm der Abstand zwischen den elektrischen Straßenlaternen unüberwindlich. Der schwere Geruch nach heißem Talg lag über dem Weg. Die Behaarte Stefania saß in ihrem Hof und kochte Seife. Aber das nahm er gar nicht wahr. Als er sein eigenes Haus erreichte, war es – zusammen mit der Weinlaube und den leuchtend blühenden Rosen – ganz in den Rausch des Sonnenuntergangs getaucht. Ilija betrat eilig den Korridor, ohne die Tür hinter sich zu schließen. Die Luft im Wohnzimmer war samtweich. Lautlos schlich er zum Tisch, wickelte die Zeitungen ab und – vor dem fleckigen Hintergrund der Wand erschien *die weiße Ballerina!* Ilija war entzückt wie noch nie. Sie stand auf Spitze und hatte die Arme ausgestreckt wie zwei Schwanenhälse. Sie sah ätherisch aus wie eine Tanzfee, die für einen Moment sichtbar wurde, um sich alsbald wieder im Halbdunkel aufzulösen. Genau diesen Moment aber zwischen Auftauchen und Verschwinden hatte er, Ilija, in Porzellan eingefangen, und so kam er zu dem Schluss, dass er *etwas Ewiges* geschaffen hatte!

Auf einmal kam es ihm so vor, als habe ihn die Vision dieser vollendeten Schönheit sein Leben lang verfolgt – und er erschrak. Er berührte die Figur vorsichtig mit den Fingerspitzen. Das milchweiße Porzellan war noch warm, so, als hätte er einen lebendigen Leib berührt. Ja, das war es, was auch Jordan gefehlt hatte, dachte er. Wenn Jordan es gefunden hätte, hätte er auch überlebt! Er blieb, während er auf Boshura wartete, sicher eine Stunde lang so auf dem Stuhl sitzen, völlig versunken in blinder Betrachtung; doch diesmal empfand er weder Einsamkeit noch Ungeduld.

Als die Turmuhr zehnmal geschlagen hatte, drangen aus dem still gewordenen Garten menschliche Stimmen an sein Ohr. Dann Schritte. Die Schritte näherten sich. Sie kamen ihm übertrieben behutsam vor. Doch Ilija dachte nur aufgewühlt: Endlich! Die Haustür öffnete sich knarrend, doch das Licht wurde nicht angemacht. Zwei undeutliche Schattengestalten, von denen eine mit Sicherheit Boshura war, betraten die Diele, näherten sich, als wollten sie den Abend – oder ihn? – zwischen sich zerdrücken, und verschmolzen in einem leidenschaftlichen Kuss. Nei-hei-hein, stöhnte etwas in Ilija auf. Beim Aufstehen war er unachtsam und hob den Tisch mit an. Die Porzellan-Ballerina taumelte in seinem Blick. Dann kippte sie, löste sich im Dunkel auf und zersprang auf dem Boden in feine weiße Splitter.

5

Als die Quitten reif waren und die Erde nach Herbst zu riechen begann, brach in der Stadt eine neue Mode aus: Serenaden! Ein Haufen junger Burschen, die noch grün hinter den Ohren waren, schulterten das Akkordeon, griffen zur Flöte oder zur Geige und musizierten eine Schöne an, die hinter wenig gastfreundlichen Toren ihr Wesen trieb. Manchmal wollten die schmachtenden Lieder die ganze Nacht nicht enden, obwohl die Belagerten sich nach Kräften wehrten und den Barden Nachttöpfe über den

Kopf gossen, sie mit rohen Eiern oder faulen Tomaten bewarfen. So mancher liebestrunkene Schädel bekam auch unfreiwillig ein Loch, aus dem der Überdruck entweichen konnte. Jonka fand an diesen endlosen Abenden keinen Schlaf. Sie lauschte dem aufgeheizten Spiel der Geiger, und dabei weinte ihre Seele, weil sie eine böse Vorahnung hatte. Todor missverstand ihr Wachliegen und versuchte sie zu beruhigen: »Mach dich nicht verrückt, Alte, wenn der Winter kommt, legt sich das Geplärre schon wieder. Der Nordwind wird ihnen eins pusten!«

Ihre Vorahnung aber war stärker als Todors Güte, und so begann sie, über die einzelnen Wortmeldungen ihrer Verwandten und wichtiger Personen aus dem Umfeld nachzudenken. Als das kleinere der beiden Gänschen in der Nähe des Hafens ertrank, erschrak Jonka zwar heftig, aber sie wusste dennoch: Das ist es nicht! Dann begann Maria, die Tochter Gold-Petkos, unzusammenhängend zu reden, mit der hochfahrenden Wut einer alten Jungfer im Herzen, doch auch hier fühlte Jonka: Das ist es nicht! Mitte September richtete ein wechselhafter Sturmwind gehörige Schäden an, von dem der Esperanto-Klub und vor allem das Dach der Volksbank betroffen waren; aus manchen Böen fielen gar Frösche und Goldfische zur Erde, doch so apokalyptisch all dies aussah – auch hier war Jonka sich sicher: Das ist es nicht! *Es* schlich umher wie ein Untoter und näherte sich auf leisen Sohlen. *Es* glich etwas Bekanntem, doch fühlte sie, dass sie dafür in ihrem Leben keinen Vergleich heranziehen konnte. Sie bekam Herzstiche, Atemnot und ein Pfeifen in den Ohren, als lebte sie plötzlich in höheren, dünneren Luftschichten, und sie hatte das beklemmende Gefühl, dass *es* ihr die Luft entzog, um sie unmerklich hinwegzuraffen. Jonka tat alles, um es zu entdecken. Manchmal drehte sie sich urplötzlich um; dann wieder eilte sie, weil sie vermeinte, es hinter einer Ecke verschwinden zu sehen; oder sie blieb stehen, um es nicht zu überholen. Doch *es* entglitt ihr unmerklich wie der Leibhaftige selbst.

»Immer mit der Ruhe, Alte«, rief Todor sie zur Ordnung der Dinge und zeigte auf seinen leeren Ärmel, »wenn es wirklich aufgetaucht wäre, hätten mich meine fehlenden Finger gejuckt.«

»Wenn ich es finde, sage ich dir Bescheid«, antwortete Jonka ihm voller Schmerz.

Der Erste, der ging, war Georgi, Ginas Sohn. Ende September versammelte sich die ganze Sippe in dem immer leerer werdenden Herrenhaus, um ihn zu verabschieden. Die Männer tranken, die Frauen weinten, und alle brachten ein Abschiedsgeschenk oder ein Andenken mit – der eine Wollsocken, der andere eine Spitzendecke, einer ein silbernes Hufeisen. Jana schenkte ihm ein Kaleidoskop. Dora hingegen, die immerhin die andere Hauptstadt der Doppelmonarchie, Budapest, kannte, warnte: »Wien ist voller Sängerinnen und Geschlechtskrankheiten. Also sollte Gina ihm warme Hosen kaufen, etwas gegen bösen Zauber – und Kaliumpermanganat.«

Stimmung kam auf an diesem Abend. Goscho roch nach Patschuli und Ungeduld. Er war inzwischen noch schöner als Panto. In seinen dunklen Augen vibrierte es wie in einem Ameisenhaufen, auf den jemand getreten war. Die Einzige, die sich nicht zu klugen Reden hinreißen ließ, die weder Tränen vergoss noch kummervoll seufzte, war Gina, seine Mutter. Sie hatte ein eisiges Lächeln vor ihre gallige Unbeugsamkeit gespannt, sammelte die Knochen von den Tellern ein, um sie ihrer Riesentöle von Wachhund hinzuwerfen. Das Tier sprang an ihr hoch, und sie streichelte ihm übers Fell wie einem Kind. Als sie wieder in den Salon zurückkehrte, glich sie einem vergessenen Stock oder Regenschirm. Am nächsten Morgen legte das weiße Dampfschiff auch schon von der Kaimauer ab, zog einen Schatten übers Wasser, vertonte den Abschied mit dem Signal der Dampfpfeife und trug Goscho fort ins Unbekannte, ins Ungewisse.

Kaum hatten die Regenfälle zum Jahreszeitenwechsel begonnen, da mussten sie auch schon dem nächsten Kind ihr Geleit geben. Jetzt auch noch Petruna!, sagte sich Jonka. Sie war zwar verwundert und voll wachsender Besorgnis, kam aber immer noch nicht darauf, was *es* war. Aus Petrunas Sicht war es einfach schwierig geworden, nach zwei geplatzten Verlobungen in Widin zu bleiben.

Der erste Verlobte war ein walachischer Schönling gewesen, mehr Augen als Mann, mit hellem Schnurrbart und rosigen Öhrchen. Als Jonka ihm zur Bestätigung der Verlobung Türkischen Honig und eine halbe kleine Goldmünze bringen wollte, war er spurlos verschwunden. Später sickerte durch, dass er sich Richtung Rumänien abgesetzt hatte. Wenn die Hochwasser führende Donau sie nicht aufgehalten hätte, wäre Petruna ihm sicher hinterhergeschwommen. Übel wurde es, als auch die zweite Verlobung scheiterte. Jonka war erneut mit einem Glas Türkischem Honig und der anderen Hälfte der kleinen Goldmünze angekommen. Sie hatten den Tisch zu Hause schon mit frisch eingelegtem Wintergemüse gedeckt – doch diesmal war es Petruna, die spurlos verschwand. Jonka versuchte sich bei Fleischer Zontscho, dem Angeschmierten, damit herauszureden, dass das Kind sich bei ihrer Schneiderin verspätet habe, aber dieser antwortete nur: »Wie, was heißt hier Schneiderin? Da war sie zur Mittagszeit, und jetzt haben wir Mitternacht!« Erst nach einer Woche erfuhr sie, dass Petruna sich an diesem Tag im Uferpark vom Kadetten Iwailov verabschiedet hatte, wofür ihr der Tag nicht ausgereicht hatte. Und da der erste Abschied so süß ausgefallen wäre, hätten sie ihn gleich noch ein paarmal wiederholt.

Die öffentliche Schande war gewaltig. Auf der Hauptstraße kursierten die hinterhältigsten Gerüchte. Zontscho sah sich gezwungen, seine Fleischerei für eine Woche zu schließen, um schnell Ersatz zu beschaffen. Er steckte sich eine weiße Nelke ans Revers zum Zeichen, dass er Junggeselle war, und ging los, um der Enkelin der Frau Zozolanova mit einer Serenade seine Aufwartung zu machen.

Petruna reiste mit zwei Lastwagen los, um als Vertreterin der Firma Singer auf den Dörfern die »Singer Special«-Nähmaschine anzupreisen. Man gab ihr das Geleit bei einem Glas Wein, aber ohne Gesänge. Ein dubioser Handelsvertreter mit rotem Schnurrbart wartete schon auf dem Wagen mit der Aufschrift: »Nähen Sie nur mit Singer-Special, der Nr. 1 unter den Nähmaschinen. Singer, damit es eine Ewigkeit hält!« Petruna aber, die zurechtgemacht war, als stünde ihr die dritte Verlobung bevor, sagte zu ihrer Mutter: »Den geraden Stich habe ich jetzt kapiert, wie der geht. Aber das mit dem Kreuzstich …«

Der Handelsreisende nahm galant seine Melone ab und verbeugte sich, da es Zeit war, abzufahren. Jana musste weinen, als die Wagen sich entfernten.

Und schon kam der Oktober und mit ihm Todors Rheumaanfälle. Jonka hatte alle Hände voll damit zu tun, seine Schmerzen zu lindern. Sie peitschte ihn mit Brennnesseln aus, rieb ihn mit Hasenschmalz ein, mit Balsam aus Kreuzotterngift, und das alles nahm sie so in Anspruch, dass sie *es* ganz vergaß. Es klingelte auch dann nicht bei ihr, als Boshidar, Ilijas

Sohn, sich zur Abreise fertig machte. Er war lang aufgeschossen für sein Alter und hatte schmale Hüften. Sein Reiseziel war Sofia, wo er in die Offiziersschule des Zaren, ein Internat, eintreten wollte. Boshura stemmte sich lange und mit allen Mitteln dagegen; unzufrieden schüttelte auch der greise Babaschov sein Silberhaupt. »Das ist doch dumm«, stieß er hervor, »dass der Sohn eines Fabrikanten Offizier wird, selbst wenn sie ihn in die Leibgarde des Zaren aufnehmen!« Ilija, der seit einiger Zeit nicht mehr mit Boshura sprach, hoffte bis zum letzten Moment. Er hatte seinen Sohn immer wieder in die Fabrik und auf alle umliegenden Märkte mitgenommen, ihm Gewehre gekauft, Knaller und Platzpatronen, damit der Junge von klein auf das Gefühl bekam, etwas bewirken zu können, wenn nötig, auch mit Gewalt; abends hatte er ihm Währungen aus aller Herren Länder gezeigt, damit er auch daran gewöhnt war, und zum Einschlafen erzählte er ihm Gruselgeschichten, damit er furchtlos wurde.

Als Jonka nach langer Zeit einmal wieder Ilijas gute Stube betrat, schwindelte ihr vor so viel Extravaganz, und sie hatte die ganze Zeit Angst, etwas umzustoßen. Ilija sprach nicht mit Boshura, Jonka sprach nicht mit Ilija. Das Schönste an diesem Nachmittag voller Beklommenheit blieb der Kindersäbel Boshidars, mit dem er die Luft zerschnitt.

»Söhnchen, wen willst du denn damit abmurksen?«, fragte Jonka und lächelte unbefangen. Erst dann schwieg sie erschrocken.

6

Was *es* war, darauf kam Jonka erst, als auch Assen seine Koffer packte. Ihre geheimnisvolle Ahnung wurde zur Gewissheit. Sie spannte sich an, doch aus ihrem Mund kam kein Schrei, sondern nur heiße Luft.

»Warum raufst du dir denn die Haare?«, fragte Todor. »Das Kind geht halt zum Lernen nach Sofia. Aus dem wird was Großes!«

»Warte …« Jonka nahm eine Handvoll Reisig und baute aus ihnen auf dem Herd eine kleine Hütte, blies die Flamme an und tropfte Tränen darauf. Schließlich ging das Reisig in Flammen auf. Eine Weile hielt das wacklige Gebilde dem Flammenfraß stand, dann fiel es über der glühenden Asche zusammen.

»Verstehst du?«, fragte Jonka.

»Nein! Wenn ich kein Leben in meinem fehlenden Arm spüre …«

»Komm her!« Sie führte ihn in die Küche und nahm eine alte glasierte Schale vom Wandbrett, die in den sieben Farben des Regenbogens gestreift war.

»Siehst du die Farben?« Sie betrachtete ihr Zusammenspiel, das eine Ganzheit ergab und den einfachen Ton darunter bedeckte. Sie ließ die Schale auf die Dielenbretter fallen, und die kleinen Scherben spritzten ihr um die Beine.

»Warum hast du das denn kaputtgemacht, du?«, erstarrte Todor.

»Wenn du es auch jetzt nicht gesehen hast«, erwiderte Jonka müde, »ist es wohl unerklärlich!«

Am folgenden Abend begleiteten sie Assen zum Bahnhof. Jana war krank geworden, sie hatte Fieber bekommen, und so erschien sie nur für eine Minute, um ihn auf die Stirn zu küssen. Sie bat ihn um Verzeihung, obwohl nicht Pokladi-Tag war. Er schaute lange ins Dunkel, als suche er etwas in seiner Seele, dann verzieh er ihr … obwohl nicht Pokladi war.

Todor hatte nichts, was er ihm mitgeben konnte, außer einem der blauen Perlchen aus dem Schmuckgeschirr seiner Pferde, Jonka nichts außer ihrer entleerten Seele und ihrem Unglücklichsein. Aus Verlegenheit fing sie an, sich zu entschuldigen und von den halben Goldmünzen zu reden, die für die misslungenen Verlobungen Petrunas draufgegangen waren.

Sie traten hinaus auf den Bahnsteig. Assen trug seinen Pappkoffer. Die Ärmel seines braunen Anzugs lugten unter dem Schülermantel hervor. Es roch nach Winter, ins Dunkel fiel blau der erste Schnee. Die elektrischen Laternen vergossen bitteres Licht darüber. Jonka stolperte in einer Aufwallung der Gefühle. Sie hatte nicht einmal zwei Lewa, die sie »ihrem Jungen« geben konnte …

In dem Moment, als sie neben der schwarzen Lokomotive stand, die schnaubend ihre Dampfwolken ausstieß, kam ihr die Erleuchtung, und sie verstand: Sie alle werden nicht zurückkehren!

»Ich kann einfach nicht bleiben, Mama«, sagte Assen ihr zum Abschied.

»Du weißt schon, was du tust, mein Junge!«

Assens Lippen waren blau vor Kälte, sein Haar stand zu Berge. Er löste sich von ihr wie eine reife Nuss vom Baum und bestieg den Waggon. Sie alle werden nicht zurückkehren!, wiederholte sie. Es war fast so wie damals, als die Herberge brannte, doch damals hatte sie außer Zerstörung auch ein starkes Licht gesehen, das neues Leben verhieß. Alles tanzte im Wandel spielerischer Flammen, die ihr ein so feuriges Lied in die Adern gegossen hatten, dass sie mittanzen musste. Doch jetzt? Jetzt blieb sie einfach in der Dunkelheit zurück. Sie drehte sich nach Norden zum Fluss, dann nach Westen, wo Ilijas Fabrik stand, und als sie alle Richtungen in sich gesammelt hatte, ging sie. Die Lokomotive fauchte und rauchte, der Wind trug den säuerlichen Geruch von feucht werdendem Kohlebrand überallhin; doch ihr Blick ging schon zur Stadt, die im Licht der Lampen und Laternen glühte wie ein Holzkohlenfeuer zu Weihnachten. Dann fühlte sie jene Leichtigkeit, mit der sich jeder durchdringende Schmerz meldet, und weinte. Erst jetzt weinte sie. Endlich!

Man schrieb das Jahr 1937.

ZWEITES BUCH

Erstes Kapitel

1

Der Hunger schärfte seine Sinne, was wichtig war, damit ihm kein Fehler unterlief. In seinem Magen hatte dieser Hunger die Farbe von Senf angenommen, und er biss auch genau so scharf. Wenn er dann einfach weiterlief, bäumte sich etwas in ihm auf; etwas in seinen Organen wilderte aus, drehte den Spieß um und biss sich nun seinerseits aus der Wirklichkeit heraus, was *es* brauchte, was *er, Assen Weltschev*, an Wahrnehmungen brauchte. Trotzdem hatte er es sich gestattet, sich inmitten der dichten und dreckigen Menschenmenge im Wartesaal des Bahnhofs niederzulassen. Neben ihm auf der Bank saßen eine zahnlose alte Frau, die ein Kind im Arm hielt, und ein Lastenträger, der nach menschlichen Ausscheidungen stank und über dessen Lippen eine todmüde Fliege kroch. Eine halbe Stunde ruhte er so aus, eingewühlt in ein Kissen aus menschlichen Ausdünstungen, stinkenden Fußlappen und Zwiebel – dem Mundgeruch der Armut. Geborgen war er in der Gleichgültigkeit Dutzender Augenpaare in diesem großen Raum, in dem Pappkoffer, Kleiderbündel und Frauen standen, die mehrere Unterröcke übereinander trugen. Aus dem ungemütlichen Novemberabend draußen drang der markante Harzduft von Eisenbahnschwellen herein.

Als die Bahnhofsglocke sechsmal schlug und das Gedränge auf dem Bahnsteig unerträglich wurde, spürte er, dass er eingenickt gewesen sein musste. Instinktiv griff er sich ans Herz. Dort, in der Jackett-Innentasche, befand sich die gut geölte Kühle eines metallenen Gegenstandes. »Ich muss einfach weiterleben«, sagte er vor sich hin, als gäbe es jemanden, der dies in Frage stellte. Immer, wenn er *dorthin* ging, verließ er die Räume seines Arbeitgebers, des Bestattungsunternehmers »Alexiev & Sohn« früher als sonst, durchquerte die ganze Stadt Kilometer um Kilometer. Die Geräuschkulisse der bulgarischen Hauptstadt bot ihm einen gewissen Schutz, doch es gab auch gefährliche Inseln der Stille. Er musste um punkt sechs Uhr dreißig dort sein, und er musste *sauber* sein. Das war nicht einfach, denn die Schergen des Zaren standen überall. Er hatte gelernt, sie zu identifizieren, diese gesichtslosen Männer, die abgewetzte Melonen und billige Mäntel trugen, aber immer gut genährt und darauf trainiert waren, mit den zielsicheren Schritten von Jagdhunden, die Fährte aufgenommen haben, lange Strecken zurückzulegen, ohne zu ermüden. Er kannte alle Passagen auf der Graf-Ignatiev-Straße im Zentrum, alle Ein- und Ausgänge des Modernen Theaters, der Schänke »Zum roten Krebs«, die Ecken und Winkel des malerischen »Frauenmarktes«, der sich unweit von Synagoge und Moschee durchs Arme-Leute-Viertel der Juden, Türken und Armenier hinzog, und auch die weiß gestrichenen Räume des Dampfbades, wo die Männer mit ihren Kleidern auch ihr Misstrauen abgelegt hatten und – einmal eingeseift – auch schwer voneinander zu unterscheiden waren. Die *lauernden Augen* erkannte er an ihrer gespielten Unbekümmertheit, ihrem kameradschaftlichen Getue und ihrer Unscheinbarkeit. Vor allem hier, wo es noch schwieriger war, sie zu erkennen, half ihm der beißende Hunger, auf der Hut zu sein; denn er wusste, wenn sie ihn schnappten, gab es *danach* nichts zu essen. Kurz, er hatte erkannt, dass er, weil er seine Umgebung nicht vereinfachen konnte, selbst so einfach und leicht sein musste, wie es nur ging: nichts als eine *hungrige Wachheit der Sinne.*

Die Kuppelsequenz der Alexander-Newski-Kathedrale erinnerte ihn an eine grüne Haufenwolke, die sich über den gepflasterten Platz gelegt hatte. Das Zarenschloss war von der Moskowska-Straße aus durch den dichten Schatten des Schlossparks nur zu erahnen. Etwas weiter, auf der Lege- und der Tarnowo-Straße, reihten sich die teuren Geschäfte mit den edlen Stoffen für die besonderen Anlässe besonderer Leute. Als er sich über die tief im Boden verschwindende kleine Kirche der heiligen Petka den Markthallen näherte, hörte er schon das herzzerreißende Spiel eines Akkordeonisten, und bald sah er auch die vielen Bettler davor, die Prostituierten, die sich die Strapsbänder zurechtzupften, und die Zeitungsverkäufer, die sich mit wohltrainierten Stimmbändern gegenseitig überschrien. Fliegende Händler mit Bauchläden verkauften Gummibänder, Knöpfe, Sicherheitsnadeln, französische Ansichtskarten mit nackten Frauen und Creme gegen unerwünschte Hautbewohner wie Flöhe, Läuse und Zecken. Wieder ein paar hundert Meter weiter, auf dem Frauenmarkt, reihten sich die Stände mit Obst und Gemüse, alten Schuhen und gebrauchten Kleidern, mit Pferdegeschirren, geschärften Äxten, Wandteppichen mit Fasanen oder Hirten, Töpferwaren, handgearbeiteten Hirtenflöten, Spitzen zum Ansetzen für Decken und Vorhänge, phosphoreszierenden Statuetten nackter Göttinnen, gebackenen Sonnenblumenkernen und gerösteten Kichererbsen, Körnerfutter für den Kanarienvogel, zerkratztem Leder minderer Qualität zum Selbermachen von Schnürschuhen. Gebackene Meeräsche verbreitete den Duft nach einer Kindheit voller Hunger; gefüllte Därme röteten sich über Kohlegrills. Es gab weiße Mäuse und Papageien, die Papierlose ziehen konnten, kurz, das bunte Angebot und das noch buntere Treiben konnten in einem oberflächlichen Betrachter den Eindruck erwecken, als ob es den Menschen an nichts fehlte.

Assen aber durchquerte diese Fülle mit der einzigen Hoffnung, sie im entscheidenden Moment auf die entscheidende Beobachtung reduzieren zu können und *ihn* zu bemerken, den menschlichen Hetzhund mit den triefenden Lefzen, der seinerseits alles tat, um sich so unbemerkt an seine Fersen zu heften, als wäre er sein Schatten. Er musste ohne Verfolger jenen Kontaktmann erreichen, der ihn an der Frage: »Wissen Sie, wo ich Richter Ankov finden kann?« erkennen würde.

Bai Michal, der Anführer ihrer Gruppe, hatte ihm erzählt, wie sie erst vor einem Monat einen seiner Jungs am Schlafittchen gekriegt hatten, weil der, statt zu laufen, zu laufen und nochmal zu laufen, sich geschlagene fünfzehn Minuten dem ergötzlichen Anblick eines Dienstmädchens hingegeben hatte, die die sündteure Unterwäsche ihrer Arbeitgeberin zum Trocknen auf die Leine hängte. Dabei hatte das mit Männerfantasien, mit Fetischismus oder heimlichem Begehren gar nichts zu tun. Nein, der gute Junge war einfach, den Kopf an eine Pappel gelehnt, über den Anblick dieser erlesenen Wäsche in Verzückung geraten, weil er so etwas sein Lebtag noch nicht gesehen hatte. Jedes einzelne Stück davon kostete mehr als sein Anzug und vielleicht auch mehr als die Beerdigung seiner Mutter, die früh an Tuberkulose gestorben war. Als er sich schließlich, wie vor den Kopf geschlagen von etwas, das wohl nie Teil seines Lebens sein würde, von der

Pappel gelöst hatte und betäubt weitergegangen war, voller Schmerz und wütender Enttäuschung, genau da hatten sie ihn geschnappt.

Assen hatte seine Vorwarnung bekommen, in der blitzartigen Erleuchtung eines Momentes, auf den er ganz und gar nicht vorbereitet gewesen war. Es war ein Nachmittag voll verzehrender Schönheit gewesen. Er hatte gerade seine vorletzte Prüfung in römischem Recht bei Professor Jowtschev abgelegt, einem alten Herrn mit dem Profil eines antiken Redners und einem zermürbenden Heuschnupfen. Dieser hatte seinem Vorzugsschüler zum Zeichen seiner unverhüllten Wertschätzung seinen Füllfederhalter geschenkt. Assen war gerührt. Sie verließen das Universitätsgebäude zusammen mit Pescho, einem Mitstudenten, von dem alle wussten, dass er bei der Sozialistischen Jugend aktiv war. Von Assen hingegen wusste niemand etwas. Pescho, dessen rote Schirmmütze aussah wie ein Hahnenkamm, hatte ihn umarmt und pathetisch gesagt: »Du bist ein seltsamer Mensch. Wie kannst du nur so unbeteiligt bei allem danebenstehen?« Pescho, eigentlich Peter, roch nach Schafwolle und Quittenkonfitüre. Vor ihnen hielt ein Herr fingerschnippend einen Fiaker an, der über den Maria-Luisa-Boulevard fuhr. Assen drehte in seiner Jackentasche den wertvollen Füller seines Professors. Er musste ihn wohl verkaufen, damit er sich das dringend benötigte neue Hemd leisten konnte.

Sie waren vor den Markthallen stehen geblieben. Er wollte gerade voller studentischer Unbedarftheit den Mund öffnen, um zurückzufragen: »Bist du dir sicher, dass ich unbeteiligt danebenstehe?« – da roch er zuerst die Friedhofsblumen, und dann sah er den Beerdigungsumzug. Der aufgebahrte, offene Sarg war übersät von goldenen Lilien und silbernen Kränzen; das Gesicht des Toten schien wie von Wachs übergossen. Eine teuer angezogene Dame weinte so heftig, als krümme sie sich vor Lachen. Das Ganze war weder laut noch leise, es war einfach nur täuschend lebendig. Sein Blick wanderte von der Platte mit dem Weizen und den kleinen Süßigkeiten zu den schwarzen Fräcken der Trauergäste. Vor dem Modernen Theater herrschte ein regelrechter Volksauflauf; die Leute wollten den Film »Die lustigen Jungs« sehen. Ein blinder Bauchladenverkäufer bekam nicht mit, was los war, und schrie mit heiserer Stimme direkt in Richtung des Beerdigungsumzuges: »Prima Gummizüge für die Unterhose … Strapsbänder, Knöpfe … lose Zigaretten …« Die mit schwarzem Krepp bedeckten Pferde, eingeschirrt, um die letzte Wahrheit des Menschen in Bewegung zu setzen, sahen aus wie mythische Ungeheuer. In diesem Moment kam Assen zu sich. Er wandte sich zu seinem Kommilitonen um und sagte ihm ohne jedes Bedauern ins Gesicht: »Geh zum Teufel, Pescho. Ich will mit Politik nichts am Hut haben!«

Die Vorlesungen Professor Jowtschevs hatte er aufgrund seiner knappen Zeit nur selten besucht. Um seinen Lebensunterhalt zu verdienen, war er neben seiner Halbtagstätigkeit im Bestattungsunternehmen »Ein gutes Ende dank Alexiev & Sohn« gezwungen, verwöhnten Kindern von begrenzter Auffassungsgabe Nachhilfestunden in Französisch zu geben. Er musste Kohlen schaufeln, die vor einem der Bürgerhäuser in der Ljuben-Karawelov-Straße abgeladen worden waren, oder Rassehunde spazieren führen, die ihn beim Anblick der ersten passablen Hündin hinter sich herschleiften.

Die Wölbung der Kuppel über Hörsaal 25 ließ ihn sich fühlen wie in der Kirche. Hohe, reichverzierte Balkone schufen die Atmosphäre eines mittelalterlichen Chors. Während er mit der Geduld eines antiken Philosophen, der sich des Unterschiedes zwischen dem Leben der Menschen und dem Leben der Sprache bewusst war, seine Worte hervorstieß, kämpfte Professor Jowtschev mit seinem Heuschnupfen. Assen fühlte sich in dieser in diffuses Licht getauchten Märchenwelt zugleich erniedrigt und erhoben, denn Jowtschev kannte das Leben der Sprache in Vollendung, konnte vom Selbstmord des Cicero fesselnd erzählen; aber dachte er überhaupt je einmal an das Leben der Menschen, die in dieser Stadt, diesem Land ihr Dasein fristeten? Das leichte Tremolo in der Stimme des Professors war die verlockende Aufforderung, nur an sich selbst und sein Fortkommen in der Welt des Geistes zu denken, während Bai Michal ihm und den anderen immer wieder einbleute, dass sie selbst unwichtig waren, dass sie alles nur wegen der anderen taten. Assen hatte er halb scherzhaft, halb im Ernst aufgezogen: »Du bist ein Intellektueller, aber vergiss nicht: Erkenntnis führt immer in den Zwiespalt!« Professor Jowtschev hingegen wiederholte mit der Energie eines Propheten: »Vergesst niemals: Ihr seid Juristen! Wenn euer eines Auge das Auge Gottes ist, dann ist das andere mit Sicherheit des Teufels!«

Assen ging den Boulevard des »Befreier«-Zaren entlang, der nach dem russischen Zaren Alexander II. benannt war, am Schloss vorbeiführte und wie eine Achse das ganze alte Zentrum durchschnitt. Kutschen überholten ihn, raschelnde Kleider und Automobile mit schmutzigen Speichen. Ein Piccolo in blauer Dienstuniform, die mit goldenen Tressen besetzt war, bohrte sich vor dem »Grandhotel Bulgaria« in der Nase. Er hielt erst vor dem Mineralbad neben den altrömischen Thermalquellen an und trank aus einem der Hähne das heiße, leicht schwefelhaltige Wasser. In seinem Magen blubberte es wie an heißen Tagen in den Widiner Sümpfen. Er schaute hoch zu dem Engelchen, das aus schlechter Bronze gegossen war, und sagte sich mit der nüchternen Müdigkeit des Profis, der etwas von seiner Arbeit verstand und allzeit bereit war: Hungrig sein – wundervoll …

2

Seine Arbeit für die revolutionäre Zelle Bai Michals isolierte ihn extrem; doch die Einsamkeit in Sofia hatte er schon vor dem Zustandekommen dieser Verbindung kennengelernt. Sie war für ihn nichts Neues, sondern etwas, das ihm seit seiner Kindheit vertraut war. Der Unterschied zwischen Widin und Sofia bestand nur darin, dass die Stadt, in der er aufgewachsen war, einem Fluss glich, einer einfachen und eindeutigen Richtung, in der immer wieder neu immer wieder das Gleiche floss, so dass eine Nähe zwischen den Menschen herrschte, die einen Anfang und Ende zusammen denken ließ. Sofia hingegen glich einem Meer, bei dem jede Bewegung gleichgültig und gedächtnislos wie eine Welle die vorhergehende Welle auslöschte. Ruhig in den Morgenstunden, wenn schlaftrunken Tische und Stühle vor die Cafés gestellt wurden und die kleinen Läden öffneten, in denen sich die Sofioter das dickflüssige Gerstengetränk Bosa kauften; wild wogend ab Nachmittag, wenn die Arbeiter ihre Fabriken verließen und die Kaufleute, Offiziere und Liebespärchen sich auf dem Boulevard des »Befreier«-Zaren zum Korso einfanden.

Seit er für das Bestattungsunternehmen »Alexiev & Sohn« arbeitete, hatte er einen guten Einblick in die gewaltigen Dimensionen der Großstadt bekommen. Hier starben die Leute anonym. Nur ein paar bedruckte Zettel mit einem Nekrolog von der Stange, die traditionell im öffentlichen

Raum aufgehängt wurden, folgten ihrem Tod. Sie wurden bald von Wind und Regen fortgetragen, aufgeweicht, und verschwanden in diesem Meer des Vergessens. Gemessen an der Größe dieses Meeres, war ihr Leben alles andere als ein Ereignis, ja es war sogar fraglich, ob es überhaupt sichtbar genug war, um ins Gedächtnis der Gemeinschaft einzugehen!

Eines Tages hatte Bai Michal ihn in seine »Zentrale« rufen lassen, einen Kellerraum, der früher als Weinkeller genutzt worden sein musste, denn er war vollgestellt mit alten undichten Fässern. Als Assen sich durch ein paar Schichten Spinnweb zu dem alten Strategen vorgearbeitet hatte, sagte dieser zur Begrüßung: »Wir haben von dir gehört, Genosse … In Sofia wirst du dich mit etwas spezielleren Aufgaben befassen!«

Nachdem er einige konspirative Treffen hinter sich hatte, kam ihm das Mineralwasser aus den Thermalquellen schon nicht mehr heiß vor, und der Beigeschmack von Schwefel erinnerte ihn an den Geruch nach einem Pistolenschuss. Neben ihm hielt ein armer Rentner mit seligem Gesichtsausdruck seinen Mund unter das aus dem Hahn sprudelnde Nass; zu seiner anderen Seite wusch eine alte Frau mit Basedow-Augen ihre große Korbflasche aus. Die wichtigen Ratschläge Bai Michals kamen ihm in den Sinn. »Hütet euch vor denen, die ganz gewöhnlich aussehen, aber gute Überschuhe tragen. Auch vor den Schieläugigen. Besonders gefährlich sind die Kurzsichtigen! Aber auch die Glatzköpfigen und Verschwitzten, die Eleganten und die Behinderten. Achtung bei Leuten, die euch fragen, wie spät es ist oder wie sie zum Perlovska-Bach kommen. Nicht zu vergessen die Schweigsamen! Sehr gefährlich: die dünnen Bohnenstangen und die Tuberkulose-Kranken! Vor all diesen hütet euch, nehmt euch in Acht, passt auf – denn ihr müsst sauber am Ort des Geschehens eintreffen.«

Assen linste aufs Zifferblatt der Uhr des in seiner Seligkeit erstarrten Rentners und sah, dass er noch eine halbe Stunde Zeit hatte. Er wischte sich den Mund ab und machte sich, ohne zu zögern, auf den Weg, um die Wartezeit auf das Labyrinth der Passagen der Graf-Ignatiev-Straße zu verteilen, wo es nach gewaschenen Bodenfliesen und nach Urin roch.

3

Ja, genau hier, sagte sich Assen erleichtert und atmete seufzend die ganze Leere seines Magens auf einmal aus. Im marmornen Vestibül des Justizpalastes war es kühl und feierlich wie auf einem Friedhof. Stimmen und Schritte dekorierten den Stein mit Echo und Nachhall. Genau hier, unter dem unversieglichen Wasserfall menschlicher Untaten.

Er hatte sich unter Justitia, die Göttin der Gerechtigkeit, gestellt, die in klassischer Weise auf dem riesigen Glasfenster abgebildet war, mit der Waage in der Hand und verbundenen Augen. »Justitia ist blind«, hatte Professor Jowtschev vom Katheder herab doziert, »aus folgendem Grund: Wäre sie es nicht, sondern sähe im Gegenteil alles, wäre die Folge eine Ordnung von barbarischer Grausamkeit, die uns die letzte Überlebenshoffnung rauben würde. Denn wer von uns ist schon vollkommen unschuldig? Wenn wir daher Justitia mit der unheilvollen Macht versehen haben, der Macht, uns zu richten, dann mussten wir ihr im Tausch dafür wenigstens so viel nehmen, dass sie uns nicht auslöschen konnte. In der Rechtsprechung, liebe Kollegen, ist die Lüge manchmal humaner als die Wahrhaftigkeit.«

Assen hatte den Moment seiner Bestimmung *sauber* erreicht. Nun wartete er darauf, dass er und sein Kontaktmann sich kaum merklich anrempelten, so, als hätte eine Strömung sie aufeinandergeschubst. Dann würde er fragen: »Wissen Sie, wo das Zimmer von Richter Ankov ist?« Und *jener* müsste dann antworten: »Richter Ankov hat hier kein Zimmer!« Ein feines Lächeln des Erkennens würde sie einander gefährlich annähern. Und wenn Justitia, diese käufliche Dame, doch etwas sah?

Bei ihrer geheimen Zusammenkunft hatte Assen Bai Michal gefragt: »Hast du schon mal jemanden umgebracht?« Der aber musterte ihn nur, als sei er ein Feldweg, der sich in der Ferne verlor. Er schüttelte sein weiß gewordenes Haupt und antwortete: »Ich weiß es nicht.« Diese Antwort hätte Professor Jowtschev gefallen. Er hätte sie, eingepfercht zwischen die Eichenschränke seines Sprechzimmers und die Attacken seines Heuschnupfens, als gedankliche Herausforderung zu allerlei Interpretationen aufgefasst, nicht aber als Realität. Denn er kannte nicht jene Räume im Keller der Bezirksverwaltung von Widin, wo der beste Schläger aus Bobozovs Riege mit der Sachkunde eines Chirurgen versucht hatte, Assen faustweise die Nieren aus dem Körper zu schlagen und seine letzten Hoffnungen auf Gerechtigkeit aus seinem ohnehin schon getrübten Bewusstsein. »Ich weiß es nicht«, sagte Bai Michal – einfach nur, um aufrichtig zu sein und nichts Falsches zu sagen.

Assens Füße kribbelten und pochten. Er versuchte, sich auf die Wanduhr zu konzentrieren. *Jener* hatte schon über fünf Minuten Verspätung. Hatte er in seinem Bemühen, sauber zum Treffpunkt zu gelangen, aus Sicherheitsgründen einen Umweg gemacht? Oder war es ein Neuling und so aufgeregt, dass er beim Anblick des ersten schlafmützigen Polizisten wie auf Knopfdruck gesagt hatte: »Richter Ankov hat hier kein Zimmer«?

Die nächsten drei Minuten verliefen ohne besondere Vorkommnisse. Aus der Nebentür zwängte sich ein älterer Schreiber mit Satin-Ärmelschonern; ein flinker Anwalt überzeugte einen bärtigen Dörfler von der Richtigkeit seiner Sicht der Dinge, und eine zwielichtige Gestalt, mit Sicherheit ein Zeuge, der berufsmäßig für das aussagte, was ihm am besten bezahlt wurde, zog seine Taschenuhr auf. Assen ahnte, dass *jener* wohl nicht mehr kommen würde. Der Zeitpunkt für das Treffen war abgelaufen. Jede weitere Minute des Verweilens war jetzt gefährlich. Er schaute in die in der Dämmerung erlöschende Blindheit Justitias und mahnte sich vernünftig: »Jetzt muss ich etwas essen.«

4

In den Geschäftsräumen der Bestattungsfirma »Gutes Ende mit Alexiev & Sohn« war es still. Das Klappern der »Erika«-Schreibmaschine von Fräulein Pastuchova war verstummt, und Herr Alexiev, der Chef, der sich immer mit hinter dem Rücken verschränkten Armen und vorgerecktem Trommelbauch bewegte, über dem das Kettchen seiner silbernen Taschenuhr hüpfte, verstand sich aufs lautlose Gehen. Das Schaufenster war derart verschmutzt, dass das Licht nur trübe und schwach hindurchdrang. Das Regal war so gut wie leer, wenn man einmal vom Staub auf den Brettern absah. In dieser Firma erweckte es den Eindruck eines teuren Sarges, der als Ausstellungsstück diente. Über den Schreibtisch lagen Muster verstreut, von einfachem schwarzem Satin bis zu dunkelviolettem Samt, der glänzte wie das Fell eines Rassepferdes. Der einzige helle Gegenstand war ein kleiner Gips-Amor, der in den fernen Jugendtagen des Herrn Alexiev wohl einmal weiß gewesen sein musste, nun aber vergilbt war wie das Gesicht eines Toten.

»Einen Eichensarg, mit Stoff bezogen, in den angegebenen Maßen«, fuhr Assen monoton fort, seine Bestellung weiterzugeben, bedrückt von seinem unterschwelligen Verlangen, das Fenster zu öffnen oder mit dem Ärmel den schmierig-verstaubten Lockenkopf der Amor-Statuette abzuwischen.

»Und was ist mit dem Grabstein?«, unterbrach Herr Alexiev ihn schroff.

»Mittelgroß, aus weißem Marmor. Darauf Engel mit ausgebreiteten Flügeln. Aufschrift: ›Ewig unvergessen‹.«

»Nur mittelgroß?« Herr Alexiev reckte sich. Über seine Stirne floss der Schweiß des Unwillens. »Schlecht, mein Lieber, seeehr schlecht! Ich habe Sie eingestellt als arbeitslosen, aber intelligenten jungen Mann. Scheinbar waren Sie nur arbeitslos. Ihr Vorgänger, das war einer! Ein gealterter Clown.« Er zog sein mehrfach benutztes Stofftaschentuch aus der Hosentasche und schneuzte sich geräuschvoll hinein. »Der hatte Gesichter drauf, mit denen er die Leute immer zu den stattlichsten Steinen bewegen konnte. Und Sie kommen mir hier dauernd mit Ihrem ›mittelgroß‹. Das hört sich ja schon unanständig an! Es wird Zeit, dass Sie begreifen, dass die Leute mir nicht einfach so billig wegsterben können, sondern anständig für ihren Tod zahlen müssen! Sollten Sie das nicht begreifen, dann werden Sie wohl bald wieder arbeitslos sein und haben dann genügend Zeit, ebenfalls an Ihrer Intelligenz zu zweifeln!«

»Aber ich habe den Leuten erklärt …«

»Kein ›aber‹!« Herr Alexiev senkte den Kopf. Seine Stirnglatze glänzte. »Peter Karagjulev ist der reichste Tabakhändler des Landes. Die diesjährige Ernte war ausgezeichnet. Und die gesamte deutsche Armee im Lande ist verrückt danach, zu rauchen. Verstehen Sie jetzt?«

»Verstehe.«

In Alexievs Büro roch es immer nach Herbst. Assen fühlte, wie ihn ein Schwindel überkam. Alexiev hatte zwei wohlbeleibte Töchter, die er eilends unter die Haube bringen wollte, doch wie sollte er ihnen eine anständige Aussteuer mitgeben, wenn die Sterblichkeit neuerdings zu wünschen übrigließ, und viele Industrielle und Diplomaten im Ausland starben? (Was zumindest bei Ersteren auch der Regierung zu verdanken war, die als Hitlers williger Verbündeter zuerst die jüdischen und dann auch andere Vermögen konfiszierte.) In den Stadtrandvierteln Konjoviza und Banischora sah es zahlenmäßig besser aus; aber diese Leute starben an Krankheiten oder Hunger und brachten kaum Umsatz. Assen bemühte sich, sein Angestelltenlächeln dennoch zu halten. Dabei wurde er von dem kleinen Amor unterstützt, der den dümmlichen Blick eines vorzeitig gealterten Babys hatte. Aus dem »Atelier« im Erdgeschoss war das vibrierende Quietschen einer Bandsäge zu hören.

»Wiederholen Sie laut zwanzigmal«, fuhr Alexiev wütend fort und fand endlich Zuflucht hinter seinem Schreibtisch: »Reiche Leute sterben seltener, weil es weniger davon gibt! Und wie jedes knappe Gut ist der Tod eines Reichen von unschätzbarem Wert!«

Assen war am Vortag bei den Karagjulevs gewesen. Er hatte zuvor eigens seine Anzughosen gebügelt, und vielleicht war er nur deshalb überhaupt in den Hausflur vorgelassen worden. Dort wurde er dann erst einmal eine halbe Stunde inmitten der Eichenholztäfelung vergessen. Eine reinrassige Dogge beobachtete mal ihn, mal sein Spiegelbild mit triefendem Blick, in der Hoffnung, er möge doch eine falsche Bewegung machen. Schließlich erschien, gleichsam aus den Tiefen der Zeit, eine alte Frau. Es waren keine Spuren von Trauer oder Übernächtigung an ihr festzustellen. Doch sie sah und hörte offenbar nicht mehr gut. Das silberne Hörrohr, dessen Trichter sie gegen den Spiegel hielt, als befände sich darin nicht nur Assens Abbild, sondern auch sein Abklang, sah so teuer aus, dass sich jede Stimme für sie wie eine Orgel anhören musste. Doch dem war nicht ganz so.

»Sie sind Begattungsdozent?« Sie tätschelte ihrem Rasseköter liebevoll das Nackenfell.

»Nein, Bestattungsagent, gnädige Frau. Das Institut ›Alexiev & Sohn‹ überbringt Ihnen sein aufrichtiges Beileid.«

»Aha, Tabakagent … Nein, heute empfangen wir leider nicht.«

Doch die Preise verstand sie, als Assen sein Sprüchlein aufsagte, sehr wohl – wie ein erfahrenes Regimentspferd, das vielleicht ansonsten taub sein mochte, aber die Trompete nie überhörte. Sie wankte unbeholfen, wog im Kopf ab zwischen der Wertschätzung für ihren Bruder und dem Bestreben, dem Verstorbenen gefällig zu sein, der sie stets ermahnt hatte, nie verschwenderisch mit Geld umzugehen, dann sagte sie mit unerwartet jugendlicher Stimme:

»Mittelgroßer Grabstein mit Engel. Der Engel bitte mit sehr weit geöffneten Flügeln. Ja, das wär's!«

Assen war verpflichtet, nachmittags noch einmal vorbeizugehen, um das Nötige zu besprechen; doch um achtzehn Uhr desselben Tages musste er auch sauber am vereinbarten Bestimmungsort im Justizpalast sein, um von *jenem* zu hören: »Richter Ankov hat hier kein Zimmer!«

»Sie brauchen mich nicht hinauszugeleiten, verehrte gnädige Frau«, sagte Assen, als er sich zum Gehen wandte, hatte aber eher den Riesenhund im Sinn, der schon die Ohren anlegte und danach zu dürsten schien, seine überschüssige Energie zu verausgaben.

»Sie haben eine gute Stimme«, meldete sich Herr Alexiev. Der Stuhl unter seinem massigen Leib stöhnte knarrend auf. »Will sagen, eine durchdringende Stimme. Überhaupt scheinen Sie ein bis zur Aufdringlichkeit hartnäckiger Mensch zu sein.«

»Danke sehr für das Kompliment.«

Alexiev heftete seinen finsteren Blick auf das Fenster, durch das er die Brandmauer der Lagerhalle sah, kaute an seinen Nägeln, biss ab und spuckte das Erbeutete in den Papierkorb. Dann massierte er sich die Schläfen, seufzte – vom Leben schwer geprüft – tief auf wie ein ehrbarer Witwer. Dann huschte ein freudiges Lächeln über seine Gesichtszüge, als er sagte:

»Toromanov ist verstorben, der Besitzer des Konditorei-Cafés ›Bulgaria‹. Toromanov gehört, finanziell gesehen, zum Mittelstand; aber er hat einen unbestrittenen Beitrag zum Leben der hauptstädtischen Hautevolee geleistet. Sehen Sie, und darum muss hier ein prunkvolles Begräbnis für uns herausspringen, hören Sie? Prägen Sie sich das Wort prunkvoll bitte ein, das ist ein sehr nützliches Wort für Polsterer und Bestattungsagenten. Die Adresse lassen Sie sich bitte von Fräulein Pastuchova geben.«

Assen verbeugte sich so tief, dass sein Hemd beinahe aus allen Nähten platzte. Auf der ausgetretenen Treppe wehte ihn der erfrischende Duft eines öffentlichen Pissoirs an. Auf dem Weg nach unten ins Atelier, wo die Handwerker entweder pfiffen oder sich über das Kupon-System für die

Zuteilung von Nahrungsmitteln beklagten, musste er grundlos lachen. Die Werkstatt hatte riesige Fenster, so dass dort selbst die Fichtenholzsärge wirkten wie Buntstiftkästen für Schulkinder.

5

Mit ihrer Spitzenschürze und ihrem weißen Häubchen glich die Hausangestellte fast einer Krankenschwester. Sie geleitete ihn durch den Hausflur, der mit Hirschgeweihen und den Hauern erlegter Keiler dekoriert war, die Toromanov sein Lebtag gesammelt hatte, neben Rezepten für duftende Tinkturen, exotische Cremen-Kreationen und Schokoladenfüllungen, aus denen er seine in ganz Europa berühmt gewordene Spezialität, die Garasch-Torte, entwickelt hatte. Das Hausmädchen ließ ihn allein im Salon zurück. Vergoldete Engelchen und bronzene Jäger standen herum. Kaminuhren verdichteten die Luft. Ihr Ticken wirkte wie der Herzschlag der Statuette einer enthüllten Venus und eines sterbenden Zentauren. Assen wartete darauf, dass die alte Dame hereinkam, und repetierte schon einmal seine vorgefertigte kleine Rede, unpersönliche Worte, mit denen »Alexiev & Sohn« sein Beileid auszudrücken pflegte.

Die Tür öffnete sich geräuschlos, und eine unterirdische Kühle strömte herein. Doch vor ihm stand nicht etwa die schwerhörige alte Frau, sondern – sein Vetter Goscho Pantov Weltschev. Er glättete sein Haar gerade unter einem weißlichen Seidenstrumpf und trug ein schwarzes Trauerbändchen am Revers. Sein Blick gemahnte an den eines großen Strategen. Hinter ihm betrat eine junge Frau in Trauer den Raum. Assen hatte keine Zeit, sich seiner Überraschung hinzugeben, denn er musste sich der unerwarteten Situation stellen. Doch er erinnerte sich spontan, wie Georgi – es musste jetzt zehn Jahre her sein – versucht hatte, ihn zu hypnotisieren. Damals hatte Assen sich Stunde um Stunde im Plüschsessel festhalten lassen, nur um länger den Duft der fetten Suppe einatmen zu können, der aus der Küche kam. Währenddessen hatte Goscho ihn mit feuchten Augen, aus denen weniger stählerne Bannkraft als vielmehr Willenlosigkeit und Gemüt sprachen, angeschaut und mit der langsamen Stimme eines Schamanen wiederholt: »Du bist weggetreten, ganz weg, jetzt gehst du nach draußen, du steigst durch das Fenster hinaus … Jetzt bist du auf dem Hof … Kannst du sehen, was Frau Hadschipentscheva macht?« Und Assen hatte sich immer hypnotisiert gestellt und mit seiner Kinderstimme gesagt: »Sie wäscht die langen Unterhosen ihres Mannes.«

In diesem langen Augenblick hatte die Verblüffung bereits alle Anwesenden erfasst, so dass jeder der leisesten Andeutung zutraute, Zeichen von etwas Außerordentlichem zu sein. Schließlich machte die junge Frau eine Bewegung, bei der die Falten ihres Kleides in Schwingungen gerieten, schaltete die Kristallleuchter an, und das geschliffene Glas nahm die Farbe weicher Meerestiere an.

»*O, mon dieu!*«, sagte Goscho gedehnt und mit der unvergesslichen Aussprache seiner Mutter. Assen fühlte sich wie ein neu erworbenes teures Dekorationsstück, geeignet, den nachmittäglichen Kopfschmerz des Französischkönners für eine Weile zu zerstreuen. »Du warst also der Bestattungsagent heute Morgen! Wie ich mich freue …«

Sie nahmen Platz um ein Tischchen, das im Stil der Wiener Secession gearbeitet war. Goscho begann zu rauchen und vertiefte sich mit Genuss in seine selbstproduzierten Rauchwolken. Dazu ließ er die Gelenkknochen seiner Finger knacken.

»Ich wusste ja gar nicht, dass du geheiratet hast – meinen Glückwunsch!«, sagte Assen unsicher.

»Ja, danke. Und jetzt ist mein Schwiegervater plötzlich verstorben. Wie betrüblich.«

Assen spürte, dass Goscho vom Trauern die Nase voll hatte, und dass er sich ärgerte darüber, dass Herr Toromanov ihn mit seinem Tod zu sechs Wochen Langeweile verurteilte. Seine Frau hatte ihre Arme verschränkt wie die Alten in Widin auf den Bänken im Donauuferpark. Assen war beeindruckt, dass sie es schaffte, in der ganzen Zeit nicht ein einziges Mal mit den Falten ihres Trauerkleides zu rascheln. Und wenn er dieses Detail nicht vergaß, musste es wohl von Wichtigkeit sein.

»Die Liebe zu Uhren, die hatten mein Schwiegervater und ich gemeinsam«, fuhr Georgi fort, zu plappern. »Sie sind wie Kinder, unschuldig und voller Zeit, und vertrauensselig noch dazu … Neulich abends, als mein Schwiegervater sie aufzog, ist die Feder der Longines gesprungen. Jetzt habe ich Angst, sie anzufassen.«

»Das Bestattungsinstitut ›Alexiev & Sohn‹ hat an alles gedacht«, begann Assen vorsichtig. »Sicher, Trost kann es nicht bieten, aber ein bisschen Festlichkeit in der Trauer.«

Als da wären: einhundertundfünfzig Kerzen aus Bienenwachs, Baldachindach über den auf ewig erblindeten Augen des Herrn Toromanov, erstklassiger Weihrauch, ein jüdischer Chor (der war billiger und besser), ein Katafalk, von vier reinrassigen Hengsten gezogen, und schließlich eine steinerne Grabstätte, die sich hoch über allen Schmerz und alles unverzeihliche Vergessen erheben und mit einem gen Himmel entfliegenden Engel auf dem Grabstein schließen sollte.

Das goldene Herz auf der Brust der jungen Frau Toromanova erzitterte kaum merklich. Goscho brach in Tränen aus, aber das war nicht wegen des in ganz Europa berühmten Konditors, dem Erfinder köstlicher Variationen von Mandelcreme und Erdbeerfüllung, sondern ein Andrang seiner ganzen angestauten Empfindsamkeit, die bei allem Übertriebenen und Grandiosen ins Schwärmen geriet. Er zog sich den Strumpf vom Kopf, schüttelte ihn, und sein Haar fiel in Strähnen über seine Künstlerstirn. Er heftete den Blick nun auf den Kristallaschenbecher, um zu prüfen, ob nicht dort aus der Brechung des Nachmittagslichtes irgendein geheimnisvoller Lichtreflex geboren wurde, der ihn von der Verantwortung befreite, zu trauern. Dann würde er eine Rechtfertigung haben, das Haus zu verlassen und im »Union Club« Poker mit dem Sekretär der italienischen Gesandtschaft zu spielen, einem Abkömmling eines verarmten Adelsgeschlechtes, der seinem verödeten Landgut am Tiber untreu geworden war, um seiner wachsenden Treue zu Mussolini entsprechen zu können.

»Grab … ein fantastisches Grab … Wenn Vater das hören könnte!« Er sprach das Wort »Vater« unbestimmt und wie nebenhin aus; dann stand er flink auf, mit genau demselben theatralischen Gesichtsausdruck, mit dem er vor einem Jahrzehnt Assen zu hypnotisieren versucht hatte, und wirkte für einen Moment größer und aufrichtiger, als er es tatsächlich war. »Ich muss hinaus … Nicht wahr, du verstehst, liebe Sonja? Unterhaltet ihr euch nur, du und mein Vetter.« Als seine Frau kurz den Raum verließ, flüsterte er Assen zu: »Du hast mich gerettet, komm am Freitag zu Mittag.« Und dann wieder lauter Richtung Tür: »Herrgott, wie habt ihr das nur ausgetüftelt, dieses wundervolle Grabmal?!«

Draußen verschleierten Schneeflocken die Pracht der Alexander-Newski-Kathedrale. Drinnen brachte das Hausmädchen auf einem Tablett kandierte Maronen, die einen Duft nach Glück verströmten. Sonja Toromanova kehrte mit einem Knäuel silberner Wolle zurück, das sie in ihrem Schoß deponierte. Dann begannen jene geruhsamen und spärlichen Spinnenbewegungen, die – bevor das Muster sichtbar wird – auf den ersten Blick ziellos aussehen, aber in der immerwährenden Wiederholung so wunderbar entspannen. Es war gemütlich und warm. Assen musste an die Mansarden und feuchten Souterrains denken, in denen er gehaust hatte. Immer und von überall war er allein und hungrig zurückgekehrt. Und wenn er unter dem Licht der unbehausten Sterne oder über dem Rauschen der Abwasserkanäle Lenins »Philosophische Hefte« las, dann hatte ihn immer die Vorstellung eines bullernden Ofens gepeinigt, obwohl ihm nicht eigentlich die Kälte zusetzte, sondern eine lauernde Angst.

»Das hier hilft mir, zu vergessen«, sagte Frau Toromanova und zeigte auf das Knäuel. Ihre Worte wirkten regelrecht verstörend auf Assen, gerade weil sie so einfach und logisch waren. Sie erreichten ihn wie der letzte Lichtstrahl vor der Dunkelheit. Er begann, sie sympathisch zu finden. Ihre Haselnussaugen waren voller Vertrauen und Wahrhaftigkeit, und wie sie so über das Fadengewirr gebeugt war, fand er keinerlei Hochmut oder Standesdünkel bei ihr, sondern nur Einsamkeit. Dies Eingeständnis war nicht ohne Bedeutung, denn Assen wusste natürlich nur zu gut, dass diese gefasst trauernde junge Dame sein »Klassenfeind« war, und dass er im Grunde weder sie noch die Dunkelheit des kunstvoll gearbeiteten Eichenholzmobiliars mögen durfte. Ihn rettete der Gedanke, dass er zukünftig keinen Fuß mehr in dieses Haus setzen würde. Da brachte das Hausmädchen eine weiße Decke für den runden Tisch, zündete den Kerzenleuchter in der Mitte an, ließ *ein* Wiener Schnitzel auf den *einen* Teller gleiten, goss Rotwein in das *eine* Glas …

»Bitte, schlagen Sie uns diese kleine Geste nicht ab«, sagte Sonja Toromanova leise, als wären im Wohnzimmer viele Leute, die es nicht hören sollten. »Sie sind doch ein Verwandter, der Vetter meines Mannes.«

Assen sah den Wein, sah das Fleisch, und ein bitterer Geschmack sammelte sich hinten auf seiner Zunge. Er empfand, wie jeder echte Weltschev, einen heftigen Abscheu gegen die Gefühle der Dankbarkeit, die in ihm aufkamen, und Widerwillen gegen die Scham, dass er nun als »der arme Vetter« abgestempelt war, dem man eine milde Gabe zukommen ließ. Er hatte das Gefühl, dass der akkurate Bügelkniff seiner Hosen plötzlich müde wurde; und doch blieb ihm nicht verborgen, dass Frau Toromanova ihn keineswegs erniedrigen und beleidigen, sondern ihm einfach nur etwas zu essen vorsetzen wollte. Und noch etwas gestand er sich ein: dass es wohl keinesfalls der letzte Besuch im Hause Toromanov sein würde.

6

Die geduckten Häuschen des Stadtrandviertels Banischora verloren sich im dichten Schneetreiben. Nur die klobige Silhouette des Sägewerks und die gelblichen Lichter des Kaffeehauses »Zu den sieben Eseln«, in dem sich Reserve-Unteroffiziere und die Kriegsversehrten des Armenviertels versammelten, waren undeutlich zu erkennen. Diesen allesamt elend gekleideten Leuten fehlte mal ein Bein, mal ein Arm, mal ein Auge; sie waren seelisch beschädigt oder hatten Sprachfehler, spielten Tricktrack oder bewegten sich humpelnd zwischen den Tischen, um den Stand der einzelnen Partien zu verfolgen. Für Assen war die morgendliche Zwischenstation in diesem Kaffeehaus eine tägliche Übung in den Feinheiten der Menschenbeobachtung. Er setzte sich ans Schaufenster zur Straße, wo Bai Wasso, der Kellner, die Zeitungen in speziellen Holzklemmen mit Griff aufgehängt hatte, trank seinen heillos übersüßten Kaffee und versuchte, in seinem Benehmen die typischen Züge eines niederen Beamten zu kultivieren. Mit der pingeligen Aufmerksamkeit des Junggesellen las er die Anzeigen: »Bulgare, 50, gutmütig, ordentlich, Handwerker, wünscht Ehe mit 40–60-jähriger Witwe, nach Möglichkeit mit gewisser materieller Unterstützung.« Oder: »Johanna Hansen-Nedeva, Gladstone-Str. 48, vermittelt Ehen in der intelligenten Gesellschaft. Verschickt gegen 25 Lewa eine Liste mit Heiratskandidatinnen. Bürozeit 15–19 Uhr, außer sonntags.« Assen seufzte tief, und siehe, Bai Wasso, der gerade den Tresen abwischte, nahm dieses Signal dankbar auf und flüsterte dem Wirt vertraulich zu: »Der Herr Weltschev sucht wohl eine Ehefrau.«

Assens Aufmerksamkeit entgingen die dunklen Gestalten keineswegs, die sich vom Hühnerstall des Nachbarhauses lösten. Instinktiv fuhr sein Arm in die Innentasche. Es waren ein Mann und eine Frau. Mit Mühe erkannte er Bai Michal und Nada. Sie sahen verfroren aus, ihre Mäntel waren schneeflockenweiß. Sie gingen Richtung Sägewerk. Nada kaute nervös an ihren Nägeln, Bai Michal hatte sich vorgebeugt und glich einem Bauern, der den Acker bestellte. Unseren Acker!, korrigierte Assen seine Gedanken und ging den beiden entgegen. Als er nach einer Weile so unauffällig wie möglich zu den beiden aufgeschlossen hatte, sagte er beschämt:

»Gestern habe ich im Justizpalast gewartet.«

»Ich weiß«, erwiderte Bai Michal, ohne ihn anzuschauen.

»Haben Sie ihn ver…?«

»Sieht so aus«, unterbrach ihn Bai Michal und rückte seine abgewetzte Schirmmütze zurecht.

Sie waren wieder auf der Höhe des Kaffeehauses »Zu den sieben Eseln« angekommen. Durch die warmen Scheiben sah Assen, wie jemand auf seinem einen Bein zur Theke hüpfte; er sah aus wie eine Heuschrecke im Glas. Sie überquerten das Durcheinander auf dem Hof des Sägewerks, in dessen Mitte ein Stapel Bohlen lag, und betraten den dunklen Korridor, der zum Lager führte. Es roch nach feinem Holzstaub und nach Dorf. Bald hörten sie schon die trägen Zurufe der Prostituierten, meist ehemaligen Hausmädchen, die teils klapperdürr, teils aufgedunsen waren, sahen ihre verrutschten Strümpfe, ihre herzförmig angemalten Münder und ihr Verhalten, das sich zu gleichen Teilen aus dörflichen Sitten, dem Glauben an Gott und dem an das menschliche Laster zusammensetzte. Ihre Silhouetten huschten auf dem Innenfenster vorüber, das mit Reispapier beklebt war; dann stieg den Eintretenden der süßliche Duft nach Pomade und der faulige nach abgestandenem Wasser in die Nasen.

»Der Betreiber lässt sie hier schlafen«, stieß Assen verlegen hervor, weil er spürte, wie Nada zusammenzuckte.

Er tastete nach dem Schloss, steckte den Schlüssel hinein und öffnete. Seine Finger waren steifgefroren, sein Kopf schmerzte. Der tauende Schnee hatte seinen Anzug aus der Form gebracht, ihm war unbehaglich darin. Er musste an *jenen* denken, an das, was er jetzt durchmachte – Arme, Beine, Gesicht, alles grün und blau geschlagen? Assen schaltete die Lampe ein, doch Bai Michal und Nada blieben auf der Schwelle stehen, um sich alles anzuschauen: die auf dem Boden liegenden Bücher, den Holzkohleofen, den mottenzerfressenen Wandteppich und jenes unerwartete Möbelstück, das sein Vermieter, der Sägewerksbetreiber, »Büfett im Empire-Stil« genannt hatte. Das Federbett knarzte unter ihrem Gewicht. Aus dem Ofen drang der strenge Geruch von Kohlendioxid, durch die Tür das Kichern der Nutten. Nada kaute weiter auf ihren Nägeln.

»Die Deutschen haben Moskau erreicht, mein Sohn«, sagte Bai Michal leise, und seine Stimme, schwerfällig und nachdrücklich, schloss jedes Mitleid aus.

Der Wind schrägte den Schnee, bevor dessen feine Kristallnadeln gegen die Scheibe prasselten. Über das enge Zimmerchen legte sich eine klamme, kalte Stille. Assen war ein Bein eingeschlafen. Er befürchtete, dass, wenn er jetzt den Blick von Bai Michals geflicktem Schuhwerk hob, etwas Unwiderrufliches passierte. Ihm brach der Schweiß aus. Seine Muskeln hatten sich verkrampft, die Luft im Raum schien klebrig geworden zu sein, sumpfig. Nada kam ihm überraschend ruhig vor. Er musste an jenes Gespräch mit Bai Michal denken, in dem dieser ihm erzählt hatte, wie drei Leute in Nadas Zelle gekommen waren, sie unter dem mit rostigen Stäben vergitterten Fensterchen umklammerten und sie binnen eines Abends von einer Frau in einen Mann verwandelt hätten. »Von einem Mädchen in einen Mann!«, hatte Bai Michal sich noch verbessert. Assen stellte sich diese Männer mit den Händen seines Peinigers im Keller von Widin vor, behaart und an den Fingern mit kurzen Nagelbetten. »Dabei ist das nicht wahr«, hatte er gegen den Fallwind vom Witoscha-Gebirge geschrien, »einfach nicht wahr! Wenn überhaupt, dann ist Nada unser aller Mutter! Uns alle hat sie zur Welt gebracht.« Bai Michal selbst hatte seinen Sohn in einem nordbulgarischen Konzentrationslager bei Babadag verloren, und an jedem fünften März, wie berauscht vor Schmerz, feierte er seinen Geburtstag und nannte alle Jungen, egal, ob bekannt oder unbekannt, »Söhnchen«.

Ja, *Bai Michal und Nada* ... Aber wo war sein Platz? Er war es überdrüssig geworden, im *Morgenblatt* die Bekanntschaftsanzeigen durchzublättern, über die unfreiwillige Komik der Behinderten zu lächeln, und danach dem unermüdlich grummelnden Bass von Herrn Alexiev ausgesetzt zu sein, Tote zu beerdigen, deren Unterschiede im gleichförmigen Geruch aufgeworfener Muttererde und welkender Friedhofsblumen verschwanden, und mit der Geduld einer Spinne an der Kartothek über (noch!) lebende reiche alte Leute zu arbeiten. Bai Michal öffnete seinen Mantel, als wolle er sein Herz herzeigen, holte aber nur eine geölte, noch nicht gereinigte Pistole und eine schwere Handgranate heraus, die mit ihren Griffkerben einem menschlichen Gehirn ähnelte.

»Ein paar unserer Jungs sind aus der Kaserne abgehauen und haben das hier mitgehen lassen«, sagte er müde.

Assen stand auf, taumelte Richtung Fenster. Der Betreiber des Sägewerks hatte die Behinderten aus dem Kaffeehaus hergebracht zu den Prostituierten, wie jeden Tag. So konnten die Frauen ihm etwas bezahlen dafür, dass sie im zwar eiskalten, aber dafür trockenen Lager neben den Kürbissen übernachten durften, die dort ebenfalls seit dem Herbst herumlagen. Die Behinderten konnten es nicht abwarten. Sie rempelten sich an, versuchten, einander zu überholen. Assen wandte sich voller Widerwillen ab. Er wollte mit Fäusten auf all die Hässlichkeit um sich herum einschlagen oder den Abreißzünder seiner Handgranate ziehen und sie auf all das werfen. »Als dein Vater begonnen hat, die Herberge zu bauen«, hatte seine Tante Jonka ihm in einer nach gemähtem Unkraut duftenden Nacht gesagt, »da wollte er eigentlich so etwas wie eine Kirche bauen. Aber das wusste er nicht, weil bei ihm aller Schmerz immer als Wut zutage trat. Und du bist aus demselben Holz …« Nada begann, hinter seinem Rücken ohne Grund mit ihrer Männerstimme zu schluchzen.

»Ich hab gestern auf *jenen* da im Justizpalast gewartet, so lange es ging«, wiederholte Assen, so, als befürchtete er, man glaube und vertraue ihm nicht.

7

Der Rote Salon des »Union Club« befand sich links vom Raucherzimmer und genau über dem erlesenen Klub-Restaurant. An diesem Abend war er halbleer. Alle vier, wie sie da saßen um das Spieltischchen, versanken sowohl in ihren Sesseln als auch in sich selbst. »Gedanken über das Nichts … die Poesie des geleerten Glases«, murmelte ein gewisser Herr Topalov vor sich hin, während er das Aktbild studierte, das in Rubens-Manier mit viel

Schweinchenrosa angefertigt und dann wegen Ausbruchsgefahr der Farben in einen schweren vergoldeten Rahmen eingesperrt worden war. Die übrigen vier waren eigentlich keine Mitglieder des »Union Club« und hatten folglich keine Erlaubnis, dessen Räumlichkeiten zu betreten, doch Herr Topalov hatte sie persönlich zu dieser Pokerpartie eingeladen, deren einziges Ziel es war, dass er an Finanzminister Malinov, von dem die weiteren Lieferungen an die deutsche Armee in Bulgarien abhingen, die unglaubliche Summe von fünfzigtausend Lewa verlor. Diese Art der Bestechung wirkte nach außen hin vollkommen ehrbar, und man trat damit niemandem auf die Füße. Sie war gängige Praxis unter den Industriellen und wurde von vielen Politikern dankbar aufgegriffen. Ihre Macht war oft nur von kurzer Dauer, und so beeilten sie sich, Immobilien in den Kurorten oberhalb Sofias zu kaufen und die Kleiderschränke ihrer hochnäsigen Frauen mit erlesenen Textilien zu füllen.

Boiko Topalov zupfte, dezent wie ein englischer Lord, an seinem Kinn, dann, als Georgi Weltschev und General Kowatschev ausstiegen, verdreifachte er seinen Einsatz überraschend. Die Nephrit-Chips klimperten auf den grünen Filz. Der Ärmste musste noch ganze sechsundzwanzigtausend Lewa an Malinov verlieren, der das Geld roch wie ein Spürhund, aber geradezu unanständig unfähig war, zu gewinnen. Er spielte nicht nur schwach, sondern auch noch übervorsichtig. Seine Stirn bedeckte sich mit Schweißperlen, seine Glatze glich einer fettigen Pfanne. Er strahlte eine fast lasterhafte Unreinheit aus, die von seiner »Professorenbrille« mit ihrem dünnen Drahtrahmen nur noch unterstrichen wurde.

»Na, nun aber, Herr Malinov«, munterte Topalov seinen Gegenspieler auf und beseitigte beim Kartenwechsel sicherheitshalber auch noch das Bubenpärchen aus seinem Blatt, »diesen Abend läuft Ihr Spiel ja wie das eines Verliebten. Wie dem auch sei, ich setze nochmal zwanzig …«

Topalov war die Angelegenheit im Grunde sterbenslangweilig. Er hasste es, an Winterabenden hinauszugehen, wenn zur Kälte auch noch der Geruch nach Hausbrand kam; und diese Viererrunde am Tisch setzte dem Ganzen die Krone auf! Das waren Weicheier! Aber was wollte er machen? Spätestens übermorgen musste der Ministerrat seine Entscheidung hinsichtlich der kriegswichtigen Lieferungen an die Deutschen treffen. Da war keine Zeit zu verlieren. Dieser Georgi »Goscho« Weltschev, der sich lieber seines Vaternamens Pantov bediente, war für Topalov einfach nur ein Gesicht aus der Entourage seiner Tochter, ein Mann, der neulich vollkommen überraschend das Konditorei-Café »Bulgaria« geerbt hatte. Dieser Mensch steckte voller größenwahnsinniger, sprich: unrealisierbarer Ideen und unterhielt die Menschen damit, dass er diese Ideen nicht für sich behalten konnte. Neben ihm biss sich General Kowatschev auf die Lippen, der – was für eine Ironie des Schicksals! – an keinem der für Bulgarien schicksalhaften Kriege teilgenommen hatte, also auch als einziges Mitglied des ehrenvollen Generalstabs keine einzige Schlacht gewonnen hatte. Kowatschev hatte den Körperbau eines großen Strategen und die Gewohnheiten eines Unteroffiziers. Doch er hatte Einfluss, da ihm die militärische Gegenaufklärung unterstand. Er nippte zurückhaltend an seinem Kognak, spielte zurückhaltend und beklagte sich zurückhaltend über Kopfschmerzen. Da haben wir einen Typen, dachte Topalov nüchtern, der es fertiggebracht hat, den Leuten Vertrauen einzuflößen, obwohl er nie auch nur irgendetwas Vernünftiges auf die Beine stellen wird. Ein Mann wie ein ewiges Versprechen, gekleidet in die tadellose Paradeuniform eines Generals! Und unter dieser Uniform nichts als die Fettpolster, die er sich in Jahren hinter dem Schreibtisch angesessen hat! Hinter ihm hatte sich sein Adjutant, Boshidar Weltschev, auf die Lehne eines hohen Stuhls gestützt, der sich, wie der Zufall so spielt, als Vetter dieses Georgi Pantov herausgestellt hatte. Auch er, Sohn eines Widiner Porzellanfabrikanten, war Teil des riesigen Bekanntenkreises seiner verrückten Tochter; doch im Unterschied zu Georgi amüsierte er die anderen nie. Die Schulterstücke, die ihn als Hauptmann auswiesen, hatte er offenbar vorzeitig erhalten. In Gottes Namen, was für eine gefährliche Anmut!, hatte Herr Topalov sich bei ihren seltenen Treffen selbst gewarnt, denn dieses hübsche Offizierlein verbarg hinter seiner Zurückhaltung eine urwüchsige Kraft, wie sie nur jene seltenen und gefährlichen Leute besaßen, die er in seiner Hausphilosophie »die Naiven« nannte, Leute, die notfalls zu allem fähig waren.

Boshidar verfolgte das Spiel der vier Männer am Tisch schweigend. Mit übertriebenem Gehorsam führte er die Bitten seines Vorgesetzten aus, gab ihm Feuer, wenn er sich das nächste Zigarillo aus dem Etui nestelte – kurz, Topalov spürte sofort Boshidars geradezu magische Verachtung für diesen General.

Malinov konnte seine Unentschlossenheit auch weiterhin nicht überwinden.

»Ich will sehen …«, sagte er schließlich und warf die Karten von sich.

Topalov ärgerte sich schrecklich, denn so zwang ihn dieser Dünnbrettbohrer, sich bis weit nach Mitternacht den Hosenboden durchzuwetzen, nur um ihm diese verflixten fünfzig Riesen in die Tasche zu stopfen. Wie konnte dieser Unglücksrabe zu all seiner Unfähigkeit, Geld zu verdienen, auch noch so viele Töchter haben? Doch laut sagte er wohlerzogen:

»Gerade hatte ich befürchtet, Sie könnten den Einsatz ebenfalls noch einmal verdreifachen. Sie haben drei Siebener, sehen Sie? Sie haben schon wieder gewonnen, mein Gott!«

Jetzt noch dreiundzwanzigtausendachthundert, rechnete Topalov blitzschnell im Kopf aus, Zeit genug für noch einen Kognak.

Der Gedanke, dass er am Ende dieses vermaledeiten Bestechungspokers auch noch die acht Kognaks bezahlen musste, gab seiner Stimmung den Rest. Topalov hasste kleine Rechnungen, weil davon niemand etwas hatte. Sein lockiges, weiß gewordenes Haar, das dem eines Satyrs glich, erzitterte, um seine Lippen spielte ein sarkastisches Lächeln, das sich mit dem aromatischen Rauch seiner erlesenen Zigarette sofort wieder in Luft auflöste.

In der gegenüberliegenden Ecke des Salons, unter dem Kamin, der nach dem Muster eines vornehmen Londoner Klubs gemauert war, hatte sich die Bridge-Truppe von Graf Ceddolini, des Sekretärs der italienischen Gesandtschaft, niedergelassen. Selbiger Graf hatte ihm erst vor einer halben Stunde eine Notiz in deutscher Sprache zukommen lassen, in der Topalov auf Anhieb sechs Rechtschreibfehler fand: »Herr Topalov, ich wage nicht, ihre Betetigung diese Abend zu störe, aber will bemerken, dass nicht schön ist, Sie Ihre Freunde so vergesse. Freitag der Gesandte gibt Mittagsempfang für wenige Unternehmer und wäre mir eine Ere, dass Sie weren unter diese!« Die Runde Ceddolinis wirkte schrecklich laut – so wie seine Muttersprache. In Wellen kamen Seufzer, Verwünschungen und Ausrufe der Zufriedenheit, so, als spielten diese vier Diplomaten nicht Bridge, sondern Nahkampf. Topalov fühlte sich daher gelangweilt am eigenen und geärgert vom anderen Tisch. Nein, nein, beschloss er unzufrieden, hier wird kein Kognak mehr bestellt! Wo kommen wir denn da hin, wenn ich jedem Kretin den Wanst fülle?!

»Ich steige ein!«, sagte er schroff und schob einen Haufen Chips von sich weg.

»Diesen Abend hatten wir eine Besprechung im Generalstab«, begann Kowatschev beiläufig und warf seine Karten hin. »Hitlers Wehrmacht steht vor Moskau!«

»Na, wundervoll«, nuschelte Topalov, »irgendwo habe ich gelesen, dass auch Napoleon schon mal vor Moskau gestanden hat.«

»Was wollen Sie damit sagen?«

»Damit will ich sagen, dass es eines ist, vor Moskau zu stehen, und etwas anderes, Moskau zu halten!«

Aus langer Lebenserfahrung wusste Topalov nur zu gut, dass Übermaß zwar gelegentlich von Größe zeugte, viel öfter aber schlicht in Zerstörung und Zusammenbruch mündete. Er hatte es immer vorgezogen, zwei Millionen sicher zu verdienen, als für etwaige zwanzig Millionen ein großes Risiko einzugehen. Daher hatte er auch nie den Ehrgeiz gehabt, um jeden Preis der reichste Mann Bulgariens zu sein, sondern sich damit begnügt, dauerhaft im Klub der Reichsten zu verbleiben. Als Garant der Beständigkeit war es denn auch seine Person, die den bulgarischen Parlamentspräsidenten 1939 auf seiner Reise nach London begleitete, die er exakt zu der Zeit antrat, als der damalige bulgarische Ministerpräsident Kiosseiwanov in Berlin auf Staatsbesuch war. Davon waren sowohl die Engländer als auch die Deutschen unangenehm überrascht. Jedenfalls, während der Premier im gepanzerten Mercedes durch die deutsche Hauptstadt kutschiert wurde, fuhren Topalov und Parlamentspräsident Muschanov in einer vierspännigen Kutsche durchs verräucherte London zum Buckingham-Palast. Die schottische Wache mit ihren witzigen Bärenfellkappen versuchte, die Würde zu wahren, während England gerade dabei war, durch den Krieg endgültig seinen Status als Weltmacht einzubüßen. Kiosseiwanov hingegen begegnete in Berlin, bevor er in den weiträumigen Führerbunker eingelassen wurde, als Erstes einer zackigen SS-Wache, die die Aggressivität einer Nation ausstrahlte, die gern eine Weltmacht werden wollte.

Topalov trug an seiner Hand zwar den Freimaurer-Siegelring des Massoniter-Ordens, war aber im Grunde nur ein »einfaches« Mitglied im Rotary Club; eine Tatsache, die ausreichte, um ihm sichere Gewinne mit teuren englischen Erzeugnissen einzubringen sowie die persönliche Bekanntschaft mit einigen der berühmtesten Banker aus der Londoner City. Der Rotary Club nämlich hatte 3750 Vereinigungen in fünfzig Ländern und forderte seine Mitglieder mit Nachdruck auf, einander in allen Belangen zu unterstützen und sich gegenseitig zu Diensten zu sein. So war es denn auch kein anderer als Topalov, dem eine fünfminütige Audienz beim englischen König gewährt wurde. Diese benutzte er dazu, die politische Position der bulgarischen Großindustriellen zum Ausdruck zu bringen, die gegen das Bündnis mit Hitler optierten. Damit zog er sich, wenigstens nach außen hin, den Zorn des Zaren, Boris III., zu.

»Ja, Moskau«, murmelte General Kowatschev nach einer Weile, »ein solcher Sieg hätte schicksalhafte Auswirkungen auch auf Bulgarien. Wer etwas bekommen möchte, der muss auch geben, habe ich nicht recht, Herr Topalov?«

»Natürlich haben Sie recht, Herr General. Die Frage ist nur, *was* man gibt und *was* man bekommt! Der beiderseitige Vorteil ist das wichtigste Prinzip in derlei freundschaftlichen Wechselbeziehungen. Aber wenn Sie mit einem *Pferd* zum Markt gehen und mit einer *Henne* nach Hause kommen, dann wäre es besser gewesen, Sie wären gar nicht erst losgegangen … Hier, schauen Sie, ich bin jetzt guter Hoffnung, diesmal Revanche bei Herrn Malinov nehmen zu können, und verdreifache nochmals.«

Auf einmal gewahrte Topalov den schneidend-magnetischen Blick Boshidar Weltschevs und fühlte sich, als hätte man ihn zu Hause in Unterhosen überrascht. Doch er rief sich schnell zur Ordnung, schalt derlei Feststellungen dummes Zeug und war trotzdem besonnen genug, um sich einzugestehen, dass so etwas nur in Momenten der Langeweile passieren konnte. Die Langeweile ist der Feind des Wohlhabenden, sagte er sich mit einer gewissen Bitterkeit, zumal man in solchen Augenblicken der Leere und des Überdrusses geneigt ist, die Wahrheit zu sagen. Wie auch immer, er fühlte sich leicht derangiert, so dass der Durst auf einen Courvoisier wiederkehrte.

Die Brille von Minister Malinov blitzte ironisch auf. Goscho Pantov hingegen, der sonst ein so belebendes Element war, hatte inzwischen eine solide Summe verloren und machte nun ein zitronensaures Gesicht. Und Kowatschev? Boiko Topalov erinnerte sich plötzlich, dass der General in den letzten Monaten verstärkt seine Nähe gesucht hatte. Überall waren sie aufeinandergeprallt, ob bei Empfängen im Schloss, Treffen in den einzelnen Gesandtschaften, auf den intimen Soireen von Prinz Kyrill, ja, sogar im Volkstheater. Das war eine merkwürdige Häufung von Zufällen, und mit dem Instinkt des erfahrenen Geschäftsmanns schickte er erneut einen prüfenden Blick zu Kowatschevs wortkargem Adjutanten. Ja, merkwürdig, in der Tat … Irgendetwas schien er von ihm zu wollen oder sich von ihm zu erhoffen. Das konnte alles Mögliche sein, eine Gefälligkeit, eine Hilfeleistung, eine Fürsprache; aber wenn es eine Intrige war, dann hieß es: Auf der Hut sein! Ach, in diesen Momenten hasste er aus ganzem Herzen diese »Liebe« der Menschen zu ihm, die weniger ihm selbst als den Möglichkeiten galt, den Freiheiten, die ihm die Macht des Geldes verlieh. Was nun? Er musste erst einmal weitere vier Kognaks bestellen, denn der einzige Weg, solche Freunde loszuwerden, war offenbar, sie mit kleinen Liebenswürdigkeiten zu überhäufen, bis es ihnen zu viel wurde. O Gott, o Gott! Es war schon fast Mitternacht, und er musste diesem Sesselfurzer gegenüber noch ganze neuntausendzweihundert Lewa zuspielen.

Der General war inzwischen so weit mit seiner Antwort: »Das hängt davon ab, was für ein Pferd es ist, und was für eine Henne, Herr Topalov!« Er packte umständlich ein neues Kartenspiel aus und ergänzte, obwohl Topalov längst verstanden hatte: »Wenn das Pferd nur noch eine Schindmähre ist, das Huhn aber golden, dann kann der Tausch nicht nur angemessen, sondern sogar notwendig sein.«

»Werden Sie am Freitag in der italienischen Botschaft sein?«, fragte Topalov ihn überraschend, während die Chips aus seinen Fingern glitten wie Wasser.

»Selbstverständlich! Warum fragen Sie?«

»Weil ich unglücklicherweise verhindert bin, wie schade!« Er schwieg so abrupt, als hätte man ihm die Worte mit dem Spaten abgestochen. Goscho Pantov füllte die Redepause mit der Bemerkung, dass irgendein kulinarischer Kongress nicht zustande gekommen sei; Boshidar Weltschev war bei jedem Zigarillo seines Vorgesetzten zur Stelle; General Kowatschev versank gewissermaßen mit vorgehaltener Hand in Nachdenken, und Minister Malinov hatte endlich begriffen, dass er an diesem Abend von Topalov die genaue Summe von fünfzigtausend Lewa gewinnen würde; doch misstrauisch und ängstlich wie ein Kleinbauer, befürchtete er, dass er ein paar hundert davon an Goscho Pantov verlieren könnte. Der Kellner, der über seinem Smoking ein Gesicht machte, als hätte man die Sphinx aus dem Schlaf der Jahrtausende geweckt, brachte die bestellten Kognaks und eine Schale gebrannter Mandeln. Die bauchigen Gläser erklangen edel, während Sofia im Rauch der Schlote und Kamine versank.

Als Topalov gegen halb drei Uhr morgens, gequält von Schlaflosigkeit und seinem weichen Federbett, die Stimme seiner Tochter unten im Salon hörte, ging ein Lächeln voller Liebe über sein Gesicht. Er rieb sich die Schläfen und nahm ein Beruhigungsmittel, das speziell für ihn in der Apotheke auf der Alabin-Straße gemischt wurde. Seta telefonierte offenbar gerade, machte dem Jemand am anderen Ende der Leitung heftige Vorwürfe. Sie war zu intelligent, als dass er sich hätte in ihr Leben einmischen wollen, ja, eigentlich sogar so intelligent, dass ihn manchmal Angstschauer überliefen. Topalov gähnte. Er war noch immer verärgert. Im »Union Club« hatte er an diesem Abend genau fünfzigtausendeinhundertundfünfzig Lewa verloren. Die fünfzigtausend – ja, sagte er sich und drehte sich auf den Bauch, aber warum auch noch die hundertundfünfzig? Musste ich diesem Kleinkrämer von Finanzminister wirklich auch noch Trinkgeld geben? Er seufzte geräuschvoll. Es gelang ihm einfach nicht, die während des gesamten Abends angestaute Unglücksmischung aus Öde, Aggression und Anspannung zu vertreiben. Das Resultat dieser unangenehmen Nacht war der Befehl an seinen Butler: »Wenn General Kowatschev nach mir fragen sollte, sagen Sie ihm bitte, ich sei krank. Bitte schreiben Sie sich das hinter die Ohren: krank! Für das Kriegsministerium bin ich krank!«

8

Bezirksvorsteher Petkov hatte es sich im Sessel bequem gemacht und verfolgte mit unaussprechlicher Melancholie, wie sich die Glut an der Spitze seiner Zigarette vorwärtsfraß. Der widerliche Schmerz in seinem Kreuz und seiner Harnröhre war ihm noch in lebendigster Erinnerung. Der scharfkantige Nierenstein, den Apotheker Koitschev mit der Zange aus der Porzellanschale gefischt und unter das mitgebrachte Mikroskop gelegt hatte, war so groß gewesen wie ein Ährenkorn und sah unter der hundertfachen Vergrößerung der Linsen aus wie ein gewaltiger Eisberg, weiß und scharfkantig.

Da betrat der alte Babaschov das Schlafzimmer. Mit seinen siebzig Jahren wirkte er wie ein wenig gebrauchter Gegenstand, denn, von so vielen Veränderungen umgeben, fiel erst so recht auf, dass er sich gar nicht verändert hatte. Babaschov deutete seine Anwesenheit mit einem Hüsteln an, da Koitschev mit der Apothekerzange weiter in dem Porzellantopf rührte, als befände sich dort, in der gelblichen Flüssigkeit, gewachsenes Gold, das nur seiner Entdeckung harrte.

»Ich habe gehört, dass Sie nach Sofia fahren«, begann Babaschov.

»Heute Abend«, erwiderte Petkov müde und riskierte einen weiteren Blick durchs Okular, um Form und Größe seines Schmerzes noch einmal genauer zu betrachten.

»Dann würde ich Sie gern um etwas bitten.« Babaschov zog seine silberne Taschenuhr auf und putzte sie anschließend an der Manschette blank. »Es geht um meinen Enkel, Boshidar. Er weigert sich, nach Widin zurückzukehren; aber in der Fabrik gibt es einen Haufen Arbeit.«

»Schreiben Sie ihm einen Brief.«

»Das habe ich schon! Er hat mir geantwortet, dass die Arbeit, die er in Sofia zu erledigen habe, noch weitaus wichtiger sei. Ich habe Angst um ihn!«

»Hat sich wohl zum Lebemann gemausert, wie?«, fragte Apotheker Koitschev jovial, doch sein Lächeln gefror sogleich.

»Ich befürchte etwas ganz anderes.«

Die Fahrt in die Hauptstadt mit zweien seiner Ermittler war eine Tortur. Auf den verräucherten Bahnhöfchen, an denen der Zug hielt, wurden nur saure Äpfel und halbrohe Hackfleischröllchen verkauft. Im Abteil roch es noch trocknender Schafwolle und dem Knaster billigster Zigaretten. Petkov hatte Angst, einzudösen. Grund seiner Reise war, dass er einen Orden erhalten sollte. Als wäre das noch nicht schlimm genug, würde er sich dazu auch noch das pathetische Gesülze eines Beamten im höheren Staatsdienst anhören müssen. Das mit den Ehrungen nimmt in letzter Zeit überhand, dachte Petkov glasklar, das sieht danach aus, als würden sich die Dinge nicht zum Guten entwickeln.

Die Nieren meldeten sich noch einmal heftig, als er in Sofia auf den Bahnsteig trat, doch unter Aufbietung seiner ganzen Selbstbeherrschung gelang es ihm, sich nichts anmerken zu lassen. Er mietete den ersten Fiaker, der ihnen entgegenkam. Seine Begleiter wunderten sich über die vorgespannten Pferdchen, die nicht größer waren als eine ausgewachsene Dogge – sie hatten noch nie Ponys gesehen. Die Luft war kalt und trüb. In der Ferne erhob sich der Kegel des Witoscha in bläulichem Schimmer, aufgelöst im Rauch tausender Kamine. Seine beiden Begleiter gafften den Straßenbahnen nach, auch das ein unbekannter Anblick. Dann wieder, als sie zwischen den Markthallen und dem Badehaus hindurchfuhren, stießen sie sich in die Rippen, weil sie auf dem Trottoir ein paar verfrorene Bordsteinschwalben trippeln sahen. Nach einer halben Stunde behäbiger Durchschüttelei erreichten sie die Graf-Ignatiev-Straße, wo Petkov auch noch vier Etagen des grauen Mietshauses erklimmen musste, in dem Boshidar sich eingemietet hatte. Auf der Treppe hoffte er schlicht, oben niemanden anzutreffen. Oder vielleicht nur ein fesches Offizierchen mit sorgfältig gepflegtem Schnurrbart und einer Uniform aus englischem Stoff, einen von der Sorte, die Stichwaffen sammelten, um die Damen, die ihrer athletischen Figur und ihres schneidigen Blicks wegen schwach geworden waren, zu beeindrucken. Doch es öffnete ihm nur ein einfacher, magerer Gefreiter mit Basedow-Augen, der beim Anblick von Petrovs Paradeuniform erst einmal schlucken musste. Auf Petkovs Frage hin sagte er in deklamierendem Ton:

»Ja, einen Moment bitte, der Herr Hauptmann ist zu Hause …«

Er führte den Gast in einen halbleeren Salon. Es roch nach Rasierwasser und spartanischer Kargheit. Boshidar stand im Hemd am geöffneten Fenster und rauchte. Als er sich umdrehte, mit derselben ruckartigen Bewegung wie Ilija, sein Vater, fiel Petkov zum ersten Mal sein engelsgleiches Gesicht auf. Seine Lippen waren weich und geschwungen wie die eines Mädchens, die Nase gerade, die Wangen eingefallen wie die eines Asketen. Das Kinn war willensstark vorgereckt, und seine blauen Augen sahen konzentriert und zugleich verträumt aus wie die eines Chirurgen bei der Operation. Seine Gestalt war zugleich grazil und athletisch, seine Haltung militärisch streng. Was für ein Schönling, dachte Petkov, der wirkt ja geradezu gefährlich anmutig! Das war eine perfide Mischung aus Boshura und

Ilija, doch eine feine, kaum merkliche Rücksichtslosigkeit gab ihm eine eigene Note.

»Oh, Herr Bezirksvorsteher ... Wem verdanke ich die Ehre Ihres Besuchs?«

»Dem blinden Zufall, sprich, einem mir höchst werten Orden, den zu erhalten, ich hergebeten wurde«, antwortete Petkov ohne große Begeisterung und konstatierte zugleich, dass der junge Mann bei Eiseskälte das Fenster weit aufgerissen hatte.

Sie tranken Lindenblütentee, was der Luft einen Hauch von Krankenhaus verlieh.

»Nun, was gibt es Neues in Sofia?«

»Und in Widin, was gibt es da Neues?«

»Arbeit, Arbeit, nichts als Arbeit, mein lieber Herr Hauptmann«, sagte Petkov zerstreut. Es war hier nicht angezeigt, groß auszubreiten, dass sich im Keller der Bezirksverwaltung die politischen Gefangenen nur so drängten, und dass all diese Leute der besonderen Pflege seines Folterspezialisten teilhaftig wurden. Die einen hatten nach seinem Verhör aufgequollene Gesichter, anderen fehlten die Augenlider, Dritten die Fingernägel. Manchmal drang der Geruch gegrillten Menschenfleisches durch die Gänge, dann wieder wurden Läuse auf geschundene Rücken gestreut. All diese Leute waren nichts als Menschenmaterial, aus deren Lügenmasse das Tröpfchen Wahrheit herausgequetscht werden sollte. Ja, auch im Bezirk Widin waren die Krakeeler aufgetaucht, die Unruhestifter, und seine, Petkovs, Aufgabe war es, sie mit der Liebe eines Schmetterlingssammlers flugunfähig zu machen und einzeln aufzuspießen, denn wie jeder Sammler handelte er liebevoll im Detail, weil er das große Ganze nicht zu fassen bekam.

Sie saßen in der Kälte, gähnten verstohlen und ließen die Zeit verstreichen. Bei jedem Windstoß flatterte die Spitzengardine wie ein Taubenflügel. Boshidar hatte sich genau unters Fenster gesetzt, so, als hätte er überhaupt keine Nieren, sondern nur ein steifgefrorenes weißes Hemd an.

»Ihre Mutter ist eine prachtvolle Frau«, sagte Petkov und schloss die Augen. Er sah Boshidars Mutter beim Tanz im Restaurant »Royal«. »Sie scheint die Jugend gepachtet zu haben.«

»Und Vater?«

Petkov goss sich von dem Lindenblütentee nach, nicht, weil er so gern ans Krankenhaus erinnert werden wollte, sondern weil es das einzig Warme in diesem eiskalten Zimmer war. Er lächelte. Ilija Weltschev hatte ihm ein komplettes, zwanzigteiliges Service geschenkt, das ihm zugestellt worden war, zusammen mit sechs Gartenrosen und einem kleinen Billett, auf dem stand: »Meinem werten Freunde aus Anlass seines Geburtstages«. Er hatte sofort in instinktivem Misstrauen gestutzt und sich erst wieder beruhigt, als er bei genauerem Hinsehen bemerkte, dass Suppenterrine und Teller Mängelexemplare waren, bei denen die aufgemalten Paradiesvögel verzerrt und die Farben verwischt waren. Na, Gott sei Dank, hatte er damals geseufzt, dann ist ja alles in Ordnung!

»Und wie geht es meinem Vater?«, wiederholte Boshidar.

»Auch – nichts als Arbeit …«

Petkov hatte diesen Augenblick kommen sehen und hüstelte verlegen. Er begann mit gleichmäßiger Stimme, ohne eine Sekunde zu vergessen, dass er einem Wesen gegenübersaß, das ein Mittelding zwischen Boshura und Ilija war, einem Offizierchen, dem er jetzt wegen ein paar Paradiesvögeln, die beaufsichtigt werden mussten, weil sie sonst verwischten, liebedienerisch kommen musste, immer auf der Hut vor dessen lieblichem Engelslächeln. Es ärgerte ihn, dass er sich – selbst alleinstehend – in diesen Familienkram hatte hineinziehen lassen.

Ob es nicht reichlich unbedarft sei, begann er also, dass ein junger Mann mit seinem – Boshidars – Potenzial seine Zeit vergeudete mit Reiten, mit eitlem Ehrgetue im Offiziersklub, endlosen Abschriften im Kriegsministerium und pathetischen Manövern, von den ziellosen Spaziergängen auf der Flaniermeile vor dem Schloss ganz zu schweigen? Und selbst wenn er sich einen spartanischen Lebensstil angewöhnt habe (er nickte in Richtung Expander und Ein-Hand-Hanteln) und Kräutertee statt Champagner trinke und seine freie Zeit am offenen Fenster mit dem so wichtigen Nachdenken verbringe, so entferne er sich doch sukzessive von sich selbst.

Petkov kam sich vor wie ein in die Jahre gekommener Schmierenkomödiant, der seine Stimme nicht mehr unter Kontrolle hatte.

»Bald werden wir Moskau einnehmen«, sagte Boshidar mit einer Betonung, als diskutiere er mit jemandem, »ich hoffe, bis Neujahr …«

Warum sagt er *wir?*, wunderte sich Petkov. Es sind doch *die Deutschen!*

»Dann wird ganz Europa sich in ein Haus, ein *Zuhause* verwandeln, in dem wir unser eigenes Zimmer haben. Wir müssen nur Ordnung schaffen und dieses Haus von allem Schmutz und Gestank reinigen. Sie haben eben dauernd von Arbeit gesprochen – ist das hier vielleicht weniger wichtig?«

Petkov fühlte eine Schwäche im Kreuz; seine Nieren waren drauf und dran, sich zu verkühlen. Boshidar Weltschev schaute ihn an mit den stillen Augen eines Psychopathen, der seinen Wahnsinn für die normalste Sache der Welt hält; sein Blick ging in die Weite, als wären diese Augen blind und könnten die kompakten Formen und Farben des Nahen nicht sehen, sondern nur eine wabernde Unendlichkeit. Was sollte das heißen: »unser Haus«? Und wie wollten sie es schaffen, es von allen Kommunisten, Anarchisten, Juden und Russen, Rassen und Religionen zu reinigen, die alle ja auch an etwas glaubten, das sie »unser Haus« nannten? Er selbst, Petkov, hatte in seiner Berufspraxis als oberster Polizist erfahren müssen, dass Hass Hass erzeugt und Gewalt Gegengewalt, und dass niemand das Recht hatte, Menschen zu verurteilen, nicht einmal Gott, der ihn aus Erde geschaffen hatte und nicht aus Licht. Und was die »Ordnung« betraf, so machte er es lieber eine Nummer kleiner und würde es vorziehen, sie in einem kleinen Häuschen am Genfer See zu erleben, umgeben von der unschätzbar verlässlichen Langeweile der Bergwelt. Dort käme ihm auch der Nachmittagstee, gereicht in einer Tasse mit einem Paradiesvogel am Grund, erträglich aromatisch vor, die Spaziergänge in der Natur nützlich für die Gesundheit, und die purpurfarbenen Abende würde er füllen mit der Melancholie des erfolglosen Denkers, mit dem Ordnen seiner Glasfigürchen, die – ach – genauso zerbrechlich waren wie die menschliche Seele. Ja, das wäre schön! Nur leider war er, Petkov, kein Fabrikantensöhnchen, sondern nur ein für seinen Beruf bestens qualifizierter höherer Beamter.

»Die Ordnung des Ganzen heißt Teilnahme der Einzelnen«, sagte Boshidar leise.

»Ordnung?«, warf Petkov ein, »und dann gleich des Ganzen? Das ist doch eine Illusion, der Sie sich da hingeben, mein lieber Herr Hauptmann.« Er hüstelte. »Mit meinen zweiundsechzig Jahren will ich Ihnen sagen, dass wir auf eine aufgepfropfte Ordnung gern verzichten können. Wir haben genug damit zu tun, unsere kulturellen Eigenarten zu pflegen!«

Auf Boshidars jugendlichen Hochmut wiederum machten Petkovs Äußerungen und sein um Dezenz bemühtes Verhalten nur den Eindruck von öder Provinzialität. Er hatte den Bezirksvorsteher in Erinnerung, wie er in seiner Dienstkutsche saß mit den goldbetressten Epauletten seiner Dienstuniform, breitbeinig und blass, an einen Helden der neuen Zeit gemahnend, einen General, einen wirklichen Feldherrn. Wenn diese Kutsche im Trappeln der Hufe und Klappern der Räder auf dem Pflaster vorbeirasselte, hatte Boshidar immer das Gefühl gehabt: Hier fährt der Sieg! Aber nun?

Da war nichts zu machen! Der Alte war also für den Jungen ein Provinzpolizist; der Junge für den Alten ein unreifer Stürmer und Dränger, der vielleicht andere Ideen hatte, aber im Grunde nichts anderes war als die Kommunisten: ein Fanatiker!

Zwei Tage später, als er den bronzenen Orden in seiner Schachtel längst im penetranten Geruch nach Mottenpulver in irgendeinem Fach seines Kleiderschrankes zum Verschwinden gebracht hatte, nachdem er sich die Tage in Sofia in aller Ruhe wegrasiert und mit einem Schluck französischen Likörs heruntergespült hatte, machte Petkov sich fertig, um den alten Babaschov im »Royal« zu treffen. Die dortige Atmosphäre welkender Pracht, das immerwährende Lächeln Wodetschkas und die zahllosen Kristallspiegel an den Wänden schufen die Illusion einer soliden Unvergänglichkeit, und das beruhigte ihn. Als er ankam, hatte Babaschov sich ungestört in die Klänge vertieft, die das Kammerorchester produzierte.

»Ihr Enkel ist ein wahrer Patriot«, sagte der Bezirksvorsteher mit ironischem Pathos, »wir werden wohl stolz auf ihn sein müssen.«

»Genau das habe ich befürchtet!«, erwiderte Babaschov, und seine Anwesenheit schrumpfte zusammen auf die Dimensionen des Wiener Schnitzels auf seinem Teller.

9

Es war schon spät, als er gerufen wurde. Er war noch im Ministerium, und da konnte er auch gleich bleiben. Vor Aufregung brach ihm der Schweiß aus, als er sich den Weg zur Abteilung des Sechsten Artillerieregimentes bahnte. Als er an der Kantine vorbeikam, salutierte ihm eine Ratte mit klugen Augen und tapferem Blick. Er erklomm das enge Treppenhaus des Generalstabs, und schließlich, nach langer Wanderung durch Gänge und Aufgänge, betrat er die Kanzlei von Major Mitev, in der es nach Stiefelwichse, Schweiß und umsonst vergossenem Blut roch.

Major Mitev stand, als er eintrat, obwohl er den höheren Rang hatte. Seine Uniformjacke war bis zum Nabel aufgeknöpft. Mit seiner tätowierten Brust sah er aus wie ein Jahrmarkts-Ringkämpfer. Offenbar nahm man nur solche Herren von maßvoller Intelligenz in die Dienste der Gegenaufklärung, diesem subtilsten Instrument der Armee, für das man eigentlich die Fingerfertigkeit eines Illusionisten und die Geduld einer Spitzenklöpplerin brauchte.

»Sie kriegen ihn gleich zu sehen«, seufzte der Major und kratzte sich am Gesäß.

Zwei Feldwebel führten ihn herein. Boshidar spürte sofort ihre klebrige Angst. Die beiden Unteroffiziere hatten sich beim Anblick des kleinen Soldatchens zu Tode erschreckt und mussten sich heftig überwinden, ihn überhaupt anzufassen. Der Gefolterte zitterte am ganzen Leib. Das sah aus, als oszilliere sein Körper zwischen der Wahrheit, dass er noch lebte, und der Lüge, dass er schon tot sei. Jemand hatte sich bei ihm offenbar vollkommen vergessen und die Vorstellungen des Opfers von dem, was Schmerz alles sein konnte, erheblich erweitert – bis zum Moment der völligen Erstarrung. Sein Gesicht glich einem geleerten Teller, in dem nur noch Essensreste lagen. Der Mann versuchte, mit der Zunge das geronnene Blut um seine Lippen herum zu erreichen. Er sprach unartikuliert und ausdruckslos, wiederholte jedes Wort, jeden Satz, als traue er dem Wunder nicht, dass er noch sprechen konnte. Durch die groben Maschen des Gitters vor dem Fenster sah man den Appellhof wie das Pappmaschee-Imitat eines Horizontes. Es roch nach Schleim.

»Uunn ich … Uunn ich …«, versuchte die Stimme des armen Soldaten, sich einen Weg ins Freie zu bahnen. Er habe die Pistolen, die er für die sozialistischen Untergrundkämpfer aus Armeebeständen entwendet hatte, in der Toilette versteckt, weil noch viel Zeit bis zum Treffpunkt gewesen sei. Er habe sicher sein wollen, dass sie ihm auch wirklich die versprochenen freien Tage gäben, und so habe er klug vorgehen und Erfahrung beweisen wollen. Er habe Ort und Zeit selbst festgelegt, an denen er *jenen* treffen sollte. Gekannt habe er ihn nicht, als Erkennungssignal sollte *jener* ihm die Frage stellen: »Wissen Sie, wo das Zimmer von Richter Ankov ist?«

Major Mitev schnaufte bedeutungsvoll. Die Feldwebel glotzten verlegen auf die angestoßene Karaffe, als wäre es eine Felsenquelle. Draußen legte sich bleiern der Nachmittag auf den Appellhof. Die ganze Befragung war Mitev öde und langweilig, weil der gefolterte Soldat kaum bei Sinnen war – nichts als ein gehäutetes Stück Fleisch, das man besser an einen Haken zum Abtropfen hängte. Boshidar empfand für den Ärmsten nur Verachtung und einen Hauch Trauer. Wenn er nicht genau zugehört hätte, wäre er mit dem Eindruck verblieben, dass *jener* ein richtiger Name war.

»Übergeben Sie ihn dem Staatsanwalt«, sagte Boshidar und steckte sich eine Zigarette an.

10

Die Nachmittagsparty war auf ihrem Höhepunkt. Fünfzehn Paare, die allesamt mit jener teuren Erlesenheit gekleidet waren, die sie gegenseitig entpersönlichte, vergnügten sich im apfelsinenfarbenen Salon. Tiefe Rückenausschnitte, Leder und Pelze von sinnlos getöteten Tieren, raschelnde Roben und Anzüge, bei Edel-Couturier Rantschev maßgeschneidert, Dekolletees, bei deren Fertigung das Aufseufzen der Herren bereits eingenäht worden war, blitzende Diamanten zwischen wohlplazierten Brüsten, Parfüms mit dem Duft seltener Blumen oder, bei den Herren, Moschus. Jemand hatte sich beim Entkorken der Flasche Sekt über seine karierten Hosen geschüttet; die Damen tranken aus stilvollem chinesischem Porzellan Ceylon-Tee und bedienten sich in wohldosierten Mengen bei den Häppchen am kalten Büfett, auf dem in Tellerchen in Muschelform auch alle Arten von Kernen und kandierten Früchten zum Verzehr bereitlagen.

Auf dem Grammofon drehte sich – ja, was es nicht alles gab – der japanische Foxtrott »O, rote Kirschen«.

Frau Marinova kannte die Anwesenden alle. Sie verfolgte ihren Werdegang, seit ihre Töchter der Pubertät entwachsen waren. Sie kannte ihre Gewohnheiten ebenso wie das Vermögen ihrer Väter und die dauerhaften Laster, die aus zeitweiligen Sympathien entstanden waren. Mit ihrer altertümlichen Tunika, die ihr den Touch einer gealterten Göttin gab, umrundete sie diskret die kleinen Tische, um zu sehen, ob auch alles in Ordnung war. Manchmal begannen diese Gesellschaften mit irgendeinem lautstarken Spiel. So verteilte die Hausherrin beispielsweise kleine Kartons mit Namen darauf, und das hieß, sagen wir, dass Tristan seine Isolde finden musste, oder Romeo seine Julia, die sich *zu seiner Überraschung* als Tochter von Bankier Krastev herausstellte. In Wirklichkeit wussten alle, dass Romeo Erbe einer vor dem Bankrott stehenden Fabrik für orientalische Teppiche war und höchst daran interessiert, die Bankierstochter zu ehelichen, obwohl ihre lockeren Sitten und ihre Schwäche für muskelstrotzende Kavaliere aus der Kavallerie des Zaren bekannt waren.

In dieser glanzvollen Liste hatte Boshidar Weltschev noch nie einen Heldennamen ergattert. Er durfte sich bisher weder in einen großen Feldherrn noch in einen weltberühmten Verführer aus der Zunft der großen Liebhaber verwandeln, sondern immer nur in die bulgarische Version des deutschen Michel, den dummen Iwantscho, der seine kleine Maria im allgemeinen Gedränge sucht. Der Unterhaltungswert des Spiels bestand darin, dass jeder an seinem Benehmen zu erkennen sein sollte.

Dass man auf die Porzellanfabrik seines Vaters, die – wie Seta Topalova spitzzüngig sagte – »ganz Bulgarien in einen Geflügelhof für Paradiesvögel« verwandelte, eher geringschätzig herabschaute, machte ihm nichts aus. So, ohne darstellungsträchtige Rollen wie die des Paris oder des Napoleon, konnte er seine Zeit in aller Ruhe mit der Tochter des Stofffabrikanten Tschirakov aus Gabrovo verbringen. Diese war ein schweigsames, gut erzogenes und belesenes, aber schrecklich frommes Fräulein, das ihn mit ihrer Fähigkeit begeisterte, sich nicht aufzudrängen. Manchmal fiel sein Los auf die kleine Dingosova, ein Dämchen mit dubioser Mitgift und einem Parfüm, das selbst den gutwilligsten Kavalier in einen Asthmaanfall trieb. Sie interessierte sich ausschließlich für Politik und Siam-Katzen, erklärte ihm ungefragt den Sinn der letzten Rede von Goebbels, und dabei sprach sie – wenn sie nicht gerade vornehm an ihrem Tee nippte – unerhört schnell. Boshidar hörte ihr freundlich zu und parierte ihren Wortschwall äußerst ökonomisch mit der tumben Frage: »Wirklich? Das kann doch nicht wahr sein?!«

All dies, die Musik, den Überfluss, die Krankheiten der Siam-Katzen und das zerstreute Lächeln der Gastgeber, ertrug er stoisch einzig und allein wegen »dieser unglücklichen Durchgeknallten«. Diese Bezeichnung verlieh er Seta Topalova mit demselben rücksichtslosen Ingrimm, mit dem er auch sich selbst schalt, wenn er seinen Ansprüchen nicht genügte. Und er wusste, dass er ein Teil des Attributs »unglücklich« war.

Erst vor wenigen Tagen hatte Seta ihn in den Badeort Bankja vor den Toren von Sofia eingeladen. Es war kalt gewesen, die schneebedeckten Bäume im Vorgarten hatten verträumt ausgesehen. Seta hatte auf das bronzene Mädchen des Springbrunnens geschaut, das nackt auf den Sommer wartete; von drinnen war die Stimme der Köchin zu hören; der Wohlgeruch und die Wärme guten Brennholzes erfüllten die Luft.

»Irgendwie gefällt's mir, wenn die Leute Sie beleidigen«, hatte sie gesagt. »Wissen Sie, Herr Hauptmann, all diese Speichellecker und Muttersöhnchen könnten später nämlich mal Ihre Untergebenen bei der Armee sein!«

Seta hatte recht. Sie war die Einzige, die ihn wahrnahm. »Soldaten, Rekruten – Lehrlinge ihres Fachs … Was ist leichter als das?« Was machte es, dass Frau Marinova ihn in ebenso graziöser Umrundung missachtete, wie sie Goscho Pantov in derselben Bewegung Aufmerksamkeit schenkte. Sollte sie doch auf seine Aufschneidereien hereinfallen! Wenn es ihm nicht genügte, Erbe des Konditorei-Cafés »Bulgaria« zu sein, na gut! Sollte er doch weiter die Lüge verbreiten, dass er noch immer zweihundert Hektar fruchtbaren Landes besaß und dass die Mühlen, die seine Mutter längst verkauft hatte, dampfbetrieben seien, ganz zu schweigen von dem eitlen Stuss, dass er in seiner Wiener Zeit den dortigen Bürgermeister höchstpersönlich kennengelernt habe. Boshidar war gesonnen, unbeirrt seiner Bestimmung zu folgen! Er wurde von einem anderen Instinkt geleitet, von etwas weitaus Vertrackterem, das tief in seiner Biologie verankert war, ein Bautrieb, der schon seinen Vater zu der Knochenarbeit des Fabrikaufbaus getrieben hatte und ihn an die Lukrativität des örtlichen Kaolins glauben ließ. Er war sicher, dass sein Vater das Geld selbst im Grunde verachtete; was ihn interessierte, war bloß, es aufzutürmen. Er liebte die Fabrik, machte Geld, trug aber noch immer seinen Hochzeitsanzug, der schon farb- und glanzlos geworden war wie die Donau im Winter, aber gerade dadurch unverwüstlich schien wie die Ewigkeit selbst. Diese mystische, aber immer dem Stofflichen zugeneigte Haltung zum Leben, diese unerklärliche innere Spannung, etwas zu wagen … bis es gelang. Manchmal, wenn Boshidar nachts zwischen verschwitzten Laken erwachte, taumelnd vor Luftmangel, so, als sei das Schlafzimmer um ihn herum nicht größer als ein Sarg, musste er aufspringen und seine überschüssige Energie verausgaben und – wenn schon keine Fabrik, dann wenigstens seine Hanteln stemmen und seinen Expander dehnen.

Er schaute Seta aus zusammengekniffenen Augen an und nahm sie beim Wort:

»Na gut, mache ich Soldaten aus ihnen«, sagte er, »aber Sie, werden Sie dann auch die mildtätige Schwester à la Florence Nightingale in meinem Regiment?«

»Mildtätig?? Das ist ein Fremdwort für mich!« Seta antwortete ihm mit jenem arroganten Lachen, das ihn immer wieder rasend machte und ihm reflexartig den Wunsch eingab, ihr eine Tracht Prügel zu verabreichen. »Ich bin doch auch so Ihre Schwester, mein Herr.«

Er suchte ihre Augen. Sie hatte sich an den schwarzen Flügel gelehnt, als lehne sie an der Musik selbst, die man diesem aufgedonnerten und pompös lackierten Paradeinstrument entlocken konnte. Um sie herum standen Graf Ceddolini und noch ein paar »Speichellecker« im Rantschev-Anzug. Auf sie fiel bei den Karton-Scharaden immer die Rolle der Cleopatra, der Napoleon-Geliebten Joséphine oder der Julia. Rothaarig, schien sie im langsamen Feuer der Zeit zu verbrennen; nervös, wirkte sie wie ein Rassepferd; Femme fatale, war sie die Schöpferin aller Veränderung; schlichter gekleidet als die anderen, unterstrich sie nur umso deutlicher ihre Freizügigkeit. An *ihrem* Kleid suchte man vergeblich nach Spitzenbesatz oder Plissee; der bienenwachsfarbene Samt bedeckte ihren Körper genau so, wie er musste, um im Spiel zwischen Verdecken und Enthüllen die Fantasie am meisten zu entzünden. Neben ihr wirkte die pseudointellektuelle Tochter von Minister Malinov wie ein Dienstmädchen, das heimlich an den Kleiderschrank der Dame des Hauses gegangen war. Boshidar verschluckte sich am Sekt. Fräulein Dingosova klopfte ihm mütterlich auf den Rücken, und das gab ihm Gelegenheit, wegen des großen Erfolges noch einmal auszurufen: »Wirklich? Das kann doch nicht wahr sein?!«

Die Tanzfläche wurde eröffnet. Einige der Herren sonderten sich in Grüppchen ab. Der Sohn Karagjulevs behauptete, dass es in Bulgarien so gut wie keine Kommunisten gebe und die Krawallmacher letztlich nichts anderes als gewöhnliche Verbrecher in der Tradition der bulgarischen Freischärlerbewegung seien. Diesem Dummkopf würde ich jeden Tag aufs Neue Stubendienst geben, dachte Boshidar. Herr Topalov ließ ein verschwenderisches Lächeln sehen, ließ den Rauch seiner Zigarette frei das Weite suchen und erwiderte halb gleichgültig:

»Der kluge Mensch, Herr Karagjulev, sollte immer am Einfluss seiner Freunde zweifeln, die Kraft seiner Feinde aber lieber zu hoch ansetzen.«

Seta hatte Kopf und Charakter ihres Vaters geerbt. Sie war in ihrem ganzen Stil ebenso rassig und sicher, doch bereits eine Vertreterin der neuen, der zynischen Generation. Der alte Topalov hatte seinen Spaß, wenn er die unfassbaren Ereignisse seiner Zeit von der Seite mit schiefgelegtem Kopf beobachtete; Seta hingegen hatte diesen Spaß ins Diabolische gesteigert, indem sie nicht nur beobachtete, sondern auch teilnahm, ja sogar Ereignisse inszenierte. Jetzt zum Beispiel vollführte sie eines ihrer bescheideneren Kunststückchen, indem sie Boshidar in genussvollem Sadismus nicht die geringste Aufmerksamkeit schenkte. Nur hier und da sorgte sie dafür, dass Boshidar ihre grazile, wohlgeformte Gestalt in der Nähe seines Tisches vorüberhuschen sah, als bemerke sie ihn gar nicht in der überaus einnehmenden Begleitung von Karagjulevs Sohn.

Allmählich geriet die Party aus der Fasson und glich immer mehr einem zerknautschten Ballkleid. Boshidar machte auch das wenig aus. Das Warten war ja ein Grundelement seiner Selbsterziehung. An diesem Morgen hatte Seta ihn angerufen und mit der denkbar verwöhntesten Katzenstimme gefragt:

»Kommen Sie denn am Nachmittag, Herr Hauptmann? Die Marinova hat mir versprochen, es würde Hummer geben und echten *Veuve Clicquot!*«

»Ich weiß nicht, ob das viel Sinn macht, mein Fräulein«, erwiderte Boshidar, befangen wegen der Gegenwart General Kowatschevs, mit dem er gerade eine Liste mit den Offizieren seiner Abteilung, der Gegenaufklärung, in der Garnison von Sofia durchsah.

»Natürlich macht es keinen Sinn, aber kommen Sie trotzdem! Es wäre mir sehr angenehm.«

Was auch immer das hieß.

11

Durch die hohen Fenster strömte das Abendlicht ins Sofioter Kasino. Die dicken Teppiche verschluckten die Schritte der Kellner. Man munkelte, in diesen Räumen solle der große Schaljapin einmal gesungen haben, inspiriert von den verschleierten Blicken der Damen – halb geschlossen wie ihre Dekolletees – und von dem Liter hochprozentigen Weinbrandes, mit dem er sein Zwerchfell angewärmt und Magen und Herz mit slawischer Großherzigkeit gefüllt hatte. Goscho Pantov zeichnete auf die feine Baumwollserviette einen Akt zwischen einem Satyr mit Ziegenbeinen und einer von ihrer Tunika nur unzureichend bedeckten Göttin, Philipp Karagjulev und Fräulein Dingosova disputierten über die Ereignisse an der Ostfront. Am Nebentisch saßen einige Anwälte mit ihren teuer bezahlten Falschzeugen. Boshidar spürte mehr, als dass er hörte, wie Seta sagte: »Setzen Sie sich doch um, Herr Hauptmann – ich meine, an meine Seite!«

Seta war völlig unerwartet verstummt, wirkte auf einmal schüchtern und blass. Nur ihr Haar spielte mit dem Glanz und den Farben erlöschender Glut. Boshidar rückte seinen Stuhl heran. Ein Drang, zu beten, hatte sich seiner bemächtigt, doch Goscho trampelte mit seinen blöden Geistreicheleien durch dies heilige Gefühl wie ein Elefant durch den Porzellanladen. Seltsam, Seta verströmte auf einmal den befremdlichen Geruch nach Unglück. Einem sicheren Unglück.

»Ich habe den ganzen Nachmittag an Sie denken müssen, Herr Hauptmann. Schlimm, wie?«

»Ja«, antwortete Boshidar, ohne sie anzusehen.

»Bitte, Herr Hauptmann, ich möchte, dass Sie sich heute Abend betrinken. Sie müssen es einfach … sich betrinken, meine ich.« Mit einer geradezu verzehrenden Schlichtheit goss sie ihm das Glas voll. Der Kognak blinkte ölig-goldbraun und hatte das herbe Aroma unverwirklichter Hoffnungen. Boshidar hatte es auf einmal eilig, aber er wusste nicht, wohin, zu welchem Ziel? Seine Schlucke wurden gierig und unkontrolliert. Ja, der Alkohol war jener Trost, auf den man sich stützen konnte inmitten so viel leerer Phrasendrescherei Goschos, der ein bisschen eifersüchtig zu sein schien, bissiger Bemerkungen Karagjulevs und dem mitfühlenden Lächeln Fräulein Dingosovas. Boshidar fühlte, wie er in einen Mahlstrom hineingerissen wurde, der gewaltig über seinem Kopf toste; aber er fühlte auch, wie die Fingerspitzen Setas in seiner Handfläche schmolzen wie kleine Eiswürfel. Das Orchester intonierte den damals beliebten Schlager »Spielt auf, ihr Mandolinen«.

»Bitte, Herr Hauptmann, würden Sie mich nach Hause bringen«, sagte Seta und wurde vollends blass, »mir ist nicht gut, es ist hier so stickig.«

Boshidar stand taumelnd auf. Seine Stiefel knarzten mannhaft. Draußen hatte es zu schneien begonnen, ein ausgeflocktes Weiß in Bewegung, in dem die Straßenlaternen einsam wirkten wie verwelkte Schnittblumen. Schräg gegenüber dunkelte das Volkstheater mit seinen klassizistischen Säulen vor dem Haupteingang. Eine Kutsche bog ab Richtung Schloss und schien, sich von ihnen entfernend, die Straße in die Länge zu ziehen. Seta wartete in ihrem Opel auf ihn, in dem es schneidend kalt war. Auf einmal spürte er, dass er eifersüchtig war auf das Lenkrad des Wagens, weil Setas Finger dieses und nicht mehr seinen Arm berührten. Er war auch eifersüchtig auf ihre plötzliche Schüchternheit, so, wie ihn vorher die turbulenten Dramen mit ihren Liebhabern vollkommen kaltgelassen hatten. Das waren für ihn bloß narzisstische Stenze, die man nicht für voll nehmen konnte. Seta erzählte ihm von ihnen, um ihn in ihren eigenen Augen so zu erniedrigen, dass es anschließend umso süßer war, Milde walten zu lassen. Atemlos ging sie in die Einzelheiten, gespickt mit Andeutungen, die doch nichts als Schmerz und Befremden auslösen konnten. »Ich habe ihn dazu gebracht, mich zu kaufen«, sagte sie, »obwohl seine Kanzlei nicht mehr wert ist als mein Schmuck.« Oder: »… und dann ist er vom Pferd gefallen – was für ein lächerlicher Anblick! Da hatte der Ärmste Aua-aua, und ich musste absteigen, um ihm aus dem Gras aufzuhelfen.« Sie erzählte von den Diamanten, mit denen sie ihre Brust verzierten, vom Perlmuttglanz der Spiegel, vor denen sie sich ausziehen ließ, damit ihr »Fall«, ihre sittliche Verderbtheit gleich in doppelter Ausführung ans Licht kam. Boshidar war ausdauernd und ihr immer zu Diensten, aber nie gesichtslos; er wusste, dass es bei Seta irgendwann klick! machen und dass sie sich dann ihm zuwenden würde. Ja, er wusste sogar, dass Seta diese Spielchen mit ihm trieb, um ihn irgendwie doch noch aus ihrem Herzen verjagen zu können.

Seta fuhr wie eine Verrückte. Der phosphoreszierende Pfeil des Tachometers stieg zitternd auf sechzig Stundenkilometer. Der Pkw ächzte und knarrte in seinen Schweißnähten, der Motor brüllte mit der angestauten Kraft eines dressierten Raubtiers, die Pfützen, durch die sie brausten, glichen zerbrochenen Spiegeln. Sie fährt noch jemanden über den Haufen!, dachte er und bemerkte im selben Moment, dass sie sich auf dem Weg nach Bankja befanden. Die ärmlichen Stadtrand-Häuschen flogen links und rechts an die Seite, als seien sie Blechstücke, die sich von der Karosserie gelöst hatten. Es roch nach Abfall, Tuberkulose und der Gleichgültigkeit zu Tode erschöpfter Hoffnungen. Na, soll sie halt jemanden überfahren! Bei diesem Gedanken wurde ihm leichter. Er betrachtete ihr zartes Profil von der Seite, wollte wissen, was sie zu dieser Entscheidung getrieben hatte. Sie wirkte verzweifelt, wie zerschlagen von einem unnennbaren Leiden. Ihre Augen schienen ins Nichts gerichtet zu sein. Und was, wenn unsere Berührungen uns nur voneinander entfernen? Die Abtreibungen, die Seta bereits hinter sich hatte, wurden in der guten Gesellschaft verblümt als »die kleinen Abenteuer des Fräulein Topalova« bezeichnet, Boshidars Asketentum ging als »Verschrobenheit eines aufrechten Offiziers« durch. Vor Liebe krampfte sich sein Herz schmerzhaft zusammen.

»Bist du betrunken?«, fragte sie leise, und noch bevor er mit seiner ausgedörrten Kehle etwas sagen konnte, fragte sie weiter: »Warst du schon mal mit einer Frau zusammen?«

Boshidar schaute angestrengt durchs Seitenfenster, auf das der Winter seine toten Zufallsblumen klebte, und fühlte, dass er nicht in der Lage war, zu lügen.

»Nein«, sagte er, »noch nie!«

Die Bremsen quietschten, das Auto geriet ins Schleudern. Die Scheinwerfer erhellten einen verwahrlosten, dreckigen Hof, auf dem steifgefrorene Laken an einer Wäscheleine hingen. Dann hörte er nur noch die Stille.

»Hau ab, verschwinde!« Als Boshidar sich umdrehte, um sie zu schlagen, war es bereits zu spät. Er sah ihre Augen. Sie schüttelte sich. Ihre Arme hingen schlaff über das Lenkrad. Sie kam ihm hilflos und bemitleidenswert vor, aber immer noch unbeugsam. »Ich bitte dich … mein Lieber …«

Wie vom Donner gerührt blieb er neben dem Wagen stehen, eingehüllt nur in seine dünne Pelerine. Er sah aus, als wartete er auf jemanden. Dann heulte der Motor röchelnd auf, und die durchdrehenden Räder bespritzten ihn mit dem Dreck der Straße, die von Sofia nach Bankja führte.

12

Das Licht ging auf wie Teig. Die Kronen der Kiefern wurden in Silber getaucht, die »Brüder« und »Schwestern« aber nahmen die Reinheit der lebenspendenden Himmelsgabe auf, als mühten sie sich, den ganzen Sonnenaufgang durch die Nase einzuatmen. In ihrer Mitte stand *der Lehrer* in seinem weißen Gewand, mit langem, schlohweißem Haar und Bart und einem erleuchteten Gesicht, tief zerfurcht von Weisheit und Erkenntnis. Er war der Kern eines Augenblicks, der alle Zeit in sich aufgesogen hatte. Hier war keine Vergangenheit, keine Zukunft mehr, nur noch Jetzt. In der Kälte dieser vollkommensten aller Kirchen, erbaut aus Schnee und Eis, sank alles Denken, aller Hochmut zu Boden. Alle Wahrnehmung richtete sich auf das einzige Wärme spendende Zeichen – die Sonne.

Seta hatte sich in ihren Bisonleder-Mantel gemummelt und empfand eine herbe Begeisterung, eine ungreifbare, abstrakte Mischung aus Liebe zu und Verachtung für sich selbst. Goscho war in helles, maßloses Entzücken ausgebrochen. Boshidar rauchte geistesabwesend eine Zigarette und wartete, bis der Spuk vorüber war.

Die Gruppe stob auseinander, bildete einen Kreis, und über dem weiten Feld ertönte die getragene Melodie der Paneurhythmie, die so beruhigend war wie die lebendige Stille ringsumher. Die Brüder führten die körperlichen Übungen konzentriert aus, doch Seta beobachtete genau den *Lehrer*, die biegsame Gestalt des *Vollendeten*, die Weiße des *Alten*, die Ausstrahlung des *Heiligen*. Hinter ihm zeichneten sich die Konturen der kleinen Siedlung ab, die hinter dem Borissov-Park auf einem Hügel errichtet worden war, der rund war wie ein Laib Bauernbrot und nach Osten, Richtung Sonnenaufgang wies. Seta war auch vorher schon zu Peter Denov und seinen Schülern gegangen, die aus ganz Bulgarien kamen – ehemalige Anarchisten, Anhänger der Lehren des späten Tolstoi, oder einfach Kranke, ausgemergelte Arme, Intellektuelle; sogar Fabrikanten und Großhandels-Kaufleute legten viele Kilometer zurück, um seine wohltuende Stimme zu hören und mit der Paneurhythmie in Berührung zu kommen, jener musikalischen Hervorbringung, die Lebende und Tote in Harmonie vereinte, so wie Denov es lehrte. Ihr kam es so vor, als wohne sie einem antiken, vorklassischen Drama mit Chor und einem Schauspieler bei, dessen Text neben den Gesängen nur aus Schweigen bestand. Vielleicht ist ja das hier die Rettung, dachte sie voller Erschrecken, auf die Sonne warten, bis du eines Tages selber Teil des Lichtes wirst. Sie war unfähig, zu glauben; sie konnte sich also auch nicht mehr in Demut abfinden. Dabei gierte sie danach, das Einzige, was sie noch nicht gekostet hatte, das *Große Geheimnis*, die süßeste aller menschlichen Lüste, zu erfahren. Das Geheimnis ist unstet, sagte sie sich immer wieder mit einem Schauer, ungreifbar in der Realität. Man kann es nicht berechnen, nicht kaufen, nicht besitzen oder beleidigen – und genau darum ist es die ewige und inzwischen wohl die letzte Hoffnung für uns Sterbliche. Darum kam sie her.

Der Lehrer empfing sie pünktlich zur vereinbarten Zeit um acht Uhr früh. Die Falten durchzogen sein Gesicht wie ein feines, leuchtendes Netz. Der Blick aus seinen allverzeihenden Augen schien die Gegenstände um ihn herum mit Sinn zu begaben. Im Empfangsraum gab es nichts Mystisches, es war einfach nur blitzsauber. Was für eine bedrückende, den Gast tadelnde Hyperreinheit!, dachte Seta. Auf der weißen Tischdecke dampften vier Tassen Kräutertee.

Goscho Pantov hatte natürlich die Logorrhöe. Er wollte dem Lehrer um jeden Preis gefallen, und das ärgerte Seta maßlos. Eloquent trat er in alle Fettnäpfchen und verklickerte dem Alten, dass er schon in Wien die »Kosmogonie« der Rosenkreuzer gelesen habe und an die Reinkarnation glaube; und für die menschliche Unsterblichkeit gebe es ja nun zahllose Beweise.

Seta musste in etwas für sie sehr Wichtigem zu einer Entscheidung kommen: War sie in der Lage, sich fest zu binden, oder würde sie immer nur neugierig bleiben?

»Sarah Bernhardt war ein fantastisches Medium«, fuhr Goscho fort und drehte den Rubinring an seiner linken Hand. »Die Geister sind tatsächlich gekommen. Kaiserin Maria Theresia zum Beispiel war sich nicht zu schade, in ein bürgerliches Haus zu kommen – der ganze abgedunkelte Salon leuchtete! Erst haben wir sie im leichten Klirren der Kristallleuchter gehört; das wirkte, als käme sie mit einem römischen Kampfwagen angebraust … Und was für einen formvollendeten Stil sie hatte!« Boshidar legte seine Stirn in Falten, was den schlichten Raum etwas dunkler erscheinen ließ. »Und Napoleon – mein Gott, der war vielleicht brutal und herrisch! Hat mit uns geredet wie mit einfachen Soldaten, während Maria Theresia uns zur Audienz empfangen hat. Wussten Sie, dass sie manchmal weinte?«

»Halt den Mund«, sagte Seta leise.

Der Lehrer streckte seine Hände aus. Erst jetzt sah sie seine Finger. Sie waren lang und dünn wie sprudelndes Wasser.

»Warum seid ihr zu mir gekommen?«, fragte er ruhig. »Ihr braucht keinen Glauben, und ihr seid nicht krank.«

»Um zu erkennen …« Sie erlag diesen sich nähernden Händen, gleichzeitig widersetzte sich etwas in ihr dagegen. Für einen Moment kam es ihr so vor, als könne sie den Lehrer kaufen. Ein, zwei Millionen für diese urewige, immaterielle Seligkeit voller Sonne und mit dem Aroma selbstgesammelten Kräutertees. Ihr Vater würde über so eine Idee herzlich lachen, wie er es immer tat, wenn es um viel Geld ging, so, als ob ihn schon die reine Vorstellung von Geld amüsierte und belebte.

Ins Zentrum seiner Lehre stellte Peter Denov die Liebe, die er in vier Dimensionen sah: als Drang, als Gefühl, als Kraft und als Prinzip. Die *Liebe als Drang*, so der Lehrer, erscheine in der Biosphäre aller Planeten bei der Entstehung des Lebens und wirke durch den Instinkt und das Unbewusste. Die *Liebe als Gefühl* träte mit dem Bewusstsein auf den Plan und wirke im Bereich familiärer und gesellschaftlicher Bindungen, aber auch der Menschheit als Ganzes. Die *Liebe als Kraft* habe Bedeutung für den Prozess der Evolution und der Reinkarnation; in ihr tauche zum ersten

Mal die *Figur des Opfers aus Liebe* auf, für das Jesus Christus das leuchtendste Beispiel sei. Die *Liebe als Prinzip* schlage die Verbindung zum Beginn des Universums, aus dem alles Seiende komme, auch die durch Leiden gereinigte menschliche Seele. Dieses Prinzip sei nur den Erleuchteten vertraut, Menschen, die sich aus der Welt der Kausalbeziehungen befreit hätten ins Allumgreifende, was bedeute, dass ihre Seele sich nicht mehr an einer Teil-Identität festklammere, sondern sich mit dem Weltganzen vereinige.

Seta lauschte der mit einer seltsamen Energie erfüllten Stimme des Lehrers gern. Das Einzige, was sie ärgerte, war der in ihren Augen übertriebene Gebrauch des Wortes »Liebe«, denn im Unterschied zu den Eingeweihten lebte sie nicht in der märchenhaften Welt des Glaubens, sondern in der harten, nüchternen Realität, inmitten ihrer Bekannten und Freunde, wo Liebe gekauft oder getauscht wurde, vor allem aber inmitten der finanziellen Möglichkeiten ihres Vaters, die ihr auf die denkbar nonchalanteste Weise zeigten, dass in dieser Realität etwas anderes im Mittelpunkt stand: die Macht und ihre Mechanismen. Das lehrte sie, ausschließlich sich selbst zu lieben. Ja, sie war sogar dazu gezwungen, nur sich selbst zu lieben. Die Liebe zu allem und allen war ein Vorrecht derer, die nichts besaßen außer ihrer Gesundheit, und die – ungehindert von Besitztümern – ihre Armut Richtung Armseligkeit transzendieren konnten. Sie kannte schon diesen Zustand grundlosen Mitleidens aus Momenten, wenn ihr Hausmädchen auf Zehenspitzen durchs Haus ging und erschreckt verbreitete: »Das gnädige Fräulein hat Migräne!« Dann packte sie die Sehnsucht, in einem gottverlassenen Dorf, in dem die Kinder an Hunger und einfachen Kinderkrankheiten starben, eine Kapelle zu errichten oder ein Krankenhaus. Die Wände mit den Seidentapeten wirkten dann erstickend auf sie. Ihre Schmuckstücke lachten sie gehässig und voller Spott aus. Die Männer widerten sie an. Angeekelt von sich selbst, wurde sie biestig, verteilte Schläge und Almosen oder goss sich einen Kognak ein, gleich im Schlafzimmer, wenn der Tag in den Kristallspiegeln ertrank. »Es gibt keinen schonungsloseren Menschen als einen enttäuschten und verärgerten Philanthropen«, sagte ihr Vater ihr zum Trost. Wenn sie am Morgen danach in sein Arbeitszimmer hinaufging, empfing er sie, nach Weidenzweigen duftend, mit der verzweifelten Frage: »Was wünschst du dir denn, mein Herzchen?«

Damit nahm er ihrem ganzen heimlichen Begehren, von dem sich auch ihre Fantasie nährte, den Wind aus den Segeln.

Plötzlich fragte sie Denov: »Aber … wie sollen wir uns denn helfen?«

Der Lehrer zuckte zusammen. Sein Blick ging in ihre Augen, verließ sie wieder. Seine langen Finger beruhigten sich, und seine Hände legten sich in seinen Schoß wie Hunde.

»Wenn Sie sehen, wie jemand auf der Straße umgebracht wird«, sagte er langsam, »helfen Sie ihm nicht, mein Fräulein. In seinem vergangenen Leben hat er eine böse Tat verübt und trägt nun unweigerlich die Folgen. In diesem Leben erleidet er die Vergeltung, weil für alles bezahlt werden muss. Aber versuchen Sie, die Liebe in sich zu kultivieren; wenn Ihnen das gelingt, werden Sie auch den anderen hilfreich sein. Wenn jeder von uns sich dem Guten ein Stück nähert, dann ist die Menschheit gemeinsam unterwegs zur Liebe. Die Naturgesetze liegen ja schon vor, und wir können sie nicht ändern; in unserer Macht liegt es nur, ihre Wirkung zu verlangsamen oder zu beschleunigen. Eine gute Tat zu vollbringen, das würde für Sie ein Leichtes sein; aber Liebe dabei zu empfinden, das dürfte Ihnen schwerfallen!« Und dann, mit gedämpfter Stimme: »Was wollen Sie denn sein: reich oder weise?«

Eine alte Frau ging wie ein Schatten vorbei und griff mit beiden Händen nach der Kanne wie nach dem Heiligen Gral, so, als hätte schon die reine Gegenwart des Lehrers den Tee darin in ein Wunder verwandelt. Sie gehörte zu denen, für die er so etwas wie der auferstandene Christus war, gekommen, um das Evangelium zu erfüllen.

Seta sagte: »Ich möchte glücklich sein.«

»Da hängt es ganz davon ab, was Sie unter Glücklichsein verstehen, mein Fräulein! Manche verlangen danach, alles zu haben, und haben so nichts. Das Glück hat nichts damit zu tun, ob Sie alles haben, in materieller Fülle leben, sondern es ist eine Hoffnung, eine Harmonie und – glauben Sie mir – Liebe! Kommen Sie zu meinem Vortrag am Sonntag.«

Draußen blendete sie die Sonne, der Schnee funkelte. In der Siedlung war es still geworden. Nur das einsame Geräusch einer Säge war zu vernehmen. Die Kiefern schwenkten ihre schneebeladenen Kronen, die Häuschen sahen aus wie auf einer Kinderzeichnung, mit den Rauchsäulen, die aus ihren Kaminen stiegen. Seta jedoch kam diese ganze pastorale

Idylle trügerisch vor. Hinter sich hörte sie, wie Boshidar und Goscho miteinander darüber redeten, dass der Lehrer irgendeinem Vater Anissi gliche. Boshidar konnte sich an seinen abgetragenen Talar erinnern, Goscho an seine leidenschaftliche Stimme, die anklagend Richtung Jenseits erschallte. Seta stellte sich vor, sie würde ganz in der Nähe wohnen und jeden Morgen die Welt aufgehen sehen wie Teig, die bezwingenden Klänge der Paneurhythmie hören, die Lied und Bewegung vereinte, den Moment in seiner unfassbaren Veränderlichkeit, und dass sie eine schlichte Porzellankanne mit Milch darin trüge und mit friedlicher Stimme riefe: »Trink, Lehrer!«

Aber ihr Kopf ließ diese Vorstellung nur unter der Bedingung zu, dass er und seine ganze Entourage ihr dann *gehörten*, und das weckte schon wieder die Bosheit in ihr. Auf einmal war ihr kalt, und sie spürte die Nässe in ihren Schuhen. Der Borissov-Park nahm seine Alltagsgestalt an: ein künstlich angelegter Wald voller zerzauster Bäume. Boshidar klopfte seine Stiefel am Trittbrett ihres Wagens ab.

»Na los, Herr Hauptmann, jetzt müssten Sie losgehen und irgendeinen armen kleinen Soldaten grün und blau prügeln«, sagte sie außer Atem. »In diesem Fach sind Sie ja ein großer Meister.«

Sie drehte sich um, doch statt Schmerz erblickte sie in seinen Augen nichts als Kälte und Grausamkeit. Diese Augen waren leer. Glasaugen.

»Das tue ich nur Ihnen zuliebe, mein Fräulein«, erwiderte er. »So wie dieser Prophet sich Ihrer Unsterblichkeit annimmt, so kämpfe ich dafür, dass Sie sorglos weiterleben können! Sie haben noch keine Entscheidung getroffen, aber fangen schon an, mir Vorwürfe zu machen.«

Zweites Kapitel

1

Bai Michal hatte die schwache Stelle von Herrn Pelsche erwischt. Pelsche war Besitzer eines erstklassigen Geschäftes für Modekonfektion, über dessen Schaufenstern ein Schild prangte mit der Aufschrift »Alles für Sie«. Er hatte eine schnurrende Stimme, sein Gesicht leuchtete. Er wog zwei Zentner, war dabei aber flink, ölig und gefährlich wie ein erdrutschgefährdeter Hang. Er vergab bereitwillig Komplimente und rieb sich dabei seine schwitzigen Hände vor Vergnügen. Herr Pelsche war Sepharde. Er war nicht unvermögend und hatte ein paar schwer zu durchschauende Eigenheiten. Eine davon war sein ans Fatalistische grenzender Aberglaube, den er um den *ersten Kunden* des Tages entwickelt hatte. Für ihn war der erste Kunde so etwas wie ein Talisman, der Merkur geneigt machte – oder eben nicht. Der erste Kunde war daher Chefsache. Er verjagte mit Blicken seine noch verschlafenen Verkäuferinnen und bediente ihn immer persönlich. Um an diesen ersten Kunden etwas zu verkaufen, war er sogar zu Rabatten bereit, mit denen er sich tief ins eigene Fleisch schnitt.

Bai Michal war der Erste, der sich einen Trenchcoat und eine Melone aus Mohair kaufte, in denen er aussah wie ein kleiner städtischer Angestellter. Danach kleidete sich seine ganze Gruppe bei Pelsche ein. Das war kein leicht zu lösendes Problem, denn die Einzigen, die »legal« waren, waren Assen und Vera. Um sechs Uhr früh jedoch in der Passage »Heiliger Nikola« von einem nassen Fuß auf den anderen zu treten, das musste dem feschen Quartalspolizisten, der sich mit männlicher Würde unter dem Bauchnabel kratzte, doch sehr verdächtig vorkommen. Also sollten Assen und Vera »en gros« einkaufen: einige Paare Damenschuhe der Marke »Salamander«, preiswerte, englisch gestreifte Kostüme, Blusen mit Knöpfen in Kleeblattform, Lippenstifte der Serie »Bonne Chance«, Rouge in hübschen Töpfchen, karierte Mützen. Die ganze Aktion war unterhaltsam und mühselig zugleich. Herr Pelsche beobachtete sie gereizt hinter den noch heruntergelassenen Gittern vor seinem Geschäft, doch irgendwann war es so weit, dass er öffnen musste – und das Feilschen begann, begleitet von Komplimenten, die wie Seidenschleifen fielen, aber manchmal eher als Fallstrick gedacht waren. Eine der Verkäuferinnen reinigte sich das Ohr mit dem Stift für die Abrechnungen. Vera hielt dieses Gezerre nicht aus. Sie kam bleich an Assens Arbeitsplatz »Ein gutes Ende dank Alexiev & Sohn«. Ihre Augen hatten die Farbe von Kaffee angenommen. Frau Pastuchova sagte ihm dann: »Ihre Verlobte ist ja wirklich ein sehr zartes und sehr trauriges Kind!«

Sie blieben allein in den finsteren Räumen des Instituts zwischen den Mustern mit phosphoreszierendem Baldachin, den Kerzenstapeln, den Säcken mit dem noch ungekochten Weizen für die Trauerspeise, den kleinen Kreuzen und den gähnenden Schubladen des Schrankes, in dem Herr Alexiev die Kartothek mit den Namen der reichsten Senioren Sofias untergebracht hatte, voller Hoffnung, Gott möge sie schon bald zu sich rufen.

»Jetzt wirst du mich ausschimpfen«, sagte Vera und legte ihm ihren Kopf auf die Schulter, aber er ließ sie gewähren, weil er spürte, dass sie angesichts der übermenschlichen Belastung jetzt einfach weinen musste. Er war einmal auf ihrer Bude in der Dondukov-Straße gewesen und wusste, dass sie in der zerkratzten Anrichte, gleich hinter der Stoffpuppe, ihre Browning, Kaliber 6, verbarg. Schon da hatte es ihm Eindruck gemacht, dass sie eine gefährliche Empfindsamkeit gegen fremdes Unglück an den Tag legte. Er hatte ihr »Madame Bovary« zu lesen gegeben, und dieses Mädchen, das in der Gummischuh-Fabrik arbeitete und mit ihrer unregelmäßigen Schrift an die Wände geschrieben hatte: »Tod dem Faschismus! Es lebe die UdSSR!«, hatte ihn erschreckt gefragt:

»Kann Schönheit wehtun?«

»Kann«, erwiderte ihr Assen. »Du siehst ja, sogar die Rose hat Dornen.«

Er hatte begonnen, den gemeinsamen Nekrolog für bulgarische Jahrmarkt- und Zirkusartisten zu erstellen. Auf seinem braun gestrichenen Schreibtisch lagen Fotos verstreut, vergilbt vor Neid auf ihn, der noch lebte. »Fico Asseolov-Mephisto, komischer Artist, Eigentümer eines motorbetriebenen Karussells, eines Schießstandes usw., verstorben auf der Insel Zypern; Nikola Joskov Alexov, Besitzer des ersten reisenden Kinematografen und eines anatomischen Museums, verstorben in Izmir; Jean Herman (›Bai Shan‹), Turner, auf tragische Weise vor den Augen der Zuschauer in Newrokop in der Arena umgekommen; Totka Budeva – Ballerina …« Assen goss Vera ein Glas nicht mehr ganz frischen Wassers ein, und langsam beruhigte sie sich. In der Kanzlei roch es nach Weihrauch und Weizen, aus der Nebenstraße drang die mechanische Melodie einer Drehorgel zu ihnen herein.

»Nein, ich werde dich nicht ausschimpfen«, sagte Assen, wie paralysiert von seiner Ohnmacht, »ich freue mich ja, dass du so bist.«

2

Die Frauen lernten nun das Schminken. Sie lernten, wie man mithilfe des Lippenstiftes der Marke »Bonne Chance« aus seinem Mund ein herzallerliebstes Herz macht und mithilfe hochhackiger Schuhe aus einer Frau ein leicht gehbehindertes Wesen. Vera glich in ihrem gepunkteten Kleid einem Schmetterling. Das dezente Rouge stand ihr gut und verlieh ihrem Gesicht einen romantischen Zug; fast konnte man sie für eine der höheren Töchter halten, die das amerikanische College besuchten.

»Du legst dich ja richtig ins Zeug«, wunderte sich Nada. »Ob du vielleicht ein bisschen eitel bist, Liebchen?«

Die Zwillinge in der Gruppe saßen auf der Liege und waren in ihren neuen Anzügen nun vollends ununterscheidbar. Assen wusste, dass sie vor kurzem aus einem Straflager entlassen worden waren. Der einzige feststellbare Unterschied zwischen ihnen war, dass der eine auf dem rechten Ohr nicht mehr hörte. Bei einem der Verhöre hatte man ihm das Trommelfell zerschlagen. Während ihrer Haft hatten sie ihre Qualen zu mildern gesucht, indem immer der besser Erholte zu den Verhören ging; doch irgendwann war man ihnen auf die Schliche gekommen, und von da an wurden sie immer beide zusammen rangenommen. Ihre Haarschöpfe endeten in einem denkwürdigen Haarwirbel über der Stirn, der aussah wie von einem Kalb hingeleckt. Dazu akzentuierte je ein schief gewachsener Schneidezahn ihr Lächeln. Sie mussten immer zur gleichen Zeit lachen und schwärmten auch beide für Vera. Wenn sie sie ansahen, glichen sie Kindern vor dem Schaufenster einer Süßwarenhandlung. Für die beiden ist das kein Problem, sie sind es gewöhnt, dachte Assen, aber was ist, wenn Vera sich in sie verliebt. Wie hält sie sie dann auseinander? Ja, mochte der eine von ihnen als Mensch stören, als Helfer in der Sache waren sie der Partei alle beide wichtig. Nada machte sich den Spaß, die beiden auf den Feldern am Fuß des Witoscha-Gebirges um die Wette laufen zu lassen, doch selbst da kamen sie stets gleichauf ins Ziel.

Assen registrierte den Unterschied zwischen sich und den anderen sehr wohl, doch er sah nicht, wie er ihn aus der Welt schaffen konnte. Er kam in den einfachsten Dingen zur Geltung. Die Art, wie er sich äußerte und die Dinge sah, brachte die anderen auf die Idee, ihn mit liebevollem Augenzwinkern »Professor« zu nennen, ihm beim Essen die größten Kartoffeln auf den Teller zu legen und wie auf Verabredung zu schweigen, wenn er etwas sagen wollte. Er konnte ihnen am verheißungsvollsten die Tage nach dem Sieg ausmalen und jene noch ungreifbar ferne Zukunft darstellen, in der es, wie Assen es ausdrückte, »auf jeder Straße einen Parteiklub mit Leuchtern aus blitzendem Kristall« geben würde. Beim Wort »Kristall« zuckten die anderen erschreckt zusammen, dann waren sie gerührt, als hätten sie ein Kindermärchen gehört, das in die Zukunft verlegt worden war. Die anderen, so empfand er es, waren so, wie sie waren, fertig, vollendet, identisch mit sich selbst; doch er, was war er denn? Schon im Alter von neunzehn Jahren, als der Foltermeister der Polizei von Widin seine höllisch schmerzenden Wunden mit Salzwasser »löschte«, hatte er sich gefragt, wie er dem hatte standhalten können? Warum er unter den warmen Worten des Zynikers Petkov nicht einknickte und auch der fürsorglichen Belagerung seines resignierten Onkels Christo nicht auf den Leim ging, sondern ihn ohne jedes Zaudern, ohne Mitleid und, ohne den kleinsten Kompromiss zu machen, auf der Bank unter der Weinlaube zurückließ. Noch nicht einmal die weisen Worte Jonkas hatten ihn bremsen können, als er – halbtot geprügelt – entlassen worden und gleich zu ihr gegangen war. Sie hatte seine Wunden mit frisch angesetztem Joghurt bestrichen, seinen Kopf in beide Hände genommen, ihn geschüttelt wie eine Glocke und gesagt: »Hüte dich, Söhnchen, hüte dich wohl! Denk immer dran: Als dein Vater beschloss, eine Herberge zu bauen, wollte er im Grunde eine Kirche erbauen, ohne sich dessen bewusst zu sein. Wenn du nun eine Kirche errichten willst, dann pass auf, dass keine primitive Absteige dabei herauskommt, in der es nach gedünsteten Zwiebeln und Schweißfüßen riecht.« Trotzdem hatte er seine zerschlagenen Knochen zusammengerafft und sich ohne Zögern die rote Bahnlaterne geschnappt, um Richtung Bahnlinie aufzubrechen und – umtost vom Sommerorchester der Grillen und dem Geruch nach Minze und Johanniskraut – nur auf den Geruch der frisch gelegten Schwellen zu achten und das Seine zu tun.

In einem hatte sein Onkel Christo recht gehabt: In Widin war auch ihm alles zu muffig; alles außer der Donau war klein und eng. »Mutter« Jonka drängte darauf, ihn mit der einzigen Zahnärztin in der Stadt zu verbandeln, einer Frau, die von Geburt an hinkte und eine Aussteuer von zwanzig Decken angehäuft hatte. Ihr Keller barst vor Einmachgläsern mit allem darin, was der Garten hergab, vom sauer eingelegten Wintergemüse bis hin zum Kompott. Ach ja, in der Volksbank hatte sie ein Schließfach, in dem anderthalb Kilogramm pures Gold lagen. Und was war mit dem Zoll, seinem offiziellen Arbeitsplatz? Der war ein Brutplatz für Gauner und Betrüger, ein Lagerplatz für Schmuggelware, angefangen von englischen Stoffen, Linon für Kissenbezüge und Gummibänder über Säcke mit Mandeln und Pistazien, und das alles wurde garniert von den derben Flüchen und Verwünschungen der Lastenträger vom Hafen. Assen spürte, dass er in der verwirrenden Fülle dieser kunterbunten Warenwelt zu versacken drohte und zusehen musste, sich so schnell wie möglich davonzumachen, wenn er nicht eingehen wollte.

Er fuhr nach Sofia mit halbleerem Koffer und umso inbrünstigerem Segen von »Mutter« Jonka. In der Tasche hatte er ganze vierzig zerknitterte Lewa, im Herzen eine unbändige Hoffnung. Doch schon als er am Bahnhof eintraf – noch bevor die Angst vor der Großstadt ihn erreicht hatte, die Erniedrigung am Arbeitsplatz und die Einsamkeit in seiner Bude –, spürte er, wie er zu ersticken drohte. Diese seltsame Leere wollte nicht aufhören, ihn zu geißeln; da halfen auch nicht die Reden Ciceros, die mal scharf und gedrängt aufstrebten wie eine gotische Kathedrale, mal verschwenderisch und luftig in die Breite gingen wie ein spätbarocker Kuppelbau.

An einem unwirtlichen Novemberabend hielt er es nicht mehr aus und fragte Bai Michal, worin eigentlich der Unterschied zwischen ihm und den anderen bestehe. Und Bai Michal schonte ihn nicht: »Der Unterschied, mein Sohn, besteht darin: Wir haben keinen anderen Ausweg mehr als den der Revolution, du hingegen könntest immer noch Anwalt werden, Professor, ja, von mir aus sogar Trinker, du hast die freie Wahl.«

Die Zwillinge saßen kichernd in der Ecke und boxten sich in die Rippen wie pubertierende Dorfjungen, Vera drehte sich graziös vor dem gesprungenen Spiegel um ihre eigene Achse, Nada hatte gerade den Topf mit den dampfenden Kartoffeln von der Herdplatte genommen und verteilte sie auf die Teller – die größten auf Assens. Blaue Stunde. Über das Gebäude hatte sich der betäubende Duft des Frühlings gelegt. Ein lauer Wind vom Witoscha flüsterte von Güte und Harmonie. Vor dem Sägewerk wurden gerade harzduftende Stämme abgeladen. Auf einmal stand Assen auf und schloss das Fenster. Er wollte nicht, dass Vera sah, wie die Krüppel anmarschiert kamen Richtung Lager, mit ihrem gebeugten, schiefen Gang.

»Ruhe jetzt«, sagte Assen geschäftig, »heute reden wir über Marx' Theorie vom Mehrwert.«

3

Nach vierundzwanzig Stunden ohne einen Bissen waren seine Sinne hellwach und geschärft bis an die Grenze der Taubheit, bereit, aufzuspüren und frühzeitig zu warnen. Die Welt war nichts als Lichtreflex, Schall und olfaktorischer Reiz. Da – der konturierte Widerhall eines Teppichklopfers, und hier – der kleine Schuhputzer, der unter einem abgerissenen Plakat dösend auf Kundschaft wartete. Über die Friedhofsmauer wälzte sich ein gegensätzlicher Duft aus Aufblühen und Vermodern – humusreiche Erde, Blumen, Sträucher, wilde Gräser … und wieder Blumen – Nelken, Dahlien, Chrysanthemen, mit denen die frischen Gräber überhäuft waren. Die Straße war schnurgerade und voller Matsch; sie dehnte, ja, räkelte sich hinein in diesen endlosen Mittag und führte zu Maisfeldern und amorph brütenden Sümpfen, denen nur das Schilf Halt gab.

Assen spürte, wie sich Veras Fingernägel in seine Handfläche bohrten. Auf ihren Lippen stand ein künstliches Lächeln. Ihr Denken und ihre

Sorge um sich selbst hatten völlig ausgesetzt. Sie ging einfach diesen Weg mit diesem Mann entlang, dem Moment ihrer Bestimmung entgegen. Dem Geruch nach erreichten sie den Schlachthof bald. Als sie links abbogen, bemerkte er ein hingeducktes gelbliches Gebäude. Dahinter, im von zahllosen Hufen durchgekneteten Schlamm, magere Kühe. Auch das Blöken von Schafen war zu hören. »Nicht gleich so niedergeschlagen«, hatte Bai Michal ihnen mit auf den Weg gegeben, »die Revolution ist keine Naturkatastrophe! Und nicht vergessen: So sehr wir auch leiden, uns abrackern müssen: Unser ist der Hass auf die bestehenden Verhältnisse, aber unser ist auch die Liebe zu den Ausgebeuteten!«

Niemand hinderte sie am Eintreten, nur ein paar Knochenhaufen lagen im Weg. Sie erreichten die große Halle. Blitzende S-förmige Haken mit gehäuteten Tierleibern daran hingen von der Decke. Der dumpfe Schlag eines Beils war zu hören, dessen Schneide in weiches Fleisch eindrang. Der Boden war schleimig von geliertem Fleischsaft und Blut.

»Entsichere deine Pistole!«, sagte er zu Vera. Sie hielten an der hellsten Stelle. So, wie sie sich voller Inbrunst an ihn drängte, glichen sie wohl wirklich einem Liebespaar. »Warum stellen wir ihn ausgerechnet im Schlachthof«, hatte Assen gefragt, »Vera muss doch von dem Kadavergestank in Ohnmacht fallen?« – »Ganz einfach«, hatte Bai Michal finster erwidert, »weil ihr dort seinen Kindern nicht begegnen könnt. Denkt dran: Er ist ein noch größeres Schwein als der Polizeichef. Zwölf Leute hat er ans Messer geliefert, ohne dass die ihm auch nur ein Haar gekrümmt hätten!«

Assen befreite sich mit einer brüsken Bewegung von Vera, als ob er rasch seinen Mantel von sich werfe, um einem Ertrinkenden hinterherzuspringen. Er schlich sich zwischen den Haufen ausgeweideter Gedärme hindurch, die auf blechbezogenen Theken lagen, und verspürte einen derart animalischen Hunger, ein derartiges Vakuum im Inneren, dass ihm einen Moment lang war, als sei er gekommen, um sich hier satt zu essen. Um die Mittagsstunde war sonst niemand im Raum. *Ihn* fand er ganz am Ende. Als Erstes sah er seine fleckige Schürze. Er wollte auch sein Schlachtergesicht sehen, die gesättigte Stumpfheit im Ausdruck eines Menschen, der gewohnt ist, Tag für Tag rohes Fleisch zu zerteilen.

»Stojan Miluschev«, sagte Assen still und hob seine Pistole, »im Namen des Volkes …«

Der Genannte drehte sich um. Auf einem stämmigen, zähen Körper saß ein kleiner Kopf, der fast völlig kahl war. Der Mann ähnelte seinem Ersatz-Vater Todor. Warum fiel ihm gerade jetzt ein, dass Jonka ihm geschrieben hatte, Todor sei sterbenskrank? Miluschev hielt das blutverschmierte Fleischerbeil wie den Wimpel einer Wohltätigkeitsvereinigung. Er machte gar nicht erst den Versuch, Widerstand zu leisten. Assen hatte keine Zeit, sich zu fragen, was er davon halten sollte. Jetzt sah er, wie ein gelblicher Wasserstrahl zwischen Miluschevs Beinen herabplätscherte. Dann kam sie doch noch, die falsche Bewegung. Es war nicht klar, ob der Fleischer sich den Schweiß von der Stirn wischen oder Assen das Beil reichen wollte – es genügte, dass es ein Angriff oder ein Fluchtversuch hätte sein können. Drei rasche Schüsse lösten sich aus Assens Waffe. Das Echo hallte von den Wänden wider, als wären die geschlachteten Tiere erwacht.

In diesem Moment brach im fernen Widin Todors Frau Jonka in Tränen aus.

4

Am Abend dieses Tages eins, des Tages ihres ersten Erfolgs, trafen sie sich in einem verlassenen Park. Die Goldfische im Teich sprangen vor Freude über die hereinbrechende Kühle an die Wasseroberfläche, der Mond spülte ihnen sein weiches Licht vor die Füße, und Vera umarmte urplötzlich Nada. Bai Michal reichte Assen eine Zigarette und fragte ihn:

»Hast du schon mal jemanden umgebracht?«

»Ich weiß es nicht«, antwortete Assen, und in seiner Brust schwoll ein Gefühl ernster Besorgnis an, »ich weiß es wirklich nicht.«

5

Die Silhouetten der Damen, die über die gelblichen Pflastersteine des »Befreier«-Zaren-Boulevards an seinem Fenster vorübergingen, das blattvergoldete Zwiebeldach der russischen Kirche »Sveti Nikolaj« und die Tauben, die es umflatterten, fand er weitaus interessanter als die Papiere, die ihm sein Gehilfe, Ratscho Pentschev, auf den Schreibtisch gelegt hatte.

Nun blieb er auch noch dienstbeflissen neben ihm stehen, dieser Pentschev! Er hatte regelrechte Frauenhände, trug ein Menjou-Bärtchen, das von einem frankophilen Quartalsfrisör in Form gehalten wurde, und sein Anzug schien einzig und allein dazu geschneidert zu sein, die Goldkette ins Licht zu rücken, die darüber hing und so dick war, dass es sich unmöglich um reines Edelmetall handeln konnte.

Ja, sein Bediensteter Ratscho … Wenn es nicht so langweilig wäre, würde er diese ganzen Quittungen, die sich seit Monaten anhäuften, einmal streng überprüfen, um den Guten in Nullkommanichts der Betrügerei überführen und unverzüglich entlassen zu können. Doch auch ohne genaueres Hinsehen war Ratschos Chef im Konditorei-Café »Bulgaria«, Georgi Pantov Weltschev, klar, dass auch dann, wenn ein Stückchen Torte zu hundert Prozent aus reinem Kakao bestand, unmöglich fünfhundert Gramm dafür verbraucht werden konnten. Er trank zerstreut einen Schluck von seinem Kaffee, blies den Rauch seiner Zigarette genau in das gepuderte Gesicht Pentschevs und konnte die Ledermappe weder einfach so schließen, noch sich auf ihren Inhalt konzentrieren.

Goscho hatte immerhin gelernt, das kleinere vom größeren Übel zu unterscheiden, jenen für den Durchschnittsverstand unsichtbaren haarfeinen Grat zwischen Schwierigkeiten und Katastrophen, der letzten Endes unser Leben und Dasein bestimmt. Deshalb war er jetzt wirklich besorgt. Die Ländereien, die sein Großvater um Kula besessen hatte, schmolzen langsam dahin. Der endlose Besitz, den man einst nur mit einem guten Pferd oder mit der Fantasie eines Kindes in einem Tag hatte umrunden können, war so gut wie verkauft, und Goscho hatte die Gefahr, die darin lag, gerade noch rechtzeitig erkannt und begonnen, um sein Überleben zu kämpfen. Er wollte zwar auch weiterhin – ganz wie der Vater – nach eigener Fasson leben, aber doch mit einer etwas zuverlässigeren Basis.

Sein Heranreifen als Mann hatte damit begonnen, dass er mit heißem Drang die schlaftrunkene Zwetana umarmte, und war fortgeschritten in der kühlen Umarmung Europas. Er hatte in Wien alle Operetten gesehen, hatte die großen Boulevards von Paris umrundet und die kleinen Strässchen in den verruchten Vierteln nicht ausgelassen; er hatte Bockwurst mit Senf in Wiesbaden gegessen und dort auch vom Mineralwasser getrunken, das schmeckte wie abgestandenes Bier. Lehr- und Wanderjahre, nach denen er allerdings in seine Heimat Bulgarien mit derselben leicht entflammbaren Begeisterungsfähigkeit zurückkehrte, mit der er aufgebrochen war. Als er an einem Sonntag mit dem Orient-Express eintraf, beschloss er, dass es an der Zeit war, zu heiraten.

Im zweitklassigen Hotel »Petersburg« wartete ein Brief seiner Mutter auf ihn. Mit einem tränenseligen Ton, der nichts Gutes verhieß, schrieb ihm Gina, dass, wenn sie auch die letzten paar Hektar seiner großväterlichen »Besitztümer« (beim Lesen dieses Wortes bekam er einen trockenen Mund) noch abstoßen würde, der Erlös gerade eben ausreiche, um noch einen Koffer mit Geld zu füllen. Die Maßeinheit »Koffer« gab Goscho den Rest. Ein Koffer, das konnte doch, wie er, der Weitgereiste, wusste, alles Mögliche sein! In Leipzig zum Beispiel hatte er Koffer gesehen, die die Ausmaße eines Kleiderschranks hatten. In Paris hingegen waren ihm Reisetaschen unter die Augen gekommen, die nicht größer waren als ein paar übereinandergelegte Brieftaschen. Er rief sich das faltige Gesicht seiner Mutter mit dem Damenbart auf der Oberlippe in Erinnerung, den riesigen Wachhund, dessen Bellen ein einziger Wutschrei gegen alles Menschliche zu sein schien – all dies sah er klar vor sich; doch gelang es ihm nicht, sich den Koffer vorzustellen, jenen Gegenstand aus Hartpappe, von dem sein weiteres Schicksal abhing.

Sein Überlebensinstinkt sagte ihm, dass es zwecklos war, sich zu verbiegen. Wenn er durchkommen wollte, durfte er nur der eigenen Nase nach leben, mit all seiner Nonchalance und seinem Dilettantismus. Er zog sich etwas anderes an. Zog es wieder aus. Der Wasserhahn tropfte. Auf der Straße pulsierte das Leben. Er sah einen Priester eilig vorüberhasten und ein paar Taschendiebe, die auf Opfer warteten; dazwischen nichts als Ungewissheit. Er machte einen Stadtspaziergang. Mütter führten ihre Kinder aus. Die waren so aus dem Ei gepellt, dass man meinen konnte, ihre Mamas führten sie nicht aus, sondern vor. Heisere Zeitungsverkäufer passierten ihn, Offiziere in Pelerinen, unter denen sie Dienst- und Privatgeheimnisse verbargen. Fiaker und Personenkraftwagen ratterten vorüber. Die Linden blühten … Nein, nicht die Linden, wo kamen ihm jetzt die Linden her, es war doch Herbst!?!

Schon am folgenden Tag machte er seinen Vetter Boshidar ausfindig, der, zu Tode gelangweilt von Goschos Überschwang, ihn mit Seta Topalov bekanntmachte. Noch während sie im Café »Savoy« eine Flasche Schampus leerten, verliebte sich Goscho in sie, küsste ihr mit galanter Verbeugung jeden Finger einzeln, erzählte ihr von den Wahnsinnsfolgen der französischen Dreyfus-Affäre, und von einem Schriftsteller namens Marcel Proust, der den Niedergang der Pariser Salons schon prophezeit hatte, als diese noch in voller Blüte standen. Seta hatte anfangs ihren Spaß mit ihm. Es folgten Tage, die so voller Amüsements waren, dass es fast in Arbeit ausartete. Goscho schwirrte der Kopf. Er wusste weder, wie seine Mutter hieß, noch wann er geboren war. Da warf er einfach stöhnend hin:

»Wahrscheinlich habe ich *morgen* Geburtstag!«

»Wirklich?«, fasste Seta Topalova sofort nach und lachte unbestimmt. »Dann müssen wir dir ja ein Geschenk machen.«

Sie zerrte ihn in ihr Auto. Auf dem Weg nach Bankja gestattete sie ihm, ihren Fuchspelzkragen, in dem sich der Geruch nach weiblichem Tier gesammelt hatte, mit Küssen zu bespeicheln. Die folgende Nacht war die kürzeste seines Lebens. Er wollte etwas Grandioses oder Spleeniges vollführen, etwas Einmaliges eben, und hätte dabei um ein Haar die Villa in Brand gesteckt. Er beschloss, nicht die Treppe zu benutzen, sondern sich außen über die Pergola zum Schlafzimmer emporzuschwingen, von der Glyzinien herabhingen, und als er berauscht den Ort des hoffentlich baldigen Geschehens betrat und bereits seine Hose auszog, stieß ihn Seta schroff zurück. Auf dem Bett kniend, fragte sie ihn kalt:

»Und jetzt, he, was willst du, du Knilch?«

Vermutlich durchlebte sie irgendein Trauma, von dem er nichts wusste, denn sie hatte Tränen in den Augen. Draußen klopften ein paar Birkenäste ans Fenster, drinnen stand Goscho im Häuflein seiner eigenen Hose und fühlte sich so herablassend behandelt wie diese. Da wusste er sich keinen anderen Ausweg mehr als die Flucht nach vorn. Er erzählte Seta mit gewinnender Offenheit von seiner bevorstehenden Verarmung, nannte seinen Vater einen »großen Suizidanten« und seine Mutter eine »Witzfigur«, die jeden Tag ein paar Seiten in der *Encyclopédie Larousse* las und anschließend mit ihrer frischen Bildung hausieren ging, weswegen sie von allen hinter ihrem Rücken mit dem Spitznamen »Tante Allwissend« auf die Schippe genommen wurde. Nun war ihm nur ein Koffer geblieben, ein Koffer von unbestimmter Größe, in dem eine folglich unbestimmte, aber sehr begrenzte Menge Geldes lag, das mit Sicherheit eher zu Ende war als sein Leben. Man konnte mit diesen armen, zerknitterten Banknoten beinahe Mitleid haben, schloss Goscho, wandte sich zum Fenster, öffnete es, und wollte denselben Weg, den er gekommen war, auch wieder zurück nehmen.

»Wie kannst du nur ein so sympathischer Idiot sein«, fragte Seta, wieder beruhigt, »du bist ja ein ganzer Zirkus in einer Person, du Dummerchen. Sieht ganz so aus, als müssten wir dich unter die Haube bringen, bevor du mir über geworden bist ...«

Und Seta bemühte sich in der Folgezeit tatsächlich, Goscho in die Gesellschaft einzuführen, mit jenem verbalen Pomp, wie er typisch ist für schwache Theaterstücke. Sie zerrte ihn auf Sonntags-Jours, nahm ihn in die Loge des Volkstheaters mit, hielt ihn an, nur violette Krawatten und Lackschuhe zu tragen, und lancierte das Gerücht von den zweihundert Hektar fruchtbaren Landes, das ihm von seinem Großvater testamentarisch vermacht worden sei, von den Mühlen mit der Dampfkraft kleiner Lokomotiven und nicht zuletzt, dass »Herr Pantov in Wien *die feinen Künste* absolviert« habe, ein Detail, das seine Exzentrizität erkläre und seinen Hang zu violetten Krawatten.

Man schrieb das Jahr 1940. Hitler überrannte Frankreich, mit der für die Hautevolee wichtigen Folge, dass echter französischer Champagner billiger wurde. Dann ging er trotz des Nichtangriffspaktes mit Stalin auf die UdSSR los, wodurch das Brot teurer wurde. In Bulgarien verkrochen sich die allermeisten Kommunisten als Partisanen in den Wäldern. In den Städten wurde die Polizeistunde eingeführt, und der Verkauf von Waffen oder Gegenständen, die als Waffe dienen konnten, wurde (mit Ausnahme von Brotmessern) verboten. Die Kinos »Rex«, »Excelsior« und »Europa Palast« brachten den »unglaublich grandiosen Technicolor-Filmgiganten ›Der Zauberer von Oz‹ mit Judy Garland in der Titelrolle«; die Zeitung *Der Morgen* lobte das strategische und taktische Geschick der Deutschen, während die Kollegen vom *Tageblatt* in ihren schwarzen Chroniken die gute Gesellschaft mit pikanten Histörchen verschreckten, wie man sie auch heutzutage wieder gern in der Regenbogenpresse groß aufmacht.

Goscho Pantov »arbeitete« mit der bei ihm bekannten Hartnäckigkeit, die er immer an den Tag legte, wenn er sich etwas genügend Ausgefallenes in den Kopf gesetzt hatte: Er rasierte sich die Koteletten ab, ließ sich bei Rantschev violette Anzüge schneidern und war in den Salons bald unter dem Spitznamen »Othello« berühmt, obwohl er noch nie in seinem Leben Eifersucht empfunden hatte; auch die Neigung zu körperlicher Gewalt konnte man ihm nicht nachsagen.

Mit sicheren Instinkt fiel sein Blick bei einer dieser Zusammenkünfte auf die stille Sonja Toromanova, ein liebliches, nicht sehr bodenständig wirkendes Wesen, das aber über eine gute Mitgift verfügte. Man sah ihr die Schönheit nicht sofort an, weil sie sie nicht zur Schau stellte. Auch das Vermögen ihres Vaters war schwer zu schätzen, weil sie nicht zeigte, dass sie aus dem Vollen schöpfen konnte. All dies jedoch bewies ihre angeborene Hingabefähigkeit, sprach von Demut und Seelenfrieden. Und wo er schon einmal als Othello eingeführt war, stellte er ihr die naheliegendste aller Fragen: »Sie sind nicht zufällig Desdemona?« Der theatralische Schwung, mit dem Goscho auf sie losging, bereitete ihr so großes Unbehagen, dass ihr fast übel wurde.

Er begleitete sie nach Hause. Die Blätter der Kastanien auf dem Zaren-Boulevard glänzten grün, die Fenster der Universität und der umliegenden Gebäude reflektierten das Abendrot. Goscho spielte den Betrübten, bis er selbst daran glaubte und am Ende wirklich betrübt war. Dazu war es hilfreich, sich vorzustellen, wie er gealtert im still gewordenen Haus seiner Mutter hockte, mit einer warmen Karodecke um die Beine, und sich einen Sonnenuntergang anschaute. Als sie vor dem Eingangsportal ihres herrschaftlichen Elternhauses anhielten, war er sowohl weich als auch aufrichtig geworden. Er redete nun nicht mehr wie ein dramatischer Held, sondern behutsam, wie zu einem erschrockenen Kind, nannte sie »mein Engel« und bot ihr seine Hand: »Die ehrliche Hand eines Menschen, der geduldig sein nicht leichtes Los trägt.« Er hätte schwören können, dass er in diesem Moment tatsächlich verliebt war. Sonja Toromanova antwortete weder mit »nein« noch mit »ja«, doch Goscho war sich seines Erfolges sicher, denn sie war ein Mensch, der eher sich selbst schadete, als jemand anderen vor den Kopf zu stoßen. Nachdem sie sich voller Beschämung im Treppenhaus verloren hatte, machte er nicht den Fehler, gleich in die nächste Rolle zu schlüpfen und als Romeo auf ihren Balkon zu steigen und ans Fenster zu klopfen. Stattdessen verbrachte er eine verlustreiche Pokernacht im »Union Club«. Aber was machte das schon? Er hatte dennoch eine bessere Wahl getroffen als sein Vater. Dessen Frau, seine Mutter, war ihm sein Lebtag ein geduldiger Feind gewesen, während das Fräulein, auf dessen Kosten er zu leben gedachte, versprach, ihm ebenfalls ein Lebtag zur Seite zu stehen, aber als geduldiger Freund. So brauchte man auch keinen Selbstmord zu begehen.

Nun, nachdem er es geschafft hatte, den magischen Abgrund zu überspringen, der in seiner Schicksalslinie klaffte, erkannte er, dass alles Übrige nur noch kleine Unannehmlichkeiten waren, die ewige Mitgift des Bösen, ohne die keiner durchs Leben kommt, und ohne die es auch keine Freuden gibt.

Er hatte also das Seine erreicht, und das hatte ihn ermüdet. Ja, wenn er nur nicht so müde wäre, hätte er diesen Gauner Pentschev schon längst mit einer gepfefferten Gardinenpredigt vor die Tür gesetzt, wo er mit seinem Menjou-Bärtchen zucken konnte, so viel er wollte. Schau sich das einer an: eine Torte, bestellt vom Zarenhof für den Geburtstag Seiner Hoheit – zweiundzwanzig Kilogramm! Dabei wusste selbst er mit seinen oberflächlichen Kenntnissen, dass Schokoladen-Mandelcreme und Gelatine, garniert mit frischen Früchten und Zuckerguss-Blumen, niemals mehr als zwölf Kilogramm wiegen konnte. Wie sich doch alles wiederholt!, dachte er und beschloss, von morgen an, oder sagen wir: spätestens von übermorgen an früh aufzustehen, sich mit einer Kanne eiskalten Wassers abzuhärten und das Konditorei-Café um punkt sieben Uhr dreißig zu betreten. Doch leider packte ihn ein derartiger Ennui, dass er nur hüstelte und seinem Gehilfen, statt ihn zu entlassen, auftrug:

»Gut, gut … Bitte, rufen Sie Fräulein Angelina herein.«

Noch während Pentschev mit serviler Beflissenheit die Papiere und Quittungen einsammelte, zwängte sich die neue Sängerin in sein Büro, mit königlichem Lächeln und einem Dekolletee, das ihn die soeben festgestellte Gewichtsdifferenz in der vom Hof bestellten Geburtstagstorte rasch vergessen ließ.

6

Der Sommer des Jahres 1942 war heiß und trocken. Die dünne Schneedecke im Schatten der höchsten Witoscha-Gipfel war schon im Juni geschmolzen, die Stadt verwandelte sich in einen Backofen. Das eingemauerte Rinnsal des Perlovska-Baches, der Sofia als offener Kanal durchfließt, roch nach Pissoir. In den Armenvierteln am Stadtrand wurde das Trinkwasser knapp. Die Studenten verschwanden aufs Land, und für die Polizeiwachtmeister kam eine Zeit paradiesischer Ruhe, wenn man einmal von den Holzschuhen absah, die neuerdings über das Pflaster klapperten. Das war eine aus der Not heraus geborene Mode, da Leder als kriegswichtiges Material vom treuen Verbündeten Bulgarien nach Deutschland verbracht wurde. Die Bauern verkauften ihre letzten Blechdosen mit Schmalz und Weißkäse auf dem Markt, um sich im Gegenzug mit billigen Laken einzudecken, aus denen sie sich Hemd und Hose nähen konnten. Nach und nach waren alle Produkte im unersättlichen Magen des Krieges verschwunden, doch im Gegenzug war auf einmal ein erstaunliches italienisches Maschinchen der Firma Barbieri aus Modena erhältlich, mit dem man die Kerne von den Weinbeeren trennen konnte. Die Zahl der Kräutersammler stieg unaufhaltsam, doch so gesund Kräutertee auch sein mochte, den Hunger stillte er nicht. Alle ein, zwei Wochen brachten sich die kommunistischen Partisanen in Erinnerung. Dann erwachten die Außenbezirke Sofias von Schüssen oder dem Brand eines Lagers mit kriegswichtigem Material für die Ostfront.

Mitten in diesem Elend hatte Goscho Pantov die fantastische Idee, eine neue Sommertorte mit Schokoladencremefüllung zu kreieren, um den Gaumenkitzel der »Garasch«-Variante seines verstorbenen Schwiegervaters und Firmengründers Toromanov noch zu übertreffen. Und so schloss er sich in die Backstube seines Konditorei-Cafés mit derselben pathologischen Besessenheit ein, mit der sein Onkel Ilija mehr als einen Monat vor dem Brennofen verbracht hatte, um am Ende eine weiße Ballerina mit nach Hause nehmen zu können. Er fühlte sich nun reif genug für eine wahre Heldentat. Nie war er mehr er selbst als in diesem Entschluss, nie zerstreuter in den aktuellen Alltagsfragen und nie konzentrierter auf die kommende Zeit, die er mit der Glorie einer Torten-Weltneuheit zu beschenken gedachte. Unterdessen verschlug sein Konditoreimeister, ein flinker Armenier mit Adlernase, Butter, Milch und Kakao mit Saft aus Blaubeeren, Walderdbeeren oder Bananenbrei zu einer Mischung, die nach irgendetwas zwischen Bergwiese und Tropennacht roch. Vor lauter Zucker sprangen Goscho die Lippen auf, vom Kakao bekam er Herzklopfen, und von der Hitze des Backofens, in dessen Nähe sein Meister und er sich aufhielten, wurde ihm schwindlig, doch – Goscho hielt all diesem Ungemach ebenso heroisch stand wie die Brandschutzmauer, die die Backstube vom Gastraum trennte und auf die er oft starrte, als läse er dort in Flammenschrift irgendeine magische Rezeptur, die die Lösung des Schokoladencremefüllungsrätsels verhieß. Alle zwei Tage schaute Seta in der Backstube vorbei. Sie ging lieb mit Goscho und dem fetten Kater um, der verlernt hatte, Fleisch zu fressen, und darum seine tierischen Instinkte verloren hatte. Sie allein verstand, dass nach der schweren praktischen Arbeit, die Goscho geleistet hatte, um es bis zur Hochzeit mit Sonja Toromanova zu bringen, nun für ihn die Momente spiritueller Festlichkeit gekommen waren.

Doch als auch Seta nach Evksinograd ans Schwarze Meer fuhr, einer Zarenresidenz nördlich von Warna, kam für Georgi eine Zeit der Einsamkeit. Sein sturer Wille verwandelte sich, je mehr sein Erfindungsreichtum sich erschöpfte, immer mehr in eine Bürde. Er hätte sich in den Augen der guten Gesellschaft kompromittiert, ja sogar die Aufmerksamkeit der deutschen Gestapo auf sich gezogen, wenn ihm im September nicht der Wettergott zu Hilfe gekommen wäre. Die Gluthitze wich kühlen Regentagen, und – nicht wahr? – wer interessierte sich bei solcher Witterung schon für eine leichte Sommertorte. Goscho bezahlte seinem Meister, was er ihm versprochen hatte, brach zum ersten Mal einen Streit mit Ratscho Pentschev vom Zaun, dann gewährte er sich eine Woche Zeit, um die Niederlage zu verarbeiten.

Nun wollte es gar nicht mehr aufhören, zu regnen. Der Platz um die Alexander-Newski-Kathedrale schien unter den Wassermassen aufzugehen wie Teig. Die Droschke des Metropoliten schlitterte und rutschte, als der Kutscher zwischen dem Gebäude der Akademie der Wissenschaften und dem Parlamentsgebäude zur Heiligen Synode abbog, die sich unweit der großen Kathedrale befand. Den Kastanien hingen die langen, lappigen

Blätter erschöpft aus der Krone, und bald schon waren die Gehsteige übersät mit einer bräunlichen Schicht glitschigen Herbstlaubes.

Es ist nur so, dass, wenn ein Mensch ungewöhnliche Dinge unternimmt, auch ihm selbst seltsame Dinge widerfahren. Sonja hörte auf, zur Kirche zu gehen, als fürchte sie sich auf einmal mehr vor dem lieben Gott als vor dem bösen Teufel, ihr Zimmermädchen verließ sie, um einen Artillerieleutnant mit ungewöhnlich langen Beinen zu heiraten, und Vetter Assen hatte begonnen, ihnen zweimal in der Woche seine Aufwartung zu machen. Er kam mit der Pünktlichkeit eines alten Schreibers in immer demselben abgetragenen Anzug und immer denselben Schuhen, die in dieser Kombination irgendwie übertrieben auf Hochglanz poliert waren.

»Ich komme noch einmal wegen der Grabstätte, Vetter Goscho«, sagte Assen schlicht und breitete die zerknitterten Umrisse der steinernen Gruft, die die letzte Heimstatt des alten Toromanov bilden sollte, auf dem Tischchen aus. Ein betretenes Schweigen folgte, weil es vollkommen überflüssig war, noch einmal durchzugehen, was schon ein dutzendmal durchgesprochen worden war. Sonja senkte den Kopf über eine Stickarbeit, als fürchte sie sich vor Assen. Dabei fielen ihr ein paar Locken über die Stirn. Das Hausmädchen trug ein Tablett mit Tee und Biskuits herein, von denen niemand auch nur kostete. Goscho bemühte sich unbekümmert, ein Gespräch in Gang zu bringen, indem er ans Gemeinsame appellierte und Verbindungslinien zwischen Okkultismus und Kommunismus zog:

»Nur ihr Kommunisten und wir Okkultisten können die Welt in Ordnung bringen, weil wir an die Zukunft des menschlichen Geistes glauben!«

»Aber ich bin kein Kommunist«, entgegnete Assen unweigerlich, und damit war auch dieses Thema zwischen ihnen gestorben. Die Nähe, wenn auch nur verwandtschaftlich bedingt, löste sich in Luft auf und verblieb als eine Art Erinnerung im Raum, die niemand mehr vor sich sah.

Warum kommt er dann her, fragte sich Goscho und versuchte, eine Erklärung zu finden, indem er sich die Energie und Zerstörungskraft von Assens Vater Jordan vorstellte, die im Notfall vor nichts haltmachte. Und dieser hier schien nicht weniger verrückt zu sein als sein Alter, nur dass er den Notfall zum Dauerzustand gemacht hatte, wie seine ständige innere Angespanntheit, seine hohe Stirn und sein provozierend vorstehendes Kinn verrieten. Goscho konnte so geduldig und zurückhaltend reagieren, wie er wollte, irgendwann machte einen dieser undurchschaubare Langweiler mit seiner penetranten Anwesenheit einfach benommen; dann vergaß er, dass er immer noch der angesagteste Konditor von Sofia war, und wurde so unsicher, dass er bereit war, ihm Gefälligkeiten zu erweisen oder ihm Geld zu leihen, nur um ihn loszuwerden. Boshidar hätte ihn einfach verjagt … Das hätte er, Georgi, auch, wenn er bloß diese verfluchte Torte hinbekommen hätte! Nur leider hatte er sie nicht hinbekommen! Stattdessen wurden inhaltsleere Phrasen ausgetauscht, bis Goscho die Lüster einschaltete, um Assens Gesicht besser erkennen zu können. Im heftigen Wunsch, an dieser beklemmenden Konstellation etwas zu ändern, lud er Assen mit idiotischer Beharrlichkeit immer wieder ein, freitags zum Mittagessen, montags zum Abendessen … Er machte sich regelrecht zum Affen vor dem Dauergast. Manchmal fing er den nachdenklichen Blick Sonjas auf, der zwischen ihnen hin und her wanderte mit seltsam geteilter Ergebenheit. Er kommt nur, um sich satt zu essen, sagte sich Goscho dann zur Beruhigung, und, erleichtert von dieser vernünftigen Erklärung, ging er in den »Union Club« und ließ Assen und Sonja allein, üppig voneinander getrennt durch eine Unzahl luxuriöser Einrichtungsgegenstände.

7

General Kowatschev umrundete den Billardtisch mit kriegerischer Gebärde. Er rieb die Spitze seines Queues mit Kreide ein, als reinige er einen Gewehrlauf, beugte sich über den grünen Filz und brachte einen Effetstoß an, der die lackierten Kugeln gehörig in Bewegung versetzte. Es roch nach Rasierseife und Kaserne. Kowatschev lächelte verschwenderisch, als ob der ganze Saal des Offizierskasinos nur für ihn und sein Vergnügen geschaffen war. Man hatte ihnen den Kaffee auf das Ecktischchen gestellt und sie dann wieder allein gelassen. Im Bronzeaschenbecher zerfiel die Asche ihrer Zigaretten. Das Gespräch war stehengeblieben bei Kowatschevs wortreichem Seufzer: »Sie vergessen ganz die Hoheit der Moral, Herr Hauptmann!« Er liebte es sehr, von Moral und Ehre zu reden – mit derselben parodistischen Begeisterung, mit der andere Boshidar bekannte Offiziere von Frauen oder Pferderennen bramarbasierten. Es war ein heißer Tag.

Der Luftzug, der zwischen der weit geöffneten Tür und den Fenstern entstand, versetzte die Vorhänge in sanfte Schwingungen, die von den Troddeln und Quasten aufgenommen wurden.

»Die Moral«, begann Boshidar vorsichtig, als mache er einem unberührten Fräulein den Hof, »kann unter bestimmten Bedingungen auch verändert werden, sei es von der Macht oder von der Religion. Die Moral, Herr General, ist Ausdruck eines individuellen geistigen Bedürfnisses, während Religion oder Macht … hm, wie soll ich sagen, ein kanonisiertes geistiges Bedürfnis darstellen und daher verbindliche Verhaltensnormen aus sich heraus entlassen. Darum ist ja der, der über Macht verfügt, sozusagen a priori von der Last seines Gewissens befreit. Gott, der über allem steht, hat von Gewissen überhaupt keine Ahnung; auch die Natur ist frei von Gewissen. Folglich hat Gewissen mit Vernunft nicht das Mindeste zu tun, sondern eher mit Unterwerfung! Das ist ja auch das Besondere an unserem Beruf, Herr General: Wir haben kein Recht auf Moral und Barmherzigkeit. Und Macht wird es, ebenso wie Religion, immer geben. Die Frage ist nur, wer sie innehat!«

»Sie sind dran«, sagte General Kowatschev verstimmt. Er trat vom Billardtisch zurück, als handle es sich um einen Flügel, auf dem er gerade gespielt hatte, und wischte sich den Schweiß von seinen silbrig gewordenen Schläfen. Boshidar wusste, dass es jetzt besser war, die rote Kugel zu verfehlen. Im Korridor waren Stiefelschritte zu hören.

»Soweit ich es sehe«, fuhr er dennoch in liebenswürdigem Tonfall fort, »braucht die menschliche Seele nur zwei Dinge, die sehr einfach sind: ein Gericht – und Vergebung. Niemand kann ihr diese beiden Dinge so vollkommen und allumfassend anbieten wie die Macht und die Religion, darum bestehen beide, solange es Menschen gibt. Sie sind unabdingbar für jedes Volk, jede Gesellschaft.«

»Macht – da gibt es aber Unterschiede! Die eine ist angenehm, die andere unangenehm. Und bei der Religion genauso: Die eine ist friedfertig, die andere kriegerisch«, stieß Kowatschev finster zwischen den Zähnen hervor.

»Macht ist Macht, Herr General«, erwiderte Boshidar mit sanftem Nachdruck. »Ganz egal, wie sie sich gebärdet – sobald sie in die Wirklichkeit tritt, treten natürlich auch ihre Gegner auf den Plan.«

»Sie wollen mir also raten, dieser …« – General Kowatschev hüstelte, bis er das richtige Wort gefunden hatte – »… dubiosen Verschwörung zuzustimmen?«

»Ich – Sie beraten?«, tat Boshidar verwundert. »So etwas würde mir nicht im Traum einfallen! Ich denke einfach nur über einige Dinge nach.«

»Gut, gut, denken Sie nach, aber bitte leise. Sie sind dran.«

Boshidar versenkte daraufhin drei Kugeln in Folge mit Karambolagen, bei denen der Tisch zitterte. Ein paar Automobile brausten unten dröhnend Richtung Schloss vorüber und hinterließen feine Benzinwolken. Der Mann ist ja geradezu erschreckend ängstlich, dachte Boshidar wütend, so gesichtslos, dass er nicht einmal seine eigenen Ambitionen und Ziele wahrhaben will. Ihm blieb nur, auch dieses Spiel noch zu verlieren, damit Kowatschev nicht ungehalten wurde und jeden weiteren Gesprächsversuch abblockte.

8

Im Dienstzimmer des Generals der Reserve Lultschev herrschte ein tiefrotes Halbdunkel, hervorgerufen durch die fest zugezogenen Vorhänge und die vielen Schlachtengemälde, auf denen blutige Kämpfe abgebildet waren, die immer bei Sonnenaufgang stattfanden. Durch den imperialen Kamin, vor dem ein Bärenfell lag, wehte Kühle ins Zimmer. Draußen regnete es derart, dass man den Eindruck haben konnte, der September klopfe ans Fenster und bitte um Einlass. Sie hatten sich um den runden Tisch aus Walnussholz gesetzt, schwiegen, tranken ihren Nachmittagstee und schauten sich mal feindselig, mal übertrieben liebenswürdig an. General Kowatschev drehte wie gewohnt an den Knöpfen seiner Sommer-Uniform.

»Verehrte Freunde«, sagte Lultschev schließlich mit der Stimme eines Predigers, »wir warten auf niemanden mehr.«

Er hatte gutmütige slawische Gesichtszüge, aber kalte Augen und erweckte den Anschein, er glaube an den Schöpfer insoweit, als dieser die Erde auch mit Hass und Eigennutz versehen hatte. Er war kein guter Redner, und er war auch kein geborener Führer, weil er Erklärungen Handlungen vorzog, doch nichtsdestotrotz hatte er die Gabe, unerschütterlich und kompromisslos sein Ziel zu verfolgen.

Boshidar hörte ihm zu, ohne Begeisterung, aber auch ohne Bedenken. Er lehnte einfach am Schrank, der aus demselben Holz geschreinert war wie der Tisch. In Bereitschaft. Hier Feuer geben, dort Tee nachgießen, und nicht zu vergessen: immer schön rechtzeitig den Aschenbecher leeren, bevor es so aussah, als würde viel geraucht. »Sie gefallen mir, Herr Hauptmann«, warf Lultschev bei einer Gelegenheit hin, »und am meisten deshalb, weil Sie so viel wissen!« – »Der«, mischte sich General Kowatschev ein, und man wusste nicht, ob es als Lob oder als Tadel gemeint war, »der weiß alles!« Dann war er auch schon beim untersten Knopf seiner weißen Uniformjacke angelangt. »Und dabei so hoffnungslos jung!«, meldete sich nun auch der Bass von Herrn Iwanov, einem ehemaligen Minister und glühenden Anhänger jener totalen Macht, deren Bestimmung es war, physisch die Anhänger jeder Gegenmacht auszulöschen und Bulgarien in einen wohlsortierten Kleiderschrank zu verwandeln – seinen Kleiderschrank.

Dann vergaßen sie den jungen Mann wieder, was ihm erlaubte, eine Weile für sich zu sein und sich inmitten der dichten Rauchwolke der Entscheider auf sich selbst zu konzentrieren. Ja, er wusste tatsächlich! Schon als Kind hatte er *gewusst!* Als sein Vater ihn einmal gefragt hatte, was er denn werden wolle, hatte er sich gegen die stickige Öde der Porzellanfabrik seines Vaters entschieden und für die pracht- und machtvolle Uniform des Bezirksvorstehers Petkov. »Offizier!«, hatte er Ilija geantwortet. Kaum einen Monat zuvor war er auf das Rebengeländer geklettert und hatte zufällig einen Blick durchs Fenster in den Salon getan. Da hatte er seine Mutter gesehen, verschwitzt und mit wirrem Haar. Ihr cremefarbenes Kleid war bis über den Bauch hochgeschoben. Zwischen ihren Beinen stand ein blonder Mann, von dem er wusste, dass es ein Untergebener seines Vaters war, der Ingenieur Karol Iwanov, und bewegte sich wie ein Karnickel vor und zurück. Ja, der Mann lernt die Zärtlichkeit bei der Frau, entweder bei der Mutter oder bei der Liebhaberin. Mit einem Schlag ekelte er sich vor beiden. Boshidar hatte mit der Schleuder auf Tauben geschossen und auf das bisschen Fensterglas der Armen. Er war fünf Stunden lang mit dem Fiaker durch die Gegend kutschiert, einfach nur weil er das Geld hatte, es sich zu leisten; und er hatte seinen Französisch-Hauslehrer ohne jeden Respekt vor dem Älteren »Idiot« genannt. Nun, hier in Sofia, als einfacher Untergebener und kleiner Offizier, war er in eine gewaltige Leere gestürzt. Er spürte, dass er dieses plötzliche Machtvakuum nur auffüllen konnte durch bewusste Entsagung, durch Askese, begleitet von einem höheren, dauerhaften Ziel. Er begann, sich maßvoll zu ernähren, und verlor nach und nach all seine bisherigen kleinen Gelüste. Die Beine der Hausangestellten, die er durchs Schlüsselloch beim Ausziehen beobachtet hatte, fand er nun nicht mehr erregend, sondern nur noch haarig und hässlich. Kurz, er verhielt sich so, wie man es von einem Mönch erwartete.

Lultschev winkte heftig mit der Hand, als müsse er die anderen von der Gefährlichkeit der Kommunisten erst überzeugen. Er beschrieb den Vorabend des gewaltlosen Putsches mit Worten, die aus einem Märchen zu stammen schienen, er brauchte nur aus der Erzählvergangenheit eine Erzählzukunft zu machen: »Es wird einmal …«, »… und wir werden regieren, glücklich und zufrieden bis ans Ende unserer Tage.« Die Deutschen seien der Sache gegenüber sehr aufgeschlossen; blieb nur, den Zaren geneigt zu machen. Die Armee konnte die willenlose Regierung ohne Probleme verhaften und sie wie eine kostbare Vase in eine der größeren Villen in den Winterkurort Borovez verfrachten, ihr etwas zu trinken hinstellen, Wäsche dazulegen, und sie dann dem Vergnügen überlassen, das Panorama der Kiefernwälder zu betrachten, den Eichhörnchen beim Turnen durch die Äste zuzusehen und endlich einmal Sauerstoff zu tanken, damit in ihre schlaffen Köpfe wieder etwas Leben einkehrte.

Lultschev hüstelte erleichtert, als er fertig war, Herr Iwanov seufzte betreten. Boshidar wurde aus seinen Gedanken gerissen. Er hatte seine Gedanken über die Macht weiterverfolgt, leise, aber konsequent, und war dem Zusammenhang zwischen Machtinhabern und Unterworfenen auf der Spur. Denn was war Macht, bevor sie von den Unterworfenen als solche *erkannt* wurde? Das fing schon in der Kindheit an, wie er sehr gut wusste: Ein Kind beginnt erst dann, rational zu denken, wenn es die Macht seiner Eltern erkennt; ein Arbeiter wird fleißig erst dann, wenn ihm die Machtmittel des Fabrikanten klarwerden; ein Soldat gibt seine Individualität erst dann ab, wenn er sieht, dass er gegen die Befehlsgewalt des Offiziers nicht ankommt …

Dann machte er sich Gedanken über die Lage im Krieg: Hitler begann offenbar, die Geduld zu verlieren. Was er für die Ostfront brauchte, waren keine Pelze, Fleischkonserven und Käselaibe … auch keine Häfen, sondern: Armeen! Boshidar fand daher, dass Hitler Grund hatte, nervös zu werden. Boris III., wenn er nicht gerade Lokomotivführer spielte, litt unterdessen an Migräne. Er war ganz offensichtlich intelligenter als sein Vater, Zar Ferdinand, und daher auch ängstlicher als dieser. Der Obersthofmeister, ein Adliger, der vor Langeweile schon im Dreieck sprang, beliebte zu unterstreichen, dass der Zar ein »volksnaher Mann« sei, etwas, was Boshidar völlig gegen den Strich ging. Entweder man war Zar, und dann auch richtig, oder … »Volksnah«, was hieß das denn in Bulgarien? Er kannte Bankiers, Großindustrielle und andere aus dem gediegenen Bürgertum, die es sich noch nicht hatten abgewöhnen können, die Ohren mit dem Finger zu reinigen! Das hinderte sie aber nicht daran, ihre Söhne auf angesehene internationale Colleges und Internate zu schicken. Die Hälfte von ihnen waren Typen wie sein Vater: stark, weitsichtig und mit einem realistischen Ziel; sie scheffelten Geld, hatten aber schon Angst, wenn ihre Frauen ihnen rieten, sich endlich mal einen neuen Anzug schneidern zu lassen. Die andere Hälfte waren vollkommen korrupte Geschäftemacher, die mit den Ministern in ihren Häusern Poker spielten und dabei absichtlich jene Beträge verloren, die sie vereinbart hatten, damit der Minister ihnen einen Lieferauftrag erteilte. Herr Iwanov zum Beispiel, der als Ex-Minister mit diesen Machenschaften bestens vertraut war und nun dank des als Minister erworbenen Kapitals die Seiten hatte wechseln können, war *für* einen Eintritt in den Krieg gegen Sowjetrussland, weil er nur auf diese Weise an Aufträge herankommen konnte; der alte Karagjulev, der sich 1936 bei den Olympischen Spielen in Berlin zwischen Hitler und Keitel hatte fotografieren lassen, war *dagegen*, weil er als Tabakkaufmann vom Kriegszustand keinerlei Vorteile hatte und zudem niemand mehr zur Bewirtschaftung dieser Intensivkultur auf den Feldern bleiben würde. Der Metropolit der orthodoxen Kirche schwankte zwischen der Idee, sich die Athos-Klöster wieder unter den Nagel zu reißen, und der Angst vor der möglichen göttlichen Vergeltung.

Diese ganze verkommene Gesellschaft erinnerte Boshidar verdächtig an die Widiner Sümpfe. Derselbe Verwesungsgestank, der in trägen Blasen nach oben blubberte, und obenauf schwammen die Schuppen, die sich aus der Haut überfressener Süßwasserfische gelöst hatten. Und so etwas musste er seiner Heimat bescheinigen, in einer Schicksalsstunde, in der die Welt neu aufgeteilt wurde, und in der Bulgarien alle Chancen hatte, zu säubern, zu entrümpeln, zu renovieren, um schließlich ein schönes und gutes Zuhause zu sein. In dieser Situation hatte er, Boshidar, keinen anderen Halt als die Strenge seiner spartanischen Lebensführung. Alles setzte ihm zu: diese sonntäglichen Jours, gegen die er schon allergisch war; die Inkompetenz und Gleichgültigkeit seiner Vorgesetzten, mit den Kommunisten kurzen Prozess zu machen, und schließlich seine Hassliebe zu Seta Topalova.

Nun ergriff General Kowatschev das Wort. Seine Stimme glich der eines neidischen Bataillonskommandanten, seine verlängerte Stirnglatze einer Messingschüssel, die goldenen Schulterstücke schienen zu lächeln.

»Dies alles ist richtig, *es wird* …«, begann er. »Ich unterhalte Beziehungen zur Gestapo … Nur will mir scheinen, dass es noch zu früh ist. Wir müssen noch reden, um gehört zu werden, meine Herren!«

Ohne die Unterstützung der Armee in Gestalt Kowatschevs glich Lultschev einem zurückgelassenen Tross. Alle fühlten mit ihm. Herr Iwanov hüstelte infantil, die Übrigen seufzten hörbar, Boshidar schämte sich, Adjutant eines solchen Zauderers zu sein. Er musste an die Worte seines Großvaters, des alten Babaschov, denken, der eines Abends im Frühling, als die Donau gerade auszuatmen begann, gesagt hatte: »Die Welt bewegt sich langsam in jenen Angelegenheiten, die rasche Folgen zeitigen; in allem anderen ist sie ungeduldig.«

Als das Verschwörertreffen zu Ende war und Boshidar mit der Pelerine seines Vorgesetzten über dem Arm neben Kowatschev durch den Korridor ging, flüsterte er:

»Sie waren brillant …«

9

Als das Telefon läutete, war General Kowatschev gerade zum Arbeitsbericht beim Minister, und Boschidar fühlte sich nicht ganz sicher. Er nahm den Hörer ab, vertiefte sich in die Karte, die an der Wand hing, dann biss er sich auf die Lippen und verstummte. Da wiederholte Seta noch einmal:

»Ich bitte dich, komm sofort! Es ist wichtig.«

Boshidar schien, dass sie betrunken war oder Drogen genommen hatte. Sie nuschelte. Ihre Stimme schien aus großer Entfernung zu kommen, tastend, als klettere sie die ganze Telefonleitung entlang zu ihm. Er stellte sich ihr Haar zerrauft auf dem Kopfkissen vor, sah überall verstreute Tabletten und eine leere Kognakflasche; ihre ockerfarbenen Augen blickten leer; und er sah die Stelle, an der ihr Hals das Ohr berührte. Er hatte dieses Ohr nur ein einziges Mal geküsst, im spärlichen Frühlicht nach einer durchzechten Nacht.

»Gut, ich komme«, antwortete er und ließ den schweren Hörer auf die Gabel fallen. Er war zwischen Ekel und Entsetzen hin und her gerissen, schrieb eine viel zu lange Notiz für General Kowatschev und knöpfte zerfahren seine Uniformjacke schief zu. Es musste etwas Schlimmes passiert sein, denn Seta dachte an ihn immer nur in Momenten extremer Hilflosigkeit, dann, wenn ihre Gleichgültigkeit gegenüber dem Leben in panische Angst vor dem Tod umschlug. Nicht, dass dieser Weißbart Denov, Peter Denov, sie mit seinem Reinkarnationsgelabere verrückt gemacht hatte! Er wusste, dass Seta noch immer jeden Sonntag zu ihm pilgerte, ihn »Herr« nannte und sicherlich insgeheim davon träumte, ihn zu verführen. Sie hatte »Thaïs« von Anatole France noch einmal gelesen, bemühte sich redlich, Vegetarierin zu werden, doch wie sehr Seta sich auch im Einzelnen über die Vorträge Denovs lustig machte, so fühlte Boshidar doch, dass dieser Mann, der wie ein alttestamentarischer Prophet wirkte, der einzige Mensch war, der sie überhaupt noch dazu bewegen konnte, an irgendetwas zu glauben. Aber genau das wäre ja ihr Verderben! Wenn sie nämlich anfinge, an etwas zu glauben, und daraufhin ihr Leben mit all seinen erwarteten und durchlebten oder eben nicht durchlebten Vergnügungen Revue passieren ließe, so würde sie früher oder später zwangsläufig feststellen, dass *ihr Wesen* und *das Glücklichsein* unvereinbar waren.

Boshidar durchquerte den Park hinter Universität und Nationalbibliothek, der wegen seiner Lage auch »Doktorenpark« genannt wurde. Es roch nach Herbst. Eine alte Frau schleppte ein Säckchen mit Viehdünger und ließ sich auf dem rutschigen Weg nicht so ohne weiteres überholen. Durch den Eisenzaun sah er Setas Fenster. Hochmütig verweigerten Tüllgardinen den Blick ins Innere. Der Eingang war flankiert von zwei geflügelten Ungeheuern aus Stein. Er läutete anhaltend in der Erwartung, dass das Zimmermädchen ihm mit verweinten Augen öffnen würde, und mit dem Gefühl, dass er gerade eben noch rechtzeitig kam, um das Schlimmste zu verhüten, oder sogar zu spät …

Während er wartete, kam ihm das Gespräch in Erinnerung, das sie in der Bergwelt von Borovez geführt hatten, klein und allein auf einer sonnenbesprenkelten Wiese stehend.

»Ich werde dich heiraten«, hatte er gesagt.

»Und deine Pantoffeln, bringst du die mit?«, fragte Seta albern.

»Man muss sich um jemanden kümmern«, erwiderte er ihr ernsthaft, »sonst wird man verrückt.«

Tags darauf hatte Seta ihm einen erbarmungswürdig fröhlichen Pudel mit getrimmtem Mini-Löwen-Schnäuzchen geschenkt. Um seinen Hals hing ein Zettel: »Wenn du ihn badest, dann bitte sieh zu, dass er sich nicht erkältet. Charly ist schrecklich verzärtelt.«

Endlich ging die Tür auf. Zu seiner Überraschung führte die Hausangestellte ihn in den Salon. Als er dort angekommen war, blendete ihn volle Festbeleuchtung – und dann sah er sie, »die Ärmste«: strahlend, charmant, und gutgelaunt über eine Patience gebeugt, gemeinsam mit Frau Marinova übrigens, die ihre kurzsichtigen Augen zusammenkniff.

»Aber … als Sie sich bei mir gemeldet haben, waren Sie doch …«, stotterte Boshidar und hätte beinahe vergessen, seine Pelerine der Hausangestellten zu reichen.

»Wirklich?« Seta nippte an ihrem Likör und hob fragend die Schultern. »Kann mich nicht erinnern … Das muss gestern gewesen sein!«

Boshidar sackte auf den nächsten Sessel und fing an, ein dickes Album mit Briefmarken durchzublättern, die nicht in bestem Zustand waren: Es fehlten Zacken, die Stempel waren verwischt, die Farben verblasst. Sein Kragen war schweißnass. Er hatte den Eindruck, wenn er sich anlehnte, blieb er an der Nackenstütze kleben. Die Patience ging nicht auf.

»Ich sag Ihnen ja, Frau Marinova«, fuhr Seta fort, als sei nichts gewesen, »dass unser Highlife von Tölpeln und Einfaltspinseln aufgebaut worden ist.«

»Wen haben Sie da besonders im Auge?« Frau Marinovas Stimme stieg nervös in die Höhe, was ihn seltsamerweise beruhigte.

»Na, meinen Vater zum Beispiel. Papa ist ein absoluter Einfaltspinsel, genau wie Ihr Herr Gemahl, Frau Marinova!«

Boshidar hatte keine Worte. Wahrscheinlich war all das, was ihm da fieberhaft durch den Kopf gegangen war, nichts als ein Wunschbild gewesen, ein heimliches Wunschbild, um diese Widerspenstige endlich einmal gezähmt zu sehen, für immer gezähmt.

10

Zum Abschied wartete der Winter noch einmal mit anhaltenden Schneefällen auf. Nachdem es einige Anschläge gegeben hatte, die von den Zeitungen in großen Aufmachern mit Trauerrand publikgemacht wurden, handelten die Behörden rasch. Die Polizei errichtete Blockaden, Soldaten verstopften mit Bajonetten ganze Viertel. Zusammen mit halb erfrorenen Prostituierten, Schwarzmarkthändlern, Trinkern und unvorsichtigen Jungsozialisten gingen der Staatsgewalt auch Illegale ins Netz, Leute, deren Namen in den Kellern der Behörden mit dem Korkenzieher barbarischer Inquisitionsmethoden aus den Betroffenen herausgezogen wurden. Es fehlte an nichts. Gummiknüppel, Zangen, zweckentfremdete Lockenstäbe (heiß), Kohle (glühend), Haken aller Art und Größe, Schlagringe aus Blei, altmodische Skalpelle, rostige Nägel, Elektrogeneratoren mit speziell gearbeiteten Klammern für die Geschlechtsorgane, Holzprügel, Männerfäuste, Injektionen zur Herbeiführung von Schmerz, Kälte, Durst oder katatoner Starre, Ketten, biegsame Kornelkirschstöckchen für die Fußsohlen und so weiter. Bai Michal hatte ihnen daher gesagt: »An uns besteht noch Bedarf!«

Es war nicht nur Selbsterhaltungsinstinkt, sondern auch Disziplin, Wille: mit offenen Augen zu schlafen, sich mit dem Gewicht ohnmächtiger Wut weiterzuschleppen wie ein angeschossenes Wild, das vor seinen Jägern und ihren Hunden flieht, und Kraft zu beziehen aus der eigenen Erschöpfung. Doch die unaufhörliche Anonymität, die ihre Illegalität ihnen aufnötigte, machte ihnen zu schaffen. Das Gleiche galt für die Attentate in Momenten, wenn jemand den Wohnungsschlüssel ins Schloss steckte und aus der Diele der Dunst eines bescheidenen Familienessens drang oder das Lachen einer wartenden Ehefrau. Ja, im Dienste der Weltgeschichte waren sie aus der eigenen Gesellschaft ausgeschert …

Sukzessive traten jene psychischen Veränderungen ein, mit denen Assen unterschwellig schon gerechnet hatte. Die Zwillinge verfielen in haltloses Mitgefühl gegenüber allem, was man streicheln konnte. Sie füllten ihre Taschen mit streunenden Kätzchen, halb erfrorenen Spatzen und belasteten ihr Bewusstsein mit Erinnerungen an hungrige, rotznäsige oder untröstlich weinende Kinder, mit dem Anblick des klapprigen Pferdes, das vor dem Überqueren des Perlovska-Baches bockte, so dass sie die Striemen sehen konnten, die die Peitsche über seinem Maul hinterlassen hatte. Vera hatte begonnen, seltsam geformte Kakteen mit noch weichen Stacheln zu züchten, die wenig Wasser brauchten und daher von Veras täglicher Gießerei bald schlaff wurden. Sie war reizbar und suchte Vogelkot in den verwaisten Innenhöfen der Nachbarn, ein Unterfangen, das fatale Folgen haben konnte. Nada wiederum kümmerte sich um ihren alt gewordenen Literaturlehrer, einen Mann mit klassischer Bildung, der die »Ilias« vergötterte und der Auffassung war, dass die Sinnlosigkeit des Trojanischen Krieges eine visionäre Vorschau auf die ganze nachfolgende Geschichte gewesen sei. Allen gemeinsam war, dass sie aufhörten, sich mehr zu verstecken als nötig, *weil ein Mensch, der eine Legitimation gefunden hat, um zu töten, aufhört, an die Möglichkeit des eigenen Todes zu glauben.*

Wenn Bai Michal Assen dann zum nächsten Einsatz hinausgeleitete, drückte er ihm mitfühlend den Unterarm, wie um ihn daran zu erinnern, dass kein wütendes Geballer, kein Leerschießen des Magazins gefragt war, sondern nur ein einziger wohlgezielter Schuss – *im Namen des Volkes*. Und Assen ging los, in der Brusttasche die Waffe, darunter nichts als ein Herz und Hunger.

Am meisten aber fehlten ihnen die Menschen, die jenes »Volk« bildeten, für das sie arbeiteten. Die Einsamkeit war eine Art Armut, und sie hatten ihr Leben im Dienste der Sache aller Würde beraubt. Sie blieben oft auf dem Markt hängen. Nur um Stimmen zu hören, Menschen zu sehen, taten sie so, als interessierten sie sich für billigen Stoff, buntbemalte Keramik, gebrauchte Äxte oder saure Kornelkirschen, und manchmal stellten sie sich auch in eine Warteschlange für Olivenöl, obwohl sie gar nichts kaufen wollten. Sogar Erinnerungen an schreckliche Gefängnisaufenthalte kamen hoch, aus dem einzigen Grund, weil sie dort andere Brüder im Geiste getroffen und das Gefühl gehabt hatten, ein Teil des Ganzen zu sein.

Doch all das war und musste inoffiziell bleiben unter dem obersten Gebot des Geheimen. So verbargen sie sich nicht nur vor den anderen, dem Feind, sondern auch vor eigenen Leuten. Jeder, der *wusste*, war eine potenziell undichte Stelle ... Wie unglaublich weit das ging, zeigte die Tatsache, dass einer der Zwillinge einen Draht zum Zentralkomitee der Partei hatte; aber der andere Zwilling wusste nichts davon. Bai Michal hatte Assen im Herzen längst adoptiert und an Sohnes statt angenommen, aber Assen ahnte das nicht. Alle sehnten sie sich nach der feuchtkalten Enge der Erdlöcher, in denen die Partisanen hausten, doch keiner wusste dies vom anderen. Ja, lebten sie eigentlich noch, oder waren sie bloß unsterblich?

11

Seit einigen Tagen schon warteten sie in der Konditorei »Princessa« auf einen günstigen Moment, *den* günstigen Moment. »Princessa« war nicht gerade eine Konditorei gehobener Klasse; es gab dort Tee mit Biskuits, das bräunliche, trotz Zuckerzusatz säuerlich schmeckende Gerstenbraugetränk Bosa, Waffeln und trockene Stücke Mandelgebäck. Hinter ihnen hingen Spiegel, die keinen anderen Zweck hatten, als den Raum größer erscheinen zu lassen, als er war. Durch das Schaufenster sahen sie auf der gegenüberliegenden Straßenseite das Haus mit dem barocken Balkon und den Fenstern, die mit Stahlstäben vergittert waren.

Auch heute saßen sie schon mehr als eine Stunde da. Ihr Speichel schmeckte bereits bitter, aber der General der Reserve Lultschev ließ auf sich warten. »Dieser Lultschev«, hatte Bai Michal ihnen berichtet, »ist der Gefährlichste. Wenn der sich durchsetzt, landet ganz Bulgarien an der Ostfront!« Assen wurde, wenn er wieder hungerte, bei so nachdrücklich vorgetragenen Worten gereizt, er sah buchstäblich rot – vor allem, was er sah, war ein Rotfilter. Vera war entlassen worden, weil sie in der Fabrik mehrfach unentschuldigt gefehlt hatte. Aber das war gar nichts gegen das Leben Lultschevs, das einem verstreuten Kartenspiel glich.

Der pensionierte General stand nie zur gleichen Zeit auf. Ebenso wenig konnte man vorher sagen, ob er sich danach mit nachdenklichem Gesicht an der Leine seines Hund spazieren führen ließ oder ob er zum Offizierskasino hinübereilte. Er kehrte völlig unerwartet nach Hause zurück, begleitet von zwei Zivilbeamten mit grauen Gesichtern und gefährlich tief in ihren Manteltaschen vergrabenen Händen. Sie waren ihm an den von Fackeln erleuchteten Versammlungsorten der Kriegergilde über den Weg gelaufen, hatten vor dem »Union Club« auf ihn gewartet, aus dessen Restaurantküche der Geruch von Meeresfrüchten und englisch gebratenen Steaks sich in den Winterwind mischte. Oben an den Fenstern der Salons konnten sie die Silhouetten einflussreicher und wichtiger Persönlichkeiten Bulgariens sehen, Diplomaten im schwarzen Smoking, glatzköpfige Generäle, die das Glas auf einen Sieg beim Poker erhoben, und natürlich Minister. Lultschev aber gelang es immer, sich unbemerkt fortzustehlen, so dass sie seine Gestalt, die dunkler war als die Nacht, erst erkannten, wenn er mit dem erschreckten Watschelgang einer Ente bereits fast eine Kutsche erreicht hatte, immer begleitet von den zwei Schatten, die sich keine Sekunde von ihm lösten. Er setzte den Fuß aufs Trittbrett und schaute sich noch einmal mit nostalgischem Gesichtsausdruck um, der alles schon vorauszuwissen schien. Sein Gespür, was die Selbsterhaltung betraf, war außerordentlich. Mochte er auch noch so zerstreut sein im Vollzug der Angelegenheiten, deretwegen er unterwegs war; in Sachen Sicherheit seiner eigenen Person war er so pedantisch genau, dass ihm kein einziger Fehler unterlief. Man konnte den Eindruck gewinnen, dass er einzig und allein lebte, um seinen Tod zu verhindern.

Die unvermeidlichen Gänge mit Vera unter kaltem Februarhimmel waren schrecklich ermüdend. Stets abrufbereit, begleitete sie die Nummer vom Liebespaar: Immer wenn die grünlichen Lichter aus dem »Union

Club« auf sie fielen, legten sie einander die Arme um den Rücken und steckten die Köpfe zusammen, und wenn sich ihnen zufällig ein wild gewordener Polizist in den Weg stellte, mussten sie so weit gehen, ihre Münder sich in gespielter Leidenschaft fast berühren zu lassen. Assen, als der Mann, musste seine Hand beherzt in Brustnähe Veras rotieren lassen und Luftbrötchen kneten; so erniedrigt, murmelte er unbeholfene Entschuldigungen, die – von außen betrachtet – verblüffend verliebtem Gestammel glichen.

Der Grund dafür, dass immer sie ausgesandt wurden, war, dass Bai Michal außer ihnen beiden keine »legalen« Leute hatte. Die Nummer mit dem Liebespaar hatte er ihnen ebenfalls eingeschärft. Nada hingegen zog Vera und Assen mit den Worten auf: »Nicht, dass aus dem Spiel eines Tages Ernst wird!« Assen zuckte zusammen, weil er diese Befürchtung manchmal auch hatte. Nicht, dass er auf dem Weg war, sich in Vera zu verlieben, nein, er sah einfach ihre Nähe als das stetig erbrachte gemeinsame Opfer. Doch diese Gemeinsamkeit verband und wurde zu einer Gewohnheit, jener zweiten Natur des Menschen, die es so schwer macht, die Echtheit seiner Gefühle zu beurteilen.

Endlich entdeckten sie ein kleines Lichtlein am Horizont: Lultschev hatte eine Geliebte. Und diese wohnte eben in jenem Haus mit dem barocken Balkon und den vergitterten Fenstern. Es schien, als diene diese Frau, deren Leib zweimal so umfangreich war wie der seine, nicht dazu, das ungestüme Drängen eines alten Schwerenöters abzufedern, und auch nicht dazu, die Krankheitsgeschichten eines alten Jammerlappens gemütvoll zu neutralisieren, sondern dazu, in ihrer Körperfülle die ganze Unermesslichkeit seiner Angst aufzunehmen. Sie war eine ehemalige Zirkusartistin und trug so viele Armreifen, dass sie beim Gehen klingelte und klangelte wie ein Vierspänner.

General Lultschev hinkte Richtung Haus, immer flankiert von seinen zwei Leibwächtern, die diesmal, beladen mit kalten Speisen und Getränken, etwas größere Mühe hatten, ihm zu folgen, und auch nur eine Hand in der Tasche ihrer verschlissenen Trenchcoats vergraben konnten. Dann hielten sie plötzlich an, und der General lauschte, als wolle er unbedingt das Ticken der Zeit selbst erhaschen. Seine Nervosität und Unruhe stieg ins Unermessliche, bis er endlich im dunklen Türrahmen verschwand, während die beiden Leibwächter weitergingen, um vielleicht auf irgendeinem Balkon zum Trocknen aufgehängte feine Damendessous begutachten zu können.

Assen und Vera hatten es irgendwie geschafft, das Treppenhaus genauer unter die Lupe zu nehmen, und dabei auch die Tür zum Dachboden geöffnet, die gottlob nicht knarrte. Sie hatten sich zum Ausruhen auf die kaputte Liege gesetzt, deren nackte Stahlfedern einem riesigen Uhrwerk zu entstammen schienen, und versucht, die Dunkelheit abzutasten, in der es nach Fledermäusen roch.

»Fünfzehn Sekunden«, hatte Vera gesagt, »braucht der General, um mit seinem Fresskorb zu der Etage hochzusteigen.«

»Eine halbe Minute«, verbesserte sie Assen, »bis er an der zweiten Tür links klingelt.«

Assen schaute gelangweilt auf seine Uhr, trank von der nicht besonders guten Bosa, und auf einmal sah er ihn durch die trüben Scheiben des Konditorei-Cafés »Princessa« näher kommen. Lultschev eilte, ohne dadurch irgendwie schnell zu sein. Es sah aus, als wolle er mit seinen zögernden Schritten die Länge der Straße messen. Und in dem Moment, als Assen wie beiläufig fallenließ: »Wir haben ihn! Er gehört uns! Er kommt jeden Donnerstag her …«, da bemerkte er im rostigen Spiegel die versteckte Bewegung Veras. Sie war so in sich selbst versunken, dass ihr gar nicht aufzufallen schien, wie sie mit unverzeihlicher Zärtlichkeit den leeren Ärmel des Mantels streichelte, den Assen sich lose über die Schultern geworfen hatte. Sie tat es gedankenverloren und still, aber mit der Sicherheit einer Frau, die zur Liebe gereift war.

»Er gehört uns!«, sagte Assen und drehte sich um.

12

Assen hatte keinen blassen Schimmer, warum er dieses Haus mit einer so komischen Hoffnung auf Ruhe und mit so stiller Freude betrat. Ich bin ein Gejagter, und hier schützt mich alles, dachte er verwirrt, doch das war es nicht. Das Grabmal stand längst an seinem Platz, eine wahre Gruft, weiß wie Zuckerguss, und mit einer Pietà obenauf, die vom besten Steinbildhauer gemeißelt worden war. Jetzt brachte er ein Tütchen mit Petuniensamen, damit die letzte Ruhestätte des Meisterkonditors Toromanov von einem lebendigen Blütenkranz eingefasst werden konnte.

13

Donnerstag, ein Tag ohne besondere Vorkommnisse. Goscho saß mit zerknittertem Hausmantel da und zog gerade die letzte seiner zwanzig Kaminuhren auf, Sonja las in der Zeitschrift *Moderne Hausfrau* die Rubrik »Einblick in die weibliche Seele«, und Boshidar, der im Sessel mehr lag als saß, rauchte und frönte der Langeweile nach dem üppigen Mittagsmahl. Draußen fiel ein seltsam farbloser Schnee. Im Kamin flackerte es, ohne dass er wärmte, aber der Weg zum »Union Club« mit seinen rötlich schimmernden Salons erschien ihnen zu weit in diesem Vorfrühlings-Matschwetter. Die ungeduldigste der Uhren meldete sich.

»Fünf Uhr«, gab Goscho weiter.

»Fünf Uhr schon?«, wunderte sich Boshidar, denn er hatte damit gerechnet, dass nach dem blutigen Steak, den Blinis mit der scharfen Sauce und der abschließenden Torte, die den pompösen Namen »Trojanisches Pferd« trug, die Zeit eigentlich langsamer hätte voranschreiten müssen.

Sie tranken ihren müden Kichererbsen-Kaffee zu Ende, während Sonja von irgendeiner reichen Niederländerin las, die sich in einen sentimentalen Schriftsteller verliebte und nach einer Vielzahl dramatischer Verwicklungen inmitten eines Tulpenfeldes mit Blick aufs Meer und drei Windmühlen gemeinsam mit diesem Selbstmord durch Erschießen beging. Melancholische Erinnerungen an die Nachmittage, die sie – französisch parlierend – mit ihrer russischen Gouvernante verbracht hatte, stiegen in ihr auf; Erinnerungen, wie ihre Mutter sie mit ihrem schweren Dialekt aus der Gegend der westbulgarischen Grenzstadt Tren in den slawischen Kirchenkalender einzuweihen versuchte. »*Chaque jeune dame faut aimer les fleurs et les gobelins* – Jede junge Dame muss Blumen und Wandteppiche lieben«, lehrte sie Tatjana voller Standesdünkel, ihre praktische Mutter hingegen fügte an: »Und wie teuer diese feine Stickwolle ist, in Gottes Namen …«

Die Gegenwart ihres Vaters hingegen war für sie immer nur verbunden mit dem Geruch nach Backstube und den Geräuschen, die er verursachte. Er brummelte permanent in seinen Bart, pfiff vor sich hin, hustete oder raschelte mit seinen Kleidungsstücken. Sein Gesichtsausdruck aber blieb bei alledem vollkommen unverändert, leicht phlegmatisch, als gehe ihn alles nichts an, und so konnte sie sich seine Gesichtszüge beim besten Willen einfach nicht mehr ins Gedächtnis rufen. Ja, war denn eine bloße Erinnerung schon ein Akt des Erkennens? Und war Erkennen so sehr angewiesen darauf, von Veränderung umspielt zu sein, dass sie sich durch Vergleichen aus dem Verhältnis ergab?

Ihr Vater erteilte keine Anordnungen, wurde nie wütend und war vollkommen unprätenziös. Sie wusste noch genau, wie erstaunt sie war, als ihre Gouvernante ihr sagte: »Dein Vater ist Millionär, ein reicher Mann, weißt du das eigentlich?« Woher sollte sie das wissen? Bei ihnen zu Hause wurde kein Champagner getrunken und auch kein roter Grand Crû, sondern selbstgekelterter Hagebuttenwein. Während der Osterfastenzeit kamen eine ganze Woche lang fleischlose Krautwickel auf den Tisch. Anschaffungen wurden nur dann gemacht, wenn sie gar nicht mehr zu umgehen waren, und Gäste – Gäste wurden nur zum Monatsersten eingeladen. Auch da kamen dann meist nur die zwei Basen ihrer Mutter, Frauen, deren Ein und Alles ihr Aquarium mit Goldfischen war.

Gleich nach dem Tod der Mutter entließ ihr Vater Tatjana, ihre Gouvernante, so, als erblicke und empfinde er in dem tiefen Graben zwischen seinem ungehobelten Dialekt und ihrem kultivierten Französisch eine ernstliche Bedrohung. Und so blieb Sonja allein zurück zwischen den fest eingebundenen Romanen von Flaubert und Maupassant, ihrer Sehnsucht nach einer großen, unglücklichen Liebe und den Begonien, um die sie sich nach dem Tod ihrer Mutter kümmern musste. Sie und die Begonien wuchsen heran; doch während die Blüten der Begonie immer üppiger wurden, wurde Sonja Toromanova immer schamhafter. Wenn sie gelegentlich auf einen dieser hochgestochenen Samstags-Jours der Hautevolee eingeladen war, fühlte sie sich nur beklommen und unbehaglich zwischen hochmütigem Geschwätz und tief reichenden Rückendekolletees, verwirrt vom schaukelnden Dekorationsgetue der Girlanden, vom kapriziösen Geschmack des Champagners und der Hors d'œuvres auf dem kalten Büfett, die vermutlich in der Küche ihres Vaters gezaubert worden waren. Zumindest die süßen Happen erkannte sie schon am Geruch; es war jener Geruch, der sie anwehte, wenn ihr Vater mit den langsamen Schritten einer Kletterpflanze im Flur an ihr vorüberging.

Als sie und Goscho Pantov sich begegneten, waren ihr einziger Schutz die Leseerfahrungen, die sie mit den Heldinnen Maupassants gemacht hatte. Goscho hatte leichtes Spiel. Er brauchte sie bloß mit sich zu überschütten und zu warten, bis sie müde wurde und ihn schließlich akzeptierte als zweifelhafte Abwechslung, wenn sie ihre Stickarbeit für eine Weile niederlegte, vielleicht auch als mächtigen Motor, der das Leben vorantrieb, als frischen Wind an einem schwülen Sommerabend. Sie hatte keine Ahnung, ob dies jetzt die schicksalhafte Begegnung war oder nicht; auf jeden Fall beschied sie seinen Antrag gleichsam mit der Stimme ihrer Mutter, jenem Trägheitsgesetz folgend, an das sie gewöhnt war: »Einverstanden, mein Herr.«

Den Rest erledigte Georgi im Gespräch mit Sonjas Vater, obwohl Gespräch eine übertriebene Bezeichnung war angesichts dessen, dass er der Einzige war, der sprach. Der alte Toromanov beschränkte sich darauf, seine üblichen Geräusche zu produzieren. Ein bisschen gereizter und deutlicher als sonst, steigerten sie sich zu einem Zischen, und Sonja fragte sich ebenso verwundert wie unbeteiligt: Feilschen die jetzt um mich?

Es folgten Monate der Anspannung und schließlich die Hochzeit selbst, deren Höhepunkte die Scheu der Braut, der spanische Tanz Seta Topalovas und die geräuschvolle Gegenwart des Brautvaters waren. Das Hochzeitsfoto ließen sie im Fotostudio »Kemilev« auf der Benkovski-Straße anfertigen. Das Bild zeigte Goscho auf einem mit goldenem Plüsch bezogenen Stuhl, Sonja halb hinter ihm, stehend, eine Hand auf seine Schulter gelegt und mit einem Lächeln, das verriet, dass ein Träger ihrer Korsage sie zwickte.

Am verregneten Abend dieses Tages berührte sie unter dem ewigen Lichtlein einer Ikone zum ersten Mal einen Mann. Sie trug ein langes, himmelblaues Nachthemd und ließ sich auch später nie überreden, es ganz auszuziehen. Goscho war mit dieser halbherzigen Nähe natürlich unzufrieden. Er mühte sich immer wieder, ihr die feine Seide von den Schultern zu ziehen, tat ihr weh. Mal war er übermäßig zart, dann wieder von einer wilden Rücksichtslosigkeit. Als die Flitterwochen vorbei waren, begann er, tagsüber zu verschwinden, so dass seine physische Gegenwart bald gleichbedeutend war damit, dass die Nacht gekommen war. In ihrer Sehnsucht nach der großen, unglücklichen Liebe begannen sich bei ihr Zweifel zu regen, ob eine unglückliche Liebe automatisch auch groß war. Doch ihrem Charakter entsprechend schwor sie in den Stunden leidvoller Einsamkeit, ihn nie mit jener Trauer zu befrachten, die sie jetzt durchlebte, denn sie hatte erfahren, wie leer diese in ihrem dunklen Kern war. Sie war nicht mehr so bodenständig wie ihre Eltern, trug viel teurere Kleider als ihre Mutter und beschäftigte sich nicht mehr damit, Kohl und Wintergemüse aus Blumenkohlröschen, Möhren, Paprika und etwas Sellerie für die kalte Jahreszeit sauer einzulegen. So hing sie in ihrem eigenen Leben wie ein vergessenes Kleid im Schrank.

Sie spürte, dass ihr ganzes Leben diesem satten, faulen und inhaltsleeren Nachmittag glich und klappte die Zeitschrift *Moderne Hausfrau* zu. Die Formulierung »unergründlich ist die weibliche Seele«, die in einer schönen, geschwungenen Schrift abgehoben gesetzt war, hatte ihr besonders gut gefallen. Sie schickte sich gerade an, die jungen Herren zu fragen, ob sie noch einen Kaffee wünschten, da öffnete die Hausangestellte die Eingangstür mit dem in Eiche gedrechselten Adler darüber, und schon stand Assen Weltschev im Wohnzimmer. Er ist nicht eingetreten – er hat sich *hineingestohlen*, fand sie. Assen wirkte fahrig und atmete schwer. Seine Hosenbeine waren nass und voller Schlammspritzer, ein Geruch nach Schnee ging von ihm aus. Er erblickte als Erstes Boshidar, der wie ein leerer Mantel auf dem Sessel hing, wich überrascht zurück, und seine Hand fuhr in einem konditionierten Reflex an die Brustinnentasche.

Drei Augenpaare schauten ihn erwartungsvoll und mit einem Ausdruck an, als würde aus seinem Mund gleich etwas Unsinniges, Peinliches, der edlen, aber nicht wärmenden Kaminflamme Unwürdiges kommen. Sonja rutschte die Frauenzeitschrift von den Knien auf den Boden, Boshidar straffte seine Ausgeh-Uniform.

»Also, ich …«, begann Assen unbeholfen und ohne jedes Lächeln, »… bin gekommen wegen der Blumeneinfassung für das Grab von Herrn Toromanov.« Er zog aus seiner Manteltasche dieselbe Tüte mit Petuniensamen, die Sonja schon bei seinem Besuch vor einer Woche gesehen hatte.

Sie sah inzwischen aus wie ein gebrauchtes Taschentuch. Sonja war verlegen. Da hätte er eigentlich genauso gut eine Kinokarte von letzter Woche hervorkramen und damit ins Kino einladen können …

»Das ist Assen Weltschev«, sagte Sonja zu dem jungen Offizier gewandt, der sich mit sichtlicher Verachtung aus seinem Sessel erhob, »er arbeitet für ein Bestattungsinstitut … Und das ist Ihr Vetter, Boshidar, Offizier im Hauptmannsrang.« Beide waren gleich groß, mit tiefblauen Augen und hochgerecktem Kinn. Boshidar hatte schmalere Hüften, Assen dafür breitere Schultern. In diesem Moment hatten sie eine Ausstrahlung, die alles erwarten ließ: Sie hätten genauso gut Henkersknechte wie Schwerenöter sein können, Landstreicher oder Asketen, schwärmerische Dorflehrer oder verwegene Heiducken. Sie drückten sich langsam und vorsichtig die Hand, so konzentriert, als wollten sie ihre Kräfte messen.

»Sehr angenehm«, sagte Boshidar zackig-militärisch. Sie setzten sich um das Tischchen, und Assen legte sein Tütchen darauf wie einen Talisman, damit niemand auf die Idee kam, etwas anderes könne der Grund seiner Anwesenheit sein.

»Donnerstag, ein Tag ohne besondere Vorkommnisse«, hüstelte Goscho unruhig.

»Jeder Tag kann voller Vorkommnisse sein«, kommentierte Assen mit sonderbarem Tonfall, »sogar dieser Donnerstag.«

»Sieht ganz so aus, als kenne ein Bestattungsagent weder Werktag noch Feiertag«, sagte Boshidar und blies Rauchringe.

»Ganz recht, Herr Hauptmann …«

»Warum duzt ihr euch denn nicht«, mischte sich Goscho mit gekränkter Stimme ein. Doch Assen wiederholte ungerührt:

»Ganz recht, Herr Hauptmann … Heute zum Beispiel ist der Direktor der Italienischen Bank verstorben. Er wohnte in der Nähe, auf dem Dondukov-Boulevard, und so beschloss ich, anzuklingeln. Aber es gab eine Absperrung … Sie haben mich kaum durchgelassen! Wussten Sie davon?«

»Absperrung? Wieso das denn?«

»Nun, Sie wissen ja, Herr Hauptmann, dass wir Bestatter eigentlich andere Sorgen haben, auch wenn wir Ihnen von Zeit zu Zeit behilflich sind.«

»Wollt ihr noch Kaffee?« Sonja spürte sofort, dass die Sympathie der beiden Vettern füreinander nicht besonders ausgeprägt war, ja, im Augenblick entwickelte sich unterschwellig eine regelrechte Feindseligkeit. Über den Salon legte sich schon bald bleiernes Schweigen, und es war klar, dass einer gehen musste. Das Tütchen mit den Petuniensamen sah schreiend komisch aus neben der Porzellankanne mit dem darauf gemalten Paradiesvogel. Vor sechs Monaten hatte Boshidar diese Kanne und ein dazugehöriges Service als Hochzeitsgeschenk seines Vaters für das junge Brautpaar mitgebracht, dem er, Ilija, damit seine freudige Wertschätzung zum Ausdruck bringen wollte. »Was für ein liebes Andenken«, hatte Goscho erwidert, der wie paralysiert war beim Anblick all dieser Tassen und Teller, Kännchen und Döschen, die sich auf dem Tisch ausbreiteten und langsam den Eindruck eines ganzen Vogelschwarms erweckten, eines mythologischen Vogelschwarms, der die Schnäbel emporgereckt hatte, um im Chor zu singen. Von da an, immer wenn Boshidar sie mit seiner Gegenwart beehrte, wischte Sonja den Staub von den gedrungen wirkenden Porzellanteilen, um ihre Verehrung gegenüber etwas auszudrücken, von dem sie selbst nicht genau wusste, was es war, das aber Beklemmungen in ihr auslöste.

Ja, irgendwer musste gehen. Doch Boshidar und Assen klebten mit leicht finsterem Gesichtsausdruck auf ihren Sesseln wie reisende Händler, und es stach geradezu in die Augen, dass die Ruhe der beiden nur gespielt war, aber aus vollkommen unterschiedlichen Gründen. Sonja zog es vor, dass Boshidar ging, und als sie sich bei diesem Wunsch ertappte, errötete sie. Sie hob die Kaffeekanne, aber nicht, um nachzugießen, sondern um sie weg von dem Tütchen zu befördern, auf dem mit pedantischer Kanzleihandschrift geschrieben stand: »Petuniensamen«.

14

Was war geschehen: Er hatte die schwere Eichentür, die die Hausangestellte ihm geöffnet hatte, hinter sich zugezogen, kurzatmig, mit offenem Sakko und verschmutzten Schuhen und dem erleichterten Gedanken, dass er es geschafft hatte, *von dort* fortzukommen, und jetzt bereits *hier* zu sein, im Hause Toromanov. Er hatte ein Alibi gebraucht, und wo sollte er es bekommen, wenn nicht in diesem Ambiente Wiener Barocks, mit Stuckdecken voll verschlungener Weinblatt-Ornamente, einem brennenden Kaminfeuer und dem Schwung des Flügels, dessen Schwärze einsam zwischen all dem hellen Holz prangte. Er hatte aber auch gehofft, einfach ausruhen zu können in einem der mit goldenem Plüsch bezogenen Sessel, die Anspannung sich lösen und das Gefühl sich ausbreiten zu lassen, in Sicherheit zu sein. Vielleicht bei einem erlesen angerichteten Abendessen mit Wein, nur in Gegenwart Sonja Toromanovas, bei dem er auf ihre Dezenz antworten würde, mit kleinen Schlucken aus seinem Glas. Doch er war als Erstes vor eine Hauptmannsuniform geprallt. Dann vor ein unbekanntes, kalt wirkendes Gesicht, das vor dem Hintergrund der Tüllgardinen bronzen und starr wirkte. Reflexartig war seine Hand in die Innentasche seines Sakkos gefahren, aus der ihm der ernüchternde Geruch von Feuerstein und Schwefel in die Nase stieg. Noch bevor seine Fingerspitzen die Kühle des Stahls erreicht hatten, hatte er den beruhigenden Blick von Sonja aufgefangen, der zu sagen schien: »Was auch immer Sie da in der Tasche haben – schön, dass Sie da sind!« Dennoch war er vor Überraschung einen Schritt zurückgewichen und hatte dabei die ganze Schwere seiner Müdigkeit gespürt. Dann hatte er gottlob das grünliche Tütchen ertastet, von dem er schon geglaubt hatte, es längst fortgeworfen zu haben. Erleichtertes Aufseufzen.

»Das ist Assen Weltschev«, hatte Sonja ihn vorgestellt, »er arbeitet für ein Bestattungsinstitut … Und das ist Ihr Vetter, Boshidar, Offizier im Hauptmannsrang.« Erst als der Genannte aufgestanden war und sich ihm gegenüber in Positur gebracht hatte, war ihm die Ähnlichkeit mit jenem Widiner Jungen aufgefallen, der stets neue Kleider und das bedrohliche Lächeln Onkel Ilijas trug, dazu eine Schleuder, Ideen für böse Streiche und Rauflust. Ein extremes Asketentum hatte seine Gesichtszüge verändert. Das ist einer von den Leuten, die zu Kreuzzügen aufrufen, hatte Assen spontan assoziiert. Dieser Boshidar glich nicht mehr, wie damals noch, der schönen üppigen Frau, die ihn zur Welt gebracht hatte, sondern war ausgemergelt und kantig, mit stechenden blauen Augen, in denen alle Neugier, alles menschliche Fragen fehlte. Es war Feindschaft auf den ersten Blick. Assen hatte keine Zeit, sich nach den Gründen für die unmittelbare Feindseligkeit zu fragen, denn noch war er nicht ganz *hier*. Während sein anderer Vetter, Georgi, ohne besondere Liebenswürdigkeit sagte: »Donnerstag, ein Tag ohne besondere Vorkommnisse«, war er in Gedanken gerade an der Stelle, an der Vera abgebogen war und sie sich getrennt hatten. Ihm wurde beinahe schwindlig von dem intensiven Aroma nach Kaffee und gebackenen Maronen. Vor Hunger schluckte er die eingesogene Luft mehr, als dass er sie in seine Lungen einsog. Doch sein Hunger, der in schroffem Gegensatz zu der Überfülle des Interieurs stand, verstärkte seine Instinkte und seine lauernde Wachsamkeit – einerseits. Andererseits gelang es ihm einfach nicht, sich vollkommen gesichtslos zu verhalten und seinen Charakter komplett zu verbergen. Zu bedeutsam war das, was er gerade getan hatte, als dass es nicht zur Mitteilung drängte und wieder jenes gefährliche Gefühl erzeugte, ihm könne ja selbst keiner ans Leben.

»Sieht ganz so aus, als kenne ein Bestattungsagent weder Werktag noch Feiertag«, hatte Boshidar gesagt und Rauchringe geblasen.

»Ganz recht, Herr Hauptmann ... Heute zum Beispiel ist der Direktor der Italienischen Bank verstorben. Er wohnte in der Nähe, auf dem Dondukov-Boulevard, und so beschloss ich, anzuklingeln. Aber es gab eine Absperrung ... Wussten Sie davon?«

»Absperrung? Wieso das denn?«

Da hatte Assen der Teufel geritten, und er hatte voll Ironie gesagt: »Nun, Sie wissen ja, Herr Hauptmann, dass wir Bestatter eigentlich andere Sorgen haben, auch wenn wir Ihnen von Zeit zu Zeit behilflich sind.«

Er hatte sich an dem schiefen Lächeln des Hauptmanns geweidet, das aussah, als hätte er die Migräne. Ein kühles Schweigen hatte sich ausgebreitet, erhellt, aber nicht gewärmt vom Kaminfeuer. Jedes Ticken der Uhren glich dem Memento, dass einer von ihnen hätte gehen müssen!

Assen hatte vergeblich versucht, den Dachboden aus seinem Bewusstsein zu vertreiben, um so seinem inneren Zwiespalt zu entkommen.

Er wartete auf das Erscheinen Lultschevs inmitten ausrangierter Möbel, verlassener Spinnennetze, dem Geruch zerfluster Wolle und dem Versuch, die Berührung Veras nicht zu bemerken. Ihr Kopf war herabgesunken und lag nun an seiner Schulter. Er wagte nicht, sich zu rühren, weil dann wohl beide aufgeschreckt wären vor so viel unnatürlicher Nähe. Dann hätten sie beide verwundert deren sinnloses Vorhandensein feststellen und sie akzeptieren müssen.

»Gestern hat mich ein ehemaliger Mitschüler in ein Tanzcafé eingeladen«, sagte sie schüchtern. »So ein Dummkopf!« Vera wollte, gezogen von der Kraft ihrer eigenen Unschuld, um Mitgefühl werben; aber wenn Unschuld sich verselbstständigt, ist sie so trügerisch wie ein Laster, zu dem der Mut fehlt.

Assen versuchte, aufzustehen, aber dabei stieß er gegen ein paar alte Töpfe und Pfannen, deren Boden durchgerostet war. Es war gefährlich, jetzt zu schweigen. Er wollte sie aber auch nicht beleidigen. Die Erleichterung kam erst, als er, ohne auf ihre Worte einzugehen, sagte: »Nachher werden wir nicht den ganzen Weg zurück zusammenbleiben. Du biegst hinter den Markthallen ab, ich werde geradeaus weitergehen …«

Nun also saß er da und hatte nichts, wohin er gehen konnte. Er strengte sich an, die Beschäftigung mit seinem Kaffee so sehr in die Länge zu ziehen wie möglich, um Zeit zu gewinnen, Zeit, die in seinem Kopf tickte wie zwanzig Uhren auf einmal, die alle den Satz tickten: »Draußen warten sie schon auf mich …« Doch wie er es auch anstellte – der Paradiesvogel auf dem Grund seiner weißen Tasse schimmerte schon durch wie ein Fanal.

Was ihn am meisten überraschte, war sein Wunsch, *anzugeben*, über Platon, Juvenal oder Hegel zu dozieren, mit gewundenen Bildungsphrasen zu protzen, am besten noch gespickt mit geistreichen Sentenzen und Wortspielen. Dieses Bedürfnis war so neu für ihn, dass ihm ganz schwindlig wurde.

Boshidar trommelte mit den Fingern auf den Tisch, als warte er darauf, dass endlich zutage trete, was das Schicksal ihnen mit dieser Begegnung hatte zeigen wollen. Er suchte offenbar die Konfrontation, suchte Sparringspartner, um seine knochentrockene Logik zur Anwendung bringen zu können. Und als er gerade das Schweigen brechen wollte mit der Bemerkung, dass laut Hegels Dialektik jedes lange Schweigen in sich den Sinn eines langen Gespräches berge, war Goscho schneller als er und erzählte von seiner letzten okkultistischen Erfahrung.

»Dieser Tage waren wir bei Frau Marinova«, sagte er grinsend, »zu einer spiritistischen Sitzung. Wir haben den Geist des alten Ketzers Bogomil gerufen, aber der Alte wollte die ewigen Gefilde wohl nicht verlassen. Vielleicht ist seine Seele auch in den Stammvater eines heute weitverzweigten Geschlechtes reinkarniert, oder vielleicht waren wir auch einfach schon betrunken, was weiß ich … Jedenfalls, wenn wir betrunken sind« – er schwieg vielsagend und wischte sich mit dem Handrücken einen nicht vorhandenen Flusen vom Revers –, »dann besuchen uns die widerlichsten Ganoven und Verbrecher. Und jetzt stellt euch vor: Das Medium war eine Witwe mit Engelsgesicht, und plötzlich kommen aus ihrem Engelsmündchen derart vulgäre Ausdrücke, dass ich es einfach nicht glauben wollte …«

Sonja errötete vor Scham, Boshidar rutschte unruhig auf seinem Stuhl herum und begann, seinerseits einen Wortschwall von sich zu geben, der anfangs so bizarr, weithergeholt und unlogisch klang, dass Assen dachte: Ja, was ist das denn? Der will ja auch angeben!

»Reinkarnation im Körper eines Stammvaters? Dummes Zeug! Wo hat es denn in Bulgarien je einen Stammvater gegeben, dessen Sippe länger als drei Generationen durchgehalten hat? Und was diesen Sektenstifter Bogomil angeht, der ist doch auch bloß einer der fatalen Tiefpunkte unserer Geschichte!« Obwohl er mit gedämpfter Stimme sprach, war er sichtlich verärgert; wohl weniger über Goschos Gebrabbel als über das plötzliche Auftauchen eines Widersachers, von dem er unbewusst spürte, dass er ihm gefährlich war. Darum wohl nahm er erst den großen Besen und schwang ihn bramarbasierend über die Geschichte im Allgemeinen, als solche und an und für sich. Assen behielt nur die Bemerkung, dass die Geschichte, ähnlich der Einsamkeit, ein Glück für den Tüchtigen und eine stete letzte Chance für den Schwachen sei. »Wo hat es denn in Bulgarien je eine erbliche Aristokratie gegeben, die Traditionen und Machtdynastien, also Epochen hätte schaffen, gestalten und aufrechterhalten können, Dinge, die nur gehen, wenn man Werte hat, die haltbarer sind als das tägliche Brot? In der Bibel musste Gott noch mit jedem Nachfolger Abrahams seinen Bund erneuern, mit Isaak, mit Mose. Dazu war er gezwungen, weil er bei Abraham im Wort stand. Aber wer interessiert sich bei uns dafür, wer was mit dem Vater unseres Staatengründers Asparuch vereinbart oder nicht vereinbart hat, wenn es mit der Herrlichkeit der von Asparuch ausgehenden Herrscherfolge nach zwei Generationen schon wieder vorbei war?«

Es folgte eine lange Suada über ein großes bulgarisches Trauma: die Unfähigkeit, den im Mittelalter an drei Meere – das Schwarze Meer, die

Ägäis und die Adria – grenzenden bulgarischen Staat zu erhalten und stattdessen sich darauf zu versteifen, Byzanz zu erobern, Byzanz zu beerben. Und was die Eigenständigkeit der bulgarischen Kirche betraf, so fand Boshidar, dass die Sturheit von Zar Boris I., der fast die ganze zweite Hälfte des neunten Jahrhunderts regiert und das erste goldene Zeitalter Bulgariens herbeigeführt hatte, auch gleich dessen Ende beschlossen hätte. Anstatt sich nämlich klug dem römischen Katholizismus anzuschließen, um an dessen beginnender Blüte Anteil zu haben und vor allem dessen System der Inquisition zu übernehmen, das mit solchen Randalebrüdern wie dem Pseudo-Gnostiker Bogomil, der bloß die Neigung der Bulgaren, aus Verzweiflung das Haupt vor dem Bösen zu neigen, ausgenutzt hätte, den Adamitern und was sonst noch so an Ketzern über bulgarischen Boden kreuchte, kurzen Prozess gemacht hätte; stattdessen habe Boris in seinem Ehrgeiz, selbst Pantokrator, absoluter kirchlicher und weltlicher Herrscher in einer Person werden zu können, die byzantinische Orthodoxie vorgezogen, einen prunkvollen, aber zerfressenen Leichnam. Und er schloss mit dem Grundkonsens aller, die glauben, selbst besser zu wissen, wie Bulgarien regiert werden sollte: »Wir hatten immer ein gesundes Volk und einen maroden Staat, denn das Volk hat schon dreizehnhundert Jahre überstanden, aber einen bulgarischen Staat hat es nur sechs Jahrhunderte davon gegeben! Aber was fasele ich da? Jetzt ist nicht die Zeit, Geister zu rufen, sondern die Zahl schädlicher, subversiver und zersetzender Geister zu reduzieren!«

Trotz der theatralischen Geste des Resignierten, der es müde war, Ungläubige zu bekehren, zuckte ein feines, grausames Lächeln um seine Mundwinkel. Und Assen verstand, dass es Boshidar in seinem ermüdend ausführlichen Monolog keineswegs um die Nationalgeschichte ging und die Kardinalfehler, die darin seines Erachtens passiert waren, sondern um eine verborgene Idee, ein Ziel, vielleicht verbunden mit einer prophetischen Persönlichkeit, die mit ihrer visionären Kraft dem in der Vergangenheit Versäumten Paroli zu bieten gedachte. Und wen er für diese Persönlichkeit hielt, das konnte man mit etwas politischem Wissen dem Gesichtsausdruck Boshidars beim Sprechen entnehmen: Hitler. Nur ein Emporkömmling wie er konnte in Ermangelung blauen Blutes in den eigenen Adern so von der bürgerlichen Ersatzvision der Rassereinheit besessen sein, die ja nichts anderes war als eine in die Zukunft gespiegelte Vergangenheit. Was Bulgarien betraf, so erwartete die Führung des Landes von ihm seit Jahren, mit seiner Hilfe den alten Traum von »Groß-Bulgarien« zu realisieren, eines Staates, der vom Schwarzen Meer bis zur Adria reichte und von der Donau bis zur Ägäis. Und Hitler war es auch, der mit seinen Konzentrationslagern die Inquisition in säkularisierter Form wiederbelebt hatte.

Draußen setzte die Dämmerung ein. Der benachbarte Häuserblock sah aus wie mit Indigo übergossen. Nur oben leuchtete ein vereinzeltes Fenster, hinter dem offenbar ein Hutmacher sein schlecht gehendes Atelier betrieb. Assen steckte sich eine Zigarette an und verglich Boshidar für sich mit dem Bezirksvorsteher Petkov. Doch der Unterschied war frappierend. Petkov war ein Virtuose seines Fachs und hatte die Gabe, Entwicklungen vorauszusehen; Boshidar hingegen hatte nicht die innere Finesse, die sich nur bei Menschen mit einem bis zur Widersprüchlichkeit vielseitigen Charakter entfaltete. Er war kein Psychologe, sondern ein Ideologe, einer, der die Zukunft nicht deuten, sondern machen wollte, seinen Vorstellungen passend machen wollte. Zum ersten Mal in seinem Leben war Assen nicht mit einem ausführenden Organ oder einem Anstifter konfrontiert, sondern mit der Macht selbst. Und im Vorgefühl kommender Gefahr antwortete er leise auf die Ausführungen seines faschistischen Vetters:

»Ihre Darstellung, Herr Hauptmann, war völlig zutreffend … Es hat wirklich nicht jede Geschichte das Volk verdient, auf dessen Rücken sie ausgetragen wird.«

15

Eigentlich hatte er ja für sich beschlossen gehabt, sich nicht über Kleinigkeiten aufzuregen; aber jetzt war er wirklich verstimmt angesichts der dummen Lage, in die ihn dieser Bestattungsagent mit dem Selbstwertgefühl eines bedeutenden Juristen gebracht hatte. Wenn dieser Assen bei seinem Leisten geblieben und sich so verhalten hätte, wie es sich für einen armen Verwandten gehörte, dann hätte Boshidar seine zerknitterte braune Anzughose ja noch ungerührt hingenommen, und auch die graubraune

Pfütze, die von seinen abgelaufenen Chevreaux-Leder-Schuhen in den Teppich sickerte. Es war ja nicht das erste Mal, dass er es mit Gästen aus Widin zu tun hatte, vor allem die Freundinnen seiner Mutter, die Schneiderin Dora oder Mitglieder des Frauenwohlfahrtsvereins machten ihm ihre Aufwartung. Sie kamen an mit ihren neuen Satinkleidern und den unglaublichsten Hüten auf dem Kopf. Für die kurze Zeit ihres Aufenthaltes schleppten sie zwei Koffer mit! Deren Inhalt ließ einen glauben, in Widin hätte die Donau statt der Kirsch- eine Sintflut ausgelöst, so dass sie alles irgendwie Wertvolle, Typische oder ihnen Teure zu retten versucht hatten. Doch selbst wenn diese Damen ihn vertraulich »Boshidartscho« nannten, waren sie doch unübersehbar eingeschüchtert und unsicher, was sie mit schnellem Sprechen zu kaschieren versuchten. Dieser hier aber, dieser Grabstein-Verscherbler, schwieg auf beklemmende Weise, und man bekam den Eindruck, er sei der Hausherr, dessen Kaffee sie tranken. Schon nach fünf Minuten in seiner Gegenwart hatte Boshidar den unguten Wunsch verspürt, zu prahlen, irgendetwas Pikantes über die Samstagsgesellschaft bei Seta Topalova zum Besten zu geben, einem Maskenball, bei dem die Damen wieder einmal die ganze Bandbreite schlechten Geschmacks und mangelnder Fantasie vorgeführt hatten. Noch nie hatte er ein so schmerzliches Gefühl erlebt, bedeutend sein zu wollen. Vermutlich war es das gewesen, womit er immer beeindruckt hatte: dass er undurchdringlich war. Den kleinen Makel, Sohn eines »Töpfers en gros« zu sein, machte er durch diese Rätselhaftigkeit ebenso wett wie durch den eher bescheidenen Glanz seiner Schulterstücke.

Er hatte sich auf das Fensterbrett gestützt und rauchte. Aus der Nachbarwohnung drang krächzend Grammofonmusik; eine männliche Reibeisenstimme intonierte schmachtende Romanzen. Das Fräulein Julia, das dort wohnte, war Operettensängerin. Tagsüber traktierte sie das scheppernde Klavier, und abends empfing sie deutsche Offiziere, die ihr Schoßhündchen mit Pastete bewirteten, weil Brot nur gegen Marken erhältlich war.

Boshidar liebte diese späten Stunden. Die ganze Stadt schien zu schlafen. Da konnte er ungestört in sich selbst versinken. Er war noch immer verärgert über das Abendessen mit seinen beiden Vettern und versuchte krampfhaft, in Gedanken an Seta Entspannung zu finden. Trost bereitete ihm das nur, wenn er sie sich irgendwie erniedrigt vorstellte, heftig schluchzend im Durcheinander ihres pinkfarbenen Schlafzimmers, mit zerrauftem Feuerhaar und vor Schmerz dunkel gewordenen Augen. Er versuchte, sich das Puzzle ihrer Nacktheit aus den kleinen Details zusammenzusetzen, die er durch den mal so, mal so verrutschten japanischen Kimono erspäht hatte, wenn sie einen ihrer panischen Anfälle gehabt hatte. Er hatte für diese Anfälle keine Erklärung, aber seltsamerweise beruhigten sie ihn. Es war herrlich, wie das Herbstlicht auf ihre Haut fiel, während sie sich in Krämpfen wand im Versuch, die Grenzen ihres Körpers zu sprengen, und nach einem verzweifelten Höhepunkt in eine starre Bewegungslosigkeit verfiel, die auf den ersten Blick aussah, als sei sie tot. Ja, das war schön, traurig und tröstlich, und seine Stirn bedeckte sich mit kleinen Tröpfchen schmutzigen Schweißes. Er hatte ihr davon erzählt, und nach einer Woche bekam er ein auf Porzellan entwickeltes Foto: Seta auf ihrem Bett liegend, umrahmt von milchweißer Seide und frischen Blumen. In ihrem angestrengten Versuch, so tot wie möglich auszusehen, wirkte sie unter dem Leichentuch, das ihre verführerische Nacktheit noch unterstrich, nur umso vitaler. Auf dem Rücken der ellipsenförmigen Porzellanplatte stand geschrieben: »Foto-Atelier Kemilev wünscht seinen Kunden Frohe Weihnachten«. Boshidar schüttelte sich. Was ihn so unangenehm berührte, war nicht die Grobheit ihres Scherzes, sondern die Gleichgültigkeit, die sie ihm damit dokumentiert hatte. Er zerschlug die Kachel in der Toilette und spülte sie weg mit dem schnarchenden Geräusch des abfließenden Spülwassers.

Das Telefon läutete. Er fuhr zusammen und ließ die noch nicht aufgerauchte Zigarette übers Fensterbrett fallen. Das konnte nur sie sein. Seta hatte die Angewohnheit, ihn nach Mitternacht anzurufen und ihm mit der Stimme eines schnurrenden Kätzchens, um die er sich ihren müden, von der Spitzenwäsche eingefassten Körper vorstellte, »gute Nacht« zu wünschen. »Ja, schlafen Sie denn noch nicht, Herr Hauptmann? Ah, dann schwingt der Herr Hauptmann sicher noch die Hantel. Das ist ja so gesund, diese Leibesertüchtigung ... Philipp Karagjulev und ich, wir waren in Borovez. Was für ein langweiliger Mensch das ist. Die ganze Zeit hat er mir erzählt, wie er in den wilden Rhodopen Djebel-Tabak aufgekauft hat. Das Wichtigste sei, vorher den Hodscha zu bestechen, da liege der Hund begraben … Gähnen Sie etwa? Das ist aber nicht sehr galant einer Dame gegenüber!« Es konnte aber auch irgendein Idiot aus dem Offiziersklub sein, der zu viel konsumiert oder sich verspielt hatte und nun Geld von ihm leihen wollte.

»Hauptmann Weltschev?« Die Stimme General Kowatschevs hatte einen Beiklang von tragischer Selbstironie. »Ich habe Sie den ganzen Abend zu erreichen versucht …« Boshidar entfernte den Hörer etwas von seinem Ohr, da es in der Leitung entsetzlich krachte. »Heute ist etwas sehr Unerfreuliches passiert … Einfach katastrophal!«

»Ich höre, General.«

»Am Nachmittag zwischen sechzehn Uhr dreißig und siebzehn Uhr ist unser hochverehrter General Lultschev erschossen worden. Er war bei einer, hm, bei einem … Fräulein.«

Boshidars Pantoffeln schlummerten wie Kätzchen vor dem Ohrensessel. Sein Schlafanzug lag schlaff übers Sofa gebreitet wie ein Mann, der soeben tot in sich zusammengesackt war. Die Unordnung machte ihm zu schaffen, sie ging ihm gegen den Strich. Das alte Weltschev-Gefühl, etwas Unerhörtes tun zu müssen, wallte in ihm auf. Und dieses Telefongespräch *genau jetzt* störte ihn dabei. Er war außerstande, beflissen zu fragen: »Und was ist jetzt zu tun?«, ebenso wenig, die Betroffenheitsplatte aufzulegen: »Oh Gott, wie furchtbar!« Stattdessen sagte er nüchtern:

»Ich war zu Gast, Herr General, habe mich verspätet …«

Aus dem Büfettschrank fingerte er eine Flasche Courvoisier heraus, nahm ein Wasserglas und schenkte sich großzügig ein. Er trank die bernsteinfarbene Flüssigkeit in wenigen gierigen Schlucken. Der Alkohol brannte in seiner Kehle. Woher kam denn plötzlich dieses Gefühl, in einem Kurort zu sein? Ah, Fräulein Julia probte ihr neu gestimmtes Klavier und begleitete damit den improvisierten Soldatenchor, dessen Stimmen während des Singens versuchten, sich auf die Melodie eines deutschen Schlagers zu einigen.

Boshidar war von klein auf daran gewöhnt, etwas Exorbitantes zu sein. Selbst wenn einmal etwas nicht so lief, wie er wollte, oder er eine schlechte Figur machte, so war das für ihn nie mehr als ein Stolperstein auf dem Weg zum sicheren Strahlenglanz des Erfolges, *seines* Erfolges. Er hatte überraschend abgelehnt, Fräulein Popdimitrova zu ehelichen, einen Monat bevor ihr Vater mit seinen Geschäften eine dubiose Bauchlandung machte und seine Spur sich in Athen verlor. Doch durch die Popdimitrovs hatte er Kontakt zu General Kowatschev bekommen. Als sein Vater ihn aufsuchte – er lebte noch in seinem ersten Quartier auf der Maria-Luisa-Straße – und mit nervösen Schritten den kleinen Raum durchmaß, um ihm zu sagen: »Auf dich warten ein Haus, ein Pferd und eine gut laufende Fabrik – ist das etwa gar nichts?!«, hatte er definitiv abgesagt, nach Widin zurückzukehren. »Was soll ich mit einem Pferd? Und mit Geld?«, hatte er gefragt. »Und meine Mutter – was soll sie mit einem erwachsenen Sohn?« Sein Vater schwieg, schwieg erbittert, aber auch angewidert von der Erkenntnis, dass aus seinem Sohn seine eigenen Gedanken sprachen, seine eigene Verrücktheit, die ihre Aufgabe suchte ohne Ansehen, ob und wie viel Geld oder Prestige es einbrachte. »Was willst du denn dann – Krieg etwa?« Boshidar antwortete ausweichend: »Was weiß ich …«

Noch am selben Abend hatte er Seta Topalova kennengelernt, auf der Flaniermeile Sofias, dem Zaren-Boulevard, unter einer prächtigen Kastanie, die gerade ihre Blätter entrollt hatte und nun dabei war, sich die Blütenkerzen aufzustecken. Die Leute um ihn her – alle ohne Ausnahme, wie ihm schien – klagten und schimpften, hasteten oder versuchten, sich von etwas zu erholen, machten Geld, Liebe, Geschäfte und Fehler, Kinder und Einkäufe … Nur er – er wartete einfach ab, begeistert von seinem Geschick, sich in all dies, was er sah, nicht hineinziehen zu lassen. Woher dieser tiefe Instinkt kam, dieses versunkene Warten auf die große Chance, wusste er auch nicht; es lag einfach in seinem Blut. Er hatte einfach den Kopf, den man brauchte, um ein guter Jäger zu sein: nicht viel durch die Gegend ballern, sondern den günstigsten Moment abwarten, sorgfältig zielen und – treffen! Dazu gehörte auch die moderne Variante des Gesellschaftsjägers, der erst einmal schwieg und sich zuhörend in seinem Jagdrevier orientierte, bevor er die Beute auswählte und geschickt in die Falle lockte. Er hatte das geduldige Abwarten als die einzige Form für sich entdeckt, in der gegenwärtigen Gesellschaft präsent zu sein und sein zu wollen. Wenn Seta ihn also provozieren wollte, indem sie ihm an den Kopf warf: »Hau ab, du …«, dann erwiderte er in gleichmütig höflichem Ton: »Selbstverständlich, meine Liebe …«, denn er wusste, dass sie das verwirrte und wehrlos zurückließ. In gewisser Weise hatte er sein Glück entdeckt, wenn man annimmt, dass das Glück im Unbekannten, Ungewissen liegt, in der Vorbereitung, im Kampf für etwas, in der Bewegung, im Aufbauen, nicht aber im Erreichen, im Erreichten, im Ergebnis. Es ist reine Hoffnung, von Glaube genährt, von Liebe bewegt.

Seine Beharrlichkeit entwickelte sich wie ein Bauprojekt: Grundriss, Aufriss, Einfügen der Details, und schließlich Auswahl von Verputz und Fassadenelementen wie Balkon, Erker, Türeinfassung, Freitreppe. Boshidar erkannte, dass geistige Macht auf Entsagung beruht. Wer sich das Leben gefügig machen will, muss in der Lage sein, ihm zu entsagen. Jede Hingabe an Lust und Genuss aber war Verlust an Macht, war Unterwerfung, schließlich Abhängigkeit und endlich Hilflosigkeit. Wenige Eindrücke hatten genügt, um ihm die Schwierigkeit solcher Entsagung vor Augen zu führen: Er hatte einmal auf dem Steilufer von Kavalla die überwältigende Pracht der Ägäis erblickt, die schimmerte wie ein erlöschender Smaragd; später dann war er der verführerischen Magie Setas begegnet. Bei ihr zu Hause hatte er aber auch eine weitere Beobachtung gemacht, die ihm weiterhalf: Wenn Setas Vater sich nachlässig einfache Klamotten anzog, wirkte er nicht im mindesten lächerlich. Wenn sein Sekretär jedoch einen eng sitzenden Smoking trug und bis auf den perfekten Sitz des Tuches in der Brusttasche wie aus dem Ei gepellt dastand, sah er einfach nur zum Brüllen komisch und zum Weinen armselig aus. Die schlichte Einfachheit wird zur Größe, wenn sie aus innerer Energie entspringt, aus Stärken der Persönlichkeit kommt, die vollendet zusammenarbeiten und daher alles Überflüssige als hinderlich fortwerfen. Mit dieser Erkenntnis im Hinterkopf versuchte er, die Figuren in seiner Umgebung noch einmal neu zu bewerten. Im Handumdrehen stellte er fest, dass General Kowatschev die Mentalität eines Majors hatte, dem der Glanz seiner Stiefel das Wichtigste war, dass das Kriegsministerium voller Leutnantsfressen war, dass Frau Marinova, eine der führenden Salondamen Sofias, Angewohnheiten hatte, wie er sie von der Köchin seiner Eltern in Widin kannte, dass die meisten Fabrikanten einfach Hersteller waren und die meisten Bankiers bloße Zinsfuchser. Er bleute sich immer wieder ein: »Große Unterschiede im Äußeren deuten auf geringe Unterschiede im Inneren!«

Eines schönen Juniabends wandte er seine Gedanken der Kraft zu, die von simpler Ordnung ausgeht, und begann mit dem Allereinfachsten: der

Ordentlichkeit. Seine Idee packte ihn derart, dass er Seta frühzeitig mit den walzenden Taftröcken und Fräcken im Sofioter Kasino allein zurückließ, hinaustrat unter das Blätterrascheln des Parks, sich einen starken Kaffee machte und an den Schreibtisch setzte: Was würde seine Mutter auf diesem Tisch deponieren? Antwort: alles, was ihr in den Sinn kam – mit Ausnahme einer Pistole und eines Telefons. Und so schwor er sich, auf seinem Schreibtisch niemals etwas anderes abzulegen als seine Pistole und den Telefonapparat.

Endlich kam er darauf, was der Sinn seines Lebens, seiner Bestimmung war, erblickte er das Gebilde, das er erbauen musste, ganz ähnlich, wie sein Vater in einem brachliegenden Acker voller Disteln und Dornen den Rohstoff für eine Fabrik erblickt hatte. Da hörte er auf, in Erwartung zu leben, weil er den Anfang jetzt in Händen hielt. Alles Weitere waren technische Einzelheiten, stete Tropfen, um die versteinerte Unentschlossenheit General Kowatschevs auszuhöhlen. Ihn erfüllte der Gedanke, dass er schon bald gebraucht würde, und im Laufe der Zeit und der Ereignisse sogar ungewöhnlich gebraucht.

Um wieder in die Gegenwart zurückzufinden, wiederholte er: »Ich war zu Gast, Herr General, habe mich verspätet …« Dann trank er sein Glas leer und *stellte es auf den Schreibtisch.* Statt Schwindel auszulösen, klärte der Alkohol seinen Kopf. In seine Muskeln schossen Energieströme, in seine Brust ein Hass gegen – gegen – gegen … Er verachtete alles und jeden, seine Leute ebenso wie die Fremden, ja sogar den Verstorbenen, der es nicht geschafft hatte, seine Leidenschaften und Ängste zu besiegen. Wie hätte so einer Führer einer Bewegung sein können, wie Boshidar sie sich vorstellte?

Er spuckte auf den Boden. Wie geschmacklos, dieser Wohnraum! Leer und aufgeräumt wie eine Stube in der Kaserne mit seinen weißgetünchten Wänden, dem Schränkchen, in dem sein Rasierzeug und seine Wäsche lagen, und einem irritierenden Foto von Seta darin. Er hob den Expander vom Boden auf und – ohne seine Uniformjacke auszuziehen – begann, ihn zu dehnen. Mit einer fast sadistischen Genugtuung stellte er sich das Begräbnis Lultschevs vor: den schwarzen Baldachin und die pompöse, steife Dienstmütze Kowatschevs, die Ehrenformation mit den bajonettbewehrten Karabinern, den schwarzen Schleier der Witwe, die ihn in theatralischem Flüstern vor der Menge »den würdigsten von allen, den getreuesten …« nennen würde, das niedergetretene Gras und die vom Regen gewaschenen Grabsteine auf den umliegenden Gräbern – und jenes Schweigen, das so sprechend das Fehlen jedweder Wertschätzung und jedes Mitgefühls kaschierte. Das Einzige, was die Trauergäste an diesem düsteren Tag einen würde, wäre die Angst, wer wohl der Nächste sein würde. Der Zar würde einen prachtvollen Kranz schicken, doch sicherlich mit einem Seufzer der Erleichterung, wie nach dem Abklingen eines schweren Migräneanfalls. Und das Sahnehäubchen würden die Worte des Priesters sein: »Er starb in Erfüllung seiner Pflicht für Volk und Vaterland!« Gott im Himmel, so nannte man diese Sache mit den »Fräuleins« jetzt?

Er sah sein Spiegelbild im Glasschrank. Er glich dem starken Mann im Zirkus, der falsche Gewichte stemmte und angesägte Ketten zerriss. Zum ersten Mal in seinem Leben kam er sich klein und dumm vor mit dem vor seiner Brust gespannten Expander und der bis auf den letzten Knopf hochgeschlossenen Uniformjacke, die ihm die Luft raubte. Etwas war mit dem Tode Lultschevs zu Ende gegangen, aus, vorbei, und damit musste er sich jetzt abfinden. Er kam sich betrogen vor, des Rechts auf Mitwirkung und Teilhabe beraubt, ein kleiner Hauptmann, der froh sein musste, eines Tages eine Porzellanfabrik übernehmen zu können.

Er zog sich aus und ging zu Bett, um noch einmal den ganzen Nachmittag Revue passieren lassen zu können, so, als wäre er stummer Zeuge des Attentats gewesen. Der Schlaf verschwand aus seinen Augen, ihm wurde eng zwischen den weißen Laken. Er begann, mit der Kleinlichkeit eines alternden Pedanten alle Fakten zu rekonstruieren. Um genau sechzehn Uhr dreißig trug Sonja Toromanova den Kaffee auf, in dem Service, das er ihr und Goscho im Auftrag seines Vaters zur Hochzeit geschenkt hatte. Danach hatte Goscho sich die Uhren geschnappt und sie eine nach der anderen aufgezogen, so, als müsse er noch extra unterstreichen, dass die Zeit irgendwie stehengeblieben zu sein schien an diesem Nachmittag. Im selben Augenblick musste Lultschev die Straße überquert haben auf dem Weg zu seiner Geliebten. Als Goscho »fünf Uhr« gesagt hatte, musste es schon geschehen sein. Kurz darauf war, sichtlich außer Atem, dieser Assen aufgetaucht und hatte auf Goschos launische Bemerkung: »Donnerstag, ein Tag ohne besondere Vorkommnisse« mit nur schlecht verborgener

Ironie geantwortet: »Jeder Tag kann voller Vorkommnisse sein, sogar dieser Donnerstag.« Die Querverbindung, die er im Kopf herstellte, kam ihm auf einmal mehr als nur zufällig vor. Hinzu kamen die kleinen Signale: Als er aufgestanden war, war Assen, dem man schon am Kinn ansah, dass Ängstlichkeit nicht zu seinen Eigenschaften gehörte, regelrecht zurückgeschreckt. Und dann dieses zerknitterte Tütchen mit irgendwelchen Sämereien darin, das er auf den Tisch stellte wie eine Eintrittskarte oder einen Ausweis …

Boshidar warf die Armeedecke von sich und setzte sich auf. Das milchige Licht der Nachttischlampe half ihm nicht, klarer zu sehen. Sein Verstand arbeitete jetzt fieberhaft an der Vergegenwärtigung der Momente, die gefolgt waren. Woher kam dieses aus allen Poren dringende Selbstbewusstsein bei diesem Hungerleider? Die mit Straßendreck und Schneematsch bespritzten Hosenbeine verwiesen auf einen Weg, der wohl kaum zum Direktor der Italienischen Bank geführt haben dürfte, dessen Namen er hatte fallen lassen. Boshidar kannte sie, diese Direktoren: marmorne Eingangsbereiche und dahinter lauter hochwertigen Plunder aus Wien und Paris, Messingblumensträuße, Statuetten von Satyrn und – natürlich! – der Venus von Milo, Mobiliar im Jugendstil, orientalische Pantoffeln mit Troddelchen aus Istanbul … Doch der Direktor der Italienischen Bank hatte sich wohl kaum auf seinem Dachboden zum Sterben hingelegt, zwischen Spinnweben und Staub!

Er stand auf, weil er in Schweiß badete. Seine Muskeln waren nach dem Expandertraining noch immer angespannt. Mag sein, dass ich verrückt bin, durcheinander im Kopf, aber trotzdem … Ihn beunruhigte, dass ein Rest Unklarheit in der Sache blieb. Er wusste auch nicht, woher dieses fatalistische Gefühl gekommen war, das ihn an diesem Nachmittag ergriffen hatte, bis das Feuer im Kamin heruntergebrannt war. Hatte er irgendein Wort, irgendeinen Hinweis überhört oder übersehen, irgendein sorgfältig ausgelöschtes Zeichen? Er drängte darauf, das Bild zu vervollständigen, ungeduldig wie ein Restaurator, der die endgültige Gestalt des Bildes in einem Moment der Erleuchtung bereits vor Augen gehabt hatte und sich nun bemühte, fertig zu werden, bevor der Geistesblitz sich wieder verdunkelte. »Aber es gab eine Absperrung … Sie haben mich kaum durchgelassen!« Wenn das so war, wieso konnte dieser Bestattungsagent dann schon um fünf Uhr, kaum eine halbe Stunde nach dem Attentat, in der Wohnung von Goscho und Sonja sein? Boshidar war mit den Fähigkeiten der bulgarischen Polizei bestens vertraut. Es war absurd, anzunehmen, dass sie schon zwanzig Minuten nach dem Attentat das ganze Viertel abgesperrt hatten. Woher wusste sein Vetter aber dann, dass es eine Absperrung geben würde, und warum sprach er es mit so nervösem Stolz auch noch aus? Und dieser Stolz hatte bis zum Schluss angehalten, als Assen nach seinem, Boshidars, kleinen Vortrag in gespieltem Einverständnis ironisch kommentiert hatte: »Ihre Darstellung, Herr Hauptmann, war völlig zutreffend … Es hat wirklich nicht jede Geschichte das Volk verdient, auf dessen Rücken sie ausgetragen wird.«

Soll man das Wild jagen, nachdem einem das Haustier entwischt ist?, dachte sich Boshidar hilflos. Doch zu dieser späten Stunde war er vom Instinkt geleitet, nicht vom Verstand. Ja, man hatte ihn ganz übel quer übers Gesicht geschlagen; ohne Vorwarnung hatte man seine Zukunft schwer getroffen; jetzt, da er die Zeit nicht um die entscheidenden zehn Stunden zurückdrehen konnte, gab es für ihn nur eines, das er tun konnte: schlagen, zertreten, vernichten. Das Verlangen nach einer Zigarette meldete sich. Dann sah er das leere Glas auf dem Schreibtisch, *wo es nicht hingehörte,* und stellte es weg. Aus der Nachbarwohnung von Fräulein Julia drang eine dichte, ungewöhnliche Klanglosigkeit; die ganze Trennwand schien sich in die Kehrseite eines verlassenen weißen Klaviers verwandelt zu haben. Feucht und kalt ergoss sich die Nacht ins Freie. Voller Unruhe wählte er die Nummer von Goscho Pantov. Es dauerte zwanzig Minuten, bis er schließlich dessen knurrige Stimme hörte: »Na sag schon, was gibt's, du Plage?«

Boshidar schluckte die vorbereitete Entschuldigung herunter, dann erklärte er seinem Vetter umständlich, warum der vergangene Nachmittag von besonderer Bedeutung gewesen sei. Das Knacken in der Leitung schien eine Direktübertragung aus Goschos Gehirn zu sein, denn der schaltete nicht. »Warum lädtst du unseren Vetter Assen nicht am Dienstag zum Mittagessen ein, hörst du? Einfach so, ein Treffen, zum Plaudern, verstehst du?«

»Musstest du mich deswegen um halb fünf Uhr morgens anrufen? Gott, ich werd' noch blind …«

»Ja, musste ich«, erwiderte Boshidar spitz und knallte den Hörer auf die Gabel. Er wollte sich rasieren und dann gleich ins Ministerium gehen, wo er im Verlauf des Tages die gespielte Trauer seines Chefs würde über sich ergehen lassen müssen, das hohle Pathos leerer Phrasen und den tiefen Ton voller Seufzer: »Jaaa, ja, ja … Bin wirklich erschüttert! Dass immer die größten Söhne Bulgariens so bestialisch ermordet werden müssen …«

16

Als Assen nach durchschlafener Nacht mit beruhigtem Herzen die Treppe zu den Geschäftsräumen seines Arbeitgebers »Alexiev & Sohn« hinaufstieg, rief ihn Fräulein Pastuchova aus dem Korridor zu sich. Sie saß mit dem immer gleichen freundlichen Lächeln hinter ihrem Schreibtisch, den Alexiev aus ausrangierten Möbelbeständen rekrutiert hatte. Überhaupt wirkte sie, als habe sie gar kein Zuhause, sondern wohne dort, an ihrem Schreibtisch. Alles um sie herum war bis zum Überdruss bekannt: die ausgeleierte »Erika«-Schreibmaschine, das bronzene Tintenfass, die von ihr fakturierten Aufträge und der Topf mit der von ihrer Überfürsorge sichtlich in Mitleidenschaft gezogenen Rosengeranie. Doch aus der Art, wie sie sagte: »Der arme Herr Alexiev! Jetzt liegt er schon zwei Tage zu Bett mit seiner Nierenkolik«, war unverhüllte Aufregung herauszuhören. Das war bemerkenswert, denn Fräulein Pastuchova neigte sonst nicht zu Gefühlsregungen, ausgenommen die seltenen Fälle, in denen das Kontor »Gutes Ende dank Alexiev & Sohn« ein Dutzend Bestattungsaufträge auf einen Schlag bekam, oder wenn die Tochter des »lieben Chefs« wieder einmal ihre Verlobung löste.

»Das kann doch nicht sein«, sagte Assen mitfühlend, »Sie betrüben mich mit solchen Nachrichten!«

Der ohnehin enge Korridor sah mit den hellen Löchern, die das Sonnenlicht hineinstanzte, noch schmaler aus. Es roch nach Staub, nach altem Teppichläufer und eingekochter Konfitüre. Die lederbezogene Tür zum Büro von Herrn Alexiev sah aus wie ein breiter Rücken.

»Der Frühling ist in diesem Jahr wundervoll, finden Sie nicht«, sagte Assen still. »Wie geht es Ihren Katzen?«

Fräulein Pastuchova rutschte unruhig auf ihrem Stuhl hin und her und tupfte geschäftig die Feder ihres Füllers am Löschblatt ab. In ihrem starren Blick las er Erschrecken und Mitleid.

»Sie verbergen etwas vor mir«, seufzte er, »die Nierenkolik des Herrn Alexiev besteht doch nicht etwa darin, dass er Ihnen die unangenehme Aufgabe übertragen hat, mir meine Entlassung mitzuteilen? Na, kommen Sie, machen Sie mir die Freude!«

In ihr Lächeln schienen Störwellen einzudringen. Hörte der Feind mit? Ihre angeborene Güte kämpfte mit dem Staub der Gleichgültigkeit, der sich in all den Jahren darauf niedergelassen hatte.

»Diese Leute haben mich schwören lassen, dass ich Ihnen nichts sage ... Ich meine, ich habe geschworen!«

»Wer – *diese Leute?*«

»Zwei Zivile und ein Offizier ... Die Zivilen haben Ihr Büro durchsucht, der Offizier hat mich verhört. Ein außergewöhnlich liebenswürdiger Herr war das, groß, blauäugig und immer einen Scherz auf den Lippen.«

Aus der Kellerwerkstatt war das Ricke-racke der Bandsäge zu hören. Assen brach der Schweiß aus. Er leckte sich über die trockenen Lippen und entzündete eine Zigarette. Ein Sonnenstrahl beleuchtete den aufsteigenden Rauch graublau und verteilte ihn sanft über dem Schreibtisch.

»War das ein Offizier von der Polizei oder von der Armee?«

»Von der Armee«, antwortete Fräulein Pastuchova beklommen. »Ein feiner Mann, ich glaube, Hauptmann.«

»Ach, und ich hatte schon gedacht, Herr Alexiev hätte endlich Ernst gemacht und mich entlassen. Sehen Sie, in diesen Zeiten denkt man immer gleich das Schlechteste!«

Er stellte sich die beiden Zivilen vor, wie sie im Trenchcoat, gewienerten Lederschuhen und mit den Gesichtern von Krämern mit seinem Vetter Boshidar Weltschev in der Mitte die Räume betreten hatten. Wie konnte dieser Boshidar, der in ihm auf Anhieb feindselige Gefühle ausgelöst hatte, mit seinem stechend blauen Blick so auf Fräulein Pastuchova gewirkt haben? Doch egal. In seinem Büro hatten die Krämer nur Kram gefunden, Pröbchen und Muster, Kreuze, Stoffe, und natürlich die Liste mit den reichen Leuten, die nach den Vorstellungen seines Chefs bald das Zeitliche segnen sollten. Gefunden hatten sie auch Fräulein Pastuchova, die im Kontor fleißig die Karteikarten in die Schreibmaschine spannte und die Kartothek auf dem Laufenden hielt. Bevor dieser nette Besuch kam, bestand Fräulein Pastuchovas einzige Abwechslung darin, an die Decke zu starren, den Korridor entlangzugehen, in den Zeitungen die Todesanzeigen unter der Rubrik »Verschiedenes« zu sichten und Herrn Alexiev zu empfangen und zu verabschieden, diesen Mann, an den sie eine solche Anhänglichkeit entwickelt hatte, weil er ihr täglich eine Kartoffelsuppe zu essen brachte und ihr ein kostenloses Begräbnis versprochen hatte. Ihr Privatleben bestand darin, sich selbst ihre Kleider zu nähen, Geranien und Petersilie in Blumentöpfen zu ziehen, in die heimlich ihre Katzen pinkelten. Sie stickte Initialen auf die Taschentücher von Herrn Alexiev, die eine kindliche Handschrift verrieten. Ihr Leben glich einem Wassertropfen, der mit der Zeit spurlos und unbetrauert verdunsten würde. Sie kochte auch Marmeladen ein und hielt in einem Fach ihres Schreibtisches immer ein Glas Sauerkirsch-Konfitüre bereit, um damit etwaige Besucher bewirten zu können. Aber in Wirklichkeit kam gar niemand. Bewirten konnte sie damit höchstens Herrn Alexiev oder Assen, und Assen mochte keine Sauerkirschen.

Und genau von dieser Frau war er jetzt abhängig, ihr musste er sich anvertrauen, musste ihr Mitleid, ihre Kooperationsbereitschaft und ihre Korrektheit zugleich wecken. Das war alles andere als einfach, da diese Frau sich über so viele Jahre an ein immer gleich bleibendes Maß an Verantwortung gewöhnt hatte.

»Sie haben mich gefragt, ob und wer Sie hier besucht hat«, sagte Fräulein Pastuchova, »aber ich habe nichts verraten!«

»Was sollten Sie denn auch verraten?«

»Ihre Verlobte ist ja so eine Liebe«, sagte Frau Pastuchova errötend. »Außerdem glaube ich nicht, dass Sie in der Lage wären, etwas Böses zu tun.«

Seine Verlobte? Ach ja! Vera kam alle paar Tage vorbei, immer atemlos und unverschämt jung, mit ihrem kessen blauen Kostüm, frühmorgens erstanden bei »Alles für Sie«, und dem kleinen Browning-Revolver in der Handtasche. Gekommen war auch Bai Michal gelegentlich in Momenten unerträglicher Einsamkeit, hatte sich neben die Planzeichnungen für

Grabstätten gesetzt, die die Jahrhunderte überdauern sollten, gekrönt von Engeln mit nachdenklich erhobenen Augen, sich eine Zigarette angesteckt und mit brüchiger Stimme gesagt: »Na komm, schweigen wir ein bisschen zusammen!« Und wenn er ihn nach ein paar Minuten wieder hinausgeleitete, sagte Assen gut hörbar für Alexiev und Fräulein Pastuchova: »Mach dir keine Sorgen, Onkel Iwan! Sie wird schon zurückkommen. Du kennst ja die Frauen.«

»Und wie sie Sie liebt!«, murmelte Fräulein Pastuchova verträumt.

»Mich liebt? Wer?«

»Na, Ihre Verlobte! Das sieht man ihr doch auf den ersten Blick an!«

Sie lächelte nun besonders freundlich; dabei zitterte ihr dünnes Haar. Die sechs Bakelit-Armbänder klapperten an ihrem dünnen und welken Handgelenk, als sie das Glas mit der Sauerkirsch-Konfitüre aus ihrem Schreibtisch holte, dazu zwei Löffelchen und zwei kleine Glasschälchen. Sie goss sparsam einige der süß eingelegten Früchte in die Schälchen und bedeckte sie mit Sirup. Sie sah zufrieden aus, weil sie wusste, dass sie etwas Gutes getan hatte. Assen fühlte, dass sie etwas ahnte, und dass es nicht gut war, zu lügen und sie mit ein paar unbedarften Phrasen abzuspeisen. Sie ersparte ihm ja auch taktvoll die Worte, mit denen sie hatte schließen wollen: »Nur ruhig, Herr Weltschev, ich werde niemandem etwas verraten!« Die Kirschen schmeckten leicht bitter, doch sie waren mit richtigem Rohrzucker eingekocht und hatten das Aroma des vergangenen Juni bewahrt.

»Vielen Dank, Fräulein Pastuchova, ich muss nun wieder los«, sagte er unentschlossen und ließ das leere Schälchen stehen.

»Sie haben mir ein großes Vergnügen bereitet«, antwortete die Sekretärin.

Als er die ausgetretenen Stufen der Treppe hinunterstieg, hörte er, wie die Tasten ihrer Schreibmaschine munterer klapperten, als hätte sie nun auch ihrer »Erika« endlich etwas mitzuteilen. Assen ging die Pirotska-Straße hoch, die gegenüber der Moschee, gleich neben den Markthallen endete. Er ging mit dem Gefühl, dass er noch einmal gerade so am Schlimmsten vorbeigeschrammt war. Jetzt musste er die Praxis des Zahnarztes Iwantschev finden, wo er anderthalb Stunden zwischen einigen Damen mit rot angemalten Lippen und geschwollenen Kiefern würde warten und dabei eine Schweizer Medizinerzeitschrift durchblättern müssen, um anschließend in dem unaufwändig eingerichteten Behandlungszimmer, in dem es nach Karbol und Äther roch, eine Minute ungestört mit Bai Michal reden zu können. Er musste an das denken, was Jonka mit ihrer natürlichen Weisheit ihm einmal gesagt hatte: »Was tut das aufgeschreckte Tier – es läuft weg, ganz einfach!« Nur war das hier und jetzt keine Lösung mehr für ihn. Ihn hatte ein seltsames Gefühl der Freude ergriffen, ein besorgniserregendes Gefühl der Freude. Er ging in das nächste Postamt, betrat die Telefonkabine und wählte mit zitternden Fingern die Nummer Goscho Pantovs. Seine Eingeweide schienen sich zur Faust zu ballen, während er auf das Klingelzeichen wartete.

»Georgi«, murmelte er in den Hörer, »ich hab über ein paar Sachen nachgedacht und wollte dich fragen, wo ich unseren Vetter Boshidar finden kann.«

»Eh, ist hier die große Familienliebe ausgebrochen?« Goscho hustete und spuckte etwas aus. »Komm doch einfach am Dienstag zu Mittag. Da wirst du auch deinen geliebten Boshidar antreffen!«

Assen seufzte erleichtert auf, als er den Hörer einhängte. Jetzt kam ihm die Straße schon wesentlich ruhiger vor.

Drittes Kapitel

1

Das für den nächsten Tag nachlässig vorbereitete Mittagessen fand gar nicht mehr statt. Tante Allwissend hatte sich nach intensivem Nachdenken definitiv dazu entschlossen, nach Sofia zu fahren. Am meisten litt sie unter der bevorstehenden Trennung von ihrem Hund. Deshalb machte sie eine Staatsaktion daraus, Zwetana in den einst so prachtvollen Salon zu bestellen und ihr die Sorge um das riesige Tier ausdrücklich ans Herz zu legen. Sie schickte ein Telegramm nach Sofia, aus dem man alles Mögliche herauslesen und verstehen konnte, so unklar war es und so lang. Der Postbeamte am Telegrafenschalter pfiff anerkennend durch die Zähne.

Goscho Pantov Weltschev hingegen, der Empfänger, fasste die Nachricht auf wie ein Ultimatum. Er ordnete dem Hausmädchen an, seinen neuen Anzug zu bügeln, und bat Sonja, ihr Haar mit dem Lockenstab zu ondulieren. »Es wird, wie soll ich es ausdrücken, *ma chère*, es wird ein wenig *choquant*«, sagte er seiner Frau im Vorgefühl dessen, dass dieser Besuch wohl eine besondere Bedeutung annehmen könnte.

Der Bahnsteig war voller Bauern, Bettler und Träger in Gummischuhen. Aus dem Wartesaal wälzten sich bunte Bündel und schmutzige Ballen. Auf dem letzten Gleis wurde ein deutscher Wehrmachtszug verschoben, der dicht von bulgarischen Polizeibeamten flankiert war. Orientalische Düfte, orientalisches Phlegma mischten sich mit dem strengen Weckruf des Krieges. Unter dem Plakat »Deutschland wird siegen!«, das sich schon halb gelöst hatte, führte ein Straßenartist Kunststückchen vor. Eine alte Frau mit der Haut eines vorjährigen Spalierapfels knabberte einen Brotrest, der aussah, als sei er geknetet und gebacken aus dem, was sie unter den Nägeln hatte. Der beißende Qualm der Dampflokomotiven war so dicht, dass das

Licht sich vom blechernen Vordach regelrecht auf die Bahnsteige zu wälzen schien.

Dann tauchte er endlich auf, der Zug aus Widin. Festlich schnaufend kam die Lokomotive zum Stehen, stieß milchweißen Dampf aus. Gina stand auf einmal mitten darin auf dem Bahnsteig. Eingehüllt in den Dampf wie in Bühnennebel und in ihren knallrosafarbenen Mantel mit den zahllosen Knöpfen.

»Grüß dich, du Hornochse«, warf sie ihrem Sohn liebenswürdig zur Begrüßung hin, dann wandte sie sich an Sonja: »Wie geht es dir, meine Liebe?«

»Alles ist in Ordnung, *maman*«, erwiderte Goscho begütigend und versuchte, die gewaltigen Bakelit-Knöpfe zu übersehen, die kaum drei Zentimeter entfernt voneinander die Knopfleiste des Mantels pflasterten.

Sie bahnten sich einen Weg durch die zähe Menschenmenge, mieteten einen Fiaker und fuhren mit gehörigem Gerumpel über Sofias Vorzeigestraßen. Tante Allwissend wollte nämlich sofort, dass ihr der Wind auf dem Zaren-Boulevard um die Ohren blies, und – wenn auch aus der Entfernung – das Schloss sehen, das Reiterdenkmal des »Befreier«-Zaren auf dem Platz vor dem Parlamentsgebäude und die Moschee gegenüber den Markthallen, um das Minarett des Sofioter Gotteshauses mit der Höhe des Widiner Minaretts vergleichen zu können. Diese ihre angeborene Neugier ließ Goscho für die kommende Zeit das Schlimmste befürchten. Doch fürs Erste endete die kleine Rundfahrt zu aller Zufriedenheit. Der Kutscher trug Ginas Koffer zum Haus, und falls er sich gewundert haben sollte, was den einen von ihnen so unglaublich schwer machte, so sei ihm gesagt, dass sich darin ein zehn Kilogramm schwerer Donau-Wels befand. Die Dame aus Widin trank ihren türkischen Kaffee mit abgespreiztem kleinen Finger, was sie aber nicht daran hinderte, die leere Tasse umgedreht auf den Untersetzer zu stürzen, um aus dem Kaffeesatz lesen zu können. Sie hob beschwörend die Hand, murmelte etwas in ihren Damenbart und seufzte dann ungeduldig und kampflustig zugleich:

»Ja, da wäre ich also …« Ihre Stimme verhieß bevorstehende Prüfungen.

»Da freue ich mich aber«, erwiderte Goscho griesgrämig. Sonja schaute ihn milde, aber mit einem Schuss Verachtung an.

Nun musste der Ankömmling die Gründe für seinen ungewöhnlichen Schritt darzulegen versuchen, doch Tante Allwissend tat es eher flüchtig und leichthin. Auch wie sie so hingekauert dasaß zwischen dem behaglichen Streicheln der Sonnenstrahlen von der einen und dem munteren Ticken der Kaminuhren auf der anderen Seite, war nichts Gutes zu erwarten. Sie habe das *Opfäää*r (sie betonte das Wort französisch) gebracht, diese abenteuerliche Reise auf sich zu nehmen, um ... und nun folgte ein Grund, bei dem Goscho sich der Kopf drehte, weil er alle seine Vermutungen weit in den Schatten stellte: Gina wollte sich von einem Kunstmaler nach allen Regeln der Porträtmalerei in Öl malen lassen und – wollte in die hohen Gesellschaftskreise von Sofia eingeführt werden. Und je länger Goscho ihr wie präpariert wirkendes Gesicht mit dem grauen Lockenkranz betrachtete, desto mehr schwante ihm, dass dieser Traum zeit ihres Lebens in ihr geschlummert haben musste. Und schon begann sie, munter draufloszuplaudern, wie sie sich das so vorstellte. Was das Porträt betraf, so sah sie sich in einem prächtigen Sessel sitzend, den einen Arm lässig über die Lehne gehängt (sie zeigte, wie das aussehen würde), im Hintergrund blühende Rosensträucher. Sonja lächelte freundlich, während die Mutter ihres Mannes in ihrer künstlichen Pose erstarrte, als sei der Maler schon am Werk.

»Aber *maman* ...«

»Kein ›aber‹, Herzchen ... Vier Jahre lang habe ich deine Unfähigkeit in Wien durchgefüttert, und nun habe ich auch noch Fanny dem Schicksal überlassen.«

»Fanny, das ist diese Riesentöle von Wachhund«, erklärte Goscho seiner Frau.

»Die Riesentöle bist wohl eher du«, schnitt Gina ihm blitzartig das Wort ab, »während Fanny eine arme, kranke Hundedame ist.«

Goscho begann, mit seinen außerordentlich guten Verbindungen zur Sofioter Waren- und Wertpapierbörse anzugeben. Wenn er nur wolle, könne er zu erträglichen Preisen an reine Butter kommen, an Öl, Zucker und getrocknete Waldbeeren, oder an Aktien der Kohlenförderbetriebe oder der Städtischen Verkehrsbetriebe von 1901. Nicht zu vergessen auch ausrangierte Mercedes-Automobile der deutschen Wehrmacht, Meißener Porzellan, Baumaterialien oder eine Immobilie in der Gegend von Plovdiv. Seltsam nur, dass Goscho trotz seiner »künstlerischen Neigungen« nicht einen einzigen Maler kannte. Er hatte noch nicht einmal eine Vorstellung, wo man so einen Maestro mit schief sitzender Baskenmütze und bekleckerten Fingern aufstöbern konnte. Doch während »*mamans*« Porträtwunsch wenigstens noch sein Oberstübchen in rege Tätigkeit versetzte, verdarb ihm ihr zweiter Wunsch, in die gute Gesellschaft der Hauptstadt eingeführt zu werden, einfach nur die Laune. Ihre überkandidelte Gespreiztheit, textil von schleier- und faltenreichen Kleidern und verbal von ebensolchen Äußerungen ihrer durchdringenden Stimme begleitet, würde seine Freunde anfangs vielleicht nur düpieren, dann aber rasch zum Lachen reizen. An die Wirkung ihres knallrosafarbenen Mantels mit den riesigen Bakelit-Knöpfen wagte er gar nicht zu denken. In völlige Konfusion gestürzt durch das siegessichere Schweigen seiner Mutter, nahm er erst einmal zwei Aspirin, ging dann in sein »Arbeitszimmer« und tat dort drei Stunden lang nichts anderes, als der Gardine beim Schaukeln zuzusehen und dabei das Anwachsen seiner Kopfschmerzen zu verfolgen.

2

Die folgenden Wochen verliefen in stürmischer Gleichförmigkeit, und zwar in dem Sinne, dass Tag für Tag ein kleines Malheur passierte. Gina gestaltete das Zimmer des verstorbenen Toromanov nach ihrem Geschmack um, schob das Mahagonibett in die Ecke, hängte den Wandteppich mit dem Motiv »Leda und der Schwan« an einen gut sichtbaren Platz, trennte das harte Kopfkissen auf und entfernte einen Teil der Federn, stellte ihren porzellanenen Nachttopf auf das Nachtschränkchen, und last, but not least zerdepperte sie die kostbare chinesische Vase, die ein chinesischer Kollege Herrn Toromanov auf einem Gourmet-Kongress in Paris verehrt hatte. Als das einmalige Geschenk in tausend Scherben zersprang, gefolgt von so ohrenbetäubender Stille, dass sogar Sonja sich auf die Lippen biss, sagte Tante Allwissend nur beschwichtigend: »Ach, was soll's – hier war sowieso kein Platz für das gute Stück!«

Am Nachmittag, wenn die Frühjahrsluft milder war und auf dem Zaren-Boulevard hoher Wellengang herrschte vor lauter kichernden Schülerinnen und Offiziersschülern, die mit durchgedrücktem Kreuz vorbeistolzierten wie Segelyachten bei schwachem Wind, machten auch Gina und Sonja eine kleine, aber dennoch ermüdende *voyage*, bevor sie ins Konditorei-Café »Bulgaria« einkehrten. Gina setzte sich an das nahe dem Eingang gelegene ovale Marmortischchen, um nichts zu verpassen. Der Ober näherte sich mit lautlosen Schritten auf den beigefarbenen Läufern, beugte graziös seine einparfümierte weißgestärkte Hemdbrust über sie und fragte mit honigsanfter Stimme:

»Und was belieben die reizenden Damen?«

»Na, das da«, erwiderte Gina und zeigte ohne Umstände auf die Teller der Gesellschaft am Nebentisch, »das Gleiche!«

»Speiseeis *Chateaubriand* und Kognak *Cinzano medicinale* – eine ausgezeichnete Wahl, gnädige Frau«, erwiderte der Ober gereizt und zog sich in gebeugter Haltung zurück.

An seiner Stelle näherte sich Herr Pentschev und brachte ihnen je eine Rose.

»Verstehst du nicht, mein Liebchen«, sagte Gina, als die Bestellung gekommen war und sie sich mit ihrem Kognak zugeprostet hatten, »du kennst deine eigenen Interessen nicht. Wenn Goscho mein Gatte wäre, was Gott verhüten möge, würde ich ihm die Hölle heißmachen, aber *tout-à-fait!*«

»Aber *maman*, er arbeitet doch … Die ganze Konditorei liegt in seinen Händen!«

»Etwa bis ein Uhr nachts?« Gina hob ein Löffelchen Eis zum Mund, erschauerte, wartete, bis die Süßspeise in ihrem Mund geschmolzen war, und fuhr dann mit singender Stimme fort: »Gleich heute mach ihm die erste Szene, damit du dich dran gewöhnst. Zu einem großen Krach bist du ja nicht geschaffen.«

Nach und nach füllte sich die Konditorei mit Menschen, mischten sich die Aromen von Ceylon-Tee und brasilianischem Kaffee. Die jungen Damen führten ihre Silberfüchse auf den Schultern spazieren. Fetzen verhaltener Komplimente waren zu hören und der Klang mundgeblasenen Kristallglases. Gina wurde langsam stiller und versöhnlicher. Zum ersten Mal füllte sich ihre Seele mit Wohlwollen und einer beinah schwer lastenden Güte. Das war so ungewöhnlich für sie, dass sie in einen Zustand der Versunkenheit geriet. Das sanfte Profil ihrer Schwiegertochter schien ihr Schutz zu gewähren. Die Wände zwischen den Zeiten senkten sich, und Erinnerungen und gegenwärtige Eindrücke flossen ineinander. Sie war bald bei ihrer unfreundlichen Jugend angelangt, dann bei den Streitereien mit Panto, schließlich denen mit Goscho; sie erinnerte sich an die kurze Liebesgeschichte mit Ilija, die mit zerreißenden Geburtsschmerzen auf dem Gut ihres Vaters geendet hatte; an die geschmacklose Tratscherei im Restaurant »Royal« und die trägen Nachmittagstreffen des Frauenwohltätigkeitsvereins; schließlich auch an das unheilvolle Alleinsein in einem zerfallenden Haus, das nach hinten nur durch das blutrünstige Gebell ihrer Riesendogge vom flachen Land getrennt war. Ihr Leben war dahingeschmolzen wie ein Eiswürfel, und geblieben war nichts als klamme Kälte. Sie hatte im Grunde nichts Eigenes, nichts, was sie eigenhändig geschaffen hatte, nichts, was sie liebte oder erwartete, sondern hatte dahingelebt in Vergnügungen von geringem Erinnerungswert. In vorgerückten Jahren war ihr dann auch noch die Armut drohend auf den Pelz gerückt. Und so hatte Gina in den vergangenen vierzehn Tagen erfahren, dass es wichtiger war, jemanden zu haben, den man lieben konnte, als selbst geliebt zu werden, und dass letzten Endes wir nur dann für uns selbst gewinnen, wenn wir anderen geben! Diese Erkenntnis kam über sie wie eine Offenbarung, während sie im Mahagonibett von Herrn Toromanov lag. Sie war nicht im mindesten darauf vorbereitet.

»Ist dir nicht gut, Mama?«

»Ich schau dich an, Liebchen«, erwiderte Gina sanft. »Wenn ich eine solche Frau hätte, würde ich das Haus gar nicht verlassen!«

In ihr wollte etwas zerreißen. Vor ihren Augen der Glanz und die fragile Eleganz des Cafés, hinter ihren Augen all die verjagten Erinnerungsbilder: der stickige Gestank nach Fruchtfleisch, der vom nahen Widiner Hafen heranwehte; die einsilbigen Briefe Goschos aus Wien, die sie an den Toilettenwänden neben Zeitungsartikeln anheftete. In ihrer Brust ballte sich eine Angst vor dem Tod, die sie immer öfter Zuflucht bei Gedanken an Gott suchen ließ, der ihr lange Zeit vollkommen gleichgültig gewesen war.

»So eine kleine Szene ist gar nicht schwer, mein Liebchen. Schüttest ihm einfach den Inhalt eines Glases ins Gesicht, worauf du sofort zu schluchzen anfängst, aber so, dass dich auch die Nachbarschaft hört. Ich werd's dir mal vorführen.«

Und sie führte es der armen Sonja vor! Nur dass sie den Deckel der Suppenterrine nicht auf Goschos Haupt, sondern vor seinen Füßen zerdepperte. Anlass war Goschos Idee, sie zur Rückkehr nach Widin zu bewegen, indem er ihr mitteilte:

»Ich habe gesucht und gesucht, *maman* ... aber nichts zu machen! Alle Künstler sind zum Kriegsdienst eingezogen worden.«

An Palmsonntag kauften sie auf ihrem Nachmittagsspaziergang eine Biskuittorte mit gemahlenen Walnüssen. Als sie damit gerade die Zariza-Ioanna-Straße entlangschlenderten, hielt ein dunkelblauer Pkw neben ihnen an. Diesem entstieg eine wohlproportionierte junge Frau mit feuerrotem Haar und einem Strauß blassvioletter Hyazinthen in der Hand. Sie nickte Sonja vertraulich zu, dann aber begann sie, mit wachsendem Interesse Tante Allwissend anzustarren. In besonderem Maße wurde ihre Aufmerksamkeit von den riesigen Bakelit-Knöpfen an Ginas knallrosa Mantel gefesselt und von dem nicht minder eindrucksvollen Hut mit der kompliziert verschlungenen Krempe.

»Das ist Georgis Mutter, Gina Jotzova Weltscheva«, stellte Sonja sie vor und blickte sich besorgt um.

»Verehrte gnädige Frau«, sagte die feuerrothaarige Dame, »wenn Ihr Sohn nur ein wenig nach Ihnen geschlagen ist, dann dürften Sie die interessanteste Frau der ganzen Stadt sein. Was habe ich doch für ein Glück! Und ich dachte schon, ich müsse mich den ganzen Abend mit einem Fabrikanten langweilen, der Strapse en gros herstellt.«

Sie sprach hastig, als hätte sie die Straße im Laufschritt überquert, und wollte unbedingt vom Walnussbiskuit probieren. Die Männer drehten sich nach ihr um, die Frauen taten so, als bemerkten sie sie nicht. Sie öffnete die Beifahrertür und schob Gina auf den Sitz neben sich, half Sonja auf den Rücksitz, griff nach ihrer Puderdose, tupfte sich mit der Quaste Rouge auf die Wangen, tat überhaupt alles, was auf diesem engen Raum möglich war, um die Zeit bis zum Anlassen des Motors hinauszuzögern.

»Wie heißt dieser Kuchen?«, fragte sie.

»Pandischpan«, antwortete Gina.

»Mmmh, da isst man ja den Namen gleich mit.«

»Mit Walnüssen«, vervollständigte Gina die Warenauskunft. »Übrigens: Wie heißen Sie eigentlich?«

»Seta, Seta Topalova, Verehrteste. Komischer Name, nicht?«

»Gehört dieses Automobil Ihnen? Ich dachte, nur in Amerika fahren die Frauen Auto!« Die direkte Frage, ob Seta Topalova schon einmal im Land der unbegrenzten Möglichkeiten gewesen sei, vergaß sie zu stellen, weil das rege Treiben, das sich im Frühjahr zusammen mit der Baumblüte auf den Straßen Sofias entwickelte, ihre Aufmerksamkeit ablenkte. Die Freitreppe vor dem Justizpalast war voller Anwälte, ihrer Klienten und neugieriger Gaffer; die protzigen Lichter des Café »Capri« malten Streifen auf den Gehweg, die Gina an die Spur des Mondlichtes auf der Donau erinnerten. Sie sah Zeitungsverkäufer, die versuchten, die Menge mit Schlagzeilen zu überschreien: »Neue Offensive der deutschen Wehrmacht ...«, »Patriarch Sergej plötzlich an Schlaganfall verstorben ...« Beamte mit grauen Melonen auf dem Kopf spazierten mit ihren untergehakten Gattinnen vorbei, die neben ihren Hütchen auch eine wichtige Miene aufgesetzt hatten. Ein Jahrmarkt der Eitelkeiten – die Stadt ging auf die Straße und schnappte nach Luft und fremden Blicken.

All dies war aus dem Auto heraus besser zu sehen, fand Gina. Es war so, als ob das Fahrtempo die Straßenszenen raffte. Und dann dieser Geschwindigkeitsrausch – was für ein intensives Gefühl war das. Tante Allwissend blieb die Luft weg, so lebendig fühlte sie sich; nicht ihr Herz, sondern das Glück pochte in ihrem Busen. Dazu die schützende Begleitung Sonjas und die Gegenwart dieser Seta, die sie schöner fand als all diese französischen Mannequins, die sie in den Mode-Zeitschriften in Doras Schneideratelier gesehen hatte. Sie hatte das Bedürfnis, sich für dieses unverhoffte Geschenk durch irgendeine Form der Aufmerksamkeit erkenntlich zu zeigen, und fragte:

»Wofür ist denn dieser Zeiger hier?«

»Der misst die Geschwindigkeit, Frau Jotzova. Warum fragen Sie?«

»Na, weil er sich bewegt.«

Als Goscho das Frauentrio im Hausflur zwischen den verstaubten Geweihen erblickte, musste er ein paarmal schlucken, bevor er einen nassen Kuss auf Seta Topalovas Hand drückte und seiner Mutter leise ins Ohr flüsterte: »Du bist genial.« Gina konnte am Klang seiner Stimme nicht erkennen, ob das als Kompliment gemeint war oder im Gegenteil als Hinweis darauf, dass sie wohl kein Fettnäpfchen ausließ. Doch kein Zweifel konnte daran bestehen, dass diese rothaarige Frau eine ungeheure Macht über ihren Sohn, ja das ganze Haus hatte. Sie streckte sich in einem der Sessel aus, schnappte sich ein Stück des Walnussbiskuits und – als sei er nicht in der Backstube der Nobelkonditorei »Bulgaria« von Hand geschaffen worden – verwandelte mit einer Geste diese Leckerei in eine ganz gewöhnliche Süßspeise. Goscho hielt es nicht auf seinem Platz. Ununterbrochen gab er Sonja per Augenzwinkern Zeichen. Die aber hob nur nichtsahnend die Schultern. Gina plapperte munter drauflos, nicht ohne ihre ganze französische *Cültüüür* in ihrer Aussprache zur Geltung zu bringen, und vergaß völlig die Zeit darüber, dass sie endlich jemanden gefunden hatte, der ihr geduldig zuhörte.

»Aber *maman*«, stöhnte Goscho, »was interessiert Fräulein Seta denn deine Enzyklopädie?«

»Weißt du was, mein Teuerster«, unterbrach Seta ihn verärgert, »mach uns den Kamin an und dann verschwinde, aber augenblicklich! Mein Vater ist heute Abend im »Union Club«, da könnt ihr euch schön an den Vierertisch hocken, und du knöpfst ihm sein Geld ab, hörst du? Sollte es umgekehrt laufen, was weitaus wahrscheinlicher ist, erstatte ich dir morgen das Verlorene.«

Vor so viel emanzipierter Weiblichkeit schrak selbst Gina zusammen. Goscho jedoch trug brav dicke Holzscheite herbei, gab ihr den nächsten feuchten Handkuss und schlug nach zündender Tat demonstrativ die Wohnzimmertür hinter sich zu. Was für ein Arschkriecher, dachte Tante Allwissend enttäuscht.

Was das Fräulein Topalova von ihr erwartete, das hatte sie schnell heraußen: Unterhaltung! Nun, daran sollte es nicht mangeln! Sie schloss das Fenster, damit Sonja nicht in der Zugluft saß, und begleitete Setas schallendes Gelächter mit ihrem eigenen kräftigen Organ. Sie erzählte ihr natürlich zuerst von den Eigenarten ihrer Riesendogge, dann von der klappbaren Trennwand, »Paravent« genannt, in der Schneiderwerkstatt Doras, genannt »Atelier«, hinter welcher sich so viel Wahrheit über das weibliche Geschlecht ent- und wieder verhüllte, über das Zauberlabor von Kotscho, dem Dankbaren, und die Elixiere, die dort die Welt der Düfte betraten, vor allem dieses eine da, das bei ihrem bellenden Liebling einen heftigen Niesreiz ausgelöst hatte, der gar nicht mehr aufhören wollte. Und auf einmal, wie sie Seta so erzählend die Konturen ihres Lebens skizzierte, kam ihr alles gar nicht mehr so schmerzlich einsam vor. Und sie begriff völlig unverhofft, dass alles auf der Welt mehrere Seiten hat! So konnte das Komische sich im Nachhinein als traurig entpuppen, das Tragische als urkomisch; wichtig war, aus welcher Perspektive man es betrachtete. Die junge Topalova verstand es, mit diesen Auffassungsweisen zu jonglieren, weil sie über dem stand, was Gina erzählte, ja mit kurzen Bemerkungen eingreifen konnte wie ein Regisseur, der das Stück eines Lebens inszenierte, das erbärmlich begonnen hatte und in leerer Fülle verstrichen war. Setas ungezwungen-natürliche Freundlichkeit wirkte wie ein ausgerollter roter Teppich auf Gina, auch wenn sie diese mit dem kalten Bernsteinglanz ihrer Augen gelegentlich einschüchterte. *Mon dieu*, dachte das alte Tantchen besorgt, ist dies das Glück? Fange ich etwa auf meine alten Tage noch an, das Leben zu lieben? Sonja saß schweigend dabei. Sie war blass geworden wie das achtlos weggeworfene Sträußchen Hyazinthen.

»Der einzige Mensch, den ich wirklich vergöttert habe«, sagte Seta schließlich, »war meine Großmutter! Und Sie, Sie ähneln ihr sehr.«

»Ich kenne Ihre Großmutter nicht«, erwiderte Gina in geziertem Ton, »doch sie muss eine wunderbare Frau gewesen sein.«

3

Morgens stand Assen um halb sieben auf, zählte bis hundert, um den Schlaf zu vertreiben, rasierte sich vor der Spiegelscherbe und zog seine Hose unter der Matratze hervor, wo er sie »zum Bügeln« über Nacht gelassen hatte. Auf dem Hof begann das gurrende Lärmen der Tauben, ein weicher, aus der Tiefe kommender Ton, der ihn an seine Kindheit erinnerte. Die Holzkohle auf dem Herd verglühte, der Teekessel zischte. Assen brach sich ein Stück Schwarzbrot ab, das ihm wie Knochenleim an den Fingern kleben blieb; es roch nach Mais. Es war ihm einerlei, was er aß. Er kaute sorgfältig und konzentriert. Die Krümel fegte er mit dem Handrücken zusammen und warf sie draußen aufs Fensterbrett, für die Vögel.

Erst jetzt fiel der Mann ihm auf. Es war immer ein anderer, doch immer lehnte er scheinbar gleichgültig zwischen den Holzstapeln vor dem Sägewerk. Er war derart unauffällig, dass Assen sich fragte, wieso er ihn nicht schon früher zwischen dem lockenköpfigen Fuhrmann, dem gedrungenen Sägewerksbesitzer und den Verkrüppelten bemerkt hatte, die schon auf dem Weg zu den »Sieben Eseln« waren. In der Ferne leuchteten die noch immer schneebedeckten Hänge des Witoscha-Gebirges; ihm gegenüber wirkte das Sägewerk wie eine alte Oma vom Dorf, die sich zum Wärmetanken auf die Bank vor ihr Häuschen gesetzt hatte. Der Wind griff behäbig in die Fetzen auf der Wäscheleine: gestopfte lange Unterhosen, vergilbte Frauenunterröcke, Kopfkissenbezüge, ausgebleichte Hemden; das sah aus, als flattere da die in Fetzen gegangene Lokalfahne des Viertels. Aus den Nachbarhöfen waren verschlafene Kinderstimmen zu hören, die greinend um noch ein Stück Brot bettelten, um endlich einmal einen Tag mit sattem Bauch zu beginnen.

Assen stahl sich am Lager vorbei fort. Er durchquerte rasch den Korridor mit den ungehobelten Bodendielen, die nach den Ausdünstungen der dort schlafenden Frauen und faulenden Kürbissen rochen, ging die buckeligen Zementstufen hinunter, und hier, an dieser Stelle, heftete sich ihm *der Unauffällige* an die Fersen. An der Ecke übergab er ihn an den Nächsten. Assen wusste von Bai Michal, dass alle Mitglieder der Gruppe ihre Unterkünfte gewechselt hatten. Nada ging nicht mehr zu ihrem alten Literaturlehrer, um ihm aus der »Ilias« vorzulesen, die Zwillinge strichen nicht mehr um das »Kino der Jugend« herum, und Vera hatte ihre Kakteen auf dem Büfett zurückgelassen. Assen wollte sie gern wiedersehen, und je länger das nicht möglich war, desto mehr stieg sein Schuldgefühl. Er war es ja, der mit dem kapitalen Attentat auf Lultschev die Gefahrenstufe für alle zu einem Grad der Unsicherheit getrieben hatte, der ihnen schwer zusetzte.

Die Türglocke läutete »guten Morgen«, als Assen das Kaffeehaus »Zu den sieben Eseln« betrat. Er setzte sich wieder an einen Tisch nahe der Straßenfront, um es *dem Unauffälligen* leichter zu machen, ihn im Blick zu behalten. Er griff nach dem Holzrahmen mit den hineingeklemmten Zeitungen, las die Nachrichten, die schwarze Chronik und die Heiratsanzeigen, Bai Wasso brachte ihm den aufgebrühten Röstkaffee aus Kichererbsen nebst dem Seufzer eines Witwers, dem es materiell gutging. Um punkt acht Uhr betrat Assen die Räume seines Arbeitgebers »Gutes Ende dank Alexiev & Sohn«, wurde gleich vom nervtötenden Geklapper der Schreibmaschine empfangen und – heute auch vom Mitwisserlächeln Fräulein Pastuchovas, in dem sich Aufgewecktheit mit naiver Gutmütigkeit mischte. Sie plauderten ein bisschen über das Kupon-System, mit dem die Vergabe von Waren und Lebensmitteln funktionierte, bis Herr Alexiev ihn zu sich rief, um ihm die Adressen für den heutigen Tag zu übergeben.

»Das Wasser in Hissar soll sehr gut bei Nierenproblemen helfen«, sagte Assen liebenswürdig.

»Manche Leute haben nur Nieren«, erwiderte Herr Alexiev verärgert, »andere haben auch Verpflichtungen in dieser Richtung.«

Das Gipsfigürchen des kleinen Amor senkte betrübt sein schmutziges Lockenköpfchen, wieder einen Tag älter geworden, und das verstaubte, seit Monaten nicht geputzte Fenster glich einer Mattglaslampe.

»An dem einen Abend habe ich geträumt, ich wäre gestorben«, sagte ihm Alexiev einmal und spuckte den Hautfetzen aus, den er gerade von seinem dicken Daumen abgeknabbert hatte, »und niemand wäre zur Stelle, um mich zu beerdigen. Spricht das nicht Bände?«

Assen kam es eher logisch vor. Er versuchte angestrengt, sich den Grabstein vorzustellen, den Alexievs Töchter für ihn bestellen würden, bevor sie das marode Institut verkauften. Sie würden lange mit dem Steinmetz verhandeln, mit Fräulein Pastuchova und natürlich mit Assen, nur um ihren eigenen Vater übers Ohr zu hauen. Dennoch würden sie über seinem geöffneten Sarg die Taschentücher ziehen und ein Tränchen vergießen, was ihnen nicht schwerfiel, da es mit dem Heiraten nun wohl aus sein dürfte, und auch mit dem Französischlernen.

Am Nachmittag verließ Assen das Kontor seines Arbeitgebers. *Der Unauffällige* wartete an der schattigen Ecke der Pirotska-Straße schon auf ihn. Auf bizarre Weise unzertrennlich, gingen sie los, ohne besondere Eile an den Tag zu legen, ohne sich zu behindern, immer mit der Hoffnung, dass auch die Stunden dieses Tages davonrollen würden wie der Stein des Sisyphus und den *anderen* überrollen, damit endlich Ruhe einkehrte und dieses öde Spiel ein Ende fand. Assen empfand ein Gefühl der Erleichterung, *weil die Gefahr jetzt offen zutage lag.* »Das Schlimmste«, hatte schon seine Ziehmutter Jonka immer gesagt, wenn sie ihre Beschwörungsrituale gegen böse Magie vollführte, »ist das Unbekannte. Denn wie willst du es zu fassen kriegen, was dagegen unternehmen? Du kannst es noch nicht mal mit dem lieben Gott einschüchtern. Solange das Unbekannte außen ist, kannst du es noch mit Glauben bannen; aber wehe, es ist in uns drin – dann sind wir verloren!«

Jede unerwartete Bewegung der vor ihm gehenden Passanten erfüllte ihn mit Sorge. Er war unablässig – selbst in seinen Träumen – in Alarmbereitschaft, immer auf der Hut; *der Unauffällige* aber bewahrte ihn gleichsam vor der Ungewissheit, sorgte sich um ihn, schärfte seine Aufmerksamkeit und linderte seine Einsamkeit. All die Zeit vorher war die Anspannung, nicht erwischt zu werden, so groß gewesen, dass er psychisch völlig erschöpft war. Nun – seit diese Ungewissheit aufgehört hatte, empfand er eine regelrechte Freude der Erleichterung, auch wenn mit dieser seelischen Lockerung wieder die Bilder aus den feuchten Folterkellern der Widiner Bezirksverwaltung vor sein geistiges Auge traten und ein Schmerz wie ein Stich durch seine zertretene Niere ging.

Assen klapperte die »Kunden« ab. Er drückte mit ernstem, dem traurigen Anlass angemessenen Gesichtsausdruck auf die Klingel, übermittelte seine aufrichtige Anteilnahme auch im Namen von »Gutes Ende dank Alexiev & Sohn« und feilschte um den Preis für die Nekrologe. Manchmal wurde er landesüblich mit Konfitüre und Wasser bewirtet, bei den reicheren Kaufleuten gab es auch mal Biskuits; falls er das Glück hatte, an einen Schwarzmarkthändler zu geraten, setzte man ihm dünn geschnittene Salami vor. Ähnlich wie ein Totengräber, der ins Dunkel der Erde hinabstieg, kam er täglich in Berührung mit dem Fall des Geistes, der ein Leben lang über den Körper herrschte und mit ihm anstellte, was ihm beliebte, ohne sich seiner Abhängigkeit von ihm innezuwerden. Oft war es stickig in den Hauseingängen oder in den mit Töpfen vollgestellten Küchen, in denen es nach Schimmel und nach Kompott roch; dann machte er, dass er so schnell wie möglich wieder auf die Straße kam. *Der Unauffällige* erwartete ihn schon, ein geduldiger Freund, der beim Warten eine Zigarette rauchte oder mit einem Taschenspiegel den Zustand seiner Zähne überprüfte. Assen entwickelte ein trügerisches Vertrauen zu diesem Mann. Gemeinsam machten sie sich auf den Weg zur Löwenbrücke; beide versuchten sie, sich den Weg um das trübe Rinnsal, das darunter herfloss, so erträglich wie möglich zu machen. Assen wartete sogar ab, bis die Straßenbahn vorbei war, damit *der Unauffällige* ihn nicht mühsam wieder ausfindig machen musste. Er kaufte sich eine Zeitung, den *Morgenanzeiger*, weil das Wiederholen alltäglicher Rituale von Ruhe und Gleichmut zeugt. Der Erschrockene hingegen, einmal aus der Trägheit der alltäglichen Verrichtungen gerissen, vergisst oder verliert seine Gewohnheiten. Er hat keine Zeit, stürzt überhastet los, gepackt von plötzlichen Ahnungen, Befürchtungen, Vermutungen und Eingebungen.

»Wie kam es denn dazu«, hatte Bai Michal ihn gefragt, als sie sich im Behandlungszimmer des Genossen Zahnarzt Iwantschev trafen, »wieso bist du denn zu deinem Vetter gegangen?«

Während Doktor Iwantschev seinen mechanischen Fußantrieb für die Bohrer betätigte, warf Assen ein, dass es *hinter* dem Verfolgertrupp am ungefährlichsten sei. Er sprach leise, aber hitzig, kam durcheinander, rief Missverständnisse hervor. Ihm war es unbehaglich, von Vera zu erzählen, von dem niedrigen Dachboden und dem Bett mit den durchgelegenen Federn, jenem Zustand der völligen Ohnmacht ihr gegenüber, der ihn unter dem bleichen Licht der Dachluke so beschämend ergriffen hatte. Er war übermüdet gewesen von der Lauferei in Bestattungsangelegenheiten; er hatte kein Recht, über Liebe auch nur nachzudenken, und das, während um sein Quartier am Sägewerk liebestolle Frösche quakend die ganze Nacht in Blasen verwandelten, Blasen, aus denen der Frühling stieg, Dunkel, aus dem der neue Tag erwachte. Am meisten ärgerte ihn, dass er sowohl Bai Michal als auch sich selbst etwas vormachte, das er nicht auf den Punkt bringen konnte.

Um fünf Uhr nachmittags war Assen wieder auf dem Hof des Sägewerks angelangt, der in ein rötliches Nachmittagslicht getaucht war. Unter der verdorrten Weinlaube warteten der Betreiber des Sägewerks und Bai Wasso auf ihn, die schon die Spielsteine auf dem Tricktrack-Brett verteilt hatten, ihre grau gewordenen Mäntel um die Schultern gelegt. Was gab es Neues? Der Sägewerksbetreiber spielte am Sonntag mit seiner schwarzen Hirtenflöte im Borissov-Park den Dienstmädchen zum Reigentanz auf; ansonsten freute er sich schon jetzt darauf, dass die Saison für gebackenen Kürbis begann. Manchmal bekam er, wenn er im Viertel spielte, von den

Schustergesellen ein kleines Trinkgeld, manchmal aber kam es auch zu wilden Schlägereien unter den Krüppeln; dann ging man mit Stöcken, Prügeln und Gerten aufeinander los, bis die Köpfe Löcher hatten, aus denen die Raserei entweichen konnte; dann mussten die Freudenmädchen ausnahmsweise auf der Straße bleiben, und er rieb sich die blauen Flecken mit Essig ein. Sie spielten Tricktrack um Kupons, Essensmarken, die im Wert gestaffelt waren. Die billigsten waren die gelblichen für Brot, die teuersten die grünen, für die es Öl gab. Die Spielsteine klackerten und klapperten über das Spanholzbrett, der aufgeblühte Birnbaum, in der Mitte der Krone leicht tailliert, glich einer Braut, Bai Wasso versuchte, die günstigsten Züge für seinen Sechserpasch zu finden, und schaute hinüber zu den »Sieben Eseln«, um zu sehen, was sein Sohn trieb, den er dort gelassen hatte. *Der Unauffällige* lauerte noch immer irgendwo. Sie waren vom Schicksal, welches seit Napoleon bekanntlich die Politik war, unauflöslich miteinander verbunden wie Brüder, wie Kain und Abel.

4

Wie er so dasaß mit geschlossenen runzligen Augenlidern, sah es aus, als ob er andächtig Musik höre. In seinem Sprechzimmer roch es nach Büchern. Die Tischlampe verbreitete ein angenehmes, bläuliches Licht. Von den Korridoren und aus der Mensa drangen die Stimmen der Studenten herein. Assen konnte seinen Blick nicht von diesen Händen abwenden, eleganten Händen mit dunklen Venen auf dem Rücken. Sie strahlten die Weisheit eines aus, der seinen Frieden gefunden hatte. Assens Studienbuch lag offen auf dem Schreibtisch, doch Professor Jowtschev beachtete es nicht. Er hatte sich völlig in seinen Gedanken verloren. Der Frühling, der mächtige Andrang des erwachenden Lebens, der durchs offene Fenster hereinströmte, endete in seiner Nase als Niesreiz.

»Sie erscheinen nun schon zur dritten Prüfung bei mir, Herr Weltschev, und Sie sind mir in Erinnerung geblieben«, sagte er leise, zog ein zerknülltes Taschentuch heraus und tupfte sich die Nase ab. »Sie waren doch Kommunist, nicht wahr?« Jowtschev erwartete gar keine Antwort. Erstens brauchte er keine Bestätigung für das, was er ohnehin wusste, und zweitens war dies ebensowenig ein Vorwurf wie eine Aufmunterung. Jowtschev glaubte einzig und allein an das, was der Mensch wirklich gebaut hatte, und nicht an die Architekturzeichnungen des Ideellen. Und so war es eine besondere Pointe, dass er, der Professor für römisches Recht, die sinnliche Lebensfülle von Pompeji inklusive seiner Freudenhäuser und seiner Tragödie für eine historische Tatsache von höherem Rang hielt als die Schaffung des römischen Rechts mit all der es begleitenden rhetorischen Eitelkeit und kasuistischen Scharfsinnigkeit seiner Apologeten. Der Kommunismusverdacht, den er in Bezug auf Assen hegte, war ihm denn auch nur Anlass, über Religion zu reden, eines seiner Lieblingsthemen.

»Ich respektiere jede Religion«, sagte er versonnen, »weil ohne Religion die Idee der Unsterblichkeit verschwindet. Und ohne Hoffnung auf Unsterblichkeit ist der Mensch nicht zu denken. Jede Religion, verehrter Herr Weltschev, ist vollkommen bis zu dem Moment, in dem sie beginnt, sich in den Dienst der Menschen zu stellen – und umgekehrt. Wenn Menschen, angeblich im Dienste ihrer Religion, sie anderen aufzudrängen beginnen, was meist mit Feuer und Schwert geschieht, ist das Spiel aus. Denn dann gibt es nichts Grausameres und Kriegerischeres als eine Religion. Religion steht ja auch in völligem Widerspruch zu einem Teil unseres Wesens, dem Streben nach Einzigartigkeit. Religion interessiert sich, genau wie die Natur, nicht für das Individuum, sondern für die Gattung, indem sie ihre Glaubensinhalte kanonisiert und dadurch individueller Deutung entzieht. So können nicht wir uns die Religion unterwerfen, sondern nur sie sich uns. Sie tut das im Namen ihres Allgemeingültigkeitsanspruchs. Und hier beginnt ihre Tragödie, ihre böse Kehrseite …« Jowtschevs Finger beschrieben einen weiten Halbkreis. Er öffnete die Augen und sah Assen konzentriert an. »Das Geheimnis des Bösen besteht ja darin, dass es nur durch Böses bekämpft werden kann. Selbst Gott, als er die Israeliten durch die Wüste ins Gelobte Land geführt hat, in dem Milch und Honig fließen sollten, hat jeden Ungehorsam Einzelner *seines auserwählten Volkes* sofort mit dem Tode bestraft. So schließt sich der Kreis: Gewalt zeugt Gewalt, und jeder Traum von menschlicher Wohlfahrt entgleitet durch die menschliche Unvollkommenheit. Vergessen Sie nicht: Die Natur ist alt, weise und – sparsam! Sie gibt uns, was wir zum Überleben brauchen, aber nicht mehr! Glück? Was für ein überflüssiger Luxus! Sie schafft nicht die schreiende

Ungerechtigkeit ab, dass immer nur der Wolf das Lamm frisst, und nie umgekehrt, sondern sie lässt eben mehr Lämmer zur Welt kommen als Wölfe. Sie hat mit Humanismus nicht viel am Hut, sondern nur mit ökonomischem Ausgleich. Leuchtendes Beispiel ist doch der Tod – der nährt sich von der Liebe und ihren Folgen.« Er schloss seine Augen erneut, als schäme er sich vor dem, was er sagen wollte. »Der Mensch aber, lieber Herr Weltschev, möchte die Natur – seine Natur! – austricksen, sucht Gleichheit und Glück. Aber ich frage Sie: Kann man das Glück zur Menschenpflicht erklären? Und verstehen auch nur zwei Menschen, Sie und ich zum Beispiel, dasselbe unter Gleichheit?«

Im Fensterausschnitt erlosch der Tag. Assen schwieg. Seit einigen Tagen war *der Unauffällige*, sein ständiger Begleiter, verschwunden. Zum letzten Mal hatte er ihn an der Ecke der Pirotska-Straße gesehen, die an der Moschee auf den Maria-Luisa-Boulevard mündete. Doch statt Erleichterung kroch wieder Angst in ihm hoch, jene Unsicherheit, die sich immer entwickelt, wenn uns ein Gegenüber fehlt. Welchen Weg sollte er nun morgens zu seinem Arbeitsplatz nehmen? Worauf beim Lesen des *Morgenanzeigers* achten? Wie sich seinem Vermieter gegenüber verhalten? Abends ließ er sein Fenster offen, wie mit Bai Michal abgesprochen. »Ich bin sauber!«, knarrten die Flügel im Luftzug.

»Hören Sie mir zu, Herr Weltschev?«, fragte Jowtschev bittend.

»Ja, Herr Professor!«

»Und … stimmen Sie mir zu?«

»Nein«, sagte Assen bescheiden, »Sie haben unrecht.«

»Ich habe vermutet, dass Sie mir so antworten würden!«

»Sie betrachten die Dinge aus der Sphäre der Ideen, Herr Professor. Aber ein hungerndes Kind ist kein philosophisches Problem, und schon gar nicht der überfressene Vorstand der Italienischen Bank, doch zwischen beiden besteht eine gewisse Abhängigkeit. Bevor der Mensch – wie Sie sagen – seine Natur austrickst, versucht er doch erst einmal zu überleben, und wenn das schwierig wird, dann taucht Gewalt nicht als moralisches Problem auf, sondern als der einzig mögliche Ausweg.«

»Wissen Sie«, unterbrach ihn Professor Jowtschev und rückte vorsichtig einen hohen Bücherstapel zur Seite, der ihm den Blick aufs Fenster verstellte, »ich habe mal an das Recht geglaubt, wie manche an Gott glauben.

Mir schien, dass die Gesetze mit vollendeten Linien das Schicksal der Menschheit durchziehen, und dass in ihnen eine göttliche Harmonie liege. Natürlich sind die Gerichtshöfe voller Ungerechtigkeiten dank der Unzahl dort arbeitender Gauner, aber dafür – dachte ich immer – sind ja nicht die Gesetze verantwortlich, sondern die sozialen und sittlichen Standards, die in der Judikative herrschen. Daher hat mich die Justizpraxis nie beunruhigt und nie sonderlich beschäftigt – bis zu dem Moment, in dem ich begriff, dass die Gesetze ja eine eminent praktische Aufgabe haben, nämlich die Interessen des durchschnittlichen, auch im geistigen Sinne durchschnittlichen Bürgers zu verteidigen. Die Ehe beispielsweise ist der Paradefall eines Vertrages für Kleinbürger, die nicht genügend hohe Qualitäten aufweisen, um ihre Frau ein ganzes Leben lang freiwillig zu halten. Und natürlich sind die Gesetze ein Schutz für Leute, die mehr besitzen, als sie selbst verteidigen können, nebst der Rechtfertigung für diesen Besitz! Die Gesetze sind also jenes unsichtbare Gefängnis, aus dem nur eine absolut freie Persönlichkeit ausbrechen kann. In den ›Dämonen‹ geht Dostojewski sogar so weit, zu sagen, dass absolut frei nur der sei, der in der Lage ist, Hand an sich zu legen, Suizid zu begehen. Wir anderen liegen alle in einer Zelle aus Regeln, Vorschriften und Warnungen.« Jowtschev putzte sich mit einem weißen Taschentuch die Brille, hauchte auf die Gläser, lächelte melancholisch. »Im Ganzen betrachtet, junger Mann, sind die Gesetze notwendig für die Gesellschaft, um sich vor den Ausreißern zu schützen, egal, ob es die Hochbegabten sind oder einfach die anderen, die Abweichler. Nehmen wir also einmal an, die Kommunisten würden die Rechtswissenschaft humanisieren und Ernst machen mit der Anständigkeit im Justizvollzug, und darüber hinaus alle Unterschiede im materiellen Besitz beseitigen, also Verteilungsgerechtigkeit schaffen – meinen Sie denn, dass dies etwas am Wesen der Gesetze ändern würde? Der *andersartige Kommunist* gerät doch wieder in Konflikt mit den geltenden Regeln, mit ›dem großen Haufen‹, wie Kant die Durchschnittlichen nannte, es sei denn … es sei denn, er begeht physischen oder – was noch schlimmer ist – moralischen Selbstmord. – Was meinen Sie?«

Das bläuliche Licht unterstrich kaum merklich die Ermüdung, die geistige Übersättigung des Professors, und Assen hatte das Gefühl, er sähe einen Gegenstand vor sich, der vor seiner eigenen Kostbarkeit in Schockstarre gefallen war. Vor seiner mächtigen Bibliothek aus massiver Eiche wirkte er fein und distinguiert; auf der Straße jedoch, in einem Café oder auf dem Wochenmarkt wäre er nichts als ein alter Mann, über dessen unsichere, ja, trottelige Bewegungen man nur schmunzeln konnte. Seine fleckige Krawatte hing schief, das Revers seines Anzuges war zerknittert. Doch im Kopf war Jowtschev noch immer fix. Seine Gedanken kamen gefährlich schnell, ohne dabei aggressiv zu wirken. Versunken in seiner rätselhaften Melancholie, sah er beim Sprechen aus, als rede er mit sich selbst.

Assen war bemüht, sich auf seine Antwort zu konzentrieren. Er fühlte sich zugleich geschmeichelt und herausgefordert. Die Stille, die die Gegenstände in diesem Arbeitszimmer adelte, bedrückte und beflügelte ihn gleichermaßen. Etwas in dem, was der Professor gesagt hatte, hatte ihn getroffen. Er biss sich auf die Lippen im Versuch, darauf zu kommen, was es war, indem er die Worte seines Lehrers im Kopf hin und her schob, warf, drehte und wendete. Wie war das noch? Der Selbstmörder sei ein absolut freier Mensch? Aber was war mit dem Mörder? War der auch ein absolut freier Mensch? Du nimmst jemandem der Güter höchstes, sein Leben – ist das nicht unbegrenzte Freiheit, ja mehr noch, eine beinahe göttliche Macht? Er kannte diese Begeisterung, diesen Drang der Sinne, sich in die Umwelt zu ergießen, sich ihr gewachsen und ebenbürtig zu fühlen, das im entscheidenden Moment das Bedauern klein hielt, die Angst vor Vergeltung und die aufsteigende Selbstverachtung, weil es einem erlaubte, aus sich herauszutreten und sich aus einer ewigen Warte zuzusehen. Also? Worin bestand nun der *Unterschied?* Der Selbstmörder ist niemandem von Nutzen. Der sittliche Antrieb seines Handelns ist reiner, selbstgenügsamer Egoismus. Der, der mordet hingegen … *der kann jemandem von Nutzen sein!* Dieser Aspekt rettete und erschütterte ihn mit seiner Einfachheit. Er entschuldigte sein Tun nicht nur, sondern rückte es auch in das Licht praktischer Bedeutung und verteidigte das Gesetz in all seiner Wandelbarkeit.

»Nicht ganz einverstanden, Herr Professor …«

»Ich habe vermutet, dass Sie so antworten«, murmelte Jowtschev, »aber warum?«

»Jeder Mensch ist verpflichtet, der Gesellschaft von Nutzen zu sein«, begann Assen allgemein. »Und als Kriterium dieses Nutzens schlage ich

Ihnen das der Unabdingbarkeit seiner Beschäftigungen für die Gemeinschaft vor. Auf dieser Grundlage erhält das Gesetz im Rahmen Ihrer edlen Vorstellung einen neuen Sinn und muss so umgeschrieben werden, dass es nicht die Interessen des durchschnittlichen oder des besitzenden Bürgers schützt und verteidigt, sondern die des nützlichen! In diesem Zusammenhang ergibt es auch keinen Sinn mehr, warum wir aus der engen Zelle dieses Regelwerks ausbrechen sollten. Lassen wir die Freiheitsträume des Anarchismus einmal beiseite, stellt sich also die Frage, was dieses Regelwerk inhaltlich ausmacht und wem es dient.«

»Das ist mir zu einfach, um wahr zu sein«, erwiderte Professor Jowtschev nachdenklich und rieb sich die Schläfen mit den Fingerspitzen. »Sie bedienen sich einer deduktiven Logik mit dem Ziel, alle Ausnahmen ausmerzen zu können aus dem System. Außerdem: Der Teufel weiß, was man real als nützlich definieren soll und wie erst formal den gesellschaftlichen Nutzen selbst. Wissen Sie, Herr Weltschev, im Verlaufe meines Lebens haben mich drei Dinge enttäuscht: meine Heuschnupfen-Nase, die menschlichen Ideale und das Recht. *Ihre* Nase ist offensichtlich gesund ... Bleibt nur zu hoffen, dass Sie auch in den beiden anderen Dingen mehr Glück haben als ich.«

Mit knappen Bewegungen schraubte er die Kappe seines Füllfederhalters ab und leistete die erforderliche Unterschrift in dem vor ihm liegenden Studienbuch. Es war, erkannte Assen, der gleiche Füller, den er ihm einmal geschenkt hatte. Jowtschev nieste, geplagt von den Pollen im einströmenden Frühlingshauch, sah aber zäh, unverwüstlich und bedeutend aus, unrettbar einsam in diesem Dienstzimmer mit den an der Wand hängenden Porträts antiker Redner.

»Melden Sie sich doch einmal bei mir«, sagte er schließlich unruhig, »ich würde mich freuen.« Die Altersgebrechen lagen wie in einer Spannungswolke konzentriert um seine Lippen. Er reichte Assen das Studienbuch, dann fielen seine Augenlider wieder herab. Es sah aus, als ob er andächtig Musik höre.

5

Am Sonntag holte Seta sie mit dem Wagen ab. Erst zeigte sie ihnen Bankja, wo Gina auf Vorrat zwei Flaschen Mineralwasser leerte, dann ging es weiter zum Tiergarten, die Bären füttern mit Wiener Kipferln; schließlich behelligten sie Frau Marinova mit der Freude ihres Besuchs, und bis Gina die Kristallglas-Bonbonniere zu Fall brachte, war es vielleicht auch eine. Der Höhepunkt des Tages aber war der Besuch im Nationaltheater, in dem ein Stück eines gewissen Strindberg gespielt wurde. Das Bühnenbild war rosa, die Schauspieler gefühlvoll, die Dialoge geschraubt. Gina war trotzdem begeistert. Was für eine Pracht! Was für eine überbordende Fülle von Stuckgirlanden, Säulen und Bögen, Balkonen und Brüstungen, ganz zu schweigen von den weichen Plüschsesseln und dieser Akustik! In den Logen und ganz vorn im Parkett saßen Damen mit gewagten Kleidern und Herren mit dünnem Haar; je weiter man nach hinten kam, desto bunter wurde das Publikum. Auf der Galerie mit den Stehplätzen sah man lauter exaltierte Studenten. Während die Titelheldin auf der Bühne litt, geplagt von unsagbaren Gefühlen, erforschte Gina mit dem Opernglas den Saal und ließ sich von Details beeindrucken. Da, die Art zum Beispiel, wie diese Frau General lässig das Programmheft als Fächer zweckentfremdete, die Art, wie ein auf die Bühne starrender Herr mit gespanntem Nacken sich so gar nicht rührte, oder das Armband, das sich in Form einer Schlange um das fleischige Armgelenk einer üppigen Eva legte.

In der Pause schleifte Seta sie zum Büfett und stellte Gina allen möglichen Leuten mit den Worten vor: »Darf ich Sie mit meiner Großmutter bekanntmachen?« Der frisch ernannten Großmutter raschelten so viele Kleiderstoffe und Komplimente ins Ohr, dass sie ganz müde wurde. Sonja unternahm den Versuch, über das Theaterstück zu sprechen, und erklärte ihr, warum die Heldin des Stücks sich in einer seelisch ausweglosen Lage befand. Eine Tasse Tee beruhigte ihre Hände, von denen Gina sonst nicht gewusst hätte, wo sie sie hintun sollte. Seta entschuldigte sich für einen Moment, nahm zwei Herren mit künstlerischem Äußeren zur Seite und flüsterte ihnen etwas zu. Als die Pausenglocke beim zweiten Läuten das Publikum wieder auf seine Plätze bat und die drei Frauen festlichen Schrittes wieder zu ihrer Loge gingen, erklärte Seta:

»Die beiden, das waren bildende Künstler. Ich kenne ihre Bilder nicht, aber in der guten Gesellschaft sind sie sehr bekannt. Von welchem der beiden möchten Sie gemalt werden?«

Und Gina erwiderte ohne Zögern: »Von dem Kleineren!« Dann nahm sie ihr Programmheft und fächelte sich damit Luft zu, wie sie es bei der Frau General gesehen hatte.

»Warum denn gerade von dem, Verehrteste?«

»Weil er eine Fliege trug!«

Von dieser Logik war Seta einfach aus dem Häuschen vor Begeisterung. Ohne Bedenken ließ sie ihrem Lachen in das still werdende Publikum hinein freien Lauf. Schließlich flüsterte sie vertraulich: »Sie sind einfach bezaubernd!«

Es folgten Tage von einer Leichtigkeit, wie Gina sie bisher noch nie empfunden hatte. Goscho war verdächtig schweigsam und redete überhaupt nicht mit seiner Mutter, so, als ahne er, dass das auf Dauer nicht gutgehen könne. Sonja legte eine endlose Geduld an den Tag und ging sanft und behutsam mit ihr um. Der Maler, ein Herr Zorin, kam morgens von neun bis zwölf, um seinen Trommelbauch und seine Pinsel zu schwingen. Gina nahm genau die pathetisch-elegische Pose ein, die sie Goscho und Sonja bei ihrer Ankunft beschrieben hatte. Während ihre Hand über dem Boden schwebte, verspannte sich ihr Nacken, weil der Künstler Zeit brauchte, um ihr »wundervolles Profil« einzufangen. Auch insgesamt ging es mit dem Porträt nur zäh voran, wie das eben so ist, wenn Werke von wahrer Größe entstehen. Langsam begann sich auf der gespannten Leinwand eine Ähnlichkeit einzustellen zwischen Gina und der fünfunddreißigjährigen Blondine mit den feuchten Lippen aus Ölfarbe.

»Ganz recht so«, wischte Seta Topalova in Unterstützung des beleibten Künstlers etwaige Bedenken kommender Betrachter hinweg, »Sie sind geradezu verpflichtet, ihre Seele zu malen, sie also jünger zu machen und ihr einen energischen Zug zu geben.«

Am Nachmittag führte sie Gina in ihrem Freundeskreis ein. Dort wurde sie begeistert aufgenommen, als sei sie der letzte Schrei aus Paris, und die Einladungen lauteten nicht mehr »zu einer Tasse Tee«, sondern »zu einem Treffen mit Madame Gina«, diesem kuriosesten Exemplar aus der Sammlung der Zeremonienmeisterin Seta Topalova. Gina legte alle erdenkliche

Würde in ihre »Auftritte« und verdiente sich den frischen Ruhm, indem sie aus dem Kaffeesatz las, erzählte, was sie über etruskische Kunst wusste, aber auch, wie sich der ehemalige Bezirksvorsteher Widins, Pope Iliev, am Hintern kratzte, und schließlich über das Bankhaus »Lukanov, Weltschev & Cie.« nebst dessen Ende durch den alles bisher Dagewesene sprengenden Selbstmord ihres Mannes Panto Weltschev. All dies wiederholte sie wie eine Schallplatte, unterbrochen nur von Salven sorglosen Gelächters. Sie kokettierten mit ihr, zeigten ihr, wie man sich die Lippen anmalte, und machten sich einen Spaß daraus, sie zu schminken und zu pudern. Manche Spaßvögel versteckten ihren Mantel, wenn sie sich zum Gehen anschickte, oder stellten ihr ein Dienstmädchen als Dame des Hauses vor. Sie schenkten ihr Broschen und Silberlöffel oder kleine, aus Elfenbein geschnitzte Äffchen. Gina war entzückt von der Gegenwart so vieler junger Leute. Sie spürte, dass sie ihnen zum Vergnügen diente, und ihnen notwendig war als Ablenkung, um den Schatten des Krieges zu verdrängen oder den Überdruss an ihren Liebesgeschichtchen.

Nachts wälzte sie sich lange schlaflos im Bett und quälte ihr Gedächtnis, um neue, pikante Histörchen zu entdecken, unterhaltsame Details aus dem Leben ihrer Freundinnen aus der Provinz, die sie noch nicht zum Besten gegeben hatte. Warum kamen ihr diese Freundinnen aus der Distanz auf einmal so urkomisch vor? Wohl weil sie aus der Nähe ein so trauriges Leben führten! Ja, sie fühlte sich erhaben über jene provinzielle Eintönigkeit, und das gab ihr das Recht, in *dieser* hauptstädtischen Gesellschaft zu verkehren und vieles Frühere weise dem Vergessen zu überantworten. Ein leichter Luftzug versetzte die dünnen Gardinen in Schwingungen, so dass wundersame Schatten über die Zimmerdecke liefen. Sie fühlte sich wie neugeboren. Endlich hatte sie den Sinn ihres Lebens gefunden. Die heimtückische Frage: Warum?, die vierzig Jahre lang immer wieder wie ein Wassertropfen auf ihr Leben getropft war, verblasste auf einmal. Wenn sie aufstand, mit klarem und wohlgelocktem Kopf, war sie zu jeder Heldentat bereit. Warum sich kein Automobil kaufen zum Beispiel? Oder eine Gemäldegalerie eröffnen? Noch einmal heiraten? Dafür sorgen, dass die Ehe zwischen Sonja und ihrem unmöglichen Sohn geschieden wurde? Mit anderen Worten: In ihr nahm die Idee Gestalt an, für immer in Sofia zu bleiben, in Glanz und Glamour der brodelnden Großstadt, umsorgt von ihrer wunderbaren Schwiegertochter und immer dem nächsten Auftritt in der Hautevolee entgegenfiebernd!

Doch da das insgeheime Pläneschmieden und der permanente Kleinkrieg mit ihrem Sohn all ihre Aufmerksamkeit beanspruchte, merkte sie gar nicht, dass ihr Erscheinen und ihre Worte schon nicht mehr dasselbe muntere Hallo erzeugten wie anfangs. Fräulein Topalova begann, sich fahrig umzuschauen, und entschuldigte sich mit ihrer Migräne für die Unaufmerksamkeit.

Umso überraschender war, dass sie Gina eines veilchenduftenden Maiabends im angesagten Mode-Café »Capri« hinwarf: »Verehrteste, für morgen Abend habe ich eine Party zu Ihren Ehren organisiert.«

»Meine Liebe, ich war noch nie auf einer Party, und wenn ich komme, dann nur aus Wertschätzung für Sie!«

6

Achtzehn Uhr dreißig. Der Butler nahm ihnen die Mäntel ab und geleitete Sonja und sie die Treppe hinauf. Als sie den Salon betraten, der allein schon größer war als ihr ganzes Haus in Widin, ertönten von allen Seiten erleichterte Seufzer. Tante Allwissend war die Sache nicht geheuer. Sie spürte, dass sie mit ein wenig zu großer Spannung erwartet worden war. Sie bekam gleich ein Sandwich mit schwarzem Kaviar in die Hand gedrückt, dazu eine bereits brennende türkische Zigarette. Jemand gab ihr einen Judaskuss auf die Stirn, dann noch jemand, dann zog man sie hinein in die Tiefe des Raumes. Sie hatte gar keine Zeit, sich erst einmal umzuschauen.

»Wären Sie einverstanden damit«, begrüßte Seta sie formvollendet, »heute Abend *Julia* zu sein? Alle anwesenden Kavaliere werden dann für Sie den *Romeo* geben.«

Die Kohlensäure ihrer Worte sprudelte in Champagnerblasen. Auf dem Grammofon drehte sich die erste Schellackplatte. Die »Romeos« begannen, sie zum Tanzen aufzufordern. Doch die angenehme Befriedigung darüber, im Mittelpunkt zu stehen, verflog allmählich. Zuerst in der spöttischen Tanz-Umarmung von Karagjulevs Sohn, dann in der von Maler

Zorin und schließlich der von Tontscho Obretenov, dem Kammerdiener des Zaren. Gina verlor langsam den Halt in diesem von goldenem Licht überfluteten Saal und fing an, sich aufzulösen. Ihren Atem spürte sie auf einmal in den Fersen, zwei schmerzende Beine drückten ihr die Kehle zu. Sie hatte das Gefühl, als stürze sie in einen Abgrund – es war einfach furchtbar! Vor ihren Augen tauchte mal ein Teller mit Petits Fours auf, mal die zerstreute Physiognomie des alten Topalov, dann die biegsame Gestalt Setas, die goldbetressten Schulterstücke der Uniform von General Kowatschev, ein Stück Spiegel, der Faltenfall der Decke an einer der vier Ecken des Tisches, kalter Schnee auf ihren Lippen, Flockenwürfe, Schwebewellen, auf und ab … »Lassen Sie doch, ich bin müde«, bat sie, doch schon hatten die nächsten zwei starken Arme sie gefasst und schoben sie über das gebohnerte Parkett, das spiegelte wie ein See bei völliger Windstille, doch es war nicht windstill, und es wollte nicht aufhören, dieses Springen und Drehen, Schreiten und Gehen, und die Angst verwandelte sich in große, und die große in noch größere Angst. »Nun haben Sie doch Erbarmen, Sie bringen mich ja um …« Nur dass sie schon keine Kraft mehr hatte, zu sprechen, und ihre Worte nur noch wie ein Hauch aus ihrem Mund kamen.

Das ging so vielleicht eine halbe Stunde lang. Zuerst verließen sie die Kräfte, über die eine Frau ihres Alters eben verfügte, dann verließ sie der beharrliche Wille des Kindes, das Laufen lernt, und schließlich, als sie verstand, was hier gespielt wurde, auch ihre geübte Selbstironie, denn das war ein böses Spiel um ihr Leben und ihren Tod. Ihr Herz machte nicht mehr mit. Sie fiel zu Boden. Verschwitzt, mit zerwühltem grauen Haar, fiel sie zu Boden. Ihr Kleid war nur noch ein Fetzen Seide. Ihr Kopf ein einziges ungläubiges Staunen, dass es ihr nicht gelang, Luft zu holen. Keiner eilte, ihr die Hand zu reichen, ihr aufzuhelfen. Erst musste gelacht werden. Seta glich jenem gestürzten Engel, mit dem Vater Anissi unablässig seine Gemeinde erschreckt hatte. Ihr Gesicht leuchtete vor Erregung, Verachtung und Kälte. Von allen Seiten wurde Gina überflutet vom Gekicher und Gegacker der Gäste. Es war wie flüssiger Schlamm, Schlamm, der nach menschlichem Körper und Vergänglichkeit roch, ihrem Körper, ihrer Vergänglichkeit. Aber – warum hassen sie mich denn so? Es gelang ihr, auf allen vieren mit den tapsigen Bewegungen eines frisch geworfenen Welpen ans Ufer dieses Parkettsumpfes zu kriechen. Dort hörte sie die Stimme

Sonjas, doch sie schien von ferne zu kommen, vom Horizont, so schwach war sie und so hilflos …

Nach diesem Abend lag Gina eine ganze Woche zu Bett. Jede halbe Stunde betrat Goscho das nach Kampher riechende Zimmer, schlug sich an die Stirn und wiederholte unablässig: »Mein Gott, was für eine Schande, was für eine perfide Erniedrigung!« Ihm war nicht entgangen, dass Setas grausamer Spaß nicht nur Gina galt, sondern auch ihm, denn es konnte nicht sein, dass sie die Folgen ihrer Party nicht genau bedacht hatte. Sonja wollte ihn verscheuchen, aber er blieb stur. Doch wie er auch seufzte und stöhnte, über die Lippen seiner Mutter kam kein Laut. Sie schwieg beharrlich, so, als hätte sie ein Gelübde abgelegt. Ihr Gesicht drückte nichts aus, was sich irgendwie deuten ließ, und so gelang es den beiden nicht, Ginas Gedanken auf die Spur zu kommen. Nur ganze zwei Male öffnete sie den Mund. Einmal, um mit tonloser Stimme zu sagen: »Gott hat mich bestraft!« Das andere Mal, mit mehr Nachdruck, und nur an Sonja gewandt: »Ihr solltet Kinder haben, mein Herzchen!«

Sie wartete nicht ab, bis ihr Porträt vollendet war. Gleich nachdem sie das Bett verlassen hatte, packte sie ihre beiden Koffer und bat darum, zum Bahnhof gefahren zu werden. Einen Moment lang stellte sie sich aber doch vor die zwei Meter hohe Leinwand, von der sie eine fünfunddreißigjährige junge Frau mit glänzenden Lippen aus inzwischen ebenfalls glänzenden Augen anschaute, und sagte: »Meine Tochter …«

Dieses Mal nahm die Kutsche den kürzesten Weg. Gina küsste ihre Schwiegertochter zärtlich auf die Stirn, und als die Lokomotive ihre milchweißen Dampfwolken ausstieß, löste sie sich darin auf, als wäre sie nur eine Erscheinung gewesen.

Am Abend aber sprang eine vom Freudengeheul der Riesendogge aufgeschreckte Zwetana auf den Hof und wollte die Frau, die ihn mit ihren beiden Koffern durchschritt, beinahe nicht wiedererkennen. Wer da inmitten der ungejäteten Disteln stand, das war eine gebrochene alte Frau mit faltigem Gesicht, tief gebeugt von der Last ihres Gepäcks.

»Hast du dem Hund schon zu fressen gegeben?«, fragte die alte Frau ungewohnt milde, und zum ersten Mal in all den Jahren sah Zwetana Tränen in den Augen ihrer Herrin.

7

Mit Logik, auf die er so gern baute, hatte das nicht viel zu tun. Es war so ermüdend und unterhaltsam wie Verstecken spielen. Boshidar wusste selbst nicht, wieso er das tat, doch ein unbewusster Drang ließ ihm einfach keine Ruhe. Er ging dreimal die Strecke zwischen der Zar-Boris-Straße, auf der Lultschev erschossen worden war, bis zum Haus Georgi Pantovs ab. Wenn er sehr schnell ging, brauchte er siebzehn Minuten, bei zügigem Schritt einundzwanzig Minuten, und im Schlendergang mit einem Halt vor der Einkaufspassage Sveti Nikola sechsundzwanzig Minuten. So hatte er die Strecke auch eingeschätzt. Vor und in der Passage tummelten sich Landstreicher, Schwarzmarkthändler und sephardische Juden, die unter der Hand Trockenfisch, Öl, griechische Oliven und Ripsstrümpfe verkauften, oder die einfach in die Schaufenster der kleinen Goldschmiede-Lädchen gafften. Ansonsten war auf den Straßen nur wenig los.

Die Geliebte des Generals der Reserve Lultschev präsentierte sich, gemessen daran, dass ihr Liebhaber vor so kurzer Zeit eines gewaltsamen Todes gestorben schien, mit dem Stolz der Dummen und der Freude des naiven Dörflers, endlich von jemandem bemerkt zu werden. Als sie Boshidar nach einer geraumen Zeit öffnete, waren ihre Lippen knallrot in der Form eines mittelgroßen Herzens geschminkt, und sie redete und benahm sich für sein Empfinden abstoßend laut. Konkret erfuhr Boshidar von ihr nur Allgemeinplätze: Edel sei der Ermordete gewesen, einen jugendlichen Geist habe er besessen, großzügig wie ein echter Mann und Kavalier sei er gewesen, und – ach ja – auf dem Rücken habe er Sommersprossen gehabt. Während sie ihre Tränen mit einem kleinen Taschentuch abtupfte, gab das Fräulein ihm zu verstehen, dass der malvenfarbene Hausmantel eine Oberbekleidung sei, die sie auch ablegen könne, und lud ihn ein, sie doch öfter zu besuchen. Sie brauche Freunde, und zwar »wahre Freunde«. So hatte Boshidar sich das auch vorgestellt …

Der Direktor der Italienischen Bank wohnte auf dem Dondukov-Boulevard, trug den edlen Namen Hadschiolov und war in der Tat am fünfundzwanzigsten April an einem schweren Herzinfarkt verstorben. Seine Hausangestellte und seine Schwester versicherten glaubhaft, dass sie noch am selben Tag der Vertreter eines Bestattungsinstitutes besucht habe – ein breitschultriger, blauäugiger Mann mit aufgesetztem Lächeln und billigem Mantel, der es verstanden habe, feine Komplimente zu machen und diskret zu seufzen. Er sei nicht länger als eine Stunde geblieben, denn die Unterredung sei natürlich in dem Moment beendet gewesen, in dem Frau Hadschiolova ihr Einverständnis zu einem Grabmal aus poliertem Granit mit einer Aufschrift in Goldbuchstaben und einem aufgesetzten Porzellanbild gegeben habe. Leider jedoch konnten sich beide beim besten Willen nicht daran erinnern, ob der Mann am Morgen oder am späteren Nachmittag dagewesen sei. Die beiden Katzen, die den Tod gespürt hatten und in wilder Unruhe waren, wären um das Zimmer des Verstorbenen gestrichen, hätten herzzerreißend miaut, den Teppich zerkratzt und sich an den Troddeln der Vorhänge zu schaffen gemacht. Diese Beobachtungen an den Tieren hätten Frau Hadschiolova noch mehr aus der Fassung gebracht, denn sie hatte gehört, dass Katzen Kontakt mit der Seele eines Verstorbenen aufnehmen können.

Boshidar hatte sich moralisch verpflichtet gefühlt, die drei Fotoalben mit der Witwe durchzusehen. Frau Hadschiolova in München, Frau Hadschiolova in Venedig, Frau Hadschiolova in Paris … Auf dem Kopf ein kesses Hütchen, im Gesicht einstige Jugend, über der Schulter ein Schirmchen mit krausem Rüschenrand. Dazu tranken sie einen geradezu peinigend aromatischen Ananas-Likör und streichelten die Katzen, die in Boshidars Schoß unzählige Haare hinterließen. Auf seine im Hausflur, schon im Gehen, gestellte Frage, ob der Bestattungsagent irgendwie nervös, unruhig oder fahrig auf sie gewirkt habe, erwiderte Frau Hadschiolova nachdenklich:

»Nein, er war eher rasch bei der Hand, aber dabei so sympathisch, dass er schnell unser Vertrauen gewann.«

So habe ich mir das auch vorgestellt, sagte sich Boshidar, ohne eine Spur verärgert darüber zu sein. Je absurder sein Vorhaben wurde, desto mehr ergriff ihn ein Gefühl ruhiger Gewissheit. Morgens, wenn er seinen Expander dehnte, seinen Kaffee im Ministerium trank oder Seta zum Tennisplatz im Borissov-Park begleitete, fragte er sich, warum er sich eigentlich so in die Sache verrannt hatte. Natürlich, seine Pläne hatten durch den Tod General Lultschevs so gut wie sicher den Todesstoß erhalten, doch eine innere Stimme sagte ihm, dass dies nur ein sekundäres Motiv war, die

Sache so hartnäckig zu verfolgen. Nein, was Boshidar provozierte, aufstachelte und seinen Willen antrieb, war Assen Weltschev selbst. In dessen Person gab es etwas, das über den Sinn dieses speziellen Attentates hinausging. Das Bild dieses scheinbar kleinen Angestellten zerfiel einerseits in unklare Details, andererseits gewann es bedrückende Gestalt. Der Teufel soll ihn holen, warum gerade ich?, fragte sich Boshidar, wälzte sich zwischen den weißen, gestärkten Laken und hörte von Zeit zu Zeit, wie der süßliche Operettensopran Fräulein Julias durch die Wand zu ihm drang.

In der Polizeidirektion ging er direkt zu Paschov, den er aus dem Offiziersklub und den schmuddeligen Kellern der hauptstädtischen Kasernen kannte. Sie hatten gemeinsam Verhören beigewohnt, waren sich aber nicht besonders grün. Paschov hatte einen kleinen Raubvogelkopf, war oben kahl und trug einen altmodischen Anzug, der schon lachhaft war. Man würde ihn eher für einen Altwarenhändler halten. Sein Spitzname aber war »Windhund«, weil er dem Wild bis zu dessen letztem Atemzug nachhetzte. Auch physisch hatte er etwas von der nervösen Gestalt dieser edlen Hunderasse. Paschov war derjenige, der sich mit den delikatesten und verwickeltsten Fällen befasste. In der Polizeizentrale redete man verächtlich über ihn, aber alle fürchteten ihn. Paschov hatte weder Karriereambitionen noch Schwachpunkte. Er war Junggeselle, hatte seit langem Prostataprobleme, hasste alle Arten von Glücksspiel und den Duft italienischen Kognaks und machte keinerlei Anstalten, den berüchtigten Polizeipräsidenten Geschev zu beerben. Geld interessierte ihn nicht. Er wirkte undurchschaubar. Er war einfach nur der Mann, der dich am Schlafittchen kriegte. Am beklemmendsten wirkte er, wenn er anfing, in Erstaunen zu geraten, so, als sei die ganze Welt keine Kugel, sondern ein riesiges Fragezeichen. Seine eng stehenden kleinen Augen schnitten sich ihre Blickschneisen kalt und grausam wie ein geschärftes Küchenmesser.

»Hauptmann Weltschev, ist es denn wahr? Welche Ehre für den abgehalfterten dummen Windhund. Sie bei mir? Muss ich mich kneifen?«

Mich willst du kneifen, dachte Boshidar gereizt und setzte sich auf den verschlissenen Polsterstuhl mit den rosafarbenen Quasten an der Seite. In Paschovs Büro gab es nur seinen »Schreibtisch«, eine gewöhnliche Schulbank, an der er vermutlich seine Verhöre durchführte, einen grünlichen Safe, ein vergrößertes Foto von Zar Boris III. und ein Foto eines Windhundes mit heraushängender Zunge. Boshidar bemühte sich, dienstlich und zur Sache zu reden. Paschov machte sich auf einem Papierfetzen Notizen, wenn er seinen Überraschungsgast nicht gerade mit frecher Neugierde anschaute. Sein abartiges und Boshidars blendendes Aussehen waren nur die beiden Seiten einer Medaille, und einen Moment lang stellte Boshidar sich vor, dass er vor seinem inneren Ich stehe, und eine Woge des Widerwillens stieg in ihm hoch.

»Da schau mir einer an, der General Kowatschev … interessiert sich für den Fall des unglücklichen Lultschev«, schüttelte Paschov den Kopf. »Und gleich mit welcher Detailversessenheit, welcher Ungeduld!«

»Sie waren immerhin Freunde!«

»Eh, General Kowatschev ist auch gut Freund mit Moltke von der Gestapo.«

»Das stimmt nicht ganz«, erwiderte Boshidar kaltblütig, »die beiden gehen nur gemeinsam auf die Jagd.«

»Da frage ich mich gleich: auf die Jagd wonach? Neiiin, wirklich, Sie sehen mich völlig überrascht!«

»Auf Wildschweinjagd.«

»Oder vielleicht wild gewordene Schweine?«, tat Paschov erstaunt und fächelte mit der Hand den Rauch seiner Zigarette auseinander.

»Nein, Wildschweine! Und dazu setzen sie sogar *Jagdhunde* ein«, erwiderte Boshidar ironisch. Die ganze Sache begann nach einem verdeckten Verhör zu riechen. Paschov hatte augenscheinlich Wind bekommen und wusste etwas. Er schüttelte mit trauriger Miene den Kopf. Auf seiner Glatze spielten matte Lichtreflexe, die sie wie ein riesiges, aber erblindetes Auge wirken ließen.

»Teufel auch, wie einfach das doch alles war, und ich habe mir Gott weiß was gedacht. Nun gut, Herr Hauptmann«, schloss er, ohne sich auch nur einen Millimeter von seinem Stuhl zu erheben, »wir werden Ihren Mann unter die Lupe nehmen und uns dann bei Ihnen melden. Schließlich arbeiten wir doch alle für das Gemeinwohl, nicht wahr?«

Boshidar verließ das Dienstgebäude und bog ab auf die Maria-Luisa-Straße. Ein bärtiger Buchhändler hatte seinen Stand geöffnet und sang mit rauer Stimme: »›Die Affäre Dreyfus‹ – zwei Bände – hier zu haben! Kaufen Sie ›Die Geheimnisse von Paris‹ …« Der Barbier trat mit der Seifenschale vor seinen Laden, um ein bisschen zu gaffen. Ein Junge im Matrosenanzug hielt einen Vogelkäfig in der Hand, in dem ein Papagei saß. Es war kalt. An den Hausfassaden kroch schmutziger Nebel entlang. Boshidar seufzte tief. Die Unterredung mit Paschov hatte ihn durcheinandergebracht. Es war sinnlos, General Kowatschev damit zu behelligen, denn dieser konnte neue Gefahren am wenigsten gebrauchen. Er würde ihn ins Billardzimmer bitten und dort, zwischen dem Geklacker der lackierten Holzkugeln, mit dem Finger auf sein Herz zeigen und stöhnen: »Herr Hauptmann, wir stehen auf verlorenem Posten!«

Genau zwei Wochen später klingelte das Telefon in seinem Dienstzimmer. Es war Paschov. Seine Stimme war von geradezu schmieriger Vertraulichkeit.

»Ich komme noch immer aus dem Staunen nicht heraus«, quasselte er mit jener künstlich hohen Stimme, mit der man sich über ein Baby beugt, um es nicht zu erschrecken, »aber Ihr Freund hat sich als vollkommen uninteressanter und farbloser Typ herausgestellt. Seine Akte ist absolut sauber. Aber wenn es Sie glücklich macht, könnten wir ihm ja prophylaktisch eine kleine Faustmassage verabreichen.«

»Nicht nötig«, erwiderte Boshidar ebenso liebenswürdig und ergänzte still für sich: So habe ich es mir auch vorgestellt. Doch auf seinem Schreibtisch lag ein Brief des Bezirksvorstehers Petkov aus Widin. Er war sorgfältig auf der Maschine geschrieben und gab ihm Antwort auf all seine Fragen. Er schloss ab mit einer königlichen Unterschrift, die Willen und die psychologische Reife eines nicht genügend gewürdigten Denkers verriet. »Ihr Vetter«, stand in diesem Brief, »ist ein außerordentlich gefährlicher Terrorist!« An einigen Stellen hatte Herr Petkov absichtlich die Worte »Ihr Vetter« mit einer dicken roten Linie unterstrichen. Erst jetzt ging Boshidar ein Licht auf, warum er sich so ins Zeug gelegt hatte, um der Sache nachzugehen: Assen war doch ein Weltschev?!

8

Die Hälfte der Buchstaben auf dem massiven Schild war schon verwittert. Die drei Wagen hielten vor dem kleinen Gasthof mit dem weit überhängenden Dach, dessen Konturen sich verschlafen ins Halbdunkel kuschelten. Daneben befand sich ein Stall. Aus dem hinteren Teil des Hofes sprangen Hunde von einer seltsamen Mischlingsrasse. Sie hatten platte Schnauzen, breite Pfoten und ein rötliches Fell. Der Wildhüter stand stramm und kratzte sich vor Aufregung, ohne dass es ihn juckte. Seine Armeestiefel waren auf Hochglanz poliert. An seinem Gürtel hing eine Pistole.

»Alles startklar?«, fragte General Kowatschev, während er sich am Lederriemen seines Jagdgewehrs zu schaffen machte.

»Sowieso, Herr General, sowieso! Hunde bereit, un' alles …«

»Haben wir Rehe?«

»Sowieso, Herr General, sowieso! Rehe, Schweine, un' alles …«

Dem Wildhüter brach nach diesem anstrengenden Dialog der Schweiß aus. Aus dem Himmel quoll Tag, die dunklen Kuppen des Witoscha-Gebirges traten hervor, der Mond verblasste. Es roch nach Bucheckern und frischen Frühlingsgräsern.

Sie gruppierten sich um den kleinen Klapptisch, den der Chauffeur Moltkes inzwischen aufgebaut hatte. Darauf standen Tassen. Moltkes Adjutant goss aus einer großen Thermoskanne echten Kaffee ein. Seine Umhängetasche aus Zeltleinen war sicherlich vollgestopft mit Handgranaten und störte ihn beim Bewegen. General Kowatschev und Moltke schlugen ihre Zähne in die Butterbiskuits und schienen die Jagd vollkommen vergessen zu haben. Vermutlich dachten sie eher an die bevorstehenden Gespräche. Herr Topalov brachte sein Unbehagen auf den ironischen Punkt: »Meine Herren, wie soll ich nur auf das arme Wild schießen? Ich habe in meinem Leben ja noch nicht einmal einen Menschen getötet!« Seine Tochter sah in ihrem beigen Golfanzug wie ein Junge aus und warf den Hunden, die vom Geruch der Schießeisen ganz wild geworden waren, Gebäckstücke zu. Der Himmel hing tief und hatte die Farbe grauen Schlamms. Die Nebelschwaden, die sich träge über die Erde wälzten, ließen alles bizarr und fantastisch aussehen. Ein erwachender Hahn gab mit verschlafenem Krähen das Signal.

»Nun, meine Verehrten …«, hüstelte General Kowatschev, »ich denke, wir sollten dann mal … Waidmanns Heil!«

»Waidmanns Dank!«, grummelte es zurück.

Schweigsam fädelten sie sich auf dem schmalen Pfad ein. Im vermoderten Laub setzten die Schritte weich auf. Sie durchquerten das mit Haselgesträuch bewachsene Tal und betraten das Dickicht. Der Wind spielte mit dem Gewirr der Äste und Zweige, als schüttele er kleines Jagdwild im Maul. Da – etwas bewegte sich, veränderte sich, lebte! Und Boshidar durchfuhr ein atavistischer Schmerz. Warum war dieses Etwas kein schreckliches Ungeheuer, das mit grollender Stimme die Stille zerriss, die sich stattdessen bloß nachgiebig unter ihren Schritten bog?

Als sie den Bergkamm fast erreicht hatten, begann der Wildhüter, sie auf die Ansitze zu verteilen. Nur Kowatschev, Moltke und dessen Adjutant blieben auf der Lichtung zurück, die von wilden Margeriten übersät war. Boshidar wusste, dass dort jetzt das Tauziehen losging. Moltke würde hartnäckig auf dem gefassten Plan bestehen, Kowatschev hingegen würde sich damit herausreden, dass die Putschisten nach der Ermordung Lultschevs ohne Anführer geblieben seien, so dass – er, Moltke, möge das doch bitte verstehen – nun, also … Und er selbst sei einfach extrem ungeeignet für die Aufgabe. Und so würden beide anfangen, Topalov zu umwerben, der im Keller seiner Bank ein oder zwei Tonnen Bargeld liegen hatte. Was sollte ein Mann wie er mit politischer Macht anfangen? Mit einem weiträumigen, hellen Dienstzimmer, in dem alles zutage lag, völlig ungeschützt?

»Hier!« Der Wildhüter wies auf einen Felsen, der über den Pfad hing. Nun wich auch hier die Dunkelheit, und das Licht des Morgens unterwarf sich die Nacht. Bis vor einer halben Stunde hatte Boshidar den Wald als bedrohliche, von geheimnisvollen Geräuschen erfüllte Einheit wahrgenommen; jetzt aber trat jeder Baum einzeln in all seiner Freundlichkeit hervor, so dass der Eindruck entstand, der Wald laufe, von den Eindringlingen erschreckt, auseinander wie ein Rudel. Die Spannung wich. Der schwarze Gipfel hob sein Haupt in den Himmel, bis es in den Wolken verschwand.

9

In dem kleinen Landgasthof, der an diesem Morgen nur für die Jagdgesellschaft reserviert war, roch es nach Bohnenkraut, Johanniskrauttee und nach mit schwarzem Pfeffer erhitztem Rotwein. Der Boden war frisch geschrubbt. Auf der Theke reihten sich Trinkfläschchen verschiedener Größe. Zwei Reihen aufgefädelter Knoblauchknollen zierten die Balken. Die Jagdgesellschaft hatte sich zum Essen am langen Holztisch niedergelassen, trank heißen Schnaps und tat sich keinen Zwang an. Moltke schnitt eine Wildschweinleber in feine Streifen und bot sie Seta zum Auftakt seiner schüchternen Werbung mit einer eleganten Geste an. Diese nahm dankend an, ließ die Stücke aber bei nächster Gelegenheit unbemerkt unter den Tisch fallen, wo der alte Kater schon mit statisch aufgeladenem Fell um ihre Stuhlbeine strich. Boshidar hatte sich in sich selbst zurückgezogen. General Kowatschev zeigte wenigstens beim Essen Angriffslust. Der alte Topalov verbarg meisterhaft seine Verachtung für die Anwesenden.

»Die Franzosen«, sagte Moltke, »haben der heutigen Welt die Frau und den Wein geschenkt. Wir Deutschen die Philosophie und die Musik.« Seine blauen Augen glänzten kühl.

»Und die Weltkriege«, ergänzte Seta ruhig.

Von Moltkes ganzer Erscheinung ging zwar etwas Aristokratisches, Überfeinertes aus, aber der Mann ärgerte sie einfach mit seinem Herrenmenschenwahn und seinem rosafarbenen Schmiss am Kinn. Sie hatte ein unbestimmtes Bedürfnis, ihn zu berühren, ihn zum Beispiel mit der Glut ihrer Zigarette dort zu verbrennen, wo sein Eroberlächeln endete. Ansonsten gefielen ihr sein blondes Haar und seine gelenkigen und nervösen »Pianistenhände«.

»Ja, und die Weltkriege! Der Krieg ist der Musik und der Philosophie überlegen, weil er weitaus komplexere Gefühle auslöst als diese. Er ist ihnen auch darin überlegen, dass die Menschen ihn hassen, aber trotzdem daran teilnehmen. Der Krieg, mein verehrtes Fräulein, zeigt in höchster Form die Unabhängigkeit des menschlichen Geistes von der Natur, seine gottgleiche Autonomie.«

»Deutschland hat großartige Krankenhäuser«, meinte General Kowatschev.

Moltke errötete vor Verlegenheit. Er konnte natürlich nicht wissen, dass Kowatschevs Schwester in einer Münchner Klinik behandelt wurde. Kowatschev hatte sein Leben riskiert, indem er zwischen zwei kurzen Bombardements der Engländer mit dem Flugzeug nach München gereist war, um sie zu besuchen und in ihre leeren Gesichtszüge zu schauen.

Seta brach in Lachen aus. Sie wurde in der Gesellschaft ja auch nicht gerade für »normal« gehalten. Sie amüsierte sich eben. Es war ein intellektueller Kitzel für sie, ihren Spott mit »Freunden« zu treiben, diejenigen, die ihre Intelligenz zur Schau trugen, zu demütigen, und die Dummen über den grünen Klee zu loben, die bigotte Wohltäterei der reiferen Damen bloßzustellen und mit deren ebenso reifen Gatten zu flirten. Mit mildem Lächeln inszenierte sie Bosheiten wie den Romeo-und-Julia-Ball für Gina, und andere wieder lockte sie mit dem Gebaren einer Jungfer von der Moral zum Morast. Dessen Geruch beruhigte sie. Denn hatte der Schöpfer den Menschen nicht genau daraus gemacht, aus Morast?

Vor dem Schlimmsten bewahrte sie *jenes Etwas* in ihr, das sie oft so heftig ins Leiden stürzte, dass sie sich der ganzen umgebenden Welt vollkommen entfremdete. Dieses Leiden war stärker als ihre Schönheit und wirkte mit der Größe eines universalen Gesetzes. Schon als Schülerin hatte Seta festgestellt, dass das *Anderssein* gar nicht von ihr kam, sondern von denen, die sie umgaben. Ihre Freundinnen klebten geradezu an ihr, redeten ihr nach dem Mund und stritten sich darum, wer als Erste etwas für sie tun durfte. Sie lachten selbst über die müderen ihrer Geistreicheleien, erschienen notorisch zu den Sonntagstees, die sie in einem Salon servierte, der die Ausmaße und Lichtverhältnisse einer kleinen Kirche hatte. Seta schenkte ihnen die Kleider, die sie nicht mehr tragen wollte, doch bekam sie selbst dafür nicht etwa Aufrichtigkeit zurück, sondern nur noch mehr Jungmädchen-Begeisterung. Daran konnte man auch ersticken. Sie verspürte den Drang, diesen Mädchen ihre geheimsten Gefühle mitzuteilen, doch keines interessierte sich dafür oder teilte gar ihre delikate Empfindsamkeit. Sie gossen über alles den Sirup ihrer Komplimente und tranken den kalt gewordenen Tee aus Tassen, für die ihre Väter ein Monatsgehalt auf den Tisch blättern müssten.

Als sie auf ihre ersten Bälle im Kasino am Park gegenüber dem Schloss ging, hatte sie schon Tolstoi und Balzac gelesen. Sie war zuerst wie geblendet von dem sündigen Duft der Parfüms, den flüchtig-flehentlichen Blicken der Männer, dem eigenartigen Farbton der Smokings und den warmen, nackten Rücken der Damen. Sie wurde mal hart, mal zart umworben, zum Walzer aufgefordert und mit Aufmerksamkeiten bedacht, doch wenn die Kavaliere den Namen ihres Vaters hörten, schien bei ihnen eine Klappe zu fallen. Sie reagierten höchst verstört. Das war denn doch ein zu großer Bissen für ihren Mund. Und Setas Ungeschütztheit verwandelte sich mit einem Schlag in Macht!

Einmal begegnete ihr auf dem Zaren-Boulevard ein Kadett mit den Zügen eines Fauns und einem verträumten Blick, der sie in das nächste Gartencafé einlud. Sie tranken Bosa und aßen Orangentorte. Er sah prächtig aus in seiner Uniform. Und während die Stadt genussvoll die Tageswärme ausseufzte, erzählte er ihr unter Lindenkronen von den Heldentaten Hannibals und vom Fall Napoleons, spielte mit einer Hand an seinem Uniformmesser und signalisierte, dass er für sie sogar bereit war, in den Krieg zu ziehen. Auf dem Marmortischchen landeten dicke Fliegen, mit denen die Realität sich wenigstens eine winzige Chance sicherte, beachtet zu werden. Der gute Junge begleitete sie nach Hause, und als sie im Schatten der Mauer zwischen den beiden geflügelten Löwen die paar Stufen zur Haustür erstiegen, vereinbarten sie ein Treffen für den übernächsten Tag. Beiläufig las er ihren Familiennamen auf dem Messingschild. In der Nacht erstickte sie beinahe an ihrer Spitzenbettwäsche. Das Bild ihrer verstorbenen Mutter löste Schamgefühle bei ihr aus. Sie brach in Tränen aus. Zwei Tage später erschien der schöne Kadett nicht zum ausgemachten Treffen.

»Befehlen Sie mir etwas«, sagte Seta ihrer Gouvernante einmal, ohne daran zu denken, dass dies ein Befehl war. Die alte Französin wurde verlegen, befeuchtete ihre trockenen Lippen mit der Zungenspitze, blätterte eine Seite in ihrem Bändchen mit Essays von Michel de Montaigne um, knüllte ihr hauchdünnes Taschentüchlein in der Hand und sprach mit Unbehagen:

»*Ma chère*, trinken Sie sofort Ihren Kaffee aus!«

Ausgerechnet ihre Sehnsucht nach natürlicher Nähe entfremdete sie, machte sie anders als die anderen, und die verziehen es ihr nicht. Abends lief Seta in ihrem Zimmer auf und ab, schlug ihre Zähne in das unschuldige Kopfkissen, stellte sich prüfend vor den Spiegel mit den Perlmutteinlagen und schminkte sich wie ein Dienstmädchen. Sie hörte den Bass ihres Vaters aus dem Raucherzimmer. Er erzählte gerade, wie er in Gabrovo einen lahmen Zug zwei Stunden lang aufgehalten habe, indem er der Eisenbahn ein Wartegeld von fünfzigtausend Lewa gezahlt habe, um in dieser Zeit rasch ein Geschäft für fünfhunderttausend abschließen zu können. Sonntags führte er sie in den »Union Club«. Sie setzten sich in den Salon mit den feinen Seidentapeten, bestellten Meeresfrüchte oder Mailänder Schnitzel, tranken Champagner, anschließend gab es Obst und Kaffee mit einem Schuss Benediktiner-Likör. Er schleppte sie mit zu Pferderennen, Theater-Premieren, ja nahm sie auch zu Treffen mit ausländischen Fabrikanten mit. Sie lernte Minister und hochrangige Politiker kennen, die tröstend ihre Wange tätschelten und ihr artige Komplimente machten. Die Einsamkeit lehrte sie, alle Amüsements und Vergnügungen zu erproben, die man für Geld haben konnte. »Wenn er es hat, muss der Mensch das Geld verachten«, beliebte der alte Topalov zu sagen, »wenn er es nicht hat, sich selbst.«

An ihrem achtzehnten Geburtstag ging Seta auf das American College in Istanbul. Das war ein abstoßend schlichtes Gebäude mit einem baumbestandenen Park, einem Tennisplatz und fadem Essen aus gekochtem Fleisch und Kartoffeln, Ausblick auf den dunklen Meeresstreifen des Bosporus, der manchmal einem Saphir zwischen den Ufern des Goldenen Horns glich. Dort erwarb Seta das Wissen, um ihren Bachelor of Arts zu machen und sich wie eine dumme Gans zu benehmen. Ausgang hatten sie nur in Begleitung einer Aufsichtsperson. Sie trieben sich im Gewimmel der Märkte herum, kauften billig vergoldeten Plunder, aßen Baklava, starben vor Langeweile und Menschenliebe, glaubten an Geister und blieben jungfräulich, eingeschüchtert vom pragmatischen amerikanischen Stoizismus und der orientalischen Flitterbuntheit, und lösten im Prüfungssaal, vor achtzehn schwarzen Tafeln stehend, schwierige mathematische Gleichungen. Armenierinnen, Griechinnen, Türkinnen, Bulgarinnen und ein paar magere Engländerinnen warteten, dass dieser Alptraum aus Eintönigkeit und Disziplin endete. In Istanbul lernte sie auch den reichen Griechen Samothrakis kennen, der Herr über siebenhundert Hektar Olivenwälder, sechs Schiffe und ebenso viele Brillantringe war und behauptete, er habe die Wiederkehr des Halley'schen Kometen vorausgesagt. Er überbrachte ihr Geld von ihrem Vater, vergaß aber nie, sich die Groschen einzubehalten, die er für die Straßenbahnfahrt zum Internat bezahlt hatte. Er benahm sich einfach und ungekünstelt, ließ als der Ältere auch mal den Erzieher raushängen und schenkte ihr den silbernen Handspiegel seiner Frau. Vielleicht übte gerade dies so große Anziehungskraft auf Seta aus und verwandelte seinen Egoismus und seine Unsensibilität in das teuerste Erinnerungsstück, das sie aus Istanbul mitgebracht hatte. In einem Hotelzimmer, in dem es nach Olivenöl und orientalischem Bahnhof roch, nahm er sie mit Gewalt, während sie auf ein Paar reichverzierte und bestickte Pantöffelchen an der Wand schaute, die hinter dem Tränenschleier ihrer Augen seltsam kostbar glänzten. So lernte Seta die Sexualität als Vollzugsstrafe fantasieloser Männer kennen, bevor sie die Liebe erfahren hatte. In diesem Moment begann ihre »Verrücktheit«, über die man sich in den stillen Salons der *bon monde*, auf diplomatischen Empfängen mit all ihrer Falschheit und Verlogenheit und zwischen den Bankreihen des Parlaments Legenden erzählte. Nicht zu vergessen natürlich auch die gezwirbelten Offizierlein aus dem Kriegsministerium, die das doppelbödige Vergnügen von Setas Bekanntschaft gemacht hatten.

Seta hatte sich regelrecht antrainiert, an nichts mehr zu glauben – weder an die Berichte von den deutschen Siegen an der Ostfront noch an die Hoheit Seiner Hoheit, des Zaren; weder an menschliche Teilnahme noch an jenes menschliche Leid, wie es in der Literatur so verherrlicht wurde. Das Glück gar, das so unermüdlich in den Salons zur Schau getragen wurde, aber auch in den nebulösen Ideen des Lehrers Peter Denov und den Utopien der Kommunisten, sollte man daran etwa glauben? Sie glaubte im Grunde noch nicht einmal an das Geld ihres Vaters. Sie lebte in den Tag hinein, etwas, das sie von Boshidar entfremdete, der sich naiv der Vorstellung einer kommenden Zeit unterwarf. Darum war sie sich im Klaren darüber, dass sie gar keine andere Zukunft hatte als die des jeweiligen Tages, und danach wieder die des nächsten Tages. Ihre Freiheit verblüffte die anderen derart, dass sie sich ihr hilflos beugten. Sie spürten, dass Seta eine Grenze überschritten haben musste, die für sie selbst ebenso geheimnisvoll und unerschütterlich wie unüberwindbar war. Jede Wahrheit, dachte Seta mit diffuser Trauer, ist möglich nur jetzt, im Augenblick, der vergeht. Vergangenheit und Zukunft sind nur die beeindruckendsten Formen der Lüge …

Moltke wischte sich seine sensiblen Pianistenhände an der Serviette ab, der alte Topalov tupfte sich das Kinn ab. Auf seinem Gesicht las Seta, dass ihm inzwischen selbst seine eigene Geldscheffelei gleichgültig geworden war. Auch er war nur ein Opfer des allgemeinen Wahnsinns, und wenn etwas ihn vor Dummheiten bewahrte, so war es seine Ironie gegenüber allem, was ihn umgab. Boshidar verbarg seinen Schmerz vor der unfassbaren Plattheit General Kowatschevs in einem ans Unhöfliche grenzenden Schweigen, während der Genannte selbst heroisch seinen Backenmarsch durch die Kauleiste fortsetzte und mit dem Pfefferrotwein nachspülte.

»Musik und Philosophie«, fuhr Moltke mit seiner schnarrenden Stimme fort, »demonstrieren die Welt in Anschauung, der Krieg aber demonstriert sie in Aktion. Er ist etwas sehr Tiefes, weil er in unseren Instinkten angelegt ist, gleichzeitig aber etwas sehr Hohes, weil er mehr ist als sie: Er ist ein Fest der Zerstörung. Hat nicht jeder von uns sich einmal vorgestellt, alle seine Verwandten würden auf der Stelle tot umfallen, wenn er nur den Finger hebt? Und kennt er nicht dieses triumphale, festliche Gefühl, das diese Vorstellung begleitet? Die Barbaren haben das Begräbnis zum Kult erhoben, sie haben sich über den Tod gefreut. Und wie auch nicht: Der Verstorbene ging doch jetzt ins ewige Leben ein! Doch sie, die in so unmittelbarer Nähe zur Natur gelebt haben, waren nicht in der Lage, sich bewusstzumachen, dass sie sich nicht etwa über das ewige Leben des Toten freuten, sondern darüber, ihn los zu sein! Etwas Vergleichbares finden wir auch in den psychologischen Ursachen des Krieges.« Er drehte ein Kügelchen aus einem Bissen Brot und rollte es über den Tisch von einer Hand zur anderen. »Ich denke, die deutsche Nation wird den Krieg immer brauchen. Sie setzt sich aus ordnungsliebenden Menschen zusammen, die friedlich sind in ihrem praktischen Geist, hilfsbereit und ungewöhnlich nachdenklich, doch von Zeit zu Zeit bricht es aus ihnen heraus …«

General Kowatschev entfuhr der tief empfundene Seufzer »Mn-jaaaha!«, dann kratzte er sich im Nacken. Seta stellte sich Moltkes Villa in Bayern vor, die vielleicht einem verkleinerten Neuschwanstein glich; die Hirschgeweihe, die einen beim Eintreten begrüßten, das Bibliothekszimmer, den Flügel im Salon; schließlich den Hausherrn selbst, mit Kniebundhosen an den Beinen und einem Jodler auf den Lippen als zünftigem Heimatgruß. Er war fast schön zu nennen mit seinen silbrig werdenden Schläfen, seiner Redegabe und der verwöhnten Zartheit des Sadisten; er war ein Mann der Ruhe vor dem Sturm der Zerstörung. Er war ihr fremd und doch unerwartet nah.

»Wissen Sie, mein Fräulein«, schloss er mit seltsamer Leidenschaft in der Stimme, »ich glaube, dass das einzig vernünftige Ziel, das die Menschheit haben kann, die Selbstauslöschung ist!«

»Wir werden es wohl erreichen«, sagte der alte Topalov mit trauriger Ironie, »wenn wir nur wie Pech und Schwefel zusammenhalten, werden wir es erreichen.«

Seta spürte, wie das Knie Moltkes an ihrem Oberschenkel andockte. Sie lächelte, zog ihr Bein aber nicht zurück.

10

Der Sonntagsvortrag war zu Ende. Die Brüder und Schwestern drängten sich vor dem Saal wie vor einer Kirche nach dem Gottesdienst. Der Lehrer hatte über die »Verbindungen der Punkte im Raum« gesprochen. Jetzt lächelte er mild, glättete seinen seidigen Bart und wiederholte ihnen: »Und vergesst nicht, dass die Pharisäer auch unter uns sind.« Sie grüßten einander verhalten mit ihrem »Sei ewig!« und verloren sich still zwischen den Beeten, die von Kornblumen und wilden Margeriten umstanden waren. Seta hatte sich neben Boshidar an das Holzgeländer gelehnt, »zu Füßen des Lehrers«, wie sie es für sich nannte. Wieder kam ihr alles vor, als sei es eine gemalte Idylle: die weißen Häuschen der Siedlung, die Obstbäumchen mit den zarten Blättern, die Wiese, auf der vor zwei Stunden die Klänge der Paneurhythmie ihren Appell hinaus in die Welt gesandt hatten, und über allem die Spitzen der Kiefern, mit denen das Ende des Borissov-Parks bepflanzt war.

Seta war erwacht, als es noch dunkel war. Sie hatte ihr schlichtestes Kleid aus indischem Leinen angezogen und ihr Haar mit einem dunklen Schleifenband hinten zusammengebunden, um ein bisschen wie eine Schülerin auszusehen. Sie verspürte das heftige Bedürfnis, dem asketischen Willen des Lehrers etwas gegenüberzustellen; darum hatte sie auch Boshidar mitgenommen. Heimlich glitt ihr Blick über sein schönes männliches Profil. Seine breiten Schultern verstellten ihrem Blick die halbe Welt. Er wird mich schützen, dachte sie, er ist stärker als meine Eitelkeit! Die Sauberkeit ringsumher ärgerte sie, die Nichtbeachtung seitens der Brüder und Schwestern empfand sie als stillen Vorwurf. Auf der Straße sah sie Kinder mit einem Stoffball spielen. Schließlich kam Denov die Stufen herab. Er trug denselben blendend weißen Anzug wie immer, sein Gang war biegsam und jugendlich und kontrastierte seltsam mit seinem zerfurchten Gesicht.

»Sie haben mir versprochen, sich eine Stunde Zeit für uns zu nehmen«, sagte Seta leise.

»Ich habe versprochen, eine Stunde mit Ihnen zu sprechen«, verbesserte sie Denov.

Sie gingen an den verblühten Sträuchern entlang. In Seta stieg wieder das mächtige Verlangen auf, zu gefallen.

»Sie haben uns einen Gärtner geschickt«, begann der Lehrer das Gespräch in ruhigem Ton, »aber wir brauchen keinen Gärtner. Ich habe ihn zurückgeschickt.«

»Im vergangenen Jahr habe ich Kohlen für Ihren Vortragssaal nicht deshalb gekauft, um mich interessant zu machen, sondern weil ich gesehen habe, dass Ihren Schülern kalt war. Und nun dachte ich, dass Ihre Bäume ...«

»Wieso ›meine Bäume‹?«, lächelte er ironisch. »Na, es hat wohl keinen Sinn, das näher zu erörtern. Fragen Sie, was Sie zu fragen haben.«

Sie betraten eine hölzerne Gartenlaube. Auf dem grob zugehauenen Tisch standen drei Tassen und eine Kanne mit dampfender Milch. Immer dieses Weiß! Seta kam es so vor, als dränge er diese Farbe absichtlich überall und in allem in den Vordergrund, denn sie erniedrigte einen und tat einem weh, leistete also gute Vorarbeit, bevor man dem Meister selbst begegnete. Christus, so fiel ihr automatisch ein, war wenigstens schmutzig! Boshidar drehte einen Schlüsselbund um den Zeigefinger und schaute zerstreut in der Gegend herum.

»Wie soll ich bloß an die Unsterblichkeit glauben?«, stieß Seta hervor und biss sich auf die Lippen.

»Wissen Sie«, erwiderte der Lehrer, und das dichte Netz aus Falten geriet in Bewegung und erleuchtete sein Gesicht, »wenn Ihr Freund mir diese Frage gestellt hätte, wäre ich ins Nachdenken gekommen. Er hat nämlich bereits seine fertigen Antworten und setzt auf die Tat. Sie aber haben keine Antwort und setzen auf gar nichts. Die Schwierigkeit in diesem Fall liegt nicht so sehr in dieser Situation, sondern in den Worten. Es hängt ganz davon ab, wie Sie sie auffassen.« Er goss Milch in die Tassen und trank seine gierig in einem Zug leer. »Der Mensch, verehrtes Fräulein, erkennt noch nicht einmal sich selbst, und Sie wollen die Unsterblichkeit erkennen. Was ich, auf die Grundzüge beschränkt, lehre, ist ihr wichtigstes Gesetz: Demut und Liebe. Unsterblichkeit ist nicht etwas, das man anstreben könnte wie ein Ziel, nein, sie ist Demut und Liebe! Sie ist kein Nutzen, den man einstreicht, sondern eine Pflicht. Sie können ihr nicht begegnen oder sie erblicken wie eine Beute, sie gar berühren oder schmecken, denn sie sind in die Unsterblichkeit hineingestellt, und sie ist in Ihnen. Die menschliche Seele ist ewig wie die Pflanzen, nur dass es unter den Pflanzen Unkraut gibt und solche, die unseren Hunger stillen. Die Frage ist also, was Sie sein möchten.«

»Spielt das denn eine Rolle«, meldete sich Boshidar unerwartet zu Wort und schaute Denov ironisch an, »wenn die Erde sich zu allen gleich verhält?«

»Für die Erde hat es keine Bedeutung, Herr Hauptmann.«

»Sie wollte ja etwas anderes von Ihnen wissen: Wie soll man an die Realität des Jenseits glauben?«

»So gut sie eben kann«, erwiderte der Lehrer mit unverändert ruhiger Stimme und seufzte.

Ein kühles Schweigen legte sich über die Laube. In der Luft lag ein Duft nach Frühling und das Flüstern des Windes in den Bäumen. Seta trank einen Schluck Milch. Sie war mit Honig gesüßt. Die resolute Schärfe Boshidars und die geduldige Milde des Lehrers waren ihr beide gleichermaßen angenehm, *weil sie ihr galten*. Sie musste nun wählen, sie musste sich entscheiden; genau das aber konnte sie nicht. Ihr kam es so vor, als habe sie in ihrem Leben nur einen Menschen gefunden, der bis auf den Grund »echt« war, und dieser Mensch war eine Mischung aus Boshidar und dem Lehrer. Beide waren keine einfachen, normalen Leute wie Herr

Moltke, wie Philipp Karagjulev oder Goscho Pantov – durchschnittliche Schweinekerle eben. Beide rieten ihr, noch einmal neu zu beginnen, ihr Anderssein und die damit verbundene Einsamkeit zu akzeptieren, ja, als Rettung zu begreifen. Boshidar und der Lehrer waren aber leider auch armselige Fanatiker, die hilflos dastanden vor den Vertracktheiten des Lebens, Menschen, die keine Zwischentöne kannten, sondern nur »ja« oder »nein«. Der Zweifel, dieses subtilste Instrument der Erkenntnis, war ihnen vollkommen wesensfremd. Sie spürte schon, dass sie heillos in Boshidar verliebt war, zeigte die Reinheit dieser Liebe ihm gegenüber aber durch das genaue Gegenteil: ihre Lasterhaftigkeit. Den Lehrer schätzte sie so hoch, dass sie ihm ihre Lasterhaftigkeit vor Augen führte durch die falsche Reinheit ihres Leinenkleides und die Unschuld der Taftschleife um ihr am Hinterkopf zusammengestecktes Haar. Boshidar war der einzig mögliche *Mann* für sie, der Lehrer der einzig mögliche *Glaube*. Oder? Der eine verbarg seine Gefühle und seine Hochachtung für sie nicht, der andere nicht seine Geringschätzung und seine Verachtung. Bei Seta drückte sich der Unterschied zwischen beiden im Verhalten aus: Boshidar quälte und beleidigte sie Tag für Tag, sie hütete sich aber davor, ihn zu berühren; dem Lehrer unterwarf sie sich, sehnte sich aber danach, ihn zu schänden. Sie war ja auch keine durchschnittliche Frau, dachte sie verzweifelt. Ihr Mund füllte sich mit salziger Feuchtigkeit. *Heute* war sie bei Marinovs eingeladen, *aber morgen?* Hier kam sie nicht weiter, alles endete beim Heute.

»Sie sind traurig, und Sie sind schön, mein Fräulein, aber Sie sehen einfach nicht aus wie jemand, der lernen will«, sagte der Lehrer überraschend, und sie empfand das schreckliche Wohlwollen in seinen Worten. »Sie sind gekommen, um mich zu vertreiben. Aber bin ich etwa schuld daran?«

11

Das Glasmosaik über dem Eingang zeigte in verblassten Farben den Sündenfall. Assen und Vera huschten hinter Paschov herein. Der merkte etwas, sprang, um Hilfe rufend, die Treppe hinauf in die zweite Etage und verriegelte bereits von innen die Wohnungstür, als Assen dort ankam. Assen zielte unterhalb des Namensschildes und gab mehrere Schüsse auf das Eichenfurnier ab. Die Einschüsse hatten die Form eines Kreuzes. Er konnte nur hoffen, den Mann erwischt zu haben.

Als sie ins Freie traten, dämmerte es bereits. Es schien, als stünden sie eine ganze Ewigkeit mit geschlossenen Augen da im Versuch, das Leben einzusaugen und den Tod zu vergessen. Dann sahen sie eine ältere Frau mit verrutschtem Rock, die Leibwächter Paschovs mit wehenden Mantelschößen und die Zwillinge, die in ihre Richtung rannten. Sie waren so nah, dass sie miteinander hätten sprechen können. Vera hatte das Gefühl, die Steinplatten würden sich unter ihren Füßen biegen, und dass sie auf der Stelle trat, während die Straße links und rechts von ihr vorbeiströmte. Das Malergeschäft, die Reklame für leere Tonnen, der Geruch nach Gummi und saurer Bosa weiteten sich in den Abend.

Hinter ihnen kam es zu einem Menschenauflauf. Hufgetrappel und Tierschnaufen war zu hören. Die schreienden Verfolger blieben langsam zurück, während die verbissen Schweigenden langsam aufholten. Wie zu Kinderzeiten liebte es Vera, sich vorzustellen, wie sie starb, und wie ihre Mutter, blind vor Untröstlichkeit, ihre Tränen verschluckte. Ihr wurde traurig in diesem Hof, über dem der Duft eines vorübergezogenen Gewitters und geknickter Holunderzweige lag. Der Hunger ließ sie sich leicht fühlen. Ihr Vater kam jeden Tag betrunken und mit schlechtem Gewissen nach Hause, und eines Tages kam ihr Vater eben nicht mehr nach Hause. Sie hatte die Erinnerung an dieses kindliche Gefühlswissen bewahrt, dass Kummer und Leid Reinigung waren, ein kühler Quell für Lippen, die wieder gut waren. Assen trieb sie mit Blicken zur Eile an. Sie hatte nicht die Kraft, ihm zuzulächeln. Ihr Streben nach der Zukunft war in keiner Weise schwächer geworden. Und so war sie drauf und dran, anzuhalten, sich Assen noch einmal gut einzuprägen und dann mit kranker Begeisterung zuzusehen, wie er sich entfernte, wie er die Schatten der langsamen Straße entlangschmolz, hinein in seine Rettung und ihr freiwilliges Opfer, ihren Untergang. Sie musste an den Dachboden denken, auf dem sie beide auf Lultschev gewartet hatten, an die Berührungen, die denen eines alten, verbrauchten Paares glichen. Damals war sie verpflichtet gewesen, sich dem Gebot der Stunde unterzuordnen, doch jetzt, jetzt war sie frei, frei zu sterben und frei zu lieben, frei zum Allereinfachsten, ohne damit ihn, sich selbst oder gar die Revolution zu verraten. Ich kann einfach nicht mehr, dachte sie, und damit kann er sich auch hinterher rechtfertigen.

Die Zwillinge schossen auf die Leibwächter Paschovs, und alle hinter ihnen stoben auseinander. Vera und Assen kamen am Kanal heraus, umrundeten die violetten Blütenflammen des Flieders, überquerten die Kreuzung an der Adlerbrücke wie ein verliebtes Pärchen, das viel Zeit und keinerlei Pläne für den Rest des Tages hatte. Als sie schließlich die dunklen Alleen des Borissov-Parks betraten, kehrte Veras Wirklichkeitssinn wieder. Der Kieferndufť und die ausatmende Erde schlugen ihr ins Gesicht wie eine Ohrfeige, es war eine Stille zum Platzen. Sie fürchtete sich auf einmal vor dem feuchten Licht des Mondes, das diffuse Felder zeichnete, vor dem sanften Knacken der Zweige, die verschränkt waren wie menschliche Finger. Sie begann zu realisieren, dass sie noch lebte, und zwar nicht durch ein Glücksgefühl, sondern dadurch, dass ihre Erinnerung an Dinge, die ihr nahe waren, wiederkehrte. Endlich kamen die erlösenden Tränen. Sie weinte für sie beide zusammen …

Sie gingen am Fischteich vorbei, der dalag wie ein totes Auge, und Assen wiederholte wie eine mechanische Spieluhr: »Ich hab ihn nicht erwischt, zum Teufel nochmal, ich hab ihn nicht erwischt!« In der warmen Luft sah er beinahe vollkommen und gleichzeitig wie entrückt aus. Da verspürte sie ein heftiges Verlangen nach Nähe.

»Umarme mich«, sagte Assen nüchtern, weil er Schritte gehört hatte. Ihre Lippen fanden wie von selbst die seinen, ihre Brüste, klein und fest, durchbrachen die Distanz zwischen ihnen. Assen wollte zurückweichen, trat aber ins Gras. Vera war so fragil und verletzlich, dass sie keine Schuld trug. Es war ein Moment … ein Moment übermenschlichen Schmerzes.

12

Als die Trance vorüber war und der Mond zwischen sie fiel wie ein leuchtender Stein, dachte Vera voller Erschrecken: Jetzt wird er mich hassen! Sie sah, wie sein Profil langsam abkühlte, doch sie war einfach zu schwach. Die Wunde in ihrem Unterleib pulsierte noch – woher da die Kraft nehmen, ihn zu streicheln und ihm zu sagen: »Ich war deine Frau, du warst mein Mann, und alles ist zu Ende.« Doch seltsam: Ihr war nicht mehr nach Weinen zumute. Sie wollte einfach nur Einkehr halten in sich und sich noch einmal in Erinnerung rufen, wie er ungeduldig in sie hineingestoßen hatte, als sei sie eine Käufliche. Ihr war danach, ihm etwas Trauriges, etwas Wichtiges mitzuteilen, zum Beispiel, wie ihre Mutter gestorben war. Ihre Mutter hatte sie, als sie fühlte, dass das Ende gekommen war, gebeten, ein Glas Wasser zu holen, um ihr nicht das Geräusch ihres letzten Seufzers zuzumuten.

Seltsam war, dass Vera sich nicht schämte für ihre Nacktheit und Assens Einsamkeit. Sie befürchtete nur, er könne die ganze Schuld auf sich nehmen. Sie war bereit, verurteilt oder begnadigt zu werden. Der Gedanke aber, dies könne Assen widerfahren, war ihr unerträglich. Da war es ihr schon lieber, er würde sie schlagen, ihr ins Gesicht lachen, sie laut mit schmutzigen Schimpfwörtern traktieren, ihr vor Bai Michal, Nada und den Zwillingen die Schuld für das Geschehene geben.

Sie begann stockend zu reden. Ihre Worte klangen müde und erzeugten hier, zwischen den Kiefern, nur ein tonloses Echo. Sie wunderte sich selbst, wie einfach ihr Leben war. Sie beobachtete sich von der Seite. Sie war nicht »sie«, dennoch sprach sie über sich. Sie erinnerte sich an einige enthusiastisch durchgeführte Aktionen zur Zeit der Jahre in der revolutionären Jungsozialisten-Vereinigung, an die Arbeit in der Fabrik für Gummiwaren, an den Kautschukgeschmack im Mund, den Gestank nach Ruß, die klobige, abartige Form der fertigen Schuhe, und nicht zuletzt an Herrn Papasov, der die jungen Arbeiterinnen in sein Büro kommen ließ und sie dort vor dem zwei Meter hohen Spiegel mit seinen weichen Schweißhändchen befingerte ... Vera kam durcheinander, redete von ihren Kakteen, die zwar Stacheln hätten, die aber gegen niemand Bestimmten gerichtet seien, und kam von da zu dem Hufeisen, das ihre Vermieterin ihr über die Wohnungstür gehängt hatte.

»Was meinst du, kann man das Glück einfach so festnageln?«

Assen schwieg, als wäre er allein in diesem nächtlichen Park, in dem der Mond sein Licht auf die Zweige der still gewordenen Kiefern warf wie ein Traumprojektor. Alles sah künstlich und wenig haltbar aus wie ein Bühnenbild. Vera erzählte von sich selbst. Sie wollte Assen damit helfen, ihm ihre Unabhängigkeit und Selbstständigkeit zeigen, auch ihre Einfachheit.

Die Schuld lag doch gar nicht in ihren Handlungen, dachte sie, sondern in dem Verhältnis, das sie dazu hatten. Sie war noch gar nicht in der Lage, die Bedeutung des Geschehenen zu erfassen, die Verbindung zwischen ihrer Liebe und ihrer Angst zu sehen. Sie suchte einfach nur fieberhaft nach jenem magischen Satz, der ihn von der Verantwortung für diesen unwillkürlichen Liebesakt befreite. Doch es trat das genaue Gegenteil ein: Ihre armseligen Erinnerungsbruchstücke bewiesen nur, wie unschuldig sie selbst war. Es war ihr vollkommen unmöglich, dieses Gefühl zu erklären, das sie mit solcher Offenheit gepackt hatte, und das am Anfang so zauberhaft gewesen war, so amüsant irgendwie …

Assen entwarf ihnen wieder einmal das Bild der Zukunft, für die sie kämpften. Er beschrieb ihnen die Versammlungsorte der Partei als prächtige Säle mit Kristalllüstern an der Decke. Er war breiter gebaut als die Zwillinge, dennoch kam er ihr schutzlos vor. Sie fragte sich, wer ihm eigentlich seine Kleider wusch und stopfte, eine Frage, die ihr beim Anblick der zerrissenen Hosen der Zwillinge nicht in den Sinn kam. Kurz: Sie hatte entdeckt, dass sie sich danach sehnte, für Assen zu sorgen, und dass ihr der Gedanke gefiel, ihm untergeben zu sein. Dabei hatten sie sich im Grunde nur selten gesehen, immer nur dann, wenn sie ihn im Bestattungsinstitut mit seinem immer gleichen Geruch nach bevorstehender Beerdigung besuchte – oder eben bei ihren Treffen und wenigen gemeinsamen Aktionen. Ihr Intimitätsgefühl war gekoppelt an Angst, so, als verliefe unter ihrem Ruhebett ein dröhnender unterirdischer Strom aus Spannung und Druck. Er flüsterte ihr entschuldigend zu: »Umarme mich«, und die beiden lehnten sich an irgendeinen morschen Zaun, über den verblühter Flieder hing.

Spätabends schreckte sie aus Alpträumen hoch, gerade weil nichts Konkretes sie bedrohte. Sie konnte die Stille, die durch das Knarzen der Bettfedern nur noch hörbarer wurde, nicht mehr ertragen, den in der Mitte des Zimmers lauernden Tisch mit dem wackelnden Bein und dem Brotlaib darauf. Es war ihr unmöglich geworden, ohne die ständige Angst zu leben, die sie all die Jahre begleitet hatte. Ihr war schon klar, dass das krank war, und so nahm sie Baldrian, ölte ihre Browning, beruhigte sich aber erst in den Momenten, wenn Assen und sie wieder loszogen durch das gelbliche Licht der Lampen und jeder Schritt, den sie machten, ein Stück weniger Ungewissheit bedeutete. Ja, sie war krank ... Dabei gehörte sie zu jenen Frauen, für die es eben kein Verdammungsurteil, sondern eine Bestimmung war, zu lieben und Kinder zu gebären. Und was war jetzt? Sie war gezwungen, sich ihrer Gefühle zu schämen und die Gewalt an Kindes statt anzunehmen. Sie begann, die Farbe Weiß zu hassen, und kleine Tiere wie Grashüpfer, Marienkäfer oder Schmetterlinge. Es kam vor, dass sie erstarrte und stundenlang einen Fleck auf der Tischdecke anstarrte, oder ein Dutzend Kartoffeln hintereinander wegaß, ohne zu bemerken, was sie tat. Vera hatte sich nie gefragt, warum es ausgerechnet Assen sein musste. Dennoch spürte sie die Antwort längst in sich. In seiner Gegenwart hatte sie am häufigsten Angst verspürt, den Horror des Insekts zwischen zwei Fingern!

Über ihnen kippte der Große Wagen gemächlich einen ganzen Goldschatz funkelnder Sternschnuppen in den Sommerhimmel. Assen seufzte. Die Zweige des Gesträuchs hatten sich um seinen Kopf gelegt, als sei er ein antiker Satyr. Es roch nach Liebe, säuerlich, und Vera fühlte, dass es für sie keinen Ausweg gab. Es würde das größte Übel von allen eintreten. Sie war bereit, ihn mit weiteren Zärtlichkeiten zu bremsen, ihn noch einmal in ihr schmerzendes Inneres aufzunehmen, doch er war schneller und sagte:

»Wir müssen heiraten!« Leise sagte er das. »Und zwar sofort!«

Vera verstand wohl den doppelten Sinn des Wortes »müssen« und – gehorchte ihm.

Auf dem Rasen blieben die Form ihrer Leiber und eine Haarspange Veras zurück. Der Park glich einem Zaubergarten. Der Weg, sandbestreut, geleitete sie zu einer Bank vor dem runden See, der sich seinen Reim auf den Himmelsschein machte, und sie warteten darauf, dass der Morgen die Goldfische weckte. Sie küssten sich nicht, sie träumten nicht; sie hatten noch nicht einmal Angst ...

13

Merkwürdig: Es wurde später und später, aber der jüngere Zwilling kam nicht. Sie hatten sich in einem aufgelassenen Gasthof mit schiefen Türen versammelt, dessen Boden von den schweren Schritten der Fuhrleute reichlich mitgenommen war – Zuflucht für Holzwürmer und Tauben. Sie saßen im Kreis, auf Bretterstapeln, aus denen krumm verrostete Nägel ragten, zwischen ihnen – nichts. Bai Michal rauchte. Der Qualm wölkte über sein fast vollkommen graues Haar. Nada sah an diesem Morgen einmal nicht wie die große Mutter der Kompanie aus. Der größere Zwilling hielt seinen Kopf, als sei er eine schwere Bombe. Assen überlegte, wie er es ihnen sagen sollte, dass Vera und er heiraten würden, beiläufig, nebenhin, eine Bemerkung aus der Kategorie »ach ja, was ich noch sagen wollte …«, ein Vorgang, der nichts änderte, nicht ihre Zugehörigkeit zu dieser revolutionären Zelle und schon gar nicht ihre Bereitschaft, sich für den gestrigen Misserfolg den Kopf zurechtrücken zu lassen.

»Wo ist der andere Zwilling?«, fragte Assen voller Scham.

»Der wird wohl nicht mehr kommen können«, erwiderte Nada schlicht. Endlich begriff er. Vera ließ sich zu Boden gleiten und umschlang Nadas Beine wie ein Streifen zerknitterter Seide. So wurde der Platz zwischen ihnen noch größer. Assen wippte mit dem Bein. Er wippte und wippte, aber keiner wollte ihm helfen, und keiner ihn stören.

14

In der Nähe des Fuhrwerks roch es nach Pechblende und Pferden. Es war halbleer. Die glatten Seitenstreben des Holzwagens hielten ein Federbett und eine Matratze voller Risse, zwei hohe Kartons mit in Packpapier eingeschlagenen Büchern, einen Koffer mit Pullover, Wintermantel und Wäsche (für die er sich schämte), den Holzkohleofen und schließlich jenes nachgedunkelte Möbelstück, das einem Kleiderspind im öffentlichen Bad glich und das sein Vermieter ihm gegen zwei Kupons für Öl verkauft hatte. Das war sein ganzes Gepäck. Die Krüppel waren vor das Kaffeehaus »Zu den sieben Eseln« gekommen, um ihn zu verabschieden, Bai Wasso wischte sich die Augen mit seiner fettigen Schürze ab. Im Sägewerk schnitten sie Stämme zu. Der Zigeuner winkte mit seiner geflochtenen Peitsche, an deren Stiel ein roter Pompon leuchtete. Es war eine feierliche und traurige Szene zugleich. Die vor den Wagen gespannten Schindmähren kamen kaum in Gang, um die gerade mal zweihundert Meter staubabwärts zu schlurfen, wo Assen auf der Klokotniza-Straße eine neue Wohnung gemietet hatte. Er hatte den kleinen Anbau vorher mit Vera besichtigt, der wie mit Lehm, von Schwalben herbeigeschafft, an das Hauptgebäude angeklebt worden zu sein schien. »Gut, dass ich Vorhänge habe«, hatte ihm Vera zur neuen Aussicht gesagt.

Mit den vielen angebauten Zimmern glich das Haus einer gutartigen Geschwulst. Auf den Wäscheleinen im Hof hing verschlissene Unterwäsche, an der sich die Kinder aus Jux die Hände abwischten. Von überallher hallten Stimmen, als sei die Straße ein Tunnel mit zugemauertem Ausgang. Zwei trächtige Katzen rieben sich an Veras Beinen, als sie vor der Hauptfassade standen, die sogar über ein schmuckes Balkönchen verfügte. Aus einem Eingang sprang ein halbnackter Mann mit einem Strumpf auf dem Kopf und in dunklen Hosen, die offenbar aus einem ehemaligen Smoking umgenäht waren. Ein Kettchen ohne Taschenuhr baumelte daran. Er entblößte seine Zähne zu einem Lächeln. Ein freundlicher Blechzahn wurde sichtbar.

»Seid ihr die Neuen? Prima! Ihr werter Name, Gnädigste, sehr angenehm, meiner ist Piolla, untertänigsten Dank!«

Die Worte sprudelten nur so aus ihm heraus. Neben vielem anderen erfuhren sie, dass er *beinahe Advokat* sei und gute Verbindungen zum Gericht habe. Er bewirtete Vera mit einem Kaffee aus gerösteten Kichererbsen, der mit Saccharin gesüßt war, und als sie ausgetrunken hatte, drehte er geschickt ihre Tasse um und gab grinsend seiner Enttäuschung Ausdruck:

»Bestattungsagent …«, wandte er sich an Assen. »Da wäre es doch besser, Sie würden Konfitüre auf dem Schwarzmarkt verkaufen oder kellnern oder Kramware verkaufen. Nicht wahr, Sie verstehen mich nicht falsch, aber wer weiß in diesen Kriegszeiten schon einen einzelnen Tod zu schätzen?« Piolla beschrieb einen großen Halbkreis mit seinem Silberblick, rückte den Strumpf auf seinem Kopf zurecht und verschwand so plötzlich, wie er gekommen war, in einer der vielen mausgrau gestrichenen Türen.

»Hier geht's wohl recht fröhlich zu«, sagte Vera unruhig. Die anfängliche Verwirrung tat ihnen gut. Das gemietete Zimmer war winkelförmig. Eine Ecke war als Küche mit fließendem Wasser eingerichtet. Das Blech der Spüle war rostig und verbeult. Darüber hing ein fast blind gewordener Spiegel. Der Hahn tropfte unablässig, obwohl seine Öffnung nach oben gedreht war. »Muss ich reparieren«, sagte Assen mit wichtiger Stimme, denn es handelte sich schließlich um den Wasserhahn in ihrem ersten gemeinsamen Zuhause.

Vera stand neben ihm, knetete in ihren feinen Fingern die Schöße ihrer Schülerinnenbluse und schaute ihn hilflos an. Sie sagte, sie wolle sich umziehen. Er drehte sich weg, als sei es ungehörig, sie nackt zu sehen. Das schwere Rascheln des Stoffs berührte gerade so eben die Fühler seines Bewusstseins, das leichte Innenfutter des Rocks rieb sich an ihrer weichen Haut, als riesle feinster Sand durch die verengte Mitte einer Sanduhr. Assen steckte sich die letzte Zigarette an, um für seine Hände eine Beschäftigung zu finden. »Der Mensch gewöhnt sich an alles«, sagte er und spürte, wie ernst es ihm mit der Treue zu dieser Frau war.

Er füllte ihr einen Eimer mit Wasser, reichte ihr die hölzerne Bürste und etwas Waschpulver. Der aufsteigende Duft rief in seinem Gedächtnis die Bilder der Waschfrauen am Donauufer wach, die er so oft angetroffen hatte, wenn er zum Lesen dort hingegangen war. Tatsächlich – sie kniete sich hin und schrubbte den Boden! Ihr biegsamer Leib folgte dem Schwung der Bürste und beschrieb weiche Kreise. Sie tat es mit einer Liebe, zu der Assen keine Kraft hatte. Sie war schön, und sie ging vollkommen auf in ihren langsamen Bewegungen. Doch er empfand kein Begehren, sie zu umarmen, sondern nur den Wunsch, ihr zu helfen. Als sie fertig war, nahm sie die Vorhänge und stülpte die kleinen Schläufchen auf die Häkchen, die an der Gardinenleiste baumelten.

»Wie ein Garten voller Beete«, sagte Assen, wies mit dem Kinn auf das kleine Blumenmuster des Vorhangstoffs und lächelte ihr zu. Vera fand immer neue Beschäftigungen in den Ecken und Winkeln, um die Zeit zu füllen. Seine Bücher dösten in den beiden Kartons, übermüdet von so viel geballter Weisheit. Ihre Kakteen sahen im Halbdunkel mit ihren Verzweigungen wie fernöstliche Nahkämpfer aus. Irgendwann war alles sauber, sogar die vier Teller, sauber und ärmlich. Sie setzten sich nebeneinander aufs Bett, ohne Ungeduld und ohne unziemliche Gedanken. Assen lobte sie für das, was sie geleistet hatte, dann kroch Angst in ihm hoch, weil es nichts mehr zu tun gab, und nichts mehr zu sagen …

15

Der traurigste Winkel »Zu den sieben Eseln« befand sich dort, wo der Tresen an der trüben Glasscheibe zur Straße hin endete. Und genau dort hatten sie sich versammelt und begannen nun, sich mit Zigarettenqualm an die Trübe des Schaufensterglases anzugleichen. Die Spielsteine knallten auf die lackierten Sperrholzbretter, dazwischen die abgehackten Bewegungen der Kriegsversehrten und Behinderten. Bai Wassos Papagei, dessen Farbenpracht trotz des Dauerrauchs im Café unübersehbar war, kratzte sich weise mit der Kralle am Kopf und wiederholte mit seiner heiseren Prophetenstimme: »Nie wiedrrrr … Nie wiedrrrr …« Der Sonnenuntergang hatte etwas Antikes an sich, etwas Arkadisches, wie es in klassizistischen Gemälden dargestellt wurde. Eine blasse Blumenfrau schlurfte mit einem Korb fertig gebundener Sträuße über die Straße. In Assens Kopf dröhnten Zitate aus dem Kanon des römischen Rechts: »Impudicitia in ingenuo crimen est, in servo necessitas – Unsittliches Verhalten beim Freien ist ein Verbrechen, beim Sklaven ist es nackte Notwendigkeit.« Er hatte einen Brief von seiner Schwester Petruna bekommen. »Nun warst du doch schneller mit dem Heiraten«, schrieb sie und erzählte ihm von einem Bankangestellten in Pasardshik, der fünfzig Jahre alt sei, Angorahasen züchte und eine solide Bildung habe. Dann kam eine rührende Nachricht von Jonka und seiner Mutter, überquellend vor Liebe und Rechtschreibfehlern, dem Geruch nach Kräutern und stellenweise unleserlich durch die aufs Blatt getropften Tränen: »Vera – was für ein lichtvoller Name!«

Er erinnerte sich auch an die Begegnung mit Sonja Toromanova vor dem Kontor seines Arbeitgebers »Alexiev & Sohn«. Bevor Assen sich noch umdrehen konnte, hielt eine Kutsche. Sie stieg aus, als entstiege sie einem Gemälde. Sie wirkte leicht in dieser Hitze und war ganz in Weiß gekleidet.

»Sie haben uns doch nicht etwa vergessen, Herr Weltschev«, fragte sie freundlich tadelnd und lächelte. »Ich … Ich habe geheiratet«, erwiderte Assen entschuldigend. Er hatte den Eindruck, dass Sonja ob dieser Nachricht blass wurde. Der Kutscher redete beruhigend auf die Pferde ein. Sie hob den Arm, als wolle sie sich vor ihm schützen. Sie verabschiedeten sich einen endlosen Augenblick zu lang, einen Augenblick, in dem er sich wie ein Verräter vorkam. Ja, er hatte die Freiheit verloren, aufrichtig zu sein.

Am nächsten Tag bekamen sie ein vierzigteiliges Service mit Tellern, Tassen, Kännchen und Zuckerdose. Die Glasur des groben Porzellans schickte Lichtreflexe an die Decke, die Paradiesvögel wirkten so lebendig, dass das Zimmer sich in einen winkelförmigen Vogelbauer verwandelte. Vera wurde beim Betrachten schnell müde, Assen regte das lautlose Lied aus vierzig gemalten Schnäbeln auf, weil es ihm so vorkam, als lege dieses Federvieh es darauf an, zum Familienwappen der Weltschevs erklärt zu werden. Was für eine Perfidie!

Bai Michal hatte zwar schon auf Assens Eröffnung gewartet, reagierte aber gütig. Er machte Assen weder Vorwürfe, noch stellte er ein peinliches Verhör mit ihm an.

»Weißt du«, begann er unbeholfen und schaute auf seine vom vielen Rauchen braun verfärbten oberen Fingerglieder, »als sie mir sagten, dass mein Sohn tot sei, da war ich in einer Unterkunft, die ich sofort räumen musste. Der Wecker tickte, in der Hand hielt ich ein frisches Brot, so in Zeitungspapier gewickelt, und zack! Dein Sohn ist tot! Und du musst sofort dein Obdach verlassen … Alles andere war in diesem Moment vollkommen bedeutungslos. Du sitzt zum letzten Mal auf dem Küchenstuhl, trinkst zum letzten Mal Wasser aus diesem Hahn und aus diesem Glas, schluckst deine Tränen runter und haust zum letzten Mal auf diesen Tisch, weil – du musst deine Bleibe räumen! Da hab ich mir zum ersten Mal gedacht, dass wir vielleicht vollkommen sind, weil es Dinge gibt, die über dem Menschen stehen, über dem Menschlichen des Menschen. Und das drückt sich – wie soll ich sagen? – darin aus, dass *wir* uns opfern, oder besser gesagt: dass wir uns einem *Prozess des permanenten Selbstopfers* unterziehen.« Bai Michal seufzte und schnippte mit dem Daumennagel an seiner Zigarette. »Ich weiß nicht, ob du den Unterschied siehst. Jedenfalls, in diesem permanenten Prozess des Selbstopfers sind wir Subjekte der Geschichte, sind wir das Leben – oder leben wir das Sein – des Volkes, und darum sind wir berechtigt zu sagen: ›Im Namen des Volkes …‹, mein Sohn, genau darum! Wenn etwas unseren Kampf zu etwas Echtem macht, so ist es das, dass wir in diesem Prozess nicht die Ersten sind und nicht die Letzten sein werden. Das macht unsere Stärke aus. Darum sind wir auch nicht allein und sind auch nicht bloß Gesinnungsgenossen des Volkes, sondern *wir sind das Volk*, verstehst du?« Der dampfende Kaffee roch nach billigem Marzipan. Die Dunkelheit ließ das Sägewerk und das Weinen eines Kleinkindes fern erscheinen. Assen war missgestimmt. Bai Michal hatte es nicht eilig. »Ich habe mich oft gefragt, warum ich Kommunist geworden bin und dabei freiwillig meinen Sohn verloren habe. Ich verstehe nicht viel von der Theorie des Mehrwertes wie du, auch das Gesetz von der Negation der Negation ist mir nicht klar. Ich hab wenig gelesen. Trotzdem kommt es mir so vor, als wüsste ich viel – viel zu viel, mein Sohn. Das kommt vom Leiden, von all diesem Leiden … Und da kam mir plötzlich der Gedanke, dass dieser ganze Marxismus wie geschaffen ist für unser Volk, ein Kleidungsstück, das uns wärmt und uns wie auf den Leib geschneidert ist, und zugleich der einzig mögliche Ausweg für das Überleben und Fortbestehen unseres Volkes – *als Volk* … Und was ich mich noch fragte: Kann ein ganzes Volk überleben, ohne dass ein paar seiner Söhne dafür sterben?«

Bai Michal schluckte. Dabei zuckte sein Adamsapfel wie der eines Asthenikers. Assen hörte den stillen Vorwurf aus Michals Worten heraus, obwohl er so gut verpackt war, und schwieg. Ja, nach der Hochzeit waren Vera und er in eine eigene Zeit eingetreten, ein eigenes Zuhause mit einem kompletten Service, Kakteen, deren Arme in vielerlei Richtungen zeigten – kurz: sie hatten sich in eine gesonderte Einheit verwandelt, die unabhängig von der Gruppe um ihr Überleben kämpfen musste. Und diese Einheit hatte ein Gefälle erzeugt. Nun galt nicht mehr die Opfer-Devise: »Einer für alle, alle für einen!«, sondern die Devise: »Alle für Assen und Vera!«

Assen versuchte, sich die nächste Aktion vorzustellen, die dunkle Erwartungsspannung, den Moment, in dem die Entscheidung fiel: *jetzt!*, und in dem er die Freiheit besaß, den Abzug seiner Waffe zu betätigen hinein in den Rausch der Schüsse, die etwas vom Knallen der großen Peitsche im Geheimzirkus des Revolutionärs an sich hatten. Vera und er würden sich behindern. Der bis dahin zulässige Gedanke, dass einer von ihnen mit durchschossener Stirn im Hauseingang Paschovs unter dem Glasbild des Sündenfalls zu Boden sank, war auf einmal undenkbar geworden. Ja, Bai Michals Vorwurf war schon angemessen, gestand er sich ein, so bedrückt und verlegen, dass er es nicht wagte, sich den Schweiß von der Stirn zu wischen. Michal hatte ihn »Sohn« genannt, und darum schickte er ihn dorthin, wie er zuvor seinen eigenen Sohn geschickt hatte. Nein, dachte er, wir haben kein Recht auf gegenseitiges Erbarmen, kein Recht auf Nachsicht und Verzeihung, denn *wir sind das Volk!*

»Die Leute heiraten, um Kinder zu haben, und Kinder brauchen die elterliche Hingabe. Ja, wenn wir bloß Fabrikarbeiter wären«, fuhr Bai Michal fort, bemüht, von Assen weg durchs trübe Glas nach draußen zu schauen, »oder Gefängnisinsassen oder Mitglieder eines Partisanentrupps, wo alles klar ist … Aber du siehst sicher selbst, dass wir eben so etwas Einfaches nicht sind. Weiß der Teufel, was wir sind, mein Sohn!«

Assens Lippen wurden trocken. Doch er hatte einfach nicht die Kraft, ein offenes Geständnis über jene alles entscheidende Nacht abzulegen, weil dies einen falschen Eindruck erwecken würde. Ja, wenn sie der Leibwache Paschovs unbemerkt entwischt wären, wenn er, Assen, nicht nur die Tür, sondern auch den zähen Körper Paschovs dahinter erwischt und das pfeifende Geräusch zusammenfallender Lungen und eines zu Boden sinkenden Mannes gehört hätte … Doch er erinnerte sich nur an die Minuten des Wahns und der restlosen Enthemmung, an die heißen Lippen Veras, zwischen denen es ihn im Halbdunkel angehaucht hatte, an ihren bitteren Speichel, an ihren Drang, sich an ihn zu drücken wie an eine feste Wand, wie an die einzig mögliche Rettung. Er sah sein Leben, einfach weggeworfen neben ihr blasses Lächeln, und empfand nichts als Treue.

»Du liebst sie ja noch nicht einmal!«, grummelte Bai Michal und erhob sich.

Viertes Kapitel

1

Ende des Sommers 1943, als die gute Gesellschaft aus ihren Villen am Meer oder in den Bergen zurückkehrte, wo die Damen fleißig an ihrem Teint gearbeitet hatten und die Männer an ihrer gestörten Verdauung, kursierten in den feinen Salons und teuren Klubs der Hauptstadt merkwürdige Gerüchte. Nie war das Gewisper und Getuschel so hartnäckig und nervös, nie war das Vorgehen so vieler Angehöriger der *bon monde* so unbegreiflich gewesen, und das verhieß etwas weitaus Schicksalsträchtigeres als das Ende einer ganz normalen Sommerfrische. Die Bombardements der Alliierten wurden häufiger, der Himmel über Sofia zerriss. Das gleichmäßige Brummen der amerikanischen Flugzeuge sprengte die Nächte. Kaum mehr als ein Dutzend Flugabwehrkanonen schützten die Hauptstadt, wenn nicht auch sie angstvoll und geschossfrei schwiegen. Immer häufiger sah man gewaltige Bombenkrater in den Straßenzügen, die tonlosen Schreien glichen, aufgerissenen Mündern, deren Besitzer der Gorgo ins Antlitz geschaut hatten. Noch ein wenig, und Sofia würde sich in ein Ruinenfeld gründerzeitlicher Architektur verwandeln, ein Museum der Stein gewordenen Versuche Bulgariens, so etwas wie eine bürgerliche Epoche gehabt zu haben.

Die Deutschen hielten, wie die Zeitschrift *Das Reich* verkündete, unvermindert hartnäckig die Ostfront, doch die Hoffnung auf die große Sommeroffensive wollte bei den Verbündeten nicht mehr so recht aufkommen. In den Zeitungen stand, dass Dörrfleisch im Preis angehoben wurde, doch wen interessierte das, wenn man es auch bisher schon nicht bekommen konnte? Die Einsätze beim Poker im »Union Club« stiegen unablässig, weil sich weder Diplomaten noch Bankiers noch die Mitglieder des höchsten Advokatskollegiums mehr um die Folgen scherten. Auf dem Schwarzmarkt waren kleine Geldbeträge nur noch Toilettenpapier. Die Ministerialbeamten trugen ihre neuesten Anzüge und verspäteten sich seelenruhig zur Arbeit. Die Gigolos erhöhten ihre Aufwandsentschädigungen, da auch die Mieten ihrer Appartements stiegen.

Bei dieser Lage der Dinge begannen selbst ansonsten wenig philosophisch gestimmte Herren über Optimismus und Pessimismus zu debattieren. Herr Topalov konterte diese Debatten gern mit einem geflügelten Wort: »Wissen Sie, der Pessimist ist nur ein Optimist mit Fantasie!« Und auf die Frage, warum, antwortete er: »Schauen Sie, der Optimist tröstet uns, schlimmer könne es nicht mehr kommen. Der Pessimist aber weiß: Schlimmer geht's immer!«

Während Seta sich über die Aufregung amüsierte, litt Boshidar unter der Untätigkeit, und zwar jener »des unfähigen herrschenden Viehzeugs«, wie er es bei sich nannte. Zwischen dem feinen Glanz persischer Teppiche, silberner Gefäße und dem Duft neu kreierter Parfüms redete man nun über die verwirrenden Weissagungen des Herrn Topalov, der offen bekannte, dass er nur einen normalen Menschen kenne, und dies sei die Schwester General Kowatschevs, die nicht in Bulgarien, sondern wohlverwahrt in einem Münchner Krankenhaus läge. Nur sie kenne die Friedlichkeit des Gemüts als göttlichen Schutz gegen eine hyperaktive und sich dabei selbst vernichtende Welt und habe durch ihre Gleichgültigkeit gegenüber allem eitlen Streben das wahre Glück gefunden.

Zu dieser Zeit machte auch die Nachricht die Runde, dass Philipp Karagjulev in Sopot, der Geburtsstadt des Nationaldichters Iwan Wasov am Südhang des mittleren Balkan, für seine Clique das halb zerfallene türkische Bad gekauft habe, in dessen Kuppel ein großes Loch prange. In das vermooste Becken habe er hundert Gramm reines Rosenöl und zwei Körbe frischer Rosenblätter geschüttet. Darin seien dann Männer und Frauen mit stachligen Kranzen um den Kopf zum Gemeinschaftsbad gestiegen, um im dampfenden Nass Adam und Eva zu spielen. Sie würden einander so gut wie gar nicht sehen, sich dafür aber umso besser hören. Der Kuppelbau erdröhne vom Widerhall ihres lustvollen Gestöhns und vom bacchanalischen Gesang einer Griechin, die Bardame im berühmt-berüchtigten »Parisienne« gewesen war. Seta titulierte diese Leibesübungen

»den offensten und vollkommensten Ausdruck der Moral der zeitgenössischen Gesellschaft«. In Termini der fotografischen Kunst gesprochen, sagte sie tröstend zum alten Karagjulev, habe »die Gesellschaft die üble Angewohnheit, immer nur das Negativ ihrer selbst herumzuzeigen. Nun sieht man endlich mal das Positiv!« Sie versuchte, auch die sich leicht ekelnde Frau Marinova davon zu überzeugen, dass hundert Gramm Rosenöl auf fünfzigtausend Liter Wasser bei weitem besser für die Haut seien als die Cremes der französischen Firma Dior.

Last, but not least machte auch dieses unheilvolle Gerücht die Runde: Der alte Topalov solle zweiundzwanzig seiner dreißig Millionen Lewa auf eine Schweizer Bank überwiesen haben. Topalov selbst äußerte sich dazu mit offenherzigem Lächeln, aber kryptischen Formulierungen der Art, dass er inzwischen zu alt sei, um Geschäfte zu machen. Er strich sich durch sein krauses, weiß gewordenes Haar und orakelte, dass jede Wahrheit nur die halbe Wahrheit sei. »Geld«, belehrte er die ängstlichen Hamster auf den Ministerialsesseln, »gleicht einem Fluss. Es macht Sinn, wenn es fließt, wenn es in sich die Zuflüsse von links und rechts aufnimmt und so in natürlicher Weise auf seinem Weg zum Meer anschwillt. Eingedämmt aber von den kleinlichen Winkelzügen der politischen Konjunktur, verliert es jede Bedeutung und verwandelt sich in einen stehenden See, den man besser von weitem betrachtet.« Dann ließ er die Knöchel seiner Finger knacken und richtete seinen Blick auf die weiße Stuckdecke, so, als empfange er von dort seine Orakelsprüche im festen Abonnement.

Als sie von der Entscheidung ihres Vaters erfuhr, war Seta so geschockt, dass sie in eine schwere Melancholie verfiel. Eine ganze Woche ernährte sie sich fleischlos, ganz, wie es »der Lehrer« geraten hatte. Sie verfiel aber nicht nur in Melancholie, sondern auch in fieberhaftes Nachdenken. Sogar in Gesellschaften, in denen es hoch herging, und in denen vor allem so wichtige Fragen erörtert wurden wie der bevorstehende Herbstball im Kasino am Stadtpark, spürte Boshidar die ganze Zeit, dass sie ganz woanders war und vor allem: einsam. Am Dimiterstag gegen Ende Oktober gab sie ohne erkennbaren Anlass ein Abendessen für sechsundzwanzig Personen. Zuvor ging es gemeinsam zur Messe in die Alexander-Newski-Kathedrale, die sie mit ihrem gewaltigen Glockenwerk begrüßte und mit den liturgischen Gesängen des Chors der Diakone vom Priesterseminar einhüllte.

Der Metropolit hielt sein Zepter wie ein Schwert. Über ihm, in der gewaltigen Kuppel, schwieg der Himmel. Mit geweihten Worten knetete er die Seelen der Gottesdienstbesucher; manche von ihnen brachen in Tränen aus. »Betet!«, befahl Seta ihren Leuten, schaute selbst aber zur Wandmalerei, die das Jüngste Gericht zeigte. Nach dem Kirchenbesuch geleitete sie ihre Gäste zu sich nach Hause. Dort gestattete sie Boshidar, geschlagene anderthalb Stunden Händchen zu halten. Sie sah traumverloren aus im leisen Prickeln der Champagnerbläschen und sagte gleichsam zu sich selbst:

»Mein Vater, lieber Hauptmann, gehört zu den Leuten, bei denen der Selbsterhaltungstrieb immer über der geistigen Haltung und Moral gestanden hat. Er glaubt, wenn er sein Geld rettet, rettet er auch sich selbst. Gott im Himmel, wie dumm!«

Kurz darauf bekam Boshidar Weltschev vorzeitig einen Orden verliehen. Es war ein Tag, an dem ein feiner, einschläfernder Regen dem goldenen Oktober ein Ende setzte.

2

Während die Mütter den Klatsch und die Stadtgespräche der abgelaufenen Saison noch einmal Revue passieren ließen und ihre Töchter versuchten, Lebenserfahrung zu sammeln, hielten die Väter und ihre Sekretäre ihre Nasen in den feuchten Wind dieses langen, langen Herbstes und versuchten, zwischen den Zeilen der Regenbogenpresse auch jene Windrichtungen zu erspüren, die man kennen musste, wollte man das quälende Chaos an Botschaften entschlüsseln und herausfinden, wie viel an der künstlich hochgepeitschten Begeisterung über die angeblich kurz bevorstehende nationale Wohlfahrt dran war. Angst vor den Kommunisten herrschte noch kaum, und das war etwas, was Boshidar bedrückte und zugleich bodenlos wütend machte. Auch die Abgeordneten füllten das verlogen-klassizistische Parlamentsgebäude mit ihren provinziellen Gartenzaun-Debatten und stritten sich über Belanglosigkeiten, hielten die Tausende »Krawallmacher« mit ihren rostigen Karabinern und der Handvoll Patronen pro Mann jedoch für gefahrloses Gesindel, das überhaupt nur dank der Humanität einer unentschlossenen Regierung existierte. Zar Boris ging immer seltener seinem Hobby als Lokomotivführer nach; nur manchmal noch begab er sich auf die Rotwildjagd. Ansonsten verschanzte er sich in seinem Schlossgarten, laborierte an seiner schweren Migräne und versuchte, seine Reise nach Berlin hinauszuzögern. Der Leiter seiner Leibgarde wusste zu berichten, dass allein die Stimme Hitlers genügte, um Seiner Hoheit den Schweiß auf die Stirn zu treiben. In diesem Jahr einer sich stabilisierenden Undurchsichtigkeit schälten sich vor allem zwei Gestalten heraus, die die Aufmerksamkeit Boshidar Weltschevs auf sich zogen und ihn zwangen, ernsthaft nachzudenken. Beide Herren hatte er »zufällig« bei Seta kennengelernt. Beide Herren waren exzentrisch genug, um in diesen »verrückten Zeiten« sein Vertrauen zu verdienen. Ganz so wie Boshidar hatten auch sie keine reale Macht, doch eine reelle Zukunft, eine Vision des Kommenden, die ihnen in seinen Augen Bedeutung verlieh.

Herr Zotschev war ein großgewachsener Gentleman mit schönen Koteletten, der eine englische Erziehung genossen hatte und von den Ideen des Internats Eton angehaucht war. Seine geschwollenen Augenlider erinnerten an einen Uhu. Dieser Eindruck wurde noch verstärkt durch seine getragene und feierliche Redeweise; dabei war er im Kopf klar wie ein Gebirgssee. Er stand Peter Denov nahe, doch im Unterschied zum Lehrer mit seiner kontemplativen Haltung versuchte er, die Sekte zu einer politischen Kraft umzugestalten, mit dem Ziel der Machtergreifung. Zotschev war Okkultist, der auf ewig in die ungeschriebenen Annalen des Volksgedächtnisses eingegangen war, weil er im Jahre 1918 durch ein Horoskop vorausgesagt hatte, dass Zar Ferdinand entthront und des Landes verwiesen werden würde. Seine Wohnung auf der Maria-Luisa-Straße war vollgestopft mit okkulten Symbolen und drückte aufs Gemüt mit seiner in einem dunklen Purpur gehaltenen Einrichtung. Seine Verbindungen zu den Alliierten, vor allem den Engländern und US-Amerikanern, waren ein offenes Geheimnis; ebenso bekannt war, dass Zar Boris ihn – und immer unter vier Augen – zum Tee ins Schloss einlud, wenn er sicher sein wollte, dass seine Äußerungen ohne Zwischenstation die Ohren der Alliierten erreichten.

Herr Sewov wiederum war ein Abenteurer erster Güte auf dem internationalen Parkett. Wie um seine Weltläufigkeit auch körperlich zu demonstrieren, hatte er einen Kugelbauch, der gleich am Kinn begann und die

Umstehenden buchstäblich nach Luft ringen ließ. Er hatte, was für Bulgarien natürlich von großem Interesse war, Einfluss auf die türkische Regierung, mit der er einige Geschäfte abgewickelt hatte, darunter die Beschaffung ausgemusterter deutscher Lokomotiven. Die vielen goldenen Ringe an seinen Fingern bewiesen, dass die Geschäfte auch sonst nicht schlecht liefen. Sewov hatte viele Jahre in Istanbul und in Wien gelebt, war dann aber überraschend nach Bulgarien zurückgekehrt, mit Fotos, auf denen klar zu sehen war, wie Heinrich Himmler angestrengt versuchte, ihn trotz seiner Leibesfülle väterlich zu umarmen. In Bulgarien handelte Sewov mit Krawatten, Kurzwaren und italienischen Schuhen und erfüllte ganz unverhohlen eine Mission, die bedeutsam genug war, um sowohl die Aufmerksamkeit Seiner Hoheit, des Zaren, auf sich zu ziehen als auch die Wohlgesonnenheit der Gestapoführung in Bulgarien. Hatte Boris mit dem England-Zögling Zotschev Tee getrunken, so bat er Sewov, den Mann fürs Türkische, zu orientalischem Kaffee ins Schloss, und zwar immer dann, wenn er wollte, dass seine Sorgen und Sendungen ohne Zwischenstationen den Bosporus erreichten.

Boshidar bediente sich einer Reise General Kowatschevs nach Kavalla, um sich ein paar Tage freizunehmen und allein zu Hause zu bleiben, wenn man von dem Sopran Fräulein Julias nebenan einmal absah. Er ließ es zu, dass auf seinem Schreibtisch tausend Sachen wild verstreut liegen blieben; er rührte weder Hanteln noch Expander an; er schlief unruhig, geplagt von abartigen Traumbildern und einer ins Leere laufenden Tapferkeit. Und während der ganzen Zeit tauchte der Seidenschirm seiner Nachttischlampe sein Zimmer in ein resedagrünes Licht.

Zotschev und Sewov, so viel war klar, waren nicht viel mehr als Wanderbriefkästen mit leicht zugänglichem Schlüssel, doch auch hier sah »Windhund« Paschov mit seinem bürokratischen Diensteifer und seiner Nibelungentreue keinen Handlungsbedarf, um Genaueres über die Machenschaften dieser Herren in Erfahrung zu bringen. Auf weißem Schreibpapier mühte Boshidar sich ab, ein Organigramm der Kräfte zu zeichnen, in dem auf übersichtliche Art und Weise die Machtbeziehungen nachvollziehbar wurden. Heraus kam ein viel zu kompliziertes Geflecht aus Pfeilen und Linien, das mehr Widersprüche als Klarheit schuf. Wie so etwas möglich war, konnte er nur verstehen durch die bissige Bemerkung, die Seta während ihres Abendessens am Dimiterstag gemacht hatte: »Bei uns in Bulgarien, Herr Hauptmann, gibt es keine Opposition, weil keiner den Mut zu einer Position hat.«

Er teilte ein Blatt mit einem Strich in zwei Hälften und schrieb in die eine Hälfte mit großen Druckbuchstaben KOMMUNISTEN / außerparlamentarische Opposition: 300 000 Personen. Boshidar dachte, so, als hätte er eine Heuschreckenplage vor sich, dass diese dreihunderttausend Menschen im Verlaufe eines Jahres physisch liquidiert werden mussten, ruhig, ohne Aufsehen, »mit Liebe«, wie Herr Petkov gesagt hätte. Selbst wenn die Russen in Bulgarien einmarschieren und »das Volk befreien« würden, würden sie die Macht nicht halten können, weil es dafür im Land keine Basis mehr gab. Die Frage der Wahl würde im Vorfeld bereits entschieden sein, und der Sieg Sowjetrusslands ein Pyrrhussieg. Eben darum war die Sache mit dem Umsturz so wichtig, und der eiserne Handschuh General Kowatschevs ein so schicksalsträchtiges Symbol.

Nun die zweite Hälfte des Blattes. Er überlegte kaltblütig, biss sich auf die Lippen und trank gelegentlich einen Schluck von seinem Gesundheitstee. Dann unterteilte er die rechte Hälfte in drei Abschnitte, die drei Möglichkeiten entsprachen. Die erste war der Hof. Boris III. liebedienerte mit den Deutschen und lebte zugleich in wachsender Angst davor, dass Hitler den Krieg verlieren könnte. Die zweite, Regierung und Polizei, befassten sich zwar schon methodisch mit der Kommunistenhatz, doch fehlte es ihnen an politischer Weitsicht, so dass sie die Gefahr noch immer unterschätzten. Blieb die dritte Möglichkeit: Kowatschev!

Mit seinem angeborenen Weitblick erkannte Boshidar, dass der General voll Vergnügen ein doppeltes Spiel spielte. Kowatschev wollte als schneidiger Feldherr gelten, dabei aber nichts riskieren, und so unternahm er, furchtsam, wie er war, gar nichts, sondern wetteiferte in seiner Parade-Uniform nur mit der barocken Pracht der Korridore des Offiziersklubs, spielte Billard und ließ in seine Äußerungen gelegentlich die Formel »unsere Pflicht vor der Geschichte« einfließen. Und alle jungen Offiziere ließen sich, ihre Karriere im Auge, dazu hinreißen, ihm sein Theater zumindest so weit abzunehmen, dass sie die Billardpartie lieber nicht gewannen. Im allgegenwärtigen Druck, der bis zum Zerreißen angespannten Lage, hatte er sich in ein ewiges Versprechen verwandelt, an das niemand mehr glaubte, das aber auch niemand offen als »leeres Versprechen« anzugreifen wagte. Wie konnte ein so schneidig aussehender Heerführer denn ein feiger Leisetreter sein?

Und während er voller Verachtung Kowatschevs Namen aufs Blatt schrieb, wurde sich Boshidar dessen gewahr, dass Kowatschev den Deutschen mit seiner Unentschlossenheit eigentlich im Weg stand. Der Regierung war er unangenehm, weil man nie wissen konnte, ob er nicht doch den Putsch wagte. Im Schloss hielt man ihn für einen ungehobelten Klotz und machte sich über seine plebejische Herkunft lustig. Der einzige Ausweg aus dieser Pattsituation war, General Kowatschev entweder zu beseitigen oder heftig am Sessel seiner Sicherheit zu sägen und ihn so zum Aufstehen zu zwingen. Boshidar wischte behutsam die Zigarettenasche zusammen, die sich auf der Schreibtischplatte angesammelt hatte, dann räumte er seinen Schreibtisch mit der Gründlichkeit eines kleinen Schalterbeamten auf und ließ nur Telefonapparat und Pistole darauf liegen.

3

Von den Soireen mit Lachs und Champagner, die Seta mit der Unermüdlichkeit eines von einer schweren Krankheit genesenen Menschen organisierte, versäumte er nicht eine einzige. Die Schulterstücke seiner Uniform blitzten auf in den Spiegeln des großen Salons. Mit der vollkommenen Kälte seiner Ausstrahlung zog er lange Blicke der Damen auf sich. Seine eng sitzende weiße Uniformjacke wurde von den fett und glatzköpfig gewordenen Politikern als gewisse Provokation empfunden, wenn auch als stille und gefahrlose.

In der warmen Ecke des Raucherzimmers ließ Boshidar gegenüber Herrn Sewov die Bemerkung fallen, dass sein Vorgesetzter, General Kowatschev, politisch tot sei, weil er viel zu »zaghaft« sei, um die von den Deutschen lang erwartete »Reform« durchzuführen. Sewov drehte scheinbar gleichgültig an seinen Goldringen, doch in seinen Augen stand jene Anspannung zu lesen, die sein Weltkugelbauch so sehr zu kaschieren trachtete.

»Sie nennen unsren teuren Freund ›politisch tot‹«, sagte Sewov schleppend. »Da frage ich mich gleich: Warum teilen Sie diese Ihre Beobachtung ausgerechnet mir mit?«

»Dieser Tage habe ich mal *Das Reich* durchgeblättert«, erwiderte Boshidar vorsichtig. »Darin ist eine Karte abgedruckt, die die thrakische Ägäis vollkommen als deutsches Gebiet ausweist. Die Deutschen haben uns sozusagen Kredit gewährt und haben auf reelle militärische Unterstützung gehofft. Nun, jetzt werden sie sich diese holen.«

»Sie sind entweder extrem intelligent oder extrem unvorsichtig«, kommentierte Sewov nur und drückte seine Zigarre im Aschenbecher aus.

Eine Woche später traf Boshidar »zufällig« Herrn Zotschev in der Bibliothek. Umwölkt von den aromatischen Rauchschwaden seiner Kirschholzpfeife, sahen seine grauen Koteletten wie eine Tabakwolken-Fata-Morgana aus. Sie unterhielten sich zunächst über die Kosmogonie Peter Denovs, derzufolge die Materie kondensierte mechanische Energie sei, die Energie kondensiertes Licht, das Licht kondensiertes Denken, das Denken kondensierte Liebe, die Liebe kondensierter Geist, und der Geist eine Äußerung des kosmischen Uranfangs. Herr Zotschev erwies sich als feinfühlig und scharfsinnig. Als Boshidar den Zeitpunkt für günstig hielt, brachte er mit dem Pathos und der Unklarheit des »wetterwendischen jungen Menschen« seine Begeisterung über General Kowatschev zum Ausdruck, diesen »ungewöhnlich mutigen und ehrgeizigen Mann, der zweifellos die Gestalt des Jahrzehnts« sei. Mit dem Gestus jugendlicher Naivität und Offenheit gab er Zotschev zu verstehen, dass das Schloss gut daran täte, sich in Kürze auf schicksalhafte Ereignisse gefasst zu machen.

»Herr Hauptmann, ich teile Ihre Gefühle für den auch von mir verehrten Herrn General vollkommen«, sagte Zotschev zurückhaltend und paffte eine Rauchwolke in Richtung Seidentapete, »doch etwas an Ihrer Charakterisierung stört mich ja doch, und das ist das Attribut ›ehrgeizig‹. Darf ich vielleicht den tieferen Grund Ihrer Begeisterung erfahren?«

»Dieser Tage haben der General und ich *Das Reich* durchgeblättert«, erwiderte Boshidar leicht eingeschüchtert. »Darin ist eine Europa-Karte abgedruckt, die die thrakische Ägäis vollkommen als deutsches Gebiet ausweist. Der Führer ist offenbar unzufrieden damit, bei uns in militärischer Hinsicht so viel Passivität anzutreffen. General Kowatschev jedoch ist Patriot und teilt Hitlers Auffassungen.«

»Das klingt logisch.«

»Ich würde Sie aber doch bitten wollen, dass dieses Gespräch unter uns bleibt«, schloss Boshidar und biss sich zum überdeutlichen Zeichen, dass er sich verplappert hatte, auf die Lippen.

In der Bibliothek herrschte ein weises Halbdunkel. Hinter den Kristallglastüren waren Tausende Folianten zu erkennen, die zum größten Teil wohl niemand je aufgeschlagen hatte. Zotschev band eine rosafarbene Schleife um den letzten Roman Louis Bromfields, »Nacht in Bombay«, denn er wollte das Buch Seta Topalova schenken. In seinen Augen, in denen ein Ausdruck mystischer Leere Dauergast war, blitzte eine plötzliche Eingebung auf, dann konzentrierte er sich wieder auf die Tätigkeit seiner blitzsauberen, bronzefarbenen Hände und sagte ausdruckslos:

»Seien Sie ganz unbesorgt. Selbstverständlich bleibt alles unter uns.«

Boshidar war zufrieden mit dem Fortschritt seiner Intrige und konstatierte munter, dass er General Kowatschev jetzt in Zugzwang gebracht hatte. Bei einem Mann wie Kowatschev ging es nicht anders: Seine Angst vor dem Handeln konnte nur durch eine noch größere Angst gebannt werden!

Er blieb im Vorraum zum Wohnzimmer stehen, um Seta ungestört betrachten zu können, ihr flammendes Haar, ihre so liebreizend daherkommende Grausamkeit und ihr Vergnügen daran, die anderen gegeneinander aufzuhetzen, kurz: ihre Fähigkeit und ihre Macht, Boulevard-Theaterstücke zu inszenieren, ohne auch nur den Finger krummzumachen.

Seta war der gespenstische Gang der politischen Ereignisse zwar gleichgültig, doch Boshidar war sicher, dass sie ahnte, womit er sich gerade die Hände schmutzig machte. Dazu brauchte sie sich gar nicht so in ein Ziel zu verbeißen wie Paschov, brauchte weder die Erfahrung auf politischem Parkett wie Sewov und Zotschev, noch deren Vollmachten, um einfach zu erspüren, was in den Salons zwischen pikanten Details über die letzten Skandale an Informationshäppchen leichthin ausgeplaudert wurde, aus denen sie sich mit ihrer kombinatorischen Intelligenz leicht ein zutreffendes Bild machen konnte. Die Minister und Abgeordneten hatten ja keine Angst vor ihr! Sie fragte nichts, sondern ließ es einfach zu, dass sie ihr den Hof machten und dabei vor lauter Drang, sie zu beeindrucken, mit den Quelltexten ihrer Bedeutsamkeit nicht hinterm Berg hielten. Boshidar glaubte fest daran, dass sie unterbewusst begriff, worum es in seiner Mission ging, und versuchte, ihm auf ihre Weise zu helfen. Sie tat es, während sie ihre Toilette wechselte, zwischen Puder und Kaschmir, Champagner und Chaiselongue sozusagen, und immer sooo »zufällig«, dass er ins Nachdenken kam. Wenn sie zum Beispiel eine Pokerrunde zusammenstellte, setzte sie als Strohmann Goscho Pantov zu Boshidar an den Tisch, und immer fiel »das Los« so, dass unabsichtlich entweder Sewov oder Zotschev dazukamen, oder Moltke. Der Spieltisch befand sich, »wie es sich eben so ergab«, in einer ungestörten Ecke ganz weit ab vom Dröhnen des Grammofons, ja, selbst harte Drinks verirrten sich nur selten an diesen Tisch. Und um die Dinge ein wenig in Gang zu bringen, kam sie ab und zu kognakschwenkend vorbei und warf Sewov oder Zotschev hin: »Meine Herren, glauben Sie ihm kein Wort! Das Einzige, was an diesem Lügenbold echt ist, ist sein Hauptmannsrang.« Und sie zupfte an seinen Schulterstücken, als wolle sie den Lügenbold an die Garderobe weghängen. Aus dem Mund einer so bezaubernden und intelligenten jungen Dame gewannen diese Worte natürlich die entgegengesetzte Bedeutung und erhärteten in seinen Gesprächspartnern den Eindruck, dass dieser Boshidar Weltschev eine große Nummer im prekären Spiel um die bulgarische Zukunft sei, einer, der nicht nur mit den Fakten des Status quo vertraut war, sondern auch mit den Szenarien des Kommenden und daher zur Tarnung extra vortäuschen sollte, nur ein kleines, unbedeutendes Offizierchen zu sein. Binnen sechs Wochen gelang es Seta, ihn zu einem gefragten Insider der politischen Maschinerie zu machen.

Ja, sie half ihm wirklich nachdrücklich, doch das konnte nicht seinen Verdacht zerstreuen, dass sie ihn für sein Vorgehen verachtete und ihn mit Absicht immer weiter in seine Isolation rutschen ließ. Wäre sie begeistert gewesen von seinem Plan, dann hätte sie sich ihm – so, wie sie nun einmal geartet war – in den Weg gestellt und genau das Gegenteil dessen getan, was sie seit sechs Wochen tat … Boshidar hoffte dennoch, dass Fräulein Topalova ihn nicht für einen *Idioten* hielt, und wenn, dann im Sinne der irgendwie noch positiv deutbaren Hälfte dieser Bezeichnung: Boshidar – ein unverbesserlicher *Fanatiker!*

Seta glaubte natürlich nicht daran, dass irgendwer gerettet werden konnte, und so tat sie das ihrer Meinung nach Beste: nichts! Eines Oktoberabends betrank sie sich mit Pflaumenschnaps, erlaubte ihm (zum dritten Mal), sie zu küssen, und sagte dann mit einer Honigstimme, die vor Süße tropfte: »Weißt du, mein kleiner Hauptmann, ich habe geträumt, dass du mich erwürgst. Hat nicht wehgetan, war irgendwie witzig ...«

4

Die ersten Regenfälle des Herbstes rührten im Hof des Hauses in der Klokotniza-Straße eine schwere Mischung aus Laub und gelbem Lehm an. Die vielen Anbauten wirkten wie qequollene Augen. Die Wegplatten, feucht und verschlammt, bekamen etwas vom Abglanz eines Halbedelsteins. Das Dach über ihrem Zimmer war nicht dicht, und so zeichnete sich an der Decke bald ein großer Fleck ab, der in seinen Umrissen einem Kleinkind glich, das einen Fisch in seinen Patschhändchen hielt. Assen hielt beklommen dagegen, der Fleck ähnele eher einem Hund mit verletzter Pfote, doch Vera erkannte deutlich den kleinen Rumpf und spürte zugleich das Gewicht in ihrem Unterleib. Sie erbrach sich heimlich ins Plumpsklo auf dem Hinterhof; ihr Kopf füllte sich mit unbestimmten Ängsten. Sie wagte es nicht, Assen zu sagen, dass sie schwanger war.

Morgens erwachte sie um sechs Uhr. Die Vorhänge hatten gerade begonnen, dem grauen Frühlicht etwas Farbe zu geben. Assen atmete tief und ruhig. Sein jungenhaftes Lächeln zog sie an. Sie tastete: Die Laken waren feucht. Auf den Wandbrettern, dem Tischchen und in der Spüle standen die Teller und Tassen des Geschirrs mit den Paradiesvögeln, das sie zur Hochzeit geschenkt bekommen hatten. Vera zog sich unter der Decke an, stand auf mit schmerzendem Leib und entzündete den Petroleumkocher. Sie bemerkte, dass Assen die Augen geöffnet hatte und dabei war, sich an sie zu erinnern. Sie ließ ihm zwei, drei Minuten Zeit, bis er sich wieder an ihre Gegenwart gewöhnt hatte. Nach dem Aufstehen machte er zwanzig Liegestütze und wusch sich mit nacktem Oberkörper. Vera war immer wieder erschüttert darüber, wie fragil und kraftvoll zugleich sein Körper war; wie deutlich sich das Spiel seiner Muskeln auf seiner weißen Haut abzeichnete. Sie reichte ihm das Handtuch mit ausgestrecktem Arm. Dann setzten sie sich an den Tisch. Im Halbdunkel hörten sie das dröhnende

Husten Piollas, das Klappern von Emailleschüsseln und -wannen, das Schlurfen alter Pantoffeln, und aus der oberen Etage drang das Radio ihres Vermieters zu ihnen, eines Herrn ohne Alter und ohne Zähne, der zurückgezogen lebte und nur mit der Zeit eng befreundet war. Manchmal sahen sie ihn auf dem Balkon hinter dem rostigen Geländer sitzen und methodisch ein- und ausatmen. Sein Haar war vollkommen weiß geworden, seine Haut blass. Er glich einer Taube. Vera kam er vor wie ein unhandlicher Gegenstand mit runden Ecken, den sie an einen anderen Platz rücken musste. Assen zog seinen Krawattenknoten mit einer siegesgewissen männlichen Entschlossenheit fest. Dann kam der Moment der großen Verlegenheit.

»Ich werde mich nicht verspäten«, sagte er, als befürchte sie das Gegenteil.

Am schlimmsten war seine Güte, die so stetig und so eifrig war, dass sie seine Gleichgültigkeit nur noch unterstrich. Er lobte den angebrannten Kartoffeleintopf, ging mit ihr spazieren oder setzte sich mit ihr auf ein Bier in die »Sieben Esel«. Sie setzten sich einander gegenüber. Ihre Profile spiegelten sich in der trüben Scheibe zur Straße. Vera spürte, wie er sich langsam aus sich zurückzog, als wäre er lautlos durch die Tür hinausgegangen und hätte sie allein mit dem dickbäuchigen Besitzer, dem zerzausten Papagei und den Krüppeln gelassen. Seine Augen bekamen einen grauen Abglanz, während er etwas Belangloses redete und der Bierkrug mit den Knubbeln an der Außenwand in seiner Hand hing. Irgendwann schreckte er auf und schwieg betreten. Die Luft um sie herum war erfüllt von sauren menschlichen Ausdünstungen und dem Geruch nach nahen Eisenbahnwaggons …

Ein Drittel seines Lohnes gab Assen aus, um ihr kleine Überraschungen mitzubringen: Brillantine fürs Haar, einen Ledergürtel, eine Suppenschüssel in Form eines Schneckenhauses, einen Spitzenschal oder ein Paar Schuhe; die Tüte mit dem gesalzenen Popcorn schüttete er gleich ungeduldig auf dem Tisch aus. Seine Stimme hatte immer einen warmen und besänftigenden Klang. Gleichzeitig aber schämte er sich, sich vor ihr auszuziehen, so, als wäre sie wirklich nur seine Schwester.

Allmählich sehnte Vera sich nach einem scharfen Wort, einem versteckten Vorwurf, der wie eine Ohrfeige in der vom Kanonenofen ausgetrockneten Zimmerluft knallte, denn – seine Güte entpersönlichte sie! Sie hatte schon verstanden, dass Assen anders war, nicht so wie die anderen Leute, die sie kannte; doch sie sah auch, dass er sich in seinem Bemühen, sich an sie zu gewöhnen, immer mehr von ihr entfernte. Ihre Abende verliefen gleichförmig. Was sollten sie auch schon tun in der Stille des abgewinkelten Raumes? Wenn sie ihn mit einem Buch auf dem Schoß so dasitzen sah unter der schwachen Lampe, fühlte sie sich schuldig! Ja, ihre ganze scheinbare Nähe ging hervor aus gegenseitigen Schuldgefühlen.

Einmal in der Woche traf Vera sich mit Nada bei deren Literaturlehrer, der in seiner Taubheit einer einfachen mechanischen Puppe glich, die jemand im Sessel vergessen hatte. Er pfiff Lieder aus dem neunzehnten Jahrhundert, der bulgarischen Wiedergeburtszeit, vor sich hin und streichelte sein Hörrohr, das die Form eines Grammofontrichters hatte, wie eine Katze. Das Wohnzimmerchen roch nach ungelüftetem Kleiderschrank. Nada und Vera wischten den Büfettschrank und die alten Flecken auf dem Teppich ab, danach setzten sie sich in die Ecke unter die Lampe mit dem alten, zerfledderten Schirm und redeten Stunde um Stunde.

»Keine Angst! Du kannst ganz offen reden«, ermunterte Nada sie und zwinkerte ihr zu, »er hört nur homerische Hexameter.«

Mit ihrem mütterlichen Instinkt versuchte sie, Veras Unruhe auf die Schliche zu kommen. Sie fragte behutsam, suchte einen Weg in ihr Herz oder machte, um sie zu provozieren, Assen offene Vorwürfe.

»Na, was heißt das schon, dass er das juristische Staatsexamen hat? Ein Ganove bleibt ein Ganove! Herrgott, ich fange an, ihn zu hassen!«

»Nein, nein und nochmal nein«, wehrte Vera erschrocken ab, »er ist die Güte selbst!«

Sie zeigte ihr das Muster ihres Schals, die Kette mit den buntglasierten Schmucksteinen, doch das waren Dinge, die Nada eher davon überzeugten, dass *sie* recht hatte. Sie rieb nachdenklich ihre Schläfen, streichelte Vera über die Schultern und murmelte:

»Irgendwas ist mir schleierhaft bei dem Mann, in letzter Zeit ganz besonders!«

Vera krümmte sich zusammen, als hätte Nada sie geschlagen. Sie spürte, wie sie errötete, hatte aber auch jetzt keine Kraft, ihr von dem Abend im Park zu erzählen. Die schönen langsamen Worte aus dem Märchen, die alles auf Distanz brachten, wollten ihr einfach nicht kommen. Dabei hatte sie gar keine Angst, sich selbst bloßzustellen, sondern Assen. Sie hatte sich seiner bedingungslosen *Anständigkeit* unterworfen, ihrer eigenen *Liebe,* und jetzt kam es ihr geschmacklos vor, diese beiden edlen Tugenden durch ein Geständnis in Zweifel zu ziehen. Manchmal litt der Mensch vor lauter Sehnsucht, dass ihm einer einfach half, dachte sie.

Nach diesem Gespräch beschloss sie, sich nicht weiter mit Nada zu treffen, doch die Woche schleppte sich allzu träge dahin. Assen kam immer mit dem gleichen Lächeln von der Arbeit zurück, beschrieb ihr das Büro seines Chefs, machte sich über den kleinen, speckigen, verstaubten Amor lustig, und sie lachte übertrieben. Danach setzte die ihr ach so wohlbekannte Betretenheit wieder ein. Und so lief sie am nächsten Mittwochmittag, hinausgeleitet von dem gleichgültigen Blick des Vermieters, der auf dem Balkon saß und mit gewohnter Sorgfalt ein- und ausatmete, doch wieder die Ärmlichkeit der Klokotniza-Straße hinunter, um sich mit Nada zu treffen. Irgendwann konnte sie nicht mehr. Nada, die ihre Hand tröstend in der ihren hielt; der Lehrer, der sie mit seinem monotonen Pfeifen schwindlig machte, als dann auch noch die Erinnerung an den Tod ihrer Mutter hochkam, da brach sie erst in Tränen aus, und dann konnte sie es nicht länger zurückhalten:

»Ich erwarte ein Kind …«

5

Auf der krummen, schiefen Bank saßen Vera, Piolla und sein Vater. Die Herbstsonne vergoldete die unförmigen Früchte der Quitte, die Vera an geballte Babyfäustchen erinnerten. Ein Geruch nach Gemüseeintopf und Toilette strich ums Haus. Sie hatte Stricken gelernt und säumte gerade eine Babysocke, während Piolla ihr mit brillantineglänzendem Haar beschrieb, wie man Baklava auf Tetevener Art machte. Seine Arme waren ausgebreitet, als hielte er schon das eingefettete Blech in Händen. Er verschluckte seine Spucke, so wichtig war die Angelegenheit, und auch die großen Telleraugen seines Vaters staunten begeistert mit. Dieser hatte im Krieg eine Verletzung davongetragen, die ihn auf immer des Schlafes beraubte. Er unterschied nicht den Tag von der Nacht, sondern nur die Finsternis vom Licht, und war vom langjährigen Wachen permanent in einem Zustand taumelnder Beschwingtheit. Den ganzen Abend schmiedete er Pläne, wie sein Sohn leichter die langen Unterhosen losschlagen konnte, die er auf dem Schwarzmarkt anbot. Schöne, warme Hosen waren das, die bis zu den Waden reichten. Aber, erklärte Piolla die Lage der Dinge: »Die Leute denken jetzt eher daran, wie sie was in den Bauch kriegen, als ums Hinterteil.«

»Manche Idioten«, fuhr Piolla leidenschaftlich fort, sein Blech verbal zu belegen, während Veras Finger geschmeidig die Nadeln tanzen ließen, »sind regelrechte Mörder, die schneiden – stell sich das einer vor! – die Baklava erst in Stücke und schieben sie dann in den Ofen.«

Wie auf Abruf trug der Wind eine Duftwolke von der Bäckerei gegenüber zu ihnen. Frauen und Rentner, die nach Hunger geradezu rochen, standen sich davor in einer langen, gewundenen Schlange die Beine in den Bauch.

Assen blieb heute hungrig, wie immer, wenn er *dorthin* ging – einsam und hungrig. Er hatte sich rasiert, Vera ihm die Hosen gebügelt. Sie zogen die Vorhänge vors Fenster, durch das der Hof und der schiefe Kasten des Plumpsklos zu sehen waren, dann kramte er die beiden Pistolen hervor, nahm sie auseinander und reinigte sie sorgfältig, als repariere er den Wasserhahn. Er wischte das kalte Auge der Mündung aus, prüfte den Abzug, dieweil Vera das Söckchen in Arbeit hatte. Ihr fehlte ein bisschen gelbe Wolle, um es mit einer lachenden Ente zu verzieren.

Bai Michals Plan war einfach und gut: Sie würden Paschov auf der Gurko-Straße schnappen, gleich an der cremefarbenen Umzäunung des Tiergartens. Konnte es einen würdigeren Tod für einen Windhund geben als in Riechweite wilder Tiere? Der große Zwilling und Assen sollten ihre Waffen gleichzeitig auf ihn abfeuern, Bai Michal und Nada sollten anschließend seine Leibwache behindern. Zwei Querstraßen weiter unten hatte man ein Sportstadion errichtet, das von einer niedrigen, unkrautbewachsenen Aufschüttung umgeben war.

»Siehst du«, sagte Assen freundlich, »wie einfach es ist.«

Seit Assen erfahren hatte, dass sie schwanger war, war seine Güte noch unerträglicher geworden. Wenn er von der Arbeit kam, zog er vorsichtig zwei Birnen aus der Tasche und log ungeschickt: »Fräulein Pastuchova lässt grüßen und schickt dir Vitamine …« Abends ging er mit ihr in den kleinen Parks ihres Stadtteils frische Luft schnappen, auch wenn es komisch war, dass es zwischen dem rostfarbenen Laub der Bäume tatsächlich nach Rost stank. Eine abgemagerte Katze lauerte einem ausgemergelten Spatz auf. Die Kuppel des Kirchleins wirkte wie eine Blase, die jeden Moment platzen konnte. Vera begriff, wie wichtig Assen das Kind nahm, das sie erwarteten, und begann, es zu lieben. Da war also etwas Lebendiges in ihrer Gebärmutter, das sie mit seinen Tritten und Pirouetten unterhielt; nur reden konnte man nicht mit diesem Etwas …

Doch dieses Etwas, das wurde ihr klar, würde ihnen ihre gegenseitigen Schuldgefühle voreinander nehmen, denn es war größer und weitreichender als sie selbst und würde die einfachen Beziehungen zwischen ihnen wiederherstellen, in denen Assen ihr Mann und sie seine Frau war. Sie begann, ungeduldig zu werden. Die verbleibenden vier Monate kamen ihr vor wie ein unüberwindliches Zeitgebirge. In den endlosen Stunden, wenn der Regen die Blätter der Quitte duschte, vergaß sie alles bis auf Assen und die Revolution. Er hatte nur wenig Wäsche, und das erleichterte es ihr. Seine beiden Hemden wuschen sich leicht, der Kartoffeleintopf war schnell zubereitet.

Sie wartete mit unverhohlener Spannung darauf, dass der Tag des Attentats auf Paschov kam. Der Tod der anderen kam ihr umso leichter vor, je schwerer ihr eigenes Leben wurde. Wie hatte sie mit einer vor flammender Begeisterung sich überschlagenden Stimme gerufen: »Im Namen des Volkes …« Jetzt aber, während sie Stunde um Stunde allein im hungrigen Halbdunkel ihres Winkelzimmerchens verbrachte, jetzt *war sie nicht bloß das Volk, jetzt gehörte sie zum Volk!* Piollas Vater schaute sie lange mit seinen aufgerissenen Telleraugen an und wiederholte ein ums andere Mal, dass die Schwangerschaft sie schöner gemacht habe, und war in seiner schlaflosen Gutherzigkeit drauf und dran, ihr einen Packen langer Unterhosen zu schenken, aber am Ende war es ihm doch peinlich, sie ihr anzubieten. »Ich hab diesem Tunichtgut, als was mein Sohn ist, tausendmal gesagt, verleg dich auf den Handel mit Sofas! Ein Sofa, das würde sich aber schön machen bei euch …!« Vera war in Gedanken bei Assen. Ihr war vor Aufregung so schlecht, dass sie sich fast erbrochen hätte. Über ihnen, auf dem Balkon, atmete der Vermieter ein und aus, langsam, als erhöbe sich ein Storch vom Dach.

Assen zog sich auch weiterhin schamhaft hinter dem kleinen Trennvorhang an und aus. Manchmal schaute er Vera an und versank in Gedanken, doch Vera fühlte, dass sie ihm einen gesunden und kräftigen Sohn gebären würde. Manchmal brach sie in Tränen aus in einer Mischung aus Angst und ohnmächtiger Wut, dass die Faschisten mit ihren langen Mänteln auf den Hof traben und sie brüllend verhaften würden, bevor ihr Sohn zur Welt gekommen war, bevor sie Mutter geworden war und Assen ihr verzeihen konnte.

»Wichtig ist, Frau Weltscheva«, fuhr Piolla hingebungsvoll fort, »dass die Kruste die Farbe reinen Bienenhonigs bekommt. Erst dann darf man sie mit Sirup begießen.«

In der tintenfarbenen Luft, in der der Wind die an den Stricknadeln hängenden Söckchen ins Schaukeln brachte, kam es Vera so vor, als tauche die große Gestalt Assens auf. Vor Aufregung verhaspelte sie sich, ließ eine Masche fallen und stach sich in den Finger. Piolla schluckte seine zähe Spucke und eine ebenso zähe Erinnerung herunter, folgte ihrem Blick und bestätigte ihr: »Schau an, der Herr Weltschev ist von den Toten auferstanden!«

Als sie in ihr Zimmer ging, traf sie Assen an, wie er seinen Kopf unter dem Wasserhahn drehte. Das Wasser lief über seinen Nacken und prallte auf seine Schläfen. Als er sich schwerfällig umdrehte, packte sie die Angst. Er kam wieder, *von dort* wieder, entpersönlicht und nach Schweiß riechend. In seinen Augen stand kein Sieg, sondern nur Erstaunen, gemeines, bedrückendes Erstaunen. Die ganze Hoffnungslosigkeit ihres Lebens durchfuhr sie, in die hinein ihr Sohn geboren werden würde, die ganze Verdammtheit ihrer, Veras, unerträglicher Liebe. Sie war für ihn zu allem bereit. Mit zitternden Fingern richtete sie sein Haar, berührte seinen nassen Hals – und weinte los.

6

Bai Michal war von allen am häufigsten verraten worden, darum hatte er es gelernt, den Menschen zu glauben. Die enge Glaserwerkstatt »Licht« befand sich im Souterrain. Durch das gesprungene Fensterchen sah man auf die Beine der seltenen Passanten. Drinnen roch es nach feuchten Wänden und Fensterkitt. Der Genosse vom Zentralkomitee, ein Mann ohne Alter und ohne Namen, hatte sich an die Werkbank gesetzt. Nada, der große Zwilling und Zahnarzt Iwantschev hatten sich vor ihm aufgestützt wie Verurteilte. Bai Michal sollte als Letzter reden. Bis dahin hörte er durch den Rauch seiner Zigarette zerstreut zu. Nun ist auch mein zweiter Sohn gestorben, dachte er voller Schmerz, ein schlechter Vater bin ich, ein schlechter. Sie wollten Klarheit schaffen, soweit diese Bezeichnung hier überhaupt Sinn ergab.

Gestern war Paschov, ganz wie erwartet, auf der Gurko-Straße aufgekreuzt, seine Melone locker in den Nacken geschoben. Er ging mit herausgereckter Brust anderthalb Meter vor seinen beiden in Zivil gekleideten Leibwächtern. Im Tiergarten brüllte zur Begrüßung der Löwe. Vollkommen unerwartet, wie auf ein geheimes Zeichen, schlüpfte der Windhund in den nächsten Hauseingang. Eine halbe Stunde später sammelte ihn dort zusammen mit seinen Bewachern ein schwarzer Opel der Polizei ein. Zum zweiten Mal war Paschov ihnen entschlüpft. Das erste Mal hatte Assen nur die Eichenkassetten seiner Wohnungstür durchlöchert, und nun wollte der arrogante Polizist gar nicht erst an Assen vorbeimarschieren. Im Nachhinein sah alles aus wie verabredet, sogar das Gebrüll des Löwen.

Der Obergenosse vom Zentralkomitee glich einem kleinen Beamten, nicht nur, weil er sich nicht im Fachgeschäft »Alles für Sie« eingekleidet hatte. Iwantschev, der Zahnarzt, verströmte Äthergeruch. Der große Zwilling blieb hartnäckig und hielt auf Logik.

»Erstens«, sagte er und knickte einen Finger der linken Hand, die seit einem Verhör bei der Polizei sämtlich ohne Nägel waren, »hatte Assen ein Treffen mit unserem Verbindungsmann vom Artillerieregiment, das sich aus ungeklärten Gründen zerschlug …«

Das Einzige, was Zweifel weckte, war seine unerschütterliche Selbstsicherheit. Die Argumente des Zwillings kannte Bai Michal ja schon zur

Genüge, weil er ihm selbst dabei geholfen hatte, sie in die Form einer niet- und nagelfesten Anklage zu bringen. Persönlich suchte er eine Rechtfertigung für Assen; vor den anderen war er jedoch verpflichtet, alles zu sagen, was er wusste. Verdachtsmomente gab es einige: Assen unterhielt dubiose Verbindungen zu seinem Vetter Goscho Pantov, einem Klassenfeind. Sein anderer Vetter arbeitete gar im Kriegsministerium. Die Polizei hatte einzig und allein über ihn Nachforschungen angestellt. Nun erschien sein Verhalten während der gesamten letzten Monate in einem anderen Licht. Bai Michal gestand sich ein, dass Assen mit seiner Heirat faktisch den Kampf der revolutionären Zelle liquidiert hatte, weil auf diese Weise in ihren Reihen ein Mensch auftauchte, der *wusste, aber nicht mitwirkte!*

Der Genosse vom Zentralkomitee spitzte verbissen seinen Bleistift, notierte sich aber nichts. Nada hatte Mühe, nicht zu weinen. Der große Zwilling hatte seine Walther drohend auf der Werkbank liegen lassen.

»Eine Unklarheit gibt es aber doch«, warf Zahnarzt Iwantschev in die Runde. »Erstens hat er selbst uns darüber informiert, dass die Polizei ihm nachschnüffelt, und zweitens kannte nur er meine Unterkunft. Und wie ihr seht, bin ich hier, und Bai Michal ebenfalls!«

Bai Michal hatte mit den unterschiedlichsten Menschen zusammengearbeitet und dabei gelernt, ihren wichtigsten Charakterzug schnell zu erkennen. Er erinnerte sich gut daran, was Assen ihm aus Widin erzählt hatte, von dem Häuschen, in dem er gelebt hatte. Überall roch es nach etwas. Von der Decke kam der Duft der aufgehängten Kräuter, und wenn er zum Lesen an den Hafen ging, begrüßte ihn der Gestank verdorbenen Fruchtfleisches und der unterträgliche Sumpfgeruch. Er, Assen, sei dort einfach erstickt! Und so war es nicht die Not, die einen Kommunisten aus ihm gemacht hatte, sondern jener heftige Durst nach geistiger Reinheit, der ihn ganz und gar erfüllte und dauerhaft motivierte. Aus diesem Grund hatte Bai Michal auch so großes Vertrauen zu ihm. Ja, er traute ihm mehr, als er den Zwillingen je getraut hatte. Assen war intelligenter und in seinen Gefühlen weitaus zurückhaltender als die Zwillinge. Bei denen fürchtete er sich vor ihrer ungezügelten Opferbereitschaft, ihrem Selbstverständnis, etwas Außergewöhnliches zu sein, ihrer Ungeduld. Der Tod des jüngeren Zwillings passte genau in dieses Bild. Nun begann auch der andere, die Nerven zu verlieren. Nein, ein Profi war er nicht! Wie oft hatte Bai Michal sie zu sich zitiert und ihnen mit der festen Stimme eines Dorflehrers eingebleut: »Ihr müsst endlich begreifen, dass unsere Arbeit zwar gefährlich ist, für die Partei aber nicht von so großer Wichtigkeit. Und ihr müsst kapieren, dass wir nicht an der ersten Front kämpfen, sondern an der zehnten. Der große, der schwere Kampf tobt um uns herum. Was wir machen, ist dagegen leicht.«

Assen wusste all dies nur zu gut. Seine Hartnäckigkeit war weder blind noch heroisch-emotional unterfüttert, sondern äußerte sich darin, dass er immer und in allem von A bis Z präzise war. Er vollstreckte die Todesurteile »im Namen des Volkes« nicht mit Hass im Herzen, sondern einfach aus der Überzeugung, dass sie sein mussten. Sie hatten ja auch mit ihm persönlich nichts zu tun, sondern mit »der Sache«. Dafür liebte ihn Bai Michal. Als sie nach zermürbenden Anstrengungen endlich Lultschev liquidiert hatten, ließen alle ihrem Gefühl der Erleichterung im Borissov-Park freien Lauf und umarmten sich, nur Assen vergaß nicht, zu fragen: »Gut, den Lultschev haben wir jetzt ... Aber was ist mit den anderen?« Damals, in der Situation selbst, schnitt Bai Michal ihm scharf das Wort ab, bei sich selbst aber dachte er in einem Anfall süßen Schmerzes: Vielleicht ist er mein wahrer Sohn, oder wenigstens mein zweiter Sohn. Dieses vergessene Gefühl der Zärtlichkeit verwirrte ihn; sein Drang, sich um Assen zu sorgen, machte ihn verrückt. In seiner Gegenwart hüstelte er vor Peinlichkeit. Dann wieder forderte er ihn zum Armdrücken heraus und, während er hinter seinen geschlossenen Augenlidern rot sah vor Anstrengung, freute er sich an dessen Kraft. Was machten die anderen? Vera zog Kakteen, Nada las einem tauben alten Literaturlehrer die »Ilias« laut vor, die Zwillinge holten sich verlauste Katzen von der Straße, um etwas zum Streicheln zu haben ... »Manchmal denke ich, du bist der Einzige von allen, der normal ist, mein Sohn«, sagte Bai Michal ihm einmal. Christus war von einem seiner Schüler für dreißig Silberlinge verraten worden; sollte ihn, einen bedeutungslosen Kämpfer für die rechte Sache, jetzt sein eigener »Sohn« verraten haben?

Beim Blick auf die Wanduhr merkte er, dass ihm alles vor Augen verschwamm. Durch den Fensterspalt drang das Sonnenlicht ins Souterrain und zeichnete ein Quadrat auf die Bodenbretter. Die bis dahin unsichtbaren Staubkörner in der Luft leuchteten golden auf und wirkten lebendig. Bai Michal hatte alle denkbaren Beweise gesammelt und überdacht. Er hatte es mit der Würde des Alters und mit heiligem Herzen getan. Nun zählte der große Zwilling sie einfach auf, als wären sie schon bewiesene Sache. Die Werkstatt schien enger zu werden und sich um die mit Kitt bekleckerte Werkbank zusammenzuziehen. Bai Michal hatte dem großen Zwilling einmal sogar gesagt: »Denk dran, dass Assen vielleicht am Tod deines Bruders schuld ist!«

Wie dem auch sei: Die Gruppe hatte einfach nicht die Kraft, zu verstehen, was lief. Aus unerfindlichen Gründen hatte Assen auf einmal Vera geheiratet, ihr Informant beim Artillerieregiment hatte irgendwann gesungen, jedoch zu spät, um sich noch vor dem Tod durch Erhängen zu retten, und was für ein Vogel der Inhaber der Schickimicki-Kuchenstube »Bulgaria« war, in der ein Kaffee so viel kostete wie ein gut erhaltener Anzug auf dem Trödelmarkt, wusste auch niemand so recht. Paschov musste Assen fünfzig Meter vor sich erkannt, auf den Hacken kehrtgemacht und sich in den Eingang des Appartementhauses verkrümelt haben.

Doch all das war jetzt nicht wichtig. Es hatte keine Bedeutung, ob sie ihn schuldig sprachen oder nicht; jetzt war wichtig, ob Assen weiterleben sollte! Bai Michal erklärte ihnen das in einem trockenen und gewundenen Satz, der sich bereits anhörte wie eine Erinnerung an einen einst vertrauten Menschen.

»Und was ist mit Vera?«, stöhnte Nada auf und hielt sich an der Schulter des Zwillings fest. Zahnarzt Iwantschev schluckte vor Aufregung.

»Immerhin sind Bai Michal und ich ja hier.«

Sie verteidigten Assen also auf die schlechtest denkbare Weise, durch Mitleid. Das Schweigen der Wanduhr, deren beide Gewichte die Form von Tannenzapfen hatten, erinnerte Bai Michal daran, dass sie keine Zeit zu verlieren hatten. Er steckte sich eine Zigarette an, und in die Stille einer beinahe schon entschiedenen »Nachfeier« hörte er seine eigene Stimme, klar und deutlich genug, um nicht mehr als Flüstern durchzugehen. Es war unmöglich, Assens Unschuld zu beweisen, ganz egal, ob man ihn nun für einen Dreckskerl oder für einen Heiligen hielt. Die einzige Möglichkeit war, abzuschätzen, was er wusste. Doch außer zu den Leuten seiner Kampfeinheit unterhielt Bai Michal zu niemandem sonst in ganz Sofia Beziehungen. Der Genosse vom ZK, der seine Zigaretten gierig bis auf einen winzigen Haltestummel aufrauchte, erfasste als Erster die Logik in seinen Worten und nickte bestätigend. Bai Michal schaute auf das weiße Blatt, auf das der Genosse mit seinem nadelspitz gespitzten Bleistift ein verwackeltes Fragezeichen gemalt hatte.

»Am Samstag vollstrecken wir das Todesurteil an Paschov«, sagte Bai Michal und blies den Rauch aus seinen Lungen, »und am Sonntag verschwinden wir alle miteinander ins Gebirge. So hat die Partei beschlossen! Bis dahin verbiete ich euch jeden Kontakt zu Assen Weltschev.«

Er spürte ihre Erleichterung und seufzte. Der Zwilling griff mit seiner Pranke nach seiner Walther, die auf einmal komisch zitterte, Nada klopfte das Revers ihres Mantels ab, um ihren Händen aus der Verlegenheit zu helfen. Er, Bai Michal, hatte ihn noch einmal gerettet. Das war das Letzte, was er *für sich* hatte tun können. Und jetzt war er einfach nur müde.

7

Anheimelnd bimmelte die Türglocke. Als Vera das Wohnzimmer betrat, zuckte der schlohweiße Kopf des alten Sprachlehrers kaum merklich. Er war in seinem Sessel eingedöst. Das Hörrohr ruhte in seinem Schoß und glich einem Blasinstrument, genauer gesagt: einer Kindertröte. Seine Beine waren in eine Karodecke eingeschlagen. Nada machte »Schschscht!« und führte Vera durch den unverputzten Flur ins Schlafzimmer. Es war reinlich. Auf dem einsamen Bett mit den vier Bronzeköpfen lag eine Spitzenüberdecke. An den Wänden hingen in Stanniolrahmen Fotos der Schulklassen, die der Lehrer unterrichtet hatte. Nada holte eines der Fotos vorsichtig herunter, wischte mit dem Ärmel den Staub ab und reichte es Vera.

»Guck mal, Schwesterherz, das da bin ich«, sagte sie mit Bitterkeit in der Stimme. Aus der »Fotografie« blickten Vera dreißig lächelnde, in Reih und Glied aufgestellte Mädchen in Schüleruniformen an und reckten ihre Hälse aus weißen Stiefmütterchenkragen. Sie standen vor einer schwarzen Tafel, auf der jemand mit Kreide geschrieben hatte: »Klasse XI b, 1922«.

»Das da bin ich«, wiederholte sie, als fürchte sie, Vera könne ihr nicht glauben. Erst dann erzählte sie ihr mit gefasster Stimme von dem Beschluss der Gruppe. Dabei sprach sie von Assen als vom »Genossen Weltschev«. Doch beim Reden beobachtete sie Veras Gesicht genau. Drückte es Schmerz aus? Oder innere Belustigung über so viel geballten Gruppenernst? Nein, es blieb vollkommen ruhig. Während des Zuhörens setzte sie sich zu Nada auf die feine Spitzenüberdecke, aber so behutsam, dass sie mit Sicherheit keinen Abdruck hinterließ. Dann sagte sie mit gerunzelter Stirn und dem Versuch eines Lächelns:

»Das Baby will spielen, nicht weinen. Nein, es will nicht weinen.«

Nada hatte ganz vergessen ... Sie fragte sich zunächst verwirrt, von welchem Baby die Rede war; erst als Vera die Arme um ihren runden Bauch legte, besann sie sich wieder.

»Wir sind uns nicht sicher, ob der Genosse Weltschev ...«, wiederholte Nada und schaute sich um, ob der alte Lehrer nicht erwacht war und sie so ausgestreckt im Schlafzimmer auf seinem Bett, auf der kostbaren Spitzendecke ertappte.

»Das ist sehr schön«, erwiderte Vera ruhig, denn in diesem Moment fühlte sie, dass sie Assen auch dann noch liebte, wenn die Gruppe ihn wirklich auf Beschluss zum Verräter deklariert haben sollte. Sie bat Nada um Wasser; die goss ihr aus einer gläsernen Kanne ein. Vera trank das Glas auf einen Zug leer und bat um mehr. Sie wurde nachdenklich, wickelte eine der Troddeln, die vom Saum der Spitzendecke herabhingen, um den Finger, während es draußen dunkel wurde. Das Schlafzimmer füllte sich mit tröstendem Halbdunkel, und Nada kam es blöd vor, aufzustehen und die Lampe einzuschalten. Veras Augen blieben auch jetzt trocken. In ihren Brüsten pulsierte die Milch, ihr Rücken war durchgedrückt. Die Schwangere betrachtete ihr Abbild in der unbeweglichen Pfütze des Spiegels und schien dort etwas Bizarres zu sehen – keine Vision, sondern eine Art Harmonie zwischen Trauer, Glück und Trennung. Sie ähnelte einem Menschen, der sich über einen geliebten Menschen beugte, der auf dem Sterbebett lag. Und da tat Nada etwas sehr Dummes – sie fing selbst an, zu flennen, und nannte sie erneut »Schwesterherz«:

»Vergib mir, Schwesterherz«, wimmerte sie, »aber wir sind einfach nicht sicher, ob der Genosse Weltschev ...«

Da stand Vera auf, setzte sich auf den nächsten Stuhl und ordnete ihr Schwangerschaftskleid mit geduldigen Fingern. Nada interessierte sie schon nicht mehr. So blieb sie lange sitzen und schaute durchs Fenster wie gebannt auf die Brandmauer des gegenüberliegenden Hauses, die langsam von der nebligen Luft aufgetrunken wurde.

»Wenn er ist, was ihr glaubt«, sagte Vera schließlich, »werde ich selbst ihn liquidieren.« Und in diesem Moment, in diesen Worten, dieser Haltung lag ihre ganze endlose Liebe zu ihm. »Ich werde ihn erschießen. Darum hast du mir doch das alles erzählt, nicht wahr?«

Nada war so schockiert, dass sie es nicht wagte, zu lügen.

»Ja«, erwiderte sie, »deshalb habe ich es dir gesagt. Wenn der Genosse Weltschev wirklich so einer ist, muss jemand ihn ...«

»Ich danke dir sehr für dein Vertrauen«, sagte Vera vollkommen ernst. »Bitte mach mir einen Hagebuttentee.«

Nada ging in die Küche. Während sie wählte, welches der beiden Stieltöpfchen sie zum Teekochen nehmen sollte, versuchte sie, das Zittern ihrer Hände unter Kontrolle zu bringen. Dennoch schaffte sie es erst mit dem vierten Streichholz, die Flamme des Petroleumkochers zu entzünden. Das Widerliche am Leben war, sagten ihre Finger, dass es immer auf ein bisschen Glück spekulierte. Und das Widerliche am Tod war, dass er noch nicht einmal ein bisschen Unglück zu bieten hatte! Beim Gedanken, dass Assen vermutlich unschuldig war, krampften sich ihr die Eingeweide zusammen. Der Tee dampfte schon in ihren Händen, da ertönte auf einmal das Türglöckchen. Sie rannte aus der Küche ins Schlafzimmer, doch es war leer. Auf dem Bett war nichts als der leichte Abdruck einer Hand zu sehen, die sich aufgestützt hatte, um einer Schwangeren zum Stuhl hinüberzuhelfen. In der Kanne war weniger Wasser als zuvor. Da ging sie mit dem Hagebuttentee ins Wohnzimmer, wo sie ihren alten Lehrer wach antraf. Er hielt sein Hörrohr an die Ohrmuschel und sagte:

»Mir ist, als sei jemand hereingekommen ...«

8

Der Tod des Zaren war so überraschend eingetreten wie eine große Naturkatastrophe. Im Schloss brannten alle Lampen und Leuchter. Unter den Arkaden des Treppenhauses huschten gesichtslose Schatten aneinander vorbei. Alle hatten es eilig, standen sich dadurch im Weg und kamen durcheinander. Dann blieben sie vor den kostbaren Wiener Möbeln stehen, die den kalten Hauch plötzlich überflüssig gewordener Erlesenheit verströmten, und fragten sich, wohin sie eigentlich eilten?

Wie auf Bestellung landeten Raben zwischen dem Balkon und den geputzten Fenstern. In die irreale Atmosphäre der Trauer mischten sich die Seufzer des Kommandanten der Leibgarde und das Greinen des schlaftrunkenen Thronfolgers Simeon, der kaum sechs Jahre alt war. Alles zerfiel in Zungen. Zarin Ioanna, die es *sie-wusste-selbst-nicht-wie* geschafft hatte, Schwarz anzulegen, sprach zu den Kammerdienern in ihrer Muttersprache Italienisch; die Stabsoffiziere beklagten den Tod ihres obersten Vorgesetzten auf Deutsch; die Gouvernanten schickten ihre Bittgebete französisch zum Himmel; nur in der Küche, wo zwei kräftige Fleischergesellen gerade ein Kalb zerteilten, fielen auch bulgarische Worte. Doch alle besagten sie das Gleiche: *Der Zar ist tot.*

Unter dem purpurnen Baldachin seiner Bettstatt sah er aus, als habe er nur eben die Augen geschlossen. Um ihn herum standen wie Stalagmiten die besten Ärzte des Landes, Spezialisten, die ihre Approbation an den besten europäischen Universitäten erhalten hatten. Auf Kommoden und Nachttischchen standen Dutzende verschiedenfarbiger Fläschchen mit Hustensaft, Migränetabletten, Kieferextrakt für die Augen, Hämorrhoidensalbe, Tinkturen gegen Hautjucken, Schröpfköpfe, Sulfonamide und kleine Morphin-Ampullen; eine feine Waage mit Silberschalen warf ihren trügerische Ausgewogenheit suggerierenden Schatten an die Seidentapete. Und das alles war jetzt überflüssig geworden. Sogar die Ärzte selbst, die der Zar bei ihren regelmäßigen Konsultationen im Schloss auch dazu benutzt hatte, um sie über die besten und reichsten Familien des Landes auszuhorchen, konnten sich jetzt nur noch die bleichen Stirnen reiben: Alchimisten, die ungläubig registrierten, dass sie Gold in Erde verwandelt hatten.

Boris' III. scharfes Profil prägte sich in ihr Bewusstsein ein wie die

Zeichnung eines kühnen Geiers, der der Last seiner eigenen Verachtung gegen alles Umgebende erlegen war. Aus dem Uhrensaal war der Messingklang Dutzender feiner Mechanismen zu hören, die der Regent gesammelt hatte. Verziert mit nackten Nymphen, dicken Engelchen, bronzenen Harfen oder fein gearbeiteten Döschen aus Elfenbein oder Porzellan und gesetzt auf Postamente aus schwarzem Marmor oder undurchsichtigem Kristall, waren sie alle genau gestellt und zeigten ein und dieselbe Uhrzeit an. Wenn nun der Stundenschlag aus so vielen Glockenhäuschen und Gongs auf einmal ertönte, so nahm das den Charakter eines großen Trauermarsches an, dirigiert von der Zeit selbst.

Und es marschierten mit die Trauergäste, die dem toten Zaren die letzte Ehre erwiesen: Damen mit Dekolletees an der Grenze der Züchtigkeit, deren zuckende Mundwinkel verrieten, dass sie sich nicht entscheiden konnten, ob es mehr *comme il faut* war, wenn sie weinten oder besser den Sitz des Puders auf ihren Wangen nicht in Gefahr brachten; Minister und Abgeordnete in schwarzen Fräcken, die sich verstohlen, aber unverhohlen die letzten Nachrichten von der Ostfront zuflüsterten.

Der Tod des Zaren stand emblematisch für ein bevorstehendes Ende, schritt diesem gewissermaßen majestätisch voran, bevor die große Lauferei, die besinnungslose Flucht begann. Das Verhalten der Menschen, die dem toten Herrscher die letzte Ehre erwiesen, zeigte die ganze Gespaltenheit der bulgarischen Seele zwischen slawischer Philanthropie und ehrfürchtig bestaunter deutscher Ordnung. Ja, man konnte so weit gehen, zu sagen, dass sie sich auf die Niederlage der Vertreter von Ordnung und Disziplin freuten, zugleich aber eine Heidenangst vor der nahenden Unordnung hatten.

Die Glocken der Alexander-Newski-Kathedrale beschallten Himmel und Häuser der Hauptstadt mit dem tiefen, traurigen Klang wohlgegossenen Eisens und erweckten den Eindruck, als werde jeden Augenblick Christus herniedersteigen, um das Volk einer armen, gebeutelten Nation mit zwei Fischen zu speisen. Und das Totenlager des Zaren wurde Sofia, und Sofia wurde das Totenlager des Zaren; der Himmel über der Stadt der Baldachin, und der Baldachin über dem Totenbett der Himmel über der Stadt. Der Geruch von Zersetzung schien sich aus dem Sterbezimmer durch die Arkaden des Treppenhauses hinauszuwälzen und über die Stadt zu ergießen wie kalter Nebel, den selbst der Fallwind vom Witoscha nicht vertreiben konnte. Die Raben, magisch angezogen vom langsam flackernden Lichterblock des Schlosses, wollten nicht weichen. Selbst als die Lichter im Schloss erloschen und das ganze Gebäude sich in einen gewaltigen Steinsarg verwandelte, lag ein fieberhaftes Lauern in der Luft, eine Nervosität, die Mensch und Tier auf den Magen schlug. Schafe und Kühe gaben an diesem Tag verdorbene Milch. Es war eine Zeit der Wahl, eine Zeit, in der zum letzten Mal *die Möglichkeit der Wahl* bestand, weil ein Teil der Macht abgedankt hatte durch Tod. Zarin Ioanna und Prinz Kyrill, ihr Bruder, hatten sich in ihrer Einsamkeit und Angst schon der rettenden Legende besonnen, dass Seine Hoheit von den Deutschen vergiftet worden sei, weil ihnen zu Ohren gekommen war, dass Amerikaner und Engländer auf dem Wege waren, eine zweite Front auf dem Balkan zu eröffnen.

Beim Verlassen des Schlosses, nachdem sie ihre Beileidsbekundung mit militärischer Strenge überbracht hatten, warteten General Kowatschev und sein Adjutant Boshidar Weltschev darauf, dass der Garderobier ihnen ihre Pelerinen brachte. Dieser schaute sie an mit der Hilflosigkeit eines verwaisten Jungen, und Boshidar dachte, dass sich die Macht jetzt endlich, wo sie ihres überflüssigen Aristokratismus entkleidet war, von einem edelsteinbesetzten Parademesserchen in ein praktisches Schneideinstrument verwandeln konnte. Voller Behagen sog er den Talgduft der niedergebrannten Kerzen und den sauren Geruch der panischen Ängste der Schlossbewohner ein, und in seinem Kopf formierte sich die Idee, dass General Kowatschev doch gut und gerne zu einem der Regenten des minderjährigen Thronfolgers ernannt werden konnte. In der Tiefe des im Wiener Barock gehaltenen Korridors betätigte jemand den Zug des Wasserkastens. Das Geräusch der Toilettenspülung war der letzte Laut, den Boshidar vor dem Verlassen des Zarensitzes vernahm.

Die Trauerfeier wurde mit nie dagewesenem Pomp auf dem Platz der Alexander-Newski-Kathedrale abgehalten, bevor sich die Prozession, mit den Fahnen der orthodoxen Kirche an der Spitze, gefolgt vom Katafalk, auf den unebenen Weg nach Süden zum Rila-Kloster aufmachte, in dem der tote Herrscher zur letzten Ruhe gebettet werden sollte. Tausende und Abertausende Menschen folgten weinend dem offenen Sarg, in dem der letzte wirkliche Zar Bulgariens lag.

9

Während er ging, ging und ging, betete der Hunger in seinen Eingeweiden murmelnd den Rosenkranz. Es roch nach Herbst. Vera hatte ihm die Schuhe auf Hochglanz poliert und die Flecken auf seinem Trenchcoat mit Benzin beseitigt, so gut es eben ging. Der Herbst roch nach Blättern, Boden und Benzin. Er setzte sich auf die Bank, die dem Teich am nächsten stand. Die Goldfische hatten sich in dem flachen Gewässer schon schlafen gelegt. Vor ihm breiteten sich Beete mit verwelkten Rosen aus, die ein einsamer Gärtner mit Erde bedeckte. Er glich einem eifrigen Totengräber, das Panorama Sofias aus der Ferne einer verräuchert-feuchten Aquatinta-Radierung.

Assen zog seine Taschenuhr, deren Zifferblatt eine Lokomotive zeigte, und schüttelte ihren Metallkorpus. Doch es blieb dabei, dass sie sich verspäteten. Das kam gelegentlich vor. Meist waren Nada oder der große Zwilling die Ursache. Bai Michal selbst glich in seiner Pünktlichkeit einem Schweizer Uhrwerk. Assen rauchte seine Zigarette zu Ende, steckte sich eine neue an. Es musste etwas passiert sein … Schweiß und Schauer liefen seine Wirbelsäule entlang, der Speichel in seinem Mund bekam einen süßen Beigeschmack. Die Glut seiner Zigarette schmorte die Haut seiner Fingerkuppen an. Erst da warf er sie fort, stand auf und ging in Richtung Alpinum – einem Ensemble aus elfenbeinweißen Steinen. Zu Vera heimzukehren, danach war ihm jetzt nicht. Er kam am großen See, dem mit der Form eines Nierenbeckens, heraus und sah zur Rechten vor sich die Adlerbrücke über den Kanal. Links war Ödland. Vor ihm lag gelb das Restaurant »Ariana«, das einen schönen Biergarten hatte, der wie eine Halbinsel ins Wasser gebaut war. Er kaufte sich eine Zeitung bei einem Zigeunerkind, das sich gerade den großen Zeh kratzte, wählte den entferntesten Tisch direkt unter der Trauerweide und faltete die Zeitung auseinander. Inmitten eines Wirbels gelber Blätter schwamm ein Ruderboot. Die Dame, die im Bug saß, wirkte in unerträglicher Weise, als sei sie einem impressionistischen Gemälde entsprungen.

»Einen Kognak«, bestellte Assen heiser.

»Bedaure sehr, mein Herr, aber ab heute ist nationale Trauer ausgerufen«, beschied ihn der Kellner und zeigte vieldeutig zum Himmel.

»Warum denn Trauer, und gleich nationale …«

»Der Zar, verehrter Herr, der Zar …«

Ach ja! In der ganzen Stadt waren schwarze Flaggen auf Halbmast gehisst oder einfach aus den Fenstern oder über Balkone gehängt. Alle Arten von Vergnügungen waren verboten. In der Öffentlichkeit durfte keine Musik gespielt werden. Bis sieben Tage nach der Bestattung des »Gott anbefohlenen Zaren Boris III.« waren alle Kinosäle und Theater geschlossen, wurden Sportwettkämpfe abgeblasen, Trauungen verlegt. Menschliches Lachen und Hundegebell waren unerwünscht.

»Dann einen Kaffee, bitteschön«, änderte Assen seine Bestellung so bereitwillig und locker, als habe er sich gerade entschieden, nicht das ganze Restaurant mitsamt Blumenmädchen, See, Boot und schirmschwenkender Dame im Bug zu kaufen, sondern vorerst nur diesen Kaffee. Die ersten beiden Seiten des *Morgenanzeiger* trieften nur so vor Trauer und Druckerschwärze. Bilder des prachtvollen Katafalkes waren zu sehen, Trauertelegramme bedeutender Persönlichkeiten wurden zitiert, die einander erschreckend ähnelten. Der Bürgermeister des Dorfes Dolni Dabnik und der Direktor des Gefängnisses in Sliven, so wusste das Blatt zu berichten, seien gar krank geworden vor Trauer! Er konzentrierte sich auf die Meldungen auf der dritten Seite. Doch auch dort wurde es nicht besser. Ein Herr Iwailo Toptschev dankte Verwandten und Freunden für die Grüße und Glückwünsche zu seinem runden Geburtstag und gab bekannt, dass er am kommenden Sonntag keine Gäste empfange. Die Apotheke auf der Dondukov-Straße hatte eine Anzeige einrücken lassen des Inhalts, dass sie seit neuestem über ein sicheres Mittel gegen Verstopfung verfüge.

Der Kellner brachte den starken Kaffee mit dem schönen Schaumrand und knallte ihn zusammen mit dem Türkischen Honig vor Assen auf den Tisch, als wolle er die Fliegen erschrecken. In diesem Moment entdeckte er die Meldung. Die Druckfarbe war an der linken Seite der Spalte etwas verwischt. Dennoch konnte er lesen, dass »eine Gruppe roter Banditen ein Attentat auf den tapferen, hingebungsvollen Leiter der Ermittlungsbehörden« verübt hätten. – Sie hatten also tatsächlich … Sie hatten Paschov ohne ihn liquidiert. Im Text folgten Zitate aus den galligen Äußerungen, die Polizeichef Geschev zu diesem Ereignis gemacht hatte.

Assen hüllte sich tiefer in den Kragen seines Trenchcoats und spürte, wie ihm wieder der Schweiß ausbrach. Der kalt gewordene Kaffee schaute ihn an wie eine tote Pupille. Auf einmal hatte er es so eilig, dass er zu zahlen vergaß. Seine Muskeln spannten sich in einem Verteidigungsreflex, als habe man ihm in der Öffentlichkeit ins Gesicht gespuckt. Ein ihm rätselhafter Hunger nach Fleisch packte ihn, es aß ihn Fleisch, es trank ihn Fleisch – eine atavistische Gier hatte seinen Magen gepackt und drehte und wendete ihn wie eine Beute. Sie hatten ihn also isoliert. Glaubten ihm nicht mehr. Hatten ihm das Kostbarste genommen, das Vertrauen, ihn auf einen Schlag geleert wie eine Schüssel. Aber warum? Sinnlose Frage. Er musste daran denken, was »Mutter« Jonka ihm dazu gesagt hatte: »*Warum,* mein Sohn, ist ein sehr problematisches Wort. Weil es auf das Wesen der Dinge verweist. Aber die kann nur die göttliche Offenbarung enthüllen, und Antwort auf diese Frage kann nur Gott selbst geben. Wir, mein Sohn, *wir sind die Frage!*«

Das Gefühl der Einsamkeit übermannte ihn, die Lähmung machte ihn gleichgültig allem gegenüber. Die Kirchenkuppeln blitzten weich im Licht. Jede von ihnen kam ihm auf einmal so vor wie ein Stein aus der Krone des Zaren. Die Passage Sveti Nikola barst vor Menschen. Er ging weiter zum Thermalbad und wusch sich an den offenen Wasserhähnen das Gesicht mit dem heißen Nass. Er ging ziellos weiter, kam hier heraus, ging dort hinein, hatte sich verloren. Hatte keine Idee, was er morgen machen würde, und das war vielleicht das Tröstlichste an der ganzen üblen Geschichte. Erst gegen halb zehn Uhr abends, völlig durchnässt vom feinen Abendregen und ausgelaugt von Hunger und Hoffnungslosigkeit, sagte er sich: Nun aber, Vera wartet auf mich.

Als er seine schlammverschmierten Schuhe auf der Fußmatte auszog, spürte er ihren tastenden Blick noch nicht. Die Vorhänge waren nicht zugezogen; trotzdem holte er die beiden Pistolen heraus und legte sie zu den Kartoffeln auf den Tisch. Auf Zehenspitzen begab er sich hinter den Küchenvorhang und begann, sich zu rasieren.

»Nada lässt dich schön grüßen«, sagte er – und schnitt sich ins Kinn.

10

Mit der Bestattungsfirma »Gutes Ende dank Alexiev & Sohn« nahm es selbst wohl kein gutes Ende. Sie zerfiel langsam, aber sicher wie ein unbewohntes Haus. Wer gab in diesen Zeiten voller Irrungen und Wirrungen schon Geld für ein Marmorgrab aus? Der elegante Baldachin moderte im Lager vor sich hin, zwischen den Stoffballen lugten die langen Schnauzen und Schwänze von Ratten hervor, die vor Hunger jede Angst verloren hatten, und Fichtenholz wurde weggekauft von Leuten, die Abdeckungen für ihre Hühnerhöfe brauchten, und nicht Sargbretter, weil frische Eier kostbarer waren als der Tod. An diesen hatte man sich achselzuckend gewöhnt, und er war kein Anlass zu Feierlichkeiten mehr. Selbst Hinterbliebene aus den wohlhabenderen Familien feilschten mit Assen. Die Schreibmaschine Fräulein Pastuchovas verstummte immer häufiger, dafür knarzte die Stiege im Treppenhaus immer merklicher. Voran ging es nur mit Herrn Alexievs Glatze. Ganze Büschel gelbgrauer Haare blieben in seinem Kamm hängen. Seine Nägel waren inzwischen bis auf schmale Streifen abgekaut. Er starrte missmutig auf die verstaubten Gipslocken der Amor-Statuette und sagte, als denke er bloß laut, zu Assen:

»Seit geraumer Zeit frage ich mich, Herr Weltschev, ob ich überhaupt noch einen Agenten brauche?«

Am Ende kürzte er Assens Gehalt um ein Drittel. Dass er ihn nicht komplett entließ, war Assens Gleichgültigkeit zu verdanken. Dieser restlose Nicht-Widerstand hatte magische Wirkung und hinderte Alexiev daran, das letzte Wort über seinen Mitarbeiter zu sprechen. Vielleicht auch, weil es im Grunde nicht nur Assen betraf, sondern den Niedergang der Firma gewissermaßen amtlich gemacht hätte. Stattdessen seufzte er schwer: »Nicht einmal die Bombardements der Alliierten helfen – und wie reich, wie prachtvoll wurde seinerzeit gestorben!«

Bis Mittag saß Assen im Kontor und schrieb Nekrologe. Darin war er mit der Zeit ein wahrer Meister geworden, der sich seines Repertoires sicher bediente. Verstorbene Angehörige der Streitkräfte wurden immer betrauert mit: »Der tapfere, seinem Vaterland aufrichtig ergebene …«; Beamte waren durchweg »bescheiden und arbeitsam«; für die Hautevolee musste schon der Edelkitsch aus den höheren Etagen der Pathetik herhalten, wobei sehr gern Verse aus dem Poem »Der Rabe« von Edgar Allan Poe genommen wurden. Gegen halb zwei Uhr kostete er von der Konfitüre Fräulein Pastuchovas, erfuhr bewegende Neuigkeiten aus dem Leben ihrer Katzen, um anschließend »Adressen« abzuklappern und verweinten Gesichtern, zitternden Unterlippen und dem immateriellen Hauch des Verlustschmerzes eine materielle Seite abzugewinnen. Abends kam er erledigt nach Hause. Ein seltsamer Gedanke tauchte in seinem Kopf auf, er müsse sich Pantoffeln kaufen. Er war in der Praxis von Zahnarzt Iwantschev gewesen, doch das Wartezimmer mit den bunten Schweizer Illustrierten war leer gewesen. »Der Herr Doktor ist in die Provinz umgezogen«, erklärte ihm die Hausangestellte mit phlegmatischem Blick. Hm.

Jeden Abend nach der Arbeit gab es ein und dasselbe Essen: Kartoffeleintopf. Der Dampf vernebelte seine Augen. Er tunkte das altbackene Brot in den Gemüsesud, kaute die fleischlose, sämige Suppe und schaute auf die Bank im Hof, auf der Piollas Vater saß und mit offenen Augen schlief. Vera fragte ihn nie: »Ist etwas mit dir?« In den letzten Wochen hatte sie aufgehört, sich vor ihm zu schämen, und machte nun ihrerseits ihm Geschenke. Das war mal ein kleiner Rasierspiegel, mal waren es Strümpfe mit eleganten schwarzen Haltern, mal ein tadellos funktionierender Nassrasierer, mal ein Schlüsselbund oder ein Portemonnaie. Jetzt war er es, der sich durch ihre Güte bedrängt fühlte. Nur manchmal erwischte er sie bei einem scharfen Blick voller Verzweiflung und unverhohlener Panik. Vera näherte sich schwerfällig, legte den Kopf auf seine Brust und murmelte unverständliche Worte voller Zärtlichkeit, die er nicht zu deuten wusste.

»Solange wir beisammen sind«, sagte sie voller Aufrichtigkeit, »möchte ich nicht, dass dir etwas fehlt. Es tut mir nicht leid, dass ein Kind von dir in meinem Bauch heranwächst, und noch viel weniger, dass ich dir begegnet bin …«

Assen traute sich nicht, sie abzuwehren. Während er ihre Zärtlichkeiten traurig wie der langsam und schwer tropfende Wasserhahn hinnahm, blieben die Teller in der Küche ungespült. Je dunkler es im Zimmer wurde, desto mehr Farbe und Geruch schienen diese trübsinnig platschenden Tropfen anzunehmen.

Mittwochs und freitags holte Assen die Pistolen aus dem staubigen Versteck hinterm Bett, prüfte die Patronenstreifen und stopfte sie in die

Innentasche seines Mantels. Dann band er sich seine geradezu pedantisch auf Hochglanz polierten Schuhe zu und sagte nachdrücklich und mit Schuldgefühl in der Stimme:

»Na, dann geh ich wohl mal …«

Noch bevor hinter seinem Rücken mitleidig das Knarren der Hoftür ertönte, war er schon in Schweiß gebadet vor Angst, weil er ja nirgendwo hinging. Er lief durch die leeren, von den trüben Aureolen des Regens geschmückten Straßen und spürte, wie die Einsamkeit unerträglich wurde. An diesen regengrauen Abenden war auch auf dem Markt nichts los. Nur ein paar dubiose Gestalten mit hochgeschlagenem Mantelkragen boten ihm Zement an, Öl, Frauen oder Kerzenleuchter aus »reinem« Silber. Einige nach amerikanischen Bombenangriffen zerstörte Wohnblocks fletschten bedrohlich ihre Mauern. Von den Straßenlaternen fiel kraftloses Licht auf die Schattengestalten alter Frauen, die in den Trümmern nach etwas Brauchbarem wühlten, nach Schuhen oder intakten Petroleumkochern, heil gebliebenen Margarinepäckchen oder Wachstuch zum Abdichten. Meist fanden sie aber nur Spiegelsplitter oder zerdrückte Vogelkäfige, einen zerrissenen Fuchspelz oder einen einzelnen Löffel mit dem aufgeprägten Profil des verstorbenen Zaren. Assen umrundete die Markthallen, aus denen es nach käsiger Salzlake roch, und bog in die Zarin-Ioanna-Straße ein, von der aus man in der Ferne beruhigend den dunklen Kamm des Witoscha-Massivs sehen konnte. Neben der Einsamkeit, in der ihm eindrücklich klarwurde, wie gut Vera zu ihm war, fühlte er auch, dass ihm jetzt alles vergeben war. Immer öfter ertappte er sich dabei, dass seine Gedanken unbeschwert zu Sonja Toromanova abschweiften. Er sah sie, über eine Stickarbeit gebeugt, in einem Plüschsessel sitzen, auf dem Tischchen neben sich eine leere Tasse des Widiner Services mit den Paradiesvögeln, und stellte sich Details ihrer Kleidung vor: die goldene Brosche in Spinnenform zum Beispiel, die nie dazu kam, ihr Netz über das Dekolletee ihres Seidenkleides zu weben. Dann fiel ihm die Art ein, wie sie ihr Taschentuch hielt. Ihr seltenes Lächeln stand ihm vor Augen, mit seiner unvergleichlich feinen und schamhaften Zurückhaltung. Ihr mildes und dabei so melancholisches Gesicht ließ ihn zurückprallen und zog ihn zugleich unwiderstehlich an. Ach, wie sie bei ihrer zufälligen Begegnung aus der Kutsche gestiegen war und er ihr mit viel zu sichtbarer Verlegenheit gesagt, beinahe gestanden hatte, dass er geheiratet hatte – und was für eine seltsam starke Gemütsregung das bei ihr hervorgerufen hatte: An ihrem Hals war sogar eine Vene hervorgetreten. Ihre Augenlider fielen halb zu, als habe sie der Gestank betäubt, der von der Gummifabrik herüberwehte. Vorwurfsvoll leuchteten die Goldbuchstaben auf der schwarz polierten Marmorplatte des Firmenschildes von »Alexiev & Sohn«.

Assen zündete sich eine Zigarette an und riss sich von den Schaufenstern der teuren Geschäfte los. Ihm fehlte etwas. Nach intensivem Nachdenken kam er drauf, was es war: die Unruhe. Niemand interessierte sich für ihn. Der Regen gurgelte eintönig in den Rinnen und Traufen, über das Pflaster ergossen sich ganze Flusssysteme, und er – wartete und wartete, dass die Zeit verging und der kleine Zeiger seiner Taschenuhr dreimal die Runde gemacht hatte und das Ende eines konspirativen Treffens verkündete, das vielleicht gar nicht stattgefunden hatte, und wenn, dann ohne ihn. Er kehrte ausgelaugt und durchgefroren nach Hause zurück, mit zerzaustem Haar und klatschnassem Rücken. Der Kanonenofen bullerte schwermütig, der Wasserhahn tropfte weiter mit der Beständigkeit einer Frage, die unausgesprochen im Raum stand, und er wusste, dass ihm alles vergeben war. Vera schaute ihn an, als sei er schwerkrank, dachte: Der Ärmste!, und erwartete jeden Moment, dass er seinen Pappkoffer nahm, seine Kleider hineinwarf und einfach ging.

»Nada lässt dich grüßen«, sagte er freundlich und ließ die Pistolen offen auf dem Tisch liegen.

11

Die Sirenen ließen den Abend zerspringen wie eine leere Vase. Sie klangen wie eine Mischung aus Wolfsgeheul und mechanischem Zahnradgeknirsche. Dabei waren die großen Luftangriffe des Jahres 1944 noch gar nicht gekommen, die über Monate jene gewaltigen Zerstörungen anrichten würden, nach denen die ganze Stadt mit einem dunklen Film aus Steinstaub und Asche überzogen war. Noch waren es manchmal auch Meteoriten, die ihre Leuchtspur über den Nachthimmel zogen. Und wenn Piollas Vater so eine Sternschnuppe erblickte, wünschte er sich das Schönste, was es geben konnte auf der Erde: acht Stunden Schlaf für seine ewig aufgerissenen Augen. Alexander »Saschko« Prodev, der den benachbarten Anbau gemietet hatte, begann langsam durchzudrehen. Er war noch dabei, das schwierige Handwerk der Banknotenfälscherei zu erlernen – mithilfe glanzierten Reispapiers und zwanzig gläserner Klischees. Als er den Alarm hörte, sprang er im Bett auf und stieß sich zur Begrüßung den Kopf am Lampenschirm. Als er wieder bei Sinnen war, bedeckte er zuerst seine Druckmaschine mit den wattierten Unterhosen seiner Frau (das war das Weichste, was er finden konnte), und erst dann machte er, dass er Land gewann und zum Bunker des Stadtviertels kam. Seine Frau folgte ihm schwer atmend. Weit hinter ihm kam Piolla, der in der Horde der Schutzsuchenden fast verschwand. Der Hausmantel bedeckte kaum seine sauberen langen Nierenwärmer, dafür saß der Strumpf auf dem Kopf tadellos. Unter dem Arm hielt er das erste Bändchen der Memoiren des Giacomo Casanova. Sein Vater humpelte, so schnell er konnte, also viel zu langsam, über die holprige Straße und wiederholte seinen sinnlosen Vorwurf: »Gott im Himmel, schon wieder eine Nacht ohne Schlaf!«

Das verwaiste Haus atmete einmal tief durch und wirkte nun irgendwie größer. Der Vermieter trat auf den Balkon – eine bleiche Gestalt unter dem bleichen Mond. Er war alt, weise und gläubig, streckte seine Arme nach vorn aus, als mache er sich abflugbereit und … atmete ein und wieder aus.

Als Vera die Sirene hörte, wurde ihr übel. Das Kind drehte sich in ihrem Bauch mit einem weichen Satz, als wolle auch es zum Bunker fliehen. Doch Vera hatte keine Kraft, ihm zu folgen.

»Ich kann nicht!«, stöhnte sie unter Schmerzen.

»Gut«, erwiderte Assen nur und löschte die schwache Glühbirne, »dann ruh dich einfach aus.«

Er lauschte auf das anschwellende Geheul der Sirene, als sei es eine menschliche Stimme. Es war ein Gefühl, als beginne gleich die Sintflut, nur dass die Wassertropfen Bomben waren und nicht nur selbst zerplatzten, sondern … hier … und jetzt da … und jetzt überall. Der Schweiß klebte an ihm. Die Erde – war sie nicht eigentlich fest und von fast ewiger Dauer? – begann zu zittern. Das Chaos roch nach zu stark gebrannten Mörtelblöcken. Mit leisem Erschrecken erkannte Assen diesen Gestank: aus dem Inneren der Öfen der Porzellanfabrik seines Onkels Ilija.

Vera war vor ihm zusammengesackt wie ein Haufen Bettwäsche. Sie gab einen Laut von sich, als beruhige sie instinktiv das Ungeborene. Die Erinnerung an ihr Kind krabbelte gleichsam unter dem Tisch hervor, wuchs riesenhaft bis zur Decke, musste sie gleich eindrücken. Der Verputz rieselte schon. Schräg über ihnen saß ein Mann auf dem Balkon, der unberührt von allem ein- und ausatmete, nur dass dies längst keine reine Luft mehr war, sondern eine Mischung aus erstickendem Rauch, Kalk, der Luft ansaugte, und dem ganz gewöhnlichen Schmorgeruch verbrannten menschlichen Hausrats.

Zu gleicher Zeit, ein paar Kilometer weiter, verwandelten sich in Georgi Pantovs lebhafter Fantasie die Sirenen in den Schrei eines stinkendzähnigen Drachenmauls, das die Stadt zerkaute. Er verschluckte sich zunächst an seinem Kognak, dann trat ein seltsam dümmliches Lächeln auf sein Gesicht, so, als erinnerte ihn das Geheul des Fliegeralarms an etwas in seinem eigenen Blut, dem Blut der Weltschevs, deren Name sich von »Wolf« herleitete. Er stand mit einer würdigen Bewegung auf, als habe seine Stunde geschlagen, eine Stunde, die er persönlich mit dem Schicksal bei einer Pokerpartie verabredet hatte. Zum ersten Mal fand Sonja, dass eine der Absonderlichkeiten ihres Mannes ihm wahre Schönheit verlieh. Was ihr auffiel, und woran sie sich später erinnern würde, das war, dass er keine Eile hatte. Er zog die Schublade auf, holte ein paar gestärkte Taschentücher heraus, griff nach dem Fläschchen Duftwasser, richtete seinen Krawattenknoten, hüstelte einmal und sagte erst dann:

»Dann wollen wir mal, meine Liebe. *Du immer mit mir!*«

Sie schritten durchs Treppenhaus hinab wie ein Brautpaar, langsam und mit hocherhobenen Köpfen. Auf der Straße herrschte bereits ein so heilloses Gedränge, dass Sonja nichts davon genau behalten konnte: eilende Polizisten, ein verlassenes Pferd, eine namenlose Frau, eine alte Frau mit Kleinkind auf dem Arm und Ikone in der Hand, ein Schwarm aufgeschreckter Spatzen.

»Wie spät ist es?«, fragte Goscho.

»Ich kann die Zeiger nicht erkennen«, antwortete Sonja.

In diesem Moment detonierten hinter ihnen die ersten Bomben. Etwas barst krachend und mit der Langsamkeit einer Eierschale, die vom Küken aufgebrochen wird. Die Flugzeuge donnerten über die Stadt wie ein reißender Wasserfall. Sie hielten vor dem Gebäude der Hauptpost, dem Portal der Rettung. Ein unbekannter Mann mit feinem Schaum auf dem Zahnfleisch fuhr Goscho an: »Jetzt komm schon rein, du Hundesohn!«

»Für dich immer noch ›*Sie* Hundesohn‹, wenn ich bitten darf!«, fuhr Goscho auf, benetzte ein Taschentuch mit dem Kiefernnadelduft und reichte es Sonja. Drinnen drängten sich so viele Menschen, dass sie vollkommen isoliert waren. Die Wände erzitterten, die mit Stuck verzierten Stützbögen sahen auf einmal sehr instabil aus. Das Echo des Infernos über der Stadt drang an Sonjas Ohr wie das dunkle Rauschen eines unterirdischen Flusses, und sie bekam langsam das Gefühl, dass sie vom Regen in die Traufe gekommen waren. Sie sah den Tod vor Augen, sie sah ihre Mutter, gekommen zur letzten Umarmung … Sie standen die ganze Zeit aufrecht wie bei einer schwarzen Messe, unfähig, zu begreifen, was sich da eigentlich über ihnen und um sie herum abspielte. Da richtete Georgi seine Locken, zog aus seiner kleinen Sakkotasche eine Visitenkarte heraus, reichte sie einem alten Mann, der auf einem Petroleumkocher saß, und sagte:

»Mein Herr, ich bin der Inhaber des berühmten Konditorei-Cafés ›Bulgaria‹. Wenn diese Idioten da oben irgendetwas von ihm übrig lassen, dann lade ich Sie morgen zum Tee und zu Garasch-Torte ein. Nur, bitte, würden Sie Ihren Platz meiner Frau abtreten?«

Der Alte rückte seine Brille zurecht, weidete die Aufschrift der Visitenkarte mit Genuss ab, stand auf, verbeugte sich knapp und schob dann die von der Koch- zur Sitzgelegenheit mutierte blaue Kartusche unter Sonjas Schoß.

Die Topalovs hörten zuerst das Donnern rollender Steine und das Eiern eines ovalen Gegenstandes, der zu Boden gefallen war. Der alte Topalov stand von seiner Patience auf und ging mit seiner Tochter auf die Terrasse hinaus, die mit schwarzem Onyx plattiert war. Seta trug einen Pullover mit V-Ausschnitt, General Kowatschev hatte seine Uniformjacke aufgeknöpft, Boshidar hatte sich zu derlei Nachlässigkeiten nicht durchringen können. Die Detonationen selbst waren kaum zu sehen. Sie wirkten so harmlos, als zünde jemand ein Streichholz auf dem Feld an, das aber, wie der Geruch der Luft verriet, die der Wind zu ihnen trug, reichlich zu fressen fand. Sukzessive verstummte das Getöse, und über die Erde legte sich eine Stille wie von einem gigantischen Streichorchester, das ohne Saiten eine sinfonische Pantomime spielte. Der orangefarbene Widerschein des Feuers reichte bis Bankja vor den Toren Sofias.

Seta streckte die Arme aus, als wolle sie die Abmessungen der Flammen schätzen, und sagte dann, zu den uniformierten Gästen gewandt: »Wollten Sie nicht den Krieg, meine Herren Offiziere? Da ist er! Und Sie – Sie stehen hier einfach so herum!«

Sie beugte sich leicht vor und fasste sich an die Schläfen – es war wieder so weit! Die nächste Nervenkrise packte sie mit der Barmherzigkeit einer guten Mutter. Ihre Augen leerten sich, ihre Hände ruderten ziellos. Boshidar griff nach dem Champagner und flößte ihr davon ein, so viel er konnte, dann zerrte er sie zu den Kletterpflanzen, die das Geländer der Hochterrasse einhüllten. Dort kam sie zur Ruhe und ließ es zu, dass seine Hände sie umfassten.

12

Am nächsten Morgen erwachte Assen müde und bedrückt nach nur drei Stunden nervösen Schlafes voller Alpträume und unwillkürlicher Stöhnlaute aus Veras Kehle. Die Stille wirkte wie einzementiert. Das übliche Geklapper der Emailleschüsseln blieb aus, das Klopfen der Holzsohlen auf den kalten Bohlen fehlte ebenso wie der Hustengruß der Raucherlungen an den guten Morgen. Sein Rücken war vollkommen verspannt. Aus dem regelmäßigen Atmen Veras schloss er, dass sie endlich eingeschlafen war. Ihre Brüste hoben und senkten sich fieberhaft. Ihr Hals war übersät von den blauen Flecken, die ihre Finger dort hinterlassen hatten. Während der ganzen Zeit des Bombenangriffs hatte sie sich an der Kehle gehalten, ohne Schmerz zu empfinden oder durch die Liebe zu ihrem ungeborenen Kind daran gehindert zu werden. Zu ihrer beider Kind!, verbesserte er sich. Er musste an Jonkas orakelhafte Worte denken, dass Gott den Menschen Prüfungen schicke, um sich, um die Beständigkeit seiner Schöpfung zu prüfen, ihre Überlebensfähigkeit – und musste lächeln.

Assen schälte sich aus den Laken. Der Boden war übersät mit abgebröckeltem Verputz und knirschte unter seinen Sohlen. Er besann sich, dass es wohl keinen Sinn machte, hinauszugehen, weil draußen alles fremd sein, die widernatürlichen Formen der Zerstörung angenommen haben würde; doch genau das reizte ihn, es dennoch zu tun.

Die Klokotniza-Straße war traurig und verlassen, doch unten an der Löwenbrücke bemerkte er eine lange Schlange finster dreinblickender, verbittert schweigender Menschen, die sich das Wärmste angezogen hatten, was sie besaßen. Sie wälzten sich Richtung Bahnhof. Noch immer stieg Rauch auf. Aus den Trümmerhaufen ragten geknickte Metallstangen, die auf einen rettenden Arm zu warten schienen. Möbel wirkten in den Steinhaufen wie sinkende Schiffskörper, Puppen hatten den Kopf verloren, und überall Asche, Asche, Asche. Die Gleise der Straßenbahn waren stellenweise aus ihrer Verankerung gerissen und verbogen; eine Schiene hatte sich in das Schaufenster eines Hutmachergeschäftes gebohrt. Assen ging zum Gebäude seines Arbeitgebers und hielt dabei stellenweise die Luft an, um nicht den giftigen Gestank verschmorter Matratzen einzuatmen. Plötzlich vermeinte er, aus den amorphen Trümmerwogen eine menschliche Stimme rufen zu hören. Es durchfuhr ihn, und er blieb wie angewurzelt stehen. Er ging durch eine sich gerade noch aufrecht haltende Eingangstür und rief in die Finsternis hinein: »Ist hier jemand?« Als seine Augen sich an die Dunkelheit gewöhnt hatten, sah er zu seinen Füßen eine Katze mit gefletschten Zähnen und ernst zu ihm aufblickenden Augen hocken, der ein Bein abgerissen worden war. Daneben nur eine Emaillewanne. In einem Impuls wollte er sich etwas als Andenken von hier mitnehmen, doch hier war nichts zu machen und nichts zu holen.

Weiter die Straße hinauf überholte er Karren, auf deren Seitenbretter in Eile rote Kreuze gemalt worden waren, ging an Männern mit Spitzhacken vorbei, die Grubenarbeitern glichen. Von irgendwo trug der Wind doch tatsächlich den Klang eines Grammofons herüber, und das kam ihm bizarr vor. Als er um die Ecke bog, sah er sofort: Das Kontor »Gutes Ende dank Alexiev & Sohn« hatte architektonisch mit dem Lager der Gummifabrik fusioniert. Das ganze Viertel stank nach verbranntem Kautschuk. Das Treppenhaus, über das man zum Büro seines Chefs in die erste Etage gelangte, führte ins Nichts. Er setzte sich auf die Gehwegkante und mühte sich ab, etwas zu erkennen. Er kam sich vor wie das einzige lebende Wesen in der ganzen Stadt. Alles, wonach seine Augen in dieser Landschaft griffen, die einer archäologischen Ausgrabungsstätte glich, gehörte ihm. Was mit Herrn Alexiev und Fräulein Pastuchova war, konnte er nicht sagen. Was er mit Sicherheit sagen konnte, war nur, dass im Keller zwanzig Ballen feinsten Baldachins begraben lagen, dazu Weihrauchfässer, Säcke mit Weizen, Gipsengel mit vermutlich abgebrochenen Flügeln und traurigem Blick und frische Fichtenholzbretter, deren Geruch an Frühling denken ließ.

Plötzlich besann er sich, dass Vera und das Kind hungrig sein mussten, und dieser einfache Gedanke erfüllte ihn mit einer unbändigen Freude. Die Backstuben, kleinen Lädchen und Gaststätten waren natürlich geschlossen. Die Asche hatte sich auf rätselhafte Weise ihren Weg bis hinein in ihre Schaufenster und Auslagen gebahnt. Assen ging aus unbestimmten Gründen weiter Richtung Innenstadt, wo er an den Trümmern vorbeilief wie an unbekannten Leuten. Rußbedeckte Menschen machten sich in den Ruinen zu schaffen, nicht weil sie nach Überlebenden suchten, sondern weil sie wissen wollten, was sonst noch heil geblieben war. Die halbe Targovska-Straße sah aus wie von einer Riesenklaue abgekratzt. Zwischen Hügeln und Löchern lagen Schilder ehemaliger Goldschmiede-Ateliers umher nebst einigen ihrer Erzeugnisse, die eines fernen Tages vielleicht die Sammelleidenschaft von Archäologen erregen würden. Assen beschleunigte seine Schritte immer mehr. Erst als er den großen Platz um die Alexander-Newski-Kathedrale erreicht hatte, wurde er ruhiger. Dort fand er eine fast idyllische »Winterlandschaft mit Gotteshaus« vor. Er war so verblüfft, keine großen Zerstörungen vorzufinden, dass er geneigt war, zu glauben, alles sei gerade erst erbaut worden.

Mit Erleichterung nahm er zur Kenntnis, dass auch das dreigeschossige Haus unversehrt geblieben war. Auf der Freitreppe roch es wie immer nach einer Spur Parfüm. Die Bronzeplatte befand sich an ihrem Platz. Und als er die Klingel betätigte, waren drinnen sofort Schritte zu hören. Sonja Toromanova öffnete ihm selbst. Sie sah aus, als wäre sie gerade aus dem Theater gekommen. Auf ihrer Brust schimmerte eine Brosche mit echter Perle.

»Sie?«, sagte sie und wich überrascht zurück.

Assen ging sofort ins Wohnzimmer. Dort bot sich ihm ein beinahe komischer Anblick: der Konzertflügel als Bunker! Unter ihm hatte die Sammlung von Kaminuhren – hastig eingeschlagen in kostbares Bettzeug – Zuflucht gefunden. Des Weiteren sah er fast ein Dutzend Koffer offen über den Boden verstreut, zur Hälfte gefüllt mit Kleidungsstücken und Gegenständen, die sich gegenseitig die Schau stahlen, mit kostbarer Wäsche und Silberfläschchen, mit seidenen Strümpfen und Strumpfhaltern, mit Chaos und mit Angst. Dazwischen stand noch immer die Staffelei mit dem unvollendeten Porträt von Tante Allwissend. Sie hatte im Vollgefühl ihres malerischen Sieges über das Alter königlich ihr Haupt erhoben und ließ einen erst skizzierten Arm über die Sessellehne herabhängen, vor einem Riesenstrauß japanischer Rosen mit künstlerischer Garantie gegen Verblühen.

»Das da macht mir wirklich zu schaffen«, zischte Goscho und zeigte auf das Gemälde seiner Mutter. »Wie soll ich das denn einpacken? Es ist höllisch schwer und lässt sich nicht knicken.« In seiner enttäuschten Versunkenheit und Unbeholfenheit sah er richtig ernsthaft aus. Er nahm einen Schluck von seinem Kognak, und erst dann murmelte er: »Ach, du bist es.«

… Als wäre er tatsächlich von den Toten auferstanden, dachte Assen und setzte sich.

»Wir waren die Nacht in der Post, die sollte bombensicher sein, hieß es. Jetzt packen wir …«

Sonja waren die Worte ihres Mannes peinlich. Sie errötete, füllte nun auch das zweite Glas auf dem Tischchen mit Kognak und reichte es Assen.

»Wir müssen ja irgendwie überleben, nicht wahr?«

»Ja, aber wir bleiben trotzdem hier«, erwiderte Assen.

Sein Vetter ging zwischen Möbeln, Koffern und auf dem Boden abgestellten Gegenständen umher wie durch ein Labyrinth. Hier berührte er etwas mit den Fingerspitzen, dort betrachtete er etwas unentschlossen, dann trat er unzufrieden gegen die Koffer, als könne er so eine lebendige Reaktion erzwingen. Sonja hatte sich an den Kamin gelehnt. Ihr wohlgebauter Körper beschrieb einen sanften Bogen. Assen spürte, dass er auch dies unbedingt behalten wollte. Die Augen waren das Bemerkenswerteste an ihr. Er konnte immer noch nicht genau sagen, welche Farbe sie hatten, doch er konnte bereits ganz gut in ihnen lesen. Sie sprachen von Einsamkeit und vergehender Jugend. Er hatte Vertrauen zu ihnen. Er hatte plötzlich einen Kloß im Hals, weil ihn die Anmutung befiel, dass ein zweites, unbekanntes Leben existierte, in dem alles leicht und ästhetisch war. Doch in diesem ersten Leben musste er eine Frau ernähren, und bald auch ein Kind …

Er befahl nicht, und er bettelte nicht. Seine Stimme war so ruhig, als ob er bloß nachdachte. Das Bestattungsinstitut »Gutes Ende dank Alexiev & Sohn« war nur noch Erinnerung. Die Backstuben und Lebensmittelhändler hatten ihre Rollläden heruntergelassen, weil in den Güterzügen derzeit kein Getreide befördert wurde, sondern Menschen; Menschen, die ohne Plan und Verstand je nach Verbindungen auf die umliegenden Dörfer verteilt wurden, auf die Luftkurorte und Bäder, auf Verwandte, Bekannte und solche, die gegen entsprechende Gaben bereit waren, Platz zu machen für die Flüchtlinge aus der Hauptstadt. Sonja Toromanova hatte ihre Augenlider fast geschlossen. Die langen Wimpern zitterten. Goscho knüllte ein mit Parfüm besprengtes Handtuch mit einem aufgestickten goldenen Löwen in seinen Fingern. Von unter dem Flügel war etwas wie ein Metronom zu hören: das schwachsinnige Ticken einer der verhüllten Kaminuhren.

»Wie sehr ihr euch ähnelt!«, sagte Sonja aus heiterem Himmel und unterstrich damit erst recht den Unterschied zwischen ihnen. Doch sie suchte einen Weg, Assen zu helfen, griff sich nervös ins Haar, als wäre dort etwas zu richten, und schien mit dieser Geste zu sagen: »Ihr seid doch schließlich Vettern!«

»Ich hab eine Heidenangst!«, ließ sich Goscho vernehmen.

»Wovor?«

»Zum Geschäft zu gehen und dort zu sehen …«

»Die Konditorei ist heil geblieben«, sagte Assen und trank einen Schluck Kognak, »ich bin dran vorbeigekommen.«

Georgi, der auf eine Sessellehne gesunken war, erhob sich schwerfällig, seufzte einmal tief und ging dann in sein Arbeitszimmer, um sich umzuziehen. Seine Frau setzte sich wieder in ihren Sessel und goss Assen Kognak nach, wobei ihre Perle aufblitzte, so, als wolle auch sie ein Tropfen dessen sein, was der Benutzer des Glases trank. Assen schwindelte es vor Augen – all die über den Boden verstreuten Koffer mit ihren silbernen

Schließen wirkten wie Rettungsboote, die gerade zu Wasser gelassen wurden. In diesem Augenblick tat Sonja etwas völlig Unerwartetes. Sie redete leise, schnell und flehentlich, während sie ihr Handtäschchen öffnete und ein Portemonnaie in der Form eines vierblättrigen Kleeblattes herausholte:

»Ich bitte Sie«, sagte sie, »nehmen Sie das. Und betrachten Sie es bitte nicht als Almosen, sondern als Leihgabe … für Ihre Frau, Ihr Kind …«

Erst sehr viel später, als ihm das kostspielige Tohuwabohu im Wohnzimmer der Toromanovs einmal in den Sinn kam, fiel Assen ein, dass sie sich ihm in diesem Moment für immer eingeprägt hatte. Sie glich einer Krankenschwester, die sich über einen Kranken gebeugt hatte, und hielt dieses Lederetui in ihrer Hand wie eine Kompresse, getränkt mit einem Wunderheilmittel.

Sein Vetter Georgi rief ihn aus dem Korridor. Assen verließ das Wohnzimmer, ohne Sonja noch einmal anzuschauen oder sich wenigstens an der Tür nach ihr umzudrehen. Er passierte die Hörner und Geweihe an der Wand, dann gingen sie gemeinsam los. Sie bogen an der ersten Querstraße ab, wo sie Feuerwehrleute mit Helmen sahen, die auf dem Gehweg steif gewordene Leichname aufgereiht hatten, die in ihren zerrissenen Kleidern grausig aussahen wie Vogelscheuchen. Wenn Bai Michal und der Zwilling und Nada und Zahnarzt Iwantschev in Sofia gewesen wären, hätte ich das Geld nicht angenommen, dachte Assen und schämte sich. Goscho, sein Vetter, stieß mit überheblichem Gestus seinen feinen Spazierstock auf die Gehsteigplatten und schubste damit kleine Gegenstände weg, die ihnen im Weg lagen. Tatsächlich: Das Konditorei-Café »Bulgaria« war unversehrt, obwohl es in unmittelbarer Nähe zwei Bombeneinschläge gegeben hatte. Nur die Decke hatte einen Riss. Ein langer Gipskranz hatte sich gelöst und war auf einem der Marmortische in tausend Stücke gesprungen. Goscho wechselte sein Stöckchen von der einen in die andere Hand. Er war bleich geworden. Eines seiner Augenlider zitterte.

»Nicht, dass du glaubst, wir verwenden echtes Mehl für unsere Törtchen«, sagte er wirr, aber herzlich, »alles aus Bucheckern, mein Lieber. Seeehr nahrhaft – und wie das aufgeht! Kakao? Woher echten Kakao nehmen? Und der Sirup ist natürlich mit Saccharin gesüßt. Jetzt sagst du vielleicht, der Goscho Pantov, das ist mir vielleicht ein Gauner und Betrüger!

Aber das bin ich nicht! Nur … wie soll ich sagen? Bis der Mensch den lieben Gott erreicht hat, machen ihn die Engel herzlich müde!«

Er hatte sichtlich einen Nervenzusammenbruch, ging chaotisch im Zickzack durch sein süßes Reich, dann sprang er plötzlich hoch. Assen fürchtete, dass er etwas Schlimmes tun, einen Tisch nehmen und in die Glasvitrine unter der Theke werfen könnte oder auf einen der prachtvollen Riesenspiegel.

»Nimm«, kreischte Goscho, »Mehl aus Bucheckern, Öl, ach, und Eier … Wachteleier natürlich, Rabeneier …«

13

Nach den furchtbaren Bombenangriffen des Winters breitete sich im Viertel eine Stille aus wie in einem verlassenen Dorf. Ein matschiger Schnee fiel. Abends nahmen die Flocken die Farbe blauer Flecken an. Die Staatsmacht glänzte durch Abwesenheit. Nur gelegentlich wurde die fehlende Ordnung gestört durch das Auftauchen berittener Schupos, die aber auch vor allem sich selbst schützten. Manchmal war nachts in den Häusern ein matter Lichtschein zu sehen, wenn Diebe und Illegale mit Kerzen oder alten Taschenlampen durch verlassene Zimmer schlichen.

Assen hatte Arbeit als Lastenträger am Bahnhof gefunden. Er verlud Kohle, schleppte Kartoffelsäcke, Weizen, der schon keimte, und Buchenholz. Er lernte, langsam zu gehen. Er hatte sich auf dem Kleidermarkt Kniebundhosen gekauft und Wanderstiefel. Nach zwölf Stunden Arbeit trug er ganze zwei Kanten halb verschimmeltes Brot und eine Tasse blasses Speiseöl nach Hause, dazu hatte er zufällig zwei Kilogramm rote Paprika gefunden und einen Klumpen unraffinierten Zucker.

Morgens stand er noch im Dunkeln auf, zündete den Ofen an und wärmte den Kartoffeleintopf darauf, erst spätabends kam er, stinkend nach harzigen Schwellen, Lokomotivendampf und Winterwind, wieder heim. Er überquerte den Hof allein, in gebeugter Haltung und mit hängenden Armen. Aus seinem Mund war nie eine Klage zu hören. Er leerte das, was er an diesem Tag »erbeutet« hatte, auf dem Tisch aus; dann küsste er Vera, wie man eine Ikone küsst. Sie sah, wie furchtbar müde er war, wusste, dass er fast so müde, wie er ins Bett ging, auch wieder aufstehen würde. Er sackte vor dem Ofen auf einen Stuhl und blieb reglos dort sitzen, während seine Frau die zerrissenen Jacken Piollas aufribbelte, um aus der daraus gewonnenen Wolle Handschuhe und Babyhosen zu stricken, die gerade einmal so lang waren wie Assens Hand und genauso breit. Samstags ging Assen seinen alten Professor Jowtschev besuchen, spaltete ihm Holz für den Ofen, trug ihm Kohle in die fünfte Etage hinauf oder unterhielt sich mit ihm. Mittwochs und freitags ölte er die beiden Pistolen, zählte mit dem besorgten Blick eines Geizhalses die Patronen nach und »ging dorthin«. Vera wusste, dass er nur einen Rundgang durch die Trümmerlandschaft machte, aber sie ließ ihn. Er war ja gut bewaffnet.

So komisch es sich auch anhören mag, doch diese Lüge, dieses Mittwoch-Freitag-Ritual, das auf den ersten Blick so sinnlos war wie die Paradiesvögel in ihrem üppigen Hochzeits-Service, näherte sie einander an. Assen brauchte jemanden, dem er weismachen konnte, dass er seine revolutionäre Tätigkeit ungebrochen und eisern fortsetzte und damit etwas weitaus Wichtigeres, Schwierigeres und Weitreichenderes vollbrachte, als nur seine Familie durchzubringen. Mit einer von all seiner Müdigkeit unbeeinträchtigten Fantasie erzählte er ihr, wie Bai Michal sich endlich vorgenommen habe, mit dem Rauchen aufzuhören, wie der große Zwilling es geschafft hatte, einen »Blaupunkt«-Radioempfänger zu installieren, mit dem man die nationale Radiostation »Christo Botev« empfangen konnte, wenn der Empfang nicht gerade durch Schneefälle, Wind oder andere Elemente gestört war.

»Wir hocken einfach da und warten ab«, begann Assen mit einem Lächeln, das einen zur Verzweiflung treiben konnte. Er kehrte fast immer durchnässt bis auf die Knochen von seinen ziellosen Spaziergängen zurück. Das Stahlgehäuse der beiden Revolver, die in seiner Brusttasche ebenfalls feucht geworden waren, bekam einen matten Abglanz.

»Ja, ja«, wiederholte Vera, nur um ihm etwas zu erwidern. Langsam erinnerte sie sich wieder daran, was sie noch vor wenigen Monaten nach dem Treffen mit Nada zu tun bereit gewesen war. Damals hatte sie vollkommen ernsthaft beschlossen, dass, wenn Assen wirklich ein Verräter war, sie einfach warten würde, bis er neben ihrem Schoß eingeschlafen wäre, um ihm dann nach einem Kuss auf die Schläfen, an denen sich das erste Silber zeigte, aus kurzer Distanz mit einem Kopfschuss alles, was darinnen war, ins Nichts zu befördern. Sie hatte diesen Moment, in dem ihrer Nähe ein Ende bereitet werden würde, Dutzende Male vor sich gesehen – einschließlich der Tränen danach. Und das war ihr Nutzen an Assens sinnlosen Spaziergängen durch das winterlich-nasskalte Sofia: Es gab ihr einen Anlass, eine beiden vertraute Form, um ihn mit aller erdenklichen Zärtlichkeit nach Bai Michal und Nada zu fragen, ja sogar nach dem Zahnarzt Iwantschev. Dann zeigte sie ihm, dass sie Zahnfleischbluten hatte.

Es tat ihr weh, wenn er nicht aufhörte, ihr den volleren Teller zu überlassen, und sie hasste jeden kalten, grauen Morgen, an dem er sich mit verklebten Augen aus dem Bett kämpfen musste. Tagsüber kam schlicht und geistlos der Hunger, die Gier nach Honigmelonen oder gefüllten Mastdärmen, schön knusprig gebacken, doch es gab immer nur Kartoffeln. Im aufsteigenden Dampf, wenn ihr schwindelte, hatte sie manchmal das Gefühl, die Paradiesvögel würden sich vom Porzellan lösen und durch die Luft segeln. Das Einzige, was sie tun konnte außer Kochen und Saubermachen, war Stricken. Gegen Mittag fielen ihr die Augen zu, dann kehrte jener bedrückende Traum wieder, den sie seit einiger Zeit träumte. Sie betrat einen Garten mit hohen, klassischen Arkaden. Von oben kam ein graues, gleichmäßiges Licht. Vor ihr breitete sich ein ebensolches Grau aus, wie an einem düsteren Regentag. Was sie verlockte, weiterzugehen, war, dass vollkommene Lautlosigkeit herrschte. Vera versank darin. Alles, was sie berührte, begann augenblicklich zu zerfallen. Um sie herum rieselte Sand. Lautlos zerrannen die steinernen Säulen. Selbst ihre eigene Stimme wurde sofort verschluckt. Eine unbekannte Macht zwang sie, weiterzugehen, voran durch diese Zerstörung im Raum, in der Zeit und vielleicht auch in der Unendlichkeit. Warum?, fragte sie sich, und diese Frage war das Erste, woran sie sich erinnern konnte.

Sie ging auf den Hof hinaus, um wieder zur Ruhe zu kommen, fasste voller Angst das schief gewordene Butterfass an, das Stück Schiene, den glatten Stamm der Quitte, nur um sich davon zu überzeugen, dass sie nicht zerbröselten. Dann schlüpfte sie in Piollas Zimmer, um es zu lüften. Es roch reinlich und nach ewig wachem altem Mann. Die Truhen, die an der Wand aufgereiht standen, waren voller steifgefrorener langer Unterhosen. Unter dem Ofen hing ein Eiszapfen. Die Stille wurde unterbrochen nur durch das Knarren des Hoftörchens oder das geräuschvolle Ein- und Ausatmen ihres Vermieters, der wie festgeklemmt zwischen den Gitterstäben seines Balkons saß und sich nur von den festen und flüssigen Bestandteilen der Luft zu ernähren schien.

Nachmittags las sie. Dabei hatte sie viel Zeit, die egoistischen und heftigen Körper- und Gemütsregungen ihres Babys zu verfolgen, die sie mit Stolz erfüllten. Draußen schneite es und hörte wieder auf. Erst gegen neun Uhr abends hörte sie Assens trostlose Schritte, roch sie die Bahnhofsdüfte, die er mitbrachte. Er zog seine Kniebundhosen aus, ohne sich vor ihr zu schämen. Um den Kanonenofen war ihnen schön warm. Dort sprachen sie flüsternd über das rasche Vordringen der Roten Armee, über die Revolution, die fortfuhr, sich atemlos und voller Leben in den verwaisten Wohnvierteln zu entfalten. Sie nahm teil an Assens Einsamkeit durch ihre eigene Einsamkeit. Gelegentlich kamen Gefühle der Verachtung für Bai Michal und Nada in ihr hoch, manchmal eine verrückte Ungeduld, sofort ihr Kind zu gebären. Sie konnte es nicht abwarten, das Köpfchen des Neugeborenen an ihre Brüste zu legen, die schon voller Milch waren, und Assen zu sagen, dass sie ihm glaubte, dass sie seine Frau und sein Glaube sei. Doch sie biss sich auf die Lippen, weil Assen nicht ihr Reden brauchte, sondern ihr Schweigen.

»Weißt du«, sagte Vera verträumt, »nach einer oder zwei Wochen …«

Er streichelte ängstlich ihren Bauch, als ertaste er darin die geheimnisvolle Form der Ewigkeit.

14

Der Schmerz war so heftig, als hätte jemand Eingeschlossenes sich machtvoll gegen die Tür gestemmt. Vera musste lächeln. Sie hatte verstanden. Sie legte ihr Buch neben das Wollknäuel und wusch sich mit heißem Wasser. Dann machte sie die Betten. Assen sollte ihr Zuhause in Ruhe und Ordnung vorfinden. In ihrem Köfferchen warteten schon ein Satz frischer Unterwäsche und abgekochte Streifen alter Bettlaken. Sie zog die resedagrünen Wiesenvorhänge zu, dann setzte sie sich an den Tisch und schrieb auf zwei Zettel das Nötige. Einen davon würde sie beim Verlassen des Hauses in ihren Briefkasten werfen. Sie war erleichtert, dass Assen nicht da war. Dies hier war Frauensache, da konnte sie die Last seiner Besorgtheit nicht gut gebrauchen. Sie erinnerte sich, dass heute Samstag war. Assen würde also zu Professor Jowtschev gehen und erst spät heimkehren. Dennoch fiel es ihr schwer, das abgewinkelte Zimmer zu verlassen, in dem das Tropfen des Wasserhahns bereits so etwas wie ein Erkennungsmerkmal war. Im Ofen verglühten Scheite aus Fichtenholz. Ein dezenter Duft nach Weihrauch lag in der Luft. »Also auf denn«, ermunterte sie sich, »was für ein schöner Morgen!«

Auf dem Hof sah sie gewohnheitsmäßig zu ihrem Vermieter hoch, doch die verstaubten Balkontüren waren fest geschlossen. Als sie ans Hoftörchen kam, fand sie das Briefkastentürchen aufgebogen. Sie hatte Mühe, es wieder in Ordnung zu bringen. Dann ließ sie ihr Stückchen Packpapier hineingleiten. Darauf standen nur drei Worte. Naja, immerhin drei Worte. Angst, allein in die Stadt zu gehen, hatte sie nicht. Auf den Trümmern lag frischer Schnee, was ihnen viel von ihrem Schrecken nahm. Einige Schornsteine rauchten. Der graue Rauch, der ihnen entquoll, übte eine magnetische Anziehungskraft auf sie aus, denn er war ja ein Zeichen dafür, dass Menschen in der Stadt sein mussten! Eine Kutsche mit bronzenen Bandeisen querte die verwaiste Straßenbahnlinie. Vera hielt einen Moment an, um sich auszuruhen und abzuwarten, bis die nächste Welle der Frühwehen abgeebbt war.

Das abgenutzte und verblichene Ocker, mit dem das Gebäude des Entbindungsheims vor langer Zeit einmal gestrichen worden war, kam ihr sehr freundlich vor. Sie betrat es durch den Haupteingang. Vor dem langen Gang, aus dem sie der Gestank nach Karbol und schmutzigen Verbänden anwehte, blieb sie unentschlossen stehen. Eine alte und gütig wirkende Krankenschwester mit schief auf dem Kopf sitzendem Häubchen kam ihr am Treppenaufgang entgegen und flüsterte ihr mit bedrohlichem Unterton zu: »Was stehen Sie denn hier herum, hier ist doch kein Wartezimmer. Da lang geht es!«

Vera nahm folgsam ihr Köfferchen wieder auf und ging zu dem kleinen Sprechzimmer, vor dem sie auf zwei Ärzte traf. Die Stethoskope hingen ihnen über die Brust wie lange Ketten.

»Frauen sind schon seltsame Wesen«, flachste der eine, »suchen sich so bescheuerte Zeiten aus wie diese, in denen es sich leichter stirbt als lebt, um schwanger zu werden!«

Im Sprechzimmer selbst war alles weiß. Die Ärzte hörten ihr mit einer Nachlässigkeit zu, als habe sie kein akutes Problem, sondern nur eine aristokratische Migräne. Auf dem wackligen alten Schreibtisch schaukelte eine Löschpapierwiege, die in einem marmornen Knauf endete. Die Glasfächer des Instrumentenschrankes waren voller blitzender Instrumente. Am Ende erklärten die Doktoren ihr, dass sie noch nicht so weit sei. Dieser zerreißende Wehenschmerz müsse in weitaus kürzeren Abständen erfolgen, als es derzeit der Fall sei.

»Wenn Sie das Gefühl haben, dass die Bomben nicht draußen, sondern in Ihrem Unterleib detonieren«, sagte der andere Arzt übermüdet und mit resignativem Ton, »dann melden Sie sich wieder. Sie sind ja ein kluges Mädel, Sie packen das schon.«

»Dann danke ich Ihnen sehr«, erwiderte Vera mit dem Gefühl, als könne es gar nicht anders sein.

Unbeholfen stand sie auf. Im grauen Wartezimmer roch es nach Spiritus und abgewaschenen Kacheln. In der Ecke saßen bereits einige Frauen. Ihre gewölbten Bäuche strahlten etwas Monströses aus, wirkten wie ein Bild gewordener Schrecken vor der Ewigkeit. Ein junges Mädchen von gerade einmal siebzehn Jahren hatte sich die Lippen zerbissen; zähes Blut war darauf zu Krusten geronnen. Die Frau neben ihr, die etwas von einer Amme hatte, strickte seelenruhig und mit einem wissenden Ausdruck im Gesicht einen Schal. Sie hatte wundervolles goldblondes Haar, das das Licht zu vervielfältigen und zu verstärken schien; dafür war ihre Gesichtshaut von Masern stark in Mitleidenschaft gezogen.

»Achtmal habe ich das schon hinter mir«, erzählte sie freundlich, während ihre Finger behende um die Wolle tanzten. »Vier Kinder sind mir weggestorben, aber achtmal habe ich geboren. Wisst ihr, am Ende ist alles halb so schlimm, wie es aussieht!«

Vera setzte sich auf die Wandbank gegenüber und krümmte sich zusammen. Die Wanduhr zählte mit ihrem schweren Ticktack die Augenblicke des Schmerzes. Sie versuchte, nicht an Assen zu denken, weil ihre übergroße Liebe sie allzu sehr ablenken konnte. Ihm geht es ja gut, dachte sie ohnmächtig, in seinen Kniebundhosen und seinen stabilen Wanderschuhen. Und allein ist er auch nicht. Professor Jowtschev macht ihm sogar einen schönen heißen Tee … Ansonsten stoben ihr die Erinnerungen, kaum richtete sie ihre Aufmerksamkeit darauf, flink wie aufgeschreckte Vögel davon. Der Tod ihrer Mutter lag ihr schwer auf dem Herzen. »Wir sind gute Freundinnen«, waren ihre letzten Worte gewesen, bevor sie auf ewig ihre Augen schloss, »bring mir doch bitte ein Glas Wasser.«

Sie spürte, wie in ihr weich die Wellen eines Meeres anbrandeten, der Schaum obenauf war rosafarben im Abendlicht. Das Baby spielte am Ufer im Sand. Es war winzigklein und riesengroß zugleich. Wenn es lächelte, löste sich der ganze Horizont auf wie Brause.

Am Nachmittag verspürte sie einen dumpfen, aber bohrenden Hunger. Die Bank, auf der sie saß, war hart. Das Mädchen mit den zerbissenen Lippen war schon in den Kreißsaal gegangen und zerriss mit seinen Schreien die Krankenhausluft. Die Bank fühlte sich immer härter an. Doch Vera rührte sich nicht von der Stelle. Sie war der Meinung, dass es genau so seine Richtigkeit hatte. Es dauerte eben lange. Draußen setzte die Dämmerung ein. Auf den kleinen Krankenhauspark mit seinem Baumbestand und den umgrenzenden Häusern fiel Ätherblau. Das Frühjahr machte sich erst ganz dezent im trippelnden Geräusch der von den Dachrinnen tauenden Zapfen bemerkbar. Die Glocke eines kleinen Kirchleins erklang, als schlüge jemand mit dem Löffel an ein Kristallglas.

Nein, Assen war nicht schuldig. Doch da er dafür gehalten wurde, war der niedrige Anbau, in dem sie lebten, etwas wie ein Asyl für sie beide, ein Asyl, in dem sie sich regelrechte Schlachten der Güte und Fürsorge lieferten. Jetzt war sie hier, um ihrer beider Sohn in aller Würde »auszuleiden« und dann, von aller Schuld befreit, mit Assen weiterzuleben. Der Wasserhahn und das Baby würden beide undicht sein, und der Vermieter würde weiter auf seinen Balkonplatz gehen, um sich von Luft zu ernähren. Und sie, Mama Vera, würde ihrem kleinen Schreihals vormachen, wie der alte Mann ein- und ausatmete, und ihm voller Liebe sagen: »Ja-haaah, das Leben ist keine so einfache Sache!« Nur noch ein paar Stunden also würde diese schuldbewusste Güte anhalten, und dann … dann würden sie sich einfach finden.

Die erfahrene, füllige Frau kratzte sich ihr goldblondes Haar, warf ihr Strickzeug zur Seite und stand auf. »So, ich wäre dann wohl so weit«, rief sie in den Korridor hinaus, als mache sie sich bereit, um mit jemandem Krach anzufangen. Aus dem Behandlungszimmer tauchte der kahle Kopf des übermüdeten Arztes auf. Er glich einem verzweifelten, alt gewordenen Engel, und zur gleichen Zeit einem Schlachter. Es war düster geworden im Wartezimmer. Die Schwester knipste das Licht an.

Im selben Augenblick schürte Professor Jowtschev seinen Kamin. Die glasierten Kacheln hatten eine merkwürdige, beige Farbe. Im Kanonenofen, hinter dem verzinkten Gittertürchen, bullerte es. Doch obwohl es in der Wohnung tropisch warm war, legte er den Wollschal um seinen Nacken nicht ab. Er schaute mit der stillen Überlegenheit des unschuldigen Siegers. Hinter ihm ragten die Buchrücken in seiner Bibliothek auf wie eine gotische Kathedrale.

»Soll ich Ihnen mal erklären, was ein Anachronismus ist«, sagte er. Assen hatte gerade einen Blick auf die Wanduhr geworfen und war im Begriff gewesen, zu gehen. »Meine Nase zum Beispiel läuft im Frühjahr, wenn das Wetter mild ist. Im Winter hingegen, wenn es klirrend kalt ist, ist sie trocken wie ein englischer Witz. Jeder Anachronismus hat etwas Großes und etwas Lächerliches an sich … Sie kommen freiwillig zu mir, hacken für mich Holz und machen mir Feuer im Ofen, dabei bin ich für Sie doch ein Opponent? Warum tun Sie das? Die Amerikaner sind Ihre Verbündeten, doch sie haben Sofia in Trümmer gelegt – warum empfinden Sie Hass? Nein, verehrter Kollege, Ihre Ideen sind in der Praxis und durch die Praxis nicht zu beweisen. Der Kommunismus ist so wahr, dass er schon langweilig ist. Er rechnet nicht mit der Vielfalt, *dem Streben nach Vielfalt* in der Natur und den Spiegelungsversuchen des menschlichen Bewusstseins. Er ist die Diktatur des Lichtes über die Zwischentöne. Und wie sollte das auch anders sein, denn jede absolute Wahrheit wird, sobald sie sich in Einzelerscheinungen materialisiert, zur Lüge. Schauen Sie, die Römer haben das Recht geschaffen, um einen gesetzlichen Regelkanon für ihre unvollkommenen Beziehungen zu haben; doch natürlich hatten sie nie den Anspruch, dieses Recht könne allgemeingültig sein und unverändert auf kommende Generationen übertragen werden. Stimmen Sie mir zu?«

»Nein«, erwiderte Assen bescheiden, dem der Geruch nach Büchern und der abendlichen Medizin seines alten Lehrers arg zusetzte. »Der Kommunismus ist nicht langweilig, Herr Jowtschev. Sie kennen ihn einfach nur nicht. Er betrifft ja nicht nur die materielle Seite des Lebens, sondern auch die Sphären der Erfahrung, des Glaubens und der Ideale.«

»So habe ich mir das auch gedacht.« Professor Jowtschev stand auf, lehnte sich an den dunklen, halbhohen Eichenschrank, als stünde er am Katheder. Er wollte noch so vieles sagen, doch die Wanduhr schlug feierlich neunmal und bahnte Assen einen Weg durch die stickige Luft hinaus ins Freie.

Die Wehen kamen nun minütlich, dabei schwitzte sie ununterbrochen. Ich werde noch austrocknen, dachte Vera verwundert. Die Hebamme half ihr, aufzustehen. Die Tür öffnete sich, knarrend wie ein Zweitakt-Motor, und da sah sie es. Es war nicht Bett und nicht Tisch, sondern ein hässliches Möbel mit gebogenen Stangen und etwas für ihren Rücken, das genauso trocken war wie ihr Inneres, etwas, das ihr eher aus dem Folterpark der Inquisition zu stammen schien als aus dem Gerätepark der modernen Gynäkologie. Sie legte sich darauf, einfach, um ausruhen zu können.

»Jetzt schrei«, wurde sie aufgefordert, »aber laut!«

Sie setzten ihr eine Spritze. Das fühlte sich an, als bisse sie ein kleiner Hund. Dann ging es hart zur Sache. Sie hörte in sich Assens Stimme weinen, lächelte ihm beruhigend zu und sagte sich (weil doch alles genau so gekommen war, wie es musste): *Unser* Sohn ist in mir! Die Zeit hatte schon keinerlei Bedeutung mehr. Nur manchmal machte sie sich von fern bemerkbar. Ihr Inneres war drauf und dran, zu platzen. Blut.

»Na, pressen Sie schon«, schrie ihr der Arzt ins Ohr, »ich kann das Kind nicht für Sie zur Welt bringen.«

Vera war ein gehorsames Mädchen, nur dass ihr die Kräfte schwanden. Sie musste an den Kartoffeleintopf denken. Der war sicher schon ganz kalt geworden. Die Schmerzen glichen einem fortgesetzten Dröhnen. Daran gewöhnte man sich schnell. Etwas knackte, als sei das Weltgebäude dabei, einzustürzen. Das Gesicht der Hebamme war nicht in ihr, sondern außen, in einer Welt, in der ungeduldig auf etwas gewartet wurde. Vera gab sich alle Mühe, zu helfen und dies auch zu sagen, etwas in der Art von »na, jetzt aber …«, doch der Arzt war schneller.

»Sauerstoff«, hörte sie ihn durch eine Zone der Schwerelosigkeit sagen.

Sie pressten ihr die Sauerstoffmaske aufs Gesicht. Die Luft war warm und schmeckte nach Gummi. Die Zimmerdecke wurde langsam schwarz. Dort war Nada und versuchte, sie zu umarmen: »Was machst du denn für Sachen«, sagte die Gute leise, »Assen ist doch gar nicht so einer! Mensch, Schwester, wir glauben ihm doch, mach doch keinen Unsinn!« Und wirklich: Alles war gut! Der *Tag des Sieges* war gekommen, die Straßen voller glücklicher Menschen. Sie sah einen rosafarbenen Strauch vor sich, der die Form eines Pilzes hatte. Vera lächelte. Die Hebamme hatte sich inzwischen auf ihren Bauch gesetzt und rutschte darauf herum, als sei es ein Erdhügel. Vera vermeinte, zu sehen, wie der Wind in ihre Haare griff. Die Hebamme knetete und betete, drückte und grub. Vera drehte den Kopf entkräftet ein wenig zur Seite.

Assen schlurfte währenddessen durch den verschneiten Hof und stellte fest: Hab mich verspätet. Er sah, dass im Zimmer kein Licht brannte, und beeilte sich, aufzuschließen. Drinnen war es kalt und klamm wie in einer Höhle. Die Betten waren sorgfältig gemacht, der Wasserhahn tropfte und wusste von nichts. Auf die Paradiesvögel hatte sich Rauhreif gelegt. Er las das Zettelchen mit der Hoffnung eines Kranken auf baldige Genesung.

Wo war noch mal dieses Entbindungsheim? Wann bin ich denn dort bloß einmal vorbeigekommen? Es war kein Moment, um sich darüber bewusst zu werden, dass er in der vollendeten Vergangenheitsform sprach, dass es ein Moment der Erinnerung war …

Vera trat nun wieder in diesen Garten hinaus. Noch bevor sie das Rieseln der ersten Säule hörte, vernahm sie das Schreien eines Babys. Etwas rief nach ihr. Etwas zog sie mit aller Macht zurück. Doch es war schon zu spät. Sie streichelte mit ihren Fingern diese Welt, und der Sand rann in den Tagen seiner eigenen Zeit davon. Sie konnte es vor Schuldgefühlen kaum aushalten, dass Assen sich nicht in ihrem Traum befand, inmitten all dieser Statuen aus ferner Zeit, die nackte Männer und Frauen zeigten. Allmählich waren die Säulen und Arkaden im wirbelnden Steinstaub kaum noch zu erkennen. Doch sie schritt weiter voran. Das Licht war warm. »Im Namen des Volkes«, schrie Vera mit aller Kraft, »er ist unschuldig!« Doch auch diesmal wurde ihre Stimme vollkommen verschluckt. Doch jetzt war ihr leicht zumute in diesem zerfallenden Abend voll warmen Lichtes, in dem es keine Schatten mehr gab …

15

In diesem langen Korridor, in dem man ihn angewiesen hatte, zu warten, gab es keine Fenster, sondern nur weiße Türen. Das gelbliche Licht der Glühbirne schien den Mosaikfußboden mit unregelmäßigen Lachen eher zu benetzen als zu beleuchten. Der Arzt tauchte mit verrutschter Krawatte hinten an der Ecke auf. Er trug keinen Kittel. Seine Brillengläser waren verschmiert. Er sagte es ihm frei heraus. Bei diesem jungen Lastenträger, der die ganze Nacht kein Auge zugetan hatte, brauchte man nichts zu verklausulieren.

»Ihre Frau ist tot, mein Herr … Sie haben einen Sohn!«

In diesem Moment musste so etwas wie eine Wandlung mit Assen vorgehen, denn der Arzt wurde plötzlich weich. Er putzte seine Brillengläser mit einem zerknüllten Taschentuch. Und weil der Durchzug die Glühbirne ins Schaukeln brachte, sah es so aus, als ob der Fußboden schaukele.

»Sie war so schrecklich geschwächt«, sagte er mit einem Anklang hinterhältiger Bosheit und musterte Assen, »Entschuldigung, ganz das Gegenteil von Ihnen, wenn ich so sagen darf. Kommen Sie morgen um die Mittagszeit. Jetzt brauchen Sie mich ja nicht. Gehen Sie nach Hause!«

Assen gehorchte widerstandslos. Draußen dämmerte entsetzlich langsam der Morgen. Die Straßen waren verlassen, kamen ihm unbekannt vor, und stellenweise hatte er Angst, den Weg nicht zu finden. Der Perlovska-Bach dampfte freundlich. Es hatte wieder geschneit, silbrige Flöckchen, so dass im Hof vor ihrem Haus keine Schritte zu sehen waren. Ich gehe hier als Erster, wiederholte er sich. Er zündete den Petroleumkocher an, wärmte sich den Kartoffeleintopf, hinter seinem Rücken Betten, die so fein säuberlich gemacht waren, als hätte nie jemand in ihnen geschlafen. Alles war blitzsauber und aufgeräumt. Über dem Topf stieg weicher Dampf zur Zimmerdecke auf. Dort kondensierte er und blieb in kleinen Tröpfchen hängen, die an Tränen erinnerten. Assen drehte den Petroleumkocher aus. Es gab nichts, was er weiter hätte tun können. Der Tag war schön. Sonnig.

16

Der dunkle Stamm der Quitte schien sich nach rückwärts, zum Holzzaun hin, zu bewegen. Es war halb sechs Uhr abends, und die Spatzen tschilpten vergnügt in ihrem Geäst. Assen aß langsam und ernst im Wissen, dass er etwas Nützliches tat. Er knetete das Brot zwischen seinen kräftigen Fingern und schluckte es dann hinunter, ohne zu kauen. Nach dem Essen stellte er die Porzellan-Teekanne weg und spitzte seinen Ölstift. Sein Kopf tat ihm weh vor Anspannung. Es gelang ihm nicht, seine Gedanken zu ordnen. Das Blatt war feucht, und die Buchstaben schmierten lila. Die Spitze seines Schreibgerätes hatte rasch die Farbe dunklen Flieders angenommen.

Liebe Mama,
gestern Abend hat Vera mir einen Sohn geschenkt – und ist von uns gegangen. Der Junge wiegt vier Kilogramm, und der Doktor sagte mir, er ähnele seiner Mutter, habe Grübchen und fröhliche Augen. Ich habe ihn noch nicht gesehen, aber beschlossen, ihn auf den Namen Jordan zu taufen. Soll er mit dem Namen meines Vaters aufwachsen. Der Doktor war sehr sympathisch, und von Vera war er ganz begeistert. Er hat mir versprochen, Jordan einen Monat lang persönlich unter die Fittiche zu nehmen. In der Klinik gäbe es derzeit genug junge Mütter. Die Frage ist nur – was mache ich danach?

Hier fällt ununterbrochen Schnee. Das Haus ist leer. Wenn ich Fußabdrücke im Hof sehe, stellt sich immer heraus, dass es meine eigenen sind. Ich bin allein auf mich gestellt, und obwohl Vera eine ganze Menge Kindersachen gestrickt hat, ändert das auch nicht viel daran.

Mama, ich war gut zu Vera, habe immer alles für sie getan, was ich konnte, vielleicht bin ich darum jetzt so unruhig. Ja, wenn ich noch meine Anstellung bei »Alexiev & Sohn« hätte, wäre ein Begräbnis kein Problem gewesen; aber auf das Kontor ist eine Bombe gefallen, die alles zerstört hat. Bitte, komm doch nach Sofia! Du bist meine Mutter, und Jordan ist mein Sohn!

Grüße bitte Tante Jonka und Onkel Christo von mir.

Assen faltete den Brief sorgfältig, steckte ihn in den Umschlag, leckte dessen Gummierung mit seinen trockenen Lippen an, so gut er konnte, und klebte den Brief zu. Welcher Tag war eigentlich? Freitag! Er stand auf und zog den Pappkoffer unter dem Bett hervor, der ganz hart geworden war. Er zählte die Patronen, wechselte die Streifen im Magazin. Die Stahlgriffe der Pistolen brannten kalt in seiner Handfläche. Er verstaute sie unter seinem Sakko wie zwei Eisklumpen. Danach polierte er seine Schuhe auf Hochglanz. Seine Hose war bereits gebügelt. Um die Mittagszeit, als er gerade zu Doktor Panov gehen wollte, um wenigstens fünfzehn Minuten menschliche Gesellschaft zu haben, fand er einen Zettel im Briefkasten. Die nervösen Druckbuchstaben waren auf dasselbe verblichene Packpapier geschrieben, in denen er immer Kartoffeln vom Bahnhof mit nach Hause brachte. Auf dem Zettel standen wieder nur drei Worte:

»WIR GLAUBEN DIR«

Assen versuchte krampfhaft, sich etwas in Erinnerung zu rufen. Dabei fiel ihm ein, dass er gar kein Foto von Vera hatte. Geblieben waren ihm nur ihre eleganten, einparfümierten Kleider, die sie im Halbdunkel des Fachgeschäftes »Alles für Sie« erstanden hatten. Er schaute sich noch einmal um, überzeugte sich davon, dass er nichts vergessen hatte, und löschte das Licht.

»Gut dann«, murmelte er müde, »dann wollen wir mal …«

17

Nachdem bis zum Überdruss wiederholt worden war, wie oft die Deutschen die Frontlinie im Osten »begradigt« hatten, was die Presse als »kleine Siege« quittierte, glich Sowjetrussland einem randvollen Gefäß, aus dem der Krieg jeden Moment überlaufen konnte. Die Ruhe, ja der Müßiggang und die kurzsichtige Eitelkeit in den Salons der guten Gesellschaft waren von Störfrequenzen durchbrochen, die den Privatklatsch zugunsten des Politklatsches zurückdrängten. Bei so viel Prognostiziererei dessen, was wohl kommen mochte, nahmen selbst die Stofftapeten im »Union Club« eine nachdenkliche Färbung an. Einige der bodenständigeren Kaufleute und Fabrikanten begannen ganz offen, London »rein als Stadt, als Architektur« schöner zu finden als Berlin. Die schmalen Flüsse und Kanälchen von Berlin hätten auch nicht den Charme der Themse. Und die Höhe und Pracht der Nelson-Säule auf dem Trafalgar Square wurde notorisch überschätzt. Die dümmeren Mitglieder der Gesellschaft hörten mit dem Alkoholtrinken auf, die Klügeren fingen damit erst so richtig an. Mystiker warteten auf ein Vorzeichen, vor allem das Erscheinen eines Kometen am Himmel. Die Söhne aus den besten Familien wurden extrem vorsichtig beim Heiraten. Lebensmittel stiegen erneut drastisch im Preis, alles andere, was sonst so geschätzt wurde, weil es aus dem Westen kam, fand keine Käufer mehr. Die Naivsten unter den Naiven überschlugen sich vor Ungeduld, wann Hitler endlich seine »Geheimwaffe« erproben würde, eine Bezeichnung, die längst die Dimensionen des Realen verlassen hatte und Spekulationen über ihre Zerstörungskraft freien Lauf ließ.

Die Zeitung *Morgenröte* hatte neben dem üblichen Lebenshaltungskram diesmal auch die Rede von Joseph Goebbels »Die Zerstörung des Kölner Doms – die größte Schande der heutigen Zeit« publiziert und brandmarkte den Angriff der englischen Luftwaffe »auf die badende griechische Bevölkerung am Strand von Asani«. Neben einem Artikel, in dem über den Kampf gegen die Wilddieberei berichtet wurde, fand sich auch die herzzerreißende Beschreibung von Mussolinis Rücktritt – nach Mitternacht, es war nicht zu glauben! Die gelbe Gefahr fand ihren Niederschlag in wissenschaftlichen Berichten über den »Einfluss des mystischen Ostens auf den zivilisierten Westen«, ein Film über eine »Süße Sekretärin« versprach Augenfreud und Herzeleid, die japanische Offensive in Birma blieb nicht unkommentiert, ebenso die Notwendigkeit der Wiedereinführung der Polizeistunde und nationaler Sparmaßnahmen. Da passte es ganz gut, dass auch die Erfindung und Weiterentwicklung des Schnellkochtopfs durch einen Tüftler aus Bremen nicht unerwähnt blieb: Neben der Brennstoffersparnis wurden durch die schnellere Garzeit auch Vitamine und Nährwert des Gekochten besser erhalten!

Der Eigentümer des Fotogeschäftes »Rocambole«, das sich in der Nähe des Bahnhofs zwischen einigen Rasier- und Barbierstuben befand und von Rauch und Dampf der Lokomotiven sichtlich in Mitleidenschaft gezogen war, wurde berühmt und sanierte sich in kürzester Zeit finanziell dadurch, dass Herr Tschomakov als Einziger bereit war, Fotografien zu entwickeln, die berittene Polizisten zeigten, die als Trophäe abgeschnittene Köpfe von Partisanen an den Haaren hoch in die Kamera hielten. Das Lächeln der erfolgreichen Jäger strahlte eine heidnische Seligkeit und

Selbstzufriedenheit aus. Die Köpfe der Toten hatten die Farbe gut getrockneten Tons und glichen in ihrer Lebendigkeit Brunnengeistern, aus deren Mäulern das Wasser schoss. Von dem Erlös dieser ethnografisch einzigartigen Tätigkeit konnte Herr Tschomakov seine Tochter an der philosophischen Fakultät studieren lassen. Wohl war ihm bei der Sache nicht. Er nahm die Negative mit Widerwillen entgegen, und mit Beklemmung wartete er, was diesmal in der Silbernitratlösung ans Licht kam. Er wurde auf einmal sehr mildtätig, gab den Bettlern am Bahnhof Almosen, alterte wie im Zeitraffer und ging hartnäckig zur Kirche. Abends dann liebte er es, zu hören, was seine Tochter tagsüber gelernt hatte, ganz egal, ob es um die demokratischen Strukturen in polaren Stadtstaaten oder den inhärenten Humanismus in der Mythologie der alten Griechen ging. Das zweigeschossige Haus, das Herr Tschomakov mitsamt seinen Lorbeerkränzen über dem Eingang erwarb, wurde ebenso wie sein neues fotografisches Atelier »Rocambole speciale« beim letzten Bombenangriff auf Sofia ein Opfer der Flammen. Leider verbrannte dabei auch eine Kollektion von Zeitdokumenten über menschlichen Kannibalismus, die sicher nicht nur die alten Griechen sprachlos gemacht hätte.

18

Seta Topalova betrachtete die Veränderungen mit Gleichgültigkeit, da sie glaubte, dass ihr Schicksal ohnehin vorbestimmt sei. Boshidar war in einem solchen Maße gereizt und böse, dass er oft ganz vergaß, sie bedingungslos zu lieben. Dann musste sie ihn mit einer beiläufigen Untreue oder einer sentimentalen Szene, möglichst auf dem glatten Parkett des Kasinos am Stadtgarten, wieder daran erinnern. Tief im Inneren wusste Seta, dass Boshidar der Ihre sein und bleiben werde von jenem Augenblick an, in dem seine hochfliegenden Pläne sich vollkommen zerschlagen haben würden. Wenn Boshidar sich, wie schwer auch immer, von der Hoffnung verabschiedet hätte, *im Großen* Ordnung zu schaffen, würde er Zeit finden für die Ordnung *im Kleinen!* Das wäre die Stunde *der Sühne,* das letzte apokalyptische Gefühl, das Seta noch nicht kannte, so wie die verrückt gewordene Welt der Gegenwart nur die Sintflut noch nicht erlebt hatte.

Zum ersten Mal überkamen Unruhe und innere Zweifel sie, als ihr Vater begann, auffällig sanft zu ihr und auffällig unverblümt zu den anderen zu sein. Die Worte, die Topalov bei dieser oder jener Gelegenheit gesagt hatte, gingen von Mund zu Mund, und sie wirkten umso mehr, als er sie ohne erkennbaren Anlass von sich gab und nicht klar war, an wessen Adresse sie gerichtet waren. Wem sollte zum Beispiel eine Sentenz wie die folgende gelten: »Vielleicht waren es ja doch die Pharisäer, die sich am tauglichsten für diese Welt erwiesen haben. Nicht wahr, erst haben sie an Christus geglaubt, und dann hatten sie den Mut, ihn zu verraten.« Klar war inzwischen nur, dass das Gerücht, er habe einen Großteil seines Vermögens in die Schweiz transferiert, den Tatsachen entsprach.

Karagjulevs Sohn, der mächtig darunter litt, dass in Sofia nichts mehr los war, erzählte Seta, dass er einmal vor Frust nach dem Abendessen in die nächste Kirche gegangen sei. Vor ihm sei ihr Vater gegangen, und da habe er natürlich gedacht: Auch du, mein Sohn Brutus! Aber kurz vor dem Eingang des Gotteshauses sei er abgebogen zum öffentlichen Pissoir.

Diese seelische Unruhe traf sie vollkommen unvorbereitet. Sie kroch ihr unter die Haut in Stunden, in denen sie ihrem Hobby, dem Spinnen von Intrigen, nachging, aber auch, wenn sie sich einfach mit einer Flasche Kognak hinsetzte und sich willenlos gehenließ. Sie konnte die Form dieser Unruhe noch nicht bestimmen – sie war ja kein Gegenstand! Aber was war sie dann? Sie begann, ihren Vater lauernd zu beobachten, doch das führte zu nichts. Der alte Topalov war eine Persönlichkeit, deren Schutzmauer aus Gewohnheiten zu durchbrechen oder zu überwinden, schon beim Blick in seine halb geschlossenen Augen scheiterte.

»Brauchst du etwas, mein Liebes?«, fragte er am Morgen freundlich und verheißungsvoll wie der erste laue Frühlingswind.

Seta beklagte sich über ihre Migräne, spielte mit seinem weiß gewordenen Schnurrbart und fand immer neue Anlässe, zu Hause in seiner Nähe zu bleiben. Warum nur kam ihr der Salon auf einmal nicht mehr herrlich groß, sondern furchtbar leer vor? Schließlich, nach einem ganzen Monat der Betrachtung alles dessen, was an toten Gegenständen und lebenden Menschen mit ihrem Vater in Berührung kam, kam sie drauf.

Ihr Vater hatte die Angewohnheit, seine Besucher erst vor dem Arbeitszimmer persönlich zu begrüßen. Um zu ihm zu gelangen, mussten sie also die Stufen der Wendeltreppe erklimmen, die ins Turmzimmer führte, sich also buchstäblich zu ihm hinaufarbeiten. Bei der Verabschiedung beobachtete sie dasselbe Ritual, nur in umgekehrter Richtung: Er bekundete ihnen »seine Verehrung«, indem er ihnen mit gelegentlich übertriebener Herzlichkeit die Hand schüttelte, dann aber am Treppenabsatz stehen blieb und zusah, wie sie sich die steilen Stufen wieder hinabtasteten, von oben nach unten, von ihm zu sich selbst. Nur manchmal, in wohlüberlegten Einzelfällen, stieg die »Verehrung« des alten Topalov so sehr, dass er einen Gast bis zur Tür geleitete, für gewöhnlich bei gefallenen Politikern, gescheiterten Fabrikanten oder dem Alkohol verfallenen Kaufleuten. Diese ungewöhnliche Aufmerksamkeit seinerseits war für den Butler das Zeichen, dass die betreffende Person sein Haus fortan nicht mehr zu betreten habe. »Leute mit Manieren«, scherzte er gern gutmütig, »versetzen anderen nicht einfach so einen Tritt in den Hintern. Sie klopfen erst einmal den Frack der betreffenden Person an der betreffenden Stelle ab.«

Im vergangenen Monat nun hatte Seta festgestellt, dass ihr Vater alle seine Gäste auf diese Weise hinausgeleitete. Das galt sogar für »unzertrennliche Freunde«, für Helfer und Helfershelfer, für die Männer, die als Regenten die Regierungsgeschäfte des minderjährigen Thronfolgers Simeon II. übernahmen, für Herrn Moltke ebenso wie für seine beiden Geliebten, Frauen ohne Alter mit traurigen Augen und keckem Gang. Während sie auf dem großen Sofa lag, zusammengerollt zwischen Bergen von Kissen, hatte Seta auf einmal begriffen, dass ihr Vater sich von allem und von allen verabschiedete in diesem leeren Haus mit Blick aufs Schloss.

19

General Kowatschev arbeitete bei zugezogenen Vorhängen. Vielleicht war es deshalb in seinem Büro so stickig. Es roch nach kalter Zigarettenasche, nach lange nicht gelüfteter Kaffeestube. Die Tischlampe warf ihren matten Schein in das Halbdunkel und beschien die massive Löwenfigur auf seinem Schreibtisch, die die Pranke zum Schlag erhoben hatte. Der General reinigte gerade mit dem Fingernagel die Feder seines Montblanc-Füllfederhalters.

»Wissen Sie, Herr Hauptmann«, murmelte er unwirsch, »Ideale sind was für junge Leute. Sie sind wie die erste Liebe – nichts als reine Absichten und rosarote Begeisterung! Für Leute wie mich hingegen sieht das schon anders aus! Da verwandeln sich diese anbetungswürdigen Geschöpfe in eine launische und dabei kostspielige Geliebte, die dich nur ranlässt, wenn du zahlst. Wer weiß, vielleicht sagen Sie sich: ›Der Kowatschev, der ist doch ein Angsthase!‹ Aber es geht hier nicht um Angst, sondern darum, ob es Sinn macht, derart unvernünftig zu sein.«

Er machte keine Anstalten, Boshidar mit einer einladenden Bewegung Richtung Ledersessel zum Sitzen aufzufordern, sondern ließ ihn stehen wie einen bestraften Rekruten. Boshidar hatte das Gefühl, Kowatschev tat so, als kenne er ihn gar nicht, als sei er, Boshidar, aus Versehen ins Büro eines fremden Vorgesetzten geraten.

Auf dem Schreibtisch lagen die Morgenzeitungen verstreut, ein Anblick, der nur noch Trübsinn und Langeweile hervorrief. General Kowatschev hatte ihn zur Zeit seines Morgenkaffees ohne erkennbaren Anlass zu sich rufen lassen. Er empfing ihn mit einer Unfreundlichkeit, als wäre Boshidar ein Provinz-Offizier, der in die Hauptstadt gekommen war, um zu heiraten. Der Blick, den er ihm nun zuwarf, war mürrisch und zugleich schadenfroh.

»Treffen Sie sich häufig mit den Herren Zotschev und Sewov?«, fragte er unerwartet und senkte seine Stimme gefährlich.

Boshidar zuckte zusammen, als wäre er bei etwas »Verbotenem« ertappt worden. Also das ist es, dachte er. Woher zum Teufel hat er Wind davon bekommen?

»Ich habe die beiden Herren bei Fräulein Topalova zu Hause kennengelernt.« Es roch nach Stiefelwichse und Verhör.

Kowatschev schaute ihn jetzt an wie einen Gegenstand, bei dem er sich fragte: Krieg ich den noch verkauft, oder soll ich ihn gleich wegwerfen? Die Wanduhr vertonte die Stille mit ihrem verwunderten Ticktack.

»Eh, ja, natürlich«, lächelte der General säuerlich. »Jedenfalls muss ich mich bei Ihnen bedanken für die lobenden Worte, die Sie für meine Person gefunden haben.« Er verstummte, glättete sein Resthaar, hatte sichtlich bereits das Interesse an diesem Gespräch verloren. Da fragte er plötzlich: »Nur eines kann ich mir nicht erklären: warum beide?«

Boshidars Kehle wurde so trocken, dass er unwillkürlich schlucken musste. Nun verstand er gar nichts mehr. Warum weigerte sich dieser Mann mit dem Quadratschädel und den Händen eines Schustergesellen, der unfähig war, eine Lehre zu entwickeln und zu verkörpern, geistiger Führer zu sein, oder auch nur Politiker, der sich aufs Handwerk der doppelzüngigen Rede verstand, Industrieller mit romantischer Zukunftsvision, geistreicher Zyniker, Lenker und Anführer jener Armee, mit deren Ritualen er schlicht seine Unfähigkeit kaschierte, warum weigerte er, der mangels Talent zu nichts anderem taugte, als Tyrann zu sein, ein Mann also, der alles Abweichende gnadenlos und grausam vernichtete, ein Mann, der nichts besaß als das Temperament eines wohlgenährten Zuchtstiers, warum weigerte er sich sogar, etwas zu tun, womit er seine dumpfe Unbegabung ins Recht setzen konnte? Dabei hatte Boshidar sich so schön ausgemalt, wie die hysterische Angst Lultschevs in Verbindung mit der biblischen Fähigkeit General Kowatschevs, der Gewalt eine Schneise zu schlagen, die Voraussetzungen schuf für unbegrenzte Macht, vor der jedes Volk in die Knie gehen musste. Wir drei, dachte Boshidar und fühlte, wie sich ihm die Welt sachte vor Augen drehte, hätten Bulgarien retten können!

Der Bronzelöwe auf Kowatschevs Schreibtisch wirkte auf einmal so, als wolle er mit seiner erhobenen Pranke nicht zuschlagen, sondern sie Boshidar tröstend auf die Schulter legen. Das Pendel der Wanduhr mit dem arabischen Zifferblatt hielt sich aus allem heraus, was nicht mit Stille zu tun hatte. General Kowatschev betastete die Spitze seines Füllfederhalters, als sei sie eine Stichwaffe. Wie oft war Boshidar mit diesem Mann zusammen auf Inspektionsreise zu fernen Garnisonen gefahren. Beim Abendessen, das der Regimentskommandant zu Ehren des hohen Gastes gab, trank der General ohne Maß Rotwein und verfolgte träge das Bestreben der Offiziere, ihm Eindruck zu machen, ihre zackigen Bewegungen, ihre sinnlos verpuffende Tapferkeit, die überkandidelte Begeisterung der Offiziersfrauen. Und dann fing er hemmungslos an, zu labern: Wie kurz doch das Leben sei, wie groß die männliche Potenz und wie wichtig und ehrenvoll die richtige Schulterklappe. Die gastgebenden Offiziere schauten sich so verwirrt an, als hätte Kowatschev einen völlig sinnlosen Angriffsplan ausgegeben, danach schickten sie ihm eines der örtlichen Hausmädchen ins

Hotel, nicht ohne es vorher gut gewaschen und in eines der Kleider ihrer Töchter gesteckt zu haben.

»Also? Ich höre: Warum beide, Herr Hauptmann?«

»Wenn General Lultschev noch lebte …«, begann Boshidar verkrampft.

»Lultschev hat gelebt, als die deutsche Wehrmacht vor Moskau stand«, schnitt General Kowatschev ihm gefährlich leise das Wort ab. »Wissen Sie, ich habe Sie immer nur für ehrgeizig gehalten, für allzu gewissenhaft und hartnäckig, aber wie sich herausstellt, sind Sie auch urlaubsreif.« Er unterschrieb das Blatt, das vor ihm auf dem Schreibtisch lag, und reichte es ihm. »Ihrer Bitte um Urlaub ist hiermit entsprochen. Jetzt gehören Sie nur sich selbst. Erholen Sie sich, Herr Hauptmann, kommen Sie zur Besinnung, tanken Sie Kraft.«

»Aber … ich habe nie ein Urlaubsgesuch eingereicht.« Boshidar versuchte, Haltung zu bewahren nach dieser heftigen Ohrfeige. Seine Sohlen knarrten.

»Sie können gehen!«, befahl General Kowatschev trocken.

Boshidar stand kurz stramm, zum Zeichen, dass er verstanden hatte. Doch als er das Büro Kowatschevs verließ, taumelte er. Erst packte ihn eine unbändige Wut, dann unendliche Müdigkeit. Man hatte ihn mit jener Kaltschnäuzigkeit entlassen, mit der man einen alten Anzug abbürstet, bevor man ihn in den Kleiderschrank zurückhängt. Leute wie er wurden nicht mehr gebraucht. Fanatiker waren jetzt unbequem, denn solche Leute waren nur zu zwei Dingen fähig: Entweder sie errangen den Sieg oder – wenn das nicht gelang – hielten sich gleich die Mündung ihrer Pistole an die Schläfen und drückten ab.

Das Licht in seinem Dienstzimmer blendete ihn. Langsam erkannte er die neue Karte von Europa, die in den schillernden Farben eines Pfauengefieders vor ihm ausgebreitet lag. Darauf hatte er jeden Tag die Veränderungen an der Ostfront eingetragen. Doch jetzt war der einzige vernünftige Gedanke der, dass er seine Siebensachen zusammenpacken musste.

Etwas Unwiderrufliches war mit seinem Leben geschehen: Er hatte mit einem Schlag aufgehört, mehr zu sein als ein verbitterter kleiner Offizier und Sohn eines kleinen Fabrikanten. Beim Gedanken an Widin empfand er fast physischen Abscheu. Waren denn diese Paradiesvögel auf dem Porzellan seines Vaters nicht auch ein – wenn auch falsches – Symbol für die allgemeine Dekadenz?

Mit einem Tritt hinausbefördert! Diese Formulierung kam ihm in ihrer Grobheit regelrecht herzlich vor, und so blieb sie ihm im Gedächtnis. Er warf seine Pelerine um und stieg die Treppen hinab. Dies war vielleicht das letzte Mal, dass er das Kriegsministerium verließ. Denn um es *erneut* verlassen zu können, musste er es erst einmal wieder betreten.

20

Die Lokomotive träumte mit ihren Stahlmuskeln in der Frühjahrsluft. Über ihr hing der Metallrüssel einer Pumpe, durch die ihr Rumpf mit Wasser gefüllt wurde. Dieser einfache Vorgang verlieh der Bahnhofslandschaft etwas Nachdenkliches. Auf dem Bahnsteig türmten sich Kleiderbündel und zugenähte Postsäcke. Man musste schon gute Augen haben, um am Ende des Bahnsteiges, hinter den Schlackehalden, zwischen denen sich die Gleise verloren, den grünen Aufbruch der Natur zu erkennen und den Geruch auferstehender Erde zu erahnen. Darüber endlos das Blau des Himmels. Zwischen diesem fernen Ausblick und dem Anblick der müden und geduldigen Menschen, die zum Abschiednehmen mitgekommen waren, hatte sich eine schwer greifbare, aber unüberwindliche Melancholie gelegt.

Der alte Topalov fühlte sich zum ersten Mal in seinem Leben den strubbeligen Lastenträgern gleich, die extra laut unter ihren Lasten schnauften, um mehr Trinkgeld herauszuschlagen. Der Schmutz, die Menschen auf den Bänken, ja sogar der Bettler mit dem amputierten Bein, auf dessen Uniformjacke eine Tapferkeitsmedaille neben der anderen prangte, erschienen ihm auf einmal unerwartet nah. Auf dem Bahnsteig durchkreuzten sich die Gerüche nach Zigeunerviertel und Schmiede, nach Gekochtem, nach muffiger Wolle, nach Harz, Holz und Abschied. Ein Säugling wimmerte. Beine, die in Gummischuhen endeten, gingen aneinander vorbei. Blecharmbänder schepperten, ein stämmiges Mädel mit großem Vorbau lachte, eine unsichtbare Glocke lachte mit. Und alles nur, weil ich abreise, sagte sich der Alte, nicht mehr ganz ironisch.

Zum Abschiednehmen waren nur seine Tochter und Boshidar Weltschev gekommen. Seta trug Schwarz, als sei sie in Trauer. Ihre Augen starrten fremd nach vorn in ihre eigene Abwesenheit. Boshidar war blass. Die Träger schnappten sich einen seiner vierundzwanzig Koffer nach dem anderen. Diese waren aus Schweinsleder, trugen aber weder das Familienwappen, noch verfügten sie über Bronzeschließen und -schlösser. Gefüllt waren sie mit allem, was der Herr braucht: Popeline-Hemden, seidene Strümpfe, Anzüge und Fräcke, italienische und französische Schuhe, feine Batistwäsche und Diamantnadeln, Salbe gegen Hämorrhoiden und Hornhaut, versilberte Körperpflege-Utensilien, fünfzig Sätze Spielkarten und Nephrit-Chips. Irgendwo inmitten dieser schweinsledernen Eintönigkeit lag auch die Bibel seiner Frau mit angestrichenen Zitaten aus dem Buch der Prediger, Notariatsurkunden über die Immobilien, die er in Bulgarien zurückließ, die Planzeichnungen für eine Bierbrauerei, seine Lieblingshüte, das Barometer, das in ein Schiffssteuer eingefasst war, sämtliche Fotos aus seiner ungestümen Jugend, ein einziges Foto aus der jüngeren Vergangenheit, die Vorschläge eines Erfinders von falschem Kaffee, eine abgenützte Ikone und ein filigranes Kreuz, Setas Diplom aus dem American College in Istanbul, ein Nachttopf aus Porzellan mit mechanisch verschließbarem Deckel, Goldbarren, Dollarscheine, seine Orden in Samtkassette, eine Damenpistole mit leichtem Abzug und Griffbeschlägen aus Elfenbein, zwei Kilogramm seiner Lieblingssalami, drei Kilogramm erprobter Schlafpülverchen aus der Apotheke auf der Alabin-Straße und Victor Hugos Roman »Les Misérables« – das einzige Buch, das er in Anfällen von Schwäche und Sentimentalität mehrfach zur Gänze gelesen hatte. Was konnte einem Multimillionär seelisch auch näher liegen als Beschreibungen von Glück und Elend der Armut, harter Kindheit und Heldentaten edler Mildtätigkeit? Boiko Topalov hatte, mit einem Wort, sein ganzes Leben eingepackt, vierundzwanzig Koffer Leben für den Gepäckwaggon.

Lange starrten sie auf den Wagen mit den Abteilen erster Klasse, bei denen nur der Ruß in den Vorhängen darauf verwies, dass dort auch nur Menschen einstiegen. Der alte Topalov konnte es noch gar nicht glauben, dass ihm sein Coup wirklich geglückt war. Wie oft hatte er, auch Seta, gesagt, dass kluge Leute rechtzeitig und in Ruhe das Feld räumen, während Dummköpfe im letzten Moment wegrennen. Davon hatte er bis zuletzt auch Seta zu überzeugen versucht: »Warum soll ich denn allein abreisen, das ist doch grausam! Versteh doch, mein Liebes, wir kapitulieren ja nicht, wandern ja nicht aus! Wir machen einfach nur einen längeren Urlaub in den Alpen, atmen die gesunde Luft, fangen vor lauter Langeweile gar an, uns zu erholen ... Na, was ist? Ich bitte dich herzlich. Komm doch mit!« Auch jetzt, während er im Bahnhofs-Restaurant eine Schildkrötensuppe schlürfte, streckte er seine knochige Hand über die weiße Tischdecke nach ihr aus, um ihre Wangen zu streicheln. Er hatte Kopfschmerzen. Angst kurbelte die Tätigkeit seiner Schweißdrüsen an. Er roch nach altem Mann. Auf dem Fensterbrett landete eine Taube, die die Brotkrümel auf der Tischdecke gesichtet hatte.

Seta lächelte sonderbar, so, als hätte sie sich im Labyrinth ihrer eigenen Gedanken verloren oder hätte vergessen, dass sie seine Tochter war. Sie stimmte allem zu, was er sagte, als verstünde sie gar nicht, wovon er rede. Dabei sah sie auf den ersten Blick fröhlich aus. Doch ihr nervöses Lachen klang wie ein verdeckter Schmerzensschrei. Sie hatte seine Geste verstanden und sagte:

»Ich komme nach, Papa. Gleich, wenn ich den ersten Brief von dir bekommen habe!«

Der Appell der Zugglocke überraschte ihn mitten in einer Zigarette. Die Art, wie er Seta zum Abschied an seine Brust drückte, hatte aber doch etwas von einer Kapitulation an sich. Der respektable Geschäftsmann und lebenskluge Connaisseur war auf einmal nur noch ein gebeugter, gealterter Mann, dem keine Macht mehr zu Gebote stand.

»Das Geld ist auf der Bank, die Schlüssel zur Villa hast du ja bei dir. Ach, was rede ich da, du bist doch schon ein großes Mädchen.«

»Ja sicher, Papa«, erwiderte Seta. Ihre Einsamkeit glich dem diffusen Schleier eines Gespenstes.

»Spätestens im Juni erwarte ich dich in Genf, gleich unten am See!«

»Ja sicher, Papa«, wiederholte sie, aber ihre Augen waren trocken und hatten die Farbe eines benutzten und weggeworfenen Gegenstandes.

»Und du verärgere mir die Militärs nicht«, knuffte er Boshidar in die Rippen, »schließlich ist die Armee unser aller Hüter!«

Sie sahen ihm zu, wie er seinen Waggon bestieg. Es machte fast den Eindruck, als stiege er nicht in einen Zug, sondern ginge an Bord eines Schiffes, das bald in See stechen würde, ins Frühlingsmeer. Seta winkte mit dem Taschentuch, bis der letzte Wagen die gestapelten Schwellen und Abfallhaufen am Bahnhofsende passiert hatte und hinausfuhr zwischen den Schlackehalden auf der einen und dem Rauch der Häuschen am Stadtrand auf der anderen Seite.

Jetzt, wo es kein Zurück mehr gab, durchstach Topalov plötzlich die Frage: Und wenn sie *nicht* kommt? Er erzitterte wie ein Waise. Dann, während der Zug bereits durch die Dürre der Sofioter Ebene fuhr, kam ihm beim Blick durchs Fenster auf Gras und Disteln ein ganz anderer Gedanke: Diese Erde mochte sein, wie sie wollte, aber aus ihr war er gemacht. Sollte er nicht auch in sie zur ewigen Ruhe zurückkehren?

Auf dem Tischchen in seinem Abteil stand eine Karaffe mit klarem Wasser. In seinem Handgepäck befand sich alles, was er an Medizin zur Hand haben musste. Aber eine Arznei gegen Heimweh war noch nicht erfunden.

21

Während der Zug ihren Blicken entschwand, der Bahnsteig sich leerte und Seta immer noch mechanisch mit dem Taschentuch winkte, ging Boshidar durch den Kopf, wie schwer ihrem Vater die Entscheidung gefallen sein musste. Davon zeugte nicht nur der Kummer, Seta zurückzulassen, davon zeugten auch die vierundzwanzig Schweinsleder-Koffer mit dem Kram eines ganzen Lebens. Einerseits. Andererseits verließ er das Land aus der ebenso weitsichtigen wie kaltblütigen Überlegung heraus, nur so auf Dauer sein Geld retten zu können. Der Zwiespalt im alten Topalov korrespondierte eigenartig mit seinem eigenen Zwiespalt. Ihm war, als sei gerade er selbst abgereist, wissend, dass es keine Rückkehr geben würde.

»Traurig war's«, sagte er.

»Am Ende sah er wie der Lehrer aus. Da hab ich ihm verziehen«, erwiderte Seta weich.

»Und was hast du ihm verziehen?«

Diesmal gab sie keine Antwort. Sie fuhr erstaunlich vorsichtig, verringerte die Geschwindigkeit an scharfen Kurven, so, als habe sie begriffen, dass sie jetzt ganz allein auf sich achtgeben müsse. Die Gardisten vor dem

Zarenschloss sahen aus wie buntbemalte Zinnsoldaten. Sie bogen links ab zum Doktorenpark, und schon tauchte das Bürgerhaus mit dem spitz bedachten Rapunzelturm vor ihnen auf. Sie betraten es durch den Hintereingang, wo es nach Gekochtem und getrockneten Kräutern roch. Seta öffnete die Tür selbst.

»Ich habe dem Hausmädchen zwei Tage freigegeben«, sagte sie so leise, als fürchte sie sich vor ihrer eigenen Stimme. »Wir haben nichts zum Mittagessen da.«

Im Salon war es so dunkel wie in einer großen Höhle, doch sie zog die Vorhänge nicht zurück. Sie holte eine Flasche Metaxa aus der Bar, lockerte wie ein Kerl den Korken mit den Zähnen, goss Boshidar einen halben Finger breit ein, ihr eigenes Glas ließ sie volllaufen. Endlich allein, dachte Boshidar erleichtert …

Er fing an zu erzählen, ohne Hoffnung, Ratschläge zu bekommen, Betroffenheit zu ernten oder gespielte Begeisterung. Doch auch so redete er sich in Rage. Als der Schmerz ihn packte, hatte er das Gefühl, diesen Schmerz *marschieren* zu müssen. Und er marschierte. Vergaß, dass eine Dame im Raum war, fluchte auf Unteroffiziersart, nannte General Kowatschev einen quadratschädeligen Trog für alle Arten von Schweineangst, einen Volltrottel und Wabbelarsch.

Acht Jahre hatte er an diese Weichbacke verschwendet, und jedes Mal, wenn sein Vater ihn heim nach Widin holen wollte, hatte er ihm stolz Widerstand geleistet, weil er fest glaubte, ihm eines Tages beweisen zu können, dass man keine Fabrik bauen und Porzellanteller aufschichten musste, um seinen Bautrieb zu befriedigen. Man konnte auch mit Menschen bauen! Und jetzt? Jetzt war das alles unwiderruflich Vergangenheit.

Das Gesicht Setas, konturiert von ihrem Feuerhaar, konnte er in diesem Höhlenlicht nicht erkennen. Und so sah er auch nicht den Ausdruck verträumter Zufriedenheit darauf.

»Es wäre ja nicht ganz so abscheulich gewesen«, fuhr er wie betäubt fort, »wenn ich irgendeine Bedeutung gehabt hätte und wenigstens Offizier in dieser Schachpartie gewesen wäre. Aber sie haben mich geopfert wie einen Bauern. Gibt ja noch sieben Stück von der Sorte, oder von mir aus siebenhundertsiebenundsiebzig. Und weil alle so vernünftig waren, nicht auf Wunder zu hoffen, hat keiner mir zugetraut, durchzumarschieren und die Dame wieder aufs Spielfeld zu holen!« Es verschaffte ihm Linderung, sich so zu erniedrigen, zumal der griechische Kognak seine Kehle wärmte. Also machte er weiter: »Ich … ein Nichts in Pelerine, reicher Erbe zweier nationaler Katastrophen und einer Porzellanfabrik, letzter Mohikaner des nationalen Überlebensinstinktes einer sterbenden Nation.«

Da hörte er auf einmal ihre Stimme. Sie klang böse, zischend.

»Was seid ihr bloß für Männer, ihr Männer – macht den Frauen Kinder, und die können dann sehen, was sie damit anstellen! Ihr seid Millionäre, Politiker, Schlaumeier und Feldmarschälle, aber nicht in der Lage, ein Land in Schuss zu halten, oder auch nur einen Kramladen! Wenn es brenzlig wird, lauft ihr weg in die Schweiz und verdrückt vorher ein paar Tränchen, damit ich, die Vertreterin des weiblichen Geschlechts, nicht denke, ich sei euch so gar nichts wert. – Warum erzählst du mir das alles? Soll ich dir vielleicht vergeben? Oder dir sagen, was für einen großen Mist du gebaut hast?«

»Schlampe!«, knurrte Boshidar, wie durch den Fleischwolf gedreht vor Liebe. »Für mich ist alles zu Ende, verstehst du das nicht? Meine Zukunft ist ein einziges Ende ohne Ende!«

Ihr Lachen berührte ihn, obwohl es zynisch war und alles in Genuss verwandeln wollte. Sie waren am Treppenabsatz stehen geblieben. Ihr Kleid raschelte. Instinktiv folgte er ihr. Er erinnerte sich plötzlich an Zotschev, der ihm mit verschlagen zusammengekniffenen Augen angeboten hatte: »Herr Hauptmann, wollen Sie mir nicht Tag und genaue Stunde Ihrer Geburt geben? Ich erstelle Ihnen ein Horoskop, schaue mal, was die Sterne so für Sie vorgesehen haben … Sie sind doch kein Mann für bloß eine Kompanie.« Er stellte sich General Kowatschev vor, gekleidet in seinen Verrat – eine englische Uniform, grinsend, sittlich verdorben, und eine eilig zusammengebastelte Rede, in der er sagen würde: »Die Heimat braucht Demokratie, eine Hand, die ihr eine Blume reicht …«, so, wie er vorher gesagt hatte: »Die Heimat braucht ein Skalpell, mit dem man ihr die faulen Stellen herausschneiden kann – und ich bin dieses Skalpell.« Es widerte ihn nur noch an. Auf seine Stirn traten Schweißperlen.

Dann spürte er wieder die Gegenwart Setas. Sie schien blass geworden zu sein. Sie hatte ein Bein angewinkelt, ihr Seidenstrumpf legte sich am Knie in Falten. Sie suchte offenbar etwas in ihrer Handtasche. Schließlich zog sie den Damenrevolver heraus, hübsch wie ein Spielzeug, und reichte ihn ihm.

»Ende ohne Ende, sagst du? Dann versuch's mal hiermit. Tut gar nicht weh!«

Im ersten Moment wollte er es wirklich tun, damit sie mal sehen würde, und die anderen alle gleich mit! Es war ja wirklich so einfach wie ein kleiner Stich mit der Nadel, wie ein »Ich gehe mal eben kurz raus!« Er sah sich daliegen auf dem Teppich mit marmorglänzender Stirn, von Rosen bekränzt – ganz wie Panto, sein Onkel, treu der Tradition des Weltschev-Wahnsinns. Er stellte sich noch einmal das verächtliche Gesicht von Tante Allwissend vor, den Zusammenbruch der Bank, die abartige Rabentaube, die Goscho gezüchtet hatte. Das Einzige, was im Moment endlos war, war sein Selbstmitleid, und es tat so weh, weil die anderen so gleichgültig waren oder sich so lustig über ihn machten …

Wenn schon, denn schon: Er zog seine Walther, die groß und schwer war, viel sicherer, brutaler und männlicher als diese kleine Pistole, die Seta ihm da hinhielt.

»Daran fehlt's nicht«, lachte er nervös. »Und Zeit genug, es zu tun, hatte ich auch. Aber wozu das?«

Diesmal lächelte Seta nicht. Sie unterstützte ihn nicht, verhöhnte ihn aber auch nicht. Sie sah einfach nur traurig und machtlos aus. Sie führte ihn die Stufen hinauf, indem sie ihn an der Hand hinter sich herzog wie ein Kind oder einen Verurteilten. Die Luft in ihrem Schlafzimmer war stickig vor so viel Stoff und so viel Parfümschwaden. Ihr Kleid glitt an ihr herab wie eine Schlangenhaut. Ihre Brüste berührten seine Uniformjacke. Er lugte an ihr hinunter, erblickte ihren Schamhügel, auch dort war das Haar fuchsrot. Sie trat ihm auf die Stiefel, als bestiege sie ein Pferd. Ihr Körper fühlte sich feucht und heiß an. Seine Unerfahrenheit machte ihr einen Heidenspaß. Sie nahm ihn nicht auf, sie schluckte ihn, drückte sich mit satten Bewegungen an ihn und flüsterte ihm unschuldig ins Ohr:

»Sag, Hauptmann, ist der Handel geschlossen? Du musst nur wissen, ich bin nicht bloß eine Schlampe, ich bin eine richtige Nutte, Hauptmännchen, eine für alle …« Boshidar aber, blind vor Begehren, ging stur weiter, stolperte, stöhnte, stand auf, fiel wieder und versank in etwas, das ähnlich roch wie die Sümpfe in Widin. Das, was er mit so großen Erwartungen verbunden hatte, diese große Sache zwischen Mann und Frau, die sogar den alten Lultschev noch das Leben gekostet hatte – diese Sache brachte ihn gehörig aus der Fassung, aber sie gefiel ihm nicht. Da wurde das Fleisch zum Glühen gebracht, bis es zu verbrennen schien, erfüllte einen mit unvergleichlichem Lustgefühl, beschwichtigte aber keine Sehnsüchte und brachte auch kein Vergessen für seine gedemütigten Größenfantasien. Über der flauschig weichen Bettdecke wirbelte eine Staubwolke. Setas Augen standen voll Tränen, ihr Leib schrie in seinen Armen.

22

Als der Brief aus der Hauptstadt eintraf, ging Jana damit sofort zu Jonka, um mit ihr gemeinsam die Wörter zu entziffern. Das war nicht so einfach, denn in der Lampe ging das Öl zur Neige, und aus dem Glaszylinder stieg mehr Rauch als Licht. Jana weinte einfach los, aber Jonka brachte sie zur Vernunft.

»Du musst hinfahren«, sagte sie im Flüsterton, »es ist das Kind deines Sohnes!«

Jana schüttelte hilflos ihren weiß gewordenen Kopf, sagte aber weder »nein« noch »ja«. Bei ihr hatte sich nichts Wesentliches geändert. Sie wusch noch immer die Kleider fremder Leute mit hausgemachter Seife und weißem Ton als Reibemittel. Ihren Mann Trentscho hatten die Dämonen des Alters gepackt. Er »ging zu den Zigeunerinnen«, wie man das nannte, und kehrte von dort zurück mit dem Geruch nach offenem Feuer in den Kleidern. Einer Walachin kaufte er sogar einen Silberring und ein Schirmchen, wofür sie sich bei ihm mit einer Geschlechtskrankheit bedankte. »Seine« Kinder redeten mit Jana, als sei sie ihr Dienstmädchen, die Verwandten senkten den Kopf, wenn sie ihr begegneten. Manchmal ging sie zum Weinen in die Speisekammer. Dort träumte sie von Jordan, verklärte seine ungestümen Umarmungen zu Stunden der Geborgenheit und betete für Assen und Petruna. Über ihr Leben dachte sie immer nur: So stand es mir eben geschrieben! Nachher wird Gott mich richten und bestrafen!

»Ich hab dir tausendmal gesagt«, meldete sich Jonka wieder in ihrem nach Heilkräutern duftenden Zimmer, »dass zu starker Regen nicht tränkt, sondern ertränkt. So ist es auch mit der Güte! Sie bewirkt das Gegenteil dessen, was sie erreichen will.«

Doch Jana war nicht in der Lage, sich einen Ruck zu geben und eine Entscheidung zu treffen. Wer so daran glaubte, dass ihm alles geschrieben stand, der schrieb nicht selbst. Sie versuchte, ihre Tränen aufzuhalten. Ihr Herz schlug bis in den Hals.

»Hör mit dem Plärren auf«, fuhr Jonka sie verärgert an und hob das Keramikschälchen mit dem Schnaps an die Lippen. »Du bist ja nicht böse, bei dir geschieht alles reinen Herzens, in aller Heiligkeit. Aber die Leute nutzen es einfach aus.«

Von da an begann Jonka, in der Stadt herumzuerzählen, dass sie bald verreise. Da läuteten plötzlich die Glocken des Kirchleins, ohne dass jemand das Glockenseil betätigt hätte. Die Donau hielt an und wälzte ihre Wassermassen für einen Moment flussaufwärts, und der Walnussbaum, dieser Hüter des Hauses, der nie gefällt werden durfte, bevor der Hausherr nicht starb, verdorrte binnen einer Woche. Todor war ja nicht mehr, nachdem sie in Liebe und gegenseitiger Wertschätzung mit drei Armen ihr Leben angepackt hatten. Nun war das Dach undicht geworden. Die Stute gebar nicht mehr, ob nun aus Altersschwäche oder aus Abschiedsschmerz. Die Brennnessel schoss ins Kraut und breitete sich rasch aus bis in die Beete mit Rosen und Ringelblumen. Der Hofbrunnen gab kein Wasser mehr. Was hielt sie denn hier noch, fragte sich Jonka, wo sie doch alles Wichtige in sich trug, wohin auch immer sie ginge?

Sie molk die störrische Ziege noch einmal, dann verkaufte sie sie. Sie beschlug die alte Stute noch einmal und schenkte sie dem Schlaffen Kosta. Mit Janas Hilfe kalkte sie noch einmal die Wände, beschnitt den Wein, verjagte den frechen Iltis aus dem Garten und lud zahlungskräftige Kaufinteressenten zur Besichtigung. Es tat weh, sich mitten im Leben so vollkommen von etwas zu trennen, und das in ganzen sieben Tagen; doch außer Trauer keimten in ihr auch Glauben und Ungeduld.

Sie wusch sich einmal gründlich mit dem steingefilterten Donauwasser im Haus, dann ging sie zu Christo ins Bürgermeisteramt, küsste ihn und machte einen Knicks. »Gut hast du das gemacht, Junge! Auf der Hauptstraße gibt es keinen Schmutz und keinen Schlamm mehr. Diese Pflasterung wird ewige Zeiten halten!« Dann beschloss sie, ihr langes Haar abzuschneiden, das sie in einem mächtigen Zopf auf dem Rücken trug. Als sie zu Trentscho in den Barbiersalon ging, kamen schnell Leute zusammen, nur um zu gaffen: Schnitt er ihr wirklich nur das Haar ab oder vielleicht doch den Kopf? Trentscho scherzte: »Soll ich dir zum Andenken nicht auch noch einen Zahn ziehen?« Doch für solche makabren Scherze hatte sie nun wirklich keinen Sinn! Sie fuhr schließlich zu »ihrem« Sohn und dessen Sohn, da brauchte sie ihren vollen Biss, um Milch für diesen zahnlosen Strampler zu beschaffen.

Der letzte Abend blieb, um allen zu vergeben, auch wenn es nicht der entsprechende Feiertag vor der Osterfastenzeit war. Gina kam und schenkte ihr die Leine ihres riesigen Hütehundes, dazu eine Porzellanschüssel mit Tulpenmuster; Christo überließ ihr hundert Lewa und einen tuberkulösen Hustengruß; Schwägerin Elena brach einfach in Tränen aus – weniger, weil Jonka abreiste, sondern weil sie vor einem Menschen, der nicht mehr zurückkehrte, die ganze Last, die auf ihrer Seele lag, ausleeren musste: die schreckliche Liebe zu jenem Bezirksvorsteher, der ihren Vater kaltblütig umgebracht hatte, diesem Sadisten und perversen Zyniker, den sie aus tiefster Seele hasste und – wenn der Hass vorbei war – aus tiefster Seele liebte. Von diesem späten Bekenntnis waren beide so schockiert, dass sie erst einmal verstummten, bevor sie beide gemeinsam dieses fruchtbare Geheimnis in Tränen ertränkten. Jana brachte ihr kein Abschiedsgeschenk mit, nichts, auch nicht für ihren Sohn, ja sie trug Jonka nicht einmal auf, ihm ihre guten mütterlichen Wünsche auszurichten, ihren Segen! Sie machte sich einfach über die Wäsche her, bis alles sauber war.

Im Ganzen ein guter Abschied, der nach etwas noch nie Erfahrenem, etwas Letztgültigem schmeckte. Die Zigeuner kamen und sangen, warfen ihr Messingringe und Armbänder in den Hof, die in der schwachen Sonne still aufblitzten. Dann fiel ein einschläfernder Landregen. Der Herd erkaltete, und Erinnerungen traten an die Stelle der Wärme. Nun würde sie also diese riesengroße, noch nicht entzauberte Welt am Ufer der Donau verlassen und verduften in ein kleines, nichtswürdiges und von Bombenangriffen zerstörtes Hauptstädtchen namens Sofia. Aber was sollte sie machen, wenn alle Kinder dort waren? Die Kinder und die Kindeskinder, die zusammenzuhalten, sie der alten Petruniza versprochen hatte?

Am allerletzten Tag, spätabends, kam als Letzte Elena noch einmal vorbei. Sie brachte für das Baby einen Gold-Napoleon mit. Die Münze war an einem roten Faden aufgehängt. Dazu ein Wolldeckchen. Doch viel sichtbarer waren ihre Scham und ihre Reue.

»Gestern hast du mir was vorgelogen, hm?«, fragte Jonka.

»Ich habe Christo niemals betrogen«, erwiderte ihre Schwägerin erschrocken, »doch das, was ich dir gesagt habe, ist wahr. Vergiss es nun!«

»Ich weiß gar nicht, wovon du redest«, seufzte Jonka, für die es ja bei weitem nicht das erste Mal war, schweigen zu müssen wie ein Grab.

Am Morgen der Abreise regnete es. Ein unwirtlicher Tag. Ein Tag, um in sich zu gehen und zu bereuen. Am Bahnhof sah sie, wie Jana mit einem Bündel matschiger Birnen und ihrer ewigen Leidensmiene ankam. Elena knetete krampfhaft ihre Verzweiflung in ihr besticktes Taschentüchlein. Der Schlaffe Kosta wischte sich die Augen. Die Behaarte Stefania winkte ihr mit weicher, brauner Hand, die aussah wie die Krapfen, die sie am Bahnhof verkaufte. Schließlich kam sogar der Dankbare Kotscho schnaufend angestakst und schenkte ihr ein Fläschchen mit seinem Meisterwerk – einem Parfüm, das nach Donau roch.

Jonka versuchte, das Salzwasser in ihren Augen nicht überlaufen zu lassen, umarmte alle noch einmal, dann verließen sie die Kräfte.

»Bestellt Ilija«, sagte sie leise, mehr zu sich selbst, »dass ich ihm in dieser Welt nicht verzeihe, und auch nicht in jener, die danach über uns kommt!«

Der letzte Blick Jonkas war lang. Er ruhte auf den Gesichtern derer, die zum Abschiednehmen gekommen waren, blieb am Wartesaal und am Bahnsteig hängen und griff bald schon nach Erinnerungen. Aber – kann der Mensch mit einem Blick eine Lokomotive aufhalten?

23

Mit Ach und Krach hievte sie nach der Ankunft ihr Gepäck auf den nassen Bahnsteig. Dort lauerten schon die Schwarzbörsianer und Aufkäufer auf Kundschaft. So ein Zug aus der Provinz, das war immer ein gefundenes Fressen für sie. Der Landregen wirbelte Staub hoch, die Lokomotive pfiff den Ankömmlingen hinterher. Ein Mann mit Lackschuhen sprach sie an, ob sie Butter oder Eier habe, ein anderer stöhnte: »Herr, errette uns«. Erst da bemerkte sie Assen. Er wartete breitbeinig unter der großen Bahnhofsuhr. Der Junge hatte doch tatsächlich den Mund offen stehen, obwohl der Wind ihm geradewegs hineinblies. Seine Augen glichen verlassenen Nestern.

»Bist du es, Mama … Jonka?«, fragte er still, wie in Trance. Er beugte sich nieder, um sie zu küssen, nahm ihre Kleiderbündel und ihren Koffer – es war derselbe Koffer, mit dem Todor aus dem Ersten Weltkrieg zurückgekehrt war.

»Ich bin es, mein Söhnchen«, sagte Jonka mit liebem Lächeln, »deine Mutter ist krank!«

So einen überfüllten Wartesaal hatte sie auch noch nicht gesehen, dazu noch verräuchert und dreckig. Assen starrte vor sich hin, als wüsste er nicht, wo es hinging. Sie kamen an Häuserblöcken vorbei, die fünf und noch mehr Etagen hatten! Dazwischen immer wieder Trümmerfelder und Zerstörung. Die Straßenbahn begrüßte Jonka mit ihrem hellen Gebimmel. Ein Fiaker mit schwarz lackiertem Kutschbock trappelte an ihnen vorbei. Aber … wo war der Fluss? Wo waren die Menschen?

Beim Eintreten in Assens Bleibe wehten sie Verlassenheit und Kühle an. Vor den Türen standen abgelaufene Schuhe und Gummigaloschen. Die Quitte hatte Angst vorm Erblühen. Das Tropfen des Wasserhahns war ein fernes Echo auf wirkliche Quellen. Es gab nirgends ein Petroleumlicht. Die Wände waren leer. Der Holzboden schrie danach, einmal wieder mit dem Ziegel glattgezogen zu werden.

»Das hier ist dein Bett«, sagte Assen und schob einen der beiden Bettenroste in die entgegengesetzte Ecke des Zimmers.

»War das ihr Bett?«

»Ja«, antwortete er, »darauf hat sie geschlafen.«

Dann schwiegen sie erst einmal, um sich nicht gleich zu stören. Assen war derselbe geblieben, und doch hatte sich etwas an ihm verändert. Wenn sie ihm jetzt übers Haar oder über die Wangen strich, würde sie feststellen, dass er kein Kind mehr war. Und wenn sie ihm etwas Denkwürdiges erzählte, aus dem man Trost schöpfte, würde sie bemerken, dass er kein alter Mann war. Sie selbst hatte Falten bekommen, die sich am Hals fortsetzten. Ihr Mund sah im Kranz dieser Falten immer ein wenig geschürzt aus. Ihr

Haar war würdig ergraut und hatte im Spiegel einen leicht gelblichen Abglanz. Wie das Licht hatte es eine immaterielle Aura von Reinheit und Vollendung. Manchmal, wenn sie ins Schnaufen kam oder, umgekehrt, in Dösen versank, hörte sie das Rauschen des Lebens, das ihr Herz durch sie hindurchpumpte. Außengeräusche störten sie dabei nicht, nur Erinnerungen an früher. Jung geblieben waren ihre weiten blauen Weltschev-Augen, in denen Platz für viele Söhne und noch mehr Liebe war.

Sie wischte den Staub vom schiefen Regalgestell, goss die Kakteen, zog die Vorhänge zurück, um dem Tag Einlass zu gewähren. Dann vertiefte sie sich erneut in Assens angespanntes Gesicht und begann, ihn langsam von innen heraus wiederzuerkennen. Wie er so unbeholfen in der Gegend herumstand, erinnerte er sie an seinen Vater, wenn der sich an ihren Herd gesetzt hatte. Dieselben geschwollenen Venen am Hals, derselbe Druck auf der Seele, dasselbe Schuldgefühl ... Sie musste unweigerlich an Vera denken. Hätte ihm gern gesagt, dass – wie die Liebe und der Hass – auch die menschliche Schuld ihre Zeit habe, wie alles auf dieser Welt seinen Anfang und sein Ende habe.

»Schön«, sagte Jonka und rüttelte mit ihrer Stimme am stocksteif dastehenden Assen, »und wo haben wir jetzt das Kind?«

Assen setzte sich auf einen Stuhl, zündete eine der feucht gewordenen Zigaretten an und erzählte von einer Frau im Entbindungsheim, die so gut gewesen sei, sowohl ihr Kind als auch den kleinen Jordan zu säugen. »Dem hat sie zur Sicherheit einen blauen Faden ans Bein gebunden, damit sie ihn sicher unterscheiden kann.«

»Da hat er ja viele Mütter, der kleine Jordan«, sagte Jonka und verkniff sich, zu ergänzen: nur die eigene nicht! Sie nahm Assens Anzug vom Kleiderbügel, machte das Bügeleisen auf dem Kanonenofen heiß und bearbeitete den Stoff, bis die letzte verknitterte Stelle verschwunden war.

Draußen setzte schon die Dämmerung ein, doch die freundlichen Umrisse des kleinen Hofes waren noch zu erkennen, eines Hofes, der nicht mehr der ihre war, und einer verräucherten Mauer, hinter der kein Fluss vorbeiströmte. Jonka seufzte, schlug das Kreuz mit Blick aufs Fensterkreuz und weckte Assen, der, übermüdet, eingenickt war.

»Zieh dich an«, sagte sie und wies mit dem Kinn auf den Anzug, »aber schnell.«

Er gehorchte ohne Widerrede, stand auf, wartete, bis das Schwindelgefühl vorüber war. Bald hörte Jonka hinter ihrem Rücken das Knistern und Rascheln eines Mannes, der sich in einen Anzug zwängt. Er sah prachtvoll aus in seiner Trauer.

»Und jetzt geh«, bat ihn Jonka still, »irgendwohin. Ich bin ja jetzt hier, verstehst du? Irgendwohin! Na los, verschwinde schon.«

Assen torkelte noch einmal leicht. Für Jonka sah es fast so aus, als wäre er betrunken. Geduldig schob sie ihn durch die einzige Tür hinaus. Jetzt wird er tatsächlich irgendwo hingehen, dachte sie voller Erleichterung. Ob das ein Ort sein würde, an dem es sich gehörte, oder ein Ort, an dem es sich nicht gehörte, war letztlich einerlei.

Als sie allein war, faltete sie sämtliche Kleider Veras und tat sie weg. Dann machte sie sich über die Ecken her, in denen Licht und Schatten sich trafen und die Erinnerungen so gern ihre Spuren hinterließen. Sie stellte alles auf den Kopf und tat es anschließend wieder an seinen Platz. Sie war bereit, zu suchen, weil sie ahnte, dass sie finden würde, und dabei sogar die Kakteen mit der Erde aus ihren Übertöpfen zu ziehen, die Decke oder den Dielenboden zu lösen und mit dem Schürhaken die Glut im Kanonenofen zu untersuchen. Doch das war gar nicht nötig. Als ihre Finger zwischen die eilig aufgestapelten Bücher glitten, ertastete sie sie erst, und dann sah sie sie auch schon. Sie faltete den verschmierten Lappen auseinander, als öffne sie einem Baby die schmutzigen Windeln, und – da lagen sie nackt und schwarz! Die beiden Pistolen fühlten sich kalt an. Sie sahen sogar schön aus, schön und grausig wie die Sünde.

Jonka fasste sich mit der Hand ans Herz, und über ihre Wangen flossen Furchen statt Tränen.

24

Als Materialist kannte Assen außer Trauer keinerlei mystische Gefühle. Anfangs glaubte er, er habe sich im Friedhof vertan, und das, obwohl er auf dem rauhreifbedeckten Schildchen an der Ecke unzweifelhaft »Parzelle 18« gelesen hatte. Er war an den zentralen Quadraten in der Nähe des stillen Kirchleins vorbeigegangen, über breite Hauptwege, an denen sich gewaltige Granitsteine auf den Gräbern erhoben oder ganze von Bronzegeländern mit Türen umschlossene Gruften. Das Ende der Stadt, dachte er. Dann waren die baumbestandenen Wege schmaler geworden. Um die vom frischen Schnee geglätteten Gräber waren keine Schritte zu erkennen, nur hie und da ließen ein paar vertrocknete Blumen ihre Köpfe über Vasenränder hängen. Der Schneefall hatte aufgehört, die Zeit hatte aufgehört. Gedämpft und aus unbestimmter Ferne war das Schluchzen einer Frau zu hören, dann das Schnauben von Pferden, dann das Knarzen eines Katafalkes, schlichte Geräusche, die dem Tod Gegenständlichkeit verliehen und das Nichts im Etwas auffingen.

Endlich sah er es. Auf Veras frischem Grab stand kein Kreuz, nicht einmal Geranium, wie es Brauch war, oder ein Grablämpchen, nichts, gar nichts außer Kahlheit. »Wo bist du jetzt«, fragte er und hielt inne, beendete seine Frage nicht mit »meine Geliebte?« Er hätte jetzt gern eine Kerze gehabt, schon um seine Hände zu wärmen. In seiner Seele gähnte eine Leere wie auf dem schneebedeckten Gräberfeld vor ihm, das gar nicht vermuten ließ, wie viele menschliche Leiber es bedeckte.

»Um das Kind mach dir keine Sorgen«, sagte er, »Mutter Jonka ist aus Widin gekommen. Ach, und alle lassen dich grüßen: Nada, Bai Michal, der große Zwilling und Zahnarzt Iwantschev …« Dass er keine Antwort erhielt, störte ihn nicht weiter. Er hatte das Gefühl, dass er ihr noch nie so treu, so treu ergeben war wie jetzt. Als der Wind ihn mit hohlem Brausen daran erinnerte, dass er hier vollkommen allein war, packte ihn eine tiefe Angst. Er formte einen großen Ball aus dem feuchten Frühlingsschnee und setzte ihn auf die Mitte des kleinen Hügelchens, das sich über die Erde erhob wie der Bauch einer Schwangeren. Und was, wenn der Schneeball schmolz? Dagegen war er machtlos. Wütend ballte er die Fäuste gegen die ganze kalte und leere Welt; er trat staksend zurück, als sähe er eine Erscheinung, doch in seiner Brust gab es keine mystischen Gefühle außer Trauer und heiliger Wut. Vera hatte ihm einen Sohn hinterlassen, Pfand ihrer übergroßen Liebe und seiner großen Schuld. Jetzt konnte noch nicht einmal sie ihm mehr helfen, denn sie war tot und konnte sich an nichts mehr erinnern. Davon war er überzeugt, denn er war Materialist.

25

Er strich um das Fenster des Zahnarztes Iwantschev herum und wollte endlich irgendwo hinein, ins Helle, denn dieses bläuliche Dämmerlicht machte ihn noch ganz fertig. Doch leider gab es in der Praxis niemanden mehr, der ihn hätte empfangen können. Er bog um die Ecke, ging lange geradeaus. Die roten Laternen der »Bar Parisienne« versprachen sündiges Nachtleben.

Er hatte seine Mutter erwartet; gekommen war Tante Jonka. Und die hatte alles mitgebracht, was sie brauchte, um ihren Tätigkeiten als Kräuterfrau und Wahrsagerin, als gottesfürchtiger Naturpriesterin und aufgeräumter Hausfrau auch weiterhin nachgehen zu können. Sie verstaute Veras Sachen, als trage sie Vera selbst zu Grabe. Das Zimmerchen wurde dadurch nicht größer, nicht freundlicher, sondern einfach nur bewohnter und praktischer. Mit Verwirrung erkannte Assen, dass es kein Zurück mehr gab, dass Jonka *für immer* bleiben würde.

Auf einmal stand er vor dem efeuumrankten Haus der Toromanovs. In den Fenstern der ersten Etage brannte Licht. Sie waren also zurückgekehrt? Ohne Eile, mit dem Gefühl, dass es *so seine Richtigkeit hatte*, erstieg er die Stufen der Freitreppe. Das Messingschild an der Tür war sorgfältig blankgeputzt. Die Klingel war intakt. Das Hausmädchen starrte ihn mit weit aufgerissenen Augen an.

»Herr Weltschev ist nicht zu Hause«, sagte sie, doch Assen war bereits im Flur. Als seine Nase den Hauch von Reichtum und Schokoladenmousse auffing, gestand er sich ein, dass er nicht zufällig hier gelandet war. Jonka hatte ihn rausgejagt, damit er »irgendwo« hinging; er aber war *genau hier* gelandet. Ein unbeholfenes Lächeln trat auf sein Gesicht, als er die Tür zum Salon öffnete. Drinnen war es entlarvend hell, beklemmend hell. Vor dem entzündeten Kamin aber, in dem die Zeit selbst zu flackern schien, saß Sonja Toromanova. Sie stickte keinen Wandteppich, und auch das Buch neben ihr war geschlossen. Auf dem dunklen Furnier des Tisches lagen Biskuitkrümel, so, als wolle die Hausherrin gleich damit die Spatzen füttern. Das freudige Aufblitzen in ihren Augen musste schon erfolgt sein, als sie sich noch gar nicht umgedreht hatte. Sie schien in keiner Weise überrascht zu sein.

»Wegen des Grabmals?«, fragte sie taktvoll, um ihn nicht zu brüskieren.

Doch Assen hatte so wenig mit ihrer Frage gerechnet, dass er einfach irgendeine für beide Seiten sinnlose Entschuldigung murmelte. In dem Wohnzimmer, das mit einem stuckverzierten weißen Eingang begann und mit dem schwarzen Flügel endete, herrschte großes Durcheinander. Nichts stand an seinem Platz. Auf die zerbrechlichsten Sachen konnte man treten, die schwersten einem auf die Füße fallen. Es war die Wohnung von Leuten, die noch nicht richtig abgereist oder noch nicht richtig angekommen waren.

»Georgi hat es in Borovez nicht ausgehalten«, begann sie nachdenklich, »ihm war kalt und langweilig. Alle Restaurants geschlossen … Dort ist noch richtig Winter. Ihr Vetter hasst den Krieg, wissen Sie, er begreift nicht, warum auch das Konditoreigeschäft meines Vaters hineingezogen werden muss, all diese wehrlosen süßen Sachen … Ja, genau so hat er gesagt: ›wehrlose süße Sachen‹! Er war drauf und dran, zum Trinker zu werden vor Untätigkeit.«

Assen fiel auf, dass niemand den Salon betrat und zum Beispiel Tee mit kandierten Maronen brachte. Die Kaminuhren tickten verschreckt vor sich hin. Sonja glättete ihr Haar mit einer kindlichen Bewegung. Ihr Gesicht strahlte eine stoische Verträumtheit aus, ihre Augen waren nun wieder starr und melancholisch auf die kleiner werdenden Flammen des Kamins gerichtet.

»Wissen Sie, Herr Weltschev, wenn sich das Leben eines Menschen plötzlich ändert, dann wird er sentimental. Ich denke inzwischen, dass unser ganzes Leben eine einzige Anstrengung ist, uns an Veränderungen zu gewöhnen, uns mit ihnen abzufinden. Das erstaunt und bedrückt mich. Wir sind ja nicht wegen der Konditorei zurückgekommen. Georgi hat nicht das leiseste Interesse am Geschäft meines Vaters. Nein, er kann sich einfach nicht damit abfinden, dass wir nicht mehr so leben können wie zuvor. Der Egoismus ist ein so untrennbarer Teil seines Wesens, so wie ich …« Sie verstummte und biss sich auf die Lippen, als fürchte sie, ihr könne ein unziemliches Wort herausrutschen.

»Der Egoismus Ihres Mannes ist doch irgendwie sympathisch«, erhob Assen höflich Einspruch.

»Ja, natürlich. Ich habe mich vielleicht nicht deutlich ausgedrückt. Ich hatte etwas anderes im Sinn, etwas, das mich betraf.« Ihre Finger schoben die Krümel auf dem Tischchen erst zu kleinen Häufchen zusammen, dann verstreuten sie sie wieder, so, als reinige sie Reis. »Aber wie geht es denn Ihnen, Herr Weltschev?«

»Danke der Nachfrage … Ich habe einen Sohn!«

»Meinen Glückwunsch!« Sie erzitterte, als habe sie ein stilles Leiden. »Dann ist Ihre Frau Gemahlin sicher sehr glücklich?«

»Vera ist bei der Geburt gestorben«, antwortete er leise.

»Bitte entschuldigen Sie meine …« Sonja errötete. Das gab ihrer Trauer und ihrer Schönheit erst ihre volle Unverfälschtheit.

»Ich hatte mich verspätet. Sie war allein.« Er leckte sich über seine ausgetrockneten Lippen.

»Es ist furchtbar, wenn man zu spät kommt«, sagte Sonja mit seltsamer Betonung. »Das ist vielleicht auch das Schmerzhafteste an den Veränderungen. Wir sind oft zu spät für sie bereit.«

In seiner Sehnsucht, nicht linkisch neben seinem eigenen Schmerz zu stehen, wiederholte Assen den Namen Veras gleich mehrere Male. Vielleicht war es so besser, dachte er. Man verschwendete immer seine Kraft darauf, um etwas zu behalten, und dann noch einmal darauf, es wieder zu vergessen. Als strebte man die ganze Zeit danach, etwas zu sein, was man nicht sein konnte. Nun fühlte er sich schuldig sowohl Vera als auch Sonja gegenüber. Ein Gefühl wie Schmierseife, das er so leicht nicht loswurde.

»Sie brauchen jetzt Trost«, sagte Sonja Toromanova schonungslos. Ihre Hand bewegte sich furchtsam auf der Lehne des Sessels, als versuche sie, das Fell eines wilden Tieres zu streicheln. Er bemerkte das Batisttaschentuch, das Kühle verströmte, die Ringe mit den echten Edelsteinen, dieser verschwenderischen Hyperklarheit und Transparenz, die ihn auf einmal so ungestüm anzog, dass er sie einfach berührte. Sonja stöhnte auf. Hob den Arm, um sich zu schützen, doch ihre Anziehung war so magisch und alles verschlingend, dass beide wie ferngesteuert zugleich aufstanden. Sie schmiegten ihre Körper aneinander. Sonja verbarg schamhaft ihr Gesicht an seiner Brust. Begehrte Frau, schuldige Frau. Geschützt einzig von der Sanftheit dieses Mannes.

Assen schwindelte. Die Liebe erstickte ihn von innen. Also deswegen war er hergekommen. Deswegen war er die ganze Zeit hergekommen. Um zu fühlen, wie diese kultivierte Klassenfeindin sich mit unfassbarer Natürlichkeit an ihn presste. Jeden Moment konnte die Eichentür aufgehen, Georgi konnte hereinkommen oder das Dienstmädchen, das in diesen Zeiten auch nicht mehr auf feinen Stöckelschuhen durchs Haus ging, sondern in bequemen und lautlosen Pantoffeln. Sein Verstand arbeitete noch gut genug, um ihm vernünftige Fragen zu stellen: Wie konnte er drei Wochen nach dem Tode seiner Frau …? Wie konnte er drei Monate, nachdem die Gruppe, jene Gruppe, in der er glücklich und zu Heldentaten bereit war, ihn des Verrats bezichtigt hatte …? Doch in den wilden Schlägen seines Herzens, im Chaos dieses Zimmers, eingehüllt in die natürliche Wärme, die das Kaminholz verströmte, mit den kaum wahrnehmbaren Atemstößen Sonjas auf der Brust, spürte er, dass es *gerade* und *nur jetzt* möglich war, wo Vera verschwunden war in ihrer Sehnsucht, ihm einen Sohn zu schenken, seine Schuld unverzeihlich war und sein Vetter jeden Moment hereinkommen konnte.

»Ich wusste nicht, dass es so …«, sagte Assen völlig verwirrt.

»Ich wusste es«, erwiderte Sonja und löste sich in einer schmerzlichen Anstrengung von seinen Schultern. »Und nun müssen Sie gehen. *Für immer* gehen!«

Er drehte sich gehorsam um. Der Weg zur Haustür erschien ihm unendlich lang. Auf der kalten Freitreppe, betäubt von der Stille, die die Bombenangriffe hinterlassen hatten, stieß er fast mit einem schlanken Offizier im Hauptmannsrang zusammen, dessen Pelerine nach Wind roch. Sie standen sich eine halbe Minute lang mit finsteren Mienen gegenüber, unfähig, sich von sich selbst zu befreien; schließlich äußerte Boshidar Weltschev mit gefährlich freundlicher Ironie die bekannte Frage:

»Oh, der Herr Bestattungsagent … Wieder einmal in Sachen Grabmal für den unvergessenen Toromanov zur Stelle?«

»Nein«, antwortete Assen trocken und spürte, wie sein Vetter zurückwich, »Sie habe ich gesucht!«

»Und ich Sie«, nahm Boshidar seine Worte auf. »Welch bessere Garantie könnte es geben, sich dann auch tatsächlich zu treffen?« Er zog seine Hand aus der Innentasche seiner Jacke. Doch statt einer geladenen Pistole hielten seine Finger eine Visitenkarte. Er reichte sie ihm, doch nicht wie eine Provokation, sondern wie eine milde Gabe.

Fünftes Kapitel

1

Der Vermieter hatte seit ganzen drei Tagen weder seine Lungen noch sein Zimmer gelüftet. Jonka saß mit über der Brust verschränkten Armen draußen auf dem Bänkchen und sah hinauf zu den geschlossenen Flügeln der Balkontür. Leben musste er noch, denn sein Radio spielte. Das Haus war von den Frühjahrsregenfällen einige Male so kräftig abgeduscht worden, dass der gelbliche Verputz an einigen Stellen abgeplatzt war. Das Moos auf den Dachziegeln war grün und weich geworden wie Samt. Das Kind schlief in einer Holzwiege, auf die rosa Wölkchen gemalt waren, schmatzte im Schlaf und saugte am Schnuller. Etwas anderes hatte es in seinem kurzen Leben noch nicht gesehen. Wenn es nicht an ihm saugte oder mit seinen zahnlosen Kieferchen darauf biss, knautschte es ihn mit seinen durchsichtigen rosa Fingerchen. Jonkas Herz wurde gleich mitgeknautscht, und dann musste sie sich unbedingt singend Luft machen.

Sie fütterten den kleinen Jordan mit Ziegenmilch. Jonka wollte die Ziege persönlich sehen, um einschätzen zu können, ob die als »Amme« überhaupt was taugte. Das Tier erwies sich als störrisch und ungestüm, hatte einen vorgereckten Ziegenbart und angriffslustige Hörner. Es lebte zwar in einem städtischen Hinterhofgarten, fraß dort aber Kraut und Unkraut von einer Wildwiese, so dass Jonka resümierte: »Gut, gut ist dieses Kroppzeug da. Da trinkt Jordantscho Temperament und Eigensinn. So weich sie aussieht, die Zicke, bös ist sie wie das Leben.«

Besorgungen machte sie bei Krämer Jowtscho. Dort beobachtete sie, wie die Leute ein Brot kauften und es dann »aus Versehen« in die offene Blechtonne mit dem Speiseöl fallen ließen. Sie bezahlten nur das Brot, nahmen das Öl aber ebenfalls mit nach Hause, wo sie es ausdrückten für

Salatsaucen und die Füllung von Öllampen. Mit den letzten Tropfen ölten dann die Alten Scharniere und Schlösser. Auf die zerdrückten Brotklumpen streuten die Kinder Gewürzsalz und aßen die Delikatesse, dabei gierig den Ölduft einatmend. Jowtscho sagte nichts weiter zu dieser kleinen Betrügerei. Was sollten die Leute denn auch sonst machen?

Neben ihr auf dem Bänkchen saßen Nachbar Alexander und Piollas Vater. Wie fast immer war Alexander, den alle nur »Saschko« nannten, betrunken und ungepflegt. Jonka erlaubte sich den Spaß und nannte ihn »Flaschko«.

»Stell dir vor, Tante Jonka«, träumte er den typischen Traum der Bruderschaft vom letzten Hemd, »wenn ich die Klischees für die Blüten fertig habe, weißt du, was dann hier abgeht? Dann wird ein Schwein gekauft, aber hallo, und ein Schlachtfest gibt das, mein lieber Schwan! Auf dem Schwarzmarkt besorgen wir uns so einen Blechkanister mit Salzlakenkäse dazu, mnjamm, Jowtscho kellt uns 'nen ganzen Topf Öl voll, ach ja, und schöne Rosenpaprika dürfen wir nicht vergessen. Und dann her die Teller! Sapperlot! – einmal das volle Menü für die Jonka, und zack! – einmal die volle Portion für Piolla, und jawoll! – dem Jowtscho bringen wir auch 'n Teller rüber! Das wird ein Schmaus … Ein Schmaus und Braus wird das, mnjaa! Aber das ist erst der Anfang! Dann wird ein Haus angezahlt, ein großes Haus mit neuen Dachziegeln, ohne dieses grüne Mooszeug obendrauf … Und dann, hast du nicht gesehen – schwupp! –, ein Zimmer mit Nähmaschine für Tante Jonka, eins für Piolla und – di wupp! – ein Wohnzimmer für unsern Vermieter, damit sein Radio ordentlich Hall hat. Ich mach's mir in der Küche gemütlich. – Ja, das wär was!, aber – woher das Geld nehmen, um mir das Reispapier zu kaufen, das ich für meine Blüten brauche?«

Da musste »Saschko-Flaschko« weinen vor Willenlosigkeit und so viel überschüssiger Güte. Piollas Vater war weggedöst, um Saschkos Schwein und den Topf mit dem Öl wenigstens im Traum zu sehen. Die Sonne rötete sich schon hinter der Mörtelmauer. Doch Jonka hatte gar nicht zugehört. Sie hatte Heimweh nach Widin, nach dem Zigeunerviertel und dem Zinngießen, den Buchsbaumhecken am Donauufer, dem aufdringlichen Iltis in ihrem Hof, der von so vielen menschlichen Gebeten ausgebeulten Kuppel der Kirche Sveta Paraschkeva, doch am meisten nach dem

Fluss und den Menschen. Sicher, dieses Widin mochte nicht viel mehr als eine Handvoll Stadt sein, doch eigentlich war es groß – inhaltlich betrachtet. Da konntest du entlang der Festungsmauer am Ufer der Donau entlanggehen und – hast du nicht gesehen, triffst du einen Verwandten! Schwatzhafte Weiber steigen am Hafen mit ihren Webteppichen ans Ufer hinunter, um zu waschen, oder sie füllen am Wochenende das türkische Bad mit der nackten Wahrheit. Aus den Kaffeehäusern hörst du, wie die Männer die Spielsteine aufs Brett knallen. Dem Geruch nach kocht jemand Kompott ein – oder ist es diesmal ein magischer Kräutertrank? Selbstgebrannter Schnaps fließt durch die Kehlen. Und das Wasser der Donau, sandig und schwer, sammelt all dieses Leben und schleppt es weiter zum Meer. Was hatte man denn dagegen in Sofia? Nichts als furchterregende Ausdehnung und starre Unbeweglichkeit. Sie hatte zwei Wege kennengelernt: den zu Krämer Jowtscho und den zur Milchziege – alles andere war fremd: Straßenbahnen, Ruinenfelder und leere Bürgersteige ohne klare Richtung. Es gab kein Oben und kein Unten, keine Schönheitskräuter und keine Möglichkeit, die Geburt eines Sohnes vorherzusagen.

Doch die ganze männliche Nachkommenschaft ihrer Brüder war nun einmal nach Sofia gegangen, ohne Kontakt untereinander zu haben. Sie wollte sie auf einem Haufen beisammen sehen, um sich an ihnen freuen oder ihnen eine Gardinenpredigt halten zu können! Und stramm sollten sie stehen um sie herum, wenn sie sie tröstete und alles Leid auf sich nahm. Goscho brauchte dringend jemanden, der ihm ein bisschen die Zukunft las; Boshidar schadete es nicht, wenn jemand seinen bösen Jähzorn besänftigte und ihm ein wenig Gewissen beibrachte; Assen brauchte eine Mutter, und Alexander, Christos Sohn, ein gutes Wort und eine gute Zaubermischung gegen die Schüchternheit. Inzwischen war nämlich auch er nach Sofia gekommen, um Jura zu studieren. Er lebte irgendwo am Fuße des Witoscha; da hatte man einen ganzen Nachmittag zu laufen, um zu ihm zu kommen!

Jonka hatte Assen gebeten, die anderen ausfindig zu machen, aber der schwieg bloß. Sie erschrak regelrecht vor seinem starren, lauernden Blick, der sich nicht eine Sekunde entspannte, so, als warte er auf jemanden, nein, als *müsse* er auf jemanden warten. Morgens verließ er das Haus zur Arbeit am Bahnhof, abends kehrte er zurück mit einem von den schweren

Säcken verdrehten Rücken. Er trank keinen Wein, dennoch waren seine Augen trübe. Jonka passte auf, was mit den Pistolen passierte, da war sein schwacher Punkt, da lag der Hund begraben. Vielleicht vergisst er sie ja auch mit der Zeit, dachte sie. Was vergisst der Mensch nicht alles: Freud und Leid, ganze Menschen vergisst er, warum dann nicht auch zwei solche Schießeisen? Nur dass vor ein paar Tagen so ein komischer Brief in einem einfachen Umschlag gekommen war, der keinen Poststempel trug. Assen hatte ihn gelesen und dabei heftig Luft ausgepustet. Er war zum Waschbecken gelaufen und hatte sich mit kaltem Wasser übergossen. Dann hatte er das Papierchen zerknüllt und wieder geglättet. Jonka war um ihn herumgestrichen, angeblich, um Laken glattzuziehen, doch in einem Moment beugte sie sich kurz über den Zettel, entzifferte die Buchstaben und setzte sie in ihrem Kopf zu den Worten »WIR GLAUBEN DIR« zusammen. Wer waren diese »wir« – Märtyrer oder Verbrecher, Richter oder Herren des Schicksals, wenn sie ihn so ermutigen und »begnadigen« durften? Assen war ein einziger Krampf gewesen. Das Haus war ihm zu eng. Die Suppe vor ihm erkaltete unberührt. Dann stellte er sich vor seinen Sohn, als wäre der eine Ikone. Am folgenden Abend verschwanden die beiden Pistolen auf einmal; nur zwei dunkle Flecken von dem Waffenfett blieben unter den Büchern zurück. »Werd' du erstmal groß«, wimmerte Jonka über der Wiege des kleinen Jordan, »ein großer Mann, dann wirst du schon sehen, was es heißt, dass dir etwas das Herz zerreißt.«

Das Baby strampelte im Schlaf; vielleicht war ihm zu eng und zu warm in der trockenen Frauenwäsche, in die es gewickelt war. Von nebenan hörte man, dass »Saschko-Flaschko« schon wieder himmelhochjauchzend-zu-Tode-betrübt war, Piollas Vater starrte mit aufgerissenen Augen vor sich hin.

»He, Jonka«, rief Saschko, »zwanzig Schläuche Wein werden auch bestellt, und Musiiiik mit Pauken und Trompeten, sag ich dir …«

»Trag mir mal lieber die Wanne da rüber«, schnitt Jonka ihm liebevoll die Schwärmerei ab.

2

Aus den Tiefen des Weinrestaurants »Wilder Hahn«, vor dem sie sich trafen, strömte ihnen ein säuerlicher Geruch nach Fasswein entgegen. Durch die schmutzigen Scheiben sahen sie ein paar unermüdliche Trinker, die sich mit den Ellenbogen auf ihre Tische gestützt hatten und über den Lauf der Welt nachdachten. Ansonsten war das Lokal fast leer. Als sie sich zur Begrüßung die Hände schüttelten, zuckten beide zusammen. Um das betretene Schweigen danach zu brechen, fragte Boshidar Weltschev:

»Was halten Sie von einem Glas Wein?«

Doch sein Vetter Assen lehnte ab: »Ich trinke nicht.«

So gingen sie nebeneinander die Graf-Ignatiev-Straße hinab. Über dem Sportstadion fiel schon bläulich der Abend auf die Erde. Die warme Luft duftete nach wilden Kräutern. Verliebte Pärchen und alte Herren gingen an ihnen vorbei und verschwanden im dunklen Oval des Borissov-Parks. Ein Straßenjunge bot mit kräftiger Stimme einen Stapel Zeitungen an: »Englischer Außenminister Eden auf Geheimbesuch bei Stalin in Moskau … Marschall Rommel inspiziert Befestigungsanlagen in …« Die Fliederbüsche, die zu Seiten des eingemauerten Perlovska-Baches standen, leuchteten blauviolett, auf dem Geländer der Holzbrücke, die ihn überspannte, vollführten ein paar Jungs Balanceakte als »Mutprobe«.

Als Assen anrief, hatte Boshidar sich sofort mit einer Begegnung einverstanden erklärt und schlug auch den Treffpunkt vor. Assen konterte mit der Uhrzeit. Ihr verbaler Schlagabtausch am Telefon war kurz und gereizt, so, als hätten beide Angst, ein Detail zu vergessen, das der andere nachher gegen ihn verwenden konnte. »Tante Jonka ist in Sofia und möchte euch gern einmal sehen«, hatte Assen nicht unerwähnt gelassen. Und in der Tat: Wenn Jonka ihn nicht angehalten hätte, Kontakt aufzunehmen, hätte er wohl nie zum Telefonhörer gegriffen, obwohl Boshidar und er nach dem abgebrochenen Gespräch im Hause der Toromanovs noch eine intellektuelle Rechnung offen hatten. Boshidar konnte es sich nicht verkneifen, erst einmal so zu tun, als könne er sich an eine Tante Jonka nicht erinnern, bevor er schließlich mit übertriebener Liebenswürdigkeit sagte: »Aber natürlich, natürlich, das ist ja rührend von ihr!«

Schweigend, bemüht um ausgesuchte Höflichkeit, gingen sie nebeneinander her, Boshidar in seiner Offizierspelerine, Assen in seinem frisch gebügelten Anzug. Beide hatten im Gefühl, dass es zwischen ihnen nichts zu erklären, sondern eher schon auszufechten gab und dass ihr Treffen im Zeichen einer Art gemeinsamen Verschwörung stand, ihre Pistolen eingesteckt.

»Schöner Abend, was, Herr Bestattungsagent«, sagte Boshidar auf einmal bissig.

»Ich arbeite jetzt als Träger am Bahnhof«, korrigierte Assen. »Im Übrigen habe ich mein Staatsexamen in Jura gemacht. Und Sie, was haben Sie studiert, Herr Hauptmann?«

»Ich weiß es nicht, Herr Weltschev«, sagte Boshidar so aufrichtig, wie Assen einst gesagt hatte, dass er nicht wisse, ob er schon einmal getötet habe. »Ich habe versucht, eine Methode zu studieren, aber dafür reichten mir entweder die Kenntnis oder die Courage nicht.« Unter den harten Sohlen seiner Stiefel knirschte der Sand, mit dem der Parkweg bestreut war. Was war es noch, über das sie unbedingt zu Ende disputieren mussten – der eine fristlos beurlaubt, der andere monatelang abgeschnitten von den Ereignissen und mit nichts als einem Zettelchen in der Tasche, auf dem stand: WIR GLAUBEN DIR?

Sie gingen ziellos weiter. Hatten sich in sich selbst verloren. Als sie den Park verließen, brannten an der Adlerbrücke schon die Straßenlaternen. Diese Stunde trügerischer Nähe würde sich wohl nicht wiederholen. In ihrer offenen Abneigung füreinander zogen es beide vor, sich nicht noch einmal der natürlichen Freundlichkeit des Waldes anzuvertrauen, wo es so leicht war, einfach die Pistole zu ziehen und den Abzug zu betätigen, eine »Mutprobe« unter großen Jungs, nichts weiter …

»Tante Jonka würde Sie gern einmal sehen, Herr Hauptmann.«

»Verstehe«, erwiderte Boshidar gedämpft, »diese Woche habe ich leider keine Zeit, aber bitte grüßen Sie sie doch von mir.«

3

Das Bett war breit, weich und eingehüllt in Parfüm und Vergessen. Auf dem Boden lagen Kognakflaschen, ein goldenes Medaillon, ein leeres Portemonnaie, türkische Hauspantoffeln, die Kleider der letzten Tage, die Kleider für die kommenden Tage, das Halfter seiner Walther-Pistole, Dessous von viel Geschmack und wenig Stoff, einige Broschüren Peter Denovs, über die achtlos nackte Füße getrampelt waren, sowie der damals beliebte Roman »Forever Amber« von Kathleen Windsor, der den Aufstieg eines armen schwangeren Mädchens in der englischen Restaurationszeit nach 1660 beschrieb und somit weit genug weg war, um zu Herzen zu gehen. Ihm war leicht schwindlig, so, als erwache er nicht gerade, sondern torkle von einem Karussell, das sich zu schnell gedreht hatte. Seta lag, nur gerade bis über den Po zugedeckt, auf dem Bauch neben ihm und lächelte im Traum. Ihre runden Schultern versanken zwischen den überbordenden Spitzen der Kissen. Sie wirkte nah und unnahbar zugleich in ihrem Erschöpfungsschlaf. All die schmutzigen Worte, die sie ihm ins Ohr geflüstert hatte, hatten keineswegs das Ziel gehabt, ihn noch mehr zu erregen, sondern ihre körperliche Vereinigung herabzuwürdigen und damit indirekt auch ihre alptraumhafte, verzehrende, unmögliche Liebe.

Die Zeit bis zum Frühstück verging schleppend. Sie begannen meist schon am Vormittag zu streiten, ohne sich an der Gegenwart des Hausmädchens zu stören. Sie warfen sich Kraftausdrücke an den Kopf, die den anderen furchsteufelswild machten, ihnen selbst aber Sicherheit gaben. Seta ließ Teller und Tassen des kostbaren Meißener Porzellans zu Bruch gehen, dann verließ sie wütend das Haus, während er sich zum Turmzimmer ihres Vaters schleppte und mit zusammengebissenen Lippen zusah, wie die Sonne langsam übers Fensterbrett ins Zimmer drehte, den mit grünem Filz bezogenen Schreibtisch, die darauf stehenden Gallé-Lampen und das silberne Tintenfass erreichte, um schließlich im Spiegel aufzublenden. Er verbrachte seinen Tag damit, voller Verzweiflung auf diesen Spiegel zu starren, der nichts als vergangenes, abgelebtes Leben reflektierte, *sein* vergangenes, abgelebtes Leben, das Leben eines *gescheiterten Tyrannen.*

Spät in der Nacht kam Seta müde und bezwungen, zerschlagen und zärtlich wieder, zog in der Mitte des Schlafzimmers ihre Schuhe aus, trank direkt aus einer Kognakflasche und zog sich dann weiter aus mit der Unschuld eines Kindes, hängte ihre Seidenstrümpfe verspielt an der Toilette auf, streichelte sich extra vulgär zwischen den Schenkeln, um seine Abscheu zu erregen und ihn zu verjagen, doch seine Erregung war stärker als sein todmüder Stolz und bewies ihm zum wiederholten Male, dass die wahre Liebe egoistisch und unerfüllbar ist, nicht anders als die absolute Macht. Er hatte nichts als die Selbstbeherrschung, auch Geduld genannt, oben im Turmzimmer des alten Topalov zu stehen, die Sonne morgens hinein- und abends hinauszugeleiten und dabei auf Seta zu warten, so wie sie die Selbstbeherrschung und Geduld besaß, unerschütterlich frei und ungreifbar zu sein. Eifersüchtig auf Seta zu sein, das war genau so, als wäre man eifersüchtig darauf, dass auch andere über eine Naturerscheinung staunten, einen Regenbogen über ein Gebirge, einen Wasserfall oder einen blühenden Baum. Doch diese Erkenntnis half ihm gar nichts: Wenn sie da vor ihm ihre Nummern abzog, kostete er den Becher mit den Erniedrigungen bis zum Grunde aus.

Boshidar seufzte, dann erhob er sich abrupt und mit jener demonstrativen Entschlossenheit, die er sich in den Jahren seines militanten Asketismus angewöhnt hatte. Er schlüpfte in den seidenen Hausmantel des alten Topalov und in dessen Pantoffeln, die ihm etwas zu groß waren, und ging los, um sich zu rasieren. Am Treppenabsatz machte er halt. Ihm fiel ein, dass er ja nirgendwo hinmusste. Der Morgen war ein leerer Raum, den er nur betreten, aber nicht verlassen konnte. Er hatte gerade das Turmzimmer betreten, in dem Seta aus Protest das Hausmädchen nicht saubermachen ließ, damit der Staub auf allem, was noch da war, auf das verwies, was fehlte, da klingelte unten im Salon hartnäckig das Telefon. Boshidar zwängte sich wieder durch die Tür, als verließe er ein Hochgrab, lief die Treppe hinab, hob den kalten Hörer ab, verhielt seinen Atem und holte dann geräuschvoll Luft.

»Fräulein Topalova, wenn belieben«, hörte er eine bekannte, befehlsgewohnte Stimme. Der Sohn Karagjulevs, der seit anderthalb Monaten Vegetarier war, meldete sich. Im Moment werden alle plötzlich irgendwas, sagte sich Boshidar bissig.

»Ist nicht da«, erwiderte er scharf.

»Tatsächlich? Wann kommt sie denn wieder?«

»Sie kommt nicht wieder, bitte rufen Sie nicht weiter an!«, behauptete Boshidar einfach und legte auf. Er ließ sich in einen weichen Sessel fallen und zündete sich eine Zigarette an. Er blies gerade erleichtert den grauen Rauch aus, als er anhand des Halbdunkels, das sich plötzlich zu beleben schien, eine feindselige Anwesenheit in seinem Rücken spürte. Er drehte sich um. Am Treppengeländer lehnte Seta in lässiger Haltung.

»Und wer hat dir gesagt, dass ich nicht da bin, Herzchen?«, sagte sie in einem Ton, als sei er ein Dummerchen. »Ich kann mich nicht daran erinnern, dich als meinen Sekretär eingestellt zu haben.«

Er sah, wie sie mit offenem Haar die Stufen herunterkam, bleich und mit abwesendem Blick wie eine Erscheinung. Sie kam näher. Ihr Haar blitzte kupferfarben, ihre Stimme gefährlich:

»Sich den Schädel in die Luft zu jagen, mag ja schwer sein; aber im Leben eines wehrlosen Mädchens herumzupfuschen ... schau, das ist schon etwas ganz anderes. Gleicht ihr Männer euch denn so sehr, dass man euch gar nicht auseinanderhalten kann? Schon das kleinste bisschen Verzweiflung genügt, damit ihr euch auf Kriegsfuß begebt. Gott, erbarme dich solcher Helden ...«

Boshidar hatte das Gefühl, als wöge er plötzlich Tonnen. Und dieses ganze Gewicht war nichts als Selbstmitleid. Er hatte das Gefühl, wenn er jetzt den Mund aufmachte, würden keine Worte, sondern nur Sabber herauskommen, oder heiße Luft, oder eine Lawine sinnloser, leerer Stotterlaute, Ausgeburten eines geisteskranken Fanatikers.

»Na, jetzt willst du mich wohl Schlampe nennen, ha? Oder vielleicht Nutte? Mmmh, wie reizend von dir!« Sie stützte sich auf, beugte sich übers Telefon, dann wählte sie seelenruhig eine Nummer.

»Philipp, bist du es?«, schnurrte Seta. »Natürlich werde ich kommen. Ja, ein Idiot, jaja, ein richtiger Vollidiot.«

4

Die Eintönigkeit seiner Lage war zum Stumpfsinnigwerden. Die Stille des Hauses dröhnte ihm in den Ohren. Zum ersten Mal in seinem ganzen Leben fiel ihm auf, dass er keine Freunde hatte. Und seit man ihm sein »großes Problem«-Spielzeug weggenommen hatte, wurde sichtbar, dass er eigentlich auch keine Probleme hatte. Er war nicht im Geringsten an das Leben angepasst, und in seinem extremen Idealismus nichts als ein Ärgernis, ein dummes zudem, da Idealisten dazu neigten, in allem, was nicht ihr hehres Streben betraf, üble Langweiler zu sein. So hatten sich alle seine geistigen Vorzüge in gut sichtbare Nachteile verwandelt, und selbst sein Asketentum erschien, seiner Begründung beraubt, wie eine abartige und bis dato noch nicht erfahrene Spielart des Hedonismus. Er wiederholte sich, dass er sich schon gewöhnen, sich überwinden werde, wenn man ihn in ein abgelegenes Provinzkaff schicken würde. Dort, als Leiter einer bedeutungslosen Garnison, würde er Bauch ansetzen und allmählich verblöden, so dass er es leichter aushalten konnte inmitten vollkommener äußerer Leere, einer Leere, aus der er blitzsauber und ohne ein Körnchen Dreck sein Inneres erbaut hatte.

In die letzten Nachrichten im Radio stahl sich beiläufig ein Unterton der Sorge der Regierung Bagrjanov, was die Entwicklung an der Ostfront betraf. In seiner Erniedrigung hatte Boshidar versucht, Verbindung zu General Kowatschev zu bekommen, doch wenn er anrief, sagte ihm eine junge Männerstimme stets, dieser sei derzeit verhindert. »Mit wem habe ich gesprochen?«, fragte er schließlich wütend. »Mit dem Adjutanten General Kowatschevs«, antwortete die Stimme. »Das kann nicht sein! Der Adjutant General Kowatschevs bin ich!«, schrie er in den Hörer. Doch auf der Gegenseite hatte man schon aufgelegt.

In der Hitze des Juli spannte sich der Himmel über Sofia, wurde blass und so dünn, dass er jeden Moment reißen konnte. Um das Gebäude der Markthallen lag der Geruch gärenden Obstes, der Perlovska-Bach stank wie ein Pissoir. Obwohl die Periode der Bombenangriffe vorüber war, trauten sich die Bürger nur zögernd wieder zurück nach Sofia. In Ruinen und Trümmerfelder zogen Fledermäuse und Gespenster ein. Peter Denov, der Lehrer, hatte seine Brüder und Schwestern wieder ins Rila-Gebirge zu den sieben Rila-Seen geführt, um der heiligen Reinheit des Lichtes näher zu sein. Boshidar starrte weiterhin im Arbeitszimmer des alten Topalov in den Spiegel, aber dort bewegte sich auch nichts außer dem Einfallswinkel des Sonnenlichtes. Seta war mit Karagjulevs Sohn für einen Tag (oder für alle Tage? – wer wusste das bei ihr) verschwunden, und er spürte, dass er es auf dem Aschehaufen der Sinnlosigkeit nicht länger aushielt, auf sie zu warten. Ohne zu wissen, was er tat, ging er, obwohl schweißgebadet, mit hoch zugeknöpfter Uniform auf die Straße. Nach ein paar Metern drehte er sich noch einmal um. Er hatte das Turmzimmer jetzt so intensiv von innen betrachtet, dass es ihm sicherer erschien, sich noch einmal einzuprägen, wie das Türmchen von außen aussah, mit seinem von Grünspan befallenen, in der heißen Luft zitternden Kupferdach.

Boshidar gab einer alten Frau, die unter den Stufen der Alexander-Newski-Kathedrale döste, ein Almosen und betrat das Gotteshaus. Dort zündete er eine Kerze an, sprach aber kein Bittgebet. Er verweilte einfach, um zur Ruhe zu kommen in der Kühle, die vom Boden aufstieg, der Größe der riesigen Kuppel über sich und der Erhabenheit und Pracht der Ikonostase vor sich. Gegen Sonnenuntergang betrat er seine kleine Mansardenwohnung auf der Graf-Ignatiev-Straße, in der es ungelüftet roch. Sein Expander hing schlaff herab, als hätte er sich erhängt. Der erste Gedanke, der ihm in den Sinn kam, war seine Entscheidung, nichts auf seinem Schreibtisch liegen zu lassen als die Pistole und das Telefon. Er ließ sich auf sein Sofa fallen, ohne die Augen zu schließen. Die Einfachheit dieser Ordentlichkeit und Aufgeräumtheit tröstete ihn; erleichtert konstatierte er, dass er wieder in seine eigene Welt zurückgekehrt war. Von der Straße drangen vereinzelte Geräusche herauf, das Kreischen der Straßenbahn, Hufgetrappel, laute Stimmen; die Luft saugte sich mit Dunkelheit voll, als wäre die eine Art Holundersaft. Er machte sich keine Vorwürfe und spürte auch keinerlei Verlangen, sich an etwas zu erinnern, obwohl durch die Wand das Klavier von Fräulein Julia mit nostalgischen Klängen dazu einlud.

Dann war er wohl eingedöst, denn das durchdringende Geläut seines Telefons schreckte ihn auf. Es klingelte wie verrückt, doch er hob nicht ab. Nach einer Stunde war die Klingel an seiner Wohnungstür dran. Er war sich sicher, dass das nur Seta sein konnte, erschrocken vielleicht oder auch wütend, noch den Geruch nach Pferd von ihrem Ausritt am Körper, vielleicht auch den Geruch nach Miesmuscheln … Ihm war nicht danach, zu fluchen, aber auch nicht danach, die Tür zu öffnen.

Am nächsten Morgen wusch er sich gründlich, rasierte sich mit übertriebener Genauigkeit, legte zwei Garnituren Unterwäsche in seinen Koffer, seinen Orden und seine neue Uniform. Beim Verlassen des Wohnblocks klingelte er kurz bei Fräulein Julia. Mit ihrem verrutschten Puder sah sie aus wie ein verlassenes Zuhause.

»Ich wollte meine Miete bezahlen«, sagte er. Der Geruch nach Katzen stieg ihm in die Nase. »Ich fahre nach Widin.«

In der halbleeren Straßenbahn war es stickig und heiß, und er langweilte sich unterwegs. Am Bahnhof stieg er aus und kaufte sich eine Fahrkarte für den ersten Zug nach Widin, der gegen Mittag abfuhr. Dann suchte er den nächsten Biergarten und ließ sich im Schatten der Linden nieder. Die Fliegen und das servile Gebaren des Kellners, das er beim Trinken beobachtete, ödeten ihn an. Lange hatte er sich nicht mehr so wohl in seiner Haut gefühlt, ruhig, ausgeglichen und zugleich gespannt. Als er schließlich auf den Bahnsteig ging, kochte die Luft schon in der Mittagshitze. Es gab nur einen Waggon erster Klasse. Davor stand, in einem schlichten Kleid mit orangefarbenen Blümchen darauf, Seta. Auch sie hatte nur einen kleinen Koffer dabei.

»Was ist, fahren wir, Herr Hauptmann?«, fragte sie spöttisch.

»Sieht ganz so aus«, erwiderte er müde. Mehr hatten sie sich im Augenblick nicht zu sagen. Er hatte aber auch nicht die Kraft, sie wegzujagen, oder selbst auf dem Absatz kehrtzumachen und in der flimmernden Luft zu verschwinden. Und so fuhren sie gemeinsam, bis zur Halskrause voller Liebe und voller Hass, unter einer Sonne, die keine Schatten warf.

5

Die Behaarte Stefania näherte sich weniger deshalb, um ihnen ihre fettigen Krapfen zum Kauf anzubieten, als um sich an ihrem Anblick zu ergötzen. Selten hatte sie zwei so schöne junge Leute gesehen, offenbar Kinder reicher Leute! Es zog von der Donau her. In der Luft mischte sich der Geruch nach verschnaufender Dampflok, Kleinstadtbahnhof und Sumpf. Die

Frösche verwandelten zur Begrüßung mit ihrem fernen Gequake die Luft in Blasen. Plötzlich erkannte sie den jungen Mann. Er glich seinem Vater, etwas in seinem Gesichtsausdruck war ganz Ilija; die Frau hingegen, die dem Zug entstiegen war wie einer Kalesche, war von ihr unbekannter und seltsamer Schönheit. Ohne noch eine Sekunde abzuwarten, deckte Stefania ihr Tablett mit den Krapfen zu und lief durch den Staub der Hinterhöfe fort, weder freudig erregt noch traurig, sondern einfach nur eilig.

Als sie bei den Weltschevs eintrat, saßen diese entspannt unter der Weinlaube. Der alte Babaschov und Ilija hatten ihre Füße in Wannen mit kaltem Wasser gestellt. Boshura spielte mit ihrem goldenen Armband. Herr Karol Iwanov rückte seine Pepita-Fliege zurecht. Das Hausmädchen stand mit zwei Handtüchern im Hintergrund.

»Sie kommen«, brüllte die Behaarte Stefania, und alle sprangen wie von der Tarantel gestochen auf.

»Wer – sie?«, bremste Ilija sie schroff.

»Boshidartscho mit einem jungen Dingelchen …«

»Wer?«

»Na, der Herr Hauptmann mit einer jungen Frau«, korrigierte sich Stefania und verströmte den Geruch von in der Pfanne frittierten Teigballen.

Boshura stützte ihre mächtige Brust auf das Stöckchen Karol Iwanovs, der alte Babaschov verspritzte geräuschvoll Wasser, Ilija wurde leichenblass. Sein Mund stand weit offen, seine Zunge hing halb heraus. Es war der Moment einer Freude nahe am Herzinfarkt, denn offenbar hatte sich ein göttliches Wunder ereignet. Der Wind von der Donau roch nach Malaria und brachte das Weinlaub zum Rascheln.

Alles ging mit viel Palaver vor sich. Als das Glöckchen der schmucken Kutsche und das Trappeln der Hufeisen vor dem Gartentor ertönten, hatte Babaschov seine Pantoffeln immer noch nicht über seine mit geplatzten Äderchen übersäten Füße gestreift, Ilija sprang barfuß auf der Stelle, Karol Iwanov zog die Schöße seines Tweed-Anzugs zurecht, Stefania goss gerade dienstbeflissen die Wannen mit dem kalten Wasser auf die Rosenbeete, und das Dienstmädchen beeilte sich eben noch, die Handtücher wegzubringen. Und dann sahen sie, wie zwei schöne junge Leute sich ihren Weg durch die Dämmerung zu ihnen bahnten.

Alle Blicke hefteten sich auf Seta – fast alle: Ilija schaute auf seinen

Sohn. Seta hatte ein geheimnisvolles Lächeln aufgesetzt, eines von der Art, wie man es in Widin noch nicht gesehen hatte, so dass ihre Schönheit noch aufdringlicher und erschreckender wurde. Karol Iwanov durchlief ein Zittern, Boshura durchlief ein Hassgefühl, die Behaarte Stefania verspürte den heftigen Wunsch, dieser Frau zu dienen.

»Und?«, meldete sich streng der Bariton Ilijas.

»Seta Topalova«, stellte sich das Fräulein wohlerzogen vor.

Den alten Babaschov durchfuhr ein Schreck: »Da sind Sie nicht vielleicht die Tochter von Boiko Topalov?«

»Doch, seine Tochter, mein Herr.«

Ilija blieb vollkommen unberührt, da fremder Reichtum ihn nicht beeindruckte. Er interessierte sich einzig und allein für seinen Sohn. Darum fragte er scharf: »Seid ihr verheiratet?«

»Aber Vater«, stöhnte Boshidar auf und wurde rot wie ein Rekrut, der beim ersten Appell vom Spieß zusammengestaucht wurde, »Fräulein Topalova ist einfach unser Gast.«

»Gut … Zimmer hat der Herrgott ja gegeben.«

Sie gingen ins Haus. Drinnen war alles derart vollgestopft mit Plüsch, Brüsseler Spitzen und schwarz lackierten Wiener Möbeln, dass Seta Kopfschmerzen bekam. Unter dem Sessel sprang eine Katze hervor. Das Hausmädchen stolperte über die Teppichkante und verschüttete den Kaffee. Alles war so »indezent« lebendig und farbensatt ungewöhnlich. Die Abendglut des Himmels floss durch das geöffnete Fenster, soweit sie sich nicht am Horizont mit der Donau vereinte, und verstärkte die Intensität noch. Alle waren betreten und luden die Stille mit unausgesprochenen Gedanken und Gefühlen auf.

Dann bot der Hausherr Platz an. Sie setzten sich, und das hieß wirklich: *setzen*, und nicht: *sich fallen lassen* oder *hinlümmeln!* Karol Iwanov konnte nicht aufhören, Seta wie hypnotisiert anzustarren. Vor Eifersucht spannten sich die Fältchen um Boshuras Mundwinkel. Der alte Babaschov war ganz aufgewühlt, wenigstens indirekt mit dem legendären Topalov in Berührung gekommen zu sein, einem Mann, der ganz Widin kaufen konnte, wenn er wollte – mitsamt Hafen, Elektrozentrale und Bezirksverwaltung, mit Markt und Messen, Kirchen und türkischem Bad! So ein Reichtum war schlimmer als die Malaria, quälender als ihr kleinlicher Fleiß und unsere lächerliche Eitelkeit … Das Einzige, was er wohl nicht würde kaufen können, durchzuckte es Babaschov, war die Porzellanfabrik, und zwar nicht deshalb, weil er das Geld dazu nicht hatte, sondern weil da Ilija vor war. Er rief sich die verrußten Ziegel des Gebäudes vor Augen, die Silhouette, die der einer Festung im Rohbau glich, die Paradiesvögel, die Brennöfen, die Knochenarbeit und die eiserne Disziplin des Fabrikherrn – und zum ersten Mal verneigte sich der alte Babaschov innerlich vor seinem Schwiegersohn.

»Ja, da wäre ich also«, sagte Boshidar schlicht, »freue mich, dass wir wieder zusammen sind.«

Ilija schaute und schaute, und dann dachte er, dass sein Sohn männlicher geworden sei, aber durch eine Erfahrung, die nicht zu den schönen gehörte: Man musste ihn beleidigt haben! Das ohnehin markante Gesicht seines Sohnes war noch mehr abgemagert. Die Augen lagen tief in ihren Höhlen. Darunter lagen tiefe Schatten. Seine Lippen aber waren zusammengekniffen, was seinem Gesicht einen überheblichen, ja grausamen Ausdruck verlieh. Wenn er sich nicht selbst hat helfen können, was kann ich Töpfer en gros dann tun, fragte er sich beunruhigt. Irgendwer in diesem Raum störte ihn dabei, dem Rätsel auf die Spur zu kommen oder wenigstens die Größe der Gefahr abzuschätzen, in der sein Sohn schwebte. Er zündete sich eine seiner billigen Zigaretten an und fühlte sofort, dass dieser Irgendwer das Fräulein Topalova mit ihrem unanständigen Reichtum, ihrer ans Schmerzhafte grenzenden Schönheit und ihrer Fuchsröte war, die gerade so sorglos lachte. Diesem Fräulein gelang es, mitten unter den anderen zu sitzen und sich doch so von ihnen abzusondern, als säßen sie ihr geschlossen gegenüber. Warum hatte sein Sohn diese Frau nur mitgebracht? Nun gut, warum hatte er Boshura geheiratet! Er begann sie zu hassen, mit jener Ruhe, wie sie nur ihm gegeben war, einem Mann, der keine Sekunde an dem zweifelte, was er wollte. Ihr gutes Aussehen war aus dieser Perspektive nur ein lästiger Gegenstand im Raum, ihr Lächeln verlogen und lasterhaft.

»Seinerzeit in Prag«, begann Karol Iwanov verwegen, um sich endlich irgendwie zur Geltung zu bringen, »in den Gaststätten um den Hradschin …« Er hätte wohl den ganzen Abend mit seinen pittoresken Globetrotter-Beschreibungen gefüllt, wenn Boshura ihm nicht gleich an dieser

Stelle einen kräftigen Tritt unter dem Tisch versetzt hätte. Das Hausmädchen brachte geschmorten Hasen, den sie am Morgen (ungeschmort) von Herrn Petkov bekommen hatten, der auf einem beigefügten Zettelchen in dem ihm üblichen Zynismus geschrieben hatte: »Wundervoller Morgen für die Jagd! Haben drei Krawallbrüder und zwei Hasen erlegt. Bitte, betrachten Sie einen davon als Geschenk (von den Hasen!)« Die Schwüle im Raum schien durch das Aroma des in viel Zwiebeln, Möhren und Speck, Lorbeerblatt und reichlich Knoblauch gegarten Kleinwilds noch drückender zu werden. Inzwischen war es so dunkel geworden, dass das Nachbarhaus von Gold-Petko nicht mehr zu erkennen war.

»Ein bisschen roten Gamza aus der Gegend?«, fragte Boshidar höflich.

»Dank dir sehr, mein Freund«, erwiderte Seta, die sich augenscheinlich köstlich amüsierte. Sie verspürte eine unbestimmte Feindseligkeit gegenüber Boshidars Mutter, einer Frau ohne Alter, mit üppigen Körperformen und einer Untreue, die ihr schon an den Augen abzulesen war. Sie flirtete diskret mit dem in die Jahre gekommenen Schönling Karol Iwanov und besaß die Frechheit, den dicken alten Mann, der wohl ihr Vater war, darin zu unterstützen, vor dem Essen das Vaterunser zu beten. Den stärksten Eindruck hinterließ bei ihr jedoch Boshidars Vater. Mit seiner versteckten Arroganz und seiner menschlichen Unantastbarkeit erinnerte er sie am ehesten an Peter Denov, den Lehrer. Er saß gedankenversunken, wie abwesend, da und erschütterte sie mit seiner vollkommenen Nichtbeachtung. Das Einzige, womit er sie bedachte, war der Satz: »Tüchtig essen, Fräulein, der Hase ist gut.«

Seta wollte ihm auf einmal gefallen, ihm etwas Interessantes sagen, das nur sie beide betraf und verband. Dieser Ilija Weltschev, dachte sie in empörter Begeisterung, gab sich noch nicht einmal die Mühe, eine Einschätzung von ihr zu gewinnen. Dabei brauchte er sie doch bloß anzuschauen! Ihr Blick fiel auf die Porzellan-Ballerina, die in ihrer Sehnsucht, sich von der Schwerkraft der Materie zu befreien, auf den Zehenspitzen stand. Sie schien leicht gebeugt, aber nicht nach unten, sondern nach oben. Sie musste einmal zerbrochen gewesen und dann mit pedantischer Sorgfalt wieder zusammengeklebt worden sein. Die geheimnisvolle Aura dieser Porzellanfigur hatte etwas mit der erzwungenen Gemeinschaft von Geist und Materie zu tun, die einander im Grunde feindselig gegenüberstanden, hier aber zu einer lebendigen Einheit zusammengezwungen waren. Sie war sichtlich das Werk eines Dilettanten, der etwas von sich selbst darin zum Ausdruck bringen wollte. Etwas so Widersprüchliches und Hässliches hatte Seta noch nicht einmal in den Souvenirläden am Mittelrhein oder im Halbdunkel der Pariser Antiquitätengeschäfte gesehen. Was für eine Heldentat musste es sein, so etwas zu lieben, sagte sie sich und schaute auf Ilijas gedrungenen Nacken. Boshidar sah natürlich schöner aus, kannte sich aber weniger als sein Vater. Er hatte keine Vorstellung von der Macht der Hässlichkeit. Mochte der Sohn mit seinem verbissenen Gesichtsausdruck wie der Sieg aussehen, der Sieger war sein Vater.

»Ein wunderbares Stück, Herr Weltschev«, sagte sie schließlich und zeigte mit der Gabel zum massiven Schrank.

Boshidar errötete vor Peinlichkeit. Ilija hob kaum die Augen und antwortete: »Ja, das habe ich in der Fabrik gemacht.«

»Das hätte ich auch gern!«

»Nein, nein, Fräulein, das geht nicht.« Dann, zu seinem Sohn gewandt: »Wir könnten auf die Veranda eine rauchen gehen, hm?«

Die beiden breitschultrigen Männer zwängten sich nur mit Mühe zwischen dem Tischchen mit den gedrechselten Korkenzieherbeinen und den Gestellen mit den Blumentöpfen hindurch zu der Tür mit den altmodischen Angeln. Draußen war endlich ein kühlerer Luftzug von der Donau spürbar. Von Kühle und Dunkelheit wurden die beiden Männer mühelos geschluckt, das Rascheln des Weinlaubs versuchte, ihre Spuren auch in der Zeit zu verwischen. Schweigend klopften sie sich ihre Zigaretten aus der Packung, schweigend ließen sie ihre Feuerzeuge schnappen, deren Flämmchen wirkten wie zwei weit auseinander stehende Augen in einem Gesicht ohne Konturen.

»Da bist du also wirklich zurückgekommen … Weiß nur eins nicht: Soll ich mich freuen oder mich grämen.«

»Nicht *zurück*, ich bin einfach gekommen.«

»Und ihr … bis wann?«

»Ich weiß es nicht, Vater.«

»Sie liebt dich nicht, aber du kannst nicht ohne sie, stimmt's?«

Boshidar blies den bitteren Rauch aus, sagte aber nichts.

»Will dich nicht verhören.«

Ilija begann, langsam die Arme auszubreiten, als wolle er die ganze duftschwangere Schwüle der Umgebung umarmen.

»Spürst du nicht etwas hier?«, fragte er voller Hoffnung.

»Nein, Papa«, erwiderte Boshidar ohne Gnade.

6

Immer wenn Ilija Weltschev die Schwelle zu Trentschos Barbierstube überschritt, schloss Trentscho hinter ihm die Tür ab, obwohl Ilija ihm niemals auch nur eine Stotinka Trinkgeld gab, nicht einmal ein gutes Wort für ihn übrighatte. Als Ilija an jenem denkwürdigen Morgen mit seinem Sohn zur Tür hereinstolzierte, schnitt Trentscho sich vor Überraschung in den Finger. Er stoppte das Blut mit Alaun, schlug sich vor die Stirn und eilte, den rostigen Schlüssel im Schloss herumzudrehen. Er schlug Rasierseife wie für eine ganze Kompanie an, damit es auf jeden Fall für den starken dunklen Bartwuchs der beiden reichte, doch beide gleichzeitig rasieren, wie er es in seiner Aufregung am liebsten getan hätte, konnte er nicht. Ilija gab ein tadelndes Geräusch von sich, um ihn daran zu erinnern, dass anderer Leute Freude ihn nur störte, genauso wie anderer Leute Unglück. Auch hier interessierte er sich nur für seinen Sohn.

»Du wolltest was aufbauen, hm?«, fragte er und verscheuchte die fette Fliege, die ihn an der Nase kitzelte.

»Genau«, bestätigte Boshidar mit Schmerz in der Stimme.

»Der Mensch kommt auf die Welt, um etwas aufzubauen; die Frage ist nur, was? Als ich mir die Fabrik in den Kopf gesetzt habe, war Widin voller Schatzsucher. Aber ich bin nicht dem Wind nachgejagt wie sie und habe Gold oder antike Münzen gesucht. Ich habe nicht gesucht, sondern gefunden. Den Ton.« Als Trentscho mit dem geschärften Rasiermesser um seine Lippen herumkratzte, redete er mit der Kehle weiter. »Hörst du mir auch zu? Mit der Erde fängt alles Bauen an, mit dem Dreck, mit dem die Bauern ihre Ställe verputzen. Wenn du da Anstrengung und Ausdauer an den Tag legst, dann wächst und gedeiht was auf ihr, verstehst du, weil sie das Elementare ist, das Allereinfachste überhaupt, das Wirkliche schlechthin. Du kannst in der Erde säen, du kannst auf ihr ein Haus bauen, eine

Fabrik, aber was kannst du auf Politik bauen außer Kartenhäuser, und was kann auf dem Boden der Politik wachsen außer Gewalt? Wozu willst du Macht haben und eine neue Ordnung im Staat schaffen, wenn du Geld hast und die Mittel in der Hand hältst, eine ganze Stadt zu regieren?«

»In Widin sind die Dinge eben klein«, erwiderte Boshidar, während die Seife auf seinen Bartstoppeln zu trocknen begann. »Mich interessiert eben Porzellan nicht. Die Menschen richten sich nach den Gesetzen oder manchmal auch nicht; aber wer macht sie denn, die Gesetze?«

»Ich«, erwiderte Ilija trocken. Trentscho fuhr zusammen und pinselte ihm das Rasierwasser statt auf die Wange auf den Hals.

»Ich war von vielen Leuten abhängig«, unterbrach Boshidar ihn müde. »Ich kann's dir nicht genauer erklären. Ich war abhängig von all den Veränderungen, Vater, die nicht in unserer Gewalt liegen.«

»Die Veränderungen sind auch ich«, sagte Ilija nur. Er warf das weiße Handtuch um seinen Hals fort. »Wenn ich will, gibt es Veränderungen, ansonsten gibt es einen Dreck!«

»Weißt du eigentlich, dass die Russen vor Rumänien stehen?«

»Sollen von mir aus die Chinesen vor Widin stehen, oder ganz Afrika die Stadt bevölkern, was schert mich das? Nee, ich hab keine Angst vor den Russen. Warum auch? Hab ihnen nie geholfen, ihnen aber auch nie im Weg gestanden.«

Boshidar schloss die Augenlider, als knalle er eine Tür zu, und sagte bei sich: Was für eine Naivität! Der Mann ist hoffnungslos verloren.

7

Der alte und der junge Weltschev gingen aufrecht nebeneinander her Richtung Fabrik, gefolgt vom Schaukelgang des Schlaffen Kosta, der beim Anblick Ilijas nüchtern geworden war. Auf den Lippen das ewige Lächeln des Dieners, im Kopf den Bleistiftspitzer der Wachsamkeit. Aus einigen Häusern des Zigeunerviertels stieg Rauch auf, und das gab ihnen in dieser stehenden Julihitze etwas Mystisches. Der Graben sah unverändert aus wie der riesenhaft vergrößerte Querschnitt durch eine Nasennebenhöhlenvereiterung. Die Schilfstengel hatten den Kampf aufgegeben und ließen ihre vergilbten Lanzen hängen. Der dumpfe Klang eines Tamburins war zu hören.

An genau so einem Tag vor acht Jahren war es, dass die Arbeiter der Porzellanfabrik zu streiken versucht hatten. Sie hatten sich voller Verzweiflung über die Arbeitsbedingungen im Fabrikhof bei den Abraumhalden versammelt. Bezirksvorsteher Petkov hatte mit schönen Grüßen eine Abordnung von fünfzehn Polizisten mit aufgesteckten Bajonetten geschickt, angeführt von Hauptwachtmeister Bobozov, der seinen Säbel in der Faust hielt wie eine von Hand gefangene Forelle. In die wachsende Stille hinein hatte der Schlaffe Kosta zu flennen begonnen, lief wie aufgelöst zwischen Bobozov und den Arbeitern hin und her ... als Ilija mit seinem Sohn eintraf. Er stellte keine Fragen, versuchte nichts zu verstehen oder mit den verschreckten Arbeitern zu verhandeln, forderte auch die Wachleute nicht auf, einzuschreiten (denn die schien er gar nicht zu bemerken), sondern schlug einfach den nächstbesten Arbeiter zu Boden, dann den nächsten, dann den übernächsten. Dann trat er auf die liegenden Leiber ein. Etwas zwingend Magisches ging von ihm aus, das die Leute in ihren Bann schlug. Vielleicht bestand es darin, dass keine Wut ihn auf die Stufe seiner Arbeiter stellte, denn er ging kaltblütig und methodisch vor, als schlage er nicht Menschen, sondern Hefeteig für einen Osterzopf.

Boshidar war damals achtzehn Jahre alt und fasziniert gewesen von dieser Machtdemonstration. In seinem jugendlichen Feuer war er drauf und dran gewesen, Ilija beizuspringen, Teil der Macht zu werden und körperlich dieses beinahe göttliche Recht zu erleben, das sein Vater zu haben glaubte. Heute stieß ihm diese Geschichte, an die er sich beim Betreten des Fabrikgeländes sofort erinnerte, nur bitter auf. Göttliches Recht? Den Gesprächen nach zu urteilen, die sie jetzt führten, war sein Vater ein hoffnungsloser Fall, auch in Bezug darauf, dass er sich einfach nicht vorstellen wollte, dass eine Veränderung eintreten könnte, die auch ihn wegfegte. Was Ilija fehlte, war einfach Angst, Angst vor irgendjemandem außer sich selbst.

Ein Lächeln trat auf Boshidars Gesicht. Der Fabrikhof war unverändert, so als wären die letzten acht Jahre spurlos an diesem Schloss im Königreich der Disteln und des Sauerampfers, der Kletten und ihrer stechenden Freunde aus dem Tierreich, den Wespen, vorübergegangen. Ein paar Karren trafen ein und luden bröckliges Kaolin ab, andere Kohle; später würden diese Karren den Hof mit Schlackeladungen oder bruchsicher verpackten Servicen wieder verlassen. Ilija war hochgradig erregt. Er hatte sich die Hand über die Augen gelegt wie ein Oberförster im Ansitz.

Sie betraten die erste geräumige Werkhalle, um sich anzusehen, wie der Ton mit hörbarem Echo von den Wänden des hohen, fast gotisch wirkenden Fabrikgewölbes in den Holztrommeln angemischt wurde. Beim Blick auf die hohen Fenster wusste man nicht, ob sie nun von innen oder von außen so verstaubt waren. Das Ganze wirkte wie die riesenhafte Vergrößerung einer Illustration aus Dantes Hölle: die Bottiche mit dem glänzenden Inbegriff des Irdischen darin, und über sie gebeugt die Schattengestalten der Sünder, die im Schweiße ihres Angesichtes vor sich sahen, woraus sie selbst gemacht waren. Die Halle mit den Brennöfen war noch weiträumiger und wirkte noch toter. Alle Vorstellung von Hitze verschwand vor den Flammen, deren Schatten unablässig über die Decke tanzten in lautlosem Höllengekicher.

»Gefällt's dir nicht?«, fragte Ilija gequält.

»Nein«, erwiderte Boshidar trocken. »Du kannst einfach nicht vergleichen, weil du *das andere* nicht kennst!«

Da nahm Ilija plötzlich eine der schönsten Suppenterrinen und hielt sie Boshidar hin.

»Wenn's dir nicht gefällt, dann mach das hier kaputt.«

Boshidar nahm die Terrine entgegen und ließ sie, ohne auch nur ihr Gewicht zu prüfen, wie man es traditionell tat, einfach vor sich zu Boden fallen. Der Keramikkürbis fiel zu Boden und spritzte auseinander wie ein Wasserstrahl. Durch den Scherbensee schien der Abstand zwischen ihnen auf einmal so groß, als ob sie sich zwar noch sehen und erkennen, aber nicht mehr hören konnten.

»Dazu wäre ich nicht fähig gewesen, mein Sohn«, sagte Ilija leise.

»Tut mir leid, Vater«, antwortete Boshidar genauso leise. Dann drehte er sich um und verließ eilends die Fabrikhalle. Ilija versuchte, ihn einzuholen, stieß den Schlaffen Kosta dabei zur Seite wie einen unnützen Gegenstand, doch auf einmal blieb er stehen und sagte zu sich selbst: »Gott, er will tatsächlich nicht bleiben! Der Junge ist hoffnungslos verloren.«

8

Nachdem der alte Topalov seine Drohung wahrgemacht und seine »Reise« in die ruhige, herrlich unspannende Großartigkeit der Schweiz tatsächlich angetreten hatte, verfiel Goscho Pantov in eine tiefe Depression. In den Stunden nächtlicher Schlaflosigkeit kam ihm das blau angelaufene, aufgedunsene Gesicht seines Vaters in den Sinn, das nach der Großtat seines Selbstmordes keinerlei Spur von Selbstzufriedenheit mehr aufwies, sondern nur noch die unverhüllte Hässlichkeit des Todes zeigte. Ihn überliefen kalte Schauer, gefolgt von Schweißausbrüchen. Dann meldete sich der einzige gesunde Impuls bei ihm zurück, den er besaß, der Impuls, dass man irgendwie und irgendwann etwas tun musste, weil sonst ein Überleben nicht möglich war, schon gar nicht, wenn man auf so großem Fuße lebte wie er. Dann hörte Sonja, wie er mitten in der Nacht das Haus auf den Kopf stellte, in der Küchenapotheke fläschchenklirrend nach Baldrian und anderen Tropfen stöberte, die nach Beruhigung rochen, und alles durcheinander einnahm. Zusätzlich rieb er sich noch mit Lavendelspiritus und Kampher ein, betrachtete nachdenklich sein Horoskop und wartete darauf, dass das Licht der Sterne ihn berührte und ihm auf die Haut schrieb, was er zu tun hatte.

Gelegentlich spielte Sonja ihm auf dem Flügel Stücke von Schumann vor. Dann fläzte er sich neben dem schwarzen Instrument in einen Sessel und bekam Melancholieanfälle, so, als packe ihn der Schmerz über etwas, das er in seiner ungestümen Jugend versäumt hatte, oder aber er flennte wie ein Greis, der seine Kinder überlebt hatte.

Sein Drang, etwas zu tun, wurde immer stärker und begann, ihn zu piesacken. Sein Konditorei-Café war von Gott und den Bomben zwar verschont geblieben, aber doch reichlich in Mitleidenschaft gezogen. Die luxuriösen Spiegelwände waren trüb geworden, der Verputz rissig. Im halbleeren Lager roch es nach Mäusekot. Auf dem Boden der Backstube türmten sich Tabletts in Herz- oder Kleeblattform. Sein Konditormeister war in den Tiefen der bulgarischen Provinz verschwunden. Die jungen Gehilfinnen mit den erschrockenen Augen, die die Creme angerührt hatten oder die Schokoladenbonbons in rotes und blaues »Goldpapier« eingeschlagen hatten, waren fort.

Die Klänge der fiebrigen Trauer Schumanns drangen an sein Ohr von so fern, als gluckerten sie durch das Wasserrohr ihres Hauses in Widin. In solchen Momenten sagte Georgi sich: Ab morgen werde ich ein neuer Mensch! Er stellte sich vor, wie er mit nacktem Oberkörper vor dem Porzellankrug im Bad stand, bereit zu eiskalten Waschungen und eiskaltem Handeln voller Entschlossenheit und Zielstrebigkeit. Doch leider passierte immer etwas Unvorhergesehenes, das ihn an der Ausführung seiner so gut wie fest gefassten Pläne hinderte. An einem Morgen wogen seine Augenlider Tonnen, an einem anderen hatte ihn die Migräne in ihren Klauen, und so vertagte und vertagte er seine löblichen Pläne immer wieder. Woher kam ihm dieses Gefühl weicher Willenlosigkeit nur so bekannt vor? Es befiel ihn mit der schicksalhaften Kraft einer dominanten Erbanlage, war anzusiedeln irgendwo zwischen gefährlicher Gutmütigkeit und tragischer Faulheit und versetzte ihn in einen dem Drogenrausch ähnlichen Zustand. Er war zu klug, um den Wunschbildern zu glauben, die er da sah; aber ach, wie sie ihm gefielen! Wie sollte er nur mit etwas beginnen, wenn er mit nichts Schluss machen konnte?

Goschos neueste Idee war, Gold zu kaufen, eine sichere und gegen alle Wechselfälle der Zeit, der politischen und wirtschaftlichen Konjunktur geschützte Wertanlage. Er klapperte die armenischen Läden ab, in denen es nach Königswasser roch, das aus Salz- und Schwefelsäure zusammengemischt wurde, und musste in einem Anfall von Nostalgie an das Labor des Dankbaren Kotscho in Widin denken, an die – ach – auf ewig dahingeschwundenen »Jahre der Experimente« und die daran geknüpften größenwahnsinnigen Hoffnungen. Er kaufte kleine Kreuze, filigrane Armbänder, Kettchen und Eheringe mit zweifelhaftem Goldanteil. Ja, das Gold war uns Menschen überlegen, weil es egoistisch allen Veränderungen widerstand, doch aus demselben Grund war es auch so langweilig – wie all das andere Ewigkeitsgerümpel auch. Und so landeten seine kostbaren Erwerbe am Ende bei einigen Damen, die undurchsichtige Vorhänge an den Fenstern, dafür aber umso durchsichtigere Dessous am Leib hatten und sich Veränderungen gegenüber sehr aufgeschlossen zeigten.

Wieder einmal schossen ihm ganze Armeen von Ideen durch den Kopf; doch die waren so erfolgversprechend wie ein Russlandfeldzug. Eine dieser Ideen war, aus dem Konditorei-Café »Bulgaria« eine Bar mit erotischem Programm zu machen – oder doch lieber ein »Café der einsamen Herzen«? Oder vielleicht etwas ganz Volkstümliches, eine Gaststätte, in der Kuttelsuppe und Grillgerichte serviert wurden? In seinem Unterbewusstsein jedenfalls dominierte das Wort »Volks-«, obwohl das »Bulgaria« die scharfe Konkurrenz des »Savoy« und der anderen Schickimicki-Cafés bisher aus dem einen einzigen Grund überlebt hatte, dass Herr Toromanov, Gott hab ihn selig, ihm eine Stammkundschaft unter den reichsten Leuten erkämpft hatte, die darauf Wert legten, hier Dinge serviert zu bekommen, die sich das Volk eben nicht leisten konnte. Das Glück hatte Goscho in dieser Hinsicht bisher zur Seite gestanden, weil trotz des Krieges weiterhin überragende Weine, Kognaks und Liköre aus Frankreich und Italien kamen; beste Tees aus Indien und Ceylon; das deutsche Bier hielt sein Niveau ebenso wie der brasilianische Kaffee. Und nun plötzlich »Volks-«? Das bedeutete eine Veränderung um hundertundachtzig Grad. Und jede radikale Veränderung hieß, dass er bei null anfangen musste und sich vor Arbeit nicht mehr würde retten können. Dann führte wirklich kein Weg mehr vorbei an der Porzellankanne mit dem eisigen Wasser, und zwar früh, sehr früh, etwa dann, wenn die Jünger der Paneurhythmie ihre Melodien mit gymnastischen Muntermach-Bewegungen gen aufgehende Sonne schickten.

Georgi magerte ab und bekam ein aufgedunsenes Gesicht. Seine Niedergeschlagenheit peinigte bald nicht nur ihn, sondern auch die, die mit ihm näher zu tun hatten. Das ging so weiter bis zu jenem Tag, an dem der Brief seiner Mutter eintraf. Er war geschrieben in jenem gestelzten, herablassenden Stil, den eine Tante Allwissend sich eben schuldig zu sein glaubte. Darin teilte sie ihm mit, dass Zwetana, ihre *fille de chambre,* den Keuchhusten hätte, ihr Hund altersblind geworden sei und Seta Topalova ihr nun auch in Widin hinterherlaufe … Und nachdem sie alle schlechten Nachrichten losgeworden war, schloss sie ihren Brief mit der Wendung: »… und wegen der allgemeinen Teuerung ist der Koffer auf dem Dachboden schon so gut wie leer!« Der Sohn seines Vaters hätte schwören können, dass ihn genau hier, in dieser Zeile, jenes unnachahmliche Weltschev-Gefühl packte, das in ihm fortlebte, und das zu bekämpfen, er weder den Wunsch noch den Willen hatte. Kurz, er verspürte den machtvollen Drang, etwas Idiotisches zu tun und sich vor der plötzlich über ihn verhängten Gefahr zu schützen, indem er ihr ein Schnippchen schlug und sich vollkommen unlogisch verhielt.

Langsam reifte in seinem Kopf der rettende Plan heran, der Plan, den gesamten Laden einfach zu verkaufen, solange der Name »Café Bulgaria« noch einen guten Klang besaß. Er konnte sich zwar lebhaft die finstere Physiognomie des alten Toromanov vorstellen, die Geräusche der Unzufriedenheit, die dieser mit jeder Pore seines Leibes produzieren würde, doch da fiel ihm mit Seufzern der Erleichterung ein, was für ein schönes Grabmal sie dem alten Toromanov doch hatten machen lassen. Er würde Sonja auf die Stirn küssen und ihr tröstend und voller Überzeugung sagen: »Meine Liebe, in konfliktreichen Zeiten ist Immobilienbesitz nur eine Last.«

Und schon stürzte er sich mit Feuereifer in die Umsetzung seines Plans, indem er zunächst allen seinen zweifelhaften Bekannten, berauscht von seiner eigenen Entschlossenheit, sein Vorhaben mitteilte. In diesen Monaten allgemeiner Besorgnis war es alles andere als leicht, solide Käufer zu finden, und so war er gezwungen, mit einem gewissen Herrn Mitskov in Verhandlungen zu treten, einem neureichen Parvenü, der als Kleinkrämer angefangen hatte und inzwischen die Armee belieferte, auf dem Schwarzmarkt handelte und Immobilien in den Stadtrandvierteln aufkaufte. Der dicke Mann mit den kleinen Patschhändchen war bauernschlau und widerlich penetrant, was durch seinen Geruch nach Schweiß und Küchendunst noch verstärkt wurde. Goscho stellte sich schon vor, wie der legendäre *türkische Kaffee* in der Konditorei »Bulgaria« auf einmal nach Kichererbsen und gerösteter Gerste roch, der Ceylon-Tee einen seltsamen Beigeschmack nach Lindenblüten bekam und der Kognak seine ölige Bernsteinfarbe einbüßte und nach medizinischem Alkohol und Geschmacksverstärkern zu stinken begann. An die Weine und Torten, die Gebäcke und Konfekte wollte er lieber gar nicht erst denken. Aber wer war er denn, den Verfall des ganzen Landes aufzuhalten, für den solche aus dem Mund stinkende Schakale und Hyänen doch nur symptomatisch waren?

Die Verhandlungen wurden im Hause Toromanov geführt. Von großem Feilschen oder gar Versuchen, einander über den Tisch zu ziehen, konnte aber nicht die Rede sein, da beide Parteien es eilig hatten. Ihre Rechtsberater saßen dabei und ließen sich vom Ticken der Kaminuhren einschläfern. Das Einzige, was Mitskov befürchtete, war, dass der »hochverehrte Herr Pantov« es sich im letzten Moment noch anders überlegen und vom Verkauf Abstand nehmen könnte. Sie einigten sich auf die respektable Summe von einer Million und dreihunderttausend Lewa und eine Gewinnbeteiligung von zehn Prozent auf unbegrenzte Zeit. So wahrte der »unaussprechlich anständige Herr Pantov« sich minimale Rechte als Teilhaber. Dann kam jener feierliche Moment, in dem Goscho in Hausmantel und nachlässig aufgeknöpftem Hemd die Korken von zwei Flaschen Champagner knallen ließ und Mitskov seinen Daumenballen anfeuchtete, um die Geldscheinbündel abzuzählen und darunter die Platte des Wohnzimmertischchens zum Verschwinden zu bringen. Die Hälfte der Banknoten sah alt, abgerissen und labberig aus vom säuerlichen Schweiß schlechten Gewissens und menschlicher Zweifel; die andere Hälfte war wohl gerade von der Bank abgehoben worden, knisterte wie frischer Salat und roch nach gerade getrockneten Druckfarben und künftiger Prosperität.

Der Hausherr hatte bereits einen Koffer gefunden, der seinen exzentrischen Vorstellungen von Sicherheit entsprach. Er war aus dickem Leder, sah beruhigend bauchig aus, aber auch genügend verkratzt und an den Ecken angestoßen, um keinerlei Aufmerksamkeit auf sich zu lenken. Blieb nur, ihn auf den Dachboden zu schleppen und sich zu versichern, ob die Schnappschlösser auch intakt waren. Das milchig-trübe Licht, das durch die Dachluke hereinströmte, gestattete ihm einen Blick auf die herrliche Anarchie der Gegenstände, die hier in völligem Chaos durcheinanderlagen. Auf einmal wurde ihm bewusst, wie ungeschützt dieses Geld eigentlich war. Dann überließ er es den Spinnen, mit der Zeit ein Sicherheitsnetz um den Koffer herumzuweben.

Am Abend machte Sonja ihm eine Kompresse mit Lavendelspiritus und sagte mit sanfter Stimme: »Ich bedaure nichts.« Sie war seit einiger Zeit unerwartet verständnisvoll, ging so nachsichtig mit seinen zweifelhaften Ein- und Unfällen um, als habe sie selbst etwas auf dem Kerbholz, das nicht wiedergutzumachen war. Ihre Sorge reichte so weit, dass sie acht darauf gab, dass seine Frühstückseier auch genau die richtige Konsistenz hatten. Sie machte ihm sein Lieblingsessen, Truthahn mit Maronen, wurde manchmal grundlos rot und erklärte sich nach heftigen seelischen Kämpfen bereit, ihr Baumwollnachthemd auszuziehen. Bis zu dieser Nacht war es Goscho nicht gelungen, ihre Scham und ihre pietistische Frömmigkeit zu besiegen, und so sah er sie jetzt zum ersten Mal nackt. Der Anblick ihres Körpers verschlug ihm die Sprache: Was für eine sanfte Delikatesse, elfenbeinweiße, im Dunkeln leuchtende Melancholie! War Schumanns »Träumerei« Fleisch geworden? Sie legte sich hin mit geschlossenen Augen und den Händen auf ihrer Brust und wiederholte, als hätte irgendjemand das Gegenteil behauptet: »Ich bin dir treu, ich bin dir immer treu gewesen!«

9

Vorgewarnt von Tante Allwissend, lauerte die gute Widiner Gesellschaft schon darauf, wann Seta irgendetwas Unerhörtes anstellen würde, vergleichbar dem, was sie Gina in Sofia angetan hatte. Oder noch schlimmer: Nachdem sie sich in die gehobenen Kreise eingeschmeichelt hatte, würde sie den Turm des Überlieferten einfach umstürzen und eine babylonische Sprachverwirrung hervorrufen, durch die keiner mehr den Klatsch des anderen verstand. Alle waren sie geboren und aufgewachsen weniger im Trubel einer Stadt als vielmehr in der Nähe eines Flusses, der träge und stetig dahinströmte und sich selbst in den Ausnahmezuständen – wie der Kirschflut zum Beispiel – zuverlässig wiederholte. »Man« war also auf der Hut. Die Männer mäßigten sich beim Trinken, die Frauen legten ihre Korsetts an und trugen ihre neuesten Kleider. Vor den Türen suchte man vergeblich nach abgelaufenen Schuhen, die – bevor Seta eintraf – gewohnheitsmäßig zum Lüften draußen auf die Treppe gestellt wurden. Sie konnten ja nicht wissen, dass Seta selbst ein unerreichtes Beispiel an Schludrigkeit war und derlei zu schätzen gewusst hätte. Doch für den Moment war Setas Bedarf an Unordnung gedeckt durch die Flut des Neuen, die ihr Hirn durcheinanderwirbelte.

Morgens konnte sie nie lange schlafen, wie sie es gewohnt war. Entweder weckte sie das hartnäckige Bemühen der Hähne um Aufmerksamkeit oder das Klavierspiel von Nachbarstochter Maria, die sich endlich entschlossen hatte, die Hefte eins bis drei der »Klavierschule« durchzunehmen, die ihr der verliebte Musiklehrer am Gymnasium in Rustschuk, das inzwischen Russe hieß, einst geschenkt hatte. Sie spielte mit so viel Gefühl und so komischen Pausen, dass die Musik sich anhörte wie eine Folge abgehackter stummer Seufzer, die sich momentweise zu Schluchzern steigerten. Seta räkelte sich im Bett, grinste ohne direkten Grund und zog ihre schlichtesten Kleider an. Anschließend ging es zum Teetrinken (Kräutertee!) ins Wohnzimmer, das nüchtern betrachtet wirklich einem überladenen Antiquitätengeschäftchen glich. An den Wänden Stiche mit gotischen Kirchtürmen, die aus kleinen, an Flüssen gelegenen Städtchen ragten und im Vordergrund verteidigt wurden von einer strammstehenden Kompanie Soldaten mit Musketen. Auf dem Wasser schwammen Segelboote, deren Bug die Form eines Pferdekopfes hatte.

Die Gespräche drehten sich um die Mode oder den Krieg, um die exotischen Romane von Pearl S. Buck oder die dramatischen Novellen von Stefan Zweig. »Nein, was hab ich geweint, so was von geweint …«, rief Boshura in fröhlicher Selbstverliebtheit aus, die nur von der Scham getrübt wurde, schon einen so »alten« Sohn zu haben. Auf dem Tisch standen Gebäck, Spinat- und Käseböreks, Kürbisstrudel, diverse Konfitüren mit Quitten, Aprikosen oder Kirschen sowie eine Flasche hausgemachter Likör. Seta wunderte sich, wieso die Frauen bei diesem Überfluss an Süßem nicht zuckerkrank wurden. Man sah, dass die jüngeren Leute gebildeter waren; sie hatten mindestens ein paar Monate im Ausland gelebt, hatten den romantischeren Teil der Weltliteratur gelesen und fanden Maupassant besser als Tschechow, Couperin besser als Dostojewski, der ihnen geistig ein wenig verwirrt vorkam, schwierig und religiös ohne erkennbar tieferen Grund.

Was sie am meisten überraschte und erschütterte, war jedoch nicht das Bemühen der Erwachsenen, einen mindestens ebenso glänzenden Eindruck bei ihr zu hinterlassen wie das stets gut polierte Blech des Militärorchesters, sondern es waren die Kinder. Sie kamen aus allen Löchern, lärmend, dreist, wie eine unbekannte Wahrheit, und stürzten Seta in Verwirrung, da sie immer und überall zugegen waren. In den Salons von Sofia war der Nachwuchs für gewöhnlich diskret weggeschlossen, und so fühlte sie sich unerfahren und linkisch. Das also waren die künftigen Fabrikleiter, Bürgermeister, Hafenvorsteher, Zoll- und Schuldirektoren, Offiziere der Garnison und vielleicht sogar der ein oder andere kommende geistliche Würdenträger. Das war eine noch unschuldige Generation, die in dem Glauben aufwuchs, dass man auch das Ende der Welt überleben konnte. Junge Frauen in ihrem Alter hatten bereits zwei oder drei Kinder und schauten sie hingerissen an mit Augen, wie sie nur stillende Frauen haben, und Seta war nicht arrogant genug, um nicht in ihrem ganzen Gehabe eine geheimnisvolle Überlegenheit und Weisheit zu spüren, denn sie standen in einem Bedeutungsfeld, in dem ihre Besorgtheit und ihre stete Aufmerksamkeit mehr gefragt waren als sie selbst. In ihr kam das fatale Verlangen hoch, einen Sohn zur Welt zu bringen, ihn an ihre Brust zu drücken, berauscht vom Duft nach Babyhaut und Milch, nur – nie und nimmer von Boshidar! Das Kind würde unter Garantie ihm ähneln und sich spätestens mit fünf Jahren erstmalig einer verhängnisvollen Idee unterwerfen, die ihn, ohne dass er selbst es merkte, in einen verbohrten Scheuklappenträger verwandelte, der den Sinn für die Vorzüge des Lebens vollkommen verloren hatte.

Das Mittagessen fand meist im Restaurant »Royal« statt. Dort duftete es nach Fischsuppen mit Hausen oder Sterlet, in Wein geschmortem Fleisch oder Güwetsch nach Jägerart, Speisen, die die Gewürze des ganzen Orients verströmten, mindestens aber mit schwarzem Pfeffer, Lorbeerblatt, Krauseminze, Petersilie und Sellerie zubereitet waren. Alles war fett, reichlich gesalzen und entsprechend kräftig im Geschmack.

Nach dem Mittagessen ging es weiter in den Frauenwohltätigkeitsverein. Seta spürte, dass diese vor Untätigkeit füllig gewordenen Damen in fröhlicher Widersprüchlichkeit irgendwie hofften, dass der Krieg endlos weitergehen möge, damit der Sinn ihrer Einrichtung erhalten blieb; gleichzeitig vergaßen sie nicht, in ihre Gutenachtgebete an den lieben Gott die Bitte mit einzuschließen, er möge der furchtbaren Schlachterei doch endlich ein Ende setzen. Und am nächsten Tag strickten sie weiter warme Wollsocken für die Südfront an der Ägäis, wo es den Mannen auch ohne Socken viel zu warm war. Aus der Nähe kannten sie den Krieg ja nicht. Für sie war er ein mächtiges Phantom, das fern und ruhig, aber voller Unwägbarkeiten am Horizont stand wie eine Gewitterwolke. Der Frieden dagegen würde eine erschreckende, ja vielleicht schmerzliche Klarheit bringen, in der alles möglich sein würde, sogar ein Aufstand dieser linken Krawallmacher, die – bärtig, wild und bedrohlich – aus für sie unerfindlichen

Gründen auf ihre Sicherheit und ihren Wohlstand schossen. Der Panslawismus hatte nach der russischen Oktoberrevolution seine Anziehungskraft verloren; doch fremd war ihnen auch der deutsche Geist, der sie inzwischen ängstigte mit seinem totalitären Anspruch auf Weltherrschaft.

»Schade, dass die Amerikaner keine zweite Front auf dem Balkan eröffnet haben«, warf Tante Allwissend feurig in die Runde.

Sie fanden auch Zeit, bei Dora, der Schneiderin, vorbeizuschauen, wo Seta die Brüste Boshuras bewundern konnte, die, immer noch fest, gerade so eben von dem altmodischen Korsett gebändigt wurden und das Selbstbewusstsein einer Frau zeigten, die in ihrem Intimleben niemals Probleme gehabt hatte, nie unter Migräne, Melancholie oder Apathie gelitten hatte, diesen Begleiterscheinungen der modernen Welt.

»Die Frau ist ein Meer«, scherzte Frau Dora charmant und entblößte dabei ihre neueste Errungenschaft: zwei Goldzähne, »das die Männer befahren wie Schiffe: Sie wirbeln am Bug und am Heck ein wenig Schaum auf, aber bleibende Spuren hinterlassen sie nicht.«

Die Damen von Widin hatten erwartet, dass die reiche Tochter des Großkopfeten Topalov sie irgendwie »sürprisieren«, sie mit ihrer Geringschätzung strafen oder durch etwas Unerhörtes beleidigen würde, doch Seta amüsierte sich einfach mit ihnen, denn sie hatte inzwischen bemerkt, dass Menschen nicht nur durch ihre Leiden unterhaltsam sein konnten (und durch das, was sie aus Leid anstellten), sondern auch durch ihre Dummheit. Die Frösche quakten, die Mücken summten, die Kinder sprangen um diese so unglaublich schöne und reiche Frau herum, die da bei ihnen zu Gast war und im Modergeruch des Sumpfes und einer fast tropischen Fruchtbarkeit Stunde um Stunde zuhörte, wie dummes Zeug gelabert wurde, nur um einen Grund zu haben, Worte mit Gestikulationen zu begleiten und so die überschüssige Vitalität abzureagieren.

Am Abend betrat sie müde und irgendwie melancholisch das Zimmer Boshidars, der sie wach empfing und mit dem Zeigefinger auf den Lippen Ruhe gebot. Durch das Haus hallte der bedrohliche Raucherhusten des schlaflosen Ilija Weltschev, den sie idiotischerweise mit der Ikone in Verbindung brachte, die über dem knarzenden Bett hing und von einem ewigen Licht erleuchtet wurde.

10

Ende Juli, nach dem Sonntagsgottesdienst, gab Seta ihren Entschluss bekannt, für einen Abend das Dampfschiff »Sirena« der Donaudampfschifffahrtsgesellschaft Russe zu mieten und für die Widiner Gesellschaft einen Ball auf dem Wasser zu geben. Gina mahnte sofort: »Na, jetzt werdet ihr ja sehen«, und überall, wo mehrere Menschen beisammensaßen, ging die Tuschelei los, unter den Weinlauben, im Biergarten, auf den sandbestreuten Wegen des Uferparks. Alle verfielen in nervösen Vorbereitungsstress. Zugleich aber machte sich auch Erleichterung breit, denn endlich sollte die Katze aus dem Sack gelassen werden. Einer von ihnen würde dran glauben müssen. Die große Frage war natürlich: wer?

Die Frauen machten sich daran, den penetranten Geruch nach Mottenpulver aus ihren Taft- und Seidenkleidern zu entfernen; die Männer gingen, verärgert über die ganze Aufregung, zu Trentscho in die Barbierstube und gelangten dort zu der Auffassung, dass, wer meinte, durch fieberhaftes Beratschlagen irgendetwas Genaueres herausbringen zu können, genauso gut auch auf verlässliche Informationen von der Ostfront hoffen konnte.

»Feiern ohne Sieg«, sagte Bezirksvorsteher Petkov nachdenklich, »ist die beste Art und Weise, die flächendeckende Niederlage würdig zu begehen.«

Die Organisation des Balles wurde den weichen, aber erfahrenen Händen Wodetschkas anvertraut, der es gerührt übernahm, sich mit den wachsenden Unbilden der Kriegsjahre herumzuschlagen. Er bekam beispielsweise kein Pilsener Bier mehr, und vom Mittelrhein kamen nur noch zweitklassige Tropfen. Schwarzer Kaviar war gar nicht mehr aufzutreiben, dafür herrschte an Flusskrebsen kein Mangel, und auch in den Eisbrunnen gab es noch genügende Quantitäten. Die Kellner des »Royal« schrubbten das Bord der »Sirena«, polierten alle Messingteile, bis die knarzende alte Schaluppe wenigstens wieder einem Lackpantoffel glich. Boshura Weltscheva strahlte, ihr Sohn Boshidar hingegen verdöste die Nachmittage (was ihn nur noch müder machte), und Seta sah faul zu, wie die Arbeiten vorangingen.

Der Abend des neunundzwanzigsten Juli erwies sich als mild, aber schwül. Die Sterne hingen so tief, als wäre der Himmel bloß eine eingezogene Decke mit höhenverstellbaren Lampen. Auch das Ausflugsschiff selbst war märchenhaft erleuchtet. Die Damen tapsten unsicher über den schmalen Landungssteg an Bord. Alle fünf Widiner Kutschen waren im Dauereinsatz. Am Hafen hatte sich armes Volk zum Gaffen eingefunden, bewacht von Polizisten mit verschwitzten Dienstmützen. Lastenträger vom Hafen mit nackter Brust, barfüßige Kinder, die noch neugieriger als hungrig waren, Zollbeamte, die auf ein Bier ins »Hasenblut« gingen und die Toiletten der Damen sehr zweideutig kommentierten, drängelten sich an der Stelle mit der besten Sicht. Die Kleinbürgerschaft hingegen wagte nicht, sich dieses noch nie dagewesene Schauspiel aus der Nähe anzuschauen, blieb am Uferpark stehen und musste mit Fantasie ergänzen, was die Augen nicht erkennen konnten. Die Tochter des Lateinlehrers, die keine Einladung erhalten hatte, brach zu Hause in Tränen der Wut und Enttäuschung aus. Ihr Vater, zutiefst betroffen, aber eingezwängt in den Schnürstiefel seiner Fachkenntnis, tröstete sie hilflos mit Caesar: »Ja, Kind, *alea iacta est* – der Würfel ist gefallen!«

Als das Dampfschiff graziös vom Ufer ablegte, begleitet von den »Ah!«- und »Oh!«-Rufen der zurückbleibenden Zuschauer, spielten als kleine Überraschung des nie um einen originellen Einfall verlegenen Herrn Wodetschka gleich zwei Kapellen einen festlichen Tusch. Die eine Kapelle war das Kammerorchester, das für gewöhnlich im Restaurant »Royal« musizierte, mit klassischen Instrumenten in der Besetzung Flöte, Geige, Trompete und Klavier, das eigens für diesen Ball an Bord geschafft worden war; die andere Formation hatte Wodetschka in Calafat angemietet und repräsentierte mit ihren selbstgebauten Instrumenten den rustikalen Charme der Folklore: Stehgeige, Okarina, Tamburin, geschnitzte Blasinstrumente vom Schilfrohr bis zur Blockflöte, ach, und nicht zu vergessen die dralle Sängerin, bei deren rhythmischen Bewegungen das Schiff jedes Mal Schlagseite zu bekommen schien.

Die schmachtenden Zigeunerklänge erinnerten Seta an die funkelnden Abende in Bukarest auf der »Calle Victoria« vor ein paar Jahren, wo ununterbrochen lackblitzende Fiaker hin und her trappelten, bestückt mit sonnenbeschirmten Damen und zylinderbehüteten Herren. Damals war sie noch stolz gewesen auf ihren Vater und darauf, dass sie Kleider aus Paris tragen konnte. Ein Herr Dimitru Baba hatte ihr damals den

Hof gemacht, ein leidenschaftlicher Verfechter der Ideen Jean-Jacques Rousseaus, an den sie eine goldene Uhr in Kleeblattform erinnerte sowie einige launige Briefe über das Glück, in der Natur zu leben. Ach, wie blutjung sie damals gewesen war, wie berstend vor Hoffnungen und lyrischen Träumereien. Aus der sicheren Position der Tochter ihres Vaters war ihr das Leben vorgekommen wie ein teures Geschenk, das für sie bestimmt war, nur für sie. Wo war all das nur geblieben – der Glanz, die Träume, dieses Gefühl sicherer Gewissheit? Auf einmal schämte sie sich, diese Leute zu kennen, die in ihrem Bemühen um Eleganz so unbeholfen wirkten. Der fettige Glanz ihrer Doppelkinne stieß sie ebenso ab wie der Schweißgeruch, der ihren Achseln entströmte und nur schlecht verhüllt war von viel zu intensiven Parfüms. Die »Sirena« kämpfte zwar tapfer gegen die Strömung an, doch von einem kühlenden Gegenwind war nichts zu spüren. Im Gegenteil: Die Schwüle wurde immer drückender, der Sumpfgeruch immer penetranter, die Mücken immer frecher. Nein, Seta war nicht glücklich. Und je mehr die Stimmung stieg, desto trauriger wurde sie.

Am Haupttisch hatten sich zwei Gruppen gebildet: Die eine waren jene eitlen Vertreter der Widiner High Society, die mit dummdreistem Grinsen ihrer Zufriedenheit Ausdruck gaben, »dabei« zu sein; die andere waren die »Skeptiker«, die sich fragten, was das ganze Spektakel sollte, aber ihre Antwort durch Schweigen gaben: Ilija, sein Sohn Boshidar und Bezirksvorsteher Petkov.

»Sie müssen wissen«, wandte sich Boshura mit einer Vertraulichkeit, die diese ärgerte, an Seta, »dass unser Städtchen ein einziger Klatschklub ist. Ja, da tuscheln die Leute so allerlei, zum Beispiel, dass Boshidar und Sie verlobt sind. Bitte verstehen Sie mich nicht falsch, ich will da nicht nachbohren, aber … naja, Sie wissen ja, wie es unter Freundinnen so zugeht, da wird halt allerlei geredet.« Und mit diesen Worten legte sie ihr ein Tuch um die Schultern, so, als wäre Seta schon Teil der Familie und dürfe sich unter keinen Umständen erkälten. Die Betroffene sah sich jedoch außerstande, in lautes Lachen auszubrechen und endlich jenes Wunder an Ungehörigkeit zu vollbringen, auf das alle lauerten, sei es, dass sie dem Garnisonskommandanten eine schallende Ohrfeige verabreichte, sei es, dass sie gegenüber Dora eine Anspielung über ihre Brüste machte, die Gravitationskraft betreffend, sei es, dass sie dem dicken Herrn Zozolanov reinen

Wein über die Seitensprünge seiner Frau einschenkte, was dramaturgisch herrlich pointiert werden konnte, indem der Gehörnte ebenfalls sprang – über Bord. Doch Setas Überlegenheitsgefühl wollte und wollte sich einfach nicht einstellen, und so bemächtigte sich ihrer erneut die pure Scham. Sie sagte sich zwar, dass sie einfach nicht in Form sei an diesem Abend, aber insgeheim wusste sie schon, dass es etwas anderes war, das von außen kam und nicht in ihrer Gewalt stand.

Herr Petkov nahm ein beliebiges Stichwort auf, um über sein Lieblingsthema zu dozieren, völlig gleichgültig, ob es jemanden interessierte oder nicht: »Schon Dostojewski, meine Herren, hatte begriffen, dass Verbrechen keine individuelle, sondern eine soziale, gesellschaftliche Kategorie ist, die von der Mehrheit verübt wird, während die Strafe immer von *einem Einzelnen* verbüßt wird. In diesen Tagen der nationalen Prüfungen ist das Wichtigste, dass wir *diesen einen Schuldigen* finden, denn ist es nicht herzlos und unnatürlich, mit dem Gefühl zu leben, dass wir alle schuldig sind? Die Frage ist nur: Dieser Jemand muss ein Mensch mit Profil und Persönlichkeit sein, so eine Art bulgarischer Mussolini! Sonst hat es keinen Zweck!« Seine Epauletten schimmerten unter den Leuchtgirlanden wie die Flügel eines meisterhaft präparierten Schmetterlings. Er landete wieder in der Mehrheit mit den Worten: »O ja, der Fisch ist wirklich ausgezeichnet.«

Dieser Bezirksvorsteher war wirklich nicht auf den Kopf gefallen, dachte Seta, während die Beklemmung sie an der Gurgel packte. Doch selbst in der Bibel gab es niemanden, der vor Gott hingetreten wäre und gesagt hätte: »Ich bin die Schuld der Menschheit, bestrafe mich!« Darum war Gott ja gezwungen gewesen, seinen Sohn zu schicken. Sie war bereits beim dritten Glas Kognak. Trotzdem liefen ihr noch immer kalte Schauer über den Rücken. Diese endlose und schlecht gelüftete Nacht wollte einfach nicht enden. Das laue Lüftchen war durch das Tuch, das Boshura ihr umgeworfen hatte, kaum zu spüren.

»Wir werden den Schuldigen benennen«, antwortete Ilija, aber zu aller Überraschung fügte er noch hinzu: »Ein Prosit auf diesen großen Mann!«

»Gut, *wir* suchen ihn aus, aber ob *die da oben* ihn auch akzeptieren?«

»Und was ist, wenn einfach die Unentschlossenheit schuld ist?«, unterbrach Boshidar ihn schroff.

»Ich verstehe, was Sie meinen«, sagte der Bezirksvorsteher nachdenklich, »doch die Unentschlossenheit darf sich keine Generalsuniform anziehen, sie darf sich nicht öffentlich bloßstellen oder sich aufhängen. Wie sollen wir sie da vors Volk schleifen und ausrufen: ›Seht her, die Unentschlossenheit ist daran schuld, dass wir leider ein Drittel von euch nicht rechtzeitig liquidiert haben!‹«

»Ach, wie primitiv sich das anhört«, rief Boshura aus und plazierte ihren Oberschenkel an dem Karol Iwanovs.

»Primitiv, meinen Sie?« Herr Petkov lächelte traurig. »Ja, da haben Sie eigentlich recht, bitte entschuldigen Sie …«

Er hatte das Seine bereits getan: Er hatte seinen Schlägertrupp angewiesen, mit mehr Feingefühl zuzuschlagen, »mit der Liebe von Eltern, die es ihren Kindern eben anders nicht mehr beizubringen wissen«. In den Ziegelkellern der Bezirksverwaltung lagen einige wichtige, hochrangige Kommunisten des Widiner Kreiskomitees, die er immer wieder untersuchte und verhörte, um sie nicht der Staatsanwaltschaft übergeben zu müssen, wo sie sichere Todesurteile erwarteten. »Ja«, sagte er ihnen manchmal, »letzten Endes bin ich gelernter Rechtsanwalt, und meine wahre Berufung besteht darin, die Menschen zu verteidigen.«

Mit erfahrenem und geschultem Psychologenauge hatte Petkov Seta während des Abends beobachtet. Sie war ihm der Beweis dafür, dass auf dieser Erde alles Vollendete, egal, ob Hässlichkeit, Schönheit, Gutes oder Böses, auf seine Weise Zynismus generiert, mit Zynismus ansteckt. Niemand vermutete, dass Seta, indem sie Ilija Weltschev, für die Anwesenden der Vater ihres Verlobten, vollkommen ignorierte, in Wirklichkeit mit ihm flirtete. Niemand vermutete, dass in ihr Gefühle von Liebe und Verachtung für Boshidar kämpften. Und niemand vermutete, dass ihr diabolischer Spaß nicht einem Einzelnen, sondern ganz Widin und seiner Gesellschaft galt, die sie in den Rahmen eines Glanzes gestellt hatte, vor dem sie nur lächerlich wirken konnte.

»Gestatten Sie mir einen Walzer mit der Obrigkeit?«, forderte Seta den Bezirksvorsteher auf.

»Sie sind die einzige Dame, mein Fräulein, der abzusagen, ich nicht die Kraft finde. In mir haben Sie einen guten Polizisten und einen schlechten Tänzer. Wie Sie gewiss mühelos einsehen, sind leider beides keine Ruhmesblätter.«

Als sie zur Tanzfläche schritten, machten die anderen Paare automatisch Platz. Petkov verbeugte sich galant und legte ihr seine Hand auf den Rücken. Einige begannen, Beifall zu klatschen. Petkov konnte es sich kaum verkneifen, zu fragen: Sie sind so unanständig intelligent, mein Fräulein, was stellen Sie da bloß mit uns an? Wozu brauchen Sie diese Maskerade, und was wollen Sie damit hinauszögern? Doch stattdessen musste er sie auf einmal allen Ernstes festhalten, denn plötzlich taumelte sie.

»Mein Gott, was … Sie sind krank, mein Fräulein!«

Alle sahen Seta wie abgeknickt an seinen Schultern hängen. Boshidar lief sofort hin und trug sie in den roten Salon des Kapitäns. Alle waren wie vor den Kopf geschlagen und auf gewisse Weise auch verletzt, denn der Abend war zwar noch nicht zu Ende, aber die Lichter Widins näherten sich unbarmherzig. Schon bald würden sie aus dieser prachtvoll erleuchteten Illusion von Exklusivität wieder in ihre kleine Provinzbedeutendheit zurückfallen, die den Booten glich, die, am Kai vertäut, leise schaukelten, leer wie ihre auf immer verlorenen Träume. »Malaria«, ging es von Mund zu Mund, »Malaria.«

»Malaria – unsere heimische *spécialité*«, sagte Tante Allwissend befriedigt. »Hab ich euch nicht gesagt, dass etwas passieren würde, was niemand erwartet?«

Nun war es nur noch eine Frage der Zeit, wann das Schiff anlegen würde. Die Ausgelassenheit war vorbei. Die Frauen begannen instinktiv, wieder ihre Kleider anzuheben, die Männer gingen schon einmal seelisch an Land, indem sie erörterten, was ihnen am morgigen Tag bevorstand. Keiner erkannte die kleine Frau, die dem an Land gesprungenen ersten Matrosen zurief:

»Sagen Sie Ilija, dass sein Bruder Christo gestorben ist. Christo, Christo Weltschev …«

Es war Jana. Die Sängerin der Kapelle aus Calafat steckte ihre Hand ins Dekolletee und sammelte daraus die reichlich bemessenen Sonderhonorare ein. Die Musikanten von Herrn Wodetschkas Hausorchester legten ihre Instrumente sorgfältig in ihre Hüllen und Koffer zurück.

11

Im Auftrag seines Vaters bestellte Boshidar einen Kranz aus einhundertundelf weißen Nelken. »Wenn sich die Ziffer 1 wiederholt«, hatte er ihm mit auf den Weg gegeben, »bedeutet das *Anfang*. So endet und beginnt sein Weg.« Der Blumenhändler verbesserte den energischen jungen Mann kleinlaut: »Für Herrn Christo Weltschev, nicht wahr?«

»Ja, sicher.«

»Ich wollte nur sichergehen! Dann gebe ich Ihnen einhundertundzehn Stück.«

»Wieso das denn?«, fragte Boshidar.

»Für eine Beerdigung nimmt man Blumen immer paarweise, bestellt aber eine ungerade Zahl, mein Herr. Die einzelne Blume ist der Verstorbene, und der fehlt ja.«

Selbst auf dem Parkfriedhof war es schwül. Die Blumen, sichtlich aus Privatgärten stammend, spielten mit ihrem welken Duft ihre Rolle als sinnliches Memento mori; der Himmel war blass und aufgedunsen vor Sonne. Das Gesicht seines Onkels Christo wirkte nicht wie das eines Menschen, der »friedlich entschlafen« war, sondern eher wie eine szenische Momentaufnahme, für die man den Sarg als Rahmen gewählt hatte. Schmetterlinge flatterten, Fliegen summten vorbei; der sandbestreute Weg knirschte unter den Schuhen der Trauergäste. Halb Widin war gekommen, um sich von Christo zu verabschieden. Die Reichen schritten mit ihrer teuren Trauergarderobe voran, gefolgt von Lehrern und Beamten, Arbeitern der Tabak- und der Porzellanfabrik, Trägern vom Hafen, Schülern, Kindern. Boshidar hätte niemals vermutet, dass sein Onkel eine so beliebte Persönlichkeit gewesen war. Auf sein Konto gingen die Pflasterung der Hauptstraße und das Legen der Kanalisation unter dem Marktplatz. Er ging als stellvertretender Bürgermeister mit unklarer Vergangenheit in Pension, ein Mann, der sich in seiner Freizeit zuletzt mit dem Veredeln von Obstbäumen und dem Kreuzen diverser Melonen- und Kürbissorten beschäftigt hatte.

Boshidar ging die Trauernden ab: Herr Petkov war ernst und streng, sein Vater wirkte lebendiger denn je, Jana brach immer wieder in Tränen aus und unterstrich so die gefasste Würde der Witwe, Elena, einer Frau, deren Geheimnis auf ewig unenthüllt bleiben würde, und die die Dimensionen der Stadt gesprengt hatte, ohne sie je verlassen zu haben. Neben ihr stand, staksig und unbeholfen, ihr Sohn Alexander.

Das Trauerorchester, das aus Freiwilligen bestand, spielte langsame Märsche. Es gab keine Popen und keinen Weihrauchduft. Einige aus den hinteren Reihen sangen den Heiducken-Klassiker »Er lebt noch, er lebt! Dort auf dem Balkan …« des Nationalrevolutionärs Christo Botev. Zettelchen, aus Schulheften herausgerissen, flogen durch die Luft mit Aufschriften wie »Tod dem Faschismus, Freiheit für das Volk!« oder »Friede den Hütten, Krieg den Palästen!« – lautlose Aufschreie, lautlos wie die Glocke des Aufstandes, die Christo nicht geläutet hatte, und die hier und jetzt nichts als seine sterblichen Überreste zur letzten Ruhe geleiteten.

Das Gesicht von Hauptwachtmeister Bobozov lief rot an, aber was sollte er machen: Dies hier war eine Beerdigung, kein Aufstand. Herr Zozolanov, der Bürgermeister, bekreuzigte sich. Bezirksvorsteher Petkov biss sich auf die Lippen, schwieg aber ebenfalls. Was für eine Müdigkeit, ging Boshidar durch den Kopf, sogar jetzt, sogar hier. Es roch nach brackigem Donauwasser und Männerschweiß. Die meisten blieben vor dem Grab stehen, als warteten sie auf Christos Auferstehung. Bürgermeister Zozolanov versuchte, die Ordnung aufrechtzuerhalten, indem er mit seiner Stotterstimme sprach:

»Ein großer Mensch ist von uns gegangen, meine Damen und Herren, ein Mann der Tat. Denn was wäre unsere Stadt ohne die Segnungen, die Christo Weltschev ihr beschert hat, die gepflasterte Hauptstraße und die Kanalisation?«

Aber die Leute hörten ihm gar nicht zu. Einer fing wieder an, er habe den weißen Schleppkahn gesehen, und beschrieb in allen Einzelheiten, was alle schon wussten und verstanden; der Schlaffe Kosta fing einen Schmetterling und ließ ihn in seiner Handfläche flattern wie eine Menschenseele; die Behaarte Stefania verschenkte Krapfen »im Namen von Bai Christo«, so, als hätte der nur mal eben fortgemusst und käme gleich wieder.

12

Noch am selben Nachmittag betrat Doktor Koitschev das große, mit kleinen Kissen vollgestopfte Zimmer. Er brachte ein Mikroskop mit, das von Carl Zeiss in Jena stammte, und wusch sich geschlagene zehn Minuten lang die Hände über der Porzellanschüssel. Seta krümmte sich. Die Fieberschauer, die ihren Körper überliefen, sahen auf perfide Art schön und leidenschaftlich aus. Boshidars Stirn war schweißbedeckt. Ilija hatte abwartend die Arme vor der Brust verschränkt. Doktor Koitschev beugte sich über das altbewährte Mikroskop, und darunter sah er ihn dann: einen unscheinbaren weißen Fleck, der nichts zu bedeuten schien. Hier in Widin aber wusste jedes Kind, dass das die Malaria war, jenes Sumpffieber, gegen das nur Glück, Geduld und Chinin halfen.

»Das *Plasmodium Malariae* ist ein ernst zu nehmender Gegner«, schloss der erfahrene Doktor seine Untersuchung. »Aber seien Sie nur ruhig, meine Herren, vertrauen Sie mir und dem Chinin. Wenn Sie dann noch Geduld haben und Fräulein Topalova etwas Glück …«

Seta bat ihn, das Mikroskop nicht wieder einzupacken. Gleich einem mythischen Lebewesen, erschien es ihr nahe und voller Herzenswärme, auch wenn es natürlich ein bisschen abartig aussah, ein über sich selbst gebeugter Hort geheimen Wissens. Wenn die nächste Krise sie schüttelte, schien es sich mitsamt den anderen Gegenständen im Raum ebenfalls zu schütteln; dann, auf dem Höhepunkt der Fieberattacke, zersprang es und löste sich auf in einem furchtbaren gelben Licht. Das Fieber kam ihr vor wie die Donau mit ihren kalten und warmen Strömungen: Es riss sie fort wie das Wasser innerhalb der Strömungslinie. Und komisch war, dass sie am stärksten schwitzte, wenn eine kalte Strömung sie in Schüttelfrost stürzte. Wasserwalzen wirbelten sie um und um, bis sie jede Orientierung in der Welt verlor, jedes Gefühl für Perspektive und Entfernung. Dann kamen auch die Halluzinationen, und es war, als hätte jemand sämtliche Ausgeburten ihrer kranken Fantasie genommen und nach außen gestülpt wie einen Handschuh. Manchmal sah sie, wie sie mit ihrem Opel in voller Fahrt einen Straßenjungen über den Haufen fuhr, wie sie noch versuchte, rechtzeitig zu bremsen, aber der dumpfe Aufprall kam am Ende doch, wieder und immer wieder: dumpfer Aufprall, krachendes Blech. Andere Male sah sie, wie sie sich mit irgendjemandem in Borovez auf einem Waldspaziergang liebte, gleich dort, auf dem Moosteppich, von Leidenschaft und Ameisen umkrabbelt, von Tannennadeln gestochen. Am beklemmendsten aber waren die Bilder von ihr und Boshidar, um dessen Kopf sich Gina und Dora, Ilija und Herr Petkov, Boshura und Karol Iwanov mit wilden Grimassen drehten, diese ganze Bagage, die sie einfach nicht mehr ertragen konnte. In ihren Wahnbildern verbannte sie sie auf ein Schiff mit schweren Segeln und ließ das Wasserfahrzeug über die Donau irren wie eine Provinzausgabe des »Fliegenden Holländers«. Sie sah, wie das Schiff durch die Fluten irrte, ohne ein Ufer zu finden. Die Passagiere wollten endlich versinken und ertrinken, aber sie konnten den Tod nicht finden, auf Gedeih und Verderb zum Leben verdammt. Das Orchester spielte dröhnend dazu auf.

Wenn Seta sich in dieser gelben Fieberwelt wälzte, packte sie eine unbestimmte und daher wahnsinnige Angst, weil die Gesichte so real waren, als wäre nicht sie krank, sondern diese Gesichte, und dann warf sie sich geradezu in Boshidars Arme. Wenn der Anfall vorüber war, verscheuchte sie ihn mit den Worten: »Nun verschwinde schon! Guck doch mal, wie hässlich ich bin!« Vielleicht ließ sie deshalb, wenn es sie gepackt hatte, niemanden zu sich. Sie hatte sich ohnehin schon, ohne es zu wollen, in einen Mythos verwandelt, den Mythos eines Niedergangs, wie ihn die Stadt so noch nicht kannte: Sie, die Widerspenstige, war folgsam; sie, die Reiche, war hilflos …

Wären die Bilder des Fieberwahns zufällig gewesen, hätte sie sich innerlich sicher darüber lustig gemacht, doch was sich da vor – oder hinter? – ihren Augen abspielte, waren Szenen aus ihrem Leben, und sie kamen ihr auf einmal so leer und sinnlos vor. Sie musste unvermittelt an eine berühmte Stelle aus dem Buch der Prediger denken, die sie im American College hatte lernen müssen: »Worte des Predigers, des Sohnes Davids, des Königs in Jerusalem. Eitelkeit der Eitelkeiten!, spricht der Prediger! Alles ist eitel. Welchen Gewinn hat der Mensch bei all seiner Mühe, womit er sich abmüht unter der Sonne? Ein Geschlecht geht, und ein Geschlecht kommt; aber die Erde besteht ewiglich. Und die Sonne geht auf, und die Sonne geht unter; und sie eilt ihrem Orte zu, wo sie aufgeht. Der Wind geht nach Süden und wendet sich nach Norden; sich wendend und wendend geht er, und zu seinen Wendungen kehrt der Wind zurück. Alle Flüsse gehen in das Meer, und das Meer wird nicht voll; an den Ort, wohin die Flüsse gehen, dorthin gehen sie immer wieder. Alle Dinge mühen sich ab: Niemand vermag es auszusprechen; das Auge wird des Sehens nicht satt, und das Ohr nicht voll vom Hören. Das, was gewesen, ist das, was sein wird; und das, was geschehen, ist das, was geschehen wird. Und es ist gar nichts Neues unter der Sonne. Gibt es ein Ding, von dem man sagt: Siehe, das ist neu, längst ist es gewesen in den Zeitaltern, die vor uns gewesen sind. Da ist kein Andenken an die Früheren; und für die Nachfolgenden, die sein werden, für sie wird es auch kein Andenken bei denen geben, welche später sein werden.«

Vater Anissi hätte sich über derlei plötzliche Reminiszenzen gar nicht gewundert, war für ihn die Malaria doch eine von Gott geschickte Krankheit, bei der zusammen mit dem Körper immer auch die Seele geheilt wurde.

Nach zehn Tagen besserte sich ihr Zustand. Boshidar, der vor Bangen und Schlafmangel regelrecht gealtert war und nur durch seine eiserne Gesundheit nicht auch krank wurde, atmete plötzlich erleichtert auf, als er sah, wie ein arrogant-ironisches Lächeln Setas Lippen umspielte.

»Tu die Vogelscheuche da weg«, bat sie und nickte zum Mikroskop Doktor Koitschevs hinüber. Sie ging im Morgenmantel durchs Haus, aß mit Appetit die scharf gewürzten Speisen, so wie Ilija sie eben mochte, brachte das Hausmädchen dazu, die Katze zu baden und sie auf den Namen Eulampia zu taufen, und schenkte der städtischen Bibliothek sämtliche Romane von Louis Bromfield, die in der Esperanto-Buchhandlung aufzutreiben waren. Manchmal packte sie noch ein leichter Schüttelfrost; dann zog sie sich wieder in sich selbst zurück, und Boshidar las in ihren Augen eine grundlose, erstickende Angst. Er fragte sie danach. Sie redete sich mit Allgemeinplätzen heraus wie dem, dass es schon zu spät sei und alles, was auch immer man tat, sinnlos sei. »Wo ich doch jetzt überlebt habe – was hat das noch für eine Bedeutung? Ich will nur, dass wir hier verschwinden!«

Die Erste bei der Ankunft war nun die Letzte bei der Abreise, nur dass die Behaarte Stefania jetzt ihr Tablett mit den Krapfen nicht einfach zudeckte und wegstellte, weil sie diesmal nichts Eiliges zu verkünden hatte.

Es roch nach Provinzbahnhof, abfahrendem Zug und Traurigkeit. Stefania fiel auf, dass keiner der beiden einen letzten Blick zurück zum Fluss warf. Doch Stefania warf einen letzten Blick auf Seta, die ihr – von den Spuren der Malaria gezeichnet – jetzt noch schöner vorkam, elegisch schön.

Die beiden Reisenden trafen am späten Abend in Sofia ein, enttäuscht und der ständigen Gegenwart des anderen überdrüssig. Gleichzeitig aber hatten sie begriffen, dass sie ohne einander nicht konnten. Sie mieteten die erstbeste Kutsche, deren vorgespannte Pferdchen beim Traben schliefen. Der Mond beleuchtete die fremdvertrauten Trümmerfelder und verlieh ihnen eine unwirkliche Schönheit. Vom Hang des Witoscha floss ein kühlender Wind. Die Stadt als Ganzes hingegen strahlte etwas Verschwiegenes aus, das Unheil verhieß.

»Jetzt können wir uns endlich mal ausschlafen«, begrüßte Seta ihn in der Hauptstadt, aber sie lächelte dabei nicht.

13

Da Jonka darauf bestanden hatte, war Assen sowohl zu Georgi als auch zu Boshidar gegangen und hatte ihnen die Einladung ihrer Tante überbracht, doch einmal zu Besuch zu kommen. Doch beide wimmelten ab unter dem Vorwand, sie seien leider sehr beschäftigt. Goscho schickte ihr neben seinen »wärmsten Grüßen« eine Schachtel Marzipanpralinen, eine Pfauenfeder und ein Silberlöffelchen zum Füttern des Babys; Boshidar sandte ihr sein schneidiges Offiziersehrenwort, dass er sie bei erster Gelegenheit aufsuchen wolle. Jonka zog daraus zwar verbittert, aber auch erleichtert den Schluss: »Wenn sie mich nicht brauchen, dann geht es ihnen gut!« Mitte August, regelrecht erdrückt von ihrer Sehnsucht, sich um die verstreute Sippe zu kümmern, überwand sie ihre Furcht vor der großen Stadt, schnürte ein Bündelchen für den Weg, eine geschälte Zwiebel, die Milch für den kleinen Jordan, und durchquerte mit dem Kinderwagen ganz Sofia.

Die Menschenleere der Straßen spornte sie an. Straßenbahnen grüßten sie mit ihren Messingglöckchen, zufällige Passanten wiesen ihr bereitwillig den Weg, und so fand sie vergleichsweise schnell das Viertel um das Priesterseminar. Vor dessen Grundstücksmauer bekreuzigte sie sich, dann bog sie ab. Das Haus, in dem Christos Sohn Alexander lebte, hatte drei Geschosse. Dahinter begann eine Wiese, auf der Pferde weideten. Etwas weiter die Straße entlang befand sich ein Lebensmittelhändler, ein Laden für Strumpfwaren und einer für alles andere, was der normale, bescheidene Kleine-Leute-Haushalt so brauchte. Sie erhielt die Auskunft, dass Herr Alexander Weltschev unterm Dach wohne. Oben war es heiß und stickig wie in einem Backofen. Es roch säuerlich nach Kompott, Schuhcreme und Wolle. Licht fiel nur spärlich durch die schmutzige Dachluke. Jonka klopfte an, lauschte. Nichts. Der kleine Jordan begann, auf ihrem Arm zu weinen. Da schob sie den Brief unter der Tür durch, den ihr Piolla netterweise aufgeschrieben hatte: »Da habe ich also auch dich gefunden, mein Söhnchen. Komm uns, deine Tante Jonka und deinen Vetter Assen, doch am Sonntag besuchen, damit wir uns mal wieder sehen und in die Arme schließen können. Der kleine Jordan ist auch da.«

Doch Alexander erschien weder an diesem noch am folgenden Sonntag. Assen war in dieser Zeit von einer seltsamen Aufregung befallen, so, als erwarte er jeden Moment ein Wunder. Er lief andauernd mit seinen Pistolen durch Sofia, wo er sah, wie die deutsche Wehrmacht in langen Kolonnen in Hitze und Schweigen den geordneten Rückzug antrat. Die Arbeiter der Sackfabrik betranken sich im Park vor der Kirche. Aus dem »Blaupunkt«-Radio des Vermieters ertönte eine Stimme, die verkündete: »Wir gehen aus dem Krieg mit der Hoffnung auf einen würdigen Friedensschluss.« Es folgten gewundene Phrasen über »die patriotische Flamme des Volkes in Tagen schwerer Prüfung«, doch Piollas Vater schaute weiterhin schlaflos in eine Zeit, die er nur nach Helligkeiten unterschied.

»Die Stimme kommt mir bekannt vor«, erklärte er Jonka. »Ich hatte einen Freund in der Kavallerie mit so einer Stimme. Der machte uns Knöpfe für unsere Unterhosen; aber der wird es wohl schwerlich sein.«

»Hör mal her«, unterbrach ihn Saschko »Flaschko« Prodev, »gestern meine Frau, nicht, ist mal ins Dampfbad gegangen, hatte ja Geburtstag, nicht. Und wie sie so mit der alten Elena redet, dies und das, kein Öl, kein Brot zu kriegen, und es wäre bald so weit, dass selbst Pferdeäpfel nur noch gegen Kupons abgegeben würden, da regt sich so eine Badegehilfin derart auf, fängt an zu schreien, ›diese Halsabschneider‹ und so, da ruft jemand die Polizei. Polizei kommt, Stimmung kocht schon über, waren kurz davor, den Mann einzuseifen und mit kochendem Wasser in ein Brühwürstchen zu verwandeln.«

»Und der?«

»Eh, mit voller Ruhe sagt der Saftsack den Leuten: Keine Sorge, Pferdeäpfel dürfen auch weiterhin frei und kostenlos gesammelt werden! – Jetzt bist du dran!!«

Doch Jonka dachte nur voller Betrübnis an ihren Alexander. Wo mochte sich dieses Kind herumtreiben? Mit Liebe hatte sie ihn aufgespürt, mit Liebe hatte sie ihn eingeladen, sogar schriftlich. Sie hatte keine Kraft, den Weg noch einmal zu machen, zumal die Milch für Jordan unterwegs durch die Hitze sauer wurde, die Gummireifen des Kinderwagens sich auf den schlechten Wegen schnell abnutzten, und sie nicht immer ihre Angst vor der Großstadt überwinden konnte, die direkt von ihrem Glauben an Gott herzukommen schien.

Seit sie den mit grobem Kopfsteinpflaster belegten Hof ihrer Bleibe auf der Klokotniza-Straße als Heim angenommen hatte, sprach es sich sehr schnell herum, dass sie hellseherische Fähigkeiten besaß, aus den Karten lesen konnte und so rasch fremden Schicksalen auf die Spur kam, dass die Leute regelrecht sprachlos waren über solche Souveränität im Aufspüren des Unbekannten. Das kam vielleicht daher, dass Jonka sich zunehmend wohlfühlte. Die beständige Beschäftigung mit dem kleinen Jordan, den sie immer mehr liebte und immer wieder aus seinem Körbchen holte, um ihn zu knuddeln und ihm gut zuzureden, verjüngte sie, die Altersängstlichkeit machte einer neuen Sicherheit des Wissens Platz. Was nun die Karten betraf, so hatte sie sich deren Geheimnisse schon vor langer Zeit von der Zigeunerin Teofana angeeignet, doch im Grunde liebte sie die Karten nicht: Das waren bloß Bilder in begrenzter Zahl, die sich ständig wiederholten, und keine lebendigen Visionen voller Überraschungen, wie man sie aus der glühenden Kohle oder beim Bleigießen erhielt. Doch in Sofia glaubte keiner mehr an Naturmagie, die so etwas wie das lebendige Gedächtnis der Natur darstellte. Ihr kam es so vor, als ob die Leute, je mehr sie in der Schule gelernt hatten, eine desto größere Neigung für schwierige Dinge hatten, kurz: für Unwahrheiten. Die Karten waren etwas Gedrucktes, und um sich aus den Karten lesen zu lassen, kamen die Leute bald aus dem ganzen Viertel zu ihr. Wenn sie dann die Karten auf den Boden der alten Truhe warf, dann »fand« das Wissen zu ihr, als wäre der Rat suchende Mensch ein Haus, durch das sie, Jonka, ungehindert gehen konnte. Aus den Fenstern dieses Hauses blickte sie in seine Zukunft, in den verborgenen Ecken und Winkeln fand sie die verschwiegenen Geheimnisse seiner Seele. Wenn sie Schwierigkeiten hatte, sagte sie: »Du bist schwer zu betreten«, oder: »Mein Junge, deine Türen sind verschlossen, aber die Sonne liegt auf der Schwelle deines Hauses.«

Nicht zuletzt entschlüsselte sie auch das Geheimnis des Vermieters: eine unerwiderte Liebe. »Ihr habt euch zur Abendzeit getroffen«, sagte Jonka kundig, »nach einer unerwarteten Nachricht. Sie ist viel jünger gewesen als du, eine schwarzäugige Schönheit. Sie war Witwe und hat dann leider jemand anderen geheiratet.« Der Vermieter brach in Tränen aus, und alle begriffen, was es mit seinem Atmen auf dem Balkon auf sich hatte. Sie legte auch dem Piolla die Karten, bevor der loszog, um zweihundert neue Paar lange Unterhosen zu kaufen, und beruhigte ihn, dass er damit ein gutes Geschäft machen würde. Pepo, dem Fuhrmann, versicherte sie, dass seine Fuchsstute wieder gesund werden würde. Sie sagte voraus, dass Jowtschos Tochter verrückt werden würde, und als diese tatsächlich die Sprache verlor und der Speichel ihr aus dem Mund lief wie einem Baby, waren alle konsterniert. Jowtscho fand seine Tochter vor einem Haufen Romane, in denen von Grafen und Gräfinnen die Rede war, von Schlössern und Troubadouren, von verzehrender platonischer Liebe, von Entführungen mit Kutschen; andere spielten im fernen Indien und erzählten von Wanderungen auf Elefanten, von Kindern, die im Dschungel aufwuchsen und von wilden Tieren aufgezogen wurden. Niemand gab etwas auf Assens Worte, der meinte, Verrücktheit sei ein Seelenzustand, bei dem sich für den Kranken Illusion in Realität verwandle, doch es hinderte ihn auch niemand daran, die ganze Buchreihe mit dem klingenden Reihennamen »Mitternachtsträume« einfach wegzuschmeißen. Jonka kochte dem Mädchen einen Aufguss aus Holunder, Brennnessel und Baldrian, Assen schleppte sie zum Arzt. Jonka blieb beim Kartenlegen auf dem Pik-Buben hängen, der als Schornsteinfeger dargestellt war; Assen zog seine eigenen Schlüsse daraus und bat Krämer Jowtscho, doch morgens das Zimmer zu lüften, da nur die Sonne die trostlose Dachstube mit ihrer sperrmüllreifen Einrichtung etwas aufheitern konnte, die so gar nicht dem glich, womit der Autor von »Der unvergessliche Maskenball des Herzog D.« aufwartete.

Die Leute glaubten Jonka und vergötterten sie. Sie rügte sie zwar wegen der »Sünden«, die sie begingen, verzieh ihnen aber auch bald. Jonka verwandelte sich in so etwas wie die Quartalsgeistliche und hielt für die schwer geprüften kleinen Leute die Verbindung zu Gott aufrecht. Und sie hielt dabei immer die Balance, denn neben die trockenen Bibelstellen, die sie bei jeder Gelegenheit parat hatte, stellte sie stets eine Flasche Schnaps, damit die Botschaft besser rutschte.

Je mehr die Sicherheit ihres Wissens wuchs, desto vorsichtiger wurde sie in ihren Deutungen. Doch so oft sie auch die Karten für Assen legte, immer befand sich neben »seiner« Karte die seines Vetters Alexander. Wenn sie sich umgekehrt bemühte, in die Gedanken Alexanders einzudringen, fand sie wie von Zauberhand Assen neben ihm. Die Erklärung, dass sie halt durch die Familienbande oder gegenseitige Zu- oder Abneigung verbunden waren, genügte hier wohl nicht. Nein, es musste etwas mit der kommenden Zeit zu tun haben, etwas in ihrem Handeln, das sie dauerhaft miteinander verknüpfte. »Ich werde sie schon zusammenbringen«, wiederholte sie immer wieder, wenn sie das Körbchen des Säuglings frisch machte, »ich will und ich werde, Mama Petruniza – versprochen!«

Im August wurde es lebendig auf der Klokotniza-Straße. Schleichend und mit einer Freude, die noch voller Misstrauen und Angst war, öffneten Barbierstuben, die ihre Schaufenster mit alten Perücken dekorierten, Gaststätten und kleine Kaffeehäuser. Da hoben sich lange geschlossene Eisenrollläden, wurden Markisen ausgefahren, die knittrige Sommerfreuden versprachen. In den Schuhmacherläden war das Klopfen des Hämmerchens auf Holzstifte und Schuhsohlen zu hören, im Milchgeschäft wurde auf einmal auch Bier angeboten, und sogar das Hutmachergeschäft »Dorothea« erhielt erste Bestellungen. Der einzige Laden, der nicht wieder aufmachte, war das Fotogeschäft »Rocambole speciale«, das gerechterweise vom Krieg zu Grabe getragen wurde. Auf all das horchte Jonka versonnen und mit Anteilnahme, aber nur, wenn der kleine Jordan nicht gerade ein Brabbelminütchen einlegte und lustig strampelnd vor sich hin quiekte und quakte.

14

Am dritten Sonntag schien er plötzlich von den Toten auferstanden zu sein: Alexander Weltschev! Mit den hölzernen Bewegungen eines schüchternen jungen Mannes zwängte er sich durchs Hoftor. Jonka erkannte ihn schon, bevor sie ihn recht angeschaut hatte. Er machte Anstalten, seine Schuhe auf einer Matte abzuwischen, die aber nicht da war, dann richtete er sich in der Mitte des Hofes auf, linkischer als nötig. Seine Augen waren tiefblau, Weltschev-Augen. Die hohe Stirn und das abgerundete Kinn verrieten eine unruhige Fantasie und einen schwachen Willen. Er war ärmlich, aber fesch in einen weißen Cheviot-Anzug mit enganliegenden Hosen gekleidet. Sein Krawattenknoten war geschlungen mit dem Schwung einer ärztlichen Unterschrift. An seinem Revers erkannte Jonka ein schwarzes Trauerbändchen – und erstarrte. Es war gegen vierzehn Uhr. Das ganze Viertel badete in staubiger Trägheit. Die Häuschen sahen, von der prallen Sonne gleichsam neu gestrichen, wie renoviert aus. Ihre vermoosten und vergrasten Dächer knackten in der Hitze, als wollten sie sich von ihren morschen Dachstühlen lösen und einfach davonfliegen. Jonka klatschte in die Hände und ließ ihr Wollknäuel fallen.

»Ja … Alexander!«

»Guten Tag, Tante«, sagte der Genannte verlegen. »Bin gestern aus Widin zurückgekommen und hab deinen Brief gefunden.«

Jonka schaute sich sofort nach Assen um, aber der war noch beim Vermieter, Nachrichten hören. Er konnte sich nicht losreißen, denn was er da hörte, versetzte ihn in solche Aufregung, dass er nach Luft schnappte und das Gefühl hatte, seine Lungen saugten sich den fehlenden Sauerstoff direkt durch die Brustporen an. Als er genug gehört hatte, erfasste ihn die Ruhe des Siegers und ein heftiges Verlangen nach Schlaf. Er sah sich im Wohnraum des Vermieters um. An den Wänden hingen drei Kavalleriesäbel und eine Unzahl vergilbter Fotos. Der Vermieter zu Pferde, der Vermieter im Rang eines Unterfeldwebels mit dringlicher Miene zwischen abgeschlafften Rekruten, die gerade von der Ruhr genesen waren, und schließlich in Oberleutnant-Uniform und mit stolzem Schnurrbart. Beides, die Jugend und der Schnurrbart, waren nun lange fort. Der Vermieter ging unterdessen mit hinter dem Rücken verschränkten Armen hinter seinem Schreibtisch auf und ab und sagte schließlich, während das grüne Auge des Radios noch müde blinkte:

»Und dafür haben wir nun in den Balkankriegen und vierzehn/achtzehn unseren Arsch riskiert, sind in den Gräben an Cholera verreckt und haben uns von den Läusen auffressen lassen? Gott sei bei uns! Der Sinn dieser endlosen Kriege liegt doch darin, dass sie einen besseren Frieden bringen, oder nicht? Haben Sie eigentlich eine Vorstellung, was Krieg bedeutet? Wenn Ihre einzige Verpflichtung darin besteht, zu töten-töten-töten? Wenn jeder tötet-tötet-tötet, weil seine Sünde von einem anderen übernommen wurde? Wissen Sie, wie es sich ohne Gewissen lebt?«

»Ehrlich gesagt … in gewissem Umfange: ja«, antwortete Assen, der seinem Vermieter, wie betäubt vor Siegestaumel, nur zerstreut zugehört hatte. Als Jonka mit glühenden Wangen in der Tür erschien, um ihm die Ankunft Alexanders mitzuteilen, stahl er sich leise hinter ihr hinaus.

Der Gast saß auf der grob zusammengehauenen Bank im Hof, weiß wie das Negativ eines schlecht belichteten Films. Das Erste, was Assen frappierte, war die totale Unentschiedenheit seines Vetters. In ihrem Bestreben, sofort eine Bindung herzustellen und Sympathie zu schaffen, hatte Jonka ihm den kleinen Jordan in den Arm gelegt. Alexander hielt das Kind unbeholfen und mit dem Ausdruck leichten Widerwillens, wie eine kostbare und zerbrechliche, aber schmierige Vase. Jonka grinste zufrieden über ihre naive Schlaumeierei. Da war also auch er, Alexander Weltschev, dachte Assen, der ihn noch als wildes und nervöses Kind in Erinnerung hatte mit Schleuder in der Hand und dem entrückten Blick seiner Mutter Elena.

»Guten Tag«, sagte Alexander, noch immer befangen. »Gestern bin ich aus Widin zurückgekommen und habe den Brief von Tante Jonka gefunden.«

Sie gingen hinein. Drinnen war es schön kühl und roch nach Säugling. Jonka eilte, den Männern Kaffee zu kochen, ein Röstgemisch aus Roggen und Kichererbse, und ansonsten ihr Männerschweigen nicht zu stören.

»Hab gehört, du studierst Jura«, sagte Assen und bot ihm Platz an, indem er auf das gegenüberliegende Bett wies.

»Das Studium habe ich schon abgeschlossen«, erwiderte Alexander, »seit zwei Monaten mache ich jetzt ein Praktikum bei ›Wardarski & Sohn‹.

Sehr guter Anwalt und guter Mensch ... Er war mit Großvater befreundet.«

Assen starrte ihn überrascht an. Der Name sagte ihm nämlich etwas. Er hatte ihn bei einigen seiner öffentlichen Verhandlungen vor Gericht erlebt. Wardarski war einer der meistgesuchten Anwälte in Sofia. Er trat mit dem Selbstbewusstsein eines antiken Rhetors auf, hatte aber die Moral eines Kleinkrämers. Assen konnte sich beim besten Willen nicht vorstellen, wie die Freundschaft dieses Typen mit Anwalt Kamenov ausgesehen haben sollte. Sein Vetter log offensichtlich, und in anderer Hinsicht sagte er die Wahrheit. Alexanders Gesichtsausdruck war traurig, aber offen. Bei genauerem Hinsehen fielen einem die Flecken auf seinem weißen Anzug auf nebst den unzähligen Versuchen, sie mit Benzin zu entfernen.

»Soviel ich weiß, wurde dein Großvater im Jahre 1923 ermordet.«

»Ja, so ist es«, stimmte Alexander zu und zog aus für Assen noch unerfindlichem Grund sein Taschentuch. »Jetzt ist Papa auch gestorben, deshalb war ich in Widin!«

Alexanders Worte kamen unerwartet. Ausgesprochen nicht so sehr schmerzerfüllt als vielmehr schüchtern und verlegen, erfüllten sie den Raum mit einer feierlichen und zugleich beklommenen Stille, in der deutlich zu hören war, wie der kleine Jordan über den Boden rutschte. Jonka hatte sich an den Büfettschrank gelehnt. Ihre Augen schienen bei der eben gehörten Nachricht zu erlöschen, ihr Kinn zitterte leicht, als wolle sie etwas sagen, könne es aber vor lauter Stottern nicht herausbringen. Assen fiel natürlich jener späte Sommernachmittag ein, in dem sein Onkel Christo seine Freilassung aus dem Keller der Bezirksverwaltung erwirkt hatte. Dafür hatte Christo eine Erklärung unterschreiben müssen, in der er sich von allem lossagte. Er erinnerte sich, wie schwer es Christo gefallen war, seine Selbstverachtung vor ihm zu verbergen, und er erinnerte sich, dass er ihm die Fahrkarte nach Sofia bezahlt hatte und ihm immer wieder Geld und seltsame Briefe schickte, in denen er sich so notorisch über Moral Gedanken machte, wie manche über einen früh gestorbenen Sohn reden.

»Du weißt sicher, dass dein Vater mich zuzeiten gerettet hat?« Assen redete mit leiser Stimme. »Die Sowjetunion hat Bulgarien den Krieg erklärt, ich hab es eben im Radio gehört. Wenn er das noch erlebt hätte ...«

»Vater war ein reiner Mensch.«

Der Gleichmut Alexanders erschütterte Assen geradezu. Auf einmal wurde ihm klar, dass sie die ganze Zeit über zwei verschiedene Paar Schuhe redeten, oder über dasselbe, aber aus vollkommen anderer Perspektive. Etwas extrem Unentschlossenes strahlte dieser Vetter aus, das seine Trauer ungreifbar machte. Er beantwortete Assens Aufrichtigkeit ausweichend. Die größte Sorge Alexanders schien zu sein, seine Anzughose nicht zu zerknittern. Erst jetzt sah er auch die Krawattennadel mit dem falschen Rubin. Ja, in seiner Unentschiedenheit glich er seinem Vater wirklich, aber der hätte sich niemals angezogen wie ein Papagei.

Aus dem Radio bat die Stimme eines Politikers mit der Intonation eines Priesters um Schonung vonseiten der Alliierten. Am Fenster flog eine dicke Fliege immer wieder brummend und summend gegen die Scheibe. Auf der Kochplatte brodelte das Wasser. Jonka biss in ihr Kopftuch, um nicht zu schreien. Schließlich sagte sie nur:

»Ich kann keinen Kaffee machen … Ich kann's einfach nicht!«

15

Sie krabbelten aus allen Löchern wie Tiere nach dem Winterschlaf und füllten die Plätze mit ihrem Geschrei. Seta hätte nicht für möglich gehalten, dass es doch so viele Menschen in Sofia gab. Auf den ersten Blick sah man ja nichts als Trümmer, leerstehende Häuser und Hausruinen, leere Märkte und Kirchen, Plakatreste. Für sie waren diese Menschenansammlungen nichts als ein großer Karneval, bei dem sich alle Beteiligten als begeisterte Zurufer verkleidet hatten. Die Leute hatten ihre letzten Kraftreserven mobilisiert, schüttelten ihre wütend erhobenen Fäuste und verströmten die Energie eines mit ohrenbetäubendem Rauschen aufschießenden Geysirs. Man vermeinte regelrecht den Schwefeldampf in der Luft zu riechen. Auf alte Kartons und Pappe hatten sie einfache Losungen geschrieben. Sie umarmten einander, ohne sich zu kennen, gingen ein paar Schritte fort, nur um zurückkehren und das Gefühl der Einigkeit noch mehr auskosten zu können. Es war, als hätten sie sich zum Abendmahl unter dem heiligen Kreuz versammelt. Die Rollläden der großen Geschäfte waren heruntergelassen, als sei eine Epidemie ausgebrochen. Die wohlklingenden Glocken der Alexander-Newski-Kathedrale verstummten. Die glatten beigefarbenen Pflastersteine auf dem Zaren-Boulevard wirkten, als hätte man sie angespuckt. Bedrohung lag in der Luft. Man konnte den Eindruck gewinnen, dass Leben nur hier, auf den Straßen, möglich war, zwischen ein paar müden roten Blümchen, die zwischen Tausenden von Pappschildchen geschwenkt wurden, auf denen nichts anderes stand als OF – Otetschestven Front – Heimatfront, Volksfront. Was entlud sich da für eine Leidenschaft bei den Männern! Was waren das für Tränen der Erleichterung, der Freude und der Erschöpfung, die da flossen! Die Menge drang ein in Straßenbahnen und Telegrafengebäude, in die Blumenverkaufsstände und das Parlamentsgebäude und den Platz davor mit dem Denkmal des in Bulgarien als »Befreier« verklärten russischen Zaren Alexander II. Sie drangen vor bis in die Hörsäle der Universität und – ohne auf Gegenwehr der Staatsgewalt zu treffen – siegten auf ganzer Linie. Das Schloss duckte sich in seinen Park, um nicht vom doppelten Schraubstock der vier Himmelsrichtungen zerquetscht zu werden; schließlich wurde es von nicht mehr als sechs Gouvernanten und zwanzig Leibgardisten bewacht, auf deren Hüten keine Federn und in deren Gewehren keine Patronen mehr steckten.

Seta hatte geahnt, dass es so kommen würde, doch sie hatte sich die Atmosphäre nicht so erregend, qualvoll und hasserfüllt vorgestellt, eine Atmosphäre, in der wie in einer antiken Tragödie schon alle zukünftige Gewalt angelegt war. Sie fand es irgendwie blöd, dass alles einfach so ohne Gegenwehr über die Bühne ging, so unfassbar simpel – eine Schande! Diese Menschenmenge da draußen musste doch in irgendeiner Weise den Preis für ihre Begeisterung bezahlen, oder etwa nicht? Wenigstens ein bisschen den blutigen Geschmack der Gegengewalt auf den Lippen zu schmecken bekommen …

Boshidar sah dem Drama hinter Tüllgardinen zu und versuchte, telefonisch Kontakt zum Kriegsministerium zu bekommen, genauer gesagt: mit dem Artillerieregiment, auch wenn er dort eigentlich nichts mehr zu sagen hatte. Seta hatte gerade den letzten Brief ihres Vaters geöffnet, in dem dieser schrieb, dass der Sommer in der Schweiz kühl und anmutig sei, und dass er ein ganz passables Hotel mit Blick auf den Genfer See gekauft habe. Er bat sie auch in diesem Brief wieder, doch endlich zu kommen und ihn von der Alterseinsamkeit zu erlösen, ach, und bei der Gelegenheit könne sie doch gleich noch fünfhundert Nephrit-Chips für den Einsatz beim Pokern mitbringen. Seta rief mit trockenen Lippen ihre Bekannten an.

»Herr Karagjulev?«, fragte sie erwartungsvoll. Auf der Gegenseite war nur die zitternde Stimme seines Sekretärs zu hören.

»Tut mir leid, gnä' Fräulein, aber Herr Karagjulev ist abgereist!«

...

»Frau Marinova?«

»Die Marinovs sind abgereist, mein Fräulein ...«

...

Immer weniger wurden die Seiten ihres Telefonbüchleins, auf denen Nummern standen, die sie noch nicht angerufen hatte. Sie riss die geprüften Seiten heraus, zerknüllte sie wütend und warf sie auf den Boden. Wo waren sie nur alle, die selbsternannten Helden, die – um bei ihr Eindruck zu schinden – sich ihr zu Füßen geworfen und erklärt hatten, sie seien zu allem bereit, zu jeder noch so intriganten Schandtat, wenn es nur dazu diente, ihren Mut vor ihr zu beweisen. Sie war einfach verzweifelt! Ihr Vater, der den Blick nur senkte, wenn er oben am Treppenabsatz stand, um einen Gast zu sich heraufkommen zu sehen ... oder General Kowatschev, der ihr im Vollgefühl seiner Männlichkeit geflüstert hatte: »Der Sieger geht immer straffrei aus!« Karagjulev mit seiner eingegelten Faunsfrisur, Zotschev mit seinem okkulten Wissensgetue als Deuter der Zukunft und Baumeister der Wahrheit – wo waren sie? Wo waren ihre starken, raubtierhaften Erobererinstinkte, ihre aristokratische Haltung? Sie alle hatten sich feige davongeschlichen, ohne auch nur den kleinen Finger zu krümmen, ja ohne wenigstens eine Abschiedssoiree zu organisieren, auf der sie sich noch einmal mit Champagner und Kaviar zu den Klängen des Grammofons in Würde bekannten zu dem, was sie waren und was sie wollten, bevor die Welt unterging: eine bürgerliche Kultur nach europäischem Vorbild in Bulgarien.

Plötzlich stellte sie sich ihren Vater vor, wie er vor seinem Hotel stand, das sie sich als miese Absteige ausmalte. Da stand er also, aber nicht als Direktor, sondern als Piccolo; auf dem Kopf das kesse Schirmmützchen, an den Beinen seine Diensthosen mit goldenen Lampassen, und auf den Lippen das ängstliche Lächeln des Dieners. Im Erdgeschoss war das vollkommen leere Restaurant, über dem ein Schild mit der Aufschrift »Balkan-Küche« hing. Er sah einfach nur armselig und verschusselt aus, von Nostalgie zerfressen wie all die anderen Emigranten aus Osteuropa auch. Sie zerknüllte den Brief ihres Vaters und hörte augenblicklich mit dem Weinen auf: »Gehen wir, mein Freund«, forderte sie Boshidar auf.

Der Opel bahnte sich brummend wie eine Hummel seinen Weg aus dem Zentrum. Der Weg bis zu Rantschev kam Seta endlos vor. Wollte dieser Tag denn gar kein Ende nehmen? Der alte Schneidermeister lächelte nicht. Seine Koffer standen schon gepackt vor den großen Ankleidespiegeln, in denen sich alles abtaxiert hatte, was in Sofia Rang und Namen hatte. Jetzt waren sie einfach nur leer und flach wie rechteckige Pfützen. Im Salon seines Ateliers roch es noch nach Kaffee, Parfüm und Zigarren, doch die Kleiderpuppen standen nackt und tot da, irgendwie bizarr in ihrer Zelluloid-Körperlichkeit, ihren kahlen Köpfen und blass gewordenen Augen. Auf dem Boden lagen Stecknadeln verstreut. Der klügste Kater der Balkanhalbinsel, der hier als Wachhund diente, hatte sich auf seine fuchsroten Pfoten gestellt. Rantschev selbst glich einem Smoking, der nicht fertig geworden war.

»Meine letzten Kunden«, sagte er und machte eine ausladende Geste in Boshidars und Setas Richtung, um die Konturen eines Zeitraums zu umreißen, der gerade erst im Werden war, »oder meine ersten Kunden in der Hölle, die gerade über uns hereinbricht.«

Seta bewies Geduld, obwohl das Korsett sie noch zwickte. Boshidar nahm nachlässig Maß und kaufte die erstbesten drei Anzüge, die ihm nicht eng in den Schultern waren. In Zivilkleidung sah er viel älter aus. Er war Lichtjahre entfernt von dem fanatischen Verfechter einer Militärregierung, an den seine Uniform immer noch erinnert hatte. Er beugte sich unter der Last des Persönlichkeitswechsels und verlor sich in den Tiefen ihrer, Setas, wachsenden Angst.

»Mach dir nichts draus«, erriet sie seinen Zustand, »du weißt doch, wie gern mein Vater von diesem Anführer der Weißgardisten, diesem Kerenski, erzählt hat, der vor der Oktoberrevolution in Schwesterntracht geflüchtet ist.«

»Aber warum muss ich mich denn so verstecken?«

»Weiß auch nicht recht«, erwiderte Seta und kniff die Lippen zusammen.

Unterdessen lief Assen. Er lief und lief. Der Hunger schärfte seine Sinne, was wichtig war, damit ihm kein Fehler unterlief. In seinem Magen hatte dieser Hunger die Farbe von Senf angenommen, und er biss auch genauso scharf. Wenn er dann einfach weiterlief, bäumte sich etwas in ihm auf; etwas in seinen Organen wilderte aus, drehte den Spieß um und biss sich nun seinerseits aus der Wirklichkeit heraus, was *es* brauchte, was *er, Assen Weltschev*, an Wahrnehmungen brauchte. Er war zu allem bereit. Seine Sinne waren wach. Seine Sehnen und Muskeln behende, jede Sekunde auf dem Sprung. Die beiden Pistolen beulten sein Sakko kaum merklich aus. Er umrundete den Brunnen vor dem zentralen, aus natürlich-heißen Mineralquellen gespeisten Dampfbad, trank einen Schluck aus einem der laufenden Hähne. Der leichte Schwefelgeruch erinnerte ihn an einen Schuss. Die Prostituierten vor den Markthallen waren verschwunden. Genau wie damals, dachte er aufgeregt. Ihm kam es so vor, als könne er jeden Moment irgendwo gebraucht werden, und so bemühte er sich, überall zu sein. Er sah zu, wie der zweiköpfige Reichsadler der Deutschen krachend in den Staub der Straße fiel und Stücke von ihm durch die aufgebrachte Menge flogen, die sofort auf ihn einstürzte und ihm mit Verwünschungen und den Holzsohlen ihrer Schuhe den Rest gab. Genau das, diese begeisterte Feier der Befreiung mit den unvermeidlichen rituellen Zerstörungen – genau das hatte er Vera und den Zwillingen früher immer ausgemalt. Es mochte naiv sein, aber es war auch herrlich, dieses Glück über die noch so zerbrechliche Freiheit. Erst wenn diese nicht mehr zerbrechlich war, würde es zerbrechliche Kristalllüster geben, die von den Decken der Parteiklubs baumelten.

Hinter der Löwenbrücke hallten Schüsse, als klatsche jemand fest in seine großen fleischigen Hände. Eine kurze Maschinengewehrsalve steppte die Luft. Die Partisanen stürmten das Polizeihauptquartier, in dem sich die Archive befanden und das wohltapezierte Büro des gefürchteten Polizeipräsidenten Geschev, mit den Insignien der Macht und den ausgebufften Folterinstrumenten im Keller, dessen Wände voller Kratzspuren waren. Die Leute drängten sich vor der Absperrung. Ein paar rote Fahnen, die aus Besenstielen und Kleidern oder Vorhängen improvisiert waren, wurden vor Assens Augen geschwenkt. Blumengirlanden schmückten die mitgenommene Karosserie des Lastwagens, auf dem bald ein Redner stehen sollte.

»Der Genosse Boiko«, sagte der junge Partisan neben ihm, und er sah, wie Bai Michal gemächlich das Gefährt erstieg. Über seinem Bauch kreuzten sich Patronengurte. Er sah einsam aus. Sein Haar war erschreckend weiß geworden. Zwischen seinen Händen zerknautschte er eine Schiebermütze. Assen spürte, wie seine Faust sich lockerte, wie der Schrei sich in seiner trockenen Kehle zusammenkrampfte. Er wurde zur Seite gedrängt, blieb zurück im allgemeinen Vorwärtsdrang.

»Genossen«, rief Bai Michal, »das ist der Sieg.«

Als Assen völlig an den Rand gedrängt war, ging er die paar Schritte zum Polizeihauptquartier und schritt durch die aufgebrochene Tür. Drinnen war es dunkel und auffällig leer. Es roch nach verfaultem Menschenfleisch und nach Mosaikfliesen. Von irgendwo ertönte ein kehliges Geräusch, schmerzlich und erstickt, wie aus einer Zugposaune. Vor wem versteckte er sich eigentlich? Doch der Korridor mit seinem von eisernen Quadraten gewaffelten Halbdunkel führte ihn ganz von selbst. Er ging an einem Büro vorüber, in dem von einem umgeworfenen Schreibtisch noch die Tinte lief, dann kam er an die Treppe, ging die Stufen hinauf, immer der Richtung folgend, aus der er meinte, das Geräusch gehört zu haben. Oben befand sich ein Saal mit Schulbänken, in dem tatsächlich Musikinstrumente wild verstreut umherlagen, Blechblasinstrumente und ein Becken. Doch die Musik des Polizeiblasorchesters hatte ausgespielt. Und dann sah er die Geräuschquelle. Ein kleiner Junge mit Schülerkappe und rotem Band am Ärmel blies mit vollen Backen traurig in die Zugposaune, aber aus dem gewaltigen Schalltrichter kam nur ein seufzendes »Bu-bu-bu«. Assen blieb wie angewurzelt stehen.

»Warum weinst du?«, fragte er gereizt.

Der Junge löste seine Lippen vom Mundstück. Die frische Luft, die auf einmal in seine Lungen strömte, schien ihn schwindlig zu machen.

»Ich bin beleidigt, Onkel, richtig beleidigt. Die ham mir keine Pistole gegeben. Und Sie?«

»Ich«, antwortete Assen leise, »ach – nichts …«

Von draußen war ein rauhes, befreiendes »Hurra« zu hören.

Alles Grandiose nahm die Einbildungskraft Goscho Pantovs gefangen, ja warf ihn regelrecht um in Momenten der Tagträumerei. Dann erfüllte ihn die Sehnsucht nach einer Heldentat, gepaart mit einem Hauch resignativer Melancholie. Doch das, was er hier sah, war etwas anderes, was mit kontemplativer Betrachtung allein nicht zu begreifen war. Es ähnelte keinem Zaubermechanismus, den man auseinandernehmen und untersuchen konnte wie den einer Kaminuhr, aber auch nicht einem aufdringlichen Geist während einer spiritistischen Sitzung, den man mit einer einfachen Bewegung des Körpers verscheuchen konnte. Nein, *das da* wogte frech und aufdringlich unter seinen Fenstern, brauste und dröhnte, weitete die Stadt mit ihren in der Hitze brodelnden Plätzen, gleichzeitig aber sah es fatal unsichtbar aus, verborgen in der magischen Stille des flächendeckenden Radaus.

»M-njaaa«, murmelte er schließlich. Mehr kam einfach nicht heraus. Er hatte sich in den Ohrensessel gesetzt und fuhr mit der einen Hand über die Klaviatur des Flügels; mit der anderen hielt er ein bauchiges Glas, in dem Metaxa glänzte. Das brachte ihn ganz durcheinander. Nachdem er mit einem Finger den Flohwalzer gespielt hatte, trank er erst einmal einen großen Schluck, und so, im Hin und Her zwischen Spielkultur und Trinkkultur, leerte sich die Flasche und füllte sich Goscho. Die zähe, kalte Angst floss langsam seine Beine herab. Ja, er fühlte sich überrumpelt. Er hasste Politik und alles, was mit ihr zusammenhing. Er hatte die Geschichte der Französischen Revolution von Bakunin gelesen, ihren Aufstieg und Fall, wie es immer so schön hieß. Plötzlich durchfuhr ihn ein Panikanfall: Was war mit seinem Geld? War es nicht ganz oben? Hoch oben unterm Dach?

Er hatte sich mit zweihundertfünfzig Flaschen Wein und einhundert Flaschen Kognak eingedeckt. In der Küche hingen ein paar geräucherte Schinken vom Schwein und erschreckten das Hausmädchen, wenn sie abends im Halbdunkel hereinkam. In der mit feinen Schnitzereien verzierten Kommode des alten Toromanov hatten drei Säcke Mehl Platz gefunden. In einem Anfall pathetisch schmollenden Trotzes schoss ihm durch den Kopf: »Ich habe der Revolution die Konditorei ›Bulgaria‹ und all ihren vergangenen und kommenden Ruhm als Volksspeisehalle geopfert!« Die Million, die ihm sein Opfer eingebracht hatte, vergaß er in seiner Gekränktheit völlig. Stattdessen fiel ihm ein, dass er sein Lebtag nichts und niemanden je gehasst hatte und keinen einzigen Feind hatte. Er seufzte. Die Flöhe in dem nach ihnen benannten Walzer hüpften bereits sehr schwerfällig. Dann auf einmal sagte er zu Sonja, die mit einer dampfenden Suppenterrine aus der Küche kam:

»So schlecht sind die Leute da draußen eigentlich gar nicht. Ich frage mich nur: Wie werden wir schlafen bei dem Lärm?«

Staranwalt Atanas Wardarski ging in Pantoffeln und Hausmantel in seiner Bibliothek auf und ab. Die Sonne hellte das dunkle Eichenfurnier etwas auf. Auf den Regalen der Bücherschränke standen aufgereiht alle Schlitzohrigkeiten, die der Mensch sich je ausgedacht hatte, um sich selbst zu rechtfertigen und anderen die Schuld zuzuschieben. Er strich sich über das schüttere Resthaar und rauchte schweigend eine Tomasjan-Papyrossa. Seine Tochter Viktoria, schön und energisch wie ihr Name, starrte mit finsterer Miene abwechselnd auf den Bronze-Aschenbecher und auf die Schicksalslinien in ihrem linken Handteller. Alexander Weltschev stand wie ein begossener Pudel, der gerade von Herrchen ausgeschimpft worden war, am Fenster und schaute hinaus auf die Kastanien des Zaren-Boulevards, deren Blätter sich bereits herbstlich verfärbten. Zwischen den Baumkronen erkannte er einen Teil der Stufen zum Haupteingang der Universität, die voller Menschen im Begeisterungstaumel waren. Seine Gefühle teilten sich zwischen Befriedigung im Angedenken an seinen Vater, Furcht und Unterwürfigkeit gegenüber dem nervös und barfuß durch den Raum pantoffelnden Anwalt und blinder Zärtlichkeit für dessen verwöhnte Tochter, die ihm nicht die geringste Aufmerksamkeit schenkte.

»Wissen Sie, wann die zu schreien aufhören?«, fragte Wardarski und hob seinen Arm zum Zeichen des Fluchs. »Wenn der Hunger zu stark wird, Herr Weltschev. Wenn sie hungrig werden, laufen sie alle auseinander, um ihre revolutionären Bäuche mit Brot zu füllen. Jetzt sind diese Idioten vielleicht in ihrem Element, gehen in der Menge auf. Doch der Augenblick von Recht und Ordnung wird kommen, und dann wird unser Verstand, die Kunst, die wir in Jahrhunderten geschaffen haben, ihr Wörtlein mitzureden haben. Die Zerstörung, die diese Zausel uns hinterlassen, wird unsere größte Rechtfertigung sein, wenn Justitia uns in ihren Tempel ruft.« Er machte eine Bewegung, als werfe er die verbrauchte Atemluft mit der Hand über seinen Scheitel fort. »Doch bis die Zeit des gesunden Menschenverstandes kommt, müssen wir an unsere Kanzlei denken.«

Dieses eine unbestimmte Wörtchen »unsere« übte eine magische Wirkung auf Alexander aus. Er schwankte, als werde er von der Zugluft, die durchs offene Fenster kam, ins Wanken gebracht. Dann hüstelte er, damit Fräulein Viktoria Wardarska auch merkte, wen ihr Vater da mit »wir« gemeint hatte, und über sein Gesicht lief ein verstohlenes Lächeln.

Den ganzen Nachmittag lag Assen im Bett und heftete den Blick so starr an die Decke, als wolle er deren morsches Balkenwerk durchbohren, um darüber ein Augurenzeichen am Himmel lesen zu können. Jonka kannte dieses Schweigen nur zu gut. Schweigen konnte ja etwas sehr Gutes im Menschen sein, aber eben auch etwas sehr Böses. Sie erinnerte sich gut an diesen Ohnmachtsanfall, den Geschmack des Speichels und die leidvoll zusammengebissenen Zähne. Jetzt, wusste sie, verspürte er einen tierischen Hunger auf Fleisch. Es aß ihn Fleisch, es trank ihn Fleisch. Die Spindel surrte leise durch das »hungrige« Zimmer, die Sonne versteckte sich hinter den Vorhängen. Piolla, Saschko und Jowtscho tranken sauren Brand aus den Früchten der wilden Mirabelle, die vor der Kirche wuchs. Das reichte für Festtagsstimmung auf dem Hof, zumal es in der riesigen Korbflasche noch beruhigend gluckerte. Der Vermieter hörte oben Radio.

»Du hast uns durchgefüttert, Jowtscho«, sprach Piolla, »aber jetzt, Bruder, jetzt wird uns die Freiheit nähren. Na denn, zum Wohl auch!«

Saschko meldete Zweifel an. »Also diese Macht, nicht wahr, ist doch jetzt dem Volke und so … Was mache ich denn nun mit meinen schönen Falschgeld-Klischees?«

Der Wollfaden über der Spindel riss, und Jonka musste mit Fingern und Spucke kleben. In ihren Augen kam der Abend, in ihrer Seele rauschte die Donau. Sie kannte es nicht, dieses *andere,* um es mit dem Fluss vergleichen zu können. Das Töpfchen auf dem Herd stand leer, und Jonka war schon zu alt, um unbemerkt eine Katze zu fangen und Assen mit deren wildem und bitterem Fleisch zu bändigen.

Sechstes Kapitel

1

Der Herbst in Bankja war so prachtvoll und wohltuend, als hätte der ganze Badeort sich mit seinem berühmten Heilwasser selbst kuriert. Aus den Höfen der »normalen« Häuschen, die mit dem Kurbetrieb selbst nichts zu tun hatten, stiegen Rauchwolken auf. Es duftete nach Laubfeuer und spät reifenden Früchten. Davon unberührt veranstalteten im Kur-Restaurant die Schwarzbörsianer ihre Gelage, dubiose Leute mit dunkler Vergangenheit. Ihre Taschen waren vollgestopft mit dicken Bündeln entwerteten Geldes, die sie aus Strümpfen oder Beuteln zogen, die sie um die Brust festgebunden hatten. Sie hatten nie Angst oder gar Respekt vor der Staatsgewalt gehabt. Einige waren allein dadurch Millionäre geworden, dass sie ausgemusterte, hinkende Armeepferde aufkauften, schlachteten und das Fleisch losschlugen. Andere mischten Kreide ins Mehl oder raffinierten Speiseöl aus dem billigen Tresterabfall der ersten Pressung. Dritte waren schlichte Wiederverkäufer, die sich die Gier der Menschen auf rare Güter zunutze machten, auf amerikanische Konserven etwa oder englische Schokolade. Sängerinnen mit gezupften Augenbrauen und Kleidern, die von kurzen Liebesaufenthalten im Gebüsch angeknittert waren, sangen ihnen beliebte alte Schlager vom schwarzen Zug oder von Graf Zeppelin. Wenn sie betrunken waren, begannen die Herren zu lärmen und sich zu prügeln. Und zum Entsetzen der Kellner, die noch bourgeoise Smokings, Lacklederschuhe und Hemden mit gestärkten Kragen trugen, zogen einige auch ihre Springmesser.

Am frühen Abend füllte sich die Stadtmitte mit russischen Soldaten, die es noch gar nicht fassen konnten, dass es ein derart ruhiges Land gab, in dem es auch noch so schön warm war. Wo waren die Schneestürme, wo der pausenlose Geschützdonner bei vierzig Grad Kälte? Sie waren allein von dieser Friedlichkeit, dieser Stille schon halb betrunken; die andere Hälfte besorgte der bulgarische Obstbrand. Sie drängelten sich vor den Souvenir-Ständen, nahmen Ringe mit bunten Glassteinen und Armbänder aus Zinn in die Hand, besahen sich Spiegel mit dem Bild Greta Garbos und vergoldete Kerzenleuchter aus Bakelit, spannten Gummibänder und gestreifte Strumpfbänder zwischen den Fingern, ließen die Kinder ihre Schmeißer-MPs in die Hand nehmen und bestaunen, oder sie betraten – natürlich ohne Eintritt zu bezahlen – den kleinen Zirkus, in dem es einen Kunstreiter in silbernem Trikot, eine Ballerina mit göttlichen Beinen, einen Taschenspieler und einen Feuerschlucker gab, außerdem einen Liliputaner-Clown, der nur sechzig Zentimeter groß war und auf den bizarren Namen Pilatus von Zagora hörte.

Solange sie in Gruppen unterwegs waren, stahlen sie nicht, verhielten sich anständig zu den Frauen, halfen ihren Quartiergebern, Mais auszuhülsen und das Vieh zu füttern, ja teilten sogar ihre Rationen an Konserven, Brot und Speckschwarten mit ihnen. Wehe aber, wenn man ihnen nachts einzeln begegnete. Dann konnte es passieren, dass einer dich kurz mit seiner Schnapsfahne betäubte und dir die Uhr abnahm, das Portemonnaie aus der Tasche zog oder dir das silberne Kreuz vom Hals riss, als hole er sich nur zurück, was ihm gehörte. Einzelne Mädchen oder junge Frauen mussten damit rechnen, dass er auch unter ihren Röcken Dinge suchte, von denen er meinte, dass sie ihm zustünden. Jeder in Bankja wusste, dass russische Soldaten arme Kerle waren, die Dinge entbehren mussten, von denen die Bulgaren keinen Begriff hatten. Sie waren ansonsten gesellig und höflich; viele hatten schöne Stimmen und sangen russische Romanzen oder rezitierten auswendig Gedichte von Puschkin oder Lermontov.

Das Klubhaus, in dem die Listen für die Freiwilligen auslagen, war öde und verlassen. Das rote Plakat mit der Aufschrift »Willkommen, edle Verteidiger unserer Heimat!« war von der Nässe gewellt. Die bulgarische Armee kämpfte bereits über eine Woche in Jugoslawien. Der Abmarsch der jungen Rekruten war von Trommeln begleitet worden und – von warmen Wollsocken, die an die Gewehrläufe der baldigen Kämpfer gehängt wurden. Die Frauen weinten, die Kinder tollten lärmend durch die Menge, und die alten Männer plusterten sich noch einmal auf, indem sie die Abmarschierenden Spalier laufen ließen zwischen ihren alten Uniformjacken, die sie vollgehängt hatten mit ihren Orden aus den Balkankriegen. Die Rekruten selbst, noch warm von den Abschiedsliebkosungen der Nacht, verströmten ein Duftgemisch aus Mottenpulver, Waffenfett und sinnloser Tapferkeit. Letzte Ermahnungen und Bitten gingen hin und her. Der Parteisekretär hingegen saß seelenruhig im Klubhaus, sah die letzten Nachrichten von der Front durch und befeuchtete mit wichtiger Miene den Daumen, bevor er das *Werktätigenblatt*, das wirklich erst aus einem einzigen, großen, geknickten Blatt bestand, umblätterte.

Die Leute wagten seit dem Abmarsch der »Burschen« kaum, Luft zu holen, so dass ihnen das Brummen der Herbstfliegen vorkam wie Propellergeräusch. Sie warteten und warteten auf erste Briefe von der Front mit derselben Ungeduld, mit der man auf Nachrichten aus dem Kreißsaal wartet. Einer stand in der Kirche vor dem Leuchter mit den aufgesteckten Bittkerzen und murmelte stöhnend: »Lass ihn am Leben, Herrgott. Von klein auf war er wild und aufbrausend, hat halt nur Brennnesselsuppe zu essen gekriegt. Hab ihn gebeten: Junge, bleib zu Hause, melde dich nicht, du wirst diese Welt auch nicht in Ordnung bringen! Aber er … Was soll man machen, Gott. Jetzt ist auch noch die Ziege krank, sie niest. Was soll das nur werden, Gott …«

Der Lehrer von Bankja, Herr Petrunov, hatte das Unglück, in den letzten zehn Tagen vor dem Sieg der Volksfront zum Bürgermeister gewählt worden zu sein. Als er von den geplanten Volksgerichtshöfen erfuhr, drehte er durch. Er zog mit aufgerissenem Hemd und über den Kopf erhobener, blau angelaufener Faust durch die Straßen und schrie pausenlos: »Nieder mit der faschistischen Bande, Tod Hitler und Mussolini, es lebe Stalin, es lebe die Freiheit des Volkes!« Die Miliz stand vor einer unlösbaren Aufgabe. Sie konnte ihn ja nicht dafür verhaften, dass er die Wahrheit sagte; sie konnte ihn aber auch nicht einfach so herumschreien lassen, diesen durchgeknallten Ruhestörer. Seine Frau zog den stillen Weg vor und schenkte der Volksmacht sieben Bettdecken, seine Tochter malte Agit-Plakate vor dem Kurbad. »Mit Ölfarben«, wie sie betonte, »und chinesischem Pinsel!«

Abends brachte der Wind vom Witoscha feinen Steigungsregen. Nebel wälzte sich über den Boden. Obskure Gestalten nutzten die schlechte Sicht und krochen aus Vorratskellern, um Luft zu schnappen; dabei hielten sie ihre Hände auf Taschen, die von Pistolen ausgebeult waren. Mit der anderen rauchten sie »ängstliche« Zigaretten oder zwängten sich durch Zäune nach draußen. Ab und zu hallten Schüsse zwischen den luxuriösen Villen der Reichen mit ihren Kupferdächern und Wintergärten.

Im ganzen Land fuhren Männer mit roten Bändern am Arm Patrouille, nahmen willkürlich Hausdurchsuchungen vor und verhafteten, wen sie wollten, egal, ob erklärte Monarchofaschisten oder einfach nur Wohlhabende, Fabrikanten oder Bankiers, Bürgermeister und ehemalige Parlamentsabgeordnete, Minen- oder Großgrundbesitzer. Manchmal verhafteten sie auch verdächtig aussehende Individuen von der Straße weg. So füllten sich die Keller der ehemaligen Polizeireviere und der Schulgebäude und quollen bald über vor Verhafteten.

Doch was war das für ein tiefer Instinkt der Natur. Einige Zeit, nachdem die Rekruten das Land verlassen hatten, erwiesen sich viele junge Frauen als schwanger. Die letzte Nacht, die verzweifelten Liebkosungen, der Geschmack des Verlusts auf den Lippen und der Schweiß des Abschieds auf dem Körper – all das hatte sie empfänglich gemacht. Und so viele Männer auf den Feldern von Jugoslawien und Ungarn den Tod fanden, so viele Früchte ihrer letzten Liebesnächte fanden in der Heimat das Leben.

2

Mehr als einen Monat hatten er und Seta sich nun schon in der Villa eingegraben, inmitten der Behaglichkeit des Kaminzimmers und behaglich schnurrender Katzen. Sie hatten sich längst zu hassen begonnen. Seta trank unmäßig und lief nur im Bademantel durchs Haus, schlief zwischendurch den unruhigen Schlaf des kranken Tiers; erst abends spazierten sie durch den weitläufigen Garten bis hin zum Springbrunnen, in dessen Mitte ein Bronzefrosch eigentlich die Aufgabe hatte, Wasser ins Brunnenbecken zu speien. Aber die Pumpe war defekt, und so war das Wasser im Herbst rasch grün geworden.

Der schieläugige Großwildhändler Paparisov hatte ihnen das Gerücht zugetragen, dass irgendwo im Süden, in den Rhodopen, nach dem Vorbild von Pjotr Wrangels Weißer Armee ein Offizierskorps aus Leuten gebildet würde, die so viel durchgemacht hatten, dass sie jetzt zu allem bereit waren. Vorsichtig fand er lobende Worte für den Nachfolger Stambolijskis als Führer der Bauernpartei, Oppositionsführer Georgi Dimitrov, den alle nur Gemeto nannten, damit er nicht mit dem moskautreuen Volksfront-Führer gleichen Namens verwechselt wurde. Auf der Welle von Radio »Christo Botev« funkte gelegentlich ein Feindsender. Eine gepresste Stimme rief zum germanischen Feldzug gegen den Kommunismus auf. Gesprochen wurde überdies von Soldatenaufständen an der Front. Stalin sollte auch bereits krank sein. Doch Boshidar hatte allen Glauben verloren. Seine Kameraden aus dem Offiziersklub waren entweder untergetaucht oder nahmen Teil an den Kämpfen in Ungarn. Die Regierung war unter Arrest gestellt. Das Geld war entwertet. Er war drauf und dran, verrückt zu werden vor Ohnmacht, als Seta ihm einen Vorschlag machte. Sie hatte sich am Kamin hingekniet. Ihr Schoß war voller Goldschmuck. Während sie es aussprach, ganz friedlich und vernünftig, spielten ihre Hände mit dem Edeltand, als wären es Kinderklappern und Beißringe für Säuglinge.

Die Kirche, erhellt von kaum einem Dutzend Kerzen, glich einer Gruft. Ihr kleiner Altar stach prunkvoll aus dem architektonischen Ensemble heraus. Die Kuppel wirkte unvollendet. Diese seltsame Mischung aus Pracht und Mangel drückte recht gut Charakter und Philanthropie des alten Topalov aus, der den Bau des Kirchleins finanziert hatte. Als das Gotteshaus vor fünf Jahren nach allen Regeln der Liturgie geweiht worden war, hatte der Bischof von Sofia Topalov versichert: »Mein Herr, von diesem Augenblick an sind Ihnen alle Sünden vor Gott vergeben!«

Vater Pawel, der immer die Glocke geläutet hatte, wenn der alte Topalov im Ort aufkreuzte, nuschelte nun erschreckt in seinen Bart. Was für eine Verrücktheit, um punkt Mitternacht die Trauungszeremonie zu vollziehen, zur Geisterstunde, in Kälte und beklemmender Stille, ohne Kirchenfahne, ja sogar ohne dass diese beiden jungen Leute überhaupt an den geistlichen Sinn des Ehebundes glaubten. Das waren also die spleenigen Einfälle reicher, seelisch komplizierter und verquälter Sprösslinge. Wie er die beiden so anschaute, kamen ihm Boshidar und Seta *nur* verquält vor.

»Und was haben Sie danach vor?«, hatte Vater Pawel gefragt.

»Dann gehen wir fort«, hatte Boshidar ohne Überzeugung geantwortet.

»Wir alle gehen eines Tages zu Gott, treten vor sein Angesicht.«

»Unsere Reise geht nicht ganz so weit«, unterbrach Boshidar ihn gallig, »nur bis in die Schweiz.«

Vater Pawel schwenkte gemächlich das Weihrauchfass, dachte aber an die Pharisäer. Sich vor Gott zu verheiraten, wenn sie genau das am allerwenigsten wollen … eine Sünde! Ja, so war es doch. Er fühlte, dass er recht hatte, und seine Stimme fühlte es auch, die rauh und wenig wohlklingend zum Gewölbe aufstieg. Außerdem waren die Wollsocken in seinen Überschuhen feucht geworden, und er wollte einfach nur endlich ins Bett, schlafen. Er fürchtete auch, dass, wenn alles vorbei war, die Jungvermählten ihn böse verspotten würden. Was hatte er nicht schon alles erlebt! Er zuckte nur noch die Achseln über diese Welt und die fixen Ideen, die sich die Menschen in den Kopf setzten. Also schnell:

»Boshidar, Untertan Gottes, und Seta, Untertanin Gottes, wollt ihr …«

Boshidar hielt seine Kerze dicht vor die Augen. Die Teufel, so, wie sie im Wandgemälde des Jüngsten Gerichtes dargestellt waren, kamen ihm schön und edel vor, während die Heiligen, die unter dem Altar aufgereiht waren, finster und feindselig dreinschauten. Alles stand kopf, draußen, vor seinen Augen, und drinnen, in seiner Seele. Es roch nach Weihrauch, Wachs, patiniertem Silber, morschen Holzbalken und kaltem Stein.

Zwei Monate hatte Seta geduldig auf ein Wunder gewartet, sei es, dass die Miliz klingelte und Boshidar verhaftete, oder wenigstens, dass Boshidar sich entschloss, doch noch nach Widin heimzukehren. »Dein Vater«, hatte sie ihm immer wieder gesagt, »braucht dich. Trink einen Kognak und denk mal darüber nach!« Doch für Boshidar lag die Welt, *seine* Welt, in Trümmern, sein Anliegen war eine tote Last auf seinem Gemüt. Und so wartete Seta und langweilte sich, weil ihre Überlegenheit nie offenkundiger war als in dieser Zeit. Das fing schon bei den Äußerlichkeiten an. Alles kam von ihr: Frühstück, Mittagessen, Abendessen; Haus, Garten, Villa … »Ich hüte dich wie mein Augäpfelchen, mein kleiner Hauptmann«, zog sie ihn gern auf. Sie schickte ihn in die Küche zum Kartoffelschälen; später liebten sie sich – sie mit der Erfahrenheit eines leichten Mädchens, er wie besessen von dem Wunsch, ihr Schmerz zuzufügen. Alle zwei, drei Wochen hielt eine Patrouille vor ihrer Tür und machte eine Hausdurchsuchung. Die Volksfront-Milizionäre betraten die Villa absichtlich mit dreckigen Stiefeln und aller Arroganz, zu welcher der plötzlich Überlegene fähig ist. Sie rochen nach billigem Wollstoff und Stall, durchwühlten den Speicher nach Wertgegenständen und versteckter Schwarzmarktware, hoben die Teppiche und Läufer hoch, warfen die Porzellanfiguren und Bronzestatuetten mit vorsätzlicher Fahrlässigkeit um.

»Eines Tages knalle ich die allesamt ab«, hatte ihr Boshidar gesagt.

»Na, dann los doch«, erwiderte Seta gleichgültig, ohne von ihrer Napoleons-Patience aufzuschauen. Boshidar hatte zwar keine Angst, konnte sich aber trotzdem nicht überwinden, es zu tun. Er hasste die Milizionäre, aber er hasste auch sich … und Seta … und die Schuldigen … und die Unschuldigen. Sein Asketentum verlangte nach Taten, doch sein vorausschauender Verstand riet ihm, noch zu warten. Zu schlafen, erschien ihm seltsam und irgendwie blöd, zu essen – charakterlos, zu atmen – mühselig; zu den Paradiesvögeln seines Vaters heimzukehren aber, das bedeutete, Seta endgültig zu verlieren. Vor diesem Hintergrund war es einfach nur ein sinnloser Zeitvertreib, ein Dutzend bedeutungsloser Wichtigtuer mit roter Binde am Arm abzuknallen. Blieb, den Expander zu betätigen …

Der Durst, etwas aufzubauen, zu gestalten, bedrängte ihn so heftig wie nie zuvor; zumindest jemandes würdiger, unersetzbarer Feind zu sein. Und was tat er stattdessen? Trank morgens irgendein muffiges Gebräu, das mehr nach Chinin roch als nach Kaffee, und schlurfte dann bis Mittag in Pantoffeln durch die Bude. Und danach? Streunte er durch Bankja, um irgendwo Eier aufzutreiben, Fleisch oder wenigstens ein Huhn. Dabei gingen ihm die hellsichtigen Beleidigungen Setas durch den Kopf. »Weißt du«, hatte sie ihm noch vor kurzem gesagt, »du wirst *gefährlich.* Das bemerkst du vielleicht selber gar nicht, aber jetzt, wo du nichts mehr machen kannst, kannst du dir eigentlich alles erlauben! Wir müssen wirklich zu Papa in die Schweiz fahren. Ich werd' mich um das Restaurant und um die Wäsche kümmern, und du mimst die Schweizergarde. Du wirst bezaubernd auf die Leute wirken in deiner Hauptmannsuniform, und über den mitfühlenden Reaktionen wirst du ins Nachdenken kommen.«

»Die da sind stärker als wir«, bekannte Boshidar gequält. »Wir haben alles Mögliche versucht: sie in die Luft zu jagen, sie zu schlachten, sie einzusperren, sie zu foltern. Aber *das* haben wir nicht geschafft!«

»Was habt ihr nicht geschafft?«, fragte Seta erschrocken.

»Dass sie sich *sinnlos vorkommen* ...«

Sie beobachtete ihn distanziert wie ein Psychiater, liebte ihn aber zugleich mehr denn je zuvor, weil er nun vollkommen ihr gehörte. Aber da sie nicht aus ihrer Haut konnte, erniedrigte sie ihn aus genau diesem Grund, verachtete ihn und quälte ihn absichtlich.

Die Sonne stand silbern hinter den runden Kuppen des Ljulin-Gebirges, das nördlich ans Witoscha anschloss, der Regen trommelte auf die Dachziegel mit der Gleichmäßigkeit einer göttlichen Maschine, die Flammen im offenen Kamin erinnerten traurig an etwas Intimes, das geschändet worden war und nie mehr wiederkehrte, Seta warf ihren Schmuck von sich, als würfe sie Flusssteine ins Wasser, und da sagte sie es:

»Heute werden wir heiraten, mein Hauptmann ... du mich und ich dich!«

Er dehnte seinen Expander und zählte versunken bis zweihundert. Ihre Stimme kam von seitlich angeflogen, irgendwie so, als befände sich Seta im Nebenzimmer. Das war der Moment, in dem Boshidar klarwurde, dass er sie für immer verlor, dass sie sich darauf vorbereitete, ihn zu verlassen, indem sie die künstliche gesetzliche Nähe der Ehe als Realität anerkannte, in der sie sich bequem und stetig entfernen konnte, bis sie verschwunden war.

»Gut denn ...«, antwortete er und biss sich auf die Lippen.

Ein tränengroßer Wachstropfen fiel heiß auf seine Hand. Er hörte das schnarrende Flüstern des Pfarrers – wie hieß er doch gleich? –, erblickte die kleine Pfütze, die sich unter seinem Talar gebildet hatte, als ob sie ein Produkt der Entwässerung seines aufgeblähten Bauches war. Aus den Augenwinkeln warf er einen Blick auf Seta – und war erschüttert. Sie, die bis vor einer Stunde volltrunken gewesen war, zynisch und zweifelnd, sah jetzt bleich und devot aus wie eine Heilige. Sie lauschte angestrengt und mit banger Hoffnung den heiligen Worten aus dem Munde Vater Pawels. Ihr weißes Kleid mit den gebauschten Ärmeln und dem phosphoreszierenden Jabot-Kragen ließ sie zerbrechlich und luftig erscheinen wie eine Fee. Woher hatte sie denn auf einmal diese unschuldige Reinheit?, fragte sich Boshidar ungläubig. Die Beine seiner Hosen waren von oben bis unten mit Dreck bespritzt, die Revers waren knittrig – der ganze Anzug hatte lange kein Bügeleisen mehr gesehen und roch nach Küchendunst. Was für eine Frau, dachte er voller Schmerz, als hätte sie gewusst …

Nur eine Stunde später spazierte sie schon wieder mit schwarzem Unterrock und roten Strapsen durch das Chaos des Schlafzimmers wie ein riesiger, lasterhafter Schmetterling, goss sich die letzten Tropfen des französischen Kognaks ein und seufzte: »Ich bin verrückt, Amigo, wenn ich auch davor nicht zurückgeschreckt bin … Nicht wahr, irgendetwas mussten wir doch machen?«

»Schlaf jetzt«, erwiderte Boshidar sanft und tauchte ein in seinen sündigen Hass auf sie und auf die furchtbare Unzuverlässigkeit des Lebens.

3

Auch in Widin war der Oktober golden. Das Licht strich reif und satt über erschöpft ausatmende Felder. Die Donau war schmal und weißlichgrau geworden. Der Geschützdonner der wenigen kurzen Gefechte, die in der Nähe der Stadt ausgetragen wurden, hatte sich nach Westen verlagert. Die Leute reinigten ihre Fässer für den Wein und das Wintergemüse. Im Zigeunerviertel wurde auf offenem Feuer Zinn eingeschmolzen. Dann begann es auf einmal zu regnen, fein, bedrohlich, alles durchdringend. Da versammelte Ilija sie alle in seinem Büro um den Schreibtisch mit den Löwenfüßen; sie setzten sich auf die Sessel mit den Löwenfüßen vor dem Tresor mit dem Löwenkopf aus Messing, der das Zahlenschloss und das Schlüsselloch verdeckte. Sie tranken nichts, weil er ihnen nichts anbot. Sie lächelten zerstreut, um ihren Schrecken zu verbergen. Ilija selbst rauchte ungehemmt eine seiner Billigzigaretten. Er trug denselben gestreiften Anzug, den er sich vor Jahrzehnten für die Beerdigung seines Vaters hatte schneidern lassen. Dieses Stück Stoff war den Anwesenden dermaßen bis zum Überdruss bekannt, dass Ilija genauso gut auch im Adamskostüm vor ihnen hätte stehen können.

»Tja-jaa«, murmelte der alte Babaschov durch die Zähne, und die zerknüllten Zeitungen raschelten in seinem Schoß. »Ereignisse stehen uns da ins Haus … gefährliche Ereignisse, betrübliche Ereignisse.«

Das waren die Worte eines Menschen, der begriffen hatte, dass er wehrlos dem ihn hinwegfegenden Leben gegenüberstand und nichts an den »Ereignissen« ändern konnte, die sich da abzeichneten. Boshuras Seufzer setzte sich gleich einem Erdbeben, das durch ihren Körper ging, bis in ihre Schenkel fort, die leise erzitterten. Mit ihren vierundfünfzig Jahren sah sie noch üppiger und aufreizender aus als mit fünfunddreißig. Ihre Brüste hoben sich verlockend in einem Dekolletee, das die ganze Pracht ahnen, aber nicht sehen ließ, mit ihren leicht geöffneten Lippen war es ähnlich. Neben ihr saß mit übereinandergeschlagenen Beinen Karol Iwanov und knabberte an den Fingernägeln. Die Jahre hatten sich in Form von tiefen Geheimratsecken mächtig vorgearbeitet, und die Probleme der Fabrik, die monoton wiederkehrten wie die Handgriffe, mit denen man einen schwerkranken Menschen pflegt, hatten ihn ermüdet.

Ilija war krank geworden vor Sorge um seinen Sohn. Auf seine drei Briefe hatte er keine Antwort bekommen. Der Veterinärarzt Miladinov hatte ihn in Sofia in seiner Bleibe aufgesucht; dort hatte er von einer Frau, bei der er angeklingelt hatte, weil er ihr Klavier hörte, erfahren, dass die Miete bezahlt, der Herr Hauptmann aber bereits seit längerer Zeit abwesend war.

Im Fabrikhof dampften die Schlackehaufen im kalten, ungemütlichgrauen Regenwetter. Der alte Babaschov hustete einmal, dann wandte er sich mit einem freundlichen Lächeln an Ilija, als wolle er ihn ein letztes Mal übers Ohr hauen, und sagte leise:

»Es ist richtig, dass Boshidar nicht da ist, aber ich habe ihm genau beschrieben, wo wir auf ihn warten. Für ihn wie für uns ist es besser, *dort* auf ihn zu warten, als *hier!* Ich weiß nicht, was nach einem Monat sein wird, und noch viel weniger, was nach fünf Jahren; aber ich bin mir sicher, dass es etwas Folgenschweres sein wird. Für Leute unseres Standes ist es dumm, mit dem ersten Zug zu reisen, aber noch dümmer wäre es, den letzten zu verpassen.«

Boshura zuckte erneut zusammen. Wenn er solche Schreckensgemälde zeichnete, hasste sie den klaren Verstand und die Weitsicht ihres Vaters, so, wie sie ihr Leben lang die Kraft und Brutalität ihres Mannes gehasst hatte. Niemand interessierte sich für sie, niemand nahm sie überhaupt zur Kenntnis. Sie durfte dasitzen und mit einer Angst, wie sie sie noch niemals erlebt hatte, zuhören, was der Herrenrat über ihre Zukunft beschloss. Sie sah, wie Ilija die Augen zusammenkniff, als er den Brief ihres Vaters an Boshidar mit zustimmendem Nicken las.

»Noch wird der Krieg außerhalb Bulgariens geführt«, fuhr Babaschov fort, als wolle er jemandem Eindruck machen, »doch irgendwann wird er auf unseren Boden zurückkehren! Ich bin hier der Älteste von euch und habe nie woanders als hier gelebt. Also bei Gott, mir ist am wenigsten nach Spaziergängen und Abwechslung. Doch ihr müsst begreifen«, betonte er nachdrücklich, zog seine Taschenuhr, las lange die Zeit ab, als wäre sie schwer zu entziffern, »dass es nicht mehr um einen Ausflug geht, sondern darum, sich zu retten!«

»Und was ist mit der Fabrik?«, fragte Ilija. Mit dieser simplen Frage erübrigten sich alle anderen Gegenargumente.

Boshura fühlte, dass sie für immer verlassen, dass sie verloren war, und brach in Tränen aus. Karol Iwanov war danach, sich den Aschenbecher zu schnappen und ihn mitsamt seinem Paradiesvogel, der hier ein wenig wie ein Gockel geraten war, gegen die Wand zu werfen.

»Wir werden unser Geld nehmen, unsere Goldbarren, die notariellen Urkunden über unsere Besitztümer, kurz, alles, was von Wert ist …«, fuhr der alte Babaschov ungerührt fort, »… da kommt einiges zusammen. Und so Gott will, die Aufregung sich gelegt und die Verhältnisse sich wieder normalisiert haben, kehren wir zurück.«

»Ich bitte dich, denk doch auch mal an mich, hör einfach auf ihn«, brach es aus Boshura heraus, und der ganze Hass auf ihren Mann lag in diesen Worten. Sie hasste ihn für seine Kompromisslosigkeit, die sie um den Verstand brachte, für seine unerschütterliche Geduld, mit der er sie und ihre Untreue ertrug. »Willst du, dass ich vor dir auf die Knie falle?«

Ilija tat so, als habe er nichts gehört. Er schaute ihr zwar in die Augen, sah aber durch sie hindurch.

»Alles gut und schön, Vater«, erwiderte Ilija, »aber die Fabrik?«

4

Am nächsten Morgen stand Ilija um fünf Uhr früh auf und zog sich warm an. Die gemietete Kutsche wartete auf ihn. Es regnete noch immer. Über das Land wälzten sich Nebelschwaden. Die Fahrt ging zum nahe gelegenen Städtchen Ferdinand. Ilija döste vor sich hin, schreckte hoch und verfiel wieder in einen unruhigen Schlaf. Allein auf weiter Flur, trübe Stimmung – das Geschäft wird also klappen, dachte er.

Der Betreffende empfing ihn mit Schnaps und Schnitzeln, nach denen aber keiner von ihnen langte. Der Mann war Eisenhändler: Nägel, Hufnägel und allerlei Werkzeuge zur Eisenbearbeitung. Er hatte eine dreißig Jahre jüngere Frau geheiratet, darum war er unausgeschlafen und nervös. An der Wand im Wohnzimmer hingen eine Kuckucksuhr, ein persischer Teppich und ein Hufeisen als Glücksbringer.

»Ein dolles Ding, dieser Lastwagen«, lispelte der Mann zahnlos.

»Ein Schaukelschiff«, erwiderte Ilija, »eine drittklassige Schiffsschaukel. Wie viel willst du dafür haben?«

»Weil du es bist: fünfzigtausend, hehe ...«

»Fünfzigtausend für diesen Klapperkasten? Jetzt hör mal, Goranov, hast du sie noch alle? Zehntausend geb ich dir, und morgen steht das Ding bei mir vor der Tür!«

Sie feilschten lange. Als sie ihn in Augenschein nahmen, erwies sich der Lastwagen wirklich als intakt und stabil. Von den entlaubten Zweigen des Birnbaums glitten schwere Tropfen und fielen Ilija in den Nacken. Im Schweinestall grunzte eine Sau. Hinter der Post hielten die Sozialisten eine Versammlung ab. Der Himmel sah aus wie ein grauer Sack, der zu reißen drohte. Wirklich bedrückend trübe Stimmung – es wird also, dachte Ilija wieder.

»Hör mal, mein Bester«, nickte er zur Menschenansammlung auf dem Platz, »in diesen unsicheren Zeiten verkaufen alle, nur ich kaufe. Zwanzigtausend ist mein letztes Wort.«

Goranov war schon am Boden. Sie unterschrieben den Kaufvertrag mit wasserfester Tinte. Es war stickig am großen Steinofen. Goranovs Frau brachte Kaffee. Sie hatte die Augen und die Brust Boshuras, wirkte übertrieben beflissen, war also auch eine, die gern mal zur Seite schaute.

»Hab dir das gute Stück ja quasi geschenkt«, sagte Goranov traurig, weil das Gefährt wirklich gut in Schuss war, »aber gut: Morgen fahr ich ihn bei dir vor!«

Die Rückfahrt bedeutete erneut Stunden voller Nässe, dumpfen Hufgetrappels, durchweichter Wege. Rabenkrähen saßen in Scharen auf den Äckern. »Es ist doch verrückt, zu fahren«, hatte der alte Babaschov ihn noch gewarnt, doch Ilija hatte keine Angst vor barfüßigen Parteikommissaren und ihren Versammlungen. Ihre Wichtigtuerei erschien ihm lächerlich. Sollten sie nur kommen! Er würde ihnen die richtige Antwort nicht schuldig bleiben, wenn nötig, auch unterstützt von einer angemessenen Spende. Seit die Leute keine Angst mehr vor Gott hatten, sagte er sich, bekamen sie Angst vor Menschen; aber das war eine befristete Sache, bis sie merkten, dass Menschen – ob mit oder ohne Gott – sterblich waren. Die werden sich ein, zwei Monate den Mund fusselig reden und mit geballter Faust die Gegend unsicher machen, aber dann werden auch sie sich beugen müssen – der Erde, Gott und Arbeitgebern wie ihm.

Als die Pferde die Nähe der Festungssteine Widins rochen, gingen sie mächtig ins Geschirr. Die Kutsche schaukelte, und zischend durchschnitten ihre Räder die trüben Spiegelungen ihrer selbst in den Pfützen. Sie hielt direkt vor dem Haus der Babaschovs, das merkwürdig dunkel aussah, fast geisterhaft. Die Hoftür war verriegelt. Ilija fluchte. Er lief zu Fuß nach Hause, nass bis auf die Knochen und stinkwütend. Das Hausmädchen öffnete ihm erschrocken. Sie hielt ein flusiges Handtuch auf dem Arm und schaute verlegen zu Boden.

»Wo ist meine Frau?«, fragte Ilija herrisch.

»Ihre Frau ... die ist schon vor längerem fortgegangen ...«

Etwas in ihrer Stimme ließ ihn erstarren. Erst nach und nach registrierte er, dass im Wohnzimmer Gegenstände fehlten, die silbernen Kerzenleuchter, das Silberservice im Büfett, die Meißener Porzellanfiguren, die kostbaren Gallé-Vasen aus Mattglas, die er aus Bukarest mitgebracht hatte. An den Wänden waren anstelle der Stiche nur helle Rechtecke zu sehen. Er ging nach oben. Das Schlafzimmer befand sich in einem heillosen Durcheinander. Vor dem Ehebett war ein rollender Porzellan-Nachttopf zum Stillstand gekommen, aus dem Kleiderschrank roch es nach einer Frau, die im Vorübergehen eben mal reingeschaut hatte. Doch es war eine verwöhnte und untreue Frau, die nicht vorüber-, sondern fortgegangen war, und zwar *für immer.* Ihm war, als bliebe keine Zeit mehr, irgendetwas zu verstehen. Er hatte weder Zeit noch Luft, um seinen Mantel wieder anzuziehen. So, wie er war, rannte er hinaus zur Fabrik. Er wusste, dass sie dort sein musste, sie konnte, sie durfte einfach nicht versteckt in irgendeinem großen Koffer oder Kleidersack an Bord eines Schiffes anonym das Land Richtung Wien verlassen, sondern musste hier vor Ort sein. Im Zigeunerviertel roch es nach einer Festlichkeit, als wäre nichts geschehen, einer Festlichkeit, die die ganze Nacht dauern würde und viele Lagerfeuer groß war.

Ilijas Wildheit wirkte auf einmal nicht mehr nur magisch, sondern auch ein klein wenig bedauernswert. Sein Schlips flatterte über seinem Sakko, als sei er ein abgerissener Strick, mit dem er vom Galgen geflohen war.

»Wo ist der leitende Ingenieur?«, fragte Ilija außer Atem.

»Der Herr Karol Iwanov ist heute gar nicht zur Arbeit gekommen«, antwortete der Schlaffe Kosta und drückte sich an die Wand.

Ilija durchquerte den Korridor, und mit bis zum Hals klopfendem Herzen drückte er gegen die Tür zu seinem Büro. Sie war nur angelehnt. Durch das Dämmerlicht hindurch sah er sofort, dass der Löwenkopf des Tresors verrückt war, und bald auch, dass das Türchen ein wenig offen stand. Drinnen nichts als gähnende Leere. Auf dem Tisch verstreut lagen Quittungen, die der Buchhalter vor einigen Tagen unterschrieben hatte, das Lohnbuch, die Pistole, mit der er sich jetzt eine Kugel durch den Kopf jagen konnte. Das ganze Geld war verschwunden.

Er ließ sich in den Ledersessel fallen. Zu Anfang empfand er nur ein Gefühl der Kränkung, dann füllte sich sein Mund mit dem süßlichen Speichel seiner permanenten Einsamkeit. Er saß da wie erschlagen. Zum ersten Mal fehlte der Impuls, zuzuschlagen, zu zerstören ... Ein wilder Hunger packte ihn, ein Hunger nach Fleisch. Es aß ihn Fleisch, es trank ihn Fleisch, zähes, halbrohes, blutiges Fleisch.

Beraubt! – Das war das Einzige, was er denken konnte. Doch das war nicht das Wesentliche. Das Wesentliche war, dass etwas in seinem Leben zu Ende gegangen war, und an dessen Stelle würde nichts Neues mehr treten. Ja, das Ende war vollkommen, weil es nicht aus Vandalismus, sondern aus dem Verrat seiner Nächsten hervorgegangen war. Sie hatten ihn einfach überrascht und übertölpelt. Er trank Wasser direkt aus der Karaffe und schluckte schnappend wie ein Fisch auf dem Trockenen. Wie gerne hätte er seine fatale Liebe zu Boshura einfach verjagt, seinen Hass auf den alten Babaschov, seine verächtliche Gleichgültigkeit gegenüber Iwanov. Er biss mit den Zähnen auf seine Lippen. Musste weinen. Was hatten sie da nur getan? Das war doch ein Weg, der ins Nichts führte!

Noch in dieser Nacht musste er sich auf den Weg machen und Boshidar suchen. Ihn aufspüren und mit jener Hartnäckigkeit verfolgen, mit der Boshidar sich ihm entzogen hatte. Denn jetzt war sein Sohn das Einzige, was ihm geblieben war. Er war die Rettung. Er war der Sinn, der Fortbestand. Er war schon aufgestanden und im Begriff, zu gehen, als er laut vor sich hin sagte: »Und was ist mit der Fabrik?« Da ließ er sich wieder in den Sessel zurückfallen.

Er kam erst spät wieder nach Hause. Seine Kleider waren getrocknet von der inneren Hitze, die er verströmte. Sein Blick war leer, seine Schultern hingen herab, die Schultern eines alten Mannes. Er betrat das Schlafzimmer und füllte es mit der Ausdünstung von Schicksalsergebenheit und schlechtem Obstbrand. Er linste noch einmal in den Kleiderschrank. Die knielangen Seidenunterhosen Boshuras erregten ihn derart, dass er eine Erektion bekam. Er nahm sich einen Pyjama, trat gegen den Nachttopf, spuckte ins Ehebett, sah sich noch einmal um, bevor er es der Stille und dem Fleiß der Spinnen überließ, und ging.

Draußen drehte er mit den sorgfältigen Bewegungen eines Beschließers vom Wachdienst den Schlüssel im Türschloss herum und warf ihn dann in den Garten. Er hatte seine Bestimmung verloren. Mochte er ungestört die vergehende Zeit in Rost verwandeln.

5

Mit dem stellvertretenden Justizminister Entschev hatte Bai Michal zusammen in Lom an der Donau im Gefängnis gelegen, einem schauerlichen Ort, über dessen quadratische, dornengekrönte Umgebungsmauer im Herbst Störche, Wildgänse und späte Kraniche flogen. Mit seinem abgewetzten Anzug sah Entschev nicht gerade wie ein Minister aus; er war noch ein Kommunist der alten Garde, eine grundehrliche Haut, die auf Äußerlichkeiten nichts gab. Bai Michal konnte sich nicht erinnern, in seinem Leben viele derart anständige Leute kennengelernt zu haben wie ihn. Entschev war hellwach, erfahren in der Sache und kompromisslos in seinem Glauben. Das verlegene Schweigen zu Beginn nutzte Bai Michal, um sich eine Zigarette anzuzünden. Entschev lief unterdessen zwischen Schreibtisch und Fensterfront hin und her, an denen goldfarbene Vorhänge hingen, und passte auf, nicht auf den weinroten Buchara-Teppich zu treten. Auf seinem Schreibtisch prangten ein Telefon, ein paar noch nicht bearbeitete Unterlagen und Vorgänge und eine Bronzestatuette der Göttin Justitia, der auch hier das Tuch vor den Augen und die Waagschalen in der Hand nicht fehlten.

»Ich habe zwei Tage dafür geopfert, in Geschevs Archiv zu schauen«, wiederholte Bai Michal. »In unserer Gruppe hat es keinen Verrat gegeben, folglich ist er sauber!«

»Leider haben ihn nur wenige gekannt«, sagte Entschev gequält. »Wen sollen wir jetzt fragen?«

»Darum haben wir ihn ja aufgenommen, weil ihn so wenige Leute kannten. Er war der Klügste von uns, der Genaueste, verstehst du: perfekt!«

»Wieso hat er dann den Windhund verfehlt? Und wieso hat Paschov auch beim folgenden Attentatversuch Lunte gerochen und ist ihm am Tiergarten in diesen Hauseingang entwischt?«

»Aber davor hat er Lultschev erledigt, Kanev und Hadschipetkov. Tadellose Arbeit hat er geleistet, intelligent und immer willig.«

»Intelligent … Siehst du, das macht mir Angst!«

Bai Michal hatte das Gefühl, dass sie sich im Kreis drehten und gar nicht über einen lebendigen Menschen, sondern über eine abstrakte moralische Maxime oder eine These sprachen, die nicht zu beweisen war. Der Furor, mit dem er Assens Rehabilitation durchsetzen wollte, begann sich zu erschöpfen. Die unüberwindlichen Zweifel Entschevs ermüdeten ihn. Schon zu diesem frühen Zeitpunkt blitzte der Gedanke in ihm auf, wie leicht es war, von Gleichheit und Gerechtigkeit zu reden, an sie zu glauben; wie schwer aber, sie an auch nur einem einzigen Menschen wirklich zu üben.

»In Geschevs Archiven«, begann er noch einmal, als redete er mit einem kleinen Jungen, »gab es zweiunddreißig Seiten über unsere Kampfeinheit. Alle Angaben, die dort über Assen verzeichnet sind, hat ein gewisser Boshidar Weltschev gemacht, ein Hauptmann, der in Diensten des Kriegsministeriums stand und – sein Vetter ist. Doch aus diesen zweiunddreißig Seiten geht unzweifelhaft hervor, dass es einen Verrat *nicht gegeben* hat. Sie haben keinerlei genauere Kenntnis über uns besessen. Was sie uns zugeschrieben haben, war die Brandstiftung der deutschen Armeelager am Güterbahnhof. Und gesucht hat man nach uns in den Vierteln Malaschevzi und in Junbutschar.«

»Gut und schön, aber – die Partei hat deinem Assen nicht geglaubt.«

»Das war nicht die Partei, das waren wir selbst! Ein schrecklicher Fehler!«

»Willst du ein Bonbon«, versuchte Entschev die Spannung abzubauen, »ein echtes, richtig aus Schokolade?«

Bai Michal schaute zu der runden Schachtel mit dem Schleifenbändchen, das so rosa war, als habe es vorher als Kopfschmuck eines Zwergpudels gedient, und winkte angewidert ab. Er hatte den Eindruck, er renne hier gegen eine Wand an, eine körperlose, unsichtbare und gerade darum unerschütterliche Wand aus Dogmatismus.

»Genosse Entschev«, sagte Bai Michal, um nicht betteln zu müssen, »der Mann ist Jurist und kann uns nützlich sein.«

»Weißt du, wie viele Juristen es in Bulgarien gibt?« Entschev hatte nicht studiert. »Juristen aller Arten: Sozialisten, Sozialdemokraten, linke, rechte, parteilose, schwerreiche und bettelarme, Heilige und Hurensöhne. Verstehst du denn nicht? Ich habe die Befürchtung, einfach nicht *das Recht* zu haben, ihn als Untersuchungsrichter an den Volksgerichtshof zu berufen. Ganz egal, ob Verräter oder nicht, Falschspieler oder unschuldiges Opfer. Hier geht es um etwas anderes: Hier geht es um das Schicksal des Volkes.«

Durch das Fenster sah man, wie leise Schnee fiel, Schnee, der bald alles gnädig bedecken würde. Drinnen war es warm und roch nach Bohnerwachs und unbegrenzter Macht. Doch was sie beide betraf, war es, als befänden sie sich noch immer im Innenhof des Gefängnisses von Lom: einander genauso nah, genauso voll ungläubigen Staunens über die Vertracktheit des Lebens, genauso unfrei und genauso ausgeliefert an ständiges Misstrauen. Bai Michal musste daran denken, wie er, als sie damals über Assens Schuld oder Unschuld in der Gruppe nachdachten, den hitzköpfigen Zwilling davon abgehalten hatte, einfach Vergeltung zu üben und Assen ohne Beweise zu erschießen. Er hatte das Schlimmste verhütet, indem er Leine gegeben und ein taktisches Zugeständnis gemacht hatte: dass Assen sie wirklich verraten hatte. Er seufzte. In diesem unwürdigen Zugeständnis sah er auch jetzt seine letzte Hoffnung.

»Gut dann, angenommen, Assen Weltschev ist ein dreckiger Hundesohn …« Das schüchterne Lächeln Entschevs zeigte seine Betrübnis. »Doch wenn er das ist, wird er seine Unschuld dadurch zu beweisen suchen, dass er unbarmherziger gegen die eigenen Leute vorgehen wird als andere. Verfolgen wir ihn aus der Nähe … Was haben wir denn schon zu verlieren, Genosse Minister?«

Er spürte, dass er den einzigen schwachen Punkt getroffen hatte, den Ausweg, von dem es kein Zurück mehr gab.

Ist es nicht furchtbar, ging es ihm durch den Kopf, wenn man der Wahrheit durch Lügen zum Recht verhelfen muss? Was für ein grausiger Zynismus der Macht!

6

Bai Michal wühlte tief in seiner Manteltasche. Als er die Anspannung sah, mit der Assens Blick verfolgte, was seine Hand machte, die professionelle Wachsamkeit und die starken Nerven, die er dabei bewies, beeilte er sich, den zerknitterten Weihnachtsmann herauszuziehen. Er richtete seine rote Papiermütze und den weißen Wattebart.

»Ich hab deinen Sohn noch gar nicht gesehen«, sagte er ruhig. »Die Walnüsse sind da im Netz.«

»Bist du wegen der Waffen gekommen?«

Assen zog das Regalgestell heraus, durchwühlte den Bücherhaufen und wickelte die fettverschmierten Lappen auseinander. Die beiden Pistolen blitzten Bai Michal in tadellosem Zustand entgegen. Auch eine Handgranate rollte heraus. Am anderen Ende des Zimmers knackte rotglühend der Kanonenofen im Halbdunkel. Es war Heiligabend, Tag der Liebe, an dem traditionell fleischlose Krautwickel aufgetischt wurden.

»Du bist also gekränkt?«, fragte Bai Michal grob.

»Ja, gekränkt …«

»Bitte sofort aufhören mit dem Selbstmitleid«, befahl Bai Michal, »wir brauchen dich noch! Deshalb bin ich gekommen.«

Eine Windbö heulte mitfühlend auf. Durchs Fenster sah der Schnee blau aus. Ja, es war Heiligabend, der Tag, an dem die Nächsten sich zusammenfanden, um sich in ihrem Zusammensein auch für die Zukunft zu bestärken. Sie mussten an Vera denken, an die Zwillinge, an Nada … Dann schwiegen sie lange und sorgenvoll, so, als warteten sie auf jemanden in dieser frostkalten Christnacht.

7

In ihrem Bemühen, die Zeit totzuschlagen, schlugen sie sich beinahe gegenseitig tot. Alles, was es in der Villa an Zerbrechlichem gab, lag schon in Scherben. Sie beschimpften und vertrugen sich, entnervt von dem alles durchdringenden Geruch nach verlassenem Wochenendhaus, vor allem aber verzweifelt und schmerzerfüllt darüber, dass sie nicht wussten, was sie miteinander anfangen sollten. Die einzige Betätigung, bei der ihre Liebe und ihr Hass zusammenfanden, war der Geschlechtsverkehr, und da verzweifelte eines Nachts das Eichenbett und brach zusammen. Es war, als sei Boshidars Starrsinn eine Etage tiefer gerutscht und habe einen Priapismus ausgelöst. Durch so etwas konnte man seine Manneskraft auf Dauer vollkommen verlieren. Seta war im zweiten Monat schwanger, hatte ihm aber nichts davon gesagt, so dass es vorkam, dass sie zwischen zwei Liebesgefechten ins Bad ging, um sich zu übergeben. Irgendwann schliefen sie ein, übermüdet und übersättigt, oder besser gesagt: waren einander müde und hatten einander satt.

Sie stumpften ab. Verloren den Kontakt zur Außenwelt. Einmal in der Woche kam der treue Gärtner Topalovs, der auch schon alt geworden war, und brachte ihnen fünf Brote und ein lebendes Huhn. Wenn Boshidar es schlachtete, ging Seta eigens herunter in die Küche, um zuzusehen. Mit der Zeit waren der Boden und die Fenster über und über bespritzt mit geronnenem Blut. Das Messer blitzte auf, der Kopf fiel, das enthauptete Tier schlug noch eine Weile mit den Flügeln und schien sich auf diese Weise taumelnd, wenn auch nicht in die Luft, so doch in einen freien, selbstgewählten Tod zu stürzen. Seta musste weinen, Boshidar machte Feuer im Ofen und stellte einen Topf mit Wasser auf die Platte. Während das Wasser im Topf heiß wurde, rupften sie das Huhn gemeinsam. Das verschaffte ihnen eine Art barbarischer Befriedigung. In der Küche begann es, nach nassem Daunenkopfkissen zu riechen. Boshidar tat das Tier anschließend ins brodelnde Wasser, Seta nutzte die Gelegenheit und verschwand ins Bad. Während sie langsam und genussvoll aßen, meinte Seta:

»Der Kognak ist alle … Was bleibt von der Welt ohne Kognak, ohne Illusionen und ohne Niedertracht?«

Sie ging in ihr Boudoir, wo sie sich Stunde um Stunde schminkte, und kam nackt, nur in schwarzen Seidenstrümpfen und roten Strapsen, wieder heraus. Der Widerschein des Kamins leckte ihre Schenkel, entflammte das fuchsrote Dreieck unter ihrem Bauchnabel und warf rotes Blattgold über ihre kleinen festen Brüste. Boshidar näherte sich ihr mit einer Erektion, die auch als Schlagstock tauglich gewesen wäre, und dann liebten sie sich schamlos – sogar im Hellen, eine Unerhörtheit in diesen Jahren. Nein, Seta war nicht mehr die stolze und unerreichbare Tochter des allmächtigen Topalov, und Boshidar war kein Asket mehr.

»Pass mal auf, mein kleiner Hauptmann«, wiederholte sie immer wieder, bevor sie einschliefen, »mein Pass ist gültig. Morgen pack ich meine Koffer und verlass dich, hau einfach ab über die Grenze. Du bist ein Mann, du hast die Pflicht, allein zurechtzukommen. Ich hingegen bin eine schrecklich schwache und einfache Frau.« Sie sagte das ohne wirkliches Verlangen nach Veränderung, und gerade deshalb machten Boshidar diese Worte verrückt. Er spürte, wie es ihn in den Händen juckte und ein gefährlicher Gedanke von ihm Besitz ergriff. »Du bist ein Dreckskerl, Hauptmann, der ödeste und simpelste Dreckskerl, den ich kenne.«

8

Mit ihrer Handfläche hatte Seta das Eis vom Fensterglas abgeschmolzen und schaute nun auf die weichen Ausläufer des Ljulin-Gebirges, die am Horizont aussahen wie eine schlafende Frau. Boshidar saß auf dem Sofa neben ihr. Das eintönige Weiß da draußen wurde langsam unerträglich. Er döste weg. Sie stellte sich die Sonntags-Jours in den Sofioter Salons vor, den schrankenlosen Glanz der Kleider und die glanzlose Beschränktheit derer, die sie trugen. Die Augenblicke, in denen Tristan das Los gezogen hatte, Isolde zu suchen. Die Sorglosigkeit. Das eitle Getue. Die Gespräche über die aktuellen Kitsch- oder Exotikromane. Oder die Auftritte Philipp Karagjulevs, der immer in so herrlich unbedeutender Weise unter dem Einfluss bedeutender Männer stand. Es war einfach zum Schießen, wie er mit hochgegeltem Brillantine-Haar behauptete, Anhänger des knochentrockenen Positivisten Ernst Mach zu sein. Ach ja, damals befanden sich die deutschen Soldaten noch auf dem Marsch nach Osten, und es war nichts Anrüchiges, wenn aus goldenen Käfigen Papageien oder Kanarienvögel ihren Beitrag zur Konversation leisteten. Sie erinnerte sich auch an den frechen italienischen Gesandten, der sie auf der Toilette überrascht hatte, ungeniert seinen Hobbykeller vor ihr öffnete und dabei von einer neu erschienenen Mussolini-Biografie schwärmte, die sie unbedingt lesen müsse; sie aber hatte ihm eine Ohrfeige verabreicht und – Rache ist süß! – eine brillante Intrige gegen ihn gesponnen. Sie stand schon wieder bei ihrem Vater, der mit General Kowatschev den Sieg des Verstandes über die Gefühle erörterte, da kam der Italiener mit einem Glas Champagner angelaufen und entschuldigte sich bei ihr, wirkte aber sehr überrascht, da sie ihm doch noch am letzten Samstag in seiner Residenz das Vergnügen ihrer gespreizten Beine bereitet hatte. General Kowatschev nutzte die Entschuldigung, um in Setas Dekolletee zu starren.

»Ich kann wirklich nicht mehr … Morgen reise ich ab, mein kleiner Hauptmann«, sagte sie leise, »morgen verdufte ich in die Schweiz. Muss ich erst weinen, damit du mir glaubst?«

Sie betrachtete ihn lauernd. Ja, sie ärgerte seine entleerte Seele gelassen und mit voller Absicht. Doch gleichzeitig, jedenfalls nahm Boshidar es so wahr, schaute sie ihn an mit dem kühlen Blick eines Arztes, der nach der richtigen Diagnose suchte und dazu auf ein letztes, eindeutiges Symptom wartete … Nein, Seta weinte nicht. Sie ging einfach ins Bad, um wieder zu erbrechen. Sie gingen hinunter ins Esszimmer. Die Wände waren von Rauhreif bedeckt. Auf dem Boden lagen umgeworfene Stühle und leere Flaschen. Auf dem Tischchen lag eine noch nicht aufgegangene Patience, darunter lagen leergegessene amerikanische Konserven, klebten Wachstropfen. Über dem Kaminsims hing das Porträt des alten Topalov, auf dem er aussah, als sei er an seiner eigenen Wichtigkeit blöde geworden. Im Sessel lag eine Decke noch genau so, wie sie von dem Wärmesuchenden vor ungewisser Zeit zurückgelassen worden war. Sie schraken zusammen vor Ekel über das selbstgemachte Chaos. Das Huhn, dessen Fett geliert war, rührten sie nicht an. Sie stiegen wieder hoch ins Schlafzimmer.

»Also: Muss ich erst weinen, damit du mir glaubst?«

»Du? Du fährst nicht«, widersprach ihr Boshidar erschrocken, »weil du Angst hast. Du bist doch nicht zufrieden mit einem Hotel und irgendwelchen fremden Bergen, in denen du noch nie Urlaub gemacht hast.«

»Schau doch mal da, meine Koffer«, sagte sie, ohne zu lächeln, und zeigte auf die Ecke, in der am wenigsten herumstand, dafür aber am meisten herumlag, »siehst du diesen Bisonledermantel, mein Kosmetiktäschchen? Na gut, das Kosmetiktäschchen ist noch leer, aber diesen Morgen hab ich gebadet, Wäsche gewechselt …«

»Mag sein, dass du mich hasst, aber die Schweiz hasst du genauso. Mag sein, dass dir öde ist mit mir, aber in der Schweiz? Wenn du wirklich hingewollt hättest, wärest du längst gefahren – ohne es mir dauernd anzukündigen, hättest du einfach dein Gestrumpfe und Gestrapse in den Koffer gestopft und wärst abgehauen. Deine Patience ist einfach nicht aufgegangen. Jetzt kannst du nicht mehr …«

»Ja, genau, ich kann nicht mehr abfahren!« Sie begann zu weinen, ging aber nicht, um sich zu übergeben. »Und wer hat Schuld daran, hm? Irgendeiner muss doch die Schuld tragen?«

»Der Schnee natürlich«, erwiderte Boshidar müde. »Draußen ist es kalt, hundekalt – hier drinnen ist es schön warm.«

Sie blies gegen die Scheiben, bis ihr heißer Atem ein Loch in die Eisblumen gemacht hatte. Der Himmel wurde langsam schwarz, die Sterne kamen heraus, groß wie verwunderte Augäpfel, aber vollkommen gleichgültig ihnen gegenüber. Boshidar dachte etwas, was auch sein Vater hätte denken können: dass es nämlich gar nicht so schwer sein konnte, die Sterne zu erreichen, weil der Weg zu ihnen in einem selbst lag. Es war ausreichend, dass sich der Mensch aus jener vergänglichen Umhüllung befreite, die so wehtat und ihn sich einsam fühlen ließ, und schon konnte er sich auf den Weg machen, konnte er im Grunde überall hingelangen. Er wurde traurig. Wieder packte ihn dieser süße und gefährliche Drang. Es war, als juckten seine Hände in seinem Kopf …

»Ich hasse dich. Und ich liebe dich«, sagte Boshidar wie verzaubert.

»Ich weiß«, antwortete Seta, und er hatte wieder dieses Gefühl, dass sie ihn beobachtete wie eine Ärztin, die sein Leiden lindern, ihm seine Freiheit zurückgeben wollte. »Ich habe heute gebadet, mein kleiner Hauptmann, weil ich möchte, dass du mich sauber und rein in Erinnerung behältst.« Ihr Atem ging leise und regelmäßig wie ein sanfter Wind, der übers Gras strich. Sie richtete sich auf, ging zum Bett, setzte sich darauf und begann, sich auszuziehen. Sanft leuchtete ihr Körper in der Dunkelheit auf. »Verstehst du nicht«, fuhr sie fort, als rede sie mit sich selbst, »ich gehe fort. Du solltest zu mir kommen.«

Sonst war er sich keineswegs sicher, doch in diesem Moment glaubte Boshidar wirklich, dass sie fortgehen würde. Er näherte sich dem Bett und setzte sich auf die Kante, gleich neben ihr. Ihm war schrecklich zumute. Genau genommen war ihm wohl zumute. Er sah die erschreckte Rundung ihrer Brüste, die so warme Biegung ihres Halses. Wie weiß er war. Er wollte sie streicheln, diese Weiße; wollte ihn anfassen, diesen Hals. Seine Finger fanden ihn wie von selbst und schlossen sich um ihn zusammen. Erst jetzt sah er, dass sie zugleich weinte und lächelte. Im Unterschied zu ihm hatte sie es längst gewusst. Und nun war eben der Moment gekommen, in dem sie ihm helfen konnte. Oh, wie er sie liebte, oh, wie er sie hasste, oh, wie es ihn drängte, ihr Schmerz zuzufugen. Von Seta kam keinerlei Widerstand, weil ihr Bewusstsein noch von dem Wissen um das Kommen dieses Momentes durchdrungen war. Erst allmählich wich es, das Bewusstsein. Ihre Augen traten aus den Höhlen und füllten sich mit Entsetzen, füllten sich mit Vergessen. Dann bäumte sie sich auf wie ein wildes Tier. Das ärgerte ihn nun wirklich, machte ihn wild. Endlich glitten ihre Hände lautlos über das Laken, entspannte sich ihr Leib. Wie schön sie war! Wie aus Marmor gemeißelt, nein: wie aus Ewigkeit! Er stand auf. Atmete schwer aus. Da hatte er ihr also geholfen …

Lange schaute er auf seine Hände, ohne zu denken. Doch seine Hände waren sauber! Er vergaß nicht, sie sorgfältig zuzudecken. Er vergass auch nicht, eine Kerze anzuzünden, sich anzuziehen, seine Pistole an sich zu nehmen. Nein, er vergaß nichts, bevor er das Haus verließ.

9

Am nächsten Tag stand Boshidar mit dreckbespritzter Pelerine, bärtigem und vor Kälte aufgedunsenem Gesicht vor seiner Wohnung. Er wühlte in seiner Tasche, holte den Schlüssel heraus, lauschte. Das Klavier Fräulein Julias war verstummt.

Er trat ein, zog sich voller Ekel im halbdunklen Korridor aus. Boshidar wusch sich mit eiskaltem Wasser und rasierte sich. »Auf den Schreibtisch kommt mir nichts außer dem Telefon und meiner Pistole«, murmelte er zum ungezählten Mal. Ihm war schon bewusst, dass er eigentlich weder das eine noch das andere mehr brauchte. Bei wem sollte er sich denn melden? Wen erschießen? Er holte das weißeste Hemd aus dem Kleiderschrank, zog seine noch neue Uniform an, befestigte alle Orden daran, die er bekommen hatte, und hörte ihr martialisches Klimpern. Die Folgerichtigkeit seines Tuns beruhigte ihn. Als er endlich die Pelerine wieder überwarf, kam ihm das Gesicht, das er im Spiegel sah, schon wieder bekannt vor und – was das Wichtigste war – vernünftig!

Er aß im »Wilden Hahn« zu Mittag, trank zu seinen Hackfleischröllchen ein Kännchen heißen Punsch, der mit schwarzem Pfeffer und etwas Zimt gewürzt war, gab dem Kellner am Schluss fünfzig Lewa Trinkgeld und sagte zu ihm:

»Es ist Zeit, guter Freund …«

Nach weniger als fünfzehn Minuten befand er sich schon vor dem Paradeeingang des Kriegsministeriums und atmete erleichtert aus. Ging hinein. Es roch unerwarteterweise nach Armut und Stiefelwachs. Ein Leutnant und ein Ziviloffizier hielten ihn an, die er nicht kannte.

»Ihr Passierschein, Genosse Hauptmann?«

»Ich habe keinen Passierschein, Herr Leutnant«, antwortete Boshidar ruhig. »Ich bin Hauptmann Weltschev, der Adjutant General Kowatschevs. Ich war im Hausarrest, und der ist nun abgelaufen.«

»Warten Sie.«

Boshidar hatte seine Zigarette noch nicht aufgeraucht, da kamen bereits drei Ziviloffiziere mit roten Bändern an den Armen und nahmen ihn ohne Widerstand fest.

10

Über der Tür hing ein länglicher Karton, auf den mit grüner Tinte unbeholfen gekritzelt war: »Dritte Abteilung«. Der Kachelofen bullerte und verströmte seine Wärme. Auf dem langen Tisch lagen Aktenordner mit Dossiers, die Zeitung *Das Volksgericht* mit Bildern, die Boshidar nicht erkennen konnte, eine vertrocknete Brotkruste und zwei Blechtassen. Auf dem Parkett keinerlei Teppich; es sah abgenutzt aus. Die Untersuchungsrichter, die hinter dem Tisch saßen, interessierten ihn nicht. Er hatte keinen Respekt vor ihnen, weil sie nicht zu Foltermethoden griffen. Während des Verhörs schauten sich die Männer mehrfach an. Sie waren es derart gewohnt, dass man ihnen das Blaue vom Himmel herunterlog, dass die Arroganz und regelrecht beleidigende Offenheit, mit der dieser Angeklagte aussagte, sie völlig verwirrte. Boshidar hörte sich stolz beim Reden zu und genoss seine eigene Stimme, die ihm nicht ein einziges Mal aus Angst oder Aufregung in der Kehle stecken blieb. Auf dieselbe selbstbewusste Weise hatte er damals in der Offiziersschule auf die Fragen Seiner Majestät, des Zaren, geantwortet, später auf die seines Vorgesetzten, General Kowatschev. Er drückte sich präzise und erschöpfend aus, verlangsamte sein Sprechtempo, wenn er sah, dass sie beim Schreiben nicht mitkamen, erlaubte ihnen aber nicht, ihn zu unterbrechen. Er ersparte ihnen auch nicht, sich in das Labyrinth seiner in all den Jahren entwickelten Gedanken zu begeben, und verhinderte so, dass sie in das Labyrinth seiner erloschenen Seele Einblick nahmen. Beim Blick aus dem Fenster sah er, wie der Schnee auf den umliegenden Dächern in der Dämmerung blau anlief; die Brandmauern der dazugehörigen Wohnblöcke schienen aus dem Planungsbüro der Göttin der Hässlichkeit zu stammen. Von einem Balkon in der Nähe hing Damenwäsche, die, steifgefroren, aussah wie ein Erhängter.

»Bei allen Verhören, an denen ich teilgenommen habe«, schloss Boshidar seine Ausführungen mit traurigem Unterton, »habe ich die Ermittlungsprotokolle unterschrieben und sie der Staatsanwaltschaft im Kriegsgericht überstellt.«

»Können wir also davon ausgehen«, fragte der ältere Untersuchungsrichter mit Stirnglatze und verträumten Augen, »dass Sie auch diese Todesurteile unterschrieben haben?«

»Gehen Sie aus, wovon Sie wollen«, erwiderte Boshidar kühl.

»Und warum haben Sie das getan, Herr Hauptmann?« Die Stimme des jüngeren Untersuchungsrichters zitterte, gleichermaßen aus Neugier wie aus Hass. Boshidar unternahm auch jetzt keinen Versuch, sich zu verteidigen.

»Ich habe meine Pflicht für das Vaterland erfüllt, wenn Ihnen das noch etwas sagt – für *mein Vaterland!*«

»Sie können gehen.«

Doch Boshidar ging nicht. Er versank in einen langen Moment des Nachdenkens und unterstrich seinen fehlenden Respekt vor den Herren, indem er mit den Fingern auf die Armlehnen seines Stuhles trommelte. Der Takt war leicht wie der Trommelwirbel vor dem Salto eines Zirkusartisten. Das Urteil war ihm gleichgültig, denn der Grund dieser Bestrafung lag in einem Bezugssystem, das nicht das seine war. Das Einzige, was ihn mit Abscheu erfüllte, war die Vorstellung, dass sie ihn verurteilen könnten als ganz gewöhnlichen Folterknecht, als stumpfsinnigen Erfüllungsgehilfen, dessen Leben keinen Sinn hatte, weil er austauschbar und überflüssig war. In ihm schaukelte sich das Verlangen hoch, dagegen anzugehen, indem er seine Bedeutung unterstrich, sein geistiges Ziel herausstellte, das seinem Leben und Handeln Sinn verlieh. Leise sagte er:

»Das ist noch nicht alles, meine Herren.«

Er spürte, dass er sie an einem wunden Punkt getroffen hatte. Sie waren schon jetzt müde von seinen ausführlichen Geständnissen, die sie in die Rolle einfacher Schreiber zurückgedrängt hatten. Boshidar ließ sich mit dem Konzentrieren Zeit, versetzte sich zurück in den Salon des Generals der Reserve Lultschev, der seine Wände mit Schlachtengemälden, also fremdem Ruhm, verziert hatte, sah die Glasaugen vor sich, die man in den Kopf des Bärenfells eingesetzt hatte, das vor seinem mit Bronzegitter gesicherten viktorianischen Kamin lag. Dann nannte er alle Namen der Reihe nach und ohne sich zu vertun, beschrieb ihre Verbindungen zur Gestapo und zeichnete mit der Sachkunde eines Architekten den Plan jenes Respekt und Ehrfurcht gebietenden Baus, den er hatte errichten wollen: einen Staat, errichtet aus Ruhe und Ordnung, in dem Gott, der Zar und das Parlament eine gleichermaßen bescheidene Rolle spielten vor einer Macht, die sich erbarmungslos Respekt verschaffte. Er erklärte ihnen noch einmal, wie Hitler die Arroganz der Großmächte bestraft und ausgenutzt hätte, um rücksichtslos seine nationalen Interessen durchzusetzen, und wie er in diesem Zusammenhang (so glaubte Boshidar immer noch) den Bulgaren ihre angestammten Ländereien in Ägäis-Thrakien und Makedonien zurückgegeben hätte, wenn, ja, wenn die feige Macht in Bulgarien sich zu dem Entschluss durchgerungen hätte, sich dieses Pfand durch Entsendung bulgarischer Truppen an die Ostfront zu verdienen.

»Meinen Sie nicht, dass Sie da etwas übertreiben, Herr Hauptmann?« Der ältere Untersuchungsrichter beobachtete ihn aufmerksam, fast wie ein Psychiater. Boshidar fühlte, wie seine Wangen eine verräterische Röte überlief. Des Größenwahns hatte ihn bisher noch niemand bezichtigt (glaubte er)! Niemand hatte je an seiner Bescheidenheit gezweifelt (glaubte er), an seiner Gewissenhaftigkeit, der Gewissenhaftigkeit eines pflichttreuen Arbeiters, der wusste, dass sich ohne ihn in der Sache nichts bewegte.

»Meine Fantasie ist schwach entwickelt, meine Herren, darum habe ich mich immer nur auf meinen Verstand verlassen müsen.« (Ihm fiel inzwischen selbst auf, wie oft in seinen Sätzen die Worte »ich« und »mein« vorkamen.) »Ich bin Realist. Offizier. Und nicht Gaukler oder Romanschreiber.«

Man bat ihn, zu warten. Das war eigentlich überflüssig, weil er ja ohnehin nirgendwo hingehen konnte. Aus der dritten Etage zu springen, wäre verrückt gewesen, denn wozu war er dann aus eigenem Entschluss die Treppen in die dritte Etage emporgestiegen, von der es, wie er wusste, keine Rückkehr mehr gab? Ihm wurde gestattet, zu rauchen. Er bekam eine Zeitung, der er die letzten Ereignisse des sich dahinschleppenden

Krieges entnehmen konnte; dabei fiel ihm auf, mit welch gewundenem Pathos von den Heldentaten der bulgarischen Armee bei den Positionskämpfen in Ungarn geschrieben wurde. Er erinnerte sich an die strategischen Pläne des deutschen Generalstabs, von denen er schon als Offiziersschüler Kenntnis erhalten hatte, und lächelte bitter. »Strategie«, hatte von Moltke damals geschrieben, »ist eine höhere Form der Wirklichkeit.«

Ihm wurde langweilig, und die Wärme machte ihn schläfrig. Er schreckte auf, als er die Tür knarren hörte. Mehrere Personen betraten das Untersuchungszimmer. Sie schalteten sämtliche Lampen ein, als wollten sie einen Festakt eröffnen, nur dass sie statt einer Magnumflasche Champagner General Kowatschev mitgebracht hatten. Er hatte seinen Schwerenöter-Schnurrbart inzwischen abrasiert und trug auch seine pfauenhafte Paradeuniform nicht mehr; dadurch sah er jetzt einfach nur noch aus wie ein dicker, bauernschlauer Metzger mit rosigen Wangen.

»Kennen Sie diese Person?«

»Ja sicher«, antwortete General Kowatschev freudig, als wäre Boshidar die wertvolle Münzsammlung, die er lange verzweifelt gesucht hatte. »Das ist mein ehemaliger Adjutant. Ein ehrenhafter Offizier mit hoher Moral, wunderbarer Mensch und kluger Gefährte. Bedaure sehr, dass ich ihn austauschen musste … Aber Sie wissen ja: die Umstände …«

Boshidar wurde schlecht vor Abscheu. War dieser Kowatschev jetzt völlig durchgedreht oder bloß blöde geworden vor Angst? Was waren das auf einmal für klebrige Lobeshymnen? Wie wäre es mal mit ein bisschen mehr Würde, Herr General? Zeigen Sie diesen Graumeiern doch einfach mal, was das heißt: Bereitschaft, für seine Sache zu sterben! Denn selbst diese farblosen Gesellen glaubten noch an etwas, und man konnte ihnen nur mit einem stärkeren Glauben Eindruck machen.

Mit der gleichmäßigen Leierstimme eines Predigers verlas der ältere Untersuchungsrichter die Beweisaufnahme, ließ dabei weder Rang noch Namen aus, noch die Epitetha, mit denen der Angeklagte seine Aussagen über ehemalige Mitstreiter garniert hatte. Da war General Lultschev im Interesse der Wahrheitsfindung ein »fauler Angsthase«, Minister Iwanov ein »minderbemittelter Zauderer«, denn – es stimmte ja. Diese Mittelmäßigkeit, so hatte Boshidar zu Protokoll gegeben, hatte diese Weicheier daran gehindert, den geplanten Putsch durchzuziehen.

Die rosigen Wängelchen von General Kowatschev waren beim Zuhören kalkweiß geworden. Er war sichtlich blind vor Angst und ohnmächtiger Wut, wirkte aber ohne die Insignien seines Ranges nur noch wie ein verkalkter alter Choleriker, der bei Aufregung einen Asthmaanfall bekam.

»Du verdammter Bastard«, zischte er und konnte nur mit Mühe davon abgehalten werden, Boshidar zu schlagen. Seine Spucke jedoch konnten sie nicht festhalten. »Du Verräter, Scheißkerl, Mistkäfer …«

Boshidar stand auf, blass. Endlich hatte sich seine Bestimmung vollkommen erfüllt. Seine Hände ballten sich zu Fäusten. Seine Fingernägel bohrten sich in seine Handflächen. Er war bereit, diesen fettigen Fleischkloß zu zerquetschen, der seine Bestimmung als Soldat verloren hatte, weil er sämtliche dazugehörigen Ideale in den Wind geschrieben hatte. Dann rief er sich ins Gedächtnis, dass sie umringt waren von den Siegern, den Meistern künftiger Gewalt, künftiger Herrschaft, und so zog er bloß sein Taschentuch und wischte sich die Spucke vom Gesicht.

»Herr General«, sagte er dann, »wenn Sie sich schon nicht Ihrem Rang entsprechend benehmen können, dann benehmen Sie sich wenigstens anständig!«

In seinem Kopf sprang das Wort »Scheißkerl« auf und ab wie ein Gummiball. Auch Seta hatte ihn so genannt, weil er sie mit seinem ganzen Wesen geliebt hatte. General Kowatschev wiederholte das nun, und warum? Weil er, Boshidar, versucht hatte, die Größe einer Idee zu retten. *Wo hatte er nur die ganze Zeit gelebt? Und wozu?* In Gottes Namen, gab es eine Antwort auf diese verfluchte Frage, wenn der gerechte und ruhmreiche Versuch eines Bauvorhabens als Akt der Zerstörung gedeutet wurde? Boshidar hatte begriffen, dass das Letzte, was ein wirklicher Baumeister tun konnte, war, seine Würde mitsamt des Untergangs, den er sich dafür einhandelte, zu errichten wie eine letzte, aber ewige Wohnstätte.

»Von morgen an werden Ihre Unterlagen in der Ersten Abteilung des Volksgerichtshofes weiterverhandelt«, sagte der ältere Untersuchungsrichter still und voller Befremden über das, was sich da vor seinen Augen abspielte. »Ihre Lage ist äußerst bedenklich, Herr Hauptmann, denn die Erste Abteilung befasst sich mit politischen Verbrechen.«

»Dies ist mir bekannt«, antwortete Boshidar ruhig.

11

Die Verkündung der Todesstrafe nahm er hin mit gleichmütiger Verachtung. Das Urteil versetzte ihn weder in Rage, noch bewegte es ihn dazu, von seinen Geständnissen abzurücken. Das Soldatenleben hatte ihn zu bedingungslosem Gehorsam vor dem Ranghöheren oder jeweils Machtbefugten erzogen; es blieb ihm also ohnehin keine andere Wahl. Nur dass die Zeit ihm nicht reichte …

Die Gefängniszelle war eng und feucht. Auf die unebenen Wände waren mit einem Nagel Losungen eingeritzt wie: »Tod dem Faschismus!« oder: »Freiheit für das Volk!« Er schüttelte sich, aber nicht wegen der klammen Kälte. Fremdes Pathos hatte ihn schon immer maßlos angewidert. Es war aber vollkommen sinnlos, nun seinerseits mit dem Ende seines Aluminiumlöffels darunterzuschreiben: »Freiheit für alle angestammten bulgarischen Gebiete! Es lebe das geeinte Bulgarien!« Das erklärte ja auch nichts, weder, warum irgendein Boshidar Weltschev meinte, sich opfern zu müssen, noch, warum seine Ideen so glanzvoll waren.

Er trank ununterbrochen Wasser, spülte seine Nieren und pinkelte in den Eimer in der Ecke. Das war wohl eine Instinktreaktion seines Körpers, der von Ideen nichts wissen, sondern einfach überleben wollte. Tagsüber versuchte er, zu schlafen, nachts starrte er durch das mit starken Stäben vergitterte Fensterchen. Der Himmel, finster und voller Wolkendunst, glich einem leeren Bahnsteig im Winter. Was er dort suchte? Vielleicht einfach Vergessen beim Anblick der Sterne. Oder jenen geistigen Rausch, in dem er von Seta fortgegangen war? Stunde um Stunde kreisten seine Gedanken um sie. Er rief sich das bleierne Licht ins Gedächtnis, das an ihrem letzten gemeinsamen Abend geherrscht hatte, sah, wie sie sich langsam entkleidete, wie dabei auch die welke Haut ihres Überdrusses und ihrer Übersättigung zu Boden fiel. Wie müde war er ihrer Lüsternheit gewesen, wie müde … Wie er mit dem Druck seiner Finger all das ersticken und beenden wollte, nicht zuletzt dieses verflixte Lächeln einer Frau, *die wusste …* Doch was bedeutete all dies, wenn sie ihm einfach fehlte, wenn ihre Abwesenheit ihn zerriss vor Schmerz? Komischerweise belastete die Tatsache, dass er selbst es war, der sie umgebracht hatte, ihn nicht im Geringsten; vor sich selbst hatte er ein vollkommen reines Gewissen. Über den Sinn seiner Tat machte er sich aber schon Gedanken. Oder besser: Er tastete sein Inneres ab auf der Suche nach ihm. Die Einsamkeit in der Zelle und die Verwirrung seiner Gefühle standen ihm bei dem Versuch, sich voll auf seinen Verstand zu verlassen, im Wege. Er hatte zeitgleich in der Märchenwelt der Illusionen und in der Öde seines Stabsoffiziersalltags gelebt. Wenn es zwischen dem Glanz der einen und dem Stumpfsinn der anderen Welt eine Verbindung gegeben hatte, so war es seine beständige und schicksalhafte Liebe zu Seta gewesen. Wenn nun seine Illusionen eine Bauchlandung gemacht hatten und es ihm verboten war, seiner alltäglichen Dienstpflicht als Offizier nachzugehen, so wurde dadurch im Umkehrschluss die Beziehung zwischen ihm und ihr ihres Sinnes beraubt. Und da er nun einmal beschlossen hatte, sich zu opfern, damit wenigstens sein Sterben würdig und in gewissem Sinne »schön« vonstatten ging und sich nicht zu einem jahrelangen, erniedrigenden Siechtum am Ufer des Genfer Sees auswuchs, dann musste er auch eine Lösung für Seta finden, die der letzte Grund war, der ihn noch am Leben festhielt.

Der Tod hatte ihr nichts von ihrer Freiheit genommen, doch er hatte ihrer Ungebundenheit ein Ende gesetzt und sie ausschließlich zu der Seinen gemacht. Sie war umleuchtet von der Vollkommenheit, die jeder unwiderruflichen Abwesenheit eignet. Und das hatte seine Liebe ins Unermessliche anwachsen lassen. Er erwachte schweißgebadet aus seinen Träumen, in denen Erlebtes und Fantastisches, Bedeutsames und Bedeutungsloses kunterbunt durcheinanderwirbelten. Er wälzte sich auf seiner Pritsche, nahm gerade Abschied von seinem Vater, diesem zugleich großen und lächerlichen Menschen, da schlug sein Traum schon wieder einen Haken und sprang in die Offiziersschule mit ihren rauhen, aber gesunden Sitten, schließlich ins Dienstzimmer General Kowatschevs, wo er gelernt hatte, seine Interessen zu verfolgen. Allmählich dämmerte ihm, dass diese hysterische Mischung aus Erinnerungen und Traumbildern nichts anderes war als Angst, doch er hatte keine Zeit mehr, sich an sie zu gewöhnen. Er verfiel in die unmöglichsten Spekulationen, befragte sich sogar, ob er nicht vielleicht doch an Gott glaubte. Doch er stellte sich Gott eher abstrakt vor, als herrschendes Gesetz und vollkommene Ordnung des Universums. Wenn das so war, dann hatte er ihm ja treu gedient.

Irgendwann trat er seine Decke weg, sprang entnervt auf, lief in der

Zelle bis zur Wand, stieß mit dem Fuß gegen den Verputz und ging wieder zurück. War also alles nur Angst, Angst vor dem Tod? Aber was war der Tod denn? Logisch gesehen doch nichts anderes als Vergessen, als Abwesenheit von Gedächtnis. Folglich würde er, wenn der Tod eintrat, einfach nur alles vergessen. Doch noch lebte er, noch brodelte es in ihm vor Erinnerungsbildern, Gefühlen und Gedanken, und so konnte er sich einfach nicht daran gewöhnen, an dieses Vergessen, diesen Tod.

12

Jetzt brauchten alle viere sie. Irgendjemand musste »die Kinder« in all ihrer Unvereinbarkeit ja zusammenführen und ihnen vergeben. Goscho hatte ihr eine Schachtel Schokoladepralinen geschenkt, eingewickelt in die gewundenen Schleifen seiner Fantasterei. Assen wirkte noch einsamer und verbissener als je zuvor und war ständig auf dem Sprung, unfähig, sich einfach seines Sohnes zu erfreuen, und immer mit der Haltung, als werde er außer Haus dringend gebraucht. Sorgen machte sie sich auch um Alexander, seit der seinen Vater verloren hatte und allein mit dem Leben fertigwerden musste. Er kam sie jeden Samstag um die Mittagszeit besuchen, gekleidet stets in denselben weißen Sommeranzug, obwohl es längst Winter war. Dann nähte sie ihm entweder einen Knopf fest oder reinigte frische Flecken mit Benzin, während er ihr Geschichten aus der großen weiten Welt erzählte, über den Krieg, der sich nach Westen ausgedehnt hatte, über amerikanische Filme, die jetzt in den Kinos liefen, über den Hunger. Er war es auch, von dem sie erfahren hatte, dass Boshidar nicht einfach eine Haftstrafe absaß, sondern zum Tode verurteilt war. Abends empfing sie Assen mit gekochten Kartoffeln, ordnete sich ihm völlig unter, nur um ihn mit gebrochener Stimme, kaum hörbar, bitten zu können, ihr einen Besuch im Gefängnis bei »dem Kind« zu ermöglichen. Assen pellte die Kartoffeln schweigend, bestreute sie mit Gewürzsalz, biss aber nicht hinein und äußerte sich auf ihre Bitte hin weder mit »ja« noch mit »nein« …

Das Gefängnis, dessen dreifach mannshohe Mauer sich am Arme-Leute-Stadtrand Sofias erhob, glich einer eroberten und geplünderten

Festung. In dem ungeheizten Empfangsraum empfing sie ein Milchbubi, der eine Waffe am Gürtel trug. Er schaute sie prüfend an, warf einen Blick auf ihr schwarzes Kleid, dessen Botschaft unmissverständlich war, und streckte dann die Hand nach ihrem Erlaubnisschein aus.

»Sind Sie die Mutter von Boshidar Weltschev?«

»Ja, auch das«, antwortete Jonka müde.

Sie passierten die Stahltür, dann eine zweite, schließlich jene dritte, aus der es kein Entrinnen mehr gab. Dahinter roch es scharf nach Männern, nach Ungeduld und Lebensdrang. Ihre Schritte hallten im Korridor. Auf der Innenseite des Treppenhauses verhinderten aufgespannte Netze, dass jemand sich in die Tiefe stürzen konnte. Schließlich blieb der junge Mann vor einer Tür mit der Aufschrift »Todesurteil« stehen, nickte und sagte den befremdlichen Satz: »Ihr Sohn ist wohlauf!«

Jonka sah, wie der Schlüssel sich im Schloss herumdrehte, hörte das Knirschen des verrosteten Schließmechanismus, spürte, wie ein kalter Hauch von unten ihre Beine traf, und ein kalter Hauch von oben, aus dem Jenseits, ihr Herz. Boshidar lag auf der schmalen Pritsche, als wäre er schon gar nicht mehr da. Er schaute sie an, als erkenne er sie nicht. In seinen Augen war kein Hoffnungsfunken zu erkennen, aber auch keine Verwunderung darüber, dass sie es geschafft hatte, zu ihm vorzudringen. Die Sonne warf den Schatten der Gitter an die dem Fensterchen gegenüberliegende Wand. Jonka hatte das Gefühl, sie wäre in einer Klosterzelle gelandet.

»Da wäre ich also«, sagte sie.

»Tante Jonka, du als Letzte …«

»Ja, ich bin's, Kind!«

Sie öffnete ihr Bündel und holte Äpfel heraus, die im Halbdunkel rot aussahen. Lange saßen sie schweigend da. Im Blechnapf schwappte eine dünne Suppe. Der zerbeulte Eimer war umgedreht. Wenn er wenigstens einen Sohn hätte, dachte sie, dann würde er nicht so verpuffen wie ein Funke, der sich aus dem Feuer löst. Sie erinnerte sich daran, wie er als Kind gewesen war: ein Junge mit Engelslächeln, der andauernd die Luft mit seinem Säbel zerschnitt und keinen Widerstand duldete, einer, der geboren war, um zu siegen oder gar nicht zu sein. Seine Augen damals, funkelnd wie blaue Eisnadeln – heute waren sie matt, versöhnt, schauten dem Ende offen entgegen. Er stand auf, lief durch die Zelle, dann wandte er sich ihr zu und sagte:

»Weißt du, Tante, ich bin kein gläubiger Mensch, aber irgendwie möchte ich doch, bevor ich gehe, vor dir die Beichte ablegen, einfach so, für alle Fälle.«

»Ich höre«, antwortete Jonka und schluckte ihre Tränen hinunter.

»Ich habe die Frau ermordet, die ich liebte«, sagte er und setzte sich ihr gegenüber.

»Dein Blut ist mein Blut, mein sind auch deine Sünden.«

Als sie sich schon zum Gehen gewandt hatte, rief er sie noch einmal zurück.

»Und noch etwas.« Er reichte ihr ein weiches Paket. »Da drinnen ist mein weißes Hemd. Ich möchte, dass du es wäschst und bügelst. Du kannst es später unten abgeben. Sie werden es mir dann aushändigen.«

Boshidar blieb in der stillen Zelle stehen wie ein vergessener Gegenstand. Der Schlüssel gab dem Schloss sein rostiges Knirschen wieder zurück, dann war der Besuch vorbei.

Jonka ging in eine Kirche, kaufte eine große Kerze und entzündete sie vor dem Bildnis der Heiligen Muttergottes, kniete sich auf den Boden und spürte den lebendigen Stein unter ihren Knien. Was für ein Geständnis! Alles wiederholte sich, am meisten aber zeugte sich die Gewalt fort, vom Vater auf den Sohn, und kehrte immer wieder an ihren Anfangspunkt zurück. »Gott«, betete Jonka, »es sind Männer, verzeih ihnen! Sie töten, Herr, aber sie zeugen auch Kinder, diese dämonische Zeit macht sie verrückt; mögen sie reingewaschen in deine heilige Ewigkeit eingehen.«

Als Assen am Abend mit einem halben Liter Kuhmilch für das Kind, einem Stück bröseligen Brotes und einem Netz Kartoffeln heimkam, ging Jonka mit all ihrer ohnmächtigen Kraft auf ihn los, durchbohrte ihn mit ihren Augen, packte ihn an den Armen und schüttelte ihn:

»Hast du einen Menschen umgebracht?«, fragte sie, ertrinkend in ihrem Leid. Assen schaute sie merkwürdig an, als stünde er seinem ganzen bisherigen Leben gegenüber und brauche daher endlos, um auf ihre so einfache Frage die richtige Antwort zu finden. Dann sagte er:

»Ich weiß es nicht, Mutter, ich weiß es wirklich nicht.«

13

Morgengrauen. Sein Hemd phosphoreszierte im Halbdunkel. Er erkannte den Schießstand mit seinen Betonsäulen und wiederholte sich immer wieder, dass der Tod nur Vergessen sei und die Angst vor ihm nur von der Ungewissheit herkomme. Er sog tief die Luft ein. Die Gesichter der in Reih und Glied dastehenden Soldaten waren ihm egal, er empfand noch nicht einmal Hass. Er verabschiedete sich innerlich von Seta, so, als sei sie gegenwärtig und müsse mitansehen, was ihm hier bevorstand. Der Staatsanwalt und der Priester waren bei ihm. Er sagte ihnen, sie bräuchten ihn nicht festzubinden, er hätte ohnehin nichts, wohin er gehen könne. Noch dümmer wäre es, ihm die Augen zu verbinden. Er schaute hoch zu der nackten Glühbirne, sah das Dunkel hinter ihr, den Platz, an dem er gleich stehen würde. Er hatte oft zugesehen, wie andere aufrecht in den Tod gingen, nun war eben er an der Reihe. Ein blöder Hunger auf Fleisch kam in ihm hoch, der sich zu blinder Gier steigerte. Es aß ihn Fleisch, es trank ihn Fleisch. Doch auch dafür war es nun bereits zu spät. Er warf seine Zigarette zu Boden und trat sie mit dem Fuß aus. Ein Gefühl der Erhabenheit durchströmte ihn, er fühlte sich bereit. Die in der Wand verankerten Handschellen klickten um seine Gelenke. Die Gier nach Fleisch steigerte sich bis zur Raserei. Als hätte jemand einen Schalter umgelegt, verwandelte sich sein Körper in einen Taumel aus Elektronen und Wahnwitz in einer Sturzbahn der Begeisterung. Dann bohrte sich der Schmerz in seinen Schädel. Alles verdämmerte. Und langsam zerstob er. Ins Vergessen.

14

Wenn sie auf diesen großen Platz ginge, um sich die Massenversammlung anzuschauen, würde sie vielleicht mehr verstehen. Jonka war entschlossen, die Dinge endlich unterscheiden zu lernen. Nein, sie hatte Boshidar nicht beweint, um es seiner Seele nicht schwerer zu machen als nötig. Sie konnte aber auch Assen nicht in die Augen schauen, und sie wollte einfach wissen, warum. »Bleib du beim Kind«, bat sie Piollas Vater, »ich bleibe nicht lange weg.«

Draußen empfing sie kalter Nieselregen. Die nächste Straßenecke war ja nicht weit. Und die nächste danach auch nicht. Sie kam am Bach heraus, der, eingemauert in sein steinernes Bett, Müll und Nebel voranwälzte. Sie nickte den vier steinernen Löwen an den Enden der Brücke zu und ließ auch diese hinter sich.

Auf dem Platz hatte sich ein buntes Völkchen versammelt, unrasierte und abgerissene Männer, Frauen mit löchrigen Hüten und Holzschuhen. Darüber ein Relief aus improvisierten Stofffahnen, Stimmengebirgen und Schweigetälern. Da sah sie Assen inmitten der Menge. Er war kleiner als der Himmel, etwas kleiner auch als der Regen. Er redete flammend und lang, nachdem er so lange geschwiegen hatte, ein Mann, dem endlich sein Recht zuteil geworden war. Er sah blass aus. Die Worte schienen ihm nur so zuzufliegen, und mit einer Hand fing er auch diejenigen ein, die er mit dem Mund nicht sagen konnte, und schleuderte sie mit einer heftigen Armbewegung in die Menge. Jonka kam er wie ein Sämann vor, der den brachliegenden Acker des armen Bulgarien mit Worten einsäte. Sie musste an Mose denken, der sein Volk durch die Wüste aus der Sklaverei geführt hatte. Gott hatte ihm das nötige Wissen und die nötige Kraft gegeben, den Menschen aber nur ihren Unglauben. Da hatte Gott ihn auf den Berg Sinai gerufen, war zu ihm hinabgestiegen und hatte ihm die Gebote überbracht. Doch deren Stimme, deren Bote war Mose, und er war es durch das Wort. Und Jonka dachte, dass Gott ewig und allmächtig war, aber sprachlos. Er konnte sich nicht verkünden. Und da schuf er den Menschen, damit der von ihm erzähle.

Sie verstand vieles von dem nicht, was Assen sagte. Die ständigen Begeisterungs- und Zwischenrufe, das Raunen und Aufstöhnen, Schreien und Rumoren ermüdeten sie. Ein paar Fräuleins mit teuren Hüten auf dem Kopf trippelten vorbei und sahen sich erschreckt um. Als Assen über *das neue Leben* sprach, stutzte Jonka: Wie geht das denn – das Leben einteilen in ein altes und ein neues? Es ist doch eines, unser Leben; jede Veränderung nur Teil der in es eingewebten Trauer, dass nichts bleibt, und keineswegs ein kompletter Neuanfang! Wie konnte sie denn vergessen den flammenden Zorn Jordans, die einsame Schönheit Pantos, den Abglanz der brennenden Herberge in den Augen Ilijas, ihre Hoffnung auf das weiße Geisterschiff, den Armstumpf Todors oder das Waschen des weißen

Hemdes, mit dem Boshidar in den Tod ging? Sie war eine Brücke und würde ihn über den Fluss geleiten; sie war der Schmerz, das Gedächtnis selbst; und untrennbar war eines ohne das andere, Zukunft ohne Vergangenheit!

Assen aber glich wirklich dem Mose, der sein Volk aufrief, ihm ins Gelobte Land zu folgen, durch Ströme und Wüsten, Hunger und Durst, Leid und Entbehrung. Und Jonka weinte vor Stolz, bereit, ihm zu folgen. Sie hatte beiden verziehen, Boshidar und Assen, denn beide waren Abkömmlinge eines Samens, einer Frucht. Und sie liefen auf einer Straße ohne Trasse, denn noch herrschten nicht Ordnung und Staatsgewalt, sondern nur Chaos und Wut. Die Menge sang ein ihr unbekanntes Lied, heftig und elektrisierend wie Kindergeschrei. Doch aus den bleiernen Wolken fiel kein Manna auf sie nieder, sondern nur ein feiner hungriger Schnee.